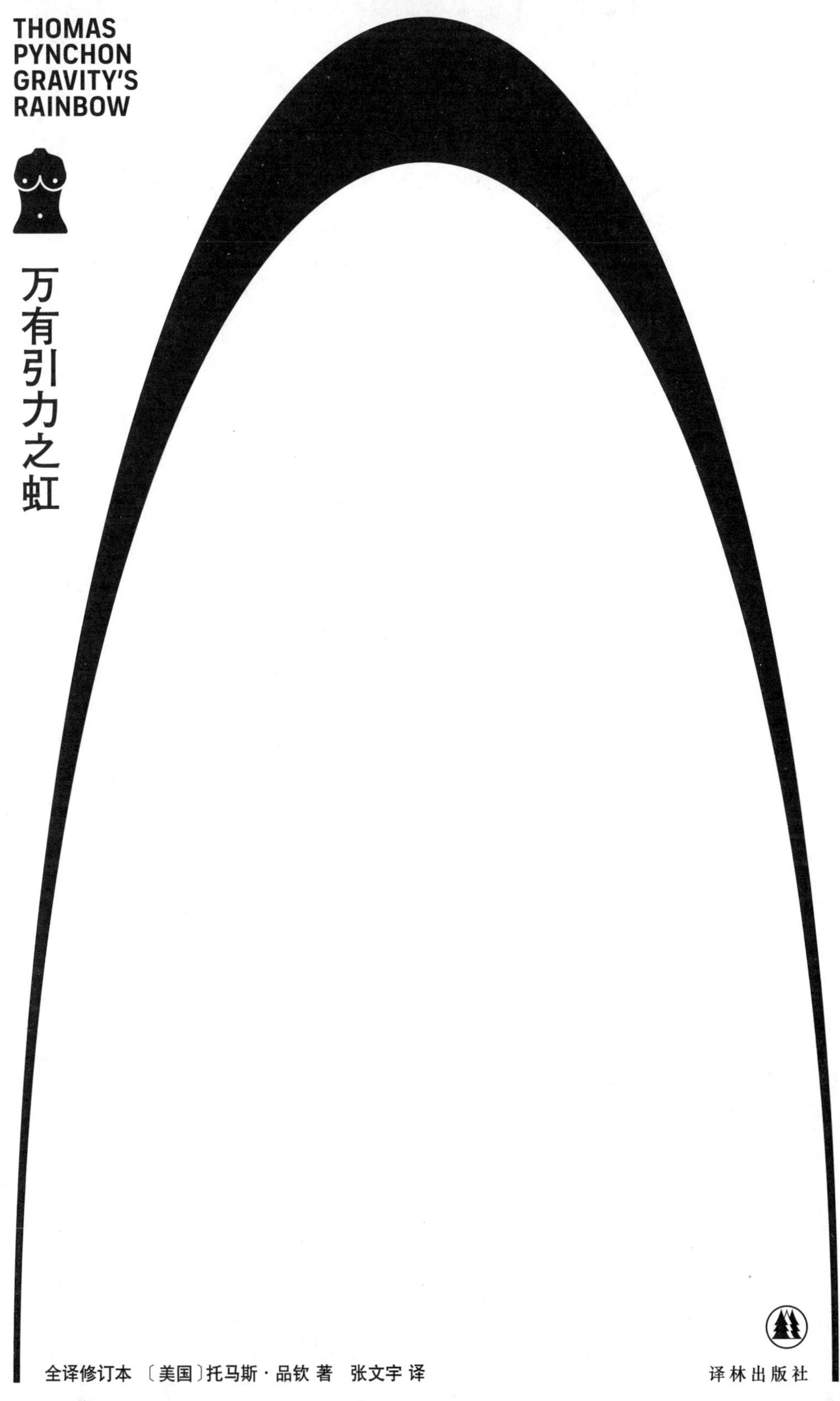
THOMAS
PYNCHON
GRAVITY'S
RAINBOW
万有引力之虹
全译修订本 〔美国〕托马斯·品钦 著 张文宇 译
译林出版社

万有引力之虹

THOMAS
PYNCHON
GRAVITY'S
RAINBOW

献给理查德·法里纳

目 录

第一部　零之外

大自然只有形态演变，不会彻底消亡。我学到的全部科学知识，包括不断学得的新知，都使我坚信：我们死后，灵魂继续存在。

——韦纳尔·冯·布劳恩[①]

① 韦纳尔·冯·布劳恩（1912—1977）：火箭专家，生于德国，对V-1和V-2火箭的诞生起了关键性作用。第二次世界大战后移民美国。

◆ ◆ ◆ ◆ ◆

尖啸声划破了夜空。这种情形以前也有过，但这回是空前的。

夜已很深。“疏散”仍在进行。都是在演戏。车里没有亮光。到处都没有亮光。头上，高耸的钢梁像古老的大铁床，很高的地方装了玻璃，让日光可以照进去。但此刻是茫茫黑夜。他害怕看到玻璃塌落的情形——过一会儿，这座水晶宫殿[①]就会倒塌，场面一定很壮观。好在周围漆黑一团，没有一丝亮光，到时候震震耳朵而已，看不见的。

他坐在分层的车厢里，已经没有东西可以当烟抽了。周围是天鹅绒般的黑暗，感觉远远近近的金属在摩擦、分合，蒸气噗噗喷出，车身在颤动，有一种强作的镇定，一种惴惴不安。人们挤在周围，都是既背运又背时的弱者、弃民，有醉汉，有对二十年前的炮声心存余悸的退伍老兵，有城市装束的妓女，有流浪汉，还有那些疲惫的妇女，带着很多孩子——谁都生不出那么多孩子的。这些人和其他有待用车拯救出去的东

① 此处的宫殿指的是伦敦海德公园里的铁架玻璃展厅，由约瑟夫·帕克斯顿爵士为一八五一年万国工业博览会而设计，一八五四年被迁到伦敦南部，一九三六年为大火毁坏，只有两座塔幸存下来；一九四〇年，为避免成为德军轰炸目标而被拆除。

西混杂在一起。只能看到近处的面孔，像是在半镀银的幻灯机里，叫人想起防弹玻璃后面那些大人物，脸上绿影斑驳，在城里来去飞驰……

他们出发了，有秩序地行进着，出了大站，出了市区，驶向这个城市比较荒凉破旧的区域。这就是出路吗？脸转朝窗外，谁也不敢问，不敢出声问。雨下起来了。咦，这哪里是在脱身，这明明是越陷越深嘛——就这样陷进去，穿过拱道，穿过混凝土剥蚀的秘密入口，很像在哪条地下通道的环道上……头上，一些发黑的木头架子缓缓后移，各种气味开始在空气中弥漫。这些气味来自年深日久的煤屑，来自燃炼石脑油的冬日，来自车辆绝迹的礼拜天，来自险急的弯道边和落寞的支线旁那些茂盛得不可思议的珊瑚状植物；还有一种酸味，由于长期没有列车通行而形成——一种熟透的锈味，在那些寂寥空旷的精彩而幽深的日子里酝酿成熟，特别是黎明时分那些蓝色影子遮住通道，试图将一切事件置于绝对零度①的时候……越往深走，环境越差……这些凋敝、隐秘的穷人区，连名字都没听说过……墙垣坍圮，房屋越来越稀疏，亮光也越来越稀少。按说这条路应该通向外面宽一些的公路，但现在越走越窄，越来越破，转弯越来越急——接着，突然地，意外地，进入了最后一个拱道：闸刹得很急，可怕地抖动着。看来，这回的判决是禁止上诉的。

队伍停了下来，这里就是终点了。全体疏散人员接到了下车的命令。人们慢条斯理地移动着，但没人反抗。指挥者们一言不发，帽章是铅色的。这是一家规模很大但十分老旧、昏暗的旅馆，铁质结构，像是一路上钢轨和岔道的衍生物……球形灯泡涂成深绿色，挂在漂亮的铁檐下，几百年没亮过的样子……人群在仓库过道般笔直而方便的通道上走着，没人说话，没人咳嗽……黑漆漆的墙壁挡住了去路：气味来自旧木头，来自侧楼——这些偏僻的房子空废了许久，如今又敞开来，接纳汹涌而来的逃亡者了——气味还来自冰冷的墙壁涂层，老鼠们在这里丧命，只留下魂魄，执着、醒目地贴附在墙体中，壁画般一动不动……疏散人员由电梯分批运

① 绝对零度：热力学的最低温度，但只是理论上的下限值。苏联生理学家、医学家巴甫洛夫也有提及，“未经重复加强的条件反射，总是遗忘殆尽，而至于绝对零度状态。”

送——所谓的电梯，其实是移动的木头板架，四面敞开，靠涂了柏油的旧绳子和“Ss”形轮辐的铸铁滑轮上下拉动。每到棕色的一层，都有人进出电梯，地板脏兮兮的……几千个没有亮光、没有声音的房间……

有些人还在单独等待，有些人被一同安排到一团漆黑的房间里。一团漆黑，没错。到了这份儿上，谁还在乎房间里的摆设呢？脚下嘎吱作响的，是伦敦最古老的尘土，是这座城市抛弃、恫吓、欺骗自己子民的最后化身。人人都听到有个声音在说话，都觉得这个声音只对自己一个人说话：“你本来就不相信自己会得到拯救。瞧，我们现在都清楚自己的身份了。伙计，根本不会有人费力气来拯救你的……”

没有出路。躺在床上等吧，乖乖躺着，别出声。破空而来的尖啸声仍在持续——它将在黑暗中抵达，还是将带来自己的光亮？光亮的来临将发生在此前还是此后？

其实已经有光亮了。亮了多久了？光亮一直不停地渗进来，随之而来的还有早晨清冽的空气，此刻正漫过他的乳头。晨光中，可以看见一群醉醺醺的浪荡哥们儿，有穿军装的，也有没穿的，怀里搂着全空或近乎全空的酒瓶子，蜷在椅子上，挤在冰冷的壁炉旁，趴在各式各样的长沙发、躺椅、未除尘的毯子上。在这间巨大的屋子里，在不同的高度上，呼噜声、嘘气声节奏各异，连绵不断地自行交响着。昨夜的余烟层层叠叠的，缭绕在上蜡的屋椽间，正渐渐散去。在这交响声中，在这余烟里，在屋子的窗棂间，伦敦富于弹性的冬日晨光旺盛起来了。屋子里这些横七竖八的家伙，这些战友们，个个面若玫瑰，恰似一群梦见自己将在几分钟内实现复活愿望的荷兰农民。

他就是杰奥弗里·普伦提斯上尉（绰号“海盗”），用厚毯子裹着身子，格子呢的，上有橘黄、深褐、深红三种颜色。他感觉自己的头像一块铁疙瘩。

就在他头上十二英尺的地方，泰迪·布娄特眼看就要从乐台上掉下来了。醉意蒙眬中，他把突破口选在几周前有人盛怒之下踢掉两根乌木栏杆的地方，从缺口一点点往外挤着，头，胳膊，身子，最后整个人悬在臀兜里一个半空的小香槟瓶上，竟然挂在那儿了——

这时候，海盗已挣扎着从窄窄的单人床上坐了起来，眨巴着眼睛四处张望。太可怕了。简直太可怕了……他听到头上有布料被撕裂的声音。他在特别行动处[①]受过训练，反应十分迅捷，立即一跃而起，同时踢动行军床滑向布娄特方向。布娄特直直落下来，正好砸在床中间。床上的弹簧奏出响亮的乐声，一条床腿断裂。“早安。”海盗招呼他。布娄特脸上闪过一丝微笑，舒舒服服蜷入海盗的毯子，回归梦乡了。

布娄特是这间屋子的合租客之一。屋子靠近切尔西[②]河堤路，是考力登·斯罗思朴[③]上世纪盖起来的。斯罗思朴和罗塞蒂[④]一家相识，有穿罩衫的习惯，也喜欢在屋顶上种植药用植物（最近小伙子奥斯比·费尔又恢复了这一传统）。个别生命力极强的植物在饱受霜打雾浸后竟活了下来，其他同类则化作一片片独特的生物碱，归于屋顶的泥土。一同归去的还有那些“三重”肥料：一是斯罗思朴的继承者们关在那里的优种西撒克斯[⑤]鞍形母猪[⑥]的粪便，二是后来的房客们移栽到房顶的风景树上落下的叶子，再就是这个那个挑嘴的人扔在那里或吐在那里的粗食稗饭。到后来，这些东西被岁月的刀笔雕涂得浑然一体，成了几英尺的厚厚涂层，表层的黑土肥力卓绝，种什么长什么，种香蕉更是不在话下。战争期间香蕉奇缺，搞得海盗绝望透顶，所以他决定在屋顶上建一个玻璃温室。为了说动一个飞里约热内卢—阿森松岛[⑦]—拉密堡[⑧]路线的朋友偷带一两棵香蕉树苗，他许下条件：下次执行空降任务碰到德国照相机，一定给他弄一部。

海盗的香蕉早餐已经闻名遐迩了。英格兰各地的餐友们纷至沓来，

---

① 特别行动处：英国在二战期间的一个机构，收集战略及技术情报。

② 切尔西：英国伦敦西部街区，在泰晤士河北岸，自十八世纪以来为名流聚居地。著名作家奥斯卡·王尔德曾住在该街道十六号。

③ 该人物系杜撰，其名在英文中有“田园牧童”之意。

④ 此处应指但丁·加布里埃尔·罗塞蒂（1828—1882），英国诗人、画家，拉斐尔前派创建人之一。其妹克里斯蒂娜·乔治娜·罗塞蒂（1830—1894）写了许多抒情诗和民谣，也曾住在附近街区。

⑤ 西撒克斯：英格兰南部一地区，曾为盎格鲁-撒克逊人的一个王国所在地。又译“韦塞克斯”。

⑥ 鞍形母猪：一种背上有鞍状花纹的猪。

⑦ 阿森松岛：位于南大西洋，英属圣赫勒拿岛的附属岛。

⑧ 拉密堡：乍得首都恩贾梅纳的旧称。

就连那些对香蕉过敏甚至痛恨的人也来了，他们想一睹细菌们的管理机制，看看土壤如何把那些化学的环环链链缀成一张大网，而网格却小得只有上帝才能看到。他们亲眼看见了好多长到一英尺半长的香蕉——嗯，的确匪夷所思，但又千真万确。

海盗站在厕所里撒尿，脑子一片空白。完事后，他穿针一般把自己套进一件羊毛睡袍里。袍子反穿着，这样便于把装香烟的口袋藏到贴身的一面。不过效果并不理想。他绕过战友们热乎乎的身体，走到落地窗前，轻轻出了窗户，站在寒冷的屋外。凛冽的空气触到补过的牙齿，痛得他呻吟了一声。他沿着一架螺旋梯盘旋而上，来到屋顶的植物园，驻足小立，向泰晤士河凝望。太阳还没有升到地平线上。像是要下雨，但此刻的空气格外清明。大电站和远处的煤气厂纹丝不动地矗立着，早晨的烧杯里、烟囱上、通气孔内、塔楼上、管道中，结晶体渐渐多起来，蒸汽和烟柱歪歪扭扭地升起……

"啊——"海盗闷吼一声，看着嘴里喷出的白气慢慢在栏杆上消失，"啊——啊——"四面的屋顶在晨光中舞蹈。他那些硕大的香蕉一串挨一串，黄灿灿、绿润润的。楼下的战友们正在梦中吃香蕉早餐，口水直流。这清清爽爽的一天，应该不会太差——

咦？东方粉红的天边，冒了一下火花，非常耀眼。一颗新星，亮度不低于一颗新星。他倚在栏杆上望着。亮点已变成一道短直的白线。好像是北海[①]那边的什么地方……起码是那个距离……下面冰原绵延，一抹冷寒的日光……

到底是什么呢？这种情况还从来没有过。不过这难不住他海盗。他在电影里看过，就在两周前……拖着蒸气尾巴。又升高了一指宽的距离。不是飞机，飞机不会竖直上升。是新型的德国火箭弹——目前还是绝密。

"来信儿了。"[②]这句话是他小声说出的，还是心里想的？他紧了紧皱

---

① 北海：大西洋的边缘海，位于大不列颠与欧洲西北之间，通过多佛海峡与英吉利海峡通大西洋。

② 原文为"incoming mail"，步兵俚语，指即将降临的厄运。

巴巴的睡袍腰带。这东西的射程估计在两百多英里——可是，这时候，两百英里外的尾迹是看不到的，看不到。

哦。哦对了。顺着地球的弧面，再往东，太阳刚从荷兰那边升起，照在火箭尾迹上，液珠和晶粒发出强光，隔了海也能看清楚……

突然间，那条白线停止上升。应该是燃料供应中断了，烧光了，叫什么词来着……Brennschluss[①]（燃烧终止）。这东西我们没有。有也是机密。白线的底端，就是星星刚才出现的部位，已在红色的朝霞中褪散了。看样子，不等他海盗看见日出，火箭就会飞到身边。

白色的尾迹仍然悬立在空中，但已变得晦暗，朝两三个方向轻微散开。呀！火箭已经完全进入了弹道，继续升高，此时已彻底脱离视线。

他是不是应该有所行动……和斯坦莫[②]的总部取得联系，他们得用海峡雷达监视住——不：来不及，不行。从海牙到这儿要不了五分钟（仅仅是太阳光抵达"爱星"[③]的时间……只够走到拐角那家茶室……根本来不及）。跑到街上去？通知其他人？

摘香蕉。他踩着黑色粪堆，费力地走进温室。他觉得大便快憋不住了。此刻，那颗升空六十英里的导弹肯定已经到了弹道顶点……开始下落……*就现在*……

光亮从桁架间隙泻入温室。乳白的玻璃将光线慈和地洒下来。哪个冬天——包括现在——能灰暗得使这些迎风歌唱的铁架衰迈苍老？能遮蔽这些向另一个季节打开的窗户，不管这个季节有多少虚假、人造的成分？

海盗看了看表。没什么异常。脸上的毛孔开始刺痛。他把脑子腾空——突击队员们的绝招——然后走进湿热的香蕉房，开始摘最熟最好的香蕉，扔在撩起的睡袍里。他一门心思地数香蕉，光着两条腿，穿梭在金黄的、吊灯般垂挂着的香蕉丛中，穿梭在热带晨光里……

---

① 德语。以下译文中如出现非英文词句且无注解，则为德语。
② 斯坦莫：位于伦敦西北十三英里处，特别行动处总部所在地。
③ 爱星：指金星。英文中金星以罗马神话中爱与美的女神维纳斯命名。

又回到外面的寒冬里了。天空中，尾迹已完全消失。海盗身上，汗冰冷冰冷。

慢慢点上一支烟。那东西到达的声音是听不到的。飞得比声音还快。你接到的头一个信号是爆炸。然后，如果还没失去知觉，就能听见它到达的声音。

如果正好打到身上怎么办——啊，别——弹头会在瞬间击中天灵盖，接着是可怕的弹身……

海盗弓起肩，捧着香蕉走下螺旋梯。

◆ ◆ ◆ ◆ ◆

穿过蓝色瓷砖铺成的院子，进了门来到厨房。固定程序：先把美国搅拌机插上电源，去年夏天从美国佬那儿赢来的，打扑克押的注，在北边什么地方的单身宿舍里，现在根本记不清了……然后取几根香蕉，切片。壶里煮上咖啡。冰箱里取牛奶罐。香蕉搁到牛奶里煮汤。好极了。我要给英国所有喝酒喝坏的肚子涂一层香蕉……取点麦淇淋①——还没变味——在锅里化了。再剥些香蕉，顺长切了。麦淇淋冒气了，放入香蕉片。预热烤箱，轰，哪天把我们都炸死，哦，哈哈，没错。等烤箱预热好，把去皮的整根香蕉放到烤架上。再找几颗软糖……

泰迪·布娄特头上顶着海盗的毯子，摇摇晃晃走进来，踩到香蕉皮，一滑，摔了个屁股蹲儿。“自杀喽！”他嘟哝着。

“德国人会为你代劳的。猜猜我在屋顶上看见什么了。”

“那个正在飞行的 V-2 火箭？”

“A4②，没错。”

“我在窗户外面看见的。大约十分钟以前。怪怪的。真的怪。再没听到动静，对吧？肯定夭折了。落到海里或者别的什么地方了。”

---

① 麦淇淋：即人造黄油。

② A4：德语缩写，指航行状态的 V-2 火箭。

“十分钟以前？”海盗仔细看着表。

“最少十分钟。”布娄特坐到地上，把香蕉皮捣弄成一朵花，别在睡衣翻领一侧的纽孔里。

海盗走到电话旁，少不得还是拨通了斯坦莫。常规的程序是免不了的，很啰唆很啰唆，所幸他知道自己已不在乎刚刚看到的火箭了。上帝从凝滞的天空中帮他摘走了这根钢铁香蕉。“我是普伦提斯，你们刚才探到荷兰那边来的什么信号了吗？嗯哼。嗯哼。对，我们看到了。”这种事会败了看日出的兴致。他挂断电话。“雷达在海岸边失去了目标。他们叫什么‘提前的 Brennschluss（燃烧终止）’。”

“别泄气，”泰迪又爬回那张残破的小床，“还会再来的。”

布娄特这家伙，总是那么乐观。在等待和斯坦莫通话时，海盗脑子里闪过这样的想法：危险过去了，香蕉早餐安全了。不过只是缓期执行而已。的确。真的还会有火箭打过来，落到他头上的可能性也照样存在。具体还要打多少火箭，前线双方没一个人知道。我们是不是干脆放弃空中警戒？

奥斯比·费尔站在乐台上，拿着海盗最大的香蕉，从条纹睡裤的开口里伸出来，另一只手以 4/4 拍三连音的节奏，朝天花板方向摩弄着香蕉硕大、橙黄的弯曲部，唱起下面的歌儿来迎接黎明：

爬起来，屁股离开地上，
（来一根香—蕉）
刷完牙摇摇晃晃上战场。
和美梦吻别吧，
挥起手告别睡乡。
你告诉葛兰宝[①]，

---

① 贝蒂·葛兰宝（1916—1973），又译贝蒂·格拉布尔。美国女演员，在歌舞片中所展示的肉感大腿大受观众青睐。尤其是一九四四年主演的影片《挂历女郎》，使其成为美国军人的梦中情人。

胜利日[①]不到，你不举也不翘。
啊，做百姓样样都美妙，
(吃一根香—蕉)
冒泡的美酒，香唇的阿娇——
给我们一个甜甜的微笑吧，
送我们上前线把德寇打发掉，
然后，照咱们开始说的那样——
爬起来，你的大屁股离开地上！

本来还有一段歌词，奥斯比蹦蹦跳跳正要唱，巴特利·高比奇、德卡福利·庖克斯、毛里斯·里德（绰号“萨克斯”）和其他几个人已经扑到他身上，把他和那根粗大的香蕉一齐狠揍一顿。厨房里，在海盗双层蒸锅的上层，黑市上买来的软糖慢慢化成了糖浆，浓浓的汁液很快开始冒泡。咖啡冲起来了。泰迪·布娄特手拿一把老大的双刃水果刀在切香蕉，“菜板”是一块酒馆的招牌，上面“浪子和棒子”的阴文刻字仍清晰可见——这是巴特利·高比奇喝醉了酒，大白天抢来的。海盗的两手各司其事：一只手从游移不定的刀刃下把金黄可人的香蕉糊拨入新鲜的蛋奶糊，这些鲜蛋是奥斯比·费尔用高尔夫球一比一换来的，尽管今年冬天高尔夫球比货真价实的鸡蛋还要稀罕；另一只手拿着搅打器，力度适中地把香蕉和蛋奶糊搅在一起。奥斯比本人则阴着脸，一边从一个半品脱奶瓶里频频啜吸掺水的“威使 69”[②]，一边睃着锅里和烤架上的香蕉。在蓝色院子的门口，有一个少妇峰[③]的混凝土模型，是二十年代的某位热心人辛劳一年制模浇铸的，铸好后才发现太大了，哪个门都出不去。这会儿，德卡福利·庖克斯和华金·司迪克正站在模型旁，用装满冰块的

---

① 这里指第二次世界大战欧洲胜利日，正式日期是一九四五年五月八日，但同盟国从一九四四年八月就开始使用该词了。这一天正好是品钦的八岁生日，也是杜鲁门总统的六十一岁生日。

② 威使 69：一种混合的苏格兰威士忌。

③ 又译“圣女峰”“少女峰”，瑞士中部偏南的伯尔尼山区的一座山。此处，译者取其德文名之原意译为“少妇峰”。

红色橡胶热水袋击打这座名山的山坡，要把冰块砸碎，加在海盗的香蕉糊里，取得冰镇效果。这些天，他们没有刮胡子，头发蓬乱、两眼充血、口气毒臭，活脱脱两个精疲力竭的神祇，在漫漫冰山上艰难攀登。

屋子里的其他酒友们都“脱毯而出”（其中一个在用毛毯拍打空气，因为他梦见在跳伞），到浴室的水槽里小便，然后没精打采地照着刮脸用的凹面镜，漫无目的地蘸了水往日渐稀疏的头发上拍打，费劲地系着山姆·布朗腰带[1]——后来还拿着鞋子，用已经发酸的手拍打雨水，或者唱起调子或生或熟的流行歌曲片段，或者躺下来感觉自己在从窗棂间照入的朝阳中暖和起来，再或者胡乱说些部队里的事情，为一个小时内就会下达的不管什么任务做做铺垫。他们往脖子上、脸上涂肥皂泡，打哈欠、挖鼻孔，在柜子和书橱里找狗毛[2]，也就是昨晚在并非无缘无故、并非未受挑衅的情况下咬了他们的那只狗的毛。

这会儿，所有的房间里都弥漫着一股淡淡的香蕉味，遮住了昨夜的烟味、酒味、汗味。这种香蕉科果实的味儿越来越明显：花儿般绽放，弥漫开来，比冬日的阳光还要丰富多彩，简直叫人心惊。不是靠香浓味烈、横冲直撞，而是靠分子结构的精妙，这其中的奥秘只有它和它的魔术师知道——这种奥秘使活人的基因链如此复杂无俦，甚至还保留着十代、二十代前某位祖先的面容——虽然我们常常没办法直接让死神滚他娘的蛋……香蕉的味儿正是凭借了这种“让分子结构说话”的方式，在这个战争年代的早晨透迤弥漫、收复领地、统治一方。难道不应该打开所有的窗户，让这种可爱的香味普护整个切尔西吗？就像一道符咒，把落下来的东西统统挡在外面……

长、短、软、硬的各色椅子，包括放倒的弹壳，稀里哗啦了一阵，海盗的饭徒们就围坐在那张南方小岛造型的大长餐桌旁，也就是“小岛”的海滩上了——这座“小岛”和考力登·斯罗思朴原初构想中的寒

---

① 山姆·布朗腰带：一种带肩带的腰带，佩枪用，两次世界大战期间多用于军官，以设计者 Samuel Browne（塞缪尔·布朗）的简称命名。

② 狗毛：这里是双关语，既可指实，又可指一种解酒的饮液（含酒精）。

冷天气差了不啻一两条回归带。“小岛”深色涡纹的核桃木“高地”上，摆满了香蕉煎蛋卷、香蕉三明治、香蕉煲，还有直立式英国雄狮造型的香蕉泥和搅到蛋糊里用来做法式烤面包的香蕉泥，更有一块香蕉冻，颤乎乎的奶油表面上用糕点裱花写着“C’est magnifique, mais ce n’est pas la guerre[①]（场面倒是壮观，但这不叫打仗）”，据说这句话是一个法国人在观看“轻骑兵的冲锋”时说的，海盗把它作为座右铭……高高的调味瓶里盛有白色香蕉糊，可以滴洒到香蕉蛋奶饼上；还有一只大釉坛子，里面装着小香蕉块、野蜂蜜和玫瑰香葡萄干，夏天一直发酵到现在，今天早晨已经可以满缸子地舀出冒着泡沫的香蕉蜂蜜酒来了……香蕉月牙面包、香蕉三角馄饨、香蕉麦片、香蕉果酱，还有浇上陈年白兰地烤过的香蕉，用的是海盗去年从比利牛斯一个地窖里带回来的白兰地，当时地窖里还藏了一台无线电发报机……

突然，电话铃响了起来，就像有人放了个放肆的连响钢屁，毫不费力地穿过整个房间，刺醒了残留的醉意，盖过了所有的打闹声、碗碟叮当声、闲聊声、尖笑声。海盗知道电话是冲自己来的。布娄特离电话最近，他拿起电话，叉满 bananes glac eés[②]（冰镇香蕉）的叉子优雅地停在空中。海盗又舀些香蕉蜂蜜酒，喝了，酒顺着喉咙咽下去，他觉得自己咽下去的是时光——宁静的夏日时光。

“你老板。”

“没道理，”海盗叹道，“我早上的俯卧撑还没做呢。”

电话里的声音他只听到过一回，那是去年有一次接受任务，当时那个人的手和脸看不太分明，夹杂在其他十来个一起待命的人当中，根本认不清楚。现在，这个声音告诉他，有一封捎给他的信，在格林威治等他去取[③]。

---

① 原文为法语，一般认为是法国将军博斯凯在一八五四年十月二十五日观看巴拉克拉瓦（塞瓦斯托波尔市的一部分，位于苏联欧洲部分南部克里木半岛上）战斗时所说。当时，英国轻骑兵对俄国重火力实施了进攻。

② 法语。

③ 这里指的是火箭带来的“信儿”，即火箭落在了格林威治附近的皇家天文台，也是零经度处。

“信儿来得蛮有趣的，”电话里的声音尖而阴沉，“我就没有这么聪明的朋友。我所有的信都是通过邮局寄来的。普伦提斯，你一定要来取。”对方的听筒狠狠砸在叉簧上，信号中断。海盗一下子猜到了早晨那枚火箭的落点和没有听到爆炸声的原因。真的来信了。他凝眸而视，目光穿过参差的太阳光柱，然后落回到餐桌旁众人身上。他们正在香蕉里摸爬滚打，隔在中间的那片晨光消融了他们饥饿的咀嚼声，恍惚间他们仿佛与他相隔了一百英里——即便在战争的罗网中，一种孤独感也会随意地、断然地攫住他的盲肠，抓住他的要害，就像现在这样。此刻，他的身子仿佛又被一扇窗户隔挡在外面，眼里看到的只是一群吃吃喝喝的陌路人。

勤务兵韦恩下士开着有疤痕的绿色拉贡达车送他出门、上路，朝东过了沃克斯霍尔桥[①]。今天早晨，好像太阳升得越高就越感觉冷。天空中竟开始有了云朵。一队正要去附近清理废墟的美国工兵一边往路上拥，一边唱着：

冷哟……
冷得过巫婆的奶尖尖！
冷得过企鹅的屎蛋蛋！
冷得过北极熊的毛尻尻！
冷得过香槟杯上霜萧萧！

瞧，他们自以为是民粹派，我可是知道的，他们是雅西派[②]，是科德里亚努派，是他的人，是同盟的人，他们……他们为他杀人，他们发过誓！他们想杀我……特兰西瓦尼亚的马扎尔人[③]，他们会念咒语……在夜

---

① 沃克斯霍尔桥：伦敦泰晤士河上的一座桥。

② 雅西是罗马尼亚东北部城市。科德里亚努（1899—1938）在此建立了天使长米哈伊尔军团，后发展为法西斯组织铁卫团。

③ 特兰西瓦尼亚位于罗马尼亚中部，一九一八年由奥匈帝国成为罗马尼亚国土，罗马尼亚的匈牙利人多居于此。马扎尔为匈牙利主要民族。第二次世界大战期间，匈牙利、罗马尼亚两国曾争夺特兰西瓦尼亚，战后仍归还罗马尼亚。

里悄声念……唷嗬，耶，耶，海盗的“状态”又悄然袭来，还是和平常一样，根本猝不及防——这里不妨说一句，档案上称为“杰奥弗里·普伦提斯”的那个人主要代表着一种奇特的本领——怎么说呢，就是能进入别人的思想，还能帮别人管理那些思想。比如现在，他就进入了一个流亡的罗马尼亚保皇党人[①]的思想，也许过不了多久此人就能派上用场。“公司”[②]发现他的这样本事非常有用：目前这个时期，头脑健全的领导者和其他重要人物都是缺一不可的。要避免他们焦虑过度，给他们“拔罐放血”，除了帮他们管理那些耗费精力的胡思乱想，还有什么更好的办法呢……你可以进入他们在热带的避难所，在柔和的绿色灯光下，在拂过简陋房屋的轻风中，喝他们的高杯酒，换个位子看住公共场所的入口，防止这些无辜者们继续受苦……当他们脑子里突然出现医生认为不宜的想法时，你帮他们管理生殖器的勃起……让他们畏惧一切，畏惧一切他们无力畏惧之物……让他们想起 P.M.S. 布莱克特[③]的话，“战争之力不在于血气之勇”。你可以哼一哼他们教给你的那支傻味十足的曲儿，千万别唱砸了：

对喽——我是这样的人——
专门进入别人的幻想——
他们有苦有难，我来承担——
侉平汉·琼斯吃茶是否晚到，
有没有小妞在我怀抱，这些都不重要——
就连丧钟为谁鸣，我也不问不管……
〔众大号起，长号密集和声起〕
有危险也没什么大—不了，
我早就从危险的屋顶摔落了——

---

① 此人应是匈牙利科学家盖佐·罗饶沃尔基。
② 指特别行动处。
③ P.M.S. 布莱克特（1897—1974）：英国物理学家，一九四八年获诺贝尔物理学奖。写过名为“恐惧，战争和炸弹”的书。据考，小说下面的句子引自该书。

伙计啊，忘掉我们的怨仇吧，
我一朝出门，便不再回头。
在我坟头尿一泡，继续战斗！

接着，他蹦蹿起来，膝盖高抬，手里舞一根手杖，杖柄上刻有W.C. 菲尔兹[①]的头、鼻子、大礼帽之类，俨然胸藏魔法的模样。同时，乐队演奏第二遍。另外还要配魔术幻灯，真正的魔术幻灯，幻灯滑轨的横截面颇具维多利亚风格，很典雅，侧影如国际象棋中的马，构造漂亮但不低俗——光线从观众头上直射过去，进入屏幕然后回射出来，进进出出，镜像比例快速缩放着，变幻莫测，就像他们所说，兴许你还能时不时在玫瑰色上加点酸橙绿什么的。幻灯内容是海盗从事“思想替身”生涯的闪光点，可以追溯到当年他走到哪里都有“蒙”卦[②]相随的日子。那时候，卦象就在他头部最中间，是典型的蒙古症凸起，而且越来越大。他早就知道有时候梦到的事情并不属于自己。这并不是白天清醒时严格分析梦的内容后得出的结论，反正他就是知道。后来，有一天，他头一回碰到了自己做过的一个梦的正主。那是在一座公园里的饮水器旁边，一溜整齐的长椅，一排带状的饰景小柏树，紧挨着柏树好像是海水，灰色的碎石看上去软软的，犹如软呢帽的帽檐儿，可以在上面睡觉。那个流着涎水、衣扣掉光的人渣就是这时候过来的。你一辈子都不愿碰上的那种角儿。他停下来，看着两个女童子军调节饮水器水压。两个小尤物弯着腰，根本不知道自己白色的棉内裤勒出了诱人的线条，下面胖乎乎的小屁股曲线毕露，简直要了这个色鬼的命——尽管黄汤已经把他灌迷糊了。这个混混笑着、指着，然后回头看着海盗，口里说出惊人的话来：“噫！女童子军开始出水了……你的声音将使我彻夜难眠……嘿！”他的目光锁在海盗身上，赤裸裸的……怪事，这些话和海盗前天早晨临醒前梦到的一模一样！好像是一场竞赛里常规颁奖名单的一部分，因为黑道

① 菲尔兹是1940年代美国电视喜剧中的一个浪荡子形象。易怒，好酒，红鼻子。
② 这里指《易经》里的第四卦。

进行内部干涉，竞赛变得拥挤而危险……他记不太清楚……想到这里，他惊慌失措，口里答道：“走开，不然我要叫警察了。”

问题就这样暂时解决了。但是不论迟早，一定会有人发现他这个天赋，看重它的用处。这回，他为自个儿进行了长时间的幻想——应该说更像尤金·苏[①]式的情节剧：他被缅甸的匪帮或西西里的某个组织绑架了，专干不可告人的事情。

一九三五年，他破天荒在没有任何睡眠状态的情况下发生了感应。当时，他正迷着吉卜林，举目四望，野蛮的“光头酒坛子”[②]和龙线虫病、东方疖一起在部队里肆虐，整整一个月喝不到啤酒，无线电信号被阻塞（可能是那些黑丘八的主子们干的，天知道咋回事），小道消息完全隔绝，也没有卡里·格兰特[③]闹来闹去，偷偷往那边的潘趣酒碗里放象药[④]……就连兵哥哥们耳熟能详的那部充满欲望的经典片里那个“肥鼻子的阿拉伯人”也做不成[⑤]……自然，有一天下午四点钟，成群的苍蝇在飞舞，瓜皮发出馊味，哨所里唯一的唱片正在进行第七千七百万次播放，桑迪·麦克弗森正在用管风琴演奏“换哨”[⑥]。此情此景之下，海盗竟意外享用了一次豪华东方幻游：他懒懒地、轻松地跃过篱笆，溜进城里，到了“禁区”，闯入一场狂欢派对。主办者是一位尚未被人发现的弥赛亚[⑦]，目光相碰的刹那，海盗就明白了：自己是此人的施洗者圣约翰[⑧]，是加沙的拿单[⑨]，必须让他相信自身的神力，必须向人们宣扬他，既爱之以凡俗，又爱之

---

① 尤金·苏（1804—1857）：法国作家，倡导长篇连载小说，以描写城市生活的阴暗面著称。代表作有《巴黎的奥秘》和《流浪的犹太人》。

② 原文为英军俚语，指苏丹兵。

③ 卡里·格兰特（1904—1986）：英裔美国演员，电影中优雅男主角的典型，如电影《费城故事》和《北西北》。

④ 这里指的是格兰特一九五二年主演的《猴子生意》。一名药剂师发明了一种迷幻灵药，与其同事一起误食此药后回到了童年。品钦把时间搞错了。

⑤ 这里的出处不可考，很可能暗示同性恋行为。

⑥ 据考，麦克弗森的管风琴演奏是当时 BBC 的一个晚间节目。

⑦ 在英语里，弥赛亚既可指犹太人盼望的复国救主，也可指基督徒心目中的救世主耶稣。此处不明。

⑧ 施洗者圣约翰：犹太先知，《新约》中为耶稣施洗礼。

⑨《圣经》中的先知，曾谴责大卫害死乌利亚并娶其妻。

以神圣……这场幻想的主人只可能是H.A.娄夫。其实每一群人里至少有一个“娄夫”。娄夫经常记不住信奉伊斯兰教的人不大喜欢别人在街上给他们拍照……烟抽光时，娄夫在借来的衬衣口袋里发现了违禁烟卷，大中午在餐厅里点燃，没抽几下就当场乱窜起来，脸上露出松弛的微笑，叫着红帽排[①]排长的教名上前打招呼。于是乎，海盗冒失地和娄夫印证起幻觉来。自然，消息很快传到了上级耳朵里，还进了档案。结果，一直孜孜不倦搜罗“通神之士”的“公司”把他纳于白厅麾下，研究他如何在恍惚中到达覆着蓝色台面呢的赌桌，观看可怕的纸牌赌博；研究他如何把眼球往里翻，从自己眼窝里读出古老模糊的、类似涂鸦的文字……

开初几次一点都不顺利。进入别人的思想倒不成问题，但那些人都不是什么重要人物。“公司”反倒很耐心，一心一意长远打算。时候终于到了。在伦敦一个福尔摩斯式的夜晚[②]，煤气的味道从一盏昏暗的街灯清晰地传入海盗鼻子里，面前的雾气中渐渐出现了一个巨大的、器官模样的东西。他屏息凝声，一步步小心翼翼地靠近去。那东西也开始向他滑过来，在鹅卵石上缓缓移动着，爬过的街面上留下了黏液般亮晶晶的尾迹，根本不是雾气造成的错觉。他们中间有一个临界点，海盗移动略快，抢先到了临界点上。紧接着，他又惊惧地踉跄后退，退回到临界点这边来——可是，那种东西看一眼就永远忘不了。那是个巨大的腺样增殖体，至少有圣保罗教堂那么大，而且一直在长。伦敦，也许整个英国，已岌岌可危了。

这个长在淋巴组织上的怪物曾经堵塞过布拉瑟拉德·奥斯莫爵爷尊贵的喉咙。当时，奥斯莫爵爷在外交部任新帕扎尔司长一职。这一职位其实是对上世纪英国东方政策一种模棱两可的补救，因为整个欧洲的命运曾一度悬在这个模棱两可的小小桑贾克[③]身上：

---

① 红帽排：由苏丹士兵组成，其帽红色，状如圆筒，故有此称。

② 当指柯南·道尔的侦探小说中常有的情景：雾气，不同寻常的寂静。

③ 从一四五三年到十九世纪初，奥斯曼的地方政府组织都很松散。该帝国的一级区划为省（Eyalet），由三马尾帕夏统领，帝国宰相提名首都和各省所有的高级官员。一八六一年至一八六六年间，各省被废除。为便于管理，其辖区被分为多个州（Vilayet）。每个省份被划分为多个旗（突厥语称“桑贾克”），各旗长官为一马尾帕夏。帕夏被赋予了绝对的行政权力。

没人知道它在哪儿，只知它在地图上，
谁又能想到，它会掀起如此惊涛骇浪？
每一个黑山人，每一个塞尔维亚人，
都期待突然间爆出些什么——
哦，亲，为我打点行包，整理衣装，
把粗大的雪茄给我点上——
如果你想得知我的下落，
就看着那东—方—快车，
开往新帕扎尔桑扎克[①]！

合唱队由年轻的适婚年龄女子组成，戴着高顶军帽，穿着长筒军靴，装束俏皮，唱到此处便轻舞起来。布拉瑟拉德·奥斯莫爵爷则出现在另一边，被自己不断长大的腺样增殖体给吸收了。这种可怕的细胞质巨变，爱德华时代的医学根本无法解释……很快，高帽子在梅费尔[②]的广场上扔得到处都是，残留的廉价香水味萦绕在东区酒馆的灯盏里，腺样增殖体继续肆虐着，但也并非见人就吞，没错，这个恶毒的增殖体是有总体规划的，只吞噬某些对它有用的人，像上帝一样，在整个英格兰重新挑取选民，而忽略其他人——这一来搞得总部狂乱、痛苦，没了主意……人人束手无策……很不情愿地在伦敦搞了一场撤退：黑色敞篷车在桁架桥两边蚂蚁般一字排开，天空中安排了侦查气球，“在汉普斯特德希斯公园发现目标，坐在那儿喘气，就是……进去，出来……”“有没有声音？”“有啊，很可怕的……像一只巨型鼻子，把鼻涕吸进去……现在开始……哦，不……哦，天哪，我无法描述，太恶心了——”线突然断了，信号消失，气球飞向青凫色的拂晓天边。卡文迪什实验室来了一拨又一拨人，在公园里布满了大块磁铁和电弧接头，还有满是量表和曲柄

① 新帕扎尔桑扎克：前奥斯曼帝国特别行政区。中世纪时期塞尔维亚的首都斯塔里拉斯（约880—960）就位于新帕扎尔境内。新帕扎尔桑扎克在一八七八年至一九〇八年期间由奥匈帝国统治，一九〇八年回到奥斯曼帝国的统治，直到一九一二年第一次巴尔干战争为止。
② 梅费尔：位于英国伦敦西区的高级住宅区。

的黑色铁制控制板。军队也全副武装亮相了，带着装满最新式毒气的炮弹——腺样增殖体经历了轰炸、电击、毒攻，颜色和形状不时变换，树木上方的高空中出现了黄色脂肪块……媒体的闪光相机中出现了一个丑陋的绿色伪足动物，朝军队的警戒线爬过去。突然，“呼隆”一声，令人恶心的橘黄色痰液洪水般淹没了一个观测哨，把那些不幸的士兵们吞了下去——不过他们没有惊叫，而是在笑，很快乐的样子……

海盗 / 奥斯莫的任务是和腺样增殖体建立联系。目前，形势已稳定下来，增殖体占领了整个圣詹姆斯公园，那些古典建筑已不复存在，政府办公室也搬了地方，因为地点太散，联络极其不便——来回跑腿的邮差们不断被增殖体长着硬疙瘩、闪着荧光的浅褐色触须卷走，电报线随时会在增殖体一转念间坍断。布拉瑟拉德·奥斯莫爵爷每天早晨都要戴上圆顶硬呢帽，提着公文包出外去找增殖体，制订每日的行动方案。他在这件事上花去了大量时间，甚至渐渐放松了新帕扎尔的工作。外交部对此忧心忡忡。三十年代时，全球均势思想还很浓，外交家们都得了“巴尔干症”。在残留的奥斯曼帝国，每个军事基地都潜伏着姓名中夹杂外族成分的间谍。间谍们的上唇部被剃光，刺上用十几种斯拉夫语言编码的情报，然后再留起唇髭将情报盖住。这些唇髭只能由指定的密码官剃去，再由“公司”的整形外科医生移植一块皮把情报覆盖起来……他们的嘴唇是反复秘写的肉板小书，有疤痕，白得不正常，他们彼此间完全认得出来。

尽管如此，新帕扎尔依旧是欧洲这块手掌上的神秘十字纹[①]。最后，外交部决定寻求“公司”帮助，而“公司”正好有合适人选。

此后两年半里，海盗天天外出拜访圣詹姆斯公园的腺样增殖体，弄得自己都要发疯了。他开发了一种洋泾浜语言，可以用来和增殖体交流。晦气的是，他的鼻子结构欠佳，发不好那些音，所以这件差事很让他头痛。在他们俩用鼻子哼来哼去的当儿，穿着七扣式黑装的精神病医生们——都是弗洛伊德的崇拜者，增殖体显然对他们毫无价值——攀上活

① 神秘十字纹：手相学中月丘上的两条交叉线，代表超视、通阴能力乃至死亡等。

梯，站在增殖体恶心的、灰不溜秋的体侧，把装满新制白色特效可卡因的灰浆桶次第传到活梯上，用铲子将可卡因涂抹到腺体活物一颤一颤的身体上，涂抹到腺窝里冒着恶浊泡沫的细菌毒素里。但这一切压根儿没有显著效果——当然，谁也不知道增殖体自己的感受如何，不是吗？

不过，布拉瑟拉德·奥斯莫爵爷却因此得以全身心投入新帕扎尔的工作。一九三九年初，有人发现他神秘地窒息而死，死亡地点是某位女子爵家中一个装满木薯布丁的澡盆。有人觉得是“公司”捣的鬼。几个月后，二战开始；几年后，新帕扎尔不再有动静。海盗·普伦提斯自然没能使欧洲免于二战，却使其免于“巴尔干大决战”——这是那些老家伙们梦寐以求的、规模大得令他们在梦床上都晕眩的决战。即便此时，“公司”也只给了他一点点宁静，就像顺势疗法中给病人的药物，剂量仅够维持免疫系统活动，又不致过量引起中毒。

◆ ◆ ◆ ◆ ◆

泰迪·布娄特的午餐时间。不过今天的午餐，嘿嘿，是一块没烤透的香蕉三明治，裹了蜡纸，装在他漂亮的袋鼠皮背包里，小心翼翼地和那些零散物品放在一起，其中有一部小型谍用相机，一瓶髭蜡，一罐甘草精，一些用芫菁科甲虫、薄荷醇和辣椒配制的润喉剂，一副麦克阿瑟式金边太阳镜，还有一对银发梳，造型仿盟军最高统帅部的火剑标记①，是他妈妈让伽拉德公司②为他设计的，他本人也觉得很不错。

这是个细雨霏霏的冬午。他的目标是城里的一栋灰色石宅，建在首都周围的官方战时公路和铁路附近，恰好在格罗夫纳广场看不到的地方。屋子不大，也没什么历史价值，在任何旅行指南里都找不到。如果打字机碰巧停下来，比如在八点二十分或其他神秘时刻，而天空中又没有美

---

① 盟国远征军最高统帅部手下的所有士兵都佩戴一种肩章，上有一把燃烧之剑，又有一道彩虹横跨剑上。

② 伽拉德公司：位于伦敦摄政街，加工王室用珠宝。

国轰炸机，牛津街的车辆也不太多，便可以听见冬日的鸟儿在外面叽喳鸣叫，忙着在女孩儿们为它们备好的食器里啄食。

雾水打湿了路上的石板，滑溜溜的。这样的中午昏暗难熬，烟瘾逼人，头痛恶心。百万官僚们正在辛勤地谋划死亡，其中有些人甚至很明白自己在干什么——此时，许多人已经喝到了第二、第三杯酒，使这里有了一种歇斯底里的气氛。对此，布娄特却毫无感觉。他一边往沙包堆成的入口走（为了实现神祇子孙们的奇思怪想，入口竟临时搭成了金字塔形），一边忙着罗织有效的遁词，万一被抓也好有个说法——当然，他并不愿意被抓住喽……

主服务台旁有一个领协[1]的姑娘，戴眼镜，口里吹着泡泡糖，很亲切地挥挥手，示意他继续往楼上走。副官们穿着毛衣，神情沮丧地走着，或去开会，或上厕所，或准备痛饮一两个小时。他们向他点头致意，其实并没有注意他，反正是张熟脸儿，某某某的助手，牛津的校友——没错，这个中尉在下面大厅里的交换站工作。

“交换站”的全称是“盟军北部德国技术机构情报交换站”。这栋老房子被战争临时用房的设计者隔成了许多小屋，拥挤不堪，墙壁上糊着久经烟熏的白纸。这时候几乎没有人迹，只有黑色的打字机墓碑般挺立着。地板上铺着肮脏的油地毡，没有窗户。电灯发出廉价而冷酷的黄光。布娄特朝一间办公室里看去。那是分给他耶稣学院[2]的老朋友、绰号“快蹄儿”的奥立弗·马科曼菲克中尉的。周围没人。快蹄儿和美国佬两个人还在吃午饭。好吧。那就拿出相机，打开鹅颈灯，调好反光板，就这样……

整个欧洲战区肯定都是这种小隔间：天花板没有隔开，只有三面纤维壁板，脏兮兮的，磨成了奶油色。快蹄儿和一个美国同事泰荣·斯洛索普中尉共住一室，两人的桌子摆成直角，差不多得转身90°才能目光相对。快蹄儿的桌子很整洁，斯洛索普的桌子则乱得一塌糊涂。一九四二

① 领协：“领土协助服务组织”的简称。
② 耶稣学院：属牛津大学。

年以来就没再见过木桌面的真容，各色东西掉落在上面，变得层层叠叠。其中有千千万万从橡皮擦上掉下的红色或棕色弧形小卷儿，有削铅笔的木屑儿，有干掉的茶渍或咖啡渍，有食糖和鲜奶的痕迹，有大量的烟灰，有打字机色带上飞过来粘上的细屑，还有已经分解的厚糨糊和碾成粉末的阿司匹林。这些东西形成的官场阴垢一层层渗透下去，顽强地直抵桌面，成为桌垢的主要成分。还有四处散布的回形针、"芝宝"火石、橡皮圈、订书针、烟头、揉皱的烟盒、散落的火柴、大头针、钢笔尖、各种颜色的铅笔头（包括不易弄到的淡紫色和深褐色）、木咖啡匙、妈妈南琳从马萨诸塞远道寄来的"萨尔"[①]红榆润喉片、胶带碎片、绳头、粉笔渣……这些东西上面，又堆了一层被遗忘的备忘录、软皮供应证、电话号码簿、没回的信、破损的复写纸、"克来姆尔"生发油[②]的空瓶，加上一些笔迹潦草的尤克里里伴奏和弦谱，有十来首歌，包括《面团儿兵[③]约翰尼找到爱尔兰玫瑰》。据快蹄儿说，"有些歌确实配得漂亮。他简直是美国的乔治·冯比[④]——当然，你得有足够的想象力才能认识到这一点。"不过布娄特宁愿不去想象。此外就是一些智力拼图玩具残块，上面画着威玛狗琥珀色左眼的局部、长袍的绿色天鹅绒褶边、远处的叶脉状石板蓝云朵、炸弹（也许是落日）的橙黄色光环、空中堡垒表面的铆钉、噘嘴美女的粉红色大腿内侧……再还有几份军情处来的每周军情摘要，一根绷断的、卷曲成螺旋状的尤克里里琴弦，装有各色星星贴纸的盒子，手电筒碎片，"块金"牌鞋油罐盖子（斯洛索普经常把铜盖当镜子，照出的脸虽然模糊不清，却看了又看），从下面大厅里交换站图书馆借来的一些参考书：《科技德语词典》、外交部《特别手册》《市镇规划》，往往还胡乱扔着一份未被卡掉或扔掉的《世界新闻》——斯洛索普挺好读书嘛。

斯洛索普桌旁的墙上钉着一张伦敦地图，布娄特急忙用微型照相机

---

① 萨尔：指亨利·萨尔公司，原在马萨诸塞州的剑桥市，现在该州康科德城。

② "克来姆尔"生发油：过去的产品，美国杂志的广告上称，使用"克来姆尔"生发油的人是"爱情海盗"，因为"他总是盗走最美丽的姑娘"。

③ 面团儿兵：指美国兵，据说 1960 年代美国军服上的大扣子像油炸面团。

④ 乔治·冯比（1904—1961）：尤克里里手，1940 年代英国喜剧明星，声音尖而高。

拍下来。他的背包打开着，熟透的香蕉味在小卧室里弥漫开来。要不要点支烟把香蕉味遮住？这儿根本不通风，他们会察觉有人来过。他拍了四张，咔嚓咔嚓，嘿，他现在干这个可真是高手——要是有人进来，只要把相机扔进包里就行了，包里正好有香蕉三明治缓冲，既不必担心声音让人听到，也不必担心 G 载荷把相机搞坏。

也不知是谁，出钱让他干这种小偷小摸的事，又舍不得花钱买彩卷，郁闷哪。他觉得这可能是无用功，又不知该找谁问个明白。斯洛索普贴在地图上的星星用上了现有的各种颜色：先是银色，上面标着“达琳”，和绿色的“格拉蒂丝”、金黄色的“凯瑟琳”同在一个星群；眼睛再扫过去，还可以看到“爱丽丝”、“德劳里丝”、“雪莉”、两三个“萨莉”，这一片星星大多为红色或蓝色——塔山附近有一团星星，科文特哥登周围又有一簇，还有一条星云流进梅费尔、梭霍，流出来到温伯利，再向上到汉普斯特德希斯——什么“卡罗琳”啊，“玛丽亚”啊，“安妮”啊，“苏姗”啊，“伊丽莎白”啊之类，这片五彩缤纷的华丽星空向四方伸出，时不时还有几颗散落的星星。

颜色可能是随意涂上去的，并非什么密码。也可能那些小妞根本就不存在。布娄特花了好几个星期，假装漫不经心，向快蹄儿问了些问题（“我们知道他是你校友，不过直接找他太冒险”），然后向上面报告，说斯洛索普去年秋天开始在这张图上贴星星，开始外出为交换站查看火箭弹轰炸情况大约也是同一时期。他来往于这些死亡之地，显然有足够的时间去泡妞。至于过几天就往地图上贴一颗星星的事，即便有什么原因，斯洛索普也未做说明——这种事似乎也无需宣传。快蹄儿是唯一对这张地图偶尔瞥上一眼的人，而且是带着温和的人类学眼光——“美国佬的嗜好，没什么害处，”他对朋友布娄特如是说，“也许是为了方便以后和她们所有的人联络。他的社交是挺复杂。”接着就会讲起洛兰和朱蒂，讲起同性恋查尔斯警官和家具仓库里的钢琴，讲起葛洛丽娅和她性感的母亲同时参加的那场怪诞的化装舞会，讲起自己在布莱克浦[①]对阵普雷

① 布莱克浦：又译“黑泽”，英国西北一自治城市，位于利物浦以北的爱尔兰海边，是受人欢迎的海滨度假胜地。

斯顿[①]北区的足球赛中押了一镑赌注，讲起笑话版的《平安夜》[②]和一场出于天意的大雾。可惜的是，这些奇谈怪事对于听布娄特汇报的人而言，谈不上有什么启发意义……

好了。干完了。灯关掉，包拉好，放回原位。也许还来得及在“浪子和棒子”见到快蹄儿，喝一杯叙叙友情。昏黄的灯光中，他沿着纤维板隔成的迷宫退出去，迎头碰上一群穿套鞋的姑娘。布娄特对她们视而不见——咳，现在可没时间打情骂俏，还得把货交上去呢……

◆ ◆ ◆ ◆ ◆

风向转到西南了，气压也降了下来。阴云密布，刚到下午天色就已向晚了。要是下起雨来，泰荣·斯洛索普也一样会淋湿的。今天，他就像个傻瓜，长时间向零经度搜寻，但和大多时候一样毫无结果。这枚导弹应该又在空中发生了提前爆炸，燃烧的残块散落在周围几英里的地方，但大部分还是落入了河中。其中一块残片好歹还能辨出形状，但斯洛索普到那儿时，却发现残片受到了空前的严密保护，那些人的态度也是空前的差。石板蓝的天幕下，可以看见一些褪色的软贝雷帽、打开自动装置的英式3型轻机枪和一些长满阔大上唇的一本正经的胡子——管你什么美国中尉，看一眼都别想，今天没门。

不管怎么说，交换站总是盟军情报站的穷亲戚。斯洛索普这回还不算孤家寡人，他看见了技术情报处[③]的同职——这多少算是个安慰。不久，他又看到同职的头儿坐着一九三七年的沃尔斯利·黄蜂[④]，急急忙忙来到现场。两个人都回头看了斯洛索普一眼。斯洛索普和善地点头致意，两个人理都没理。哼！这些伙计，真是又臭又硬。泰荣精着呢，他在周围

---

① 普雷斯顿：英格兰西北部地区，在利物浦东北方向。

②《平安夜》：一首著名的英文圣诞歌。

③ 技术情报处：英军情报机构。

④ 沃尔斯利·黄蜂：一种两门轿车，价格不高，由沃尔斯利汽车公司首产于一九三五年。

长时间溜达着，把“幸运蛋”香烟[①]扔得到处都是，最后起码弄明白了这颗“霉运弹”的情况。

残片是石墨圆柱体，长六英寸，直径两英寸，几乎整个都烧焦了，只剩下几块军绿色漆片。这是唯一完整的爆炸残留物，很明显是预先设计好的。里面好像藏了些文件。准尉副官去拿残片，把手灼了，大叫“哦，他妈的”，惹得那些薪水比他低的人笑起来。大家围在那里，等待特别行动处（那些刺儿头干什么都慢悠悠的）一位叫普伦提斯的上尉。普伦提斯上尉也确实很快就来了。斯洛索普瞥了一眼——饱经风霜的脸，长得像恶金刚。普伦提斯拿了圆柱体，开车走了。就这样，一切完结。

斯洛索普寻思着，对这种情况，交换站可以作为同部门分支机构，带着些厌倦情绪，给那个特别行动处递交第五千五百万次申请，求取一份有关圆柱体内容的报告，但申请一般是无人理会的。没什么，他不会往心里去。特别行动处把谁都不放在眼里，而谁都不把交换站放在眼里。那——那又怎么样呢？反正这是他近期经手的最后一枚火箭弹了。但愿是永远的最后。

今天早上他从收信篮里得到命令，派他去东区那边的某家医院“当差”。命令后面附了一份复写件，是给交换站的短信，要求给他换岗，以配合“PWE测试计划”。“PWE”他查了，意思是“政治战务管理处”。那测试呢？又是“明尼苏达多项个性检查”之类的破玩意儿。不过倒可以借此换换口味，不必天天去找火箭弹，这活儿他有点儿干烦了。

曾几何时，斯洛索普是很认真的。不是开玩笑。起码他自己觉得很认真。如今，一九四四年之前的很多往事已渐渐模糊。在他的记忆中，第一次闪电战期间自己一直很走运，纳粹空军扔下来的东西从没到过身边。可今年夏天他们开始用那些V-1炸弹了。你可能在街上走路，或者在床上打盹，突然间屋顶上放屁般传来“嗞——”的一声。要是还在向前飞，向最高点升，只是路过——哈，没事了，该别人担惊了……可是如果引擎中断，小心了伙计——它开始下落，尾部燃料脱离燃料引擎泼

---

① “幸运蛋”香烟：美国香烟。这里为了前后谐音做此译。

洒开来，你只有十秒钟找个地方钻进去。嘿，说起来还不算太糟。过一阵儿，你又缓过劲儿来——竟然和邻桌的快蹄儿·马科曼菲克玩起一两个先令的小赌来，赌下一枚放屁弹会落到哪里……

更要命的是，今年九月，火箭弹[①]来了。那些该死的火箭、狗日的火箭，根本叫你缓不过劲儿来。没办法。他破天荒发现自己真的害怕了。酒开始喝得比以前多，觉睡得比以前少，一根接一根抽烟，甚至有些觉得别人把自己当成了软蛋。基督啊，事情不应该这样下去啊……

"我说斯洛索普，你嘴里已经有一根了——"

"太紧张了。"斯洛索普还是点燃了。

"嗨，别拿我的呀。"快蹄儿央告道。

"你瞧，一次两根？"把两根烟朝下叼着，像连环漫画里的獠牙。两个中尉隔了啤酒杯互相注视着。"浪子和棒子"冰冷的窗外，天色渐渐暗下来；里面，他们中间隔了一张大西洋般辽阔的木桌，快蹄儿像是要笑，又像是要嗤鼻子——哦，上帝呀！

许多代人以前，斯洛索普家族的越洋第一人威廉横渡了大西洋。这三年来，到处都是大西洋，而且横渡起来比真正的大西洋还要艰险。野蛮的衣着、粗鄙的谈吐、过火的行为——有天晚上，斯洛索普受快蹄儿之邀去"小雅典娜神庙"，喝多了酒，拿一个猫头鹰标本的嘴，开玩笑去啄德卡福利·庖克斯的喉头，庖克斯被逼到一张台球桌旁，情急之下绰起母球就往斯洛索普喉咙里塞。这一来，闹得两个人都被"开除"出来。这种扫兴事时有发生。好在有了"友善"这艘坚固的轮船，这些大洋都能渡过：每次，快蹄儿都赔着红脸或笑脸解决了问题，从没让斯洛索普失望过。这一点，斯洛索普觉得不可思议。

他知道自己可能会流露出心里的忧虑。不过，虽然他今天讲了关于诺玛（塞达拉皮兹[②]的妙龄少女，有酒窝）、玛乔莉（高个儿，优雅，温迪米尔剧院的合唱队员）和周六晚上在梭霍区弗里克·弗拉克俱乐部里

① 指V–2火箭弹。
② 塞达拉皮兹：美国衣阿华州中东部城市。此处应为娱乐场所名。

发生的怪事，但这些风流故事和他的忧虑扯不上多少关系。说到他常去的弗里克·弗拉克，是一家名声不佳的夜总会，里面转动着浅色的五彩聚光灯，还设有“止步”“请勿跳吉特巴舞[①]”等牌子，以满足各类警察、军人、普通百姓（且不论这个词如今指哪些人）的需求。这些人时不时向里面张望，斯洛索普冒着极大的危险，穿过一个可怕的秘处，去见诺玛或者玛乔莉。进去之后，却见两个都在，排在一个队列里，那角度简直就是专门为他设置的：从一个三等轮机员肩部的蓝色毛料上方看过去，有一个跳林迪舞的女孩，转圈完毕，摆了个造型，再从她光洁可爱的腋窝下看过去，就看到她们俩了——她们的皮肤被转动的灯光染成了淡紫色。突然，多疑的潮水开始涌动，两张脸都朝他这边转过来……

两位姑娘正好都是斯洛索普地图上的银星。可以肯定，他两回的感觉都是银质的——光彩华灿，银声叮当。他贴那些星星时，选色完全依赖于当天的感觉，从蓝色一直到金色。千万别对任何一个另眼相看——他怎么会呢？除了快蹄儿，没人看得到这张地图，何况她们确实都是美女……花繁叶茂，点缀在他冬寒料峭的城市周围。她们在茶馆里、在裹着婆婆头巾[②]和大衣的队列里叹息、打喷嚏，或腿上穿着莱尔线[③]袜靠在街边的石头上，搭车、打字、排队（高卷的头发里插着黄色眉笔）——他就是在那些地方找到她们的——有少女，有美妇，有大波——唔，可能有点扰乱心神，可是……托马斯·胡克[④]在讲道时说过，“我知道，世间多有狂野之爱与狂野之乐，一如世上有野生百里香及其他草类。然而我们要的却是出自上帝之手的园栽之爱、园栽之乐。”斯洛索普的园圃是多么葳蕤啊！那里长满了弗吉尼亚铁线莲（处女闺房）、勿忘我、芸香（悲伤），还有无所不在、满园开遍的三色紫罗兰（慵懒之爱）[⑤]，或紫或黄，

---

① 吉特巴舞：一种紧张激烈的舞蹈，伴有快节奏的摇摆或爵士舞曲，由不同的两步舞步组成，并有旋转等装饰性舞步，有时还有特技动作。

② 婆婆头巾：一种三角围巾。

③ 莱尔线：一种光滑坚韧的棉线，用以织袜子、手套等。

④ 托马斯·胡克（1586?—1647）：英裔美洲殖民者和传教士，建立了康涅狄格州的哈特福德。

⑤ 以上花名均双关。

犹如吻痕。

他喜欢跟她们讲萤火虫。斯洛索普对英国女孩唯一肯定的了解就是：她们不了解萤火虫。

地图的事确实让快蹄儿纳闷。一般的美国人喜欢把偷香窃玉挂在嘴上，但这里解释不通。倒可以这样解释：斯洛索普在与世隔绝的情况下情难自已，发生了兄弟会式条件反射——在兄弟们踏上二战的生死征程很久之后，在早已没有必要的时候，他仍然对着空旷的暗室喊叫，对着蛀洞般的、回声不断的走廊喊叫。其实斯洛索普不喜欢谈那些妞，到现在也要快蹄儿巧妙引导才会谈。起初，斯洛索普完全一副正人君子模样，守口如瓶，后来发现快蹄儿十分腼腆，才改变了态度。他渐渐明白了：快蹄儿是希望他牵线搭桥。大约就在同时，快蹄儿也看出了斯洛索普与世隔绝的程度：在伦敦，他除了和一大群往往只见一面的小妞说说话，好像找不到任何聊天对象。

直到现在，斯洛索普还在天天侍弄他的地图，认真得像个傻瓜。这张图顶多也就是一种庆贺的形式：在一次次飞来横祸的间隙里，在一道道神秘命令发到手上之前，在那些人通宵算计而他却无事可做的空隙中，他可以时不时偷个闲，放个松。天气渐冷时，在飘着煤烟的走廊里，他握着詹妮弗冰冷的羊毛衫下那对乳房聊以取暖，根本无需知道这儿的人们白天如何沮丧……太阳透过玻璃窗投入一方光柱，照在他赤裸的身上，一杯马上就要煮沸的保卫尔[①]牛肉汁烫伤了他裸露的膝盖，和他一样光着身子的艾琳则拿着珍贵的尼龙丝袜，一双双检查有没有抽丝，阳光穿过外面冬日的棚架照进来，映衬着丝袜每一次摩擦发出的火花……美国姑娘时尚的鼻音，通过阿莉森她妈妈那台两用唱机的磁针，从唱片的凹槽里传出来……他们依偎取暖，所有的窗户都被窗帘遮得密不透光，只有刚才吸过的烟头亮着一丝火星。这时，一只英国萤火虫随心所欲地上下飞动，身后留下一些潦草的字迹，都是他看不懂的词句……

---

① 保卫尔：一种英国牛肉茶（汁）品牌。

斯洛索普突然没了声音。“然后怎么样？你的两个海女[1]……她们看见你的时候……”说到这儿，快蹄儿注意到斯洛索普停住故事，无法控制地颤抖起来。其实已经颤抖了一阵儿了。这儿是挺冷，可还没冷到那种程度。“斯洛索普——”

“我也不知咋回事。耶稣呀。”倒挺有意思嘛。感觉奇怪极了。无法停下来。他把艾克上装[2]的领子翻上去，把手伸到袖子里，静静地坐了一会儿。

短暂的停顿，接着挥动香烟：“它们来的时候是听不到的。”

快蹄儿知道“它们”指什么。他移开目光。片刻的宁静。

“当然听不到，它们比声音还快。”

“没错，可——这回不一样，”话语在颤抖的间隙中迸出来，“是另外一种，那种 V-1 是可以听见的，对吗？也许还能有机会躲开。可这回的东西是先爆炸，然——然后才听见落下来的声音。除非你已经死了，听不见了。”

“步兵们不也一样？你知道的。他们永远听不到打中自己的炮弹。”

“呃，可——”

“把它想成一颗很大的子弹，斯洛索普。长翅膀的子弹。”

“耶稣呀，”他的牙齿打着架，“你真会安慰人。”

在啤酒花的气味和浓重的阴霾中，快蹄儿斜靠住身子。此刻，他关心斯洛索普的颤抖胜过关心自己的恐惧。唯一的办法就是利用自己碰巧知道的招数，禳解斯洛索普的颤抖。“要不我们派你去看看部分现场……”

“有什么用？听我说，快蹄儿，那些东西都粉身碎骨了。你说是不是？”

“我不知道。我怀疑德国人自己都不知道。可这是我们的最佳良机，

---

① 海女：原文用的是 Wren，意为“鹪鹩”，也可指英国皇家海军妇女服务队队员。此处依上下文意思译出。

② 艾克上装：第二次世界大战后期发给美国士兵的“艾森豪威尔上装”。

可以抢在技术情报处那些家伙前面。没错吧？”

就这样，斯洛索普调查起V型弹“事件”来。结果如下。每天早晨，头一件事就是由“民防”派人给交换站送一张昨天遭袭地点的清单，清单最后传到斯洛索普手里，他把用铅笔涂抹的批条取下来，然后到车场调出那辆旧亨伯车，开始巡视，俨然一个“事后圣乔治[①]”，四处打听“恶兽”粪便——也就是那些粉身碎骨的德国火箭残渣——的情况，在笔记本上写一些空洞的总结。这就是工作疗法。由于交换站得到的信息越来越及时，他往往来得及帮上搜索组的忙：跟着皇家空军那些闲不住的警犬，接触灰泥味、泄漏的煤气、斜搭着的长形裂片和塌瘪的纱窗、倾倒且掉了鼻子的女像柱[②]——上面裸露的螺纹柱面和手指甲上都已生了锈迹；还看到“空无”的手掌在墙纸上涂抹过后留下的粉尘——墙纸沙沙响着，画面深处的草坪上，孔雀们展开彩屏，伸向古旧的乔治式屋宅，伸向给人以安全感的圣栎林……他在“安静！”的喊叫声中跟着别人走，看到露出的手或白晃晃的肌肤，等着他们去救，有些还活着，有些已经死了。受不了的时候，他干脆躲到一边，开始循规蹈矩地向上帝祈祷，愿生命取得胜利——对他来说，这可是上次大空袭以来的头一回。然而死的人太多了，他很快就明白自己是劳而无功，便不再祈祷。

昨天倒是挺不错。他们找到一个孩子，一个小女孩，还活着，困在屋里的钢壁防空室内，几乎窒息。等担架的时候，斯洛索普抓着她冻紫的小手。警犬在街上吠叫。她睁开眼睛，看见他，说的第一句话是：“哥们儿，口香糖有吗？”在里面困了两天，没口香糖吃——他只有“萨尔”红榆润喉片，给了她一颗。他觉得自己像个傻瓜。抬走之前，她抓过他的手，做出亲吻的意思，冷如冰霜的无罩灯照着她的小嘴和小脸。彼时彼刻，身边的城市变成了一座寂寥的大冰柜，发出陈腐的气味，柜子里永远不会再有惊喜出现。这时候她笑了，笑得很微弱，可这正是他一直在等待的东西，哇，笑得像秀兰·邓波儿，这一笑使他们找到她时的一

① 圣乔治：基督教圣徒，传说曾为利比亚一异教城邦勇屠恶龙，而使该城邦改信基督教。
② 女像柱：雕刻成披着衣服的女子形象的支撑柱。

切困厄荡然无存。真他妈的愚蠢。血液奔涌，雪崩般压住了他：从新英格兰西部的先祖算起，美国人已有三百年历史，却主宰不了自己的命运，而是心惊胆战地向天命妥协求和！哼，不失为缓兵之计！他发现，自己每天看到的废墟，都像一场教堂讲经，在说明一切都是空无。时间一周周逝去，连最小的火箭残片都在教导他：死亡的发生简直无处不在……他的“斯洛历程”：伦敦这座凡间城市教会他一个道理——随便转过一个街角，就会走入某个寓言故事。

渐渐地，他满脑子都在想象一枚火箭上面写着他的名字。如果“他们”一心要把他作为目标——“他们”恐怕远远不止德国纳粹——那么，最保险的办法就是：把他的名字印在每一枚火箭上。这样做对他们来说只是举手之劳，不是吗？

“唔，没错，那样可能会有用，会的，”快蹄儿看着他，表情滑稽，“特别是在，嗯，在拼命想装成那样的时候。有用极了。可以叫‘军人妄想症’。可是——”

“谁装了？”斯洛索普点了支烟，额前的头发在烟雾中晃动。“哎，快蹄儿啊，你听好了，我不想惹你烦恼，可是……我是说，问题是，我已经超期服役四年了。事情随时都会发生，下一秒钟，马上，很突然……我操……只有零，只有空无……还有……”

那东西他看不见，抓不着——气体突涌，气浪激射，过处了无痕迹……它是一个词，突如其来，钻进你的耳朵，然后永久沉寂。它来无影去无踪，它狠如重锤、声如丧钟。更要命的是它给人带来的恐惧。它嘲弄他，以明确的德国式自信向他许下死亡诺言，用笑声打破快蹄儿庄重的沉默……不，哥们儿，不要长翅膀的子弹……不要那个词，不要那个煞风景的词……

那是今年九月一个星期五的傍晚。他刚下班，往证券街地铁站走，一门心思盘算着如何度过眼前的周末，想着他的两个妞诺玛和玛乔莉——两个人之间他得互相瞒着——他伸出手正要挖鼻孔，突然，身后泰晤士河上游几英里处的天空中传来尖锐的破裂声和巨大的爆炸声。这“死亡标志”就在脑后滚过，很像炸雷，又不尽相同。过了几秒钟，声音又从前面响起来，响亮、清晰，传遍了全城。交叉射击。不是V-1炸弹，不是纳粹飞机。“也不是打雷。”他纳闷地想着，不由说出了声。

“是哪个煤气总管。”一个拿着便当的女人正好路过，用手肘从后面顶了他一下，日光下她的眼睛有些浮肿。

“不对，是德国霉气导弹，”她的朋友说道——她的朋友是来这儿做某件日常大事的，金黄色的刘海卷曲着，用一块方格手帕束起来。她抬起手，指着斯洛索普：“要炸他，他们特别喜欢胖乎乎的、丰满的美国人——”一会儿，她的手就伸到他的脸颊上，捏弄着，摇晃着。

斯洛索普招呼道：“你好，万人迷。”她叫辛西娅，他设法要到了她的电话。她挥手向他告别，重新挤进高峰期的人流中。

那是伦敦城里又一个刻板的下午。成千座烟囱吞云吐雾，讨好着黄色的太阳，不知羞耻地朝天空献殷勤。这些烟雾胜过白昼的呼吸，胜过邪祟的力量。它有一种王者风范，有生命，会移动。人们穿过街道、穿过广场，奔向四面八方。经过若干年无情无趣的使用，长长的混凝土高架桥沾染上雾灰、油黑、铅赤、铝白等颜色。在住宅楼一般高的废物堆包围中，数以百计的巴士在桥上缓缓移动，沿着弧形支桥向公路驶去。公路上挤满了军车队，还有高顶巴士、帆蓬卡车、自行车、小汽车——在这里，大家起点不同、目标不同，一起流动着，时不时有些阻滞。在这一切的上空，是巨大的、被烟气损毁的太阳残骸，还有阻塞气球、电线和烟囱。烟囱呈褐色，就像屋里的陈年旧木，不久褐色又加深了，越来越接近黑色——也许是落日的兆头——是你的美酒，美酒和安慰。

这一刻是英国双重夏令时[①]下午6点43分16秒。天空就像被敲打的死亡之鼓，还在嗡嗡作响。斯洛索普下身的伙计——什么呀？——没错，瞧他的军用内裤里头，那东西在悄悄变硬、骚动，随时会一柱擎天——万能的上帝，这是怎么回事呀？

过去，甚至可能也在档案里（上帝保佑！），他曾一度对空中出现的东西特别敏感。可这种勃起又如何解释呢？

---

① 双重夏令时：把时间提前两个小时的一种夏令时。

在马萨诸塞州明格巴罗老家的公理会墓地，有一块古老的片岩墓碑，上面刻着一个画面：上帝之手伸出云层。由于两百年的火烤冰凿，那只手的边缘已多有蚀损。碑文写着：

康斯坦特·斯洛索普
之 墓
（卒于一七六六年三月四日
享年二十九岁）

死亡乃是天债，
我还了，你也不例外。

康斯坦特看到——不只是想象：那只石手从俗世的云层中伸出，边缘上闪耀着夺目的光华，直直朝他指过来。下面，属于他的那条河，还有牧养伯克夏猪的那些山坡，都在低低私语。他的儿子威瑞波[①]·斯洛索普，其实还有所有这样那样和斯洛索普沾了亲的人，可以倒推九至十代，一直到最早的先人，都看到了这一点：除了始祖威廉，所有的人都躺在落叶、薄荷和紫色的千屈菜下，沼泽边上的墓地则在冷漠的榆树和柳树的荫庇之下。墓地在一块长形斜坡上，坡上尽是腐物。这里有浸析物、土壤同化物，有刻着圆脸天使的石头，天使都长着高高的狗鼻子。还有牙齿毕露、眼窝深陷的死人头骨，有共济会徽章、华丽的瓮缸、直立或摧折的曼柳、废弃的沙漏、随着来访者眼光的高低变化而上下起伏的地面，还有那些悼诗：像康斯坦特·斯洛索普的遗诗，采用了四方加单对的形式；像以赛亚·斯洛索普中尉之妻伊丽莎白女士（卒于一八一二年）的遗诗，采用的则是“星条旗之歌”的活泼节奏：

---

① 原文中，康斯坦特（Constant）和威锐波（Variable）分别有“常量”和“变量”及其他相类之意。

别了，亲爱的朋友们，死神带我到这里，
贪婪的死神哟，在这里收割不息！
我必须躺着，等待基督复活、拯救众生，
他在《圣经》里教导我，有这样的圣谕。
读诗人，留意我的呼吁！要凝神青天，
在荣华鼎盛时，会看到死亡出现。
上帝的巨型织机在幽冥上界运转，
我们下界的审判只是他爱的丝线。

还有我们这个斯洛索普的祖父弗雷德里克（卒于一九三三年），以其特有的讥嘲和狡黠，把艾米丽·狄金森的诗取来当作自己的墓志铭，而且没有注明作者和出处：

我不能停下来等候死神
死神便殷勤地停车接我。①

大家一个接一个还了自己的天债，把剩下的部分留给家族血脉的下一个链环。他们先是贩卖皮货，当皮匠，贩盐，做熏肉，然后从事玻璃业、进入市镇管理委员会，建皮革厂，采掘大理石。方圆数英里的地方都成了墓地，落满了大理石的灰色粉尘——这些粉尘是这一带所有伸向他方的伪雅典式墓碑的呼吸和魂魄。总是伸向他方。金钱从远较任何家谱复杂的股票组合交易里渗出去：伯克夏②的家里把剩下的钱投到了商业林上——林地的绿色外围逐渐缩小，以每次若干英亩的速度变成了纸张：手纸、纸币原料、印报用纸，成了大便、金钱和文字的媒介或底版。他们不是贵族，家族中没有一个人打入社区名人录或萨默塞特③俱乐部。他

① 此处参照江枫译文，略有改动。
② 伯克夏：美国马萨诸塞州一县。
③ 萨默塞特：美国马萨诸塞州的东南部一个城镇。

们默默从事自己的事业，活着时为周围无所不在的生命力所吸纳，死后则被墓地的尘土所包容。大便、金钱、文字是美国的三大真理，给流动的美国人以动力，也控制着斯洛索普家族，永远把他们和国家的命运紧紧拴在一起。

但是他们没有繁荣起来……他们仅仅繁衍了下来——然而，大约在从未远离他们的艾米丽·狄金森写出如下诗句的时候，一切都开始不对劲了：

毁灭是刻板的、魔鬼的工作，
断断续续、点点滴滴——
失败绝非瞬间的结果，
潜损暗亏才是破败的规律。

但他们仍要继续守在这里。对于别人来说，有一个明确的惯例，妇孺皆知：先挖光，再加工，取所能取直到无所可取，然后往西走，那里还多着呢。可是出于惰性，斯洛索普家族逆潮流而动，一直待在东部的——守着洪水冲过的采石场和树木砍光的山坡，把这一切像签了字的忏悔书一样留在那片败草覆盖、日趋衰落的巫魔之乡。利润减少，子孙却旺。每隔一两代人，波士顿的家族银行就会把各种编号的信托金利息变成新的信托金，这些信托金在渐渐在无穷的连锁反应里、在他们刚好能意识到的水平上，一笔一笔消亡着……但也没有真正降到零……

大萧条的发生给之前这一切不景气正了名。斯洛索普成长的时期，正值企业接连破产，衰败荒凉达到了顶点。那些神秘的纽约富客们的庄园树篱重又归于绿野蓬蒿，房子的玻璃窗破碎无遗。哈里曼和惠特尼两家搬走了。草坪变得干枯。秋天来临时，远处不再有人跳狐步舞，也不再有豪华轿车和灯火，熟悉的蟋蟀、苹果又成了这里的主人。早霜送走了蜂雀，东风吹寒，秋雨潇潇：冬天必然会来临。

一九三一年发生了阿斯品沃旅馆大火。那是在四月间。当时小泰荣正在莱诺克斯[1]的姑姑和姑父家做客。他在陌生的房间里悠悠醒来，听到姑姑的孩子们大大小小的脚在楼梯上弄出纷乱的响声。他想到了冬天，因为哥哥霍根经常在这个时候从梦中叫醒他，催他到寒冷的屋外去看北极光，他的眼睛里还弥漫着一层梦影，不停地眨着。

看到北极光，吓得他屎都出来了。那发亮的帷幕就要唰的一下拉开了吗？穿着漂亮衣服的北方幽灵们要给他看些什么呢？

现在却是春天的夜晚，天空翻涌着红色和暖橙色的光，警报器在匹兹菲尔德[2]、莱诺克斯和利县[3]那面的山谷里尖叫。邻居们站在门口，凝望着天空中雨点般密集的火星落在山边……“像流星雨，”人们说，“像国庆节的火星子……”当时是一九三一年，人们就是这样比喻的。火的余烬连续不断落了五个小时，孩子们看得打起了盹，大人们则开始喝咖啡，谈论起以前发生的火灾。

这些是什么光呢？哪些幽灵在控制它们呢？假如这一切，这整个夜晚马上就要失控，帷幕就要拉开，让我们看到一个谁都没猜到的冬天……

双重夏令时 6 点 43 分 16 秒——此时此地，天空中又出现了同样的情形，光芒越来越亮，即将破空而出。他的脸在光照下变暗。周围的一切将逃遁一空，他也将迷失自我——家乡的人们不是一向都这样说吗……纤弱的教堂尖顶竖立在秋日的小山边，白色的火箭即将发射，只剩倒计时读秒了，礼拜天的日光从教堂玫瑰色的窗户照进去，沐浴、激励着讲坛上那些讲说上帝者的脸——他们正言之凿凿说：“这就是真实情况——是的，那只光芒四射的巨手从云层中伸出来了……”

◆ ◆ ◆ ◆ ◆

墙上挂着一个漂亮的铜炉，颜色已经发暗。炉子里燃着煤气，叶片

---

① 莱诺克斯：马萨诸塞州地名。
② 匹兹菲尔德：马萨诸塞州西部的一座城市，位于靠近纽约州边界的斯普林菲尔德西北部。
③ 利县：马萨诸塞州县名。

状的火焰在轻柔地歌唱。火焰被调到上世纪的科学家们称为“灵敏焰”的状态：从炉口喷出时看不见焰底，向上逐渐现出均匀的蓝光，悬燃于距喷口几英寸处，柔和的火焰形如小锥。只要屋里的气压略有变化，火焰就会有反应，所以人们进出时，火焰总会表示迎送。进来的每个人都满心好奇，却又表现得文质彬彬，仿佛那张圆桌上的人在搞什么赌运气的活动。坐在桌旁的人全神贯注，丝毫不受干扰。你们那些白手套、响喇叭，都靠边站吧。[①]

苏格兰步枪团的军官们穿着格子呢短裙，扎蓝绑腿，或者穿着礼服短裙，慢慢走进来，和美国士兵们聊天……有牧师，有才下岗的国土警卫队员和消防兵，还有穿着烟味很重的毛料衣服的教徒们——大家都是痛舍了一个小时的觉，来看个究竟的……一些衣着复古的女士，穿中国绉纱，颇有爱德华七世[②]时代的风范。那些西印度人，轻轻嘀咕着俄罗斯犹太人生硬的辅音串，还缀了些元音上去……不过，大多数人只是从这个祈神的圈子外切线般擦过，有的留下来，有的去了别的屋子，谁也不去打扰那个身材瘦长的灵媒——他离灵敏焰最近，背墙而坐，棕红色卷发紧贴在头上，像戴了顶无檐帽，高高的额头绷得不见一丝皱纹，灰暗的嘴唇翕动着，时而轻松，时而痛苦：

“罗兰一进入布利瑟罗[③]的王国，就发现一切迹象都不妙……那些日月星辰，它们的位置和运动，罗兰是和你们一起仔细研究过的。可现在，它们都聚集到相反的一端，一起舞蹈着……不着边际地舞蹈着。完全不是布利瑟罗一向的风格，对，有些新鲜……有些新异……罗兰也感觉到了那种风，人世间从没见过的风。他发现那风很……很欢悦，那支天箭[④]也会随风飞走的。风年复一年地吹着，四季不停，可罗兰以前只能

---

① 这里的手套和乐器是通灵仪式常用的哗众取宠手段，这里请神会不屑于这些东西，说明其庄重和正式。

② 爱德华七世：一九〇一年至一九一〇年间为大不列颠及爱尔兰国王，讲究穿着，喜好交际。当时流行沙漏形女装和紧身男装。

③ 布利瑟罗：该名源于条顿神话，日耳曼语中死亡的别名。本小说人物之一。

④ 这里的“天箭”应指天箭星座。

感觉到阳世的风……属于他自己的风。但是……塞勒娜呀，那风，那风是无处不在的……”

这时候灵媒停了下来，沉默了一下……一声呻吟……静默、难熬的一瞬。“塞勒娜，塞勒娜，你已经走了？”

“不，亲爱的，”她的脸颊上还沾着刚才的点点泪污，“我在听哪。”

“这就是控制。这一切都源于一个难题：控制。控制第一次进入了内部，看到了吗？控制被嵌入内部。再也不用在‘外部力量’的控制下被动痛苦、随风转向了。就像……

“就像不再需要那只无形之手[①]管理的市场，它现在能够进行自我创造了——从内部创造自我的逻辑、动力、风格。把控制嵌入内部，就是认可已经发生的事实，也就是说你已经脱离上帝而存在了。只是你已经陷入了一种更深、更有害的幻觉。关于控制的幻觉。你以为 A 可以做 B。其实这是假象。完全是假象。没有人能做什么事情。事情都是自己发生的。A 和 B 都不真实，只是某些局部的称谓，而这些局部应该是不可分割的……”

“又是奥斯宾斯基[②]式的谬论，”一个女人低声道。她挽着一个码头工人的胳膊，刚好从旁边“切”过。他们走过时，燃烧的柴油里混入了“迎风”牌法国香水味儿。人群中有个脸色红润的年轻姑娘，穿着盟军技术处的二等兵制服，名叫杰茜卡·斯旺莱克。杰茜卡闻到了这种二战前的香水味，抬头看了一下——啧，瞧那件上衣，大概要十五个几尼，不知花了多少配给券呢！——很可能是从哈罗兹[③]买的，我穿这件衣服肯定会更漂亮。突然，那个女人回过头来看了看，微笑着，好像在说：噢，是吗？天哪，难道她听见了？在这样的地方，她肯定听见了。

杰茜卡就站在请神的法桌近旁，低着头，浅棕色头发垂到两颊。棕色毛衣领上面的发隙里，露出白皙的脖颈。铜纽扣下的喉颈和胸脯里热

---

① 无形之手：典出亚当·斯密《国富论》卷四。
② 奥斯宾斯基（1878—1947）：俄国哲学家。
③ 哈罗兹：伦敦的一家高端百货商场。

乎乎的，一直热到血液里，连掌心都在颤动。她手里拿了五六把飞镖，是随意从墙上的靶板上拔下来的。她好像很清醒，轻抚着飞镖的羽毛尾叉，用指尖拂拭着，慢慢进入了微微恍惚的状态……

外面，又一枚火箭弹沉闷的爆炸声从东方滚了过来，震得窗户啪啪直响，连地板也在颤抖。灵敏焰先是扎下头去躲避，弄得桌子对面的影子跳动起来，朝另一间屋子的方向拉长开去——然后高高蹿起，影子又都缩了回来，短到两英尺以内，再完全消失。昏暗的房间里，煤气还在嘶嘶作响。十年前在剑桥学士学位考试中成绩优异的弥尔顿·格洛明停止速记，站起来走过去关掉了煤气。

似乎是杰茜卡扔飞镖的最佳时机了：扔一支。头发甩动，毛料翻领下的乳房迷人地晃动着。空气中“日”的一声，啪！扎入了有黏性的纤维靶板，正中靶心。弥尔顿·格洛明的眉毛耸立起来，总在寻求感应的脑子又感应到了新信息。

此时，灵媒变得焦躁不安，开始从恍惚状态中清醒过来。“那边”发生了什么事，很难说。这种请神会不仅需要“这边”阳世里的参与者性情相合，而且还要有一个基本的四方约定，四人组成一个圆环，不得有任何中断：罗兰·费尔兹帕（降神师），彼得·萨克撒（附体灵魂），卡罗尔·埃温特（灵媒），塞勒娜（未亡人，附体灵魂之妻）。由于疲累、分神，加上空中阵阵白噪声的干扰，神事进行到某种程度时开始瓦解。大家松弛下来，椅子咯吱响，叹息，清嗓子……弥尔顿·格洛明摆弄着笔记本，猛地合住。

杰茜卡立马踱了过来。没有罗杰的影子，她拿不准罗杰是否要自己来找格洛明。格洛明虽然腼腆，倒没有罗杰的其他朋友那么可厌……

“罗杰说你现在要把抄下来的词数一数，给它们作作图什么的。”她巧妙地阻止他提起刚才飞镖的事，她不想提，“你为了请神会才做这个的吗？”

“自主生成的文本，”格洛明在女孩面前很腼腆，又是皱眉，又是点头，“一两篇乱语，对，对……我——我们在搞一个曲线术语表——是一种病理学，我们看到的某些典型形状——”

“恐怕我有点——”

“是啊。看看齐夫[①]的最省俭原则：如果我们在对数轴上画出下标为n的单词P的频率及其排序n，”他喋喋不休地说着，她没了词儿，不过她即便发蒙的时候也风采依旧，“我们肯定会得到一条类似于直线的结果……但我们也有数据显示，曲线在某些——情况下，唔，这些情况实际上也差别很大，比如精神分裂症，它的前端相对平滑，然后逐渐变陡，像弓形……我认为，有了罗兰，有了这家伙，我们发现了一种典型的偏执狂——”

“哈。”她终于听懂了一个单词，“他说‘不妙’的时候，我好像看到你眼睛一亮。”

“‘不’，‘相反’，没错，这里这些词的频率之高出人意料。”

“哪个词频率最高？”杰茜卡问道，“你们的头号词？”

“和往常的同类情况一样，”统计学家格洛明答道，尽人皆知的口气，“是‘死亡’。”

一位年长的民防队员踮起脚尖重新点燃灵敏焰。他的身子单薄、僵硬，像蝉翼纱。

“呃，碰巧想到一个问题——你的疯小伙去哪儿了？”

“罗杰和普伦提斯上尉在一起。”她心不在焉地挥挥手，“还是老一套，叫什么‘神秘微缩胶卷训练’。”就是被弄到一间偏僻的屋子里，玩一种与运气没多少关系的游戏“王冠和锚”[②]，烟波语浪，觥筹交错，冬雨敲窗，淹没了“福克曼和阿帕契”乐队[③]在BBC的演奏声。一直关在屋子里——有圆木形煤气炉，有围巾，抵御寒夜不成问题；尽可以拥娇娃、

---

① 乔治·金斯利·齐夫（1902—1950）：美国语言学家，致力于研究词频排序和词频之间的关系。其“最省俭原则”的要点是：在英语、汉语这样的语言中，最常用的词最短，即单词长度与其使用频率成反比，因为人们有一种惰性或曰“最省俭”倾向，他们尽可能抛掉这些词汇中多余的部分，只留下足够的区别性成分，“telephone（电话）”简化为“phone”即是一例。

② 一种用三只骰子玩的游戏。骰子的六边上分别画有锚、王冠等图形，每个玩者跟前也有六种图形之一，掷骰子后若出现一个图形与之相同，此人赢得全部注钱；两个相同，加倍；三个相同，三倍。可见，这种游戏是靠运气的。小说说法不同，自有其原因。

③《泰晤士报》节目预报显示，该乐队十二月二十六日晚7:30曾有过一次专题直播。

抱老婆，或者像他们现在这样，在斯诺克索这间屋里聚聚朋友。这里是一把保护伞，也许算得上漫漫二战岁月里少数几处真正的宁静之所，因为他们聚集在这里并非纯粹出于军事目的。

对此，海盗·普伦提斯朦朦胧胧有些感觉，这其实应该归因于他对等级的敏感：在这些人当中，他笑起来嘴巴总是像希腊军队的密集方阵。这是他从电影里学来的，完全是丹尼斯·摩根之流那种爱尔兰式的坏笑[①]——他们俯视浓烟，对着被自己打掉的每一只龅牙小黄鼠呕吐一番，之后就会这样笑。

这种笑容对他、对“公司”都很有价值。尽人皆知，“公司”为了达到目的，不惜使用任何人——叛徒，杀人犯，性变态，黑人，甚至女人。开始他们对海盗的价值还没什么把握，但他后面越来越强，他们也就信心十足了。

“少将，这种事情你无法确切证实。”

“我们日夜不停地看着他，他的肉体肯定无法离开房屋。”

“那就是他有同伙。用什么办法，比如催眠，药物——我也说不上——用这些东西给他施加影响，对他产生镇静作用。天哪，你下一步就要搞占星术了。”

“希特勒也搞占星术。”

“别忘了，希特勒是通神之人，你我只是打工的……”

开始热了一阵儿，后来派给海盗的主顾就减少了。那阵子，他觉得自己的任务量刚好舒服。但他内心里并不满足。特别行动处那些出身书香的战争狂人们，他们是理解不了的。“啊，很好，上尉，”敲打着军情报告，蹬着靴子，回声从官僚味的眼镜上反射出来，“好极了，什么时候在俱乐部给我们来一回真的。”

海盗要的是他们的信任，要的是他们体现在上等威士忌和拉塔基亚烤烟草香味中的粗粝之爱。他需要自己圈子里的理解，而不是斯诺克索

① 丹尼斯·摩根（1908—1994）：1940年代华纳兄弟片酬最高的影星之一，这里应指他主演的《与上帝同飞》。

这些迂腐的怪物和书呆子的理解——他们太忠于科学，又麻木得可怕。他肠子都悔青了，觉得在这儿自己还不如陌生人。在战争的国度里，可能只有这个地方才会让自己有这种感觉……

“根本搞不清他们心里想什么，”罗杰·摩西哥常说，“根本搞不清。《巫术法案》[①]是两百多年前的事情，年代天差地别，想法也不一样，算是历史遗物了。可1944年的今天，我们身边的这些人突然又一个个都有罪了。我们的埃温特先生随时都可能被抓，”他指了指屋子对面和伽文·特里佛尔聊天的灵媒，“从窗户里拥进许多人来，把这个强悍、危险的家伙拖出去关进苦艾丛[②]，罪名是‘以欺骗手段实施某种魔法招来死人灵魂到其所在现场让这些灵魂与在场之活人进行交谈’。哦天哪多么愚蠢的法西斯垃圾呀……”

“小心了，摩西哥，你又忘记‘客观’原则了——搞科学的人不该有这种想法，不该。不科学，对吧。”

“屁！你跟‘他们’是一丘之貉。难道你感觉不到今晚有东西从门口进来了？偏执多疑症在泛滥！”

“对了，这正是我的强项，”海盗说出口又发觉太唐突，连忙掩饰道，“不过那么复杂的活儿，我也不知道能不能真的干好……”

“哦。普伦提斯。”眉毛和嘴巴都在正常位置。宽容。哦。

“这回你应该到我们这边来，让格罗思特博士用脑电图示波器给你检查一下。”

“呃，可惜我不在城里。”回答很模糊。有些东西需要保密，随便一句话就可能造成许多船舰被毁的后果。他对摩西哥都不敢完全信任。目前的行动有很多层级，有内有外，一层层移向靶心的时候，文件配送名单越变越短，每张纸片、每件作废的备忘录、每条打字机色带也渐渐进入销毁指令中。

以他的猜测，摩西哥顶多只是偶尔从统计角度协助一下“公司”最

---

① 这里指一七三六年英国国会通过的法案。法案取消了英格兰和苏格兰禁止巫术的法令。
② 苦艾丛：伦敦一监狱，一八九〇年落成，关押了一千五百名重罪犯。

近称为“黑翼行动”的疯狂计划，比如分析分析得到的有关外国军队士气的数据之类，也就是计划里的一个边缘人物。海盗之所以如此推断，是因为他发现自己今晚在这里充当的角色是给摩西哥和室友泰迪·布娄特拉皮条。

他知道布娄特是去某个地方用缩微胶卷拍东西，然后通过海盗转手给摩西哥，再由摩西哥收集起来，交给“白色幽灵”。那里驻有一个无所不包的机构，叫作“促降计划”[①]，即“促进投降心理情报计划”。“投降”的是谁，没说清楚。

盟军内有上千个骗人的监测计划，海盗搞不清摩西哥是否还另有参与。这些计划是美国人和一打流亡政府入住伦敦之后才蜂拥而起的。奇怪的是，德国人渐渐变得与它们不相干了。每个人都在窥视，“自由法国人”计划向维希政府的卖国贼复仇，卢布林共产党瞄着华沙的影子政府，“希腊人民解放军”里的希腊人紧盯着保皇党人，说着各种语言的未遣返者们梦想通过愿望、拳头、祈祷迎回他们的国王、共和国、冒牌元首或者只风行了一个夏天，秋收前就销声匿迹的无政府运动。有些人惨死于东区弹坑的冰雪之下，尸体到春天才被发现，连姓名都无人知道；有些人长期酗酒、抽鸦片，从白日的乖逆中求得解脱；大多数人则在不自觉中销蚀，销蚀掉自己的灵魂，逐渐失去了对人的信任，在游戏中陷入无止境的喋喋不休，日复一日地自我批评，希求引来专注的目光……海盗脑子里的那个外国人到底是谁呢？不就是镜子里那个失去祖国的东印度水手，那个最可怜的流浪者吗……

哦：他觉得摩西哥是受了“他们”的骗，陷入了这种钩心斗角，很可能牵涉到美国人。或者俄国人。有志于搞心理战争的“白色幽灵”既收罗了几个美国人，也收罗了几个俄国人：有行为主义者，有巴甫洛夫的信徒。海盗对此不感兴趣。引起他注意的倒是罗杰，每次拿到胶卷，他的热情都会见长。不正常呀不正常：自己居然有意看着别人染上恶习。他感到，有人在利用自己这位朋友，这位临时的战争难友，做一些不光

---

① 其英文缩写与“双鱼座”拼写相同。

彩的事。

他又能怎样呢？如果摩西哥自己愿意说，他倒是能想想办法，保密问题可以暂时撇开。问题是摩西哥自己讳莫如深——和海盗对“黑翼行动”内部情况的讳莫如深不是一回事。他的缄默中更多的好像是羞于启齿。今晚摩西哥拿信封时脸上不是有些躲闪吗？眼睛飞快地在屋角打转，一副干色情勾当的样子……哼。认识了布娄特——也许就是这个原因，像小姐搭上了大家公子，搔首弄姿。那姿势简直太无可挑剔了，胜过二战以来拍出的任何照片……至少胜过那些活人的照片……

瞧，摩西哥的妞来了，正往里走呢。他立马发现了她。她身上散发着清韵，没有烟火气、喧嚣声……他是在看她的气场吗？她看见罗杰，笑了，眼睛极大……黑睫毛，没有化妆（要么就是海盗没看出来），头发卷曲地披在肩上——她在男女混合的高炮连里干什么呀？她应该在军营小吃部里给人倒咖啡。他突然间感到肤痛难忍——老笨驴！他居然对他们俩有一种纯粹的爱，别无所求，只求他们平安。对此他常常有别的说法，叫作“关心”，或者“喜爱”，大家明白的……

一九三六年，海盗爱上了一个官员的妻子——按照她的说法，那是在一个“艾略特式的四月”，其实当时的天气还比较冷。她叫斯高皮娅·莫斯蒙，身材瘦削，走起路来昂首阔步、快捷麻利。她丈夫克莱夫是塑料方面的专家，离开剑桥在帝国化学工业有限公司工作。海盗是职业军人，却在那一两年里回归了平民生活，或者说放纵了一把。

他真的有那种感觉。他们驻扎在苏伊士以东，在巴林之类的地方，周围永远弥漫着木哈拉克那边传来的原油臭味，喝下去的啤酒里掺着汗滴，太阳一落就不许出军营一步，性病发生率却是98%。他们这支脏烂的、被太阳烤焦的军队保护着酋长和石油收入，使其免受英吉利海峡以东任何势力的威胁。虱子和痱子使他们痒得发狂，又欲火冲天（这种情况下手淫简直是受酷刑），整天狂饮——即便如此，海盗还是隐约参破天机，产生了疑虑：生活正在将他遗忘。

本来，海盗觉得自己与英国美妙的生活和光滑的小腿不啻于天地相隔，只能徒然幻想，不料黑白分明的斯高皮娅竟使这些幻想神奇地化为真实。为了给公司解决纠纷，克莱夫外出办差，其中一站是巴林，他们就走到了一起。这种平衡使海盗心里多少松弛了一些。他们装成陌生人参加派对，可是她从来学不会装模作样，总要不经意地瞥一眼屋子另一头的他，他则在努力寻找归属，像是忘了自己已是别人的属下。派对呀，爱呀，钱呀，这些东西他都一无所知，这个发现使她动心。三十三岁的他在帝国化的、已成定式的行为方式中，还能保留这一刻纯真，过着近乎苦行的生活，而自己竟是他最后的放纵，对此她芳心大动，喜欢得死去活来——不过她还年轻，并没有真正明白这些东西，不能像海盗一样理解“在黑暗中舞蹈”那首歌词[①]的真正含义……

他会谨慎行事，不会告诉她。可很多时候又痛苦难当，忍不住拜倒在她脚下，明知她不会离开克莱夫，嘴里却哭喊着：“你是我最后的缘分，除了你我再也没机会了……”尽管毫无可能，心里还是希望抛弃西方人可怜的生活规律……可是一个人又能——三十三岁的他又能从哪里开始呢……“就此打住吧。”她并不生气，反而笑了（她竟然笑了），好像这个不现实的问题惹笑了她——其实，他那种无止息的疯劲儿也弄得她丢了魂，她被征服、撕裂（和射在波斯湾军内裤里的时候相比，现在有了爱的荨麻项圈套着他，套着他的家伙），她无法控制自己，沉溺在这种背叛克莱夫的疯狂中，而且疯狂得忘记了是在背叛他……

反正这种事对她来说没什么大不了。现在，罗杰·摩西哥和杰茜卡又摊上了类似的事情，第三方是一个叫海狸的。海盗冷眼旁观，从未对摩西哥说过什么。对，他是在等待，想看看罗杰会不会也是同样下场——部分的他，特享受幸灾乐祸的他，站在海狸和他所代表的克莱夫们一边，希望他们是赢家。另一部分的他（另一个自己?）却好像又期望罗杰改写自己

---

① 原歌曲由霍华德·狄茨和亚瑟·施沃茨作于一九三一年，一九四一年由阿提·肖等录制成唱片，销售过百万。歌词如下：

在黑暗中舞蹈 / 直到曲终人散 / 我们在黑暗中舞蹈 / 很快就曲终人散——

我们跳起华尔兹，不知为何在此 / 时光匆匆 / 我们来了又去 / 寻找新爱的明灯 / 点亮黑夜——/ 爱人啊，我拥有你 / 我们一起面对煎熬和音乐……/ 在黑暗中舞蹈

爱情老了又如何？ / 歌曲老了又如何？ / 我们因它们而年轻——/ 听听我的心 / 将你心融入我心 / 爱人啊，告诉我，我们已合二为一 / 在黑暗中舞蹈!

当年的失败，而这个“自己”是否“道德”，还得打个问号……

“你是个海盗，来到这儿，把我抢到你的海盗船上。”她对他款款轻语着，那是最后一天——他们都不知道那是最后一天，“一个良家女子，一场惯常的施暴。你强奸我。我做‘公海上的红色妓女’……”迷人的游戏。她早些想出来就好了。最后一天——竟然是最后一天！——他们一直在做爱，从下午到黄昏，从白昼到夜晚，好几个小时，爱得化在一处。感觉中，那间借来的房子轻轻晃动着，屋顶亲昵地下降了一英尺，灯也从原来的地方摇摆开来，泰晤士河对面，某一片车马行人隔水送来带着咸味的吵嚷声和船上的钟声……

就在他们身后，在低垂的天空和海洋相接处，政府的猎犬们嗅着味儿来了，正在一步步逼近——棒打鸳鸯的来了，那些圆滑的二尾子，那些老奸巨猾的官僚，他们并不执意惩罚或逮捕他，只要把她安全送回去就满意了。他们的逻辑很合理：重创一回，他就会浪子回头，回到这个煮硬的老鸡蛋般的世界里来，回到它的行规和安排中来，马儿要跑，又要乖巧……

他是在滑铁卢车站和她分别的。那儿有一帮人兴高采烈，在为将赴南非约翰内斯堡的弗雷德·罗珀神奇侏儒公司送行。侏儒们穿着深色冬装——精工细作的小上衣、卡腰的大衣，在车站上到处跑，拿着人们赠别的巧克力大嚼特嚼，排成队拍新闻照。透过最后一扇窗户、最后一扇车门，他看到斯高皮娅脸色苍白得像滑石粉，不由心如锤击。一阵脆笑与祝福声从神奇侏儒和他们的崇拜者那里传来。海盗想：唉，看来我得回部队了……

◆ ◆ ◆ ◆ ◆

车子向东行驶。罗杰握着方向盘，凝视前方，穿着巴宝莉雨衣的身子弓得像吸血鬼德拉库拉。杰茜卡穿着本色毛料外衣，袖子和肩膀上沾着千万滴亮晶晶的小水珠，像雨水织成的薄网。他们希望在一起，在床上，安安静静，充满爱意，可今晚却要过泰晤士河以南到东边去，受命见某位活体解剖高手，要在圣菲力克斯教堂的钟敲响一点之前赶到那里。老鼠们会累趴下，可今晚又有谁知道他们跑了多少不想跑的路程呢？

她的脸靠在车窗上，呼出的气雾罩住了车窗，成了另一种方式的朦胧，冬天的另一种光效应。车窗的另一面，破碎的雨花向后飞去。“为什么所有的狗他都要亲自出马去偷呢？他不是管理人员吗？干吗不雇一个打杂的？”

“我们管他们叫‘工作人员’，”罗杰答道，“宝贝，我不知道波因茨曼为什么做那些事，他是巴甫洛夫派，是皇家院士。对这些人我能知道什么呢？他们和斯诺克索那边的人一样难缠。”

他们俩今晚都心情不佳，脆弱得像韧化处理不足的玻璃，烦怨的应力矩阵只要随意碰一下，就可能碎裂——

“可怜的罗杰，可怜的宝贝，他正在打一场可怕的战争呢。”

“好了，”他摇着头，愤怒的“婊”或者“逼”到底没有爆出来，“噢，你真是太聪明了，”罗杰语无伦次，只好把手从方向盘上拿下来给嘴巴帮忙，雨刷自顾自地扫动着，“还开炮打过一些V型飞弹，你和你的男朋友，亲爱的海狸鼠——”

“海狸。”

“对了。你们那些人才智不凡，自然名气大得很。不过最近你们没打下什么火箭对吧，哈哈！”说着，挤出最轻蔑的笑容，嘴抿着向两边咧开，鼻子和眼睛周围都起了皱纹，身体在皮座椅上一蹦一蹦的，“和我一样，和波因茨曼一样，哼，如今这年月，谁的种比别人纯呀，嗯，心肝儿？”

她的手伸出去，几乎碰到他的肩膀，脸颊枕在一只手臂上，头发散开来，慵懒地打量着他。和她还真吵不起来。他真累啊。她的沉默就像抚慰的双手，让他们的屋角、被褥、桌布这样不起眼的地方都安静下来……他们第一天见面时，在电影院里看一部糟糕的电影，叫《与我同行》[①]，当时他看见她脱下长手套，白皙的双手在四处游弋，感觉她忽而橄榄色，

---

① 一九四四年获奥斯卡奖项的影片。

忽而琥珀色，忽而又咖啡色的眼光透入了自己的肌肤。为了仔细研究她，他迄今已在自己的“芝宝”打火机上浪费了大量涂料稀释剂。打火机捻子已经焦黑，烧得又短又秃，朝气变成了小气，黑暗中，各种各样的黑暗中，蓝色的火焰在打火机边缘闪动。他这样做，完全是为了观赏她脸部的变化。每打一次火，她的脸部就变一回。

在某些短暂的瞬间，特别是最近和她面对面的时候，反倒分不清彼此了。两个人同时产生了一种迷惘，怪兮兮的那种……就像突然看到镜子里的自己，又……又不止如此，身体上竟然多了个人……之后——两分钟之后，两周之后——谁知道呢——又分而为二的时候，才明白其中的真相：他们刚才融为一体，成了没有自我意识的合体怪物……他一次又一次诅咒这种生活，因为他的生活需要很大程度上依赖超出自己观察能力的结果——现在，魔术般的事实就在眼前发生了，这是第一次，真真切切的第一次：他无法推翻这一观察结果。

他们的见面是好莱坞喜欢称之为“巧遇”的那种。那是在保留着十八世纪风格的藤布里奇威尔斯[①]市中心，罗杰开着老式美洲虎去伦敦，杰西卡在路边吃力而优美地骑着一辆破自行车，盟军技术处的深色军装裙飘起到车把上，极不守纪律地露出了黄褐色长袜上方的黑布条和珍珠般晶莹的屁股，得——

“嗨，宝贝，”尖锐的刹车声，“别搞错了，这里可不是温迪米尔的后台哟。”

她当然听懂了。“哼，”一缕卷发垂下去，把鼻子弄得痒痒的，使她的反唇相讥更显尖刻，“他们还会让小毛孩儿进那种地方，我可长见识啦。”

“呃，”他已经习惯人们说他是憨小了，“也没人招女童子军吧？”

“我二十了。”

“哇塞！够资格一路搭车到伦敦了，喏，就这辆美洲虎。”

“可我的方向刚好相反。在贝特[②]附近。”

---

① 藤布里奇威尔斯：伦敦南边的一座城镇。

② 贝特：英国东南部的一个城镇，在藤布里奇威尔斯以南，伦敦至黑斯廷斯的干道上。

“噢，那就坐个来回喽。”

她把脸上的头发甩开：“你妈妈知道你这样跑出来吗？”

“战争就是我妈妈。”罗杰朗声说完，斜过身子来打开车门。

“这就怪了。”一只沾满泥巴的小脚在踏板上犹豫着。

“来吧，宝贝，你这样会耽搁执行任务，把自行车搁那儿，把裙子弄好，进来吧，我不会在藤布里奇威尔斯的大街上干什么见不得人的事——”

火箭就在这瞬间落了下来。妙啊，妙啊。一声闷响，如空洞的鼓声，离城里有一段距离，刚好不至于有危险，但这样的距离、这样的响声却恰好把她送上了和这个陌生人同行的百英里路程：她猛地扑上车来，像跳芭蕾，浑圆美妙的臀部一转，坐在了空座位上，秀发瞬间散开如扇，手在下面整理着军装裙，动作优雅得像展翅飞翔的鸟儿。所有动作都在爆炸的震颤中完成。

他感觉好像看见了一种阴森森的、长了很多瘤节的东西从北方天空升起，颜色比云深，或者说变化比云快。她会不会因此依偎着他，求他保护呢？无论有没有火箭落下，他都压根不敢相信她会上车，惊慌之下，不仅没把波因茨曼的美洲虎挂成低挡，反而倒退起来，压倒了自行车。嘎扎声中，车子变成了一堆无用的废铁。

“这下只好听你摆布了，”她叫道，“完全听你的。”

“嗯哼，”罗杰的脚在踏板上挪来挪去，终于找到了挡位，车子“轰——”的一声怒吼，朝伦敦开去。不过，杰茜卡并没有听他摆布。

战争，噢，就是罗杰的妈妈，冲掉了所有温柔的东西，连微弱的希望和赞扬也冲得四散无迹；在云母灯光下，在罗杰矿石般、墓碑般的心里，“妈妈”灰色的潮水把一切都冲刷得干干净净，全不顾那些痛苦的呻吟。已经六年了，她总是近在眼前，总是挥之不去。他已经忘记了第一具尸体，就是第一次看见活人死去的情景。时间已经那么久远，好像过了大半辈子。如今，他去的那座城市就是死神的接待室：他就在那里处理文件、签合同、数日子。根本不是小时候心目中那恢宏的，花园般的，充满历险的首都。于是他成了“白色幽灵”里的“冷面小生”，就像一只用数字拉网的蜘蛛。他和部门里的其他人不和，这已是公开的秘密。有什么办法呢？他们都是才华横溢的狂人——什么千里眼，疯子魔术师，意念致动专家，星际旅行家，聚光者。罗杰只是个搞统计的，从来没做过带预兆的梦，从来没用心灵感应的方式发送或接收过信息，也从来没有直接和另一个世界联系过。如果真有那些东西，就会以数字形式显示在实验数据中，肯定的……反正他们那些东西，他只能接近到这个距离、肯定到这种程度。所以，他对超心理部的人态度不好，一点儿都不奇怪——那些人还在地下通道里摸索呢，跟他差得远了去了，绝对有三个Σ！基督呀，能叫人态度好吗？

他们只有一个需要，很明确，昭然若揭，这使他很恼火……没错，那也正是他的需要。可一方面他们在计算卡方，抛齐纳牌[①]，研究灵媒们含糊而令人压抑的话语；另一方面死亡人数却在上升。面对这样的现实，你还怎么给“超心理”的东西打上科学的旗号？情绪稳定时，他觉得坚持干下去对勇气是一种锻炼。但大多时候他诅咒自己，为什么没去搞消防，或者给炸弹组绘制“每吨标准杀伤率”坐标图……只要不是去干涉刀枪不入的死神，吃力不讨好，干别的什么都行……

他们驶近一座燃着火光的屋顶。消防车从旁边隆隆开过，和他们走同一方向。这里砖铺的街道和沉寂的墙壁令人压抑。

罗杰刹了车。前面是一堆人，有工兵、消防员、白色睡衣外面套着黑色大衣的街坊，还有夜间遐思联翩，把消防员们摆在特殊地位的老太太们：“不，请你们别给我用那根大管子……哦别……你们那些可怕的胶靴难道不能脱掉吗……是是正是——”

摆了松散警戒线，每隔几米就站着士兵，一动不动，有点神神叨叨的。英伦保卫战也没这么正规过。这些新型导弹给他们提供了机会，可以给公众制造空前的恐怖。杰茜卡注意到，一个巷子里停了辆墨黑的帕卡德，里面坐满非军方人员，黑色衣装，白领子在阴影里显得很僵硬。

“他们是谁？”

---

① 齐纳牌有二十五张，五种符号，一般用来测特异感知能力。得到的数据再进行卡方测试，即将测得频率与预先统计好的成功猜牌的频率进行比较，获得评测结果。

叫成“他们”，已经很客气了。他耸耸肩：“不怀好意的一群。”

“你看，说话的是什么人？”不过，他们的笑容衰老而机械。有一段时间，他的工作有点使她痴迷：漂亮的飞弹剪贴簿，太可爱了……他悲叹：杰茜卡呀，别把我当成冷酷、盲目的科学家……

热浪扑打着他们的脸，液流射进火里，激起灼眼的黄色。猛烈的气流冲得挂在屋顶边的一把梯子摇来晃去。屋顶上，在夜空映衬下，身穿防护雨衣的身影挥动着胳膊，集合在一起传达命令。半个街区之外的裸焰灯照亮了潮湿的、焦碳般的房屋，也照亮了整个救火过程。接到拖泵和重型车上的帆布软管在液流压力下绷得紧紧的，匆忙扎好的接头处喷出星星点点的冷液，冰冷冰冷的，在跳动的火焰中闪耀着黄光。某个地方的无线电里传来一个女人的声音，约克郡口音，冷静从容，指挥别的部门开往城里其他地方。

罗杰和杰茜卡本可以停下来帮帮忙的。不过，他们都是英伦保卫战的战友，在漆黑的凌晨应征入伍，哭喊着求人发慈悲，那些鹅卵石和屋梁却无动于衷——那些日子里，慈悲这东西太缺了……他曾经恼怒、厌倦地对她说过：等你从第 n 堆瓦砾中把你的第 n 个人或第 n 个人的一部分拽出来的时候，自己就没太多感觉了……n 的值可能因人而异，但麻木是迟早的事，很遗憾……

除了心力交瘁，还有一点：即使他们还未脱离战争状态，也起码发觉一种缓慢的自闭已经开始了……他们从来没有空间和时间谈这个问题，也许没必要。不过两人都很清楚，一起在战争状态中相依偎，总比退出战争后和“后方”的纸张、火灾、卡其服、钢铁打交道要来得强。其实，“后方”是个设计得并不精密的骗局和谎言，为的是要把他们拆开，要颠覆爱情，代之以工作、心不在焉、自我的痛苦和悲惨的死亡。

他们在伦敦南边一些阻塞气球下面的“免入区”找了一所房子。这座城镇在一九四〇年的时候撤空了，但还在“管制”之下，还在部里的名单上。罗杰和杰茜卡非法入侵，却根本不知道自己犯下了严重罪行，除非真的有一天被抓起来。杰茜卡搬来了一个旧娃娃、一些贝壳，还有她姑姑的手提箱，里面装满了花边内裤和长筒丝袜。罗杰把住在空车库里的几只鸡吆喝跑了。他们每回来这儿，其中一个人总会记得带一两朵鲜花来。夜里，爆炸声、车辆声不断，风从丘陵另一边把海浪的最后一次拍打声也带了过来。早晨起来坐在小桌旁（桌子的一条腿不太好，罗杰临时用棕色细绳修了一下），喝杯酒，抽支烟。他们从来很少说话，他们抚摸、对视，他们一起笑，他们诅咒分手。这里边远、饥饿、冷冽——多数时候他们谨小慎微，不敢冒险生火——但他们想拥有这个地方，这种愿望特别特别强烈，所以即便碰到的困难比政府宣传的还要大，他们也甘愿承担。他们在相爱。去他妈的战争！

◆ ◆ ◆ ◆ ◆

今晚的猎物弗拉基米尔（也可以叫伊利亚、谢尔盖、尼古拉，全看博士的兴致了）正在朝地窖入口潜逃。这个锯齿状的入口，里面应该是幽深、安全的。弗拉基米尔记得钻过这种黑乎乎的地方，甚至会条件反射地钻进去，因为有一只爱尔兰塞特猎犬，浑身散发着煤烟味，一见他就咬……还有一次，他从一群孩子中逃出来；最近，又经历了一次突然爆炸——爆炸发出巨响和强光，把屋墙炸塌，砸伤了他的左后腿，伤口还没长好，还需要舔舐。可是，今晚的危险不一样，没那么猛烈，是一种有计划的偷袭，他还不大适应。他在这儿的生活都是光明正大的。

天在下雨。偶尔有风的摇曳。一阵气味传来，他觉得很陌生。他从未靠近过实验室。

那是乙醚的气味，散发自皇家外科学院研究员爱德华·W.A. 波因茨曼。狗消失在一处残墙边，最后一瞬间尾巴尖轻轻一晃就不见了。几乎同时，博士的脚踩进一个抽水马桶静张以待的桶眼里——他太专注于猎物了，没看见。他狼狈地弯下腰，一边把埋住马桶的废墟残渣拽松了些，一边咒骂所有那些粗心的家伙——但他自己不算，而是专指这座塌屋的主人（如果还没被炸死的话），或者随便哪个该收这个马桶又没有收的家伙——看情况，马桶卡得很紧……

波因茨曼先生拖着一条腿，走到一段坍塌的楼梯前，在烘栎木栏杆柱的下半截上甩砸马桶，又不敢出声，怕惊动狗。马桶纹丝不动地弹回来，木柱一阵颤动。这是在嘲笑他——好啊！他坐到直通天空的楼梯上，试图把这该死的玩意儿从脚上扒下来。扒不下来。他看不见狗，却听见狗的脚爪发出轻轻的嗒嗒声。狗成功地把地窖变成了避难所，而他甚至无法把手伸进马桶，解开该死的靴带……

波因茨曼将巴拉克拉瓦帽盔[①]的眼孔调整到舒适位置，搔着紧靠鼻子下面的那块地方，决心战胜慌乱。他站起来，等血凝住，再次奋起，顺着夜里千丝万缕的绵绵细雨上蹿下跳，奋力调整好身体平衡，然后一瘸一拐、叮叮当当地朝车子走过去。他得让摩西哥帮他一把——希望他没忘了带手提电灯……

刚才，罗杰和杰茜卡找到他时，发现他潜伏在联立房组成的街道口。他游弋的地方前两天才遭过V弹袭击，炸掉了四座住宅，整整四座，外科手术般干净利落。早夭的房屋木材和雨淋后粘黏的灰土发出柔和的气味。街道上绷着绳子，一个哨兵静静坐在废墟最近处一座未遭损坏的房子门口。不知他有没有和博士说过话，反正两个人这时候没有任何表示。杰茜卡看见两只眼睛，颜色很平常，从巴拉克拉瓦帽盔眼孔里向外注视着，使她想起中世纪戴头盔的骑士。他今晚可能是为国王效忠，来这儿和什么怪物搏斗的？废墟在等着他，堆成一个斜坡，斜坡上方是堵在那里的后墙残骸，像V形臂章，莫名其妙地配在条木织成的网格上——那些地板材料、家具、玻璃、灰泥块、长长的墙纸碎片、劈开或碎裂的托梁等都表明，这里曾经是某个女人经营多年的闺房，现在却成了黑夜里随风飞舞的散草。废墟里，一根铜床柱闪着光，谁的胸罩缠在上面，白色，缎子，有花边，战前的精品，如今只落得胡乱一团……刹那间，她心头涌起一阵无法控制的迷乱，积存在心里的所有怜悯都向这只危难重重、被人遗忘的小动物飞拥过去。罗杰打开车尾的行李箱。两个男人翻来翻去，拿出了大帆布袋、乙醚瓶、网子和犬哨。她知道自己不能哭：她一流泪，毛线眼孔后面那双蒙眬的眼睛便会更加起劲地搜捕猎物。可

① 巴拉克拉瓦帽盔：一种包头护耳，长及肩部的盔式帽。

是，那个没了家的小可怜……还在夜雨里等着主人，等着房子重新在身边复原呢……

这个细雨无边的夜晚也发出了狗被淋湿的味道。波因茨曼好像离开了一会儿。“我真是神经病。这时候我本该和海狸在什么地方相拥相抱，看着他点烟斗的，可我却在这里面对这个打猎的侍从，这个研究灵魂的人。我的统计师哎，你究竟是什么人哪——”

“相拥相抱？”罗杰几乎在尖叫，“相拥相抱？”

“摩西哥。”博士在叫他。他叹着气，脚上套着抽水马桶，毛线帽盔也偏了。

“你好，你那样走路不累吗？我想应该……先从门里放进来，这样，然后，哦，好的。”说着他把门又关上，夹住波因茨曼的脚踝，这样马桶就搁在罗杰的座位上了。罗杰半靠在杰茜卡的腿上：“现在使劲拉，把力气全使出来。”

博士一边在心里骂着“小兔崽子”“看笑话的蠢货”，一边摇晃着，用另一条腿站稳，发出哼声，马桶来回运动起来。罗杰抓住车门，紧盯着脚没入马桶的地方。“我们要是有点凡士林，就可以——可以润滑的东西。等等！波因茨曼，你在这儿等一下，别动，我们会摆平的……”小伙子一阵激动，钻到车底下去摸曲柄轴箱的插栓，这时候波因茨曼发话了：“没时间了，摩西哥，他会逃跑的，他会逃跑的。”

“太对了，”摩西哥又钻出来，从上衣口袋里摸出一支手电筒，“我把他惊出来，你张网等着。你肯定自己走动没问题吗？如果他往外冲的时候你摔倒什么的，就糟了。”

“发点慈悲，摩西哥，”波因茨曼跟在摩西哥后面，嗵嗵地往废墟那边走，“别吓着他，这里可不是肯尼亚之类的地方。要知道，我们需要他尽可能接近标准状态。”

标准状态？标准状态？

“罗杰。”罗杰叫道，用手电筒给他发出“短—长—短”信号。

“杰茜卡。”杰茜卡踮起脚跟在他们后面，低声道。

“来吧，伙计，”罗杰在诓狗，“这瓶乙醚很香，给你的。”他打开长颈瓶，伸到地窖口里摇晃着，然后打开电筒。狗从一辆生锈的婴儿车里往外看，影子上下晃动着，舌头垂下来，一脸的怀疑。“嘿，是努斯堡夫人（馅饼炸弹）[①]！”罗杰模仿星期三晚上BBC中弗雷德·爱伦的口吻，大声道。

“你可能在早（找）拉西[②]？”狗答。

罗杰开始小心翼翼地往下走，鼻子里闻到浓烈的乙醚气味。“来吧，朋友，一下子就过去了，没什么感觉的。波因茨曼只是想数一下有几滴唾液，没别的。就在你的脸颊上切个小小的口子，漂亮的玻璃试管，没什么可担心的，对吗？经常摇摇铃。令人兴奋的实验室世界，你会爱上的。”乙醚好像飘到狗那儿了。他往前走了一步，想塞住瓶子，不料脚踩进一个坑里，身子斜了一下，伸手想胡乱抓个东西稳住身体。瓶塞从瓶子上掉下来，永远埋进了坍屋最底层的废墟里。波因茨曼在头上喊：“海绵，摩西哥，你忘了带海绵！”一个灰白色圆形物掉落下来，上面尽是眼儿，在电筒光内外一蹦一跳的。“这玩意儿挺活泼啊。”罗杰伸出双手去抓。乙醚自由自在地洒出来。最后，他手电筒的光柱罩定了海绵。狗在婴儿车里痴痴地看着。“嚯！”他倒出乙醚，浸湿海绵，海绵在他手中卷成冰冷的一团。他把瓶子全部倒空，然后用两根手指夹着湿海绵，摇摇晃晃地朝狗走过去，同时将电筒从下巴往脸上照，做出吸血鬼模样，吸引狗的注意。“真理的——时刻！”他扑了下去。狗斜刺里跳开，从罗杰身边飞快跑过。与此同时，罗杰还在拿着海绵往前冲，头朝下扑进婴儿车，把婴儿车压碎了。隐约中他听到博士在上面哀叫：“他跑了。摩西哥，快点啊！”

“快点。”罗杰攥着海绵，把婴儿车脱衬衫般甩下来，解放了自己。

---

① 原文为“Mrs. Nussbaum”，读成“Mrs. Noose-bomb（陷阱炸弹）”。此人为美国哥伦比亚广播公司（品钦说是BBC，疑误）广播喜剧《爱伦和隘巷》中的一个人物：弗雷德·爱伦经常走一个小巷子，停下来敲邻居的门，最后以交谈结束。努斯堡夫人是其中一个角色，犹太口音，语音语法差。他们的对话：“嘿，是努斯堡夫人！”“你可能在找冯可·斯保茨？”

② 应为“莱西”，狗名，出自英国作家艾瑞克·莫布里·奈特的《莱西回家了》。此处狗语有语音错误，应为模仿努斯堡夫人所致。

他觉得自己的技术好像蛮专业的。

“摩西哥——”哀声又作。

“好的。”罗杰在地窖的乱石中跌来撞去，终于又回到外面。他看到博士在对狗实施包围，网已经张开，高高举着。雨一刻不停地落在这个戏剧化的场面上。罗杰环行着，以便和波因茨曼形成对狗的钳形夹击之势。狗此刻站在一处尚未倒下的后墙残块边，爪子扣住地面，露出了牙齿。杰茜卡在半途上等着，双手插兜，抽着烟观望。

“嗨，”哨兵吼起来，“你们。你们这些傻瓜。离开那堵墙，那墙可是没根儿的。”

“你有香烟吗？”杰茜卡问。

“他要逃了。”罗杰尖叫一声。

“罗杰，看在上帝的分上，慢一点。”他们一步步试探着往上走，竭力保持坍屋的平衡。那些交错的杆臂结构随时可能塌下来，把他们埋进去变成死人。他们逐渐靠近猎物——那只狗一会儿注意博士，一会儿注意罗杰，头迅速转来转去。他困在角落里，试探性地咆哮着，尾巴不停地向角落两边扑打。

罗杰拿着电筒朝后面移动时，狗（或者狗的某些神经回路）想起了最近从身后传来的另一种光亮——那次大爆炸引起的光亮，使他后来饱受痛苦和寒冷煎熬的那种光亮。后面来的光亮表示死亡/张网欲扑的人则可避开——

“海绵。”博士尖叫道。罗杰向狗飞扑过去。狗朝波因茨曼的方向冲去，脱了身往街道上跑。波因茨曼呻吟着，拼命甩动被马桶套住的脚——他扑了个空，惯性使身子转了一百八十度，网像雷达天线一样升起来。罗杰也没能收住冲势，乙醚沾到了嘴里和鼻子里。博士的身子又旋回来，罗杰朝他斜撞过去，被马桶痛击了一下。两个人都摔倒在地，被网罩住，在里面挣扎。破损的屋梁发出咯吱声，被雨打湿的灰泥块在塌落。他们头上的断墙开始摇晃。

“离开那儿。”哨兵吼道。可是网里的两个人越想挣扎离开，墙摇晃得越厉害。

“我们要遭报应了。”博士颤声道。

罗杰寻找着博士的眼睛，想看看是不是真心话，可巴拉克拉瓦帽盔的眼孔里此时只有一只白白的耳朵和一缕头发。

“滚一下。”罗杰提议道。他们想办法一起朝街道方向滚了几米，这时一部分墙倒塌下来，不过是朝另一个方向。他们成功回到杰茜卡身边，没再造成任何损失。

“他顺着街道跑了。”杰茜卡帮他们取掉网子时说了一句。

“没关系，”博士叹息道，“反正都一样。”

“哦，不过时间还早呢。”罗杰说话了。

“不，不。算了吧。”

“那您用什么来代替狗呢？”

他们又行动起来。罗杰掌方向盘，杰茜卡坐在中间，抽水马桶从半开的车门伸出去，这时候博士才回答：“也许这是个信号。也许我应该拓展拓展研究领域了。”

罗杰瞥了他一眼。闭嘴，摩西哥。不要去琢磨这些话的意思。他又不是谁的上司——据他所知，他们俩地位相同，都是向“白色幽灵”的准将汇报工作。不过有时候——罗杰的眼光又一次从杰茜卡胸部的黑色毛料边扫过去，落到博士的针织帽盔及露出的鼻子和眼睛上。他觉得博士不只需要他的好心、他的合作，他还想要他本人，就像要一条良种狗……

那他干吗还要来这儿，继续帮他捉狗呢？他心里藏着一个什么样的连自己都不认识的疯子呢？

“博士，你今晚要不要回那边去？这位小姐要搭车。”

“我不去，我要留下来。不过你可以把车开回去。我得和斯佩克特罗医生谈谈。”

此刻，他们的车子渐渐驶近一座长长的临时砖体建筑。很久以前这里是哥特式天主教堂，现在改造成了维多利亚风格。不过，当时修建这些教堂，与其说是通过改造相应的某些迷误而通达天上的任何神灵，毋宁说是扭曲了目标，是怀疑上帝实际的居所（有些人甚至怀疑上帝的存在）。当时，人们经历了一系列空前残酷、空前触目惊心的时刻。修建教堂的那些人心不在天堂，而在于恐惧，在于慌不择路、仓皇逃命，离开工厂的浓烟、街头的粪便、没有窗户的寓所，离开茂密如林的、冷漠的传送皮带，离开蜂拥着老鼠和苍蝇的影子国度——这一切告诉人们，那一年，上帝很难发什么慈悲了。这座肮脏、拉长的砖体建筑叫作“圣维罗尼卡耶稣真实像结肠和呼吸系统疾病医院”，其中住着一位凯文·斯佩克特罗医生，神经学家，一个心不在焉的巴甫洛夫派。

斯佩克特罗是“那本书”最早的七个拥有者之一。你要是问波因茨曼“那本书”是哪本书，他就会嗤之以鼻。罗杰推断，那本神秘的书轮流由几个共有者掌管，每周一换，而本周就是斯佩克特罗随时都会被人造访的时间。轮到波因茨曼的那一周，别的人也是这样在晚上来到“白色幽灵”的。罗杰听到过他们在走廊里认真、低沉地密谈，伴着鞋子急速的踢踏，就像舞鞋在大理石上发出的声音，搅人梦魂，远而弥坚。波因茨曼说话和走路的声音在其中又总是鹤立鸡群。不知现在套着马桶的响声如何？

罗杰和杰茜卡把博士送到一个侧门口。博士没入门中，只剩下门梁上一段笔画歪斜的铭文和饰纹间雨水滴落的声音。

他们转向朝南走。仪表板上的灯发出温暖的光。探照灯搜索着雨夜的天空。纤弱的车子在路上颤抖。杰茜卡迷迷糊糊睡着了，身子歪来歪去，弄得皮座椅发出咯吱咯吱的声音。雨刷有节奏地扫开雨水，在玻璃上划出歪斜的亮痕。已经两点了，该回家了。

◆ ◆ ◆ ◆ ◆

圣维罗尼卡医院。他们坐在一起，离“战争神经官能症”病房不远。这样的夜晚他们已习以为常。高压灭菌器里面蒸煮着一堆精制的钢骨头。蒸汽飘到鹅颈灯的灯光里，忽而会变得很亮，两人打着手势的影子有时从雾气中穿过，如刀锋猛挥而过。夜色包围中，两张脸像往常一样，都不动声色、不露行藏。

漆黑的病房犹如半开的文件柜，里面储存着痛苦，一张病床就是一个文件夹。哭叫声从黑暗中传来，病痛折磨的哭叫声，犹如发自冰冷的金属器物。今晚有十几次，凯文·斯佩克特罗拿着注射器和针头，走进黑暗中，让他的“狐狸”们镇静下来（“狐狸”是他对病人的通称——绕着大楼跑三圈，不想任何一只“狐狸”，你就能医治百病）。这时候，波因茨曼总是坐在那里，等他回来继续谈话。他很高兴能利用这些短暂的间隙，在这有些昏暗的房间里休息一下。书脊上磨损的金箔字母在闪光，蟑螂们围住了散发着香味的咖啡渍，冬雨从窗外的排水管里流下……

“你的脸色还是老样子嘛。”

“还不是那个老杂种，把我害苦了。斯佩克特罗，天天这样这样斗，我都没……”绷着脸，垂下头在衬衣上擦眼镜，“该死的普丁比我想象的难对付，他总是玩一些……老年人的把戏，让你措手不及……”

“主要是他年纪太大。真的太大了。”

“唔，年纪大我还能对付。可他特别浑——这个杂种，从来不睡觉，一直在算计——”

“我不是说他老，不是，我是说他所处的地位。波因茨曼？你的地位没有他优越，不是吗？你的机会也没有他那么多。你和他们那个年纪的人打过交道，当然应该清楚，他们有一种叫人难以理解的……自命不凡……”

波因茨曼自己的“狐狸”也在等他，在外面，在城里。战争的赐予呀。这个小小的办公室就是先知的洞穴：蒸汽弥漫，女巫的喊叫声从黑暗中传来……是夜神的疏泄[1]……

“波因茨曼，既然你要问，那就告诉你：我不喜欢那事儿。”

“是吗。”沉默，“违背人伦？”

“省省吧，这和人伦有关系吗？”说着，朝病房门口抬起胳膊，几乎像法西斯敬礼，“不，我只是在寻找一些方法，实验的方法，解释其中的原因。我干不了。只给我拨了一个人。”

---

① 疏泄：弗洛伊德于一八九三年提出的心理学概念。精神疾病的治疗中，病人在心理医生的引导下自由地表达被压抑的情绪，特别是过去强烈的情感体验，必要时还需用药物或催眠。

“可那个人是斯洛索普。你知道他的价值。就连摩西哥也认为……嘿，还是那些老生常谈。预知。意念致动。他们那帮人，有自己的问题……假如你有机会研究一个真正的经典案例……某种病理的案例，机体很完善……”

一天晚上斯佩克特罗问：“如果他没做过拉兹洛·雅夫的受试，你还会对他这么热衷吗？”

“当然会。”

“唔。”

想象一下：有一枚导弹，爆炸*以后*才能听见它向你飞来的声音。倒过来！整整齐齐地剪出一段时间……倒放的几英尺胶片……火箭弹爆炸，降落速度比声音还快——然后才从炸弹里传出降落的声音，这时候人已经死了，火也烧起来了……简直是从天而降的幽灵……

巴甫洛夫对于“对立感知”特别感兴趣。我们不妨称之为一簇神经元，在大脑皮层的某个地方，其作用是区别快乐与痛苦、光明与黑暗、统治与臣服……但如果以某种方式，比如让他们挨饿、创痛、震惊，或者阉割他们——让他们进入其中一种越阈[①]状态，超过清醒意识的极限，超过“等价时相”和“反常时相”，就会削弱对立感知，突然间一个偏执狂病人就产生了，本来想做主人，现在却觉得自己是奴隶……本来想得到爱，现在却承受着自我世界的冷漠，并且——巴甫洛夫在给珍尼特的信中写道：“我认为，超反常时相正是削弱病人对立感知的基础。”我们的疯子、偏执狂、躁狂症、精神分裂症、道德低能症——

斯佩克特罗摇摇头：“你颠倒了刺激和反应的关系。”

“根本没有。想想吧，他在外面的一个地方，*能感觉到它们飞来了*。提前几天。这还是反射，一种对*已经*存在于空气中的东西所发生的反射。我们的构造太粗陋，感觉不到那种东西，可是*斯洛索普*能感觉到。”

“这样说就成超感知了。”

“不如说是‘一种我们没有注意到的次感觉刺激’。它一直存在着，

① 越阈：巴甫洛夫的研究术语，指身体在极端压力和痛苦下产生的崩溃反应。

我们本可以看得见，可是没人去看。在我们的实验中，这很平常……我认为是 M.K. 彼得诺娃第一个观察到的……她是那些女人中的一个，在研究的最初期就观察到了……她只是把狗带到实验室里——特别是在神经官能症的实验中……第一眼看见实验台、技术员、迷离的暗影，或者接触到凉风，这些我们可能从未弄清的次刺激就能使他产生反应，进入越阈状态。

“斯洛索普就是这样。可以这样设想。在伦敦的户外，周围的那种气氛——如果我们把战争本身看作实验室？V-2 导弹打过来的时候，先是爆炸，然后是降落的声音……这样就把刺激的正常次序给颠倒了……因此，他可能会在转过某个街口、走上某条街道的时候，突然莫名其妙地感觉到……”

沉默降临了。雕刻着此时沉默的，是梦中的呓语，是隔壁遭到导弹袭击后发出的呻吟，是夜神的孩子。他们的声音在病房污浊、充满药味的空气中袅袅不绝。他们在向主人祈祷：不论迟早，让每个人都疏泄一回，每个人，在这寒冷而痛苦的城市里……

……这时候，地板又一次变成巨大的电梯，推着你向天花板移动，事先没有任何预兆——此时回放如下：墙向外炸开，砖块和灰泥块大雨般落下，死神的拥抱和惊吓使你突然瘫住——“我不知道老爸我肯定是晕过去了醒来的时候她已经不见了我周围都是火整个头上都在冒烟……”，血从已经疲软的残断动脉里喷出，屋顶上的石板掉下来砸在床中间，电影院里的吻进行了一半便没了下文，你一动也不能动，痛苦地盯着一个皱巴巴的烟盒达两个小时之久，你可以听见他们在两边的座位上哭叫，身体却无法动弹……突然整个屋子亮了起来，安静得可怕，亮得胜过早晨在薄纱毯子里看阳光，没有任何影子，只有凌晨两点无言的安静……还有……

就这样进入越阈状态，就这样妥协。就这样，对立意识合而为一，不再对立——可是，今晚充斥于病房的，到底是斯洛索普捕捉到的导弹爆炸场面，还是这种“去极”，这种神经“紊乱”？要这样治疗多少回，才能彻底消除病态呢？就这样来势凶猛，反复发作，反复再现爆炸场面，又不敢完全投入，完全投入就等于彻底完蛋："医生我咋知道自己能回来？"医生回答："要相信我们。"马后炮，空话，表面文章——相信你们？——咱们彼此心知肚明。……斯佩克特罗觉得自己像个骗子，但还是撑着……就因为痛苦还继续存在……

有些人到底还是完全投入了，每次精神宣泄后总会焕发新生，在两个世界之间的某一时刻里完全忘记痛苦，忘记自我……写字板已经擦净，新东西还未写上，手和粉笔悬在阴沉的冬日里，悬在这些可怜的人体写字板上方——他们盖着政府的毛毯战战兢兢，他们被麻醉，他们以涕泪洗面，他们的悲哀很真切，从很深的地方涌流出来，叫人猝不及防，显得超常迅猛……

波因茨曼对她们是多么渴求啊！漂亮的宝贝们。他灰褐色的内裤不知趣地、俗气地因欲望而近乎被撑破：他需要利用她们的纯洁，在她们身体上写下新的话语，写下自己，写下自己阴暗的强权政治之梦，写下爱之痛苦所期许（哦，此前一直是暗示）的另一种心灵状态……她们在铁床上躺成一排，多么诱人啊！她们的处女膜，那些毫无雕饰的、性感的宝贝儿……

市内的圣维罗尼卡汽车站[①]就是她们人生的十字路口（她们的脚刚刚踏上那里的仿镶木地板，口香糖被踩成炭黑色，夜里的呕吐物漫了一层，淡黄，透明，如众神的体液。还有废弃的报纸，没人读过的、撕成镰刀状碎片的传单，陈旧的鼻屎，开门时轻轻吹入的黑色污垢……）。

你在这些地方一直等到清晨，把自己融合在车站内白亮的灯光中。你对到站时间表了然于心，了然于那颗空洞之心。你知道这些孩子是从哪里跑来的，也知道这个城市里没人接她们。你的温雅打动了她们。你从来无法确定她们能否看透你的空洞。她们还不愿与你对视，纤细的腿一刻也静不下来，手织长筒袜软塌塌的（皮筋全都用于战争了），但很迷人：小脚后跟一直不安分地踢着帆布袋和长木椅下有些磨损的手提箱。天花板上的喇叭通报着出发和抵达的车次，先用英语，再用其他流亡者

① 此地点应为虚构。

语言。今晚的目标经过长途旅行，一路上没睡觉，眼睛红红的，衣服皱皱巴巴，大衣当枕头用过。你可以感觉到她的疲惫，感觉到她身后广袤的睡乡。这时候你真的无私无欲……一心想着如何庇护她。你成了旅行援助者协会的人。

你身后是一队队穿制服的男人，队排得很长，黑夜一般长。他们一路踢着“小差”包[①]，大多不说话，慢慢朝出口走。出口的门上涂的是米色漆，但被各个年代的手在告别时抹上了更接近棕色的贝尔曲线。门隔一阵子开一下，便有冷风钻进来，把一批人送出去，又关上。一个司机，也可能是工作人员，站在门口检查车票、护照、休假证明。男人们一个接一个走入这漆黑一团的矩形之夜，消失了。走了，战争把他们带走了，后面的人也已拿出车票。外面的汽车吼叫着，不大像交通工具，倒更像固定不动的机器，地面以极低的频率颤动着，和寒气混于一处，似乎在暗示，只要走出屋内明亮的灯光，你就像遭到黑夜的突然袭击，两眼什么都看不见了……军士、水手、海军、空军。一个一个，去了。碰巧在吸烟的人可能会多拖延一会儿，微弱的小火星晃来晃去，划出橙色弧线，一下，两下——没了。你坐在那儿，半斜着身子注视他们，你那肮脏困倦的小宝贝开始抱怨。你是不会理她的：有这么多人不停地离开这里，你的欲望如何才能在这个白色世界里得到满足呢？今晚，成千的孩子从这些门里走出去，却难得有一个小孩在某个夜晚走进来，从这里走向你那张失去弹性、沾满精液的床——风从煤气厂吹过来，混合着更为浓烈的湿咖啡渣霉味、猫粪味，还有汗味，来自挤在一个角落里的那些人——他们脸色苍白，大汗淋淋，狼狈不堪地挤在一个角落里，有人随意打个手势就悄悄走掉，或者上前拥抱。人们静悄悄地排着紧凑的长队……数千人离开……只有不正常的小游粒偶然从主流中漂移开来……

波因茨曼虽然饱受折磨，但现在马上就要得到一只章鱼了——不错，是一只巨大的，恐怖片里才有的八爪鱼，名叫格里高利：灰色，黏糊，一刻也不安分，在伊克·里吉斯码头的临时畜栏里一颤一颤地缓慢移

---

① 一种帆布小包，因军人在开小差时常带这种包，故名。

动……那天，海峡附近刮着大风，波因茨曼戴着自己的巴拉克拉瓦帽盔，眼睛都冻僵了；波尔库耶维奇医生把厚大衣的领子翻上去，把皮帽拉到耳朵上；才出生几个小时的章鱼给他们的呼吸里添入臭味。波因茨曼会如何摆弄这只章鱼呢？

答案已开始自己长出来了：开始时是小胚囊，毫无特征，第二个回合就开始变化了……

那天晚上——肯定是那天晚上，斯佩克特罗说了这样的话："我不知道离开了那些狗你的感觉有何不同……如果你的实验对象一直是人的话。"

"那你就应该给我提供一两个呀，而不只是大章鱼——你是不是认真的？"两个医生紧紧盯着对方。

"我不知你会如何处理。"

"我也不知道。"

"把章鱼拿走吧。"他的意思是不是"忘掉斯洛索普吧"？惊心动魄的一刻啊。

接下去波因茨曼推出了自己著名的笑声。这种笑声在他经常遭遇突发状况的职业生涯中起到了雪中送炭的作用。"别人总是要我豢养动物。"他说的是多年前的一个同事，现在已经去世了。这个同事曾经对波因茨曼说，如果他在实验室外面养一只狗，就会更有人情味，更热情。波因茨曼试过，真的试过。那是一条猎獚，叫格洛斯特，他觉得很可爱，不过尝试进行了不到一个月。导致他生气并进而失去耐心的终极原因是，这只狗不懂得逆转自己的行为。它会打开门让雨和春天的虫子进来，却不懂得关上……它打翻垃圾，在地上呕吐，却不会打扫——谁能和这样的畜生一起生活呢？

"章鱼手术时很温顺，"斯佩克特罗抚慰道，"在切除大量脑组织的情况下还能存活，对猎物的无条件反应非常稳定——在它们眼前拿只螃蟹，砰！触角就会伸出来，施毒液，吃晚饭。还有，波因茨曼，它们不会吠叫。"

"哦，不过没有……水池、水泵、过滤设备、专门的食物……剑桥那边的条件就很好。我们这儿人人都他妈是吝啬鬼。他娘的都怪隆施泰特反击战[①]，肯定是的……政治战务管理处只资助那些和打仗有关的、眼前有用的项目——你也知道，最多一周就要见效。是啊，章鱼太奢侈了，连普丁都不要，真的，连那个老幻想狂都不要。”

“你可以教它们很多东西。”

“斯佩克特罗，你不是魔鬼，”眼睛盯得更专注了，“对吗？你知道我们的任务是寻找合理的刺激源。这个斯洛索普计划的核心一定是在听觉上，其逆转也在听觉上……伙计，我这辈子也见过个把章鱼大脑，别以为我没有注意过那些发达的视神经叶。嗯？你想拿视觉动物来糊弄我。那些该死的导弹落下时，能看到什么？”

“燃烧。”

“唔？”

“红色的火球。像流星一样落下来。”

“胡说。”

“宫西兑前两天晚上看见的，在德普福德[②]。”

“我想要的，”波因茨曼在桌子对面轻声说——桌上放着皮下注射器滚烫的针头——此时他斜着身子，正好位于灯光中心，苍白的脸色似乎比说话的声音还要羸弱：“我真正需要的，不是一只狗，也不是一条章鱼，而是你那些宝贝狐狸。他娘的。一只，小小的，狐狸！”

◆　◆　◆　◆　◆

有东西在烟雾之城里尾随而过，大把大把搜集着皮肤光滑漂亮，洋娃娃般的苗条姑娘。她们哀哭着……洋娃娃般哀哭着……其中一张脸忽然伸到面前，然后“嗵”一下！正在注视的眼睛被米色的眼皮和僵硬的睫毛盖住，狠狠地关闭了，砸出长长的、沉重的回响，在杰茜卡的脑子

---

① 卡尔·鲁道夫·杰尔德·冯·隆施泰特（1875—1953）：德国将军，第二次世界大战期间指挥入侵波兰、法国和苏联，任西线总司令（1942—1945）。这里的反击战指的是“巴尔基”战役。

② 德普福德：伦敦的一个教区。

里翻滚。这时候她自己的眼皮霍地睁开了。她清醒过来，正好听到爆炸声最后的余响，严峻而锐利，是冬天的声音……罗杰也醒了一会儿，嘟哝一声，好像是“操，疯了”，便又打着盹睡了。

她伸出纤手，在黑暗中摸索着，轻轻摸过嘀嗒的钟表，摸过熊猫迈克肚子上脏旧的绒毛，摸过一个空奶瓶——奶瓶里插着鲜红的大戟花，是从一英里外公路旁的一个花园里采来的——最后摸到了本该放香烟的地方，却没发现香烟。她半个身子探出被窝，停在两个世界交界处，形成一种白色、矫健的张力。哦……她把他一个人留在温暖的被窝里，自己却在粗粝的黑暗中冷得瑟瑟发抖，光脚踩在寒冬冷硬的木地板上，走起来感觉像冰一样滑。

烟放在客厅的地上，就在炉子边的两个枕头之间。罗杰的衣服扔得到处都是。她喷了口烟，一只眼斜眯着，开始收拾，把他的裤子叠好，把衬衫挂起来。之后慢慢走到窗前，拉起不透光窗帘，试图透过玻璃上的凝霜往外看：外面的雪地上，只有狐狸、兔子、长期丧家的狗和冬天的鸟儿踩过的足迹，杳无人踪。干涸的水沟也覆盖着白雪，穿过树丛，通向他们至今不知其名的小镇。她用手掌遮住香烟。灯火管制令好几周好几周之前就取消了，而这里又属于另一个世界、另一种时间，但她还是很小心，避免让人看到亮光。赶夜的卡车驰往南北两面，飞机布满天空，然后一架架向东飞去，这里便又归于宁静。

他们是不是可以住在旅馆里，只是填填空袭疏散表[①]，搜搜照相机和望远镜而已？这座镇子，这所房子，这些罗杰和杰茜卡交叠的弧线，在德国的武器和英国的规章制度面前是多么不堪一击……这里好像并没有危险，但是她很希望周围还有别人，希望这里是一个村子，她自己的村子。探照灯可以留下，照亮黑夜；阻塞气球可以热闹而友好地装点拂晓——所有的一切，包括远处的爆炸声，都可以尽情盘桓，只要没有什么目的……只要不死人……难道不能这样吗？只有令人兴奋的事情，只有声音和光明，只有夏天才来临的暴风雨，只有善意的雷声？——哦，

---

① 原文“AR-E”很可能是指“Air Raid Evacuation（空袭疏散）”，但无确论。

生活在一个为暴风雨而兴奋的世界里！

杰茜卡从自己身上飘飞起来，看见自己在观看夜晚；她张开腿飞翔着，垫肩般的白色，身影周边在黑暗中光滑如缎。只要没有东西落到这里，落到构成威胁的距离内，他们还是十分安全的：天黑下来的时候，他们那些枝干银碧的小树丛伸向空中，触摸、梳理云朵；黄昏时分，大批穿着青棕色制服的人由车队运送到前线去执行神圣使命。他们面若枯石，目视远方——奇怪的是，他们俩待在这里，竟与这些使命毫不相干……蠢货，你不知道在打仗吗？是在打仗啊，可是——你看，在这里，杰茜卡穿着姐姐半新的睡衣，罗杰全裸着身子在睡觉，战争在哪儿呢？

除非战争碰到他们身上。除非有东西掉下来。V-1 火箭落下来还有时间转移到安全的地方，V-2 火箭却是在听到声音之前就已击中目标。也许，他们像在《圣经》里，像在北方鬼气森森的古老童话里，没有战争，没有无线电上天天报道的正义与邪恶的斗争。他们没有理由不，嗯，不把这样的生活继续下去……

罗杰曾经给她解释过 V 型炸弹的一些统计数据——从天使的角度看它们在英国地图上的分布，和从这里的地面看它们的概率，两者有何不同。她差点就弄懂了——差点明白了他的泊松方程，只是没办法把两个东西连在一起，把自己强作镇定的日子和一个个纯粹的数字连在一起，而且还能同时看见两者。总有些局部滑进滑出的，无法看清楚。

“罗杰，为什么你的方程只是给天使用的？我们这里的地面上为什么不能用一些呢？难道没有一个我们也能用的方程，可以帮我们找个更安全的地方？”

“为什么我身边都是些统计盲呢？”他今天还是往常那副自作聪明的样子，“亲爱的，根本没门儿，除非袭击的平均密度是一个常数。就连波因茨曼也不懂这一点。”

火箭袭击地点在伦敦的分布情况和课本里泊松方程的预测完全一致。数据越来越多，罗杰也越来越像个预言家了。超心理部的人在走廊里盯着他的背影看。他想在餐厅或什么地方声明：这并不是预知……我什么时候欺世盗名过？我只是把数字套入一个著名的方程而已，你们也可以查书自己做呀……

此时，他小小的办公桌被一张发着微光的地图铺满了。这张地图就是一扇窗户，不是通向冬日的苏塞克斯[①]，而是通向另一片天地。那是伦敦的幽灵，现身于墨水间，上面标着地名，画着错综复杂的街道，分成 576 个方块，每块四分之一平方公里。火箭袭击地点用红色圆圈表示。根据泊松方程可以算出，在随机选取一定数量的袭击地点作为总数的情况下，多少方块不会受到袭击，多少方块会分别遭受一次、两次、三次或更多次袭击。

一个锥形烧瓶在小圆炉上沸腾。蓝色的炉火变幻着，在瓶中流动的水泡间纠缠交结。古老破旧的课本和数学论文散置在桌上和地上，其中还有杰茜卡的一张快照，在罗杰的惠特克和华生合编的旧课本下面窥视。早晨时，那位头发花白，瘦削如针的巴甫洛夫学者迈着绷紧的步子去实验室——那些狗在实验室里等着他，嘴巴张开，固定住，唾液被冬寒冻成银色，从每一根露在外面的漂亮瘘管里流出来，滴入蜡杯或刻度管——每次他都顺路在罗杰打开的门前停下来。屋里的空气成了蓝色——屋里的人在夜间抽烟，又在寒冷漆黑的早班时接着抽烟头，于是就有了这种蓝色。污浊恶心的空气。不过他还得进去，像往常一样喝下早晨的一杯。

他们俩都知道，这种关系在别人眼里一定很奇特。如果有一个反波因茨曼者存在，那一定是罗杰·摩西哥。波因茨曼也承认，这位年轻的统计学家不太赞同精神研究——他忠诚于数字和方法，而不是敲桌子、想入非非。在从 0 到 1 的区间里，也就是在“不是什么”和“是什么”之间，波因茨曼有把握的也就 0 和 1 两个数字。他无法像摩西哥那样，在区间内的任何地方都游刃有余。像他当年的老师巴甫洛夫一样，在他的想象中，大脑皮层是由一些微型的、非开即关的成分构成的组合体。有些成分一直处于明亮的兴奋状态，其他成分则处于黑暗的抑制状态。明与暗的大小和形状不停地变化着，但每个点的状态只有两个：清醒或睡眠。1 或 0。“累积”“反变”“辐射”“集中”“相互诱导”——整个巴甫洛夫大脑机制学说都建立在这种双稳态假设上。但在摩西哥看来，该学

① 苏塞克斯：英格兰一郡名。

说应该建立在0、1区间上，也就是概率上，而波因茨曼却把区间内部的东西排除于理论之外。在他停止计数时，他地图上某个方格仅遭到一次轰炸的概率是0.37；遭到两次轰炸的概率是0.17……

“难道你没办法从这张地图上算出来……”波因茨曼给摩西哥递上一支自己的“基浦路斯·东方”香烟——他所有的实验服内面都缝了专用口袋，把烟藏在深处，“哪些地方进去最安全，最不会被炸到？”

“没办法。”

“可是肯定——”

“每块地方下一次遭到轰炸的可能性完全相等。轰炸点并没有分群。平均密度是个常数。”

地图上没有丝毫的不一致。只有一个典型的泊松分布，悄然、规律地在方块间穿行，完全符合规则……向预定的形状发展……

“可那些已经被轰炸过几次的方块，我是说——”

“抱歉。那叫蒙特卡罗谬误。不管某个特定的方块内落入多少次，以后落入的可能性还是完全不变。每次的落点互不影响。炸弹不是狗。没有联系。没有记忆。没有条件反射。”

对巴甫洛夫学者说这样的话，好极了。要么是摩西哥一贯自负，不顾别人的感受，要么是他心知肚明，却故意这样说。火箭的落点之间是没有什么联系——没有反射弧，没有负诱导律……所以……他每天走进摩西哥屋里，都像去做痛苦的手术。摩西哥那种唱诗团少年的表情，那种大学生的俏皮，使他越来越毛骨悚然。可他又必须进去。摩西哥怎么能那么自在地玩弄这些随机的、可怕的符号？他天真幼稚，也许还不明白——也许，他在玩耍中拆毁了历史的殿堂，使因果律本身受到冲击。如果摩西哥这一代人到头来都是这样子，那结果会怎样？“战后”这个概念也将只是在时刻相续中制造出来的一些“事件”？没有联系？这是历史的终结吗？

“罗马人，”一天晚上，罗杰和牧师保罗·德·拉·纽特①博士喝醉了——应该说是牧师喝醉了，“古罗马的牧师们在路上放一个筛子，然后

① 牧师的名字有“夜之保罗”之意。

等着看哪些草茎会从筛眼里钻出来。”

罗杰马上找到了关联。“我在想，”他的手摸遍每一个口袋，该死，怎么连一根都没有——哦有了，“这会不会遵循泊松……咱们看看……”

“摩西哥，”牧师身子前倾，显然带有敌意，“他们用筛眼里长出来的草茎给人治病。他们把筛子看得很神圣。你如何处理你放在伦敦上面的筛子？你如何使用你的死亡之网里长出的东西？”

“我不明白你的意思。”只不过是一个公式而已……

罗杰很想让别人明白自己说的东西。杰茜卡了解他——如果人们不明白，他的脸色就会变得惨白阴沉，像隔了层火车车窗的脏玻璃，或者模糊不清的银白色栅栏，中间添了许多距离，使他更加遥远，孤独的身影也越发朦胧。这一点在认识的第一天她就知道了。当时，他斜过身子打开美洲虎的车门，却肯定她不会上车。她看到了他的孤独，在他脸上，在他发红的、指甲上有咬痕的双手间……

“哦，这不公平。”

“公平极了，”她感觉罗杰有些愤世嫉俗，很幼稚的样子，“人人平等。被炸的机会均等。在火箭的眼里是平等的。”

她对他做了个费伊·雷①的表情，眼睛圆睁到极致，红红的嘴巴作势欲张开尖叫。他终于笑起来：“哦，打住吧。”

“有时候啊……”她想说什么呢？说他应该永远可爱、永远需要她，千万别像现在这样做飞翔在空中的统计天使，从没下过地狱，说起话来却像最堕落的那一个……

普伦提斯上尉说他是“廉价的虚无主义”。有一天在“白色幽灵”附近一个结冰的池塘边说的。当时罗杰咂着冰柱走开去，仰躺在雪地上，学着天使的样子，挥舞胳膊嬉戏。

“你是说他白拿钱……”向上看，再向上，海盗饱经风摧的脸像是没入了云端，最后，连她自己的头发也堕入那双深沉的灰眼睛里了。他是罗杰的朋友，他不是在游戏，也不是在贬损罗杰。依她看，他对脂粉

① 费伊·雷（1907—2004）：美国女演员。此处指她在影片《金刚》（一九三三）中的特色表情。

堆里的事一无所知——反正也没必要知道，因为她已经——可怕的骚女人——咳，又没什么事——可是，那双她从来看不透的眼睛是那么令人陶醉，那么那么迷死人，真的……

“很显然，那边等待发射过来的V-2越多，”普伦提斯上尉道，“他蒙上一个的可能性就越大。当然，不能说他没有一点贡献。可我们所有这些人呢？”

“哦，”后来她告诉罗杰时，罗杰点点头，目光散漫开来，思考着这个问题，“操，又是加尔文主义的疯话。抵偿。他们为什么总要从交换的角度来看这个问题呢？普伦提斯想要什么，又一种贝弗雷奇提案[①]？给每个人指定一个‘痛苦商数’！好极了——在评估委员会面前，犹太人的得分点就很多很多了：进集中营，丢掉肢体或主要器官，失去妻子、情人、好友——”

“我知道你会生气。”她喃喃道。

“我没生气。没有。他是对的。是廉价。没错，那么他想要什么——”他抬起头，在拥挤、昏暗的小客厅里大步踱着。客厅里到处挂着刻板的猎狗画像，他喜爱的那些猎狗警觉地僵立着，周围是只存在于死亡幻境的田野；画上用的亚麻籽油年代越来越久，那些草地也就越来越金黄，金黄、秋意、死气，胜过战前的希望——希望结束一切变化，希望享有一个漫长、静止的下午，那只模糊不清的松鸡永远在起飞，瞄准器顺着紫色的山坡对准暗淡的天空，可爱的狗儿警觉地嗅着永恒的气味，头上的炸弹永远将落而未落——这些希望是那么不加掩饰、那么不设防，使罗杰在虚无得最廉价的时候也不忍把这些画取下来，而贴上墙纸。“我整天和胡言乱语的疯子一起工作，你还能希望我怎么样？”杰茜卡叹息：啊，天哪！然后把漂亮的腿蜷到椅子上。“他们相信死而复生、心灵传感、预知、透视、意念搬运——杰丝[②]，他们相信这些东西！而且——而

---

① 威廉·H.贝弗雷奇（1876—1963）：英国爵士，一九四四年写名为“社会暴动和盟国服务”的报告，称受苦最深者应最先得到盟国援助。

② 杰茜卡的昵称。

且——”他的话卡住说不下去了。她忘记了自己的不快，从宽大的佩兹利涡旋纹花呢椅上下来抱住他，裙子里温热的大腿和隆起的阴部靠近他，使他发热、勃起：于是，她的最后一点口红消失在他的衬衫上、肌肉上、抚摸中，肌肤相亲，亢奋，血涌——她怎么能知道，又怎么能如此准确地知道他心里想说的话呢？

心灵传感。今晚，他在梦中，她却待在窗边，深夜不寐。她又拿出一支宝贵的香烟，借着前面一支的余火点上，心里特别想哭一场——她把自己的局限看得清清楚楚，知道自己无法给他应有的保护，使他避开那些东西的侵害：那些可能从天空落下的，那天（那天的雪径咯吱作响，低垂的、挂满冰须的树形成拱廊……风吹动着透明的雪片：紫色和橙色的虫子纷纷拥向她长长的睫毛）他没有承认的东西，还有波因茨曼和波因茨曼的一种荒凉……这种荒凉也属于罗杰……她每次都能在他身上看到……科学家的不偏不倚。那些手——她不寒而栗。此刻的雪地上和寂静中，很有可能会出现敌人的影子。她放下不透光窗帘。那些手也可以像折磨狗一样折磨人，而且永远感觉不到人的痛苦……

今晚的院子里和小径上悄声来往的，是一群偷偷摸摸的狐狸和一帮胆小怯懦的野狗。外面的干道上，一辆摩托车放肆得像战斗机，咆哮着从村子旁驰过，向伦敦而去。大气球飘浮在空中，成熟的珍珠色；空气十分宁静，早晨短暂地下了场雪，雪花至今还附着在钢缆上，白茫茫的，像薄荷棒糖，逶迤伸入千英尺长夜。可能曾在这些空室里安眠过的那些人已经被风吹散，有些已经一去不复返……他们是否梦到了城市里的万家灯火和孩子们眼里美好的圣诞，而不是那些羔羊，挤在光秃秃的山边、沐浴着可怕的星光……或者梦到了歌儿，滑稽、美妙、真实到极点，醒来时却无法想起……和平年代的梦啊……

“什么样的梦？战争之前的？”她知道，当时自己已来到人世，是个孩子了，但她指的不是那时候。他们喝着一瓶“蒙哈榭”酒，海盗送的，一直放在厨房窗边保鲜。BBC 国内节目里播着布兰克· 布里奇变奏曲①，夹

① 该节目不可考。

杂着电流声，却可以梳理脑子里的乱丝。

“唔，好的，”他用倔老头般嘶哑的声音说着，伸出颤抖的手，以自己所知的最淫秽的方式挤压她的胸部，“小妞，那要看你说的是哪一场战争喽。”他又来了，喔，喔，口水在他的下唇角处涌起来，涌出来，流下来，流成一条银线。他太鬼了，他练习过这些下流的——

“别胡闹，罗杰，我是认真的。我想不起来了。”她看到他在琢磨这个问题，嘴两边露出酒窝，朝她怪笑。她心想：我三十岁时的样子是……脑子里闪过几个孩子、一座花园、一扇窗户，还有“妈妈，这是什么呀……”的声音，菜板上放着黄瓜、棕色洋葱，灿黄的野胡萝卜花点缀着一片幽深、翠绿的草地，还有罗杰的声音——

“我只记得那件事情很愚蠢。愚蠢得无以复加。没什么要紧事。噢，爱德华八世逊位了。他爱上了——”

“我知道，杂志我也读。可是那时候我们是什么样子？”

“是……就是他妈的愚蠢，再没什么了。整日价杞人忧天——杰丝，你真的想不起来了吗？”

游戏，围兜，女友，黑巷子里一只长着小白脚的猫咪，全家在海边度假，盐水，煎鱼，骑驴，桃红色塔夫绸，一个叫罗宾的男孩……

“忘得没那么彻底，我还都能想起来。”

“嗯。可我记得的东西却——”

“噢？”两个人都笑。

“大量吃阿司匹林。大多时候都在喝酒，或者喝醉。费尽心思把西装弄得更合身。鄙夷上流社会又拼命模仿他们……”

“哭呀哭，呜呜呜——”[①]他伸手到她毛衣侧面，找她最怕痒的地方，他知道在哪儿。她停止说话，咯咯笑起来。她的身子弓起、扭动，在他滚过来时躲开，从沙发背上弹开去，身体又完全恢复了原状。这时，她已经变得浑身怕痒了，他可以随便抓一个脚踝、胳膊肘——

恰恰这个时候，火箭突然爆炸了。可怕的爆炸声就在离村子不远的地

---

① 此句出自著名的《鹅妈妈歌谣》。

方：空气、时间，整个气氛都改变了——玻璃窗在冲力下向内打开，又带着木头发出的尖声，嘭地反弹回去。这个过程中，整座房子仍在颤动。

他们的心嗵嗵直跳。超强的压力使耳鼓绷紧，嗡嗡作响，疼痛不已。看不见的火车在屋顶上不远处疾驰而过……

此时，他们像画上的狗一样，一动不动地坐着，不说话，无力抚摸对方。奇怪的感觉。死神刚才进了餐具室的门，站在那儿注视着他们，执着而耐心，脸上的表情好像在说：*来痒痒我吧*。

◆ ◆ ◆ ◆ ◆

（1）

TDY 疏泄病房
圣维罗尼卡医院
本查珀门，E1①
伦敦，英格兰
1944 年冬②

基诺沙小子
邮件待领部
基诺沙，威斯康辛，美国

亲爱的先生：

我有没有打扰过你，不管你生活中的什么事，真的有没有？

你忠实的，
泰荣·斯洛索普中尉

① “E1”是伦敦东区某部分的代码。“本查珀门”应非真实地名。
② 英文书信格式与汉语不同，此处基本照录英文格式。下同。

邮件待领部
基诺沙，威斯康辛，
美国

几天之后

泰荣·斯洛索普先生
TDY 疏泄病房
圣维罗尼卡医院
本查珀门，E1
伦敦，英格兰

亲爱的斯洛索普先生：

你从来没有试过哪。

基诺沙小子

（2）精明的小家伙：嗷，我把以前的那些舞都跳了个遍，我跳了“查尔斯顿”[①]，还—还有“大苹果”[②]！

善舞的老兵痞子：你从来没有试过那“基诺沙”，小子！

（2.1）小家伙：呸，那些舞我都跳了个遍，我跳了“卡索耳步”[③]，还有

---

① 查尔斯顿舞：一种流行于 1920 年代和 1930 年代的 4/4 拍快节奏摇摆舞。查尔斯顿又是美国城市名（不止一个）。
② 大苹果：1930 年代的一种摇摆舞，六拍，快节奏；又为纽约市别名。
③ 卡索耳步：以弗农·卡索耳（1887—1918，英裔舞蹈家）与其妻艾瑞娜·卡索耳（1893—1969）命名的双人舞，流行于第二次世界大战前。

“林迪”[①]！

老兵痞子：你从来没有试过那“基诺沙小子”！

（3）小职员：嗯，他一直在躲我，我觉得可能是因为斯洛索普事件。如果他能让我负责的话——

上司（傲慢地）：你！不可能有一秒钟基诺沙小子认为**你**……

（3.1）上司（难以置信地）：你？不可能！有一秒钟基诺沙小子认为你……？

（4）那一天，他从天那边用炽热的字母给我们送来了我们将会用到的所有单词，也就是我们今天享用着的、编成词典的单词。在这惊心动魄的一天结束时，泰荣·斯洛索普把他那温和的声音，那从此荣登经典、风靡歌坛的声音，试探地、缓缓地推向空中，来唤起“小子”的注意：“你从来没有试过‘那’，基诺沙小子”！

头上一团白色，医生倾过身子唤醒斯洛索普，开始实验。这时候，文本“你从来没有试过那基诺沙小子”的各种变体充满了他的整个意识。针滑进他肘弯穴凹外侧的静脉里，毫无痛感：根据需要，百分之十的阿米妥钠[②]，一次 1 cc。

（5）也许你真的愚弄了费拉德尔菲亚，戏弄了罗切斯特，要弄了乔利埃特[③]。但是你从来没有试过那基诺沙小子。

（6）（升天和献祭的日子。全国大庆。烤焦的脂肪，烧成盐褐色的鲜血在滴落……）你杀了夏洛茨维尔[④]的猪仔，验讫；福雷斯特希尔斯[⑤]的马

① 林迪：1930 年代和 1940 年代美国流行的一种黑人舞蹈。
② 阿米妥钠：所谓的“吐真剂”。
③ 费拉德尔菲亚、罗切斯特、乔利埃特，既可用作地名，又可用作人名。
④ 夏洛茨维尔：美国弗吉尼亚州中部一自治城市。
⑤ 福雷斯特希尔斯：美国纽约城的一个住宅区。

驹，验讫。（声音渐弱下去……）拉雷多[①]的羊羔。验讫。哦—哦。等等。这是什么，斯洛索普？你从来没有试过那基诺沙小子。快点，斯洛索普。

我的手里握着骚根，
你可别大发雷霆，
再一次—当兵—
快—点，斯洛索普！

那关我屁事，杰克逊，
给我“破鸭子”[②]就行！
快—点，斯洛索普！

这里没人爱我、懂我，
他们想找地方送走……我……

拍拍我的头，量量我的脑，
把针尖朝我的血管扎好！
斯洛索普，快点！[③]

“促降计划”：斯洛索普，今天我们想再谈谈波士顿。你还记得吧——我们上次谈了罗克斯伯里[④]的黑人。做这个事你不太好受，我们已经知道了，不过你能不能加把油呢？好——斯洛索普，你在哪儿？你看到了什么吗？

---

① 拉雷多：美国得克萨斯州南部城市。
② 破鸭子：美国军俚称荣誉退役时发的小铜徽章，上刻一鹰。通译“飞鹰徽章”。
③ 这里的歌词模仿美国喜剧演员埃迪·康托尔（1892—1964）唱出名的歌曲《拜拜，乌鸫鸟》。
④ 罗克斯伯里：波士顿郊区的一部分，黑人聚居区。

斯洛索普：哦没有，没有很清楚……

坐着高架地铁轰隆隆进去，正是波士顿，陈砖上覆盖着钢铁和一张复写纸——

节奏控制了我，
哦宝贝看辣（那）[①] 摇摆摇摆摇摆！
是哟辣（那）节奏控制了我，
只觉整个世界都唱起歌来，
嗨，我从未听过，声音这么甜美，
贝森街口都有歌声在飞，
既然我已被辣（那）节奏控制，
酷起来，让我们摇摆摇摆摇摆，
来吧……酷起来，让我们……摇摆！

黑色的脸，白色的桌布，碟子旁整齐地摆放着非常锋利的餐刀，在那里闪烁微光……烟草和“青梅”[②] 燃出大量烟雾，混合在一起，像酒一样刺激，让人眼睛发红：李（你）的四（是）酒抽一点仄郭（这个）仄（这）玩意儿让偶（我）的脑则奏（褶皱）做了郭（个）拉丝！全都拉贫攒（平展）了，阔（可）不系（是）吗！

“促降计划”：斯洛索普，说的是“阔不系吗”？

斯洛索普：伙计们，别弄得太……

白人大学生们吼叫着，给台上的小乐队点曲目。东部幼儿园孩子的那种声音，嘴唇的什么地方“括约”了一下，把“屄眼儿”发成了“豪威尔”[③]……他们摇摇晃晃，大撒酒疯。蜘蛛抱蛋、大喜林芋、绿色的阔叶植物、热带丛林棕榈树，摇曳着没入暗影中……两个吧台服务生，一

---

① 原文中有方音或变音，括号中为正确字，括号中字数与前面被纠正的字数相同。此格式下同，不再专门加注。

② 青梅：美国黑人俚语，指大麻。

③ 此处疑暗指德怀特·戴维·艾森豪威尔（1890—1969）。

个是很漂亮的西印度人，纤弱，有唇髭，他的伙伴则很黑，像裹在黑夜做成的手套里。他们在一面镜子前忙来忙去，那镜子深邃、浩瀚，把大半个屋子都吞进去，熔化成玻璃影子……几百只酒瓶的光亮只短短持续了一会儿，就水流般没入镜中……有人弯下腰点烟时，火焰照到镜子里，成了黯淡的、夕阳般的橙黄。斯洛索普甚至看不到自己白色的脸。一个女人从桌旁转过来看他。那一瞬间，从她的眼睛里，他明白了自己今晚的角色。衣兜里的口琴成了没用的废铜。累赘。无用的摆设。尽管如此，他还是走哪儿带哪儿。

在玫瑰园舞厅楼上的男厕所里，他一阵晕眩，跪倒在一个抽水马桶上，狂吐起来：啤酒、汉堡、家常炸薯片、法国作料的特大色拉、半瓶摩克茜[①]、晚饭后吃的薄荷糖、克拉克糖块、一磅咸花生，还有一个拉德克利夫[②]女孩古典鸡尾酒里的那颗樱桃。眼里的泪水流成了串。就在这时，只听“扑通”一声，口琴突然掉进了，哎哟，掉进了讨厌的马桶里！小水泡立刻沿着口琴亮闪闪的两侧涌上来，涌到褐色木质琴面上。琴面上的漆有些地方还在，有些地方被嘴唇磨掉了。口琴沉入雪白的桶颈，沉入黑夜深处，这些细小的银色泡沫也随之漂散开去……后来美国军方给他发的衬衣，口袋就能扣住了，可是战前这些日子里，他自己穿着雪白的箭牌衬衣，只能靠浆粉使口袋贴住，以防东西……哦，不，不，傻瓜，口琴已经掉下去了，不记得啦？低音簧片在碰到磁壁时响了一阵儿（雨打在某处的一扇窗户上，打在外面屋顶上一个薄金属板做的通风管上：波士顿的冷雨），然后沉寂于水中。他最后呕出的褐色胆汁状污物在水里盘旋成条纹形冲走了。口琴是叫不回来了。要么就失去口琴，抛掉欢歌的良缘，要么就得跟下去。

跟下去？擦皮鞋的黑人小伙“红发”坐在他满是灰尘的皮椅上等生意。在荒芜的罗克斯伯里，所有的黑人都在等待什么。跟下去？《切诺

① 摩克茜：一种软饮料。

② 美国有两个拉德克利夫，分别在肯塔基州和衣阿华州。

基人》[1]幽怨的歌声从下面的舞池中传来，盖过了踩镲和低音弦乐，盖过了千百双舞动的脚步声。那边展示在玫瑰色灯光下的，不是白脸的哈佛男生和女伴，而是很多精心打扮的红皮子印第安人，演唱的歌曲则是对白人罪行的又一谎言。不过，多数乐手都在《切诺基人》的曲调中若即若离地晃悠，并没有坚持从头演奏到尾。那些长长的、长长的音符……那么，他们在那些可以做点事情的时间里都干了什么呢？是有意在体现印第安风格吗？在纽约，把车开快点，也许还能赶上最后一组曲子——今晚，在第七大街一百三十九号和一百四十号之间，“新兵”帕克[2]发现了一种方法，可以利用这些和弦的高声部，将旋律变成三十二分音符（天哪这是什么是机枪还是什么玩意伙计他肯定疯了），从丹·沃尔的红辣椒歌舞厅里传到街上——如果你能听懂那就用《绿野仙踪》里小矮人那样的声音快速（用三十二分音符）说出“三十二分音符”这个词吧——我操，那种音乐竟然传到了所有的街上（帕克的音乐之旅早在一九三九年之前就开始了：那时候在他最具乐观色彩的独奏曲中，他娘的就已经隐隐响起了死神先生咚哒咚的节奏，听来疲懒而快活），从电波里传出来，走进上流圈子的演出，甚至有朝一日进入城里的电梯和所有的市场，从隐置扬声器里渗出来——他轻快嘹亮的歌声，否定了那些催眠曲似的东西，颠覆了软弱无力的音乐潮流——那些音乐混响的东西过多，弦乐显得毫无生气。所以，这段时间，在这样的地方，在雨中的马萨诸塞大街上，未来的信号已开始在“切诺基人”中自现——听，此刻楼下的萨克斯变得哦他娘的怪诞不经……

斯洛索普要跟着口琴从马桶里下去，就得头朝下。这样不太好，因为这样一来屁股就会无助地露在外面，周围又是些黑人。谁都不愿意出

---

①《切诺基人》：1930年代晚期在美国流行的一支歌曲。切诺基人是美洲印第安人的一支。为理解下文的需要，特译歌词如下：

可爱的印第安少女／自从第一次见到你／我就难以把你忘记——／亲爱的切诺基少女

大草原的孩子／你的爱在不停地呼唤／我的心跳得狂乱——／切诺基少女

夏日的甜梦已逝／爱情的时光已逝／我的心里却塞满它们的影子——／我只有叹息，轻轻地

我可爱的印第安少女／有一天我会拥抱你／用我的胳臂围住你——／切诺基，切诺基

② 查理·帕克（1920—1955），美国萨克斯演奏家。十九岁开始在丹·沃尔位于哈莱姆的红辣椒歌舞厅演出并进行演奏实验。

现这种情况。可是别无选择。他脸朝下，进入了恶臭无比的无名黑暗中。突然，沉稳有力的黑色手指开始解他的皮带和裤口，强有力的手掰开他的双腿，同时，拳击短裤连同上面那些五彩缤纷的鲈鱼饵、鲑鱼饵一起被褪下来，屁股上感到了冰凉的空气，来苏尔味的——他挣扎着想朝马桶洞里钻深些，这时从恶臭的水上隐约传来喧闹声，一大帮可怕的黑人欢叫着走进了白人男厕所。他们一齐来到可怜的斯洛索普扭动的身体旁，开始摇摆、歌唱："马尔科姆，把滑石粉递过来！"听声音，答话者竟是擦皮鞋的小伙"红发"，曾为斯洛索普擦过那双高级黑皮鞋，好多次还跪下来，用拉郭（那个）抹布扑打，很四（是）卖力……"红发"是个黑人小伙子，瘦瘦高高，鼻头超大，以擦鞋为业，因为长了一头红发，哈佛学生一直叫他"红发"——"哎，红发，抽屉里还有没有那种'酋长'[①]？""红发，你那儿还有没有叫人转运的电话号码？"——这时候，斯洛索普半截身子在马桶里，才听到他的真名——*他的真名叫马尔科姆*，那些黑兄黑弟都知道他叫马尔科姆，早就知道。一根粗壮的手指，粘着一团很滑的胶状或乳状物，沿着腿缝朝他的屁股眼伸过来，一路辟开体毛，就像一队威尼斯平底渔船行进在河谷里——不可思议的是，红发马尔科姆竟是个虚无主义者："我的老天！他整个儿不就是个屁眼吗？"天哪，斯洛索普，你看你这姿势！其实他现在已经下去了不少，只剩两条腿露在外面，两个屁股蛋正好被水淹住，像两座苍白的圆形冰屋顶，在下面扭动浮沉。水花溅到白色的马桶壁上，冰凉如屋外的冷雨。"抓住他，覅让他跑了！""好嘞！"很远的上方，一些手在拉他的小腿、脚踝，扯他的袜带，拽他菱形彩纹的袜子——都是妈妈在他上哈佛前织的——好在这些东西防护性能很好——要么就是他已充分深入马桶，反正他对那些手几乎没什么感觉了……

接着，他摆脱了那些手，把抓摸他的黑人们彻底甩在上面，获得了自由。他滑如游鱼，屁眼也保住了贞操。这时候有些人可能会说：唷，感谢上帝；还有些人会长叹一声：喔，我操。但斯洛索普没说什么，他本就没觉着什么。还——还没有口琴的踪影。这里光线暗灰，十分微

---

① 酋长：美国一种避孕套的牌子。

弱。有一阵儿他感到周围有一些大便，天长日久，在这磁质（现在应该叫“铁质”）管道的两边结成硬壳：那些大便，什么东西也冲不走它们，和硬水里的矿物质混合，恰似专门为他造就了一条藤壶般的棕色通道，有含义丰富的图案，有马桶世界的“缅甸”公司告示牌[①]，黏糊糊，腻兮兮，隐幽幽，斧凿凿——他沿着阴暗、悠长的便道一路下滑，这些造型便一一展现，再涌到身后。“切诺基人”的音乐声还在上方隐隐律动，为他奔向海洋伴奏着。他发现自己能辨认某些大便的特点，可以具体确定便主是哪个熟人。有些大便一定是黑人的，看上去面目雷同。嘿，这是“饕餮”比德尔那家伙的，肯定是我们在剑桥的“傅傻子”[②]那儿吃杂碎的那天晚上拉的，因为眼前有豆芽，甚至还有那种野李子酱的蛛丝马迹……你瞧，有些感官好像会变敏锐呢……哇……倒霉鬼们哎，傅傻子可是几个月以前的事了。这——这是邓普斯特尔[③]·维拉德，他那晚不是便秘吗——粪便是黑色的，很劣质，像最终只能净化成深色琥珀的树脂，贴在管壁上，与管壁的吸附力唱着反调，生硬、刁难地阻擦着他。这时，他的感官变得对大便无限敏感，可以根据这些情况破译可怜的邓普斯特尔当时内心的痛苦。他上学期自杀过，因为那些不愿为他织造光荣的微分方程，因为戴低檐帽、穿长丝袜的妈妈在悉尼“大黄栅”把身子凑到桌对面斯洛索普的杯子旁喝完了他的加拿大麦芽酒，因为那些拉德克利夫姑娘总是躲着他，因为马尔科姆介绍给他的那些黑人专业妓女——她们根据美元的数量，对他进行色情折磨，直到他的忍耐极限——要是妈妈的支票来迟了，就到他的支付极限。浮雕般的邓普斯特尔留在身后上方，消失在灰暗的光里。斯洛索普又遭遇了维尔·斯托尼布娄克、J. 彼得·皮特，还有大使的儿子杰克·肯尼迪[④]——咦，那个杰克今晚究竟

① 该剃须用品公司一九二六年曾用公路告示牌的方式为自己的刮脸油做广告，牌子上分行写：前面转弯 / 请勿超过 / 六十英里 / 损失了顾客 / 我们痛心不已。

② 此饭馆名当与英国作家萨克斯·罗默（1883—1959）小说里的中国恶棍傅满洲博士有关。

③ 此名也有“垃圾罐”之意。

④ 这里指约翰·F. 肯尼迪，其父约瑟夫·肯尼迪（1888—1969）于一九三七年至一九四〇年间为驻英国大使。约翰·F. 肯尼迪一九三九年回哈佛大学完成有关战前英国外交政策的论文，后来该成果成为他的第一本著作《沉睡的英国》。

去哪儿了？如果有人能找到那把口琴，这个人肯定就是杰克。斯洛索普远远地景仰着他——他擅长运动，待人和蔼，是斯洛索普他们班上最讨人喜欢的人物。斯洛索普对那段历史自然很留恋。杰克……杰克有办法干预引力作用，让口琴别掉下去吗？此刻，在这通往大西洋的管道中，盐分、杂草、腐物的味道如碎浪之声，微弱地冲刷着他——是的，好像杰克能行的。为了要演奏的曲子，为了千百万行布鲁斯音乐，为了官方频道里加了花的音符——那些加花还不够有斯洛索普特色，还吹奏不了……现在不行不过有一天……唔，至少，如果什么时候他找到了口琴，那时口琴受了足够的熏陶，吹起来就会容易多了。有了这个想法，沿马桶追下去就有了希望。

看，我在爬马桶，
这样做多么愚蠢！
希望没人撒尿，
嘀嘀嗒嗒里格龙……

就在这节骨眼上，上游下来了一阵极端可怕的激流，响声如波涛骤起，波涛前端是乍离闸门的大便、呕吐物、手纸和红果莓，组成动人心魄的图案，直冲向惊慌失措的斯洛索普，恰似都市运输局的地铁压在了一个倒霉蛋身上。无处可躲。他浑身瘫软，回头向肩膀方向凝望。一面挂满长条手纸的墙壁从后面逼过来，浪涛打到了他身上——哇呀呀！最后一刻，他虚弱地做了个蛙泳蹬腿，紧接着柱形的屎尿便扑向全身，黑乎乎、冷冰冰的明胶状牛肉从脊背上流过，手纸甩起来，裹住了他的嘴唇、鼻孔。然后一切过去，只余屎臭，他不停地眨眼，想把屎渣子从睫毛上弄下来。挨小日本的鱼雷也比这个好受！浑浊的液体涌流向前，冲得他六神无主……他觉得像是撅着屁股在茶壶上翻跟头——虽然在暗无天日的屎流中，感觉不一定准确，也无法目击……他不停地从灌木丛或小树旁擦过。他突然想到，自己从开始翻跟头（如果他是在翻跟头的话）到现在，还没有碰到过任何硬壁。

不知什么时候，周围昏黄的天色开始转亮。像是天亮了。头脑里的晕眩一点点散去。最后几绺半泥浆状的手纸也不见了……伤心地溶解了。一阵怪光照在他身上，潮乎乎，冷冰冰。他希望怪光赶紧过去，因为光里似乎将显示他不想看到的东西。可是他的“联系人”就住在这样的废芜之地。联系人是他认识的人。可以看到一间接一间饱经风雨的单元房，很多没有屋顶，建在破旧的废砖烂瓦中，但好像收拾得比较整齐。乌黑的壁炉里燃着柴火，普通大小的青豆罐生了锈，里面烧着水，蒸汽从有裂缝的烟囱里排出去。他们坐在旧石板周围，交易着一些……他说不准确……隐约是有些宗教色彩的什么东西……卧室里都是配备齐全，灯亮着，会旋转，墙上和天花板上都挂着天鹅绒，一直向下，覆住了收音机下面不引人注意的最后一个蓝色密封条，覆住了最后一具枯干的蜘蛛尸体，覆住了地毯绒毛连续、重复的褶皱起伏。这些住处十分错综复杂，简直令斯洛索普吃惊。这里是避灾的地方。灾难并不限于厕所的冲水——在这里，在这片古老的天空下，在它经过风侵雨蚀的平缓气氛里，冲水带来的烦恼只存在于想象中。不过，这片地方有一种可怕的东西，可怜的、浑身湿透的斯洛索普既看不到，也听不见……好像每天早晨都有一场珍珠港事件，从空中悄悄降临……他的头发里有手纸，右鼻孔里塞了一块毛茸茸黏糊糊的红果莓。咻，咻。衰败和堕落在悄悄征服这片世界：没有太阳，没有月亮，仅有的光亮是长而平滑的正弦波。他可以肯定，这是颗黑人红果莓——用手去抠的时候感觉像冬天的鼻屎。他的指甲盖充血了。他站立在这些集体宿舍及其空间之外，独自站立在自己高原沙漠般的晨境中。一只微微棕红的鹰，两只，借着气流定在那里，向地平线观望。很冷。刮着风。他唯一能感觉到的就是自己的孤独。他们想让他进去，但他无法加入其中。有东西在阻拦他：只要进去，就等于发了一种血誓，他们再也不会放他走，也不能保证不请他做事……做一些非常……

这时候，每块松动的石头、每张锡箔纸、每根木柴、每片引火物、每块布都在上下移动：先升上去十英尺，再落下来，噼啪一声尖响，掉到道路上。光线很浓，呈水绿色。所有的街道上，那些残渣余孽在同步起落，像是被一种深层的、有规律的波控制着。这种上下往复的跳动使人无法看到前方。道路上的鼓声打完十一拍后，跳过第十二拍，又从头开始，如此反复着……这是一支传统的美国曲子……街道上空无一人。此时不是黎明，就是黄昏。部分金属残片持续不断地闪着冷峻的、近于蓝色的光芒。

那个红发马尔科姆你是否还记得
就是头发上染红魔碱的那个小伙

这时候西部人克拉奇菲尔德（要不就是克劳奇菲尔德）出现了。他不是“典型的”西部人，而是唯一的西部人——要知道，这里只有唯一的一个。也只有唯一一个印第安人和他打斗过。只打了一场，一个胜一个负。只有一个总统，一个刺客，一次选举。没错。每样东西都只有一个。你早就想到了唯我论，也想象过那种体系，只由唯一的、可怕的一个所组成。以你的标准，不用别的标准。从后来看，这个体系也不是那么寂寞，只是显得有些稀疏，但又比彻底的孤独强得多。每种东西只有一个也不算太糟。半满的方舟总比全空的好。这里的这个克拉奇菲尔德由于日晒风吹土侵，成了棕色——往谷仓或马厩深棕色的板条壁前一站，和一根木头没什么区别，只是纹理和光洁度不同而已。他身板结实，心情不错，站在紫色的山坡旁，半侧着脸看太阳。他的影子被拉长，不规则地投在身后马厩里的木架子上：横梁，屋柱，隔栅柱，槽形栈架，椽子，顶棚板条——太阳从上面照进来，虽是日暮夕阳，竟也有亮烁九天之感。有人在某个外围建筑后面吹口琴——是个乐痴，用嘴巴在下面的曲调上吹出了五个音符的和弦：

红河谷

人们说你就要冲下马桶——
你能否点起灯念咒语？
马桶不会离开这里，
岸边的大便真是棒极。

嗯，是“红河”，对了，你要不相信，可以去问那个“红皮”——不管他在哪儿，都可以问（告诉你“红”的含义吧，F.D. 罗斯福的小杂毛兄弟们——他们想把一切拿走，女人们腿上都有毛嘛，一切都得给他们，否则午夜时他们会在黑铁周围炸一家伙，放那些灰帽子波兰佬的血，好啦黑鬼们，特别是你们这些黑鬼……）。

哦，接着前面说。刚从谷仓里出来的是克拉奇菲尔德的小情人。起码是目前的小伴侣。克拉奇菲尔德把一长溜肝肠寸断的小情人撇在这片广袤的碱土平原上。其中一个小笨蛋被撇在南达科他：

一个是妓女，在圣贝都[①]；
一个中国崽，从铁路逃走，
一个淋病，一个大脖子，
一个麻风病，到了晚期，
一个右脚瘸，一个左脚瘸，
一个双脚瘸，仨瘸各相异！
咦，有个小靓女，还有女相公，
有个小黑鬼，有个犹太种，
有个红脸印第安带着水牛，
有个新墨西哥的水牛猎手……

等等等等，每样一个，这个克拉奇菲尔德，他是 terre mauvais[②]（邪恶国度）里的白人色棍，男人、女人、动物都搞，只有响尾蛇们（应该是“响尾蛇”，没有“们”，因为只有一条）例外，不过最近他也在幻想中搞那条响尾蛇了！毒牙轻搔着包皮……灰白的嘴大张着，月牙儿般的眼睛里充满可怕的快感……他目前的小情人是黑白混血的挪威小伙华珀，迷恋马具之类的物事，喜欢在变态、流汗的马具室里被马鞭抽打。到今天

① 圣贝都：美国加州圣贝纳迪诺城的俗名。
② 法语。

他们的畸爱已经三周，作为小情人，这个时间已经算很长了。华珀穿着有裂纹的进口瞪羚皮，是克拉奇菲尔德从一个有鸦片酊瘾的菲罗[①]商那里买来的——当时，那个商人要过格兰德河，去墨西哥的茫茫旷野中闯荡，永远不再回来。华珀还有一块值得卖弄的大手帕，由普通的洋红和绿色组成。（据推测，克拉奇菲尔德在佩里格洛索农场[②]的家里有一柜子这种丝帕，每次外出到这里闯荡，都会往鞍囊里藏一两打。这只能说明一点："每样一个"的规则只适用于小情人之类的生命体，但不适用于大手帕之类的物体。）华珀头上还戴了一顶亮铮铮的高顶礼帽，日本丝绸做的。今儿下午，华珀从谷仓里晃悠出来的时候，整个一副浪荡公子模样。

"啊，克拉奇菲尔德，"他挥挥手，"你来了——你真好。"

"你知道我会来的，你这个小流氓。"华珀真他妈是个尤物，总在引诱主子，希望他在自己非洲与斯堪的纳维亚混血的深色屁股上狠狠抽一两鞭子。他那个屁股既有黑色大陆人种中可以见到的优美弧线，又有我们金发的北方堂兄欧拉夫[③]那种强健、紧绷、高贵的肌理。可是这一回，克拉奇菲尔德却转过身去眺望远山。华珀恼羞成怒。他的高顶礼帽预示着一场大屠杀。不管什么原因，这个白种男人不必说出"托若·瑞久[④]今晚要来"之类的话，两个情侣对此心照不宣。闻一闻风里印第安人的原始味道，谁都该明白了。哦天哪，他们会有一场血雨腥风的决斗。风吹得很猛，血将染红树木靠北的一侧。那个红皮要带狗来，整个灰蒙蒙的平原上唯一的印第安狗——这条恶犬将和华珀激战一场，它的下场当然是被带到洛斯马德雷灰扑扑的集市上去，挂在露天肉摊的钩子上，两眼圆睁，癞巴巴的狗皮完好无损，黑色的跳蚤在上面蹦跳。这一幕的背景则是广场对面教堂墙壁上的泥灰和石头。血凝固在脖子上的伤口处，颜色已暗——华珀的牙齿切断了它的颈静脉（也许还切断了几根筋，因为

---

① 菲罗：一种类似牌九的赌博牌戏。

② 原文为西班牙语，意思是"危险的农场"。

③ "欧拉夫"这个名字历史上有很多，多为挪威人（国王）的名字。

④ 原文为西班牙语，意思是"红色公牛"。

狗头向一边歪倒）。钩子从背上的两根椎骨间插入。墨西哥女人们戳着狗尸体，尸体便不情愿地摆动起来——时近中午，四周是市场的气味：炒菜用的香蕉，甜嫩的红河谷胡萝卜，被踩烂的各种新鲜青菜，麝香味的芫荽叶，味道浓烈的白洋葱，菠萝在阳光下发酵，几乎要迸开，山蘑菇摆放在斑驳的大菜架上。斯洛索普在箱子和挂起来的布匹间穿梭，别人看不到他。周围是马、狗、猪，还有穿棕色制服的民兵、用围巾兜着婴儿的印第安女人和远处山边色调柔和的房屋里出来的仆人——市场上生机勃勃，斯洛索普却迷惘了：不是每样只该有一个吗？

答：没错。

问：那就只有一个印第安姑娘……

答：一个纯种印第安。一个混血种。一个克里奥尔。然后，一个雅基。一个纳瓦霍。一个阿帕契——

问：等一下，起先只有一个印第安人。克拉奇菲尔德杀掉的那个。

答：是的。

把它看成一个最优化问题。这个地方最支持一种一个的模式。

问：那别的地方呢？波士顿。伦敦。那些生活在城市里的人。那些人是真的还是怎么的？

答：有些是真的，有些不是。

问：哦，那么，真的那些人都是必不可少的吗？或者相反？

答：那要看你心里怎么想。

问：操，我心里什么也没想。

答：我们想了。

有一阵，阿登高地[①]的白雪下堆积着一万具尸体，看上去就像阳光灿烂的迪士尼卡通里标了号码的婴儿，盖着雪白的羊毛毯，等待被送往牛顿厄普福尔斯[②]之类的地方，交给那些幸运的父母。但这只是一阵子的事。

---

① 阿登高地：地处法国北部、比利时东南部及卢森堡北部默兹河东西两方的高原，两次世界大战中都发生过重要战役，一九四四年十二月至一九四五年一月在巴尔基战役中引人注目。请参看第八节结尾的隆施泰特反击战。

② 牛顿厄普福尔斯：在波士顿郊区。

又一阵子，好像世间所有的圣诞钟声都将共鸣，好像它们混乱的鸣响这次将被调整和谐，给人们带来好消息，使他们得到踏实的安慰、切实的欢乐。

但下一乐章却跳到了罗克斯伯里的山边。雪拥进足弓，钻进黑橡胶鞋底的缝隙。脚一动，防水暖套鞋就叮当作响。在这贫民窟般的黑暗中，雪看上去就像照相机底片上的煤……在夜的里面和外面流动着……白日里看上去是砖砌的表面（他也只是在天刚亮时看见过，当时他穿着套鞋，脚疼痛难忍，在山边四处找马车），此时却如光焰四射的朽物，密集、深邃，霜落了一层又一层：这种历史积淀的方式，他在必肯街①可是从没见识过……

暗影里，黑白两色在联系人的脸上制造出一幅熊猫图案，上面的每一格都有疤痕或瘤子服侍着他。斯洛索普大老远赶来，就是要见他的。那张脸很奇特，像看家狗，脸的主人很喜欢耸肩膀。

斯洛索普：他在哪儿？他为什么没出现？你是谁？

声音："小子"完蛋了。你认识我的，斯洛索普。记得吗？我是"从来没有"。

斯洛索普（凝视）：你，从来没有？（停顿）试过那基诺沙小子？真的完蛋了？

◆ ◆ ◆ ◆ ◆

克里普托散②为专卖品，是一种经过稳定处理的泰罗欣③，由"染共体"④开发，为该公司与陆军最高指挥部研究合同的一部分。其中含一种激活剂，在与精液中迄今（一九三四年）尚未确认的某种成分混合时，可加速泰罗欣向黑色素或皮肤色素转化。未与精液混合

① 必肯街：在波士顿。
② 原文名中藏"隐蔽"之意。
③ 据考，此品名为杜撰，隐含"新兵"之意。
④ 染共体：全称"染料工业利益共同体股份有限公司"，1930 年代德国最大的工业卡特尔。

时，克里普托散呈无色状态。该领域工作人员所得到的任何其他反应物均不能使克里普托散转化为可见黑色素。有人建议书写密码时附上适当刺激，使生殖器膨胀、射精。完全掌握使用者的性心理特征似有莫大助益。

——拉兹洛·雅夫教授、博士

克里普托散（广告手册），柏林，阿克发[①]，一九三四

重乳色纸上的黑字题头“GEHEIME KOMMANDOACHE[②]（指挥机密）”下面有一幅画，用墨水钢笔画成，结构精美，风格有些像冯·贝洛斯[③]或别尔兹利[④]。上面的女人像极了斯高皮娅·莫斯蒙。房间是他们希望自己有一天能住在里面的那种，他们一起描述过却没有见过：一个凹入式水池，丝帐高及屋顶，标准的德米尔[⑤]式布置——身上涂油的苗条姑娘们在旁边随侍，正午的日光从头上微微照下来，斯高皮娅趴在鼓鼓囊囊的枕头间，穿着正宗的比利时花边紧身胸衣，还有黑色长筒袜和鞋子——这是他经常心驰神往却从来没——

没有，他当然没跟她说过。他没跟任何人说过。他和所有在英格兰长大的小伙子一样，看到某些自己迷恋的物件就会条件反射地勃起，又对每一次勃起都条件反射地感到羞耻。难道某个地方有这样的档案，难道“他们”（他们？）设法监控了他青春期以来全部的所见、所读……不然“他们”怎么会知道这些？

“嘘——”她声音很轻，手指轻抚着自己修长的橄榄色大腿，裸露的乳房从睡衣里迸出来。她的脸朝向屋顶，目光却直对着海盗的眼睛，双眼细而长，充满了欲望，两个光点在浓密的睫毛后闪烁……“我要离开他。我们来这儿住。我们不停地做爱。我是你的，我早就知道的……”

① 阿克发：染共体属下的一家分公司，专门生产相机胶卷和相关材料。

② 德语。

③ 冯·贝洛斯（1866—1924）：德国版画家、插图画家。

④ 奥布理·别尔兹利（1872—1898）：英国版画家。

⑤ 德米尔（1881—1959）：美国电影导演。文中情景当与其电影《埃及艳后》有关。

她的舌头从尖利的小牙齿上舔出来。她毛茸茸的私处位于全部光源的中心。他的嘴里有了一种味道，当初希望再次体验的那种味道……

啊，差点没来得及，刚把家伙从裤子里掏出来就喷得到处都是。好在剩下的精液还够他涂遍那张附在图后的空白纸片。慢慢地，在那层薄薄的、亮闪闪的精液下面，出现了棕黑色的东西，他看到了信的内容：进入一个虚无主义者的思想。很简单。那种人的关键词他猜都能猜个差不多。这件事他主要在脑子里做。有特定的时间，有地点，有具体的协助要求。他烧了信件，从天外掉回到真实的自己，在地球的本初子午线救回了自己。他把画留下来，嗯，然后洗了手。前列腺在作痛。事情比他看到的复杂。他无处求援，无处诉请：只有去那里，把那个对象再带出来一次。这封信等价于最高层的命令。

雨幕中，又一枚德国火箭的爆炸声从远处传来。今天是第三枚了。他们像沃坦[①]带着“疯子军”，在天空中巡狩。

海盗的手开始在抽屉和文件夹里寻找需要的凭单和表格，机器人似的。今夜无眠。在路上也许连喝杯酒抽支烟的时间都没有。为什么呢？

◆ ◆ ◆ ◆ ◆

在德国，末日临近的时候，一面面墙壁都写上了“你在为前线、为战争做什么？你今天为德国做了什么？”[②] 而在“白色幽灵”，墙上写的是冰。没有太阳的日子里，乌血色砖块和赤陶土被镀上了一层混乱的冰迹，犹如博物馆的透明塑料纸，把房子作为建筑史的活文献或用途已被遗忘的老式装置保护了起来，使之不受风雨侵蚀。冰厚薄不一，高低起伏，污混不清，犹如一部传说，留给冬日的王者们，也就是当地的那些“冰学家”去破译，并因此在学术刊物上打笔仗。山上朝海的一面，积雪把光亮均匀地聚集在古修道院所有的迎风面。很久以前，亨利八世盛怒

---

① 在条顿神话中，沃坦负责战争和战事。他在天空巡行时，有手下的“疯子军”随同。
② 原文为德语。

之下掀掉了修道院的屋顶，剩下那些墙壁和毫无神圣可言的窗洞一起抵挡着咸涩的海风。风吹不止，季节往复，把丛生的草地由青变黄，再覆以白雪。昏黄而怨愤的空谷中，有一座帕拉第奥[①]式房屋，从那里向上看只有一道风景：修道院。再就是蜿蜒的低丘，大面积斑驳着。海是看不到的，不过在某些日子或某些涨潮时分，你可以嗅到大海的气味，嗅到先祖们罪恶的气味。一九二五年，“白色幽灵”的病人里格·勒·弗劳埃德逃跑了，从镇子地势较高的那一头跑出来，到了悬崖边，踉跄而立，头发和住院服在风中飞舞，数英里长的南海岸在晃动，色如白垩。防波堤和散步道蜿蜒隐入盐雾中。一位叫斯达格思的警官追了上来，身后跟着一群看热闹的人。“别跳下去！”警官喊道。

“我从没想过要跳下去。”勒·弗劳埃德继续盯着海面。

“那你在这儿干什么，啊？”

“想看看海。”勒·弗劳埃德解释道，“我从没见过海。要知道，我和大海是血肉相连的。”

“噢说得对，”善于机变的斯达格思不停地向他靠近，“你是在看亲戚对吗？好极了。”

“我听见了海神的声音。”勒·弗劳埃德叫道，有些惊奇。

“天哪！他叫什么来着？”两个人在风里大声喊话，脸都湿了。

“呃，我不知道，”勒·弗劳埃德尖声道，“叫什么好啊？”

“伯特[②]。”警官一边提醒他，一边拼命回忆：到底是右手抓左大臂还是左手抓……

勒·弗劳埃德转过身来，这是他第一次正面对着警官和他身后的人群。他双眼渐渐睁大，眼光渐渐柔和：“伯特这个名字好。”说着，脚往后踩入了虚空。

好多个夏天以来，这恐怕是伊克·里吉斯的镇民们从“白色幽灵”

---

① 安德烈亚·帕拉第奥（1508—1580）：意大利建筑师，发展了一种基于古罗马的古典主义风格，打破了意大利文艺复兴时的华丽传统。

② 在条顿神话里，女神伯塔和男神伯特一起（1）为海神；（2）身形白色；（3）其军队中有许多孩子；（4）庆祝日在冬至那一天。

得到的唯一消遣了。平日里，他们只能呆望布赖顿[1]飘来的云流，看它们粉红的颜色或阳光斑驳的样子，或者听“浮货与残骸”[2]把无线电的每日历史铸成歌曲；或者欣赏散步道上的夕阳，任瞳孔随忽而乘风激荡，忽而沉静天边的海光而不停地变化；晚上则服阿司匹林入睡……勒·弗劳埃德这一跳，是战争爆发前他们获得的唯一娱乐。

波兰战败后，人们突然看到部里的车队整夜往镇子里开，小帆船般悄无声息，尾气也经过了良好处理，最后都停在“白色幽灵”。车子是黑色的，没有镀铬，会在星光下闪光，要不就是被一张面孔所笼罩——那张面孔好像很熟悉，可是越回忆反而越模糊……后来巴黎沦陷，又在崖边修了个无线电发射台，天线对准大陆。他们用重兵把自己保护起来，陆上通信线也秘密穿过丘陵地带，回到了那栋军犬日夜巡逻的房子。那些军犬受过专门训练，经历过背叛、鞭打、挨饿，所以只要有人走近，就会条件反射地扑过去下杀手。是不是哪个已经很神经的人更神经了，发狂了？是不是我们这边想瓦解“德国野兽”的士气，所以通过广播送去一些疯子的胡思乱想，同时学着斯达格思警官那天的样子，把深藏、罕见的东西挖出来，再冠以名字？回答是肯定的，以上说法都对，而且还有其他情况。

问问“白色幽灵”的那些人，看看BBC播音员，口若悬河的迈伦·格闰敦[3]有什么样的宏图大计。多年来，迈伦软奶糖般的声音在讨人嫌的、生锈金属线团一般的播音员堆里独树一帜，钻进了英国人的梦，钻进了朦胧不清的头脑，也钻进了不为人注意的孩子当中……他的计划一直没有如期实施——开始时他只是单枪匹马，缺少必要的资料，缺乏依据，只是用信手拈来的东西狠命攻打德国的灵魂：什么战俘讯问记录，外交部手册，格林童话，自己的旅游见闻——不外是年轻人睡不着觉时对道威斯[4]时代的断想：阳光普照，碧绿的葡萄园为莱茵河南岸的山坡长

---

① 布赖顿：英格兰东南部一城区，位于伦敦以南英吉利海峡处。

② “浮货与残骸”：BBC的一个喜剧节目，据考当时每周三晚七点半播出。

③ 此人不可考，应无真人。其名有“甜蜜的哼哼者”之意。

④ 查尔斯·盖茨·道威斯（1865—1951）：卡尔文·库利奇时的美国副总统，因减少德国一战赔款的“道威斯计划”获得一九二五年诺贝尔和平奖。

上了胡须；首都的夜色中，穿毛线衣的人们正在酒店里歌舞，长长的褶边吊袜带就像一排排康乃馨，每只长筒丝袜在灯光下都像一条细细长长的阴影线，显得格外惹眼……好在后来美国人来了，有了名为“盟国远征军最高统帅部”的机构，也有了数量惊人的钞票。

这个计划叫“黑翼行动”。我的天，准备了五年，可谓精心打造！谁也无法把功劳揽在自己一个人身上，格闰敦也不行。艾森豪威尔将军确定了总指导方针，即“事实战略”的思想。艾克①还强调：就是利用“真实的”东西——在战争坑坑洼洼的行刑墙上，这些真实的东西就是挂钩，要把故事挂在上面。特别行动处的海盗·普伦提斯带来了第一份过硬的情报：德国确实有真正的非洲人、赫雷罗人和以前的西南非殖民地居民，不知为什么，他们在秘密武器项目中很活跃。一天晚上，迈伦·格闰敦来了灵感，在电台上即兴发表了以下言论，后来竟被吸收到“黑翼”的第一道指令里：“以前，德国对待非洲公民就像严厉但不失爱心的后爹，必要的时候才惩罚他们，常常是格杀勿论。大家还记得吧？但那是很久以前发生在西南非的情况，迄今已经过了一代人。现在赫雷罗人住进了后爹家里。也许听众朋友曾经见过他。他现在难以成眠，熬到宵禁结束，看着后爹酣睡。没人理睬他，保护他的只有和他自己颜色相同的黑夜。他们都在想些什么呢？赫雷罗人今晚都在哪里呢？此时此刻，他们在做什么呢？神秘而黑暗的孩子们哪！”黑翼已经找到了美国人斯洛索普中尉，他自愿接受轻度麻醉，以协助澄清美国的种族问题。妙招，价值不可限量。到了最后，有关士气方面的材料从国外送回的多了——那些老美调查员拿着写字夹板，穿着咯吱作响的派克靴或长筒套鞋，到已经解放的、被雪泡软的废墟里去挖掘事实的块菌——据古人推测，这样的块菌是在暴雨中闪电骤放的瞬间缔造而成的。美国公共工程处有一个内线，可以设法把这些材料的复件私卖到“白色幽灵”手中。没人知道是谁提议用“Schwarzkommando（黑人支队）”这个名字的，迈伦·格闰敦本来赞成用“维滕德·黑尔”，指以沃坦为首的、在天空的荒野里纵马狂猎的

① 指艾森豪威尔。

那帮神灵——当然，迈伦也承认，这个神话更多地属于北欧，对巴伐利亚[①]的效力可能并非最优。

所谓“效力”是美国人制造的奇葩，“白色幽灵”所有的人都在谈论这个问题，甚至谈得过了头。其中声音最响的往往是波因茨曼，他经常使用摩西哥提供的统计数字做武器。到诺曼底登陆时，波因茨曼陷入彻头彻尾的绝望。他渐渐明白，欧洲大陆的巨钳战略竟要成功了，而这场战争，这个使他渐渐产生归属感的国度，也将被中止、被重组，并进入和平状态——从专业角度讲，他从中捞不到一点好处。资金都给了各种各样的雷达和神奇的鱼雷、飞机、导弹，可波因茨曼呢，他算哪路神仙？充其量做了一阵管事而已。他的疏泄研究实验室（疏研室）早先网罗了十来个下属，包括一个杂耍出身的驯狗师和一两个兽医专业的学生，甚至还网罗到流亡博士波尔库耶维奇这条大鱼——波尔库耶维奇肃反前和巴甫洛夫本人在高尔图西研究所共过事。疏研室的工作人员一周接到的狗就多达十二条。他们一起计数，称重，按照希波克拉底的气质类型分类、装笼，并即时进行实验。同时，还有其他同事，就是“那本书”的共有者们（最初七个人里剩下的那些）在医院里工作，治疗海峡那边回来的战争疲劳症、炮弹惊惧症，还有这边的炸弹痴迷症，或者叫火箭痴迷症。在V型弹狂轰滥炸的这些日子里，他们观察到的疏泄实例比以前的医生几辈子观察到的还要多，而且不断提出新的研究思路。政治战务管理处的拨款少得可怜，钞票在纷繁的事务中被压得喘不过气来，只够勉强活命，只够疏研室做伦敦的战争殖民地，却无法成为独立王国……摩西哥的统计员们负责为他们作图，内容涉及唾液滴数、体重、电压、声级、节拍器频率、溴化物用量、切断的传入神经数、切除的大脑组织百分比、失去知觉的日期和时间以及失聪、失明、阉割情况等。支持他们的甚至还有超心理部那些温驯、洒脱、毫无世俗欲望的伙计们。

老准将普丁和这帮研究灵魂的人颇为相得，因为他自己也有类似的

---

① 巴伐利亚：德国一州。其主要城市苏黎世为希特勒时期纳粹总部。

爱好。只有涅德·波因茨曼不好处，老想谋取更多经费。普丁只能和他大眼瞪小眼，尽量不失态。普丁身材没有父亲高大，体魄自然就没有父亲强健。他父亲是森德尔·普劳德[①]团里的军医，在波利根森林里被一片榴霰弹击中大腿，一声不吭地躺了七个小时才被人发现，就在泥泞中，在可怕的气味中，在，唔，波利根森林里……要不就是——那个姜黄头发、戴着帽子睡觉的人是谁？哎，话归正题，说波利根森林吧……可是它溜走了。树木倾倒、枯萎，灰色、光滑的树身，凝烟状的涡形树纹……姜黄……雷……没用的，他妈的没用的，森林已经没了，又没了，又没了，哦我的天……

老准将的年龄说不准，但肯定将近八十了。一九四〇年，他再度出山，赴身新领域。这里是战场，前沿阵地的形势日新月异，甚至瞬息万变，像打活结的绳子，像金光闪耀的意识模糊状态（这样说应该不会太离谱，的确很像……嘿，或许还是“像打活结的绳子”这个比喻好一些）。同时，这里又是战争本身，是整个战争体系。普丁常常忍不住犯嘀咕，很多时候还说出声来，而且是当着下属的面：到底哪个仇家如此恨他，竟把他分到了政治战务这边？你的任务是和“战争”之图上其他那些标了名称的区域谐调运作，但实际却往往杂乱无章。这些区域都是政治战务管理处这座“母城”的属地，系列死亡发生到哪里，她的疆域图就画到哪里：她覆盖了信息部、BBC 欧洲部、特别行动处、经济战务部和菲兹毛里斯官邸[②]的外交部政治情报处。还有其他部门。美国人来了以后，他们的特种服务办、战争信息办和陆军心理战务部也都需要协调。于是，很快又出现了一个叫“盟国远征军最高统帅部心理战务处”的合成体，直接向艾森豪威尔汇报工作；为了巩固全盘，还出现了一个毫无实权的“伦敦宣传协调委员会”。

这些错综复杂的名称、简称和虚虚实实的箭头、大大小小的加框文

---

① 据考无此真人。其名与条顿神话传说中的雷电之神森纳有关。

② 在本小说的主要研究资料中，言此地名未知。译者推断可能与曾担任英国外交部长（1900—1905）的菲兹毛里斯官邸有关。

字，还有印出来要记住的名字，谁能玩得转？反正他欧内斯特·普丁不行。倒是那些小年轻，伸出绿色的小天线，捕捉着有用的权力发射波。他们精通美国政治，知道战争信息办的新庄家与特种服务办幕后的东部共和党富豪之间有何区别。只要将来可能用得着的人，其潜势、弱点、喝茶习惯，包括性敏感区，都一一在他们脑子里备了案。

早些世纪的牧师们信奉生命是一条环链，而欧内斯特·普丁从小受到的教育使他信奉指挥是一个实实在在的链条。现在的新几何学令他费解。一九一七年，在硝烟弥漫、肮脏不堪的伊珀尔[①]突出阵地大决战中，他创造了自己最辉煌的战绩。当时，他带着伤亡达百分之七十的队伍，占领了战场最中心约达四十码的一片无人地带！约莫在大萧条初期，他带薪退休，到德文郡一所空屋的书房里静养。屋里挂满了老战友们的照片——他们的目光都闪闪烁烁的，于是成为组合分析的焦点——退休军官们以这种分析为最佳娱乐，还会用忘情的、急促的敲打声为这种娱乐伴奏。

他生出一个念头，觉得应该把兴趣集中在欧洲力量的均衡问题上，因为正是这些力量长期失衡，他当初才会深深陷入佛兰德斯[②]的噩梦中，无休无止地挣扎，完全丧失了醒来的希望。于是，他着手写一部巨著，书名叫《欧洲政治中可能发生的事情》。当然要从英国开始喽。“首先，”他写道，“Bereshith[③]（起初），拉姆齐·麦克唐纳[④]好像有可能会死去。”等他写到后来的党派联合和内阁职位变更时，拉姆齐·麦克唐纳已经死了。“根本没办法嘛，”每天开始工作时他都会不由自主地嘟哝，“形势的变化脱离了我的掌控。唉，难以捉摸啊。”

当形势变化到德国炸弹落在英国领土的时候，普丁准将放弃了写书的苦差，又一次自愿参军报国。不知他当时有没有想到会来“白色

---

① 伊珀尔：比利时西部靠近法国边境一城市，在奥斯坦德市以南。第一次世界大战期间，为三次大规模战斗的所在地。

② 佛兰德斯：中世纪欧洲一伯爵领地，包括现比利时的东佛兰德省和西佛兰德省以及法国北部部分地区。

③ 希伯来语，见于《圣经·创世记》开首。

④ 拉姆齐·麦克唐纳（1866—1937）：英国第一位劳动党首相（1924，1929—1935）。

幽灵”……当然喽，他并未指望上战场，不是有人提到什么情报工作嘛！……但也不曾想会来到这里，看到的是一座废弃的疯人院，象征性地住了几个疯子，倒有一大群偷来的狗、不同派系的灵魂研究者、杂耍演员、无线电技师、库埃[1]派、奥斯宾斯基派、斯金纳派、白质切除术的痴迷者和戴尔·卡耐基[2]迷。这些人都是大战爆发后的流亡者，原本做一些宠物研究，甚至算得上宠物狂。如果继续维持和平状态，他们的工作注定都会遭到不同程度的失败。可现在他们把全部希望寄托于普丁准将，寄托于获得资金的机会，希望之大也超越了战前——那时候落后嘛！普丁只能对每个人，甚至对那些狗，都采取《旧约》式态度，私下里却黯然神伤，觉得下属中忤逆太过猖獗。

雪光从高高的、多块玻璃组成的窗户里透进来。这是个昏暗的日子，只有棕色的办公室里间或亮着灯光。助手们在操作密码，蒙住眼睛的受试对着隐置麦克风猜叫齐纳牌：“波浪……波浪……十字……十字……星……”[3]超心理部的人则在冰冷的地下室里就着扬声器录音。冬日的寒气从疯人院大量的裂隙中渗进来，秘书们围着毛围巾，穿着橡胶套靴，还是冷得直发抖，倒是打字机键盘的喋喋声珠玉般装饰着她们。坐在后面的莫德·奇尔克斯梦想得到一块小圆面包和一杯茶，那模样颇似塞西尔·比顿[4]摄影作品中的玛戈特·阿斯奎斯[5]。

疏研室那边，那些偷来的狗在睡觉、抓挠，或者在回忆那些可能曾经疼爱过自己的人们业已模糊的气味。听着波因茨曼的振荡器和节拍器，它们流不出一滴涎水。窗帘是放下来的，室外的光线只能微弱地照入。技术人员在厚厚的观察窗后面移动着，透过玻璃看去，他们的实验服有

---

① 库埃（1857—1926）：法国心理医师、药剂师，研究催眠术，倡导一种自我暗示的心理疗法。

② 戴尔·卡耐基（1888—1955）：美国教育家、作家。

③ 齐纳牌一副二十五张，有五种符号：十字、波浪、长方、圆圈、星。可与第六节注释互参。

④ 塞西尔·比顿（1904—1980）：英国著名摄影师、服装设计师。

⑤ 玛戈特·阿斯奎斯：英国首相赫伯特·亨利·阿斯奎斯（1852—1928）之妻，《时尚》杂志曾载其照片。

些发绿，像是在水下，飘动得比较缓慢，颜色也有些发暗……一种麻痹感，或者说一种昏黑感，充斥在周围。节拍器以每秒八十次的节奏骤然响起，木板的回声激荡着。一只叫万尼亚的狗跳到试验台上，开始分泌唾液。别的声音都被盖住了，变得微弱不堪——一间间屋里堆满了沙子，没有窗户的墙壁间堆积着死人的军服，加上沙袋、草秸，把支撑着实验室的横梁都盖住了……当初，这里坐的是乡下的疯子们——他们在这里号叫、嗅吸一氧化氮，哭泣声由E大调和弦转成升G小调和弦……现在，这里成了方形沙漠，成了沙屋，在实验室里，在紧闭的、与外界隔绝的铁门后面，维持着节拍器的王者地位。

万尼亚的颔下腺导管早已被取走，从下巴底部开了个口子，并在原位做了缝合。它的唾液被导引出来，流入采集漏斗——漏斗固定在那里，用的是传统的“巴甫洛夫水泥”，一种由松香、氧化铁和蜂蜡组成的橙色混合物。唾液在真空里沿着发亮的管体结构向前流动，排开一段浅红色油液柱，使油液右移至一段刻度处。刻度以“滴”为单位，主观性很大，和彼得堡一九〇五年的液滴大小恐怕不甚一致，但是对于本实验室，对于万尼亚和每秒八十次的节拍器而言，每次的液滴总数都在预期之中。

万尼亚进入了越阈状态的最早阶段，即等价时相，已有一层很难察觉的薄膜将他和外部世界隔开了。内部和外部都保持未变，但中间的“界面”，也就是万尼亚的大脑皮层，却发生着无数变化，这是这种越阈状态的最大特色。现在，节拍器的音量已经不起作用了，反应强度也不再与刺激强度成正比。唾液流出或滴下的滴数完全相同。这是间闷声闷气的屋子，那个人过来，把节拍器挪到离万尼亚最远的那个角落，并放入盒子里的一个枕头下，枕头上面用机器缝了“布赖顿的记忆”几个字。这样做完，唾液并没有滴下来……接着，他又把节拍器对着麦克风，传到扩音器里，这下子每一声节拍都变成呐喊，响彻了整个屋子。唾液依然不见增加。每次，清亮的唾液只把红线压到同一刻度，即滴数相同……

韦伯利·西弗内尔和罗洛·格罗斯特离开走廊，一路偷偷摸摸、寻寻觅觅，溜进各个办公室，想捞些剩烟头抽。这时候，办公室大多数人已经走空，而凡是有耐性或有自虐倾向的工作人员都在和颤颤巍巍的准将略尽告别之礼。

“那个老头，也不羞。”盖佐·罗饶沃尔基一边既快乐又绝望地抒发胸臆，一边朝普丁准将的方向轻挥双手。他也是逃亡来的，强烈反苏，也因此和疏研室生出些摩擦。他这种轻快的匈牙利吉卜赛味的悄悄话，说出来就像手鼓，敲打着整个房间，传到准将之外所有人的耳朵里，多少带有挑衅的成分。此时，准将踱着从容的步子，慢悠悠下了讲坛往前走。讲坛本为一个私人礼拜堂而设，服务于十八世纪的疯狂派，现在则成了“每周简报”的发布台。所谓“每周简报”，其实很像令人振聋发聩的炮火群射，其中有老年人的评论、办公室的猜疑，或违反或不违反保密规定的战争传闻，还有对佛兰德斯的回忆……轰隆一声从空中直接砸到身上的黑烟弹……那个生日夜晚乳白的、光闪闪的炮林弹雨……绵延数英里的弹坑，坑里的水面映照出秋日荒凉的天空……在食堂用膳时，才气横溢的黑格[①]对于萨松中尉拒战一事所做的评论……春天里，炮手们穿着飘扬的绿军装……杏黄的旭日升起之前，路边排满干瘦的马匹……一座大炮陷在那里，十二根辐条就像泥制的钟盘、泥制的黄道十二宫图，在太阳下结壳、堵塞，形成深浅不同的多种棕色……佛兰德斯的淤泥聚成块，像初凝的人粪，或堆在一处，或铺成路板，或做成战壕，或弹痕累累——四面八方，连绵不绝，连一根黑乎乎的树桩也看不到，太可怜了——老豪谈家絮絮叨叨，使劲摇动着那座樱桃木讲坛，好像讲坛就是当年激情谷恶战[②]中最可怖的部分，全无挺直身体的趣味……他就这样唠叨着，唠叨着：制作可口甜菜的一百种配方，如何把葫芦科瓜类匪夷所思地做成“欧内斯特·普丁葫芦珍馐”——不错，用“珍馐”二字作为菜名是有些虐待狂的意思，因为大家知道，人饿急了只要有吃的就行，根本不想什么“珍馐”，嘴里有土豆嚼着就好（叹息），知道吗，能保证

---

① 道格拉斯·黑格（1861—1928）：英国陆军元帅，一九一五年至一九一八年间任西线英军总司令。萨松是黑格的秘书，与英国作家、著名反战诗人齐格弗里德·洛林·萨松（1886—1967）是堂表亲。

② 一九一七年七月三十一日，黑格在佛兰德斯的伊珀尔附近发动了第三次进攻，激情谷是激战最烈的区域，故整个战斗以其命名。

嘴里有土豆比什么都强，还要什么精美的肉豆蔻“珍馐”！——或者加上石榴什么的，整个做成品红色果肉泥……噢，有个无聊的玩笑，普丁准将乐此不疲：毫无疑心的客人把餐刀伸入他的名菜“洞里蟾蜍”，切开不起眼的约克郡面糊——啊！这是什么？甜菜炸肉饼？填馅的甜菜炸肉饼？每当这个时候他笑得多么开心啊！要么，今天就搞些圣彼得草泥，散发着大海的香味——这些草是一个胖鱼贩子的儿子给他送来的，每周一次，要骑自行车爬上白垩色悬崖，喘着粗气……这些特别特别出奇的蔬菜炸肉饼和普通的“蟾蜍”没有一点相似之处，倒更像金斯路[①]的小伙子们在打油诗里与之风流过的那些邪恶、迟钝的生命体——这种菜谱，普丁有几千个，任何一种拿出来，都可以毫无愧色地与“促降计划”的那些人共享。后来，他又在每周一次的独白中加入一两句八小节歌词：“你宁愿做肩上有鹰的上校，还是宁愿做膝上有鸡的士兵？”[②]接着可能还会细数一遍所有的经费困难——远在伊莱克特拉大厦[③]的那些人出现之前，这些困难的根源就存在了……然后再絮叨絮叨他和黑格的批评者们在《泰晤士报》上打过的笔仗……

大家都坐在窗前，听任他蠢话连篇。窗户很高，有些发黑，上面铅条交叉。那些“狗友”们躲在一个角落里，传纸条，交头接耳。这些人就知道耍阴谋、耍阴谋，睡着耍，站着耍，一刻不停地耍。超心理部的人齐刷刷坐在另一边，流亡派的人则夹在两翼之间：这样子就像国会在开会……数年来，人人独占着自己的座位，坚守着自己的视角，聆听脸色微红、长老年斑的普丁准将胡言乱语。这就叫权力制衡——如果“白色幽灵”还有什么权力的话。

盖佐·罗饶沃尔基觉得，如果这些人把“牌”出好，权力很可能还是有的。现在唯一的问题是生存问题——走过胜利日的界限，完整保存过去的感官和记忆，走进崭新、光明的战后岁月。“促降计划”一定不能

---

① 金斯路：在切尔西，即小说开头写到的海盗等人所居处。

② 当时有一首流行歌曲唱：“我宁愿做膝上有鸡的士兵，也不愿做肩上有鹰的上校。”一战时，上校肩章上的鹰也称“鸡”，而美国军俚称正式资格的上校为“鸡”上校或“鸟”上校。

③ 伊莱克特拉大厦位于滑铁卢桥附近，大战期间英国广播和无线电宣传机构聚集此处。

像其他的喧嚣之众那样，落个被拍卖的命运。必须出现一个聚光点，比如一个领头人，或者一个足够大的项目，而且他妈的要快。这样才能把他们凝聚起来，才能得以在谁也不知能持续多久的战后岁月里生存下去。罗饶沃尔基博士倾向于弄一个大项目，而不是推出强有力的领头人。究其原因，也许与一九四五年这个时间有关系。那时候大家普遍相信，整个战争，战争中的死亡、野性、毁灭，其罪恶渊薮就是“元首法则”。反之，如果以权力理性取代领导个性，如果能够采用那些大公司积累的管理技巧，各国不就可以理性地生存下去吗？战后，人们最深切地希望不再留任何空间给“个人魅力”这种可怕的疾病……希望在有时间、有财力的情况下推动理性化进程……

最近的项目完全以斯洛索普中尉为中心，这岂不是让罗饶沃尔基博士感觉到岌岌乎殆哉？该受试具有病态人格，其上大学以来所有在档心理测试都表明了这一点。“罗西”[①]用手拍打着档案，以示强调。办公桌颤抖着。“比—如说：他的明尼苏—达多—项个—性检查表就严重—失衡，精神有失常和—不健全的倾向。”

然而，牧师保罗·德·拉·纽特博士对“明尼苏达多项个性检查表”没什么好感。“罗西，有没有测量人际特征的标准？”他的鹰钩鼻子向前一戳一戳的，眼光却聪明地垂下来，以示温和，“人的价值观？信任，诚实，爱？有没有——请原谅我的不情之言——测量宗教的标准，哪怕有一点可能性？”

决不可能，牧师：这个检查表是一九四三年制作出来的。当时战争正酣。保罗·德·拉·纽特觉得，还是战前的那些测试方法更有人情味，比如奥尔波特[②]和弗农对价值观的研究，还有弗拉纳根一九三五年修改过的本罗伊特检查表。明尼苏达检查表测的好像是一个人能不能当好兵。

“目前特别需要士兵，牧师博士。”波因茨曼低声道。

“我只是希望我们不要过于看重他的明尼苏达检查表得分。我看那东

① 指罗饶沃尔基。

② G.W. 奥尔波特，P.E. 弗农，J.C. 弗拉纳根：均为心理学家。

西很狭隘，忽略了个性中非常重大的一些方面。”

罗饶沃尔基蹦了起来：“这正—是我们目前建—议，对斯洛—索普进行完—全不—同的另一种测试，的原—因。我们在为他设—计，一种所谓的‘投—射’检查法。这种方—法中我们最—熟悉的，是罗夏—墨迹测验[①]。其基—本理—论是，受—试在接受无客—观结构意—义的刺—激或体验无明—确形状的渍—斑时，他会设—法为其强—加一种结构意义。他对该渍—斑赋—予结构意义的方—式，就反映了他的—需求，他的—希望—可以给我们提供线索，研究他的梦、幻想、他心理的最深—处。”他的眉毛以每分钟一英里的速度耸动着，手势也超常流畅和优雅，很像他那位大名鼎鼎的同胞[②]——很可能是在刻意模仿。怎么能怪他呢？他要吸引经费嘛。不幸的是，他的模仿也不可避免地造成了副作用：比如，有工作人员发誓赌咒，说看到他头朝下，沿着“白色幽灵”北边的墙面向下爬。“所以，牧师博士，我们的观点非—常、十分——致。从这个角度讲，明尼苏达检查表这样的方法是不合适的。它采用的是结—构化刺激。受—试可以有意识作—假，或者潜意识压—制。但使用投—射技术，不论在意识和潜意识中，他都无法阻—止我们找—到所要知道的，东西。我们处在，控制地位。他，自己，无能为力。”

“我得说，波因茨曼，这听起来和你杯子里的茶对不上味，”艾伦·思罗尔博士道，“你的刺激偏于结构化，对吧？”

“也就是说，我抱着一种丢人的幻想。”

“别这样说。别跟我说你那只漂亮的巴甫洛夫之手会完全置身事外。”

“对，思罗尔，的确不会，不会。因为你已经把这件事提出来了。我们碰巧也想到了一种结构化刺激。其实也正是这个刺激才使我们有兴趣

---

① 赫曼·罗夏（1884—1922），瑞士精神病医生。罗夏墨迹测验通过分析患者对十种标准墨迹的解释来测度其情感、智力机能和综合人格结构。

② 应指吸血鬼德拉库拉（被认为是西方文化、宗教、科学、殖民主义的象征）。

着手研究的。我们想让斯洛索普接触德国导弹……”

头上的天花板是模制的，上面密密麻麻画着卫理公会版的基督王国图：狮子与羔羊相拥，大量的水果不断掉落到绅士、淑女、牧羊少年和挤奶女工怀里、脚下。画面上所有的表情都有点问题。小生灵们眼放淫光，猛兽们都是一副被麻醉或镇静的表情，人和人之间没有任何目光交流。“白色幽灵”的怪异不只在天花板上。这仅仅是“胡闹”的一个典型而已。酒窖设计得像微型阿拉伯闺房，到处是丝绸、浮雕细工、窥望孔——如此设计的原因，我们今天只能依靠猜测了。其中一个图书馆曾做过猪圈，地板挖低了三英尺，填满泥巴，一直糊到门槛上面。夏天，身体庞大的格洛斯特花斑猪在里面嬉戏、哼叫、凉快，盯着那些硬麻布书，寻思那东西好不好吃。辉格式诡异在这座建筑里达到了极端病态。房间呈三角形、球形，墙壁交错，犹如迷宫。那些具有遗传学研究价值的肖像画，在每一个有利的位置上瞪着你、哂笑你。厕所的墙壁上雕刻了克莱夫和大象队在普拉西把法国人踩在脚下的情景[①]；喷水器的造型是莎乐美拿着约翰的头颅，水从耳朵、鼻子、嘴巴里涌出来；地板上嵌集了不同类型的巨人族图案，有独眼巨人、人形长颈鹿、半人马，向各个方向重复开去——当时的人们竟然关注巨人族，真是有趣。处处可见拱廊、洞室、用灰泥做的花形图案，墙壁上挂着破旧的天鹅绒或锦缎。阳台也设计在出人意料的方位，贴满了怪兽雕饰，怪兽的长牙不知狠狠磕过多少陌生人的头。即便雨最大的时候，怪兽们顶多也只是流点口水——给它们送水的管子沿石板瓦而下，经过屋檐，绕过裂开的壁柱，一路通到这里，但已经几百年没修过了，满是裂痕。这些排水管和悬空的丘比特、所有地板的赤陶贴边，加上观景楼、粗石接缝、仿意大利圆柱、一溜排开的尖塔、倾斜弯曲的烟囱，恣意张扬个性，一代代主人又不断添加，直到被大战征用——因此，任何两个站在远处的人看这座建

---

① 罗伯特·克莱夫（1725—1774）是英国政治家，男爵，为保护东印度公司在印度的利益，与法国炮兵协助下的本土抵抗军作战，一七五七年六月二十三日摧毁法国炮兵。普拉西是加尔各答附近一村庄。

筑，无论视角多么接近，得到的结果都不会相同。车道两旁的整型树长长地排列开去，最后与落叶松和榆树连成一片。鸭子、瓶子、蜗牛、天使、障碍马赛骑手，都在碎石路上逐渐远去，变得岑寂，消失在哀叹的树木组成的隧道中。在经过伪装处理的车灯光下，哨兵举枪站在那儿，黑乎乎的身影镶了一圈白边。你必须在他跟前停下来。那些受过系统训练的、要命的军犬在林子里守望。很快，夜幕降临，几片冰冷的雪花开始飘落。

◆ ◆ ◆ ◆ ◆

> 你最好乖一点，不然我们送你回雅夫博士那儿！
> 雅夫让他条件反射，他却错过了刺激。
> 雅夫今天好像来看过你的小老弟了，对吧？
>
> ——《尼尔·诺兹皮科的五万条脏话》
> 第 6.72 节“可怕的子孙”，
> 内兰德·史密斯出版社，
> 剑桥（马萨诸塞），1933

普丁：可这不是——

波因茨曼：长官？

普丁：波因茨曼，这不是太下作了吗？用这种方式干预别人的心理？

波因茨曼：准将，我们只是按部就班，进行一系列实验，问一系列问题。哈佛大学，美国军队？这些机构一点都不下作啊。

普丁：我们不能这样，波因茨曼。太残忍了。

波因茨曼：可是美国人已经在打他的主意了！难道你看不出来？我们好像并没有玷污谁的贞操啊——

普丁：美国人这样做，我们就得这样做吗？难道我们必须跟着他们变污吗？

早在一九二〇年左右，拉兹洛·雅夫博士就有这样的看法：既然华生和瑞娜[①]可以成功地使“婴儿阿尔伯特”产生条件反射，恐惧任何皮子的东西，包括自己围着皮围巾的母亲，那么他雅夫当然也可以对自己的“婴儿泰荣”做同样的事情，就其性反射进行实验。那一年，雅夫从达姆施塔特[②]到剑桥访问，当时他还处在事业初期，后来才逐渐转向有机化学——凯库勒[③]一个世纪前由建筑转攻化学，成为逸事，而雅夫的专业转变也同样至关重要。他从国家研究委员会得到微薄的拨款来进行这项实验，是研委会一个心理研究系列项目的子项目。该项目始于一战期间，因为当时需要用一些方法来挑选军官和甄别入伍人员。可能就是因为资金微薄，雅夫才选择了婴儿勃起作为目标反射。像巴甫洛夫那样测量分泌物是需要做手术的，而像华生那样“测量”恐惧反射又会流于主观：什么是恐惧？“许多”是多少？如果在现场，没有足够的时间慢慢查“恐惧表”，结论又由谁来做？那个时候还没有专门仪器。至多也就是用用拉森-基勒三变量“测谎器”，这东西当时也还在试验阶段。

而勃起则不是有，就是没有。二元，别致。学生都可以做观察。

无条件刺激 = 用消毒棉签摩擦生殖器。

无条件反应 = 勃起。

条件刺激 =x。

条件反应 =x 出现即发生勃起，已不再需要摩擦，只要 x 即可。

唔，x？那 x 是什么呢？对了，就是著名的、吸引了几代行为心理学学子的“神秘刺激”，没错的。普通的校园幽默杂志每年以 1.05 栏寸的空间登载该主题，具有讽刺意味的是，这个数字正好与雅夫所报告的婴儿泰荣勃起的平均长度完全相同。

一般来说，根据这类实验的惯例，应该给这个小不点儿消除条件反射。照巴甫洛夫的说法，雅夫应该在小孩离开之前“去除”在他身上建立起来的勃起反射。他很可能那样做了。不过，就像伊万·彼得洛维奇

---

① 约翰·华生（1878—1958）：美国著名心理学家，行为主义心理学创始人。其妻瑞娜也是行为主义心理学家。

② 达姆施塔特：德国西南部城市。

③ 弗里德里希·凯库勒（1829—1896）：德国化学家，发现苯环，奠定了有机化学的基础。

本人所说："我们不仅要谈论条件反射的部分或完全去除，而且要认识到，去除也可能发生在反射消除的零界点以下。因此我们不能仅仅依照反射规模的大小或反射是否消失来判断去除程度，因为还可能存在一种零界点以下的、隐性的去除。"（楷体为波因茨曼所加）

一个条件反射会不会在休眠状态下过二十或三十年还存在于一个人身上？雅夫博士是否只是消除到零点，即婴儿在刺激 x 出现时表现出零勃起，就停手了？他是否忘记了，或者有意忽视了"零界点以下的、隐性的去除"？如果他有意忽视这个问题，又是何原因？国家研究委员会对此无可奉告？

虽然"白色幽灵"的很多人都知道斯洛索普就是著名的"婴儿泰荣"，但后来在一九四四年找到他时，却不啻于找到了新大陆，各人都觉得有独特发现。

罗杰·摩西哥认为他是统计学上的异态。不过他又觉得，因为斯洛索普的缘故，统计学的根基都有点动摇了，而如此深刻的影响是异态无法引发的。异态，异态，异态，想想这个词吧：舌头迅速地弹一下，发出干净的尾音。但它还暗含了舌头停止后的继续移动——在零界点以下——进入另一个状态。当然，你并不是真的在移动，但你从心智上感知到自己应该是有那种继续移动的。

罗洛·格罗斯特认为是预感。"斯洛索普能够预言火箭将于何时落在某一特定地点。他能活到现在，就证明他是按照预先信息行动，从而在火箭落下时躲开那个地方的。"格罗斯特博士搞不清楚，性怎样在其中发生作用，甚或是否发生作用？

然而，心理研究者中最亲近弗洛伊德理论的埃德温·特瑞克尔却觉得，斯洛索普有意念致动的天赋。斯洛索普以心理念力使得火箭落在某个地方。从生理上讲，他可能并没有推动火箭在空中飞行，但有可能是在摆弄火箭内部制导系统的电信号。他怎么做到这一点姑且不论，总之特瑞克尔博士的理论中纳入了性理论。"潜意识中，他需要消除性爱另一方的一切痕迹。他在地图上用星来代表对方，这一点很重要，因为'星'是对优等生进行肛门虐待的标志，它渗透于整个美国的初等教育……"

正是斯洛索普记录女人的那张地图困扰着所有的人。那些星星符合泊松分布，和罗杰·摩西哥导弹袭击图上的地点完全吻合。

不过，唔，还不只是分布相同。两者的分布规律也正好相同，在每一个方块上都是重合的。泰迪·布娄特拍的斯洛索普地图幻灯片被投射到罗杰的地图上，两个形状，即女人的星星和火箭袭击的圆圈，显示出一致性。

斯洛索普还在大多数星星上标了日期，这一点很有帮助。星星总是在相应的火箭袭击之前。火箭最快晚两天，最慢晚十天。平均滞后期为 $9/2$ 天。

波因茨曼的解释是：假设雅夫的刺激 x 是某种和华生-瑞娜实验一样的强噪声，假设在斯洛索普案例中勃起反射并未完全消除，在这种情况下，他只要听到强噪声就会产生一次勃起，而这种噪声来临之前出现的一些不祥兆头又正好和他在雅夫实验室里积累的感觉相同——波因茨曼自己实验室里的狗迄今所获得的那种感觉，也是同样道理。这种勃起指向 V-1 火箭——任何离他近得能使他惊跳起来的火箭，都应该能使他勃起：助推器嘲弄般的声音越来越响，接着燃烧中止，一片寂静，悬念逐渐增强——然后爆炸。嘭，勃起。噢，不对。这个过程应该颠倒过来：先是斯洛索普勃起，接着爆炸，然后传来声音——V-2 火箭。

无论如何，刺激物一定是火箭，是某种先行的鬼魂，是火箭的影子，对斯洛索普来说，可以从公共汽车上笑容的百分比或者被某种东西以神秘方式控制的月经周期中看出来——到底是什么力量使那些小娼妇们愿意免费那样做呢？是不是性市场或者色情业、妓女业发生了波动，也许还影响到了股市的价格，只是我们这些生活干净的人对其一无所知？是不是前线的消息使她们漂亮的大腿之间奇痒难熬，是不是性欲和突然死亡的真实概率成正比例或反比例增长？——我操，到底是什么样的线索，明明就在我们眼前，我们的心却没有那么精妙，无法发现？

如果此时、此地这种线索存在于空气中，火箭就会跟过来，百分之百，没有例外。如果能发现这种线索，我们就又一次揭示了每件事物、每个灵魂的绝对必然性，留给“希望”的宝贵空间就几乎等于零了。大家都知道这样的发现影响有多大。

他们走过白雪堆积的狗窝小径，波因茨曼穿着格拉斯顿伯里皮靴和浅黄褐色的军官短大衣，摩西哥则围着杰茜卡新织的围巾，围巾垂向地面，活像一条猩红的龙舌头——今天是入冬后最冷的一天，零下三十九度。他们走到悬崖边，脸都冻僵了，接着又往空无人迹的沙滩上走。海浪涌起来，又滑开去，露出巨大的弯月形冰块，光洁如肤，在微弱的阳光下反射出耀眼的光。两个人的靴子一路咯吱响着，踩到沙子里、鹅卵石上。正是一年冬深处。今天他们能听见佛兰德斯的炮声，顺着风从海峡那边一直传过来。修道院的残骸在悬崖上矗立着，灰沉沉、亮晶晶的。

昨晚，在免入区小镇边的那座房子里，杰茜卡偎着他，睡意蒙眬，二人即将进入睡乡，这时她嘟哝了一句："罗杰……那些女孩怎么样？"她就说了那么一句，却使罗杰睡意全无。他虽已精疲力竭，却睁着眼睛躺了一个小时，一直在想那些女孩。

此刻，他知道自己该撇开这个话题了："波因茨曼，如果埃德温·特瑞克尔是对的，会怎么样？我是说意念致动。如果斯洛索普甚至无意识地使它们落在那些地方，又会如何呢？"

"哦。到时候你们这些人就有说头了，对吧？"

"可是……他为什么会那样呢？如果它们落在他经过的任何地方——"

"也许他恨女人。"

"我是认真的。"

"摩西哥，你真的在担心吗？"

"不知道。也许我在想，这和你的超反常时相是否有某种可能的关联？也许……我想知道你到底在寻找什么。"

一队 B-17 从头上隆隆飞过，今天的目标看来不同寻常，远远超出了通常的飞行走廊。这些空中堡垒后面是寒冷的云层，云层靠下一边蓝蓝的，平滑的云浪也呈现出蓝色纹理——其余部分则是加了灰晕的粉红色或紫色……机翼和安定板下部投映出深灰的阴影。阴影羽毛般柔和地升起，罩在机身和引擎机舱的弧面上，显得愈加轻飘飘的。在整流罩遮蔽的黑暗里，渐渐看见了桨毂盖，但看不到旋转的螺旋桨。天空的光亮把所有容易变色的表面都染成了统一的冷灰色。飞机在零视度的天空中嗡嗡飞行着，气度颇为不凡，一边结霜一边又甩落开来，身后的天空中布满了犁沟般的白冰，而飞机的颜色又与云色形成了某种程度的契合，小窗和开口处都显得淡黑，有机玻璃的机首闪闪发光，映照出舒卷不息的云流和太阳。玻璃内部是黑曜石的颜色。

波因茨曼一直在谈论多疑症和“对立意识”。“那本书”里有一封巴甫洛夫致珍尼特的公开信，论及“受迫害感”和第五十五章“强迫症和多疑症的生理学解释研究”，波因茨曼在周围空白处写满了感叹号和“太正确了”的字样。这样做稍有冒犯之嫌——“那本书”的七个所有者说好不在书上做标记的，因为书太珍贵了，每人花了一个几尼，哪能做标记呢？可是，他情难自已啊！书是在黑暗中悄悄卖给他的（该书的其他存本在不列颠战役时大多已毁于书库中），当时正值德军空袭，卖主不容他看清模样，就消失在警报解除后的嘈杂黎明中，把他和书撇在那儿。书无声无息地在攥紧的手中热起来，手里湿乎乎的……没错这书弄不好可能会被当成一本少见的色情作品，那些外形粗糙的手排铅字也分明有此嫌疑……书里用语粗鄙，郝思利·甘特博士的译文又十分古怪，似乎用的是密码，而表面的文字只罗列了可耻的快感、罪恶的激情……涅德·波因茨曼从每只来到试验台的狗身上清楚地看到了锁链中的尤物绷紧身子的模样……难道手术刀和探针不就是鞭子和棍子的化身，同样助兴、同样美妙吗？

当然，“那本书”之前还有一卷，就是最早的“四十一讲”——此书就像山体里的维纳斯发出的指令，在他二十八岁那年降临，他根本无力抗拒，只有离开哈利街[①]，走上一条越来越偏的旅程，走进条件反射的迷宫，跟着线团[②]摸索了十三年，现在才开始往回绕，重历先前走过的路上留下的线索，时时遭遇年轻时全身心投入带来的后果……那些东西只是

① 哈利街：英国皇家医学会所在地，伦敦市内外科医生多居于此。也借指医学界。

② 希腊神话中带领忒修斯走出迷宫的线团，是后面即将出现的阿里阿德涅（国王米诺斯之女）所赠，助他杀死本段下文将出现的人身牛头怪弥诺陶洛斯。

延期付款，迟早要全部还清，她早就警示过他，不是吗？他什么时候听进去过？维纳斯呀，阿里阿德涅呀！[①]她应该是无价之宝，因为那时候迷宫对他们来说太复杂了——而“他们”就是在晓色中将一个他——一个隐秘的波因茨曼和未来的命运联系在一起的皮条客……当时他觉得太变化万千了，自己走进了迷宫竟毫无知觉。可是他现在知觉了。他陷得太深，宁愿先逃避一下现实。他知道，“他们”在那里等着他，冷酷而自信。那些人代表着一个辛迪加，连维纳斯也得给他们钱。他们等在迷宫最中间的屋子里，等他一步步靠近……他们拥有一切：阿里阿德涅，弥诺陶洛斯，恐怕还有波因茨曼自己。这些日子，他眼前会闪现出他们的影子：赤裸着身体，运动员般在会厅周围喘息、就位，可怕的生殖器勃起着，硬如矿石，一如他们的眼睛。那些眼睛里闪烁着寒霜和云母片的光泽，但没有欲望，至少在他看来没有。对于他们，这只是职业而已……

“皮埃尔·珍尼特[②]（此人说话像东方的神秘主义者。他不能真正理解对立的东西）：‘他对伤害别人和受别人伤害不加区别，都看作同样的伤害行为。’说与被说，主与奴，贞与淫，他把每对相反的概念都混为一谈，无法区分——摩西哥，这种阴阳混淆的垃圾是懒惰成性者最后的堡垒。他可以用这种方式，逃避自己不喜欢的各种实验室工作——你还有什么话可说呢？”

“我不想和你辩论宗教问题，”由于缺少睡眠，摩西哥今天格外易躁，“可我觉得，对分析的优点，你们是不是有点太——唔，太强调了？我是说，只要你能把它全部剖开，好的，我会第一个为你的辛勤劳动鼓掌。可是除了躺在那里的一堆碎片之外，你又有什么话说？”

这种争辩于波因茨曼也无乐趣可言。他犀利地扫了一眼这个围红围巾的无政府主义青年。“巴甫洛夫相信，我们的理想，我们研究科学的最终目的，就是达到正确的、机械的解释。他没有期待在有生之年，甚至在几个有生之年实现这一理想，这是非常符合现实的。但是他希望由越

---

① 塞浦路斯人把维纳斯和阿里阿德涅看作同一女神。

② 以下为巴甫洛夫引珍尼特之语。波因茨曼又在引巴甫洛夫。

来越逼近的解释组成一条长链。他的终极信念是：心理活动能够纯粹归结到生理基础之上。没有无因之果，两者之间有一系列清晰的联系。”

“这个当然不是我的长处，”摩西哥实在不想惹恼他，却忍不住说，“可是我有一种感觉：有些人把那种因果的东西利用得太极尽能事了。可是为了科学能够继续下去，就得寻找一个不这么狭窄，不这么……贫乏的假设集。如果我们有勇气完全摒弃因果论，从另一个角度切入，就可能出现又一次重大突破。”

“不——不是‘切入’，是倒退。伙计，你现在三十岁了。没有什么‘另一个角度’了。只有向前走，走进去——或者向后退。”

摩西哥盯着波因茨曼被风掀动的大衣下摆。一只海鸥尖声叫着，顺结冰的滩涂飞开了。陡峭的石灰石悬崖拔地而起，死一般寒冷、宁静——早期有胆子靠近这片海岸的欧洲野蛮人，透过雾气看到了这些白色的屏障，恍然明白了：他们死去的那些人原来魂归此处了。

波因茨曼这时候转过身来，而且……哦，天哪。他在笑。笑容里摆出的兄弟情谊非常古典，罗杰不仅现在忘不了，而且几个月以后欧洲的二战在春光烂漫中结束时，也依然忘不了——这种笑容阴魂不散，缠住了他——这是他在人脸上见过的最邪恶的表情。

他们停下了步子。罗杰回视着波因茨曼。摩西哥的对立者。他们本就是“对立意识”，但到底是在哪个皮层，在冬天的哪个半球？有着什么样的嵌合体，面对外部的废墟……面对那座讳莫如深的城市外部……只有外面的旅人才能看到……远处的眼睛……野蛮人……骑手们……

“我们都有斯洛索普。”这是波因茨曼刚说完的话。

“波因茨曼——你想从中得到什么呢？我是说除了出名之外。”

“不外乎和巴甫洛夫一样。给似乎非常奇怪的行为寻找生理基础。我不管它可以归入你们心灵学研究会[①]的哪个门类——奇怪的是，你们当中甚至没有人提出心灵感应的观点——也许他接通了那边的某个人，这个人又提前知道德军的发射计划，嗯？或者是母亲试图阉割他或者如何，

---

① 此处应为伦敦的“心理研究学会”，波因茨曼故作语误。

使他进行这种弗洛伊德式复仇？我不感兴趣。我不是在夸夸其谈，摩西哥。我不卑不亢，循规蹈矩——”

“谦卑。”

“在这件事情上，我是给自己划定了界限的。我只追究火箭声音逆转的问题……他的性条件反射临床史，也许是对听觉刺激敏感，或者是对从表面看来因果颠倒的东西敏感。我不像你那么随便就摒弃因果论，但是如果需要修改——那就修改。”

“可你到底要得到什么呢？”

“你看过他的明尼苏达检查表。他的威权人格F量表？弄虚作假，思路扭曲……那些分数清楚地表明，他有精神异态和强迫症，是潜在的多疑症患者——唔，巴甫洛夫认为，强迫症和多疑症的幻觉归因于大脑嵌合体上的某种——就叫细胞吧，神经细胞——过于兴奋，在相互诱导作用下，使周围的区域全部抑制。一个燃烧的亮点，包围在黑暗之中。从某种程度上讲，这是它自己引起的黑暗。可以把这个亮点和其他所有的思想、感觉、自我批评等可能缓和其火焰的东西隔离开来，也许是终生隔离，然后使之恢复常态。他称这个亮点为‘病理惰性点’。我们目前正在狗身上试验……它已经通过了等价时相，在这一状态中，任何刺激，不论强弱，引发的唾液滴数都完全相等……接下去则进入‘反常时相’——强刺激得到弱反应，反之亦然。昨天，我们让狗出现了超反常相。依此类推。我们把以前代表食物的节拍器打开，这个节拍器曾经使万尼亚唾液泉涌，现在它却转脸不理。我们关掉节拍器的时候，嗨，这时候他就转过来了，嗅着，舔着，咬着——在寂静中寻找已经不存在的刺激。巴甫洛夫认为，一切精神疾病最终都可以由超反常相、大脑皮层病理惰性点和混淆对立意识这三点来解释。就在他即将把这些东西付诸实验时，却去世了。但我还活着。我有资金，有时间，还有愿望。斯洛索普冷静过人，要让他进入这三个状态中的任何一个都不容易。我们最终也许得让他挨饿、受恐吓，我也说不准……也许不需要那么严重。但我会发现他的惰性点，如果我被迫打开他的头颅，还会发现那些惰性点是什么东西，它们的隔离方式如何，也许就能解开火箭落点的秘密了——不过我承认，这个是给你的甜头，我需要你的支持。”

“为什么？”摩西哥有点不安，“你为什么需要我？”

“我不知道。但是我需要。”

“你被迷了心窍了。”

“摩西哥，”波因茨曼一动不动地站着，朝海的半边脸仿佛一瞬间苍老了五十岁。他看着海潮把极薄的冰片抛到海滩上，整整三个来回，“帮帮我。”

罗杰想：我帮不了任何人。他干吗这么心驰神往？那样做既危险又不道德。他确实想帮他。他和杰茜卡一样，对斯洛索普有一种奇怪的惧怕感。那么斯洛索普的那些姑娘呢？也许是自己在超心理部太孤独了，对他们的信条虽然心底不接受，却又无法完全排斥……他们相信，连不苟言笑的格洛明也相信：在感官之外，在死亡之外，在罗杰唯一信赖的概率之外，还有其他东西……“唉，杰丝，”他把脸贴在熟睡的她赤裸、筋骨交错的脊背上，“这件事我真的搞不懂……”

在海水和粗大的水草之间，管子和带刺的铁丝网连成长长的一片，在风中鸣响。黑色的网格由稍长的斜支架撑起来，尖刺直指大海——那放浪的模样倒是有些数学气：剥落得只剩了力矢量支撑着现状，有些地方一层后面还叠了一层，绵绵不绝的支柱和绵绵不绝的对角线使人产生错觉，好像波因茨曼和摩西哥一走动，丝网也呈波纹状后移，下面缠结的铁丝也更加肆意地干扰着视线。远处，这张网墙呈弧形伸入雾中，化作灰色。昨晚的一场雪给这条黑色长蛇身上的每根铁丝都染上了白色。今天，风沙又将暗黑的铁丝吹得光裸、咸涩，有些地方露出少许锈痕……其他地方则在冰块和太阳下变成了电光般炽白的、生机勃勃的线条。

再远处，过了地雷区和坏蚀的防坦克水泥柱，在悬崖中部一座护着钢筋网和草皮的碉堡里，年轻的布里福医生和护士艾薇做完了一个难度很大的脑白质切除术，正在休息。布里福洗涤过的手指习惯性地迅速伸到她的吊袜带下，向外一拉，又突然使劲啪的一声松了手。他呵呵呵笑着，她则跳起来，也笑着，半推半就地想扭开身子。他们躺下来，身体下面压着褪色的旧航海图、维护手册、裂口的沙袋和溢出的沙子，还有燃过的火柴棍和裂开的软木过滤嘴。那些过滤嘴是从早已分解的香烟上掉下来的——正是这些香烟，曾经在一九四一年那些海上一有亮光就叫人心跳加剧的夜晚里给人以安慰。“你发疯了。”她低声道。“我发情了。”他微笑着，又弹了一下她的吊袜带，像小男孩玩弹弓。

高地上有一排柱状障碍物，像许多白色松饼，在暗褐的山坡、低洼的雪地和灰白的岩层间连绵铺开。这是为防备悄无声息的虎王坦克设置的，它们再也不能在这片地方行驶了。外面的小池塘中，伦敦来的那个黑人在滑冰，不大可能是佐阿夫兵[①]。他把冰刀竖得高高的，颇有气度，好像生来就属于冰刀和冰，而不是沙漠。他前面散布着一些镇里的孩子，离他很近，他每次转身带起的圆弧形冰碴都会飞到他们脸上。他们不敢说话，只是跟着他，追随他，向他抛眼风，直到他笑起来。他们想看到他的微笑，又害怕又想看到……他的脸很有魔力，那是一张他们认识的脸。海岸上，迈伦·格闰敦和埃德温·特瑞克尔一支接一支抽烟，看着他们的黑人原型，苦思冥想着“黑翼行动”，想着“黑人支队”的号召力。有这些孩子在，两个人都没心思做冰上冒险、沼泽漫步或其他动作。

冬天悬在空中——整个天空成了荒凉、光亮的胶体。海滩上，波因茨曼从口袋里拈出一卷手纸擤鼻涕，每张纸上都有钢印的“吾王陛下政府财物”字样。罗杰不时地把帽子下的头发向后捋。两个人都没有说话。就这样，两个人步履沉重，手在口袋里放进又拿出，身影渐渐缩小，由浅黄褐而灰，而一缕猩红，棱角很分明，身后的足迹犹如一长串冻住的、疲竭的星星，阴云密布的天空映在海滩的薄冰上，几乎成了白色……我们看不到他们了。没有人听到过当年的那些谈话，甚至随便什么照片也没留下一张。他们走着，直到冬日将他们隐没，无情的海峡也好像要将这一切彻底冻结。我们没有一个人有机会完全看到他们，没有人。他们的脚印里结满了冰，一会儿便被冲进大海。

---

① 佐阿夫兵：法国的一种轻步兵，原募集于阿尔及利亚，以严格的训练和华丽服装著称。

◆ ◆ ◆ ◆ ◆

隐蔽的摄影机悄无声息地跟随着她。她修长的双腿有意漫无目的地在这些房间里移动着，发育期的身板向肩部渐渐变宽、隆起。她的头发并没有做成典型的荷兰发型，而是时髦地从前面拢上去，压在一顶陈旧发暗的银冠下。她昨天烫了发，所以一头金发上结了百来个涡卷，在暗旧的银冠下闪烁。今天下午用的是最宽的镜头，还装了备用的钨丝闪光灯。记忆中，今天是近日来雨意最浓的一天，南面和东面远处的火箭弹爆炸声时不时光顾一下这座小屋，那些淌着雨水的窗户倒是没什么，却把各处的门震得嗒嗒响，连续发出三四重战栗，就像可怜的精灵，特别需要伙伴，请求放他们进来，只要一会儿，只要一次触摸……

房子里就她一个人，不过还要算上那个偷拍者。外面的厨房里也有一个人，在用屋顶上采来的蘑菇做什么神秘之物。他就是奥斯比·费尔。他们的杯子是橙红色，亮铮铮的，配了灰白色凸纹纱罩。她坐得不大安定，时不时从门口瞅他一眼，看他孩子似的倒腾“毒蝇蕈”。这种毒蝇蕈是毒菇“毁灭天使”奇特的近亲，正是它引起了奥斯比的注意，也可以说是他觉得应该注意。她给他飞去一个微笑，本意是示好，可到了奥斯比眼里却显得无比俗气、世故、邪恶。她是第一个和他说过话的荷兰女孩。她穿的是高跟鞋，不是木鞋，这个发现使他感到惊奇。她的欧洲大陆发型（他这么认为）修饰过度；漂亮的睫毛下，或者说在她上街喜欢戴的太阳镜后面，那双眼睛里显示出一种聪慧，这种聪慧也同样显示在她看上去胖乎乎的，还有点婴儿气的外表里；她的酒窝在嘴角两边对称地凹下去。这些都使他六神无主。不过，近看起来，她的皮肤虽然近乎完美，但还是淡淡地敷了粉，搽了胭脂，睫毛颜色画得深了些，眉毛重整过，大约有两三个小空毛囊……

奥斯比这小伙子心里究竟在想什么名堂呢？他小心翼翼地将每朵柿黄色蘑菇的伞盖内面弄干净，再把其余部分撕开。无家可归的小精灵们在屋顶上乱跑，叽叽喳喳地闹。他已经有了一堆暗橙色的菌菇，数量还在增加。接着，他将这些蘑菇一把把放入一锅冒着热气的水里。前面加工过的一锅蘑菇也煮在炉子上，已经成了稠粥，上面浮了一层黄渣。奥斯比把渣子撇去，再把剩下的部分在海盗的搅拌器里做成泥，然后把这些菇糊摊在一张锡烤板上，打开烤箱，用石棉垫子将另一片覆盖着黑色粉末结块的烤板取出，再放入刚备好的烤板。他用臼和杵把结块捣成粉末，倒入一个“亨特利-帕莫思”[①]旧饼干盒里，只留下一部分，用一张里兹拉甘草卷烟纸熟练地卷好，点燃，开始吞云吐雾。

不过，在奥斯比打开嗡嗡作响的烤箱时，她正好看了一眼。从摄影机拍出的画面上看不出她的表情变化。可是为什么这时候她会一动不动地站在门边呢？好像要让画面静止下来，将其拉长，变成时间维度里的黄金一瞬，但刚刚出世就已遭受玷污。她精心藏匿着自己的天真，肘部有点弯曲，手撑在墙上，手指在淡橙色墙纸上扇形张开，就像在触摸自己的皮肤，意味深长的触摸……外面，连绵的冰冷硅雨降落着、敲打着，落寞的样子，润物无声般侵蚀着中世纪的窗子。雨幕中，河对岸有些雾蒙蒙的。这座街巷纵横的城市被炸得满目疮痍，深受残害……屋顶上雨光闪烁的石板瓦面，所有或明或暗的窗户高处被雨水冲刷过的熏黑的砖块，冬日阴霾下柔弱不堪的千千万万裂口、孔洞。雨水冲刷着、淹湿着充满着歌唱的沟槽，这座城市接纳了它，向上耸起，长时间耸着肩膀……咯吱一声，接着是金属碰撞声，烤箱又关上了。但是对于卡婕，烤箱却再也关不上了。她今天在镜子前摆弄得过于频繁。她知道自己的头发和妆容无可挑剔，也很欣赏他们从哈维·尼克尔斯[②]带来的那件上衣，全绉纱的，浓重的可可色，在英国被称为“黑鬼色”，肩部有衬垫，一路垂下，到乳沟底点，一英尺又一英尺可爱的丝绸就这样盘绕着她，松松地挂住腰部，柔软的褶子一直垂到膝上。偷拍的人很兴奋，没想到这许多飘动的绉纱会有如此效果，特别是卡婕从一扇窗前经过时的几张照片，雨天的光线将窗玻璃变得暗沉沉的，浓黑如炭，古雅、沧桑，衣服、脸、头发、手和纤细的小腿都化入玻璃，化为釉光，为这一刻的曝光摆好了

① “亨特利-帕莫思”：优质饼干，盒盖上有乔治四世像。
② 哈维·尼克尔斯：伦敦的一家时装店。

姿势。这半透明的窗玻璃，这防雨之物，整天承受着附近火箭弹爆炸的震荡。再往下是她身后的地面，黑暗、毁弃，在取景框经过时成了背景。

对自己镜子里的形象，卡婕也和偷拍者一样兴奋，但她心里的想法却是偷拍者无法了解的：内心里，在表面光洁的昂贵布料以及细胞尸屑的掩蔽下，她已经朽坏成灰，已经以他们谁都难以想象的方式，残酷地隶属于烤箱了……属于 Der Kinderofen[①]（烤箱）……于是她想起了他的牙齿，在说这两个字时露出来，长长的，很可怕，布满了浅褐色牙锈。那是布利瑟罗上尉的黄牙齿，由脏污的缝隙组成，在他夜间的呼吸中，在他自己黑暗的烤箱中，不断发出衰朽的喁语，盘旋缠绕的喁语……她最先想起的是他的牙齿，而不是别的特征，因为牙齿是烤箱最直接的受益者，直接受益于专门为她、为戈特弗里德[②]所设的那种物什。对于这一点，他从未使用过明确的威胁语言，甚至从未直接和他们俩谈论过，那只是一种感觉，由她受过训练、穿着绸缎的大腿传给那些夜客们，或者沿着戈特弗里德温驯的脊柱传下去。他称自己的脊柱为“罗马-柏林轴”。这还得从那天晚上说起：那个意大利人来了，他们三个上了圆形床，布利瑟罗上尉进入了戈特弗里德倒撅的臀部，意大利人也同时进入了他漂亮的嘴里。卡婕只是被动接受者，被绑起来，塞住嘴巴，戴上假睫毛——今晚她做的是枕头，服务于意大利人发白的卷发，卷发上洒了香水，犹如即将变馊的玫瑰和脂肪混合在一起……每句话都是一朵闭合的花，可能凋谢，也可能无限开放——她想起了一个数学函数，开花般在她眼前展开成没有通项的幂级数，无穷无尽，阴森，却从不叫她完全意外……他的口头禅是“帕德·伊格拉修”[③]，如今展开、变化成西班牙的宗教审判官，黑色衣袍，棕色弯鼻，令人窒息的熏香味 + 忏悔者 / 刽子手 + 卡婕和戈特弗里德（双双跪在黑暗的忏悔室里）+ 古老童话里的孩子们（跪

---

① 原文为德语。

② 戈特弗里德：此名从德语词“Gottes”和“Frieden”而来，意“上帝的和平”（品钦在后文中有解释）。也有人认为名字的后半部分与条顿神话中的弗雷神有关。

③ 帕德·伊格拉修：欧文·维斯特（1860—1938）的中篇小说《帕德·伊格拉修，或诱惑之歌》中的人物。

在烤箱前，膝盖又冷又痛，对它悄诉着不能讲给别人听的秘密）+ 布利瑟罗上尉的巫婆式多疑症（对他们俩都怀疑，尽管卡婕有荷兰纳粹党的证件）+ 作为倾听者 / 复仇者的烤箱 + 跪在布利瑟罗前面的卡婕。布利瑟罗穿着最刺激的女人装，黑天鹅绒，古巴鞋跟，肉色皮护裆把私处挤压得一点都看不出来，护裆上戴了假阴道和黑貂皮阴毛，两样东西都由柏林名家奥菲尔夫人手工制作，假阴唇和浅紫色阴蒂是用合成橡胶和一种新的聚氯乙烯材料麦波郎模制的——夫人曾一度陷入困境，据她自己说是因为材料缺乏……逼真的粉红色液体上竖立着微型不锈钢刀片，有好几百个，卡婕跪着，被迫在刀片上割破嘴巴和舌头，然后用那些血液的精华，吻遍她“兄弟”戈特弗里德除去石膏粉后的金黄色脊背。游戏中的兄弟，奴役下的兄弟……她以前从未见他来过发射场附近的这座征用房里——发射场隐藏在森林和稀树草原中，位于一块有人居住的舌形地带，都是小农场和庄园，夹在两片圩田之间，向东朝瓦瑟纳尔伸出。可是，他的脸抬起来了，没有对着任何人，倒像是朝着天花板上或天空中的什么东西——在他眼里，天花板就代表天空。他垂着眼睛，好像大多时候他都这样垂着眼睛。秋日阳光透过起居室西面的大窗户照进来，他跪在阳光里，全身赤裸，只戴着有钉齿的狗脖套，在布利瑟罗上尉的呵斥下有节奏地手淫，一身白皙的皮肤被下午的日光染成亮晃晃的、有些虚幻的橙色——她从来没有把这种颜色和人的皮肤联系在一起。他那东西犹如充血的石棒，在静寂的、铺了地毯的屋里甚至能听见它的“嘴巴”在紧密地喘息。他的脸抬起、绷紧、高潮，她第一次发现，他的表情和她一向在镜中看到的自己精心做出的模特表情十分相像。她的呼吸紧促起来，一瞬间感到了心脏加速跳动的嗵嗵声。她把自己的模特眼神转向布利瑟罗。他高兴了。“也许，”他对她道，“我会剪掉你的头发。”他对戈特弗里德一笑：“也许我会让他留这样的头发。”每天早晨在军营里，在三号发射点附近（当年，那些疯狂的人群，那些拥戴和平而遭失败的看客们，曾经聚集在那里观看隆隆奔跑的赛马），当戈特弗里德站在他的火箭连队列里时，这种羞辱就会给他带来好处——他一回又一回检查不合格，却受他的上尉保护，从未受过处分。为此，在发射间歇时，不论昼夜，不管有没有睡够，也不管时间适不适宜，他都得忍受上尉本人的“Hexeszüchtigun[①]（女巫之笞）”。那么布利瑟罗有没有剪过她的头发？她现在记不得了，只记得有一两回穿着戈特弗里德的制服（戴着他的军便帽，对了，把头发捋到后面！），很像又一个戈特弗里德。她依照布利瑟罗立的规矩，顶替戈特弗里德在“笼子”里过夜。戈特弗里德则戴上她的帽子，穿上她的长筒丝袜、花边围裙、全部缎衣和佩飘带的蝉翼纱。不过完事后他还得回到“笼子”里。规矩就是如此。对于谁是女佣，谁是养膘的相公，他们的上尉一点也不容含糊。

她对待这种游戏的态度到底有几分认真？她认为，在一个被征服的国家，在自己被占领的祖国，最好还是投入一种游戏，这种游戏表面上必须没有清晰的形式和明确的限制，实际上却是有形的、处心积虑的、日夜不停的：草菅人命呀，驱逐出境呀，挨打呀，耍诡计呀，多疑症呀，无耻呀……虽然卡婕、戈特弗里德、布利瑟罗三个人没有公开讨论过，但他们似乎都默认了这种古老的北方游戏形式，一种他们都了解，也感到安然自在的形式：迷路的孩子，可以吃的房子，里面的巫婆，关起来养肥，烤箱[②]——这些就是他们的保鲜程序，他们的保护伞，可以暂避他们所无法承受的外部事物——战争，暂避不可动摇的概率规则，暂避在这里可能遇到的或正在发生的悲惨与不测……

甚至在里面，在屋子里面，也未必安全……几乎每天都有一颗火箭弹发射失败。十月下旬，就在离这座庄园不远的地方，一颗火箭弹掉回来爆炸了，炸死十二个地面工作人员，周围几百米的窗子全部炸碎，卡婕第一次遇到这位黄金游戏拍档的那间起居室西窗也碎了。官方消息说爆炸的只是燃料和氧化剂，但据布利瑟罗上尉说，弹头里的阿马图炸药也爆炸了，他们不仅处于发射点，还成了攻击目标……他们都在劫难逃。说这话的时候，上尉怀着战栗的喜悦——照她说，那是毁灭的喜悦。房子位于杜因堡赛马场西面，方向几乎和伦敦完全相反。即使这样，那片

---

① 德语，惩罚女巫的一种刑罚。

② 参照格林童话里的《汉赛尔与格莱特》。

地方也不是绝对保险。火箭发疯时，常常随意转向，在空中发出可怕的嘶叫，依着自身的疯狂势头转来转去，再落下来。这种疯病压根找不到病源，恐怕也治不好。如果来得及，主子们会通过无线电将它们摧毁于癫狂之中。火箭发射的间隔里，还有英国人的轰炸。晚饭时，喷火式战斗机低伏着，从黑魆魆的海那边嗡嗡飞来，城里的探照灯摇摇晃晃地搜寻着，警报的余响萦绕在公园里潮湿的铁椅上空，高射炮在嘎嘎转动着搜索目标，炸弹落到林地里、圩田里和被认作火箭部队宿舍的公寓里。

这就为游戏增添了一些泛音，使其音质有了细微变化。在将来某个不确定的时刻，只有靠她才能把巫婆推入为戈特弗里德准备的烤箱中。所以，上尉必须考虑到一种可能性：她是英国间谍或荷兰地下党。虽然德国人煞费苦心，各种情报还是汹涌澎湃地从荷兰流回到英国皇家空军的轰炸机大队，泄露部署情况、供给路线、可能隐藏 A4 炮台的深绿色树枝堆方位等，尽管这些军情每个小时都在变化，火箭和有关装备也经常移动。好在喷火式战斗机只满足于炸掉一个发电站、一批液氧供应、一座炮兵军官宿舍……这个问题挺叫人纳闷。哪一天卡婕会不会把英国轰炸机招来，专门炸掉这座房子——这座监狱般的游戏室？这样做虽然要搭上性命，她却会觉得尽到了自己的责任？对此，布利瑟罗上尉心里没底。后来，这种折磨竟使他感到了乐趣。当然，她和朱塞特①的手下共事时没有任何不良记录；她立过功，至少挖出了三个秘密犹太家庭；她开会很认真，在斯海弗宁恩②附近的一处德国空军休养地工作，她那边的上司都觉得她能干、乐观，从不偷懒，又不像其中很多人，对党表现得过于狂热，借以掩盖自己才干的不足。也许唯一值得稍加警惕的是：她兢兢业业，却并非出于热情。她为党工作似乎别有动机。一个女人，受过一定的数学教育，又别有动机……里尔克有诗云：“希望变形。哦为火焰而兴奋！”变作月桂，变作夜莺，变作风……我要这样，迷醉、拥抱、跌入火焰中，让它越燃越旺，充满所有的感官，以及……不要因为无所

① 安东·朱塞特（1894—1946）：荷兰纳粹党领袖。
② 斯海弗宁恩：海牙西邻一城镇。

作为才去爱……而是要爱得不能自拔……

但卡婕不行：她不是扑火的飞蛾。他得相信，她心里面是害怕“变形”的。她只是小里小气地做了最无关紧要的变动，改变了衣饰，顶多就是耍点男装癖之类的把戏，不仅穿戈特弗里德的衣服，也穿传统的性虐装，甚至法国女佣的服装——那种衣服根本配不上她高挑的身材、颀长的双腿、开阔的步幅，也不适合她的金发碧眼和她振翅欲飞的双肩。她只玩这种游戏……她游戏地游戏着。

他对此无能为力。在帝国的垂死状态下，在沦落成废纸的命令堆里，他需要她这样做，需要戈特弗里德，需要那些皮带和皮鞭，它们是他手里唯一真实可感的东西。他需要她的叫声，他屁股上的伤痕，他们的嘴巴，他的阳物、手指和脚趾。整个冬天，这些东西都是真实的、可靠的——他说不出什么理由，但现在心里恐怕只相信这种形式，这种源于日耳曼童话和神话的形式，相信森林里这座迷人的房子将存留下来，炸弹永远也不会意外地落到这里，除非发生背叛，除非卡婕真是英国卧底，把他们给招来——他知道她不会这样做：尽管口头上喊叫得震天响，但由于受某种魔法控制，英国人的空袭是游戏里唯一禁止的形式，不得以这种方式将别人推入烤箱，推入烤箱里那铁制的、终极的夏天。会来的，会的，他的命运……不是以那种方式，但终会到来……und nicht einmal sein Schritt klingt aus dem tonlosen Los①（而他的脚步踩在静默的命运上，发不出任何回响）……里尔克所有的诗里，他最爱这首《第十哀歌》，想起其中任何一段，都会感到渴望在涌动，就像窖藏的啤酒，在眼睛和鼻窦后面针扎般刺着他……那个刚刚死去的少年，拥抱着自己的“悲伤”，自己最后的牵挂，竟永远把姑娘阳世的爱抚抛却在生死界，孤单地上了山，终极的孤单。他一步步登上了“原苦”之山，头上的星群非常之陌生……“而他的脚步踩在静默的命运上，发不出任何回响”……爬山的就是他，布利瑟罗，已经爬了将近二十年，早在他拥抱帝国的火焰之前，在去西南非之前就开始了……而且是孤单一人。不论自己拥有什么

---

① 德语。引自里尔克《杜伊诺哀歌》。

样的肉体取悦那个巫婆、那个食人生番、那个巫师，都是受不尽的苦。一个人，孤孤单单一个人。他甚至不认识那个巫师，也无法理解他／她与众不同的吃人欲望。他只在感情脆弱时才会朦胧觉得，那种欲望应该是和自己同体的，共享着自己的运动员体格和技巧，却又拥有独立的意识……至少年轻的劳汉德尔是这么说的……那是多少年前的事了？当时还是和平年代……当时，布利瑟罗站在一家酒吧里，看着自己年轻的朋友劳汉德尔在街上，吵吵闹闹、可怜巴巴的样子，已经定好要上东方前线之类的地方了。穿的衣服不是太紧就是太难看，鞋子也不牢靠，却极尽优雅地玩着一个足球（爱玩笑的人们一认出他，便会从不知什么地方扔出那个球来）——不朽的杰作呀！那即兴的一脚，球高得有些玄乎，沿着完美的抛物线飞了几英里远，正好从腓特烈大道环球影院的两根阳物状电线柱中间穿过……他竟然遥控着球飞了那么多个街区，飞了那么多个小时，那双脚像诗歌一样善于表达……

人们问他时，他又想表现得像个好小伙，下面的话也就不大说得出口了："非常那个……是碰巧……是肌肉的功劳——"接着又想起一位老教练的话——"肌肉的力感"，他笑得很美，而在此壮举之前，他已经上了入伍名单，已经成了炮灰，酒吧里灰白的灯光照在他剃成光瓢的头颅上——"是条件反射，你瞧……不是我的功劳……条件反射而已。"在那些日子，布利瑟罗到底是什么时候开始发生变形的？欲望变成了简单的忧伤，而这种忧伤就像劳汉德尔发现自己的本事时所表现出的震惊，都十分愚蠢。他见过很多这样的劳汉德尔，特别是1939年之后——他们心里期待着相同的神秘来客，都是些陌生人，但最期待的神奇还是永远能躲过炮弹的特异功能……这些未经加工的生料，有没有谁"希望变形"？他们也许连什么是变形都不知道？他有这种怀疑……他们的条件反射只是被人利用，每次以成千上万的规模，被那些为火焰而兴奋的高级蛾子所利用。对这个问题，布利瑟罗多年前就不再抱有天真的幻想了。所以，他的归宿只能是烤箱，冒烟，化为黑炭，从烟囱里飞出去，而那些迷路的、始终不知情的、变换着制服和身份卡的孩子们，会在此后很长的时间里继续活下去，兴旺下去。没错，没错。痛苦之山中的一只候鸟[1]。游戏进行得太久太久了，他选择这个游戏却只是为了它所能带来的某种结局。不是吗？现在老了，感冒比以前拖得久，肚子常常整天痛，视力每次检查都在下降。人也变得很“现实”，不再愿意为了换得英雄甚至优秀军人的名声而牺牲性命。他只想从寒冬里逃脱，钻进温暖、黑暗的烤箱，享受铁壳的保护，身后，在厨房灯光照出的一溜矩形中，烤箱门关上了，永远关上了。其他部分全都是前戏。

可他在乎那些孩子，在乎他们的动机——在乎得过了头。这一点他自己都觉得奇怪。在他看来，他们寻找的是自由，其渴望之强烈不亚于他对烤箱的寻找。所以，这种在乎很不正常，让他心里有了挥之不去的阴影，让他不得舒畅……他的思想再三回到森林里的那座屋子，但记忆中的屋子形象已经颓败、混乱，仅剩了面包屑和糖垢，可怕的黑色烤箱依旧完好，还有两个孩子，步履蹒跚地走入茫茫绿树林中，精力旺盛的好时光已经过去，饥饿又一次慢慢袭来……在黑夜潜藏的森林里，他们将走向何处？孩子们都只顾眼前……他们的这个小小国度里有个内在矛盾：这个国度依赖于烤箱，却又毁灭于烤箱……

不过真正的神都是集破立于一身的。他在基督教的环境里长大，如果不是后来去了西南非，在那里做了征服者，他是难以参透这一玄机的。在卡拉哈里沙漠的烈火中，在海岸地区的漫天云雾下，他对水火两物有了认识。那个赫雷罗[2]小伙长期受传教士们的折磨，对基督教里的罪、豺狗的灵魂和强悍的欧洲棕鬣狗形成了一种恐惧，怕它们追着他不放，要吸食他的灵魂，吸食他脊椎骨里的那条宝贝虫子，所以现在想把以前信仰的神祇关起来，用言辞网起来，使它们凶悍却无力反抗，然后出卖给这个书生气的、似乎痴迷于语言的白种人——他的包里背着一部《杜伊诺哀歌》，出发去非洲前才出版的，是妈妈在船边送给他的礼物。陈旧的货船缓慢地行过一片片热带地区，他的一个个夜晚则被崭新的油墨发

---

① 一九〇〇年至一九三〇年间在德国出现了青年候鸟运动，强调肌体健康，爱自然，爱国家，常常游览历史遗迹，点起篝火唱民歌。

② 赫雷罗：纳米比亚和博茨瓦纳的游牧民族。这里的小伙应指恩赞，但又暗含戈特弗里德与他的同一性。

出的气味弄得晕晕乎乎……直到星空变得完全陌生，一如痛苦之山中的新星，季节也反了过来……他下了一艘木船，登上岸来。木船船首很高，二十年前穿着蓝裤的军队从港外铁锚地开过来镇压赫雷罗大起义坐的就是那艘船。他去到内陆地带，在纳米布沙漠和卡拉哈里沙漠[①]之间起伏不定的山地间寻找自己忠实可靠的同胞，寻找自己的夜之花。

一片荒凉之地，无法通行，太阳暴晒着遍布的岩石……峡谷蜿蜒数英里，不知所终；谷底白沙堆积，随着下午渐渐转长又变出蓝色来，一种冰冷、庄严的蓝色……“现在，我们把恩坚比·卡龙迦[②]变成酋长吧……”小伙低低的声音从燃烧的棘枝堆对面传来。布利瑟罗正在用自己那本小小的书驱赶火光之外的力量，他惊惶地抬起头。小伙想做爱，却要用赫雷罗主神的名义。布利瑟罗浑身剧烈战栗起来。他也和带坏小伙的“莱茵河传教会”一样，倾向于渎神。特别是在这边远的沙漠，这里的危险让他即使在城市里，即使在白天也不敢提及。他暂时缩起了翅膀，屁股坐在冰冷的沙子上，等待着时机……今晚他真正感觉到了每个词的力量：词和它们所代表的事物之间只隔了眼皮一跳的距离。在那个神圣名字的余响中冒险搞同性恋，这个想法使他，使他的脸上——他的面具上——充满了欲望：他要立刻从火的外面对这个家伙以牙还牙……不过，对于小伙而言，恩坚比·卡龙迦只是交合时出现的东西，就那么简单：上帝既是创造者又是毁灭者，既是阳光又是黑夜，是一切相反之物的集合，包括黑人与白人，男人与女人……他天真地认为，此时此刻，在这个欧洲人的汗水、肋骨、肠肌和阳物下面，自己成了恩坚比·卡龙迦的孩子（和他先前的族人一样，这一点他们坚信不疑，有史以来就是如此）。在那似乎长达几个小时的时间里，他自己的肌肉悍然绷紧，像是要下杀手，不过他要杀的不是一个词，而是长长的、厚厚的、痉挛着从他们身上经过的夜之切片。

我把他造就成什么了？布利瑟罗上尉知道，这个非洲人此刻已在

---

① 卡拉哈里沙漠位于非洲南部，主要在博茨瓦纳、纳米比亚境内。

② 恩坚比·卡龙迦：赫雷罗人的创造神，又是死神，相当于日耳曼死神布利瑟罗。该神身兼两性。后文中的“酋长”是传说中第一个赫雷罗人穆库鲁（继承了恩坚比·卡龙迦的双重性）在赫雷罗人中的化身，由此也象征双性人的特征。

德国走了一半，到了哈茨山[①]。他也知道，如果这个冬天烤箱在他身后关上——咳，他们也已经说过最后的 auf Wiedersehen[②]（再见）了。他坐在发射控制舱里，肠胃翻腾，浑身难受，弓在控制板前。控制马达和操纵板的军士们都出去抽烟休息了，一切由他一个人操控。从肮脏的潜望镜看出去，外面影影绰绰的火箭竖立着，周围裹了一层白亮的霜，像马腹带一般，霜的周围蒸腾着参差的雾气。火箭的液氧箱也加满了。树木紧紧合起来，头上的间隙很小，几乎让人觉得火箭无法穿出去。发射台是一块混凝土板，盖在一些钢条上，由三棵树围护着，在树的白茬上做了标记，形成一个三角形状，准确地指示着伦敦的方向——260°。标志的轮廓是曼荼罗[③]，一个红圈，里面有个黑色十字，形如古代的日晷，据传说早期的基督徒们就是由日晷而悟出万十字，用来掩饰当时被视为非法的十字架标志的。十字中心的树上钉了两颗钉子。其中一个涂色的白茬标记旁，靠最西侧，有人用刺刀尖在树皮上划拉出了“IN HOC SIGNO VINCES[④]（你将以此标记征服）”字样。火箭连里没人承认干过这事。也许是地下党干的。不过也没人下令将这句话抹掉。发射台周围，隐约呈黄色的树桩忽明忽暗，新落的木片和锯末混杂在落叶中，发出的气味有些童稚，又很浓重，只是被汽油和酒精冲淡了。冷雨在逼近，今天还可能要下雪。工作人员灰绿的身影心有余悸地移动着。黑亮的橡胶缆线蜿蜒伸入林子里，将地面设备和三百八十伏的荷兰输电网连在一起。Erwartung[⑤]（《期望》）……

这些天不知什么原因，他觉得记性差了。以前，脑子可以自由漫步，随心所欲地收集记忆的图像，不像现在，蒙上了灰尘，封闭在棱镜里，尽是那些仪式，尽是这些新开辟的三角形林地中日复一日的老生常谈。

---

① 哈茨山：德国中部山脉。

② 德语。

③ 曼荼罗：一种茄科毒草。

④ 拉丁语。据载，康斯坦丁大帝皈依基督教时空中曾出现十字架，上显此语，后来他的军队在意大利打了胜仗。

⑤ 奥地利裔美籍作曲家阿诺德勋伯格（1874—1951）一九二二年创作的独角戏。

随着导弹发射频率的增加，他剩下的时间——和卡婕、戈特弗里德在一起的时间越来越少，越来越珍贵。虽然戈特弗里德还住在他的房间里，但当班时已经难得一见了——金发的光芒闪过，使测量员们得以把测量距离连到无线电发射台那里：戈特弗里德光灿灿的头发在风中忽明忽暗，消失在树丛里……这一形象简直不可思议，和那个非洲人的真实形象截然相反，简直就是他的彩色底片，黄色加蓝色。有一次，上尉在极度感伤之时，先知先觉地给非洲小伙起了个“恩赞”的名字，就是里尔克诗里山坡上的龙胆，有着独特的北欧色彩，像纯粹的语词，被带回山谷：

> 因为当旅人从山坡返回山谷，
> 他带来的不是一把泥土，不可言说，而是
> 收获了某个词语，纯粹的词语，那黄色和蓝色的
> 龙胆

“酋长……看着我。我是红色的，我是棕色……*黑色的*，酋长……”

“亲爱的，这是在地球的另一半。在德国你是黄色加蓝色。”关于镜像的玄学。他陶醉在自己想象的优美镜像中，书生气的对称美……既然如此，干吗还要无谓地絮叨个没完呢——对着荒凉的山峰、燠热的白昼，对着他啜饮过花蜜的野花……干吗还要把**那些**话抛掷到海市蜃楼中，抛掷到黄色的太阳下，抛掷到青蓝、寒冷的沟壑暗影里呢？除非它具有预言的性质，超前于所有的灾难前综合征，超前于他对自己必须思考中年问题的恐惧——无论这种思考多么走马观花，无论出现意外的机会多么小。“超前”这个东西，会喘气、躁动，永远潜在下面，永远先于他的话语，因而也就能看见可怕时光的来临，至少和这个冬天一样可怕，和战争发展的形状一样可怕，而这种形状使得最后那一片拼图的到来不可更改——也就是这场烤箱游戏，和那个黄头发、蓝眼睛的小伙，以及那个不爱说话的两面派卡婕（她在西南非的替身是谁？是什么样的黑人女孩，一直躲在耀眼的阳光里，夜晚过路的火车带着煤渣味，笛声嘶哑，一群暗淡的星星，它们的名字没人叫得出，任何一个里尔克的反对者都叫不

出……）。可惜的是，到了1944年，这些早就无所谓了。那些对称美统统属于战前的奢华。他已经没有什么可预言的了。

最起码，他没有预言到她会突然退出游戏。对这种变化他没有准备，或许是因为他没有真正见过那个黑人女孩。或许那个黑人女孩是彻底了结问题的天才——掀翻了棋盘，打死了裁判。只是，在伤人、破坏之后，那个小小的烤箱国度又会如何呢？它能稳定下来吗？或许会出现更稳定、更合适的形式……就像那个弓箭手和儿子，射中了苹果[①]……没错，战争就是那个暴君……没错，事情还可以挽救，修补，重新指定角色，没有必要跑出去到……

笼子里，戈特弗里德看着她滑脱绳子走了。他漂亮纤瘦，腿毛在太阳下才看得见，像一张捉摸不定的金网，眼皮已经皱了，上面满是标记和花体字，眼睛是极少见的蓝色，碰上某些合宜的好天气，挡不住的风光就会从浅黄褐色的眼眶里溢出来，渗着、流着，使整个脸都亮丽起来。那种蓝色，蓝得毫无瑕疵，蓝得要淹死人，就连那些石灰墙，就是我们在和平时代的正午时分骑着车静静穿行于地中海街道时所见到的那些白墙，也贪得无厌地吸纳着这种颜色……他阻止不了她。要是上尉问起来，他会如实相告。以前戈特弗里德也见她溜走过，有谣传说她是地下组织成员，爱上了在斯海弗宁恩碰到的一个斯图卡[②]飞行员……不过她可能同时还爱着布利瑟罗上尉。戈特弗里德打定主意顺其自然，作壁上观。他一直在等待长到现在的年龄，等待征兵通知，好让它们把自己攫走，让自己体验一种粗暴的恐惧，就像第一次玩急刹车时自己想制造的那条弧线闯入眼帘时的那种感觉——*要了我吧*，加快速度，直到最后一刻，直到快得不能再快！*要了我吧*——这是他每天晚祷时的一个内容。但他心中需要的冒险仍然可望而不可即：在自己卖弄风骚的项目中，没有真正的死亡，主人公总是能脱离爆炸中心，满脸黑烟，却又满脸笑容（爆炸只是一阵轰响，一种变化）——然后扑向掩护体。戈特弗里德还没见过

① 这里指的是意大利作曲家罗西尼的歌剧《威廉·退尔》中的故事。

② 斯图卡：二战时德国的一种俯冲轰炸机。

尸体，没有近距离见过。家里时不时传来朋友死去的消息；他曾经远远看到长长的、软塌塌的帆布袋被扔进肮脏的灰卡车里，卡车前灯斩切着雾气……可是，火箭发射失败，反过来逼向你们这些发射者的时候，你们十几个人卧倒，挤在散兵坑里等待，浑身的毛衣发出汗臭，使劲憋住笑，你这时候却一心在想：多么精彩啊！可以在食堂里讲，在给妈妈的信里讲……这些导弹是他的宠物，野性未驯，经常惹麻烦，甚至还会野性大发。他爱这些导弹。如果他在别的岗位，也会同样爱战马，爱虎王坦克。

在这里，他觉得自己被心情舒畅地"要了"。如果没有战争，他能有什么指望？可是，作为这场历险的一分子……"即使唱不了齐格弗里德，起码也可以扛扛长矛①"。他是在哪个山坡，从哪张可爱的晒黑的脸上听到这句话的？只记得那一片白色的山坡，和那些白云缭绕的、棉絮般的草坪……他目前正在学习照顾火箭的手艺，战争结束后还可以学成工程师。他心里明白，布利瑟罗会死掉，或者离开，他自己也会离开"笼子"。但是他把这一切和战争结束联系在一起，而不是和烤箱。和所有的人一样，他也知道，在最最危险的时刻，被困的孩子们总是会得到自由的。做爱，上尉咸咸的、萎靡疲软的阳物插入他温驯的嘴中，刺痛的抽打，吻上尉的靴子时上面映出了自己的脸——靴子受到轴承脂、油、添加燃料时溅落的酒精等液体腐蚀，光泽已经斑驳，使他的脸影模糊得自己都辨认不出来。这些都是必须经受的，它们使自己的受困得以与众不同，否则就和受军队征服、镇压没有什么区别了。自己竟喜欢这些东西，他感到极端羞耻——就连"婊子"这个词以某种音调说出来，都会使他勃起，完全不听意念控制。他害怕自己得不到审判和惩罚，那样他会疯掉。现在，整个军营都知道他们的事——虽然他们还服从上尉管理，可脸上写得明明白白，也能从钢卷尺的抖动中感觉到。他们在食堂把饭泼到他的盘子里，班里每次排队都要用肘子顶他右臂的袖子。最近，他

---

① 齐格弗里德是《尼伯龙根之歌》及其他中世纪日耳曼民族史诗中的英雄武士。而在演艺界，"扛长矛的"往往指临时演员。

常常梦到一个很白的女人，想要他，一句话都不说，但眼睛里充满了自信……他绝对肯定，这个无论谁一眼就能认出的名人是了解他的。她没有理由和他说话，只是以脸上的表情招徕他，弄得他一个又一个夜晚里跳动着醒过来，发现上尉疲倦的脸近在咫尺，只隔了一层皱巴巴的银色绸被，虚弱的眼睛睁得和自己一样大，那络腮胡子——得马上把脸凑过去，在胡子上摩擦，抽噎着给他讲她的事情，包括她看自己的眼神……

当然，上尉也看见她了。谁又看不见呢？他安慰眼前这个宝贝的办法就是告诉他："她是真的。这件事没有你说话的份。你要明白，她是真的想要你。这样尖叫醒来，这样打扰我根本没有用。"

"可她要是再来的话——"

"听话，戈特弗里德。别胡思乱想了。看看她会在什么地方要了你。想想我第一次和你做爱的时候，你多么僵硬。你知道我要进入的时候就好了，你的小玫瑰花苞就开放了。你没损失什么呀，虽然那个时候你的嘴还没有开过苞呢……"

可戈特弗里德还是哭个不停。卡婕不会帮他的。也许她睡着了。他不得而知。他想做她的朋友，可他们几乎没说过话。她冷淡、神秘。他经常嫉妒她，特别是他想搞她而又屈于上尉的狡猾无法得逞时——这种时候他觉得自己爱她爱得都要疯了。他和上尉不同，从未将她看成那个会把他救出笼子的好妹妹。他梦想那种解脱，但那只是一个必将实现的外部过程，与他们任何人的想法都没有关系，与她的去留也没有关系。所以，卡婕退出游戏时，他保持了沉默。

布利瑟罗狠狠地骂她，把一个鞋楦子扔到一幅珍贵的泰尔博赫①作品上。炸弹落在哈格谢林地西面。轻风吹皱了用以装饰的小水塘。指挥车轰鸣着，驶上了那条长长的、两旁排列着山毛榉的车道。半圆的月亮出没在薄云间，另一半暗圆的颜色像放久的肉。布利瑟罗命令大家进入下面的防空洞，里面有大量杜松子酒，装在棕色罐子里，还有一些打开的板条箱，里面是银莲花球。那个臭婊子，害得整个营房都暴露在英国人

① 泰尔博赫（1617—1681）：荷兰肖像画和风俗画画家，其作品以微妙的光线和色彩而闻名。

的瞄准镜下，随时可能有空袭！大家坐在四处，喝着 oude genever[①]（陈酒），剥着奶酪皮，讲起了战前的故事，大都是些笑话。天亮时，人人都进入了醉梦之中。地板上到处是蜡片，颇像树叶。喷火式战斗机没有出现。后来，就在那天早上，三号发射点搬走了，征用的那座房子也不再使用。她彻底走了。过了英国人的防线，过了那块突出阵地——因为冬天来临，那场空降大计就在那里陷入了僵局[②]。她穿着戈特弗里德的靴子，还有一件旧衣服，黑色波纹绸的，到小腿，号码偏大，邋遢。那是她最后的扮相。此后，她就是真正的卡婕了。只欠普伦提斯上尉一个人的债。其他人——皮特、韦姆、鼓手、印度人，都已经对她放手了，不再管她的死活。要不就是她发出了这样的警告——

“对不起，不行，我们需要子弹，”韦姆的脸藏在她眼睛无法看清的暗影里，在斯海弗宁恩码头下面痛苦低语，头顶的木板上响着杂沓的脚步，“能弄到的每一颗该死的子弹。我们需要安静。我们腾不出人来处理尸体。我已经在你这儿浪费了五分钟……”最后一次见面，他一直在谈工作上的事情，她根本没心思听。等她抬头看的时候，他已经不见了，像游击队一样悄然消失了。这种情形，叫人无法和去年有一段时间的他联系在一起，那时候他穿着酷酷的绳绒线衣，给人完全不同的感觉。当时，他还没有这么发达的肌肉，肩膀和大腿上也没有那些伤疤。他成熟得晚，本来是个中间派，后来却受煽动越了界。这之前她是爱他的……绝对是的……

对他们来说，她已经一文不值了。他们关心的是三号发射点。她为他们提供了一切情报，却不断找借口隐瞒上尉的火箭发射点。现在看来她找的理由太值得怀疑了。没错，发射点经常在变动，可她被安插在离决策者最近的地方：在他们喝荷兰杜松子酒、抽雪茄的时候，她总是把奴仆般毫无表情的脸凑近去，位置图就放在一圈咖啡中间，只隔了那些

---

① 荷兰语。

② 这里指的是英国陆军元帅蒙哥马利一九四四年九月十七日指挥的伞兵空降行动，想制住驻扎荷兰的德军，结果失利，以至于到了冬天英军的阵线还是停留在海牙以南。

低矮的桌子，那些乳色纸张上盖了紫色的印戳，像是有瘀伤的肉。韦姆和其他人搭上了时间和性命，三个犹太家庭被派到东部——不过，先别急，其实在斯海弗宁恩的那几个月里她已经做得绰绰有余了，不是吗？那些人像孩子，神经质，孤独，什么飞行员呀，乘务人员呀，都爱说话，因此，她提供的情报里包括了这些人对北海那边高级机密的了解情况，不是吗？还有编队人数，加油站，改出螺旋技术和旋转半径，动力设定，无线电频道，攻防区域，起落航线——不是吗？他们还想要什么呢？她问这些问题是很认真的：好像情报和生命之间真的存在一个换算因数。唔，说来奇怪，还真有这样的东西。在条令里写着，存在陆军部档案里。别忘了，这场战争的真正目的就是做买卖。杀戮和暴力可以自行运作，可以让外行去管。战争中大量死人，这个特点可是好处多多呀。可以制造场面，转移视线，掩盖战争的实质。可以提供载入史册的原材料，让孩子们学到的历史成为一系列暴力事件、一连串血战，为他们进入成人世界做好准备。最难能可贵的是，大规模的死亡会刺激那些有正义感的普通人、小人物，使他们也想趁这些人还没吞完那张大饼时抢它一块。战争其实是市场的福地。被专业人士小心翼翼地称为“黑道”的器官市场四处涌现。美元、英镑、德国马克在消了毒的大理石金库里不停地流动着，一本正经的样子，像跳古典芭蕾。可是在这里，在民间，却造就了一些更真实可感的货币。因此，香烟、性、巧克力棒[①]可以交易，犹太人也可以交易，身体的每一块都可以交易。犹太人也有罪，将来还可能搞敲诈，这个理由对专业人士当然是有利的。所以，卡婕在喊叫中沉默了，心里的各种希望却足以装满整个北海。海盗·普伦提斯从她的孤独中探察出了危险的征兆。他和她见面都是匆匆忙忙的，选择的地点或是被弄得像营房的城市广场，或是昏暗恐怖、有软木气味、陡得像梯子的楼梯，或是油腻腻的码头边一只斜桁帆船，上面有双琥珀色的猫眼注视着他们，或是一排旧平房，院中积了雨水，还有一只笨拙的老式施

① 原文中用的是“好时巧克力棒”。在美国俚语中，好时的巧克力棒用以指黑奴，尤其是卖到欧洲的黑奴。这里综合考虑，译成“巧克力棒”。

瓦鲁机枪[1]，肘杆露在外面，油泵扔在尘封的屋子里。每一次见面，他都觉得她那张脸属于别人，属于他更熟悉的那些人，那些在各个行业里钻空子的人。而这一回，在没有任何干扰因素的情况下，他又邂逅了这张脸。她身后是海云恣肆的广阔天空，高远，深紫。他意识到自己未听到过她叫什么名字，直到后来在名叫"天使"的风车磨房见面……

她对他诉说了孤独的原因——起码说了一部分——她为何回不去，她的脸为何总是在别处，画在帆布上，附在杜因迪特附近军营里那些幸存者身上。她看到的仅仅是烤箱游戏——时间犹如紫色海云般过去，像是过了几百年，使她和海盗之间那层极其微薄的虚饰变得模糊起来，使她平静，使她置身事外，她正需要这样的盾牌来保护自己……

"那你去哪儿？"两人的手都插在口袋里，裹紧了围巾，海水冲刷着海滩上的石子，发出暗淡的光，排列如梦中的文字，印在这里的沙滩上，意思呼之欲出，每个部分都已无比清晰……

"我也不知道。哪里好？"

"'白色幽灵'。"海盗提了个建议。

"'白色幽灵'不错。"说罢，她走向混沌之中……

"奥斯比，我疯了吗？"一个雪夜。自中午起已落下五枚导弹了。夜已很深，厨房里点着蜡，傻瓜天才奥斯比·费尔颤抖着，今晚他已经沉迷于和肉豆蔻的邂逅了，所以向他提上面的问题似乎很合理。白色的水泥少妇峰蹲在那儿，看似淡漠，实则心烦意乱，蜷缩在黑暗的角落里。

"当然了，当然了。"奥斯比说着，手指和手腕流畅地来了个动作，贝拉·罗迦西[2]在《白色僵尸》中把下了什么药的酒杯递给一个傻乎乎的孩子头时做的就是这个动作。那是奥斯比看的第一部电影，从某种程度上说也是最后一部，和《怪人复活》《怪人本事》[3]《锦绣天》[4]一起排在他的

---

① 施瓦鲁机枪：一战时使用的一种奥地利产机枪，用油降温。

② 贝拉·罗迦西（1882—1956）：美国电影演员。《白色僵尸》以及后面的《怪人复活》都是他主演的影片。

③《怪人本事》：托德·布朗宁一九三二年导演的电影。

④《锦绣天》：美国电影演员、舞蹈家弗雷德·阿斯泰尔和金格尔·罗杰斯一九三三年合演的首部电影。

"孤影榜"上，或许《小飞象》[1]也算一个，那是昨晚在牛津街看的，可是看到中间，他并没有注意神奇的羽毛，却发现长着长睫毛的小象那胖乎乎的鼻子下面掩藏着欧内斯特·贝文[2]那张绿色加绛红色的脸，很刻板。他觉得还是离开为妙。

"不对，"当时，海盗误解了他的话，所以他这样解释，"我不是说'当然你疯了，普伦提斯'，根本不是那么回事……"

"那又是什么呢？"海盗问，这时候奥斯比的沉默已经超过了一分钟标界。

"啊？"奥斯比回答。

海盗重又思考起来，答案就在这里。他反复想着：卡婕现在绝不愿再提起森林里的那座房子。她朝里面瞄了一眼，又收回目光，可是她所有出了声的话语已被事实的晶页衍射开来——常常化作眼泪——而他连她说的那些话都搞不懂，更不用说推导出晶体本身了。话又说回来，她为什么要离开三号发射点呢？她从来没有交代。不过，无论游戏的玩家们在闲散时或是在危机中，都会有人提醒他们：这毕竟是游戏嘛——然后他们就无法再保持刚才的状态了……游戏也无须大起大落、扣人心弦，它尽可以表现得柔和，不论得分如何，观众多少，他们共同的心愿是什么，他们或俱乐部如何处罚，玩家在慢慢清醒后，都会说"去他妈的"——也许还会像卡婕那样强硬地、青春地耸耸寂寥的肩膀，大步走开，离开游戏，彻底离开……

"好吧，"奥斯比继续自言自语，痴痴的，露出瘾君子的笑容，追寻着角落里那座山坡，觉得那就是成熟女人的冰肌雪肤。这里只有他自己，还有头上冰封的山顶和深蓝的夜色……"那就是性格缺陷了，是个怪物。就像扛着血腥味很浓的'门多萨'[3]。"要知道，"公司"其他人配的全都

---

①《小飞象》：著名迪士尼卡通片，耳朵奇大的小象在一些鸟儿的鼓励下，靠"神奇的羽毛"学会了飞翔。

② 欧内斯特·贝文（1884—1951）：英国工党领导人和政治家，任劳工部部长、外务大臣。

③ 门多萨：一九三四年造出的一种机枪，重量相当于下句所说的英式轻机关枪的三倍，外形也异乎寻常，但安全性能更好。用于装备墨西哥军队。

是英式轻机枪，门多萨要重两倍，而近来连 7 mm 的墨西哥毛瑟枪子弹都见不到，鲍特拜罗街[①]都没有。门多萨没有大众化的简便和射速，但这并不影响他爱它（没错，现在他算得上是爱它了）。“你瞧，这就叫有利有弊，对不对？”那吊楔式的直柄颇有复古的味道，还能迅速卸下枪管（你卸过英式轻机枪的枪管吗？），有双头撞针，一头断了还有另一头……“我有必要在乎多出的那些重量吗？它是我自个儿的怪物，我不在乎重量，否则我就不会把那个妞带回来了，对吗？”

“我又不归你管。”她像一座酒红色塑像，从脖子到手腕到脚背都裹着细纹天鹅绒——先生们，她在暗影里旁听多久了？

“哦，”海盗羞怯起来，“我给你说啊，你是归他管。”

“幸福的一对哪！”奥斯比突然吼一声，吸鼻烟般吸了一点肉豆蔻，眼珠子翻成白色，白得像那座山的模型。他在厨房里大声打喷嚏。他突然觉得难以置信：自己竟同时看到了这两个人！海盗的脸尴尬地暗了下去，卡婕的脸没有变化，半边被隔壁的灯光照亮，半边罩在青灰的暗影里。

“这么说我早就该离开你了？”海盗看到她咬紧嘴唇，便有些不耐烦，“或者你觉得这里的某个人带你出来，反倒欠了你的？”

“不是的。”她听明白了。海盗之所以问这个问题，是因为他已经隐隐怀疑“这里的某个人”了。但对于卡婕而言，是要清偿一笔债。她有个难了的陈年罪孽——她想漂洋越海，把不可能有外汇交易比价的国家连到一起。她的先祖以中古荷兰语唱道：

> 我爱你胜过爱一只猪，
> 即使是一头纯金的猪。[②]

---

① 鲍特拜罗街：伦敦北肯星顿区一狭窄弯曲的街道，一九四八年前为苏格兰人的市场，这里贫苦的生意人常枕着石头睡觉，故有“石头街”的诨名。僻陋的街道往往可能是稀有弹药的交易场所。

② 据考，这两句诗来自荷兰中古时期的传奇。当时信仰司和平、丰饶及耕耘的神弗雷，该神常携一头野猪出现。

爱和金子、金牛[①]是没有可比性的，上面的金猪也一样。然而到了十七世纪中叶就不再有金猪了，只有活生生的肉猪，和另一位先祖弗朗士·凡·德·格鲁夫的肉身一样会消亡。他带了一船生猪去毛里求斯，花了十三年扛着 haakbus[②]（钩形枪）穿过乌木林，行走于沼泽地和熔岩流之间，按部就班地杀光了当地的渡渡鸟。这样做的原因他自己也说不清楚。荷兰猪们去料理那些鸟蛋和小鸟，弗朗士则在十米或二十米远的地方小心翼翼地瞄准它们的父母。他把枪挂在枪钩上，慢慢压住扳机，眯起眼睛盯着正在换毛的丑鸟，用红酒泡过的引火线夹在蛇形柄嘴里，越燃越短，红灿灿的花儿一般，热力传到他脸上，“就像我闪亮的小星星”，他在给哥哥亨德里克的信里说，“主宰着我的星座……”他用另一只手打开起爆炸药——这些炸药一直是遮护起来的。遽然间，火药池里火光一闪，冲出火门，响亮的枪声在陡峭的山岩上回响，后坐力将枪托从肩膀上狠狠顶了起来（第一个夏天，那里先是脱皮、起泡，然后长满了老茧）。愚蠢、笨拙的渡渡鸟从来没有飞走或逃跑的意识，它们何用之有？——此刻，连杀它的人在哪儿都不知道，就身体开裂、血花四溅，哑声而亡……

家中，他哥哥浏览着那些信件，有些干干净净，有些则被海水打湿褪了色，是好多年里写成、一次送到家里的。这些信他根本看不懂，却一心急着去花园和温室，和他的郁金香一起消磨时光——当时养郁金香风靡一时，所以这是他每日必修的功课。他特别想去侍弄一个新品种，以他现在的情妇命名，血红的颜色，精致的紫色花纹……“最近来的人都带着新式的燧发枪……但我一直还是用自己笨重的火绳枪……对待这样笨拙的猎物，难道我不应该用笨重的武器吗？”遗憾的是，他没有进一步讲到自己怎样躲开冬天的龙卷风，怎样在铅弹后面塞旧军衣碎片，天天顶着烈日，胡子拉碴，浑身又脏又臭——除非天下雨，或是在山区有旧火山的地方，火山口就像一只杯子，盛着天蓝色雨水，在向天献祭。

① 以色列人崇拜金牛偶像。
② 荷兰语。

吃渡渡鸟的肉他受不了，所以就任其腐烂。一般情况下，他都是一个人打猎。但过了几个月，这种与世隔绝的生活便开始频频改变他，改变他的知觉——把炎炎烈日下起伏的山峰当成变种的藏红花或流动的木蓝花，把天空当成自己的温室，而整个岛屿则成了他痴迷的郁金香园。他失眠了，南部天空的星星太稠密，看不到变幻出无数面孔和动物的那些星群，比渡渡鸟还难得一见。于是，他听到那些声音，说着眠者的语言，或是一个声音，或是一双，或是众声喧腾。节奏和音质都像荷兰语，清醒时听来却没有意义。他只是觉得它们在警告他……在责骂他，为他听不懂而生气。有一次，他盯着草丘上的一颗渡渡鸟蛋，坐了一整天。这地方太远，觅食的猪是不可能找到的。他等待着第一声破裂声传出来，在白色的蛋壳上形成网纹——小鸟破壳而出。引火的麻绳就咬在金属蛇形柄的牙齿里，随时可以点火，随时可以射下去，把太阳变成黑色的火药之海，只等雏鸟睁开惊奇的眼睛、东南信风吹凉它湿漉漉的绒毛，一分钟之内就把它摧毁掉，把光明之蛋变成黑暗之蛋……每个小时他都要顺着枪管瞄准一次。这可能是他唯一一次把手中的武器看成了一个轴，和地轴一样强大，分开了他和受害者——而这个受害者还在蛋壳里，带着祖先的遗传环链，只能在破壳而出的刹那见见光。于是，他们就耗上了，一个是悄无声息的鸟蛋，一个是丧心病狂的荷兰人，还有一把钩形枪永恒地连着他们，定了格，纹丝不动，堪与佛梅尔①的任何一幅画作媲美。唯一在移动的就是太阳，先是在顶空，最后落到了印度洋犬牙交错的山峰后面，等待黑夜降临。鸟蛋还没有孵出来，动都没动一下。他本来应该把它就地击碎，因为他知道天亮前鸟就会孵出来。可是整个日程已经结束了。他站起来，膝盖和髋部的关节疼痛不堪，头开始鸣响，梦呓者们又来嗡嗡地发指令了，声音重叠不清，很急迫。他一瘸一拐地走了，枪扛在右肩膀上。

当寂寞开始将他逼入这种境地时，他就经常返回某个聚居地，加入一伙猎人的行列。这些人像喝了酒的大学生，全体参与了一场疯狂行动，

① 佛梅尔（1632—1675）：荷兰画家，以其室内风俗画出名。

夜里狂暴而出，见东西就射，树梢、云朵、尖叫声超出听觉范围的吓人的蝙蝠。信风吹上山坡，把他们浑身的汗吹得冰凉，一座火山把夜空照出深红模样。脚下的隆隆声很低沉，和蝙蝠的尖叫形成鲜明的两极，把所有这些人困在两极间的频谱范围内，让他们迷失在自己的声音和语言中。

这群放浪的主子们都输了，因为他们想模仿上帝爱玩的游戏。殖民地，历险，都已完蛋，就像岛上被他们剥了皮的树，像那个被他们从地球上灭绝了的鸟类物种。到一六八一年，Didus ineptus[①]（渡渡鸟）彻底消失，而到了一七一〇年，毛里求斯的最后一个殖民者也彻底消失了。事业在这里只进行了大约一个人的寿命期。

对有些人来说，这样做是有道理的。他们觉得这种连路都走不稳的鸟儿是劣质品，肯定是受造的时候被撒旦干扰了，其丑陋是对上帝造物的质疑。莫非毛里求斯是地球护堤内最先流过的少量毒液？基督徒们必须把它堵在这里，否则就会毁灭于第二次大洪水，但这次不是上帝而是敌人放它出来的。对这些人来说，把弹药填入枪膛的行为是爱教的表现，他们明白这其中的象征意义。

问题是，既然他们被上帝选中来到毛里求斯，为什么又被选中成为失败者而离开这里呢？到底他们是被选中了，还是被放弃了？他们究竟是入选者，还是过客，和渡渡鸟同一命运？

弗朗士不可能知道，上帝造出的渡渡鸟只有这些，还有留尼汪岛[②]上不多的几只，而他是在为灭绝这个种类充当帮凶。当然，他有时也会意识到这种猎杀的规模太大、势头太烈，感到心中不安。他写道："如果这个物种不是特别拂上帝之意，还可以饲养它们，为我们的后代提供食物。我对它们倒不是太恨，不像这里有些人。可是现在能有什么办法阻止这种屠杀呢？太晚了……不妨嘴巴再漂亮点，羽毛再丰满点，不论远近只要会飞一点……只要在设计上稍事调整，或者我们在岛上发现了野人，

① 荷兰语。
② 留尼汪岛：位于毛里求斯西南一百一十英里处，曾为法国殖民地。

能给这些鸟做陪衬，它们的外貌就会像北美野火鸡，我们看起来就不会那么怪了。唉，它们虽然不会说话，但在毛里求斯，它们的悲剧就是大多数生命的悲剧。”

问题就在这里，一点没错。没有语言，就意味着没有机会将它们增加到这些肥胖的亚麻色入侵者们称为“救赎”的行列里去。但由于弗朗士在晨曦时分比大多数人都要寂寞，终于还是不可避免地看到了一个奇迹：语言天赋……渡渡鸟的皈依。数以千计的渡渡鸟排列在海滩上，身后的水上是披着晨光的礁石，独自在周围的静寂中轰鸣着，火山沉寂，海风暂歇，秋天的旭日把明净而又深沉的光芒洒在它们身上……它们来自窠巢里，来自熔洞口的急流边，来自水中小岛——就是那些小到被海浪冲刷得犹如北部海岸的岩块，来自飞流而下的瀑布，来自废弃的雨林——那里的斧子生锈了、粗糙的水槽在风中朽烂坍圮了，来自潮湿的早晨——它们正是在这样的早晨蹒跚行过山林残桩的阴影，笨拙地来到这里聚集朝圣，以便得到神的赐福和接纳……只要它们是上帝的生灵，有自己的天赋语言，只要它们承认只有在上帝的言辞中才能找到永恒的生命……渡渡鸟们的眼睛里流下了幸福的泪水。现在都是兄弟了——它们和那些曾经猎杀过它们的人类——成为兄弟，统一于基督了。它们现在渴望坐在那个小圣婴旁边，栖息在他的马厩里，羽毛松弛，整夜看护他，端详他可爱的小脸……

这是最纯粹的欧洲式历险。杀气腾腾的海水，坏疽的冬，饥饿的春，对异端者执着的搜逐，午夜和野兽的较量，汗水结了冰，泪水冻成雪，若不是为了这样的时刻，我们的目标还能是什么呢——那些小小的新信徒们渐渐从视野中消失了，那么温驯，那么深信不疑：它们的嗉囊决不会因恐惧而缩紧，也不会在我们的利刃——我们无奈的利刃下发出怯懦的叫声！现在它们得神接纳了，就能为我们提供食物了，尸体和粪便就能肥沃我们的庄稼了。我们不是把这叫“救赎”吗？我们不是想永远居留天国、获得永久的生命吗？一个人间天堂重建了，以前属于它们的小岛又原样回来了？差不多是这样的。我们一直在想着那些与我们同受福佑的小兄弟们。真的，只要它们能在这个世界里使我们免于饥饿，那么在天上，在基督的王国里，我们和它们获得的救赎就是相倚相连的，否则渡渡鸟就永远只能是这个世界的浮光照出的形象，只能做我们的猎物。上帝是不会那样残忍的。

在弗朗士眼里，发生奇迹和继续猎杀渡渡鸟若干年（他现在已记不清是多少年了），这两种可能性都实际存在，而且机会相等。两种情况下渡渡鸟都要死。但是就信仰而言……他只能相信肩上的枪这个铁的事实。“他知道燧发枪重量小，枪的击铁、燧石、火镰都使点火性能更稳定，但他觉得自己对钩形枪有一种依恋……他不在乎重量，那是他自个儿的怪物……”

海盗和奥斯比·费尔靠在屋顶的台架上，蜿蜒的泰晤士河如帝国之蛇，河对面上空，辉煌的夕阳照过白亮的天际，照过密集的工厂、住宅、公园、烟气弥漫的尖顶和山墙，把光芒抛洒在绵延数英里、纵横交错的宽阔街道和屋顶上，弯弯曲曲的泰晤士河变成了醒目的灼橙色染料，让游人想到生命的短暂。他们把目光中所有的门窗都封闭或虚化，只想在街上寻求些许人迹、些许话语，然后再回到肥皂味很浓的旅舍，去面对地板上珊瑚色的方块夕照。这种阳光多么具有古意呀！它自顾自照耀着，像定量燃烧的冬日大燔祭。此刻，往更远处看，烟雾或如丝缕，或如席片，那些景物则完全变成了灰色的残墟；近处的窗户倒是晒到了一阵子太阳，却没有一丝反光，而是将这肃杀的光芒化于无形——这样被化解掉的光芒是决不可能去而复返的。阳光染锈了路边的政府车辆，照亮了寒冷中走过商店的最后几张面孔，匆匆忙忙的样子，就像听到了四面响起的警报声。阳光还把许多街道变成了凛冽的、阒无人迹的运河，只剩下遍布伦敦的分水桩，成千上万，蒙蒙迷雾中向石像底座汇集，向空荡荡的广场汇集，向集体大睡眠汇集。在雷达屏幕上，它们一圈圈流动着，一个个同心圆。雷达操作人员称之为“天使”。

“他缠上你了。”奥斯比吸了一口毒菇烟。

“没错，”夕阳下，海盗在屋顶花园周边游走着，心中烦躁，“不过我最不愿相信的就是这件事。另外那个已经够头疼了……”

“那你觉得她怎么样？”

“我觉得她对某些人有利用价值，”这个结论他昨天在查灵克罗斯车站送她去“白色幽灵”时就形成了，“对于有些人，她是意外的红利。”

“你知道他们心里想什么吗，那边的人？”

他只知道他们在酝酿一件和大八脚鱼有关的事情。不过伦敦这边没人知道详情。即便在“白色幽灵”，也有这种大起大落的事情，原因却叫人捉摸不透。有人注意到，迈伦·格闰敦看罗杰·摩西哥的眼光缺乏战友情谊。那位佐阿夫兵已经回北非的部队了，回到洛林[1]的十字架下边了，他的黑皮肤里可能被德国人认为有罪的一切都已拍成片子，那还是葛哈特·冯·高尔连哄带吓搞出来的。冯·高尔曾经和朗、帕布斯特、卢比奇[2]等人过从甚密，现在的名气也仍然和他们不相上下。最近，他又被许多事情纠缠住了：若干流亡政府的事务，货币价值的涨落，规模惊人的市场活动网络的上马和下马——在战火笼罩下的欧洲，这些市场活动也是一会儿搞，一会儿停，有时甚至得冒着街上呼啸的枪林弹雨，个别时候炮弹爆炸的气浪把氧气掀到空中，顾客们便窒息倒地，活像虫子见了杀虫剂……然而商务活动并未消磨掉冯·高尔的专业能力，近来这种能力反倒变得空前敏锐。在第一批工作样片中，黑人迈伦·格闰敦穿着党卫军制服，在板条和帆布做的导弹模型和载弹拖车间走来走去（拍的时候总是以松树和雪作为掩护，取远处的角度，这样可以遮掩英国的外景），其他人都是当天找的，模模糊糊扮成黑人模样。整个剧组嘻嘻哈哈的，有波因茨曼先生、摩西哥、埃德温·特瑞克尔，还有罗洛·格罗思特和疏研室常驻神经外科医生艾伦·斯罗思特，都扮成假想中“黑人支队”里的黑人火箭兵。即便迈伦·格闰敦的角色也是不说话的，和其他人一样，都是面目模糊的临时演员。电影长三分二十五秒，十二组镜头。准备做旧，进行一点霉化处理、使用一些铁板照相技法，然后送到荷兰，伪造成日吉维策灌木林一个火箭发射点“遗迹”的一部分。接下来，荷兰抗战军准备“袭击”这个发射点，制造许多喧闹场面，造些

---

① 洛林：法国东北部一地区。
② 均为德国导演，表现主义电影名家。

假车辙印，详细列出敌人仓皇逃遁时留下的东西。还要用燃烧弹对一辆军用卡车的内部进行毁坏处理：灰烬，烧焦的衣服，快烧化的黑乎乎的酒瓶，在其中发现了精心伪装的“黑人支队”文件残片和一卷只有三分二十五秒长的、可以放出来的胶片。冯·高尔一本正经地宣称，这是他最杰出的作品。

“确实，从后来的形势看，”著名影评家米谢尔·普瑞提普莱斯写道，“他的预见准确得几乎无可辩驳，不过关于个中原因，他的说法甚或预判却与事实相去甚远——尽管他处在特别有利的地位。”

因为经费无法保障，“白色幽灵”只有一台电影放映机。每天大约中午时分，“黑翼行动”的人员看完自己赝造的“非洲火箭部队”后，韦伯利·西弗内尔就把机子扛回来，沿着寒冷的走廊，踩着破损的木地板，到达“疏研室”，进入内室，里边的章鱼格里高利在水池里缓慢而沉闷地游动着。别的屋子里，那些狗发出哀声，痛苦地尖叫着，为没有发生，也永远不会发生的刺激呜咽着。雪花打着旋儿，就像无形的针刺，在给绿帘下面那些毫无感觉的窗玻璃文身。他把胶片装入机子，关掉灯，屏幕上开始有人影走动，格里高利的注意力被吸引过去了。摄影机镜头跟随她的长腿，在屋子里若有所思而又漫无目的地走动，青春张扬。她弓着肩，头发根本不是典型的荷兰式，但用了一顶陈旧暗淡的银冠时髦地拢了上去。

◆ ◆ ◆ ◆ ◆

大清早。他脚步踉跄，独自来到潮湿的砖铺街道上。南面，阻塞气球和冲浪的人们在晨曦中发出粉红和灰白的光晕。

他们又把斯洛索普给放了，他回到了街上。操，离开军队的最后机会，他却搞砸了……

他们为什么不让他在那间疯子病房里待到说好的时间呢？不是要好几个星期吗？连一句解释的话都没有，那个家伙只说了句“再会”，就把他送回交换站了。最近这些天，基诺沙小子、那个西部人克拉奇菲尔德和小情人华珀成了他世界的全部……还有问题要解决，还有历险要完成，还有遏制行动和大笔大笔的交易要按照那个老太太把猪赶进猪圈的程序进行[①]。可现在，残酷的现实是，他又实实在在回到伦敦了。

不过，这回有些不对劲……什么地方有些不一样……朋友们，不是我多嘴，而是——唔，比如说吧，有人在跟着他，或者在用什么方法监视他。他几乎敢发誓这是真的。有些“尾巴”很滑溜，但另外有些尾巴就能看出来了。来吧。昨天在那家伍尔沃斯[②]购买圣诞用品，就看见玩具部有双警惕的眼睛，在一堆软木战斗机和埃菲尔德步枪玩具的对面盯着他看。这隐隐证实了自己在那辆亨伯车后视镜里看到的情况。他无法确定跟踪者的车型和颜色，但小小的镜子里总是有什么东西，弄得他早晨上班出发时开始留意起其他车子来。交换站里的桌子上，东西好像不在原处了，姑娘们也找借口推脱了约会。他觉得，自己慢慢告别了当初去圣维罗尼卡医院之前的生活。即使看电影，身后也总是有人不敢说话，不敢把纸弄出响声，不敢大声笑：斯洛索普看的电影多了，立马就能感觉到不对劲。

格罗夫纳广场旁的那间小卧室越来越像陷阱了。他常常整天在东区晃悠，呼吸着泰晤士河边恶臭的空气，寻找跟踪者们跟不到的地方。

有一天，他正往一条狭窄的街道里走，那里古砖古墙，鱼贩子成排。突然，他听到有人叫他的名字——嗨哟哟，瞧瞧，分明是她来了，金发掩饰不住地飘扬着，白色的楔底平鞋敲打着街面的圆石，可爱的护士装美女，名字叫，唔，哦，噢——达琳。天哪，是达琳。她在圣维罗尼卡医院工作，住在附近一位寇德夫人家里。这位夫人长期守寡，生了些老

---

① 这里指的是一个民间故事，说一个老太太得到一枚钱币，卖了一头猪，但到了猪圈前猪不愿进去。于是老太太叫狗去咬猪，狗不去；叫棍子打狗，棍子不去；叫火烧棍子、水灭火、牛喝水、屠夫杀牛、绳子捆屠夫、老鼠咬绳子、猫吃老鼠，结果都不去。后来猫问一头牛要牛奶，牛要草来换，于是老太太以草换到了牛奶，猫为了喝到牛奶，只好去吃老鼠，老鼠只好去咬绳子，直到最后狗去咬猪，猪跳进圈。

② 伍尔沃斯：美国商人弗兰克·温菲尔德·伍尔沃斯建立的全国五分和十分钱连锁店。

毛病：黄萎病，皮疹，冻疮，散黑穗病，耳朵里化脓、杏仁肿，最近又添了点坏血病症状。所以，达琳姑娘是出来给房东找酸橙的。酸橙在草篮里颠摇着，掉了出来，黄绿的果子沿着街道滚到身后，达琳戴着护士帽跑回来捡。于是，她的胸脯成了他们这次在灰色的城市之海上相见的护舷木。

“你回来了！啊泰荣，你回来了。”她的眼里流了一两滴泪，两人同时蹲下来捡酸橙，浆过的卡其装哗哗响着，泰荣那并不多情的鼻子甚至抽了一下。

“是我，亲爱的……”

烂泥里的车辙印变成了珍珠色，成熟的珍珠色。海鸥们贴着高墙缓缓飞过——这一片地方都是砖砌的屋墙，很高，上面没有窗户。到寇德夫人家要上三段楼梯，里面光线很暗。有时候，可以从这里的厨房窗户透过下午的烟雾看到远处的圣保罗教堂圆顶。夫人蜷在客厅里一张玫瑰色长毛绒椅上，显得很小，旁边放了台收音机，正在听普里默·司卡腊手风琴乐队的节目①。她看上去很健康。但桌子上有块皱巴巴的薄绸手帕，褶皱间可以看到羽毛状血斑，恰似一朵花的图案。

“上次我得那种讨厌的日发疟时你来过，”她想起了斯洛索普，“那天我们煮了苦艾茶。”一点没错，那种味道从脚心升上来，攫住了他。他们重又相聚了……他肯定想不起来了……屋里凉爽、干净，姑娘、女人，独立于他那些简单的星星之外……那么多姑娘的脸，运河边的风，客卧两用的房间，相互道别的公共汽车站，怎能指望他记得那么多？但这个房间进一步说明：不论当初谁住在里面，反正有一部分东西友好地留了下来，这几个月静静存放在他头脑之外的某个地方，散布在颗粒状的阴影里，在蒙了层油的香草、糖果、调料罐里，在书架上所有的康普顿·麦肯齐②小说中，在她亡夫奥斯汀的玻璃干版相片中……相片嵌在镀过的相框里，放在壁炉架上，里面已经蒙上了黑色灰尘。以前曾有一种

① 据考，BBC 于一九四四年十二月二十三日星期六晚十点半曾播出过此节目。
② 麦肯齐（1883—1972）：英国作家，以小说著称，包括《食人族》和《不祥之街》。

叫紫菀的花儿光顾过这个房间，在一只小塞夫勒花瓶里发出眩目的斑斓色彩——那只花瓶还是很久前的一个星期六她和奥斯汀一起在沃德街①的商店里发现的。

“他就是我的健康哪！”她常说，“自从他去世，我就差不多完全变成了巫婆，全力保护着自己。”厨房里飘来刚切开榨过的酸橙味。达琳进进出出，寻找各种植物作料，询问干酪包布的下落：“泰荣，帮我够一下那个——不是，是旁边的，那个高罐子，谢谢你亲爱的。”——又回到厨房，浆粉咯吱响了一声，一样粉红的东西闪了闪。“我是唯一在这里留有回忆的人，”寇德夫人叹口气，“你瞧，我们是相依为命的。”她从作伪装用的印花棉布下拿出一大碗糖果，“你瞧这个，”她朝斯洛索普一笑，“这是葡萄酒冻。是战前的。”

“噢，我记起你来了——在供给部拿着这东西的就是你！”不过，上次他吃这东西的时候就知道，自己以后再也没勇气受这份罪了。那次做客后，他在给南琳的家信上说：“妈妈，英国人的味觉有些怪怪的，和我们不一样。也许是气候的缘故。他们喜欢吃我们做梦都想不到的东西。前两天我就吃了一种这样的东西，他们叫‘葡萄酒冻’。就是他们的糖果，妈妈！如果想办法给希特勒喂一些这东西，我敢说明天战争就会结束！”此刻，这红红的胶状物又一次出现了。他一边看着这东西，一边对寇德夫人点头——他希望自己的点头是友善的。酒冻上用浅浮雕写着各种葡萄酒名称。

“还有点薄荷醇的味道，”寇德夫人扔了一个在嘴里，“很好吃。”

斯洛索普选了个“拉菲古堡”②，塞进嘴巴里。“哦好。好。唔。好极了。”

“如果你真的想来点特别的，那就尝尝‘普绿园医生’③吧。哦！你不是给我拿过那些挺好吃的美国货吗？黏糊糊的，榆做的，味道像槭糖浆，

① 沃德街：在伦敦梭霍区。
② 拉菲古堡：一种波尔多葡萄酒，法国最好的葡萄酒之一。
③ 一种德国白葡萄酒，名品。

还有点檫木味——”

“红榆润喉片。哎呀很抱歉，我昨天刚吃完。”

达琳进来了，用盘子端着一只热气腾腾的茶壶和三个茶杯。“那是什么？”斯洛索普有点急了。

“你还是不知道的好，泰荣。”

“对极了。”他呷了一口，觉得她应该多放点酸橙汁或别的什么，把苦得可怕的主味给压下去。这些人真是疯子。没有糖，天经地义。他把手伸进糖果碗里，拿出一颗有棱纹的黑色甘草糖球。看样子这东西应该错不了。可就在他往嘴里送的时候，达琳怪异地看了他和糖球一眼，不失时机地说：“嘿，我还以为好几年以前我们就把那些东西都处理光了呢——”她把“那些”说成了吉尔伯特和沙利文[①]式天真少女那种快活的“内些”。这时斯洛索普已经咬到了有液体的糖芯，味道像蛋黄酱和橘皮。

“你吃了我最后一个特制橘子果酱！”寇德夫人叫道。她以魔术师般的速度，拿出一个浅绿的蛋形糖果，上面缀满了紫色糖粒：“因此，我不能再让你吃这些香破口的大黄膏了。”那东西进了她的嘴巴，整个进去了。

“我活该受罪。”斯洛索普搞不清自己在说什么，呷着香草茶，以冲淡蛋黄酱糖果的味道——呀，糟糕，生物碱溶解而成的可怕味道又占据了整个嘴巴，一直延伸到软腭，并开始渗透。达琳纯粹出于南丁格尔式的同情心，递给他一块红色硬糖，形状颇像定了型的树莓……嗯，奇怪的是，吃起来味道也像树莓，而且一点都没压住嘴里的苦味。他不耐烦了，一咬，这下不得了，该死的蠢货，竟然又一次上当，一股极其可怕的味道直冲舌头，天哪，肯定是浓缩纯硝酸结晶体：“哦老天真酸呀。”他龇牙咧嘴，差点连这句话都没说完。这简直和郝普·哈里根为了让谭科·廷克放弃吹陶笛时玩的把戏没有两样[②]，本就不大光明，由同盟国的

① 阿瑟·西摩·沙利文（1842—1900），英国作曲家。常与抒情诗人W.S.吉尔伯特一同创作。

② 郝普·哈里根和谭科·廷克是一九四二年至一九五〇年间美国一部系列广播剧里的人物，分别是飞行员和其修理师。该节目很成功。

一个老太太使出来就更要加倍谴责了。操，味道顺着鼻子传上来，眼睛都看不到东西了。不知是什么玩意儿根本不化，缩起的舌头还在继续承受折磨，就像在用大牙嚼玻璃，嘎吱嘎吱响着。整个过程中，寇德夫人忙着一小口一小口地品尝一种加了樱桃和奎宁的糖霜小蛋糕。她在糖果碗对面向两个年轻人笑着。斯洛索普一时忘情，又伸手端茶。此情此景，看来决不能善了了。达琳刚才又从架子上拿来了两三个糖果罐，于是他一头扎向一颗巨硕的糖果，就像进入了某个充满敌意的小行星中心地带，咯嘣咯嘣大嚼起来，从巧克力地幔层一直吃到桉味浓烈的软糖，最后进入了地核：一种很黏的阿拉伯葡萄味口香糖。他用指甲从齿间抠出一块口香糖来，仔细看了一会儿。是紫色的。

“看样子你开窍了！”寇德夫人向他摇晃着一团用姜根、奶油硬糖、八角等混合成的东西，“瞧，你还得享受造型呢。美国人的性子为什么这么急呢？”

“哦，”他嘴里还在嚼，“你知道吗，一般说来，‘好时’巧克力就是我们最复杂的糖果了……”

“呀，尝尝这个。”达琳大叫起来。她抓住喉咙，靠在他身上甩个不停。

“天哪，还真有厉害的。”他疑惑地拿起那脏兮兮的、泛着棕色的陌生玩意儿，完全是菠萝形手榴弹①微缩成四分之一的仿品，手柄、安全栓一样不少，属于食糖尚未稀缺时生产的系列爱国糖果。他朝罐子里看了几眼，还发现了同一系列的.455韦伯力左轮子弹，由绿色和粉红相间的条纹太妃糖做成；另有六吨重型大炸弹一枚，以一些嵌银点的蓝色果冻为材料；再就是一枚甘草火箭筒了。

“那就吃下去吧。”达琳已抓住他拿糖果的手，想把糖果塞进他嘴里。

“你看，我正在看它的造型呢，寇德夫人说过的。”

“泰荣，挤压了就不好看了。”

手榴弹糖果外面裹了层罗望子，里面却是消食药味道的奶油杏仁糖，

① 菠萝形手榴弹：英国军队第一次世界大战时所用的一种手榴弹。

很甘美，还塞满了加糖衣的烈味荜澄茄浆果，最中间是耐嚼的樟脑口香糖。这东西太可怕了。斯洛索普的头被樟脑气味搞得晕乎乎的，眼泪直流，舌头则遭受了大屠杀。荜澄茄？他以前吸过那东西。“中毒了……”他只能发出嘶哑的声音。

“勇敢点。”寇德夫人鼓励他。

“对，”达琳嘴里含着软化了的焦糖块，“难道你不知道现在正打仗吗？来，亲爱的，把嘴张开。”

他满眼是泪，看不大清楚，但他听到寇德夫人在桌子对面说着“好吃啊，好吃啊，好吃啊”，达琳则在咯咯笑。糖果很大，软软的，像棉花糖，尝着又像杜松子酒，否则就是他的大脑出了严重问题。“这是什么？”他口齿不清地问。

“杜松子酒棉花糖。”寇德夫人道。

“嗷……”

“咳，那算什么，这些来尝一个——”他的牙齿处在一种异常的条件反射中，竟咬碎了一个又酸又硬的醋栗壳，里面迸出湿乎乎的小黏块（他希望不是木薯），像是填满了丁香粉的什么东西，很难吃。

“再喝点茶？”达琳提醒他。斯洛索普吸了口丁香粉，剧烈咳嗽着。

“咳得烦人。”寇德夫人拿出一罐可信度最低的英国迈吉松止咳片，“达琳，这茶真好，我觉得自己的坏血病慢慢好了，真的。”

脑子里感觉迈吉松止咳片的味道就像被绑在瑞士阿尔卑斯山上，薄荷醇的冰柱立刻在上颌上长起来。北极熊在他冰冷的、被霜打了的葡萄般的肺泡簇里寻找着安放脚趾的地方，牙齿痛得令他呼吸困难，用鼻子都呼吸不了，甚至把领带松开、把鼻子放到草绿色T恤的领子里也不见丝毫好转。安息香的气雾渗进了大脑，他的头在冰的光晕中飘浮。

一个小时后，迈吉松的感觉依然盘桓不去，空气中遗留着薄荷的魂魄。斯洛索普和达琳躺在一起。现在讨厌的英国糖果训练已经过去了，他的下部靠在她温暖的臀部。寇德夫人留了一手，所以有一种叫“天堂之火”的糖果他还没尝到。这种糖果很有名，价格高，味道多变——你觉得像“腌李子”，他觉得像“假樱桃”……或者“糖腌紫罗兰”……“辣酱油”……“五香糖蜜”……诸如此类，有无数说法，都是褒赞之词，也很简明，从不超过两个单词[①]——就像训练手册里对毒药和有害气体的描述，“又甜又酸的茄子”或许算得上迄今所见的最长描述了。据实而论，“天堂之火”如今已绝迹，在一九四五年就很难找到了，在邦德街和废墟般的贝尔格莱维亚区[②]那些阳光明媚的店铺里和明净无尘的橱窗间当然就更难觅其踪影了。不过，偶尔还会有一粒浮出水面，而且常常是在经营其他商品而不卖糖果的地方：安息在年深日久而朦胧模糊的大玻璃罐里，和其他同类放在一处，有时候甚至独据一罐，藏身于一堆嵌入德国黄金的电气石中，或在上世纪的乌木护指套中、木钉中、阀舌中、串在一起的不知什么乐器的零件中、松脂和铜做的电子元件中——饕餮不已、咀嚼不息的战争尚未发现这些元件，把它们卷入自己黑暗的肚腹……这些地方机动车辆根本进不去，吵不到，外面街上还有树木掩护。那些内室，那些上了年纪的面孔，在透入天窗的光亮中渐渐显影，渐渐泛黄……

半睡半醒的零度状态，他半软的东西还在她身体里，他们的腿并放在一起，无力地弯曲着……卧室里暗了下来，渐渐变得潮湿凉爽。太阳从某个地方落下去了。透过屋里的光亮，勉强能看见她背上的色斑。客厅里，寇德夫人梦见自己回到了博内茅斯[③]的花园，四下里都是杜鹃花，突然一阵急雨，奥斯汀大叫：“摸她的喉咙，陛下。摸一下！”国王乌尔傜[④]穿着一件老式常礼服，袖子上的金丝镶边亮闪闪的。一八七八年，在瓜分比萨拉比亚[⑤]期间，乌尔傜家族中身份可疑的一支窃取了王位，所以

---

① 原文此处引号中的词均为两个，但汉语难以处理，特注。后面“又甜又酸的茄子”其实也是两个词，但其中的形容词是由三个短词组和而成的。

② 贝尔格莱维亚区：英国以贝尔格莱夫广场为中心的上流住宅区，位于伦敦西南。

③ 博内茅斯：英国南部一自治村镇，位于南安普敦西南部英吉利海峡入口，是人们喜爱的旅游地和精细艺术中心。

④ 国王乌尔傜为品钦虚构的人物，最早见于他一九六四年的短篇小说《秘密融合》(*The Secret Integration*)。

⑤ 比萨拉比亚：苏联欧洲部分西南部一地区，俄罗斯向多瑙河河谷的通路，几个世纪来一直是亚洲到欧洲的入侵之路。该地区一八一二年成为俄国的一部分，一九一八年宣布独立，后通过投票与罗马尼亚联合，一九四〇年被迫退出罗马尼亚加盟苏联。

他既是篡位者又是真正的国王。他在雨中朝她弯下腰，要根治她的淋巴结核病，样子和报纸副刊凹版图画里的乌尔偌一模一样。身后隔一两步，跟着他心爱的丽素拉，和善、严肃地侍立着。四周雷雨滂沱，国王脱下手套，白皙的手蝴蝶般垂下来，去点寇德夫人喉咙的穹隆处，神奇一触，轻轻地……触摸……

闪电——

斯洛索普打着哈欠问："几点了？"达琳从睡乡中悠悠醒来。此时，强烈的正午日光不知不觉充满了整个屋子，耀眼的白光中，她的丝丝秀发在白亮的脖颈上飘扬——突然，一阵战栗传来，震动了楼房的筋骨，把百叶窗甩进来，变成了黑白格子的丧礼卡片。随后，火箭从头上趾高气扬地冲来，高架快车般下落、消失，在嗡嗡震荡中渐归宁静。外面，玻璃在破裂，街上响起一连串震耳的铙钹声。地板扭曲了，像抖乱的地毯，床也移动了。斯洛索普的东西陡然挺起，硬得发疼。达琳突然醒了，心脏急跳，手掌和手指因恐惧而疼痛。她觉得，斯洛索普的勃起似乎源于刚才的强光和爆炸。等爆炸消失、窗帘上闪烁起浓烈的红光时，她开始思考……两者同时发生……不过他们现在又开始做爱了，管他呢！难道这愚蠢的空袭就不能带来一些好处吗？

那个人又是谁？他在橙色窗帘的裂隙里，小心地屏着呼吸。他是在窥视？那么，地图持有者们，监测专家们，你们说下一颗导弹会落在何处？

◆　◆　◆　◆　◆

第一次身体接触。摩西哥一直在说刻薄话：哦，你不了解我，我真的是个混账。他经常这样自责。"不，"杰茜卡想用手指堵住他的嘴唇，"别那么说……"她伸手的时候，他下意识地抓住她的手腕，把她的手移开了。纯粹的自我保护意识。不过他没有放开她的手，一直攥着手腕。他们四目相交，谁也不愿挪开目光。罗杰把她的手放到自己唇上，吻了吻，眼睛依然注视着她。顿了一下，他的心开始猛烈地敲打前胸……

“喔……”声音从她身体里冲出，她上前拥住他，身体完全松弛、张开，在他怀里战栗。后来她告诉他，那天晚上他刚刚抓住她的手腕，她就高潮了。他第一次碰到她的性器，把手伸进短裤挤按时，那种战栗又在腿部里涌起来，越来越强，最终彻底淹没了她。在进入前，她就高潮了两次。这一点对他们俩很重要，但两人都没弄明白其中的确切原因。

后来，这种事不论何时发生，都会出现醒目的红光。

有一次，他们在一家茶馆见面，她穿着一件短袖红毛衣，裸露的胳膊在体侧泛着红光。他第一次见她的素颜。往车上走的时候，她拉住他的手，在自己正走路的两腿间轻轻放了一会儿。罗杰的心勃起了，高潮了。反正就这种感觉。沿身体中线呈“V”状直冲体表，漫过乳头……这是爱，这是奇迹。即使她不在，他从梦中醒来看见街上的某一张脸，虽然根本不可能是杰茜卡，也会有这种感觉。他已经身不由己了。

至于海狸，也就是他妈妈叫他杰瑞米的那个人，罗杰尽量不去想那么多。当然，对一些具体的事情他还是痛苦的。她不会（不会?）和杰瑞米做同样的事情吧?比如，杰瑞米亲过她的性器吗?那个古板的家伙会吗?她会在做爱时把手伸到后面，把顽皮的手指头，也就是罗杰的英国蔷薇，插入杰瑞米的屁股眼里吗?别想了，别想了（哦她会吮他的东西吗?他那张总是傲慢的脸有没有钻到她可爱的大腿中间去过?）没用的，这只是年轻人的胡闹——你已经比他强了，能和她一起在提沃利剧院看玛丽·蒙丹和乔恩·霍尔①的电影，还能在摄政公园的动物园一起看豹子野猪，一起关心四点半之前会不会下雨。

罗杰和杰茜卡一起度过的时间，全部加起来也只能用小时来算。他们说话的总量比一份普通的盟国远征军最高统帅部备忘录都要少。这位统计师无法让这些数字产生任何意义——他工作以来，还是第一次碰到这种情况。

他们在一起都是长时间的皮肉相接，挥汗如雨，恨不得骨肉化在一处，除了叫对方的名字，几乎一个字都不说。

---

① 玛丽·蒙丹（1920—1951）：美国女演员。乔恩·霍尔（1913—1979）：美国演员。

唯一的例外是他们随意搞的电影对白。他们编出一些情节，夜间自演自赏：博福斯高射炮[①]敲门般敲击着她的天空，而他的风则在海滩上带刺的铁丝网之间奏鸣。在梅费尔宾馆[②]。“不错，我们是喷气式导弹，只是晚到了半个小时。”

“唔，这半小时你肯定派了不错的用场。”过路的海军女服务队员、军营小吃部女服务生和珠光宝气的年轻寡妇把目光斜瞄过来。

“可以泡好几个妞。”他答，一边装模作样地看表——按照二战时尚，表戴在手腕内侧，“现在嘛，我应该说，确认怀孕的有一两个，不然就实在——”

“啊，”她高兴得跳起来，却没有扑过来，“这倒叫我想起……”

“呀——！”罗杰踉跄退到一株盆栽植物跟前。罗兰·皮齐及管弦乐队正在演奏“嗨，我又说了一遍”，罗杰在轻快的萨克斯曲调中抖缩着。

“看来，你心里就是这么想的。如果‘心里’这个词没用错的话。”

他们把所有的人都搞糊涂了。他们看上去很无辜。人们马上就产生了保护之心：他们管住自己，罗杰和杰茜卡在场的时候不谈死亡，不谈业务，不搞两面三刀。谈的尽是缺货、歌曲、男友、电影、衬衫……

她的头发拢到耳朵后面，柔软的下巴侧着，看上去只有九岁或十岁，一个人在窗前，对着太阳眨眼，在浅色的床罩上转过头去，眼泪流出来，孩童般发红、皱起的脸蛋准备要哭，“呜呜”哭了……

一晚，黑暗中，他们躲在床上冰冷的被窝里，半睡半醒中，他舔着杰茜卡进入了梦乡。她那里最初感觉到他温热的气息时，身体颤抖起来，猫一样叫着。似乎就两三个音符，连在一起，粗嘎，魔鬼附身一般，伴随着记忆中夜幕初临时的雪花吹出来。冷风从外面的树木间渗入，卡车在她看不见的地方无止息地奔驰着，沿着街道和公路，在屋子后面，在运河对岸或河对岸，在那座简易公园的更远处。哦，那些狗，那些猫，在细碎的雪中轻轻漫步……

---

① 博福斯高射炮：瑞典造高射炮。

② 梅费尔宾馆：伦敦梅费尔区伯克利街一家宾馆。

“……画面，哦是情景，不停地闪现，罗杰。是自动闪现的，就是说我没有操纵它们……”一大堆明亮的画面闪过，背景是天花板均匀的弱光。他和她躺在那里，仰面呼吸着。软掉的东西湿答答搭在腿根，靠下一点的那条腿离杰茜卡很近。夜晚的屋子叹了口气，没错，是叹了口气——这间老派、滑稽的屋子在叹气：哦天哪，我没希望了，天生就是逗人笑的，永远改变不了，穿着绿条纹褶边马裤之类的玩意，对着镜框挤眉弄眼。这口气叹得很奇怪。今天大多屋子都发出嗡嗡声，换个说法就是在“呼吸”，对，甚至是在岑寂中期待和等候。这里大概是有这种陋习的。细细长长的身影，受到午夜攻讦的、被螺旋形楼梯刺穿的屋子，屋里浓烈的香水味，披风，开着蓝色花朵的藤架。在这样的环境里，亲爱的姑娘啊，不论受到什么刺激，不论如何遭受冷落，任何人都不会叹一口气。没人叹气的。

可是看看眼前，看看这个姑娘吧。花格布，粗糙的眉毛乱长着。红色天鹅绒。有一次她居然斗胆，脱掉短上衣，在下碧町附近的干道上驾车。

“天哪，她疯了，怎么回事，他们怎么都朝我这边来了？”

“噢，呵呵，”杰茜卡脱衣舞女般扯着军装的领带，“你，唔，说我害怕，对不对？把我叫成什么‘懦懦的、懦懦的糯糕’，我记得的——”当然没有胸罩，她从来不穿的。

“我说，”他生气地看着旁边，“你知道吗？你会被抓起来的！就算不考虑你自己，”他突然想起来，“我也会被抓起来的！”

“他们会把罪责统统加在你身上，啦啦啦。”她的下齿龇出，一脸坏笑，“我只是一只无辜的小羊羔，而这个——”她甩出一小段胳膊，前臂上的金色茸毛亮晃晃的，小小的乳房自由晃荡着，“这个浪荡子罗杰！他，这头可怕的野兽！他逼我表演，这些下流的……”

这时候，罗杰生平见过的最大的卡车改变方向，朝他们这边驶来，金属车身颤动着。此刻，除了司机，还有几个，哦，叫人讨厌的……侏儒，穿着怪诞的轻歌剧服装，应该是中欧哪国的流亡政府。他们全部挤到高高的驾驶室里，像母猪身边抢奶吃的小猪般争来抢去，眼珠子都鼓了出来，口里还流着涎水，皮肤黑黝黝的，所有的眼睛都盯着下面看，饱览着眼前的奇观：他的杰茜卡·斯旺莱克裸露着乳房，他觉得很难为情，拼命想慢下来，落到卡车后面。就在这个节骨眼上，身后来了一辆车，行驶速度和卡车完全相同，直朝他逼过来。哦，真操蛋，竟是军警车！他不敢放慢，又不能加速，否则他们会真的产生怀疑……

“唔，杰茜，请穿上衣服，嗯，好吗，亲爱的？”他做了个找梳子的动作。和平常一样，梳子找不到。这位偷梳子的女嫌疑人是出了名的“梳痴”……

这时候，那辆又大又吵的卡车上，司机在设法吸引罗杰的注意力，其他侏儒们则挤在窗前叫喊：“嘿！嘿！”同时，喉咙里还发出油滑的笑声。他们的头领说英语时，带着有流音的欧洲口音，特别难听。他们纷纷挤眉弄眼，推肩碰肘：“先—生！哎，里（你）！扽扽（等等），啊？”笑声更放肆了。罗杰在后视镜里看见英国警察的脸发出正义的红光，从红色徽章上可以判断他们所做的动作：或倾斜，或摇晃，或商量。这时候，他们都猛然转过来，直勾勾盯着前面美洲虎里的这一对，他们的行为太——“他们在干吗，普里斯伯里，你看得出来吗？”

“好像是一个男人和一个女人，长官。”

“笨蛋。”说着已拿出一把黑色望远镜。

透过雨……然后透过梦幻般的、在暮色中呈绿色的玻璃。她坐在椅子上，老式的那种，有罩子，穿过“地球码头”西望，地狱的边上成了红色，再过去就是褐色和金色的云……

接着，夜晚突然就降临了：空空如也的安乐椅呈现出炫目的白垩蓝——是月光，还是天空的其他光源？只是硬硬的椅子而已，此刻空着，夜色清明澄澈，冰冷的白垩蓝流泻而下……

那些影像进进出出，花朵般开放，有些很漂亮，有些很可怕……而她却在这儿和自己的小羊羔罗杰依偎在一起。她非常爱他脖颈的线条，爱得很突然——瞧，就在眼前，他高低不平的后脑勺像十岁的小男孩。她沿着他又酸又咸的皮肤，着迷地四处亲吻着。这种刺激的工作令她整夜陶醉，就像对他的亲吻是流动的呼吸，永无停息。

一天早晨，他在“白色幽灵”自己的“隐士屋”里勃起着醒来了，眼皮痒痒的，嘴里裹了根长长的浅褐色头发。这不是他的毛发，他也想不出别人有这种头发，就杰茜卡有。但这又不可能——他没有见到她。他已经两周左右没见到她了。他吸了几下鼻子，然后打了个喷嚏。窗外晨光渐炽。他的右犬齿疼起来。他把长头发取出来仔细看，上面缀着唾液、牙垢和用嘴巴呼吸的人早晨常见的舌苔垢。这头发怎么来的？怪怪的，乖乖。有点邪门的感觉，没错。他得去撒尿。趿着鞋子走到盥洗室，身上已经发灰的法兰绒制服软塌塌地用睡衣带子缚着。他忽然想到，如果这是一个跨世纪的鬼魂复仇故事，而这根头发就是复仇的第一步，那又会怎样呢……哦，太多疑？他在超心理部的居民中间来来往往做盥洗诸事时都见到了什么乱七八糟的情景，你也应该看看：那些人或踉跄，或放屁，或剃须，或干咳，或打喷嚏，脸上还结着鼻涕痂子。快结束时，他才想起杰茜卡来——想到她的安全。罗杰爱想事。她要是像杂志里写的那样出了事，死在夜里，那怎么办呢……这根头发是她的阴魂唯一能传递过来的爱情别语，给曾经对她很重要的那个人……这个作茧自缚的统计师呀，还没往下想，就满眼泪水了——哦。哦哦。多塞，把水龙头关起来，[①] 听我细细说来。他半弯着腰站在水槽旁，浑身无力，暂时搁置了对杰茜卡的担心，很想回头看看，就看看那面镜子，嗯，看看他们在做什么，可身体动不了，转头都成问题……那么……哦对了，一种最大的可能性在他脑子里生了根。他明白了。可能是超心理部的这些怪人，所有这些人，在秘密联合起来整他？对吗？对：假设他们可以看穿你的内心！那——那如果是催眠呢？啊？耶稣呀：那就会有其他一系列神秘事件发生了，比如灵魂出窍，大脑控制（这已经不神秘了），下咒使人阳痿、长疮、发疯，呀啊啊啊——药水！（他终于直起身体，想象自己回到办公室，极其谨慎地偷觑着那边的咖啡厅，哦上帝……）让你的心理和控制者合一，罗杰即控制者，控制者即罗杰，对，对……若干这样的观念在他心里逡巡，没有一样叫他感到舒服——特别是在单位这厕所里，今天早晨伽文·特里佛尔的脸变成了发亮的洋红色，如三叶草的花在风

① “多塞，把水龙头关起来”是模仿 A.M. 泰勒一些小诗的风格。

中闪过，罗纳德·柴里科把小弹子大小的褐黄痰咳到了脸盆里——这是怎么了，这些人都是谁呀……怪物！怪—物！他被包围了！整个战争期间，他们日夜不停地在那边敲打他的脑袋，思维传感者们，巫师们，各类能感应到**一切**的、魔鬼般的人物——就连他和杰茜卡在床上做爱的情形也不能幸免——

伙计，控制住自己，要害怕也要等以后，不是在这里。……盥洗室里暗淡的灯光下，镜子上有成千上万的水渍和肥皂渍陈斑，如云雾织成的羽状网罩，他摇头晃脑经过的时候，又添加了皮肤的颜色和香烟的烟雾，呈现出柠檬黄或米黄色、油烟黑或昏黄的棕色，非常随意地散布着。镜面就是这样的……

二战，不错的早晨。他脑子里唯一明明白白写着的话就是“我要调动”，像镜子前不着调的乱哼：是的先生，得马上弄封推荐信。我志愿去德国，我要去。咚哒咚，哒咚。对了，星期三《纳粹新闻》的分类栏里就有个广告，夹在另两条广告中间，一条是墨济河[①]畔某工党分部招宣传人员的，另一条是伦敦一家广告社的，现有职位若干，招收他们这些所谓“复员军人”。夹在中间的，是即将成立的G5[②]某分支机构打出的广告，想搜罗几名“再教育”专家。重要，太重要了。给野兽般的德国人传授《大宪章》[③]、体育运动精神，诸如此类，哈？外面，某个村子里一台巴伐利亚布谷鸟钟[④]的内部零件发了疯，传说中的小精灵们夜间从森林里出来，飞快地溜进村子，在门口和窗边散发反动传单——“干什么都行！”罗杰摸黑回到狭小的住处，“干什么都比在这儿强……”

情况就这么不堪。他知道，自己就是去疯狂的德国，和敌人短兵相接，也比待在这儿的超心理部自在。今天的日子更是雪上加霜。圣诞节。喔——，他捂住肚子。是杰茜卡使生活有了人情味，能过得下去。杰茜卡……

---

① 墨济河：英格兰西北部一河流，在利物浦注入爱尔兰海。

② G5：军队上的一个部门，专门接管侵略军占领地的地方政府。G1管人事，G2管情报，G3管培训和计划，G4管供给和疏散。

③《大宪章》：一二一五年六月英国国王约翰在拉尼米德签署的保障公民政治和自由权的宪章。

④ 布谷鸟钟：报时似布谷鸟叫声的钟。

有半分钟时间，他无法自制，穿着内衣全身颤抖、打哈欠。内衣长而柔软，在十二月的晨光包围下恍如无物。周围有许多书、成捆的文件、薄纸、图表、地图，尖棱利角的——噢，还有最要紧的，就是“伦敦女士”洁白无瑕的脸上那些红红的、俯视着一切的导弹麻子……对了……皮肤病……她是不是受了致命感染？那些落点是天定的，火箭只是按照伦敦城里注定的潜在引爆点飞落？不过他对此没有把握，正如他无法理解波因茨曼对颠倒声音刺激的痴迷——行行好吧，行行好吧，能不能暂时停停……火箭来了，过了，然后他才意识到，自己对生命中真实的另一半（目前是杰茜卡）看得是多么清楚，而战争妈妈又是多么疯狂地排斥着她的美貌。她对那些死亡机构有着肆无忌惮的不经意——他不久前还很相信那些机构呢。她抱有沉着的希望，但讨厌制订计划；她从童真之乡流落而来，但从来不愿厮守在回忆中……

他的生命已经和过去捆绑在一起了。他把自己看成波阵面上的一个点，传播于枯瘠的历史中——自己的历史，过去已经知晓，未来也可预知。然而，杰茜卡使波形出现了断裂。突然有了海滩，有了不可知的……新生活。过去和将来同在海滩上驻足：这正是他当初所期望的。另一方面，虽然他爱她胜过千言万语，但他也同样愿意相信，不管情势多么严峻，世事都难以预料，万般变化都可能发生，而她也可能继续摒弃他身后昏暗的海洋，与他长久相爱。自己的青春如此阴郁，简直就是以死亡为底色、与死亡同行，所以，从私心里讲，他希望能借助她的陪伴，找到通往生命和欢乐的道路。他从未对她提起此事，甚至自己也不去想它。即便如此，在二战的第七个圣诞节来临时，虽然他瘦削的身体因为遭到又一次惊吓而战栗不已，他心中的这个终极信念却一如既往……

她在宿舍里跑来跑去瞎忙乎，一会儿缠着姑娘们抽几口变了味的“忍冬”牌香烟[①]，一会儿摆弄用尼龙补过的用具包，一会儿又像麻雀，叽叽喳喳说几句有关战争的俏皮话，讨人家心疼。今晚她要跟中尉杰瑞米在一起，心里却想着罗杰。除了那事，她并不想和他待在一起。真

① 一种中档英国香烟。

的。记忆中自己还从未这么矛盾过。和罗杰耳鬓厮磨的时候，爱占据了一切，可是伙计哟，一旦分开——哪怕分开一点点，她就觉得他使自己沮丧，甚至害怕。什么原因呢？那些疯狂的夜晚里，她以他的阳物为轴，骑在上面运动着，竭力绷紧身子，不让自己变成蜡油，洒在床罩上化了去。高潮时，她只顾得上气喘吁吁地叫“罗杰，罗杰，哦宝贝！”可是一旦下了床，散步聊天的时候，他尖酸、阴沉、砭人骨髓，简直比战争、寒冬还要可怕。他痛恨英国，痛恨“制度”，牢骚满腹，说什么战争一结束就移居国外。他躲在愤世嫉俗的纸堆里，甚至恨他自己……那么，自己到底有没有想过要救他出来呢？和杰瑞米会不会更保险呢？她尽力不去想这个问题，可就是摆不脱。跟杰瑞米三年了。他们本来可以结婚的。三年时间也不算短了。天天在一起，零零碎碎，轻轻松松。她穿着海狸哥的睡衣，给他泡茶、冲咖啡，在停车场、休息室或泥泞的田野里寻找他的眼睛，只要相互看上一眼，就能忘记一整天的大烦小忧——他的眼神是那样亲切，充满了信任感——尽管在这个时代人们使用“信任感”一词仅仅是为了新鲜或取笑。把这一切狠心抛开？三年？就为这个疯狂、自我的——大男孩，是大男孩。可悲啊，他该三十多了吧，比她大多了。他实在应该有些阅历了吧？该是个成熟的男人了吧？

最要命的是心里有话没处说。在这个男女混杂的军营里，关系复杂，管理混乱，大家操心的尽是些不健康的东西：一九四二年春天，在肯特郡的格拉夫提草坪旁边，或者什么地方，谁对谁说了什么，谁应该如何回答却没有回答，而是传给了别人，于是挑起了仇恨，至今愈演愈烈——想想六年来的流言蜚语、勃勃野心、歇斯底里，在这里对任何人吐露任何秘密都纯属自虐。

“杰丝，心里有气？”马姬·敦刻尔克从身旁走过，抚弄着长手套。天朗牌收音机上，一支 BBC 摇摆乐队激奏着经过切分处理的圣诞音乐。

“马姬，有香烟吸？”[1] 张口就来。不是吗，杰丝？

---

① “杰丝，心里有气？”、“马姬，有香烟吸？”和前面的“多塞，把水龙头关起来”都是模仿 A.M. 泰勒一些小诗的风格。

嘿——“我还以为你们不是尼古丁瘾发了，而是在演嘉宝[①]的什么电影呢！对不起，又搞错了，拜拜了……”

唔，走了。“圣诞节买东西别忘了我。”

“要给你的海狸买什么？”

杰茜卡正一门心思地摆弄尼龙吊带袜，旧的那双，不是前面高就是后面低，在手指间不停地折腾，好像在专门引人注意似的。现在，这洗得发白发皱的尼龙物件已被弄得平平整整，紧紧贴在她曲线柔和的大腿前面，袜带夹也在她染红的指甲间闪着银光，就像在修剪过的红色树木后面远远闪烁的喷泉。她答道：“嗯，唔。就买个烟斗吧……”

一天晚上，罗杰和杰茜卡开车去肯特郡的一个地方，在离她营房不远的地方看到一座教堂，亮着灯，犹如黑暗的丘陵地上冒出的一座小丘。当时正好是礼拜天，晚祷即将开始。人们穿着大衣、防水衣，在门口匆匆脱下深色贝雷帽。美国飞行员们穿着绵羊绒衬里的皮衣，几个女人脚上的鞋子踢踏作响，身上穿着阔肩短大衣。但是没有孩子，一个都看不到，只有大人们迈着沉重的步子，从炸弹纷飞的战场、气球营地、海滩碉堡来到这座冬藤缠绕的诺曼式门廊。杰茜卡说了句“哦，我想起了……”，就又打住了。她想起了往年的降临节[②]。她站在窗前，看着篱笆被白雪覆盖，羊羔一般，等待着那颗星星[③]再一次贴到天空之上。

罗杰停了车，他们静静看着那些步履沉重、服色灰暗的士兵们走进教堂做晚课。风里带着清新的雪花味。

“我们该回家了，”她说着顿了顿，“挺晚了。”

“我们可以随便进去一会儿的。”

---

① 格丽塔·嘉宝（1905—1990）：瑞典裔美国女演员，手里拿支烟是她在《玛塔·哈里》（旧译《奈何天》）和《大饭店》里的一个典型动作。

② 降临节：圣诞节前四周星期日开始至圣诞节的四周时间，许多基督徒在此期间祈祷、斋戒及忏悔，以迎接圣诞节的到来。

③《圣经·马太福音·博士朝拜》：“他们（博士们）……在东方所看见的那星，忽然在他们前头行，直到小孩子（圣婴耶稣）的地方，就在头上停住了。他们看见那星，就大大地欢喜，进了房子，看见小孩子和他母亲马利亚，就俯伏拜那小孩子，揭开宝盒……”（以上译文摘自中国基督教协会二〇〇〇年版《圣经》简化字现代标点和合本，括号中注释为译者所加）

嗬，今天倒叫人刮目相看了。不过也好，他这几周来一直冷嘲热讽的，老是怀疑超心理部的其他人处心积虑，想把他改造成他们那样的怪人。而且，随着圣诞购物期慢慢结束，他也变得越来越小气。

她说："你可不是那种人哪。"她不想进去，今夜雪蒙蒙的天空显得特别怀旧。募捐合唱队的颂歌声从远处清晰地传来，她无法控制自己的声音，差点忍不住和他们同唱起来。降临节的日子一天天过去，那些尖尖的童声穿过冰雪覆盖的高地——那里的矿场星罗棋布，就像布丁上的葡萄干……更多的时候，风不是穿过圣诞的空气，而是穿过时光的精魂，送来了孩子们为得到六个便士而唱出的歌声，盖住了融雪的声音。她精神上尚未准备好，无法承受自己终将死亡，他们也终将死亡的心理压力——至少是一种担心：自己正渐渐失去他们，总有一个冬天，自己会跑过去看个究竟，去找他们，跑到大门口，跑到树林尽头，而他们的声音却渐渐消失，自己不过白跑一趟……

他们在雪地里踩踏着别人留下的脚印，她挽住他的胳膊，神情严峻。风吹乱了她的头发，她一踩到冰就用脚后跟跐着玩。他回答："想听听音乐。"

今晚的临时合唱队全部是男性，虽然穿上了白礼袍，还是可以清晰地看出宽敞的白领子下面的肩章形状。由于疲倦，很多人的脸色和礼袍一样煞白。他们或穿越潮湿泥泞的田野而来，或下了夜岗直接赶过来，一路上看到云中的气球，颇似太阳鱼，心神不宁地在空中的电线上弹奏着，帐篷里亮起了灯光，在四围的昏暗中格外醒目，幽灵一般，从杆柱交叉的篷壁上照出来，把帆布照得透如轻纱。风声如鼓。合唱队中有一张黑色的脸，唱男声最高音的，下士，牙买加人，离开家乡温暖的海岛，被弄到了这里——他在唱自己的童年，仿佛回到了金斯敦[①]海豪本街上的那些酒吧里：汽腾腾的朗姆酒；水手们朝弹簧门上方扔放巨大的红色鞭炮，足有炸药棒的四分之一大；他们嘎嘎笑着从街上跑过，或者和穿着短裙的姑娘一起出来，那些姑娘有本岛的，也有中国、法国的……清晨，碾烂的柠檬皮在街

① 金斯敦：牙买加首都。

上的水沟里散发着香气，他在街上唱歌："哦你是否见过罗拉我的爱人，她的身材像可口可乐瓶"，水手们在小巷的褐色暗影里跑来跑去，追着女孩的围脖和长裤打转，女孩们则凑在一起说悄悄话，大笑……每天早晨，他都要清点满满半口袋的硬币，哪国的都有。由于英美帝国（1939—1945）的多种需要，他从棕榈风光的金斯敦来到这座寒冷的、田鼠出没的教堂做晚祷演唱。这里几乎能听见北边海浪的声音，他从那边的海上过来，却没有好好看过一眼。今晚唱的是一首英语素歌[①]，突然间又插入复调：托马斯·塔利斯[②]，亨利·普赛尔[③]，甚至还有一首十五世纪的德国颂歌，是德语和拉丁语的混合体，据说作者是海因里希·苏索[④]：

在这欢庆的时刻
唱吧，尽情欢乐！[⑤]
我们心中的欢喜
向马槽里飞去，
你偎依着圣母妈妈
太阳般闪耀光华，
你就是 α，你就是 Ω。

黑人的高音凌驾在所有声音之上，没有头腔假声，而是彻彻底底的中音，发自厚实的胸腔，只有通过多年练习才达到这种境界……棕色皮肤的女孩们听着他的歌声，竟不顾周围那些拘谨不安的新教徒，沿着音乐设定的古老轨迹轻轻摇摆起来。其中有大、小安尼塔，斯蒂莱托·梅，普朗盖特（她特别喜欢用乳房来事，不管有没有报酬）——那些拉丁人，那些德国人就更来劲了？在英国的教堂里？他们与其说是异端，毋如说是

① 素歌：一种不分小节无伴奏的宗教歌。
② 托马斯·塔利斯（1505—1585）：英国管风琴演奏家。
③ 亨利·普赛尔（1659—1695）：英国作曲家。
④ 海因里希·苏索（1295—1366）：德国作家及神秘主义者。"十五世纪"应为品钦谬误。
⑤ 译文以楷体代表原文中的拉丁语，仿宋体代表原文中的德语。

帝国的产物，像那个黑人出现在这里一样，这是一种需要，略微有些超现实主义的味道——不过，总的来说，这样做无异于自杀，而在病态的帝国，在毫无梦想的现实中，这种自杀每天要发生几千回，帝国自己却全然不知……就这样，那纯正的男声最高音飘扬着，打动了杰茜卡的心，她甚至感觉到也打动了罗杰的心。在合唱宣叙或转接时，她大胆抬起眼睛，透过几丝褐发，朝他的脸瞥了几眼。他的表情里没有虚无，一点都没有。他竟然……真的，借着几盏悬挂的油灯，杰茜卡从罗杰脸上看到了从未见过的表情。灯焰很黄，很稳定。在最靠近他们的灯腹玻璃上，有教堂司事留下的两个长长的指印，呈表示胜利的“V”字形，细细的，很精致。罗杰的肤色变得婴孩般粉红，眼睛里闪着光，不只是灯光的反射，绝对的。难道是她太希望他这样，产生了幻觉？教堂里很冷，和外面的黑夜一样冷。可以闻到毛料的潮气、军人们呼出的苦啤酒气、蜡烛的烟味和熔蜡味、没放出声音的屁臭味、生发油味、燃烧着的灯油味，这些气味以母性的胸怀，包容了其他更贴近大地、更贴近地底、更贴近往日时光的气味。你听……你听：这是战争在做晚祷，是战争的祷告时间，是一个真实的夜晚。人们脱下的黑大衣堆在一起，空空的兜帽上密密覆满了教堂里的暗影。远处的海岸边，皇家海军女子服务队队员们这么晚还在冰冷、拆空了的船壳里工作。蓝色的火把在夜间起落的海潮中有如新出现的星星。船身板拴在缆绳上，有如巨大的铁叶子，在天空中摇摆，发出支离破碎的咯吱声。火把的光焰微弱了些，休息着，等待着，杏黄的光洒满测量仪器的圆形玻璃面。挂着冰柱的管子工棚屋，海峡起大风时便嗒嗒作响。里面有几千个旧牙膏皮，一般都堆到屋顶那么高。光棍们为了打发几千个寂寞难熬的早晨，把这些牙膏皮变成薄荷的烟气，化作寂寥的歌声，化作几千个孩子，以嘴巴为软钵，捣动着泡沫，给哈罗[①]和格雷夫森德[②]一带的水银镜子上留下白色斑渍——这些孩子的幻影随时会消失，就像白垩般的牙膏泡沫下说出的话语，有睡觉前的牢

① 哈罗：大伦敦西北部一个建于一五七一年的主要住宅区，哈罗公学所在地。
② 格雷夫森德：英国东南部的自治市，位于伦敦东部泰晤士河畔。

骚，有羞怯的示爱，还有床罩下面的世界里那些小生物的消息，那些或肥胖，或透明，或毛茸茸，或温文尔雅的小东西——无数涂着肥皂的或飘着甘草味的时间片段从孩子们嘴里吐出来，冲入下水道，流进泡沫缓动的灰色海湾。一天下来，嘴巴和早起时相比，被烟草熏肿了，被鱼肉涂抹了，被恐惧熬干了，因懒惰而发臭了，虽然想美餐想得口水横流，却也只能满足于一周里残剩的密封包装馅饼、“家用牛奶”[①]、碎饼干，而且供应量只有平时的一半。薄荷醇简直是了不起的发明：它每天早晨只带走需要的那部分污垢，从那些出水口冲下去，不断繁衍，最后流入大海，化作超大型泡沫，沾上灰尘，以复杂的图案镶嵌在沥青海岸环抱中的海水里，牢不可破地滞留着。同时，那些牙膏瓶也一个个空了，然后再收回来打二战。在那些冬日的小棚子里，一堆堆牙膏皮散发出暗香，犹如薄荷的魂魄。伦敦的大手不经意地为每张牙膏皮雕出巧妙的图案，要么刻上凸纹，再用干涉图形盖住，一笔连一笔，盖得很紧密。它们现在正等着彻底归去呢——熔炼后做焊料、锡板，或者炼成合金，做铸件、轴承、垫圈、烟火警报器上的隐式衬垫。这些东西是前面那种直接转世的泡沫们永远无缘见到的。但它们之间的联系却存留着：这种联系既可指同类金属间的血缘关系，又可指无垠大海的起源。把这些转世的物件分开的，不是死亡，而是纸张，是纸张上的特令、纸张上的常规。战争和帝国这两样东西为我们的生命增设了壁垒。战争需要这样分而治之，再分而治之，可是那些宣传却一直在强调团结、结盟、齐心协力。战争似乎并不需要一种民族意识，连德国人策划的那种民族意识“ein Volk ein Führer[②]（一个民族，一位元首）”都不需要。它想要的是零件分散的机器，不求一体，但求纷乱……然而，谁又能臆断出战争的需求呢，它太广阔、太高远了……太隔膜了。或许它本身就没有意识，没有生命，只是偶尔与残酷的生命可能有些类似罢了。这挺像“白色幽灵”里一个有多年精神分

① 据考，这里的“家用牛奶”指的是第二次世界大战期间美国粮食部卖给英国人的一种限价脱水牛奶。

② 德语，纳粹口号。

裂症病史的患者，觉得自己就是二战。他不看报纸，不听收音机，然而在诺曼底登陆的那天，体温骤升到华氏一百零四度。现在，东、西两把钳子在继续缓慢地、反射式地收紧，他却说黑暗占据了他的头脑，在进行自我消耗……但是，隆施泰特反击战又使他鲜活起来、振作起来——“漂亮的圣诞礼物，”他对同室的病友说，“这是新生的时辰，是全新的开始。”每当导弹落下时，只要他能听见，就会报以微笑，起来在病房里踱步，泪水随时会从欢乐的眼角飞溅开来，整个人骤然变得健康、红润，病友们都不由受到了感染。他的生命已屈指可数了。他将在胜利日死去。即便他不是真正的战争，他也是战争的替身童子，有一段时间里过得很豪奢，可是庆典日一来，就要小心了。真正的国王只会假死。记好了。这个老奸巨猾的杂种，宁可让无数的青年人为他而死，也要保住自己的命。今年冬至来临时，他会不会摇身一变，出现在那颗星星下面，和别的国王一起，跪拜新生的耶稣？给苏丹的宫殿里带去钨、火药和高辛烷？那样的话，圣婴会不会躺在堆积着的金草里向上凝望，凝望上方的老国王弯着腰、匍匐着身子靠过来送上礼物？他们的目光会不会相遇？圣婴和国王之间又会传达出什么样的信息，什么样的问候，什么样的约定？圣婴是在微笑，还是根本就没有圣婴？你想选择哪一个？

降临之风从海上吹来，天天吹拂着我们的身体，头上的天空里，圣徒遍布，到处是细细的传令喇叭声。今天，日落时分的海面绿光闪耀，风平浪静，如富含铁质的玻璃。又一年过去了，那些结婚礼服自从那年隆冬被弃置，便再无人提起，如今和别的绸缎挂在一起，有着白色皱褶的婚纱已经发黄，你从旁边走过时会带起微微的涟漪，你这看客啊……你这踏遍城里每个死角的游客啊……有那么一两次，你在婚礼服上瞥见了自己的模样，法国双面横棱缎上映出模糊的肤色，若隐若现的，诱使你走到足够近的地方，刚好闻见霉菌味。这样倒不错，把她所有的气味都盖掉：中产阶级待嫁新娘的汗味，上流社会的香皂和香粉味——可在心里，在愿望里，自己还是个处女。在这里，你鲜艳的服饰没有用武之地，也无法找到纯洁透明的感觉，只能在白日里心情灰暗地随云朵飘荡，随雪花飘荡——而雪花飘落在这一方土地，又如白纱裙一般，冬天的白纱裙。到了夜里，它们又变得轻柔起来，几乎毫无声息地在你身边呼吸着。市内车站里，囚犯们从印度支那回来了，可怜的、瘦骨嶙峋的身子蹀躞着，恍如梦游，恍如在月球上行走。他们身边是许多装了镀铬弹簧的婴儿车，上面绷着黑色皮革，发出如鼓的轰鸣；金黄色木制高脚椅上的花贴纸被刮擦得支离破碎，东一块粉红、西一块青蓝；还有折叠式便床和红毛毡舌头的熊娃娃，带着婴儿毯，在煤烟味和蒸汽味的夹裹中，在钢铁围出的空间里，犹如靓丽的彩云。他们常常数百人一起来度假，在排队的、散落的或警觉地打着瞌睡的人群中穿梭，也不管什么警示，不管莫里森[①]板着的脸，不管泰晤士河下的地铁随时有被德国导弹打穿的危险（即便这些话已经写成了白纸黑字），不管他们要找的人在不在——有些地址在伦敦城里肯定已经找不到了，但他们也管不了那么多了。那些来自缅甸和东京湾的人们注视着这些成群结队、坚毅果敢的女人，目光从发黑的眼圈和疼痛的头脑中发射出来。阿拉司尔[②]无法缓解的头疼。身上披着大邮包的意大利战俘们在骂人。“邮包”们喘着气，隔一个小时就叮叮当当进来一批。这个阶段是“邮件”高峰期，“邮包”都鼓鼓的，塞在被雪花覆盖的列车货物间，像蘑菇，整夜都感觉列车在地底行进，在死人的国度里行进。“老意”们时不时会唱几句，不过唱的肯定不是《青年》[③]，很可能是《弄臣》或《波希米亚人》[④]——其实邮局也在考虑发布一个“不受欢迎歌曲”名单，配上尤克里里琴伴奏谱，好一眼就能认出来。这些人的乐观、爱唱在某种程度上是发自内心的。不过，日子一天天过去，圣诞贺件也日趋达到热潮，甚至超过了正常限度，而且从目前看，这种热潮在节礼日[⑤]前不可能得到控制——在这种情况下，他们也就安静下来，更专心做地道的意大利人，在那些疏散的女人们身上转动着怪眼，学习一只手扶邮包，另一只手“装死”——cioè（也就

---

① 赫伯特·莫里森：英国国家安全部部长。

② 阿拉司尔：一种美国阿司匹林，可解痛。

③ 意大利法西斯党歌。

④ 分别为威尔第和普契尼的作品。

⑤ 节礼日：圣诞节次日，传统上向服务业工人赠送圣诞节礼物。

是说）[1]有条件时就活过来。周围的人群越聚越多，大部分是女人，漫无目的……唔，大有可为。生活还得继续嘛。两种囚犯都认识到了这一点，不过，从印、缅、华回来的英国人却没有 mano morto（死手）[2]，无法因为有希望摸到屁股和大腿而由死复生——上帝做证，生死大事可不是开玩笑的！他们再也不想冒险了，只想学那些荷兰人，围着火炉侃大山，或者暖在热乎乎的被窝里，或者学冬天的板球手，活在半梦半醒之间，像枝叶干枯的花园遇到星期天。如果天降好运，有缘碰到新奇的世界[3]，他们一定会有时间适应的……不过，战争即将彻底结束，这个星期他们真正需要的是奢侈一下，每人给孩子买一套电动火车，让身边那些光滑的小脸高兴起来，减少一些陌生感。这些小脸儿在照片上不知看了多少回，但一下子真的来到身边，喔——啊——哎先别激动，别在车站里叫，因为这些必不可少的动作，表示爱意的动作，战争将它们撇开了，埋藏起来了，现在随意做出来，也具有很强的破坏性。孩子们打开去年的玩具，发现了投胎转世的斯帕姆午餐肉[4]罐子，很时髦。这也许是圣诞游戏的另一面，恐怕也是少不了的一面。这些年当中，在乡下的春夏季节，他们玩的是货真价实的斯帕姆肉罐子——坦克，反坦克装甲车，碉堡，无畏舰，有肉红色的、黄色的、蓝色的，散放在储藏室或酒窖里满是积尘的地上，或者放在流亡路上使用的便床下、睡椅下。现在又该玩一玩了。石膏娃娃、裹薄金叶子的牛、长着人眼睛的绵羊又活了，油漆也成了血肉。他们无须以相信什么作为代价，一切都是那么自然而然。他就是新生的圣婴。昨夜是神奇之夜，动物说话了，天空成了牛奶色。爷爷奶奶每个星期都盼着“无线医生”节目[5]，等他问：“痔疮是什么？”“肺气肿是

---

① 意大利语。
② 按民间迷信的说法，死手有法力。
③ 莎士比亚《暴风雨》：“啊，新奇的世界，有这么出色的人物！”（朱生豪译）；英国作家阿尔道斯·赫胥黎（1894—1963）有小说《新奇的世界》（也译《美丽新世界》），描绘以科学方式组织的理想社会的可怕。
④ 斯帕姆午餐肉：一种美国罐装食品，据考，当时有人用其金属罐制作玩具。
⑤ BBC 每周一次的短节目，约五分钟。据考，一九四四年十二月十四日下午六点二十五分播出的节目中提出的问题是：“疖子是什么？”

什么？”“心脏病是什么？”之类的问题。现在他们还会一直醒着等，等得失眠又失眠，眼巴巴看着过去一年不可能发生的事情今年继续不发生。不过倒也不是全然落空，也还有一点可怜的残余——比如一件激动的事，一次特别渴望的开心，就像人在山边，天空里总能有点星光吧……只是太过平淡，太缺乏奇迹。他们穿着毛衣、围着围巾守夜，大悲大痛，心里的残余却在又一个冬天里发酵，年年如此。残余逐次减少，余量总又足以支撑它在这个季节里复苏。……现在几乎赤裸了，青春韶华岁月里逛一家家酒吧时穿过的衣袍，当初多么光鲜，如今却早已撕成碎条，用来包裹出租户或陌生人家里的热水管、加热器，用来维持房屋在冬天的生存。战争需要煤嘛。于是他们只好做倒数第二个选择，听“无线医生”节目来证实自己身体内部的东西，而这些东西其实是他们本就知道的。圣诞节时，他们穿着这些黑乎乎的廉价毛料，像裹了层襁褓，里面的身子光溜溜的，像拔了毛的鹅。他们的电钟走得很快，就是大本钟现在也会走快，一直快到明年春天：一切都快起来了，偏偏别人好像都不明白，不在乎。战争需要电嘛。这是个真实的游戏，叫作“电力垄断”，参与者是电力公司、中央电力委员会或其他战争机构，他们想让电网的时间和格林尼治标准时间同步。在夜里，在黑夜最深处的混凝土井中，位置保密的发电机快速旋转着——作为回应，在那些苍老无眠的眼睛旁，钟表指针也转得飞快，呜咽着收走了一分钟一分钟的时间，声音尖厉得令人晕眩，简直要赶上警报声了。这是夜之狂欢。分针的影子下面有一种兴奋感。数字间苍白的钟面显得歇斯底里。电力公司说，发电量太大，战争耗电太多，钟表就会再慢下来，除非有人偷偷截取了这夜间之旅。好在日发电量减少的预言并没有成为现实，电网反倒一点点加快了运行，那些老人的脸对着钟表的脸，心里说：“阴谋!”那些数字飞旋着走向圣诞节，来势凶猛，就像心灵里的一颗新星，要改变我们所有的人，把我们永远变回自己已经忘掉的本来面目。今夜海上的雾依旧如珍珠。城里，弧光灯噼啪响着，怒冲冲的，照耀着街道中间，比蜡烛显得光明透亮，比大火又显得微如萤光，显得有些窒息……高高的红色巴士摇晃而行。按规定，最近所有的汽车前灯都取掉了罩子。此刻，这些灯光互相之间或回避，或交叉，或切割，或遮蔽，一阵阵浓重的湿气吹过，被灯光撕裂开来，凄凄冷冷的，像珠母雾笼罩下的海滩。海滩上那些带刺的铁丝网永远也意识不到水流在不露声色间所具有的侵蚀力，只是被动地矗立着，夜间被不断氧化，如今已变得像水草，交织、纠缠、冷冽，锐利如蝎刺。沙滩上有一些和平年代最后几个夏天里遗弃的游艇，曾经陪伴着旧世界的人们消磨假日——夜晚，人们在战争的另一端喝酒、用烟斗抽烟、去橄榄树林——如今，这些游艇只落得腐轴锈架，发出咸涩的海腥味，弄得几英里外的沙滩上都没有人迹。而且因为打仗，沙滩上也散发着同样的咸涩气味，人根本不能走。高地那边，过了探照灯，秋天的候鸟一夜一夜地拦堵灯光，死命挺着，直到最后从空中掉下来，鸟雨一般。做晚祷的信徒们坐在没有暖气的教堂里，冷得发抖，合唱队问下面的问题时竟发不出声音：快乐何在？只在于天使唱着新歌、天主庭院里响起铃声的地方。Eia wärn wir da![①]——我们只在于那里——好奇怪的千年一叹哪！……那些疲惫的人们及其黑衣头领极力伸展着手臂，从虔诚的衣衫里伸出来，伸到今年最远的距离。来吧。从战争中离开一会儿，不论这战争是纸张的还是钢铁的，是汽油的还是肉体的，进来吧，带着你的爱，带着你因害怕失去而产生的恐惧和由此恐惧而产生的疲惫。战争整天都在缠着你，压你，哄你，迫使你不再有那么多虚幻的信仰。这就是你的真面目吗？身份证上这张约略有点像罪犯的脸？在断头闸般的快门按下时，它的灵魂已经被政府的照相机摄走了——或者也可能被丢弃了，和你的心一起留在后台入口的用餐处，他们就在那里点数当夜的战利品，那些服务员小姐，那些叫艾琳的小姐们，把那些有弹性的栗色器官，连带当作修饰的黄色脂肪一起，存进冰箱的格子里——哦琳达，来摸摸这个，把你的手放进这个心室，晕了吧？还在跳呢……你从来没有怀疑过的那些人，个个都在干这个，只有你例外。那些人里面有牧师，医生，还有你那位希望那颗金色星星永远停住的妈妈，还有昨晚国内特

① 德语，来自前文所引苏索的歌。

别节目中那个乏味的女高音；我们也别忘了诺埃尔·考沃德先生[①]，他把死亡和死后的生活写得那么时尚，那么美好，连续四年打入女公爵剧院；好莱坞的小伙子们对我们津津乐道这里的美妙、有趣——沃尔特·迪士尼让小象呆宝攥紧那根羽毛[②]，如同向我们说起今晚那些银装素裹的坦克下有多少死尸躺在雪地里，88 mm 的炮弹落下时又有多少双手冻僵在每个“神奇勋章”上、磨破的护身骨片上、半美元的银币（太阳从自由女神的薄衫下探出头来）上，攥得紧紧的、吓得傻傻的——这些你又怎么看呢？是哄小孩的故事？根本不是。孩子们已经走了，去别处幻想了，而帝国里根本没有幻想的容身之地，今晚这里——这个避难所里是“儿童不宜”的。油灯炽燃着，发出前寒武纪的气息，香如肴馔，沉如煤烟。火箭就悬在六十英里的高空，在黑色的北海上方，下落的时间不定，越来越快，燃着橘黄的火焰，如圣诞夜的星星，无可挽救地冲向地面。飞弹也出现在下方的天空中，发出魔鬼般的吼叫，寻找着吞噬的目标。今晚回家的路走起来很漫长。听听这模仿天使的歌声吧，至少让你的教友们听一听，即便它并未确切代表你的愿望和心底最深处的恐惧，你还是要听。远在基督出世之前这里肯定就有祷告的夜歌了。当然是在同今晚一样可怕的黑夜里——歌声可以增加人们多活一夜的信心，用爱和鸡啼声照亮回家的路，还可以驱除魔鬼、消除障碍：地理的，身体的，关于我们本来面目的说法（全都是谎言）的——就一夜，留下清晰的回家路径，留下对婴儿的记忆，但又太脆弱，因为这些街道上尽是粪便，骆驼和其他野兽在外面闹得很凶，每个蹄印都可能将婴儿毁灭，使他成为另一个弥赛亚——当然已经有人在附近为先前的那个弥赛亚下注了。而在这座城市里，犹太人的叛徒们把小道消息卖给帝国情报局，妓女们把这些包皮过长的外来者们弄得很快活，要价也极尽能事。旅店老板们自然喜欢登记这样的客人，也漫天要价。在国家的首府城市里，她们在想这

---

① 诺埃尔·考沃德（1899—1973）：英国剧作家、演员、制片人、作曲家。下面的戏指的是《欢天喜地》。

② 迪士尼著名动画片《小飞象》中的情节。

样一个问题：是不是应该给每个人一个数字，唔，以助于保存SPQR记录[①]……不管是希律王还是希特勒，伙计们（船腹里的那些牧师们豪放、憔悴，特别好酒），这是个什么样的世界呀（“牧师哎，你忘了还有罗斯福哪！”后面有些声音这样说道。牧师永远看不到他们，但这些魔鬼会骚扰他，甚至在梦里：“温德尔·威尔基[②]！”“丘吉尔呢？”“哈利·波里特[③]！”）：一个婴儿来到这个世界上，以七磅八盎司的身子轻轻挥动托莱多剑[④]，觉得自己将会挽救这个世界——咳，他真该检查一下自己的脑子了……

然而，在今晚回家的路上，你后悔自己没有收留他，抱抱他。就抱着他，在离你的心很近的地方，让他的脸颊贴在你的肩窝，睡意浓浓。就好像你有办法拯救他的样子。那一刻，你并不在意自己应该登记为何人。起码在那一刻你不知道自己不再是那些罗马统治者们给你定位的身份。

> 哦，小耶稣啊，
> 我多么为你感伤……[⑤]

就这样，这一群被你收留的人，这些逃亡者，这些长角的孩子，这些到了中年才被召来的百姓，这些挨饿却还在发胖的人，因为挨饿得了胃肠胀气，有了溃疡的先兆，有些人声音嘶哑、鼻涕不断、眼睛通红、嗓子疼痛、憋着小便，腰痛得厉害，宿醉也弄得他们整天难受，他们一心希望他们恨透的军官们死掉；这些人走在街上，毫无笑容地走在各处的城市里，你看到过他们，但又没有记住他们，他们也记不得你，因为他们知道自己需要抢时间睡觉，而不是到这里来为陌生人表演，为你唱这

---

① “SPQR”是罗马帝国官文上通印的“罗马元老院和人民”的首字母缩写，在金融界这四个字母则是“一本万利”的缩写。

② 温德尔·威尔基（1892—1944）：美国政治家，一九四〇年共和党总统候选人。

③ 哈利·波里特：1930年代英国共产党领袖。

④ 托莱多剑：西班牙托莱多铸造的宝剑，质量极好。

⑤ 这两行依然来自前面所引苏索的歌。

首晚祷的歌曲。此时，随着一段古老音阶的上升，歌曲到达高潮，声部变成三重或四重，升高，回荡，充满了教堂的整个空间——没有代用的婴儿，没有王国的通告，甚至无意于温暖或照亮这个可怕的夜晚，而只是该死的我们龌龊被动的低吟，我们向身体外扩张的极限——赞美上帝！——让你穿过雪地里的脚印、车辙印，最后来到你必须自己开辟的路上，黑暗里独自一人，把它带回你战时的地址、战时的身份。不论你想不想要，不论你渡过什么样的海洋。回家的路……

◆ ◆ ◆ ◆ ◆

反常相，弱刺激得到强反应……什么时候开始的？是在睡眠的某个初期阶段：今晚，在去德国的路上，你没有听到蚊子战斗机和兰喀斯特轰炸机的声音，它们用引擎狠狠撞击天空，撼动着、撕裂着，整整一个小时，几朵冬云飘浮在夜晚铆着钢钉的下腹部，被这么多轰炸机频频外出吓住了，震颤不已。你自己的身体却纹丝不动，张开嘴巴吸着气，脸向上朝着狭窄的便床。床靠着墙，墙上没有画，没有图表，没有地图，习惯性地空白着……你的脚对着屋子另一头一扇高高的细长窗户。星光，轰炸机平稳的起飞声，渗入屋里的冰冷的空气。桌子很乱，上面有脊部已破的书，有匆匆画成的、标着“时间 / 刺激 / 分泌物（三十秒）/ 评语”的柱形图，还有茶杯、茶托、铅笔、钢笔。你睡觉，你做梦：钢筋铁骨的轰炸机犹如不息的波浪，不断从你脸上方数千英尺处经过。这是在室内，一个开大会的地方，很不错。聚集了很多人。近日来，在特定的时间里，会有一个圆形白色光体，光线很强，沿着空气中的一条直线滑落下来。突然，它又在这里出现了，轨道和平常一样是直线，从右到左。但是这回它没有保持恒定，而是突然短促爆燃起来，发出阵阵尖声。这次，这一异物被在场的人们看成了警示——今天不对劲，特别特别不对劲……没人知道这个圆形物意味着什么。已经指定了调查团，调查正在进行，答案即将水落石出——可是现在光体发生了变化……集会中止。你看见光体发出如此刺耳的响声，便开始等待可怖之物的出现——

不一定是空袭，反正就是差不多的东西。你迅速朝一只钟表看了看。六点整，时针和分针正好上下拉成直线，于是你明白了：六点钟正是那个光体出现的时间。你走出去，进入夜色之中。街道是你孩提时家门前的那条，铺着石头，有车辙印，破碎不堪，水坑里的水闪出亮光。你向左走去。（在这种关于家的梦里，你一般都喜欢右面的风景——夜色下宽阔的草坪，古老的核桃树在旁边高高耸立，有一座小山、一片木篱笆，田野里深眼窝的马，一块墓地……在这些梦里，你的任务常常是在事发前从树下的黑影里穿过去。你常常走进坟地下面的那块休耕地。那里尽是荆棘和野兔，吉卜赛人就住在那里。有时候你会飞起来。但你从来都飞不过某一个高度。你觉得自己被迫慢下来，无可挽回地停在那里：倒没有跌落的恐惧感，而是一道禁令，你无法上诉……风景渐渐黯淡……你知道这一点……）可是今晚，在圆形光体出现的六点钟，你朝左面走了。和你走在一起的是一个姑娘，以你妻子的身份出现，可你根本没有结过婚，也从来没有见过她，但又认识她许多年了。她不说话。刚下过雨。所有的一切都闪烁着微光，界限分明，光源低而澄澈。你无论往哪里瞧，都有一簇簇白色的花朵在窥探。所有的东西都开花了。你又看到了圆形光体，看着它斜滑而下，只是眨眼的瞬间。尽管雨停之后空气清新、花朵盛开，但眼前的景象还是令你烦躁。你想嗅出和你看到的情景相符合的什么新气味，但嗅不到。一切都静寂无声、了无气味。因为光体的异常表现，肯定会有事发生，但你只能等待。周围的山水在闪耀。人行道上显得有些潮湿。你在肩颈后面戴好一种暖和的帽子，张嘴想对妻子说：“这是夜晚最险恶的时刻。”但应该有比“险恶”更好的词。你在脑子里搜索着。那是一个人的名字，在夜色后面，在澄澈的光亮和白色的花朵后面等待着。光体来到门前，敲起门来。

你在床上坐着，身体绷直，吓得心嗵嗵直跳。你等着敲门声再次响起，于是注意到了天空中众多的轰炸机。又敲了一声。是托马斯·宫西兑，从伦敦一路赶来，带来了可怜的斯佩克特罗的消息。你能在机队一刻不停的轰鸣声中睡觉，却被宫西兑轻微、迟缓的敲门声吵醒。这岂非像狗在反常相时大脑皮层里发生的情形？

这时候鬼魂们都挤到了房檐下，或在白雪覆盖的烟囱间伸展，或在通风井上方聚集。它们太薄弱，发不出任何声音，永远在这潮湿有力的风中干燥着，在屋顶上玻璃曲线板似的沟槽中轻快地移动着，穿过银装素裹的高地，在冰冷的海水涌向海滩的地方轻轻掠过。这些英格兰的鬼魂们，他们聚在一处，日益增多，夜里摩肩接踵，就如向冬日释放的记忆，或永不扎根的种子，于是便简化成一个常用的词汇，而失去了和生者的联系——“狐狸。”斯佩克特罗 $_E$[①]在星际空间里叫道。这是针对波因茨曼说的，但他不在场，也没有人会告诉他，因为当场听到这话的几个超心理部的人每次请神会听到的都是这种神秘的残言断语——如果记录下来，就会出现在弥尔顿·格洛明的单词统计项目里——“狐狸，”卡罗尔·埃温特的声音在下午的空间里嗡嗡回荡。这个“白色幽灵”的常住灵媒，头上紧贴着浓密的卷发，极红、极薄的嘴唇里说出了“狐狸”这个词……早晨，圣维罗尼卡医院一半的屋顶被炸飞了。伊克·里吉斯教堂也遭到了同样的厄运，化作雪一般的齑粉，可怜的斯佩克特罗也被炸飞了，亮灯的小屋和黑暗的病房都被爆炸吞没，他根本没有听到有导弹的声音，声音总是来得慢，爆炸之后才到——权且当作导弹的鬼魂在召唤它新制造的鬼魂吧。接着是寂静。罗杰·摩西哥又有了一个“事件”，他的地图上又要添一枚圆形大头针，某个方块里的袭击次数将由二升到三，为“三”的预测增加分量，最近这方面没跟上……

大头针？连大头针也没有，只是在纸上留下个针孔，等到有朝一日火箭不再打过来，或者这个搞统计的小伙子自愿结束统计，针孔数量就会被记录下来，这些纸张则会被女佣们搬走、撕碎、烧掉……波因茨曼独自一人在昏暗的办公室里无助地打着喷嚏，此刻狗舍里的叫声因寒冷而变得软弱无力，他摇着头说“不”……在我身体里，在我记忆里……不只是一个“事件”……是普适于我们的死亡率……这些悲惨的日子……他却早已发抖了，止不住远远凝视着那本书，提醒自己：原有

---

① 斯佩克特罗 $_E$：在原文中，“E”是埃温特一名的首字母，因为这里已死去的斯佩克特罗是通过请神会的灵媒埃温特之口说话的。

的七个主人，现在只剩他和托马斯·宫西兑两个，照看着他这本可怜的、过期的备用书了……另外五个人的鬼魂显然排出了一条不断升级的轨迹：帕姆死于吉普车祸，伊思特灵丧生于早期德军空袭，德罗蒙德在炮火街的拐角处被德国炮火炸死，兰普莱特被V-1飞弹炸死，现在又是凯文·斯佩克特罗……汽车，炸弹，大炮，V-1，现在又是V-2。波因茨曼头脑混乱，只感到恐惧，浑身都在疼痛：情况变得越来越深不可测，这里面好像暗含着一种辩证关系……“啊，是了。是木乃伊的诅咒，你这个笨蛋。基督，基督，我已经准备去D楼了。”

D楼是“白色幽灵”的挡箭牌，里面还住着几个真正的病人。“促降计划”的人很少走近这里。医院里少到极致的日常工作人员有专门的餐厅、厕所、休息间、办公室，一切都像过去的和平年代，不能忍受“别的人”夹杂在他们中间。同样，“促降计划”的人觉得，D楼对于花园与和平时代的向往太过疯狂，令他们苦不堪言，而又难得找到机会交换症状和疗法方面的信息。是啊，大家的联系应该多些才对。癔病终究还是癔病，对吧？哦，不对，你来看一看吧，情况并非如此。对于这种转变，一个人怎么能既觉得自己是正统派又觉得心情舒畅，还能维持很长时间呢？从十分温和、十分琐碎的阴谋，从盘在茶杯里的蛇，从听到有些字眼（非常可怕的字眼）就手瘫眼避，到斯佩克特罗天天在病房里看到的、现在已经消失的那种东西……到波因茨曼在皮奥特、娜塔莎、尼古拉伊、谢尔盖、卡廷卡或者巴维尔·谢尔盖维奇、瓦瓦娜·尼古拉耶夫娜等这些狗及其子孙身上发现的东西——这时候，在这些医生的脸上，已经能看得很清楚了……宫西兑大胡子下面的脸从来都不像他自己希望的那样淡漠平静，斯佩克特罗则拿着注射器急忙走开，去找他的狐狸。这种时候，谁也阻止不了夜神的疏泄，除非空袭停止，火箭拆除，整个胶片往回倒：从流线型外壳回到钢板回到生铁块回到铁浆回到矿石回到泥土——不过现实是无法逆转的。然而，每次火光一闪，接着爆炸，接着声音到达，这整个过程却又嘲弄地再现了一种可逆性，这难道不是处心积虑之作？每爆炸一次，夜神就使自己的国度合法一分，而我们找不到他，看不见他，所以想到死亡的次数也不见得比战前多，真的……而且，导弹来的时候毫无先兆，也没办法打下来，所以我们只能装模作样地活下去，装得和没有空袭的时候一样。导弹真的来了，我们又满足于称为“概率”的东西。或者说是有人说服我们这样做。确实存在几乎看不到概率的层次。然而对于罗杰·摩西哥这一类工作人员，下面这样的幂级数就是他们的音乐，这种音乐也是不乏威严的：$N_e^{-m}=(1+m+\frac{m^2}{2!}+\frac{m^3}{3!}+\cdots+\frac{m^{n-1}}{(n-1)!})$，其中各项的取值为每个方块内落下的火箭数，泊松分布不仅支配着这种人人难逃的毁灭，也支配着骑兵的事故、血球的计数、放射性衰变和每年发生战争的次数……

波因茨曼站在窗口。暮色渐合，窗外的大风雪砭挞着他朦胧照在窗玻璃中的脸。高地远处响着火车汽笛声，和晚起的雾一样粗粗嘎嘎的：一声鸡啼喔·喔·喔——，一声长长的汽笛，又一声鸡啼，轨道旁起火，一枚火箭，又一枚火箭，在树林里或山谷里……

唉……涅德[①]呀，干吗不和那本书断绝关系呢？放弃不就行了。那些日渐过时的数据，只是导师独处时发出的诗兴，只是一些纸片，你不需要它们，不需要那本书和它可怕的诅咒……现在还来得及……是的，放弃，投降，哦好极了——可是当着谁的面好呢？谁在听呢？他此时已走到办公桌旁，甚至已经把手放在上面了……

“蠢货。迷信的**蠢货**。”他踱着步子，脑子里空空的……近来，这些想法出现得越来越频繁了。拒绝的想法冰冷地爬上心头。帕姆、伊思特灵、德罗蒙德、兰普莱特、斯佩克特罗……那么，自己应该怎么办呢？去超心理部，请埃温特做一场请神会，至少联系上其中的一个……也许……好的……那，还有什么在挡着他呢？“我有那么骄傲吗？”他对着玻璃低语，发送气音和后面的爆破音时呼出的阵阵气息——温热而忧郁的气息给冰冷的窗户罩上了一层雾气。不能，他不能迈进那道特别的走廊，甚至不能有任何想念他们的表示，甚至对摩西哥……他虽然对德罗蒙德不熟，还有伊思特灵……但是……他想念艾伦·兰普莱特。他

---

① 波因茨曼的名。

知道艾伦喜欢打赌，什么都赌，狗，暴雨，电车号码，街角的风，可能出现的裙子，某颗飞弹能飞多远，也许……哦天哪……甚至是落在他身上的那颗……帕姆改写过的钢琴曲和喝醉的男中音，他在护士中的历险故事……斯佩克特罗……他干吗不能问问他呢？可以有一百种问法的……

我应该问……早就该问了……过去，有很多这类没有采取的行动，很多很多的“早就该”——早就该和她结婚，让她父亲指挥他；早就该留在哈利街，多与人为善，多对陌生人微笑，甚至今天下午对毛蒂·切尔克斯微笑……何乐而不为呢？愚蠢的、凄楚的微笑，不也可以吗？控制自己，拼凑出难看的笑容？想想政府配发的眼镜后面那双漂亮的、琥珀色的眼睛吧……女人躲着他。他大抵知道是什么原因：他很恐怖。一般情况下，他露出恐怖面目的时候自己都能感觉到——那是面部肌肉的一种组合方式，想流汗的样子……可他对此似乎无能为力，总是无法持久集中注意力，她们太分他的心了——一分心，他就感觉自己恢复了恐怖四射的面目……她们对此的反应也在预料之中——她们跑开来，发出尖叫，却只有她们自己和他能听到。哼，他真想有一天弄点东西让她们真正尖叫一回……

又是烦人的勃起。今晚他又得靠自渎才能入睡了。习惯了，成了生活中的惯例，没什么乐趣，但又诱惑着他：在到达那无比荣耀的顶点之前，会有什么样的形象闪现在脑海里呢？对了，斯德哥尔摩，船上的炮塔、碧绿的海水、张开的船帆、教堂的屋顶——黄色的电报①，美女的脸——那个美女，高挑、敏锐，在他乘庆典轿车经过时转身盯着他看，后来又绝非偶然地去格兰特酒店②的套间里拜访他……要知道，这可不只是深红的乳头和黑色花边内裤的问题。房间的入口很安静，散发着纸张味、追随者给不同委员会投上的选票味、座椅味、奖金味……无可比拟！“以后你年龄再大些就明白了。”他们这样说。没错。他渐渐接受了

① 这里写波因茨曼的梦：接到获诺贝尔奖的消息，去了瑞典的首都。

② 瑞典的豪华酒店，位于斯德哥尔摩城外，城堡式风格。

这些话，一年战争等于十年和平，哦天哪，他们太对了。

别人、更优秀的人都被掳走，去了死亡国度，而他大脑皮层下那残酷的命运却使他幸运地活了下来。所以他一直明白，有一扇幸运之门——他常常想象，在自己饱经打磨的岁月之廊上，在自己留下的忒修斯式孤景残迹间有这样一扇门：他可以从门里走出正统的巴甫洛夫学说，看到斯德哥尔摩街上的诺玛尔姆、索德玛尔姆、鹿园、旧城等风景。

他们一个接一个从他身边被带走了：在他狭小的同事圈子里，这个比率渐渐变得过于沉重，鬼魂增加，活人减少……每走一个，他觉得大脑皮层上的机制就暗淡一些，只想长眠不醒。他渐渐忘却了自己对所有那些人的概念，那部分皮层又回归到无意识的化学过程……

凯文·斯佩克特罗和他不同，对内部和外部不怎么区分。他把大脑皮层看作一个起界面作用的器官，是内部和外部的媒介，同为两者的一部分。“看到真实情形之后，”他有一次问道，“我们，不管是谁，还会有什么分歧呢？”波因茨曼想：他是我的皮埃尔·珍尼特……

从“书”的逻辑来推算，波因茨曼很快就会成为孤家寡人，化作均质消失在黑色的田野里，归于零，做最后一个离去者……还来得及吗？他要活下去……他要申请诺贝尔奖——并非为了自己出名，不是的——而是为了兑现承诺，对他曾作为其中一员的、未能实现这一夙愿的七位斗士负责……现在只是过渡期，是中景，他独自一人，背光坐在格兰特酒店高高的窗前，斜端着威士忌酒杯，背景是亚北极区亮晃晃的天空：“干杯，伙计们，明天在台上亮相的将是我们全体同仁，涅德·波因茨曼只是碰巧偷生而已……”和斯德哥尔摩干杯，那里是他的目标和梦想；斯德哥尔摩背后呢，便是朦胧、持久的金色黄昏……

对了，既然你已经知道了，再说说也无妨：他真的相信弥诺陶洛斯在等着他：他经常梦见自己冲进最后一间屋子，手擎闪光的利剑，突击队员般高叫着，做孤注一掷的拼杀——这是他生命里第一次也是最后一次升华。怪物的脸转过来，古老而倦怠的脸。在它眼里，波因茨曼不是人，它只想使用惯常的伎俩，角一顶、蹄一扬就送他归西（可是这一回却发生了打斗，弥诺陶洛斯真他妈有血性，身体很深很深处的叫声那样阳刚、野蛮，令波因茨曼惊悚）……梦的内容就是如此。至于背景和怪物的脸则变来变去……脸之外的东西，醒来喝杯咖啡，或吃一片扁扁的米色苯丙胺药片，就会忘得一干二净。好像是黎明时分，在一个宽阔的卡车停车场，路上刚洒过水，点缀着油褐色斑点，橄榄色的卡车都装了车篷停在那里，每一辆都藏着秘密，每一辆都在严阵以待……可是，他知道那东西就在其中的一辆车子里……他一辆辆搜查，最后找到了，标记却无法读出。他爬上车厢，躲在篷布下面，冒着灰尘在褐色光线里等待。后来，从驾驶室后边那扇视线模糊的玻璃窗里，他看到一张脸转过来，一张熟悉的脸……但脸部特征就定格在转动的过程里，在眼光相碰的瞬间……那是“帝国驱魔斗士”，一种最善隐藏的纳粹猎狗，一九四一年的德国威玛狗冠军，耳朵里面刺有良种狗编号“416832”。它们在追猎，跑遍颇似伦敦的德国，肝灰色身体越来越远，在昏黄的、布满瓦砾的运河边上慢跑。导弹从来炸不到它们，所以它们在狩猎区得以存留，像烈火蚀刻过的铁板，像一幅地图，描绘着一座被献作祭品的城市，描绘着人类及狗类的大脑皮层。狗的耳下垂轻轻晃动着，头盖骨上映出冬云的影子。它们跑入一座钢铁围护的掩体，位于城市下面几英里深处，像一出情节复杂的巴尔干歌剧，有着世外桃源的安全，却又不规则地点缀了一簇簇不协调的蓝色。他无法彻底摆脱，因为“帝国斗士”一直在奔跑，一声不响，导引着他，无法停止。就这样，他又回去乖乖地追逐它。他必须一次次回去，像狂热的回旋曲。最后，在一个漫长的下午结束时，在收到一次又一次末日大决战的急令之后，他们来到一座山坡上，两边是深红的九重葛，道路是金色的，上面尘土渐起，烟柱分布在远处蛛网般的城市上空，他们就是经由这座城市来到这里的——空中有声音讲述着南美洲化作灰烬的故事，那种新的、所向披靡的死亡射线使纽约上空紫光闪烁，而这里才是那条灰狗最后转身的地方，琥珀色的狗眼谛视着波因茨曼的眼睛……每一次，每一回转身，他的血、他的心都如受到抚摸与抽打，变得亢奋无比，摇身化作冰冷的夜光虫，然后开始膨胀，化作炽光，化作熔化一切的铝热剂，光亮冲天。心室壁先是血红，而后橙黄，再后来就是白炽，然后开始松弛下来，流动如蜡，倒塌的迷宫里传出轰响，胆气与胆怯共存，管理者与阿里阿德涅同在，这一切都熔化在他的光芒里，在他疯狂的爆炸中……

很多年前。那些梦他差不多已不记得了。曾几何时，在他和与他决战的野兽之间有了中间人。可这些人却容不得他有一点反常，容不得他与死亡产生爱恋……

可是，现在有了斯洛索普，情况会变化吗？——不管怎么说，他都是从天而降的安琪儿，是热力学的奇迹……或许，他波因茨曼到底还是该和弥诺陶洛斯干一场？

斯洛索普现在应该是在里维埃拉[①]，饱暖淫欲样样满足。而在英格兰这里的冬末，那些被抛弃的野狗依然在街巷间游荡，在垃圾箱里嗅来嗅去，在白雪地毯上滑动、打斗、逃跑，在自己普蓝色的水坑里冷得发抖……它们极力躲避着嗅不到、看不见的东西，躲避着某只吼声如雷、威慑无穷的猛兽——它们一听猛兽的吼声，就会倒在雪地上，哀鸣着，打着滚，乖乖把柔软的肚子露出来……

波因茨曼是否因一个未经实验的人类学科而抛弃了它们？对这个项目的价值，至少不能认为他毫无疑虑。让德·拉·纽特牧师去关心它的合理性吧，他是这里的牧师嘛。可是……那些狗呢？波因茨曼了解它们。他巧妙地撬开了它们的意识之锁。它们无秘密可言。他可以把它们弄疯，又能以足够剂量的溴化物让它们恢复正常。可是斯洛索普……

就这样，这位巴甫洛夫信徒在他的办公室里发抖、不安，觉得自己突然老了。该睡觉却睡不着。斯洛索普可不是以前的那个孩子了，简单地控制条件反射是解决不了问题的。自己做了这么久医生，不也会形成某些特定的条件反射吗？他没那么傻：他知道没那么简单。斯佩克特罗死了，而两天前，就在距离圣维罗尼卡几个街区的地方，斯洛索普（有受迫害感；老家伙，悠着点哦）和他的达琳在一起。

这样的事情一件接一件发生，准确得可怕。你当然不会想当然地把

---

① 里维埃拉：法国东南部和意大利西北部沿地中海的度假胜地。

它们看作因果关系了。但你却在寻找某种机理来解释这一现象。你进行探查，还设计了一个程度适中的试验……他欠斯佩克特罗太多太多了。这个美国人即便不是法律上的杀人犯，至少也是病人。应该查找病因，寻找疗法。

波因茨曼知道，此举面临一种危险的诱惑。其根源就是对称性……要知道，当初他就是在对称性的诱导下才走进花园里去的：这种对称性来自一些试验结果……来自一种假设，即任何机制都有其镜像，比如“扩散”，比如“相互诱导”……谁说两者只能存在一个呢？或许这次又是同一情形。为此，他竟饱受折磨：“外部”，导弹袭击，V-1和V-2两种对称的秘密武器，声音互逆……巴甫洛夫说明了“内部”镜像的混淆过程。对立意识。那么现在“外部”又有什么样的新病理？发生的这些事件，或者历史自身，有了什么病症，能够像这些遥控的武器一般缔造出对称的对立面？

前兆和病症。莫非斯佩克特罗说得对？“内部”和“外部”真的可能属于同一疆域？只要客观地看……客观地……他波因茨曼应该在界面上寻求答案……不是吗……就在斯洛索普中尉的大脑皮层上。此人会因此而受苦——从临床的角度讲，也许还会被毁掉——可是，今晚又有多少人因为他的名字而受苦呢？天可怜见，白厅的那些人天天都斟斤酌两、斗危战险，相比之下，他在这里受的这点苦就显得有些微不足道了。有些微不足道。这里面有一样东西，太透明，移动太快，不好控制——超心理部的人可能会说是“灵力”——不过他知道，这次机会太好了，这个实验品就在自己手上。他得马上攥紧了，否则自己的命运也是一样——进入那些石廊。结局如何他是清楚的，所以他得考虑各种可能性，甚至包括“超心理部的人是对的”这种可能性。“我们可能都对，”他在今晚的日记里写道，“所以，有可能我们一切的推测，还有将来更多的意外发现，都会准确地指向一点：无论从心理学还是从历史的角度看，他都是个怪物。*我们永远不能放掉他*。我一想到战后他会消失在茫茫人海中，就有一种恐怖感，我自己无力驱除这种恐怖……”

◆ ◆ ◆ ◆ ◆

这些天，卡罗尔·埃温特不断得到天使的光顾和告令，他越来越觉得特异功能给自己带来了麻烦。诺拉·道增-特拉克曾经说过，那是他“辉煌的缺陷”。他的功能出现得比较晚，从另一个世界出来时已经三十五岁了。当时是早晨，他在泰晤士旁的河堤路上，在一个马路画家两支彩笔画出的两条线中间，鲑鱼淡成浅黄褐色，有二十来个瘦长的身影，衣着破烂，神情凄苦，与远处的铁栏杆及河水的烟气交织在一起。突然，有人借埃温特的身体说话了，声音很轻，诺拉几乎什么也没听到，甚至没听清是什么东西控制和使用了他的身体。当时没弄清楚。有些话是德语，她还记得其中一些词的意思——那天下午，她去萨里见丈夫，问过他。不过她到的迟了，巨大的草坪上印出拖长的各色影子，有男男女女的，狗的，烟囱的。她身上染了些赭土，仅仅在面纱边上形成了一个扇形，夕阳下不怎么看得出来。她把赭土从马路画家的木盒子里偷出来，迅速流畅地转身，只在鞋尖上轻轻一抹，乳状的黄色颜料块便碎成粉粘在鞋面上，再也不掉了。她从劳埃德·乔治[①]那座表情乖戾的、穿淡紫和海绿的雕像处开始，朝上游方向在人行道上画了个很大的五角星：她把埃温特拉到中间的五边形里站好——头上是哀叫的海鸥组成的王冠。然后，她自己也跨了进去，带着一种本能和母性——对所爱的人，她都是这样的。她画五角星的时候竟也是亦端亦谐的样子。谁又能百分之百安全呢？哪里都是有魔祟的……

即便在这样的时候，他还是没有感觉到她正在消逝？……他是不是从“墙”的另一面吸取了控制力才得以坚持下去呢？她在他的意识中渐渐模糊，他的那只阳世眼则像一盏灯悬在夜晚的边缘，也许就只十分钟，却暗藏凶险，无法解救：戴上眼镜，点上灯，坐在西窗前，可光还在消逝，你不断失去光明，而且这回可能永远回不来了……这个时间正好可

---

① 大卫·劳埃德·乔治（1863—1945）：英国政治家，一九一六年至一九二二年任首相，推广了英国全国健康保险计划。

以学会臣服，学会像灯光或某种音乐一样消失。这种臣服是他得到的唯一礼物。过后，他什么也想不起来了。偶尔也会卖卖关子：卖的并不是词语——他嘴里说的明明就是词语；卖的是词语背后的光晕——当然是在有得卖的时候。这也只是一会儿的事情，有如梦幻，抓不住，续不上，转瞬即逝。自他来“白色幽灵”后，罗洛·格罗思特已给他测过无数次脑电图了。一切和正常成人一样，只有一点异常：嘿，好像有一两处地方，颞叶上出现了五十毫伏峰值，忽左忽右，实在没有任何规律可循——实际上，这些年来研究者们一直进行着火星上有没有运河之类问题的争论——艾伦·斯罗思特发誓说他在左前额看到了较慢的δ波，怀疑那里有个肿瘤；去年夏天埃德温·特瑞克尔则声称是“弱化癫痫的小发作式峰波交替，其奇特之处在于比通常三周 / 秒的频率低得多”——不过，有一样事实不容否认：特瑞克尔头天晚上一直在伦敦和艾伦·兰普莱特及其赌友们鬼混。过了不到一周，导弹就给了兰普莱特一个机会，让他知道了埃温特来自另一个世界，证实了别人关于他的说法：他是两个世界的界面，能通灵。兰普莱特认为比率是五比二。可他现在已经说不了话了：软醋酸纤维 / 金属唱片或打印文本的任何东西都可能化作其他十来个鬼魂中的任意一个。

它们已经按照自己的时间标准来到这里了，经过的距离远得足以使布里斯托尔[①]的那所学院对超心理部的怪人们瞠目结舌，并对他们进行考察，全面产生怀疑。你瞧，那是罗纳德·柴里科，著名接触感应者。他的眼睛轻快地眨动着，双手稳定地保持着一英寸的距离，朝包牛皮纸的那个盒子比画着。盒子里面妥妥帖帖地藏着战争早期的物品：一条深栗色领结，一支残破的“舍费尔”自来水笔，一副色泽黯淡的白金眼镜。这些东西属于一位叫“猛士”圣·布勒斯的上校，他驻扎在伦敦以北很远的地方……这位柴里科是个长相普通的小伙子，可能略胖点，这时候他开始用车床般嗡嗡的内地口音背诵起上校的秘密履历来。其中说到他

① 布里斯托尔为英国西部港口。后面所说的学院不可考。

对掉头发的焦虑，对唐老鸭卡通电影的入迷，还有吕贝克[①]空袭期间的一件事。此事并没有危害安全，本来只有他和他的僚机驾驶员（现已去世）知道，他们说好了不报告的。其实，圣·布勒斯后来又亲自证实了这件事——他嘴巴微张，微笑道：哦，我这是聪明反被聪明误哇。现在告诉我，你是怎么弄出来的？是啊，柴里科是怎么弄出来的？他们那些人是怎么弄出来的？玛格丽特·阔特顿隔了好几英里的距离，不说话也不碰机器，是怎么在唱片上和钢丝录音机上弄出声音的？现在又是哪些灵魂要聚集在这里说话？那些五位数字组合是怎么回事——到现在为止，工作人员中的自动论者即牧师德·拉·纽特博士已经记录了好几周的数字，而且有一种不祥的感觉：伦敦没有人能破解得了。还有，最近埃德温·特瑞克尔有关飞行的梦又做何解释？特别是这些梦在时间上还与诺拉·道增-特拉克向下掉落的梦相关联？他们这些人当中到底凝聚了什么东西，使每个人能以各自的诡异方式相互证实，但又说不出来，甚至用办公室里的行话也说不出来？苍天不安，因果失定。界面那边的那些灵魂，就是我们称为死者的人，越来越躁动、含糊。就连卡罗尔·埃温特自己的附体灵魂，一向冷静尖刻的彼得·萨克撒——就是很久以前的那一天在河堤路上找到他，此后一直找他传送信息的那个鬼魂萨克撒——也变得紧张不安了……

最近，好像所有的人同时把频道调到了空中的第 X 号节目。"白色幽灵"又出现了新的各色怪人，日夜不语，瞪着眼睛，等待关注，拿着黑色的金属机器和玻璃饰品，脸色苍白，神思恍惚，极端亢奋地等待着那个唯一的问题来引发他们的胡言乱语，以每分钟两百个词的速度宣扬他们的特异功能。真要命。我们该怎样看待伽文·特里佛尔呢？他的功能甚至还无法命名哪（罗洛·格罗思特想称之为"自动变色"）。伽文是这里年龄最小的，只有十七岁，他可以用意念控制一种氨基酸即酪氨酸的代谢，从而产生黑色素，这种色素呈棕黑色，与人的皮肤颜色有关。伽文还可以抑制这种代谢，好像是通过控制血液中苯基丙氨酸的浓度来实

---

① 吕贝克：德国北部一城市。

现的。所以，他的皮肤颜色可以变成最可怕的白化病肤色，也可以一路变下去，直到很深的紫黑色。只要他专注意念，就可以在任何一种情况下将某种颜色保持好几周。一般情况下，他会分心，或者忘记，于是皮肤颜色便会渐渐复原到放松时的状态，白皙，有雀斑，红头发。你可以想见，在那次黑人支队电影胶片的拍摄中，他对葛哈特·冯·高尔的价值有多大：他给他们省了若干小时的化妆和照明时间，起到了可变反光镜的作用。关于其中原理，罗洛的解释最好，但也极度含糊。我们知道，产生黑色素的真皮细胞即黑素细胞在我们每个人的胚胎早期曾经是中枢神经系统的一部分，但随着胚胎的生长，组织不断分化，这些神经细胞中的一部分脱离了未来的中枢神经系统，转移到皮肤，成了黑素细胞。它们保存了原来的树枝形状，有神经细胞典型的轴突和树突。只是树突在这里的作用不是传送电信号，而是传送皮肤色素。虽然目前还缺少发现的支持，罗洛·格罗思特认为这其中有某种联系，某种细胞的记忆，就像遗留的殖民地，对大脑指挥部的信息仍有反应。这种信息可能小特里佛尔并没有意识到。"那是其中的一部分，"罗洛在寄往兰开夏郡的家信中对大格罗思特博士写道——他小时候听哥哥讲过绿牙齿詹妮的故事，说妖怪詹妮在外面的沼泽里等着要淹死他，所以他现在处心积虑地要报复，"是一出古老而隐秘的戏剧的一部分。在剧里，人的身体只是一套很隐晦、很神秘的节目符号——好像我们能够感受到的身体只是这个伟大节目的一张纸片，扔在一座宏大的石头剧院附近的街头，而我们无法进入这座剧院。我们听不懂那错综复杂的语言！舞台很大，比泰荣·格思里先生[①]常用的暗景还要暗……镀了金色，装了镜子，红色的天鹅绒，一层层的包厢，也都在暗影中。在幽深的舞台——比我们所知道的任何几何形状都要深的舞台——上面，有些声音在某个地方诉说着我们从未听过的秘密……"

——你瞧，来自中枢神经系统的一切我们都得归档。过一阵子就会

① 泰荣·格思里（1900—1971）：一九三六年至一九四八年间曾任伦敦一家剧院的导演，以导演《理查三世》和《哈姆雷特》的黑暗布景及明暗手法著称。

成为该死的累赘。大多数都是纯粹的废物。可又很难说什么时候它们会用得着其中的某些东西。半夜，或者紫外线辐射最强的时候——要知道，在它们而言没有任何区别。

——你有没有到过……唔，达到过表皮级?

（长久的停顿，年长些的间谍坦然谛视着，脸上闪过几种表情——开心，怜悯，关心——最后年轻些的又说话了。）对—对不起，我的意思不是——

——（突兀地）我终究还是应该告诉你，这也是要传达的内容之一——

——告诉我什么?

——我以前听到的话。我们把它一代代传下去。（她没有找到足以叫人信服的表情来掩饰自己。我们隐约觉得她对此还没有达到习以为常的程度。此刻，她为了不失身份，语气尽量轻缓，甚至温和。）我们全都达到了表皮级，小伙子。有些一下子就达到了，有些要过一段时间。不过人人迟早都得到达表皮。没有例外。

——人人都得——

——没办法。

——那不是……我还以为那只是其中——唔，一个级别。一个可以去看看的地方。不是还有……

——奇特的景色，唔，没错，我也这样想过——不寻常的构造，依稀可以看见外面的辐射。可是，你知道吗，我们全都在那里。千千万万，变成界面，变成角质，失去感觉，悄无声息。

——哦，上帝呀。（停顿，他试图想明白——然后又惊慌地顶了回去：）不——你怎么能说这种话呢——你感觉不到有记忆?有拉线……我们只是在流亡，我们是有一个家的呀！（对方不语）就在那里！不是在界面上，而是在中枢神经系统！

——（平静地）大家都是这样想的。落地的火花而已。创世之初打破的花瓶碎片而已：在末日之前的某一天会以某种方式召回家园。国王的信使在最后时刻来临。不过我告诉你，没有这样的命令，没有这样的家园——只有千千万万的最后时刻……别无所有。我们的历史就是最后时刻的集合。

她穿过那个复杂的房间，里面挤满了光滑的皮子、涂了柠檬的柚木、缭绕的薰香、铮亮的器皿、褪了色的金黄加深红色中亚毯、肋条毕露的挂式熟铁器——她从舞台前穿过，走了很久很久，吃着一只橘子，酸酸的，一瓣接一瓣地吃。她走着，罗缎衣裙美妙地飘动着，精工细作的衣袖从加宽的肩部垂下来，最后在长长的、有扣子的袖口收紧，全都是叫不上名的土色调——树篱绿，土褐，氧化的意蕴，秋日的气息——最后一丝夕阳挣扎着攫住喜林芋的叶子，街灯透过它们的梗和手指状叶子照进来，在她脚背的切削式钢搭扣上洒下一种幽黄，在鞋侧呈条纹状而下，照到高高的鞋后跟上。鞋子样式独特，擦得极亮，柔和的橘黄光洒在上面竟如无色一般。它们拒绝接收这种颜色，像拒绝性虐狂的亲吻。她的脚步走过之处，地毯轻松地上扬，鞋底和后跟的痕迹明显而缓慢地消失在绒面上。一声沉闷的火箭爆炸声从城那边传来，离这里很远，在东面，东面靠东南。鞋子上的灯光如下午的车流，或动或止。她停下来，想起什么来：常礼服式军服在颤动，数以千计的丝线挤在一起颤抖着，冷冽的灯光从上面滑过、滑落，又抚在它们毫无防卫的背面。烧焦的麝香和檀香的气味以及皮子和溅出来的威士忌的气味在屋子里变浓了。

而他则魂不守舍、身不由己，任她展示自己的美丽，对他或侵入，或避开，全随兴之所至。他除了驯顺地接受，除了填补她的静寂外，还能如何呢？整个屋子都是她的势力范围。在她以后跟为轴转身时，沾水的赛璐玢啪嗒甩出一道切线，沿刚才的路线回转时又直甩向前。他已经和她相爱十年了，这可能吗？不可思议。这种对“优异的缺点”的展示，其动力不是欲望，甚至不是微弱的意愿，而是真空状态：全然没有人的愿望。有人叫她色情虚无主义……每个人，柴里科，甚至在他的想象中还有保罗·德·拉·纽特，以及小特里佛尔甚至听说还有玛格丽特·阔特顿，他们每个人都被用来证明“零”的思想体系……这就越发反衬出诺拉断然拒绝的可憎。因为……如果她真的爱他：如果她所有说过的话和这十年的同室相处、恩爱情语还算是真的……如果她爱他，同时又否定他，在短短的五比二之后否定他的功能，否定分布在他每个细胞中的东西……那么……

如果她爱他。他太被动，没有勇气进入她的内心——柴里科曾努力过……当然了，柴里科是个怪人。他笑得太多。其实也不是莫名其妙，他认为自己笑的对象是大家都看不见的东西。我们都在看一部荒谬的新闻短片，放映机投射出乳白色光柱，在石楠根烟斗、方头雪茄、阿布达拉斯和伍德拜的烟雾中变得厚浊……烟雾勾勒出灯光下军人和女士们的身影：有人戴着一顶外国帽子，上面颇有阳刚之气的绉绸像小刀般伸入剧院的黑暗中；一条浑圆的腿，穿着光闪闪的丝绸，脚趾向内，在前排的两个座位间懒洋洋地晃动；还有轮廓清晰的头巾帽和下面羽状的眼睫毛。这样的夜晚，罗纳德·柴里科在这些朦胧、渴望的情侣中间笑着，承受着孤独、尖刻、狂躁，从雨衣裂缝里往外挤粘胶——那是一种奇怪的胶布雨衣，稳定性极差……在她所有的臣服者当中，只有他冒着极大危险进入她的虚空，去寻找一颗他可以指挥其跳动节奏的心。诺拉虽然“没了心”，却也感到震惊。柴里科跪在那里，摇动着她的绸衣，过去的历史在他手心里旋涡般流动着——酸橙色、浅绿色、淡紫色的围巾过去了，饰针、胸针、嵌在三枝形金色框架里的乳白色蝎子（她的星座）、鞋搭扣、破碎的珍珠母扇、剧院节目单、挂饰，以及实行节约开支政策以前买的瘦直的黑色长筒袜……他的膝盖还不习惯下跪，他的手在游走、翻转、搜寻着她往日踪影的分子遗迹，而这些遗迹在万物流转中是多么容易消失啊！他的手不断运动，她则乐于发出拒绝令，巧妙化解他的进攻（距离很近，往往一击致命），就像在客厅里表演喜剧一般……

柴里科玩的这个游戏很危险。他常常觉得，仅从自己手指间涌进来的信息量就足以饱和到极点，将自己烧成灰烬……她好像铁了心，要用自己的过去以及过去的痛苦来征服他。而这些东西周围的刀刃，总是在石头上磨得很锋利，不断切割着他的希望，以及他们所有的希望。他真的很尊重她：他明白，她并非在耍女人的手腕，真的。她的脸已经不止一次转向外部辐射，却一无所见，这样一来，每次都会给她增加一分“零”的意念。结果就成了对勇气的挑战，至少也需要一定程度的自我欺骗，而这样的自我欺骗也在逐渐减少。他得承认这一点——纵使他不能接受她呆滞的残躯，不能容忍她喜欢既无愤怒又不极端冷漠的生活……其实，对于他了解他自己这一事实，她也不能容忍。他确实能接收到发射的信息和事物的痕迹……石头里面的喊叫声……看不见的、缝在旧衬衣抵肩上的粪便痕迹……未来的背叛，告密者由于内疚有一天会生出的喉癌，钟声像日光，穿过撕烂的意大利手套的指叉和镶纹……那个棕榈主日[①]，“猛士”圣・布勒斯提到的天使还在离指定地点数英里之遥的地方，他们飞到吕贝克上空，脚下是泛着毒气的绿色圆屋顶。就在飞机倾斜转弯、直冲而下时，只觉得上千家尖屋顶的红色瓦片在上下左右乱窜，身后的波罗的海消失在烟火中。这时候天使到了：大得吓人的冰晶嗖嗖飞过机翼后侧，碎开，被抛进陌生的白色深渊……过了半分钟，无线电上的沉默才被打破，对话如下：

圣・布勒斯：奇观二号，你看见那个了吗？结束。

僚机驾驶员：我是奇观二号——回答肯定。

圣・布勒斯：好的。

执行这次任务的其他人好像没有进行无线电联络。空袭过后，圣・布勒斯检查了回到基地的人员的设备，没有发现任何问题：所有的晶体检波器都在正确频率上，电流没有任何忽强忽弱的变化——不过其他人都记得，在冰块来临的那一阵，连电流声都从耳机里消失了。有人可能听见了尖厉的歌声，就像舰队停在冬天的船坞里，寒风吹到桅杆、横桅索、弹簧床垫形天线或抛物面天线上发出的声音……但只有“猛士”和他的僚机驾驶员看见了，当时他们的飞机嗡嗡飞着，面前是那张燃烧的脸，有好几里格[②]那么大，眼睛高达数英里，转动着，锁定了他们的飞机，虹膜红如火炭，渐渐自然过渡到黄色和白色。他们把所有的炸弹都

---

① 棕榈主日：复活节前的星期日，纪念耶稣受难前胜利进入耶路撒冷，受民众以棕榈枝欢迎。
② 里格：长度单位，相当于 3.0 法定英里（4.8 公里）。

胡乱投了出去——诺登投弹瞄准器真他妈脆弱，空气里的汗滴落在瞄准器转动的目镜周围，瞄准器对他们的突然爬升不知所措，把投向地面的炸弹投上了天空……

上校圣·布勒斯在汇报时，没有讲到这个天使，向他提问的那个空军妇女辅助队军官在基地是出了名的死脑筋兼母老虎（据她所言，布罗伊特和克瑞普汉姆都有精神病，因为布罗伊特在佩纳明德上空看到彩虹状的瓦尔基里[①],而克瑞普汉姆看到亮蓝色小精灵蜘蛛般散布在自己的“台风”战斗机机翼附近，乘着相同颜色的小降落伞轻轻落到海牙的树林里）。可是操他妈的，那真的不是一团云。从吕贝克起火到希特勒命令进行“报复性恐怖袭击”——也就是使用V型武器，两个星期中，小道消息盛传着“天使”一事。虽然上校似乎并不愿意透露机密，罗纳德·柴里科还是得以探测到那次飞行任务中出现的一些东西。“天使”便因此浮出水面。

接着，卡罗尔·埃温特试图把意念伸向圣·布勒斯的僚机驾驶员特伦斯·欧佛贝比。他在满天的ME战斗机[②]旁边向上蹦蹿，却无从摆脱。输入的信息混乱不清。据彼得·萨克撒透露，关于“天使”其实有很多版本，都说得通。有些版本比欧佛贝比的版本还容易到手。按照塔罗牌[③]的说法，这里有级别问题和“审判”问题……这是那场风暴的一部分。那场风暴横扫了他们所有的人，无论生者与死者。不堪回首啊。就埃温特而言，他常常感觉自己是纯粹的受害者，乃至于感到愤恨。彼得·萨克撒则诧异地觉得自己性情大变，开始怀念过去的生活、和平的岁月和虽然颓废却能吃饱了到处跑的魏玛[④]时代。一九三〇年在诺考伦[⑤]街头的一次冲突中，他被打了一警棍，抓了起来。现在，他百感交集地回忆起

---

① 瓦尔基里：北欧神话中战神奥丁的婢女，负责引导阵亡者的灵魂到瓦尔哈拉殿堂。

② ME战斗机：德国战斗机，第二次世界大战期间大量生产。

③ 塔罗牌：一种纸牌，共二十二张。俄国哲学家奥斯宾斯基著有《塔罗牌的象征意义》一书，其中第二十张“审判”配图为一天使，红色翅膀从白色云朵中伸展开来，与前面写到的圣·布勒斯所见情形相像。

④ 魏玛：德国中部莱比锡西南一城市。一九一九年，德国国民代表大会在此召开，建立魏玛共和国（一九三三年灭亡）。

⑤ 柏林的一个区。

那些夜晚：磨光的黑木，雪茄的烟雾；女士们戴着打磨过的翡翠，穿着平绒，擦着大马士革蔷薇油；墙上新画的彩色蜡笔画，很生硬；很多小桌抽屉里放着新药。他见到的不只是些“Kreis（圈子）[①]”，大多数夜晚他都看到了盛开的曼荼罗：社会各层次，首都各区域，手掌放在那张著名的血色桌面上，只用小指头相互挨着。萨克撒的桌子就像森林里的深水池，水面下各色物体在翻腾、滑落、上升……一天晚上，沃尔特·阿施（“金牛座”）有异物上身，吃了三片“神朋”（两百五十毫克）[②]才清醒过来。即便这样，他好像还是不愿意睡觉。他们都站在那里看着他，排着参差不齐的行列，很像运动员队形。染共体的温佩正好拿着“神朋”，与总参谋部附属机构的文职人员萨格涅相邻，侧面是刚从西南非回来的魏斯曼中尉，还有他带来的那个赫雷罗副官，一副目不转睛的样子，死死盯着他们所有的人和周围所有的一切……他们身后是一些女人，移动时衣服窸窸作响，金属饰片和反照率极高的长筒袜闪着光，黑白相间的化妆品喷香扑鼻，眼睛睁得大大的，哦……看着沃尔特·阿施的每张脸都是一座木偶戏台：每张脸都代表一种不同的套式。

……手伸好对垂下来手腕尽可能伸远些肌肉要放松控制呼吸……

……保持……保持……镜子里我脸色苍白三、三十、四只时钟在走房间里钟声嘀嗒不不能进去不行光亮不足不足不啊——

……剧院空无一物沃尔特在朝头上方看想取光取优质柔和的光用一块黄色滤光板……

（一只充气玩具青蛙跳到一片睡莲叶上，颤动着：表面之下隐藏着可怕的东西……晚到的抓捕……他已经漂过去了从那个本来要抓他回去的东西头上……看不出他眼睛里的内容……）

……mba rara m’eroto indyoze[③]（我做了个噩梦）……mbe mu munine m’oruroto ayo u n’omuinyo（梦里见他像活着一样）……（再远处有一团纱

① 原文为德语

② 作者虚构的药品。

③ 本句及下一句为赫雷罗语译音。

线或绳索，一张大网，一张绞结的皮子，还有扭曲的肌肉，被什么东西紧攥着，夜深时便打斗起来……同时还有一种死者光临的感觉，然后又感到他们不像表面那样友善……他醒来了，喊叫着，想弄清楚，但没有一个人的话叫他信服。死者们和他交谈过，他们到他那里，坐下，喝他的咖啡，讲先辈们的事情，或者讲来自南非草原其他地方的那些鬼魂的故事——因为在他们那边，时间和空间是没有意义的，是一体的)。

“有些社会学理论，”埃德温·特瑞克尔的头发四处飞扬着，一边说一边试图点燃满满一烟斗可怜的“烟叶”——秋天的叶子、草须的渣末、剩烟头，“我们根本还没研究过。比如有关我们自己命运的社会学。超心理部，心灵研究学会，奥尔特灵厄姆[①]那些想召魔鬼的老太太们——也就是说，我们这边所有的人，加起来只能算其中的一半。”

“说‘我们’的时候要小心点。”罗杰·摩西哥今天心里乱得很：卡方达不到完全一致，课本丢了，见不到杰茜卡……

“如果我们不考虑那些去了另一边的人，就说不清楚了。我们确实和他们有来往，对吗？通过埃温特这样的专业人士，还有他们在那边的附体者。而这所有的人组成了一个亚文化，或者如果你愿意的话，可以叫心灵社会。”

“我不愿意，”摩西哥干涩地说，“不过没错，我也觉得应该有人研究这些东西。”

“有些民族，比如这些赫雷罗人，他们每天都和祖先有来往。死人和活人一样真实存在。不用同样的科学方法研究死亡之墙两边的情况，你又怎么能理解他们呢？”

但是就埃温特而言，却不存在特瑞克尔心目中的那种社会交往问题。他没有记忆，没有个人记录。他只能读别人的笔记，或者听唱片。也就是说，他必须相信别人。这是一种很复杂的集体行为。他生命的最主要部分都必须依赖于那些负责在预期的他和真实的他之间做界面的人，依赖于他们的诚实程度。埃温特知道自己和萨克撒在那边非常密切，可是

---

① 奥尔特灵厄姆：英格兰曼彻斯特一郊区，以工业巨头多在此建别墅而闻名。

具体情形却想不起来，而且他是西欧人，从小就信基督教，一向把有知觉的“自我”及其记忆放在信念的首位，其他东西在他眼里则都是不正常的、不足道的，这就使他陷于困顿，陷得很深……

记录下来的文字包括两个数量相当的部分，分别涉及彼得·萨克撒和通过他联络上的其他鬼魂。他们比较详细地讲述了他对列妮·珀克勒的迷恋。列妮的丈夫是化学工程师，她本人则是德国共产党的积极分子，天天来回跑，从第十二区到他这里来开会。每晚她来的时候都像可怜的囚犯，他一看见就想哭。她混浊的眼睛里分明写着一种对生活的愤恨，但她不愿离开这种生活：她有一个自己不爱的丈夫，还有一个叫她感到内疚的孩子——她觉得自己没能给孩子足够的爱，却又没有学会如何逃避这种内疚感。

丈夫弗朗茨和陆军军械部门有某种关系，但是太隐蔽，萨克撒说不清楚，反正他们两口子之间的壁垒也与意识形态有关，又都没有足够的精力去解决这个问题。她参加街头的行动，弗朗茨则向雷尼肯村的火箭机构汇报工作——汇报工作之前的清晨时分，他会在挤满女人的家里胡乱喝些茶。他觉得这些女人都是闷闷不乐的样子，在等他从家里走开：她们拿着一捆捆传单，背包里塞满了书或者政治性报纸，要在黎明时把它们散发到柏林贫民区的院落里……

◆ ◆ ◆ ◆ ◆

她们浑身发抖，饥肠辘辘。斯图代特海姆没有供暖，少有灯光，却有千千万万的蟑螂。白菜的味道——第二帝国这棵奶奶时代的白菜，混着猪油味，这些年来和试图阻断它们的空气达成了妥协，伴着久病的、垂死的气息从行将倒塌的墙上发出来。其中一堵墙被楼上破裂的管道里掉出的脏物染成了黄色。列妮和其他四五个人坐在地板上，传着一大块发面包。这是 *Die Faust Hoch*①（《举起的拳头》）杂志一个潮湿的窝点，杂

① 德语，作者虚构的一左翼杂志名。

志都过了期，没人再愿意去读。女儿伊尔莎睡着了，呼吸很浅，几乎看不出来。她的眼睫毛在脸颊上部投下大大的阴影。

这次她们永远离开了。这间屋子可以再住一天，甚至两天……接下去怎么办列妮就没底了。她拿了一个小提箱装两个人的东西。所有的家当就一只提箱，他知道不知道这对于一个巨蟹座的女人、一个母亲来说意味着什么？她脸上有几道印子，弗朗茨的玩具火箭则去了月亮。彻底没戏了。

按平日的想象，她可以直接去找彼得·萨克撒。他就是不收留她，起码也可以帮她找个工作。可是，她现在真的和弗朗茨分手了，又……彼得会时不时表现出一种东西，一种可恶的、凡夫俗子的好胜心……最近，她把握不住他的情绪。他承受着很大的压力，据她猜测，这回的压力来自比平常更高的级别，他处理得又不好……

不过，即便彼得发起火来像个小孩子，也比她那个常常整晚一声不吭的双鱼座丈夫强——弗朗茨总是徜徉在幻想的海洋里，希冀死亡，把火箭神秘化。他正是他们需要的那种类型。他们知道怎样利用他的特点。他们几乎知道怎样利用每个人。那么，利用不了的人会如何呢？

鲁迪，万尼亚，丽贝卡，我们是柏林身体上的一块肉，是环球电影[①]的又一杰作，代表波希米亚的学生，代表斯拉夫人，代表犹太女人。看看我们吧，我们就是革命。当然，在这个“共和国”治下是没有革命的，连电影院里都没有，没有德国的《十月革命》。虽然列妮只是个年轻姑娘，不懂政治，但她也知道，革命和罗萨·卢森堡[②]一起死了。现在残剩的不过是“流亡加寓所”的革命，苟延残喘而已。在魏玛时代的荒凉边界上偷生，等待时机，等待卢森堡转世还魂……

情侣组成的军队会被打败。夜间，这类宣传出现在“红区”的墙上。是谁写的、画的均不得而知，叫人怀疑它们出自一人之手。也足以叫人

---

① 指德国环球电影股份公司。

② 罗萨·卢森堡（1870—1919）：德国社会主义运动领袖，一九一八年参与创立斯巴达克同盟，后成为德国共产党，一九一九年在斯巴达克同盟组织起义中被捕遇害。

相信民众的觉悟。这些东西算不得标语，应该说是短文，写出来是为了督促人们思考、丰富、转化为行动的……

“没错，”万尼亚在说话了，“看看资产阶级的表达形式吧。色情：爱的色情，有淫荡的爱、基督徒的爱、男孩和狗的爱，还有落日的色情、杀戮的色情、演绎的色情——哎呀，我们在猜凶手是谁的时候还叹息哪——他们用所有这些小说、这些电影和歌曲来瓦解我们的斗志，这些东西是通往那种‘绝对舒服’的途径，不管那种舒服造成的结果是更好还是更糟，”他顿了一下，鲁迪乘机来了个一闪即逝的苦笑，“那是一种自己制造的快感。”“‘绝对’？”丽贝卡光裸的膝盖跪在那里，身子斜过来给他递上面包，面包湿乎乎的，被她湿润的嘴唇洇软了，“两个人——”

“‘两个人’是他们的说法，”鲁迪的笑容里并没有多少洋洋自得的成分，可丽贝卡心里已经不止一次出现“男人的优越感”这个词了，这叫她伤心……他们为什么如此珍视自渎？“从本质上讲，这几乎是不可知的。大多数情况下都是一个人。你明白的。”

“我明白，两个人是可以同时达到高潮的。”她就说了这一句。虽然他们从未做过爱，她却有责备的意思。他转过身去，那样子就好像碰到了什么人，在不合时宜地招徕某个已无法再有任何进展的承诺。

列妮和弗朗茨一起虚度了许多时光，对于一个人达到高潮有足够的了解。开始，他的被动简直让她无法达到高潮。后来她明白了一个道理：她可以充分发挥想象，来填满他给自己的自由。这样会舒服些：她可以幻想他们之间的柔情（很快就幻想起其他男人来）——只是会更感孤独。倒是她脸上的皱纹加深得很慢，嘴巴也学不会绷紧扮酷，她常常惊讶于自己的脸：一张梦幻般的娃娃脸，别人一眼就能看出她的底细；脸上胖乎乎的，心不在焉的样子，正是这种缺陷让男人们把她当成未成年的小姑娘，就连彼得·萨克撒的表情里也流露过那个意思。而她寻找的梦正是弗朗茨痛苦呻吟时的那种，温柔，光明，可以使她罪恶的心得到救赎，无须再奔波、斗争；一个和她一样安静又不失强壮的男人来到她身边，街头成为遥远的记忆。这正是她最不可以做的梦。她知道必须扮好自己的角色。特别是还有伊尔莎在看着她呢。伊尔莎会不习惯的。

丽贝卡一直在和万尼亚辩论，同时也在卖弄风情。万尼亚一心想保持辩论的智性语言，这个犹太女孩却一次次回复以身体语言……很性感：膝盖上方大腿内侧的皮肤光洁如油，肌肉结实，表情机敏多变，“犹太式下巴”做势、前伸，舌头飞快地舔着嘴唇……被她带到床上会是什么样呢？不只是换了个女人，还换了个*犹太女人*……野兽般幽暗的犹太女人……大腿和屁股上流着汗，挑衅地朝你的脸拱动，裂缝边的黑毛呈细月型，沿两股伸出……那张脸从肩膀上方转过来，粗鄙而欢喜地微笑着……一切是那么突然，真的——趁着那些嗑药后面带笑容的男人在外面的大厅里溜达，她们在一间浅黄色的屋里找到了私人空间……“别，别那么用力。轻点。我来告诉你什么时候该用力……”列妮皮肤白皙、模样天真，而这个犹太妞肤色偏黑、浪语淫声，蛛网般的耻毛从盆骨开始，平滑地铺到腹股沟和小腹周围。相比之下，列妮便显得体格小巧、皮肤细腻。两个女人研磨、吼叫、喘息……“我知道会同时到达高潮”……列妮醒来的时候是一个人，犹太妞已经离开去另一个房间了——她根本不知道，有一阵列妮进入了婴儿般纯粹的睡眠，出现了和弗朗茨在一起从未有过的柔和状态……这样想着，列妮用手指梳理、拍打起头发来，这样可以表达自己对昨夜客户的感觉——然后慢慢走进浴室，脱光衣服，也不管有没有眼睛在看她，便滑进了温暖的水里，里面散发着常见的香水味……猛然，她大叫一声——穿过模糊视线的水雾，呀，她看见有人在台阶上俯视着自己……对，那是理查德·希尔施，鼠街[①]人，很多年前……她即刻反应过来：自己此刻的表情脆弱到了极点。她从他的眼睛里看到了这一点……

其他人在他们周围撩水、做爱、滑稽地自言自语，他们也许是他的朋友——没错游着蛙泳过来的那不是西吉吗？我们当时叫他“巨人”，不过到现在一公分都没长……那时候，我们沿着运河往家里跑，摔了一跤，跌倒在全世界最硬的鹅卵石上；早晨醒来看到大车辐条上的雪，那匹老马的鼻子里冒着白气……“列妮。列妮。”理查德的头发完全向后扬起，

---

① 虚构的街名。

金黄色的身体靠近来，把她从雾腾腾的浴缸里抱起来，让她坐在他身边。

“你应该……”她慌乱不堪，不知道怎么说才好，“有人说你没从法国回来……”她盯着自己的膝盖。

“就是法国妞也无法把我留在法国。”他还是老样子。她觉得他试图与她对视：他活生生就在眼前，说话很简明，相信法国姑娘一定比英国的机枪还要强硬……她一心希望他是纯洁的，她知道他在那里不可能和任何人在一起，她知道法国姑娘对他来说仍然是美丽而遥远的爱情使者……

列妮身上一点都没有工作了多年的样子，一点都没有。她还是那个他在公园小路对面看到的小姑娘，还是那个他在昏黄的暮色里倦倦归家时在街头碰到的。她的脸当时比较宽，向下垂着，漂亮的眉毛苦恼地皱着，背着书包，手插在围裙口袋里……墙里的有些石头白如面团……他从对面过来时她可能看到了，但他年龄比她大，又总是和朋友们在一起……

这时候，他们周围已经没那么哄乱了，因为理查德和列妮的缘故添了些恭敬，甚至羞涩。“不论迟早，做了就好！”西吉用矮人特有的尖声急急叫着，踮起脚给所有人的杯子里倒上五味酒。列妮去把头发重做了一下，脸上亮了一点，丽贝卡也和她一起来了。他们开始谈论未来的打算。理查德和她未经肉体接触就坠入爱河，这是水到渠成的事。大家觉得他要带她走了……

以前的中学同学最近一个个都出现了，带了些新异的吃喝和新出的药物，性方面也随心所欲、毫不掩饰。大家都懒得穿衣服。他们互相展示着裸体。没有人为自己的乳房或阳物大小感到不安、羞怯……人人都美好而放松。列妮在练习自己的新姓名“列妮·希尔施”，有时和理查德坐在一起吃早餐也练：“列妮·希尔施”。他竟然微笑起来，有些不好意思，想把眼睛挪开，却又躲不开她的目光，最后只好转过来，完全与她对视，朗声大笑，笑声里满是快乐，然后伸出手，用他亲爱的手掌托住她的脸……

一天，夜幕初降，在层叠的阳台、平台上，在各种高度的平面上，观众们成群结队，都在向下看，眼光聚焦在同一个中心，一群群女子绿叶缠腰，高高的常青树、草坪、流水，全国上下一片肃穆，总统①正在用堵塞的、浓重的鼻音请求下议院批准一笔巨大的战争拨款，突然他打断谈话："哦，操他……"这一声很快就变得不朽的"操他"，在天空中回响，在全国回响，哈，操他！

"我正在召回所有的士兵。我们将关闭所有的军工厂，我们将把所有的武器倒进海里。我讨厌战争。我讨厌早上一醒来就担心自己会死掉。"一下子，再也对他恨不起来了：他现在也像个人了，也会死了，和所有的臣民一样了。新的选举将进行。左派将推举一个女人，但从未吐露其姓名。不过，人人都知道她就是罗萨·卢森堡。他们将挑选平庸无能的候选人和她竞争，没人会投票给那些人的。"革命"将获得良机。总统承诺过了。

浴室里的朋友们欢乐震天。发自内心的欢乐：任何辩证活动都无法让心灵如此激情迸发。人人都在爱情中……

情侣组成的军队会被打败。

鲁迪和万尼亚又转入街头作战方法的争论。有个地方在滴水。街道伸进屋里，让人觉得它无所不在。列妮了解它，也痛恨它。叫人永远不得安生……你得相信陌生人，而这个人说不定就是警察的探子，即便当时不是，也可能很快就会是，因为街道荒凉得让他们无法忍受……她希望自己有办法不让孩子卷进来，但可能已经太迟了。弗朗茨——弗朗茨从来没有真正与街道有过牵连。他总是有借口。担心安全，怕被哪个穿皮大衣的、一直躲在附近伺机而动的摄影者偶然拍进镜头里。或者就是："伊尔莎怎么办？如果发生暴力怎么办？"如果发生暴力，他弗朗茨该怎么办？

她试图向他阐明一个人所能达到的境界——两脚进去，当你不再害怕，完全不怕，你就可以投入其中，慢慢进入最佳状态，铁灰色的感觉，但柔软如乳胶，然后那些人物开始舞蹈，每个动作都编排得恰到好处：女孩弯腰捡石头时珍珠色衣裙下的膝盖便会露出来；穿黑色短大衣和棕色毛背心的男子被警察抓住了一只胳膊，挣扎着抬起头，露出牙齿；年

---

① 这里的总统指保罗·冯·兴登堡（1847—1934），德国元帅，政治家，曾任魏玛共和国总统，任命希特勒为总理。

龄较长的自由人士穿着肮脏的米色大衣，给一个向前猛冲的示威者让路，回头从肩膀上看过去，一副“竟敢撞我”或“有冇搞错”的表情，眼镜片里满是冬日天空的炽光。有这样的时候，有这种可能性。

她甚至扯了一点微积分进来，把这种可能性给弗朗茨解释为逼近零的 Δt，无限逼近，纯净无比的零之光越照越近，时间的分割越来越细，一系列房屋间的墙体渐渐变成银色、透明……

但他摇摇头：“不是一回事，列妮。重要的是用一个函数求极值。Δt 只是为了问题的简便，使可能性现实化。”

他总是用这样的办法，寥寥数语便化激奋于无形。这寥寥数语甚至是信口而出的，是他的本能。看电影的时候他会打瞌睡，看《尼伯龙根之歌》的时候就睡着了，错过了匈奴王阿提拉从东方呼啸而来消灭勃艮第人的那一段。弗朗茨爱看电影，但看电影的风格就是这样，一直睡睡醒醒的。“你是‘因果’人①。”她大叫道。他睁开睡眼后是如何将看到的片段连在一起的？

他的确是“因果”人：他无情地纠缠着她的星象学不放，先说些她本该相信的东西，然后再推翻掉。“潮汐，无线电干扰，没啥别的。那里的变化不可能使这里产生变化。”

“不是产生，”她申辩道，“不是引起。一切都是同时发生的。是平行的，不是前后的。是隐喻。是症候和征兆。投射到不同的坐标系上，我也说不清楚……”她说不清楚。她要做的事情就是搞清楚。

他却不依不饶：“按你说的设计一个例子，让它应验呀。”

他们看过《月中女人》②。弗朗茨很喜欢，从中获得了一种优越感。他对电影里的技术问题大挑其刺，他认识其中几个搞特效的人。列妮则看到了一个飞翔之梦。很多可能性中的一个。真正的飞翔和梦中的飞翔

---

① 这里的“因果”当来自电影《尼伯龙根之歌》（弗里茨·朗导演，共两集）第二集“克里米尔德的复仇”中的佛家“因果”之说：暴力为安排好的“因果”，当来者必来，而“万事皆非偶然。爱恨嫉仇之祸，均由前因注定”。列妮所说的“‘因果’人”当有二义：信因果，懂因果。

② 弗里茨·朗一九二九年在德国环球影片公司拍的科幻片，在美国发行时影名为《乘火箭去月球》。

同在。都是同一运动的组成部分。不是先 A 后 B，而是同时发生……

他做什么事情长久过？如果那个犹太色狼普夫隆鲍姆没有把自己运河边的油漆厂付之一炬，弗朗茨也许还会勤业奉家，一心一意守着那个犹太人不切实际的“图案漆”开发计划，耐心地溶解一块又一块晶体，小心翼翼地控制温度，使那种非结晶态的涡流这一回终于在冷却时突然变成条纹、圆点纹、格子纹、六芒星纹，而不是清晨醒来只看到一堆黑炭，漆罐炸成深红深绿的碎片，满是焦木和石脑油味儿——普夫隆鲍姆则绞着手，叹息连声。卑鄙的伪君子。还不是为了保险赔偿。

因此，弗朗茨和列妮有一段时间饿得肚子发瘪，而列妮肚子里的伊尔莎又在一天天长大。能找到的工作都很次，薪水也不足以糊口。他处在绝望的边缘。而后的一天晚上，他在沼泽众多的郊区碰到了慕尼黑工学院的老朋友。

那时候他是无产阶级，整天出去贴传单，宣传马科斯·施莱普兹希的电影幻想。列妮则躺在家里保胎，背疼得实在受不了才被迫翻个身。所谓的家，其实就是一栋廉价公寓楼最边上一个后院里的大垃圾箱，里面摆了些家具。等他桶里的糨糊用光、广告贴完，天早已黑了，变得寒气袭人。而那些广告，或被撒尿，或被撕掉，或被人画上“卐”字。（广告上的电影可能是限额的，要不就是印错了。反正他按照传单上的日期去电影院时，发现那里黑乎乎的，大厅里到处是墙皮碎片，电影院深处传来一声巨响，是拆除的声音，却阒无人迹，也看不见任何光亮……他大声喊，却没有任何回应。拆毁还在进行，发电棚后面的远处传来响亮的吱吱声，他注意到，发电棚里已经空无一人了……）他东奔西跑，筋疲力尽，最后竟跑了好多英里，向北进入雷尼肯村。那里有一溜小工厂，屋顶上盖着生锈的金属薄片，窑洞，棚屋，夜幕下废弃的砖块构造物，修理铺里用来冷却的水停在水缸里，上面浮了一层泡沫。偶尔有灯光闪烁。空荡荡的，地块里长着杂草，街上没有一个人影，可是这里的玻璃每天晚上都会被打碎。大概是风吧，把他带到一条土路上，走过已移交当地警察部门的旧军营，穿过小屋、工具仓，来到有一个大门的铁丝网前。他看到大门开了，一股力量把他推了过去。他听到一种声音，就在前面某个地方。世界大战前的一个夏天，他和父母去度假，乘有轨电车到了莱茵瀑布。下了一段台阶，来到旁边一座尖顶木亭里，周围云雾缭绕、彩虹缤纷、火星点点。瀑布在轰鸣。他紧紧拉着 Mutti（妈妈）和 Papi（爸爸）的手，感觉像一同悬在寒冷的雾气中，依稀看见上面的树紧依在坡边，一片湿绿，下面的游船则几乎开到了瀑布轰然落入莱茵河的地点。而现在，在隆冬的雷尼肯村，在冻硬的泥土间，他形单影只，双手空空，踉跄穿过废旧军火供应站。周围长满了桦树和柳树，黑暗中一丛丛绵延到山上，或向下长入沼泽中。中距离处耸立着混凝土兵营和四十英尺高的土木工事。远处传来瀑布的声音，越来越清晰，唤醒了他的记忆。亡灵们找上了弗朗茨——它们不具人形，它们以能量或抽象的形式存在……

这时候，他透过胸墙缝隙看到了一枚小银蛋，还有一点火焰，纯净、平稳，从下面升上来，映出一些人影，穿着西装、毛衣、大衣，正从掩体或战壕里向下望。是一枚火箭，固定在控制台上，在进行静力试验。

声音开始变了，时断时续的。弗朗茨满心惊奇，却没有感到危险，只觉得这声音特别。突然强光四射，观看的人们迅速扑倒隐蔽。火箭噼啪爆裂，持续了很久，尖叫声弱了下去。那个银色的东西炸开时，弗朗茨跌倒在地。可怕的爆炸。金属碎片在空气中呜咽着，飞过他刚才站立的地方。他紧贴地面，耳朵嗡嗡直响，也不觉得冷了，一霎间竟不知自己的灵魂是否还在身体里面……

有脚步声传过来。他一抬头，看到了库尔特·蒙道根。整夜不息的风，也许是经年不息的风，把他们吹到了一起。他就这么想。是风在起作用。库尔特孩提时代的脂肪大多已变成了肌肉，头发渐稀，肤色变得比弗朗茨那个冬天在街上见过的任何东西都要黑，即便在混凝土暗影的包围中、在四散的火箭燃料残片余焰下，依然觉得黑。但他肯定是蒙道根，虽然过了七八年，他们都一眼认出了对方。他们曾同住在慕尼黑李比希街[①]上一座漏风的阁楼里。（弗朗茨当时觉得这个地址很吉祥，因为尤斯图

---

① 据考，李比希街距慕尼黑技术学院仅一公里，街道口的广场上有德国化学家尤斯图斯·冯·李比希（1803—1873）的塑像。

斯·冯·李比希是他崇拜的偶像之一，化学家偶像。后来预感果然得到印证，教授拉兹洛·雅夫博士来给他们上聚合体理论课。雅夫教授是货真价实的李比希最新一代传人：从李比希到奥古斯特·威廉·冯·霍夫曼①，再到赫伯特·甘尼斯特，最后到雅夫，嫡派正传，因果相依。）他们一起坐咔嗒咔嗒的有轨电车去技术学院上课，电车的三个接触臂细若虫足，在头顶的电线上尖叫而过。蒙道根学的是电机工程，毕业时去了西南非，搞一个什么无线电研究项目。他们写过一段时间的信，后来便中断了。好友相见，在雷尼肯村一家啤酒店一直闹到深夜，就像大学生到了工人中间，大声叫着，对火箭试验进行了喜气洋洋、规模宏大的回顾和分析——在浸湿的餐巾纸上胡乱涂抹，所有的人在酒杯叮当的席间同时说话，在烟雾和吵闹声中讨论热通量、比推力、燃料流量……

“试验失败了，列妮，失败了，”凌晨三四点时，弗朗茨摇摇晃晃地出现在家里的电灯泡下，脸上露出不经意的笑容，“可他们却一个劲儿说成功！二十千克的推力，只持续了几秒钟，不过以前从来没人做到过。列妮，我不相信自己看见了以前从来没人做到的事情……”

她以为他是想批评自己，怪自己把他拖入了绝境。另一方面，她也希望他长大。整夜在沼泽地里跑，还自称“宇航协会”，简直跟“候鸟”一样愚蠢！

列妮在吕贝克长大，家在特拉沃河边的一排平民房里。整齐的树木均匀分布在鹅卵石街道临河一侧，长长的枝条弯曲地伸到水面上。从卧室的窗口可以看到，天主教堂的一双尖顶凌驾于众屋顶之上。柏林那个后院垃圾箱里所经受的恶臭，正是要为她打开减压栓。肯定没错——她可以由此走出那琐屑的、令人窒息的彼得麦式房屋②，等日子好过了，革命成功了，该得到的终会得到。

开玩笑的时候，弗朗茨叫她“列宁”。谁主动，谁被动，这个问题已没有讨论的必要——但她还是希望他能改变自己。她和精神病医生聊过，

---

① 奥古斯特·威廉·冯·霍夫曼（1818—1892）：德国化学家。
② 彼得麦式：德国十九世纪的一种装潢。

对青春期的德国男人有所了解。他们仰躺在草地上、山上，望着天空手淫、渴望。命运在等待，凉爽如夏日的风，潜蓄在黑暗中。命运会背叛你，击碎你的理想，让你和父亲一样沾染上可恨的“中产阶级习性”，星期天做完礼拜，便叼着烟斗在河边的那排房子前溜达——给你穿上一身灰制服，让你成为一个脱胎换骨的有家男，一声不响地服满“刑期”，由痛苦到责任，由快乐到劳作，由忠诚到麻木。这一切都是命运的安排。

弗朗茨爱她，是神经质的那种，受虐狂的那种：他属于她，相信她会把自己背到另一个地方，脱离命运的摆布——好像命运就是万有引力。一天晚上，他迷迷糊糊把脸拱进她的腋窝，嘟哝着：“你的翅膀……哦，列妮，你的翅膀……”

然而她的翅膀只能托起自己的重量——她希望能带得起伊尔莎，但也只能是一阵子。弗朗茨的重量足以致命。让他在Raketenflugplatz（火箭发射场）[①]里寻找飞翔的机会吧，在那里他会得到军方和政治同盟的任用。只要他愿意，就让他飞到死亡之月上去吧……

伊尔莎醒了，在哭。整天没吃东西了。她们应该去彼得家试试。他有牛奶。丽贝卡把正吃着的最后一点面包皮贡献出来：“这个她会吃吗？”

丽贝卡不大像犹太人。为什么列妮认识的左派里会有一半犹太人呢？她马上想到马克思就是犹太人。他的书、他的理论对同族人有一种亲和力，他们热衷于希伯来式的大声辩论……她把面包皮给孩子，把她抱起来。

“如果他来这儿，就告诉他没看到我。”

她们到彼得·萨克撒家的时候，天已黑了很久。她看到他们正要开始做一场请神会。她马上意识到自己穿着褐衣、棉裙（下摆太高），鞋子磨旧了，满是城里的灰尘，身上又没有首饰。中产阶级的条件反射……她倒希望是中产阶级的遗迹。好在多数都是老女人。不老的又太扎眼。哼。那些男人看样子比较富有。列妮时不时看见有人翻领上的“卐”字银饰。桌上摆着一九二〇年和一九二一年的好酒。福尔拉兹堡酒，捷尔

① 原文为德语。

定酒，皮埃斯宝特酒——是个大场面呀。今晚请神会的目的是和已故外长沃尔特·拉特瑙[①]取得联系。读中学时，列妮和大家一起唱过当时街头流行的一首歌，反犹太人的，好听极了：

犹太大母猪拉特瑙
苍天不容把他炸掉……

拉特瑙被刺后，她好几个星期没唱歌。她深信，这个结果即使不是唱那首歌唱出来的，那首歌至少也算得上预言、咒语……

今晚的内容比较具体。要问前部长一些问题。进行了温和的筛选。理由是为了安全。只有部分客人可以进入彼得的客厅。那些已成为过去时的人物留在外面，说着闲言碎语，紧张地露出齿龈，手不停地动着……关于染共体，本周风传最盛的是它下属的“廉价电影股份公司”要清洗整个班子，因为有人给陆军最高指挥部提交了一份某种机载射线的设计方案。这种射线能使半径十公里内所有的人完全失明。一个染共体检查机构及时发现了这个计划。可怜的廉价电影股份公司！他们那么多人，竟然没想到这种武器将会对下一场战争后的染料市场产生多么巨大的影响。又是《众神的黄昏》[②]心理。那种武器叫作L5227，“L”代表光，是德国人又一个可笑的委婉表达法，就像火箭名称里的“A”代表“聚集体”，“染共体”本身的意思则是Interessengemeinschaft，“利益共同体”……那么，布拉格催化剂中毒案是怎么回事呢？在“化学异常工作处”的VIb组工作人员真的奉命紧急东飞了吗？是不是中毒的情况比较复杂，既有硒，又有碲？……一提到毒药名称，说话的人便安静下来，就像说到了癌症一样……

今晚参与请神会的精英们来自一些纳粹部门。列妮认出其中一个是

---

① 沃尔特·拉特瑙（1867—1922）：德国企业家，德国民主创建人之一。曾任德国外交部长（1922），被民族主义极端分子暗杀。

② 瓦格纳歌剧。

染共体某分部总经理斯马拉德。此人当初对她丈夫有过一阵兴趣，后来又突然中断了联系。这事儿有点神秘，有点邪乎，除非把当时的一切都归罪于经济……

她的目光在人群中和彼得相遇了。“我已经离开他了。”和彼得握手时，她边点头边低声说。

“你可以安排伊尔莎到一间卧室里睡觉。等一下我们谈谈好吗？”今晚他的目光明显有些斜睨，像传说中的福纳斯[①]。过去她的心不属于弗朗茨，现在也不会属于他，这一点他能接受吗？

“好的，没问题。你们在做什么呀？”

他“唔”了一声，意思是“他们没告诉我”。十年来，他们一直在利用他，各种各样的“他们”。但他从来不明白其中玄奥，除非偶尔出了意外，或者有人暗示，或者别人相互传递的笑容透露了天机。当事人的笑容，一面永远蒙着雾气的哈哈镜……

他们请拉特瑙的灵魂干什么？恺撒倒下的时候对受他保护的人们低声说了些什么？是 Et Tu Brute——官话吗？那是说出来哄你高兴的，等于什么都没说。遇刺的瞬间，权力和对权力的无知合而为一，死亡成为唯一的主宰。人到了这时候，就不会说官话了。话里说出的事实太可怕了，历史永远也不会接纳这样的事实，顶多把它看成骗人的阴谋——这种看法也未必绅士们才有。事实会遭到压制，在特别光荣的年代里也可能被装扮成另一副样子。在即将变身去另一个世界的时刻，拉特瑙会说些什么有关天命的话呢？很可能没什么太雷人的——当初在天使向他飞来、惊悚掠过全身神经的时候，他说过的话可能更雷人……

到时候就知道了。据那些历史记载，拉特瑙是国家卡特尔化的预言家和设计师。他从柏林作战处一个很小的部门起步，在第一次世界大战期间配合协作，为德国经济效力，控制供应、配额和价格，跨越、清除了公司间合作的障碍，即各自的机密和财产问题，建立了一个俾斯麦经济联合体，势力所到之处，任何账簿上都搞不成太多特权，任何协议都

---

① 古罗马传说中半人半羊的农牧神。

无法完全暗中操作。他父亲埃米尔·拉特瑙是德国电气总公司的创立者，但年轻的沃尔特并未停留在子承父业的层面。他有哲学眼光，看到了国家战后的发展。他把正在进行的战争看作一场世界性革命，从中脱颖而出的，既不是红色共产党，也不是肆无忌惮的右派，而是一种以经贸为唯一真实、合法权威的国家结构——毋庸惊奇，这种结构的基础正是他为德国打世界大战所设计的结构。

官方的说法就是这样。够冠冕堂皇了。不过，斯马拉德总经理和同事们来这儿不是为了听常识宣讲的。在疑心重的人看来，这个场合很像“墙”的两头——物质与精神串通的结果。它们知道的哪些东西是无权无势者们所不知道的呢？在多样化和统一化的外表下又隐藏着怎样可怕的结构呢？

绞刑架下的幽默。可恶的室内游戏。斯马拉德并不相信这些东西。他可是技术员加总经理。他需要的，也许只是正在形成的事物的迹象、征兆、保证，是“男人俱乐部”[①]里可以付之一笑的东西——“连犹太人都祝福我们了！”今晚不论附体灵魂说什么，他们都会强行变成或编成祝福的话语。这是对稀有物态的蔑视。

列妮来到一个房间，里面挂满了中国的象牙和丝绸饰品。她看到安静的角落里有张床，就躺到床上，一条小腿垂下来，想放松一下。弗朗茨这时候该从火箭发射场回到家里了。隔壁希尔伯施拉格夫人为他送上自己最后留下的信息时，他会眨巴着眼睛接住。柏林的光亮物之间传递着今夜许许多多的信息……霓虹灯、白炽灯、星星……这些信息织成一张信息之网，疏而不漏……

“道路很清晰，”一个声音从萨克撒翕动的嘴唇和白皙紧绷的喉颈间发出来，“你是受到控制的，最后一定要走上这条道路，一步一步走上去。从这里可以直接看清楚路的形状——不是我，我离得没那么远——很多人都看得清清楚楚……用‘形状’这个词其实不准确……我还是说实话吧。我觉得要合你们的意比较难。你们的很多问题，包括那些全球

---

① 据考，这是希特勒当权之前的一个俱乐部，为柏林的年轻贵族和金融界人士聚会之所。

性的问题，在我们这里不过是不值一哂的小岔路。你们走在一条曲折难行的路上，却自以为这条路宽阔笔直，是一条可以行走自如的高速公路。如果告诉你们，所有你们认为真实的东西全都是幻觉，会有用吗？我不知道你们是听得进去呢，还是会置若罔闻。你们只关心你们的道路，你们的高速公路。

“好了。苯胺紫：就在图案里。发明了苯胺紫，有了你们需要的紫红色。你在听吗，总经理？”

“我在听，拉特瑙先生。”染共体的斯马拉德答道。

“这里有皇紫、茜素、靛蓝，还有其他煤焦油染料，但最重要的是苯胺紫。苯胺紫是威廉·鄱金在英格兰发现的。鄱金曾师从霍夫曼，霍夫曼又师从于李比希。有一种环环相扣的东西，可以说是因缘，但又是有限的因缘……还有个英国人赫伯特·甘尼斯特，还有他培养出来的一代化学家们……接下去又发现了‘梦宁’[①]。你可以问问你们的温佩。他是环化苄基异奎宁[②]方面的专家。去了解一下这种药物的临床效果。我也不清楚。朝这个方向走似乎是对的。与苯胺紫—鄱金—甘尼斯特的发展轨迹相吻合。不过我只有分子，是草图……‘甲基梦’，和硫酸盐是一个道理。不在德国，而在美国。有一条线通向美国。另一条通向苏联。你们怎么能认为是我和冯·马尔灿[③]一手促成了《拉帕洛条约》呢？当时的出路就在东方。温佩可以证明的。温佩是联络员，从头到尾都有参与。你们又怎么能认为我们当时非常迫切，要克虏伯[④]卖机器给他们呢？那只是整个进程的一部分。当时我也没有现在看得明白。我只知道哪些事自己必须去做。

“想想煤炭和钢铁吧。两者是有共同点的。煤炭和钢铁的共同界面是煤焦油。想象一下，煤在地底下，透黑透黑，不见一点光亮，不折不扣的死亡之物。古老的尸体，史前的死亡，那些物种我们永远也见不到了。

---

① 据考，此药物为作者所杜撰。

② 据考，这里与化学方面的知识有抵牾。

③ 冯·马尔灿：一九二二年德国外交部东方部负责人，该年四月，与苏联达成《拉帕洛条约》。

④ 克虏伯：德国的钢铁和军火生产家族，对第一次世界大战后德国秘密地重新武装起了重要作用。

遮蔽在一层层无尽的长夜下，变得越来越老、越来越黑、越来越深。地面上，钢铁炽燃着滚出来，亮晃晃的。但是，为了炼出钢铁，需要从原煤中提炼出更黑更重的煤焦油。土地的粪便，清理后却能使亮铮铮的钢铁更加尊贵。以前没人重视。

“我们本以为这是个工业进程。其实不止于此。我们以前没有重视煤焦油。这昔日被忽略的粪便里有一千种不同的分子在等待天时。它象征着我们发现了秘密。解开了秘密。苯胺紫的一个意义就在于它是地球上出现的第一种新颜色，从阴暗、广袤、亘古的地底一跃而出，见到了天日。它还有另一个意义……是那种环环相扣的东西……我现在还看不了那么远……

“不过，以上所说全都是表面现象。事情的真相并不是从死亡到再生，而是从死亡到变形的死亡。你至多只能使几种已经死亡的分子发生聚合。而聚合并不是复活——总经理，我说的是你们的染共体。”

斯马拉德回答时比平日更多了几分冰冷和僵硬：“我们的染共体吗？我早该想想这个问题的。”

“你是要弄明白的。你要是喜欢，可以称这种形式为‘联络’。只要你需要，我随时在此恭候。你并不一定要听。你觉得自己更愿意听我说说你称之为‘生命’的东西：那个有机的、不断生长的染料同盟。不过这又是错觉。它只是个非常聪明的机器人。实际上，你越觉得它有活力，它就压得越深、变得越死。你看看那些大烟囱，它们是怎么扩散的？它们把粪便的粪便吹开去，落到越来越多的城市人口身上。从结构上讲，这些烟囱是抗压力最强的，经得起任何爆炸——甚至经得起最新的一种大型炸弹的冲击波，”——这句话引起了桌子周围的低声议论——“你们可能都知道了。它们的结构是一种持久的、有利于死亡的结构。死亡转化成更多的死亡，其王国越来越完善，正如埋在地下的煤，密度越来越大，覆盖的地层越来越多——一个时代覆盖了另一个时代，一座城市覆盖了另一座毁灭的城市。这就是‘死亡’这个表演者的特征。

“这些特征是真的。它们也是某个过程的症候。这个过程的形式和结构也和它们如出一辙。要理解它们就得追寻这些特征。所有关于因因果果的说法构成了世俗的历史，而世俗的历史只是一种障眼法。先生们，了解这些东西对你们有用，但对我们这里的人就不再有用了。如果你们想得到实情——我知道这只是一种假设——你们就得对那些东西的技巧进行钻研，甚至钻研到有些分子的心脏里去——事实上，是它们在控制温度、压力、流速、成本、利润，以及井架的形状……

“你们得问两个问题。一，合成的实质是什么？二，控制的实质是什么？

“你们认为自己已经知道了，你们紧守着自己的想法。可你们迟早是要放弃这些想法的……”

沉默自顾自地拉长着。桌旁的椅子上有人换了换姿势，但连在一起的小指仍旧保持着原有的姿势。

“拉特瑙先生？你能告诉我一件事情吗？上帝到底是不是犹太人？”问话的是海恩茨·踢肋，此人是个纳粹，桀骜不驯，爱打趣，好游荡。请神的人开始发笑，彼得·萨克撒准备回屋子。

◆ ◆ ◆ ◆ ◆

帕姆、伊思特灵、德罗蒙德、兰普莱特、斯佩克特罗等人是波因茨曼博士节日之树上的星星，照耀着这个最最神圣的夜晚。每颗星星都是一条冰冷的告示，宣布着此路不通。它们是不愿停留的太阳，向南方逃遁，一路向南，只留下我们面对永无尽头的北方。当然，凯文·斯佩克特罗是所有星星里最亮的，也是最远的。所有的人群都拥入骑士桥[①]，收音机里的圣诞颂歌嗡嗡叫，地铁里的景象一团糟，波因茨曼独自形影相吊。不过他已经收到圣诞礼物了，发—啦—啦—，他不必再满足于关注吃斯帕姆午餐肉的狗是否交配了，他有了自己的奇迹、自己真正的孩子，并养大成人了——目前潜在斯洛索普大脑皮层的某个地方，肩负着整个心理学童年的重任——是的，纯粹的历史，裹在囊中，不易起反应，

① 骑士桥乃伦敦一区域，当时人们常在此处的高档商店里购买礼物。

面对爵士乐、经济萧条、战争，都不为所动——如果你愿意，也可以看成是已故雅夫博士本人的一部分存活了下来，超越了死亡，超越了那个——那个古老迷宫中心那间屋子里的机关，你知道的……

他无人可问，无人可诉。他想：我的心，我的心此时溢满了阳刚和希望……里维埃拉的消息太喜人了。这里的实验开始顺利了，有转机了。普丁准将不知从哪儿弄到一笔多用途的款子，是什么地方的一笔综合性拨款或偿债基金，竟然增加了疏研室的资金。他也感到了波因茨曼的威力？还是买了什么保险？

这一天，波因茨曼发现自己的东西有了不规律勃起，这使他大为欢喜。他开始开玩笑，用英语开巴甫洛夫式玩笑。这些玩笑几乎全部围绕着一件扫兴的事情：拉丁语的“皮层”翻成了英语的“树皮”，至于狗和树之间的幽默关系[1]，是尽人皆知的，就不用说了（这些笑话很不雅，“促降计划”的人都很明智，都不要听。但和平常讲的笑话比起来，这些笑话又确实妙不可言，比如有一个就很经典：“为什么伦敦佬儿向圣安东尼奥[2]的牛仔大声叫？[3]”）。有一次，在“促降计划”一年一度的圣诞聚会上，波因茨曼由毛蒂·切尔克斯领着，来到一间储藏室，里面满是颠茄、纱布、蓟头漏斗，散发着医用橡胶的气味。她突然间跪下来解开他的裤子，而他则，天哪，神迷意乱地抚弄着她的头发，笨手笨脚，弄得很多头发从葡萄酒色的发带中散开来——哦，瞧瞧，面前这个“女奴”的大腿，活生生，光溜溜，红通通，热烘烘，长筒袜绷得紧紧的，唔，周围尽是些寒冷苍白的病房墙壁，远处的留声机里放着伦巴音乐，低音，木管，倦怠的、平板玻璃般的热带弦乐，大家都在那边跳舞，地板上没铺地毯，帕拉第奥式结构，半圆形屋顶，上千间屋子，微沉，共振，在墙壁和托梁间转移压力……大胆的毛妮呀，简直太不可思议了，把这支巴

---

① 英语里树皮（bark）一词也指狗叫。

② 圣安东尼奥：美国得克萨斯州中南部城市。

③ 这条谜语很复杂。其中的“伦敦佬儿（Cockney）”近似于中世纪英语里的“公鸡卵（cokeney）”，即男同性恋。而后文中一首著名的歌曲里，牛仔可以唱：“我是一朵玫瑰，来自圣安东。”暗喻两人为同性恋。

甫洛夫传人的阳物吞得尽可能深，就像吞一把剑，直直的，从下巴到肩胛，每次放开都会发出淑女般的轻咳，苏格兰威士忌的气泡鲜花般从肚子里直往上冒。她的手向上抓住了他毛料裤子松弛的后裆，捏皱，松开——这个动作太突然、太意外，波因茨曼只能被动地摇晃身体，略带醉意地眨着眼睛，啵，他怀疑自己是在做梦，要么就是找到了最佳配方。他使劲回忆着，硫酸安非他明，每六小时五毫克，昨晚睡觉时零点二克异戊巴比妥钠，今早什锦早餐维生素胶囊，酒精一盎司，是每小时一盎司——过去一直如此……那个是多少 cc 来着，哦天哪，我高潮了。我高潮了吗？是的……哦……毛妮儿呀，亲爱的毛蒂，她在吞咽，一滴都不浪费……她安静地笑着，最后松了嘴，将那只正在软下来的鹰儿送回冰冷的单身巢穴里。她在储藏室里继续跪了一会儿，风穿过屋子，灯光很亮，一首欧内斯托·莱库奥纳[①]的曲子沿着走廊传过来，可能是《西波涅》[②]”——走廊很长，可以和回到浅滩的航路、土石建造的城垛和古巴的棕榈主夜相媲美……一个维多利亚式造型，她的脸贴在他腿上，他青筋突出的手抚着她的脸。没有人看到他们，当时没有，以后也没有。在接下去的冬天里，她会时不时地和他眼光相碰，然后开始脸红，红得像她的膝盖。可能她也从实验室来过他的办公室一两回，但由于某种原因，他们再也没有做过这件事：这是在战争中、在英格兰十二月压抑的气息里突然迸发的炽热，这是一个完美宁静的时刻……

无人可诉。毛妮儿知道，目前形势挺好。“促降计划”的账目都要经过她的手，她无所不知。可是他不能向她诉说……起码不能毫无保留，不能确切说出他的希望，对自己他都从来没说过……他的希望就在前面的黑暗里，以相反的形式表现着，以恐怖的形式，以所有的希望都已破灭的方式，以他发觉自己已经死亡的方式——那是个愚蠢、空洞的笑话，宣告他的“巴甫洛夫历程”已经终结。

这时候，托马斯·宫西兑也察觉到了同事波因茨曼脸上和脚步里的

---

① 欧内斯托·莱库奥纳（1895—1963）：古巴作曲家、指挥家、钢琴家。

② 古巴爱情歌曲。

细微变化。宫西兑胖乎乎的，圣诞老人式的胡子过早地白了，像个东倒西歪、不修边幅的戏子，无时无刻不在演戏，总想语带双关，既有威尔士的乡土幽默，又有钻石般硬邦邦却往往无人问津的真理，就看你怎么听了。他的歌喉简直匪夷所思——空闲时，他会出去溜达，从围在战斗机跑道外的铁丝网边走过，看有没有更大些的飞机——他特别喜欢在那些“空中堡垒”全速起飞的时候练习《王冠》[①]的低声部。这时候，你竟然还能听见他的声音，骨头里都能感到震动，一直可以传到斯托克波杰斯[②]。唔。有一次，一位女士，一位姓司内德的太太，甚至从贝德福德郡的卢顿村[③]写信给《泰晤士报》，询问是谁在唱《王冠》，男低音那么漂亮。宫西兑好酒，以粮食酒为主，加上其他东西，配方之神奇只有疯狂的科学家才搞得出来：牛肉汁，石榴浆，止咳糖浆，加上苦涩的、叫人打嗝的其他溶液，如蓝黄芩、缬草根、益母草和凤仙花之类——能弄到什么是什么。他饮酒的配方属于刚劲一路，威尔士的传说和歌曲里常有的那种。他的嫡系祖先是《亨利五世》里那个到处跑着强迫人们吃韭葱的威尔士人。不过你们这些坐着的人没份儿。波因茨曼从未见宫西兑坐过，也没见他安分地站过——他像一枚硬币，沿着一长排病态的、垂死的脸滚来滚去（停下来，你这浑球），就连波因茨曼也能从他手势、呼吸和声音的细微变化中注意到一种强烈的爱意。那些脸的主人是黑人，是印第安人，是德国犹太人，讲的是哈利街听不到的方言——他们的家被炸毁，他们受冻、挨饿、无处躲避风雨，他们的脸上，甚至孩子们的脸上，全都有一种近乎痛苦、晦气的神色，这使波因茨曼感到吃惊。他比较习惯于伦敦西区那些绅士味的表情和气质，包括他们天生的厌食和便秘，而这些是宫西兑无法容忍的。在宫西兑的病房里，有些病人的基础代谢率很低——三十五，——四十。X 片里那些骨头连接处的白线越来越粗，从舌底刮下的垢在他那台黑色旧细纹望远镜下开出了奋森氏咽峡菌之花，

①《王冠》：十八世纪英国作曲家爱德华·佩罗内特写的一首圣歌。

② 斯托克波杰斯：英格兰中部偏东南一村庄，位于伦敦以西，通常认为是托马斯·格雷的《墓园挽歌》的背景。文中的机场在伦敦以西，斯托克波杰斯则在机场再往西七英里处。

③ 卢顿：伦敦北面一村，距宫西兑唱歌处约有五十英里。

丑陋的小尖牙砍斫着，企图把它们当时依附的、缺乏维生素的组织搞成溃疡。你瞧，这根本就是另外一个世界。

“我不知道，伙计——对，我不知道。”他慢动作般把胖胖的手臂从刺猬色的斗篷里甩出来。此时，他们已回到医院，走在纷扬的雪花里——对于波因茨曼，这场雪分明把他们和其他东西隔开了：修士和教堂，士兵和驻地——宫西兑却没有这种感觉，他还没有全然回到现在，还有一部分困在早些时候的情景里。街道空空如也。今天是圣诞节。他们向山上宫西兑的病房里走着，雪幕静静地、不停地落在他们和医院开裂的墙壁之间。这些墙壁在石青色的视差中蜿蜒开去，变得白茫茫、昏暗暗。“他们多么坚强啊。那些穷人，那些黑人。还有那些犹太人！威尔士人，威尔士人也曾经是犹太人吗？是以色列一个迷失的部落，一个黑色的部落，在陆地间漂泊了很多个世纪？哦，不可思议的漂泊啊。最后他们来到了威尔士，你瞧。”

“威尔士……”

“他们留了下来，成了布立吞人。你瞧，如果我们都是犹太人又会如何？像种子一样撒开？依然在从古老的拳头里向外飞。伙计，我相信是这样。”

“你当然相信了，宫西兑。”

“那我们呢？你呢？”

“我不知道。我今天没有犹太人的感觉。”

“我是说向外飞的感觉？”他的意思是单独向外飞，永远分开。波因茨曼知道他的意思。于是，他心中的某种东西被出乎意料地触动了。这时候，他感觉到圣诞的落雪钻进了靴子的裂口，酷寒之气直往里钻。宫西兑身侧棕色的毛料衣服在他眼睛的余光里移动着，像一片有色保护区，像一个堡垒，抵制着不断加浓的白色。向外飞。飞吧……宫西兑，数百万的小冰片斜斜落在他斗篷下巨硕的身体上——从现状看，那些冰片根本不可能在落点上消失。于是他又恢复了醉步踉跄、心怀畏惧、喋喋不休的状态——那本书的诅咒。不过，此时此刻，波因茨曼那卑微的心里真的希望宫西兑能活下来……虽然自己太腼腆，或者说太骄傲，从未对宫西兑笑过——除非有什么话要说清楚，值得他对他笑……

他们走近时，狗跑出来冲他们叫。它们也学会了波因茨曼的“专业眼光”。宫西兑哼着《阿伯里斯特威斯[①]》。守门人的女儿爱丝特拉出来了，脚边跟着一两个冷得发抖的孩子，手里拿了一瓶圣诞节喝的什么东西，很辣，但喝下去不到一分钟就叫人胸膛发热。走廊里充斥着煤烟味、尿味、垃圾味和隔夜卷心菜煎土豆的味道。宫西兑喝着瓶子里的东西，跑来跑去和爱丝特拉打情骂俏，还和她最小的孩子阿奇绕着她丰阔的、穿着染色羊皮裤的臀部，做一种速度很快的“他去哪儿了——他在这儿”的游戏。爱丝特拉一直往他身上拍，但他太快了，拍不上。

宫西兑往一个煤气表上哈气，煤气表整个冻住了，没法投币进去。可怕的天气。他围在表跟前，嘴里骂骂咧咧，弓着身子，斗篷的侧边垂下去，拥裹着，像电影里谈情说爱的情景——宫西兑，太阳般散发着热量……

会客室的窗外，有一排光秃秃的军装色白杨、一条运河、一个白雪皑皑的铁路调车场，再远处是长长一条煤屑，犬牙交错的样子，昨天导弹炸过的余烬还在燃烧。煤烟形状散乱，被落下的雪花弄得或斜，或旋，或碎，或回落地面。

“这是目前最近的一颗了。”宫西兑站在烧水壶边，空气里飘着硫黄火柴的酸味。过了一会儿，他依然看着煤气炉：“波因茨曼，你想不想听听真正发神经的话？”

“你也会？”

“你最近有没有看看伦敦地图？这场大灾难，所有这些流星雨般的导弹，一直在朝这里倾洒，你瞧见的。白厅那边才是导弹应该去的地方，可它们偏不去，却要冲我身上来，我觉得这很可——耻？”

“你说这话，简直太不爱国了。”

---

① 阿伯里斯特威斯：威尔士主要城市，威尔士大学学院所在地。以此命名的颂歌由查尔斯·威斯利作于一七四〇年，收为英国国教赞美诗第四百一十五首。

“哦，”宫西兑朝一个脸盆里又是咳嗽又是吐痰，“你不愿意相信。你干吗要相信呢？你属于哈利街，我仁慈的耶稣基督啊。”

他在放诱饵——这是皇家学会研究员宫西兑惯用的伎俩。一阵怪风，要不就是空气中出现了变温层，把美国轰炸机深沉的合唱式轰鸣向他们送过来：那是死神的白色合唱会。一辆机车正在转向，在下面的轨网中悄无声息地穿行。

“它们的落点呈泊松分布。”波因茨曼小声说道，准备接受质疑的样子。

“毫无疑问，伙计，毫无疑问——这个看法很有道理。但它们分布在整个该死的东区，你瞧见了。”阿奇或者别的什么人用棕色、橙色、蓝色画了张宫西兑的像，背着医疗包走在一条扁扁的水平线上，正经过一个绿色的煤气厂。医疗包里装满了酒瓶，宫西兑则在微笑，一只知更鸟从他胡子里的鸟巢中探出头来张望着，还有蓝色的天空、黄色的太阳。“可是，你想过其中的原因吗？是城市妄想症，这么多个漫长的世纪里一直在乡—下生长？就像有智能的生物？像演员，像荒唐的模仿者？波因茨曼！它在复制所有合理的力量？经济的，人口的，甚至是随机的力量。你瞧见的。”

“你说我瞧见的，是什么意思？我瞧不见。”波因茨曼靠在窗边，背后是白亮的下午景致。他的脸看不清，只能看见两只眸子里闪着小月牙状的灼灼亮光。要不要把身后的窗栓悄悄拨开？换言之，这个粗野的威尔士人是不是发狂了？

“你瞧不见他们的，”裹着织锦的水壶开始冒汽，壶嘴呈天鹅状，沾了些铁锈，“黑人和犹太人，在暗夜之中。你看不见的。你听不见他们的沉默。你已经习惯于大声说话，习惯于朗朗白日了。”

“还有狗叫声，没错。”

“我的医院一事无成，只有失—败，你瞧见的。”宫西兑开始露出凝滞的、醉汉般的微笑。“我能治好什么病？我只能把他们送回去。又回到外面去？回到那种状态里去？那还不如在欧洲这儿呢，打一仗，上夹板、吃药，让他们全都进入最—弱状态，尽可能少杀—人？”

“喂，你难道不知道这是在打仗吗？”波因茨曼手拿酒杯说。话一出口，便看到了可怕的愤怒之色。平心而论，他是希望胡扯些淡，让宫西兑没心思再说这些城市妄想症之类的话。波因茨曼宁愿谈谈今天医院那边接收的被导弹炸伤的人员。可这人是个驱邪法师，是个诗人，能用歌唱召回沉默，用咒语指挥白人骑士。波因茨曼不明白，宫西兑却很清楚：有一部分日程计划就是要坐在这间简陋的屋子里对牛弹琴，而波因茨曼先生扮演的完全就是他自己——程式化，爱生气，难理解……

“在某些城市里，有钱人住在高处，穷人们则在下面。在另外一些城市里，有钱人占着海边，穷人们则必须住在里头。目前在伦敦，这种可怜分层也呈阶梯状？泰河越宽，离海越近，就越可怜。我只是想问，这是为什么？因为船舶运输吗？因为要符合土地使用的模式，特别是与工业时代有关的模式吗？是古—代部族的一种禁忌，在英格兰世代相传至今吗？非也。真正的理由是来自东面的威胁，你瞧见的。还有来自南面的威胁：当然是来自欧洲大陆的。这儿的人都想先往下走。我们是牺牲品，西区的、河北边的那些人就不是。噢，我并不是说那种威胁有这样那样的具体形式。政治的，不是。即使城市妄想症患者们做了梦，我们也不知道是什么样的梦。也许这座城—市梦到的是另一座城市，敌—人的城市，漂洋过海来侵略入海口……或者梦见了黑夜的波涛……火焰般的波涛……或许还梦到自己又被广袤、沉—默的欧洲主大—陆吞噬了？这和我毫无关系，这种城市之梦……可是，万一这座城—市是一个不断长大的肿—瘤，已经若干世纪了，一直在变化——如果真是这样该怎么办？那些衣衫褴褛的卒子，那可耻的象和怯懦的马，我们所诅咒的一切，我们无可挽回地失去的一切，都被抛在这里，暴露着，等待着。下面的情况我们是知道的，别否认——我们知道，波因茨曼：欧洲前线有朝一日一定会这样发展？朝东方移动，非要导弹才行，还要知道火箭什么时候会匮乏。问问你的朋友摩西哥？看看他地图上的分布密度？向东，向东，向河南岸——我的朋友，那里是臭虫栖息之所，也是导弹落得最密的地方。”

“你说得对，宫西兑，”波因茨曼呷着茶，明智地说，“这样确实很偏执。”

“没错。”此时宫西兑拿出了一瓶过节喝的“威使69”，准备倒一杯庆祝一下。

“为婴儿们干杯。”他笑着，露出了牙齿，完全一副疯态。

“婴儿们，宫西兑？”

“哦。我自己不是一直在绘图吗？一直在分析产房里的数据。本次袭击中出生的婴儿也符合泊松分布，你瞧见的。”

“哦——那就怪了。可怜的小杂种们。”

后来，将近黄昏时，若干只棕里透着深红的大蟑螂像精灵一样出现在壁板上，笨拙地朝贮藏室移动着——母蟑螂们也怀孕了。几只身体如婴儿般半透明的护卫跟在身边，活像护航的舰队。到了夜里，在轰炸机、高射炮和火箭爆炸声的间歇里，可以听到它们的声音，和老鼠一样大，咬噬着宫西兑的纸袋，在身后留下了和它们身体颜色相同的粪便痕迹和脚印。它们好像对水果蔬菜之类的软东西不太感兴趣，它们咬的是扁豆大豆之类的硬东西，也包括它们啃得动的其他东西：纸啊，挡路的塑料啊，需要打通的边缘物啊——你瞧，它们是统一事业的执行者。圣诞虫。它们深藏在伯利恒那只马槽里的草料深处，吃力地移动、爬行，跌倒时在金黄的草网里亮出闪耀的红色，可以照亮上下数英里的那种红色：那里是它们可以吃、可以暂住的地方，它们时不时会咬穿而过，粉碎某些神秘带菌体的攻击——它们把附近的虫子吓得屁滚尿流地从你身边逃走，而你却坚定地用腿足顶住金黄的草茎里时时传来的颤动。一个静谧的世界：温度和湿度几乎完全不变，时间的循环也弱化了，完全顺从着轻柔宜人的光色变化——金黄，古黄，阴影，然后再来一回。也许婴儿的哭声传到了你耳朵里，但那只是不可见的远方迸发的一种能量，你几乎感觉不到，十有八九根本就没注意。那是你们的救世主啊，你瞧……

◆ ◆ ◆ ◆ ◆

碗里，两条金鱼摆出双鱼座的样子，头对着尾巴，一动不动。彭妮洛普坐在那里，望着它们的世界。有一只微型大帆船模型沉在水底，一个瓷制潜水员穿着潜水衣，还有那些石子和贝壳，是她和姐妹们从海边带回来的。

杰茜卡姨妈和罗杰叔叔在外面的厨房里拥抱亲吻。伊丽莎白在走廊里逗克莱尔。她们的妈妈上厕所了。猫咪黑子在椅子上睡觉，简直是一朵要变成其他东西的乌云，只是此刻恰好像一只猫罢了。一个小时前刚落了一颗导弹，在南边某个地方。今天是节礼日。傍晚很安静。克莱尔得到一个黑色人偶。彭妮洛普得到一件毛衣。伊丽莎白得了一件罩衣，以后彭妮洛普还可以穿。

今天下午罗杰带她们去看的童话剧是《汉赛尔与格莱特》。克莱尔一到剧院就钻到座椅底下。别的人都在下面悄悄动作。那些穿军装的高个子叔叔们很专注的样子，在他们和搭着大衣的椅背间，时不时会闪过一根辫带或者一袭白领。舞台上的汉赛尔本该是男孩子，却是个高高的女孩，穿着紧身衣和罩衫，蜷缩在笼子里。可笑的老巫婆嘴边冒着白沫，在布景里攀爬。漂亮的格莱特在烤箱边等待机会……

这时候德国人往剧院附近的街上扔了一颗导弹。几个婴儿哭了起来。他们受了惊吓。格莱特挥动扫帚正要打巫婆的屁股，这时停了下来，放下扫帚，观众渐渐安静下来。她走到脚灯前，唱道：

啊，别让它抓到你，
它会抓到你，只要他们愿意，
可是我敢说有个东西你看不到：
它又大又丑，就在那里等你，
黏糊糊的爪子要伸到你头发里！
啊，杂货店主愿今天有彩虹，
清运工正在把领结打系……
一切都化作同一首快乐的歌儿，
一张薄荷的脸出现在天际！

“现在一起唱。”她微笑道。她真的把观众们鼓动起来了，罗杰也在其中。于是大家唱道：

一张薄荷的脸出现在天际，
还有凋谢的旧梦在你心里，
你会被一张馅饼打中，
我们的童话剧就要开启！
啊，汤米今晚要睡在雪堤，

杰瑞①今晚要把飞行学习——
我们会飞到月球，我们将高过天顶，
在我们聚乙烯的空中家里……

在漂亮的聚乙烯空中家里，
你手里拿着漂亮的白金别针——
啊你妈妈是一挺胖大的机枪，
你爸爸却年轻而沉闷……

（低语，断唱）
啊，经理，正在吸玉米棒，烟斗，
银行家们，正在吃，他们的爱妻，
全世界都乱了，乐队还在演奏，
翻翻口袋，给自己一个惊喜……

翻翻口袋，给自己一个惊喜，
其实没有一个人在那里！
正是舞会结束后的时节，

① 这里的“杰瑞”和上一行的“汤米”又分别有“德国兵”和“英国兵”之意。

楼梯上的灯盏就要熄去……

啊棕榈树在海滩上低语，

救生员发出一声叹息，

孩子们哪，你们听到他们的声音了

那些孩子正在学习死去……

彭妮洛普爸爸的椅子空着。椅子在角落里，旁边是放灯的桌子。此刻，椅子是正对着她的。她可以看到钩编的围巾搭在椅背上，上面有很多疙瘩，灰色，茶色，黑色，棕色，全部看得一清二楚。在围巾的图案上，或者是在围巾前面，有什么东西在动：开始时只是折射的光线，好像空空的椅子正前方有个热源似的。

“不，”她本是低语，声音出来却挺响，“我不愿意。你不是他。我不知道你是谁，反正你不是我爸爸。走开。”

那东西的胳膊和腿无声而僵硬。她盯着它。

“我只想见见你。”

“你想控制我。”

在这个家里，魔鬼附体并不是什么新鲜事。真的是爸爸基思吗？爸爸在她只有现在一半大的时候就被带走了，现在回来却已不是她心中的模样，而是成了一个蜗牛般的硬壳——里面是柔软的、肉乎乎的灵魂，带着微笑和慈爱，触摸着自己的肉身，但这肉身要么已经朽烂，要么被“政府的死神”一点点咬掉了——在此过程之中，活人被迫变成西方魔术主流中所说的“壳里颇似”，即“死人躯壳”……现在的上天也用这个办法，给完全在坟墓这边的男女制造体面。其实，这两个过程都没有什么尊严或慈悲可言。妈妈和爸爸们被限定要主动去死，但可以选择相对喜欢的死法：得癌症或心脏病，遭遇车祸，去战场上打仗——把他们的孩子单独留在森林里。他们会跟你讲，爸爸们被“带走”了，实际上爸爸们是离开了家——实情就是如此。爸爸们是在互相打掩护，就这么简单。能有这个东西来，把房间擦得像玻璃一样干爽，在旧椅子里滑上滑下，这也许比没死的爸爸更好，没死的爸爸你爱他，却得眼睁睁看着死亡发生在他身上……

厨房内，壶里的水在翻滚，尖叫着开了。外面刮着风。另一条街某个屋顶上的石板滑落下来。罗杰把杰茜卡冰冷的手放入胸前的衣服里，想给她暖和一下。他隔了毛衣和衬衣摸着这双手，冰凉冰凉，交叠在他胸部。她却尽量站开，浑身在发抖。他不只是想暖和她可喜的双手，还想让她浑身都暖和起来，愿望之强烈超出了正常限度。他的心和壶里的水一般翻滚着。

事情开始露出端倪了：她要离开他很容易。他第一次明白了：为什么这种事情和死亡是一回事，为什么她离开时他会痛哭。他慢慢学会了判断：什么时候自己对她毫无控制力，只有用瘦巴巴的、只能做二十个俯卧撑的胳膊拉住她……她走了，火箭的落点也就无所谓了。然而，地图、女孩、火箭落点三者的巧合问题又悄然出现在他心头，悄然如冰，叛逆的分子们以网格结构移动着，冻僵了他。如果他能和她在一起更久些……如果他们在一起时发生了导弹轰炸——换个时代，这可能让人们觉得罗曼蒂克，但在死亡的氛围里说这种话，某些情况下就更有欺人之嫌了——而他们又难得相聚……

如果火箭没有炸中她，她还会拥有她的中尉。该死的海狸 / 杰瑞米就是战争，而他只是这狗屁战争发表的每一个主张——我们的目的是为了工作，为了政府，为了节约：这些比爱情、梦想、灵魂、感官重要，比一天里闲散、心不在焉时的鸡毛蒜皮重要……这两个该死的家伙，他们弄错了。他们疯了。杰瑞米会无趣、含混地呼唤着她，把她当作天使带走，可笑的疯子罗杰则会被遗忘掉——将来，在和平年代的理性化权力结构中，他无法找到一席之地。她将遵从丈夫的命令，她将变成一个家庭官僚、下级合作者，把罗杰作为一个错误的回忆——谢天谢地，幸亏她没有选择这个错误……哦，她感到一阵疯狂的冲动——没有她，他到底该怎么活下去呀？她是英国的暖日，护着他瑟缩的双肩；是寒冬的麻雀，捧在他的手里。在树枝和干草的世界里，在愿望还没有被赋予预示其可能无法实现的名称之前，她是他心目中最无辜的人，是他自然、优雅、快乐的巴黎女儿，置身于永恒的镜子之下，强烈排斥各类香水，用羔羊皮做衣服的腋窝——这一切，较之于他的贫困、他更为宝贵的爱情，都太容易了。

你在我的一个又一个梦里徜徉。你可以通达我最后的、最鄙陋的角落，而在那里，在废墟中，你找到了生命。所有的语言、形象、梦幻、幽灵，哪些是“你的”，哪些又是“我的”，我不再分得清楚。已经理不清了。我们俩已经成了一个新的人，一个不可思议的人……

他的举止一向很实在。孩子们在街道上唱着：

听吧，传令的天使在唱：
辛普森夫人掐痛了国王[①]。

壁炉架上，苏提的儿子基姆藏在那里，等着做他最近唯一喜欢的事情。泰国人基姆是个斗鸡眼，胖得惊人。除了吃饭、睡觉、做爱，他还喜欢跳到妈妈身上，甚至压在她身上。妈妈在屋里跑来跑去尖叫，他就躺下来大笑。伊丽莎白和克莱尔已经吵得很凶了，杰茜卡的姐姐南希从洗手间里出来制止了她们。杰茜卡从罗杰身边走开，去擤鼻涕：喝，喝，呜——手帕取开……她这种声音他很熟悉，鸟叫声一样熟悉。“哎，冤家，”她说，“我觉得要感冒了。”

你要感“战争”的冒了。它把你感染了，我不知道如何防止感染。哦，杰丝。杰茜卡。别离开我……

① 应与爱德华八世和辛普森夫人的感情问题有关。

第二部　埃尔曼·戈林赌场的休假

你们会拥有好莱坞最高大、最黝黑的领袖。

——梅里安·C. 库珀与费伊·雷[①]的对话

① 本引语出自一九六九年九月二十一日《纽约时报》关于电影《金刚》的一篇特写，作者为费伊·雷。梅里安·C. 库珀（1893—1973）：美国制片人，一九三三年合导电影《金刚》，获巨大成功。

◆ ◆ ◆ ◆ ◆

今天早晨，远远近近的街道早早就被市民们的木鞋底踩得嘎嘎响了。海鸥们在空中的风里觅食，翅膀一动不动地张开，轻快地滑翔着，忽左忽右的；有时又轻动翅肩发力，在雪花中升起：这分分合合的雪网哟，犹如看不见的手指，悠哉游哉地洗着雪白的法罗牌[①]……昨天初来乍到，在下午的散步道上觉得这里比较阴郁：海面灰蒙蒙的，天空里的云彩灰蒙蒙的，埃尔曼·戈林赌场也灰扑扑的，棕榈树是黑色锯齿状，几乎一动不动……然而今天早晨，这些树在阳光照耀下又恢复了绿色。左侧远处，那些古老的环形管道已经斑驳，干黄干黄的，沿海角伸开去。那里的房子、别墅都被烤成了暖赭色，土地上所有的颜色，从浅白的本色到烧出的深蓝，都受到了轻度的腐蚀。

太阳还未升高，等一下它会照到一只鸟儿的翅尖，把那些光闪的羽毛变成卷曲的刨冰屑。斯洛索普在自己房间的小阳台上看着空中的鸟群，牙齿咯咯作响，浑身抖个不停——电炉在屋子最里面，腿上几乎感觉不到任何热量。他们把他安排在朝海的一面，单人间，楼层很高，楼

---

① 法罗牌：一种用于赌博的简单纸牌游戏，类似于牌九。

面呈白色。快蹄儿·马科曼菲克和朋友泰迪·布娄特两人同住大厅那边的一间。他把手缩入汗衫的罗纹袖口，两只胳膊抱在一起，打量着这奇妙的异国晨景，自己气息的幽灵也化入其中，感受着旭日最初的温暖。他想吸第一支烟，同时也执拗地等待着有声音突然响起，作为这一天的开始——第一颗导弹。他一直都清楚，自己处在一场北移大战后方的边缘，这里的爆炸声顶多来自香槟瓶的软木塞、豪华希斯巴诺-苏莎[①]的发动机——希望还有那种奇怪的、表示爱情的掴掌声……不在伦敦？没有导弹袭击？他能适应吗？当然能，不过等到适应的时候也就该回去了。

"瞧，他醒来了。"布娄特穿着军装，悄悄走进房间，咬着点燃的烟斗，快蹄儿跟在后面，穿着细条纹休闲西装。"黎明即起，在侦察海滩上哪个或者哪两个单身女士，肯定的……"

"睡不着。"斯洛索普打着哈欠回到房间，身后，鸟儿们在阳光里滑翔。

"我们也是，"快蹄儿道，"肯定得好几年才能适应。"

"天哪，"布娄特今天早晨简直是喧宾夺主，夸张地指了指那张大床，猛地倒在床上，身体剧烈地起伏着，"斯洛索普哎，他们准是提前得到了你要来的消息！豪华间！知道吗？他们把废弃的储藏室给了我们。"

"嘿，你都给他说了些什么呀？"斯洛索普到处翻找着香烟，"我是叫范·约翰逊[②]什么之类的吗？"

"正是，在对付姑娘方面，知道吗——"快蹄儿在阳台上晃动着绿色的黑猫香烟盒[③]。

"英国人很矜持的。"布娄特一边说一边在床上弹动，以便加强语气。

"哦，十足的疯子，一群被军队开除的人闯到我屋里来了，好吧……"斯洛索普嘟哝着，往自己专用的盥洗室走去。他满意地站着，撒手而尿，用双手点烟。他对那个布娄特还是有点怀疑。应该是快蹄儿

① 希斯巴诺-苏莎：一种富人们开的豪华车，曾驰名欧洲。其制造厂于一九三八年关闭。

② 范·约翰逊（1916—2008）：美国电影演员。长相帅气、举止优雅，1940年代尤受少女喜爱。主演的影片有《姑娘太多》《双姝夺鸾》等。

③ 黑猫香烟：一种中档烟。

的一个老朋友——他啪地把火柴扔进马桶，火柴发出短暂的“嗞”声——但他对自己说话的口气有点奇怪：恩赐的口气？也许太多疑了……

“你希望我给你们安排小妞吗？”在马桶冲水的哗啦声里，他大声说，“我还以为你们一过海峡，双脚一踏上法兰西的土地，就成了瓦伦蒂诺[①]呢。”

“我听说过战前的某些传统，”快蹄儿在门口晃悠着诉苦，“可是布娄特和我是新一代的成员，我们得靠美国专家喽……”

一听这话，布娄特从床上跃起，试图用歌曲晓谕斯洛索普：

英国人非常腼腆（狐步舞）

（布娄特）：

英国人非常腼腆，
卡萨诺瓦[②]与他们无缘，
要说征服女人的心哪，
美国人一路领先。

（快蹄儿）：

——瞧，你们英国人不够勇敢
跨越大西洋就没了胆，
你们的女人不够浪漫，
不过说实话我不明根源……

（布娄特）：

多妻的美国佬小妞不少，
惹得英国人也或荡或骚，

（快蹄儿）：

---

① 鲁道夫·瓦伦蒂诺（1895—1926）：意大利裔美国演员，以其在无声电影中浪漫的主角而出名，如《酋长》和《血与沙》。

② 卡萨诺瓦（1725—1798）：意大利冒险家，所写《自传》多有风流韵事，后世以其名喻登徒子之流。

私下里却对他又畏又敬，
当他是克劳塞维茨[①]发了情。
（合）：
美国人有床上功夫，
英国人有潇洒风度，
哦，要是一人兼有两点，
美人们将怎样陶醉欢叹！
可是你我都知道英国人非常腼腆。

“那你们可是来对地方了，”斯洛索普点点头，心领神会的样子，“不过可别指望我帮忙。”

“教教怎么开始就可以了。”布娄特说。

“我，我，快蹄儿，”这时候，快蹄儿在阳台上朝下面使劲嚷，“知道吗？快蹄儿。”

“快蹄儿。”外面的楼下隐约传来一群女孩的声音。

“J'ai deux amis，aussi[②]（我也有两个朋友），太巧了。Par un bizarre coincidence（太巧了），差不多这么说，oui（是吗）？”

斯洛索普正在刮脸，手里攥着满是泡沫的獾毛刷，闻声慢慢走出来看究竟，布娄特冲出来，撞了他一下，跑到同胞的左侧，从他的肩章处朝下觑，看到三个女孩的俏脸，向上仰着，头戴大大的太阳帽，帽子的草底衬托着她们的脸，个个绽放着炫目的笑容，眼神神秘得如身后的大海。

“我想问你们，”布娄特道，“où（哪里），où，唔，déjeuner（早饭）？”

“很高兴给你们帮上忙了。”斯洛索普一边含混地说着，一边往快蹄儿的脖子上涂肥皂泡。

“哎，跟我们来吧。”女孩们的叫声盖过了海浪声。其中两个女孩举

---

① 卡尔·冯·克劳塞维茨（1780—1831）：普鲁士军官、军事理论家，死后有三卷本《战争论》出版。
② 原文为法语。本段后面的外语均为法语。

起了很大的柳条篮子，里面斜露出亮绿的酒瓶和硬壳面包，面包还在白布下冒着缕缕热气，羽毛般从栗子浆和肉丝上散开来。“来吧——sur la plage（海滩上）……”

“我去，”说着，布娄特已经半个身子出了门，“给她们做伴，等你们……”

“sur la page（海滩上），”快蹄儿有点痴痴的，在阳光下眯着眼睛，微笑地看着下面由早晨的美好愿望而变成的现实，“啊，听起来像幅画。印象派作品。野兽派。很鲜亮……”

斯洛索普把手上的金缕梅酊剂轻轻抹掉。一瞬间，屋子里的气味使人想起伯克夏[1]的周末——瓶子里装着暗紫色、琥珀色的滋养药水，爬满苍蝇的纸卷烟被头上的风扇吹得摇摇摆摆，又旧又钝的剪刀弄得人头皮阵阵扯痛……他吃力地脱下汗衫，点燃嘴里的香烟，烟雾便从脖子里冒出来，像火山一般：“嗨，我能不能跟你们讨个——”

“你都有一堆了，”快蹄儿叫道，“老天，**那**是什么东西呀？”

“什么那不那的？”斯洛索普一脸不知，却又赶紧套上了他们所说的那东西，开始扣扣子。

“你肯定是在开玩笑。女士们在等我们呢，斯洛索普，穿文明点吧，打扮成一个好小伙——”

“一切就绪，”斯洛索普朝镜子走过去，像往常一样把头发梳成时髦的宾·克罗斯比[2]式大背头。

“你不希望人家看见我们穿着——”

“这是我哥霍根寄给我的，”斯洛索普解释道，“生日礼物，还是太平洋那边来的呢。看见背后了吗？有桨架的那条独木舟，上面的那些人，就在他们下面，在那些芙蓉花左面，写着‘火奴鲁鲁留念’？马科曼菲克啊，这可是正品，不是什么廉价的仿制品。”

---

① 此处的“伯克夏（Berkshire）”在美国马萨诸塞州西部的伯克夏山脉一带，不是英国的伯克夏（伯克郡）。

② 宾·克罗斯比（1904—1977）：美国男演员，以《与我同行》获一九四四年奥斯卡最佳男主角奖。参见前文（第一部第六节）。

“我的老天，”快蹄儿哀叹一声，若有所失地跟在斯洛索普后面出了房间，遮住眼睛不去看他的衬衫。衬衫在走廊的暗光里略有些发亮。“你起码得把它扎起来，外面再遮一件东西吧？喏，把我这件诺福克[1]借给你都行……”真正的舍己为人：这件上装是他在萨维尔街[2]的一家店里买的，那儿的试衣间里贴的画，上面竟然全部是可敬的绵羊，有些高贵地蹲在悬崖上，还有些是沉思、温和的表情特写——这件衣服银雾色的原毛就是从那些羊身上剪下来的。

“肯定是用那些铁丝网织出来的，”斯洛索普的看法不同，“哪个妞愿意靠近这样的东西？”

“哈，可是，可是你那、那件可怕的衬衫，哪个精神正常的女人愿意进入它周围十英里的范围呢，啊？”

“等一下！”斯洛索普从什么地方拿出一块很艳的黄绿橙三色装饰帕，不顾快蹄儿恐怖的叫声，仔细把帕子放在他的上衣口袋里，露了三个角出来。末了他一笑：“瞧！这才是所谓的‘时兴’！”

他们走进阳光里。海鸥开始发出哀鸣，斯洛索普身上的衣服开始大放光芒。快蹄儿的眼睛眯得都闭紧了。等他再度睁眼时，三个女孩已经全部粘在斯洛索普身上了，摸着衬衣，轻咬着领角，用法语娇啼着。

“当然了。”快蹄儿捡起篮子，“没错。”

她们是跳舞的。解放的军队一来，埃尔曼·戈林赌场的经理，一个叫塞萨尔·弗莱波特默的，就拉起了一支完整的合唱队，只是还没来得及改掉这里的店名，这儿的人们也似乎不在意这个。店名用几千个小巧精美的贝壳嵌成，有灰泥的颜色、紫色、粉红色和褐色，占去了屋顶上很大一块地方（以前的废瓦还堆在赌场旁边），那还是两年前一个休假的梅塞施米特战斗机中队作为娱乐疗法嵌造的，用的是德文字形，很阔绰，空中都能看见——他们本来就有这个目的。这时候，太阳升得还不够高，只能从背景上看出一些光秃秃的形状，压抑地悬在那里，和那些

---

① 诺福克：一种有带子的上装，前后各有一箱形褶裥。

② 该街道位于伦敦繁华的皮卡迪利大街一带。

飞行员再无任何瓜葛——他们手上的伤口，那些被太阳晒成黑色的感染过的血泡，此刻都消隐在斯洛索普一行身后（他们正从宾馆晾在海滩斜坡上的床单、枕套旁走过），上面那些带有蓝晕的细纹也随着太阳升起而消失了。六双脚翻踩着那些从未整理过的残渣碎片：一块赌博用的旧筹码，被太阳晒得半白；透明的海鸥骨骸；一件德国国防军的浅褐色背心，破破烂烂，沾着轴承脂的污斑……

他们沿海滩前行。斯洛索普奇特的衬衫，快蹄儿的手帕，姑娘们的衣裙，蹦蹦跳跳的绿色酒瓶。大家都在交谈，男男女女，英语法语混杂，姑娘们用眼睛的余光看着自己的男伴，互相说了很多私房话。这应该对那种，哦，哦，早期的神经过敏症有些好处的，犹如喝酒提神，以面对一天里必然发生的事情。其实也不尽然。这个早晨太美妙了，不至于那么不济。海浪微涌，在一片弧形的鹅卵石海滩上碎成了馅饼皮，远处的海浪在兀立于海角上的黑色岩石间涌起泡沫来。再远处的海上，有一只小船朝昂蒂布[①]方向驶去，两片对称的船帆闪烁着，好似被阳光和远方吸住一般。小船渐渐转向，在低低的海浪间如一只鸟蛤般弱小，承受着海浪的触弄——今天早上，斯洛索普能感觉到船舭上发出粗粝的咝咝声（令人想起战前在科德角海滩上看到的彗星船和汉普顿船，周围弥漫着陆地上发出的气味，还有快要枯干的海草和夏天以来就存在的食油的气味——享受沙子沾在晒黑的皮肤上的那种感觉，裸足踩在沙丘的尖叶绿草上……）。近岸处，一艘脚踏船驶过，上面坐满了士兵和小妞——他们在船尾的躺椅上摇晃、撩水或四仰八叉地躺着，躺椅是绿色和白色条纹相间的那种。水边，小孩子们在追逐、尖叫，呵痒痒一般无法自制地粗声大笑着。一片开阔的空地上，一对老年夫妇坐在长椅上，蓝白相间，撑一把米黄色阳伞，为即将来临的一天起锚——看来是早晨的习惯……

他们走到最远的礁石前，发现那里有一个小水湾，半露半掩的，在海滩上可谓别有洞天，把赌场也隔在外面，只剩下朦胧的影子。早餐有红酒、面包和娇笑，阳光从舞女们长发的缝隙间散射开去，摇晃颤动，一刻

---

① 蒙特卡罗以西十七英里处一海角。

也不停息，紫色、栗色、藏红、翠绿，五彩缤纷，炫人眼目……你可以在这一瞬间忘掉整个世界，一切有形之物都化为无形，只有面包里发出的温热留在指端，如花美酒在舌根处旋流而下，进入长长的、顺畅的食道……

布娄特打断了他的思绪："我说斯洛索普，她也是你的朋友？"

呣？怎么……她，是什么？布娄特坐在眼前，得意的样子，对着礁石和附近的一个蓄潮池指指点点……

"你要有'天眼'了，老朋友。"

噢……她一定是从海里来的。目前的距离大约有二十米，远远看去只是一个朦胧的身影，穿着长及膝盖的黑色羽绸裙，光裸的双腿又长又直，鲜艳的金发像一顶兜帽，把她的脸罩在暗影里，发卷儿抚着两腮。她看着斯洛索普，一点没错。她的微笑有点像波浪。她一直站在那儿，微风拂着她的衣袖。他回过头来，拔出一个酒瓶塞子，"啪"的一声，正好为一个舞女的尖叫做了装饰音。快蹄儿的身子已站起了一半，布娄特对着女子的方向嘴巴大张，舞女们出于自我保护，下意识转头急瞅，头发飞了起来，衣裙凌乱，臀部春光乍露——

老天，那个影子在动——是章鱼？哦我操，除了在电影上，那可是斯洛索普见过的最大的章鱼！我的妈呀，它刚从水里出来，扭动着身子，一半已经上到一块黑色礁石上。此时，它的眼睛恶毒而傲慢，看着那位姑娘，众目睽睽之下，伸出一只长长的、长满吸盘的触手，缠住了她的脖子，另一只触手则缠住了她的腰，使足劲儿要把她拖回到海里去。斯洛索普站起来，手里拿着酒瓶，从犹犹豫豫迈着舞步的快蹄儿身边跑了过去。他一边跑，一边拍着休闲西装的口袋找武器，但没有找到。越来越近，章鱼的样子越来越清楚——哇，我的天，很大呀——他在章鱼身侧刹住脚步，一只脚踩进蓄潮池，开始动手用酒瓶狠击章鱼的脑袋。那些寄生蟹死命挣扎着，滑入水中，在他的脚周围游动。姑娘已经半个身子进了水，想大声求救，却被凉冰冰、滑溜溜的触手箍紧了，气都喘不上来。她伸出一只孩童般的手，指节很柔软，手腕上却套着一只标示身份的男式钢手镯——她的手抓住了斯洛索普的夏威夷衬衫，越抓越紧——谁会想到，她临终前看到的竟是衬衫上用漫画色调画出的呼啦舞女、尤克里里琴和冲浪者呢？哦上帝呀上帝，帮帮忙吧，瓶子一下又一下砸在章鱼湿乎乎的肉身上，屁用都没有，章鱼瞪着斯洛索普，一副胜利者的样子。斯洛索普虽然知道必死无疑，眼睛却离不开女孩的手——衬衣在她恐惧的拧攥下皱了起来，一只纽扣在最后的一根线上死死吊着——他看到了手镯上的名字，刻在上面的银色字母个个都很清晰，但他弄不懂意思。这时候，那黏糊糊的灰色触手勒得更紧了，他们俩加起来也顶不住，滑溜溜的触手残忍地裹住那只可怜的手，渐渐离开地面——

“斯洛索普！”布娄特从十英尺外扔过来一只大螃蟹。

“这东西他妈的……”也许他应该把瓶子在礁石上砸碎，戳这个狗杂种的眼睛——

“它饿了，会吃螃蟹的。别杀它，斯洛索普。给你，看在上帝的分上——”螃蟹在空中打着转飞过来，由于离心力，蟹足向外翘着：斯洛索普浑身发抖，扔下瓶子，螃蟹便撞在他的另一个手掌上。接得好。一瞬间，他从她的手指和自己的衬衣上感到了食物引起的反射。

“好了，”斯洛索普抖抖索索地向章鱼晃动着螃蟹，“吃东西了，伙计。”另一只触手伸过来，碰到了他的手腕，皱巴巴的，渗着黏液。他摇晃着螃蟹，扔在几英尺外的海滩上。怪哉，章鱼居然追了过去：先是拖着女孩和斯洛索普走，有点迟滞，于是干脆放开了女孩。斯洛索普又迅速抓起螃蟹，悬在手里让章鱼看到，跳跃着逗引它，沿海滩走了开去。章鱼的嘴里涎水横流，眼睛直直盯着螃蟹。

短暂的接触中，斯洛索普感觉章鱼的脑子不太对劲，却不知道自己有何依据。它的体力倒是好得一塌糊涂，走起路来“嘭嘭”直响，就像一个东西从桌子上掉下来，我们不想让它落到地上，因为我们怕那个声音，但又动作迟缓，无法阻止！哈哈，听见了吗？又响起来了，嘭！这个头足类动物简直是一步一“嘭”！为了摆脱这种声音，斯洛索普使足浑身力气，掷铁饼一般把螃蟹高高地抛出去。螃蟹落到海里，章鱼急切地扑打入水，发出咯咯的声音，带劲地追了上去，很快就不见了。斯洛索普总算松了口气。

姑娘很虚弱，躺在海滩上大口喘气，其他人都围在身边。其中一个舞女抱着她，在说什么。斯洛索普慢慢走过来，听见了她的话，小舌音、鼻音倒像法语，却又搞不懂到底是哪种语言。

快蹄儿笑着，啪地敬了个便礼。“好样的！”布娄特欢呼着，“我就不敢这么干！”

“怎么不敢？你给我螃蟹了呀。哎——你是怎么弄到那只螃蟹的？”

“找到的。”布娄特面无表情地答道。斯洛索普盯住他，却找不到他的眼神。他娘的怎么了？

“我还是喝点酒吧。”斯洛索普想着，直接用酒瓶喝了起来。倾斜的绿色玻璃瓶里，气泡往上扑扑直冒。女孩看着他。他停下来喘气，面露笑容。

“谢谢你，中尉。”声音里没有一丝颤抖，是日耳曼口音。他现在才看清她的脸，母鹿般柔和的鼻子，金黄的睫毛下长着一双酸绿色眼睛。嘴巴是欧洲人的那种，嘴唇薄薄的。“我差点儿没气了。”

“哦——你不是德国人？”

不紧不慢地摇头：“荷兰人。”

“你到这儿——”

她闪开眼神，伸出手，从他手里拿走了酒瓶。她远远望着海上，在寻找章鱼。“它们视力很好，真的。它们看见了我。我。我不喜欢螃蟹。”

“我想也是。看你的样子是个傲慢的女人。”旁边，布娄特兴奋地用肘子顶了快蹄儿一下。来自大西洋彼岸的鲁莽。斯洛索普抬起她的手腕，这回却没费什么力气就读懂了手镯上的身份标记：“赛兹·卡婕·波季修斯”。他感觉她的脉搏在怦怦猛跳。她在哪里见过他？怪了。她的脸上有一种认识他的表情，但马上又和一种机敏混合在一起……

这件事情发生之后，聚集在沙滩上的这一群萍水相逢的青年男女声音渐渐变得僵硬了，说出的每个词都像是鞭子。阳光依旧明亮，却没有那么灿烂了……渗透其中的，是一种清教徒式的条件反射，也叫妄想症，其特征是想在有形的世界下面寻求别种的秩序。海面上的空气中飞旋着灰白的力线……先前在屋子里信誓旦旦达成的协定，被炮弹炸成了干瘪的平面，其原因却并非战争这样的偶然因素。如今这些东西又出现了。哦，螃蟹并不是偶然“找到”的，妙极了——章鱼、小妞也不是偶然碰到的，哼哼。事情的真相和其中的详情以后才会知道，但这时候他已敏锐地察觉到周围有一种阴谋。

所有的人都在沙滩上多待了一会儿，吃完了早点。可是，在斯洛索普心里，这简简单单的一天，这小鸟和阳光、女人和美酒，都已悄然消匿了。快蹄儿喝醉了，酒瓶子越空，人就越放松、越滑稽。他不仅锁定了自己一眼就看上的那个女孩，而且还锁定了斯洛索普的那个——如果不是什么章鱼的话，斯洛索普此刻肯定在和她温言款语了。他是送信的，从斯洛索普碰到章鱼之前的那些纯真岁月而来。布娄特却军服肃整，胡子一丝不乱，极其清醒地坐在那里，仔细观察着斯洛索普。他的女伴吉莱纳身材苗条，一双腿很惹火，长发披在耳后，一直垂到背上，不停地在沙子里扭动着浑圆的屁股，恰似布娄特写了文章，她在空白处做眉批。斯洛索普一直看着她，他相信女人们就像火星人，有男人们缺少的天线。她只瞄了一眼，眼睛就睁大了，变得神秘兮兮的。他敢发誓，她一定知道一些东西。回赌场的路上，他们提着空瓶子，篮子里装满了早餐剩下的残渣剩屑。他设法和她搭上了话。

“像野炊，nessay-pah[①]（是吗）？”

她嘴角边现出两个酒窝。“你一直都知道章鱼要出现吗？我这样想，是因为整个过程就像跳舞——你们几个都在跳。”

“不是的。说实话，我不知道。你是说你觉得这只是一场恶作剧什么的？”

她突然悄声说道：“小泰荣呀。”一边抓起他的胳膊，对着别的人灿烂地假笑一下。“小”？他几乎有她两倍大呢。她继续道：“请你——小心点……”便打住了。他另一只手牵着卡婕，两个小鬼头，一黑一白，一左一右。此刻，海滩上空荡荡的，只有五十只灰色的海鸥蹲视着海水。洁白的云堆在海边变幻着姿态，看上去硬生生的，像小天使吹出来的一般。整个散步道上，棕榈叶随风摇曳着。吉莱纳走了，回到海边去寻找衣冠整齐的布娄特。卡婕捏了捏斯洛索普的胳膊，说出了他此刻正想听

① 语音不准的法语。

的话："说到底，也许我们是注定要相见的……"

◆ ◆ ◆ ◆ ◆

从海边看，此时的赌场就像地平线上一颗璀璨的宝石：那些作为装饰的棕榈树在渐暗的日光中成了暗影。这些小山如锯齿一般，黄褐的山色渐渐加深，大海的颜色就像黑橄榄里面的软肉……白色的别墅，或完好或残破的矗立的城堡，绿得有些秋天气息的灌木丛和寂寥的松树……这一切都越来越暗，被包裹在蛰伏了一整天的夜色中。海滩上点起了火。一阵微弱含糊的英语说话声传来，间或还有唱歌的声音，从水那边传到波尔库耶维奇博士站立的甲板上。下面，章鱼格里高利的肚子里已经塞满了蟹肉，在自己的专区里幸福地游戏着。海角灯塔的灯光扫过去，一些小渔舟往海上去了。格利沙[①]小朋友呀，你已经好久没有露过绝技了……如今波尔库耶维奇博士和他神奇的章鱼已经完成了任务，他们还能不能继续从波因茨曼那里得到支持呢？

他早就不再质疑任何命令了——甚至对自己的流亡也不再质疑。虽然布哈林[②]阴谋活动的具体情况他从未听说过，但从某个层面讲，那些表明他和这场阴谋有牵连的证据也有可能是真的——他的名气大，可能托洛茨基反党集团的人原本就了解他，以某种方式利用了他，但究竟是什么方式就是谜团了……谜团啊：据他所知，这其中的意味，有些天真的人做梦都无法参透，更别说像他这样接受了。完全有可能是斯大林的又一场大型病态之梦，而且只是其中的一集。至少他还懂生理学，这东西还算与党没关系吧……有些人除了党一无所有，一生都维系于党，最终却落得被清洗，这些人恐怕就是生亦如死了……他们从来没有确定的知识，从来没有实验室里的精确思维……天可怜见，这些想法竟是他二十

① 俄语里"格里高利"的爱称。

② 尼古拉·伊万诺维奇·布哈林（1888—1938）：布尔什维克革命家和苏联政治家，1930年代被指控谋反，定罪处死。

年来赖以保持正常理智的法宝。至少他们永远不能——

不，不，他们不会的，从来没有过先例的……除非消息被封锁了，在杂志里读不到了——

波因茨曼会不会——

可能会的。没错。

格利沙，格利沙！那件事情还是发生了。这么快就发生在我们身上了：外国城市，戴着破帽的喜剧演员，康康舞女，火焰喷泉，乐池里的乐队……格利沙呀，你胳膊上抱着所有国家的国旗……晚上的节目间隙里，还有新鲜的贝类、热乎乎的 pirozhok[①]（小馅饼）、杯里的热茶……学会忘掉俄罗斯，学会从她留给自己的鄙陋、虚假的记忆中获取安慰……

此时，天空展开胸怀，迎来了第一颗星星。但是波尔库耶维奇没有许愿。他的原则。他对“到达”的前兆不感兴趣，甚至对“离别”的前兆也不感兴趣……小船开足了引擎前进着，船尾的浪花升了起来，被落日映得粉红粉红，遮住了岸上的赌场。

今晚有电，赌场又回到了法国电网中。枝形吊灯在头上明晃晃照着，上面的针状水晶参差，外面的花园里也亮着柔和的灯光。斯洛索普正准备进屋，跟快蹄儿和几个舞女吃饭，却看见了卡婕·波季修斯，不由停了下来，眼睛睁得大大的。她的头发用那种翡翠冠状头饰扎了起来，身体的其他部分则包裹在一件长长的海绿色天鹅绒荷叶花边裙里。她的身边陪着一位二星级将军和一位旅长。

“衔高好[②]，”快蹄儿一边唱，一边在地毯上嘲讽地跳着曳步舞，做水牛状。“啊，真的是衔高好。”

“你想变成我的山羊[③]呀？”斯洛索普笑道，“那可是白费力气哟。”

---

① 俄语音译。

② 当时士兵们常说一句话“还是军衔高了好”，来自电影《42 号街道》的一句歌词，此处快蹄儿不敢明说，用的是缩略语。影片中由迪克·鲍威尔饰演的角色表演了一段歌舞叫《跳着曳步舞去布法罗》，其中“布法罗”既是地名又是“水牛”的意思。

③ 美国电影《我的小山雀》（又译《野花香》）中有这样一幕：女主角李小姐出去时，在床上放了一只山羊，并用毯子盖住，特维力将其当成了李小姐。

“我知道。”快蹄儿脸上的笑容凝固了，“哦不，斯洛索普，求你了，不要，我们要进去吃饭的——”

“咳，我知道我们要进去吃饭——”

“不，这样会很难堪的，你得脱下来。”

“你喜欢这个吗？她用真正的手工画上去的！看！漂亮的乳头，嗯？”

“是苦艾丛监狱的领带。”

他们到了主餐厅，跻身于大量来来往往的侍者、军官和女士中间。斯洛索普手里牵着一位舞女，被人流挤散了，不过最后还是和她一起流动到两个刚刚腾空的座位上——却发现自己左侧坐的竟是卡婕。他鼓起腮帮子，做个斗鸡眼，不辞劳苦地用手捋着头发。这时候汤上来了，他便拆炸弹般小心翼翼地喝了起来。卡婕没留意他，隔着将军一个劲和一位陆军上校谈论他战前的职业——在康沃尔[①]开一家高尔夫球场。洞，障碍区。能叫人感受到地势的起伏变化。不过他最喜欢晚上到球场，看獾从洞穴里钻出来玩……

鱼肉上来被吃光的时候，桌子下面发生了滑稽的事情。卡婕的膝盖好像在摩弄斯洛索普的膝盖，隔着天鹅绒，温热的感觉。

斯洛索普心里话：好—嘞，瞧着吧，我要利用那种遁词，因为我是在欧洲，对吗？他举起酒杯朗声道：“《快蹄儿·马科曼菲克之歌》。”欢声四起，快蹄儿却涨红了脸努力敛住笑。人人都知道这首歌，一个苏格兰人冲过屋子，坐到了大钢琴前。塞萨尔·弗莱博托摩用一把马刀尖当镜子，捻弄着光滑的唇髭，从一棵长在大花盆里的棕榈树后面快速跑过去，把灯调到某个档位，仰头伸出窗外，眨巴着眼睛，发出嘘嘘声，叫房东过来。用酒漱了口，清好了嗓子，为数不少的一伙人便开始唱起来：

快蹄儿·马科曼菲克之歌

哦意大利杜松子是妈妈的诅咒，
法国的啤酒是脓血酿就，

① 康沃尔郡：英格兰西南端一郡。

在西班牙喝波旁是孤家寡人，
除了圣徒，癞子也有份。
“闪电”[1]唤醒许多灵柩
在管道经过的山口——
它从毒药锅里酿出，
地狱的铁锤就是捣杵！

（副歌）：哦——快蹄儿到处喝醉，
在这里，在最远的小岛，
要是他能放弃喝酒的机会，
就让我白眼一翻，九泉含笑！

听起来像一百个威尔士人在唱，实际上只有两个人。男高音来自南方，男低音来自北方。这样一来，歌声成功地盖过了所有的谈话声，私密的和公开的。斯洛索普要的正是这个效果。他把身子斜向卡婕。

“去我房间里，”她低声道，“306，半夜以后。”

“知道了。”他及时坐正身子接着唱，正好赶上第一小节：

他在烈酒的海洋里化成了骨头，
鲸鱼跟着他，在周围摇摇扭扭——
从德班[2]到多佛，他已渡到半途，
整个人醉得一塌糊涂。
为了伦敦的雾，撒哈拉的阳光，
为了采尔马特[3]的冰山雪崖，
欢快地把船装到吃水标上，

---

① 指私酿威士忌。
② 德班：南非（阿扎尼亚）东部港市。
③ 采尔马特：瑞士南部一山村，在阿尔卑斯山脉的彭尼内山中，马特峰西北，旅游胜地。

他就像球赛，随时开打！

是哟，快蹄儿到处喝醉……（反复）

晚饭后，斯洛索普给快蹄儿发出了暗号。舞女们手挽手去了大理石休息室，那里的厕所隔间里装有铜制传话筒，效果都不错，十分有利于隔间对话。斯洛索普和快蹄儿向最近的酒吧走去。

“听着，”斯洛索普对着自己的高脚杯说话，词语从冰块上反弹出来，有了一定的寒意，“可能我有点精神错乱，要不就是事情滑稽，对吗？”

快蹄儿哼着《你可以在海边做很多在城里做不了的事》，假装轻松的样子，停下来问：“啊，对啦，你真的这么想？”

“说说那个章鱼吧。”

“那种章鱼在地中海沿岸很常见。只不过一般没那么——是不是太大了你才担心的？你们美国人不是喜欢——”

“快蹄儿，那不是一次偶然。你听见那个布娄特说的话了吗？‘别杀它！’他带着一个螃蟹，或—或许就在那个背包里，完全是为引开那条章鱼准备的。今晚他又去哪里了，啊？”

“我想他是去海边了。要喝很多酒的。”

“他很能喝酒吗？”

“不能。”

“喏，你是他的朋友——”

快蹄儿发出痛苦的声音：“天哪，斯洛索普，我不知道。我也是你的朋友，可是你知道吗，我总是得和某种程度的斯洛索普式多疑症抗争……”

“狗屁多疑症。这背后有名堂，而—而且你知道内情！”

快蹄儿嚼着冰块，看着玻璃搅拌杆，把一小块餐巾纸撕得雪花般飘扬。酒吧里的老把戏。他是老手了。终于，他柔声道：“好吧，他在接收密码电报。”

“哈！”

“今天下午我在他的工具包里看见了一个。只是匆匆一眼。我没有细看。反正，他在为最高统帅部工作——我想应该是的。”

“不，不是的。哦，那又怎么解释**这个**——”他说出了自己和卡婕的午夜之约，仿佛他们又回到了交换站的办公桌旁，火箭在飞落，茶泡在纸杯里，一切都归于正常了……

“你要去吗？”

“我不该去吗？你觉得她是个危险人物？”

“我觉得她很赏心悦目。我要不是担心弗朗索瓦丝，尤其是伊冯娜，我会火速送你到她门口。”

“可是？”

可是酒吧的钟声只敲了一下，又立马把他们一分钟一分钟地带回“过去”。

“我看你得的那毛病会传染，”快蹄儿开口道，“要不就是他们也盯上我了。”

他们对视一眼。斯洛索普意识到，如果快蹄儿不在这里，自己就是孤家寡人一个了。“给我说说吧。”

“我正想给你说说呢。他变了——可我又无法为你提供一丁点证据。这事还得从……我也不知道……秋天吧，从秋天说起。他不谈论政治了。天哪，我们以前经常谈的——自从复员后，他也不再说起自己的计划，他以前可是经常挂在嘴上的。我以为可能是导弹轰炸把他的脑子搞乱了……可是从昨天起，我就觉得没那么简单。娘的，真叫我伤心。”

“怎么了？”

“哦。是一种——不算是威胁。至少不是严重威胁。我当时开玩笑说，我对你的卡婕很感兴趣。布娄特就变得冷冷的，说：‘如果是我，一定会离那个女人远点儿。’然后笑起来，想掩饰什么，好像他也很关注她的样子。问题不在这儿。他—他不信赖我了。我只是——我觉得我只是在某个方面对他有利用价值，但我也不知道是什么方面。只要需要我，他就会容忍我。就像大学里的关系。我不知道你在哈佛有没有这种感觉……我在牛津的时候，经常感觉到有一种奇特的关系模式，只是没人承认罢了——这种模式的影响远远超越了特尔街[1]，一路向前，穿过谷市，进入契约、谋算、到期的账户……谁也不知道他们要来收谁的账，什么时候来，以什么方式收取……不过我当时觉得这些东西没什么意思，和我去哪儿的真正目的只有一点沾边，你知道的……”

“当然了。在那个所谓的美国，他们首先会让你知道这一点。哈佛的存在是有其他原因的。所谓的‘教育’职能只是一个幌子。”

“你瞧，我们这儿就单纯多了。”

“也许你们有一部分人是。布娄特就让人遗憾了。”

“我还是希望他别有隐情。”

“希望吧。那我们现在该怎么办？”

“哦我说——去约会，小心点。和我保持联络。也许明天早上，我就有一两个离奇的故事讲给你听了，新的转机。如果你需要帮忙，”他的牙齿迅速闪了一下，脸微微发红，“哦，我会帮你的。”

“谢谢你，快蹄儿。”耶稣啊，找了个英国盟友。伊冯娜和弗朗索瓦丝在向酒吧里窥望，招手让他们出去。他们去了希姆莱[2]游艺室，玩“十一点”扑克牌一直玩到半夜。斯洛索普不输不赢，快蹄儿输了，两个女孩儿赢了。没布娄特的动静，但有好几十个军官晃进晃出，离他们远远的，身影在夜色中黑蒙蒙的，就像用轮转凹版印出的相片。也没有看见他的妞吉莱纳。斯洛索普问了一句。伊冯娜耸耸肩：“和你朋友出去了？谁知道呢？”吉莱纳，长长的头发、晒黑的胳膊、六岁孩童般的笑脸……如果事实证明她确实知道一些内幕，那她还可靠吗？

11∶59 时，斯洛索普转向快蹄儿，对两个女孩点点头，尽量发出淫荡的笑声，还迅速在快蹄儿肩膀上深情地捣了一拳。以前在预科学校，教练派小斯洛索普上场比赛之前就这么捣过他一下，使他获得了至少

---

① 特尔街：和后面的“谷市”同在英格兰牛津，夹在其间的耶稣学院最早是威尔士学子建立的。谷市也是著名辩论俱乐部“联合社团”所在地。

② 此处以海因里希・希姆莱之名虚构了一个游艺室。海因里希・希姆莱（1900—1945）：德国纳粹头子，权力仅次于希特勒，领导纳粹精英保安梯队，负责指挥第三帝国的警察和秘密警察盖世太保，协调集中营和灭绝集中营行动。被英军俘虏后自杀身亡。

五十秒钟的信心，不幸的是他后来遭到一些乔特[①]队员的袭击，被四脚朝天踩倒在地，那些小伙子个个都像凶残的犀牛，杀气腾腾，块头也和犀牛不相上下。

“祝你好运。”快蹄儿说得很真诚，手却已伸到伊冯娜穿着薄绸的美臀上。可疑的时刻，没错，没错……斯洛索普走下铺着红地毯的楼梯（“欢迎斯洛索普先生光临敝店愿您在这里度过美好时光”），寂静的楼梯平台上，有几个孔雀石雕刻的美女，身后是追得精疲力竭的色男们，都是永远不变的绿色，前面上方是唯一一盏灯泡，亮晃晃的……

他在门口停下来，把头发梳理整齐。她穿着白色长皮衣，上面缀满了亮闪闪的饰片，有肩垫，领口和袖口是长短不一的白色鸵鸟毛。冠状头饰不见了：电灯光下，她的头发变成了新落的白雪。屋子里只燃着一支香蜡烛，整个房间宛如沐浴在月光中。她把白兰地倒入古石杯里，他伸手去接，两人便手指相碰了。“没想到你对打高尔夫的那个家伙那么痴迷！”斯洛索普真是又温柔又浪漫。

“他挺讨人喜欢的。我也在讨他喜欢。”她挑起一只眼角，额头皱了起来。斯洛索普感到裤链都快撑开了。

“对我不理不睬的。为什么呢？”好个斯洛索普，一下就击中了要害——但她听到这个问题便逃掉了，躲到房间里别的地方去重整旗鼓……

“我对你不理不睬了吗？”她站在窗口，身后下方是大海，午夜的大海，这么远的距离根本无法看清波浪的起伏，一切都像融入了一幅古画，挂在无人问津的画廊，而你就坐在画对面的暗影里，全然忘却了自己何以来此，惊慑于异常明亮的月光。这月光正是今夜普照大海的月亮发出的，那个残破的、被漂白了的月亮……

“我也不知道。反正你在到处卖弄风情。”

“也许有人希望我这样呢。”

“和‘也许我们是注定要相见的’是一个道理？”

“唉，你把我想得太复杂了。”她轻轻走到一张床前，一条腿放入被中。

---

① 乔特：美国康涅狄格州沃灵福德市一预科学校名。

“我知道。你不过是个荷兰挤奶工之类的角色。衣柜里满是浆好的围裙和—和木屐，对吗？”

“去看看呀。”蜡烛里发出的香料味犹如神经束一般在屋里游走着。

“好的，我要看的！”他打开她的衣橱，月光从镜子里反射出来，照入衣橱中，只见里面错综复杂、拥挤不堪，衣服有缎子的、塔夫绸的、上等细麻布的、茧绸的，深色的领子、饰物、纽扣、金银镶边，柔软而纷乱，女人式的隧道迷宫，最深远之处肯定有数英里之遥——他在里面也许半分钟之内找不到北……发亮的饰带、闪烁的孔眼、摩挲着他面部的绉纱巾……啊哈！别急，我的天，这里面起主要作用的香味是四氯化碳，所以这个衣柜里面的东西大部分是道具。“唔。酷毙了。”

“如果你是在恭维我的话，那就谢谢了。”

让他们谢我吧，宝贝。“有点美国味呀。”

“你是我见到的第一个美国人。”

“嗨。所以，你肯定是从那个阿纳姆[①]那边过来的，对吗？”

“天哪，你反应真快，”她的口气里含有警告之意，暗示他不要再追问下去。他叹口气，用指甲弹响石酒杯。在昏暗的房间里，背对着瘫颓沉默的海洋，他试着唱了起来：

知道答案还为时过早

还是太早了，
好像我们还没有热吻，
或是追月逐星
穿过夜的寂静、渐弱的舞声
走入静谧的黎明，
走过隐秘的草坪……

知道答案还为时过早

① 阿纳姆：荷兰东部城市，也译安亨。

如果一声悲叹，
是为了那场无声的交谈
如果那不只是乱抛媚眼，
却注定要没入灰雾
随风飘散……

我们如何说得明
我们如何看得清？
爱在阴暗处念动咒语，
摆布着我们的决定……

谁又能说
快乐的爱情刚刚开头？
也许地球的转动使爱情进入黑夜，
离开了白昼？
亲爱的，有一点恐怕错不了——
要知道答案还为时过早。

她明白他对自己的希望，便表情索然地等着他唱完。醇和的管乐密集和声在空气里短暂地停留了一会儿。她软绵绵地向他伸出一只手，他也慢条斯理地向她的嘴巴倒将过去。鸟羽滑腻，袖口翻卷，她黏糊糊的舌头紧张得像一只蛾子，他的手从那些金属饰片上摩挲过去……接着她的胸部就死死压在了他身上，前臂和双手交叉在身后摸索着拉链，胡乱地顺着脊背拉开来……

卡婕的皮肤比她脱下来的衣服还要白。再生了一回啊……他仿佛看见了窗外章鱼爬上礁石的那个地方。她踮着脚走路，像个芭蕾舞演员，显得臀部颀长、曲线毕露。斯洛索普解开裤带、纽扣、鞋带，一只脚蹦跳着。啊天哪天哪。月光照亮了她的背部，她的正面却仍旧模糊不清，腹部，还有脸，他都没能再看清楚。鼻孔到下巴那一块变得野兽般可怕，黑色的眸子涨大起来，遮住了整个眼眶，眼白都不见了，光亮照过来的时候只能看到红色的动物般的躯体，可又不知道光亮什么时候才会——

她坠倒在床里面，把他也拽了过去。他的身体陷入了光洁无瑕、花团锦簇的毛绒锦缎中，立即转身把硬邦邦的东西送入她张开的两腿间，发出了今夜调好的震动频率……做爱的时候，她浑身颤抖，身体在下面闪烁着乳白、幽兰的光，仿佛绵延数里的光。她压抑着不发出任何声音，金色睫毛下的眼睛弯成了月牙，长长的八面体黑玉耳环无声无息地快速晃动着，打在脸颊上，犹如黑色冰凌。他在她上面，脸上毫无表情，一副谨慎的、做戏的样子——是做给她看的吗？要不就是在忙着做他们介绍过的“斯洛索普式混合反射状态”——她要打动他，她不要裹着一层塑料外衣……她的呼吸粗重起来，进而激变成呻吟声……他觉着她要高潮了，把一只手插进她的头发，想固定她的头部，好看到她的脸。于是突然有了一场争斗，残忍而真实的争斗——她不愿让他看到自己的脸——这时候，她莫名其妙地达到了高潮，斯洛索普也同时达到了高潮。

就在这一刻，从来不笑的她放声大笑起来，笑声仿佛发自一只上扬的气球深处，从顶部飘飞而出。后来，她就要迷蒙入睡时，嘴里还在咕哝着“笑”这个字，而且又笑了一回。

他想说：“噢，是他们让你笑的。”不过第二次笑也许就不是了。此时她不再是那个一直对他絮叨的卡婕。紧接着他自己的眼睛也闭上了。

在醒梦之间某个迷迷糊糊的时刻，斯洛索普开始停止用鼻子呼吸，改用嘴巴，就像一只导弹，阀门受到遥控，在预先设计好的时刻打开或关闭。很快，他开始打呼噜。据说他的呼噜声足以把双层窗震得啪啪作响，把百叶窗震得摇摇晃晃，把吊灯震得叮叮当当，果不其然呀……他今晚第一次打呼噜时，卡婕被吵醒了，用枕头狠狠打他的头。

“不许打呼噜。”

“唔。”

“我睡觉很浅。只要你打呼噜，我就拿枕头打你。”说着挥了挥枕头。

同样不是开玩笑。他不断打呼噜，挨枕头打，醒来，“唔”了一声，又睡着，一直这样到了凌晨。最后他说：“来吧，把它割掉吧。”

“没鼻子的家伙！”她尖叫一声。他抓起自己的枕头朝她扔过去。她躲闪着，翻滚着，撞到床面上，一边拿枕头佯攻，一边退到碗柜边。酒瓶就在那儿。她扔下枕头，拿起塞尔查水瓶①。他这下子明白她想干什么了。

那叫什么来着——塞尔查水瓶？这到底是操什么蛋哪？“他们”还安插了什么有趣的道具，“他们”还在调查什么样的美国式条件反射？那些香蕉泥馅饼又在哪儿呢，嗯？

他提着两个枕头，定定地看着她。“再走一步呀。”她咯咯笑着说。斯洛索普扑过去要打她的屁股，自然也就挨了她一瓶子。一只枕头打在她大理石般的半边屁股上，裂开了，屋子里的月光里满是羽毛和绒毛，很快又沾上了塞尔查水瓶里泼出的水珠。斯洛索普一直想抓住瓶子。卡婕滑溜无比，把身子扭开，躲到一张椅子后面。斯洛索普从碗柜上拿了个白兰地瓶子，打开瓶盖，泼出清亮的、伪足动物分泌物般的琥珀色液体，在月光中出没了两次，把酒洒到了她的脖子周围、长着黑色乳头的乳房间和身体两侧。“狗杂种。”说着她又用塞尔查打了他一下。两个人在卧室里追逐着，一些羽毛落下来，粘在他们的皮肤上。她斑驳的身体一直在往后躲，在这种光线下，即便离得很近也往往看不清楚。斯洛索普时不时被家具绊倒。“小子，看我逮住你！”就在说话的当儿，她打开通往客厅的门，蹿了出去，狠狠关上门。斯洛索普被撞了个正着，身子弹开来，说了声“我操”，便又打开门，只见她向他挥动着一块大大的红色斜纹桌布。

“你这是干什么呀？”斯洛索普问道。

“魔术呀！”她叫着，把桌布朝他身上一挥，桌布泛起清晰的褶皱，迅速传播开去，就像水晶的瑕疵，在空中划过一片红色，“看好了，我要让一个美国中尉消失了。”

“胡说什么，”斯洛索普四处瞎撞，想钻出去，“我在这里面怎么看好呀。”找不到任何缝隙，他有点慌了。

---

① 塞尔查：一种德国矿泉水。

“要的就是这样，”她突然钻了进来，靠近他，嘴唇放在他乳头边，双手在他颈后的发间掠动着，把他拽到远处的地毯上，“我的小山雀呀。”①

“你在哪儿看过那部电影呀，啊？我记得他和——和那只**山羊**上床了？”

“呃，你别问了……”这回他们怀着善意，相互配合，来了个速战速决，两个人都有些困倦，浑身都是黏糊糊的羽毛……高潮后，他们紧靠在一起躺着，软得一丝儿也动不了，唔，斜纹布、绒毛，很舒服，红红的，就像躺在子宫里……他弯过身子，用手抓住她的脚，耻物软软地贴在她两股间的凹缝里。他非常努力地用鼻子呼吸着，两个人又进入了梦乡。

斯洛索普醒来时，地中海早晨的阳光透过窗外一棵棕榈树，斑驳地照进来，透过桌布看，感觉是红色的。鸟儿在鸣啭，楼上有水流声。醒过来的一瞬间，人躺着，睡意全无，但还没有回到清醒状态，脑子里满是一些分分合合的流念。卡婕也躺着，紧贴着他，暖烘烘的，和他的身体并成了双“S”形。她开始动了。

另一间屋子里响起了扣军用皮带的声音，他听得很分明。“有人，”他一边凝神细听，脑子一边飞转着，“肯定是在抢我的裤子。”地毯上发出轻微的脚步声。他听见自己的零币在裤子里叮当作响。“有贼！”他大叫一声，把卡婕吵醒了，转身搂住了他。他这时候才看到昨晚找不到的桌布褶边，迅速从桌布里钻出来，恰巧看见一只大脚，穿了只咖啡加靛青的两色鞋，从门口消失了。他跑入卧室，发现自己的其他东西都不见了，鞋和内衣也不例外。

“我的衣服！”他又回头往外面客厅跑，卡婕正好从桌布里钻出来，赶紧去抓他的脚。斯洛索普甩开门，跑到楼道里，又想起自己还光着身子，一眼看见一辆洗衣车，从上面抓起一条紫色绸缎床单，像古罗马的托加袍一样裹在身上。楼梯上传来一阵窃笑和绉胶鞋底的啪嗒声。“啊

---

① 美国电影《我的小山雀》（又译《野花香》）中的台词。影片中分别由 W.C. 菲尔兹和梅蕙丝饰演男女主角特维力和李小姐。有这样一幕：后者出去时，在床上放了一只山羊，并用毯子盖住，特维力对着毯子下的山羊说了这句话。

哈！”斯洛索普叫一声，就沿楼道扑了过去。床单滑溜溜的，穿不住，一会儿边子飞起来，一会儿从身上滑下来，一会儿又踩到脚下面。他一步两个台阶，到了上面却只看见同样的走廊，而且同样空无一人。人都去哪儿了？

楼道远处的一个拐角上，露出一个小小的头，接着是一只小小的手，还向斯洛索普伸出一个小小的指头。霎时间一阵怪笑传来，斯洛索普疾扑过去。到了楼梯口，听见脚步声向下去了。“紫色大风筝”追了三段楼梯，出了门，来到一段小平台上，刚好来得及看到一个人从石栏上跳过去，消失在一棵树上端浓密的枝叶里。“竟然上树了！”斯洛索普喊道。

你先得钻进树的枝叶里去，然后才能像爬梯子一样上下自如。隔一两根树枝就看不到什么了。树在摇晃，所以他推断出贼就在树里面。费了老大力气才爬到树上，床单挂来挂去，不断撕开，树刺戳在肉上，树皮刮在肉上，脚也伤了，很快就气喘吁吁了。渐渐地，绿色的光锥缩小了，明亮了。在靠近树顶的地方，斯洛索普看到一处痕迹，局部深入树干中，像是锯痕。他也没停下来细想，一路爬到树顶上，晃悠悠地抱着枝条，欣赏了一回海港和海岬的美景：碧海如画，涌起白色的浪花，一场暴雨在地平线附近聚集着，人们的头顶在遥远的下方四处移动。呀！他听到树干上传来木头断裂的声音，自己抱着的纤枝震动起来。

“嗷，嗨……”是那个蟊贼。他没有爬到树上面来，而是爬下去了！“他们”知道斯洛索普会选择向上，而不是向下——他们利用的就是那该死的美国式条件反射，被追的坏人总是向上跑的——为什么向上呢？他们几乎把树干锯断了，现——现在——

“他们”？“他们”？

“唉，我最好，唔……”斯洛索普正想着，那段树干彻底断开了，猛听得哗啦、嗖两声，黑色树枝和树刺的旋涡似乎将他分成了几千块下落的碎片——整个人摔了下去，在树枝上弹来弹去。他紧紧抓住头上的紫色床单，作降落伞用。呼。嗯。大约掉到半中腰，也就是差不多刚才的平台的高度时，他偶然向下看了一眼，发现有很多高级军官，穿着军装，还有很多体态丰满的女士，穿着细麻布衣装，戴着有花饰的帽子，都在那里观看。他们在玩槌球。看情形斯洛索普要落到他们中间去了。他闭上眼睛，竭力想象自己在一座热带小岛上或某间安全的屋子里，那里根本不会发生这种事情。差不多就在撞到地面时，他睁开了眼睛。一瞬间周围鸦雀无声，他还没来得及感觉到痛楚，就听得哐当一声，木头和木头相撞了。一个鲜黄的、花溜溜的球从离他鼻子一英寸远的地方擦了过去，消失在视线里。紧接着爆发出一阵庆幸声，女士们显得兴致勃勃。脚步声朝他移过来了。他的背好像，唔，有点儿扭伤了，此刻他一点儿都不想动。眨眼间，头上方被某个将军和泰迪·布娄特的脸遮住了。他们好奇地盯着他。

“是斯洛索普，”布娄特说，“他穿着紫色床单。”

“这是怎么回事，小伙子？”将军问道，“服装表演，嗯？”他身边多了两位女士，对斯洛索普笑着——也许她们的目光已经穿透了他的身体。

“将军，您在和谁说话呀？”

“这个穿着托加袍的可怜虫呗，”将军答道，“他挡住了我的下一个球门。”

“嗨，罗伊娜，这太离奇了，”一位女士转向同伴说，“你看到‘穿托加袍的可怜虫’了吗？”

“哎朱厄尔我没有呀，”罗伊娜兴高采烈地说，“我想将军刚才喝酒了。”女士们咯咯笑起来。

“要是将军在这种状态下制定所有的决策，”朱厄尔大口喘着气，“那，那，那斯特兰德[①]就是德国泡菜的天下了！”两位女士尖叫着，声音很大，持续时间也长得叫人不舒服。

“那你的名字就不叫朱厄尔，要、要叫布伦希尔德[②]了！”她们的两张脸此刻像两朵窒息的玫瑰，两个人使劲地搂在一起。斯洛索普怒视着头上方的情景，这时候又添了几十个人物。

---

① 斯特兰德：伦敦中西部一大道，与泰晤士河北岸平行，从伦敦西区特拉法加尔广场向东延至伦敦城内。

② 布伦希尔德：德国女名。

“哦——你们瞧，有人把我的衣服全偷走了，我正要去找管理人员提意见呢——”

“然后决定穿上紫色床单去爬树，”将军点点头，“唔——我保证可以给你提供一点衣服。布娄特，你和这位先生身材差不多，对吧？”

“噢，”布娄特肩膀上扛着槌球棒，那姿势就像在给吉尔古或柯蒂斯[①]做广告。他俯视着斯洛索普，假笑道：“我那儿还有一套军装。来吧，斯洛索普，你没问题的，没有的。一点都没有摔坏。”

“呀——唏。”斯洛索普身裹破床单，在打槌球的热心人搀扶下站了起来。他一瘸一拐地跟在布娄特身后，离开草坪，进了赌场。他们先是在斯洛索普的房间里停了一会儿。他发现房间刚刚打扫过，彻底腾空了，准备迎接新客人。“嗨……”他猛地拉开抽屉，里面空空如也，自己的衣物已一丝不剩了，那件夏威夷衬衣也不见了。操什么蛋呀。他呻吟着，把桌子翻了个遍。空的。柜子，空的。休假证明，身份证，拿走了。他背上的肌肉痛得直跳。“这是怎么回事，盟军司令部？”他又去门口核实了一遍房间号。现在做什么都是徒劳了。他心里明白。他最心疼的是霍根送的那件衬衣。

“先穿件体面的衣服吧。”布娄特的口气里充满了嫌恶，像个中学校长。两个中尉提着旅行包闯了进来，停在那里，瞪大眼看着斯洛索普。“喂，伙计，你搞错战区的位置了。”一个说。“你尊重点儿人家吧，”另一个哈哈大笑，“人家是阿拉伯半岛的劳伦斯[②]！”

“我操。”斯洛索普说了一声。他连胳膊都抬不起来，更别说挥动了。那两位走进了布娄特的房间，一起凑了一套军装。

“哎，”斯洛索普突然想起来，“今天早上那个马科曼菲克去哪儿了？”

“我不知道，真的。和他的小妞出去了。也许是小妞们。你去哪儿了？”

斯洛索普却在自顾自东张西望，直肠渐渐收紧，迟来的恐惧攫住了他，脖子上和脸上冒出一阵汗珠。他想在这间快蹄儿和布娄特同住过的

---

① 吉尔古、柯蒂斯均为伦敦制衣商家名。

② 托马斯·爱德华·劳伦斯（1888—1935）：早期研究埃及古物学，一九一四年第一次世界大战爆发时加入英军，在地中海战区指挥军队。

房间里找到快蹄儿的蛛丝马迹。诺福克短外套，或者细条纹西装，随便什么……

一无所获。“那个快蹄儿搬出去了，还是怎么了？”

“他可能搬进去了，和弗朗索瓦丝或者什么人。甚至可能一早就回伦敦了。我没有记载他的行踪，我不是失踪人员管理局的。”

“你是他的朋友呀……对不对？你是什么人？”布娄特傲慢地耸耸肩，直视着斯洛索普的眼睛——这还是他们认识以来第一回。

答案就在布娄特瞪视的眼睛里。昏暗的房间已变得秩序井然：没有一点休假的气息，只有一些萨维尔街买的军装；银色的梳子和剃须刀摆放得宜，一个八角形底座上有一枚亮闪闪的钉子，穿过半英寸厚的一沓彩色薄纸，纸的四边裁得方方正正的……简直是把白宫移到了里维埃拉。

斯洛索普垂下眼睛，看着别处。“我看看能不能找到他，”他嘟哝了一句，从门里退出来。军装的臀部宽大如气球，腰上又太紧。跟着感觉走吧，伙计，你得在这里头纠缠一阵子了……

他先是去了他们聊过天的酒吧。里面没人，只有一个上校，蓄了弯弯的浓髭，戴着帽子，身子僵硬地坐在那里，眼前摆着一个很大的杯子，冒着泡，不透明，还加了一朵白菊花。“他们在桑德霍斯特[①]没有教你敬礼吗？”少校嚷道。斯洛索普犹豫了一下，给他敬了一礼。“该死的军官训练队，里面肯定尽是些纳粹。”看不到招待员。少校说了什么，记不得了——“怎么？”

“其实，我是个，嗯，美国人。我只是借了套军装，嗯，我在找一个宗尉，也就是你们说的中尉，叫马科曼菲克……”

“你是什么人？”少校吼着，用牙齿撕下菊花的花瓣，“你在搞什么愚蠢的纳粹玩意，嗯？”

“哦，谢谢你，”斯洛索普退出酒吧，又敬了一礼。

“简直不可思议！”少校的回声跟随斯洛索普传进过道里，一直传到

---

① 桑德霍斯特：英格兰中南部雷丁东南一村庄，著名的皇家陆军军官学校即位于此地。下面的“军官训练队”也在此校。

希姆莱游艺室。“简直就是纳粹！”

这是个宁静的中午，游艺室里空荡荡的，只有回音袅袅的红木家具、绿色的台面呢和悬挂着的栗色天鹅绒环。长柄的木钱耙在桌子上呈扇形摆放着。乌木柄的小银铃口朝下放在桌面上。桌子周围整齐地排放着新古典风格[①]的椅子，也是空无一人。有些椅子比别的要高些。这里已经没有赌运气的游戏所特有的显著外在特征了。这里在进行另一项事业，比赌博更真实、更残酷，安排也很周密，避开了斯洛索普这类人的眼目。谁坐在高些的椅子上？它们有名字吗？谁躺在“它们”光滑的台面呢上？

铜黄的光线从头上渗下来。阔大的房间里画满了壁画，有男女神灵，有色彩轻淡的牧羊男女，有朦胧的花木和飘动的巾带……到处是弯弯曲曲的镀金镂花滴水槽，装在挂东西的壁板上、枝形吊灯上、柱子上、窗框上……疤痕累累的木地板在透窗而入的午光下隐隐闪亮……长长的链子从天花板上垂下来，一直到离桌面几英尺的地方，链子末端是钩子。这些钩子是挂什么的呢？

就在这短暂的时刻里，斯洛索普身穿英国军装，独自面对着这些物件，感受到了它们背后隐藏的一种秩序。一向浑浑噩噩的他也是最近才对这种秩序起了疑心的。

恍惚间，棕色和乳白色的光影里出现了一个金色的，约莫像树根——甚至像人形的东西。然而事情没那么简单。很快他的怀疑就不幸成为现实了。他意识到这间屋子里所有的东西都是为另一种目的而设的。这些东西对“他们”有意义，对我们却永远没有任何意义。永远没有。两种不同的存在秩序，貌似相同……可是，可是……

哦，那里的那个世界，
真叫人难以理解！
就像一场梦，得到又失却！

---

① 新古典风格指的是法兰西第一帝国时期（1804—1815）的一种服饰或家具等所采用的风格，据说源于拿破仑颁布的一项法令。

我像个傻瓜在“禁区”里乱舞，
等待着光亮开始碎裂——
唔，谁说过那边不能去，
谁说过不能探一探？
如果你觉得有点烦，
随时都可以走一圈，
因为你压根儿没说过“再见”！

为什么是在这里呢？为什么马上就要落到他身上的彩虹偏偏要在这间暗码充斥的屋子里激荡不已呢？换句话说，为什么走在这里就像进了真正的“禁区”呢——这里的房间和那里一模一样，长长的，像多年的瘫子，像毁败的酿酒厂，像年代久远的腐物经过浓缩的残渣，叫人一闻就生畏。房间里到处是笔直的塑像，上面有灰色的羽毛，翅膀张开着，脸上被灰尘遮住了——房间里满是灰尘，凡是到过角落那边和屋子更深处的人都会被遮罩得面目不清，尘土会落在他们端庄的黑色衣领上，给他们的白脸和白衬衣上、珠宝和裙子上、快如闪电的白手上包一层柔和的糖衣……“他们”到底在玩什么牌？用的又是些什么手段呢，这么隐蔽，这么古老而完善？

“操你妈。”斯洛索普低骂一声。他只会这一句咒语，说起来还是万能的，哪里都好用。屋子里成千上万的洛可可式小块贴面隔挡了他的低语声。也许今晚他可以悄悄溜进来——不，不是晚上，可以另找一个时间，带上桶和刷子，把“操你妈”三个字写在壁画里那个粉红色的小牧羊女嘴巴中吐出来的一个球形气泡上……

他退了出来，从门里退出来，仿佛有王者的光芒照耀在他身体正面，既让他害怕又令他向往，所以他一边退一边还在看。

到了外面，他低头向码头走。周围都是来找乐子的人，还有疾飞的白色海鸥和啪啪掉落的粪便。像我以前在布洛涅森林[①]自由自在漫步时的

① 法国巴黎一著名散步道，也是妓女出没的地方。

情形……穿着军装，见人就敬礼，形成条件反射，别惹不必要的麻烦，尽量别引人注目……每敬一次礼，胳膊在举起时就会添一分笨拙。这时候云从海里升起来，迅速涌向天空。这里也没有快蹄儿的影子。

打鱼人，玻璃工，皮货商，叛教的传教士，山顶上的族长，山谷里的政客——这些人的魂魄犹如雪崩一般，从这里的这个斯洛索普倒回去，直到一六三〇年。当时，温思罗普总督①乘坐着“阿贝拉”来到美洲。“阿贝拉”是一艘指挥船，带领着一个规模不小的清教徒船队，而斯洛索普家的第一个美国人就在指挥船上给大家做做饭什么的——瞧，“阿贝拉”和整个船队返航了，排着编队，风把他们的船又吸到东面去了，从未知世界边缘上伸出身子的那些活物们则吮吸着他们的脸颊，认真得眼珠子都挤到一块儿去了，吸得脸颊陷进去，成了黑洞洞的空腔子，让那些已不再童稚、不再光洁的大牙们去摆布。这就是那些旧船只风风火火离开波士顿港，航行在大西洋上的情景。当时的海面浪潮翻涌，又逆涌回来……这样就拯救了每一位因为甲板意外颠簸而滑跤的厨子：厨子跌跌撞撞爬起来的时候，晚饭的炖肉汤又自行从厚厚的木板和有福者们愤恨不已的鞋子上聚拢来，喷泉般飞回到锡镴壶里，那些害他踩上去摔跤的呕吐物也汹涌澎湃地回到了把它们吐出来的嘴巴里……变化无常咄！泰荣·斯洛索普式英语又回来了！不过，这样的时间倒流好像并非如今的“他们”心里所期望的拯救……

他来到一条宽阔的卵石散步道上，乌云开始遮住太阳，道两旁的棕榈树幻化成粗糙的黑色。快蹄儿也不在海滩上——那些姑娘也不见影儿。斯洛索普坐在一堵矮墙上，晃悠着双脚注视前方。黯淡的蓝色和泥泞的紫色一层层一波波从海面上漫过来。周围的空气渐渐凉下来了。他打了个寒战。“他们”要干什么？

他回到赌场。一路上，圆球般的大雨点浓得像蜜，开始在人行道上砸出大大的“*”号来，吸引他把这个日子当成一篇文章往最后读，那里有脚注，可以解释一切疑团。他没想要读。硬要把一个日子弄成说得通

① 温思罗普总督（1588—1649），1629 年当选马萨诸塞湾殖民地首任总督，后又七次连任。

的东西，没人这样要求过。他只是一个劲向前跑着。雨越来越大了。他的脚步把水变成了漂亮的花儿，每朵花儿在他飞过之处停留一秒钟。他是在飞。回到赌场时他浑身都是斑斑点点的雨。他发疯般在这座毫无生气的大赌场里搜索，再一次从那个烟腾腾的、飘着烈酒味的酒吧搜起，然后来到那个小剧院。剧院今晚要演出删节版的《无益的防范》，就是《塞尔维亚的理发师》[①]里罗西娜蛊惑监护人的那段虚构戏。他进了剧院的绿色房间，那里尽是风光旖旎的姑娘们，或梳弄头发，或整理袜带，或粘贴睫毛，见了斯洛索普都在笑，里面却不见他最想看到的那三个姑娘。没人见过吉莱纳、弗朗索瓦丝和伊冯娜。另一个房间里在排练罗西尼的塔兰台拉舞曲[②]。所有的管乐器都像降了半个音。斯洛索普立刻意识到，自己周围的这些女人都是在战争和战败的阴影中度过了生命中很长一段年华的，她们每天都要看着人们从自己视线里消失……一点没错，他从其中的一两双眼睛里看到了古老的欧洲式怜悯。这种神情他过后便领会了，尽管那时候离他失去纯真、与她们同流合污还很远很远……

他就这样游荡着，穿过明亮、混乱的游艺室，穿过餐厅和卫星般的私人小餐厅，不停地和人撞个满怀，或者碰在服务生身上，却一个熟人都没找到。“你需要帮忙的话，好的，我就帮你了。”……人声、音乐声、洗牌声，所有的声音都变得越来越喧嚣、越来越压抑，最后他又找回到希姆莱游艺室。这时候里面已经很拥挤了，光灿灿的珠宝首饰，微光闪耀的皮革，快速旋转、难以看清的轮盘赌辐条——这时候，他突然崩溃了：这里全都是游戏，太多太多的游戏，他听到赌场经理讨厌的鼻音，却看不到人在哪里，“先生们，女士们，注下好了”的声音突然从禁区直接传到耳朵里，说出了他和那座看不见的“赌场”对抗一整天以来所玩的把戏——他惊怖地转过身来，重又冲入外面的雨中。赌场的电灯光凶残地、不遗余力地照在光滑的鹅卵石上，很是刺眼。他把领子竖起

---

① 意大利作曲家吉奥奇诺·安东尼奥·罗西尼（1792—1868）的歌剧作品。

② 塔兰台拉舞：一种起源于意大利南部的欢快绕圈舞蹈，曾被认为是一种治疗毒蜘蛛舞蹈症的方法。

来，把布娄特的帽子放下来盖住耳朵，每隔几分钟就说一声“我操”，浑身冷得发抖，脊背因为从树上摔下来还在疼痛。他跌跌撞撞地走在雨中，觉得自己要哭了。为什么这一切这么快就彻底背叛了他？他的新老朋友，每一张纸片和衣服，凡是和他过去相关的东西，都他妈消失得一干二净。他怎么能潇洒地面对这一切？又过了很久，他又累又冷，穿着牢狱般的毛料军服抽抽噎噎着，一副可怜相。这时候他想起了卡婕。

回到赌馆时已近半夜，正是她的最佳时间。他踩着沉重的脚步上了楼梯，声音弄得像洗衣机般响亮，身后留下一串湿漉漉的脚印——他在她门前停了下来，雨水滴滴答答落在地毯上。他不敢敲门。她也被带走了吗？谁在门后面等他呢？“他们”又带来了什么设备？好在她已经听到他的声音了。她打开门，露出酒窝笑着，看到他浑身透湿，笑容里又有些责备。“泰荣，我想你。”

他耸耸肩，忍不住浑身痉挛，身上的雨水洒在两个人身上。“这是我想到的唯一能来的地方。”她的笑容慢慢展开了。他小心翼翼跨过窗台，却又不清楚自己跨过的到底是门还是很高的窗户。他走进了她的深闺。

◆　◆　◆　◆　◆

充满情欲的大好晨光，窗户早早就朝海打开了。风夹带着棕榈叶沉重的沙沙声吹进来，呼哧呼哧的喘息声断续地浮到风面上。海豚们在海港外面晒太阳。

“哦，”卡婕在麻布和锦缎堆里呻吟着，“斯洛索普，你是只**猪**。”

“吱，吱，吱。”斯洛索普快活地学着猪叫。海面的日光在天花板上舞蹈，黑市上买来的香烟里冒出了袅袅烟雾。虽然这些日子里晨光不够清晰，也还可以看出烟雾上升时的优美姿态，或盘旋，或舒卷，虽略显模糊，却也清清楚楚……

再过些时候，海港把蓝色映射到赌场向海的、用石灰刷白的正面。高高的窗户又关上了。海波的影子在楼面上织出的光网里颤动。这时候，斯洛索普起了床，穿着英国军服，狼吞虎咽地把月牙面包和咖啡送入肚子里，同时开始忙活，或学习用专业德语写的课程，或猜想用翼板稳定飞行轨迹的理论，或几乎用鼻子尖来研读某个德国电路图——那些图上的电阻像线圈，线圈又像电阻[①]。“真是他妈的怪东西，”他搞熟了以后说，“他们干吗要把那些东西弄得颠来倒去呀？想搞伪装还是咋的？”

“想想你们德国古代的神秘字母吧，”斯蒂芬·道增-特拉克爵士给他建议道。爵士是外交部政治情报处的人，能说三十三种语言，其中包括牛津腔很重的英语。

“我们的什么？”

“哦，”爵士抿紧了嘴唇，像是有些头晕，“图里的线圈恰好很像古北欧字母的‘S’，即 *sól*，意思是‘太阳’。古高地德语叫作 *sigil*。”

“这样画太阳很滑稽。”这是斯洛索普的看法。

“没错。远早于此的哥特人是画一个圆圈，中间有一点。其中的不一致显然是因为中间有过断代，也许是部落分化，或者是外来影响——就像一个很小的孩子，尚未独立的自我在发展过程中也会受到类似的社会影响，道理是一样的，这你知道……”

唔，不知道，斯洛索普不知道的，不大知道的。几乎每次和道增-特拉克见面都要听他讲这种东西。这个人是某一天突然降临的。那是在外面的海滩上，他穿着黑西装，头皮屑从已经稀疏的红黄色头发上掉下来，星星点点地散布在肩膀上。他出现在赌场正面的白色背景上，他的到来使赌场都颤抖了。斯洛索普当时正在看“塑料人”的漫画[②]，卡婕仰着脸在太阳下打盹。他的脚步虽然轻，卡婕却一听到就用一个肘子撑住身子，向他挥手招呼。这位贵族把整个身子扑倒在沙滩上，姿势 8.11，迟钝，本科生水平。“看来这位就是斯洛索普中尉喽。”

四色的“塑料人”从一个锁孔里挤出身子，转过拐角，从管道里爬上去，到了那个疯狂的纳粹科学家实验室内的水槽里。塑料人的头此刻

---

① 德国人画电路图的符号和美国人有所不同。

② 塑料人：美国作家兼画家杰克·柯尔（1918—1958）创造的漫画人物，首现于一九四一年的《警察漫画》第一期上。

正从水槽上的龙头里冒出来，眼睛戴着防护镜，毫无表情，下巴不是塑料的。“正是。你是谁，老兄[①]？”

斯蒂芬爵士做了自我介绍，脸上的雀斑在阳光下活跃起来。他好奇地打量着漫画书。“我猜现在不是学习时间。”

“他得到许可了吗？”

“他得到许可了。”卡婕对着道增-特拉克微笑 / 耸肩。

“我在学无线电控制，正休息呢。这个‘夏威夷 1 号’。你了解吗？”

“我对它的了解仅限于对它的名字来历感到好奇。”

“名字？”

“有一种诗意，工程师的诗意……叫人想起 *Haverie*——均衡，你知道的——你当然有两只耳朵的，对吗，对称于火箭预定方位的两边……也叫人想起 *haven*——用锄头或棒子砸向某人……”他站在那里心不在焉地笑着，心却已飞向远方，说起了战时流行的俚语 *ab-haven*（紧急关闭）[②]，还有铁头木棒的使用技术、农民们的幽默，一直追溯到古希腊时代生殖崇拜的喜剧……斯洛索普首先的愿望就是钻回塑料人钻的地方去，不过斯蒂芬虽然明显是那些人中的一分子外，身上却有另一种东西，吸引着他听下去……一种真纯，也许是在表示友好，他唯一想到的应对方式就是分享斯蒂芬那些可以吸引他、控制他的东西，分享他对语词的热爱。

“嗯，也许那只是轴心国的宣传。和那个珍珠港有关。”

斯蒂芬爵士想了想，露出满意的样子。“他们”选择他是因为斯洛索普族谱上长出过那些专门破坏语言的清教徒吗？“他们”是在对他的大脑进行诱导吗？还有他的阅读视觉？其实好多次斯洛索普都发现，在他和“他们”远方的传动系铁箱里的引擎之间有一种搭接机制。这个传动系的形状和造型他只能猜测，他可以脱离这种搭接，之后又会充分感觉到自己的运动惯性，感到自己的孤立无援，那样真切……其实有这种搭接也没什么不舒服。真是怪事。他几乎可以肯定，不管“他们”想干什么，

---

① 英文中的“Ace”双关，也可指“欧洲盟军司令部”。

② 本段中几个拼音词皆为德语。

都不会拿他的生命冒险，甚至不会牺牲他太多的舒适。但他却无法形成任何具体的结论，无法把道增-特拉克这样的人和卡婕联系在一起……

女色加馅饼。好咪，这游戏还不错嘛。没有多少掩饰。他不怪她：真正的敌人躲在那个伦敦的什么地方，这只是她的工作。她可以是个变性人，同性恋，如此等等，但他更愿意和她一起待在温暖的地方，而不愿回去在导弹的袭击下承受寒冷。只是有时候……她的脸上会有一种表情，太缥缈，无法准确捕捉，好像是一种她无法控制的东西。这种表情使他感到郁闷，甚至梦到过，在梦里被放大成毫无掩饰的惊惧：最可怕的是她也在受人操控。尽管受害者是他，她的表情却流露出不幸和无端的悲观绝望……

一个灰蒙蒙的下午，就在希姆莱游艺室——还能是哪里？——她一个人在赌博轮盘前的时候，他出其不意地出现了。她站在那里，低着头，两条腿一高一低，姿势优雅，一副赌场主持的样子。很像赌场里的伙计。她身穿白色乡村式上衣，下面是彩虹条纹的紧身缎裙，在天窗下闪烁着微光。球在转动的轮辐上不停地响着，声音刺耳地回荡在四周壁画的包围中。斯洛索普走到身边时她才转过身来。她的呼吸里有一种低沉的、缓慢的抖颤，这种抖颤把他心里的窗叶轻轻掀动了一下，让他瞥见了一些秋野的景象——在他的外面、她的里面。这之前他对此只是有些猜疑、害怕……

“嗨，卡婕……”他伸长胳膊，一根手指勾住轮辐，让转盘停下来。球掉入某一格，他们没有看到数字。如果看到数字就说明赢了。此后的一局还是没有赢。

她摇摇头。他知道她想起了荷兰的往事，阿纳姆之前的往事。阿纳姆是长期安插在他们电路里的阻抗。他曾经多少次在她散发着帕摩利浴皂和卡迈浴皂味的耳朵边哼唱过歌儿呀，在保龄球馆外面，在摩克茜广告牌后面，在周六晚上要求再开一夸脱酒的时候，内容都是：亲爱的，你过去在哪里无所谓，我们不要活在过去，现在才是一切……

想到过去也没关系。但是现在不要。他拍拍她裸露的肩膀，看着她腋下欧洲人独有的一片黑色，感到纳闷——他自己的毛是直直的，几乎梳不成，脸上也刮得光溜溜的——他在希姆莱游艺室纯洁地窥探着她的隐私。这个地方满是德国巴洛克时期复杂的手势造型（考虑到手过去的模样和必须变成的模样，每一次在手势最后翻转时都要做圣礼状，让它精确地以某种形式出现……包括所有的冰冷、创伤，以及触碰过且将离开它的肉体部位……）。在曲曲弯弯的、镀金的游戏室里，他看清了自己隐秘的动作，其中的一些。“他们”仅仅把赌注押在过去。“他们”的赌博从来没有什么概率。但是“他们”已经观察好了频率。正是因为“过去”，才有这里现在的需求。过去在低语，把手臂伸向受害的人，讨厌地朝他冷笑着、刺戳着。

“他们”在选择数字时，那些红的、黑的、单的、双的数字，“他们”有什么意图呢？“他们”转动了哪个轮盘呢？

那个房间，斯洛索普早年生活过的房间，现在已经成为他的禁区了。那里发生过极其不堪的事情。有人对他做了什么，卡婕应该知道。他是否在她“悲观绝望”的表情里找到了连接过去的某一条线索，一条把他们紧密联系在一起成为情人的线索？他看到她站在生命走廊的尽头，再也无法向前迈出一步——她的赌注全都押上了，她现在只能意兴萧索地等待着别人一个房间接一个房间地敲门，那一连串的房间上都标好了数字，而那些数字其实又无关紧要——直到惯性把她带到最后的归宿。如此而已。

斯洛索普太天真了，从没有想到一个人的生命可以如此结束。结束得如此荒凉。不过现在他已经见怪不怪了——他渐渐悟出了一种自己不希望发生的可能性：他们可能早已把完全相同的控制方式也安置在自己身上了。对此，他既担惊又快活，像手淫一般。

禁区。哦，一个可怕的赌场主持人之手在他迷梦的边缘碰了一下：他发现，自己生活中一切自由和随意的东西，其实都受着一种“控制”，一直受着控制，像固定好的赌博轮盘——其中，只有达到目的最为重要，人们注意的是宏观的统计数字，而不是微观的个体：赌场当然就是这样不断获利的……

“他们来的时候你在伦敦。”没多久她就悄悄告诉他了。她重又转身向着轮盘转动起来，把脸别开，很女人味地、歪歪扭扭地织写着自己过去的、有着黑夜条纹的经历之网。“他们来的时候我在海牙。”她嘘了口气，说海牙这个名字时带着一个流落异国者的眷恋——“你和我之间相隔的不仅是火箭的一个弹道，还有整个一条生命。你会慢慢明白的，在弹道的起点和落点间，在那五分钟之内，它完成了完整的一生。你甚至不了解我们这边有关导弹飞行侧面图的数据，那些看得见的、能找出来的数据。除此以外，还有很多很多，我们无人能知……”

反正是一条弧线，他们两个人都能确定无疑地感觉到。一条抛物线。有一两回他们一定猜到了，但不愿意相信：所有的一切，作为一个整体，一直在朝着天空中隐藏的那个东西聚拢。那个被净化了的东西没有意外、不可更改、一去不返。他们永远在它的下面移动，被留待将来用于它黑白两色的坏消息中——这一点是毫无疑问的，就好像它是彩虹，他们是它的孩子……

战争的前沿阵地渐渐远离他们，赌场越来越属于后方，水污染严重了，价格涨了，那些下来度假的人也越来越吵闹，越来越胡闹——他们一点都没有快蹄儿的风范：他喝醉的时候爱穿着软鞋子跳舞，他会装出一副纨绔的样子，他会在任何有可能的时候，腼腆而有风度地表现出一种冲动，来策划反权力、反冷漠的行动，即便是最低限度的……没有他的一点消息。斯洛索普挺想他，不只因为他们是一条阵线的人，他还希望他能在身边，希望他的友善与自己相伴左右。自己在法国的这里度假，很舒服，所以他仍然相信那场意外是暂时的、纸面上的，是传递消息的一种途径，是被取消的命令，是一场会随战争而结束的骚扰。“他们”非常精心地把他大脑的草皮牧场翻开、耕耘、播种，给他发补贴，让他不要种任何自己的东西……

没有伦敦的信，连交换站的消息也没有。全都没了影子。泰迪·布娄特在某一天消失了：其他的同谋像排好的合唱队伍，在卡婕背后出没着。斯蒂芬爵士跳着舞步加入进来了，脸上挂着跟那伙人一模一样的笑容，使着耀眼的、变化无穷的断光器，令他眼花缭乱（他们是这么想的），让他分心，从而注意不到他们拿走了他的东西，他的身份证，他的服役档案，他的过去。咳，我操……不说你也知道。他任其发展。其实，他更关注他们可能在不断添加的东西，但有时候也有点发愁。有一阵，他心血来潮，也说不上怎么回事，就决定留唇髭。他以前还是十三岁时有过唇髭，从约翰逊·史密斯公司[①]邮购了一整套唇髭，二十种，从傅满洲式到“牢骚”·马克思式[②]，应有尽有。唇髭都是黑色硬纸板做的，带钩子，可以挂在鼻子里面。过一阵，鼻涕把钩子泡软了，唇髭就会掉下来。

“要留哪种？”这回的唇髭刚有点规模，卡婕就好奇地问。

“坏蛋型。”斯洛索普回答。他解释说，就是剪得很整齐，窄窄的，流里流气的样子。

“不要，那样你会变坏的。干吗不留好人型的呢？”

“可是好人没有——”

“噢，没有吗？那怀亚特·厄普[③]呢？”

对于这个问题，完全可以反驳：怀亚特并没有那么好。不过，当时这里还是斯图亚特·莱科[④]时代，那些修订历史的人还没有露面，斯洛索普对怀亚特深信不疑。有一天，盟国远征军最高统帅部的技术参谋魏温将军走进来看见了，这样评论：“髭梢垂下来了。”

“怀亚特也是这样的。”斯洛索普道。

“威尔克斯·布思[⑤]也是这样的，嗯？”将军回答。

斯洛索普陷入了沉思。“他是个坏人。”

“对极了。你干吗不把梢部卷**起来**呢？”

“你是说英国式的。哦，我试过了。不知是天气还是什么原因，那破

---

① 约翰逊·史密斯公司：总部位于佛罗里达的布拉登顿，邮售一系列新奇产品。

② 傅满洲的唇髭少而细长。朱力斯·马克思（1895—1977）：美国喜剧演员，绰号“牢骚”，唇髭很浓，盖住了整个上唇。

③ 怀亚特·厄普（1848—1929）：美国西部警官，参加过一八八一年亚利桑那州汤姆斯通市著名的欧卡可拉枪战。

④《边疆警探怀亚特·厄普》一书的作者，里面把怀亚特·厄普描写为正面形象，后来的史家则对此持有怀疑。

⑤ 威尔克斯·布思（1838—1865）：刺杀林肯者。

玩意儿还是往下掉，我还——还得把梢尖咬掉。真是很讨厌。”

“真恶心，”魏温道，“下次来的时候我给你带些蜡，会产生一种苦味，让，啊，爱嚼髭梢的人不敢再嚼，知道吗？”

这样一来，唇髭渐渐丰满的时候，斯洛索普把蜡也给涂满了。每天都有这种新鲜事。卡婕总是不离左右。“他们”就像在枕头底下塞硬币一样把她安插在他的床上，看着他的美国气如牙齿般日渐脱落。在这些段赌场岁月深处，那天真无邪的门牙和母亲崇拜时期的大牙只留下了一些咯嘣作响的印痕。奇怪的是，他发现自己一学习完就会勃起。唔，挺有意思。从德语草草翻译过来的阅读手册里没什么特别的刺激——那些手册油印得断断续续的，有几本是波兰地下党从布利日纳①培训点的厕所里抢救出来的，上面还沾着正宗的党卫军屎尿……再就是背换算公式，英寸到厘米，马力到德国马力，背乱七八糟的一大堆燃料、氧化剂、蒸汽、过氧化物和高锰酸系列、阀门、发射膛，等等，有图表，有等距图，都是绞尽脑汁想——这些东西有什么性感可言？可他每次做完功课就会勃起得很厉害，里面的膨胀力汹涌澎湃……在他想来，部分原因是自己出现了暂时的紊乱，于是便去找卡婕，让她的手缓缓抚摸自己的背部，用穿长筒丝袜的腿紧紧箍住自己的髋骨……

学习的时候，他经常东张西望，发现斯蒂芬·道增-特拉克爵士在看跑表、做记录。他对此有些怀疑，却从来没想到会和自己那些说不清、道不明的勃起有什么关联。“他们”有意选择了斯蒂芬这种性格的人，或者说设计出了这样一个人——他会分散别人的怀疑，不让它成气候。冬日的阳光攫住了他的半边脸，叫人想起偏头疼。他的裤边没有了棱角，上面有水，还有沙子，因为他每天早晨六点钟就起床去海边散步。斯蒂芬爵士把自己在这场阴谋中的角色表演得——至少是把自己伪装得——十分合乎情理。斯洛索普只知道他是个农学家、脑外科医生、乐队里的黑管手——在当时的伦敦，你可以看到各级指挥部门都塞满了这种多面手人才。不过卡婕能感觉到，在道增-特拉克无所不知、热情洋溢的外表

---

① 波兰地名，一九四四年九月的 V-2 导弹试发射场就在附近。

周围，分明萦绕着一种受雇于人的失意气息……

有一天，斯洛索普得到机会证实了这一点。道增-特拉克好像是个棋迷。一天下午在酒吧里，他转弯抹角地问斯洛索普是否会下棋。

“不会，”斯洛索普撒谎道，“连跳棋都不会。”

“该死。这么久以来我一直没时间好好下一盘。”

“我知道一种游戏，”莫不是这时候快蹄儿躲在他身体里了？“一种饮酒的游戏，叫‘王子’，说不定还是英国人发明的，因为你们有那么多王子，对吗？我们是没有的，不过这并没有什么错明白吗。哦，每个人有一个编号，先—先是说威尔士殿下丢掉了尾巴，这是游戏，可别介意哟——编号按座位顺时针算，二号找到了，从王子顺时针算，号码由他随便说，他，就是王子，六号，或者其他号码，啵，先要选一个王子，由他开始，然后那个二号，也就是王子叫到的号码接着说——不过他要先说，就是王子要先说：殿下，尾巴，二号。这之前还要说威尔士亲王丢失尾巴的经过。然后二号回答：不是我，殿下——”

“可以，可以，不过——”他眼神怪异地看了斯洛索普一眼，“我是说我好像没有全明白，那个，游戏的要点。怎么才能赢呢？”

哈！怎么才能赢呀，还真是的。“没有赢家，”他想起了快蹄儿，便放松下来，即兴玩了个“反阴谋”的手段，“只有输家。一个接一个地输。最后剩下的才算赢家。”

“听起来挺悲观的。”

“服务生，”斯洛索普在这里喝酒是不掏钱的——他推想是“他们”在付账。“来一些那种香槟！要一直不停地上，只要我们喝完就接着上，明白了？”不少低级军官本来在发呆，一听到“香槟”这两个有魔力的字眼，便漫不经心地走过来，坐下听斯洛索普讲游戏规则。

“我怀疑——”道增-特拉克开口道。

“别废话了。来吧，忘掉你心爱的象棋吧，对你有好处的。”

“对呀，对呀。”其他人附和着。

道增-特拉克坐在座位上没动，有点紧张。

“用大些的杯子，”斯洛索普对侍者大声道，“就那边那些啤酒杯吧！

对！那些杯子正好。”侍者嘭地打开四夸脱的一大瓶凯歌干香槟[1]，给每个人都倒满了。

“好，威尔士殿下，”斯洛索普开始了，“丢掉了尾巴，三号找到了。殿下，尾巴，三号！”

“不是我，殿下。”道增-特拉克答道，有些本能自卫的意思。

“那是谁？”

“五号。”

“你说什么？”五号问。他是苏格兰高地人，穿着典礼时穿的格子呢紧身裤，一副狡黠的样子。

“你错了，”斯洛索普王子般发号施令道，“所以要喝光。现在一直说下去，不许停下来吸气，或者做别的动作。”

游戏继续进行。斯洛索普丢掉了王子位置，四号继任，所有的编号都变了。苏格兰人第一个倒下去。他开始时故意出错，很快就身不由己地错了。香槟一大瓶一大瓶地上来，瓶子是绿色的，比较粗，瓶颈处反射着酒吧里的电灯光。众人渐渐喝醉了，瓶塞也越来越平直，蘑菇状特征越来越少，除渣日期渐渐退回到二战时期。苏格兰人吃吃笑着从椅子上滚下去，继续滚动了大约十英尺，便靠在一棵盆栽棕榈树上睡着了。一个下级军官立马微笑着踅到他的位子上。消息传到整个赌场里，桌旁便马上聚集了一帮凑热闹的人，等着再有人败下阵来。这时候一瓶接一瓶的香槟酒已在从酒窖里接力式地往外传了。巨大的冰块拖上来了，里面还有蕨类植物的杂质，外面则冒着白气。冰被运过来后，凿成巨大的浴盆状，里面化了些水。很快服务生就不胜其烦了，便把空酒杯摞成金字塔状，喷泉般从顶上向下倒，冒着泡的小溪流赢得周围一片喝彩。每每有人开玩笑，伸手拿掉最下面的一个杯子，搞得上面的酒杯摇摇晃晃，别的人便跳过去，在整个金字塔倒掉之前抓一杯算一杯，结果有撞破的，有把军装和鞋子打湿的——于是又从头再叠一回金字塔。游戏已经进行到“轮流做王子”阶段了，每个人只要编号被叫到，立马就成为王子，

---

① 凯歌香槟：法国著名香槟品牌。

同时编号也立即变化。到了这个时候，已经不可能说得清谁错谁没错了。大家争了起来。半个酒吧里都在唱一首下流的歌：

下流之歌

昨晚我上了特兰西瓦尼亚女王，
今晚我要上的女王来自勃艮第——
我的位置在精神分裂症的边疆，
可是女王亲亲对我柔情蜜意……
早餐有粉红的香槟和鱼子酱，
一些烤牛排，还把茶来沏——
除了十先令一支的雪茄我别的都不要，
我笑得太开心，让人觉得世界是愚蠢的玩笑，
朋友，随便叫我什么吧，不过得给我让开道，
因为我上了美丽的特兰西瓦尼亚女王小宝宝！

斯洛索普觉得自己的脑袋成了个气球，一会儿直着往上升，一会儿又横着往上升，老是在屋子四处飘来飘去，而其实他一直在那里没动。他的每个脑细胞都变成了泡沫：他化身为埃佩尔内[①]的黑葡萄，化身为凉荫，化身为一批高贵的葡萄酒。他抬眼朝斯蒂芬·道增-特拉克爵士望去，只见他虽然奇迹般挺立不倒，却已醉眼蒙胧了。啊哈，对了，咱这不是在反阴谋吗，对，对，嗯，唔……他被又一场金字塔式喷泉注酒表演吸引住了。这回倒的是泰坦瑞甜香槟，上面没标日期。服务生们和下了班的发牌员们在吧台旁鸟儿般坐了一溜，眼睛瞪得圆圆的。酒吧里人声鼎沸。一个威尔士人背着手风琴站在一张桌子上，用C调演奏起《西班牙女郎》来，把风箱舞上舞下，活像个疯子。烟雾浓重，袅袅地升腾着。烟斗在蒙蒙烟雾中一闪一闪的。至少有三伙人在打架。“王子”的游戏已经难以为继了。姑娘们挤在门边指指点点的，一边还在咯咯笑。房

① 埃佩尔内：法国著名香槟产区，为马恩河边一城镇。

间里的光线因为军装拥集而变得有了些熊毛的褐色。斯洛索普紧紧抱着酒杯，勉强站起来，身子转了一圈，哗啦一声倒在了不停地换地方偷玩“王冠和锚”的人中间。风度，他警告自己，风度……那些闹酒的人攥住他的腋窝、抓着他的臀兜把他提了起来，扔向斯蒂芬·道增-特拉克爵士的那个方向。他在一张桌子下继续往前爬，一路上又有一两个中尉倒在他身上。他爬过泼溅出来的香槟聚成的小水坑，爬过呕吐物形成的小泥塘，一直爬到他感觉是道增-特拉克装满沙子的裤脚的地方。

“嘿，你还能走路吗？”他把自己像针一样从椅子腿中间穿了出来，斜抬起头寻找着道增-特拉克的脸，却见那张脸在一盏有罩子的电灯下泛着光晕。

后者小心翼翼地把眼睛移转到斯洛索普身上：“说实话，我也不知道能不能站起来……”他们花了些时间，好不容易把斯洛索普从椅子底下拨拉出来，然后费了不少事，才站起身子。他们找到门，对准它走了过去……踉踉跄跄，互为倚仗，从一群舞着酒瓶、斜着眼、开着扣、发着吼、白着脸、捧着腹的人堆里挤了出去，钻入门口那些软玉温香的女观众群里。那些女孩都高挑可爱，像通向门外的减压水闸。

“我操他个蛋。”此时的落日你恐怕再也看不到了，那是十九世纪荒原上的落日，这样的落日倒是被几个名不见经传的画家记录和描摹过，画在油画布上，在美国西部的山水背景上——当时那片土地还是自由自在的，画家们的眼睛也是纯朴无华的，从中可以更直接感受到造物主的存在。此刻，它在地中海上空咆哮着，高远而孤独，遗世而独立，发出古老的红色光芒，发出如今难以见到的纯黄光芒，那么纯洁，却又乞求被污染……帝国理所当然地向西移进着，除了插入和玷污那些处女般的落日之外，它还能何去何从呢？

嗳，你看那边的地平线上，在亮晃晃的世界边缘上，站着一些来访者，他们是谁呢……那些穿着礼袍的人，从这个距离看，可能有几百英里高——他们的脸平静而安详，犹如佛陀；他们弯着身子在海面上，漠然的样子，很像棕榈周日空袭时吕贝克上方矗立的天使——那天他们来到这里，既不是要毁灭什么，也不是要保护什么，仅仅是来见证一场诱惑的游戏。这是伦敦在屈服之前的倒数第二个步骤，最后那位联络者就会使罗杰·摩西哥地图上标出的那些损伤她身体的痘疹发出来，并且结疤——这些痘疹本来潜伏在她和喜欢夜游的、放荡不羁的死神之间的恋情之中……因为指派皇家空军对吕贝克这样的非军事区进行恐怖袭击，无疑像一个女人明确、长久地摆出一副表情，含义是“快点，来操我”，因此便引来了凶狠、尖啸的导弹，那些 A4。当然，那些导弹总归是要发射的，只不过这样就来得更快了……

今晚，这些世界边缘的看守者们来寻找什么东西？这时候他们的颜色加深了，巨大的身形坚韧冷漠，慢慢变成渣片状，颜色也成了暗灰。夜晚，今天的夜晚会将这种颜色稳定下来……到底有什么重大事物值得见证呢？这儿只有斯洛索普，还有斯蒂芬爵士，胡言乱语着，穿过散步道两旁高大的棕榈树，投下一个又一个的影子，长长的，监狱护栏一般。此刻，影子间的空当被落日余晖抹上了温暖的红色，与远处巧克力色的颗粒状海滩相接。似乎根本就没有发生过任何事情。环形的车道上没有车辆的喁语，里面的任何一张桌子旁都没有人因为某个女人或某些国家的协定而押以上亿法郎的赌注。只听到斯蒂芬爵士有些刻板的低泣声：他单膝跪在尚有日间余温的沙滩上，哭得轻柔而克制，充分体现出了所经受过的压抑，连斯洛索普都感受到了，喉咙里感到一阵阵同情的疼痛——为斯蒂芬竭力压制着的感情……

“哦，是的，是的，知道吗，我我我不能这样。不能。我以为你知道呢——可他们凭什么要告诉你呢？‘他们’都知道的。我是办公室里的笑柄。连民众都知道。诺拉已经给那群疯子做了很多很多年的情人。从《世界新闻》抄袭点什么总是不错的——”

“哦，没错！诺拉——就是那个妞，那次和那个会——会改变皮肤颜色的男孩被捉奸的那个妞，对不对？哇哦！一点没错，那个诺拉·道增-特拉克！我早就觉得你的名字挺耳熟了——”

斯蒂芬爵士却自顾自地说下去：“……有过一个儿子，没错，我们原本是完整的家，有个敏感的儿子，跟你差不多大。弗兰克……我想他们派他去印度支那了。我问的时候，他们很客气，很客气可是，他们不让我们知道他在哪儿……斯洛索普，菲兹毛里斯官邸的那些人是好人。他们的心是好的。是，主要是我的错……我很爱很爱诺拉。我爱她。可是，出了别的问题……要紧的问题。我当时认为很要紧。现在还是的。我必须这样认为。她一步步地，你知道的……他们就是那样做事情的。你知道他们是什么样的，不容反对，总想把你弄——弄到床上去。我不能啊，”他摇着头，头发在黄昏里变成亮晃晃的橘黄色，“我不能。我爬得太远了。另一根树枝。爬不回她那里了。她——她本来，只要偶尔爱抚一下就会觉得幸福……听着，斯洛索普，要知道，你的妞儿，你的卡婕，她——她很**可爱**。”

“我知道。”

“他——他们以为我已经，不在乎了。‘你可以毫无激情地观察。’杂种们……不我不是那意思……斯洛索普，我们都是这种机器人。干自己的活。这就是我们的全部。听着——你觉得，每次上完课你和她离开的时候我有什么感觉？我已经没有功能了——我全部的期待就是一本书，斯洛索普。写一份报告……”

“嘿，伙计——？”

“别生气。我不会害你。来打我吧，我只会倒下去，然后又弹起来。看着。”他演示了一回，“我在乎你们，你们两个。我真的在乎，斯洛索普，相信我。”

“好吧。告诉我这一切是怎么回事。”

“我在乎！”

“好，好……”

“我的‘职能’是观察你。这就是我的职能。你喜欢我的职能吗？你喜欢吗？你的‘职能’……是，熟悉火箭，一点一点熟悉。我必须……每天递交你的进展日志。我就知道这么多。”

并非只是这么多。他隐瞒了什么，更深层的。但是斯洛索普的脑子已经糊涂了，醉得太厉害，没办法以任何方式捕捉其中的信息。“我和卡婕？你从锁孔里偷看？”

斯蒂芬抽了一下鼻子：“那又有什么关系？我是最佳人选。最佳。我甚至有一半时间手淫不了……给他们的报告不会在匆忙间涂满精液，知道吗？他们不要那个。我只是个中性人，一双记录的眼睛……他们太残忍了。我觉得他们甚至不知道自己残忍……他们甚至并不是虐待狂……整个过程中一点都没有激情……”

斯洛索普把一只手放到他肩膀上。衣服的垫肩动了，在下面那块温暖的骨头上隆起来。他不知道该说什么，该做什么：他自己也感到空空的，想睡觉……可是斯蒂芬爵士靠在他膝盖边上，哆嗦着，正要告诉他一个可怕的秘密，一个致命的机密，关于：

那根他认为属于自己的耻物

（男高音领）： 那根他认为属于自己的耻物——
不就是浪荡不羁的一块大骨……
肥硕的紫脑袋，
从床上翘起来，
小妞们在床上当电话机爱抚——
（男低音）： 电—话—机
（心里的声音）：但“他们”晚上钻过小孔，
（男低音）： 甜言蜜语，却全不见影踪——
（心里的声音）：不见影踪……
（男高音）： 如今，他自叹命苦，
破碎的心发出咽呜，
为那根他认为属于自己的耻—耻—物！
（心里的声音）：耻—物！

海边的那些身影一直在倾听。白昼的光线渐渐冰冷、熄灭，风越来越大，吹着那些身影，使它们显得更加遥远……那样的遥不可及——那样的难以捉摸。卡罗尔·埃温特想把吕贝克的天使搞清楚，结果饱尝艰难——他和附体灵魂彼得·萨克撒两个人在不同世界之间的沼泽里挣扎。后来，在伦敦，那位无所不在的、覆盖面最广的双重间谍萨弥·希尔伯特-空洞[①]来访了——当时人们还以为他在斯德哥尔摩或者巴拉圭呢!

“哦，在这里,”那双原本和善的鲭鱼眼扫视着埃温特，迅捷如控制火力的碟形天线，甚至还要多些残忍，“我本来觉得自己——”

“你本来以为自己正要进来呢。”

“也会心灵感应呀，天哪他很棒呀！”那双鱼眼睛却丝毫不放松。这是一个很空的房间，在甘洛巷[②]后面，一般是用来做现金交易的。他们把埃温特从“白色幽灵”召过来了。他们在伦敦还知道如何画五角符、念咒语，如何把想召的人准确地召进来……桌面上挤满了玻璃杯，脏兮兮、白花花、空洞洞，另外还有深棕红色的剩饮料、烟灰缸和一些假花残渣——老萨弥一直在摘花、剥弄，然后折扭成神秘的弯形或疙瘩。火车的煤烟从一扇微开的窗子里吹进来。房间的其中一面墙，虽然空空如也，却被多年来间谍们的影子给侵蚀坏了，就像有些公众用餐场合的镜子也会被食客们的影像所侵蚀一样：其表面能集聚不同的品性，道理和苍老的面孔相同……

“那就是说，你其实没和他*说话*,”嗯，萨弥很善于说话的，柔声，细语，“我是说，你的随便哪一根天线没有在半夜里和他聊一聊啥的……”

“没有，没有。”埃温特这时候明白了，那些人已经看到了经过彼得·萨克撒手头的所有记录——他本人设法读到的东西都是被审查和删节过的。这种情形已经有一阵子了……不如干脆放松、退守，从萨弥的言谈中观察出一些眉目来，在自己已经知其大概的东西中做文章，就像破解藏头诗那样——他是被召唤到伦敦了，可是他们并没有要求任何人和他们联系。他们感兴趣的只是萨克撒本人，所以这次见面的目的并非委托埃温特做什么事，而是在给他敲警钟，要他把一部分秘密封禁起来。一些片段，一些腔调，一些语言此时在脑海里联翩飞过：“……他在那边肯定很震惊……当时咱自个儿还有一两把斧子要操心呢……至少叫你别到街上去……看看你坚持得如何，当然还有那把斧子，要把你从资料里

---

① 原文与“希尔伯特空间”谐音。

② 甘洛巷：据考，伦敦无此巷名，应为作者据《傅满洲的踪迹》一书中人名所杜撰。

看到的那些性格剔除掉，那样我们会好处理一些……”

别到街上去？谁都知道萨克撒是怎么死的。不过没人知道他那天为何要到那里的街上去，是什么原因造成的。此时，萨弥向埃温特传达的信息是：别问。

那么他们会不会设法找到诺拉呢？如果这里真的有对应关系，如果埃温特以某种方式映射了彼得·萨克撒，那么诺拉·道增-特拉克就成了萨克撒所爱的女人列妮·珀克勒？那么，上面说到的封禁是否也会推及诺拉烟熏般的声音和有力的双手？埃温特是否会以某种非常高明的方式在家里被软禁一段时间，或者一辈子，而他对自己的罪名却永远不得而知？

诺拉仍在继续进行她的“探险”，即她所谓的“零意识形态”，坚定不移地走在遁入黑暗、遁入辉煌的最后一批白色卫士们那坚可碎石的头发中间……可现在列妮身在何处呢？她会彷徨于何处，抱着孩子，抱着永远长不大的梦想？我们也不想失掉她——只不过她在我们的关怀中（有人甚至会发誓说是在我们的挚爱中）成为缺省的符号，要不就是有人出于不可泄露的原因，特意把她带走了，而萨克撒之死也是其中的一个部分。她用自己的羽翼带起了另一个生命——不是虔心祈祷、梦寐以求被她带走的丈夫弗朗茨，而是留给了另一个完全不同的人——彼得·萨克撒，他的消极被动是另一种类型的……有没有搞错？“他们”从来不犯错误吗？要不……他干吗要在这里和她一起冲向她的终点呢（埃温特其实也一直被诺拉的余威吸得紧紧的）——她的身体遮住了他的视线，使他看不见前面任何东西，这个纤弱的女子不可思议地变得如橡树一般，宽大、母性……只有时光的废墟从身后两边呼呼飞来，经过他的身旁，拖着长长的螺旋线消失在布满灰尘的隐形世界中，路边的石头上还残留着一抹阳光……没错：尽管这一切非常荒唐，但他确实是在帮助弗朗茨·珀克勒把幻想演示为现实：他蜷伏在她的背上，显得很渺小，完全听任她摆布，把他带入前方的一阵乙醚之风中，那种味道……不，还不是他即将出生时碰上的那种味道……很久前的那种虚空，他应该记得很清楚的……也就是说，如果它又在这里出现……那么……那么……

他们被一队警察压着往后退，彼得·萨克撒被塞了进去，挣扎着想站好，看样子毫无脱身的希望了……列妮的脸在动，不安的样子，背景上是“汉堡飞车”①的窗户，混凝土公路、塑像底座、梅尔基施博物馆②的工业式塔顶以每小时一百多英里的速度飞驰在完美的背景上，棕色，模糊不清。这么快的速度，在那些尖顶上，在路基上，哪怕任何最小的错误，对他们都是致命的……她的裙子从后面被掀开了，露出光光的大腿根部，被火车座位压得红红的，向他转过去……没错……大难将临了，没错，不管是什么人在看，没错……“列妮，你在哪儿？”不到十秒钟之前她还在他的肘子旁边呢。他们已经提前说好了，要尽量待在一起。然而，这里却有两种运动态势——就像陌生的人们在小规模冲突中穿过士兵的阵线，偶然走到一起，并肩战斗了一段时间，他们之间的爱甚至使面前的镇压显得失败，而这里街道上的爱又会被离心力甩碎：这里有不会再见到的脸孔，不会再有随意说出的话语，回头望时，本以为她一定在身后，却只听到她最后的话——“沃尔特今晚会带酒来吗？我忘了——”这是他们之间的一个笑话：他彷徨在青春期的迷惘中，很善忘，而且无望地爱上了小姑娘伊尔莎。她使他得以避开社会、聚会、顾客……她常常是他的理性。他喜欢每天深夜时在她床前坐一小会儿，看她睡着的样子，屁股翘在外面，脸埋在枕头里……那种纯洁，那种自然……而她妈妈呢，最近晚上经常磨牙、皱眉、说梦话——他不愿意承认，她说梦话使用的语言自己在某些时候、某些地方也能听懂，也能流利使用。就是在过去的这一周里……她懂什么政治呀？但他看得出来，她已越过某个疆界，找到了时间的另一支流，而他却难以相随——

“你是她妈妈呀……如果他们逮捕你怎么办？她该怎么办？”

“这正是他们——彼得你看不出来吗——他们需要肿胀的乳房和萎缩的人，躲在它的影子底下咩咩乞哀。对于她我还能算一个人吗？我不是她妈妈。‘妈妈’这个词属于没有战争的地方，现在妈妈们在为‘他们’工作！他们是灵魂的警察……”她的脸色灰暗下来，说着说着竟有了些

① “汉堡飞车”是柏林发往汉堡的快车。

② 梅尔基施博物馆：位于距旧柏林火车站几英里处。

犹太味，并非因为声音大，而是因为说出了真话，也是实话。从她的信仰反观自己，萨克撒看出了自己生活的浅薄，那些社交晚会就像浴盆里的死水，甚至那些面孔都是一成不变的……那么多年就在平淡中过去了……

“可是我爱你……”她说着，把他的头发从流汗的额上抹到后面去。他们躺在一扇窗户下面，街灯和广告的灯光不停地从窗外流泻进来，轻轻拍打着他们的皮肤，拍打着他们的身躯和影子，那些色调简直比星象家们的月宫（屁股）[①]还要冷……“彼得，你不必戴任何假面具遮盖真实的你。如果我不爱真实的那个你，我就不会在这里了……”

是她把他哄到街上去的？她就是他的死神吗？从他在另一个世界的视角看，回答是否定的。爱情的话语是可以做多种解释的，事实就是如此。但他又确实觉得，自己被派到那边去是出于某种特定的原因……

还有伊尔莎，用那双黑眼睛勾引着他。她可以叫他的名字，但为了向他传情，她经常不叫，或者叫他妈妈。

“不对——不对，那才是妈妈。我是彼得。记得吗？彼得。”

“妈妈。”

列妮眼睛一眨都不眨地注视着他们，唇间挂着微笑，他甚至觉得她的微笑近乎得意：她听任这种混乱的称呼发生，引起这个男人的反应，而她对这种反应又不可能视而不见。如果她不想让他到外面的街上去，这种时候为什么又总是保持沉默呢？

“我很高兴她不叫我妈妈。”列妮本打算解释的，但这种解释颇多政治宣传的意味，他还不能安然接受。他不知道如何听懂那样的谈话，只觉得那是标语的拼凑：他还没有学会用革命的心去听——其实，他压根就没有过足够的时间从其他同志荒凉的友爱里汲取一颗革命的心，是的，现在没有时间了，除了多呼吸一口气，做什么都没有时间了，而那种呼吸很急促，发自一个开始在街上感到恐惧的人身上，他甚至没有足够的时间从容地消除自己的恐惧，是的，因为警官约赫来了，警棍都扬起来了，共党脑袋的横截面愚蠢地暴露在他眼前，对他和他所拥有的权力

① 原文有双关。

毫无察觉……这是警官一天以来首次的、毫不含糊的一击……哦，他的时间拿捏得恰到好处，他的胳膊上有了感觉，警棍挥了出去，不再软软地贴在腰边，而是绷得紧紧的，划出一条有力的曲线，高高挥出，释放了全部的潜在能量……在遥远的下方，那个男人太阳穴上的灰色静脉薄得像羊皮纸，清晰地凸在外面，已经开始痉挛，在进行倒数第二次跳动了……哦，操！哦，多么——

多么美呀！

这天夜里，斯蒂芬爵士从赌场消失了。

当然，那是在告诉斯洛索普菲兹毛里斯官邸对他的勃起很感兴趣之后。

就在第二天早晨，卡婕急急冲进来，忙乱得赛过一只淋了雨的母鸡。她告诉斯洛索普斯蒂芬爵士失踪的消息。看样子所有的人都突然在给斯洛索普汇报情况了，可斯洛索普还没怎么睡醒呢。雨滴滴答答地敲打着窗户和百叶窗板。那些星期一的早晨，闹肚子，说再见……他眯起眼睛看着外面雾茫茫的大海，地平线上罩上了一片灰色，棕榈树在雨中闪烁着光亮，沉重、潮湿、葱郁。可能香槟的酒劲还没过吧，竟然出现了神奇的十秒钟，他的世界里空空的，对眼前的事物只感到一种单纯的爱。

可是，他马上就警觉了，转过身子回到房间里。该和卡婕玩玩了……

卡婕脸色苍白，一如她的头发。司雨的女巫。她的帽檐在脸庞周围投下一层漂亮的乳绿色光晕。

“瞧，他真的不见了。”看样子，她对如此急迫的命令感到了不安。“太糟糕了。话又说回来——也许是好事。”

“别管他。斯洛索普，你知道多少内情？”

“你这话怎么讲呢？别管他？你们都做些什么，把人扔掉？”

“你想知道吗？”

他站在那里捻着唇髭：“说说吧。”

“你这个混账。你要小聪明，搞什么大学生喝酒游戏，把整个事情都搞砸了。”

“什么整个事情，卡婕？”

“他给你说了什么？”她向他靠近一步。斯洛索普看着她的双手，想到了以前见过的部队柔道教练。他忽然发觉自己一丝不挂，而且，嗯，好像那东西有点硬了。小心，斯洛索普。这会儿没人注意，也没人追究其中的原因……

“他当然没告诉我你懂那种柔道。肯定是在荷兰教你的，哈？当然了——往往是小事情会暴露一个人，对吧……”他由高向低唱着三度音，孩子气的样子。

“啊——”她冲进来，对准他的头一掌砍下来。他躲开这一击，身体向前伸入她臂下，消防队员那样把她举起来扔到床上，紧接着扑了过去。她用脚后跟狠狠踢向他裆部——第一招就该用这个的。结果，她整个动作的时间拿捏得非常不准，不然就可能把斯洛索普的屁股给废了……也许她是故意踢偏的，脚只是从斯洛索普的腿上擦了一下。斯洛索普身体一转，抓住她的头发，一只胳膊从身后箍住了她，将她面朝下压在床上。她的裙子撩到了屁股上，大腿在他身子下扭来扭去。他的那东西已经胀得高高的了。

“听着，婊子，别让我对你发火，我打女人一点没问题。我是法国里维埃拉的贾克奈[①]，你当心点。”

“我要杀了你——”

“什么——你要把整个事情搞砸？”

卡婕转过头，朝他的前臂咬下去，正好在肘子附近，以前给他打喷妥撒针的地方。“啊呜，妈的——”他放开箍她的胳膊，扒下内裤，按住她的一边屁股，从后面插了进去，手伸到下面去捏她的乳房，狠摸她的阴蒂，手指甲摸索着进入她的大腿间，高手来也！不过这个动作已不重要，因为他们俩都已到了高潮边缘——卡婕先到了，尖叫着捂住了枕头，他也只晚了一两秒钟。他压在她身上，流着汗，喘着气，看着她转开 3/4 的脸，连侧面都看不清楚，只能看到一张“不是脸的脸”，很抽象，难以触及：只看到凹下的眼窝，却看不到变幻多端的眼睛；只看到一张没有

---

① 电影《公敌》(1931)中，贾克奈饰禁酒时期一暴徒，用柚子砸了情妇的脸。

主人的脸，突起的嘴唇，戴着没有鼻子的面罩。那是另一个世界的肉体，属于卡婕的肉体——那是一张没有生命的、不是脸的脸，他只认识这张脸，将来也只会记得这张脸。

“嘿，卡婕。”他只说出一句话。

“嗯。”往日残留的辛酸又卷土重来了。他们毕竟不是那种恋人，打着薄纱伞，太阳照在伞上，手拉手轻轻漫步，随便走到有草地的地方或宁静的所在。奇怪吗？

她把身子移开了，他的器官滑了出来，裸露在冰冷的房间里。“伦敦是什么样，斯洛索普？导弹落下来的时候？”

“什么？”做爱后，他一般喜欢躺下来，抽一支烟，想想吃的东西。“嗯，等导弹到了，你才知道它到了。咳，到了之后才能知道。如果没有炸到你，好了，没事了，再等下一颗。如果你听到了爆炸声，就说明你一定是活着。”

“好了。”她坐起来，把内裤从后面拉上去，又把裙子从后面放下来，走到镜子前，梳理着头发，“我们来看看临界面[①]的温度情况吧。趁你穿衣服。”

临界面温度 T 下标 e，这是什么意思？呈指数上升，直到燃烧中止，大约七十英里射程，然—然后突然升到一个尖点，一千两百度，然后略下降，最低为一千零五十度，直到脱离大气层，接着还有一个尖点，在一千零八十度。这个温度很稳定，直到重新进入大气层。啦啦啦。过渡音乐：欢快的木琴，改编自一些经典老歌，都是讽刺一些现象的，口气很温和——像这样的曲子：《学校的日子》，《约瑟芬，来吧，偕我飞行》，甚至《火红的岁月将来到托耐特城》！拿起拨子，慢慢隐入楼下一个全部用玻璃围住的走廊，就斯洛索普和卡婕两个人，没有别人，只有几个乐手在角落里呻吟摇头，谋划着让策扎尔·弗勒伯托摩给他们改变报酬方式。糟糕的演奏，糟糕的演奏……雨打在玻璃上，外面的柠檬和桃金娘树在寒风中摇摆。她让他一边享受月牙面包、草莓果酱、优质黄油、

① 临界面：这里指导弹表面。“临界面温度”则指导弹升降时的表面温度。

优质咖啡，一边迅速扫视飞行剖面图，快速给他一些雷诺数，让他心算出弹壁温度和努谢尔特热传导系数[①]……还有运动、湿度、恢复力矩等的一些方程式……染共体计算燃烧中止的方法，无线电方法……方程式呀，转换呀……

“现在计算射流膨胀张角。我给你高度，你说出张角。”

“卡婕，你干吗不把张角告诉**我**呢？”

有一次，她脑子里出现一只开屏求偶的孔雀，她很高兴……她看到孔雀从发射台上升起，五彩的颜色在火焰中移动，猩红，橙黄，灿绿……周围有德国人，甚至还有党卫军部队，他们把导弹叫作“Der Pfau（孔雀）”“Pfau Zwei（孔雀二号）”。它在上升，作为爱情典礼的一部分……到燃烧中止时便结束了——导弹的纯女性特征，其目标中心的零点，已经消退了。剩下的过程将会依照弹道学的法则进行，导弹本身是无法主宰的。它被别的东西控制了。设计范围之外的东西。

在卡婕看来，那一道巨大的、真空的弧线明显象征着某种隐秘的欲望，而正是这种欲望驾驭着这个星球和她自己，以及那些利用她的人——到了顶点，然后下降，燃烧着，冲下来，冲向最后的高潮……不过，这些她是不能告诉斯洛索普的。

他们坐在那里，听着阵阵雨声，雨里几乎夹着雪。冬天收缩着，喘息着，加深着。一个赌博轮盘的球在后面的一间屋子里嗒嗒跳着。她在逃避。为什么呢？他靠她太近了吗？他努力回忆着：她是不是一向都得这样说话？像缩球击法，先反弹，再击中他。现在正是问她的良机。黑暗中，他一心想对抗阴谋，胡乱地撬门，却不知门后面会钻出什么来……

黑色的玄武岩从海里冒了出来。水蒸气形成的薄纱悬在海角及其城堡上方，将整个画面变成了粒状的古老贺卡。他摸到她的手，手指沿她裸露的手臂向上移动，探寻……

“嗯？”

---

① 原文两种版本皆为“heart-transfer”，疑误，应为“heat-transfer”，故依后译。

"到楼上来。"斯洛索普道。

她可能犹豫了一下，只是极短的瞬间，他没有注意到："我们一直在谈论什么呀？"

"A4 导弹呀。"

她盯了他很久。初时他还以为她要笑他。后来她又像是要哭。他搞不懂。"哎，斯洛索普。没错，你不需要我。他们追踪的那个斯洛索普需要，但是真正的斯洛索普不需要。即便需要，顶多也就和 A4 需要伦敦的程度差不多。不过我觉得他们不了解……不了解你们，还有其他的灵魂……你的、火箭的……不了解。最多也就了解到你这种程度。如果你现在还不明白，至少也要记住。我能给你说的就这些了。"

他们又回到她的房间里：把儿，坑儿，星期一的雨敲打着窗户……早晨剩下的时间，还有中午过后，斯洛索普一直在研究席勒教授的再生冷却理论、魏格纳的氧化方程式、鲍耳和贝克的废气和燃烧效能理论。还读了一本带色情的设计图。中午时雨停了。卡婕出去办一些自己的杂事。斯洛索普在楼下的酒吧里度过了几个小时，服务生们一碰到他的目光就露出笑容，举起香槟酒瓶，煽情地挥动着——"不要，求你们了，不要了……"他正在背佩纳明德的组织系统图呢。

阴沉的天气开始泛出些光亮的时候，斯洛索普和卡婕出去到散步道上散了个步，算是一天结束前的闲逛。她没戴手套，冰凉的手握在他手里，黑色的窄大衣使她显得比平常高了些。她长久地沉默着，使他觉得她几乎化成了薄薄的轻雾……他们停下来，靠在一个栏杆上，他注视着隆冬的大海，她则注视着横亘在身后的隐秘而凛冽的赌场。没有颜色的云朵无休无止地从空中飞过。

"我想起了那天找你的情景。那天下午。"他没有心思大声回忆具体细节，不过她知道他说的是希姆莱游艺室。

她一直在警觉地打量四周："我也是。"

他们的呼吸被撕裂成一片片幻影，飘向海面。她今天的头发梳得高高的，往后卷，眉毛收拾成翅膀的样子，很漂亮，涂了深色，眼睛周围黑黑的一圈，只有外边的几根睫毛没染到，仍是金黄色的。阳光从云层中照下来，斜落在她脸上，带走了所有的颜色，只剩下证件照片一样的内容，护照上用的那种照片……

“你——你当时那么遥远……我无法接近你……”

当时。她脸上现出类似于怜悯的表情，随即又消失了。她悄声说了一番话，犹如一份紧急电报，十分致命，又十分清楚：“也许你会明白的。也许有一天，在某一座被轰炸过的城市里，在某一条河边或者某一座森林边，甚至在一个下雨的日子，你会突然明白的。你会想起希姆莱游艺室，想起我穿的裙子……记忆会为你舞蹈，你甚至可以让它变成我的声音，说出我以前，也就是现在无法说出的话。”咦，她干吗对他笑呀？而且只是一秒钟的时间？笑容已经不见了。又戴上了倒霉、绝望的面具。这是她表情的稍息态，她更喜欢，也最容易做出来……

他们站在几张长铁椅弯卷的黑架子中间，周围空无一人。这是散步道的一个下坡，坡度很陡，远远超过将来他省悟时所需要的那种坡度：令人晕眩，意欲将他们倒入海中，消灭一切痕迹。气温更冷了。他们俩都走不稳，每过几秒钟就有一个人得调整脚步。他伸出手，把她大衣的领子竖起来，然后用双手捧住她的脸颊……他是想恢复她本来的脸色吗？他俯视着她，凝视她眼睛深处，却惊讶地发现两只眼睛里都盈满了泪水，浸湿了睫毛，眼影流开了，漾出细细的黑色旋涡……那两颗透明的宝石在眼窝里颤动……

海浪冲击着、拖拽着海滩上的石子。整个海港都泛着浪花的白沫，非常明亮，不像是暗褐的天空照出的反光。哦，又来了，那个和这个世界一模一样的“第二世界”——难道他现在还得为此担心吗？那样的话——看看这些树吧，长长的树身下垂着、刺痛着、晕眩着，就像在天空底版上耗心费力制作的铜版画，每一幅都安放得恰到好处……

她的大腿和臀部向上凑，隔着大衣，贴住了他——这样做也许还能把他唤醒，回到这个世界来——她呼出的气就像一方白帕，她的泪痕在冬日的光线下凝成了冰痕。她感到温暖。但这还不能让人满意。从来没有让人满意过——不，他完全明白：她早就想走了。要么是因为白色的浪花给人一种在刮风的错觉，要么是因为散步道太陡，反正他们拥抱在了一起。他吻着她的眼睛，感到自己的家伙又胀了起来，都是因为古老而可爱的、古老而可恨的——总之是古老的——情欲。

海边有黑管吹起了一支滑稽的曲子，先是一个人，过了几个小节吉他和曼陀林也加了进来。鸟儿们挤到海滩上，眼睛亮亮的。卡婕的心情也为乐声而一松，松了一点。斯洛索普还没有形成欧洲人对黑管的条件反射，所以没有想到小丑或马戏，而是想到了本尼·古德曼[1]——哎，等等……不是有一些卡祖笛吹起来了吗？对，有很多卡祖笛！是一支卡祖笛乐队！

那天深夜她回到房间后，穿上了一件红色的厚绸袍。两支长蜡烛在她身后忽远忽近地闪烁着。他感觉到了其中的变化。做爱过后，她躺在那里，一只手肘撑着头，双眼看着他。她深深地呼吸着，深色的乳头漂浮在乳房上，就像浮子漂浮在白色大海上。只是她的眼睛里布上了一层帷幕：他甚至看不出来这是她最后一次习惯性地、黯淡而优雅地退却到某个里层房间的角落里……

"卡婕。"

"嘘——"她的手指穿巡过早晨的时光，穿过 Cote d'Azure[2]（蓝色海岸），继续朝意大利方向搜寻。斯洛索普想唱歌，也决定要唱，又想不出任何合适的歌儿。他伸出一只手，指头上没蘸水就去掐烛花。她吻着他被烧痛的地方。似乎更痛了。他在她的怀里睡着了。等他醒来时，她已经不见了，彻底不见了，一些从未穿过的衣服还在衣橱里，他指头上的泡还在，还有一点蜡。一支烟还没吸完就掐灭了，折成令人讨厌的鱼钩形……她从不浪费香烟。她一定是坐在那儿，抽着烟，看着梦中的他……然后，什么东西把她召唤走了，使她没时间把烟吸完——至于是什么东西，他永远也不会问她的。他把烟拉直，抽完。没必要浪费烟嘛，还在打仗呢……

---

① 本尼·古德曼（1909—1987）：爵士乐黑管手。
② 法语。

◆ ◆ ◆ ◆ ◆

“一般情况下，我们的行为过程不只产生单一的反应，而是复合的反应，以便适应不断变化的环境。在老年人身上，”这是巴甫洛夫在八十三岁时的讲座，“情况就完全不同了。我们只专注于一种刺激，通过负诱导排除其他同时发生的间接刺激，因为这些刺激常常与周围环境不符，并非给定场景下的补充式反应。”

就这样伸手从桌上拿一朵花，
（波因茨曼从未对任何人泄露过这些胡思乱想）
我知道我的房间里嵌着漂亮的图案
开始慢慢地、抑制地溶化在扫帚旁
扫帚，就是刺激，就是需要
更加明亮地燃烧，而光亮
迅速从四周的物体中吸收的光亮
集中、聚焦成为火焰（但不至于炫目）
而就在那个房间里，在那个催眠的夜晚
别的东西都潜藏起来——那些书，那些仪器
那个老人的衣服，一根“小城镇”游戏棒
因为它们的出现而光彩焕发。他们的灵魂
或者说我的记忆中他们所在的位置，
被取消了，暂时被火焰所取消了：
把手伸向脆弱的、期待的花朵……
所以，其中一个物体——钢笔，或空玻璃杯——
从原来的地方被打下来，也许
还在记忆空白的疆域里翻滚……
但要明白，这并不是“老年人精神不集中”
而是很集中，就像更年轻的人一样容易，
那只是可笑的借口，在他们的世界里

可怜地失去了不止一个的东西——
就现在，八十三岁了，大脑皮层松弛了，
神经兴奋的过程也成了一堆渣子
被抑制所摆布，手指头也生了茧，
每当我的房间开始模糊起来我就觉得
我看到了城里某一块地方在演习停电
（只要德国人继续沿着疯狂的道路走下去
这些都一定会成为现实）。每盏灯闪一下就灭了……
只有最后的一只扫帚，明亮，执着
执行者们无法熄灭。至少这回无法熄灭。

“白色幽灵”每周一次的简报会议几乎已经废止了，这些日子几乎没人看到过老准将。在“促降计划”画满天使的墙壁间的旮旯里，一种对预算的不安全感渐渐渗透进来。

“那老头害怕了，”迈伦·格闰敦大声说这些话，是和斯洛索普小组一起凑在疏研室侧楼里开例会的时候，“他会把整个计划搞砸的，只需要一个糟糕的晚上就够了……”他自己这些日子也不大安定。

可以看出，在场的人们有一种颇具教养的恐慌。他们身后，实验室的助手们来回打扫着狗粪，或者在校准仪器。大大小小的老鼠，有白色、黑色，还夹杂了些许灰色，在百来个笼子里咔嗒咔嗒地踩着轮子跑动。

只有波因茨曼保持着冷静。他似乎不为形势所动，一副强大的样子。他的实验服最近甚至开始表现出萨维尔街的安详气质：卡紧的腰，鲜艳的开衩，更好的布料，俏皮的、锯齿状的翻领。在这干枯、休耕的日子里，他却滋润不已。最后，大家的吵闹声渐渐安静下来，他才说道：“没什么危险的。”

“没危险？”艾伦·斯罗思特尖叫起来，那帮人又开始嘟哝、抱怨。

“斯洛索普一天之内就把道增-特拉克和那个小妞给搞垮了！”

“整个计划正在瓦解，波因茨曼！”

“自打斯蒂芬爵士回来后，菲兹毛里斯官邸就退出计划了，邓肯·桑迪斯[1]那边也问了些令人尴尬的问题——”

“他可是首相的女婿呀，波因茨曼，不妙啊不妙！”

“我们已经开始出现赤字了——”

“资金嘛，”请你们保持头脑冷静吧，“是有的，不久就会注入……当然不会等到我们有大麻烦的时候。斯蒂芬爵士根本没有被‘搞垮’，他在菲兹毛里斯官邸工作得很开心，你们谁不信可以去看看，很舒服呢。波季修斯女士也仍然活跃在本项目中，另外邓肯·桑迪斯先生的问题也都得到了答复。不过，最棒的事情是，我们已经稳稳进入了一九四六财政年的预算，赤字之类的头疼事是赶不上咱们的。”

“又是你那些有关当事人？”

“啊，前天我看到皇家化学药品公司的克莱夫·莫斯蒙和你在密谈，”埃德温·特瑞克尔提醒道，“克莱夫和我原来在曼彻斯特一起修过一两门有机化学的课程。皇家化学药品是我们的一个，哦，资助者，是吗波因茨曼？”

“不是，”他对答如流，“其实莫斯蒙最近没有在马赖特街上干什么。我觉得，我们做的事情不过是对黑人支队任务微不足道的协作而已，没什么不妥的。”

“见你的鬼去吧。我碰巧了解到，克莱夫在皇家化学药品公司负责某一项什么聚合体项目。”

他们对视着。其中一个人在撒谎、骗人，要不两个人都在撒谎、骗人，再不就是上面提到的那些人全都在撒谎、骗人。不管是哪种情况，波因茨曼都有微弱的优势。他敢于正视自己行将灭绝的计划，并因此长了大大的一智：充斥于大自然的生命力，在特定的官僚系统中并没有完全的对应物。没有那么神秘。一切都不可避免地归结于男人们的个人欲望。噢，当然还有女人，祝福她们空空的小脑袋吧。然而，要生存下去就得有足够强的欲望——渴望对这个系统了解得比别人多，渴望了解操

---

① 邓肯·桑迪斯（1908—1987），一九三五年后当选英国国会议员，一九四三年受命负责德国V型导弹计划的情报搜集工作。丘吉尔女儿黛安娜的丈夫。

纵这个系统的方法。这是工作，如此而已，容不下任何超出人类之外的忧虑——它们只会削弱、软化意志：作为男人，要么任其发展，要么勇敢地将其斗败，und so weiter（如此等等）。“我倒真的希望皇家化学药品公司能出一部分资。”波因茨曼微笑道。

“苍白啊苍白。”比他年轻一些的格罗思特博士道。

“那又如何？”艾伦·斯罗思特叫道，“只要老头在哪个节骨眼上生个气什么的，就一点都没戏了。”

“普丁准将任何时候都不会出尔反尔的。”波因茨曼很坚定、冷静，“我们和他已经做好了安排。细节并不重要。”

在他的这些会议上，细节的确从未重要过。特瑞克尔很自然地把话题转移到莫斯蒙的事情上，罗洛·格罗思特的吹毛求疵、旁敲侧击不仅没有构成任何威胁，而且还有利于表现出讨论的气氛，和斯罗思特时不时发点歇斯底里转移大家的注意是一回事……就这样，集会散了，心怀鬼胎的人们各自回去品咖啡、见老婆、喝威士忌、睡觉，或者变得麻木不仁。韦伯利·西弗内尔留下来把音像设备收拾稳妥，又从烟灰缸里捞掠了一通。狗万尼亚这时正好回复到神志正常状态，甚至还可能回复到了肾脏正常的状态（经过服用一段时间溴化物，它的肾已经很脆弱了）。它得到许可，从试验台上下来做短暂休息，一路嗅着来到老鼠以利亚的笼子前。以利亚把鼻吻靠到带电的铁丝上。两只动物就这样一动不动面对着，鼻子对鼻子，生命对生命……西弗内尔吸着一个弯钩模样的烟蒂，拖着一个 16 mm 的投影仪，穿过长长的一排笼子走出疏研室，锻炼用的轮子在荧光灯下闪着光。小心了伙计懵（们），看叟（守）的来了。嗷他没问题。瞧，他四（是）正常人。别的动物都笑了。辣（那）他在这里干吗，啊？头上，长长一排白色日光灯发出嗞嗞声。穿着灰色工作服的助手们在聊天、抽烟，或留下来做杂务。小心，莱福提，这回他懵（们）四（是）匆（冲）你来的。看则（着），老鼠阿列克谢咯咯笑着说，他把我拿起来的思（时）候我要拉死（屎），就在他的叟（手）里！最好别出声，你懵（们）资（知）道司拉格的事情，对不？他干那件事，他懵（们）就把他油炸了，伙计，就四（是）他第一次从迷宫里逃跑搞砸的思（时）候。一百伏。他们梭（说）那四（是）个“事故”。四（是）的……当然四（是）的喽。

从头上，从德国照相机的角度看，韦伯利·西弗内尔也想到了：这座实验室现在是个迷宫，不是吗……行为主义的信徒们像老鼠般在桌子和台子间的过道里跑来跑去。在他们而言，刺激的强化不是来自一碗食物，而是来自成功的实验。然而，又是谁在上面观察着他们、记录着他们的反射呢？是谁在听着笼子里的小动物们交配、吃奶、跳方阵舞互通信息，或者像现在这样唱歌呢……它们从各自的圈子走出来了，真的，变得像韦伯利·西弗内尔那么大（不过实验室里的人好像都没注意），为走在长长的通道和金属设备间的他伴舞，一些康加鼓和一支精神饱满的热带交响乐队奏出了下面这支歌曲的节奏和旋律：

巴甫洛夫学说（比根舞曲）

那是在巴甫洛夫学说的春天——，
我迷路了，迷路在迷径之间……
来苏尔的芳香在空气里荡漾，
为此我已经寻找了好多天。
在一根盲管里，我发现了你，
你和我一样彷徨迷离——
我们互相触碰着鼻头，
刹那间我的心学会了飞举！

就这样一起找到了方位，
一两丸食物也共同分配……
就像晚上在咖啡馆，
除了你，什么都无所谓……

巴甫洛夫学说的秋天已到来——
又一次，我开始孤独徘徊——

发现若干毫伏的悲伤哀凄，
回到了神经和骨头里来。
这时候我想起我们共同的欢娱，
虽然你的姓名我还未曾问及——
巴甫洛夫学说什么也没有了，
只有那座迷宫，和那场游戏……

群魔乱舞。老鼠们围成圆圈，将尾巴内外卷动，形成菊花和阳光四射的图案，最后所有的老鼠组成了一幅巨大的老鼠图形。西弗内尔就在大老鼠的眼睛旁，面带微笑摆出个造型来，双臂举起成“V”字，保持在歌曲的最后一个音符上，宏大的啮齿类合唱声和乐队演奏声也一同保持着。最近心理战务处发了一份经典的传单，敦促国民掷弹兵们：把V-2操起来[①]！传单上还加了注脚，说“V-2”的意思是举起双臂“光荣投降”（临死还要幽默一把的意思），还叫他们如何一个音一个音地说“ei ssörrender（投降）”。韦伯利的“V”字是表示胜利呢，还是投降？

它们度过了自由的一刻。韦伯利只是做了一回客串明星。现在它们又回到了笼子里，回到了死亡的理性形式——这种死亡是专门为一个物种设置的——不幸的是，它们知道自己的物种肯定要死亡……“如果我有办法，我一定会放了你们的。可是外面这儿也不自由。所有的动物、植物、矿物，甚至另外一些类型的人类，每天都在被打碎、重组，只留下少数精英，用最大的声音谈论着自由，却是最不自由的人。至于有一天这种情形是否会改变——‘他们’是否会出来，忘记死亡，抛掉‘他们’的技术精心制造出来的恐怖，停止残酷使用其他各种形式的生命，把人类的困扰保持在能够承受的水平，然后变成你们这样，简简单单地待在这里，简简单单地活着——这一点我甚至无法给你们丝毫的希望……”客串明星从走廊里退出了。

---

① 原文中为德语双关。

“白色幽灵”几乎已经稀疏的灯光熄灭了。今夜的天空是深蓝色，蓝得像海军的长大衣，空中的云彩也白得异常。风刺骨而凛冽。老准将普丁颤抖着，偷偷从住处溜下后面的楼梯，沿着一条只有他一个人知道的路线，穿过星光下空荡荡的菊园，走过一个画廊，画廊里陈列着身着缎带的公子哥儿、马匹和用煮熟的鸡蛋当作眼睛的女人。他从一个小夹层里（“极度危险”点）出来，进了一个杂物房。虽然他现在已远离童年，但屋子里一堆堆的废弃物和肆无忌惮的黑暗还是足以让他战栗一阵了。他再从杂物房出来，沿一些金属台阶而下，唱起歌（他希望没有出声音）为自己壮胆：

> 把我在水里洗一洗，
> 就像给你的女儿把污垢洗去，
> 把我洗得比墙壁上的石灰还要白……

最后他来到D楼，1930年代的疯人们还顽强地活在这里。值夜的人盖着《每日先驱报》睡着了。此人外表粗鄙，刚才却在读社论。难道有什么事情要发生？下一轮选举？哦天哪……

可是根据命令，准将是要再往前走的。老准将踮着脚走了过去，呼吸急促起来。喉咙里卡了一口痰涎。在他的年龄，痰涎已是天天相伴之物了。他有个朋友的桌布上还出人意料地出现了老年人中的痰涎文化。数以千计的痰涎变体，以凝块的形式出现，夜里以高压力粘在他的呼吸通道周围，足以让他的梦境失去颜色，把他弄醒，让他屈服……

一个声音吟唱起来：“我是神的代理迈特朗[①]。我是秘密保守者。我是守护王座的天使之王……”声音来自某间病房，但是太远，难以确定具体位置。在这个地方，有关辉格党的那些令人烦躁的、无处不在的内容都被凿掉或用漆盖住了。没有必要折磨这些病人。墙上用的都是中庸的

---

① 迈特朗：犹太教神秘哲学中的大天使，其名原意为“最接近王座者”，亦有“神的代理人”和“天使之王”之称。

色调、柔软的帘幕、印象派拓图。只有大理石地板被留下了，在灯光下水一般闪烁着微光。老普丁为了办好这件事，肯定跑了半打办公室和接待室。今晚的事他虽然做了不到两周，但晚晚如此，差不多习惯成自然了。每个房间都会让他不快一回，都是一场必须通过的考验。他怀疑这一切是否也是波因茨曼设置的。当然了，当然是肯定的……那个小杂种到底如何发现的？我说梦话了？要不他们晚上带着让人说心里话的麻醉药溜进来——就在他这个想法刚刚清晰的时候？今晚，他将在这里面临第一次考验。第一个房间里，一套皮下注射的工具放在桌子上。看得很清楚，还在发亮，屋子里的其他部分则有些模糊。对，每天早晨我都感到头昏眼花得厉害，做完梦醒不来——当时是在梦里吗？我在说话……他只记得这些了：他在说话有人在听……一阵恐惧袭来，他不由一颤，脸变得比墙上的石灰还白。

第二个接待室里有个装咖啡的红色罐子，牌子叫“萨伐仑”。他知道这个名字指的是“赛伐仑”[①]。嘿，那个肮脏、嘲世的流氓……不过对于情愿受虐者而言，这些双关语未必有恶意，倒更像善意的魔法，某种程度上是对某种广泛存在的形式的模仿（比如说，没有一个头脑正常的爆破手晚上洗汤匙时会用两只小杯子夹着，甚至用一只玻璃杯和一只盘子夹着，仅仅是因为害怕汤匙所暗含的震颤……因为他抓着的其实是一条震颤的舌头，摆在两个生死攸关的同类中间，抓在因为突然得到提醒而感到疼痛的手指之间）……在第三个房间，一个装文件的抽屉打开着，可以看到一沓病历的局部，还有一本打开的克拉夫特-埃宾[②]。第四个房间里是一个人的头盖骨。他兴奋起来了。第五间里是根马六甲手杖。我为英国打过的仗有多少自己都记不清了，我是不是付出的够多了？一次又一次冒险，全都是为了他们……他们干吗要折磨一个老人呢？第六间

---

① 赛伐仑：十九世纪奥地利作家萨歇尔·马索克的小说《穿皮衣的维纳斯》中男主人公，有虐恋癖。

② 克拉夫特-埃宾（1840—1902）：奥地利警察医生、精神病学家。这里指他的《性心理病》一书。

里，一具朽烂的英国兵尸体挂在上方，是在白石岭[1]死去的，军装被马克新机枪的子弹烧出一个个洞来，边上黑黑的，像克娄·德·梅罗德[2]的眼睛——尸体上的左眼被打掉了，尸体也已开始发臭……不……不！那只是一件大衣，谁的旧大衣而已，挂在壁橱的一个衣钩上……可他不是明明闻到了吗？这时候，芥子气弥漫而来，进入他的大脑，发出要命的嗡嗡声，就像我们不想做梦或感到窒息时的梦境。德国人的一挺机枪咚咚嘀嘀嗒嗒地唱着，英国的什么枪支也在咚咚回应，夜缠绕在他的身体上，收紧了，进—进攻的时刻就要到了……

到了第七个病房门口，他敲了敲，指节在黑乎乎的橡木门上显得毫无力气。用电遥控的门锁猛地打开了，接着从远处传来回声。他走进去，把门关好。病房里若明若暗，只有一支蜡烛在一个仿佛遥隔数英里的角落里燃着，散发出芳香的气味。她坐在一把高高的亚当式座椅上等他，白色的身体，以黑夜当作军服。他不由跪了下来。

“多米纳·诺科特纳[3]，光灿的母亲，终极的仁爱……您的仆人欧内斯特·普丁遵命前来向您报到。”

在这样的战争年代，一个女人脸部的焦点便是她的嘴巴。在这些粗鄙的，往往很浅薄的女孩子当中，口红得了势，血一般耀眼。眼睛就交给老天爷和眼泪了：如今这年月，天空里、海洋下、空中侦察机照片的斑斑点点中，到处都隐藏着死亡的影子，所以大多数女人的眼睛变得很有用。不过普丁的时代有所不同，波因茨曼也考虑过这个细节。准将的爱人儿在梳妆台的镜子前花了整整一个小时，摆弄那些睫毛膏、眼线膏、眼影膏，还有眉笔、洗眼液、胭脂、小刷子、小镊子，还不停地翻看一本活页影册，里面都是三四十年前统领时代的美女。她这样做的目的，是帮助自己把这些夜晚统领得即便不算（就她的心理品位而言，他的也一样）名正言顺，起码也要真实可靠。她戴了一副浓密的黑色假发，自

① 应指小说第一部里提到的伊珀尔大决战中的某个阵地。

② 克娄·德·梅罗德：著名舞蹈演员，后成为比利时国王利奥波德二世情妇。

③ 在雅各·格林的《条顿神话》一书中，有一些夜间出没的女巫，其中 Domina Nocturna（音译多米纳·诺科特纳，按词根乃是“夜之统治者”之意）即在战场上带走死者灵魂。

己的金发在下面卷起来别住了。她低头坐着，忘记摆出王者姿态时，头发便垂到前面来，垂到肩膀上，一直到乳房下面。她此刻裸着身体，只围了一块紫貂皮披肩，穿了一双半高跟黑靴。她身上唯一的首饰是一枚银戒指，上面配了颗人造红宝石，原生态，没有切刻，如一滴傲慢的血，此刻伸了出来，等他献吻。

他颤抖着，修剪过的唇髭在她的手指上竖了起来。她把指甲磨得尖长，染成了红宝石的颜色。他们的红宝石。此刻的光线下，她的指甲几乎成了黑色。“够了。准备吧。”

她看着他脱衣服，那些勋章发出轻微的叮当声，浆过的硬挺衬衣嘎吱嘎吱地响着。她非常想抽支烟，但她接到的指令是不许抽烟。她尽量不让手颤抖。“你在想什么，普丁？”

“在想我们第一次见面的那个晚上。”浊臭的泥泞。高射炮在黑暗中嘎吱响着。他的手下，那些驯顺的人，那天早上都溜号了。只剩他一个人。他通过潜望镜，借着空中的一颗照明弹看见了她……他虽然在暗处，她却同时也看见了他。她脸色苍白，穿一身黑衣，站在无人地带，机枪在周围扫射着，却不需要别人保护。“他们认识你，主人。他们属于你。”

“你也属于我。”

“你对我喊着说：‘我不离开你。你属于我。我们要在一起，一次又一次在一起，即便中间相隔数年。我会永远服侍在你左右。’”

他又跪下了，婴儿般精赤。他在烛光下爬着，肌肤老迈而粗糙，旧疤新痕一簇一团的。耻物在举枪致敬。她笑了。他遵照她的命令，爬上前吻她的靴子。他闻到了蜡和皮革的味道，感觉到她的脚趾隔了黑色的靴子，在自己的舌头下扭动。他用余光看到一张小桌子上摆放着她吃剩的晚饭，一个盘子的局部，两个瓶子的顶部，还有矿泉水、法国红酒……

“该画了，准将。你今晚要是做得让我开心，就会拥有最好的十二个。”

这是他最大的难关。她以前拒绝过他。他对那块突出阵地的回忆没有引起她的兴趣。她好像不关心大批死亡的场面，而是更喜欢神话传说，还有个人历险……可是，保佑我吧……请让她接受吧……

"在巴达霍斯[1]，"他低声下气地说，"在西班牙战争期间……有一支佛朗哥[2]的军队进攻这座城市，唱着他们的团歌。他们歌唱抓到的新娘。那个新娘就是你，主人：他们——他们宣称你就是他们的新娘……"

她静默了一会儿，随他等着。终于，她盯着他的眼睛笑了，和平常一样，笑容中自然而然流露出一种恶意来——她发现他需要这种恶意："是的……那天他们很多人的确成了我的新郎。"她低声说，一边折弄着那根亮亮的藤杖。屋子里好像吹着冬天的风。她的身体仿佛有一种迸裂成雪花的危险。他非常喜欢听她说话，她的声音正是他在弗莱芒乡村的破房子里听到的那种，他可以肯定，从口音就可以肯定。这种姑娘在低纬地区长大，随着那场战争的延续，随着季节条件变得越来越艰苦，她们的声音逐渐腐化，从年轻到衰老，从快乐到冷漠……"我把他们棕色的身体据为己有。他们的颜色是尘土的颜色，是黄昏的颜色，是火候恰好的烤肉的颜色……他们多数都那么年轻。那是一个夏日，一个爱情的日子：我见过的最火辣的日子。谢谢你。你今晚可以得到你的痛苦了。"

对于她所喜欢的规矩，这至少是其中一部分。她虽然没有读过任何英国的黄色经典，但她确凿无疑地感觉到自己早就融入英国的黄色潮流了。屁股上六下，乳头上又六下。啪！你的"葫芦珍馐"呢？唛？她喜欢血涌出来与昨晚的疤痕交叉在一起的样子。她常常以此作为唯一的办法，控制自己不随他的每一声痛哼而呻吟。两个声音不和谐，但实际上这种不和谐并不像表面上那样的龃龉……有些晚上她给他嘴里塞过礼服上的腰带，或者金边军服饰带，或者他自己的武装带。但今晚他弓着背匍匐在她脚下的地板上，皱巴巴的屁股撅起来让她用藤条抽，虽然没有什么真实的东西绑住他，但他对疼痛的需要、对某种真实的纯洁之物的需要绑住了他。他们已经使他远离自己简单的神经系统。他们把纸上的幻觉和军队里的委婉语塞满他和这一事实之间——这种少有的正派行

---

① 巴达霍斯：西班牙西南部一城市，位于葡萄牙边界附近的瓜迪亚纳河岸边。

② 弗朗西斯科·佛朗哥（1892—1975）：西班牙军人和政治领袖，领导民族主义政府在反对西班牙内战中击退共和党武装力量。

为——这种在她谨慎的脚下的时刻……不，这根本不是罪恶，更应该是惊奇——他这么多年来可能听惯了部长们、科学家们、医生们说话，人人都要说自己特有的谎话，而她却一直在这里真实地感受他匍匐的身体：没有军装的掩饰，也没有什么药物捣乱使他无法接到她发出的头晕、恶心或疼痛的报告……最重要的还是疼痛。那是最清晰的诗，是最伟大价值的抚爱……

他挣扎着跪起来吻那根藤条。这时候她站到他面前，双腿叉开，骨盆向前张起，貂皮披肩分开来，垂到两股。他大胆看着她的阴部，看着那可怕的旋涡。她的阴毛特地为今天染成了黑色。他叹口气，轻轻地、不经意地发出一声羞愧的呻吟。

"啊……对了，我知道了。"她笑道，"可怜的凡人准将，我知道的。这是我最后的秘密了。"边说边用手指甲抚弄着阴唇，"你不能叫女人把最后的秘密都说出来，嗯，对吧？"

"求你了……"

"不，今晚不行。跪在那儿，接住我给你的东西吧。"

出于条件反射，他下意识瞥了一眼那边桌上的瓶子、盘子，盘子里还有残剩的肉汁、酸辣酱、软骨和骨头渣……她的影子遮住了他的脸和上半身，皮靴发出轻柔的咯吱声，屁股和腹部肌肉动了起来，然后唰地撒起尿来。他张开嘴接住尿柱，卡了一下，但仍在尽力吞咽。他感觉温暖的尿液从嘴角流出来，流到脖子和肩膀上，淹没在咝咝洪流中。她最后尿完时，他把嘴唇上剩下的几滴也舔光了。更多金黄剔透的尿滴挂在她光滑的阴毛上。她的脸展现在两乳间，光滑如铁。

她转过身子。"抓住我的披肩。"他照做了。"小心点。别碰到我的身体。"起初做这个游戏时，她还紧张、便秘，怀疑这是不是男性功能丧失的变相表现。好在波因茨曼十分周到，提前想到了这一点，在她的饭里加了泻药。这时候她的肠胃微痛起来，感到大便开始滑下来、滑出来。他跪在那里，双臂上举，抓着那条华贵的披肩。黑色的粪便在股缝里出现了，出现在她白皙的股间那绝对的黑暗中。他把膝盖张开了些，显得不自然，直到触到她的皮靴。他身体前倾，用嘴巴去包住热乎乎的粪便，轻柔地吮吸着，在下面的边缘上舔舐着……他想到了黑人的阳具，他为自己忍不住那样想感到抱歉，真的，他知道这样违反了一部分规定好的条件，可是无可否认：想象一个野蛮的非洲人有助于自己的行动……大便的臭味塞满了他的鼻子，拥住了他，包围了他——这是激情谷的味道，是那块突出阵地的味道，其中混杂着泥水味和腐尸味——他们第一次见面时就以它为至高无上的气味。这也是她的标志。粪便滑入他的嘴里，进了食道。他作呕起来，但又勇敢地咬紧牙关。这是面包，只会浮在某个瓷马桶的水里，看不见，尝不到——现在发酵了，在肠胃严酷的烤箱里烘制成我们所说的面包，轻便如舒适的家，神秘如床上的尸体……喉部还在痉挛。太痛了。他用舌头把粪便卷到上颌，开始咀嚼，已经嚼得味道很浓了，屋子里静得只有咀嚼声……

还有两块大便，小一些，他吃完之后，又舔掉了她肛门外面的余便。他祈祷着，希望她开恩，允许他用披肩盖住自己，以便在丝绸包裹的黑暗中多待一会儿，让他顺从的舌头努力上移，进入她的阴门中。可是她闪开了。皮披肩从他手里蒸发了。她命令他为她表演手淫。她看到布利瑟罗上尉和戈特弗里德做过，学得分毫不差。

准将很快就高潮了。精液浓浓的味道烟雾般弥漫了整个房间。

“你走吧。”他想哭。可他此前已经求过她，把自己的生命都给了她——这有些荒唐。眼泪盈满了他的眼睛，滑落下来。他无法和她对视。“你现在嘴上全是屎。你这样子，也许我可以给你拍张照片。以防你有一天厌倦我。”

“不。不会的，我只会厌倦那个东西，”他猛地把头伸出D楼，表示“白色幽灵”的其他部分也包括在内，“厌倦得要命……”

“穿上衣服。记住把嘴巴擦干净。我想要你的时候会叫人请你来。”

解放了。他穿上军装，沿原路返回。值夜的人还在睡觉。冷冽的空气像一只拳头打在普丁的身上。他呜咽着蜷起身子，一个人，脸颊在帕拉第奥式房屋粗糙的石墙上靠了一会儿。他日常居住的房间成了流放他的地方。他真正的家在“夜之女神”那里，在她柔软的靴子和僵硬的外国口音里。他在这里只有等待夜宵时分的羹汤、要签署的日常文件、一剂青霉素——那是波因茨曼命令他服的，可以抑制大肠杆菌的作用。也许，可是，明晚……也许是明晚。他无法想象自己能坚持更长时间。可是也许，就在天亮之前……

◆ ◆ ◆ ◆ ◆

绿色的春分凌空而来，这是星象学上的年度分界点和转折点。正在梦中的双鱼变成了青春勃发的白羊，酣眠的水变成了苏醒的火。在布莱克罗德[①]哈茨山的西部前线，韦纳尔·冯·布劳恩最近胳膊断了，打着石膏绷带，准备庆祝三十三岁生日。整个下午都炮声隆隆。苏俄坦克在远处的德国草地上扬起鬼魅般的尘雾。鹤们回家了，第一朵紫罗兰开放了。

在“白色幽灵”那段白垩海岸边，日子晴朗无云。办公室的姑娘们身上裹的毛衣少了，胸脯又高得显眼起来。三月像小羊羔般来临了。劳埃德·乔治[②]快断气了。在仍是禁区的海滩上，可以看到零星的游客，坐在铁条和铁丝搭建的行将废弃的网间，裤子卷到膝盖上，头发散开来，凉冰冰的脚趾摩弄着卵石。就在海滩附近的水下面，有一条长达数英里的秘密管道，只要一拧阀门，里面的油就会把已成旧梦的德国侵略者烤熟……其实这些油只能等待自燃，尽管这种自燃只有现在才会发生，如同下等军官的散拍爵士曲，或者五月里反叛的灵魂，或者如巴伐利亚曲作者卡尔·奥尔夫[③]活泼的歌里所说：

哦，哦，哦，
我是盛开的花朵！
处女的爱情啊
烧得我全身是火……

---

① 北豪森附近一城镇。
② 大卫·劳埃德·乔治于三月初重病，当月二十六日去世。《泰晤士报》每天报道他的病情。
③ 卡尔·奥尔夫（1895—1982）：德国作曲家、教育家。

整个海防线都点燃了，从朴茨茅斯到邓杰内斯，为爱的春天而燃烧。这类情节每天都在“白色幽灵”那些比较活跃的头脑里酝酿着——和狗打交道的冬天、下着黑色空洞词语之雪的冬天即将结束，很快就会成为过去。而一旦成为过去，到了我们身后，它是不是还会把寒冷裹在其他东西中散发出来，无论海边的火燃得多么炽烈？

埃尔曼·戈林赌场落在一个新政权手里了。魏温将军成了唯一熟悉的脸庞，不过好像降职了。斯洛索普心里对于别人给他设计的阴谋越来越清楚了。以前这场阴谋很保密、很强大，他根本摸不到边，直到那次的酒令游戏、卡婕的那场情景和两个人突然消失。可现在——

多疑症患者谚语1：你可能永远碰不到主谋，但你可以賂肢他的亲信们。

后来，哦，就是最近，他开始找到了一种进入意识特殊状态的方法，当然不是做梦，也许是过去所说的“出窍”吧。不过其中主要是原色调，而不是柔和的浅色调……在这种时候他似乎会触到，而且是持续一段时间触到一个我们所认识的人，一个不止一次通过作为研究编制的灵媒卡罗尔·埃温特之口说过话的声音：已经过世的罗兰·费尔兹帕又回来了，他是一个又一个大型航空机构长期聘任的专家，主攻控制系统、导引方程式、反馈环境。看起来，罗兰出于个人原因，仍然流连在斯洛索普的空间里，透过几乎感觉不到热力的阳光，透过静电般在背上挠痒痒的暴风雨，一直在八英里之外的地方低声喁语：那是一个残酷的高度，而他一直驻定在最后的一条抛物线上（这些飞行路线也许永远都不会实际发生），目前隐身在平流层，担任着一个制止者的角色，在那边还是受着官僚们的摆布，无望出头，和以前在这边一样。他尽可能控制自己星星般的拳头，紧握着蜷缩在“天空”里，为无法到达“另一边”的沮丧，为一些梦中人试图醒来说话而不能的无奈——他们对抗着似乎在清醒时无法承受的重量和伸入颅内的探针。他等待着，却并非专门在等斯洛索普这样的傻瓜漫无目的地闯进来——

罗兰浑身一颤。**这**就是要等的那个人？这就是？来做下一次过渡的傀儡？哦，天哪。仁慈的主啊：这个斯洛索普能为任何人驱除苍穹中的随便什么风暴和恶魔吗？

唔，罗兰得尽力而为，就是这样。既然他们能到这么远的地方来，就得让他们领略一下自己对“控制”的了解。他之死亡，其中一个秘密使命就在于此。那天晚上他在斯诺克索所说的关于经济体系的神秘话语，到了这里便成了日常的、随便的、铺垫式的闲聊，成了生存的基本条件。特别得问问那些德国人。哦，真是令人伤心啊：那些当权者们滥用了他们对控制的崇拜。二十年代有过一本短命的期刊，叫作《历史妄想症系统》（PSH），杂志的铅版当然也全部神秘消失了。这本杂志在不止一期中暗示过，德国的通货膨胀是人为制造的，完全是为了逼迫痴迷传统控制论的青年们就范于真正的“控制”。在任何情况下，一个国家的经济一旦发生通货膨胀，就会像气球一样向上飘，对地表的认识也会向上飘，会升值，一天天在失控状态下上飏，试图保持马克稳定的反馈系统也可耻地失败了……就这样兜圈子，毫无收获，零变化，而且要保持这种状态，不许说话，永远不许——这就是控制学童年时代的秘密歌谣：秘密而可怖，这一点可以从猩红色的历史里看到。让任何摆动之物偏离方向，都是最严重的威胁。那些操场里的秋千，你不可能把它们推到超过与垂直线的夹角某个度数的高度。一场场战斗结束得很快，有一种畅快淋漓的感觉。对他们来说，下雨天没有什么雷电交加，只是一种傲慢的、玻璃般的灰色聚集在下面，展示出一幅色调单一的风景：沟沟壑壑里满是翻倒的树木，长了苔，树根戳向天空——说那姿态是恶意的戏谑，倒也不尽然（像献给上边那些精英人物的惊喜，那些人却丝毫没有留意，丝毫没有……）。那些沟壑里已是秋色浓郁。透过雨幕可以看到，在秋的金黄下面，还有一层萎谢的、老处女般的棕黑……雨被精心阻隔着落下去，穿过空地，进入偏僻的街巷，像是在戏弄你。那些空地和街巷也愈发神秘、破旧，分割成更小的块儿，原来的空地变得崎岖，经历了七次更替，通常比七次还要多呢——在篱笆的边角旁，在昭昭白日的斑纹间，直到我们从街道的区域里无声而火热地走过：雨落入乡间，落入植被覆盖的黑色田野和树林，真正的森林就是从那些田野和树林开始的。在那里的前方，还有些许考验，已开始露出峥嵘，我们的心开始害怕……然而，任何秋千都不可能被甩到某个特定的高度之上，即超出特定的半径，同理，人们也无法进入森林的某个深度。总是要让你知觉到一种限制。在这种体制下，很容易就长大了。一切都是极尽能事的完整。一瞥之下，几乎毫无裂隙，更无法打趣或调情了。毁灭，哦，还有魔鬼们（没错，也包括麦克斯韦[①]）都在那里，在林子深处，更有其他野兽在你的安全工事间蹦来蹿去……

这样一来，火箭经过时的恐惧实际上便转化为普通公式，成了方程式里的项。比如下面这个漂亮的方程式，把哲学和武器，把抽象变化和真正的金属铰链枢轴糅合在一起，从偏航控制的角度描述了物体运动：

$$\theta\frac{d^2\phi}{dt^2}+\sigma^*\frac{d\phi}{dt}+\frac{\partial L}{\partial\alpha}(s_1-s_2)\alpha=-\frac{\partial R}{\partial\beta}s_3\beta$$

该方程式在锡拉巨岩和卡律布狄斯漩涡间[②]维持、掌控、操纵着火箭的运动，一直到 Brennschluss（燃烧中断）。当初，只要哪个年轻的工程人员看到“反馈”深处的保守思想和他们将来在充分接受这种思想的过程中所要经历的生活之间有什么关联，这种关联就会消失或伪装成别的东西——不过，他们谁也没有悟出其中的联系，至少在活着的时候没有：只有死亡，极大程度上让人觉得醒悟太晚的死亡，才向罗兰·费尔兹帕揭示了这一点。还有另外的一帮幽魂，到现在仍觉得自己像火箭，飞向那些灰蓝的灯光，可是那些灯光所在的“真空”却被一种难以名状的“控制”笼罩着……这里的光线柔和得叫人惊讶，柔和得有如仙衣，叫人觉得这里有很多人，有一种无形的力量，有断续的“语声”，叫人窥见一种全新的存在秩序……

后来，斯洛索普再也看不到清楚的符号或图形了，只看到一些带着余哀的碱土，一种叫人始终感到奇怪的状态，一种排斥一切外物的自足状态……

---

① 麦克斯韦（1831—1879）：英国物理学家。

② 意大利墨西拿海峡中有著名大漩涡卡律布狄斯，其对面有锡拉巨岩。在荷马史诗《奥德赛》中，两处被拟人化为女妖。英语中“在锡拉巨岩和卡律布狄斯漩涡间”有进退两难之意。

没错，这儿的这些情形有点德国人的味道。嘿，这些日子斯洛索普甚至做梦都是德语。一些人在教他方言，有英军计划占领的北部的方言，包括图林根方言——只要苏军没打到北豪森，中心火箭场就一直在那里。除了那些教语言的老师，还来了一些武器、电子学、空气动力学方面的专家，另外还有一个叫希拉里·彭斯的人，来自谢尔国际石油公司，准备教他推进力方面的知识。

好像早在一九四一年时，英国陆军供应部就和谢尔签订了一个10 000镑的研究合同，想让谢尔开发一种可以不使用无烟火药的火箭引擎，因为当时每小时有若干若干吨的无烟火药被用来轰炸各种各样的人，无法再省出来给火箭用了。一个工作组在纪律严明的艾萨克·鲁伯克领导下，在霍萨姆附近的兰赫斯特建起了一个静电试验场，开始试验液态氧和航空燃料，于一九四二年八月首次试验成功。鲁伯克工程师在剑桥荣誉学位考试中拿过两门第一，是英国液态氧研究之父，对于这种酸酸的液体，如果有什么东西连他都不知道，那就不值得去了解了。目前他的主要助手是杰弗里·柯林，而希拉里·彭斯是直接向柯林汇报的。

“你瞧，我本人是埃索[①]的用户，”斯洛索普觉得有必要提一下。“我那哥们儿是不折不扣的喝油车，不过也很挑食的。每次用谢尔的油，我都得往我那‘气垫车’的油箱里倒整整一瓶消食片，才能让那些管道安稳下来。”

“其实，我们当时只处理运输和仓储的终端事宜。那时候，就是在日寇和纳粹之前，你知道的，生产和提炼都在荷兰公司，在海牙。”彭斯上尉是百分之一百一十的忠实员工，他的眉毛急切地上下耸动着，想开导斯洛索普。

斯洛索普这个可怜的笨蛋，正在想卡婕呢。那个没了影踪的卡婕，清晨和他一起在海边散步的时候，念叨着自己城市的名字，说着喁喁爱语。这些已经恍如隔世了，甚至是恍如隔天了……别急。“是不是叫‘N.V. 巴塔福舍石油协会’？”

“没错。”

---

① 战前斯洛索普的“气垫车”用的是谢尔公司的竞争对手美国埃索公司的油。

海牙空中侦察照的底片，深褐，洇了些水渍，从来没有足够的时间充分晾干——

“你们这些家伙有没有想到，”他们也想教他英国英语——鬼知道为什么，他的口音倒像起卡里·格兰特[①]来了：“老德——你们知道的，就是那些德国兵——他们一直在海牙那边，朝伦敦发射那些该死的导弹，还—还一直在用那个……皇家荷兰谢尔公司总部大楼，安装了一个无线电导航发射器，如果我没记错的话就是在约瑟夫·以色利普林街？这件事他妈的太怪了，是不是，老家伙？”

彭斯定定地看着斯洛索普，把肚子上的宝贝饰物玩得叮当响。他摸不准斯洛索普葫芦里卖的是什么药。

本来斯洛索普对这件事只有些隐隐不安，根本不值得咋咋呼呼，不是吗？可现在他把事情惹大了。“我是说，你们谢尔的人在海峡那边，就是你们那边，是吧，研究液体燃料引擎，他们的人却在给你们发射要命的东西，用的是你们自己的……被炸坏的……谢尔发射塔，是吧，难道你不觉得有一点点怪吗？”

“没有，我没觉得这会——你到底想说什么？他们当然得尽可能挑选最高的建筑，和发射场、伦敦成一条直线。”

“没错啊，而且距离也合适，这一点别忘了——距发射场正好十二公里。哈？我就是这个意思。”等等，哦，等等，他真是这意思吗？

“咳，我从来没想到这一点啊。”

我也没想到，伙计。哦，我也没有啊，伙计们……

希拉里·彭斯，迷茫的笑容。又是一个无辜的低等狂热分子，和斯蒂芬·道增–特拉克爵士一样。不过：

多疑症患者谚语 2：这些人儿的无辜与其主子名垂史册的时间成反比。

“我希望自己没说错什么话。”

“此话怎讲？”

“你显得——”彭斯本来想温暖地轻笑一下，结果却用气喷出一个词

---

① 卡里·格兰特（1904—1986）：生于英国，十六岁移居美国，其英国口音不纯，不伦不类。

来：“忧心忡忡。”

忧心忡忡。对极了。身处一个庞然大物的嘴边，这东西太大了，别人都看不见——就在那儿！就是那个我跟你说的大怪物——那压根儿就不是怪物，蠢货，那是云！——不，你看不见吗？那是脚——喏，斯洛索普能感觉到这个怪兽就在天空里：它的爪子和鳞片被人们误作为云朵和其他类似的东西……要不就是大家都合谋好了，斯洛索普在场的时候把它们叫成其他名字……

“那只是‘最偶然的巧合’而已，斯洛索普。”

后来他学会了听别人话里的引号。这是一种书卷气的条件反射，也许早就在他的基因上设置好了——他的前辈们在行囊里背着《圣经》，徜徉于葱郁的山顶，背诵那些章节和诗歌中各种方舟、庙堂和幻想出来的王座的构造——所有的材料、所有的尺寸。这些数据的背后，总是或远或近地体现着上帝的意旨。

这不，一天早晨泰荣以更加合理的方式获得了上帝的意旨：

那是一张绘制成蓝图的德国零件目录表，复制得很差劲，上面的词几乎看不清——“Vorrichtung für die Isolierung（绝缘装置），0011—5565/43”，这到底是什么呀？那个数字他记得很清楚，是A4整体火箭的原合同号。“绝缘装置”和A火箭的合同号有什么关系呢？还标上了“DE”级别，那不是纳粹的最高优先权吗？不对头。也许是陆军高级指挥部的某个工作人员搞错了——这种事也不是没听说过，要么是他不知道这个号码，就退而求其次，把火箭的号码填进去了。声明一下：零件号和文件号都是同样标记的，所以斯洛索普就查对SG-1文件。文件上的标记是“Geheime Kommandosache（军事机密）！此为国家级机密，意思是§35R5138”。

“就是说，”他向从门口溜进来的魏温将军问候道，“我想搞到一份SG-1文件。”

“呵呵，”将军答道，“我想，我的伙计们也有这个想法。”

“别骗我了。”盟军有关A4的每一份情报，不论什么级别，都会塞入伦敦的一个秘密漏斗，还会全部出现于斯洛索普在赌馆住的那个豪华间。

他们至今还没有隐瞒过什么。

“斯洛索普，没有‘SG’文件。”

他心里第一个想法就是把零件目录盖到这家伙脸上。不过今天他是精明的美国佬，要耍弄耍弄这个英国兵。“哦。那，可能是我搞错了，”他假装环顾着扔满废纸的房间，“或许只是‘56’号什么的。天哪，刚才还在这儿的……”

将军又走了。这让斯洛索普有些迷茫，有些，唔，说闹心吧还算不上……还不至于……这时候他看见，就在文件目录的另一端，在“材料”栏里，写着“G 型仿聚合物”字样。哦，有门儿。由 G 型仿聚合物制作的绝缘装置，哈？他开始找自己的那本德国商标手册，把房间翻了个底朝天。上面连近似的东西都没有……接着他把重点放在了主要材料目录表上，寻找 A4 及其所有支持设备，里面自然也没有“G 型仿聚合物”。鳞片和爪子，还有别人听不到声音的橄榄球……

“出什么事了吗？”又是希拉里・彭斯，鼻子从门口伸了进来。

“是液态氧的事，需要更多比冲数据，就在那儿。”

“比……你的意思是比推力吧？”

“噢，是推力，推力。”终于找到了救命的英式英语表达。彭斯岔开话题：

“液态氧和酒精大约是两百。你还需要知道什么？”

“你们兰赫斯特的人不是用汽油吗？”

“还有其他东西，你说得对。”

“对了，就和那些其他东西有关。你们不知道现在打仗吗？你们不能把那些东西据为己有。”

“可是，我们所有的报告都在伦敦哪。也许我下次告假的时候——”

“操，又官僚了。我现在就要，上尉！”他觉得他们给自己赋予了无限的“知情需求”，可以来去无阻，彭斯也对此予以肯定：

“我觉得可以用电传打字机发回来……”

“你到底松口了！”电传打字机？没错，希拉里・彭斯有自己专用的谢尔国际网络电传打字机设备或终端，就在他的宾馆房间里，藏在衣橱里的阿尔吉特[1]制服和挺括的衬衣后面。斯洛索普希望自己也有一台。他在朋友米谢儿帮助下用了个巧计进去过，因为他注意到彭斯对米谢儿有意思。“你好宝贝儿，”斯洛索普来到舞女们睡觉的褐色顶楼上，那里到处挂着长筒袜，“今晚想不想和一个大块头的石油商人串联串联呀？”他们在语言沟通上有了点问题：她以为是通过一些金属装置，和一个不知什么原因满身滴着石油的大胖子连接在一起，这种和异性相处的方式她可不敢说自己会喜欢。不过他们很快就澄清了这个问题。于是，米谢儿迫不及待地找到彭斯，甜言蜜语一番，把他从电传打字机旁哄开，以便斯洛索普有足够的时间和伦敦取得联系，询问“G 型仿聚合物”的情况。其实有几次，在晚间给她献殷勤的人群里，她也注意到了彭斯上尉，特别是注意到了他肚子上的铜饰，这东西斯洛索普也看到了：一个金黄色苯环，中间有一个设计新潮的十字架——这是染共体颁发的“人工合成材料研究突出贡献”奖章。彭斯是一九三二年获得这个奖章的。其实，斯洛索普心中出现火箭导航发射器的问题时，该奖章背后隐藏的那个工业联络机构的名字还在他心底深处的某个地方打瞌睡呢！从某种程度上讲，他这次计盗电传打字机，还是这枚奖章为他提供了灵感。谁能比谢尔更聪明呢：作为一个机构，没有真正的国籍，战争中总是中立，没有明确的面目或传统，却生长在那个遍及全球的地层里，扎根很深——其实，每一个公司的所有权虽然表面不同，还不都是从那里长出来的吗？

对了。唔，今晚海角那边不是有个聚会吗——如果“聚会”这个词指的是自法兰西这片地方解放以来人们一直不停地在进行的一种活动的话？就在拉乌尔·德·拉·泼淋频频家里。这位年轻而狂热的人儿是利摩日[2]鞭炮大王乔治（“火药”）· 德 · 拉 · 泼淋频频的继承人。斯洛索普得到许可：只要想去拉乌尔家，随时都可以去——当然要对他进行常规监视。那里尽是些轻狂无能的人，来自欧洲盟国的各个角落，他们之间或有家族关系，或有性关系，或有参加过其他此类聚会而建立的关系，很

---

① 服装商标，暂不可考。

② 利摩日：法中西部城市。

复杂，他的头脑永远也无法彻底弄明白。一张张脸孔不时闪过，其中有哈佛或最高统帅部的美国熟人的脸，他们的名字他已忘记——他们是旷日持久的游子，也许是偶然来到这里的，也许是……

米谢儿引诱希拉里·彭斯参加的正是这个聚会。斯洛索普在彭斯的机子上接到伦敦啰里啰唆的明码答复之后，不敢有任何耽搁，立马打扮一番，赶过去参加聚会。那些信息之后再读。他唱：

把我的脸儿擦亮，像麦克风
嗯啊我开始梳理头发，
我温文尔雅像锥形冰激凌，
瞧，我的名字叫文雅……

打扮完毕：一身绿色法式西服，式样极棒，里面有一个不明显的紫色标志；配宽式花领带，还是赌“红与黑”纸牌赢来的；棕色和白色相间的翼波状盖饰高尔夫防滑鞋，白袜子；午夜蓝软呢翻檐帽。穿戴完毕，就出发了，咔咔嗒嗒出了埃尔曼·戈林赌场的大厅，警觉地张望着。他从里面出来时，一个瘦长、结实、着便装的人从车马通道的一个藏身处钻出来，一身打扮正是情报机关理念中巴黎街上的流氓。他跟着斯洛索普的车子，拐弯抹角地沿着黑乎乎的路来到拉乌尔家的聚会处。

◆ ◆ ◆ ◆ ◆

后来才知道，有人提前在蛋奶酸辣酱里面放了一百克大麻粉。消息传开了。绿花菜一直很抢手。烤肉在齐屋长的餐台上渐渐变冷。三分之一的人已经睡着了，大多睡在地板上。要走到还有人在活动的地方，先得从这些身体间穿梭一番。

那些人在搞什么活动还不大清楚。外面花园里像平常一样紧簇着一群人，在做买卖。今晚没什么好看的。一组三角同性恋已经闹得骂骂咧咧，甚至动手动脚了，恰好堵住了去洗澡间的路。年轻的军官们在外面的鱼尾菊间呕吐。情侣们在漫步。各种各样的女孩子，打着蝴蝶结的，穿着薄纱袖的，营养不良的，宽肩的，烫发的，说着五六种不同的语言，有些人被这里的太阳晒红了，还有些人则面色苍白，像死神派出的代表，从战区东面而来。头发黝黑的小伙子们急切地跑来跑去勾引女人，老一些的、头发掉光的男人们则更愿意守株待兔，不想费那个劲，只是用眼睛和嘴巴关注着整个屋子，一边还在谈正事。客厅的另一端被一支舞场乐队占领了，一个头发卷曲、两眼通红的瘦子低声哼唱着，歌词如下：

朱丽亚（狐步舞曲）

朱—丽亚，
要是我把你糊弄一把，
骗你轻轻吻我一下，
你会觉得我与众不同吗？

朱—丽—亚，
我爱你最最真挚无瑕，
如果你轻轻吻我一下，
我该如何宠你、赠你珠宝呀！

啊—朱—丽—亚—
我可怜的心变成了野马，
没人比我关护你、祝福你，
我的渴望能否增加——
还有其他——

朱—丽亚，
我要大呼哈利路亚，
保佑我得到朱—丽—亚，
让我永远拥抱着她。

这种公园巷[①]风格兼萨克斯[②]风格的曲调绝对适合有些人的心情。斯洛索普看到了希拉里·彭斯，令人迷幻的蛋奶酸辣酱明显在他身上起了作用。他和米谢儿一起在外面一个有厚圆垫的大椅子上打盹，米谢儿已经把他那个染共体的小奖章摩弄两三个小时了。斯洛索普挥挥手，两个人都没看见。

吸毒的和喝酒的人们在餐台旁和厨房里无耻地争抢着，把橱柜里的东西洗劫一空，把砂锅也舔了个底朝天。一群要裸泳的人从旁边走过，沿着海边台阶往海滩去了。我们的主人拉乌尔则戴着宽边高顶礼帽，穿着汤姆·米克斯[③]式衬衣，腰佩六发左轮枪套，骑一匹戴笼头的柏雪龙马。马把粪便拉在布哈拉地毯上，也拉在了那个仰躺着的怪客身上。此情此景简直不成样子，却也没人留意，直到乐队吹出了不无嘲讽的花奏。这时候，斯洛索普看到了《弗兰肯斯坦》之类的电影以外最瘆人的人儿——穿一身白色佐特套服[④]，套索式褶皱，一串长长的金匙链在他走过房间时晃出炫目的光环。他对所有的人都怒目而视，好像有点匆忙，却又仔细打量着每张脸、每个身体，头左右晃动着，有条不紊，却叫人感到一种不祥。最后他停在正在自制秀兰·邓波儿汽水[⑤]的斯洛索普面前。

“你。”指头粗得像玉米棒子，离斯洛索普的鼻子只有一英寸之遥。

“你那么肯定，”斯洛索普把一颗樱桃掉到了地毯上，后退一步用脚踩住樱桃，“我正是你要找的人？当然了。什么事？尽管说。”

“过来。”他们走向外面的一片桉树林，吉恩-克劳德·肛哥正在林子里忙业务呢——此人专门贩卖白人女子做娼妓，在马赛享有盛名。“嗨你们，”他朝树丛里大叫，“你们想做白娼，啊？”“放屁，”一个女孩从看

---

① 公园巷：伦敦海德公园东面一巷，原为伦敦最富有族聚居区，一九四五年前变为闹市，广设舞场。

② 此处的“萨克斯”和“萨克逊”（英国人祖先之一）有很大程度的谐音关系。这些舞曲不是真正的爵士乐。

③ 托马斯·埃德温·米克斯（1880—1940）：美国电影演员，以其在西部无声片中的表演而闻名。喜着围兜式骑士风格衬衣，配以密集绲边银扣。下文中所骑法国柏雪龙马却只是一种驮马。

④ 流行于1940年代早期的一种男装，高裤腰、窄裤口、大翻领、厚衬垫、宽肩长上衣。

⑤ 一种以美国著名童星秀兰·邓波儿命名的汽水，以玻璃杯饮，中有一颗樱桃。

不见的地方回答，“我想做绿娼呢。”还有人在一棵橄榄树上喊着：“绛红的。”“朱红的。”“我都想改行贩毒了。”吉恩–克劳德说。

“你看，”斯洛索普的朋友拿出一个牛皮纸信封，虽然光线昏暗，也可以看出里面装着厚厚的美军临时纸币，上面有黄色印章[①]，“我想让你帮我保管，到时候我再问你要。看样子易塔罗要在塔玛拉之前赶到这里，我又不敢肯定哪个——”

“以这个劲儿（价儿）[②]，塔玛拉等不到今晚就会到这里。”斯洛索普以“牢骚”·马克思的口气插嘴道。

“别打击我对你的信心了，”大块头告诫道，“你是最合适的人选。”

“说得对，”斯洛索普把信封塞进口袋，“哎，你穿的佐特装是哪儿弄来的？”

“你穿多大号？”

“四十二，中号。”

“你等着穿吧。”说完便呼隆呼隆地走进屋里去了。

“还—还有，钥匙链要闪亮的！”斯洛索普在身后叫道。真见鬼，这是怎么回事？他走来走去，不时问一两个问题。原来此人便是布劳吉特·瓦科星，巴黎卡塞纳·莫尔捷监狱有名的逃犯。那是欧洲战区最恶劣的军事监狱。瓦科星专门进行各种文书伪造，如军人服务社定量购物卡、护照、德军工资簿之类，同时还兼卖武器设备。布尔吉战役之后，他一直说走就走、说来就来，夜间跑到各处美国陆军基地的食堂里看电影，竟不惜冒着死刑的危险——只要是西部片就不放过。他非常喜欢电影里那些好惹事的家伙——在陌生的土地上骑着马，穿过堆放了一百码长的油桶和大卡车的车辙印，马蹄的嗒嗒声从金属扬声器里传出来——这些都令他如沐春风、心跳加速。他熟人很多，会让一些熟人匆匆写下战区里每个被占城镇上演的每一部电影的主要时间表。人们还知道，他

---

① 美国发行了一种在欧洲敌占区使用的临时纸币，由于大量伪造和黑市交易，于一九四五年停止使用。

② 原文双关。

为了晚上赶到波瓦第尔[1]看亲爱的鲍勃·斯第尔[2]或约翰尼·曼科·布朗[3]，竟然改装点火线，偷了一个将军的吉普车。他的照片可能挂在所有的卫兵室、印在千千万万“雪花莲”[4]的脑海里，可他还是把《杰克·斯莱德归来》[5]看了二十七遍。

今晚只是拉乌尔家又一个普通的夜晚，但这里却上演着典型的二战浪漫剧情：塔玛拉将运一批鸦片来，作为从易塔罗处借款的保证，而易塔罗又欠瓦科星一辆谢尔曼坦克[6]，瓦科星的朋友休费尔为了把这辆坦克走私到巴勒斯坦，不得不借几千镑买通边关，所以又将坦克作了担保，从塔玛拉处借钱，塔玛拉则把从易塔罗那儿借来的钱给了休费尔一部分。就在这个时候，偏偏鸦片生意有了流产的兆头，因为已经好几周没有中人的消息了，把塔玛拉预支的钱也带走了。这钱又是她通过瓦科星从拉乌尔·德·拉·泼淋频频那里借来的，拉乌尔现在正逼着瓦科星还钱。易塔罗认定坦克是塔玛拉的，昨天晚上来了一趟，把坦克弄到一个“尚未披露”的地方抵债去了。这下把拉乌尔也给搞慌了。如此等等。

斯洛索普的跟踪者被两个刚才在浴室里打架的同性恋纠缠住了。彭斯和米谢儿不见了踪迹，那个瓦科星也全无踪影。拉乌尔在一本正经地对着马说话。有个姑娘穿了件战前的“沃丝”上衣，脸长得像坦尼尔[7]漫画上的爱丽丝，斯洛索普正要在她身旁坐下来，屋子外面却传来一阵极其可怕的叮当声、咆哮声和木板嘎吱声。女孩们吓得从桉树丛里跑出来，进了房子，她们身后紧跟着的竟然是，哎呀呀，是谢尔曼坦克，稀里哗啦冲到了花园里暗淡的灯光下！坦克前灯照耀如金刚的

---

① 波瓦第尔：法国中西部一城市。

② 鲍勃·斯第尔（1907—1988）：美国电影演员。继1929年主演《靠近彩虹之末》初登影坛后，每年平均上演七部牛仔题材影片。

③ 约翰尼·曼科·布朗（1904—1974）：美国电影演员。

④ 军俚，指军警。

⑤ 美国电影，《杰克·斯莱德》续篇。品钦把时间搞错了。

⑥ 一种美式坦克。

⑦ 约翰·坦尼尔（1820—1914）：英国漫画家，曾为《爱丽丝漫游奇境记》配插图。

眼睛，在行进过程中把草和石板压得碎片四溅，最后停了下来。坦克75 mm口径的炮旋转着，最后透过那些法国式窗户，瞄准了屋子里面。“安托万！”一个青年女子盯着巨大的炮口，“看在老天的分上，现在别……”一个舱盖猛地打开，塔玛拉（斯洛索普猜的：不是易塔罗有一辆坦克吗？唔）钻了出来，尖声指责拉乌尔、易塔罗、休费尔和那笔鸦片交易的中间人。“可现在你们都在！一网打尽！”她尖叫着，舱口盖啪地合上了——哦天哪——听声音正在往炮尾装一颗三英寸的炮弹。姑娘们开始尖叫起来，往出口逃。瘾君子们朝四下张望着，眨眼，微笑，五花八门地说着“对呀”。拉乌尔想上马逃跑，却没坐到鞍子上，整个身子滑了下去，掉入一个澡盆里，里面是黑市果冻，树莓味的，外面还裹了层生奶油。“噢，不……”斯洛索普刚打好主意，想从侧面冲到坦克那边去，只听轰隆一声！大炮发出一声巨吼，火光蹿进屋里三英尺，冲击波把人们的耳膜压到了大脑中间，所有的人都被甩到远处的墙上。

一块帘布着火了。斯洛索普摔倒在参加晚会的人身上，耳朵里什么都听不到了，只知道头受了伤。他爬起来使劲冲过烟雾，来到坦克边，蹿上坦克，打开舱盖，不料差点被突然伸出头来朝大家再次喊叫的塔玛拉撞翻过去。一阵不无性感的扭打，塔玛拉胖胖的，像个合唱演员，精致地扭动着，最后，斯洛索普在一个回合中抓住她，把她从坦克里拽了下来。可是你瞧，周围这么吵，这么乱——他好像没有勃起。唔。这个信息伦敦没有收集到，这时候没有人顾得上监视他。

接着，大家发现刚才打出来的是个哑弹，只是把几堵墙穿了个洞，毁掉了一幅很大的画，画上象征着“美德”和“邪恶”的形象挺别扭：美德脸上露出那种微弱而遥远的微笑，邪恶则抓挠着自己蓬松的头发，茫然的样子。烧着的帘子已经用香槟酒浇灭了。拉乌尔眼含泪水，为自己还活着感恩不已，攥紧斯洛索普的手，吻他的脸，吻过之处全是果冻的痕迹。塔玛拉在拉乌尔保镖的护送下走了。斯洛索普刚刚脱身，正在擦衣服上的果冻，突然被人重重地拍了一下肩膀。

“你做得对。是个人物啊。”

“小事一桩。”这话把埃罗尔·弗兰听得唇髭一翘一翘的，“不久前我才从章鱼嘴里救过一个少女，你觉得如何？”

“有一点不同，”布劳吉特·瓦科星说，“今晚这件事真实发生了。章鱼的事没有发生。”

“你怎么知道？”

“我虽然不是无所不知，但知道得很多，包括几件连你都不知道的事。听着斯洛索普——你将需要一个朋友，来得比你想的要快。别到别墅这儿来，到时候会太热，你可以尽量走远些，只要舒服就行了——”他递过一张名片，上面凸雕着象棋里的马，还有个吕埃·罗西尼街的地址。“我把信封拿回去。这是你的衣服。谢谢你，兄弟。”说着就不见了。他的本事是想消失就消失。佐特服就装在盒子里，系了条紫色飘带。钥匙链也在。这两样东西原本属于洛杉矶东部的一个孩子，叫里基·居第耶雷。一九四三年的佐特装暴乱[①]中，小居第耶雷受到一车来自惠蒂尔[②]的盎格鲁治安维持会员攻击，遭到痛打，洛杉矶警员们却冷眼旁观，甚至还大声出点子。后来居第耶雷被以扰乱治安罪逮捕。法官让佐特帮的人自己选择是坐牢还是当兵。居第耶雷参了军，在塞班岛受了伤，发展成坏疽病，截了一只胳膊，现已回家，在圣加布里埃尔[③]与一家墨西哥玉米卷店的厨女结了婚，自己却找不到工作，整天以酒浇愁……不过，他的佐特装和那年夏天数以千计其他遭打击者的佐特装一样，闲挂在洛杉矶所有墨西哥人的家门后，后来被收购一空，出现在这里，或出现在市场上——赚点小钱没关系的，不是吗？不然那些衣服也只能挂在那里，承受浓烟和乳臭——挂在屋里，窗帘放下来，遮住日复一日烤晒着枯棕榈树和泥泞管道的炽热阳光，就挂在这些苍蝇纷飞、空空如也的屋里……

---

① 佐特装暴乱：一九四三年六月始发于两名海军士兵和奇卡诺人的佐特帮之间，后酿成长达六日的街头大战。

② 惠蒂尔：美国加利福尼亚南部一城市，位于洛杉矶东南以东。尼克松以前在加州时家居此城。

③ 圣加布里埃尔：加利福尼亚南部一城市。

◆ ◆ ◆ ◆ ◆

弄清楚才知道，G 型仿聚合物只是一九三九年由一个叫 L.（“拉兹洛”的缩写）雅夫的人为染共体研发的一种新型塑料，一种芳族杂环聚合物，其破坏性不会更大，也不会更小。当时它还远未受到重视。该材料在高温下，比如 900℃时，性能很稳定，既牢固，耗能系数又低。其结构为强化芳环链，六边形，和希拉里·彭斯肚脐上颠来晃去的那个金色饰物形状相同，可与一些所谓的杂环交替结合。

G 型仿聚合物的起源可以追溯到杜邦进行的早期研究。塑料业有其悠久的传统和主流，碰巧流过了杜邦及它旗下著名的、被人们称为“伟大的合成化学家”的工作人员卡罗瑟斯①。他对大分子进行的有关研究贯穿了整个二十年代，直接为我们带来了尼龙。这东西不仅让拜物教徒们欣喜万分，也为武装暴乱分子们提供了方便。同时，在圈子内部，还宣告了塑料业的一个核心信条：化学家们再也不受自然摆布了，他们现在可以决定让分子有什么样的特性，然后着手制造这样的分子。在杜邦，造出尼龙之后的下一步是把芳香环引入聚酰胺链中。不久，整个芳族聚合物出现了：芬芳聚酰胺，聚碳酸酯，聚醚，聚硫烷。总体看，他们似乎想获得更高的强度——开始时，他们追求塑料业的“强度、稳定性、白皙度”三原则（德语分别为 Kraft，Standfesigkkeit，Weiße：纳粹把这些词语到处涂抹，那些标语在被雨冲白的墙上往往毫不起眼：隔壁街道上的公交车在吱吱嘎嘎地挂挡，有轨电车发出金属摩擦的尖声，人们在雨中近乎静默地走过，黄昏渐渐变成烟斗里烟雾的颜色，过往的年轻人手臂不在袖子里，而是在别的地方，小矮人般躲了起来，从正常的模式中游移开去，与诱惑力犹胜于尼龙的衣料肌肤相亲，神魂颠倒……）。接着，L. 雅夫和别的人一起提出了逻辑的、辩证的建议：把新链中的亲本聚酰胺部分提取出来，同样制成环状，即巨型杂环，再与芳环交替结合。这一原则不费吹灰之力就被应用到其他前体分子的研制中。这样，就可

① 华莱士·休谟·卡罗瑟斯（1896—1937）：美国化学家，尼龙的发明者。

以合成出一种高分子量的单体，弯曲成杂环，拴牢，和更“天然”的苯环或芳环相串成链。这种分子链就是“芳族杂环高分子”。雅夫在二战前夕作为假想提出的一种分子链后来得到改进，成为G型仿聚合物。

雅夫当时为瑞士一家叫“心理化学”的公司工作。该机构原名“格罗斯利化学公司”，是由桑多士公司股东持股的子公司（妇孺皆知，具有传奇色彩的霍夫曼博士就是在桑多士公司做出其重大发现的）。1920年代早期，桑多士、奇巴、盖奇共同组成了一个瑞士企业同盟。不久之后雅夫的公司也加盟了。显而易见，格罗斯利大多数的合同都是以各种形式与桑多士签订的。早在一九二六年，这个瑞士企业同盟就和染共体有了口头协议。两年后，德国人在瑞士建立了覆盖物公司“染共体化学公司”，格罗斯利的一大部分股票就卖给了德国人，公司也重组为“心理化学公司”。这样，G型仿聚合物的专利权就同时属于染共体和“心理化学”了。谢尔石油与皇家化学公司签订了日期为一九三九年的一份协议，也加盟了。斯洛索普发现，由于某种奇怪的原因，染共体和英化之间似乎没有签订过日期晚于一九三九年的协议。根据这一有关G型仿聚合物的协议，“老鹰”① 可以在英联邦内部销售这种新型塑料，交换条件是：一英镑，外加好的、有价值的东西。很好。心理化学公司还在世上，还在瑞士苏黎世的巧克力街那个老地方做生意。

斯洛索普晃着佐特装上长长的钥匙链，有些烦躁。有几件事情已经很清楚了。从“那里”向他逼近的东西比预想的还要多，就是他最最多疑的时候也想不到会有那么多。G型仿聚合物出现在一枚火箭神秘的“绝缘装置”上，而该枚火箭将借助作为联合销售方的荷兰谢尔总部屋顶上的无线电发射器进行发射——火箭的推进系统还与英国谢尔几乎同时开发的推进系统有着无限的相似性……而且，哦，哦，伙计，这时候斯洛索普猛然醒悟过来：所有的火箭情报原来都是从那里收集来的——而且正好都集中到丘吉尔的女婿邓肯·桑迪斯先生办公室里，而

---

① 原文“Icy Eye”（老鹰，字面意“冰冷的眼睛”）和ICI（英国化学工业公司，前面简称“英化”）是谐音，可双关。

邓肯又在陆军供应部……工作，供应部又正好位于谢尔的梅克斯办公楼，天哪……

于是斯洛索普马上和忠诚的伙伴布劳吉特·瓦科星一起，对谢尔的梅克斯办公楼发动了一场漂亮的奇袭——直入伦敦火箭分部的心脏部位。他用轻机枪扫倒了一片片把守的重兵，踢开尖叫着的、豆蔻年华的皇家陆军女子服务队员（他还能有别的选择吗，即便这是游戏?），疯狂地掠取档案，扔燃烧弹。最后，这两个佐特狂人终于冲进了最深处的密室。他们的裤子提在腋窝处，身上散发着头发的焦糊味和流溅的血腥味。在密室里，他们没有看到邓肯·桑迪斯先生在他们的义愤面前瑟瑟发抖，也没有发现打开的窗户，或吉卜赛人逃跑的痕迹，或算命的扑克牌，甚至对这个大型同盟的意向都一无所获。他们只看到一间十分刻板的房子，靠墙摆开的那些商用机器平静地闪烁着，一摞摞被打了孔的卡片很脆弱的样子，像糖汁做的脸，像德国人最后的残壁，毫无保护地暴露在头上的炸弹下——那些炸弹一直在转圈，仍在转圈，随时会在吹散硝烟的风力下从天而降……空气中有武器的味道，看不到女职员的影子。机器们在相互交谈、响铃。暴行结束了，赶快扔掉帽子，一起抽支烟，想想怎么逃跑吧……你记得进来的路吗，每一个弯弯拐拐？记不得。你没有注意。打开任何一扇门，都可能获得安全，但也许已经来不及了……

然而，在这些事情中，邓肯·桑迪斯只是一个名目、一个职位。“最高可以牵涉到哪个层面？”这样的问题甚至问都不该问，因为其中的规划全部是“他们”搞的，那些头衔、名字也都是“他们”填上去的，因为

多疑症患者谚语3：如果他们能让你问错误的问题，也就不必担心问题的答案了。

斯洛索普意识到自己停在了一份蓝色名单前。这份名单是这一切的起点。“最高可以牵涉到哪个层面？”……啊——。这个难以捉摸的问题本来就不是针对人的，而是针对武器的！斯洛索普眯着眼睛，一个手指头仔细沿表格下移。他发现了Vorrichtung für die Isolierung（绝缘设备）装配出来的上层设备。

“S-装置，11/00000。”

从形式上看，这应该是火箭的序号。如果当真如此，那么这种火箭型号一定很特殊——斯洛索普还没有听过有四个零的，更不用说五个零的了……他也没有听过S-装置，只知道有I-装置和J-装置，手册里有……唔，它一定在大家认为并不存在的SG-1号文件里……

出了房间，没什么特别的地方可去，肚子里慢慢开始打鼓：注意情况，做好准备……在赌场宾馆里，他没受到任何“阻抗”就进去了，也没感觉肌肤温度有任何下降。他坐到一张桌子旁，有人在桌上丢下一份上周二的《泰晤士报》。嗯。好一阵子没读过了……他翻着报纸，咚咚嗒—咄，啊，战争还在继续，盟军从东西两面合围柏林，鸡蛋粉还是一块三一打，“死亡军士”：麦格里戈，马科曼菲克，怀特斯特里特，一些人的颂词……帝国影院里在演《相约圣路易斯》（他想起了和一个叫梅德琳的女孩在那儿做的隐秘活计，那女孩还不到……）——

快蹄儿……哦妈的，不，不要——

“魅力十足……心地朴实……性格坚强……基督徒特有的纯洁善良……我们都很喜欢奥立弗……他勇敢、善良，总是很乐观，我们都深受感染……在一次战斗中，他勇敢地带领士兵们营救被德国炮火围攻的战友，英勇牺牲……”下面的签名是他最忠诚的战友西奥多·布娄特。现在已经是布娄特少校了——

他呆呆地望着窗外，眼睛里什么也没看见，手里紧紧攥着一把餐刀，骨头都要断了的感觉。麻风病人有时候会这样。感觉传不到大脑——不知道自己的拳头攥得有多紧。这些麻风病病人就是这个样子。哦——

十分钟后，他回到房间里，趴在床上，感觉整个人空空的。不能做。什么都不能做。

是“他们”干的。把他的朋友带到死亡陷阱里，也许还假装让他死得很“光荣”……然后把他的档案封存起来……

后来他又想到，也许整个事情都是谎言。“他们”把它安插在《泰晤士报》上可不是件容易的事，对吗？专门把报纸丢在那儿让斯洛索普看到？可惜的是，等他领悟到这一点时一切都没有挽回的余地了。

中午，希拉里·彭斯走了进来，揉着眼睛，露着牙齿，笑得像吃了屎似的："昨晚过得怎么样？我过得棒极了。"

"祝贺你。"斯洛索普笑着说道。心里话：你也在我的名单上，哥们儿。此时他的笑格外优雅。作为一个百无聊赖的美国人，他以往任何时候都没这么优雅地笑过。他一向觉得自己与优雅无缘。可是现在他优雅起来了。他惊讶不已，一种感恩的心使他几乎失声痛哭。最妙的不是彭斯那副被愚弄的样子，而是他心里明白：这种优雅还会重现在自己身上的……

的确，在法国的尼斯港他又优雅了一回。那是在一次仓皇奔逃之后。当时他沿着为拿破仑开凿的那条滨海路东扭西拐，车轮在被太阳晒热的坑壁上轻轻擦过，屁股都颠得几乎掉到海滩上。他表现得十分体贴，把自己崭新的仿塔希提泳裤借给了同行的助理厨师克劳德，因为克劳德和他身高、体形都相仿。就在大家都看克劳德的时候，他找到一辆钥匙在车上的黑色雪铁龙，钥匙上什么装饰也没有，伙计们——把车子开进城里，白色佐特装，墨镜，晃悠悠的悉尼绿街牌巴拿马礼帽。在那些已开始穿夏装的军人和女士当中真是显眼极了。他把车子停在加里波第广场[①]附近的一个水沟里，走进子虚门靠尼斯老城那边的一家小酒馆，慢条斯理地解决了一块面包卷和一杯咖啡，然后开始寻找瓦科星给他的地址。这是一家古旧的四层宾馆，走廊里躺着早早喝醉的人们。他们的眼皮就像小小的面包皮，刷上了夕阳的最后一抹余晖，一层层灰尘在夏日昏暗的光线里展示出不凡的气度，外面的街道也在夏日里显示着悠闲与舒适——就在这四月的夏日，从欧洲到亚洲的军情部署如巨大的旋风呼啸而过，很多人便得过且过，能多在这里待一晚，就多留恋一晚这里的宁静。这里离排水沟般的马赛城那么近，是把他们从德国刮回来的纸上飓风要经过的倒数第二站——沿着河谷刮他们回来，而随着旋风越来越明确，随着更理想路径的确立，安特卫普[②]和北部海港的一些人也开始被吹走了……正是在这样的刀口上，在罗西尼街[③]这里，斯洛索普有了一种在

① 加里波第广场：以意大利爱国者加里波第将军（1807—1882）命名。
② 比利时省份。
③ 以意大利作曲家吉奥奇诺·安东尼奥·罗西尼（1792—1868）命名。

异国城市的黄昏时分所能得到的最美妙的感觉：这个时候，暮色和街灯极其谐融，第一颗星星即将升起，仿佛预示着某些事情即将来临，没有原因，没有意外，只有一个方向，却又以合适的角度，通向迄今为止他在生命中所能找到的每一个方向。

斯洛索普没心思等第一颗星星出来便走进宾馆。地毯上满是灰尘，四周散发着酒精和漂白剂的气味。水手和姑娘们缓缓走过去，或一起，或单独。斯洛索普疑心重重地在每个房门里寻找有话对他说的人。房屋是重材的，里面开着收音机。楼梯井似乎角度不正，以某个特定的角度倾斜着，洒在墙上的光线只有两种颜色：土色和叶子色。斯洛索普来到顶楼，终于看见一位老妈妈模样的服务员正往一个房间里走，手里拿着要换上的亚麻布床单，在昏暗的光里白亮白亮的。

"你干吗要走呢，"忧伤的低语仿佛来自远处的电话机，"他们本来想帮你的。他们不会做不好的事情……"她的头发整个向后卷起，乔治・华盛顿式。她以四十五度角打量着斯洛索普，眼光像公园里下棋的人，很耐心。她的鼻子很大，弯弯的，显得有些和善，眼睛亮亮的。她动作僵硬，但真真切切，皮鞋的脚趾部位略微上翘，袜子上是红白相间的条纹，脚大得出奇，叫人觉得她来自另一个世界。但她又能给人以帮助，像个精灵，不仅会在你睡觉时做鞋子，还会打扫房间，在你醒来时生火做饭，也许还会在窗边放一束鲜花——

"你说什么？"

"还来得及。"

"你不懂。他们杀死了我的一个朋友。"可他是以那种方式在《泰晤士报》上看到的，很公开……那一切怎么可能是真的，能让他相信快蹄儿不再会从门口突然走进来，说着"哥们儿好啊"，脸上是羞赧的微笑……嘿，快蹄儿。你去哪了？

"我去哪里了，斯洛索普？这个问题问得好。"他的笑容又点亮了生活，整个世界都无拘无束了……

他亮了一下瓦科星给的名片。老太太突然大放笑容，仅剩的两颗牙齿在新灯泡的光亮下闪烁着。她用大拇指示意他上楼，然后做了个动作，要么是代表胜利的“V”，要么是来自遥远乡间的某种咒语，用来对抗邪恶的眼睛，或保护牛奶不变酸。不管是什么意思，反正她嘲讽似的大笑起来。

楼上是屋顶，中间有个小棚子。棚子门口坐了三个小伙子，留着阿帕契人的鬓角，还有一个姑娘，正在扎一个裹了砂石的皮棒，嘴里抽着一支细细的香烟，烟味有些怪。“你迷路了，mon ami[①]（宝贝儿）。”

“哦，瞧。”他又拿出了瓦科星给的名片。

“啊，bien（好的）……”他们把身子闪开，让斯洛索普走过去。他看到了一片乱哄哄的情景：一些淡黄色的博尔萨利诺帽，漫画式软木底鞋子，脚趾部分奇大，以大量鞍形针缝就，色彩对比鲜明——比如橙色配蓝色，还有永远令人喜欢的绿色配洋红——还有熟悉的呻吟声，经常在公共厕所里听到的既难受又舒服的那种。从雪茄烟雾中可以看见许多电话线。瓦科星不在里面，不过一位同事一看到名片就中止了自己正在大声进行的活动。

“你需要什么？”

“身份证，去瑞士苏黎世。”

“明天吧。”

“睡觉的地方。”

那个人递过一把楼下房间的钥匙。“有钱吗？”

“不多。不知什么时候能——”

数钱，眯眼，拨拉：“给你。”

“嗯……”

“没事的，这不是借。是从上头来的。哦，你别出去，别喝醉，别碰在这里工作的女孩。”

“噢……”

“明天见。”又继续他的事情了。

斯洛索普度过了一个不舒服的夜晚。无论什么姿势都睡不到十分钟

---

① 法语。下同。

以上。虫子们纷纷向他的身体迸发，成群结队，热闹非凡，和他的清醒程度可谓协调一致。醉汉们不时来到门口，醉汉加幽灵。

“泰荣，你得让我进去，我是邓普斯特尔，邓普斯特尔·维拉德。”

“怎么——”

“今晚糟透了。对不起。我不该这样不请自来，我本事不大，麻烦倒挺多……听着……我冷……我已经很久……”

刺耳的敲门声。“邓普斯特尔——”

“不是，不是，是马雷·斯迈尔，新兵训练的时候是你的邻居，八十四连，记得吗？咱们的编号只隔两个数字。”

“我得让……让邓普斯特尔进来……他去哪儿了？我睡着了吗？”

“别告诉他们我来这儿了。我只是来告诉你，你不必回去。”

“真的吗？他们说过没问题吗？”

“没问题。”

“知道。他们说过这话吗？”沉默。“嘿？马雷？”沉默。

风猛吹在铁栏杆上，街上一个装菜的木板条箱在风中打着滚，黑乎乎的，里面什么也没装。肯定是凌晨四点了。“我得回去，操，要迟到了……”

“不。”声音很低……是她的声音，还留在他耳朵里。

“怎么回事。珍妮？是珍妮吗？”

“是的，是我。哦，亲爱的，找到你真高兴。”

“可是我要……”“他们”会让她和他一起住在赌场吗……？

“不，不行的。”她的声音怎么啦？

“珍妮，听说你的住处被炸了，新年的第二天……一颗火箭弹……我本来想回去看看你是不是没事，可是……我没有去……接着‘他们’就把我带到了那个赌场……”

“不要紧的。”

“可是我没有去，这就要紧了——”

“别回到他们那里去了。”

在如水流动的今夜，躲在折射角范围之外的两条暗色鱼儿，就是他最想见的卡婕和快蹄儿两个人。他试图修改来到门口的声音，把它们变成口琴上的音符，但是没成功。他想要的东西隐藏太深……

天就要亮的时候，传来了很响亮的敲门声，硬如钢铁。斯洛索普这次意识到自己不能出声。

“起来，开门。”

“军警。开门。”

美国口音，祖国口音，尖尖的，很冷。他一动不动地躺着，生怕床上的弹簧暴露自己。这也许是他第一次听到美国人对外国人说话的口气。后来回想起来，觉得最出乎意料的是口气里那种妄自尊大，靠的不是实力，而是对自己要做的事情理直气壮……很久以前有人告诉过他，他会在纳粹，尤其是日本鬼子那里听到这种声音——“我们”总是公正的——可是此刻，门外的这一对却叫人泄了底气，其作用堪比约翰·韦恩[①]用日语喊“万岁！”的特写照（拍照角度正好突出了他的斜眼，有趣的是以前没注意过）。

“瑞，你等等，他在那边——”

“郝柏！你这个混蛋，过来——”

“我穿紧身衣的时候，你们再也别想抓得着了……”郝柏的声音消失在拐角处，军警们追了上去。

黎明透过黄褐色窗帘，降临在斯洛索普身上，他明白，这是自己“出来”后的第一个白天。是第一个自由的早晨。他不用再回去了。自由？他终于睡着了。快到中午时，一个女郎用万能钥匙打开门进来，给他留下了那些证件。现在他的身份是英国战地记者，名叫伊恩·斯卡佛林。

“这是我们的一个人在苏黎世的地址。瓦科星祝你好运，还问你为啥耽搁了这么久。”

“你是说他想知道答案？”

“他说你得想一想。”

---

① 约翰·韦恩（1907—1979）：美国电影演员。身材高大、健壮，很有英雄气派，几乎成为美国精神的化身。生活中是一个极端的民族主义者。

“我说，”他刚想起一个问题，“你们这些人为什么对我这么好？完全是为了自由？”

“谁知道呢？我们得按规矩办。你肯定也处在某种规矩中，现在就是。”

“哦……”

她已经走了。斯洛索普环顾周围：日光下，这个地方简陋、平常。蟑螂在这儿都肯定不会舒服的……他这么快就离开了？就像卡婕一样，马不停蹄地跑，在房间串成的这种链条上跑，在每间屋子里只能待很短的时间，缓一口气，或者添一分绝望，又被迫往下一间屋子走，现在再也没有回头路了？甚至没有时间去了解罗西尼街了：那些人在窗口大声叫嚷什么？哪个地方的东西好吃？在这初夏时光里，人人用口哨吹奏的那首歌叫什么名字？

一周后，他到了苏黎世，那是在乘火车完成了长途跋涉之后。那些钢铁的物件儿踽踽独行着，每天都在氤氲的雾中。时间在模仿秀中过去：模仿分子，模仿分、合、配对、再配对的工业合成过程。他打着盹，蒙眬中看到了阿尔卑斯山脉、浓雾、深谷、隧道、在难以想象的高处舍命劳动的人、黑暗中的牛铃；早晨碧绿的堤岸、牧场的湿气，窗外总有一些胡子拉碴的工人正要去修某段铁路；在调度场长久地等待，那里的铁轨就像一层层洋葱，被一截一截切断；灰蒙蒙、阴沉沉的地方，夜晚吹着口哨，并轨、碰撞、旁轨，盯着傍晚山坡上的牛，火车噗噗而过时等在交叉路口的军车队——走到哪里都没有明确的国别，甚至交战国之间也没有。只有战争，只有满目疮痍的土地，使“中立国瑞士”的叫法显得乏味而老套，虽然得到了认可，却不乏讽刺意味，正如“解放了的法兰西”“极权主义的德国”“法西斯西班牙”等叫法一样……

战争把时间和空间配置成自己需要的形式。现在，轨道分开了，进入了不同的网络。从表面上看，真正具有毁灭性的，是把铁路空间用于其他意图——他虽然第一次走这条路，却已开始感觉到那些意图的要旨……

他登记住进了宁巴思宾馆。宾馆位于一条不显眼的街道，在苏黎世的下村，也是卡巴莱酒馆集中区。房间在阁楼上，要爬梯子上去。窗外也有一把梯子，所以他觉得很安全。夜晚降临时，他出去找瓦科星的本地代表，在利马特河另一头的一座桥下找到了。代表名叫谢姆亚文，俄国人，房间里满是瑞士手表、时钟和高度计。屋外，船只在河上、湖上隆隆开过。楼上有人在练习钢琴，是一首优美的抒情曲，却弹得磕磕巴巴。谢姆亚文把龙胆白兰地倒入刚泡好的茶水里。“首先你要明白，这里的一切都是专门化的。要手表去一家咖啡馆，找女人就去另一家。皮革分为紫貂皮、白鼬皮、水貂皮，等等。毒品也一样：兴奋剂、镇静剂、精神病模拟剂……你要什么呢？”

“嗯，信息？”哇，这东西的味道像摩克茜……

“噢。还有一点。”说着坏坏地看了斯洛索普一眼，“一战前生活很简单。你记不得了。毒品，性，奢侈品。那时候的货币只是个次要的东西，人们也不知道‘工业间谍’这个词。我是亲眼看到这些变化的——唉，变化真大呀。德国的通货膨胀，那也正是我了解德国的线索，从这儿到柏林，一个个的零串成了串。我经常告诫自己：‘谢姆亚文呀，这只是对现实的暂时偏离。小小的偏差，不用担心的。和过去一样去做吧——意志坚强，头脑清楚。勇敢些，谢姆亚文！一切很快就会恢复正常的。’可是你说实际上又怎么样呢？”

“让我猜猜。”

一声悲叹。“信息。毒品和女人有什么不好？整个世界都疯了，信息变成了唯一真实的交流媒介，你不觉得奇怪吗？”

“我还以为是香烟呢。”

“做你的梦吧。”说着拿出一张单子，上面是苏黎世的咖啡馆和聚集地。在“间谍”“工业”的主题词下面，斯洛索普找到了三个目标。乌尔特拉，里兹皮尔，斯特拉格丽。三家都在利马特河两岸，相隔很远。

“得跑腿哟。”说着把单子折好，放进佐特装的一个超大号口袋里。

“以后会容易些的。哪一天机器就可以做了。信息机器。你可代表着未来的浪潮啊。”

他开始在这三家咖啡馆里穿梭，在每一家喝几个小时咖啡，一天只吃一顿饭，在“人民大厨房”吃苏黎世大香肠和德式炸土豆……他打量着一群群穿蓝衣的生意人，还有那些被太阳晒黑的滑雪者，整段时间都在冰雪中飞滑，对战役呀，政治呀毫无耳闻，只是读气温计、看风向标，在雪崩和冰坍中发现“他们”犯下的罪恶，还有“他们”用一层层上好火药堆出来的胜利……衣衫褴褛的外国人，皮夹克上沾着斑斑油渍，疲惫潦倒；南美人穿着皮大衣挤成一堆，在明净的太阳下瑟瑟发抖；上了年纪的忧郁症患者们，战争开始时从某个温泉疗养所被抓来，从此就留在了这里；穿着黑色长衣的女人们不苟言笑，穿着肮脏大衣的男人们却在笑……还有那些疯子们，周末从漂亮的精神病院里出来休假——哦，他们代表着瑞士的各种精神病类型：他们都知道斯洛索普，好极了。他在街上那些阴暗的脸孔和颜色中，醒目地穿着白色，鞋子、佐特装、帽子，都白得像这里葬人的山坡……他成了“城里的新标志”。他花了很大力气，才从下面这些人中找出了第一拨公司间谍：

休假的疯子！

（合唱队没有按照传统的男女分部方式，而是按看护和病人分部的，没有考虑性别，但是在舞台上对四种情况都有所体现。很多人戴着墨镜，黑镜片，白镜框，算不上时髦，倒是叫人想起雪盲症或医院里消过毒的白大褂，甚或心灵的阴暗。一切都显得快乐、放松、随意……没有压抑，连服装都没有区别。所以，在他们从两边拥上舞台、开始载歌载舞的时候，根本分不清谁是看护，谁是病人）：

我们来了，兄弟——不管有没有准备！
戴上你的面具，策划你的阴谋诡计，
我们大声笑，流口水，流满整个雪橇——
就像一群度假的小矮人，快乐无比！

哦，我们是休假的疯子，
我们没有挂碍——

我们的大脑在受洗，灵魂被出卖，
离开伤心的休假哟，让我们尽情耍怪，
疯一疯，抢抢眼——学学鞋上钉的铁皮块！
嘿，我们戴这顶帽子是因为——你在皱眉流泪，
因为心里的恐惧，你觉得永远无法排开——
哦，跟疯子学学吧，生活很宝贵，令人陶醉，
拥抱生活，亲吻生活吧，就在现在！
啦—嗒—嗒，呀—嗒，呀—嗒嗒—嗒……
（下面的内容之后他们继续哼这个调子）

第一个病人（也许是看护）：美国人，你在这里是做大事的？我是这么猜的，从家乡来的人身上你总能看出什么来。瞧，你的那身衣服，往冰雪里走，到远处就看不见了！哦，好的，我知道你对这些来往不息的街头小贩有什么想法，他们在人行道上赌那种三张的蒙特牌［卡车在舞台上开过，来回了一阵子，他挥着手指头，唱着“三张蒙特牌在人行—道上”，用同一个调子，令人烦躁地重复着，直到重复不下去为止］，你一眼就能看出问题来：每个人都给了你无偿的承诺，对不对？好的。可奇怪的是工程师和科学家们正是以此为主要理由，来反对［压低了声音］永动，也就是我们喜欢称为“熵管理”的思想——喏，这是我们的牌——唔，当然了，他们是有道理的。至少他们过去是有道理的。到了现在……

第二个病人或看护：每加仑二百英里的化油器、永不钝化的剃须刀、永远穿不坏的靴底、对腺体有好处的疥癣药丸、沙地里运转的引擎、扑翼飞机和自动驾驶飞机，这些你都已经听说过了——你听见我的话了吧？有一小撮山羊胡，钢羊毛做的——假的，很好，不过这里有个东西是送给你的大脑的！有心理准备了吗？是“闪电锁”。锁那扇打开你的门！

斯洛索普：我想睡午觉了。

第三个病人或看护：通过激变式二氧化碳还—原反应，把普通空气变成钻石……

如果他对这些东西敏感的话，就会满怀耻辱了。瞧这第一轮浪潮，从身边过去的时候，又是搔首弄姿，又是任人宰割，又是楚楚可怜。斯洛索普总算没有动心。短暂的停顿之后，真正的浪潮来了，开始很慢，但一直在聚集、聚集。合成橡胶，汽油，电子计算器，苯胺染料，丙烯酸树脂，香水（陈列柜里窃来的香精，装在小瓶里），一百名精选的管理人员的性习惯，工厂布局图，密码本，顾客及回报，要什么有什么。

有一天，斯洛索普正在斯特拉格丽吃一大块夹有德式小香肠的面包，这东西他已经提了一个上午了。突然，不知从哪里出来了一位马里奥·施韦特，穿着绿色开衩马甲，在二战的布谷鸟钟鸣声中蹦了出来，他身后是黑乎乎的、无限延伸的走廊，却给斯洛索普带来了命运的转机。“波斯特，乔，”他开口道，“嗨，先生。”

“我不是。”斯洛索普嘴里塞得满满的。

“你对某种 LSD[①]有兴趣吗？”

“你指的是英镑、先令、便士？你走错地方了，帅哥。”

“我觉得是来错国家了。”施韦特有点悲哀，“我是从桑多士来的。”

“啊哈，桑多士！”斯洛索普大声道，拉出一把椅子给他坐。

原来施韦特和心理化学公司关系十分密切，在联盟范围内自由流动，解决烦难问题，按日领工资，兼做间谍。

“你看，”斯洛索普道，“我非常想知道他们关于 L. 雅夫的任何情报，还—还有那个 G 型仿聚合物的。”

“哇呀呀——”

“什么？”

“那些东西呀。别想了吧。连我们都不搞这些信息。你有没有尝试

① LSD 既可指迷幻药（lysergic acid diethylamide，即麦角酸二乙基酰胺的缩写），又可指英国的旧货币系统（拉丁文 Libra，Solidus，Denarius，分别可指英镑、先令、便士）。

过，在周围的人全都一心一意研究吲哚时，你要开发聚合物？还要承受我们北面的巨人老爹每天发来的最后通牒？G型仿聚合物是公司的累赘，美国佬。他们有些副总裁的专职工作就是主持一个仪式：每个周日去那个雅夫坟上吐口水。你没太和那帮搞吲哚的人相处过。他们都是不折不扣的精英。他们自认为传承了许多东西，包括历史悠久的欧洲辩证法、多年来细菌对粮食的感染和麦角中毒，还有骑着笤帚的巫婆、集体的狂欢、山间那些五百年来没有一天不在迷幻中度过的地区——他们就是传统的守卫者，是贵族——"

"等等……"雅夫死了？"你说雅夫的坟上，他已经……？"这件事应当对他影响更大，除非雅夫其人从未存在于这个世界。可如果真是这样，他又怎能真的——

"在山里，靠玉提堡山[①]那边。"

"你曾经——"

"什么？"

"你见过他吗？"

"我没赶上。不过我知道，在桑多士很多机密文件里有大量关于他的信息。要弄到你要的东西，得费些周章……"

"唔……"

"五百。"

"五百什么？"

瑞士法郎。斯洛索普五百什么都没有，只有心焦。尼斯的那些钱几乎已经花光了。他往谢姆亚文那边走，过了蔬菜桥[②]，下定决心从现在起到处流浪，以手里的白香肠为食。可是，什么时候能再弄到白香肠还不得而知呢。

"你要做的第一件事，"谢姆亚文建议，"就是找一家当铺，用那个，啊，"指指斯洛索普的衣服，"换几个法郎。"噢，不，衣服不行。谢姆亚

---

① 苏黎世西南一山，海拔八百七十四米。

② 据考，无此桥名。

文走入里面的一间屋子，倒腾一气，拿来了一堆女人的衣服。“你应该开始考虑自己是不是太引人注目的问题了。明天再来，我会尽力再找些别的东西。”

他把佐特装夹在腋下。于是，一个不太引人注目的伊恩·斯卡佛林出现在街头，出现在下午时分中世纪情调的下村街。斜阳下，石墙变得像正在烘烤的面包，哦瞧哦瞧，他这时候看清楚了：这里将要演变成另一场塔玛拉/易塔罗演习，而他卷入得太深，永远也没有办法摆脱了……

在旅馆街道的入口，他看到浓荫下有一辆黑色的劳斯莱斯，发动机空转着，玻璃上染了淡色，下午光线又暗，看不见里面的情况。靓车。好久没见过这么漂亮的车了，不过也只是个稀罕玩意儿而已，除非

多疑症患者谚语 4：你躲，他们找。

嗡！嘀嘀隆，嘀嘀啦—嗒—嗒—嗒，呀—嗒—嗒—嗒，树荫下在放《威廉·退尔》序曲。希望单向的车窗玻璃后面没人看他——嗡，嗡，躲到角落里，从小巷子溜走，没有听到追来的声音。不过，除了虎王坦克之外，就数那种车子的引擎声最小了……

他心里想：忘掉宁巴思旅馆吧。双脚已经不听使唤了。来到路易森街，当铺马上就要关门了。用佐特装当了一点钱，也许够买一两天的大香肠。再见了，佐特。

这座城市打烊得早。今晚怎么找张床过夜呢？有一阵子他又恢复了乐观心态：俯身走进一家饭馆，给宁巴思的服务员打电话。“啊，是的，”英国英语，“您能否告诉我，一直在大厅里等着的那个英国人是不是还在那儿，我是说……”

一分钟后传来一个愉快而生硬的声音：“你在那边吗？”哦，很真纯。斯洛索普惊恐地挂了电话，站在那儿看见所有吃饭的人都盯着自己——搞砸了，搞砸了，现在“他们”知道他在和“他们”作对了。一般来说，也可能是他的多疑症又犯了，可这回的这些巧合也太集中了。还有，他已经了解了“他们”那种故作真纯的声音，“他们”的风格就是这样的……

他又来到城市的街道上：精确地走过河岸、教堂、哥特式门廊……

现在他必须躲开宁巴思旅馆和那三家咖啡馆，对，对……蓝色黄昏下，苏黎世的常住居民们慢悠悠地走过身旁。苏黎世黄昏的那种蓝色在逐渐加深……间谍和买卖人全都躲进室内了。谢姆亚文那儿不保险，瓦科星的那些人对他很好，不能再给他们带去压力了。这座城市里的客人们有多少分量？他能不能再登记一家旅馆？可能不行。天渐渐冷了。湖周围起了风。

他发现自己游荡到了奥迪安。这是世界上最伟大的咖啡馆之一，其与众不同之处并未明确写出来——其实是从来没有搞清楚。列宁、托洛茨基、詹姆斯·乔伊斯、爱因斯坦博士都在这些桌子旁边坐过。不管他们有什么共同的原因：不管他们到这家名店来获取什么……也许多少和那些人有关——那些死在街头的人，那些无休止的欲求、绝望全都交汇于一条命运攸关的街道……每隔一段时间，辩证法、矩阵、原型就需要相结合，回到某种无产阶级的血液中，回到桌旁的体味和神志不清的尖叫中，回到欺骗和最后的希望中。不然，一切都会定格在布满尘埃的吸血鬼模式中，那是西方人古老的诅咒……

斯洛索普发现自己还有足够的零钱和咖啡。他走进去坐下，选了个朝门口的座位。十五分钟后，他隔了几张桌子发现有个穿绿色衣服的外国人，黑黝黝，卷发，有些间谍气。也是朝门口的。他的桌上放着一份旧报纸，好像是西班牙文。打开的版面上有一幅引人注目的政治漫画，画了些中年人，穿礼服，戴假发，地点在警察局，一个警察抱了一块白色的……不对，是个婴儿，尿布上有个标牌，写着西班牙文的“革命”……嗯，他们都说这个叫作“革命”的婴儿是自己的，所有的政客都在争吵，像一群认孩子的妈妈。斯洛索普隐隐觉得，这幅漫画是用来探风的，那个穿绿衣服的人在寻求反应。后来才知道，他是阿根廷人，名叫弗朗西斯科·斯卡里道兹……最要紧的是，紧挨着这些人下面有一段阿根廷著名诗人卢贡内斯[①]的话：“我是如何摆脱原罪的污浊而孕育她的？让我用诗歌来告诉你吧……”这里指的是一九三〇年的尤里布鲁革

---

① 列奥珀多·卢贡内斯（1874—1938）：二十世纪初西班牙文坛主将。

命[①]。这张报纸是十五年前的。斯卡里道兹要从斯洛索普身上得到什么还说不准，不过斯洛索普却对他全然视而不见。这一反应似乎合情合理，因而这个阿根廷人很快就放松了警惕，告诉斯洛索普：他和十来个同事，其中有国际著名怪客格拉谢拉·伊马戈·波塔莱斯，几个星期前一起在马德普拉塔[②]劫持了早期制造的一艘德国潜艇，已从大西洋开回来，准备等战争在德国结束时，立即在那里寻求政治避难……

“你是说在德国吗？你犯傻呀？那里一片狼藉，伙计！”

“没有我们离开的家园狼藉，”阿根廷人伤心地答道，嘴边涌起千言万语，想起了自己在里瓦达维亚[③]南面（真正的南部是以那里为起点的）与成千上万马群生活在一起的情景，想起了自己看到的太多小马驹的悲惨结局，想起了自己看到的太多落日……“自从那些上校们掌权以来，就是一片狼藉了。现在庇隆[④]又走了……我们唯一的希望只有‘阿根廷行动组织’[⑤]了，”（他在说些什么呀，天哪我饿了）“……但政变一个月后就被镇压了……目前人人都在等待。参加街头行动已经成了习惯。没有真正的希望。我们决定在庇隆再入内阁前出走。战争的可能性很大。他已经拥有‘无袖阶级’了，要知道他可能因此而拥有军队……只是迟早的问题……我们本来可以去乌拉圭等他出来的——这是传统。可是他也许会在里面很长时间。蒙得维的亚[⑥]挤满了败逃的人，和败灭的希望……”

“没错，可是德国——是你们最不想去的地方呀。”

“Pero ché, no sós argentino……[⑦]（干吗不去呀？又不是阿根廷……）”目光缓缓移开，看着瑞士街道上故意设计的斑痕，寻找着已经离别的南方家乡的影子。不是原来的阿根廷了，斯洛索普，不是那个鲍勃·埃伯

---

① 发生于一九三六年九月六日，发动者为何塞·尤里布鲁将军。
② 马德普拉塔：阿根廷中部偏东一城市，位于布宜诺斯艾利斯东南偏南方向的大西洋沿岸。
③ 里瓦达维亚：阿根廷东南部港市。
④ 胡安·多明哥·庇隆（1895—1978）：一九四三年六月当政的军官之一，开始为阿根廷劳动和社会福利部部长，很快成为底层人民的代表。一九四四年当选为副总统，但遭总统怀疑，判流放海岛两年，在小岛监禁至一九四五年十月。小说此处当在一九四五年四月。
⑤ 一天主教战斗组织，一九四五年被列为非法。
⑥ 蒙得维的亚：乌拉圭首都。
⑦ 西班牙语。

来[1]看到的样子了。那时候阿根廷每个酒吧里种养的橘子树都带着祝福，现在不是了……斯卡里道兹想说：在欧洲这个痛苦呻吟、阴云密布的蒸馏器里沉淀出的所有神奇渣滓里，我们是最单薄、最危险又最方便被人利用的……我们和你们一样，曾竭力想消灭印第安人：我们曾想把自己掌握的现实变成一本合上的白本本——然而，即便在烟雾最浓的迷径，即便在纵横交错的阳台、院子、大门，那片土地都从未让我们忘记……但他大声问出来的话却是："瞧——你像是饿了。你吃了吗？我正要吃晚饭呢。你肯赏光吗？"

他们在王冠厅找到了楼上的一张桌子。晚餐高峰渐渐过去了。香肠和乳酪酥：斯洛索普都要饿死了。

"在高卓人[2]时代，我的祖国是一张白纸。草原广阔得难以想象，无穷无尽，没有围圈。高卓人骑马到哪儿，哪儿就是自己的地盘。然而，布宜诺斯艾利斯要在这些省当霸主。贪图地产的神经都绷得紧紧的，很快在乡下传染开来。篱笆修起来了，高卓人没有以前自由了。这是我们国家的悲剧。我们像着了魔，想在原来自由的天空和原野中建造各种迷宫。我们在白纸上画出越来越复杂的造型。我们无法容忍这种开放：我们感到恐怖。看看博尔赫斯[3]。看看布宜诺斯艾利斯的郊区。暴君罗萨斯[4]死了一百年了，可对他的崇拜却愈演愈烈。城市的街道、房屋和走廊组成的迷宫、篱笆、铁轨网，在这些东西下面，阿根廷的心脏错乱而负疚，渴望回到开初那种白纸般的宁静中去……那种天空和草原融为一体的、无拘无束的状态……"

"可—可是那些小小的篱笆是进步呀——"斯洛索普嘴里塞满了乳酪酥，正在往下吞，"你，你不能永远没有疆界，你不能阻碍进步——"

---

① 此处及下一句意出由约翰尼·莫瑟尔写作、鲍勃·埃伯来演唱的流行歌曲《橘子树》第三节。

② 南美草原地带的牧人，多为西班牙人和印第安人的混血人种。

③ 若热·路易斯·博尔赫斯（1899—1986）：闻名世界的阿根廷诗人、作家，"迷径"是其作品中常见的意象。

④ 胡安·曼努埃尔·德·罗萨斯（1793—1877）：阿根廷政治领袖，曾任布宜诺斯艾利斯省省长，并把阿根廷各省联合在实质上的专政之下。

嘿，瞧他的架势，是想仗着星期六下午看的那些与土地开发活动有关的西部片，对这个为他买单的外国人说上半小时。

斯卡里道兹没有觉得斯洛索普鲁莽，只是觉得他有些不正常。他眨了一两下眼睛。“在通常情况下，”他解释道，“中心势力总是获胜的。它的力量越来越大，趋势不可逆转，起码常规的方式无法逆转。要削弱这种势力，回到无政府的自由状态，需要不同寻常的时机……这场战争——这场不可思议的战争——目前已完全清除了一千年来在德国不断增加的小国家。清除得干干净净。开放了。”

“很在理。开放多久呢？”

“不会很久的。当然不会了。但是在几个月内……也许和平的到来是在秋天——disculpeme[①]（对不起），是春天，我还没有适应你们这个半球的时间——也许就持续春天的某一阵子……”

“嗯，可是——你们打算怎么做？把土地夺过来，据为己有？他们会赶你们走的，伙计。”

“不。占有土地就是建造更多的篱笆。我们想让土地属于共有。我们想让土地增长、变化。德国的地界开放了，我们的希望就无穷了。”说着，额头好像被人打了一下。他突然极快地朝头顶上扫了一眼，而不是朝门口：“我们的危险也就无穷了。”

劫来的潜艇目前正在西班牙附近的某个地方游弋，白天大多时间潜在水下，晚上出来充电，有时偷偷靠岸加油。斯卡里道兹不愿多提加油方面的细节，但他们显然与共和国地下党有着多年的联系——那一群人的存在是上帝的恩典，是对坚忍不拔的报偿……他这回来苏黎世，是为了与一些出于各种原因而愿意援助他那些无政府主义逃亡分子的政府取得联系。明天前他必须向日内瓦送上情报：然后由日内瓦转给西班牙和潜艇。但在苏黎世有庇隆的特务。他被盯上了。他不能冒险，不能暴露日内瓦的联络员。

“我可以帮你的忙，”斯洛索普舔着手指头，“可我缺少现金和——”

---

① 西班牙语。

斯卡里道兹说了一个数字，不仅足以付清马里奥·施韦特的钱，还能让斯洛索普吃好几个月。

“先付一半，我马上开始干。”

斯卡里道兹把情报、地址、现金递给斯洛索普，并付了饭钱。他们说三天后在王冠厅见面。“祝你好运。”

“你也一样。”

他最后一眼看到斯卡里道兹独自坐在桌旁，脸上哀凄凄的。他甩甩额前的头发，光线暗了一下。

飞机是破旧的DC-3，被选中的原因有三个：机身颜色接近月光，机身配上窗户像和善的脸，机内机外都黑暗无光。他醒来了，人蜷在货物堆里，周围是看不见的金属装置，引擎的颤动传到了骨子里……非常微弱的红光透过前上方的壁舱照过来。他爬到一扇很小的窗边朝外看。月光下的阿尔卑斯山脉。但是山都有些太小，没有他想象的那样壮观。哦，唔……他向后靠到柔软的细刨花上，权当是床。他点燃一支斯卡里道兹给他的过滤嘴香烟，想道：天哪，不坏呀，有人不是跳上飞机往想去的地方飞吗……干嘛要待在日内瓦？当然了，那个——哦——西班牙怎么样？不，等等，他们是法西斯。南海的岛上！唔，尽是日本人和美国兵。哦，非洲是黑色大陆，那里只有土著、大象和那个斯宾塞·特雷西[①]……

“没有地方可以去的，斯洛索普，没有地方的。”那个影子靠在一个板条箱上，蜷缩着，颤抖着。斯洛索普在微弱的红光里眯起眼睛打量他。那张脸酷似玩世不恭的冒险家理查德·哈里伯顿常见的封面形象，但又有奇特的差别。这个人的两颊上都生有可怕的疹子，重叠在以前留下的麻子上，很对称，如果斯洛索普懂医的话，就会知道那是吸毒反应。理查德·哈里伯顿的马裤又破又脏，头发油腻不堪，直披下来。他好像在悄声哭泣，像败落的天使，弯腰俯视着这些二流的阿尔卑斯山：遥远的下方，夜间滑雪的人们在山坡上不辞辛劳地交错着，净化和美化了他们

---

① 斯宾塞·特雷西（1900—1967）：美国演员，曾为拍摄电影《斯坦利和里温斯顿》去过非洲。

的法西斯理想——行动，行动，行动！以前，他自己就是出于这光芒四射的理由才存在于世的。那是过去的事了。是过去的事了。

斯洛索普伸出手，把烟放在地板上。这些洁白如天使的木头卷儿是多么容易燃烧啊。躺在这儿吧，躺在这啪啪嗒嗒的破飞机上，尽量别动，该死的傻瓜，对啦，他们把你玩了——又把你玩了。理查德·哈里伯顿，罗威尔·托马斯[①]，漫游族，摩托族[②]，霍根屋子里那一摞摞淡黄色的《国家地理》杂志一定全部是谎言，当时没有任何人在阁楼上给他讲实情，就连那个殖民者的幽魂也不在那儿……

颠簸，减速，回转，平坠着陆，风筝学校里淘汰出来的狗屁飞行员。瑞士淡白的晨光从机窗透进来。斯洛索普身上所有的关节、肌肉和骨头都在痛。该上班打卡了。

他安然无恙地离开飞机，走入打着哈欠、精神萎靡的人群中。都是赶早的乘客、送货人员和机场工作人员。凌晨的克恩特林[③]。一面是鲜绿的山丘，一面是暗褐的城区。人行道光滑潮湿。云朵在空中缓缓飘行。布朗峰[④]向他问好，湖水也在问候他。他买了二十支香烟和一张本地报纸，问好路，上了一辆有轨电车。电车缓缓驶入这座“和平城”，冷冽的空气从门窗进来，他一下子清醒了。

他要去月食咖啡馆见阿根廷的联络人。咖啡馆离无轨电车站很远，要走过一条鹅卵石街道，到一个小小的广场，周围是撑着米色遮阳篷的蔬菜水果摊，商店，其他咖啡馆，窗口花坛，还有用软管冲干净的人行道。一些狗在巷子里跑出跑进。斯洛索普要了咖啡和羊角面包，坐在那里读报纸。很快，阴云燃烧光了。太阳把影子从广场那边投过来，几乎罩住斯洛索普坐的地方。他的每一根神经都打开着。好像没人留意他。他等待着。影子退开了，太阳爬上来又开始落下去了。终于，他等的人

---

① 罗威尔·托马斯（1892—1975）：美国冒险家、广播电视评论家、作家。

② 漫游族是作家亚瑟·M. 温费尔德（1862—1930）创造出来的青年人，讲述他们历险、英勇或爱国的事迹。摩托族是一群骑摩托进行冒险的青年人，其创造者是作家克莱伦斯·杨。

③ 克恩特林：日内瓦机场，在市区西北三英里处。

④ 布朗峰：阿尔卑斯山最高峰，海拔 4 810.2 米。

来了，和说的一模一样：黑色西装，布宜诺斯艾利斯白天里常见的那种黑色，唇髭，金边眼镜，用口哨吹着胡安·达罗[①]的一首老探戈舞曲。斯洛索普摆出样子，把所有的口袋搜了一遍，拿出了斯卡里道兹让他使用的外币：对着外币皱眉，站起来，走过去。

Como no，señor[②]（为什么不呢，先生），换一张五十比索的钱没问题——让座，拿出钱、笔记本、卡片，桌上很快就满是纸张，末了又整理收回口袋里。就这样，那个人有了斯卡里道兹的情报，斯洛索普也有了情报带回给斯卡里道兹。一切完毕。

坐下午的火车回苏黎世，一路上主要在睡觉。在施利伦[③]下了车，天黑得一塌糊涂。这样做是防备万一，躲开“他们”在城里Bahnhof（车站）的监视。他搭了辆车，走了很远，来到圣彼得教堂跟前。教堂的大钟悬在头上，一条条空旷的街道此刻在他眼里静默而险恶。这使他想起了自己早年时常春藤盟校[④]的那些院子，钟塔的灯光很暗，看不清时间。当时他有一种冲动（不过没有现在强烈），想对越来越黑暗的岁月俯首称臣，想尽可能多地拥抱真正的恐惧，直到某个不知名称的时刻（除非是……不……不……）：那就是空无，就是他的清教徒前辈们所知会的虚无，是骨头和心对一切的麻木——校园里的萨克斯甜美地融和在一起，白色运动夹克的领子上沾着口红，法提玛思牌香烟紧张地冒着烟雾，橄榄香皂在油光发亮的头发四周蒸腾，薄荷味的亲吻，带露珠的康乃馨——他对这一切都麻木了。只有那些比他年轻的顽皮小子们才会要这些东西：天亮前的一刻，海伊·赖恩哈特把你从床上拽起来，蒙上眼睛，带你来到秋天的冷风里，脚下是树荫和树叶。这时候你的疑问就产生了：他们的真实面目是否真可能是另外的样子？——此刻之前的一切都是假

---

① 胡安·达罗（1900—1976）：阿根廷音乐家。

② 西班牙语。

③ 施利伦：瑞士地名。

④ 常春藤盟校：由美国东北部八所大学和学院组成的一个联合组织，包括布朗大学、哥伦比亚大学、康奈尔大学、达特茅斯大学、哈佛大学、普林斯顿大学、宾夕法尼亚大学和耶鲁大学。

的：只是精心设计的舞台，用来骗人的。然而，屏幕这时已经暗下来了，绝对没有时间了。工作人员最后到这里来找你了……

还有什么地方比苏黎世更适合让人找到空无呢？这个国家经历过宗教改革，这个城市又属于祖温利[①]（他排在百科全书最后），到处都是写着历史的石头。间谍，大企业，它们在自己的环境中不知疲倦地前进着，周围都是墓碑。可以肯定，在这里，在这个城市里，有着曾经年轻过的人们，那些脸斯洛索普当年在大学的院子里见过。他们在哈佛开始走向清教徒的神秘世界：他们掏心挖肺地发誓要心怀恭敬，要永远在他们的统治者Vanitas[②]即“空”的名义下行事……他们现在遵照某某生命计划来到瑞士，为艾伦·杜勒斯[③]及其“情报”网络工作，该网络目前叫作“战略服务办公室”。不过，对新手而言，“OSS”[④]是一个神秘的首字母缩写词，被用作咒语——他们得到培训，在危急时刻心中默念“oss”……“oss”是晚期拉丁语，“骨头”的意思，拼写在“黑暗时代”发生了讹误……

第二天，斯洛索普在斯特拉格丽见到马里奥·施韦特，给他预付了一半费用。同时他也问了雅夫坟墓的位置。他们约好在山里雅夫的墓地结束交易。

斯卡里道兹没有在王冠厅、奥迪安或斯洛索普以后几天里能想到的任何地方露面。在苏黎世，失踪并非闻所未闻。但斯洛索普还是打算去那些地方一直等，万一他来了就不会错过。情报是西班牙文，他只能认出一两个词，但他会守住它，也许还有机会送出去。何况他还有点喜欢无政府主义的信仰。当年谢伊斯[⑤]在马萨诸塞和政府军打仗的时候，就有

---

① 乌尔里希·祖温利（1484—1531）：瑞士宗教改革家。他关于《圣经》绝对权威的讲道，标志着瑞士宗教改革的开始。

② 源自拉丁语。

③ 艾伦·威尔士·杜勒斯（1893—1969）：美国政府官员，曾任中央情报局局长。一九四二年至一九四五年间奉命在瑞士收集第三帝国内部纳粹敌对势力的情报。

④ 这三个字母是“战略情报局”（美国中央情报局前身）英文名称的首字母缩写。下文中的“oss”是中世纪拉丁文的“骨”，其古典拼写为“os”，中世纪的拼写是讹误。

⑤ 丹尼尔·谢伊斯（1747—1825）：美国革命战士和起义者，一七八七年带一队武装群众袭击马萨诸塞州斯普林菲尔德市一政府军火库，以抗议政府立法对农民经济困境的漠视，史称“谢伊斯起义”，被镇压。

斯洛索普家族的护卫官在伯克夏为起义军巡逻，帽子里戴着铁杉枝，以便和政府军区别开来，政府军的帽子里塞的是白纸条。那个年代，斯洛索普家族尚未和纸深深结缘，也没有开始成片屠杀树木。他们依然喜欢有生命的绿色，不喜欢没有生命的白色。后来，他们把自己的立场丢掉了，或者说卖掉了。泰荣·斯洛索普就继承了他们这种对事情漠不关心的秉性。

此刻，身后的风吹过雅夫的墓穴。斯洛索普已经在这里露宿了几个晚上，等待施韦特的消息，囊中几乎已经空了。冷风中，他用几张瑞士军毯裹住身体，竟然有些适应了，而且还能睡着了。睡在“仿聚合物”先生身体上方。第一夜他害怕睡着，害怕雅夫来找他——雅夫那德国科学家的头脑可能已被死亡击得粉碎，只剩下最残忍的反射碎片，剩下的躯壳里那无言的笑魔已经对这些碎片不感兴趣了……月光笼罩着他的影子，传来叽叽喳喳的声音，这时候，他、它、被压迫者，一步步走近来……他一急，醒了，脸露在外面，转向陌生的墓石，是什么来着？那叫什么……回来了，就快清楚了，却又远了……远了，又回来了。这样折腾着，前半夜就差不多过去了。

鬼没有来。好像雅夫就只是一具死尸。斯洛索普第二天早晨醒来，虽然肚子空空、鼻涕长流，却有了几个月来最好的感觉。就像通过了一场考验，只是这回有所不同：考验不是别人设置的，而是自己设置的。

下方的城市此时沐浴在半明半暗的光里，正如一座大大的坟墓，里面是教堂尖顶、风向标、白色的城堡楼塔，还有千万栋宽阔的楼房和折线形屋顶。窗户都闪烁着光亮。正午之前的时刻，座座山峰透明如冰。天再晚些，它们就变成了皱起的青缎。湖平如镜，奇怪的是湖水中山峰和房屋的倒影却仍有些模糊，边缘细弱，波纹如雨：恰似梦中的影像，恰似亚特兰蒂斯[1]或苏捷托尔[2]。村庄像玩具般大小，萧索的城市像石

---

① 亚特兰蒂斯：传说中大西洋一神秘岛屿，最早出自柏拉图著作。推测在直布罗陀海峡以西，最后沉于海底。

② 苏捷托尔：条顿神话中沉入海底的城市。

膏画……寒冷中，斯洛索普盘坐在一条山路的拐弯处，懒洋洋地团雪球、扔雪球。他百无聊赖，只好抽完最后一根烟——据他所知，这是全瑞士最后一根“幸运蛋”香烟……

路上传来了脚步声。防寒靴的叮当声。是马里奥·施韦特派来的送信人，拿着一个厚厚的大信封。斯洛索普付了钱给他，讨了一支香烟和一些火柴，然后就告别了。回到墓穴，他重又点燃一堆引火的松枝，烤暖了手，开始翻看情报。雅夫不出现，使他觉得周围像是有一种气味，他闻到过，但又说不出到底是什么气味，而且这种气味随时都会令癫痫发作。情报拿到了，没有需要的那么多（他到底需要多少呢?），但比预料的要多——他是个现实的美国人嘛。接下来的几个星期，他将有机会在极少数的瞬间里回味过去，甚至还可能有时间为读到这些材料感到后悔……

◆ ◆ ◆ ◆ ◆

波因茨曼先生决定在海边过圣灵降临节。这些天他有些自我感觉良好，反正没什么可担心的事。他在“白色幽灵”的走廊里风风火火地跑着，感觉自己从来没有像周围的人那么糟糕：他们好像都得了典型的帕金森病，症状极其稳定，只有他灵敏异常，成为没有麻痹症状的唯一幸存者。现在又是和平年代了，已经不需要特拉法尔加广场胜利日晚上的那些鸽子了。那天研究室里所有的人都狂饮、拥抱、亲吻，只有超心理部布拉瓦茨基派①的人例外——他们去圣约翰伍德的林荫路十九号做“白莲日”②朝拜了。

现在又可以享受节假日了。虽然波因茨曼觉得有去放松的必要，但是危机也绝对存在。一个领导人必须自制，乃至于要控制在危机中想度假的情绪。

---

① 海伦娜·彼得罗夫娜·哈恩·布拉瓦茨基（1831—1891）：俄裔女通神学者，一八七五年于纽约创立通神学会，有超自然学说著作若干。

② 布拉瓦茨基一八九一年五月八日死于该地址，佛的生日正巧在这一天。

自从军情处的那些蠢驴在苏黎世跟丢斯洛索普，迄今已一个月没有他的消息了。波因茨曼对“公司”有点生气。他的妙计看来是落空了。他第一次和克莱夫·莫斯蒙等人商谈的时候，觉得这个计策万无一失：让斯洛索普从埃尔曼·戈林赌场逃出去，然后避开“促降计划”，让特工部跟踪他。这样能省钱。搞这个项目，如果把资金问题比作他注定要戴上的一顶王冠，那么监视费用自始至终是王冠里的一根坚刺，搞得他头疼不堪。即使斯洛索普不把他逼疯，该死的资金问题也非把他害惨不可。

波因茨曼犯了个错误。他甚至无法得到“‘有人’犯了错”的丁尼生式安慰①。没错，是他，是他一个人做主，授命哈维·司必德和弗洛埃德·鄱督组成的英美联合小组随机调查斯洛索普的一个性爱样品事件的。反正有预算，又不会有什么害处。实际上，他们急切得像《绿野仙踪》里的小精灵，直接跳跃到性爱泊松图里去了。唐·吉奥瓦里②的欧洲地图——意大利 640，德国 231，法国 100，土耳其 91，而，而，而——西班牙！西班牙，1 003！——斯洛索普的伦敦地图正是如此。两个探子被地图上恣意寻欢的热情感染了，整下午整下午坐在饭馆的花圃里享用菊花色拉和羊肉火锅，或者和水果贩子们逗趣——“嘿司必德，你看，香瓜！大二以后就没见过——哇，闻闻这个，太香了！哎，吃个香瓜怎么样，司必德？嗯？来吧。”

“好主意，鄱督，好极了。”

“唔……哦，喏，你挑那个自己喜欢的，好吧？”

“那个？”

“是啊。这个是我挑的，看见了吗？”他转动香瓜让他看，就像痞子粗鲁地转动着姑娘吓呆了的脸。

“我还以为我们要——”他无力地指着那个瓜，心里却还没有认可那

---

① 艾尔弗雷德·丁尼生（1809—1892）：英国桂冠诗人。他在诗歌《轻骑兵之战》第二节中写道：“轻骑兵们，前进！ / 士兵们可有一点疑问？ / 他们知道有人犯了错， / 却没有任何二心。/ 他们的问题得不到回答， / 他们的纪律不问为什么， / 他们的天职是战斗、倒下； / 六百名骑兵骑着战马， / 朝着死亡的山谷进发。”

② 莫扎特同名歌剧中的人物。

就是鄱督的瓜。这时，在香瓜凹版样的网状表面上，真的出现了一张脸，像是出现在颜色苍白的月球环形山之间。那是一张被俘女人的脸，双眼低垂，上眼皮如波斯天花板般光滑……

“哦，不，我一般，唔——”鄱督觉得很尴尬，就像有人指定他找个理由，为吃苹果甚或往嘴里扔个葡萄，找个理由——“只是，哦，大概是，吃掉……整个，你明白的。”说着咯咯笑起来，以示友善，也委婉地说明：他们此时的谈话不合常理——

——然而司必德误解了他的笑，认为这种笑证实了这个有点龅牙、有点固执的美国人精神不大正常——瞧，他正在跳舞呢，从普通的弯腰式跳到英国弯腰式，柔软得像街头风中的一个木偶。他摇着头，但还是为自己挑了一只完整的香瓜。他明白自己不得不买单了。特别贵。他悄悄跟在鄱督身后，两个人蹦蹦跳跳，特啦—啦—啦—啦，直直地撞进了又一个死胡同：

“詹妮？不对——这儿没有詹妮……”

“也许是个叫詹妮弗的？或者叫詹妮维弗？”

“金妮（这个名字可能写错了[①]）· 弗吉尼亚？”

“如果两位先生是来找乐子的——”她笑着，那种红红的、过于火热的笑，仿佛在说“早上好，我是好意！”那笑容足以把他们两个都装进去。他们战栗着，微笑着。看她的年龄，足以做他们的妈妈了——他们共同的妈妈，综合了鄱督夫人和司必德夫人最大的缺点——事实上，她确实变得像他们的妈妈了，甚至是他们眼睁睁看着变的。这些残破的海洋里满是狐媚的女人——这里尽是水，尽是淫乱，没错的。两个心志不坚的探子入了她的彀，走到了这里的街道上，眼睛无耻地瞪得血红，瞪得像人造丝上的西番莲，接着便跌倒在她疯狂的紫色眼睛里。最后的一刻，他们想到了自己来到这里的任务——历史观察周报，斯洛索普外放区，即“史报斯放”——最后的一点理智穿着小丑服跑了出来，平庸、松垮、秃顶，配了些无声笑话，有关体液的。鼻毛长得惊人，从两个鼻

① 原文中此名可双关指意大利人，后面的姓则与“处女”一词形似。

孔里伸出来，编成了辫子，扎了酸橙绿色发结——在幕布落下的时候，急急忙忙冲出来，越过沙包，努力调匀呼吸，用尖尖的、讨厌的声音对他们叫道："没有詹妮。没有萨莉·W。没有茜碧莉。没有安吉拉。没有凯瑟琳。没有露茜。没有古隆芹。你们什么时候才能看到？你们什么时候才能看到？"这最后的挣扎简直就是呵痒痒，不仅无益，反而有罪。

也没有"达琳"。这个名字是昨天发现的。为了找到这个人，他们一直搜寻到寇德夫人的住处。夫人很年轻，刚离婚，打扮得花枝招展。她宣称，自己听都没听过有哪个英国孩子叫"达琳"的。她十分抱歉。寇德夫人住在一处非常讲究的上流社会住宅区，安闲地打发着自己的时光。两个侦探从那片地方出来，感到松了口气……

"你们什么时候才能看到？"波因茨曼马上就看到了。但他所谓的"看到"是指一走进卧室就被人扑到身上的那种：那是一只硕大无比的海鳗，从天花板上的暗影里扑下来，牙齿带着愚蠢透顶的、死一般的笑意，喘着气，朝着你毫无防备的脸扑下来，发出长长的人声，你知道那是叫床的声音，觉得毛骨悚然……

也就是说，波因茨曼在躲避这件事情，就像条件反射般躲避噩梦一样。这回万一不是幻觉而是真的，那可就……

"资料现在还不全。"这一点应该在所有的讲话里特别强调，"我们承认，早期的资料似乎显示，"回忆状，做真诚状，"在一些案例中，斯洛索普地图上的名字似乎与我们掌握的事实并不匹配，而这些事实是我们在伦敦通过对他跟踪调查确定下来的。当然，是截至目前确定的情况。这些名字大多只有名没有姓，大家知道的，相当于只有 X 没有 Y，只有行没有列。很难确定别人所说的'足够远'到底有多远。

"如果在遥远的某一天，我们证明了斯洛索普的那些星星有很多——甚至大多都只是性幻想，而不是实际发生的事件，那又会如何呢？这也不会从根本上否定我们的研究方法，就像不能否定青年弗洛伊德的研究方法一样——当时，在维也纳，他面临着一件同样违反合理性的事情：那些'爸爸强奸了我'的故事，从证据上讲可能是谎言，但从临床上讲却是事实。你们必须明白：我们在'促降计划'里研究的是界定非常严格的临床事实。我们在这一点上不寻求更宽泛的效果。”

到目前为止，都是波因茨曼一个人承担着重压。元首的寂寞啊：他感到，自己在这种黑暗的陪伴下，在这种黑暗的光线里变得强大，成为一颗正在升起的公众之星……他不想和别人分担这种寂寞，不，现在还不想……

全体职员，也就是他的职员，开会的表现越来越糟糕，最后还不如不开。他们对鸡毛蒜皮的东西争论不休：现在敌人投降的事情已经完成，“促降计划”要不要改名字？信笺上要是用抬头的话该用什么？谢尔在梅克斯办事处的代表丹尼斯·焦因特想把该项目纳入特弹组（特殊射弹工作组）麾下，作为英国导弹清理机构“回火行动”补充，而“回火行动”的基地设在北海那边的库克斯哈文[①]。每隔一天就有人提出新想法，要重组“促降计划”，甚至想解散它。波因茨曼发觉，自己最近很容易进入一种“l’état c’est moi[②]（我就是国家）”的心态——除了自己有人做事吗？还不是自己每每依仗天生的意志，支撑着全局……

谢尔公司梅克斯办事处自然对斯洛索普的失踪发了狂。凡可能被人知道的东西，这个人都知道，他不只了解A4，还知道英国对A4有多少了解。而他却跑掉了。苏黎世满是苏联间谍。如果他们已经得到了斯洛索普怎么办？他们春天时攻下了佩纳明德，从现在的形势看好像要把北豪森的中心火箭场给他们，作为雅尔塔的又一项交易……至少有三个机构，即全苏联航空材料研究所、中央空气动力及水动力研究所、飞机设备科研所，加上一些其他军需部门派出的工程师，他们甚至已拿着名单在德国苏占区寻找需要带往东方的人员和设备了。在盟军最高统帅部的势力范围内，美军军械署以及许多相互竞争的研究小组都在忙着搜集所有能找到的东西。他们已经集中了冯·布劳恩和其他五百人，把他们拘押在加米施。他们要是控制了斯洛索普怎么办？

还有一些人变节离开：罗洛·格罗思特被心理研究学会接收回去了，

---

① 德国西北部一城市，位于易北河河口。

② 法语，路易十四一六五一年在国会上的讲话。

特瑞克尔自立门户了，迈伦·格闰敦重操专职无线电的旧业了。这些不啻于火上浇油。摩西哥开始疏远了。那个女人波季修斯仍在从事夜间工作，不过准将现在病了（这个老笨蛋忘了吃抗生素？什么事都必须他波因茨曼做?），她也变得烦躁起来。当然，盖佐·罗饶沃尔基还在从事这个项目。他是个狂痴。他永远不会走的。

于是，有了一次海边度假。出于政治原因，度假成员由波因茨曼、摩西哥、摩西哥女友、丹尼斯·焦因特和卡婕·波季修斯组成。波因茨曼穿着帆布鞋，戴着战前的圆顶礼帽，脸上挂着少有的笑容。天气不理想。阴云密布，还刮着风，下午三四点就变得冷飕飕的。散步道旁灰色钢架外面的碰碰车送来臭氧的气味，混杂着手推车上海贝的气味和海水的咸涩味。沙滩上到处是鹅卵石，挤满了一家家的人：爸爸光着脚，穿休闲装和白色高领；妈妈穿罩衣、衬衫——这些衣服整个战争期间躺在樟脑的气味里睡大觉，刚刚惊醒过来；孩子们跑来跑去，穿着日光服、尿布、连衣裤、短裤、齐膝袜，戴着伊顿帽[①]。有冰激凌、糖果、可口可乐、海扇、牡蛎和调了咸酱的虾子。弹球机在士兵和女朋友们疯狂的操作下挣扎。他们一边看着亮闪闪的弹子沿着木道卡孔乒乒乓乓前进，一边扭动身体、骂人、呻吟、跺穿拖鞋的脚。驴子们嘶嚎着，拉着粪便，孩子们踩到了粪便，引起父母大叫。男人们把身体陷在条纹帆布椅中，谈论着生意、体育、性，不过更多的是谈论政治。一个街头手风琴师演奏着罗西尼《贼喜鹊》序曲（以后我们会知道，这个曲子在柏林标志着很高的水准，大家却没有意识到这一点，而更喜欢贝多芬，其实贝多芬仅仅停留在抒发强烈愿望的层次），因为没有小军鼓和嘹亮的铜管，曲子显得成熟、充满希望，叫人想到淡紫色的黄昏、不锈钢的凉亭。最后大家都升华到贵族境界，心中有了不求任何报偿的爱……

波因茨曼计划今天不谈工作，而是让大家随意交谈，等他们说出真心话。可是所有的人都显得腼腆、拘谨，话说得极少。丹尼斯·焦因特看着卡婕，一脸色色的笑，时不时还疑心重重地瞪罗杰·摩西哥一眼。

---

① 英国伊顿公学学生戴的帽子。

摩西哥这边和杰茜卡不痛快，这会儿两个人谁也不看谁——这些天常有这种情况。卡婕的眼睛望着海的远处，搞不清她心里在想什么。波因茨曼虽然看不出她有什么可恃的力量，但隐隐地还是有些怕她。他还有很多东西不知道呢。目前最让他忧心的大概还是她和海盗·普伦提斯的关系——如果他们有关系的话。普伦提斯到“白色幽灵”来过好几次，问的都是关于她的问题，很尖锐。最近，趁着“促降计划”在伦敦新开办事处（某个饶舌的家伙已经将它戏称为“第十二宫”[①]了，很可能就是韦伯利·西弗内尔那个小蠢货），普伦提斯开始在那里频繁出没，和秘书们打得火热，图谋偷看某些档案……怎么回事？如今已过了胜利日，莫非“公司”又找到了什么新的事业？普伦提斯想要什么……报酬又如何？他爱上了这个“波季修斯”吗？这个女人有可能爱上他吗？爱？哦，这个词足以令人发疯了。她的爱情观是什么样的……

“摩西哥。”他拉了拉统计师的胳膊。

“啊？”罗杰暂时停止了抛眼风，那样子有点像丽塔·海沃思[②]穿着一款花连衣裙，裙带交叉在背上……

“摩西哥，我觉得自己出现幻觉了。”

“哦，真的吗？你真觉得出现幻觉了？你看到什么了？”

“摩西哥，我看到……看到……我看到什么了？你这个傻瓜，你什么意思？我是听到了。”

“好，那你听到什么了？”罗杰这时候有点急了。

“此刻我听到你在说话，说的是‘那你听到什么了？’，这话我不爱听！”

“为什么不爱听？”

“因为：虽然那种幻觉不舒服，但比你的声音要舒服多了。”

目前谁都可能行事古怪，但一贯正确的波因茨曼竟然也古怪起来了。看来他们这场互相猜疑的聚谈只能无疾而终了。附近有轮盘赌，轮盘的

① “PISCES”是“促降计划”即“促进投降心理情报计划”的缩写，拼写又与“双鱼座（宫）”一词相同。

② 丽塔·海沃思（1918—1987）：美国电影女演员。

辐条间塞了些“幸运蛋”香烟、丘比特娃娃和糖块。

“嗨，你在想什么呢？”一头金发、身体健壮的丹尼斯·焦因特用膝盖般宽大的肘子碰了卡婕一下。由于职业的关系，他学会了在极短的时间里对交往者做出判断。他断定眼前的卡婕是个小快活，出来只是找找乐子的。没错，他是当领导的料，绝对是。“难道他突然有点发神经了？”他竭力压低声音，张嘴笑着，体育健将般的却又疑云重重的笑，隐隐指向那位巴甫洛夫派怪人——当然不是正对着他。以他此时的心态，目光的接触也许无异于自杀……

同时，杰茜卡进入了费伊·雷的角色。这是一种自我保护的麻木，与你对海鳗从天花板上扑过来时的反应相似。这是为了让人猿抓住你，让纽约的万家灯火照亮那间你本以为与世隔绝、永远安全的房间……为了那粗糙的黑发，为了那些令人渴望的、带来爱情悲剧的肌腱……

“哦，嗯，”影评家米谢尔·普瑞提普莱斯在长达十八卷的关于《金刚》的权威著作中这样说，“要知道，他真的爱她，朋友们。”从这篇论著看，普瑞提普莱斯似乎无所不及：他把每个镜头，包括剪掉的那些，都细细梳理，尽可能探索每一点象征意义，对每个和电影有关的人物都写了详尽的传记，包括临时演员、剧组工作人员、实验室工作人员……甚至还有对“金刚后援会”的采访——为了入会，他们先得把电影看到一百遍以上，还要准备一场长达八小时的资格考试……然而，然而：想想墨菲定律吧，定律对歌德尔定律进行了爱尔兰无产者式的大胆转述：“在算无遗策、绝无纰漏甚至绝无意外的情况下……就会出现纰漏和意外。”所以，普丁在一九三一年即哥德尔定律出来的那一年写的《欧洲政治中可能发生的事情》中所搞的那些排列组合没有给希特勒哪怕是最小的机会。也就是说，遗传定律一旦确定下来，就会有变异的后代出生。即便是一个确定如A4导弹的金属物件，也会自动生出一些东西来，比如斯洛索普心目中梦寐以求的“S-装置”。也就是说，那只我们斥之为魔鬼的、从世界上最高的竖立物上逃跑的黑猿，它的传说已经降临世间，有充足的时间生出自己的子孙，甚至目前还在德国的土地上四处活动。这就是黑人支队。这一点，连米谢尔·普瑞提普莱斯都没有预言到。

在“促降计划”，人们普遍认为黑人支队是由现已入土的“黑翼行动”募集起来的，以召集魔鬼的方式，将其召至光天化日之下、凿凿尘世之间。超心理部的人肯定又偷偷笑了好一阵子。当初谁能想到真的有黑人火箭部队？谁能想到一个去年编出来吓唬敌人的故事竟然成了千真万确的事实——现在可是没有办法把这些东西塞回到瓶子里去了，把咒语倒着往回念也无济于事了：谁也不知道完整的咒语——各人都只掌握了各自的那部分，这就是团队工作嘛……等到他们想起要查找有关“黑翼行动”的核心机密文件以弄清整个事情的来龙去脉时，他们惊奇地发现，某些至关紧要的文件要么不见了，要么在“黑翼行动”结束后被更新了。恢复咒语为时已晚，不过按照常理，人们还是会对其做出精确而毫无诗意的推测，此前的一些推测则会被清除或者冻结。比如，弗洛伊德派的埃德温·特瑞克尔那帮人所得到的试验成果将会片瓦无存——到了后期，这些人发现，本派别内的少数派即超心理部的精神分析派竟也和自己产生了龃龉。开始时，他们的任务是为大量鬼魂附体的事实寻找一个可测定的标准。过了一段时间，同事们就开始写申请，要求调出去。地下室的大厅里开始响起了嘀咕声：“这里开始叫人觉得有些像塔维思多克研究所[①]了。”宫廷政变发生了，大多都是表面堂而皇之的偏执症，于是一批批焊接工、锁匠被带来了，办公室里奇怪地缺供给了，甚至水和暖都缺了……这些都没有阻止特瑞克尔他们继续坚持弗洛伊德精神，当然更要坚持荣格精神了。“黑人支队”真实存在的消息是胜利日前一周传到他们这里的。那些个体事件，谁对谁确切说了什么，都在疯狂的责骂、哭叫、精神崩溃和随后从事的低品位领域中丢失了。有人记得，伽文·特里佛尔全身赤裸地跑过那些修剪整齐的树木，脸蓝得像黑天[②]，特瑞克尔在后面拿着斧子追，叫着：“巨猿？我叫你看看真正的巨猿！”

他确实可以让我们很多人看到巨猿，不过我们没人会看的。他太天真了，不明白为什么同一个办公室里做同一个项目的同仁们不能像革命

---

① 由休·克里奇顿-米勒一九二〇年建立，将弗洛伊德和荣格的精神分析方法引入英国。

② 印度教主神毗湿奴的第八个也是主要的化身，面黑蓝，喜滥交。

性的组织那样进行严格的自我批评。他并不是有意要煞风景，他只是想让其他人，所有那些体面人，都明白：他们对于黑色的感觉是和对大便的感觉相关联的，而对于大便的感觉又是和腐朽、死亡相关联的。这一点在他看来很清楚……为什么他们不听呢？为什么他们不愿意承认，他们的压制行为会化身为真正的、活生生的人，而且很可能（根据最可靠情报）拥有真正的、活生生的武器（从某种程度讲，欧洲滥用法术到了强弩之末，同样也失去了这些东西），就像——嗯，珀涅罗珀[①]——就像已经死去的父亲，生前从未和你睡过觉，现在却每晚到你床上来，想从身后搂紧你……又像尚未出生的婴孩在夜间啼哭，把你吵醒，你感觉到鬼魅般的嘴唇啜吸着自己的乳房……他们是真实的，他们是活生生的，而你却假装在人猿的控制下惊叫着……然而，现在看看这位可能的最佳人选，赌博轮盘下这位肤如凝脂的卡婕，此刻她自己已经做好了准备，要迅速跑过沙滩，跑到相对宁静的"之"字形铁路上去。波因茨曼产生了幻觉。他失去了控制力。他应该把卡婕置于绝对控制之下的。她是在什么地方摆脱了这种控制力的？她处在一种失去了控制的控制中。即便在和善的布利瑟罗上尉那里所承受的皮鞭和痛苦，也没有使她像此刻这样感到恐怖。

罗杰·摩西哥误解了："哎，我说……"他想帮一把……

一个声音一直在已经断电的波因茨曼先生耳朵里响着。这声音听起来莫名其妙地熟悉，他曾经看到一张战争时期著名的新闻照片，上面的那张脸在想象中就是这个声音：

"这是你必须做的事情。你现在需要摩西哥，比任何时候都需要。冬天的时候你为历史的结局忧心忡忡，现在那些忧虑已经寿终正寝了，你的一部分传记现在看来就像一场糟糕的旧梦。然而，正如阿克顿[②]经常说的，无罪的手织造不出历史。摩西哥的那个女朋友对你们的整个事业都是威胁。他会竭尽全力坚守岗位，可是她会发脾气，甚至骂他，把他拐

---

① 希腊神话中奥德修斯之妻，丈夫在外二十年，其间拒绝无数求婚者，忠贞不渝。

② 约翰·E.E.D. 阿克顿（1834—1902）：英国历史学家，自由主义哲学家。这里的意思来自其最著名论断："权力导致腐败；绝对权力导致绝对腐败。"

走，藏到普通老百姓的浓雾中，使你失去他、找不到他——除非你现在就行动，波因茨曼。目前‘回火行动’已开始派遣领协的姑娘们去‘场子’里了。火箭女孩：在库克斯哈文试验场担任秘书，甚至担任微不足道的技术工作。你只需要通过那个丹尼斯·焦因特给特弹组捎句话，杰茜卡·斯旺莱克就不会在这里碍手碍脚了。摩西哥可能会有一阵子怨气，但佐以正确引导，他会更有理由忘我地**工作**，嗯？年轻的艾伦·斯特灵在未婚妻陷入阴险狡诈的黄种敌人之手时，丹尼斯·内兰德·史密斯爵士对他说了一段很雄辩的话：‘斯特灵，我也曾被燃烧在你身上的那种火焰焚烧过，每次我都发现，工作是医治创伤的最佳良药。’[①] 记住这句话。我们俩都明白内兰德·史密斯代表着什么，唔？不是吗？”

“我明白，”波因茨曼道，声音很响，“可我不敢说你明白，不是吗？你瞧，我连你是谁都不知道呢。”

这种莫名其妙的大喊大叫并没有使波因茨曼的同伴们得到安慰。他们慢慢走开来，显然很惊慌。“我们应该找个医生。”丹尼斯·焦因特低声道。他对卡婕眨着眼，样子颇似长了金发、理了平头的“牢骚”·马克思。杰茜卡也忘掉了不快，抓住罗杰的胳膊。

“你瞧，你瞧，”那个声音又响起来，“她觉得自己是在保护他不受你的害。波因茨曼啊，一个人要变成一个有机的整体，需要得到多少机会？东方和西方都集中在一个人身上？你不仅可以做内兰德·史密斯，给沮丧的年轻人提出有用的建议，让他明白工作的好处，你还可以做傅满洲！嗯？一个控制那个女孩的人！怎么理解？正面主角和反面主角合而为一。如果是我，我会迫不及待地去做。”

波因茨曼正要反驳一句“可你不是我呀”，却看到其他人好像都盯着他。“哦，哈哈，”他转移了话题，“我在自言自语呢，瞧。有点——有些——怪怪的，唉，唉。”

“阳和阴，”那个声音低语着，“阳和阴……”

---

① 这句话来自小说《傅满洲的踪迹》，该书是《傅满洲的新娘》姊妹篇。内兰德·史密斯是苏格兰场一位勇敢的警探。

第三部　在占领区

坨坨，我觉得我们已经离开堪萨斯了……

——桃乐茜，到达欧茨仙境时语[①]

① 出自《绿野仙踪》。

◆ ◆ ◆ ◆ ◆

我们安全度过了“冰圣徒”[1]们的节日——圣潘可内休斯，圣塞万休斯，圣本尼伐休斯，寒圣索菲……他们是冰上的圣灵，盘旋在葡萄园上空的云端，蓄好了势，要吹口气把这一年毁在霜寒里。有几年，特别在战争时期，他们没有了慈悲心怀，暴躁，陶醉于自己的威力：圣徒不“圣”了，甚至不“徒”了。种葡萄、采葡萄、好葡萄酒的人们，他们的祈祷肯定传到了冰圣徒们的耳朵里，但他们听了有何感受就不得而知了——粗声大笑？视为异教邪端？对于这些为冬天护驾、抵抗五月带来的变革的后卫神祇们，谁又能了解他们的心思呢？

今年，他们发现乡下竟安宁了几天。葡萄藤重又在龙的牙齿[2]、坠毁的轰炸机和烧毁的坦克间长起来了。太阳温暖着山野，河流晶莹如酒。冰圣徒们收手了。夜晚变得温煦。没有落霜。这是和平之春啊。只要上帝赐予百日以上的阳光，葡萄就丰收了。

---

① 冰圣徒：圣潘可内休斯、圣塞万休斯、圣本尼伐休斯，其节日依次为五月十二日、十三日、十四日，但“寒圣索菲”不可考（依理其节日应为五月十五日）。

② 腓尼基王子卡德摩斯杀死一池塘守护龙，战神阿瑞斯责其种下一半龙齿，牙齿撒到处长出一队人马，互相攻打，仅五人幸存。卡德摩斯同此五个人共建底比斯城。

北豪森不像南边的葡萄种植区那样信仰冰圣徒，不过这里的气候也呈现出好势头。斯洛索普清早来到城里时，雨花在风中散落。他赤着脚，脚上起了一层层的泡，在湿草里走得冰凉。山上有阳光。他的鞋子被一个难民用比梦还轻的手指脱走了——过了瑞士边境，他辗转乘坐多趟火车，在其中一趟车上睡熟了，大概是经过巴伐利亚的时候。偷鞋的人竟在他的脚趾间留了朵红色郁金香。他觉得那是一种征兆。他想起了卡婕。

征兆把他带到了占领区，老先人们又要显灵了。这情形有些像去最黑暗的非洲研究那里的土著，却被他们怪诞的迷信给征服了。有趣的是，斯洛索普前几天晚上确实碰到了一个黑人。那是他这辈子第一次见到黑人。他们在月光下的火车顶上只谈了一两分钟话。都是些闲话，感叹杜安·马维少校在没人注意的时候，突然从边上掉下去，沿着石子路堤，乒乒乓乓地滚入山沟——哦，当然没有提到赫雷罗祖先们的任何信仰，但他却感觉到了自己的新教祖先。边境渐远，占领区渐渐围拥了他，这种感觉也渐渐强烈——他们的先人们穿着有搭扣的黑衣，通过叶子的每一处变化，通过秋天苹果园间自由来去的奶牛，听见上帝对着他们大声叫嚷……

卡婕的征兆，卡婕替身的征兆。一个晚上，他坐在一座废弃庄园的游戏间里，从一个天青石眼睛的洋娃娃头上拔下金发添入火中。他留下了那双眼睛——几天之后用它们换了车钱和半个煮熟的土豆。远处传来犬吠声，夏日的风吹过桦树林。这是春天消解和退隐的最后时刻，而他正处在她必经的大路上。附近的某个地方，卡姆勒少将的一个火箭部队全体死亡，怀着受挫的斗志，留下了残片、余块、弹体局部、正在腐烂的电池、被雨水浸弄得模糊难辨的秘密纸张。斯洛索普紧追不舍。任何线索都值得跳火车去找……

洋娃娃的头发是真人的头发，烧着的味道很难闻。斯洛索普听到火的另一端有动静。声音越来越大——他以为是手榴弹，便紧紧抓住毛毯，准备从没有玻璃的窗户一跃而出。不想火光里咔咔咔地出现了一个色彩鲜艳的德国小玩具，一个带轮子的猩猩，动作痉挛，垂着头，脸上一副傻笑，铁做的指节在地板上划过。在就要走进火里的时候，发条走完了，一晃一晃的脑袋停在中间，盯着斯洛索普。

他又往火里添了一缕金发："好啊。"

笑声从某个地方传来。是个孩子。笑声却苍老。

"出来吧，我没有恶意。"

猩猩后面是一只微型的黑乌鸦，红嘴，也有轮子，一边跳，一边叫，还扇动着金属翅膀。

"你为什么烧我的洋娃娃的头发？"

"哦，那头发不是她的，这你知道。"

"爸爸说那些头发是一个俄罗斯犹太女人的。"

"你为什么不到火这边来？"

"我的眼睛受伤了。"又上发条。没动静。不过一个八音盒响了，小调的曲子，很准。"和我跳个舞吧。"

"我看不到你。"

"在这儿。"火边上伸出一枝小小的、结了霜的花。他伸出手，勉强找到她的手，进而搂住她细细的腰。他们庄严地跳起舞来。连他都搞不清是不是自己在领舞。

他根本看不见她的脸。感觉上她如轻纱，似薄棉。

"衣服不错。"

"我第一次去社交场穿的衣服。"火突然熄灭了，只剩下星光和微弱的余烬，透过一片玻璃都不剩的窗户，照着东面的一座城镇。八音盒还在演奏，超出了正常的时间长度。他们的脚移动着，在杂乱、破碎的衰草间，在丝绸碎片间，在兔子和小猫的尸骨间。他们沿着一条几何轨迹，在摇曳、破裂的挂毯间移动着，可以闻到尘土的气味，闻到动物寓言的气味，比刚才火边的那个寓言更古老……独角兽，吐火兽……他在那个只容孩子进出的入口看到的装饰物是什么呢？蒜头做的灯泡？别急——它们是用来防**吸血鬼**的吗？就在这时候，他闻到一阵微弱的蒜味，在他身体北面的空气里还有一种巴尔干人的血气。他正要转身问她是否真是那个可爱的特兰西瓦尼亚女王卡婕，音乐却已经结束了。她从他的怀里蒸发了。

喏，他就像乩板上的一支笔，滑到了占领区。他脑子那个空空的圆圈里所出现的东西也许会组成一条信息，也许不会，他还得再等等看。

不过，他能感觉到有个灵异人物的手指，轻轻地却又明确地放在自己的岁月之上。他觉得那些手指属于卡婕。

他还是伊恩·斯卡佛林，战地（和平?）记者，不过这些天又穿上了英国军装，坐在那些火车上翻来覆去想马里奥·施韦特在苏黎世偷偷卖给他的情报。关于G型仿聚合物的材料很多，目标都指向北豪森。仿聚合物负责客户一块的工程师是个叫弗朗茨·珀克勒的人。他于一九四四年初来到北豪森，当时火箭正要进入大量生产。他的住处安排在中心工厂。中心工厂是一个地下工厂联合体，主要由党卫军管理。二、三月间厂子撤离时就没有了他的下落。不过伊恩·斯卡佛林是王牌记者，肯定能在中心工厂里找到线索。

斯洛索普和其他三十个寒冷破碎的人儿坐在摇摇晃晃的车厢里。他们的眼睛里只剩了眼珠子，伤破的嘴唇红红的。他们在唱歌，一部分人。很多是孩子。那是一首难民的歌，以后斯洛索普经常在占领区听到，在宿营地，在路上，有十来种不同的调子：

如果今晚看到一列火车
远远从天边驶来，
在木毯子里躺下睡觉吧，
就让火车那样走开。

每一个午夜都有火车
千英里外将我们召唤，
火车驶过空空的城市，
火车没有停靠的车站。

火车头上没有司机，
照明的灯光也无人看管，
火车根本不需要乘客，
火车属于痛苦的夜晚。

火车站全都茕茕孤立，
通行证件被冷落闲抛：
我们留下的，由火车继承，
火车不停留，我们在变老。

让它们失恋般哭泣，
让它们的哭声随风而去。
火车代表着黑夜和毁灭，
我们代表着歌声和罪孽。

人们传递着烟斗。潮湿的木板条上烟雾缭绕，突然散裂开来，消失在夜晚的滑流里。孩子们在梦里吁吁喘息，患佝偻病的婴儿在哭闹……妈妈们偶尔说一句话。斯洛索普则躲在他那些倒霉的纸张中。

那个瑞士公司有关 L. 雅夫的卷宗收列了他赴苏黎世工作后所有有价值的东西。很显然，他曾作为科学家，象征性地担任过格罗斯利化学公司董事，直到一九二四年。在优先认购的股票和有关这个公司以及德国那个公司的一些片断信息中（接下去的一两年里这些信息被染共体这只大章鱼给吸回去了），记录了雅夫和马萨诸塞波士顿的莱尔·布兰德先生所做的一笔交易。

老天保佑，有门了。莱尔·布兰德这个名字他知道，好极了。这个名字也经常出现在雅夫的私人业务记录中。看情况，1920 年代早期布兰德与德国的雨果·司丁思公司有密切关系。司丁思在兴旺时期被视为欧洲金融界的天才。他的家族已经在鲁尔做了好几代煤炭大王，年轻的他三十岁之前就创建了一个规模很大的王国，包括钢铁、天然气、电力、水力、有轨电车和内海航运线等业务，总部就设在鲁尔。大战期间他与当时掌控着整个经济的沃尔特·拉特瑙过从甚密。战后司丁思设法把横向的西门子-舒伯特电力托拉斯和供应煤炭钢铁的莱茵易北联盟合并在一起，组成了一个纵横结合的超级卡特尔，并买进几乎所有的行业——造船厂、轮船航运线、旅馆、饭店、森林、纸浆厂、报纸，同时还进行货币投机，用德国国家银行借来的马克买进外汇，迫使马克贬值，然后用价值相当于原贷款量一小部分的款额偿还贷款。对于这次通货膨胀，他的罪责超过了任何一个金融家。那时候，人们日常购物都要用手推车推着马克去，也用马克做手纸，只要你肚子里有货往出拉。司丁思的外国关系网遍及世界——巴西、东印度群岛、美国。莱尔·布兰德之类的商人们发现，司丁思的增长速度无法抗拒。当时流行的说法是，司丁思和克虏伯、蒂森等沆瀣一气，要彻底毁了马克，这样德国就可以摆脱战争赔款了。

布兰德与此有何关系不太清楚。雅夫的记录上提到，自己曾磋商过一些合同，成吨提供被称为“应急币”的私印货币给司丁思及其同谋，也同样提供“米福军用券”给魏玛共和国——这是雅尔玛·沙赫特[①]耍的许多做账手段之一，可以使官方的账目里没有任何违反凡尔赛公约进行武器采购的痕迹。这些纸币合同有一部分包给了马萨诸塞的一家纸厂，而莱尔·布兰德碰巧又是这家厂子的董事。

这家承包商叫“斯洛索普纸业公司”。

看到自己的姓氏，他并没有太感意外。它很自然地出现在这里，幻觉中的大多细节也很自然地出现在这里。他盯着这八个字母的墨迹[②]，却并未看到突然出现的光亮（这种光亮甚至会呈人形，金黄，蕴藏着警示），而是肚子里感到一阵难受，一阵真实可触的恐惧。呕吐开始了，他感到头晕目眩——很久以前，有一天在希姆莱游艺室，就是这种感觉控制了他。他觉得头的四周有个气囊，橡皮的，很大，从四面挤压过来。那种感觉我们是知道的，真的，可是……他还勃起了，没有直接诱因的勃起。那种**气味**又出现了，来自他恢复正常意识之前的状态，挺柔和，像化学药品，却又肃杀、鬼魅，人世间找不到这种气味——是来自禁区的气息……所有那些静止不动的数字背后潜藏的真相在等待着他，

---

① 雅尔玛·沙赫特（1877—1970）：德国银行家，曾任德国国家银行总裁，稳定了货币，控制住了一战后困扰德国的通货膨胀。

② 斯洛索普的英文拼写为八个字母。

激将他进去寻找命中注定躲不过的秘密。

有一次，他在一间屋子里躺着，身体被什么控制了，无力动弹……

勃起从远处慢慢哼鸣过来了。就像“他们”在他身体里装配、安插了一个乐器，在这个原始、喧嚣的世界中作为殖民地前哨，作为又一个办事处，代表着“他们”遥远的白色大都市……

悲哀呀。真的。斯洛索普继续读着，变得十分紧张。莱尔·布兰德，嗯？哦，没错，很符合。他依稀记得见过一两次莱尔叔叔。他来看过爸爸，挺和蔼，金发，在当地属于吉姆·菲斯克[①]那样的能人。布兰德喜欢把小泰荣抱起来，抓着他的脚甩圈子。这当然不要紧——当时斯洛索普并没有特别坚持要头上脚下。

从这里提供的内容看，布兰德要么先于其他受害者看到了司丁思危机的来临，要么就是他天性敏感。一九二三年初，他开始出售司丁思集团的资产权。其中有一次是由拉兹洛·雅夫牵线，卖给了格罗斯利化学公司（也就是后来的心理化学公司）。这次买卖中转让的其中一项资产是“黑孩子公司的所有利益。卖方同意继续行使监督权，直到买方以同等机构替代施文德尔[②]侦探部为止，届时由卖方认定该同等机构是否合格”。

雅夫的密码本正好在资料里。不管怎么说吧，这也体现了他的部分性格。“施文德尔”是他给雨果·司丁思的代号。太幽默了，这个傻老头。再就是“黑孩子”，代号是“T.S.”。

斯洛索普想道：嘿，乖乖，这一定是指我，唔。还有一种极小的可能性，是“铁屎”[③]。

在“黑孩子”债务记录中，有一笔钱是欠哈佛大学的，还没有付完，连本带息大约五千美元，依据是“同‘黑父亲’之（口头）协议”。

“黑父亲”的密码是B.S.。B.S.可能指“败屎”，但可能性极小。又好

---

① 詹姆斯·菲斯克（1834—1872）：美国铁道金融商和投机商，一八六九年与杰伊·古尔德一起试图垄断黄金市场，引起“黑色星期五”，即全国范围的金融大恐慌。“吉姆”为“詹姆斯”的昵称。

②“施文德尔”原文为德语，有“骗子”之意。

③ 原文喻义为“难对付的家伙”。后面的“败屎”喻义为“胡说”。

像指他父亲布洛德里克。“黑父亲”斯洛索普。

通过这样的方式发现自己的老爸二十年前为了给自己付学费和别人做了一笔交易，真是妙不可言啊。你想想，整个大萧条期间，他在哈佛过得很舒服，根本不像家里马上就要破产的样子。嗯，那他父亲和布兰德之间的交易究竟是什么呢？我被卖给——天哪！我被卖给了染共体，就像卖一块牛肉！监视我？司丁思和每个工业霸主一样，有自己的间谍机构。染共体也一样。这是否意味着我斯洛索普一直在他们的观察之下，也—也许从生下来就开始了？哇呀呀呀……

恐惧在他的脑子里气球般膨胀开来。这种恐惧不是随便骂一句娘就能压下去的……而是存在于记忆深处的边缘地带，是一种气味，一间禁室。他看不见，说不清。也不想看见说清。那是与最可怕的东西牵连在一起的。

他推测得出这种气味背后是什么：尽管仅仅根据这些文件做出结论还为时过早，尽管他在自己人生的白日坐标系上还没有见过这种东西，但是，就在这里，就在这温热的黑暗里，在时钟和日历触及不到的雏形里，他明白了：自己身上阴魂不散的气味正是来自G型仿聚合物，这一点将在未来得到证实。

另外，他最近老做一个梦，他很怕再做到这个梦。他梦见自己在老家的一间旧屋子里。那是一个夏日的下午，丁香花开，蜜蜂飞舞，暖风从一扇打开的窗户里吹进来。他看到一本十分古旧的德语技术辞典。辞典打开着，翻在某一页，上面是立刺般的黑体字母。他读这一页时看到了“雅夫”的词条。定义是：我。他乞求它别让自己看到，最后就醒来了——可是，醒来之后，他依然很确定，一直很确定：它还会来的，任何时候想来就来。或许你也知道那个梦。或许它警告过你别说出它的名字。真这样的话，你就能明白斯洛索普现在的感受了。

他摇摇晃晃地站起来，走到货车车厢门边。火车正在爬坡。他拉开门，闪身而出——行动，行动——从一个梯子爬到车顶。离他的脸一英尺处，两排亮闪闪的牙齿悬在空中。正合他意。是美军军械署的马维少校，“马维之母”的头儿。老兄啊，“马维之母”是这整个操蛋占领区里最卑鄙龌龊的技术情报组。只要斯洛索普愿意，可以叫他杜安。“黑鬼，黑鬼，黑鬼！抓住下一节车厢里所有那些丛林里来的兔子！嗖——！”

“等等，”斯洛索普道，“我觉得自己好像一直没醒来。”他感到脚冰凉。这个马维真够胖的。裤子塞入战靴里，一股股肥肉盖着一根编织带，上面挂着角质镜架的太阳镜和45式手枪。头发光溜溜地梳到后面，眼睛像安全阀，只要脑袋里的压力太大，就会朝你鼓出来，比如现在。

马维搭的是一架P47战斗机，从巴黎远道来到卡塞尔①，在海利根施塔特②以西的这个地方与这辆火车偶遇。他的目标是中心工厂，和伊恩·斯卡佛林相同。他需要和通用电气“赫尔墨斯计划”③的负责人合作。隔壁车厢的那些黑人们当然令他紧张了。“嘿，这个故事你们应该喜欢的。让家里的人警醒警醒。”

“他们是美国兵吗？”

“他妈的不是。是德国兵。西南非人。有点难缠。你是说你不知道？算了吧。唉。英国情报部门可不太聪明啊，哈哈——没有恶意哟，明白吗？我还以为整个世界都知道了呢。”接下去，他讲了一个骇人听闻的故事，像是最高统帅部编出来的，因为格贝尔斯④的想象力没有这么出人意表，最多只能编出阿尔卑斯山上的防御工事之类的东西。故事说希特勒计划在黑色非洲搞一个纳粹王国，后来失败了——那是“血胆将军”巴顿在沙漠里把隆美尔的屁股还给他之后。“‘给你的屁股，将军。’‘哦天哪！我的屁股！呀—哈哈哈……’”他诙谐地捂住了自己宽大的裤臀。嗯，那些黑人骨干们在非洲没有了前途，作为没有得到正式承认的流亡政府，继续留在德国，偶然流浪到德军的某个军火部门，很快就学会了做火箭技术人员。现在他们走散了，没人管了，没有作为战俘羁押。而

---

① 卡塞尔：德国中部城市。

② 海利根施塔特：德国地名。

③ 通用电气公司和美军军械署的一项行动代号，目标是从德国偷运一百枚拆开的A4导弹到白沙。

④ 约瑟夫·（保罗）·格贝尔斯（1897—1945）：德国纳粹宣传部长（1933—1945），利用德军电台、新闻媒介、电影和剧院发动反对犹太人和其他团体的政治宣传。极端忠实于希特勒，德国战败后杀掉全家并自杀。

且据马维所知，他们的武器都没有收缴。“干面包、青蛙、莱檬水[1]都不足以叫我们担心——嗨，你说什么，兄弟？喏，你瞧，我们面对的不只是普通黑鬼，而是德国黑鬼。哦，天哪。胜利日的时候几乎每个地方都有一枚火箭，都有一个黑鬼。以前从来没见过全部由黑鬼组成的火箭连，懂吗？德寇也没那么愚蠢！一个火箭连，就是八十一个人，加上协助人员，发射控制、电力、燃料、勘察人员——嘿，简直就是一大堆黑人聚集在同一个地方。问题是，他们还和以前一样散布在各处吗？朋友，你已经发现自己得到了独家新闻。他们现在开始聚集了。哦，那就麻烦大大的咧！那节车厢里至少有两打——就在那里，你瞧瞧。而—而且他们的方向是北豪森，伙计！”每说一个字就用胖乎乎的手指在胸口戳一下，“哈？你认为他们想什么来着？你知道我想什么吗？他们有一个计划。是的。我认为是火箭方面的。别跟我刨根问底，这只是我这里，我心里的一种感觉。而—而且你知道，这忒危险了。他们不可靠——把火箭给他们？他们那个种族像孩子。脑子小了些。”

“不过我们的耐心，”黑暗中一个平静的声音提醒道，“我们的耐心非常之好，但也不是没有底线。”说着，一个高大的、留着帝髯的非洲人走上前来，抓住了这个美国胖子。马维尖叫一声，整个人便被扔到一边去了。斯洛索普和非洲人看着少校在身后的路基上蹦弹而下，四肢呈翼状，最后消失在视野里。山丘上长满冷杉。弯弯的月亮从一个起伏不平的山头升了起来。

非洲人用英语做了自我介绍，说自己是“黑人支队”的恩赞上校。他为自己刚才的失控表示歉意，接着看到了斯洛索普的臂章，还没等他插上一句话就拒绝了他的采访。“没有什么故事。我们是流亡者，和别人没两样。”

“少校似乎在担心你们去北豪森。”

“马维以后会很烦人，我敢肯定。然而，他造成的问题还不至于——”他瞟了斯洛索普一眼，“唔。你真的是战地记者吗？”

---

① 干面包、青蛙、莱檬水分别为俄国人、法国人和英国人的俚俗称呼。

“不是。”

“我猜是自由间谍。”

“我不明白‘自由’是什么意思，上校。”

“可你是自由的。我们都是自由的。你会明白的。很快。”他沿着火车平顶走开了，还挥手做了个德国式再见。“很快……”

斯洛索普坐在车顶上，摩擦着赤裸的双脚。朋友？吉兆？黑人火箭部队？什么离奇的玩意儿？

啊，伙计们，早上好，
咱们先来放一声响炮，
二战哎，再见了！
战争结束了，我们有福了
我把阳光给你带来了——
日耳曼的赫尔曼，
别再扭扭捏捏、絮絮叨叨，
要回家去了，难道你不知道——
不，在这个“导弹捣坍”城里，
从来没人皱眉烦恼，
这里的每天都很美好——
（别咕咕哝哝了，古隆芹！）
继续吧，把今天过得美美妙妙！

北豪森的早晨：草坪如绿色的沙拉，雨滴点点，清新爽翠。一切都新鲜干净，像洗过一样。哈茨山向周围拱行开去，云杉、冷杉和落叶松一直从阴暗的山坡长到山顶，像胡须一般。山墙高耸的房屋，天空倒映的水面，泥泞的街道，美国和俄国士兵们从酒馆和临时军人服务社门口拥进拥出的，人人都佩带着武器。风将乌云吹过图林根上空，山坡上的草坪和树木伐光的楔形地带在斑驳的阳光下涌流着。一些城堡高踞在城市之上，在云块的裂缝中游进游出。老马们将一车车酒桶从葡萄园往酒馆拉，脏污的膝盖上长满了疙瘩，短腿、阔胸，脖颈上拴在一起的双轭绷得紧紧的，沉重的马掌每一次落下都会溅起泥花。

斯洛索普漫步来到城里没有屋顶的地带。穿着黑衣的老人们蝙蝠般在屋墙间闪来闪去。很久以来，这里的商店和房屋一直受到多拉集中营①里解放出来的苦役们劫掠。这些苦力至今还有很多在这里盘桓，拿着篮子，故意把“175”徽章②戴出来，在门口泪汪汪地盯着外面。斯洛索普听到一家服装店没有玻璃的凸窗里传来一个女孩的歌声，声音来自一个石膏模特后面的黑暗中——石膏模特光秃秃地趴在那里，四肢张开，手臂弯曲，仿佛在等待再也拿不到的鲜花或鸡尾酒杯。女孩用了俄式三弦琴作伴奏。调子是 3/4 拍的，属于那种忧伤的巴黎风格：

爱不会逝去，
爱永不停息，
总有某种记忆
突然令我们伤凄。

你离开了我，
留下玫瑰一束——
夹进我的岁月之书，
进入我的双目……

时光已经流过，
我也不再是我，
玫瑰花下③泪痕干涸，
就在我的菩提树侧……

---

① 多拉集中营：纳粹集中营，位于北豪森中心工厂旁，里面的犯人们曾装配过 A4 火箭和 V-1 导弹。
② 即这些人受到拘押，是违反了德国刑法第一百七十五款：“因某些不正常的性行为而得到惩罚。”
③ “玫瑰花下”源于拉丁语，意指私下说的悄悄话。

爱不会消失，
只要它曾真实，
不论白天夜晚，
它都会回还，
一如菩提树叶，
碧绿、新鲜、温柔，
那是我的爱呀，
是我给你的赠留。

后来知道，她的名字叫盖丽·特里平，三弦琴的主人是一个叫齐切林的苏联情报官。从某种角度讲，他也是盖丽的主人，起码是部分主人。好像这个齐切林在占领区的每个火箭城都有一间闺房，里面藏着娇娃。看来又是个火箭狂。斯洛索普觉得自己像个外人。

盖丽谈论着自己的男友。他们坐在她没有屋顶的房间里，喝着一种这一带称为“北豪森影子”的淡色葡萄酒。头上，黄嘴的黑鸟儿点缀着天空，从山间城堡的窠里飞出来，经过废墟般的城市，就这样在阳光下绕圈子。远处，大概是在市场那边，一个卡车车队所有的引擎都在怠速，尾气的味道掠过密径般的墙壁——墙壁上苔草覆盖，渗水不断，蟑螂爬行。马达声受到墙壁阻碍，给人的感觉是四面八方都在响。

她年纪很轻，身体瘦削，略显拘谨。她的眼睛里没有一丝受过污染的痕迹——可能整个战争期间她都是在后方某处的屋子里度过的，安全，安静，玩伴都是森林里的小动物。她叹息着说了实话：她的歌差不多只是美好的愿望。“他走了就一直不回来。你进来的时候我差点以为你就是他呢。”

“不是啦。我只是个辛苦的老记。没有火箭，没有香闺。”

“这是安排好的。”她对他道，“这里很乱。必须有个安排。你会明白的。”他确实会发现，发现数以千计的安排，关于温暖、爱情、食物、路上简单的移动、道路和运河等的安排。甚至幻想着做德国唯一政权的G-5也是为胜利而进行的安排。正是如此。和其他那些私密、安静、被历史遗忘的人和事一样真实，一点不多，一点不少。斯洛索普虽然还没有意识到，但他已俨然成为一个国家，和目前占领区里的其他任何国家一模一样。这不是多疑。这是事实。一会儿结盟，一会儿散伙，说变就变。他和盖丽来到为他们安排好的命运里，而这种命运隐藏在满是残垣断壁的街道间，在一张四条腿的旧床上，对着一面阴暗的穿衣镜。他从空空如也的屋顶看到一座绵长、蓊郁的山峰向天而起。她嘴里有酒气，腋毛如鸟窝，大腿如春风中柔软的树苗。他还没进去她就高潮了。她幻想是齐切林在动作，就在眼前，没有碰到却伸手可触。这一来斯洛索普很恼火，但也无法阻止自己高潮的到来。

阳物一软下来，他就开始犯傻了，问些可笑的问题，比如，是不是传出了什么消息，除了自己别人都不敢接近盖丽？再如，是不是我什么地方使她想起了齐切林？如果是，那又是什么？还有像：那个齐切林现在在哪里？他迷迷糊糊睡着了，她的嘴唇、手指和在他腿上摩擦着的湿乎乎的腿又把他弄醒了。太阳跃过头顶的天空，此时被她的一个乳房遮住了，却从她孩子般的眼睛里反射出来……接着是乌云、雨水——她撑起绿油布，上面有她缝的穗子，像个遮雨棚……雨水沿着穗子泻下，冰冷而响亮。晚上，她给他吃煮白菜，用的是一根旧的家传汤匙，上面结了层硬痂。他们又喝了些那种葡萄酒。暗影幢幢，呈柔和的铜绿色。雨停了。孩子们在什么地方的鹅卵石路上踢着一个空煤气罐。

有个东西从天空中飞下来：爪子在遮雨棚的顶上抓挠着。“是什么东西呀？”他迷迷糊糊地问。她又把被子拉过去了。别这样，盖丽……

“我的猫头鹰，”盖丽道，“韦恩赫尔。碗柜最上面的抽屉里有一块糖，你能喂给他吗，Liebchen（亲爱的）？”

亲爱的。是啊。斯洛索普踉踉跄跄下了床，这是他这一整天头一回站直身子。他把一块露丝宝贝[①]从糖纸里取出来，清了清嗓子，决定不问她糖果的来历。他已经知道了。他把糖果抛到遮雨棚上给那个韦恩赫尔吃。很快，他们刚躺在一起，就听到花生被嚼碎的声音和咂鸟嘴的声音。

---

① 露丝宝贝：一种美国糖果。

"吃糖果，"斯洛索普不高兴地说，"他有什么毛病吗？你不知道他应该出去捕食，捉活老鼠之类的玩意儿吗？你把他变成家养猫头鹰了。"

"你这个人真懒。"婴儿般的手指顺着他的肋骨向下摸。

"哦——我敢说——别动了——我敢说那个齐切林用不着起来喂那个猫头鹰。"

她心里一凉，手停在那里。"他爱齐切林。齐切林不在的时候他从不来这儿要吃的。"

斯洛索普也凉了。更准确地说是僵了。"嗯，可是，你不是在说齐切林真的会，嗯……"

"他本来应该会的。"叹息。

"哦，什么时候？"

"今天早晨。他迟到了。就有了我们这事。"

斯洛索普下了床，穿了软拖鞋走到屋子中间，一只袜子在脚上，另一只叼在牙齿上，头从汗衫的袖孔里伸出来，裤子拉链卡住了，嘴里骂着娘。

"我的英国勇士哎。"她懒洋洋地说。

"盖丽，你为什么不早说，啊？"

"哎呀，回来吧。天都黑了，他不知在哪里泡女人呢。他一个人睡不着。"

"我希望你睡得着。"

"嘘。过来。你不能光着脚出去呀。我把他的一双旧靴子给你，把他的秘密全都告诉你。"

"秘密？"留心了，斯洛索普，"我干嘛要知道——"

"你不是战地记者。"

"为什么人人都这么说？没人相信我。我当然是战地记者了。"对她晃动着臂章，"你识字吗？什么是'战地记者'。我还有胡子呢，瞧，不是吗？和那个欧内斯特·海明威一样。"

"哦。那我想你压根不是在寻找 00000 号火箭喽。我真是糊涂了。对不起。"

哦老天，斯洛索普想，我要不要从这里出去呀？伙计，如果我没弄错的话，这是一场美人计。使用那种G型仿聚合物设备的火箭有6 000枚，除了自己，谁还会对其中的这一枚情有独钟呢？

“而且你对‘黑色装置’也极其不感兴趣。”她继续说。继续说着。

“什么东西？”

“他们也叫‘S-装置’。”

上层设备，还记得吗，斯洛索普？韦恩赫尔在遮雨棚上齁齁地叫着。是在给那个齐切林发信号，肯定的。

多疑症患者之所以是多疑症患者（谚语5），并非因为多疑，而是因为这些该死的傻瓜经常处心积虑地把自己推到多疑的境地。

“哎，这怎么可能呢？”紧绷的肠子在鸣响，但他仍然不遗余力地模仿着卡里·格兰特的口音，同时技巧不凡地打开了一瓶新的北豪森影子酒，发出“突”的一声。他殷勤地倒满了酒杯，递一杯给她：“像你这样一位年轻迷人的姑娘，竟然了解火箭，武器？”

“我读过瓦斯拉夫的邮件。”那口气似乎在回答一个愚蠢的问题。这个问题本来就愚蠢。

“你不该随便对一个陌生人扯这种事情。他知道会杀了你。”

“我喜欢你。我喜欢阴谋诡计。我喜欢玩。”

“也许你是喜欢给人惹麻烦。”

“对极了。”声音从下嘴唇上发出来。

“好吧，好吧，告诉我吧。不过我可不知道《卫报》会不会有兴趣。要知道，我的编辑们都很古板。”

她裸露的小乳房上满是鸡皮疙瘩。“我曾经为一种火箭标志做过模特。也许你已经见过了。一个年轻漂亮的女巫骑在A4上。肩膀上扛着自己过时的扫帚。我被投票选为四八五炮师摩三中队的梦中情人。”

“你真的是女巫吗？”

“我觉得自己有这个倾向。你去过布罗肯①了吗？”

---

① 布罗肯峰：德国中部哈茨山的一座山峰，传说巫婆们在沃尔珀吉斯之夜（即五一前夜）狂欢于此。

“其实我才到城里。”

“从第一次月经开始，每个沃尔珀吉斯节我都要去那儿。你愿意的话我带你去。”

“给我说说这个，这个‘黑色装置’。”

“我还以为你不感兴趣呢。”

“如果我连自己都不知道应不应该对什么感兴趣，我又怎么能知道我会不会感兴趣呢？”

“你肯定是个记者。你惯于玩弄词语。”

齐切林来了，在窗外怒吼，手里攥着一把亮铮铮的纳甘左轮。他从降落伞上下来，一记柔道砍劈就把斯洛索普放倒了。他开着斯大林坦克冲进屋里，用一颗 76 mm 的炮弹炸斯洛索普。[①]亲爱的，感谢绊住他，他是个间谍，好啦，再见，我要去一趟佩纳明德，见一个乳头像香草冰激凌的波兰婊子，正在婚龄的波兰婊子。晚一些再查你的岗。

“我觉得该走了，”斯洛索普道，“打字机要换新色带，还得削铅笔，你知道那种情况的——”

“我告诉过你了，他今晚不会来的。”

“为什么？他出去找那个黑色装置了，啊？”

“没有。他没得到最新消息。这个情报是昨天从斯德丁[②]送来的。”

“当然是用明码喽。”

“难道不行吗？”

“肯定不是很重要。”

“是卖钱的。”

“这个情报？”

“是 S-装置，你这讨厌鬼。斯维内明德的一个人可以弄到。如果你有意买的话，五十万瑞士法郎。他每天都在滩头的散步处等，一直到中午。穿白色西装。”

---

① 这部分应为斯洛索普的想象。

② 斯德丁：波兰西北一城市。

哦是吗？“布劳吉特·瓦科星。”

“上面没有说名字。不过我觉得就是瓦科星。他一直在地中海附近活动。”

“你说服我了。”

“瓦科星在占领区已经是传奇人物了。齐切林也一样。据我所知，你也是。你叫什么名字？”

“卡里·格兰特。盖—丽，盖—丽，盖—丽。……听着，斯维内明德这个地方在苏联占领区，是不是？”

“你说话像德国人。现在把边界忘了吧。把小地盘忘了吧。已经完全不存在了。”

“军队存在。”

“没错。”盯着他，“可那不一样。”

“哦。”

“你会了解的。全都取消了。瓦斯拉夫称之为‘过渡期’。你只要随大流就行了。”

“现在要从这儿流出去了，孩子。谢谢你的信儿，把斯卡佛林的帽子给你当作小费吧——”

“留下来吧，求你了。”她蜷在床上，眼里的泪水马上就要溢出来了。唉，操蛋，斯洛索普你这个蠢货……可她还是个孩子啊……“过来吧……”

可是，在他把东西放进去的那一刻，她却变得很内行，还有点疯狂，用啃磨得锯齿般尖利的手指甲在他的腿上、肩上、屁股上猛抓。斯洛索普很善解人意，尽量忍住不射，等她先到高潮——突然，一个重重的、毛茸茸的、有很多尖刺的东西扑下来，落在他的后腰上，又弹开去，他一下就被激得高潮了，而且发现盖丽也高潮了，嗖——，咿——……哦，哎哟。翅膀又拍动了，韦恩赫尔飞向黑暗中——是韦恩赫尔。

“该死的猫头鹰，”斯洛索普尖叫着，“他再敢这样我就给他屁眼里塞一颗露丝宝贝，哎呀——”这是阴谋这是阴谋这是巴甫洛夫条件反射！或者别的什么。“齐切林训练他这样做的，对吗？”

“错了！我训练他那样做的。”她朝他笑着，像四岁的孩子那样快活，什么也不隐瞒。斯洛索普决定相信她所说的一切。

“你是个女巫。”尽管他很多疑，还是和这个长腿女巫偎依在床单下，点了支烟，也顾不得那么多拿着毁灭性武器的齐切林不停地从没有屋顶的墙上往里跳了。很快地，他竟然在她赤裸、张开的怀抱里睡着了。

◆ ◆ ◆ ◆ ◆

这是一个漫画版的星期天清晨，碧蓝的天空飘浮着绚丽的粉红色云彩。鹅卵石路上满是泥泞，很滑，甚至有些反光，叫人感觉不是在走街道，而是在走一条条长长的生肉，狼人的后腿肉，猛兽的下肋肉。齐切林的鞋很大。盖丽把一件旧内衣撕成碎片塞在靴子趾部，才合斯洛索普的脚。他不断躲避着吉普车、十吨大卡、骑马的俄国人，最后搭上了一个十八岁美国中尉疤痕累累的灰色梅塞德斯指挥车。斯洛索普出于自我保护，先是翘了翘胡子，又挥了挥臂章。太阳已经暖烘烘的了。可以闻到山上常青植物发出的气味。“一条杠”开着车，认为斯洛索普进去没问题。他就在保护中心工厂的坦克连当兵。英国特弹组来了又走了。目前是美国军械署的人在忙着装箱、搬运一百枚 A4 的零件和工具。很头疼。“要在俄国人接手之前全部搬完。”过渡期。每天都有老百姓、官僚和高级别的游客，瞪大眼叫“哇”。“估计以前没人见过这么大的。我不知道到底怎么回事。像一群滑稽人物。没任何目的，就是来这儿看看。大多数人带了相机。我看你没有。如果你想租的话我们在大门口有。”

众多赚钱法门之一。厨子“阿黄”·詹姆斯推着一辆漂亮的小推车卖三明治，人们可以听到他在地道里叫：“来买了！热的冷的都有，蔬菜大大的有！”再过五分钟，这些狼吞虎咽的傻瓜当中有一半人的眼镜都会粘上奶油。连里的二流子尼克·德·普柔奋迪斯在工厂控制室的电话亭里摇身一变成了商人，着实让大家吃了一惊。他卖的是 A4 纪念品：都是些小零小件，可以做成钥匙链、钱夹子，做成送给家里那个“特别的她”的花别针；还有燃烧室上弄下来的铜质喷头、伺服电动机上弄下来的滚珠。这个星期热卖的似乎又是 SA100 橡实二极管，一种非常可爱的混频小电子管，从德律风根[①]的零件上掳来的，甚至还有更稀罕的SA102，当然卖价也更高了。另一个人物是“微件”·格雷汉姆，鬓角留得长长的，躲在地道里，专捡那些散客的便宜：“嘘。”

“嘘？”

“没什么。”

“哎你把我的好奇心给惹起来了。”

“我还以为你开得起玩笑呢。你旅游啊？”

“我—我只是离开一会儿。真的，我马上就回去……”

“是不是有点乏味？”油滑的“微件”向目标逼近，“有没有这样想过：‘这里到底发生过什么呀？’”

愿意出天价的游客很少失望。“微件”知道从哪些秘密入口进入通往中心工厂隔壁多拉集中营的石廊。他给去的人每人发一个手提电灯，还会简短说明万一碰到死人的基本处理办法。“记住，他们以前在这里总是处于戒备状态。美国人解放多拉时，活着的那些犯人进行了疯狂的物质掠夺，他们抢啊吃啊喝啊，把自己都撑病了。至于其他人嘛，死神也以美国军队的方式光临了他们，从精神上解放了他们。所以他们现在很可能在进行疯狂的精神掠夺。小心你们的思想。用大脑的天然平衡状态对付他们。他们会以失衡的方式向你进攻，记住了。”

最引人注目的是一个叫“太空武器”的太空服衣柜，十分讲究，设计者是柏林著名的军服设计师海尼。这些服装十分炫目，足以迷住太空轻歌剧的少年主角们，甚至迷住那些在他们脚指头上闪光的、颜色怪异的电视人物。不仅如此，海尼还为那些有趣的、带着电鞭的小太空飞行员们（德语叫“若姆乔吉尔”）设计出了丝绸服装——将来有一天，他们会绕着“火箭城”的灯光障碍，在外面嗡嗡而飞，骑着磨光的陨石“马”，马的脸都是同一风格的（你心目中理想化的那种马，突出了疯狂的眼睛、牙齿和后臀下的阴影……），推进气体从尾巴根部放屁般喷出来——看到这种浴室里才有的下流情景，少年主角们一起吃吃笑了。然

---

① 德国公司。

后，恰似万有引力叹气一般，慢慢地摆动起来，借助个个显得光华灿烂的荧光塑料，回到了华尔兹节奏，大家共同的、叫人觉得不可思议的“未来华尔兹”。这些脸无声地旋转着，蕴藏着一场微微有些龃龉的、刺耳的赞美诗合唱。他们的肩胛骨甩动着，像太空里的维也纳，被明天弄得精疲力竭……

这时候——太空帽出现了！一开始可能挺吓人，因为看上去像是头盖骨做的，至少头顶部分绝对是与人相类的动物头盖骨做的，只是尺寸扩大了些。这种头盔叫人看了不舒服……也许泰坦们就住在这座山里面，他们的头骨被当成巨型蘑菇采了下来……眼窝里装了石英透镜。还可以装滤色镜。鼻骨和上牙换成了一种金属呼吸设备，满是条条缝缝。下颌部是一个合成部件，简直就是脸部的遮挡片，铁和硬橡胶材料的，也许里面裹着一个无线电设备，黑乎乎地伸向前面，给人一种不祥的感觉。只要另付几个马克，就可以弄个太空帽戴戴。一钻到窟窿般的头盔里，就只能从中性的眼窗里看外面了，哧哧的呼吸声在骨质的空间里回响。这时候，你原本以为清楚的大脑就没多少用处了。“黑人支队”住的小隔间也就不再是“土著野人奔向二十一世纪”那么简单的搞笑旅游趣闻了。牛奶葫芦[①]看样子是某种塑料做的。传说恩赞曾酒后做梦，梦见自己和一枚身材苗条的白色火箭交媾，从而悟得大道。就在那个地方，还有一片暗渍，奇妙的是暗渍迄今仍然是湿的，还有一种气味，大家想得出，那该是精液的气味——其实那气味更像肥皂或漂白粉。墙上的画没有了原来的古朴粗糙，却显出了古朴的辽阔、深远与壮丽——其实已演变成了题为“遨游太空的美好前景[②]”的西洋景。碳化物灯光照得雪亮，那响声和味道就像一个老熟人不良的呼吸。眼前的景象确实令人瞩目。尽管通道很广阔，前方的距离十分遥远，估计几分钟后就能看得清人影的移动了——没错，我们已盘桓在弹道的最后一段，就要进入“火箭城”了，难熬的磁暴之夜已成为过去，涡电流却仍在我们身上的钢铁之间闪烁微

① 赫雷罗人将圣牛乳存于葫芦中。

② 据考，这里应与德国火箭先驱赫尔曼·奥伯特一九二四年的论文《遨游太空之路》有关。

光，犹如车窗上残留的雨滴……没错，这是一座“城市”：在这盐质地道里，响起了一阵单调的惊叹：“主啊！”“了不起！”回声阵阵中，我们挤到窗口刺目的光亮前……出乎意料的是，我们看到的并不是预料之中的对称结构，不是机翼，不是流线型拐角，不是路标塔，更不是官方版本中简单的立体几何图形——那是说给外面标有编号的地道里那些披绶带旅游的文员们听的。是啊，这座火箭城，背景黑暗寂静，城内却灯火辉煌，它的建立根本就是为了“避免对称、引入复杂、引发恐怖”（引自《机械化文集序》）。但是，游客们又只好把火箭城的造型和记忆中自己时代、自己星球上的东西联系起来，像盆子里打碎的酒瓶、几千年来把死神甩在后面的狐尾松、多年前废弃的混凝土公路、1930 年代的发型、吲哚分子，特别是聚合吲哚，G 型仿聚合物中的那种——

等等——这想法来自他们里面的哪个人？监视器，锁定目标，要快——

不想目标溜掉了。“他们在下面有内部保安，”年轻的“一条杠”对斯洛索普说，“我们来这儿只是为了弄清地面岗哨的情况。我们的任务最远到 0 号隧道，‘电力与照明’。我们的日子蛮好过嘛。”生活是美好的，谁也不希望军队的部署再有变化。有“弗罗琳”（德国小姐）可以搞，又能做饭洗衣服。他可以给斯洛索普弄到香槟、皮衣、相机、香烟……他总不能只对火箭感兴趣吧？疯子才那样呢。他的判断是对的。

除了睡觉、抢东西，大家还可以不理睬“请勿停车”的牌子。这是胜利带来的又一枚甜果。这里到处是喷有“停车”字样的圆形牌子，有钉在树上的，绑在梁柱上的。尽管如此，他们那辆满是酒窝的梅塞德斯到那儿时，隧道的主要入口已经被车辆堵满了。“我操。”年轻的坦克手吼着，给德国车的引擎熄了火，把它停在防暴坡上，也没管什么朝向。他还把钥匙留在了车上——斯洛索普也开始学着留意这些东西了……

隧道入口是抛物线形。阿尔伯特·斯皮尔[1]风格。1930 年代有人莫名

---

① 阿尔伯特·斯皮尔（1905—1981）：德国建筑师及纳粹政治家，曾任希特勒私人建筑师（1934—1945）及军备部长（1942—1945）。

其妙地喜欢上了抛物线，阿尔伯特·斯皮尔当时负责“新型德国建筑”，后来又成了军备部长，也就是A4名义上的主顾。这里的抛物线正好是斯皮尔一个弟子埃策尔·奥尔施的灵感之作。他在一些超级公路的立交桥和一些体育场之类的地方发现了这种抛物线，觉得是自己见过的最现代的东西。可以想象，当他发现这种抛物线也成了为火箭飞越太空而设计的轨道时，该是多么震惊呀！（其实，他当时只说了句：“哦，很好。”）他的名字有“小阿提拉”之意，是他妈妈根据“匈奴王阿提拉”起的，个中原因没人搞得清楚。他的抛物线顶部很高，铁轨从下面通过，冷冷地挺入阴影之中。用板条钉住的伪装布在边缘处翻卷起来。上面的山坡渐高渐远，树木丛中时有岩石露出。

斯洛索普出示了最高统帅部的超级骗子通行证，上面有艾克的签名。还有个签名更权威，出自率美军“V-2特别代表团”离开巴黎的上校之手。这是瓦科星专门从机关里搞的。在这个地方，除了保安人员外，第五装甲师四十七装甲步兵团B连好像还有点地位。检查人员耸耸肩，让斯洛索普过去了。很多人在闲逛、闲聊、说土笑话。肯定也有人挖过鼻子，过了几天斯洛索普发现自己透明的棕色北豪森护照上有一滴干鼻涕。

进去，走过那些白顶的哨塔。变压器在春天的早晨里嗡嗡响着。什么地方有链子声，一块卡车后挡板掉了下来。车辙间和高处的泥梗子渐渐被太阳晒干，颜色淡了，碾碎了。不远处，一列火车无所顾忌地拉响了汽笛，就像醒来伸了个懒腰、打了个响亮的哈欠。接着，走过一堆日光下显得亮晃晃的金属球，立了个牌子，上面写了句俏皮话：“请你，别压——此处，是氧气设备呀，啊？”你们sfacima[①]（破坏）这个国家[②]多久了，多久了……他们走到抛物线和寓言下面，直直进入山体中，看不到阳光了，冷起来了，暗起来了，中心工厂长长的回声传了过来。

有一种并不鲜见的人格失常叫作“坦霍伊泽症”[③]。我们有些人特别

① 意大利语。

② 这个国家：原文此处双关，也指“阴间”。

③ 坦霍伊泽因迷恋维纳斯的温柔乡，在维纳斯伯格山内盘桓一年，耽误了使命。

喜欢被人带到山里面，有时候并没有色情目的——维纳斯，弗劳·霍尔达[①]，女神的性魅力。是的，很多人来此的目的是寻找侏儒，比人还小的侏儒，寻找坟墓里时间的延伸方式——他们裹着全身，在这里闲庭信步，安安静静地走过长达数英里的院子，不必担心迷路……没有人盯着你看，没有人伺伏着审视你……走出公众的视野……即便是吟游诗人也需要独处……就像阴天在家里久久踱步……享受与世隔绝的舒适。在这里，人人对死亡的看法都是一致的。

斯洛索普了解这个地方。与其说是在赌场研究地图时了解的，毋如说是以“感觉中有人在那儿”的方式了解的。

发电机仍在供电。个别地方的灯泡裸露着，照出一片光亮来。黑暗像大理石，被开采、运输，而灯泡便成了凿子，把黑暗从死寂中掘放出来。于是，对于那些谦卑者，那些被上帝和历史遗忘的大多数，灯泡成了他们重要而秘密的偶像。多拉的犯人们抢东西时，不先抢吃的，不先兴高采烈地抢 1 号隧道里的药柜和医院药房，而是先抢火箭制造厂里的灯泡：这些易碎的、没有插座的[②]物件，是“被解放者们”不能不抢的东西……

工厂的基本布局是埃策尔·奥尔施的又一灵感之作，和前面的抛物线一样，是纳粹分子的灵感，同时又是火箭的一个标志。整个图形是“SS”[③]，两个字母都拉长了一点。两个“S”是两个主隧道，伸入山体内一英里有余。构图也是梯子形的，略带“S”形波纹，平躺着：四十四个梯档形的横向隧道，用来连接两个主隧道。最深处是两三百英尺的石山，沉沉地悬在头上。

进一步说，这个造型还不止于两个拉长的“S”。有一天，徒弟胡尔帕跑进来对设计师说：“首长！”几乎是尖叫，“首长！”奥尔施住在中心工厂的寓所里，和工厂间隔了几条秘密小甬道，这些小甬道在工厂的

---

① 弗劳·霍尔达：德国民间传说中一白人女神，类似于维纳斯。
② 德语里“插座”这个词也是“母亲”的意思，所以也可以说是“没有母亲的”。
③ 德语“纳粹党卫军”的缩写。

地图上是看不到的。对于这里的设计师生活，他慢慢陷入一种特别良好的自我感觉。他要求所有的助手都叫他“首长”。这倒也不是他一个人的怪癖。他前三次给元首提交的设计图，从外表上看全都很出色，都是非常漂亮的新式德国风格，只是所有的建筑都设计成了倒塌结构，看上去很普通，设计者却有意要让它们倒塌，整个造型就像看歌剧时睡着在别人腿上的胖子。倒塌的时间就在最后一颗钉子上好后不久，在新建的寓言式雕像最后的模板取掉后不久。按那些助手们的说法，这表现出了奥尔施“希望死亡”的倾向：人们在内部餐厅用餐的时候，在阴暗的运石码头喝咖啡的时候，对这件事议论纷纷……此时，太阳早已落下，在这个穹隆状的、几乎像露天的房间里，每张桌上都亮起了白炽的灯光。夜间，侏儒们坐在这儿，各自的灯光有限制地、不稳定地照着……可能下一刻就会一片漆黑……每个侏儒都在自己的制图板旁工作。他们工作到很晚。按规定，他们的工作是有期限的，但他们这样加班究竟是为了赶期限，还是对以前误了期限的惩罚，就不太清楚了。可以听到埃策尔·奥尔施在办公室里唱歌。喝啤酒时唱的那种歌，庸俗低级。他正在点烟。他和刚刚跑进来的侏儒徒弟胡尔帕都清楚，这支烟会爆炸。那是某些不认识的人作为革命行动放在他的雪茄盒里的，但这种行动太微不足道了——“别急，首长，别点——首长，灭掉，求求你，这支雪茄会**爆炸**的！”

“往下说，胡尔帕，用你刚才贸然闯进来的智慧。”

“可是——”

“胡尔帕……”熟练地吐着烟圈。

“是—是有关这里的隧道的，首长。”

“别那么畏畏缩缩的。我是根据双闪电的形状设计的，胡尔帕——是‘SS’标志。”

“可那也是二重积分符号。您当初知道吗？”

“唔。知道：Summe（积分），Summe，莱布尼兹是这么说的。哦，那不就是——”

嘭。

没错。可是埃策尔·奥尔施的天才设计特别适合火箭的有关形象。早年，这位设计师在自己的静态空间中，可能时不时用过二重积分，通过平面求体积，那些公式也是人人都知道的——质量，力矩，重心。不过他已经很多年不搞那些基础的东西了。如今他主要计算的是马克和芬尼，而不是那些函数，那些理想化的 r 和 θ，那些天真的 x 和 y……但是在火箭活生生的动态空间里，双重积分的意义就不同了。这里的积分是处理一种变化率，把时间抛开：变化成了静态……“米每秒”也被积分成“米”。运动的火箭被凝固在空间里，成为建筑物，没有了时间。它从不发射，也从不落下。

在这种方针下，发生了如下事情：一个小钟摆，由一个磁场固定在中心。发射的时候，受引力影响，钟摆就朝后摆，偏离中心。钟摆上装有线圈，线圈经过磁场时，电流通入线圈。当钟摆被发射时的加速度推离中心时，电流开始流动——加速度越大，电流越强。这样，火箭这边处在飞行状态，先感觉到加速度。而人这一边进行监测时，首先感觉到的是位置和距离。火箭从加速度到距离，要进行两次积分，需要一个移动线圈、一个变压器、一个电解电池、一个二极管电桥、一个四极管（多一个栅极，可以屏蔽管子里的电容耦合），还有一大堆设计注意事项，最后才能计算出肉眼一下子就能看出来的东西——导弹在飞行轨迹上的距离。

又要说到那种落后的对称了。波因茨曼没有注意追踪对称，卡婕却注意到了。“自有一种生命啊。”她这么说。斯洛索普想起了她勉强的笑容，想起了地中海的那个下午，一棵桉树的树干被剥了皮，变得面目全非，在渐暗的光线中呈现出粉红色，和斯洛索普曾穿过的美国军官服的裤子颜色一模一样，还有那种酸味，树叶发出的那种刺鼻的气味……电流在线圈中流动，经过一个惠斯通电桥，将一个电容充满电。电荷量是线圈和电桥中电流量的时间积分。这种所谓的“染共体”导航系统，其高级形式进行两次积分，以使电容一边聚集的电荷量随火箭飞行距离的增加而直线上升。在发射之前，电池的另一边已经被充电，其电荷量代表空中飞行到达的某一特定距离。在这一点上中断燃烧，火箭仍可继续前进，击中伦敦滑铁卢车站东面一千码的地方。在导弹飞行中积累的电荷量（B_{iL}）和另一边预置的电荷量（A_{iL}）相等的瞬间，电容放电。一个开关关闭，燃料中断，燃烧终止。火箭靠惯性继续飞行。

这是中心工厂隧道形状的一个含义。另一个含义则可能指古老的咒语，代表紫杉树或死神。在埃策尔·奥尔施的潜意识里，二重积分代表着找到潜在重心和未知惯性的方法，就像有人由于对“文明”的曲解而在黄昏里给他留下的巨石。在这种“文明”之下，可以看到体育场角落里水泥铸成的鹰，高达十米，人们，也就是概念被曲解的“人民”，聚集在体育场上——那里鸟儿不飞，厄运已定的石头深处那些想象出的中心点不被看作“心脏”、“节丛”、“意识”、（继续往下说的时候，那个声音里渐渐有了嘲讽的口气，渐渐忍不住要流出还有些真诚的眼泪）“圣殿”、“运动之梦”、“永远停留的时光包囊”、“在有生命的石头群中间格外突出的灰色重力”。不，根本与这些东西无关，它们只是空间里的一个点，悬在燃烧必须终止的那一点上，既不发射，也不落下。那么，哪种形状的重心与燃烧终止点相吻合呢？不要随意说出无数种形状。实际上只有一种。这种形状很可能是一种秩序与另一秩序的界面。每个发射点都有一个燃烧终止点。它们仍然悬在空中，全部悬在空中，就像一个星座，等待着一个命名，做黄道第十三宫……不过它们离地面太近，从很多地方都看不到，即便在可以看到它们的区域里，地点不同，看到的造型也完全不同……

二重积分的形状还像蜷着身体睡觉的两个恋人。斯洛索普希望其中一个是自己，回到卡婕那时候——尽管他可能还会有一种失落感，甚至会比现在脆弱——甚至（因为他现在依然真心思念着她）以他随意就能看清楚的方式，侥幸地保留那种生活，实实在在却无比冷酷的那种侥幸，恋人们只能互相依靠才能对抗这种冷酷……他能够那样生活吗？“他们”会同意他和卡婕过那种生活吗？关于她，他对任何人都无可奉告。他胡编乱造、把名字张冠李戴、在交换站办公室里给“快蹄儿”讲故事时掺入自己的臆想，这一切并不是出于绅士作风，而是因为本能地害怕自己的灵魂被一个影子或一个名字控制了……他想尽可能留住她的一切，通过“他们”的几次残缺信息，通过“他们”的谄媚和金钱：也许他觉得，如果能够留住她的一切，也就能留住自己的一切了……虽然对斯洛索普来说，这极其接近于高尚，极其接近于“那根他觉得属于自己的耻物”。

头顶上的铁皮导管蜿蜒如脊骨，里面发出工厂排气设备的呻吟声，偶尔像是人发出的声音。车辆声也从远处传来。这些声音好像没有直接谈论斯洛索普，这一点很明显。不过，他还是想听得清楚些……

灯光如湖，黑暗如海。隧道的混凝土表层已经裂成块状，变得坑坑洼洼，上面刷了层石灰，看上去不大真实，就像游乐园洞穴的内壁。那些横向隧道的入口静悄悄地闪过去，像有音准的管子，有人在开口处吹气……曾几何时，这里的车床发出尖锐的声音，玩兴十足的机械师们从装切削油的铜壶里喷出油柱来……指节被砂轮磨出了血，细钢屑刺戳着毛孔、皱纹、嫩肉……隆冬般的空气里，合金管和玻璃管组成的网络吸收了那些叮当声，琥珀色的灯光步兵方阵般驱驰于小霓灯中间。这一切都曾真实过。在中心工厂里，很难长时间生活在当下。你所感觉到的那种怀旧情绪不属于自己，而是受到某种影响的产物。夜晚，终极的夜晚，使一切事物变得静止、模糊、微弱。坚硬的氧化物层，有些地方薄得只有一个分子的厚度，包裹在金属表面，照出淡淡的人影。干草色的聚乙烯醇传动带松弛了，释放出生产设备的最后几缕气息。人们虽然发现这里与世隔绝、鬼神出没，到处是不久前被人类占据过的痕迹，但它并非传说中的“蓝色玛丽”号双桅船①——它的目的地并不是单一的，脚下的这些路直直地通向风平浪静的欧洲各地。我们的肉体之所以冒冷汗、起疙瘩，主要不是因为国内的不解之谜，或者躲在屋子里对某种可能性产生的恐惧感，而是因为了解了极可能发生过的事情……在开阔、荒凉的地方，人很容易因恐慌无助而产生恐惧感。可这里产生的却是城市里的那种惊恐，那种惊恐只出现于你在流逝的时间里迷失方向或孑然一身之时，出现于历史业已不存在之时——没有时间机器带你回去，只有迟到

① 1872年11月5日，“蓝色玛丽”号离开纽约，船上有本杰明·布里格斯夫妇、其女儿及七位船员。三周后发现该船上所有人员神秘失踪，成为不解之谜。

的悔恨和缺失的遗憾：首都被撤空后，这些悔恨和遗憾填满了一个巨大的铁路棚。畜牧神的那些城市堂表兄弟姐妹们在灯光的边缘等着你，演奏着他们一贯演奏的曲子，只是此刻更加清晰，因为其他的一切都已消失，只剩下寂静……家燕们的幽灵在棕色黄昏的装扮下，飞向白色天花板……在占领区，它们很独特。它们对新的不确定性有所回应。以前的鬼要么是死人的影子，要么是活人的魂魄。但在占领区，各种区别被严重模糊了。你思念、深爱、寻觅的那个名字变得朦胧而遥远，这比大规模失去它们还要糟糕：有些人死了，有些人活着，大量的人忘记了自己是死是活——他们的影子是帮不了忙的。这里只剩下躯壳，在灯光里，在黑暗里：它们是不确定性的化身……

处理 A4 后事的人们来回走动着，敲敲打打，在隧道中大声喊叫。后来斯洛索普还看到了戴臂章、穿卡其布的非军事人员，头盔衬里上有版印的“GE”[①] 字样，有些人会对他点点头，眼镜在远处的灯光下反着光。大多数人对他视而不见。军队的工作人员扛着箱子，走着行军的步伐，进进出出发着牢骚。斯洛索普饿了，却怎么也找不到“阿黄”·詹姆斯。问题是这儿连个可以打招呼的人都没有，更不用说谁会拿吃的给自由记者伊恩·斯卡佛林了。哎，别急，天助我也，前面来了一队女孩，统一穿粉红色紧身实验服，下摆只到光裸的大腿根部。她们穿着金色的坡跟鞋，在隧道里轻快地走着，用德语说：“啊，太迷人了！”太多了，一次抱不过来，“很漂亮，嗯，什么？”哎，哎，女士们，一次一个。她们咯咯笑着，伸手把豪华的“花环”套在他脖子上。花环上有银色的 B 号螺帽和法兰式管接头，还有深红的电阻和浅黄的电容，小香肠般挂着，还有垫圈片，还有大量铝碎屑，亮亮的，卷卷的，很有弹性，活像秀兰·邓波儿的头发——嗨霍根，留着你的呼啦舞女吧——她们把他带到这儿的目标是什么？进了一个空隧道，女孩们开始全体狂欢，持续了好多好多天，大量吃罂粟，游戏，唱歌，如此反复。

进了二十号隧道再往上走，人越来越多。这是工厂里的 A4 专区，A4

---

① 美国通用电器公司的英文首字母缩写。

火箭、V-1导弹和涡轮螺桨飞机装配线都在这里。火箭部件从这些二十几、三十几、四十几号的隧道里出去，交叉送入两个主要装配线。再往里走，你就能追溯火箭的制造过程了：增压器，中段，前端部件，动力装置，控制装置，尾段……这里还有很多尾段，堆在那里，一个尾翼朝上，下一个尾翼朝下，交错开来，一排接一排，千篇一律地摆在那里，金属面上有凹纹和波纹。斯洛索普漫不经心地走着，看着自己的脸照在上面，变形、移动，嘿，朋友，这简直是一座大型的地下游乐园嘛……装有小金属轮的推车用链子拴着，一直通到隧道后面：它们运送的是四个叶片的箭头状部件，都指向天花板——噢，对了——这种外壳应该和推力室的扩散形喷管相吻合，当然这儿有一大堆这种东西，真他妈够大的，和斯洛索普一样高，喷头附近用白色颜料写着“A”……头上，粗粗的、加了白色保护层的管子蜿蜒潜行着，青灰的灯泡上无檐帽模样的反射镜已经烧焦，里面没有了光亮。沿隧道中线排列着一些拉莱柱，灰色而细长，露在外面的线生满了陈锈……蓝色的暗影投入备件笼内，落在木底板和烟囱般大小的潮湿砖柱上悬着的“工”字梁上……铁轨旁堆着玻璃绒绝缘材料，像雪堆……

最后的装配在四十一号隧道继续进行。这个横向隧道五十米深，用来放置装好的火箭。欢闹的、明显不协调的声音滚滚而来，在混凝土的壁面上回荡。主隧道那边人流如织，个个脸上呆滞却红润。斯洛索普眯着眼睛朝长长的坑里看，发现一群美国人和俄国人聚集在一个巨大的橡木啤酒桶边。一个侏儒般矮小的德国平民，留着红色的冯·兴登堡式唇髭，正在分发看上去满是泡沫的啤酒杯。每个人的袖子上都萦绕着军械的烟气。美国人在唱歌：

火箭打油诗

从前有个V-2火箭，
操作起来非常简单——
只要轻轻按一下键钮，
就会把一切炸得稀烂，

只留下尸体、窟窿和断壁残垣。

他们唱的旋律，美国大学联谊会的每个人都耳熟能详。但出于某种原因，这里的演唱采用了纳粹突击队风格：每一句结尾的音符都被突然斩掉，接着休止一拍，再猛然向下一句冲击。

［副歌］是呀是呀是呀是呀！
普鲁士人从不吃咪咪！
他们没有足够的猫咪，
就是垃圾他们也满意，
再跳个华尔兹吧，鲁斯基！

喝醉酒的人吊在钢梯上，趴在狭窄的小道上。啤酒的气味弥漫在长长的地道里，弥漫在深绿褐色的火箭零件间，有些零件直立着，有些则倒卧在地上。

有个小伙子名叫克洛健，
他红杏出墙，睡了火箭。
如果在外面见到它们，
你会忍不住睁大眼看，
你若没试过，最好靠边站！

斯洛索普又饿又渴。尽管四十一号隧道里显然有一种邪气，他还是开始寻找向前的路，也许还可以把那些午饭弄些来吃。他发现唯一的出路是一根缆绳，挂在上方的一个起重机上。一个胖胖的下里巴白人一等兵闲躺在控制器旁，咂着一瓶葡萄酒。“爬上去，兄弟。我会把你安全送过去的。他们在公共事业振兴署教我操作过这些东西。”伊恩·斯卡佛林觉得自己的上嘴唇太僵硬，便整整上面的唇髭，爬了上去，一只脚穿过一个索眼，另一只脚悬在空中。一个电动机呜呜响了起来，斯洛索普放开最后一个钢栏杆，紧紧抓住缆绳，五十英尺的空中距离出现在身体下方昏黄的光里。哎呀……

他滑过了四十一号隧道，下面的人头显得很远，啤酒冒出的泡沫就像暗影里的电筒。突然，电动机停了，他像石头一样掉了下去。哦，我操，“太年轻了！”他尖叫着，声音太高，听起来像无线电节目里的少年。若在平常，这种声音会令人害臊，不过此刻，混凝土地面直向他冲上来，他可以看到每一个模板标记、每一颗黑色图林根砂石，他就要血溅其上了——跟前连个帮他一把的人都没有，不然多摔几处骨折能活命就行……就在离地面还有十英尺的时候，一等兵刹了闸。头上和身后传来疯狂的笑声。缆绳拉得很紧，在斯洛索普的手中唱着歌儿，直到他没了力气，松开手掉下去，但身体只是轻轻翻转过来，倒挂在脚上了。啤酒桶周围的那些嬉闹者们把他围在中间。他们早已习惯了这种降落形式，自顾自继续唱歌：

有个叫海科特的青年，
对发射装配[①]很是喜欢，
可是压强极高的液滴
又是喷又是溅，
搞坏了海科特的液压连接管。

所有的美国青年都依次站起来（自愿的），举起酒杯，唱着“干 A4”及其相关部件的各种段子。斯洛索普不知道他们是唱给他的，他们自己也不知道。他倒着看眼前的情景，心里忐忑不安：他的大脑已经近乎红视状态了，却突然产生了奇思妙想——抓着他脚踝的是莱尔·布兰德。这样，斯洛索普就被堂而皇之地送到了这群人中间。“嘿！”一个平头小伙儿评论道，“他—他是人猿泰山还是什么？哈！哈！”六七个军械署的人，喝得酩酊大醉，快乐地吼叫着，来抓斯洛索普。又是拧又是

① 原文双关，“装配”还有“勃起”之意。

推，闹腾了一阵子，脚才从索眼里解下来。吊车像刚才下来时那样，又呜呜地回去了，回到那个喜欢恶作剧的操作者那里，等下一个傻瓜受骗上当。

从前有个人叫穆尔海德，
他和导弹头爱得火热。
出事的第二天，
就气走了老婆——
她这人就是容易上火。

那些俄国人一声不吭，恶狠狠地喝着酒，靴子踩踏着节奏，眉头皱着，可能是在翻译这些打油诗。搞不清到底是苏联人在忍耐美国人，还是美国人在忍耐苏联人。有人塞给斯洛索普一个冰冷的弹壳酒杯，边上冒着泡。“呀，没想到英国人也来了。参加派对，嗯？在这儿待着——他等一会儿就会来的。”

“那是谁呀。”有好几千条发光的虫子，在斯洛索普的视线范围内蠕动着。脚开始刺痛，使他清醒过来。哦，这杯啤酒很冰，而且有啤酒花的苦味，没必要抬头换气，扎进去，一气喝光，呀——抬起头时，他的鼻子还淹在泡沫里，胡髭也白白的，沾着泡泡。突然间人群边上纷纷叫起来：“他来了，他来了！”“给他一杯啤酒！”“嗨你好，少校，宝贝们，长官。”

有个技术员名叫厄尔本，
他和涡轮做了情人。
他说：“床上的女人
根本比不上涡轮，
涡轮还很便宜，比波旁酒节省！”

斯洛索普手里的酒杯又满上了，他隔着泡沫问：“怎么了？”

“是马维少校。这是他的告别派对。”这时候“马维之母”们唱起了“因为他是个快乐的好人”。恐怕没人会否认这一点——凡是知道好歹的人，都忍不住会认同这个说法……

“嗯，他要去哪儿？”

“离开这儿。”

“我还以为他是来看那个‘通用电气’的。”

“当然了，你以为今天是谁买单呀？”

在这地下的灯光里，马维还不如那晚在货车车顶的月光下中看。在这里，他那一股股的肥肉、突出的眼珠和反光的牙齿越发灰暗了，缺点暴露得也越发明显。一条胶布生机勃勃地贴在他的鼻梁上，一只眼睛周围那些又紫又黄又绿的颜色印证了那天晚上从铁路路基上滚下去所进行的快速之旅。他和祝愿他的人握手，充分显示着男性的亲和力，对俄国人尤其重视——“哦，你们肯定在里面掺了伏特加！啊？”接着，“乌拉德，朋友，你的屁股好吗？”俄国人好像不明白。他们只能看着他狼牙毕露的笑容和复活节彩蛋般的眼睛猜测。斯洛索普的鼻子里正要喷出啤酒时，马维看到了他，两只眼睛顿时认真地瞪大。

“他在那儿呢，”一声巨吼，手指颤抖着指向斯洛索普，“天哪，那个英国杂种！小伙子们，抓住他！”小伙子们抓住他？斯洛索普继续盯着那个指头看了一会儿，指头画得花里胡哨，加上胖乎乎的肉做修饰，显得光彩四射。

“好了，好了，朋友。”伊恩·斯卡佛林张嘴说话了，周围充满敌意的脸逼了过来。嗯……噢，对了，逃跑——他把啤酒泼在离他最近的脑袋上，又把空弹壳扔向另一个脑袋，在人群里找了个空子，钻出去就逃，逃过正在酣睡的醉汉们通红的脸，逃过卡其布盖着的、鼓鼓的、点缀着呕吐物的大肚子，一直逃到横向隧道深处的导弹部件中间。

“起来，你们这些笨蛋，”马维尖叫着，“别让那个骗子跑了！”一个长着娃娃脸和灰头发的中士正抱着冲锋枪打盹，惊醒过来叫道：“德国鬼子！”同时冲锋枪发出震耳欲聋的响声，直接打中了啤酒桶，把下半截打烂了，一大股琥珀色的液体和泡沫流到正在追赶的美国人脚下，有一半人马上滑倒，摔了个四脚朝天。斯洛索普把别人甩下一大截，到了地道另一头，迅速爬上那儿的一个梯子，一次上两格。子弹在这个大音箱里轰鸣——也许是“马维之母”们太醉了，也许是黑暗救了他的命。他气喘吁吁地攀到了梯顶。

斯洛索普现在到了另一个主隧道，向远处的出口慢跑着，尽量不去想力气够不够跑出去的问题。他跑了两百英尺，追在最前面的人才到梯子顶上，再爬下来追他。他躲进了很像油漆店的一个地方，踩到一片湿乎乎的液体，是纳粹国防军服的那种绿色。他向前滑去，滑过大片大片的黑色、白色、红色油漆，最后被一个老头的战靴挡住停了下来。老头穿着女便装，蓄着白色水牛胡。“Gruss Gott（你好）。”

“嗨，我觉得他们那边的人要杀我。有没有什么地方——”

老头向他眨眨眼，示意他沿着横隧道往前走，进入另一个主隧道。斯洛索普看到一件连裤工作服，上面有油漆条纹，就抓了过来。他又过了四个横道，然后突然右拐。是存放金属的地方。“看着。”老头吃吃地笑起来，走过一间狭长的作坊，作坊旁堆着蓝色冷轧钢板架、一堆堆铝锭、一捆捆 3712 棒料，还有 1624、723……“这个地方很好。”

“方向错了，朋友，这是他们要过来的方向。”可是这位老顽童已经开始发力拽上方一辆吊车上的缆绳，对准的方向是一捆堆得高高的蒙奈尔合金棒。斯洛索普钻进那条工装服，把大背头梳下来盖住前额，拿出一把小刀，把唇髭两边锯掉了一些。

“你现在像希特勒了。这回他们可真的要杀你了！”德国式幽默。据他自己介绍，他叫格林普夫，达姆施塔特技术学院数学教授，联合军事政府科学顾问。他的自我介绍很花了一点时间。“现在——我们把他们引到这里来。”

我落到十足的疯子手里了——“干吗不直接藏到这儿，等他们忘掉？”不想这时候顺着隧道传来了隐约的喊叫声：“宝贝们，三十七号和三十八号没有人！”“知道了，老家伙。你们走单数，我们走双数。”他们忘不了的，他们正在挨个搜索隧道。现在是和平年代，和平年代是不能开枪打人的……可他们喝醉了……哦，人哎！斯洛索普吓得都要尿裤子了。

“我们怎么办？”

“你来做英语习语专家。说一些刺激的话。”

斯洛索普把头伸向长长的地道，竭力用地道的英国口音大声叫道：“马维少校舔沟子！”

“在这边！”美国军靴急速跑动的声音，鞋钉敲打着混凝土地面，其他很多令人不安的金属声也咔嗒咔嗒响起来……

“注意了。”格林普夫恶作剧地笑着，启动了吊车。

斯洛索普忽然灵感一闪，把头伸回去大叫道：“马维少校舔黑鬼的沟子！”

“我看咱们得快点。”格林普夫道。

“噢，我刚刚想到一个好的，骂他妈妈。”吊车和棒料间的缆绳一寸寸收紧了。格林普夫把棒料斜堆起来，希望美国人刚刚到入口时，棒料就倒下来堵住他们。

斯洛索普和格林普夫迅速从另一个出口跑了出去。大约在他们到达隧道第一个转弯时，灯全部灭了。排气扇还在继续呜咽着。隧道里幽灵般的声音从黑暗中汲取了信心。

那捆蒙奈尔合金棒哗啦一声巨响，倒下去了。斯洛索普碰到了石壁，便摸着石壁在伸手不见五指的黑暗中行走。格林普夫还在隧道中间的某个地方，在铁轨上。他呼吸不重，却在自顾自地吃吃笑。身后空洞地回荡着趔趔趄趄的脚步追逐声，但依然没有灯。老教授那边传来轻轻的叮当声，然后听得一声尖叫：“Himmmel（我的天呀）！”喊叫声大起来，第一批手电筒光也出现了。该从浴缸里出来了——

“出什么事了？看在基督的分上——”

“过来。”格林普夫撞到一种微型火车上，这时候只能看到轮廓——这辆火车有一次曾运送柏林的客人们参观厂子。他们爬到前面的牵引车上，格林普夫胡乱摆弄着那些开关。

哎，我们要走了，上车了。马维可能只切断了电灯的电源。身后咯巴巴冒出火星来，已经能感觉到一点风了。动起来了，好极了。

每个小纳粹都在扔台球、跳方，
在中心工厂的快车上！
所有法西斯都拧着胡子，可笑荒唐：
你是否猜得出，我们将去向何方？
走向铁轨旁的那一片土地吧，
那里没听过所得税，也不会缺衣少粮，
无论怎样，都将是大好时光，
在中心工厂的快车上！

格林普夫打开了一盏头灯的开关。火车轰隆隆开过，两边的隧道里，穿着卡其装的人们呆呆看着他们，眼白里反射着灯光，一瞬间便闪过去了。有几个人在挥手。由于多普勒效应，喊叫声变成了嗨—哎—哎，像汽车喇叭，夜间在波士顿和缅因两条街道的十字路口往家里赶……火车跑得相当快。潮乎乎的风呼啸而过。灯光逆反射回去，可以依稀辨出导弹头的局部轮廓，堆在火车头拖着的两节小平板车上。里面的侏儒们急忙跑着躲到铁轨两边，在灯光下基本上看不见了。他们认为小火车属于他们，每当那些块头比他们大的人来霸占小火车的时候，他们就有受伤的感觉。有些侏儒坐在箱子堆上，悬着双腿。有些在黑暗里练习双手倒立。他们的眼睛里灼灼闪出红色和绿色的光。有些甚至抓着拴在头顶上方的绳子荡来荡去，学着日本神风队的样子攻击格林普夫和斯洛索普，一边还在用日语尖叫："万岁，万岁。"然后咯咯笑着不见了。这都是闹着玩的。他们其实很温和的——

身后不远处，响起了集体大合唱，扩音器般响亮：

从前有个人名叫斯兰特里，

"哦见鬼。"斯洛索普道。

对陀螺仪电池很是欢喜。

用五十伏的电流电击私处，
黏糊糊、湿唧唧、滴沥沥。

是啊，是啊，是啊，是啊，
普鲁士人从不吃咪咪，和同类玩意。

“你能不能回去，脱开那两节车厢？”格林普夫问道。

“应该可以……”可他却抓摸了很长时间。同时：

有个小伙子名叫波普，
把家伙往示波器里杵。
他们俩贴胸交股，
画着一个个圆弧，
还他妈接近无限大的坡度。

“是工程师们。”格林普夫悄声道。斯洛索普放脱了两节车厢，火车头跑得更快了。风撕扯着所有的爱尔兰信号旗、领子、袖子、扣带、皮带。他们身后响起了巨大的轰隆声和叮当声，黑暗中传来几声喊叫。

“应该是把他们挡住了？”

他们屁股后面响起了四部和声：

有个小伙子名字叫尤里，
在文氏管的喷嘴里泄欲，
他的痛苦从此不断，
天天受当地警察的气，
还花了大量时间和陪审团在一起。

“好—的，黑猩猩宝贝！注意到那一团古老的磷火了吗？”

“靠边，好兄弟！”

警告声刚落，“冰夜光藻”就爆炸了，发出炫目的震荡，蔓延到整个白色隧道。一两分钟之后，眼睛就看不见任何东西了。只有火焰在飞，四下里都是耀眼的白光。没有热量，只有白光，只有盲目的冲击：斯洛索普感觉到有一种特别熟悉的、可怕的东西，一个记忆中自己一直绕着边缘走、想躲避开来的中心——他从没有比现在更真实地感受到时间对自己的冲击：一直挤在他和火箭的契约上的那些脸、那些事实、那些伪装和干扰，在这白光闪耀的一瞬间都掉落了，徒然而盲目地拉着他的袖子说“很重要的……求你了……看看我们吧……”不过已经太迟了，只有风，只有重力荷载。他眼里的血涌动着，把白光变回象牙、金屑、碎石上一系列的尖棱……那只曾把他升到空中的手又把他放回到中心工厂——

“哟—喂！那个杂种在那儿哪！”

耀眼的白光外面，在手枪随便能打到的范围内，出现了一辆笨重的柴油机车，前面推着斯洛索普刚才脱钩的两节车厢，车厢里挤满了双眼通红、头发蓬乱、趾高气扬的美国人。马维本人则高高在上，斜着身子坐在他们肩膀上，戴着一顶十分宽大的斯泰森毡帽，手里攥着两把 45 式半自动手枪。

斯洛索普低头躲到机车后部一个圆柱状物体后面。马维开始射击，很疯狂，其他人可憎的笑声更刺激了他。这时候，斯洛索普偶然发现，自己做隐蔽物的那个东西竟好像是一个导弹头。如果里面装的阿马图炸药还在——我说教授，45 式子弹的震荡波在这个射程击中弹壳时会不会引爆这个弹头？即便在没装导火索的情况下？哦，泰荣，目前要看很多因素：子弹的初速度，弹头壁厚和成分——

斯洛索普冒着拉伤胳膊和挣断肠子的危险，设法把弹头斜倾过来，推到车轨上。马维的子弹在隧道里乒乒乓乓地乱窜。弹头一跳一跳地停了下来，斜靠在一根铁轨上。好了。

白光开始暗下去。影子重又占据了隧道口。马维前面的车厢撞到了弹头，哐的一声撞在一起成了倒“V”形。柴油机车的制动闸惊慌失措地发出尖厉的“吱——”声，庞大的机车脱轨了，滑行着，开始倾斜，美国兵们伸手乱抓，互相抓，抓空气。这时候，斯洛索普和格林普夫已经到了积分符号的最后一个拐弯处，身后又传来巨大的撞击声，长长的尖叫声回荡着。他们看见了前面的入口，绿色山坡如升高的抛物线，阳光照耀着……

“你来的时候开车了吗？”格林普夫眼睛一眨一眨地问道。

“什么？”斯洛索普想起梅塞德斯的钥匙还在里面。“噢……”

格林普夫控制车闸，缓缓滑行，顺势从抛物线下滑到外面的日光中，火车也平缓、优雅地停住了。他们匆匆向 B 连的哨兵敬了个礼，然后去劫持那辆梅塞德斯。车子还原封不动地停在“一条杠”离开时的位置。到了外面的路上，格林普夫一边示意向北走，一边机警地看着斯洛索普开车。他们胡乱拐着弯，进了哈茨山，出没在山峰的阴影里，松树和冷杉的气味弥漫在周围。车子尖啸着转弯，有时候几乎从路上甩出去。斯洛索普天生奇才，不管什么时候都一定会挂错挡。不知怎么他有些发抖，眼睛看着镜子，看到背后挤满了加大马力的载人飞机和一队队嗥叫着的霹雳战斗机①。在转一个盲弯时，他靠着整个公路的宽度，用了一样自己碰巧知道的赛车妙术，才得以逃过厄运，没有撞到一辆正在下山的美军两吨半②。勉强逃过去的时候，分明看到司机嘴里在骂“他妈的蠢货”。衰竭的心跳到了嗓子眼里，卡车后轮胎上的泥巴有如巨大的翅膀，朝他们扇过来，打得车子晃了晃，把半个挡风玻璃都遮住了。

终于停车时，太阳已经过了正午。车子停在一个树木茂盛的圆丘下面。圆丘顶端有一座废弃的小型城堡，还有数百只鸽子，城垛上装饰着白色泪滴。树林里绿色的风紧了起来，渐渐有了些冷意。

他们沿着一条之字形山路往上爬。路上到处是石头，他们从阴暗的冷杉林里走向阳光下的城堡。抬头看，城堡上到处是豁口，呈褐黄色，像一块为一代又一代鸟儿们留下的大面包。

“这就是你住的地方？”

---

① 即 P47 战斗机。

② 美军俚语，指载重两吨半的卡车。

“我在这儿工作过。我觉得茨维特[①]应该还在这里。”中心工厂地方有限，容纳不了很多次要的装配工作。主要是控制系统。这些活儿就分散到北豪森周围所有的啤酒店、商店、学校、城堡、农舍等地方，只要那些领导人物们发现室内有空间可以做实验室就行。格林普夫的同事茨维特出身于苏黎世技术学院。“他用普通的巴伐利亚式方法研究电子学，”格林普夫皱着眉道，“我觉得还可以忍受。”不管巴伐利亚人研究电子的方法到底有什么难言之害，这会儿却把格林普夫眨眼的毛病给治好了。接下去，他一路阴着脸，沉浸在思考中。

他们从一个侧门溜进城堡，迎接他们的是一大片流畅的咕咕声，只是声音像被绒毛闷住了一般。地板很脏，瓶子和纸片扔得到处都是。一些纸张上盖着紫红色的“GEHEIME KOMMANDOSACHE（军事秘密）”印戳。鸟儿从破窗里飞出飞进。稀薄的光柱从裂缝和腐烂处照进来。这里的尘埃在鸽子翅膀的扇动下，一直不停地鼓荡着。墙上挂着褪了色的画像，都是些贵族，戴着宽阔的腓特烈大帝式白色假发，女人们脸部光滑、眼睛扁圆，穿着低领衣衫，上面的数尺丝绸都已消散在阴暗的房间里那些尘埃之中、那些翅膀拍击之下。到处是鸽子的粪便。

相比之下，茨维特楼上的实验室光线很好，也很整齐，吹制玻璃器皿、工作台、多种颜色的灯泡、颜色杂乱的箱子、绿色的文件夹，等等，把屋子挤得满满的。很不错的纳粹科学家实验室！塑料人啊[②]，你在哪里？

只有茨维特一个人在实验室里：身体结实，黑发从中间分开，眼镜片厚厚的，像探海球的玻璃窗，九头蛇怪、鳝鱼和控制方程式在镜片后的海洋里游泳……

可是这对镜片一看到斯洛索普，马上就变得一片空白，堵上了一层上釉的障碍物。唔，T.S.[③]，这是怎么回事？这些人是谁？格林普夫苹果般

---

① 茨维特：德语里这个名字意为“阴阳人”。

② 这里的“塑料人”指斯洛索普，暗示这里的研究与G型仿聚合物有关。

③ 前面已出现，可指泰荣·斯洛索普的缩写。

的好脸色怎么不见了？一个纳粹制导专家，自己的实验室好好的，到加米施这边来干什么？

哦……瞧吧……
木家具里有纳粹，
墙壁里有法西斯，
长龅牙的小日本在笑，
要抓住你的命根子。
这场战争结束时，
我会乐得开了花，
为俄国人加油鼓劲，
在三号边上溜达溜达……

◆ ◆ ◆ ◆ ◆

有一段时间，对于即将建造的供料系统有何属性，白人工程师们争论不休。其中一位工程师在布莱克罗德找到的恩赞，说："我们对燃烧室压力有不同意见。我们的计算表明，最理想的工作压力是40 atu，但我们掌握的资料上，这个值都集中在仅仅10 atu左右。"

"那就很清楚了，"这位"恩瓜鲁勒卢"回答道，"你们应该按资料上来。"

"可是那个值不是最完善、最有效的。"德国工程师不服气。

"骄傲的人啊，""恩瓜鲁勒卢"道，"这些数据不是神的启示又是什么呢？它们不是来自将要造出的火箭又是从哪儿来的呢？你怎么能把纸上得来的数字和火箭本身的数字相比呢？别骄傲了，综合两个数字去设计吧。"

——《黑人支队的故事》，斯蒂夫·埃德尔曼搜集整理

黑人支队住在北豪森和布莱克罗德周围山里的废弃矿井下面。这

个名称如今已不属于军队了，他们现在是普通人，是占领区的赫雷罗人，从西南非流放在外已经两代人了。早期“莱茵河传教会”的传教士们开始把他们带往巨大单调的、动物园似的宗主国城市，以充当样品，代表一个可能要灭绝的种族。他们进入了温和的实验：接触天主教堂、瓦格纳音乐会、纯毛内衣，培养对自己灵魂的兴趣。其他人则被平定一九〇四到一九〇六年间赫雷罗大起义的士兵们带回到德国当仆人。不过现在他们的领袖人物大多是一九三三年之后才来到德国的，是某个计划的一部分，只是纳粹党从未公开承认过这个计划：建立黑人军事集团和影子政府，按照德国为马格里布设计的模式，最终取代黑人非洲的英法殖民地。西南非当时是南非联盟管辖下的一个保护国，真正的权利还是掌握在以前的德国殖民家族手中，他们是沆瀣一气的。

目前，北豪森 / 布莱克罗德附近有几个地下团体。在这边，这些团体被总称为“厄德士温洞穴”。这里有个赫雷罗笑话，苦涩的那种。赫雷罗最穷的奥瓦特金巴人，没有自己的牛羊和村庄，他们的图腾是厄德士温，即土豚。他们的名字来自土豚，从不吃土豚肉，也和土豚一样从地里掘食。他们被视为弃族，生活在草原上，住在野外。你可能会在夜里碰到他们。他们的火堆勇敢地迎风燃烧着，离铁路只比步枪射程远一些。除了火堆，似乎没有什么力量能够让他们在茫茫草原上有所依恃了。你知道他们害怕什么，却不知他们想要什么，或者他们会为什么而感动。你在内地的矿场里有事情做，所以，等那些噼噼啪啪的火堆悄然过去，你马上就没有必要再去想他们了……

可是当你摇摇晃晃离开时，土里的那个女人又是谁呢？她只身一人，肩膀以下都隐藏在土豚洞里，一颗头盯着你看，扎根于沙漠表面，身后远处是斜向上方的山坡，影影绰绰地交叠在一起，夜色中显得很遥远。数英里之遥的沙子和黏土压在她的腹部，她能够感觉到那种不可思议的压力。那条路上，她四个孩子的幽灵在发光，他们生下来就是死的。他们等在那里，像鸦蒜堆里的胖虫子，永远舒服不了。他们一个接一个哭着要奶吃，比村子里那最香甜、最沁人心脾的葫芦牛乳更神圣的奶。他们在过去的时间维度里，指引她来到这里，接触大地为万类生长所赐的礼物。女人感觉到能量从每一条通道涌进身体，大腿间有如一条河，光亮在手指尖和脚趾尖上跳动。能量很实在，和睡眠一样给人以精力。是一股暖流。日光越暗，她越顺从——顺从于黑暗，顺从于空中的落水。她是一颗撒在地里的种子。神圣的土豚已经为她掘好了床铺。

在西南非那里，厄德士温洞穴是生育和生命强有力的象征。但在这里的占领区，其真实地位尚不明了。目前在黑人支队，有些人员选择了不育和死亡。这种斗争往往是在夜晚、在怀孕或流产的呕吐和抽痛中无声进行的。但这是政治上的斗争。最烦恼的人是恩赞。他是这里的“恩瓜鲁勒卢”。这个词的意思准确地说不是“领袖”，而是“已被证实的人”。

恩赞也被称为“欧提依康多”，即混血儿，不过没人当面叫他。他父亲是欧洲人。但这并不是他在厄德士温洞穴人中鹤立鸡群的原因——现在族里还有德国、斯拉夫和吉卜赛混血儿。过去的两三代人，受到一些他们在“帝国”之前一无所知的因素推动，一直在培养一种民族特性，只是绝大多数人看不出来这种民族特性正在最后成形。“伊安达”和“奥鲁奏”在这里失去了威力，这两种母系血统和父系血统被丢弃在西南非的老家。早期的移民远在离开故土前就改信“莱茵河传教会”了。每个村子里，当正午的阳光把影子完全投到主人身上时，恐怖和避难的瞬间即告来临，教士长从圣袋里为那些转入基督教的灵魂一个一个取出出生时就保留起来的皮绳，然后解开出生结。一旦出生结解开，这个灵魂就算在部落里死了，成了另外一个灵魂。所以，在今天的厄德士温洞穴，那些“空壳人”个个都带着一条没有打结的皮子，这就有点古老的象征意味。他们也发现这样很有用。

他们自称为“奥图空谷援”。没错，是古非洲的拼法，其实应该是“奥马空谷援”才对。但他们很小心——也许这种小心没有“关心”来得健康——他们指出，“奥马”只用于活着的人。“奥图”指的是没有生命、正在复活的东西，这正是他们心目中的自己。他们是“零”的革命者，要把 1904 年起义失败后萌芽于老赫雷罗人中间的那些东西继续进行下去。他们需要负出生率。整个计划就是种族自杀。他们将彻底完成德国人 1904 年就开始进行的种族灭绝。

上一代之前，“活着的”赫雷罗人出生人数逐渐减少，这在整个南部非洲成为医学界感兴趣的话题。白人们看在眼里，急在心里，就像看到牛群里爆发了牛瘟。眼看着自己的臣民数量就这样年复一年地减少下去，该是多么恼火啊！没有了黑黝黝的土著，殖民地还能叫殖民地吗？他们要是都死光了，那还有什么意思？只是一大片沙漠而已，没有了女仆，没有了劳动力，没有了建筑工人和采矿工人——等一下，就等一会会儿，对，是卡尔·马克思，那家伙是个狡猾的种族主义者，咬着牙、扬着眉跳呀跳的，企图叫人们相信那是“廉价劳动力”和“海外市场”……哦不。殖民地远不止如此。殖民地是欧洲人灵魂的厕所，他可以在那里脱裤子、放松，可以享受自己大便的臭味。他可以在那里扑向羸弱的猎物，想吼多大声就吼多大声，还可以无所顾忌地狂饮猎物的鲜血。嗯哼？他可以在那里纵欲、发情、胡作非为，人们只会以柔弱、黑色的肢体逆来顺受，黑色的头发卷卷的，像他外阴禁区上的毛。那里的罂粟、印度大麻和古柯长得青翠茁壮，它们不会长成死亡的颜色和模样，它们与欧洲本土属于枯萎病的麦角和属于真菌的伞菌完全不同。卡尔呀，基督教欧洲只有死亡，只有死亡和压抑。而在这边的殖民地，你可以纵情生活，全方位享受生活和淫欲，而不危害宗主城市，也丝毫不会污染那些教堂、那些白色大理石塑像、那些高尚的思想……一点风声都不会传回去的。这里有着无边的沉默，足以吸纳一切行为，不管这种行为多么肮脏、多么兽性十足……

一些较为理性的医学界人士将赫雷罗人出生率的下降归因于饮食中缺乏维生素 E，还有人则认为赫雷罗妇女的子宫特别狭长，受孕机会极少。然而在所有这些理性言论和科学思考的背后，南非白人们却无法满足于表面现象……一种可怕的东西正在草原上蔓延。他们渐渐开始打量黑人们的脸，特别是那些排列在棘篱后面的女人的脸。他们明白了逻辑证明之外的东西：这儿的整个部落都在同心协力做一件事情——选择自杀……令人不解啊。也许我们做了不公平的事情，也许我们夺走了他们的牛羊和土地……当然还有那些劳改营、带刺的铁丝网和围栏……也许他们不愿再生活在这个世界。说来这确实是他们的典型行为：放弃，爬到一边去死……他们干吗不谈判一下呢？我们可以讨论一个方案嘛，某一种方案……

赫雷罗人面临的选择很简单，就是两种死亡：部落式死亡，或基督式死亡。部落式死亡可以理解。基督式死亡则不，似乎不是他们需要的仪式。但是欧洲人受过“圣婴耶稣骗局”的欺骗，在他们看来，自己在赫雷罗人当中见到的是不解之谜，其令人费解不下于大象墓地和下海自杀的旅鼠。

如今流放在占领区的“空壳人”们，语言和思想都欧化了。虽然他们不愿承认自己已经和以前的部落产生了分歧，但他们对自杀现象却同样百思不解。尽管如此，他们也牢牢抓住这种做法不放手，就像生病的女人抓紧符咒一样。他们并不打算轮回、复活，他们迷恋于整个种族集体自杀的诱惑——那种心态，那种禁欲，那种勇气。这些奥图空谷援都提倡手淫，精于人流和节育，倡导口交、肛交、足交、手交、尸交、兽交——他们的方法和游戏充满欢乐，他们热切地、喋喋不休地、精彩地诉说着，那些厄德士温洞穴人则在聆听。

“空壳人”们确信，终有一天占领区最后一个赫雷罗人也会死去，一段曾经鲜活的集体历史会终止于零。这一点颇为引人入胜。

没有明显的权力争斗。只有诱惑与反诱惑、广告与色情，占领区赫雷罗人的历史正在床上见分晓。

夜晚的地下，向量们试图逃离某个圆心、某种力。这种圆心和力好像就是火箭：一种机械装置，用于飞行也罢，伤人性命也罢，反正能把厄德士温洞穴里水火不容的政敌融合到一起，也能把推力室里的燃料和氧化剂融合到一起：有计量仪表，有舵手功能，一切都是为了设定好的抛物线。

今晚，恩赞坐在属于他的山峰下面，身后是又一天的阴谋诡计、公文发布和刚刚编造出来的文件——这些东西他会设法毁掉，或者学日本人的风格，在一天结束前把它们塞到羚羊身体里、兰花里或猎鹰身体里。火箭一天天成型了、完整了，他自己的结构也在不觉间演变更新了。他感觉得到。这又是一件烦心事。昨天深夜，克里斯蒂安和蔑茨斯拉夫抬起头，突然露出了笑容，接着又默默无声了。一种自然流露的敬畏。他们把图纸当成自己的作品、当成深刻的启示来研究。他们并不是在谄媚他。

恩赞想要创造的东西将不会有历史的概念。它将永远不需要任何着意的改变。时间，其他国家所谓的时间，将在这个新的创造物中枯萎。厄德士温洞穴和火箭一样，将脱离时间。人们将再次发现那个“中心”，没有时间的中心。那里的行程不会滞后，每次出发都是回到原地，那块唯一的地方……

就这样，他发觉自己和那些“空壳人”达成了一种不可思议的和解，特别是和汉诺威的约瑟夫·奥姆宾迪。永恒的中心很容易被看作终极的零。名字和方法可以不同，但通向寂灭的进程是相同的。这使两个人之间有了一种奇特的交流。“知道吗？”奥姆宾迪的眼睛转到另一面，看着镜子里的恩赞，别人是看不到的，“有……哦，一种东西，你平常不会觉得性感——但其实是世上最性感的东西。”

“真的吗？”恩赞含情脉脉地笑道，“我想不出来是什么东西。给点提示。”

“是一种无法重复的行为。”

“发射火箭？”

“不是，因为总有更多的火箭。可是没有任何——哦，算了吧。”

“哈！这种行为不可能发生第二次，你就想说这个。”

“要不再给你一个提示吧。”

“好吧。”其实恩赞已经猜到了，从他托着下巴准备大笑的姿势就可以看出来。

“这一行为包含了所有的不伦行为。”恩赞叹口气，有些恼火，但并未责备他用了“不伦行为”这个词。奥姆宾迪以谈论过去为一大乐趣。“比如同性恋。”没反应。“虐待狂和受虐狂。手淫？恋尸癖……”

“这些全部包含在一个行为中吗？”

全部，还有别的。两个人现在都明白了，他们所说的其实是自杀，自杀还包含人兽交合（“想想吧，”广告词这样说，“对受伤的、哭泣的动物发慈悲、发性慈悲，那是多么美好的事情啊！”）、恋童癖（“众多报道表明，这种狂热完全能令人返老还童”）、女同性恋（“是的，风吹过日趋空荡的舱室，两个影子女人最终从垂死的躯壳里爬出闺房，在最后的灰色海岸线上相会相拥……”）、嗜粪癖和尿色情（“终极惊颤……”）、恋物癖（“死亡的神物非常之多，不言而喻的……”）。不言而喻。两个人坐在那儿，互相递着香烟，一直吸到只剩下一点点烟蒂。这到底是闲谈，还是奥姆宾迪试图逼一逼恩赞？恩赞在起身之前必须弄清楚。如果他在出去的时候说：“这是在逼我，对吗？”而结果又不是，那就——可是又很难是另一种可能性，所以从某个角度说恩赞正在被

劝诱自杀

哦，我不喜欢自己吃的饭粥，
我不能忍受布基伍基的节奏——
可是我受到，劝诱，要我**自杀**！

你可以保留德·宾格尔①的发型，
那件可恶的长袍子也归你用，
因为我受到，劝诱，要我**自杀**！

啊！对配发的票子，我兴趣不大，
也不爱曾经装嫩卖骚的那些妈妈。
可是我受到，劝诱，要我**自杀**！

红雀和布朗斯②，两个都别喜欢，
国家就是尿罐，城市也是尿罐

---

① 德·宾格尔：美国演员、歌唱家宾·克罗斯比（1904—1977）的绰号。

② 红雀，即圣路易斯红雀棒球队，属美国国家棒联；布朗斯，即圣路易斯布朗斯棒球队，原属美国棒联。

可是我是SOS[①]，哦对了这些诗就这样一段段地往下走，持续了好一阵。整首歌词表现了一种放弃世间万物的理性态度。这里的问题是，根据哥德尔定律，一定会有一样东西被漏掉，而这个东西绞尽脑汁也难以想到，所以最有可能的做法就是回头整个再检查一遍，纠正错误，去除必然存在的重复，加入必然会想到的其他东西，然后——嗯，就不难看出，标题里的“自杀”是有可能无限期推后的！

鉴于以上原因，近来奥姆宾迪和恩赞的谈话就集中在一系列商业信息上。恩赞算不上目标，只能算一个勉为其难的“托”。他代表着顶层的其他人，那些人可能在听，也可能没在听。

“啊，我看见你的家伙在变大，对吗恩瓜鲁勒卢？……不不，也许你只是在想以前爱过的人，很久以前，在某个地方……在西南非那边，嗯？”为了让大家都知道部落的过去，所有的记忆都应该成为共享资料，没有必要把历史储藏起来，只剩下最终化为零的期待……奥姆宾迪出于怨愤宣传这些道理，却借口说是为了部落团结的传统。这就成了他言辞里的一大弱点，给人很糟糕的印象。他好像要让人们相信基督教这一疾病从未触碰过我们，而大家又都清楚基督教确实感染了我们，有些人甚至感染致死了。确实，奥姆宾迪只听说过有这样一段纯真的过去：对手们不计前嫌聚到一起，村子造得像曼荼罗……他这样回顾这些连自己都不相信的过去，确实有些欺世之嫌。尽管如此，他还是会公开确认和宣扬它，把它作为一只圣杯，光灿灿地从屋子里悄悄飞过，完全不顾桌子旁边那些爱开玩笑的人正偷偷把“放屁垫”[②]放到“危险王座”[③]上，而寻找圣杯者的屁股正在落座，也不顾这些年来的圣杯本就成了塑料做的，一角钱一打，一分钱一罗[④]。就这样，奥姆宾迪像所有的基督徒一般，

---

① 英文“受到劝诱自杀”的首字母缩写，与紧急呼救信号双关。下面的文字和诗歌最后一行相混，直至段尾。

② 一种坐垫，人坐上后会发出类似放屁的声音。

③ 危险王座：亚瑟王传奇中圆桌旁一座位，留给注定能找到圣杯的骑士，其他人坐上则可致命。

④ 罗：计数单位，十二打，或一百四十四个。

时不时自欺欺人地颂扬那个自己不幸错过的纯真年代，预言它还会回来——那是前基督教时代最后遗留在地球上的其中一种大一统状态："西藏就像另一个瑞士。其共同之处是没有传统，只有阿尔卑斯和喜马拉雅提升其灵魂，又极少有危险，易于生存……瑞士和西藏是通过一条真实的地球经络连在一起的，像中国人画出的人体经络那样真实。我们得学会看地球的这种新型地图：地球内部的旅行越来越普遍，这些地图又增加了一维，我们也必须紧跟形势……"他还说到了冈瓦纳大陆，那是大陆漂移之前的事，那时候阿根廷还偎依在西南非旁边……人们听着，朦胧地回到了洞穴里，里面有床，有家用葫芦，里面的牛奶没有被当作圣物，可以狼吞虎咽，白白的，冰冰的，像北方那样冰冰的……

从上面可以看出，即便是日常问候，这两个人都会有效载荷一些含意，希望给对方的精神来个闪电式袭击。恩赞知道自己的名字被对方给利用了。自己的名字是有魔力的，可是他已经无能触动其魔法了，已经太久没有作为了……除了恩赞这个名字，这个用以施法的声音，一切都已逝去。他希望这个名字还有足够的魔力，在时机合适的时候，可以成就一件事情，一件好事情，无论离"中心"多么遥远……一个民族所存留的这些东西，这些传统和机构，不就是些陷阱吗？不就是那些性崇拜物吗？基督徒们知道如何让这些东西招摇过市，把我们诱入彀中，让我们回忆起初期的乳儿之恋……他的名字，"恩赞"这个名字，能破了他们的法力吗？他的名字能镇得住吗？

厄德士温洞穴是最可怕的陷阱之一，是一个辩证体，以语词为肉身，朝其他目标移动的肉身……恩赞清楚地看到了陷阱，却看不到出路……此时，他坐在一对刚刚点燃的蜡烛间，灰军装的衣领敞开着，胡子顺着黑黑的喉部散开来，下面较短、较稀疏，呈黑色圆圈状，很光滑，铁屑般散布在喉结的"南极"周围……极……轴……轴干……树干……树状家谱……奥姆伯荣般伽树[1]……穆库鲁……第一位祖先……亚当……

---

① 奥姆伯荣般伽树是赫雷罗神话中一棵"巨大的无花果树"，所有祖先皆居其上。下面的穆库鲁是最早的祖先，相当于《圣经》中的亚当。

他大汗淋漓，干了一天活的双手变得难看、麻木。有一阵他走了神，想起西南非的老家，在同一时刻，在地面之上，亲身参与日落过程，静看烟雾缓缓聚集——烟雾里有雾气，也有牛群归栏挤奶、睡觉时踩起的尘土……很久以前，他的部落相信，每次日落都是一场战斗。在太阳落下的北方，生活着独臂战士，还有独眼、独腿战士，每天黄昏时都要与太阳搏斗，用矛将其刺死，直到血液染红了地平线和天空。但是，在地下，在夜晚，太阳会再生，天亮时又会回来，面目如故，却又焕然一新。可是，我们这些占领区的赫雷罗人，我们还要在这地下、在这北方、在这死亡之地等待多久？我们会再生吗？还是我们已经被最后埋葬——面朝北方，和所有死去的同族人一样，和所有献给祖先的牺牲一样？北方是死亡的区域。也许没有神，但是有一种模式——名称本身并没有意义，但是命名的行为、说出名字的物理行为却遵守了这一模式。北豪森的意思是北方的居所，必须在一个叫北豪森的地方生产出火箭。旁边的城市被命名为布莱克罗德，只是为了确认其存在，为了信息不至于流失，其实有点画蛇添足之感。赫雷罗的历史就是流失信息的历史。它始于神话时代：住在月亮上的那只顽兔没有给人们带来月亮的真实信息，而是带来了死亡。我们从未得到过真实信息。也许造火箭的目的就是哪天带我们去月亮上，然后月亮最后会给我们说出实话。在厄德士温洞穴里，那些年轻人只知道白色的、秋气初露的欧洲，他们相信月亮是他们的归宿。可年长的人们就记得，月亮和恩坚比·卡龙迦①一样，既给我们带来了不幸，也为这场不幸替人类复仇……

恩赞还发现，布莱克罗德这个名字和早期德国人对死亡的诨称“布里克”很相似。他们认为他是白色的：洁白而空无。这个名字后来拉丁化了，变成“多米尼斯·布利瑟罗”。着了魔的魏斯曼把这个名字当成了党卫军的代号。当时，恩赞已经在德国了。魏斯曼把这个新名字带回了家，给了他的宠物。他并不是想显摆，而是想示意恩赞再靠近火箭一步，

① 在赫雷罗神话中，恩坚比·卡龙迦是冥界的神祇，而冥界又与月亮相关。兔子作为月亮的信使，错传信息，使人类有了死亡，因此遭惩罚。

靠近他仍然无法通过这种不怀好意的、密码式的命名来看清楚的某种命运，靠近一种少见的、但绝对不会被摒弃的模式——就是这种模式，继续哭哭啼啼地抱怨他还像二十年前那样莽撞……

曾几何时，他无法想象生命没有轮回。在他记事之前，就被某种东西控制了，在卡考草原上，在他妈妈住的圆形村落内外，在死亡之地的边界上，去了一个，回来一个……那是若干年后别人告诉他的。他出生后不久，妈妈就把他带回到自己的村子，离开了斯瓦科普蒙德。在平常，她早就被赶走了。她没结婚就生了孩子，和一个她叫不出名字的俄国水手。但在德国人侵略时期，规矩就没有互助重要了。虽然穿着蓝衣的亡命之徒们来了一次又一次，但恩赞每次都被莫名其妙地放过了。这是个希律王[①]式的故事，他的崇拜者至今仍津津乐道，但他不爱听。他才学会走路几个月，妈妈就带他加入了塞缪尔・马赫内罗横穿卡拉哈里沙漠的大迁移队伍。

关于那个年代，下面这个故事最为悲怆。难民们在沙漠里走了好多天。为了帮助他们，贝专纳[②]国王卡玛派人送来了向导、牛、车、水。他们告诫先到的人，只能一点一点喝水。可是后面的人赶到时，前面所有的人都睡着了。没人警告他们。又一条丢失的信息。他们喝水喝死了，好几百个人哪！恩赞的妈妈就是其中之一。他又饿又渴，精疲力竭，盖着一张牛皮睡着了。醒来时已在死人堆里。据说是一队奥瓦特津巴人在那儿发现了他，带着他，照顾他。他们把他留在他妈妈的村口，让他一个人走进去。他们是游牧人，可以在那个废墟遍野的国家里任选一条别的道路，可是他们带他回到了当初离开的地方。他发现村子空了。很多人参加了大迁移，有些被带到海边，关在牛栏里，还有些则去沙漠里给德国人修铁路。很多人因为吃了瘟牛肉而死去。

有去无回。百分之六十的赫雷罗人灭绝了。活下来的被人当作牲畜

---

① 希律王：罗马统治时期的犹太国王，据《新约》，曾命令杀死伯利恒所有两岁以下儿童，借以杀死尚在襁褓中的耶稣。

② 贝专纳人：居住于博茨瓦纳，讲班图语。

使役。恩赞在白人占领的世界里长大。被捕、突然死亡、有去无回，都成了司空见惯的事情。他想到这个问题时，竟无法解释自己侥幸存活的理由。他根本不相信有神的选民。恩坚比·卡龙迦和基督教的上帝都太远了。神的行为和纯粹的偶然毫无区别。欧洲人魏斯曼现在是恩赞的保护人，但他始终觉得是自己诱惑恩赞脱离了宗教。神们都自顾自地走了，神们离开了子民……恩赞让魏斯曼给自己做决定。此人对罪恶的渴望和沙漠对水的渴望一样，永远不会满足。

两个人已经很久没有见过面了。上次谈话还是从佩纳明德往中心工厂这里搬迁的时候。魏斯曼现在可能已经死了。早在二十年前的西南非，恩赞还不会说母语的时候，就已经看到这一点了：那是一种对终极爆发的热爱——那种升华，那种尖叫，盖过了恐惧……战争结束了，魏斯曼为什么还要活在人世呢？肯定是他发现了极其美好的东西，足以与他的饥渴相媲美。他不会最终变得理性温和，如他那上百个装着"SS"电路资料的玻璃柜子，存在于时空之中，永远与轰轰烈烈失之交臂，只有在真空中时才能被自己尾部的滑流轻轻推着向前，最后又只能重归寂静，尾迹里仅剩下几块褪了色的金属片。正像根据瓦格纳的曲子演唱的《中产阶级》，铜管乐很弱，假冒伪劣的感觉，弦乐又时不时乱了节奏……

最近，恩赞夜里经常莫名其妙地醒来。真的是"他"，被钉穿的耶稣，来俯临你了吗？那同性恋者所梦想的洁白身体、那颀长的双腿、那欧洲人柔和的金色眼睛……你瞥见破烂的遮羞布下面那橄榄色的阳具了吗？你想伸过嘴去舔他那粗糙木枷上的汗吗？他在哪儿？在占领区的哪个地方？应该罚他去掌控那强有力的、桀骜不驯的东西……

很少有柔软如绒的世外桃源，他可以在里面躺下来做梦。反正在这大理石的权力长廊里没有那样的地方。恩赞浑身冰冷，不是炉火熄灭带来的那种冰冷，而是自行袭来的那种冰冷，如果把爱最初的各种愿望比作舌腭，那种冰冷就是舌腭上不断加强的苦味……这一切是从魏斯曼带他来到欧洲时开始的：他发现在这些人当中，爱一旦过了直觉期和兴奋期，就与阳刚气的技术、与合同、与输赢有了瓜葛。在他而言，就是不可抗拒地加入火箭行业……火箭不仅只是钢铁简单的勃起，它整个就是一个“赢”的系统，远离女性的阴暗，紧紧拥抱美丽却心不在焉的自然母亲的那些热熵：这是魏斯曼强制他学习的第一件东西，也是他成为占领区公民的第一步。他受到蛊惑，相信了一个道理：懂得了火箭，就能真正懂得如何做一个男人……

“我以前很天真地认为，那些日子里所有激动人心的感觉，都是魏斯曼出于某种原因专门作为礼物送给我的。不过现在我没那么天真了。他扛着我迈进他的门槛，走进他的房子，走进了他打算带给我的生活：男人的追求，对领导的忠诚，政治阴谋，重整军备，大胆挑战周围古老的富豪统治，秘密改良武器……那些富豪们越来越无能，可我们年轻力壮……在一个国家生命的这个阶段，我们竟然那样年轻力壮！我无法相信，有这么多漂亮的青年，把超级公路上的一天扩展成轰鸣震荡的一天，汗水和灰尘覆盖在他们的身体上：我们在喇叭声里行车，丝绸的旗子完美地剪成了一套套衣服……女人们似乎全都很温顺地走动着，没有色彩……在我的心目中，她们排着队，四肢着地，乳房里的奶挤进了亮晃晃的钢桶……”

“他有没有嫉妒过其他的年轻人——从你对他们的感觉来看？”

“啊。我那个时候还很感性。而他已经过了那个阶段。没有。没有。我觉得他不在意的……我那时候爱戴他。我没有能力把他看透，也看不透他信仰的那些东西，可我想看透。如果说火箭是他的生命，我就属于火箭。”

“你就从没怀疑过他？他的性格一定是不够稳定了——”

“听着——我不知道该怎么说……你做过基督徒吗？”

“哦……做过一阵子。”

“你有没有这样的经历：在街上见到一个人，立刻就知道他一定是耶稣基督——你并非希望他是，或者觉得他有些像，*你知道*他就是。他是救赎者，回来走在子民中间，和古老的故事预言的一模一样……你走得越近就越肯定——你觉得什么都否定不了令你震惊的第一印象……你靠近他、从他身旁走过，为他愿意和你说话而感到惊惧……你的眼睛紧紧盯着……一切都得到了肯定。最可怕的是，他*明了所有这一切*。他看透了你的灵魂：你一切的自欺欺人都变得毫无意义……”

“那么……从你来欧洲到现在所发生的事情，按照马克斯·韦伯的说法，几乎可以称之为‘神性的日常化过程’了。”

“呕汰斯，”恩赞说的是赫雷罗语，指粪便。赫雷罗语有很多词都是粪便之意，不过他用的这个词指刚拉出来的大牛屎。

安德烈斯·奥如坎比坐在房间里一处凹壁旁，面前是一个纹面军装绿收发装置。他的耳朵上套着一对橡胶耳机。黑人支队使用的波段是五十厘米，也是“夏威夷Ⅱ”火箭导航设备的工作频率。除了火箭狂热爱好者，还有谁会监听五十三厘米的波段呢？至少黑人支队心里是清楚的：占领区里的每一个竞争对手都在监视他们。厄德士温洞穴大约03∶00开始发送信息，一直要工作到天亮。其他的黑人支队电台按照各自的安排进行播报。通讯语言是赫雷罗语，时不时借用一个德语词。这一点非常糟糕，因为这些德语词往往是技术词汇，会给监听者提供有用线索。

安德烈斯现在值的是下午班下半轮[①]，主要任务是抄录，需要时也回答问题。只要监听某个电台，立马就会变成多疑症。在几千平方公里的占领区，到处是看不见面孔的敌人，夜间在各自的营房里监听，就像四处分布的天线。虽然他们互相有联系（黑人支队也在竭尽全力监听），虽然他们对黑人支队的方案已毫无疑义，但他们还是在拖延，在等待最佳时机攻打进来，不留痕迹地毁坏一切……恩赞坚信，他们是在等待第一枚黑人火箭彻底装好、准备发射的时刻：针对真正的威胁、确凿的武器采取行动，这样面子上会好看些。与此同时，恩赞的安全防范也做得密不透风。这里的大本营是没问题的，少于一个团的兵力别想进得来。然而在占领区其他地方的火箭城，像采勒[②]、恩斯赫德[③]、哈亨堡[④]——他们可

① 美国海军中，一天二十四小时分为六班，下午四点到八点为便于水手们吃晚饭，进一步分为两个半轮班。这里的下半轮在下午六点到八点间。

② 德国北部汉堡以南一城市。

③ 荷兰城市。

④ 德国城市。

以一个一个拔掉，先是消耗战，然后是联合进攻……最后只剩下这座孤城，四面受围，困死当中……

他们好像已经不是盟友了，也许只是做戏……虽然根据他们为自己编造的历史，我们只能看到“战后的对抗”，但他们实际上可能会形成一个巨大的同盟，战胜国战败国都有份，达成一个温和的协议，分享一切可以分享的东西……即便如此，恩赞还是成功地使他们鹬蚌相争，使这些想来捡垃圾的人相互争吵不休……表面上看，这一切很真实……马维现在肯定和俄国人混到一起了，还有通用电气——那天晚上把他从火车上扔下去给我们争取到了——什么呢？争取到了一两天时间。可我们有没有充分利用这些时间呢？

现在的形势成了每天缝缝拆拆，算计微不足道的成功和微不足道的失败。数以千计的细节，每一个细节都可能造成致命的错误。恩赞希望更多地置身于局外，以便可以看到整个走向，以便可以在每次决策的分岔路口及时知道哪个会正确、哪个会错误。可是这里的时间是他们的，空间也是他们的。即便如此，他还是天真地希望白人族群里几百年前就不再期望的那些结果能出现在自己身上。那些细节，阀门、可能存在也可能不存在的特殊工具、厄德士温洞穴里的嫉妒和阴谋、丢失的操作手册、东西两面在逃的技术人员、食物的不足、生病的孩子，这些就像涡动的烟雾，每一个小颗粒都有自己的力和方向……他无法同时处理这么多东西，但在任何一个上面纠缠太久，又有失去其他东西的危险……不仅是那些细节如此。胡思乱想的时候，或者彻底绝望的时候，他有一种奇怪的感觉，觉得自己说的都是台词，有人在很远处准备好的台词——当然，这里说的“很远处”指的不是空间距离，而是权力级别。他做出的决定也不属于自己，他只是胡言乱语的演员，扮演着领导者的角色。他曾经梦见自己被一种无情的、危险的东西抓住了，无法醒过来……他经常梦见一条宽阔的河流，自己在河里的一艘船上，领导着一场必然失败的起义。由于政策原因，起义暗中进行。他受到追捕，常常九死一生，但他觉得很刺激、很潇洒……他还梦到了“阴谋”本身。它严厉而绝美，是音乐，是一支北方交响乐，一支北极航行交响乐，他们经过翠绿的冰岬，抵达冰山脚下，在不可思议的音乐声控制下双膝跪地，听任湛蓝如靛的海水冲刷自己：一望无际的北方，辽阔的土地，居住在这里的人们有着古老的文化和历史，却在岑寂中和世界的其他部分隔绝了……他们那些半岛和海域的名字，他们那些澎湃的长河，在气候温和的世界里不为人知……这是返程，返程的航行：他在自己的姓名里变老，那无所不在的航行音乐也是他亲手写的，只是年代久远，他已全然忘记了……可是现在，这音乐又找到他了……

“汉堡有麻烦——”安德烈斯急急地写着，把一只耳机放到汗湿的工作服后面，以便同时接通两端，“听上去好像又是那些难民。信号很差。越来越弱——”

投降后，德国民众和集中营里释放的外国囚犯之间经常发生这种小型冲突。流亡的波兰人、捷克人和俄国人占领了北方的城市，抢夺兵工厂和粮仓，想把抢到的东西据为己有。可是没人知道如何对待当地的黑人支队。有些人看到他们破烂的党卫军军服，做出不同反应——其他人则把他们当成从意大利翻山越岭、流落到此的摩洛哥人或印第安人。德国人还记得二十年前法国殖民军占领莱茵兰[①]的事情，当时贴标语的人高叫：“SCHWARZE BESATZUNG AM RHINE（黑人卫戍部队进驻莱茵河啦）！”真是雪上加霜。上周在汉堡，黑人支队的两个人被枪杀，其他人遭到毒打。英国军事政府派了一些部队来，但杀戮已经结束了。他们主要的兴趣好像在加强宵禁上。

“是昂古汝维。”安德烈斯递过耳机，身子一转，走到恩赞身边。

“……不知道他们想要的是我们，还是炼油厂……”一阵阵咯巴声干扰着说话声，“……一百，也许是两百……很多……——枪，警棍，手枪——”

哔—哔哔，一阵嗞嗞声，接着一个熟悉的声音劈了进来：“我可以带一打人来。”

“汉诺威在回答。”恩赞嘟哝着，竭力做出被逗乐的口气。

---

① 莱茵兰：德国莱茵河沿岸区域，包括著名的葡萄园及一些高度工业化地区。

“你是说约瑟夫·奥姆宾迪。”安德烈斯并没有被逗乐。

情况是这样的：呼救的昂古汝维在“空壳人”问题上保持中立，或者说想保持中立。不过，要是奥姆宾迪能带小部队到汉堡的话，他也可能决定留下来。尽管汉诺威有大众汽车厂，但也只能作为他的一个跳板。汉堡可以给“空壳人”们提供一个更为有力的能源基地，那样机会可能就会来临。不管怎么说，北方应该算他们的故土……

“我得走了，”说着把耳机还给了安德烈斯，“怎么了？”

“可能是俄国人，想撬出你的下落。”

“不要紧。别担心齐切林了。我认为他不在那儿。”

“可是你的欧洲人说——”

“他？我不知道该相信他多少。记住，我真的听见他在火车上和马维谈话。现在他在北豪森，和齐切林的女人在一起。我要问的是：你相信他吗？”

“可是如果马维目前在追踪他，就说明他可能是有些价值的。”

“如果真有价值，我们就会再见到他。”

恩赞抓起装备包，吞下两粒柏飞丁①，准备上路。他给安德烈斯详细交代了一两件明天的事情，然后从长长的盐质石坡爬到外面。

到了外面，他吸了一口哈茨山四季青翠的空气。在古老的村子里，这个时候已经是迟暮，该挤奶了。第一颗星星出来了，奥卡努迈西②，喝甜奶子的小家伙……

不过这颗星星可能是另外一颗，靠北的一颗。他找不到安慰。我们身上发生了什么呢？如果我们可以选择，如果占领区的赫雷罗人必须生活在西南非那个试图毁灭我们的天使怀抱里……那么：我们是被弃了，还是被选中留待更可怕的命运？

恩赞必须在日光之矛再次刺向地球时到达汉堡。火车上的安检很麻烦，好在哨兵们认识他。长长的火车日夜不停地从中心工厂开出，运送

---

① 柏飞丁：即脱氧麻黄碱。
② 赫雷罗语：指长庚星，即金星。

A4 部件，西到美国人那里，北到英国人那里……随着占领区的新地图进入使用，很快还会东到俄国人那里……北豪森要归俄国人管辖，我们到时候应该有所行动……能不能从齐切林身上获得机会？恩赞从未见过此人，不过他们应该能合得来。恩赞是他的同父异母兄弟。他们血肉相通。

这时候，他的坐骨神经跳动起来。坐得太多了。他一瘸一拐地独自走着，头仍是低下的，就像走在厄德士温洞穴的间隙里——谁知道在这儿把头昂得高高的人会有什么下场？恩赞走在通向铁路高架桥的公路上。桥身在渐增的星光中显得高大、灰白。他向北而去……

◆ ◆ ◆ ◆ ◆

黎明前。下方一百英尺的地方飘着一片暗淡的云，一直向西延伸，看不到尽头。斯洛索普和实习女巫盖丽・特里平站在布罗肯峰顶，等待着日出。这里是德国邪祟的聚集之地，在中心工厂西北偏北二十英里处。“五朔节前夜”来了又去了，这嬉闹的一对儿几乎错过了一个月，但仍可以看到刚过去的“黑色安息日”的残余物：“战争”牌啤酒的空瓶子，蕾丝内衣，用完的步枪子弹夹，破红缎子做的纳粹万字旗，文身针，一片片蓝墨水——“这到底是干吗呀？”斯洛索普问。

“为了魔鬼之吻嘛。”盖丽依偎在他的腋窝处，那表情无疑在说“哦你这个傻瓜”。斯洛索普不懂她的心思，便觉得自己有些讨厌、乏味。接下去，他更发现自己对女巫们几乎一无所知，尽管他的祖上曾经有过一位货真价实的“塞勒姆[1]女巫”，还被处以最后一批集体绞刑——其中还有好几个斯洛索普家族的人，只是经历了几百年的婚嫁变化，已经不在家谱上了。那位女巫叫艾米・斯普如，是家族的叛徒，二十三岁成为唯信仰论者，在伯克夏乡间疯跑，偷小孩，天黑时把人家的牛骑走，在斯瑙德山[2]上献鸡祭祀——比疯子秀・敦罕还要早两百年。不难想象，那些鸡

---

① 美国有好几个塞勒姆，此处应指斯洛索普家乡马萨诸塞州东北部一城市。

② 斯瑙德山：虚构的所在，山名来自品钦短篇《秘密融合》里的人物名。后面的疯子秀・敦罕也出自同一篇小说。

是受了罪了。但不知为什么，那些牛和孩子却总是安然无恙。艾米·斯普如和蹦蹦跳跳的小桃乐茜[1]的敌人一样，不是坏女巫。

她走向罗得岛[2]，寻求一些庇护，
本想中途时在塞勒姆停住，
但他们不喜欢她的做派和笑脸，
于是她没看到纳拉甘塞特[3]海湾……

他们以女巫罪抓了她，判了死刑。斯洛索普家族的又一个疯子。后人不得已要出声叫她的名字，也都是耸着肩膀。不过她已年代久远，也算不上什么家丑了。更多的倒是好奇。斯洛索普长大后对她没有什么明确的看法。1930 年代，女巫们自然没有得到公平对待。她们被描绘成会叫你小宝贝的丑老婆子，算不上一个完整的群体。那些电影并没有给他提供足够的知识，来理解这种条顿式女巫。比如，德国女巫每只脚六个脚趾，阴户上完全没有毛。这倒多少有些像以前纳粹发射塔楼梯处壁画上的女巫，而那些东西就在这座布罗肯峰上。不过，谁又会在政府部门的壁画上寻找那些不负责任的想象呢？对不对？盖丽认为，没毛的阴户源于冯·贝洛斯画的女人。“嗬，你只是不想把自己的剃掉，”斯洛索普咯咯笑着说，“哈！哈！某些女巫啊！”

“我给你看一样东西。”她说。他们这么早起来，为的就是这样东西。他们肩并肩，手拉手，静静地看着太阳开始照亮地平线。“看好了，”盖丽小声道，“在那边。”

太阳照到他们背上，几乎是平平照过来的。阳光开始在珍珠白的云堤上蔓延开来：两个巨大的影子投在地表上，长达数英里，过了克劳斯托尔-泽尔特菲尔德，过了西森和高斯拉尔[4]，过了莱纳河的位置，向威悉

---

① 见《绿野仙踪》。
② 罗得岛是分离主义者和反律法主义者领袖安妮·哈钦森和罗杰·威廉姆斯居住之地。
③ 纳拉甘塞特：位于罗得岛以东。
④ 均为德国城市。

河方向拉长……“我的天哪，”斯洛索普有点紧张，“是幽灵！”在伯克夏的格雷劳克山也能看到这种现象。这里的人们称之为“布罗肯幽灵”。

神的影子。斯洛索普抬起一只胳膊。手指大如城，肱二头肌大如省——他当然是抬起了一只胳膊。这不是他期待的吗？他把胳膊伸向东面去抓格丁根，胳膊的影子便在身后划出一道道彩虹。这可不是普通的影子——三维的，铺展在德国的黎明上，没错，泰坦当初一定是住在这些山里，或者山体内……比例极度失调。再也不用在河上行船，再也不用看着地平线觉得没有尽头，再也不用怕输，不用长途跋涉……只剩下他们深长的影子，躯壳罩着一层光晕，俯趴在云雾上，人们就在那些云雾里来去……

盖丽像舞蹈演员一样直直地翘起一条腿，头低向同一边。斯洛索普向西抬起中指，手指直向前冲，每秒能罩住三英里的云层。盖丽抓斯洛索普的耻物。斯洛索普斜着身子去咬盖丽的乳头。他们硕大无比，在整个天空的舞台上起舞。他把手伸进她的衣服里。她用一条腿缠着他的腿。两个幽灵把周身的红色全部染成了靛青，大起大落，巨硕无朋。云层下面就像沉落大西洋底的亚特兰蒂斯岛，静寂而迷蒙。

不过，这种布罗肯幽灵只限于黎明时分极其短暂的时刻，很快影子就缩回到主人身边了。

“哎，那个齐切林有没有——”

“齐切林太忙了，顾不上来这儿。”

“哦，我就是懒汉之流。”

“你不一样。”

“噢——哦……他应该看看的。”

她不解地看着他，但是没有刨根问底——她的牙齿停在下唇上，“为什么”里的第一个“W”音（塑料人的声音）愣是转着圈憋在了嘴里。问不问都一样。斯洛索普也不知道为什么。想从他这里挖出什么的人，总是一无所获。昨晚，他和盖丽误撞到旧矿山入口外黑人支队的一个岗哨。那些赫雷罗人连续盘问了他一小时问题。哦，只是随便走走，你们知道的，只是找点儿不寻常的东西，就是我们所说的“人们感兴趣的东西”，当然很吸引人，我们总是对你们这些人做的事情感兴趣……盖丽在黑暗中窃笑。他们肯定认识她，没有问她任何问题。

他后来提到过这事，她对齐切林和非洲人之间的事情也不清楚。不管他们在做什么，反正是带着强烈的感情。

“是仇恨，没错，”她说，“愚蠢啊愚蠢。战争结束了。这种仇恨不是政治仇恨，或者别的什么狗屁，而是古老的纯私仇。”

“恩赞？”

“这是我的看法。”

他们发现，布罗肯是由美国人和俄国人共同占领的。这座山位于未来苏联占领区的边界。火光附近，无线电发射台和一个旅馆的破砖烂墙向外伸展开去。这里只有两三个排，最高长官也不过是没有正式任命的士官。军官们都在下面的巴特哈茨堡和哈尔伯施塔特，舒服的地方，或纵酒，或渔色。于是，布罗肯山上自然有了一种愤愤不平的气氛。尽管如此，小伙子们还是喜欢盖丽、容忍斯洛索普，最幸运的是他们好像和军械署没有瓜葛。

不过，安全是短暂的。马维少校把哈茨咬了个遍，把几千只金丝雀弄得心脏病发作。他不停地捣弄着，嘴里在吼：饭桶英国笨蛋我不在乎用多少人马我要一个师听见了吗小子？那些金黄的鸟儿便一群群肚皮朝上，从树上掉下来。他迟早能找到踪迹的。他疯了。斯洛索普也有点疯野，却不是这个样子——马维式迫害欲，确实不正常。有没有可能……对呀，斯洛索普自然而然地想到：马维是不是和苏黎世追踪他的那些开劳斯莱斯的人关系紧密？他们的关系可能深不可测。马维和通用电气称兄道弟，通用电气用的是摩根[①]的钱，哈佛也有摩根的钱。他肯定也和莱尔·布兰德有着某种瓜葛……那些人是谁，啊？他们为什么想得到斯洛索普？现在他确信，茨维特那个疯狂的纳粹科学家也是这些人当中的一个。那个友善的老教授格林普夫不过是在中心工厂张网以待，只要斯洛索普出现就带他走。耶稣啊。要不是他天黑以后溜出来回到北豪森，来

① 通用电气借助金融家约翰·P. 摩根的资金，成立于一八九二年。

到盖丽的住处，他们肯定已经把他关起来了，或许还打了他，或许连命都没了。

下山返回前，他们想办法从哨兵们身上诈了六根香烟和一些军用物品。盖丽认识一个朋友的朋友，住在金谷①的一座农场，特别迷恋气球航行，名叫施瑙普，正要飞到柏林去。

“可是我不想去柏林。”

“你想去没有马维的地方，小家伙。”

施瑙普微笑着，急于要找一个伴。他刚从附近的军人服务社回来，抱了满满一抱扁扁的白盒子：他想把这些商品运到柏林去。“没问题的，”他对斯洛索普说，“别担心。这条路线我已经飞过几百次了。没人理会一个气球的。”

他把斯洛索普带到屋子后面，那里有一块绿油油的坡地，中间有一个柳条吊篮，旁边是一堆浅蓝和深红相间的绸布。

“确实是隐蔽的逃亡。”斯洛索普喃喃道。一帮孩子从一座苹果园里跑出来，帮他们把装有粮食酒的锡桶搬到外面的吊篮里。下午的阳光把所有的影子都投到山坡上。西风在吹。斯洛索普用芝宝打火机帮施瑙普点着燃烧器，孩子们则把气球的褶皱弄平了。施瑙普调大火焰，直到火焰朝两边喷开，发出持续不断的隆隆声，喷入巨大的绸袋。从间隙中可以看到孩子们，他们都变成了起伏不定的热浪。气球慢慢开始膨胀。“记着我。”盖丽在燃烧器的轰鸣声里喊道。“会的，直到再见到你……”斯洛索普和施瑙普一起爬进吊篮。气球从地面升离了一点，借上了风力。他们开始动了。盖丽和孩子们围了一圈，抓着吊篮的上缘，气袋还没有完全升上去，但在加速，拖着他们拼命往山上跑，边跑边笑边欢呼。斯洛索普尽量让开，好让施瑙普视线通畅，看到火焰是否正常进入气袋、吊篮的绳子是否正常。最后，气袋直直向上一冲，到了太阳另一边，袋内激荡起黄色和红色的热气。地面上的“工作人员”一个个松开吊篮，挥着手道别。盖丽是最后一个放开的，她穿着白衣，头发梳到后面扎成

① 金谷：位于哈茨山中的一个山谷，在北豪森以东十九英里。

辫子，柔软的面颊、嘴巴，认真的大眼睛依依不舍地盯着斯洛索普，直到最后放开双手。她跪在草地上，飞了个吻。斯洛索普感觉到自己的心失去了控制，鼓满了爱情，像气球般迅速升起。他的脑子没有以前快了，在占领区尤其明显，所以好长时间才想起说“噢，别傻了”。这地方是怎么啦？

他们飞起来，过了一片冷杉林。盖丽和孩子们渐渐变小，身影缩成绿草坪上的一道道笔画。山丘越来越远，最终成了平地。过了一阵儿，斯洛索普回头一望，看到了整个北豪森：天主教堂，市议会厅，圣布莱修斯教堂……他看到了盖丽的无屋顶区……

施瑙普碰碰他，用手指了指。一会儿，斯洛索普看清了：一个车队，四辆草绿色汽车，扬起一路灰尘，急急赶往那座农场。从表面特征判断，是“马维之母”。不过，斯洛索普现在已经吊在这个大气球上了。哦，好啦——

过了一会儿，斯洛索普大声道：“我是个倒霉蛋。”他们找到一条稳定的航线，目前方向是东北。他们朝酒精火焰靠近了些，领子也竖了起来，背后的风和前面的火形成了一个夹角，肯定有五十度。“我应该早些告诉你。你都不认识我。我们现在要飞到俄国人的占领区去。”

施瑙普的头发被吹得乱如蓬草，上嘴唇摆出德国式沉思的造型：“没有小占领区，”他说，和盖丽常说的一样，“没有小占领区，只有占领区。”

不久之后，斯洛索普开始查看施瑙普带着的盒子。有一打，每盒装一个厚厚的金黄色蛋奶饼，在柏林可以卖上天价。“哇，”斯洛索普叫道，“操蛋呀。我肯定出现幻觉了。”接着又说了些讨好的、低级的、亲密的话语。

“你应该有一个军人服务社的卡。”销售广告。

“现在我连买蚂蚁护裆配给券的钱都没有。”斯洛索普直言不讳地答道。

“那，我把这个馅饼和你分了，”施瑙普想了一会儿道，“因为我有些饿了。”

“哦伙计，哦伙计。”

你瞧，斯洛索普正在啃那块馅饼呢！他自我陶醉着，把手上的蛋奶羹舔掉。突然，他看到天空远处，就在北豪森那个方向，有一个值得注意的黑色物体，只是一个点那么大。“啊——”

施瑙普回头看了看：“我靠！”拿出一个铜望远镜，靠在吊篮边上，光闪闪的。“我靠，我靠——没有标志。”

“我觉得……”

空气是如此的蓝，把它夹在两根指头中间，揉一揉，再放回去，仍会碧蓝如故。就在这样的空气里，他们眼看着那个黑点慢慢变成一架生锈的旧侦察机。很快，他们听见了飞机引擎声，咆哮着，噼啪着。接着，在他们的四目睽睽下，飞机斜转弯，开始超过他们。

在他们和飞机间的风里，隐约传来了复仇女神的歌声：

> 有个名叫莫盖尔的小青年，
> 对纵摇波道放大器很喜欢。
> 可是短路了一回又一回，
> 使他的浑身疙瘩长满，
> 还把卧室烧坏了一半。
>
> 是啊，是啊，是啊，是啊！
> 普鲁士人从来不吃咪咪——

飞机在一两码远的地方嗡嗡飞过，肚皮都翻了起来。这玩意儿是个魔鬼，马上要生孩子了。一个小小的检修孔后面，一张红脸在窥视，带着皮帽子和风镜。“你这个英国笨蛋，”声音走远了，“我们一定要把你的屁股还到脸上。”

斯洛索普拿起一块馅饼来。这个动作在计划之外。“去你妈的。”他把馅饼扔出去，准极了，在飞机慢慢离开的时候，砰的一声，正好打到马维的脸上。吔。戴手套的手扒拉着饼糊。少校伸出了粉红的舌头。蛋奶羹滴到风里，黄色的小滴划着弧线掉向地面。舱盖关上了，侦察机滑开去，缓缓翻了个滚，转身掉头回飞。施瑙普和斯洛索普举起馅饼等待着。

“那个发动机没有盖子，”斯洛索普发现了，“我们就朝那儿打。”这时候，飞机背侧对着他们，只见驾驶舱里挤满了啤酒喝得烂醉的美国人，唱着：

从前有个叫李特尔的伙计，
和导航发射器睡在一起。
结果弄得那东西萎缩无力，
掉下去落在了袜子里，
搞得他痛不堪来苦不已。

一百码，迅速靠近。施瑙普抓住斯洛索普的胳膊，顺右舷方向指着远处。老天爷故意在他们前面安置了一大片斜起的白云，风把他们急速吹入云中：云在沸腾，活物般伸出触手，示意他们赶快……赶快……接着他们便进去了，进到了潮湿冰冷的危险暂缓期……

“他们会等着的。”

“不，”施瑙普把耳朵做杯状，“他们把发动机关了。他们也在里面，跟着我们。”强作的寂静又持续了一两分钟，却又真切地听到：

从前有个人名叫施罗德，
和舵叶发动机[①]龌龊过。
在他那根长棒棒的尖尖上，
很快长出了刺戳戳，
主动做起了加速工作。

施瑙普拨弄着泛出蔷薇灰光晕的火焰，尽可能让对方看不到自己，高度又不至于降得太低。他们在微弱的光线中飘浮着，失去了方向。地面上伸出的花岗岩山峰胡乱地击打着云层，想在里面找到他们的气球。

---

① A4 火箭的推力室里有四个石墨叶片，用以导航，由伺服发动机控制。

飞机在某个地方以自己的方向和速度前进着，气球无法采取任何行动。二元判定在这里已经没有意义。云压过来，令人窒息，馅饼表面上凝出大大的水滴。突然，沙哑的声音袅袅传来：

从前有个小伙叫德卡图，
和液氧发动机睡到一处。
他的蛋蛋和他的鸡鸡
一下子就给硬邦邦冻住，
没一会儿肛门也同样凝固。

蒸汽的幕布飘散开来，美国人出现了。他们在不超过十米的地方安然滑行着，只比气球稍快一点。

“看好了！”施瑙普大叫一声，把一块馅饼掷向露在外面的发动机。斯洛索普没打准，落在飞行员面前的挡风玻璃上，弄得整个玻璃上都沾满了饼糊。这时候，施瑙普对着发动机扔起沙囊来。一个沙囊落在两个气缸间卡住了。美国人受此突袭，慌忙伸手拿随身武器和手榴弹、机枪，反正就是军械署的人带的那些轻武器。不过他们滑过去了，雾气又集聚过来。响了几声枪。

“糟糕，伙计。他们要是打中那个沙囊——”

“嘻。我感觉我们打中了启动磁电机的电源线。”云中连续传来其中一个发动机无法启动的嗞嗞声。联动部分拼命地尖叫着。

“哦，他娘的！”闷闷的尖叫声从远处传来。断续的呜呜声越来越弱，终于悄无声息。施瑙普仰躺着，吧唧吧唧吃着馅饼，一脸苦笑。他的货物扔出去了一半。斯洛索普心里有些歉疚。

“别这样，别这样。别烦心了。这挺像最早期的商业模式。我们返归古代了。不幸中的万幸。运输路途遥远，充满危险。货运中的损失很正常。你了解一点原始市场的。”

几分钟后，云开雾散，他们开始在阳光下静静飘飞。吊索上滴着水，气囊仍在潮湿的云朵影响下闪闪发亮。马维的飞机没有了影踪。施瑙普调节好火焰，他们开始上升。

将近日落时，斯瑙普的思维活跃起来。“你瞧。你可以看见影子的边缘。在这个高度，地球的影子以每小时六百五十英里的速度，也就是喷气式飞机的速度，掠过德国。”那片云分散成一些小雾堤，颜色如煮熟的虾。气球飘荡着，下面是绿畴连绵的乡间，在黄昏的催动下，渐渐转成黑色：一条小河如线，在落日下灼灼燃烧，又是一座没有屋顶的、结构复杂的小城。

夕阳看去是红黄二色，和气球一模一样。地平线上，柔和的球体向下方弯开去，像瓷盘上的桃子。“你越往南走，”施瑙普接着道，“影子就飞动得越快，直到赤道为止：一小时一千英里。不可思议。在法国南部的某个地方，它的速度会超过声速——大约是在卡尔卡松①那个纬度。”

风挟着他们向前飞，北偏东。“法国南部，”这时候斯洛索普想起来了，“对了。那是我超过声速的地方呀……”

◆ ◆ ◆ ◆ ◆

占领区已进入盛夏。人们无声无息地躲在断墙后面，蜷着身子在弹坑里熟睡，出去在下水道里掀起灰衬衣做爱，在田野间游荡做梦。梦见吃的，梦见遗忘，梦见另一种历史……

这里的沉默是声音的撤回，像大潮来临前碎浪撤回去一样：声音流走了，沿着声道的斜坡，聚集到另一个地方，酝酿声音的大浪。高大笨拙、黑白斑驳的奶牛被套上犁头，因为占领区的德国马几乎已经绝迹了。它们面无表情，直接进入冬天布过地雷的田里埋头苦耕。可怕的爆炸声隆隆响遍了整个农田，牛角、牛皮、牛肉雨一般四处洒落，伤痕累累的牛铃无声无息地躺在苜蓿里。马们可能懂得避开地雷，可是德国人把马匹都浪费光了，把马族都消耗尽了——他们把马赶到最恶劣的环境里，运送成堆的钢铁，冒着得风湿的高风险经过沼泽地，前不久又在前

① 卡尔卡松：法国南部一城市。

线毫无保护地面对冬日的严寒。少数的马可能在俄国人那儿找到了安全，因为俄国人依然爱马。经常可以在夜里听到俄国人的声音。他们的营火笼在北方夏日的雾气中，映红了山毛榉丛后面大片的天空。那雾气几乎没有了水分，犹如营火映在刀刃上。十几把手风琴和六角手风琴在合奏，和弦很杂乱，还有一件管乐器在应和。那些歌曲里满是忧伤的“斯杜耶赫”和“兹尼”①，女盟国援军的声音尤其清晰。马嘶叫着在草丛中沙沙走动。那些男人和女人和善、机智、狂热，他们是留在占领区里的最快活的人。

齐切林在这些跳荡的肉体间进进出出，拼命捡垃圾。他身上的金属比什么都多，说话时钢牙闪着光，大背头下藏了一块银板，右膝盖下软骨和骨头的细缝间缠着金丝，有如一片立体文身。他总能感觉到膝盖里金丝的曲直，那是用手塑造的疼痛之玺，是他最为自豪的战斗勋章，只有他自己能感觉到，别人是看不见的。当时动了四个小时手术，在黑暗中。那是在东部前线，没有磺胺药，没有麻醉剂。他当然自豪了。

他是走路来到这里的，拖着那条金子般永恒的瘸腿，从寒冷、草地和神秘中走来。他的公开身份是“TsAGI”的情报员，“TsAGI”即“莫斯科中央空气动力及水力研究所”。他接到的命令涉及技术情报。但他在占领区的真实使命却秘密而紧迫，也不是为了人民利益。他的上司通过许多暗示使他明白了这一点。以齐切林猜测，如果字斟句酌的话，这可能是千真万确的。他们要除掉恩赞，肯定有自己的原因，尽管他们不直接说。他们和齐切林的分歧在于时间，或者说在于动机。齐切林的动机与政治无关。他正在德国的这一片真空里建立一个小国家。他有一种本能的冲动，一种需要，就是消灭黑人支队，消灭具有神秘色彩的同父异母兄弟恩赞，但他弄不清，也不再想弄清其中的原因。他具有恐怖主的血统：他的祖上有无数人扔过炸弹，或以刺杀为乐。与沃尔特·拉特瑙达成《拉帕洛条约》②的那个齐切林和他扯不上任何关系。在他流亡和回

---

①“斯杜耶赫”和“兹尼”都是俄语中的后缀，很容易使听者感觉自己听到的是俄语。

② 拉帕洛：意大利西北一城市，位于利古里亚海上。《拉帕洛条约》一九二〇年十一月由意大利和南斯拉夫签订，宣布阜姆即里耶卡为独立城市。

国期间，一直有一个人在长期负责他的事情。此人是一个由孟什维克转变过来的布尔什维克，相信一个国家可以比他们所有人都存在得更为长久，其他人也可以坐上他桌旁的座位，就像他悄悄坐上托洛茨基的座位一样。坐座位的人可以变化，座位却不变……哦，好极了。那样的国家是有的。可是后来却有了齐切林式的另一种国家，一个和人一样的国家，里面的人死了，国家也就不存在了。他出于爱，也出于生理上的恐惧，无法摆脱那些死在车轮下的学生、那些被黑夜背叛的无眠的眼睛、那些在绝对权力的控制下疯狂地为死亡张开的怀抱。他嫉妒他们的孤独、他们特立独行的意志。为此，他们甚至置军队于不顾，也常常得不到任何人的爱和支持。他自己在占领区建立了稳定的德国小姐网络，那是妥协的结果：他知道，即便在情报收获丰富的情况下，这样做也有些耽于享乐之嫌。但爱的风险、依恋的风险都是可见的，不过和他要做的事情比起来，就微不足道、易于消受了。

斯大林当政早期，齐切林驻守在七河地区边远的“熊角”（俄语叫“灭肚贼捂个老壳”）。夏天，水渠在绿洲里渗出模糊的细格子图案。冬天，黏糊糊的玻璃茶杯整齐地摆放在窗台上，军士们都在玩“优选”①，除非出去撒尿，或者在街上拿着最新改装的莫辛②打受惊的狼。在这里，人们喝得大醉，想念城市，玩吉尔吉斯马术，承受地球无止境的颤抖……因为地震，没有人修房子超过一层，整个小城就像西部电影里拓荒前的情景：一条黑乎乎的土街，两边排列着气势不凡的两层或三层假门面。

他来到这里，来到这么远的地方，是为了给这些部落的人教会一个字母表。这个字母表完全由他们内部的语言、手势和触摸构成，阿拉伯字母都取代不了。齐切林的合作者是当地的扫盲中心，是莫斯科那边叫作“红色毡包”的连锁机构之一。吉尔吉斯人无论老少，都从平原上到

---

① 一种牌戏。俄式“优选”用三十二张牌。

② 莫辛：一种俄式步枪，用 7.62 mm 子弹，一八九一年至一九四五年间为俄国步兵标准配枪。

培训中心来，身上散发着马匹、酸奶和草烟的气味，进了门就盯住画着粉笔字的石板。那些生硬的拉丁符号连那个俄国干部也不怎么懂——她叫伽琳娜，穿着可以扔掉的军裤和灰白的哥萨克衬衫……还有她的朋友柳芭，卷发，表情温和……瓦斯拉夫·齐切林，政治探子……在这个非常陌生的异国，他们都是NTA即“新突厥字母表”的代表——但大家都不这样看自己。

早上在食堂吃完饭，齐切林通常都要闲逛到那儿的红毡包里去，目的是顺便看望一下女老师伽琳娜。她触动了他内心的一两处与女性有关的什么构造……唔……他出来的时候，常常发现自己的天空中尽是片状闪电：狂风、怒光。可怕。大地在颤抖，几乎都要听见颤抖声了。这大概是世界末日，却又是中亚地带一个普通的日子。天空般阔大的脉搏在一下下跳动。一堆堆云朵飘向亚洲靠北极的方向，有些轮廓十分清晰，黑魆魆、乱糟糟的。飘过大片大片的青草和毛蕊花秆，在风里呈现出绿色与灰色，波浪般消失于远处。好大的风啊。可是他偏偏要站在街道上，在风里，紧紧抓住裤子，衣领的尖端啪啪抽打着胸膛。他诅咒军队，诅咒党，诅咒历史，凡是把他弄到这儿来的东西他都诅咒。他从来不喜欢这里的天空和平原，还有这些人和动物。即使在灵魂里最阴暗的沼泽营地，即使在觉得自己和战友们劫数难逃的列宁格勒战斗中，他也不愿留有任何驻扎在七河的记忆。听过的音乐，夏日的旅游……黄昏时在草原上看到的马匹……统统不留下任何记忆。

也包括伽琳娜。伽琳娜甚至不能称之为正宗的“记忆”。她的形象已经混同于字母表、混同于莫辛的拆装了——是啊，要记得用右手拆下枪栓时，左手食指要按住扳机，记得整个一套环环相扣的防走火措施——三个流亡者伽琳娜、柳芭、齐切林的部分相处过程也是如此——还要弄出些变化、弄出个辩证法来，整个过程结束了这些变化和辩证法才会彻底结束。眼里没有她的形象了，也就没有任何值得回忆的了。

她的眼睛躲在硬邦邦的阴影下，眼眶青紫，像是受到过拳头特别准确的打击。她的下巴很小，方方的，平伸出来，说话时会更多地露出下牙……很少有笑容。脸上的骨头曲线很硬、很紧凑。周身笼罩着粉笔灰、肥皂和汗水的气味，弄得柳芭总是拼命往她宿舍的边上或窗子旁躲。柳芭是一只漂亮的鹰，受过伽琳娜训练。柳芭会飞，会从一俄里远的地方扑下去，爪击、流血，她瘦削的主人却只能待在下面的教室里，困在语词里，困在一堆堆白色的、霜花图案般的单词里。

云堆后面在轻微地搏动。齐切林沿着泥泞离开街道，走到培训中心。柳芭瞅了他一眼，滑稽的中国清洁工楚胖朝他做了个像是磕头的动作，还挥了一下拖把，早到的一两个学生莫测高深地盯着他。流动的“本地”老师扎其普·屈兰本来扎在一堆浅色的测量图、黑色的经纬仪、鞋带、拖拉机垫片、插头、油腻腻的拉杆头、钢质图盒、7.62 mm 子弹、饼屑和饼块中，这时候抬起头来，想要一支烟，而齐切林已经从口袋里拿出烟递给他了。

他笑笑表示感谢。这样比较好。他对齐切林的用意心里没底，对他的友谊更是心里没底。扎其普·屈兰的父亲在一九一六年的起义中被杀。当时他想离开库洛帕特金[①]的队伍，越过边界逃到中国。一天傍晚，在一条即将干涸的河边，大概应该是在这个世界靠北的 0 纬度顶端，包括他在内的大约一百个吉尔吉斯逃兵遭到屠杀。俄罗斯的定居者们出于警惕和恐慌，拿着铁锹、草耙、老步枪和一切能用的武器，包围并杀死了这些皮肤比他们黑的逃亡者。当时，这样的事在塞米列奇很平常，尽管那里离铁路非常远。那个可怕的夏天，他们像打野物一样猎杀撒尔塔人、哈萨克人、吉尔吉斯人和东干人。每天记成绩。那是一场竞赛，出发点是好的，但却不只是简单的游戏。数以千计的当地人因为不安分而饮恨尘埃。他们的名字，乃至他们的编号，都永远消失了。肤色、穿衣方式都成了下狱、挨打甚至被杀的理由。甚至连说话的声音也不放过，因为有关德国和土耳其间谍的谣言传遍了这些平原——这和彼得格勒[②]的推波助澜不无关系。当地人的这次造反被怀疑是外国人所为，是一次国际阴

---

① 一九一六年，政府强制所有俄国人义务服兵役，引起哈萨克人反抗，库洛帕特金上校奉命率一骑兵支队前往镇压。

② 彼得格勒：苏联城市列宁格勒的旧称。

谋，想开辟一条新战线——主要是西方式多疑症的产物，与欧洲的权力制衡思维不可分割——这和哈萨克、吉尔吉斯人——与东方人有什么关系呢？难道这些民族不幸福吗？难道俄国统治五十年就没有发展吗？没有富强吗？

啵，现在，在莫斯科的现有体制下，扎其普·屈兰成了民族烈士的儿子。那个格鲁吉亚人掌握了俄国的大权，守旧而专制，声明要“对少数民族友好”。然而，尽管这位可爱的老暴君尽了全力，扎其普·屈兰却由于某种原因，仍然和以前一样“本土”，每天还会被这些俄国人根据不安分程度进行评判。至于他那栗色的脸、长而细的眼睛、灰扑扑的靴子，他旅游的地方，以及在“那地方”孤零零的皮帐篷里、在奥尔人[①]中间、在野外的风里真正发生的事情，这些秘密他们都没有兴趣干预或触及。他们友好地给他发烟，给他建立书面档案，把他作为“受过教育的本地人”使用。他们允许他发挥自己的作用，这已经是顶破天了……不过，柳芭时不时还会看他一眼，眼神里隐含着猎鹰本色：腿带、天地、飞行……伽琳娜也会沉默，沉默里蕴含着言语……

她在这里变成了沉默的观察者。七河巨大的沉默还没有用字母表示出来，或许永远也不会。它随时会进入某个房间、某颗心，把那些扫盲工作人员带来的“合理的”苏式新字母归还给粉笔或纸张。“新突厥字母表”是无法填补、无法消除这种沉默的。它无边无际、震撼人心，像这“熊角”的天气一样，其规模适合于一个更大的地球，一个更宽广、离太阳更远的星球……在伽琳娜的孩提时代，那些风、那些城市里的雪、那些热浪从来没有这么浩大，这么冷酷无情。她只有到这儿，才能了解地震是什么感觉，才能学会如何等待沙尘暴过去。现在回到城市里不知是什么感觉。她常常梦到精致的城市纸板模型，城市规划者手里的那种，十分详细，但特别小，靴底一下就能踩住一大片——同时，她又是里面的一个住户，住在这个小小的城市里，下半夜醒过来，眨着眼睛等待痛苦的白日降临，等待毁灭，等待打击从天而降，越等待这种打击就越显

① 据考，奥尔人是一个部落分支，由几个同来同往的游牧家族组成。

得剑拔弩张。她说不出将要降临的到底是什么，却知道——说出来太可怕了！——却知道令她担惊受怕的那个叫不上名字的东西就是她自己，就是她自己这个中亚女巨人……

这些高高的、遮住星星的穆斯林天使们……“O, wie spurlos zerträte ein Engel den Trostmarkt[①]”……他坚守在那里，在靠西边的地方——他同母异父的非洲兄弟，守着那些诗歌书，用焦木般黝黑的条顿字母耕作、播种。他在等待，一张接一张把书页抹脏——等待在大片大片的低地上，等待在当地的阳光里。每年秋天来临时，这些阳光就会偏斜，贴靠在地球的枯东败西上，像马戏团年迈的骑手，试图用那张人所共知的面孔吸引注意，但每次从场子上老套而完美地跑过时，都无法如愿以偿。

但是，作为扎其普·屈兰，他是不是偶尔（不是经常）会从纸糊过的教室对面，或者意外地从对着青翠幽深风景的窗前，看齐切林一眼？那眼神的意思是不是：“你做的一切，他做的一切，都不会改变你们死亡的命运”？还有：“你们是兄弟。或在一起，或分开，干吗要那么在乎？活着。在某一天死去，或光荣，或轻贱——但不要互相残杀……”每个普通的秋天，阳光都会免费带来同样的教诲，每次的希望都会减少一点。可是哥儿俩都听不进去。黑的那个肯定在德国的某地也发现了一个自己的“扎其普·屈兰”，一个孩子气的本地人，盯着他，要让他从第十哀歌里天使降临的梦中醒过来，在即将醒来的时候，便已听见天使拍动着翅膀，来到他的流放地，没有痕迹地踩踏过白人的市场……那张黑乎乎的脸面朝东方，在冬天的某座堤坝上，或纹理细腻的土色石墙上，警惕地观望着下面普鲁士和波兰的废墟，以及在那里等待的大片草地。而齐切林面西的身体一侧，则在一月一月地绷紧。风吹得越来越顺，看着历史和地缘政治把他们不可更改地带入冲突之中。收音机里的叫声越来越高，新修的水渠夜间在水电狂暴的触摸下战栗，爬过空荡荡的峡谷和隘口，

---

① 见德国诗人莱纳·M. 里尔克（1875—1926）《杜伊诺哀歌》（1923）第十哀歌。一种译文为“天使怎能踩过舒适的市场，不留痕迹”。品钦的理解是“没有痕迹地踩踏过白人的市场”，见下一段。

白日的天空里布满了降落的伞盖，洁白如有钱人盖在天上的毡房，这会儿还在嬉戏，还比较别扭，但在每个分布开来的格局中，游戏的成分越来越少……

齐切林和他忠实的吉尔吉斯伙伴扎其普·屈兰骑马走在腹地一带的山脊上。齐切林的马就是他自己的写照——来自美国的阿帕卢萨马，名叫斯奈克。斯奈克原是一匹吃汇款的马。前年在沙特阿拉伯，每月由得克萨斯米德兰市一个可笑的（也可以说是"理性得可怕的"，如果你喜欢偏执人士的术语的话）石油商人寄一张支票，目的是离开美国的牧马巡回赛，因为那段时间野马米德奈特颠出了名，不断把那些年轻人随意抛到洒满阳光的篱笆内。这位斯奈克虽没有米德莱特野性难驯，却更善于有条不紊地杀人。更糟的是，他叫人摸不透。你去骑他的时候，他可能表现得不在意，甚至温驯如少女。可是接下来，在没有任何征兆的情况下，他会长叹一声，就在叹声将尽时突然着魔，把你的命要了。简单得很，只是挥一下蹄子，蛇一样缩一下头，你的小命就没了，时间和地点拿捏得恰到好处。说不清楚啊：他可以好几个月平安无事。迄今为止，他就放过了齐切林。不过他已经在扎其普·屈兰身上试过三次了。前两次是这个吉尔吉斯人运气好，第三次他居然没掉下来，骑了很长时间，最后这匹小马驹差不多算是被驯服了。齐切林每次上山来到斯奈克铃铛叮叮的马桩旁边时，不仅带着皮马具和一小块破损的、垫马背用的小挂毯，还带着一种怀疑，一种令人无法释怀的可能性：上次，那个吉尔吉斯人并没有真正征服这匹马。这个斯奈克只是在等待机会而已……

石油的动力特征和石油商的行事作风好奇怪好奇怪呀。斯奈克自从来到阿拉伯，最后来到齐切林这里，其间看过很多的变迁。齐切林可能是他的另一半：一路上经历过那么多盗马贼，走过那么艰难的行程，被政府没收过，向偏远地区逃亡过。此时，吉尔吉斯的野鸡们在马蹄声中惊散了。这些野鸡大如火鸡，笨拙地朝高处跑着，眼睛周围黑白相间，偶有血红色斑点。斯奈克准备进行最后一次历险。他现在几乎已经忘记了绿洲里烟雾摇曳的水烟筒，那些留着胡须的人，那些雕刻过的、含有珍珠层的、油漆过的马鞍子，羊皮捻成的马缰，女人们坐在后面，高兴得直哭，在欲望和暴风雨挟裹下沿着几乎看不出来的一道道小路，摸黑进入高加索的丘陵地带……只有身后延伸的足迹留在这些人迹罕至的草地上：影子变淡了，在野鸡群中停住了。两个骑手一心往前赶，渐渐有了劲头。森林的夜晚气味渐渐消失了。在外面尚不属于他们的阳光下等待着的，是那个……那个……等待着他们的，是那种难以想象的生物，很高，在燃烧……

即使现在，即使在伽琳娜成年的梦里，还有长着翅膀的骑手向她走来，红色的人马[①]，脱胎于她小时候看到的革命布告。她远远离开了碎屑、冰雪和破烂的街道，藏在这里的亚洲灰尘中，屁股朝天，等待着他的第一次触摸——摸她的屁股……铁蹄、牙齿，呼啸的刚毛掠过她的脊梁……一座广场里，一个骑士塑像的铜身发出鸣响，她的脸紧紧压在地震过的土地上……

“他是个军人，”柳芭指的是齐切林，“离家很远。”驻扎在荒凉的东方，不声不响、面无表情地坚持着，很明显是被官方降罪了。这片地方无精打采的，但谣言的传播却生龙活虎。在休息室里，下士们谈论着一个女人：一个很吸引人的苏维埃交际花，穿着白色小山羊皮背心，每天早晨都要给两条美腿剃毛，一直剃到大腿根里。跟马搞的凯瑟琳[②]，高贵而出众的凯瑟琳，在这里复活了。她的情人从部长一直排到齐切林上尉之类，后者当然是她的真爱。新波特金[③]们在北极漫游，就是为了寻找她。这些技术专家官员色狼们熟练地在苔原上搭起了居住区，完全是冰雪中城市的样子。就在同时，胆大包天的齐切林居然回到了首都，依偎在她乡下的别墅里。他们一起玩游戏：渔父和鱼、恐怖分子和国家、探险者和绿浪世界的边缘，诸如此类。等最后官方开始注意他们的时候，齐切

---

① 指人马座，一九一七年俄国革命中红军以此为标志。

② 这里指俄国女皇凯瑟琳二世（1762—1796）。

③ 格里高利·亚历山德罗维奇·波特金（1739—1791）：俄国军官及政治家，凯瑟琳二世的情人，帮她于一七六二年夺取俄国政权。

林并没有遭遇死罪，甚至免于流放——但是前途却大打折扣：正好走了那时候传染病人的道路，在中亚度过青春年华，或者去哥斯达黎加之类的地方当大使随员（其实，他倒希望有一天能去哥斯达黎加，从这座炼狱中解脱出去，投入缓慢的海浪、绿色的夜晚——他是多么思念海洋啊，又是多么梦想见到和自己一样乌黑水灵的眼睛啊——那是殖民地的眼睛，从开始生锈的石头阳台上向下面注视着……）。

另外，还有一个谣言，说的是他和传奇人物温佩的关系。温佩是染共体属下东方药业有限公司的销售负责人。因为大家知道染共体驻外代表其实都是间谍，要向柏林一个叫 NW7 ①的机构汇报，所以关于齐切林的这个故事就叫人难以相信了。如果真是事实，齐切林就不会在这儿了——他如此喜欢在这些东部军镇里梦游，哪里还有可能保住性命？

当然，他可能认识温佩。他们的生命轨迹曾一度在时间和空间里靠得很近。温佩是个传统型的推销员，热情得略有些不健康：风度翩翩，英俊潇洒，魅力排山倒海：和善的眼睛，笔直的、花岗岩般的鼻子，从不颤抖的嘴巴，决不会胡思乱想的下巴……黑西装，完美的皮带，银带扣，铮亮闪光的马皮鞋在沙皇式门厅的天窗下踩着苏联的混凝土地面，永远衣冠楚楚，常常不犯错误，对有机化学熟悉而热爱——那是他的专业，甚至有人暗示，那是他的信仰。

“想想象棋吧，”早期在首都的时候，他想找一个俄国人喜欢的比喻，“一场豪华的棋赛。”如果听众能接受（他已经形成了推销员的条件反射，知道如何自动顺着人们最不讨厌的话题往下说），他还会继续讲解为什么每个分子可以拥有那么多可能性，各种结合的可能性，不同强度的键，从功能最广泛的碳分子，也就是王后，即“元素周期表里伟大的凯瑟琳”，到小小的氢分子，数量众多，单向移动，就像卒子……棋盘上残酷的厮杀在这场化学游戏中屈服于三维舞蹈形象，“只要你愿意，还可以是四维的。”然后标新立异地谈论输赢的意义……神经病——他的德国同事们这样嘀咕，然后找借口转移话题。可在齐切林面前，他就有机会往下

① 染共体绝密情报机构代号。

说。齐切林愚蠢而浪漫，愿意听下去，甚至还会怂恿这个德国人说下去。

怎么就没有注意到他们两个呢？这件事在不公开、不流血的情况下发展着。很快，苏联的各级指挥机构出于十九世纪家庭般的关心，开始采取简单的措施，把他们俩分开。保守疗法。中亚。可是在那几周暧昧、模糊的情报活动中，在调查者们还没有弄清情况之前……又有什么样的底细，叮叮当当地进了那个不明身份者黑乎乎的腰包呢？从做推销员开始，温佩的专业就集中在环化苯甲基等喹啉上。其中最引人注目的是罂粟碱及其多种变体。没错。温佩的办公室设在一家比较旧的旅馆里，是套房，套房内间摆满了样品。数量惊人的德国毒品。西方妖魔温佩把它们一小瓶一小瓶摆出来，弄得齐切林小弟满脸惊讶："优迷康[①]，2% 的吗啡溶液……道伊啉（你看，我们这是把一种乙基附加到吗啡上）……霍络朋和尼尔朋，潘托朋和奥姆诺朋，都是作为可溶性盐酸盐的鸦片生物碱混合物……还有作为甘油磷酸酯的糖朋……这是优可达，是一种可待因，有两个氢分子、一个羟基、一个盐酸根离子，"他边说边以自己的拳头为盐基，在周围的空气中比着手势，"游离在分子的不同部分。"在这些专利中，装饰和细节设计要占一半——"就像法国人做服装，nicht wahr（不是吗）？这儿一条带子，那儿一个漂亮扣子，有助于卖掉差一些的款式……啊，这个？屈佛啉。"这是他珠宝串上的一个珠宝，"吗啡，还有咖啡因，还有可卡因，都在溶解状态，是戊酸盐。拔地麻根，是啊——根和根状茎：你可能有年长些的亲戚前几年吃过这东西，作为神经强壮剂……你可能会说加了点装饰品——把这些光溜溜的分子给修饰了一下。"

齐切林能说什么呢？他的心思究竟有没有在场？他是坐在阴暗的房间里，隔了墙听电梯缆绳噼啪咯吱作响，还是看下面街道上很少引人注意的四轮马车咔嗒咔嗒走过，听马鞭子在黑旧的鹅卵石上方叭叭作响？抑或听雪花扑打着窗户？在派他到中亚区的那些人眼里，多远才算是远呢？他只是在这些房间里来了一下，就自动给自己判了死刑……还是在

---

① 以下混合物名称除潘托朋（鸦片全碱）外，均可能为作者杜撰。

目前情况下仍然有解释的余地？

“可是，一旦那种疼痛得到照管……那种简单的疼痛……超过了……低于感觉的零水准……我听说的……”他听说的。切入点不够巧妙，而温佩对每一种标准的开场白都了如指掌。有些军人一味迟钝，另一些又胆大妄为，从来不知道什么叫“克制”。这种愚蠢是有利的，他们不仅让马成为大炮的敌人，他们还会亲自瞄准发炮。很壮观，但不是真正的战争。等着东方战线出现吧。齐切林第一次行动，就奠定了自杀狂的盛名。芬兰和黑海之间的那些指挥官们慢慢对他有了一种彬彬有礼的嫌恶。有人严肃地怀疑他对军人风范根本就没感觉。他们抓了他，然后又丢了；伤了他，全当他在战斗中死了。可他却继续前进着，不假思索，如狂乱的雪人走在冬日的沼泽——见了风不躲不闪，见了他们“帕拉贝勒木子弹”的瓶颈外壳和要命的尖头①也不及时应变，愣是不怕被打趴下。他和列宁一样，喜欢拿破仑的“先参战，后观战”。至于勇往直前嘛，哦，那个染共体职员的旅馆房间就算他早期的一个排练室喽。齐切林有办法和不喜欢的人相处：暗藏的破坏分子，反革命的残渣余孽。他并不是有意为之，而是发乎自然。他是一颗巨大的超级分子，任何时候都有很多可供结合的键，而其他人就在来去不定的事物中……在千变万化的事物中……以任何方式……与他结合。发生这种变化的齐切林，他的药物特性及其过一段时间才能显出的副作用便无法提前测定了。“红色毡包”的中国杂役楚胖对此略知一二，齐切林来这里报到的第一天他就知道了：齐切林被拖把绊倒了——不是为了转移注意，而是为了庆祝相识。楚胖自己也有一两个多余的键。他是上世纪英国成功执行其贸易政策的活纪念碑。这种经典的强卖政策即便在今天也颇负盛名，主要原因是他们在执行政策时表现得冷酷而简单：把鸦片从印度带往中国——您好，方，这是鸦片，鸦片，这是方——啊，那我就吃吧！——不，呵呵，你抽，抽，明白？很快，方就不断地回来买。这样就创造了雷打不动的市场需

---

① 鲁格尔手枪由德国武器弹药制造厂制造，其枪膛只适用于一种独特的 7.65 mm 子弹，子弹前部如瓶颈，一九〇〇年后称为“帕拉贝勒木子弹”。“帕拉贝勒木”是该厂家原电报用地址。

求，搞得中国禁烟，然后将中国诱入两三场灾难性的战争，借此保护你们的商人卖鸦片的权利。你们一直宣称，这些战争是神圣的。你们赢了，中国输了。好极了。楚胖就是这一切的纪念碑，现下游客们结队来这里看他，常常看的就是他“瘾发”的时候……“先生们，女士们，你们可能已经看到了，这是典型的烟瘾综合征”……他们都站在那里，觑着他做梦般的表情。那些男人很专注，留着络腮胡子，手里拿着珍珠灰晨帽，女人们则提起裙子，躲避旧木地板上那些滚滚蠕动的、可怕的亚洲微生物。与此同时，他们的负责人用金属指示棒指点着大家感兴趣的东西。金属棒很细，竟然比无刃细剑还要细。他挥得很快，眼睛都跟不上——“你们会注意到，他的‘需求’在各种各样的压力下依然毫无改变。身体上任何的疾病、吃喝上任何的匮乏都对它没有丝毫影响……”所有温和的眼睛、浅薄的眼睛都跟金属棒走着，温雅得如同郊区房间里钢琴奏出的和弦……这种雷打不动的“需求”使这里凝滞的空气大放光明：这是价值连城的金锭，可以从中铸出沙弗林[①]，再刻上伟大君主的头像发行出去，以示其不同凡响。能看到这样的光明，这一趟来得值了，不枉他们在冰封雪冻的草原上坐了那么久的雪橇——封闭式的雪橇，很大，大得像渡船，整个用维多利亚式风格装饰得花里胡哨。里面有适合不同等级游客的甲板和分层，有舒适的酒吧间，有贮藏充足的厨房，有一位受女人们青睐的小伙子马勒德托医生；有一份十分讲究的菜谱，从乳酪酱汁千层酥到维苏威[②]惊喜餐，应有尽有；有几处休息室，里面配有充足的实体幻灯机和幻灯片库；有磨成深红色的橡木马桶，手工雕镂成美人鱼的脸和茛苕叶，还有下午花园里的情景，可以使坐马桶的人在最需要的时候想起家。雪橇内部的火热和飞驰而过的晶莹冰雪形成了可怕的对照。从瞭望甲板上也可以看到那些冰雪，白茫茫的雪景和连绵的亚洲雪野从眼前飞过，上面是金属般的天空，不过那种金属远远没有我们要来看的这东西值钱……

---

① 沙弗林：英国旧金币，价值一镑或二十先令。

② 维苏威火山位于意大利西南部，为欧洲大陆唯一的活火山。

楚胖也在观察他们：他们进来，盯着他，然后离开。他们如梦中的影子。他们使他觉得有意思。他们属于鸦片，他们绝不会为别的东西到这里来。其实，他是尽量不吸印度大麻的，除非有人送来让他吸。土耳其斯坦的那种块状树脂迷幻物适合俄罗斯、吉尔吉斯和其他野蛮人的口味，而楚胖每次只会流罂粟泪。土耳其的那种东西，幻境倒是要好一些，其中的形状不是很规则，也不会随意将所有的东西，包括空气、天空，都变成波斯地毯。但楚胖喜欢紧张的场面、旅行和喜剧。齐切林这个矮壮的莫斯科特使也和他所好相同。任何人发现这一点，都会惊得跌倒在楚胖的拖把上，弄得地板上肥皂泡咝咝直冒，把水桶撞得嗵嗵直响。惊喜！

不久这两个可怜的罪人就偷偷跑到城边去相会了。当地人都这么传。楚胖羸弱枯黄的身体上松垮垮地裹着破衣烂衫。他从衣衫隐蔽处拿出一块黑乎乎的东西，看上去很恶心，味道也极难闻，包在一张破纸里，那纸还是从去年八月七日的《哈萨克劳动者》上撕下来的。齐切林拿着烟枪，因为他是从西方来的，专门负责烟枪的工艺。那烟枪小小的，焦黑难看，用不列颠合金铸成，上面是红黄二色的仿制图案。那还是在布哈拉[①]的麻风区花了一把戈比买的。没错。当时就已经用得很好用了。胆大包天的齐切林上尉。两个鸦片狂蹲在一小段残墙后面。墙倾斜着，是上次地震的遗迹。偶尔有人骑马路过，有些人看见了他们，有些没有，但都一言不发。头上繁星满天。远远望去，草地在脚下伸展，草浪在风中缓行，犹如酣眠。风很温和，吹送着白日最后的烟缕，还有牛羊、茉莉花、死水和落尘的味道……齐切林根本不会记得这样的风，正如他现在记不起这种未经加工的混合之物——那里面有四十种生物碱，其中的分子都是经过切割、刻面、磨光和托衬的。推销商温佩曾给他一个一个看过，还讲了每一个分子的历史……

“奥尼啉，还有甲基奥尼啉。拉兹洛·雅夫前年在美国化学学会杂志上报告的变体。雅夫又被借出去了，这次是作为化学家借给美国人的。美国国家科学研究委员会搞了一个规模很大的项目，专门研究吗啡分子

---

① 布哈拉：苏联南部中亚城市，亚洲最古老的文化和贸易中心之一。

及其开发潜力。这是一项十年计划，但特别叫人奇怪的是，这个计划竟和杜邦‘伟大的合成化学家’卡罗瑟斯对大分子进行的出色研究不谋而合。有关联？当然有关联了。但我们不谈那个。国家科学研究委员会每天都要合成新分子，其中大部分使用吗啡分子碎块。杜邦目前的工作是把酰胺这样的族群分子串成长链。两个项目似乎是互相补充的，对吗？美国人的毛病是喜欢重复模式，但和我们大概算最基础的研究结合，就可以寻找一种药物，既能止住剧痛，又不会产生依赖性。

“结果并不令人鼓舞。我们似乎面对着一种大自然中与生俱来的困境，很像海森堡[①]所描述的情景。止痛和成瘾几乎是完全并行的。止痛越多，我们就越需要止痛。似乎没有办法把两个属性分离开来，就像粒子物理学家要确定粒子的位置，就不得不放弃粒子速率的确定性一样——”

“这些我也很清楚。可是为什么——”

“为什么。亲爱的上尉。为什么？”

“钱，温佩。在这种没有希望的研究上花钱，等于把钱往厕所里扔——”

说着在他扣紧的肩章上拍了一下，男人之间的那种。他脸上露出中年人的那种微笑，十足的Weltschmerz（玩世不恭）。“权衡，齐切林。”推销员低声道，“这是孰重孰轻的问题。搞研究的人非常廉价，甚至染共体的人都可以有梦想，都可以有希望之外的希望……你想想，发现这样一种药意味着什么？——合理解除疼痛。不需要额外付出成瘾的代价。剩余价值可以解释这一点——马克思和恩格斯当然是有些道理的，”他宽慰着这位客户，“像‘成瘾’这样的需求，与真正的疼痛无关，与真正的市场需要无关，与生产和劳动也都无关……我们需要减少这些未知数，而不是增加。我们知道如何生产真正的疼痛。通过战争，这很明显……还有工厂里的机器、工业事故、造得不安全的汽车、食物里和水里的毒素，甚至空气里的毒素——这些数字都直接与经济相关联。我们了解这些，也能够控制它们。可是‘瘾’呢？我们对它知道多少？云隔雾罩。甚至

① 维尔纳·卡尔·海森堡（1901—1976）：德国物理学家，量子力学奠基人，因“测不准原理”荣获一九三二年诺贝尔物理学奖。

没有任何两个专家对这个词的定义达成一致。‘强制性’？谁又没有受到强制呢？‘耐受性’？‘依赖性’？这些词又是何意？我们所拥有的只是数以千计的、模糊的学术理论。理性的经济是不能靠心血来潮的。我们无法计划……”

齐切林的右膝开始疼痛，这是什么征兆？疼痛和金子之间如何直接转换？

“你们真的是这么恶毒，还是仅仅在演戏？你们真的在拿疼痛做生意？”

“医生也做疼痛的生意，谁也没想过要批评他们高尚的事业。可我们那些同仁一伸手去开医疗箱的锁扣，你们就会尖叫着跑开。你看——我们中间上瘾的人并不多。医学圈子里这种人却到处都是。我们推销人员相信的是真正的疼痛、真正的解救——我们是服务于这一理想的骑士。这个理想必须是完全真实的，为了市场服务的。否则我的老板——我们的化学卡特尔根本就是国家结构的典范——就会迷失在幻觉和梦境里，有一天还会消失在混沌中。你自个儿的老板也一样。”

“我的‘老板’是苏联政府。”

“是吗？”温佩确实说过“就是……典范”的话，而不是“将是……典范”。

“是吗？”温佩确实说的是“是目前的模式”，而非“未来的模式”。能谈这么深真是出人意料——如果以上谈话真实的话。他们的信仰和许多方面都相差悬殊。不过温佩要愤世嫉俗得多，所以往往会在尚未产生反感之前抖搂出更多实情。他对齐切林的红军经济学大概也表现出了极大的宽容。他们分手时确实是温和的。希特勒担任总理后不久，温佩就受命去了美国（纽约“纽化公司”①）。根据驻地的传闻，齐切林和他的联系从此中止了，永远地。

不过这些只是谣传。他们的这段历史不可信。有不少矛盾的地方，足以让齐切林之外的人在中亚琢磨一个冬天。而齐切林本人，哦，这个，

① 纽化有限公司：染共体于一九三一年在纽约建立的特殊机构，主要输送有军事价值的技术情报。

就更是处在特殊位置了。不是吗。你要想打发这里的冬天，得绞尽脑汁怀疑自己来这里的原因……

是因为恩赞，肯定是该死的恩赞。齐切林到过“红色档案”，看过那些记录，看过罗日杰斯特文斯基上将的那些日记和日志。那是一次划时代的、却又要命的航行①，有关档案二十年后依然分类保存着。现在他知道了。可是，如果这些东西都在档案里，那“他们”也知道了。在任何历史阶段，搞女人、吸德国毒品被发配到东部，都是罪有应得。可是，只有在报复的理念中加入了但丁的色彩，才符合“他们”的身份和地位。战争时期嘛，以牙还牙是不错的办法，但战争之间的和平时期却需要平衡，需要比较体面的法制，甚至需要退让一点，装出慈悲的样子。这样做比大量死刑要复杂、困难，而且收效差，但是和平时期的有些筹划齐切林是看不到的，那些筹划的规模可能宏大如欧洲，甚至可能宏大如全世界，别人是不能介入的……

情况好像是这样的：一九〇四年十二月，罗日杰斯特文斯基上将率领一支拥有四十二艘战舰的舰队，开进了非洲西南部的吕德里茨港。当时俄日战争正吃紧。罗日杰斯特文斯基准备取道往太平洋，援救另一支俄国舰队，该舰队已被日军围困在亚瑟港好几个月了。他们出了波罗的海，绕过欧洲和非洲，横穿整个印度洋，最后沿亚洲海岸向北行进。这次航行历时七个月，航程一万八千海里，其壮观在航海史上首屈一指。他们在初夏的一个白天到达日本和朝鲜之间的海面，不料一个叫东乡的日本海军上将已经张网以待，从对马岛后面杀了出来，天黑之前就要了罗日杰斯特文斯基的命。只有四艘俄舰逃到符拉迪沃斯托克，剩下的全部被狡猾的日本鬼子击沉。

齐切林的父亲在上将的指挥舰“苏瓦洛夫”上做炮手。舰队在吕德里茨休整了一个星期，补充燃煤。暴风雨横扫着这个船满为患的小港口。

---

① 俄日战争始于一九〇四年春。十月，俄海军上将罗日杰斯特文斯基指挥波罗的海舰队往援亚瑟港俄国要塞，一九〇五年一月抵马达加斯加时获知俄军在亚瑟港失利。后舰队转入中国南海，进而入对马海峡。五月二十七日遭日军包围，几乎全军覆没。

“苏瓦洛夫”不停地撞到运煤船，船舷上裂开了许多口子，船上十二连发的钢炮也损坏颇多。狂风怒吹，黏湿的煤灰打着旋儿，不论是人是钢铁，一碰就粘上。水手们日夜苦干，夜间甲板上架起探照灯，刺得眼睛看不清东西，拖煤袋子的、铲煤的，汗水不断，咳声不断，怨声不断。有些人精神失常了，有几个还差点自杀。齐切林的父亲干了两天就躲了起来，一直等到事情结束。他碰到一个赫雷罗女郎，丈夫在反抗德国人的暴动中死了。没上岸之前，他根本没有策划过这等好事，连想都没想过。他对非洲一无所知，而且在圣彼得堡的家里还有妻子和一个几乎还不会翻身的孩子。当时，他出门最远也不超过喀琅施塔得。他只是想偷偷闲，躲开大家，躲开那忙碌的场面……躲开黑白交织的煤块和弧光灯说出的话语……他只想躲开那些颜色，躲开那种幻觉——那种幻觉很熟悉，向他发出警示：这一切都是安排好的要看我的表现所以我不能做错任何事情……在他生命的最后一天，日本人的炮弹呼啸着向他飞来，而他在雾气中根本看不见他们的战舰——这时候，他想起了那些他认识却不再认识的人，脸慢慢烧焦，他们化作焦炭，烧得通红，在加布洛科夫蜡烛[①]刺耳的噼啪声里，每一块都显得晶莹透亮，每一层都照得纤毫毕现……这是阴谋啊，碳元素的阴谋，只不过他没有用过“碳”这个词。这其中包含着一种能量，叫人感觉毫无意义，却又泛滥成灾……可以嗅到其中的死亡气息。他躲开了这种能量。他等纠察长转身点烟的时候走了——他们都太黑了，黑得很虚假，一眼就能看出来。他来到岸上，碰到了那个不苟言笑的赫雷罗女郎身上真正的黑色，这对被长久囚禁的他来说是生命的气息。于是，在那个萧索凄惨的小镇边上，在铁路旁一间用小树枝、包装箱、芦苇和泥巴筑造的独屋里，他们待到了一起。风吹着雨幕。火车在鸣笛、喷气。两个人待在床上，喝卡荔酒。“卡荔”在赫雷罗语里是“死亡之酒”的意思，用土豆、豌豆和白糖酿造。快到圣诞节了，他送给她一块奖章，那还是他很久以前在波罗的海上进行炮击演习时获得的。分手时，他们学会了彼此的名字和对方语言里的几个单词——害怕，高

---

① 加布洛科夫蜡烛：不可考。

兴，睡觉，爱……那是一种新语言的萌芽，一种皮钦混合语，全世界恐怕就他们俩会说这种语言。

可是他又回去了。他的未来在波罗的海舰队，这一点他和那个姑娘都毫无疑义。暴风雨在肆虐，整个海面雾气弥漫。齐切林乘船而去，重又关入“苏瓦洛夫”吃水线下面一间黑暗浊臭的舱室里，喝着伏特加庆祝圣诞，大谈自己的美好时光：在干燥的草原边上，在一个没有颠簸的地方，包围着耻物的是一个温暖、善意的东西，而不是自己的手。在他的故事里，她变成了一个放荡的本地女人。这是最古老的水手故事。讲这个故事时他不再是齐切林，而是一群人，挤在他周围，长着同一张脸，都是失踪者，但并非都是倒霉蛋。那个姑娘可能站在某个海角，看着那些灰色的铁甲战舰一艘接一艘消失在南大西洋的迷雾里。不过，就算你这时候想来几句《蝴蝶夫人》，那姑娘也很可能不买账——说不定她正在外面拉客，或者在床上睡觉呢。她的日子不会好过，齐切林给她留了个孩子。五月二十七日傍晚，这位炮手在对马岛的悬崖和碧树注视下沉入海底。几个月后，孩子出世了。

德国人在温得和克的中心档案里记录了出生的孩子和孩子父亲的名字——他把名字给她写了下来，按照水手的惯常做法，把名字给了她。孩子出生后不久，他们给母子二人发放了通行证，让他们回到她自己部落所在的村子里。殖民政府想了解杀了多少当地人，便做了一次人口普查，当时那些游牧人刚刚把恩赞送回那个村子。根据普查结果，他妈妈已经过世，但名字记录在案。柏林的档案里，还有恩赞进入德国的签证，日期是一九二六年十二月，同时在档的还有后来他加入德国国籍的申请。

为了收集这些文件，齐切林没少跑腿。开始的时候，只能从海军部文件里的一两个词着手。不过，当时是穿小山羊皮内衣的费奥多拉·亚历山大列夫娜[①]时代，齐切林成功的机会比现在要大一点。当时，《拉帕洛

---

① 费奥德若夫娜·亚历山大列夫娜（1872—1918）：英国女王维多利亚外孙女，一八九四年嫁于沙皇尼古拉二世。此人绯闻不断，衣着十分讲究。

条约》还在实施，通往柏林的路线多如牛毛。那份荒唐的文件哪……即使在自我膨胀到极致的时刻，齐切林也十分清楚地认识到，和他同姓的这个人在拉帕洛与那个被刺杀的犹太人[①]精心上演了一出戏，其真正的，也是唯一的目的就是要让瓦斯拉夫・齐切林知道恩赞的存在……东部那边的军营生活宛如醒脑药，使他把这一切看得再清楚不过……

唉，他无法摆脱的是自己毁于一旦的前途。他把有关恩赞的文件组合在一起，甚至还查找了苏联方面有关当时还是中尉的魏斯曼在西南非进行政治活动的情报。这份组合文件被一个热情的阿帕拉契科[②]复制了一份，塞到齐切林的档案里。据透露，没过一两个月，又一个神秘莫测的人物取消了派齐切林去巴库[③]的命令，于是齐切林心情抑郁地参加了“全苏联新突厥字母表中央委员会”第一次全体会议，而且马上被安排在ƣ委员会。

ƣ好像是“G”的一种变体，是小舌爆破浊音。这个字母和正常“G”字母有何区别，齐切林始终没闹清楚。后来才发现，凡与这些荒唐的字母有关的职位都是留给他这种废人的。列宁格勒著名的恋鼻癖沙茨科也在这里。他常常拿着一块黑色的缎帕子到党代会去，嘿，好几次情不自禁，竟伸手去抚摸那些高官的鼻子。他被发配到Θ委员会，但他老是记不住那个Θ在“新突厥字母表”里是Œ，而不是俄语的F，所以常常耽误工作进度，每期都会搞出一些混乱。他大部分时间都在设法往N委员会调，“其实呢，”他斜签着身子靠近来，呼吸加重，“就是调到朴素的N，或者M都行……”有个拉德尼契尼，性情鲁莽、喜怒无常、喜欢捉弄人，搞了一个ə委员会，ə是中元音，就是“哦”的自然态。他利用该委员会，发起了一个超级疯狂的项目，准备把中亚地区所有的元音都换掉——干吗要局限在元音上呢？为什么不能大胆加上一两个辅音呢？不是有这些中元音吗……他这样干，一点都不奇怪。他以前就喜欢表现，

---

① 指拉特瑙，见前注。

② 阿帕拉契科：俄语译音，指机关工作人员。

③ 巴库：苏联中亚部分西南部一城市，现阿塞拜疆共和国首都。

喜欢虚张声势，搞过一个很有创意但注定会失败的计划：用一块葡萄软馅饼砸斯大林的脸。不过在这件事上，他的罪行只够发配到巴库，还不至于更惨。

毫无疑问，齐切林身不由己地加入了这个不可救药的人群。不久之后，只要没有执行拉德尼契尼的计划潜入油田，把其中一个井架伪装成巨大的阳物，他们就会溜到巴库的阿拉伯聚居区，和“声门K”委员会（普通的K用Q代表，而C则发一种“吃”音）出了名的乌克兰瘾君子巴格诺果尔科夫一起，等待某个卖印度大麻的人，或者阻止沙茨科的摸鼻子行动。他忽然觉得，自己其实是关在莫斯科的某个军事疯人院里，这个全体委员会不过是个幻觉。这里的人好像脑子都不对劲。

最叫他痛苦的是，他不知怎么蹚了浑水，和一个叫伊戈尔·布洛巴健的人搞起权力之争来。布洛巴健就职于声名卓著的G委员会，是党代表。他丧心病狂地要把齐切林委员会里的ㄲ偷走，先用外来词过渡，然后把ㄲ变成G。烈日晒进餐厅里，燠热难当，两个人面前摆着烤饼和格鲁吉亚水果汤盘子，互相对着冷笑。

为了“速记法”一词里该用什么样的“g”，还发生了危机。这里的人与这个词有太多的感情纠葛。一天早晨，齐切林发现自己会议室里所有的铅笔神秘失踪。出于报复，他和拉德尼契尼第二天晚上拿着钢锯、凿子和电筒，溜进布洛巴健的会议室，把他打字机上的字母改造了一番。早晨的时候就热闹了。布洛巴健尖声长啸着跑来跑去。齐切林当时在会议室。刚刚宣布开会，就听“咔嚓”连声，二十多位语言学家和领导的屁股稀里哗啦都蹾在了地上，整整两分钟时间回声不绝。齐切林坐在地上，看到桌子周围全是锯断了的椅子腿，用蜡粘在椅子上，还上了漆。专业呀，专业。难道拉德尼契尼是两面派？不能再小打小闹了。齐切林得单独出马了。下半夜时，他振奋精神，借着灯笼的光亮苦干起来。这个时候操作字母，往往能智慧澄澈、别出心裁。他把《可兰经》第一章音译成试行的“突厥字母”，署名伊戈尔·布洛巴健，并设法在学习班上的阿拉伯人中间传阅。

嘿嘿，这无疑是自找麻烦。那些阿拉伯人群情激愤，如火如荼地四处游说，要求用阿拉伯字母建构“新突厥字母表”。他们在走廊里和保守的西里尔字母派打架，还悄悄散布消息，说全体伊斯兰人要共同抵制一切拉丁字母。其实，谁也没有真心想要搞“西里尔新突厥字母表”。沙皇时代的遗患依然压在苏联身上。从目前来看，中亚地区所有的当地人对一切有俄罗斯特征的东西都强烈抵制，甚至包括印刷体文字的外形。人们排斥阿拉伯字母表是因为缺少元音，而且发音和字母之间没有严格的一一对应。这样一来拉丁字母自然就留下来了。然而，阿拉伯人还是不依不饶。他们不停地提议要用改造过的书面体，以一九二三年由布哈拉市核准、在乌兹别克人中成功使用的那个体系作为重点依据，哈萨克口语里的硬腭元音和软腭元音可以使用变音符来处理。这其中有强烈的宗教情绪。使用非阿拉伯字母表就是有罪于真主——大多数突厥人毕竟是穆斯林，而阿拉伯文是伊斯兰教的文字，是安拉在“盖尔德之夜”使用的文字，是写《可兰经》的文字——

是些什么的文字？齐切林知道自己伪造行为的后果吗？这不只是亵渎神灵，这是有意挑起圣战呀。于是，布洛巴健在巴库肮脏的边缘地带遭到一群阿拉伯人的追逐，他们尖叫着，挥动弯刀，满脸恶笑。黑暗中，那些油塔犹如哨兵，瘦骨嶙峋的。各种各样的驼背、麻风病、青春期痴呆、截肢者突然从秘密据点冒出来看热闹。他们懒洋洋地靠在炼油厂生锈的机器上，头上的夜空犹如最本色的棋盘花纹。他们占据了厅堂、垃圾箱和革命后留下的无人管理区域。当时，荷兰谢尔公司特使被遣送回国，英国和瑞典的工程师们也全部返回，这些地方就扔下来没人管了。目前是巴库休整和紧缩开支的时期。诺贝尔家族从这些油田里赚取的财富都做了诺贝尔奖。新的油井换了地方，挪到了伏尔加河与乌拉尔山脉之间的地带。这里则可以对过去做一回顾，可以提炼近期以来的历史，从地球心灵的不同层面抽取出来的、又黑又臭的历史……

“布洛巴健，进来——快！”身后不远处，阿拉伯人在大吼，尖锐而凶残，从密密麻麻的井架群中追过来，头上是橙红色的星星。

嘭。最后一个门闩闩定了。“哎——这是怎么回事？”

“来吧。你该上路了。”

“可是我不想——”

“你不想做下一个被杀的异教徒。太晚了，布洛巴健。我们走吧……”

他首先学会了调整自己的折射率。他可以在完全透明和完全不透明之间任意选择。他激动地试来试去，新鲜感过后，选中了一种浅色的条纹缟玛瑙效果。

“挺适合你的，”他的向导们低声道，“好，赶快。”

“不。我要向齐切林讨还血债。”

“来不及了。你现在和他的债没有任何关系了。再也不会有关系了。”

“可是他——”

“他亵渎神灵。处理这件事，伊斯兰有自己的体制。天使，处罚，详细审问。别管他了。他另有归宿。”

分子结构也非常像字母表。这一认识，你只能在这里得到：这里有分子结构委员会，和“新突厥字母表”全体会议委员会十分相似。“你瞧：从未经加工的分子流里取出来，整形、清理、核准，和你当初从混乱易变的人类语言中整理出你们那些字母一样……这些是我们的字母，我们的话语：它们也可以调整、打破、重组、重定义，也可以在全世界的环链间互相聚合，而这些环链在分子长久的沉默中又会时不时显现出来，像挂毯显露在外面的部分。”

布洛巴健渐渐明白了，“新突厥字母表”只是某个进程的一种表现，这个进程很古老，却又很有自我意识。这是他从不曾有机会想到的。过不了多久，如火如荼的ᄀ、G之争就会淡化成微不足道的童年记忆。化成不起眼的趣闻逸事。他已经超越了——当初，他是个脾气恶劣的官僚，上嘴唇有明显的黑猩猩特征，现在却成了探险家，借着地底的流水，进行着自己的征途，丝毫不用担心何去何从。他向上游走了一段路程，便没有了傲气。他有点为瓦斯拉夫·齐切林感到遗憾，因为他是注定看不到眼前的这一切了……

不过没有他，印刷事业照样进行。送稿工们追着空中脏兮兮的活字盘，在一排排桌子中间跑个不停。从第比利斯空运过来的专家们给当地的排字工人办了个速成班，教他们用“新突厥字母表”排版。各个城市里，像撒马尔罕、皮什彼克、沃尔尼、塔什干，机印的海报满天飞。人行道上、墙上开始出现第一批印刷标语，这是中亚最早的操蛋标语，最早扬言要杀死警察局长的标语（还真有人杀了！这个字母表确实了不得啊！)。就这样，那些受到冷落的萨满巫师早有的法术开始以政治模式运作。夜里，扎其普·屈兰听见自己被私刑处死的父亲显灵了，拿着钢笔刷刷地练习写A、B之类的字母……

此时，齐切林和屈兰骑马而来，翻过山丘，来到一直在寻找的村子里。人们围成一圈，正在举行长达一天的宴庆。火闷燃着。人群中间围出了一小片空地，这么远就能听见两个年轻人在唱歌。

他们唱的是一种斗歌，叫阿吉提思。一个男孩和一个女孩站在全村人面前，表演互怼，内容大概是“哎比方说你这个人有一两样怪毛病但我还是有点喜欢你”，音乐在考比赐和冬不拉的弹拨间荡漾。说到妙处，人们便发出笑声。唱阿吉提思得十分小心。对唱者用的都是四行歌词，一、二、四行要押韵，不过每一行的长度没有要求，只要气撑得住就行。即便这样，还是挺费心思。对唱会变成对骂。有些村子里，唱完一场阿吉提思之后，对唱者好多年都不说话。齐切林和屈兰骑马过去时，女孩正在笑话对方的马：那匹马有点——倒也没什么，就是块头有点过分……咳，就是太胖了，真的。真的太胖了。男孩听了不乐意，生气了。他快速地回敬了一段，说是要带着所有的朋友到她家了结她，连她家的人也一起了结。大家都发出唔唔声。没人笑。她勉强挂着笑容，唱道：

> 你喝了很多马奶子酒，
> 你的话里都是马奶子酒——
> 那晚你躲在哪里呀？
> 我哥丢了马奶子酒。

呵呵。她歌里提到的那个哥哥笑岔了气。唱歌的男孩不高兴了。

“可能还要唱一阵呢。”屈兰下了马，活动着膝盖，“瞧，那边那个就是了。”

那边坐着一位年纪很大的埃钦，哈萨克人的吟游歌手，手里端着一杯马奶子酒，坐在火边打盹。

“你敢肯定他会——”

“他会唱的。他骑马去过那一片地方。如果不唱就违背职业精神了。”

他们坐下来，主人给他们送来发过酵的马奶子酒，还有一小块羊羔肉、一小块饼、几个草莓……对唱的男孩和女孩还在打口水仗——恍然间，齐切林明白了：很快就会有人出现，把这些东西用新突厥字母记下来，而制定这个字母表自己是出了力的……不过，这些东西也就会因此而失传了。

他时不时瞅一眼老埃钦，老埃钦却像是睡着了。其实，他是在给对唱的人发射指导信息呢。善意之举啊。大家都能感觉到，就像能感觉到火堆的热量一样。

渐渐地，一轮一轮地，歌子里的对骂越来越温和，越来越风趣。本来可能出现在村子里的一场灾祸就这样变成了皆大欢喜的合作，就像杂耍歌舞里的一对喜剧演员。他们完全抛开了个人恩怨，一心为观众们逗乐子。对唱以女孩的唱词结束：

我听你说起过一场婚礼？
这里已经有了一场婚礼——
你看这一轮轮的对歌儿
热热闹闹比得上任何婚礼……

你这个人有一两样怪毛病，但我还是喜欢你……一时间宴庆气氛又活跃起来。醉汉吆喝着，女人交谈着，小孩子在屋里屋外蹒跚着，风也猛起来了。吟游歌手弹起了冬不拉，周围又恢复了亚洲人的宁静。

“你要全部记下来吗？”屈兰问。

“用速记法。”齐切林答道，发“g”时带了声门音。

吟游诗人之歌

我从世界边缘来。
我从风的肺中来。
我看到过可怕的东西，
扎布尔[①]也唱不出来。
我心里的恐怖锋利无比，
最坚硬的钢铁也能割开。

古老的故事里这样讲：
考库特[②]从速勒该树上，
最早做考比赐，最早把歌唱。
据说在考库特以前的时光，
在非常非常遥远的土地上，
有地方有着吉尔吉斯之光。

那地方不知语言是什么样，
那里的眼睛像黑夜的烛光，
真主的面容也出现在那里，
在天空的面罩后躲藏——
最后的那些日子里
又在黑色沙漠巨石边躲藏。

如果这个地方没那么遥远，
如果人们会说话、有语言，
真主就会变成黄金圣像，

---

① 扎布尔·扎巴耶夫（1846—1945）：苏联最有影响的吟游歌手，名扬哈萨克乃至全苏联。
② 考库特：哈萨克传说中歌唱活动的鼻祖。

或以画像出现在书本里面。
但真主只示现于吉尔吉斯之光，
认识真主没有其他路线。

光的吼叫能把耳朵震聋，
光的闪亮能让眼睛失明。
沙漠的地面轰隆震动，
承受不了光的面容。
见了吉尔吉斯之光的人，
变得和以前大不相同。

告诉你吧，我就见过它，
那个地方比黑暗还古老，
安拉的威力也不能达到。
看看我，胡子白得像冰原，
有拐杖扶持才能走道，
可是那种光竟使人年少。

现在我还走不了远途，
因为婴儿得先学走路。
我的歌曲也像婴儿咿呀，
在您的耳朵里意义全无。
吉尔吉斯之光去我肉眼，
我像婴儿一样感知万物。

那个地方在北边，骑马走六天，
穿过陡峭的峡谷，死气弥漫，
再越过石头遍布的沙漠，
来到山边，山顶惊恐打战。

如果你能安全翻过大山，
就会来到黑色巨石的地点。

不过你要是不想重生，
那就守着老婆，守着帐篷，
守着热和的火堆，通红通红，
吉尔吉斯之光永远不会光临，
你的心会随年龄老去，
你的眼睛会闭上，长眠不醒。

“明白了，”齐切林道，“同志，咱们骑马上路吧。”再次出发，身后的火堆消失了，弦乐声和村民们的狂欢声立刻被风吞没了。

马继续前行，来到那些峡谷。在北边远处，一座白色的山顶在最后一缕夕照下闪烁，而这里已经是暮影重重了。

齐切林会找到吉尔吉斯之光，但不会得到重生。他不是埃钦，愿心从来都不强。他将在黎明前看到吉尔吉斯之光，在那里待十二个小时，仰面躺在沙漠上，身子下面一公里深处沉睡着一座比巴比伦还要大的史前城市，不见天日，已经矿化。那块巨石的影子顶部尖尖的，舞蹈般忽东忽西。屈兰惴惴不安地陪护着他，像照顾洋娃娃的孩子。两匹马的脖子上泡沫已经干了，变得像饰带。而将来有一天，他会淡忘这一切，就像淡忘那些山、淡忘那些被爱情抛弃的一片纯情的姑娘、淡忘那些早晨发生的地震和挟云而来的风，就像淡忘一场清洗运动、一场战争和身后那些千千万万的灵魂。

然而，在占领区，在夏日的占领区，火箭隐藏在那里，等待着时机。他也会被带到同一条路上去……

◆ ◆ ◆ ◆ ◆

上个星期，斯洛索普在英军占领区的某个地方，头脑发热地喝了动物园[①]一个风景池里的水，生病了。这些日子，随便哪个柏林人都知道喝水之前要烧开，有人甚至推而广之，把各种东西放进去当茶泡，比如郁金香球茎，但效果并不好。据传，郁金香球茎的中间部分有剧毒。但他们不为所动，继续喝。有一次，斯洛索普，就是不久之后被称为"火箭人"的斯洛索普，觉得自己可以警告人们小心郁金香球茎之类的东西，便试图以美国人的方式教化他们。但事与愿违，他们令他绝望，把他笼罩在欧式痛苦的薄纱下：他拨开一层又一层摇摆不定的纱布，但总是还有一层，手伸不进去……

于是他来到夏日的树下，树叶正绿，花儿正开，但很多树被炸倒在地，或者炸成了细渣碎片——骑马道上，灰尘在阳光下飞扬，马儿们的幽魂还在和平时期的清晨里转弯呢。斯洛索普整晚没睡，口很渴，就趴在地上，吧唧吧唧喝起水来，就像以前骑马流浪的人在这儿的水洼里喝水……傻瓜。他上吐下泻、腹痛如绞，还能给谁讲郁金香球茎的事？他挣扎着爬到一个空地窖，又经由一个坍圮的教堂爬过街道，身体蜷成一团，好几天发烧打颤，硫酸般灼烧的稀便从屁股里渗出来。迷路了，独自一人，大肠被电影里那个至高无上的纳粹恶棍紧紧攥住，ja（唏）——你要拉裤裆了，唏？斯洛索普觉得回伯克夏是没指望了。妈妈呀妈妈！战争都结束了，我为什么回不了家？那颗金色星星的反光把南琳的下巴照得像毛茛，她在窗外傻笑着，一言不发……

可怕的日子。晚上，他在幻觉中看到劳斯莱斯，听到脚步声，都是来抓他的。外面街道上，戴头巾的女人们懒洋洋地挖着沟堑，要把堆在人行道上的那些黑色铁水管埋进去。她们整天叽叽喳喳，轮班来，一直到天黑。斯洛索普躺在地窖里的一个地方，太阳每天照半小时，然后就把小得可怜的暖坨坨移到其他地方去了——对不起，得走了，还有安排，不下雨的话明天见，呵呵……

有一次，斯洛索普醒来时，听到一支美国工作队在街上的行军声，喊口令的是个黑人——唷来，唷来，唷来，右转，噢来……有点德国民

---

① 柏林中心以西的一片地方，面积六百英亩（三千六百余亩），有池塘、雕像、森林和道路。

歌味，在“转”字上有点上滑——斯洛索普可以想象出他规矩造作的步态，脚后跟狠踏，手臂一甩，头向左转，新兵训练时就是那样教的……他看到他在笑。一瞬间，他真想不顾一切地跑到街上，求他们带他回去，在美国请求政治避难。可是他太虚弱了。他肚子虚，心也虚。他躺在那里，听着行军的步伐和口令声渐渐消失，听着祖国的声音渐渐消失……有如那些英国新教祖先的灵魂，有如当年的难民，漂泊在记忆之外的路上，拥挤在“遗忘”列车的车顶上，背包和可怜的小袋子里塞满了没人读过的小册子：他们在寻找新的主子，他们彻底放弃了这里的“火箭人”。他用火热的头脑和火热的肛门（如果这两个部位可以简单分开，能与渐渐消失的口令相协调的话）之间的某个部位，细细地构想了一幅幻境：非洲人恩赞又找到了他——还给他指了一条活路。

他们第二次见面依稀是好久以前了。那是在柏林南面一个沼泽边的芦苇丛旁。“火箭人”须发不整、满身臭汗，疲惫不堪、跌跌撞撞地向郊区走着，周围都是自己人：一层薄雾遮住了太阳，沼泽里发出腐臭味，比他身上的味道还难闻。过去的几天里他只睡过两三个小时。他和黑人支队巧遇了，当时他们正忙着挖火箭零件。一对对黑色鸟儿在空中飞来飞去。这些非洲人看上去像游击队，身上的衣服由纳粹国防军军装、党卫军旧军装和褴褛的便装混搭而成，唯一统一的是一个钢质徽章，漆成红白蓝三色，随意戴在显眼的地方，图案如下：

根据德国军队一九〇四年开往西南非镇压赫雷罗起义时所戴的徽章改制——当时他们戴着一种宽边软毡帽，用这个徽章可以别住一半。斯洛索普猜测，对于占领区的赫雷罗人，这东西已经变得很深奥，也许还有点神秘。他知道那些德语字母代表什么：“K”代表“清场结束”，“E”代表“燃料进舱”，“Z”代表“点火”，“V”代表“第一阶段”，“H”代表“主要阶段”，是A4控制车上发射开关的五个方位——不过，他没有

向恩赞透露这一点。

他们坐在山边吃面包香肠。城里来的孩子们从他们身边路过，走向各个方向。有人搭起了军用帐篷，有人带来了小桶啤酒。一个临时凑起来的乐队在演奏《名歌手》[①]选段，只有十几个铜管乐手，穿着磨旧的军服，金黄和红色相间，还有绶带。空中浓烟滚滚。远处喝酒的人在哄闹，时不时爆出笑声或唱起歌子。这是火箭觅集节，是这个国家的新节日。不久之后人们就会注意到，冯·布劳恩的生日与春分很近，德国人曾经有一个风俗，开着花船走遍全城，模仿年轻力壮的春天和气息奄奄的冬天之间的搏斗。现在，这种热情则用来在林间空地或草坪上搭起奇形怪状的花塔，一个小伙子扮演布劳恩，在四处游走，旁边跟着“万有引力”或者类似的丑角。孩子们被胳肢得哈哈大笑……

黑人支队在齐膝深的泥里苦干着，一心想打捞火箭，十分专注。他们要挖掘的A4在保卫柏林的最后死战中用过，但是发射失败，弹头没有爆炸。他们在弹穴周围嵌架了一些厚木板，可以脚踩在上面排成长队，传递泥桶和木桶，最后把桶里的东西倒在沼泽边的干地上。他们的步枪和工具箱就堆在附近。

“看来说马维说对了。他们没有解除你们的武装。”

“他们找不到我们。我们神出鬼没。现在巴黎的有些当权派甚至不相信我们的存在。这个问题连我自己大部分时候都搞不清楚。”

“那是怎么回事呀？”

“这么说吧，在我看来，我们只是以一种统计学方式存在于此。那边那块石头的存在概率正好接近百分之百——它知道自己在那儿，所有人都知道。但是，我们此时此刻在这儿的概率仅仅略高于百分之五十——如果概率略有变化，我们就不在这儿了——唰！就这样子。”

“奇谈哪，上校。”

“如果你到过我们所到的地方，就不觉得奇怪了。四十年前，在西南非，我们几乎灭种。无缘无故地。你明白吗？无缘无故。我们在上帝的

① 原文是德语，但拼写有误、有省略，据考应为瓦格纳歌剧《纽伦堡的名歌手》。

意旨中找不到安慰。那是一些德国人，有名有姓，当过兵，穿着蓝军装，笨拙地杀人，心里也并非没有罪恶感。大扫荡，天天如此。持续了两年。下命令的也是人，是一个下手细密的屠夫，叫冯·特罗塔。慈悲的拇指从来碰不到他的天平。

“我们私下里传着一个词，是一条咒语，搞不好就会叫人倒霉。你可能会发现那个咒语对你也有用。姆巴开也而[1]，意思是‘我躲过了’。对于我们这些从冯·特罗塔手里苟活下来的人而言，这句咒语还意味着我们已经学会站在我们的历史之外看历史了，而且不带太多感情。有点精神分裂的意思。对我们的存在有了一种统计学的感觉。在我看来，我们和火箭十分亲近的一个原因，就是我们强烈意识到四号火箭和我们一样，都是纯粹的偶然事件——很小的因素都会致命……进入定时器或阻断电路的尘土……眼睛都看不见的薄薄一层油脂，手指上沾来的一点油渍，如果留在液氧阀里，只要发生碰撞，马上起火，整个火箭就会爆炸——我见过这种情景……还有雨水，把伺服电动机的垫圈泡胀，或者漏入开关，就会导致侵蚀、短路、干扰信号、燃烧中断太早，于是能存活下来的就只有聚集体了，一个没有生命的残片组成的聚集体，再也不能动，其命运也再与任何形状无关——你的眉毛别那样动来动去的了，斯卡佛林。我的这些话可能有些太实在，但都是实话。在占领区待久了就会明白命运为何物。”

下面的沼泽里传来一声喊叫。鸟儿们盘旋惊起，变成了圆圆的黑点，就像在天空的鱼羹里撒了些粗粒胡椒。小孩子们跑过来急急停住，铜管乐队在小节中间安静下来。恩赞站起来，稳步朝人群聚集的地方大步跑过去。

“怎么啦，我的沼泽朋友们？”其他人大笑着，抓起一把把泥，朝他们的恩瓜鲁勒卢扔过去。恩赞又躲又闪，自己也抓了些泥还击。干地上的德国人站在那里直眨眼，对这种无组织纪律的行为大为惊骇，却并未表现得失态。

---

① 赫雷罗语。

在木板围成的坑子内，有一对配平调整片从沼泽中戳出来，中间相隔了十二英尺稀泥。恩赞浑身是泥，滴滴沥沥的，在好几米外就露出白牙笑了起来。他弓身走过踩脚板，进了坑子，抓起一把铁锹。这一刻似乎有了庆典的味道：安德烈斯和克里斯蒂安走到他两侧，帮他刮泥、挖泥，在翼片表面露出约一英尺时停了下来。要确定编号了。恩瓜鲁勒卢蹲下来，擦掉泥巴，露出了刀刻的痕迹，一个是白色的“2”，还有一个是“7”。

“出来了。”一张张脸阴郁地对视着。

斯洛索普有了一种预感。“你们想找 der Fünffachnullpunkt，”过了一会儿他提醒恩赞道，“就是‘五个零’，对吗？哈哈——！”猜中啦，猜中啦——

他高高举起手来：“荒唐啊。我相信根本不会有的。”

“零概率？”

“我觉得要看参加搜寻的人数。你们这些人是在找它？”

“无可奉告。我是偶然听到的。我们也没什么人。”

“黑色装置，黑人支队。斯卡佛林：假如某个地方有一个按字母顺序排列的单子，属于某个人的单子，给某个情报组织的，唔，无所谓哪个国家。你设想一下，这个单子上碰巧有两个名字，是英语的‘黑色装置’和‘黑人支队’，并列在一起，碰巧字母顺序接近。如此而已。我们不必是真实存在，它也不必是真实存在，对吗？”

沼泽呈条纹状延伸开去，在乳白色的云层下白光闪闪。底片般的影子在每一样东西的边缘闪烁。“我觉得吧，上尉，这里的一切都阴森森的，”斯洛索普道，“你们不是来帮忙的。”

恩赞盯着他的脸，胡子下面好像有笑容。

“说得对。那究竟是谁在找它呢？”高深莫测，不想露底——这家伙在故意惹事吗？

“是那个马维少校，”斯洛索普说出了自己的看法，“还—还有那个齐切林！”

哈！这就对了。恩赞的脸一下子变得十分平静，就像在敬礼，碰靴礼。“我会感谢你的，”他这样说完，自然而然转变了话题，“你去过中心工厂。马维的人好像和俄国人在一起？”

“好像还特铁。”

“我有一个感觉，那些占领国大概刚刚达成协议，要搞一个反对黑人支队的人民阵线。我不知道你的身份，也不知道你站在哪一派。我只知道他们要除掉我们。我刚从汉堡回来。我们碰到了麻烦，遭到了一场袭击，看似来自难民，实则有英国军事政府撑腰，而且还有俄国人配合。”

“很遗憾。我能帮忙吗？”

“别冒失。咱们还是静观其变吧。人人都知道你在四处抛头露面。”

天近黄昏时，黑鸟们飞落下来，数百万计，都栖到了附近的树上。那些树被鸟儿压得沉沉的，树枝像神经系统里树突的放大版，隐藏在鸣叫神经的黄昏深处，准备着发布重要消息……

后来在柏林的地窖里，他烧得迷迷糊糊的，稀屎以每小时好几加仑[①]的速度往外漏。老鼠们热切的目光飘忽不定，从身边跑过。他只能调动虚弱到极点的脑子，假装踢踢脚吓唬一下，让它们相信：在柏林人眼里，它们的地位并没有变化，也没有更可亲。太阳完全消失了，还不如永远消失了呢。这时候，斯洛索普迟钝麻木的心里在想：黑色装置不是高睿儿圣杯[②]，不是王牌，G 型仿聚合物里面的那个 G 指的不是它。你也不是什么英雄骑士。你最多能和唱歌的那个傻子坦霍伊泽[③]比一比——在北豪森的一座山体内，用尤克里里伴奏，唱了一两首歌。斯洛索普呀，你不觉得自己在这里陷入了吸力强大的罪孽之沼吗？一六三〇年的时候，威廉·斯洛索普在“阿贝拉”船上呕吐了很长一段日子，他也说过“罪孽”

---

① 加仑：液量单位，英加仑 =4.546 升，美加仑 =3.785 升。

② 指中世纪传说中耶稣在最后晚餐上用过的那个杯子或盘子，后成为许多骑士追求的目标，又喻指一个人长期追求的目标。

③ 坦霍伊泽：日耳曼传说中的行吟诗人，被维纳斯（又名“胡尔妲夫人”或“霍尔妲少妇”）诱惑在维纳斯伯格山底下私通一年，回家后与一些吟游诗人赛歌，唱出了自己的私情，让心爱的姑娘丽索拉听到，姑娘伤心自杀而死。

这个词，不过也许含义不同……而你却把自己搭在了别人的航船上，依附于什么山里面的什么胡尔妲夫人，什么维纳斯——她，或者说“它”，只是在玩游戏……一场邪恶的游戏，你心知肚明，但已为时过晚。你参与游戏，是因为没有更好的选择，但这个理由并不充分。教皇在哪里？他的权杖不是要为你而开花吗？

其实，他很快就碰到了自己的丽索拉，和她过了一段日子，而后又分手了。吟游诗人坦霍伊泽抛弃了自己可怜的姑娘，害得她自杀。那么，斯洛索普离开了格丽塔·埃德曼，又会让她有何结局呢？还说不清楚。她在新巴别尔伯格①的哈弗尔河②边等待，比起影片里要逊色——她的影片拷贝在占领区的有些地方乃至在海外不知发行了多少套、放映了多少回……给她的主光上加覆过紫红滤光板的技术人员们都是些好人，可他们一个个都上了战场，或者入了坟场，只留下她一个人，在上帝漠然的阳光下惊恐度日、渐渐褪色。……眉毛拔得细若笔画，长发缕缕泛白，手上沉甸甸戴满了戒指，颜色不同、光亮有别、丑陋各异。她穿着战前定做的深色香奈儿套装，没戴帽子和围巾，只戴了一朵花。中欧夜晚里的喁语，和柏林的皮窗帘一样，鬼气森森地困扰着她发胖的身体和残败的姿色，斯洛索普和她相遇的日子越近，这种鬼气就越重……

他们是这样相遇的：一天晚上，斯洛索普去公园的菜地里偷菜。露天里住着几千人。他绕着那些火堆，鬼鬼祟祟地——他只是想东弄一把青菜，西弄一个萝卜或一棵甜菜，只要把命吊着就行。他们要是发现他，就会扔石头、木块，前不久的一次还扔了只旧手榴弹，虽然没有爆炸，却吓得他当场大便失禁。

今晚他出没的地方在巨星路附近。宵禁已经很长时间了，燃木的烟味和腐物的臭味弥漫在整个城市上空。他在一些头部已被毁掉的侯爵和选帝侯雕像间穿梭，发现了一块理想的白菜地。就在此时，他闻到了一种气味——不，不可能——啊，就是的，肯定就是一是大麻烟卷！而一

① 新巴别尔伯格：柏林中心西南约十五英里处一社区，位于哈弗尔河畔。
② 哈弗尔河：德国东部河流，流经柏林并注入易北河，流程约三百四十六公里。

而一且就在附近。里夫山[①]出现在这里了——山坡上绿色的田畴里点缀着金黄，花朵在雾气中散发出树脂和夏日的气息，穿过灌木丛和缠结的草丛，钻入被战火摧残的树木下或树枝间（无论树枝间栖着什么东西），牢牢地吸引着他的鼻子。

千真万确。斯洛索普看到一棵倒置的空树干，长长的根须垂挂着，整个像妖精的前哨，树干里躲着一个叫埃米尔·“酸爷”·巴摩的瘾君子，正处在吸毒不良状态。此人以前是魏玛共和国最著名的飞贼加瘾君子，此时左右各拥一个美女，一颗活泼的橙色小星星在三个人手里传来传去。堕落的老家伙。斯洛索普出其不意地扑到他们身上。瘾君子微笑着，抬起一只胳膊，把吸剩的烟卷递给斯洛索普，斯洛索普用长长的脏指甲捏住。爽啊。斯洛索普蹲了下来。

“Was ist los?（怎么了？）”酸爷问道，“我们白捡了很多货。安拉对我们微笑了。唔，其实安拉在对所有的人笑呢，我们只不过碰巧直接走进了他的视线……”他的外号“酸爷”是德语“迷幻剂”的意思，得名于1920年代。那个时候，他带着一小瓶烈酒到处跑，遇到险情，就虚张声势，让人们误以为里面是硝酸。这时候他又拿出一根很粗的摩洛哥大麻，用忠实追随着斯洛索普的芝宝打火机来点燃。

金发女郎特露蒂和巴伐利亚荡女马格达花了一整天，扫荡了一个藏有瓦格纳歌剧服装的地方。其中有一个带角的尖头盔、一件绿色天鹅绒圆披风、一条鹿皮裤。

斯洛索普：“嗯——，这套行头很酷呀！”

马格达笑道：“这是给你的。”

“嗷……不要。中心福利社给的都比这好……”

酸爷不松口：“难道你没留意？在你遭到雷击、需要有人帮助的时候，就总会有人来的。”

两个女孩移动着烟卷的火星，看着火星的影子在亮闪闪的头盔里变换着形状、明暗、颜色……唔。斯洛索普忽然觉得，头盔上如果没有角，

---

① 里夫山：摩洛哥北部沿海一丘陵地区。

嘿，就像极了火箭的前部。如果能找到几块三角形皮子，想办法缝到齐切林的靴子上……对了，还要在—在披风的背上写一个大大的、红色的、大写的“R”[①]——那个时刻将是多么有意义啊，堪比唐拓[②]成功伏击敌人之后所期待的那一时刻——

“火箭人！”酸爷尖声叫道。他抓住头盔，转动盔角往下卸。名字本身没什么意义，命名的行为本身却……

“你也和我想的一样？”嘿，怪事。酸爷小心翼翼地伸出手，把头盔带到斯洛索普头上。两个女孩庄严肃穆地把披风披在他肩膀上。各个巡逻侦查组已派人回来报信了。

“好极了。听着，火箭人，我有点麻烦。”

“噢？”斯洛索普对火箭人的全方位宣传一直有自己的想象：人们带给他食物、红酒、四种颜色的少女组合，又跳又唱热闹非凡，啦啦啦啦，牛排犹如花儿般开在身旁那些枪打炮轰过的菩提树上，烤火鸡像柔和的雹子下在柏林城里，红薯，还—还有化开的软糖，从地下冒出泡泡来……

“有军烟吗？”特露蒂问道。斯洛索普，也就是火箭人，递给她半盒瘪烟。

大麻烟卷的气味继续氤氲着，在这树屋内如刀似箭地来来去去。大家都忘记了谈话。泥土的气息。虫子们跑出来透气。马格达给斯洛索普点燃了一支军烟，他却尝到了树莓口红的味道。口红？如今谁还买口红呢？这些人到这里面来到底是为了什么？

柏林城黑下来了，可以看得见星星了。星星还是以前的星星，今夜却分外明亮有序。你甚至可以自行构造星座。酸爷说：“哦，我以前有过这个问题……”

“我太饿了。”斯洛索普这时候才想起来。

---

① 英文和德文“火箭”的首字母都是R。

② 唐拓：美国广播电视节目《独行侠》中的人物，是蒙面人“忠实的印第安伙伴”，曾救过得克萨斯巡警丹·莱德。后者成为“独行侠”后，唐拓骑马巡游，做好事，搜寻与巡警们作对的歹徒。

特露蒂正在给马格达聊自己的男朋友古斯塔夫。古斯塔夫想住到钢琴里去。“只能看见他的脚露在外面，他还在不停地说：‘你们都恨我，你们都恨钢琴！’”两个女孩咯咯笑了。

“他是在拨弦，对吗？”马格达道，“他可真是个偏执狂。”

特露蒂的两条腿粗壮白皙。细细的汗毛在星光下舞蹈，在星光下颤动：在裙下，在背上，在整个膝盖的阴影里，在后面的腿窝里……树桩高高耸起，围护着他们，像一个巨型神经元，树突伸向整个城市、整个黑夜。信号从各方传来，即便真的没有来自未来的信号，也很可能有来自过去的……

酸爷根本安定不下来，他翻身滚到另一头，抓住一条根，一直挪到头可以找到依靠的地方。马格达的耳朵靠在树屋入口处，拿一根棍子在火箭人头上梆梆敲着，发出杂乱的和声。单音听着不对头，连在一起也怪怪的……

“不知道几点了？”酸爷四下望望，“我们不是要去芝加哥酒吧吗？还是昨晚去过了？”

“我也忘了。”特露蒂咯咯笑道。

“姐们儿，你听着，我很想和那个美国人谈谈。”

“亲爱的埃米尔，”特露蒂低声道，“别担心。他会到芝加哥去的。”

他们商量了一套复杂的化装办法。酸爷把自己的上衣给了斯洛索普。特露蒂穿绿色披风。马格达穿斯洛索普的靴子，斯洛索普则穿袜子，把她的小鞋子装在口袋里。他们花时间找了些花里胡哨的东西，有引火的，也有树枝树叶。他们用这些东西塞满头盔，由酸爷拿着。马格达和特露蒂帮忙把斯洛索普的腿塞到那条鹿皮裤里。两个女孩将漂亮的膝盖跪在地上，双手抚摸着他的腿和屁股。裤子里空荡荡的，像圣帕特里克天主教堂的舞厅。斯洛索普勃起了，越来越大，痛如雷击。

“你们穿上好极了。”两个女孩笑道。斯洛索普打扮得气势不凡，在大家后面一瘸一拐地走着，眼里清楚地看到了一连串雨水般的涟漪，手变得僵硬如石。他们出了动物园，走过炮火洗礼过的酸橙树和栗子树，来到了街上——或者说他们觉得算是街道的地方。各国的巡逻兵来来往往，他们这傻乎乎的四人小组动不动就得快速卧倒，还要忍着不能笑出声。斯洛索普的短袜子被露水打得透湿。坦克在街道上移动，吞噬着街面上由沥青和石屑形成的垄状平行隆起。巨怪们[1]和森林女神们在外面玩耍。五月份的时候，炮弹把他们从桥下、树上轰了出来，把他们解放了，现在早就适应城市生活了。“嗨，看那个家伙，”巨怪里的妙龄女子们在品评比她们落后的人，“他一点都没有下树以后的新气象。”残损的塑像躺在那里，宁静如矿石：官员们穿礼服大衣的大理石半身雕像倒在阴沟里，惨白惨白的。是啦，唔，咱们来到柏林的最中心了，确实，嗯，确实有点——天哪，那是什么呀——

“最好小心了，”酸爷指示道，“这一段有橡皮的感觉。”

“是什么呢？”

嗯，到底是一是什么呢？什么是“是”呢？——是金刚，要么很像金刚，蹲着，显然是在大便，在街上大便！无所顾忌！而一而且一车车苏联兵根本没有注意。他们戴着高级军帽，脸上露出茫然的笑容，隆隆地开过去——斯洛索普真想喊一声：“嗨，瞧那个巨猿！或者那什么玩意儿。伙计们？嗨……”不过他没有喊出来。算他走运。仔细看时，那个蹲着的怪物竟然是国会大厦[2]，喷了漆，炸坏了，炸坏的那一面所有的曲面和凸面都被火熏成了火药般的黑色。大厦里回声刺耳，内壁墨黑如炭，上面用粉笔写着西里尔首字母和许多五月里牺牲的人名。

柏林到处都是这种错觉。斯洛索普可以发誓，有一幅斯大林的彩色石版像很像自己在哈佛约会过的女孩，那唇髭和头发只是偶然用来化装的，她的名字也是斯大林，要不就见鬼了……他听到二十来个声音在叽里呱啦：快点，快点，各就各位，他就要转弯了。人行道上一个挨一个地摆满了做面包的大面团，盖着白布，放在那儿发酵——我的天，是不是大家都饿了？他们几乎同时想到了一点：哇！生面团！这些面包块

---

① 巨怪：斯堪的那维亚民间传说中的超自然生命，或被描述成友好顽皮的侏儒，或被描述成巨人，居住在山洞里、小山上或桥下。

② 国会大厦：指魏玛共和国国民议会，一九三三年被神秘大火烧毁，使希特勒得以宣布德国进入紧急军事状态，借以暂时取缔了很多公民自由权，并一直持续到一九四五年。

是给那边的怪物吃的……哦，不对，是了，那个怪物是大楼，是国会大厦！那这些就不是面包啦……现在该清楚了，这些是人的尸体，今天从废墟下挖出来的，都装在美军式裹尸袋里，上面小心翼翼地贴着标签。不过，这不仅仅是错觉。他们在发酵，在变质——谁知道呢，夏天过去了，饥饿的冬日即将来临，圣诞节之前的这段日子我们吃什么？

柏林有名的“菲敏娜”是香烟批发商的福地，“芝加哥”则是瘾君子的好去处。不过菲敏娜的生意常常中午就开始了，芝加哥这里则要等十点钟的宵禁后才会有乐子。斯洛索普、酸爷、特露蒂和马格达四个人进了一个后门。所谓的后门其实是一大堆废墟加一大团黑暗，偶尔有灯光，和乡下的屋外差不多。酒吧里，军医和医务兵忙得不亦乐乎，抱着些瓶子，里面装着起泡的白色透明物或粉红色小药丸，或普里面包[1]大小的透明安瓿。屋里业务繁忙，马克在穿梭飞扬。有些客人光顾这里完全是出于对化学药品的热诚，其他人则纯粹是为了做生意。墙上贴着约翰·迪林杰[2]的超大照片，有单人照，也有与母亲或朋友的合照，还有拿着冲锋枪的照片。灯光昏暗，语声也低暗，为的是提防军警偶然进来。

一个貌如猩猩的美国水手坐在一张铁丝靠背椅上，用毛茸茸的双手笨拙地、轻轻地拨着吉他。曲子是 3/4 拍，唱得很恶心：

瘾君子之歌

昨天晚上我梦见自己扎入
高高的、冒泡的水烟袋，
突然钻出个阿拉伯妖怪，
眼睛眨呀眨，还跳起来。
他说：“我来为您实现愿望。”
我赶紧找话说，好不着忙。
我大声道：“给我毒品吧，兄弟，

---

① 普里面包：一种在印度酥油中炸过的、未经发酵的面包。
② 约翰·迪林杰：1930 年代美国具有传奇色彩的罪犯，在芝加哥一酒吧附近被击毙。

让我享受那美妙的幻象！”
他满面笑容，抓住我的手，
我们在天空里疾速飞翔。
他带我到一个地方，我一下子看见
那么多大麻，在整整一座山上！
树上结满了粉红紫红的药丸，
美沙酚[①]河呀，流过树的旁边，
神奇的蘑菇恣肆如彩虹，
美丽得令人想大声叫喊。
女郎们都来迎接，可爱又轻缓，
头发里编织着晨曦的光环，
拿着大把大把雪白的可卡因——
与人分享大麻，是她们的心愿。
我们在巴拿马红[②]的鲜花丛中
交欢、抽烟，玩了很多天，
尽情享用拍约他膏[③]、肉豆蔻茶，
那些小妞妞也令人头脑爽健。
唉，我本可永远享受那美好岁月，
我愿意留下，非常坚定，
可是你知道吗？
那个妖怪原来是缉毒警，
我躺在那里，被他逮了个现行。
他把我带回这个冰冷冰冷的世界，
目前我就在监狱里服刑……
我在梦里重温嗑药之乡的岁月，

① 美沙酚：美国一止咳糖浆，含少量鸦片镇静剂。
② 巴拿马红：烈性大麻，原产于巴拿马，微红。
③ 拍约他膏：墨西哥仙人球膏，一种迷幻药。

我要问：我能否获得自由之身？

唱歌的人是西曼[1]·鲍丁，美国驱逐舰“约翰·E.捣蛋鬼”号水手，是酸爷来这里约见的联络人。“捣蛋鬼”号泊在库克斯哈文，鲍丁前天晚上到的柏林，有一半开小差的成分。美国占领这里若干个星期了，他还是第一次来。“情况很紧呀，兄弟，”他呻吟着，“波茨坦[2]那边，简直令人不敢相信。还记得威尔海姆广场以前的样子吗？表呀，葡萄酒呀，珠宝呀，照相机呀，海洛因呀，皮大衣呀，应有尽有。谁也没有当回事，对吧？你应该去看看现在的情况。到处是俄国警备人员。都是些可恶的大客户，你根本沾不了边儿。”

“那边难道没有进行什么活动吗？”斯洛索普问，他听到过一些小道消息，“开会或者什么玩意儿？”

“他们在商量如何瓜分德国，”酸爷道，“所有的国家。他们应该邀请德国人参加，伙计。我们几百年来都是这么做的。”

“兄弟呀，那里现在连一只蚊子都飞不进去。”水手鲍丁摇着头，面无表情但身手不凡地把一张纸撕成两半，单手熟练地卷出一根大麻烟卷。

“啊，”酸爷笑着，一只胳膊搂住斯洛索普，“可是如果火箭人能进去呢？”

鲍丁细细打量着，疑惑的样子：“这就是火箭人？”

“差不多吧，”斯洛索普道，“不过我现在还没决定去那个什么波茨坦呢……”

“你还不知道呢！”鲍丁大声道，“听着，好兄弟，就现在，最多距离十五英里的地方，有六公斤特纯的极品尼泊尔大麻粉，六公斤！从中缅印战区我兄弟那儿搞到的，有政府盖章，手续齐全，是我五月份埋在那里的，很安全，没有地图谁也找不到。你要做的就是飞到那里，不管以什么手段，只要进去拿到手就行。”

---

① 此名又意“水手”。

② 波茨坦：德国东北部城市，靠近柏林，波茨坦会议会址所在地。

“说完了？”

“给你一公斤。”酸爷提议。

“他们可以和我一起，把它全部燃起来享用掉。那些俄国人可以全部站在炉子周围，来个神魂颠倒。”

“有可能呀，这位美国帅哥可不只是钟情于好时巧克力哦，唔？哈—哈—哈……”一个女郎从身旁滑了过去。这是斯洛索普见过的女人里最浪的，涂着荧光青眼影，戴着黑色皮发网。

“一百万马克。”酸爷叹了口气。

“你去哪儿搞——”

他举起一根小巧的手指，靠过来：“我自己印。”

千真万确，他真的能印钞票。她们一起离开芝加哥酒吧，在废墟堆里走了半英里，一路上漆黑一片，弯来拐去，除了酸爷谁也辨不清路。最后，他们走入一处没有房屋的地窖，里面有一些档案柜、一张床、一盏油灯，还有一部印刷机。马格达偎到斯洛索普身边，手在他勃起的部位盘旋舞蹈。特露蒂莫名其妙地黏上了鲍丁。酸爷开始咔咔嗒嗒摇起机器的转轮，一沓沓德国马克真的从机器里飞进了托纸盘，成千上万。“印模是正版的，纸也是。只有一个很细微的缺陷，是边上的一条小波纹。有一台特殊的印模印刷机，谁都弄不到。”

“嗯。”斯洛索普道。

“噢，干吧，”鲍丁道，“哎呀，火箭人！没有比这更好的事情了。”

他们帮着把纸币蹾齐整平，酸爷用一个亮闪闪的长切刀切开，拿出厚厚一卷一百马克的票子：“你明天就能回来。什么都难不倒火箭人的。”

一两天之后，斯洛索普才会反应过来，自己当时应该这样回答：“可我两三个小时以前还不是火箭人哪。”不过，此时此刻他垂涎那两点二磅大麻粉和近乎乱真的一百万马克。走开也罢，飞开也罢，不论以何种方式放掉这个机会都没必要嘛，对吧？于是他先拿了几千马克，接下去整夜都待在酸爷的床上，把圆滚滚的马格达弄得直叫唤，特露蒂则和鲍丁在浴缸里狎昵。酸爷本人悄悄溜出去执行别的任务了，消失在门外的废墟堆里。此时已是凌晨三点，那些废墟有如一片汪洋，压迫着他们如浮标般起伏的内心……

◆ ◆ ◆ ◆ ◆

酸爷出去一趟又回来了，双眼充血，心事重重，喝着一壶热气腾腾的茶。斯洛索普一个人在床上躺着。火箭人的服装放在桌上，旁边是鲍丁的藏宝图——唉。唉，真是的。自己真的非蹚这浑水不可了？

外面的晨光里，鸟儿在台阶上鸣啭着琶音。卡车和吉普车在远处嘭嘭发动。斯洛索普坐在那里，一边喝茶，一边刮裤子上干掉的精液，酸爷则在讲解地形。德国老影都新巴别尔伯格区帝王街二号的一座别墅①外面有一片装饰灌木，那个包裹就藏在灌木下面。从波茨坦过哈弗尔河就到了。谨慎起见，应避免走阿福斯高速公路。“还是要想办法混过彩纶村下面的那个检查站。从运河上行到新巴别尔伯格。”

“为什么呢？”

“重要公路上不许普通百姓通过——瞧，就是这儿，跨河就可以到波茨坦。”

“听我说。我还需要一只船。”

“哈！你让一个德国人随机应变？不，不行，这个问题——这个问题由火箭人解决！哈！”

“嗯哼。”那座别墅好像靠近格莱布尼兹湖。“我干吗不走那边呢？”

“要走那边，得先钻过两座桥。戒备森严哪。俯射。也许——也许还有迫击炮。到了波茨坦对面，湖面又变得很窄。绝对没可能的。”嘿，早上起来就听到德国式幽默，真是不错。酸爷递给斯洛索普一张陆军军务处证件、一张车票和一张印有英俄双语的通行证。“会议开始后，伪造这些证件的人靠着它们出入波茨坦十来回了。他对这些证件很有信心。双语通行证是特别通行证，仅用于会议。不过你可不能像普通游客那样傻呆呆到处乱看，或者请名人签名——”

---

① 波茨坦会议时杜鲁门总统曾住过这里。

“哎，我说埃米尔，你既然能搞到这种证件，又很好用，你干吗不自己去呢？”

“这不是我的专长。我一直是做买卖的。只会拿着一个装迷幻药的旧瓶子——而且都是做做样子。冒险就是火箭人的事情了。”

“那就鲍丁吧。”

“他已经回库克斯哈文去了。下星期回来，要是看到火箭人竟然害怕了，他还不知有多难过呢！”

“噢。”我操。斯洛索普盯了一会儿藏宝图，努力记住。他嘟嘟囔囔穿上靴子，把头盔包在披风里。然后，这主使、从谋两个人就穿过美国人的防区，出发了。

马尾云在那边的蓝天上翻滚，柏林这里的空气却一片静寂，有一种无处不在的死亡气息。春天倒下的尸体还躺在这些堆积如山的瓦砾下面，黄黄的山，红的黄的惨白的山。

斯洛索普在那些新闻短片和国家地理杂志上看到的柏林到哪里去了？当初，抛物线并不是德国新建筑唯一青睐的东西——还有那些空间呢——没有了那些空间，阳光照耀下那些死气沉沉的雪花石膏毛坯就毫无意义了，因为它们需要看不见摸不着的人类成果去赋予意义。如果有“神圣都市”这样的东西存在，如果把城市当作内在精神健康与否的外在症候，那么即便是柏林，也会在整个五月里那些可怕的表象下继续保留一些神圣的痕迹。今早的柏林如此空旷，和遭到破坏前那个构型优美的白色都市形成了逆映射式的鲜明对照：那些散布各处的瓦砾场有如无人耕种的田地，那千篇一律的混凝土毫无特色……只有一点例外：如今，这里的一切都被从内到外翻了个底朝天。以前的街道笔直宽阔，便于行走，现在却成了蜿蜒小径，穿插于废墟堆里，形状很统一，犹如羊肠小道，应和着某种令人极不舒服的规律。老百姓住到了外围，军队却驻扎在里面。原本光滑的建筑物表面被炸开，露出了粗粝不平的水泥内里。房屋的内坯上直接贴了一层洛可可风格的鹅卵石。里面翻出来成了外面。没有屋顶的屋子直面蓝天，没有屋墙的屋子则在废墟之海里飘摇，如船头，如桅斗……拿着罐子在地上找烟蒂的老人们把呼吸器挂在胸口。衣服、住宿、招领、寻物的广告以前是分类的，随意嵌在报纸版面间，供人们茶余饭后坐在漆得油光发亮的漂亮客厅里阅读，如今却盖上了有希特勒头像的印章，或蓝，或橙，或黄，在风中飘荡，一旦起风，便又挂到树上、门框上、木板上、断墙上——一片片碎纸，颜色褪了，发白了，上面的字像蜘蛛，抖抖索索的，模糊难辨，没见过的、没读过的、被风吹走的，又何止千万！“冬日救济工程”[①]吃一道菜的那个星期天，你坐在外面长长的桌子上，头顶的树上挂着“卐”字布饰。可是内外倒置后，这样的星期天拉长成整个一周。冬天又到了。整个柏林却在白日里极尽伪装之能事，搞些自欺欺人的勾当。疤痕累累的树木又长叶子了。小鸟儿又孵出来了，在学飞。可是，在夏天的表面下，冬天已经来临——地球在梦中翻了个身，冷热反过来了……

腓特烈街的外面贴上了巨幅相片，脸有一人多高——活脱脱把芝加哥酒吧里的墙给翻出来了。斯洛索普认出了丘吉尔、斯大林，对另一个却不甚了了。“埃米尔，戴眼镜的那个人是谁？”

“美国总统。杜鲁门先生。”

“别傻了。杜鲁门是副总统。罗斯福才是总统。”

酸爷一边的眉毛抬起来：“罗斯福春天就死了。就在投降之前。”

他们和一队等面包的人群挤到了一起。女人们穿着破旧的毛绒长大衣，小孩子紧紧拽着大人们破损的衣边，男人们戴着帽子、穿着深色双排扣西装，苍老的脸胡子拉碴，前额白得像护士的大腿……有人想抢斯洛索普的披风，双方还拉扯了一会儿。

“请节哀。”两个人从人群里挤出来时，酸爷说。

“为什么没人跟我说过？”罗斯福在白宫走马上任时，斯洛索普才要上中学。布洛德里克·斯洛索普声言自己恨罗斯福，可是泰荣却觉得，罗斯福面对小儿麻痹症和其他困难表现得很勇敢。他还喜欢收音机上罗

① 纳粹宣传部长戈培尔一九三三年发起的一项社会救济集资活动，初时主要是食物，后来扩展到衣服和其他项目。另外，每个月有一个星期天被作为“一道菜礼拜日”，放弃平日的多菜餐，以腌肉为唯一一道菜。

斯福的声音，在匹兹菲尔德[1]还差点看到他一次，只是让明吉区的头号小胖子劳埃德·尼珀尔给挡住了，只看见几个车轮子和一些穿西装的人踩在汽车踏板上的脚。他听过胡佛的名字，印象比较模糊——好像和房屋简陋的城镇或吸尘器[2]有关系。然而罗斯福是他的总统，是他唯一知道的总统。好像他一直都在当选，一任接一任，永远当下去。可是有人决定改变这一趋势，于是就让斯洛索普的这位总统睡着了，很安静，很干净。而当初那个曾隔着劳埃德穿T恤的肩胛骨想象过他长相的孩子，却在里维埃拉或者瑞士之类的地方招摇撞骗，只是朦胧地意识到自己将消失于人世……

“据说是中风。”酸爷说。他的声音从一个奇怪的地方传来，应该是直接从下方。宽阔的墓场开始内收，收缩成瓶颈状，伸展到一个走廊里。斯洛索普知道这个走廊，但叫不出名字。那是一处变了形的空间，潜伏在他的生命里，隐蔽得像遗传病。一帮医生戴着白口罩，只露出眼睛，成熟而黯淡的眼睛。他们迈着整齐的步子，沿走廊走到罗斯福躺着的地方。他们扛着光闪闪的黑色医箱。黑皮箱里发出金属碰撞声，好像在诉说，好像有人在表演口技：放我出去吧……那个在雅尔塔穿着黑斗篷和别国首领一起合照的人，不管是何身份，反正他绝妙地给我们传达了一种对死神之翅的感觉：丰富、柔软、黑色，一如那件冬天的斗篷。他还让一个众目睽睽的国家为罗斯福的去世做好了准备：罗斯福的存在是“他们”建构的，又是“他们”解体的……

有人在这里巧妙地留下了视差存在的空间，比例和阴影都用得恰到好处，随着白日的移动而拉长——哦不，酸爷不可能是真人，这些穿深色衣装的临时演员也一样是假的——他们在排队等待某一辆假想的电车，等待某两块香肠（当然了，当然了），那十来个半裸的孩子在这火烧过的公寓房里跑出跑进，一切细节都丝丝入扣——“他们”肯定有预算的，

① 美国马萨诸塞州西部一城市。

② “胡佛”是一种吸尘器的牌子。“胡佛村”则指1930年代大萧条时期为破产者和赤贫者在城市边缘建造的简陋帐篷。

没错。当时建造的所有东西现在都打破成了碎片，大者如人，小者成了齑粉（请按标准号码订购）。同时，在柏林那个难忘的香喷喷的中午，人类腐尸的精华被一只大手喷洒在整个布景上，那只手就像一匹劣马伏在某个巷子里，操作着巨大的香水喷瓶……

（根据酸爷从黑市买来的那块表上的时间，这时候差不多是中午。早上十一到十二点是“恶时”，那个白女人[①]会从山体里出来，钥匙叮叮作响，你有可能见到她。要小心喽。如果你无法帮她摆脱一个咒语——什么样的咒语她自己也说不清楚——你就会受到惩罚。她是给你“神花”的美少女，也是长相丑陋的长牙老妇，会在梦里找到你，却不说一句话。这个时辰完全属于她。）

黑色的P-38战斗机闹哄哄地编队而飞，在苍白的天空中像移动的网格。斯洛索普和酸爷在人行道上发现了一家咖啡馆，喝了些掺水的桃红葡萄酒，吃了些面包和奶酪。老练的瘾君子酸爷拿出一“根”“茶”[②]，他们坐在太阳下交替抽着，也许还会给服务生抽一口。很难说的。如今抽军烟也得这样。吉普车、人员输送车、自行车川流而过。女孩们穿着水果冰激凌样的橙色或绿色新夏装，慢慢走进来坐到桌旁，笑啊笑的，不停地在这块地方上搜寻，想早些开张生意。

酸爷不知用了什么办法，竟让斯洛索普谈起火箭来。这当然不是酸爷的专好，但他听得很专注。只要有需求，就能卖出价钱。“我永远不可能有机会看到那么美妙的东西了。我们在收音机上听得很多。我们有一个‘午夜上尉’节目。可是我们产生了错觉。我们愿意相信，可眼里看到的东西又无法使我们相信。越到后来越不信。我唯一知道的是，伙计，它给可卡因市场带来了灾难。”

“怎么回事？”

“那种火箭里需要高锰酸钾，对吗？”

---

① 这里指胡尔妲夫人，日耳曼神话人物，以两种面目出现：或为善良少女，以“神花”为钥匙，可打开山中宝藏之门；或为貌丑长牙老妇。

② 这两个词在英文中均有大麻烟的意思。

"是涡轮泵。"

"要知道，没有那种紫色的东西，可卡因交易就无法诚实。别说什么诚实，简直不现实了。去年冬天在他妈整个帝国里找不到一毫升高锰酸，伙计。唉，你应该看看那种焦灼。是朋友，我明白。可是，从来没有想过——按你们明白的话说——'在你面前捞一把'的朋友是什么样的朋友？啊？"

"谢谢。"别急。他是在说"我们"？他准备要——

"所以，"他已经接下去了，"当时在柏林上空暗藏着一部劳瑞尔和哈迪[①]的电影，无声，无声……因为缺高锰酸钾。我不知道 A4 对经济的其他方面有什么影响。这可不是简单的捞一把，也不是简单的市场无序，这是在化学上不负责任！用黏土、滑石粉、水泥，甚至还有更糟糕的，用面粉！还有奶粉，从婴儿嘴里抢来的！假货比真可卡因还值钱——不过这样一来，有些人会突然吸一鼻子奶粉，哈哈哈哈！"他说到这儿稍稍停了一下，"这也算把损失扯平了！没有了高锰酸，就什么都靠不住了。用一点让舌头发麻的奴佛卡因，或者其他烈味的东西，或者碳酸氢钠，就能大把赚钱。高锰酸是试金石。在显微镜下，只要往检验的东西上滴一些，那东西就会溶解——这时候你观察如何析出溶液、如何重新结晶：可卡因会先出现，在边缘，然后是植物断面、普鲁卡因、乳糖，出现在大家熟知的其他位置——像紫色靶子，外围部分最值钱，靶心一文不值。和普通的靶子相反。嗯，火箭人，当然也和 A4 的靶子不同喽。你们的那个机器并不是瘾君子们真正的朋友。你们要它干什么呢？你的国家要用它对付苏联？"

"我可不想要。你说'我的国家'是什么意思？"

"对不起。我是说苏联人好像也很想要。全城的熟人都被抓走了。审问。他们对火箭知道的不比我多。可齐切林认为我们知道。"

"哦我的天。又是他？"

---

① 斯坦·劳瑞尔（1890—1965）和奥利弗·哈迪（1892—1957）一九一七年首度合作拍了一部无声短片《幸运儿》，后合作拍出了一系列短片和正片，均为有声。

“对，他目前在波茨坦。应该是。在一个旧电影厂设了个总部。”

“好消息呀，埃米尔。我很幸运……”

“你脸色不好，火箭人。”

“你觉得很可怕吗？听听这个吧”接着，斯洛索普问酸爷是否知道黑色装置的事情。

酸爷尖叫一声，像是“哎呀”，又好像不是。他也没有吓得从街道上或别的地方逃跑，但他的尖啸确乎达到了很高的分贝，然后转移了话题。“告诉你吧，”他点着头，在椅子上换了个姿势，“你去和老马说吧。可不是吗？你们俩能说到一起。我只是个退出江湖的飞贼，想学伟大的罗西尼[①]，安度剩下的几十年：享受。别提我的名字，好吗，美国兵？”

“哎，埃米尔，你说的‘老马’是谁，我怎么找到他呢？”

“他是一匹永远跳动的马——”

“哇！”

“——在占领区的棋盘上跳动。这就是他。就像火箭人今天飞越障碍一样。”他放肆地笑着，“不错的一对儿呀。我怎么知道他在哪儿？他无处不在。他无所不在。”

“佐罗？绿衣胡蜂侠[②]？”

“上次，一两个星期以前吧，我听说他在北边跑汉萨同盟[③]的事情。你们会见面的。别着急。”酸爷突然站起来要走，和斯洛索普握了握手，悄悄给他塞了根大麻烟，以备不时之需，或许也是对他的祝福，“我要去见军医们。一千名顾客的幸福担在你的肩膀上。在我那儿见。好运。”

“恶时”果然显示了法力。不该说黑色装置的。山体又在斯洛索普身后隆隆关闭了，很近很近，几乎压到脚后跟。再等白衣仙女出来恐怕得几百年。见鬼。

---

① 吉奥奇诺·安东尼奥·罗西尼（1792—1868）：意大利作曲家，歌剧颇多，如《塞维尔的理发师》（1816）、《威廉·退尔》（1829）等。三十多岁即退隐，虽继续作曲，但主要精力用于寻欢作乐。

② 绿衣胡蜂侠：“独行侠”丹·莱德之子，名布力特·莱德。

③ 汉萨同盟：中世纪北欧城市结成的商业同盟，以德意志城市为主。

特别通行证上的名字叫“马科斯·施莱普兹希”。斯洛索普意气风发，决心做一回杂耍艺人。一个魔术师。他在卡婕那里早就实习过了，以缎子为桌布、身体为魔法、床铺为场地，一百次奇妙的晚会……

到后晌时，他走出了彩纶村，一身火箭人打扮，准备过检查站。俄国哨兵守在一个染成红色的木拱门下面，背着梭米或狄格特亚耶夫冲锋枪，枪体很大，桶式弹仓。这时候过来一辆斯大林坦克，缓慢而笨拙地移动着，一个士兵戴着有耳扇的头盔，站在 76 mm 的炮架内对着步话机大叫……唔，嗯……拱门那边停着一辆俄式吉普，车上有两个军官，其中一个对着无线电话机的麦克风，说得正起劲，光电般的俄语语速激荡起他和斯洛索普之间的空气，织出一张网，撒向斯洛索普。舍我其谁？他眨眨眼，把披风一甩，头盔拉斜，露出笑容。他做出魔术师风范，拿着证件、车票和双语通行证走出来，告诉他们要去波茨坦专场演出。

一个哨兵拿过通行证，飞跑到哨亭里打电话去了。其他人站在那里，盯着那双齐切林的靴子。没人说话。打电话用了一会儿时间。衣装上的皮子伤痕累累，胡子也一天没刮。太阳照在整个脸上。斯洛索普搜肠刮肚，想凑出几个自己会玩的扑克魔术，活跃个气氛什么的。这时候，哨兵的头伸了出来。德语：“请拿靴子进来。”

靴子？他们要靴子干什么——呀——！靴子，对了，是靴子。我们绝对可以肯定电话那头是谁了，不错。斯洛索普听到哨兵身上的金属物品全都发出快活的叮当声。柏林雾沉沉的天空上，靠无线电塔左面，在钢丝绒般的远空里，出现了一幅《生活》杂志的满页照片：那是斯洛索普的照片，全副火箭人装束，嘴里塞了一根长长的、硬硬的东西，直径很大，好像是香肠，塞得很用力，眼睛都憋得有点歪斜了，不过那只抓香肠的手，或者别的什么力量，却在照片上看不到。说明上写着“火箭人搞乱”：“占领区最新的名人‘搞乱’，即将开始。”

好—噢—来，斯洛索普脱下靴子，士兵拿着靴子到亭子里去打电话——其他人让斯洛索普靠在拱门上，彻底搜查了一回，只发现酸爷给的那根大麻烟卷，自然是没收了。斯洛索普穿着袜子等候，心里尽量不想下一步的事情。眼睛扫视着，好像还在寻找什么掩护。什么都找不到。

射程范围内三百六十度无障碍，只有新铺的沥青和枪油的气味。吉普车上结了晶体状铜绿，闲置着：目前，回柏林的公路已经废弃……上帝啊上帝，你干什么去了呀，出去喝啤酒了还是干吗了？

没有的事。靴子又一次出现，紧跟着出现了哨兵微笑的脸。“完全符合，施莱普兹希先生。”（德语）俄语里说反话的口气是什么样的？这些人太奇怪了，斯洛索普搞不懂。既然如此，齐切林又何必要检查靴子，引起斯洛索普的怀疑呢？他不会那么傻。不，电话上不可能是他。很可能只是例行的走私检查，仅此而已。这时候，斯洛索普完全进入了《易经》里所说的“蒙”卦境界[①]。他将绿披风又甩了几甩，用一根短粗的巴尔干军烟在其中一人的冲锋枪上狠狠擦了一下，然后急急向南而去。军官们的吉普车停着没动。坦克也不见了。

快活的吉姆[②]哎，从斯托克布里奇[③]到利伊
四处兜售好东西，对着女人们眉来眼去——
给小妞买个胸针，别上漂亮的衣装，
挥鞭赶着马车哎，一块钱就能坐到底，
嗨，大家上车了，让我们奔向欢乐的土地！

斯洛索普沿着公路走了两英里，来到酸爷说过的运河边。他沿着一条小路来到桥下，乍地感到又冷又湿。他沿着河岸往前走，一路寻找小船，好伺机抢过来。女孩们穿着三角背心和短裤在晒太阳，躺满了河边梦幻般的草坡，棕褐褐黄灿灿一片。下午的阴云被风吹熟了、吹软了，孩子们跪在河边钓鱼，两只鸟儿追逐着，在河面上飞来飞去，兜了一圈，又飞到一棵绿树顶上，停下来歌唱。而将临的暴雨已压在树顶了。远远

①《易经·蒙卦第四》：“《象》曰：蒙，山下有险，险而止，蒙。”“《象》曰：山下出泉，蒙。君子以果行育德。”
② 吉姆：这里指詹姆斯·费斯克，著名大盗，善玩女人。
③ 斯托克布里奇人：马希坎族联盟下属一民族，早期居美国马萨诸塞州西南部，现人口集中于威斯康辛州中部。

望去，一层淡黄的雾气慢慢升起，天顶的太阳被遮住，不再漂白女孩们的身体。光线变得柔和，她们的身体也有了更多暖色调的感觉，大腿肌肉投下些暗影，拉长的肌肉纤维在言语：摸我……别走……斯洛索普继续往前走——走过对他睁开的眼睛，走过晨曦般向他示好的微笑。他这是怎么啦？停下来，一定要。然而，到底是什么力量在逼着他继续向前呢？

有几只船，绑在栏杆上，但都有人看着。最后他找到一个窄窄的平底小舟，船桨已经就位，即将出发的样子，却又见坡上有一张毯子、一双高跟鞋、一件男上衣，旁边还有一排树。于是斯洛索普上了船，解缆而去。好好玩吧，做你们的龌龊事吧——我做不成，可我偷了你们的船！哈哈！

他努力划着船，一直到日落时分，每次中间休息都很久，但还是狼狈不堪，披风把他捂成了汗粽子，最后只好脱掉。鸭子们在远处警觉地游着，水从浅橙色嘴巴上滴下来。晚风吹在运河面上，荡起涟漪，从他的视角看去，落日将河水点缀得或红或黄，都是高贵的颜色。水里有船骸伸出来，红丹和水锈在暮色下熟化，灰色船身板受到过撞击，铆钉表面已经开始剥落，没有拴好的绳子绞缠着，到处是绳头，在微风中振动，发出的声音人耳却听不到。空空的驳船漂驶而过，馁怠而凄凉。一只鹳鸟飞过，归巢了。忽然，他看见水里出现了前方阿福斯公路天桥昏暗的影子。再往前走就回到美国人的地盘了。他沿斜线把船划到运河对面，上了岸朝南走，想避开地图上苏联人的检查点——应该在他目前位置的右面。暮色中大量士兵来来往往：精干的俄国哨兵戴着绿军帽，面无表情，或步行，或坐车，或骑马。可以感觉到一种阻抗，来自即将逝去的白日，来自密密麻麻、紧张不安的线圈，来自波茨坦的警告：不要过来……不要过来……离得越近，哈弗尔河对岸那场秘密国际会议周围的田野就越森严。鲍丁说得没错：连蚊子都进不去。斯洛索普对此心知肚明，但还是在偷偷摸摸向前走，循着不太引人注目的路线蜿蜒而行，目标始终没有偏离南方。

没人看得到他。他越往下走，就越相信这一点。今年夏至节前夜，十二点至一点之间某个时间，蕨孢子掉进了他的鞋子里，使他有了隐身的法力。他就是那个隐身的青年，那个穿着铠甲的替身。上帝的小伙伴。他们关注的是这场战争教给他们的各种危险——他们，他们其中的某些人，可能终生都无法摆脱这些幽灵。这反倒对斯洛索普有利——他并不属于这个充满危险的集合。这些危险依然存在于地理空间中，划定期限，寻找代理，只是能闯入这个空间的人选都已被乖乖关进漫画册里，身不由己了。他们是这么想的。他们不知道这儿有火箭人。他们从他身边走过，他却安然无恙，天鹅绒和鹿皮把他和暮色融为一体——即便他们看到他，他的身影也会躲到他们脑子里的蛮荒之地去，和夜里出没的其他生灵一起流放在那里……

不久，他再次右转，朝日落方向走去。还得过那条宽宽的高速公路。一些德国人十年、二十年没能回家，就是因为过某条高速公路时在不该被抓的那一边给抓了。斯洛索普此时神经紧张、脚沉如铅，悄悄爬到阿福斯公路的路堤上，听着上面的车辆如吸尘器一般扫过去。每个司机都觉得自己在控制自己的车子，都觉得自己的目的地与众不同，可是斯洛索普比他们看得明白。这些司机今晚出车，是因为“他们”需要他们到某个地方去，在那里形成强大的壁垒。这些人全都是快车手弗里茨·冯·欧派尔[①]，斯洛索普发觉自己的机会一次次从路上疾闪而逝。他心里发出怒吼，朝那个著名的“S”形转弯移过去——那里，那些着白色头盔、戴黑色护目镜的疯子们曾经开着有空气减阻装置的车子，在设有护栏的赛车道上魔术般飞驰、腾挪，惊得人尖叫不已（穿着军礼服的上校们和戴着嘉宝式软呢帽[②]的情人们安然站在白塔上，睁大崇拜的眼睛，他们也成了这惊险场景的一部分，每个人都希望自己心底深处那个与眼前险情相若的暴力母体也能出来一展风采……）。

斯洛索普从披风里腾出胳膊，先等一辆精瘦的灰色保时捷[③]呼啸而过，

---

① 弗里茨·冯·欧派尔：德国一八九八年首造汽车家庭中一成员，好飞车。曾请宇航专家为其造一火箭推动的汽车，在柏林的阿福斯公路上，欧派尔将车速开到每小时一百二十五英里，创造了纪录。

② 这里的软呢帽当指格丽塔·嘉宝在电影《安娜·克里斯蒂》（1930）中所戴的那种。

③ 保时捷车最早生产于一九四八年，虽费迪南·保时捷本人一九三九年便已造过三款流线型跑车，但从未正式使用过。此处斯洛索普的感觉亦真亦幻。

这才扑身出去，保时捷红色的尾灯在前腿上闪过，一辆疾驰而来的军车头灯便已照到后腿上，把一只眼球的瞳孔照成了蓝色锯齿状。他一边跑，一边左躲右闪，尖叫着："成败在此一举！"这是火箭人的战斗口号。他举起双臂，撑开披风的海绿色绸衬里，也不顾耳朵里传来的刹车声，继续往前冲着，一滚身到了路中间的分隔带，蹦入灌木丛中。几乎同时，卡车滑过去停了下来。一阵人声传来。斯洛索普正好可以乘机喘口气，把缠在脖子上的披风取开。卡车最后又开动了。今晚，阿福斯公路南向的车道速度比较慢，他轻松跑过去，下了路堤，再向上钻进树林。嘿！那么宽的公路，一下就跃过去了！[①]

唔，鲍丁哎，你这张地图很完美，但忽略了一个，嗯，细节，也不知为什么……目前看，新巴别尔伯格大约有一百五十座房屋被征用，并封锁成一个禁区，专供参加波茨坦会议的同盟国代表使用，而快乐的鲍丁水手竟把大麻藏在那些房屋的正中间！带刺的铁丝网，探照灯，警报器，已不知笑为何物的警卫。感谢老天爷——也就是感谢酸爷——给自己弄了个特别通行证。那些牌子上画了箭头，用印刷体写着：海军部，外交部，国务院，总参部……整片地方灯火辉煌，就像好莱坞首映式。穿着西装、礼服或无尾短礼服的非军界人士熙来攘往，进出于豪华宝马轿车，那些轿车的挡风玻璃旁边插着各国国旗。石头上、水沟里满是油印的传单。哨兵亭里堆满了没收来的相机。

看来他们必须应付形形色色的娱乐界人士，所以对他的头盔、披风、面具倒也没人太在意。有些哨兵模棱两可地、不耐烦地打个电话，也问些莫名其妙的怪问题，但还是放这位马科斯·施莱普兹希过去了。一帮美国记者坐着大游览车进来，怀里抱着抢来的摩泽尔[②]葡萄酒，还捎了他一程。很快，他们对他的名人身份起了争执。有些人认为他是唐·阿米契[③]，

---

① "嘿"之后的整个句子是模仿收音机里超人节目的解说语：那么高的大楼，一下就跃过去了！

② 摩泽尔河：发源于法国东北部，在德国西部注入莱茵河。德国境内的河谷以古老的教堂和葡萄园而著名。

③ 唐·阿米契（1908—?）：美国电影演员，一九三六年首演电影，形象瘦削、孩子气。后面的奥利弗·哈迪见前文注，胖而成熟。

其他人则认为他是奥利弗·哈迪。名人？什么名人呀！“告诉你们吧，”斯洛索普道，“我这身打扮，你们根本不认识。我就是埃洛·弗林[1]呀。”有些人不相信，但他竟然还是兜售了几个签名。分手的时候，那些新闻狗仔们在讨论一九四六年金莱茵小姐[2]的候选人。支持桃乐茜·哈特的人声音最响，但大多数人是吉儿·达恩利的支持者[3]。斯洛索普觉得他们都在胡说八道——几个月后，他见到了这六位美女做的啤酒广告，觉得一个叫海伦·瑞克特的自己更喜欢，是个金发美女，又是荷兰姓氏，隐约间叫他想起某个人来……

帝王街二号的那所房子具有古普鲁士乡村风格，漆成一种呕吐物般的棕褐色，冰冷的灯光照上去没有丝毫变化。这里比禁区里其他房子把守更严。咦？斯洛索普有些想不明白。这时候，他看见一张牌子，上面以印刷体写着这栋房子目前的名头。

“哦，不。不。不。别傻了。”他在街道上站了一会儿，浑身发抖，咒骂鲍丁蠢货、无赖、害人精。原来，牌子上写着“白宫”字样。鲍丁直接把他推到了这个衣冠楚楚、戴着眼镜在腓特烈大道上睇视前方的陌生人跟前——就是这张脸，悄无声息地取代了斯洛索普无缘一见也永不能再见的那张脸。

哨兵们挎着步枪，和斯洛索普一样纹丝不动。弧光灯下，皱叠的披风变成了锈铜色。河水在别墅后面湍流而过。别墅里开始演奏音乐，淹没了水声。有娱乐活动。怪不得他那么容易就进来了。他们是在等他这位迟到的魔术师客人吗？魔法，名望。他可以跑进去，跪在某个人脚下，请求特赦。最后还可以和某个无线电公司甚—甚至制片厂签约，度过余生！那才叫慈悲，不是吗？他转过身，尽量装作随意的样子，从灯光下走出，寻找往水边的路。

格莱布尼兹湖边黑魆魆的，只有微弱的星光。张了铁丝网，到处是

---

① 埃洛·弗林（1909—1959）：美国演员，长相英俊，身材高大，有运动员体格。

② 纽约布鲁克林李卜曼酒业有限公司每年夏天举行一次选美比赛，获胜者即为其金莱茵啤酒的广告女郎。

③ 据考，以上两位参选者均未获胜。

走动的哨兵。波茨坦的灯火，或密或疏地在水面上摇曳。为了过铁丝网，斯洛索普好几次钻进齐股深的水里，等哨兵们走到巡逻区一端凑在一起抽烟时，便一下子冲上去，向别墅靠近，一路上浸湿的披风随风扑打着。鲍丁的大麻埋在房子一侧，就在某一丛杜松下面。斯洛索普蹲下身子，用手挖起土来。

别墅里在举行什么派对。有女孩唱着《别坐在苹果树下》，即便不是安德鲁斯姐妹，也不相上下。伴奏是一个舞会乐队，管乐部十分庞大。有笑声、杯盏声、各种语言的闲谈声，这样的场合在这次大会期间每天晚上都有。大麻包在锡箔纸里，装在一个已经腐烂的水手手提袋中。嗅感不错。嗷，天哪，他怎么忘了带烟斗呀！

其实也没关系。上方齐眼高处有一个平台，一排当作篱笆的桃树开着乳白的花。他蹲在那儿，掂测着手提袋的重量。落地窗开了，有人走到平台上呼吸新鲜空气。斯洛索普浑身冰冷，心里念叨着：隐身，隐身……脚步声近了，有人趴到栏杆上——嘿，说来奇了，这人竟是米基·鲁尼[①]。斯洛索普一下子就认出了他，法官哈代长雀斑的疯儿子，三维的，活生生的，穿着无尾晚礼服，脸上的表情像是在问“我脑子出了问题吗”。米基·鲁尼盯着拿了一袋大麻的火箭人，只见他戴着头盔，穿着披风，浑身湿漉漉的，活像一个幽灵。斯洛索普的鼻尖和鲁尼亮闪闪的皮鞋正好在同一高度，他抬头往鲁尼身后亮着灯的屋子看去。有一个人有点像丘吉尔，还有很多女士，穿着晚礼服，领口开得很低，从斯洛索普这个角度都能看到乳头，比在明斯基[②]还清楚……也许，也许他还瞥见了那个杜鲁门总统。他知道自己看到的人是米基·鲁尼，但鲁尼不论走到哪里，都会隐瞒自己看见斯洛索普的事实。这是个奇妙的时刻。斯洛索普觉得应该说点什么，可是他的语言中枢骤然失去了作用。说“嗨，你是米基·鲁尼”这样的话好像不太合适。于是他们就定在那里，任胜

---

① 米基·鲁尼（1920—2014）：美国电影演员，下文出现的法官哈代出自他一九三八年电影《法官哈代的孩子们》（又译《孤儿乐园》）。

② 明斯基：1920年代纽约著名的脱衣舞夜总会。

利之夜在身边缓缓逝去，任那间屋子里的大人物们在黄色电灯光下神不知鬼不觉地继续其密谋。

斯洛索普先打破了死寂。他把一根手指往嘴上一比画，随即跑开来，沿别墅绕回，最后到了岸边。米基·鲁尼还在那里，肘子撑在栏杆上，静静地出神。

他回到铁丝网跟前，躲开哨兵，朝水边靠近，手抓着拉绳，甩着手提袋，头脑里冒出了一个朦胧的念头：再找一只船，一直划到哈弗尔河——没问题！没理由不这样！后来，他听到另一幢别墅里远远传来谈话声，又觉得自己应该到禁区的苏联地盘走一走。

“唔，”斯洛索普思考着，“哦，这样的话，我最好——”

又到维也纳小香肠那儿了。身旁有人影——他们可能是从水里冒出来的。他转过身来，看见了一张宽大的脸，胡子刮得很干净，头发整个梳到后面，像狮子一样，钢牙闪闪，眼睛和卡门·米兰达[①]一样幽黑柔和——

“没错，”这个人低声说，很纯正的英语，“我们一直在跟踪你。”还有人抓住了斯洛索普的胳膊。他感到左臂上方顶着一个尖尖的东西，几乎没有痛感，但很熟悉。他喉咙还没来得及动一动，身体就移动了，就在车上了。在风一般涌来的麻醉感中，他恐惧地抓住那个越来越小的、代表他自己的白点，在死亡之坑上方怯怯地盘旋着……

◆　◆　◆　◆　◆

夜色轻柔，繁星满天，是列奥珀多·卢贡内斯[②]喜欢描绘的那种南美大草原之夜。潜艇静静地在水面上轻摇，甲板下时不时传来水泵抽出舱底污水时发出的嘎嚓声。艾尔·纳托[③]在船尾弹着吉他，是布宜诺斯艾利

① 卡门·米兰达（1909—1955）：美国电影女演员，歌唱、舞蹈演员。黑色的巴西式眼睛很有名。

② 列奥珀多·卢贡内斯（1874—1938）：诗人，二十世纪早期阿根廷文坛领袖人物，政治上具有自由主义倾向，同情阿根廷被剥夺公民权的人民。

③ 这个外号来自赫尔南得斯《马丁·菲耶罗归来》里的一个人物，意思是“狮子鼻”。

斯忧伤的小调和舞曲。这些是静夜里仅有的声响了。贝劳斯特吉在下面忙着摆弄发电机，露丝和费利佩睡着了。

格拉谢拉·伊马戈·波塔莱斯懒懒地靠在 20 mm 口径的枪座旁，心事重重。当年，她在布宜诺斯艾利斯广交朋友，无人不知却又与世无争。西普里亚诺·雷耶斯[①]给她帮过忙。“阿根廷行动组织”取缔前，她在那儿做过事。文人骚客都拜倒在她的石榴裙下。据说博尔赫斯还为她献过一首诗（“你变幻无常如同迷宫，将我与忧急的月儿一同幽禁……[②]”）。

艇上所有的人都是怀着各种阿根廷式狂热走到一起来的。艾尔·纳托操着十九世纪高卓人的方言四处游荡，说香烟是“pitos（鸟子）”，烟蒂是“puchos（婊子）”，他喝的不是咖那酒，而是“la tacuara（长矛）”，喝醉了，他就成了“mamao（醉汉）”，有时得费利佩给他当翻译。费利佩是个年轻诗人，不好相处，狂热得有点儿让人受不了，对高卓人尤其抱有不少浪漫的、不切实际的想法。他总是在巴结艾尔·纳托。贝劳斯特吉是船上的代理工程师，来自恩特里里乌斯[③]，继承当地的传统做了实证主义者。他还是使刀的好手，这在信奉科学的实证主义者当中并不多见。正因如此，艾尔·纳托现在还不敢惹这个不信奉上帝的美索不达米亚布尔什维克。这是他们团结状态中的一个紧张因素，不过也只是紧张因素之一。露丝目前和费利佩在一起，尽管她应该是斯卡里道兹的人。斯卡里道兹在去苏黎世的途中失踪了。一个柔风沉醉的夜晚，潜艇在马托西纽什港[④]外滞留，诗人动情地朗诵了卢贡内斯的《孔雀》[⑤]，露丝便开始与他来往了。对于艇上的人来说，思乡就像晕船，有朝一日难受死了，也就解脱了。正是这个念头支撑着他们活了下来。

可是斯卡里道兹又真真切切地出现了，在不来梅港。他莫名其妙地

---

① 西普里亚诺·雷耶斯：阿根廷最具领袖魅力的政坛人物之一，地位仅次于胡安·庇隆。无政府主义者。

② 原文为西班牙语。

③ 恩特里里乌斯：阿根廷内陆省份，位于布宜诺斯艾利斯西北方。

④ 马托西纽什港：位于葡萄牙。

⑤ 原文中为西班牙语。

被英国情报机关跟踪，现在刚刚穿过德国尚未被占领的地区。

“你为什么不去日内瓦，再设法跟我们联系？”

“我不想把他们引到伊巴恭高沙去。我派别人去了。”

“谁？”贝劳斯特吉问。

“我根本不知道他的名字。”斯卡里道兹挠了挠头发乱蓬蓬的脑袋。“我可能干了件傻事。”

“再没和他联系？”

“没有。”

“那他们肯定要盯上我们了，”贝劳斯特吉阴沉着脸，“不管他是谁，肯定被跟上了。你很有眼色嘛。”

“你想要我怎么样？先带他看精神病医生？反复考虑？再花几个星期思来想去？”

“没错，”艾尔·纳托扬了扬大拳头，“让女人去思考、去分析吧。男人就应该向前冲，与生活面对面。”

“真恶心，”格拉谢拉说，“你哪儿是个男人，你是匹汗马。”

“过奖了。”艾尔·纳托鞠了个躬，一派高卓人的矜持风度。

没有人起哄。那晚，在这个钢铁铸就的空间里，他们的谈话充满了濡湿温软的 S 音和 Y 腭音。多年的沮丧挫折、沉默缄口，对政治现实长期而迂回的逃避——把国家置于你们的舌头之下，置于嘴里最靠近双唇的那块潮湿而暧昧的地方……pero ché, no sós argentino...[①]（可是，嗨，你不是阿根廷人呀……）

巴伐利亚州。斯卡里道兹正跌跌撞撞穿过一座小镇边缘。几分钟后，身后就跟来了一部劳斯莱斯，阴险莫测的瞭望车顶，绿色的珀斯佩有机玻璃，看不到车里的情况。太阳刚刚落下。突然传来一阵枪声、马蹄声，还有带鼻音和金属质感的英语交谈声。可是，这个古怪的小镇似乎是空无一人的，又怎么会有这些声音呢？他走进一幢迷宫似的砖头建筑。这里曾经是口琴厂，成堆的钟铜躺在铸造车间的尘土里，永无鸣响之日。

① 西班牙语。

在一堵新近粉刷过的高墙上面，马匹和旗手的影子在杂沓奔突。十几个人正坐在板凳和板条箱上看电影。斯卡里道兹立刻看出，这是某个帮派。烟头在闪烁，女人们在低声用德语交谈，男人们吃着香肠，用牙齿咬掉肠衣，牙齿保养得很好，白白的，在电影的光亮中熠熠闪亮。他们戴着占领区今年夏天时兴的卡里加利手套[1]，很惹眼：骨白色，手背上有四条深紫条纹，呈扇状，从手腕延伸到指节。所有人都穿着西装，白得和他们的牙齿一般。有了布宜诺斯艾利斯和苏黎世的经历，斯卡里道兹便觉得他们太过奢华。女人们两腿交叠，不时变换着位置，紧张得像蝰蛇。空气中有一股青草味，一种叶子烧焦的气味。在思乡心切的斯卡里道兹鼻子里，这种气味很陌生——记忆中，只有在赛马场痛苦一天之后闻到的新沏巴拉圭茶和这个气味差不多。窗框装饰得颇有皇室意味，凸向砖厂的院子，夏夜的空气在院子里缓缓流动。电影闪烁的蓝光在空窗上晃动，就像运好了一口气，要唱出一个音符来。画面因为放大而变得模糊。“好！”佐特族们尖叫着，白手套上下舞动，嘴巴和眼睛大张着，像孩子一般。

一卷放完，场子里还黑着。一个穿白色佐特套装的大块头站起来，伸了个懒腰，径直朝斯卡里道兹踱过来。斯卡里道兹惊惧地蜷伏着。

“他们追你，amigo[2]（朋友）？”

“求你了——”

“别介，别介。来吧。跟我们一起看。鲍勃·斯第尔演的。他是一位不错的老兄。你在这儿很安全。”斯卡里道兹后来才知道，自己在附近的行踪，这帮人早就了如指掌。虽然他在暗处，警察们却在明处，他们可以从警察的动向推测他的行踪。这位布劳吉特·瓦科星用云室[3]给他打了个比方，高速运动的粒子都会留下一条雾化尾迹……

“我不懂。”

---

① 一九二〇年著名的表现主义影片《卡里加利医生的药箱》中，卡里加利医生戴的手套即为白色。

② 西班牙语。

③ 云室：气象学和物理学术语。

"我也不一定懂，朋友。不过，我们得留意眼观六路、耳听八方。如今，所有的爵士乐手被那个叫'核物理'的玩意搞傻了。"

放完电影，他把斯卡里道兹介绍给葛哈特·冯·高尔，绰号"老马"，就是国际象棋里的马。冯·高尔和瓦科星的人好像在搞流动商务会议，车队隆隆驶过占领区的公路，卡车和大巴换得很频繁，根本没时间好好睡觉，只能打个盹——半夜里，在田间，随时随地得下来互相换车，然后向另一条路出发。没有目的地，没有日程安排。一路走来，主要依仗资深汽车工爱德华·圣克劳德排忧解难。只要是带轮子或履带的东西，他都能不用钥匙就发动；他还带了一个定制乌木箱，里面全是分火头，全都放在垫着天鹅绒的凹窝里，已有的牌子、型号、年份无所不有，即便车主拿走了分火头这么关键的零件，也难不倒他。

斯卡里道兹与冯·高尔可谓一见如故。这位电影导演出身的商人决定把自己丰厚的利润投入未来所有的影片中。"只有这样才能掌握最后剪辑权，对不？斯卡里道兹，你不屑于干这个？你再想想，你们的无政府主义事业会不会需要一点帮助？"

"那就看你对我们有何要求了。"

"当然是拍一部电影了。你想拍什么样的电影？《马丁·菲耶罗》如何？"

让客户满意嘛。马丁·菲耶罗不仅在阿根廷的伟大史诗中是高卓人的英雄，而且被这艘潜艇上的无政府主义者们尊为圣人。多年来，赫尔南得斯的这部史诗对阿根廷的政治思维颇具影响，人人理解不同，引用却很频繁，其热情可以和十九世纪的意大利政客们引用《约婚夫妇》[①]相媲美。究其根源，还是因为阿根廷长期以来存在着根本的两极对立：首都布宜诺斯艾利斯与各省的对立，或者照高卓无政府主义的主要理论家费利佩的看法，是中央政府与高卓无政府主义之间的对立。费利佩有一顶四面挂着很多小球的圆檐帽，喜欢斜靠在舱梯旁等待格拉谢拉。"晚上

---

①《约婚夫妇》：十九世纪意大利诗人、小说家亚历山大·曼佐尼（1785—1873）的历史小说：一对乡下基督徒彼此相爱，克服重重阻力，终成眷属。

好呀，小鸽子。不给高卓的巴库宁[①]献上一吻吗？”

“你更像高卓的马克思。”格拉谢拉拖着长腔走了，撇下他继续为冯·高尔改写电影剧本。他用的是艾尔·纳托的那本《马丁·菲耶罗》，由于长期翻看，书已经散了页，闻起来还有股马味——泪眼蒙眬的醉鬼艾尔·纳托能说出书里每一匹马的名字……

日落时分，暮影重重的平原。广袤的畴野。镜头保持着低角度。人们缓缓走入镜头，或孤身一人，或三五成群，在平原上跋涉，走进小河边的一个村落。马匹，牛群，火堆照亮了越来越浓重的黑夜。远处，地平线上，一个骑马者孤独的身影出现在镜头里，越走越近。与此同时，片头字幕开始呈现。渐渐地，我们看到一把吉他，斜挎在一个男人的背上。他是一位payador，即高卓流浪艺人。最后，他下了马，和人们一起坐在火堆旁。吃完饭，喝完一轮咖那酒，他伸手拿过吉他，拨了拨三根低音弦，即bordona，开口唱道：

我坐在这儿独自唱歌，
吉他儿与我音声相和。
人的生命纵然是苦酒，
歌儿也可能令他振作，
像孤鸟鸣啭在无叶之树，
头上的星光伴着暮色。[②]

故事在他的歌声中渐渐展开——一组蒙太奇，表现他在拉美大牧场的早年生活。之后军队来了，招他入伍，把他带到边境去杀印第安人。那是洛克将军[③]时代，为了开疆拓土，将军杀光了那里的居民，把村庄变成劳动营，把更多的国土纳入布宜诺斯艾利斯治下。这与马丁·菲耶罗

① 巴库宁（1814—1876）：俄国无政府主义者、理论家。

② 原小说中引西班牙语原诗。

③ 洛克将军：一八八〇年至一八八七年任阿根廷总统，曾对南美印第安人推行残酷的种族灭绝政策。德国将军洛塔尔·冯·特罗塔在西南非洲对赫雷罗人的屠杀与此如出一辙。

的人生信条格格不入，他很快就心生反感。他跑了。他们派出一支人马追赶，马丁说服领头的中士一起逃过边界，生活在荒野里，生活在印第安人当中。

这是第一部。七年之后，赫尔南得斯又创作了《马丁·菲耶罗归来》。在这部作品里，马丁·菲耶罗妥协了，重新融入基督教社会，放弃了个人自由，去追随布宜诺斯艾利斯当时推行的Gesellschaft，即“公司制”。寓意颇深的结局，但与第一部水火不容。

“我该怎么办呢？”冯·高尔显得犹疑不定，“两部都拍，还是只拍第一部？”

“嗯。”斯卡里道兹欲言又止。

“你们的意思我明白。可是，如果第一部票房好，我就可以拍两部，多赚些银子。但是票房会好吗？”

“当然会。”

“如此反社会的东西？”

“这正是我们的信仰。”斯卡里道兹反驳道。

“可是，最尊崇自由的高卓人后来还是背叛了信仰。这就是现实啊。”

其实，葛哈特·冯·高尔就是这种人。格拉谢拉知道他的底细：他挺有门路，还有些不大正当的亲故关系。他到东角[①]过冬，是染共体在布宜诺斯艾利斯的分部德国苯胺公司安排的。他大部分的电影设施和材料都是从染共体的另一分部、柏林的“廉价电影股份公司”买来的，都是享受打折的，特别是拉兹洛·雅夫发明的“J氏乳剂”。这种特别的乳剂流动缓慢，即使在普通光度下拍摄，竟也能让皮肤获得半毫米的透明度，让人看到脸部表皮下面的东西。乳剂在冯·高尔的不朽名片《梦魇》里得到大量使用，甚至在《马丁·菲耶罗》中也可能会大显神通。这部史诗中唯一打动冯·高尔的是高卓白人马丁·菲耶罗和有色人艾尔·莫雷诺之间赛歌的场面。J氏乳剂是很有意思的定格手段。有了它，就可以发掘出两位赛歌手肤色下面的东西，可以在使用J氏乳剂和普通乳剂的画

---

① 东角：位于阿根廷北部海岸。

面间自然转换，进行聚焦、移焦、切换之类。他是多么喜欢切换啊！可以用无数种方式，巧妙地从一个画面换到另一个画面。黑人支队在占领区过着真实的、类似于电影的生活，却与他毫无关系，与他去年冬天在英格兰为“黑翼行动”伪造的关于黑人支队的那些虚假镜头也毫不相干，但证实了他们的存在，他还是颇为得意，抑制着内心的狂喜，到处拍个不停。他觉得，是他的影片导致了黑人支队的诞生。“这是我的使命，”他摆出德国导演才有的深度谦恭，向斯卡里道兹宣告，“我的使命就是在占领区里撒播现实的种子。这是历史的需要，我只能顺应历史。由于某种原因，我塑造的形象被选中，投胎转世了。我能为黑人支队做，就能为你们的草原和天空做……我可以帮你们拆除藩篱、拆除迷宫的墙壁，我可以领你们回到快要忘记的家园……”

他的疯劲显然感染了斯卡里道兹，斯卡里道兹回到潜艇后又传染给其他人。这似乎正是他们一直的期盼。“非洲人！”一向严肃不苟的贝劳斯特吉在一次全体会议上也开始想入非非，“这事要是真的，就会怎样呢？要是我们真的回到，回到大陆漂移之前的状态呢？”

“回到冈瓦纳大陆，”费利佩喃喃低语，“那么，拉普拉塔[①]就会正对着西南非……中生代难民坐渡船就不是去蒙得维的亚[②]了，而是去吕德里茨湾[③]……”

他们制订过一个计划：去吕讷堡灌木林，建一个小型牧场。冯·高尔将在那儿与他们会合。今晚，格拉谢拉·伊马戈·波塔莱斯靠在枪座上，思绪万千。他们能接受冯·高尔这个妥协的产物吗？这里头的问题远比一部电影严重。波特金的假村庄[④]能保持到叶卡捷琳娜二世的巡游结束吗？马丁的灵魂能经得住镁光和音响的考验吗？或许最后会冒出来一个人，冯·高尔也好，别人也好，再拍个第二部，彻底粉碎他们的理想呢？

---

① 拉普拉塔：位于阿根廷。
② 蒙得维的亚：乌拉圭首都。
③ 吕德里茨湾：位于纳米比亚。
④ 波特金（1739—1791）：俄国国务和军事活动家，陆军元帅，女皇叶卡捷琳娜二世的宠臣和亲信。据传，为取悦女皇，他下令在她巡游途经之地建立漂亮悦目的假村庄。

头顶上，遥远的夜空中，黄道带在缓缓移动。北半球的黄道带排列得十分平稳，像时针一样，这种情景她在阿根廷从未见过……突然，有线广播里响起长久的电流干扰声，贝劳斯特吉大叫起来：“鳗鱼！鳗鱼！”鳗鱼，格拉谢拉有些狐疑，鳗鱼？哦，对了，是鱼雷。嗨，贝劳斯特吉跟艾尔·纳托一样有毛病，觉得自己必须履行一项奇怪的义务——把德国潜艇上的俚语发扬光大。这儿简直成了海上巴别塔[1]——鱼雷？他喊鱼雷干什么？

名正言顺。潜艇作为一个不明目标或不明反射点出现在美国战舰“约翰·E. 捣蛋鬼”号的雷达显示器上（潜艇啊，笑一下！），而正在全速前进的“捣蛋鬼”装配了先进的战后反光取景摄相机，今晚的接收状况非常好，经二等雷达兵司拜罗·特兰吉克斯塔西思[2]确认，绿色回扫“光滑如婴儿皮肤”。你可以清晰地看到亚速尔群岛[3]那么远。这是个温顺柔和、荧光熠熠的海上夏夜。咦，此时屏幕上出现了一个东西，从原来的反射点上掉出来，很小但很清楚，移动迅速，一波连一波，正在接近固定不动的那个中心点，越来越近了——

“呼叫呼叫呼叫！”下面的声波定位室里，有人对着电话惊恐地高喊着，意思是有敌方鱼雷来袭。咖啡餐厅开始哗啦作响，平行直尺和两脚规划过航位推算追踪仪的玻璃面，旧罐头盒头上脚下倒过来，形成了一种在柯立芝[4]任内就已过时的逃跑模式。

鱼雷拖着白色尾流向前飞进，企图拦腰斩断正在绝望挣扎的“捣蛋鬼”。这时候，一种叫作欧奈林的氢氯化物开始发挥作用。欧奈林是从“捣蛋鬼”餐厅的咖啡壶里流出来的——爱开玩笑的海员鲍丁（还能有谁呢）最近去柏林时弄到了拉兹洛·雅夫的著名兴奋剂，今晚在咖啡里放了很大剂量。

---

① 巴别塔：《圣经》中诺亚的后代拟在巴别建通天塔，上帝怒其狂妄，使建塔人操不同语言，塔因此终未建成。后巴别塔成为语言不通的代名词。

② 名为希腊文，意思是“蜘蛛”；姓为医学术语，意思是毛细血管扩张。

③ 亚速尔群岛：北大西洋中东部，属葡萄牙。

④ 柯立芝：美国第三十任总统（1923—1929），任内美国经济繁荣。

欧奈林具有改变时间的特性，这是调查人员最早的发现之一。谢兹林[①]在他的经典研究中写道，“是一种主观体验……嗯……噢。这么说吧。就像把银海绵的楔子，直接，塞进，你的脑袋里！”因此，在今晚雷达柔和的海面反射信号里，这两条致命的轨迹真实地在空间上交叉了，但在时间上没有。在时间上差得远呢，呵呵。贝劳斯特吉用鱼雷瞄准的是一条黑魆魆的、铁锈斑驳的弃船，本来在海里漂流，夜间摆出一具骷髅的造型，一个金属的空壳，影子的空壳，就是比贝劳斯特吉还要坚定的实证主义者见了，也会吓得毛发直竖。后来发现，“捣蛋鬼”雷达显示屏上出现的快速前进的小小反射点是一具尸体，黑皮肤，可能是个北非人。守在护航舰后部三英寸枪座边的水手们花了半个小时，把尸体射成了碎片。与此同时，灰色的“捣蛋鬼”保持着安全距离，悄悄从一边溜走了，就像躲避瘟疫一样。

哎，你航行过的海洋究竟是怎样的呢？你不止一次地沉入了什么样的海底呢？你战战兢兢、草木皆兵，匍匐在对这些危险的认识中，被多疑折磨得精疲力竭，困在这口钢铸的锅里，在你自己言语的汤料里和废弃潜艇的呼吸中，软化成维他命尽失的烂糊糊。犹太复国主义者是在经历了德雷福斯[②]事件之后，才站出来行动的。那么，什么能使你从汤锅里走出来呢？是不是已经走出来了？是在今晚的鱼雷攻击中化险为夷的吗？你会去灌木林安营扎寨，等待你的导演光临吗？

◆ ◆ ◆ ◆ ◆

运河边一棵高高的柳树下，齐切林和司机扎巴耶夫坐在树荫里的吉普车中。扎巴耶夫是哈萨克人，才十几岁就成了瘾君子，长着青春痘，

① 大卫·谢兹林（1937—？）：美国小说家。

② 阿尔弗雷德·德雷福斯（1859—1935）：法国军官，犹太人，著名的德雷福斯事件当事人，被军事法庭以叛国罪判处终身监禁（1894），激发了政治风波，要求释放他，经重审平反（1906）。

始终阴沉着脸，头发梳得像美国低音歌手弗兰克·辛纳屈[①]。此刻，他皱眉看着一块大麻，对齐切林说：“嗨，你刚才应该多拿点儿。”

“我拿这么多，是因为他的自由值这么多，”齐切林解释，“烟斗呢？”

“你怎么知道他的自由值多少钱呀？你知道我怎么看？我看啊，你是被占领区的快乐冲昏了头。”这个扎巴耶夫说是司机，其实也是狐朋狗友，所以享有一定程度的特权，可以质疑齐切林的智慧。

“我说农民哎，你已经读过那份口供了。那家伙就是个不开心的独行客。他的确有问题，但让他觉得自由，在占领区到处跑，对我们更有好处，关起来他反倒更舒服。他不知自己的自由为何物，更不用说价值多少了。所以就该由我来定价钱，价钱本来就不重要嘛。”

“挺独断的嘛，”小扎巴耶夫语带讥讽，“火柴在哪儿？”

不过这事令人伤感。齐切林喜欢斯洛索普，觉得在正常历史时期，他们很可能成为知交。穿奇装异服的人很有生活品位——更要紧的是他身上有一种人格异态——这些他都心向神往。当年他住在列宁格勒，还是个小孩子，为了参加学校的一个娱乐活动，妈妈用手工为他做了一套衣服。齐切林的角色是狼。站在圣像旁的镜子前戴上头套的那一刻，他一下子认识了自己——他就是狼。

审讯中使用阿米妥钠的事，在齐切林的记忆褶皱里挥之不去，仿佛药物的余力转移到了他身上。往深，再往深——比政治还深，比性或婴儿的恐惧还深……一头扎进核黑暗中……整个口供都贯穿着黑暗，反复出现黑色字样。斯洛索普没有提到恩赞的名字，也没有提到黑人支队，但他确实提到了黑色装置。在他说出的那些德语片段里，还把“黑色”与一些奇怪的名词组合在一起：黑色女人、黑色火箭、黑色梦魇……好像都是他无意识造出的新词语。是不是有一条根，藏在难以探测的深度，斯洛索普的黑色词汇就是从那儿单独开出的花朵？要么就是斯洛索普通过语言发现德国人是命名狂，将神造的万物越分越细，越分析越细，无可挽回地增加了命名者与被命名者之间的距离，甚至引入了数学的排列

---

① 弗兰克·辛纳屈（1915—1998）：美国歌唱家、演员，常梳溜光的大背头。

组合，将已有的名词撮合成新词，像化学家摆弄分子一样，无理性、无休止地倒腾着词汇……

说来此人还真是个谜。盖丽·特里平第一次送信说他出现在占领区里时，齐切林并未十分在意，关注度仅仅停留在照章办事的层面，与另外几十个人没什么两样。唯一费解的只有一点：他似乎是单独行动。随着监视不断进展，这一点越来越令人费解。迄今为止，斯洛索普尚未记录、跟踪、发现或劫走A4的任何零件或任何情报。他既未向特弹组、联合情报委①、巴孚②、英国技术情报处汇报，也未向任何同类美国情报机关甚至任何已知的盟军机构汇报。不过，他却是虔诚的火箭迷之一。目前，这些捡破烂的人正沿着A4火箭部队撤退的路线穷追不舍，从荷兰的霍克开始，一直穿过下萨克森州。他们是朝圣者，诚惶诚恐地走在这条天路上，把每一样东西都当成不容错过的圣迹，把每一份手稿都作为必须仔细研究的《圣经》。

但斯洛索普对普通设备毫无兴趣。他养精蓄锐，肯定是为了什么极其特别的东西。是黑色火箭？是00000？恩赞也在找它，也在找那个神秘的黑色装置。即便这些东西藏了起来，斯洛索普在黑色情结的驱使下，也很可能会响应其需求，不断回来，一圈一圈地接近恩赞，直到完成使命、锁定各方、找到硬件。这只是齐切林的强烈预感，不会写在纸上。就行动而言，他和斯洛索普一样是孤家寡人，需要时也只向人民委员会下属的、由马林科夫负责的特别委员会直接汇报（中央空气动力及水力研究所的业务在某种程度上只是个幌子）。不过，斯洛索普是他的菜，必须派人跟着，没错。跟丢了嘛，嘿，也得再找回来。糟糕的是，在寻找恩赞的问题上，无法专门给他施加动力。不过，齐切林不会傻到把每个美国人都当成对黑色有特殊反射的马维上校，把他们看得像马维一样容易利用……

真遗憾啊。齐切林本来可以和斯洛索普一起抽抽大麻，评论评论盖

---

① 联合情报委：全称为“联合情报目标分委员会”。

② 来源不明。

丽和废墟里的其他女孩子；本来可以给这个美国人唱一唱妈妈教的歌曲，基辅的摇篮曲，星光、恋人、白色的花儿，还有夜莺……

“下次再碰上那个英国人，”扎巴耶夫出神地看着方向盘上自己的手，“或者美国人，管他是哪国人，请你问问他是从哪儿弄到这个的，行不行？”

“把这事写下来。”齐切林命令道。两个人嘎嘎狂笑起来，就在柳树下。

◆ ◆ ◆ ◆ ◆

斯洛索普如在梦中，一会儿醒来，一会儿又睡去，有人在用俄语安静而得体地交谈，有手在试他的脉搏，一个宽大的绿色背影离开了屋子……这是一间白色的屋子，标准的立方体，不过有一阵他直挺挺躺着，还分辨不清立方体和墙壁之类的东西，占空间太大的东西都分辨不清。唯一可以肯定的是，他又被注射了那种阿米妥钠。那种感觉他熟悉。

他躺在一张帆布床上，还穿着火箭人的行头，头盔放在地板上，靠着装大麻的杂物袋——哦，哦。他明知自己根本动弹不了，但还是鼓起超人的勇气，扑腾到床下去检查那些大麻。有个锡纸包好像变小了点。他心急如焚，花了一两个小时才从上面打开，果然看见一道新切痕，一大块土褐上留下了一道鲜绿。脚步声在外面的铁梯上回响，一扇沉重的门在下面滑开了。见鬼。他躺在白色的屋子里，昏昏沉沉的，手压在头下，跷着二郎腿，哪儿也不想去……又睡过去了，梦见了鸟儿，密密麻麻的一群雪鹀，落叶般被风吹送而来，四周是纷纷扬扬的雪花。那是在伯克夏，他还小，抓着爸爸的手。鸟群在大雪中盘旋、疾冲，忽而向上，忽而左右，然后落下来继续觅食。“可怜的小家伙们。”斯洛索普说。他感觉父亲握紧了自己戴羊毛手套的小手，微笑着回答：“它们没事。它们的心跳非常非常快。它们的血和羽毛都能保暖。别担心，儿子，别担心……”斯洛索普又一次醒过来，在白色的屋子里。在一片寂静中。他抬起屁股，有气无力地做了几个蹬自行车的动作，然后躺回去，拍打肚子上新增的几块赘肉，肯定是昏迷的时候长出来的。一个看不见的赘肉王国里有一百万个四处游荡的细胞，都认识他——他一昏过去，他们就开始行动了，个个都行动起来，用小米老鼠般可怕的尖声叫着：嗨，伙计们！嗨，一起去斯洛索普那儿吧，那个大傻瓜啥也没干正躺那儿睡大觉哪，快来吧哥们儿！“那一块给你们，”斯洛索普口齿不清地说着，“还—还有那一块！”

胳膊腿明显能动了，他呻吟着爬起来，把头盔扣在头上，抓起那个杂物袋，打开门出去。整个门摇晃起来，墙壁也在摇晃。啊哈！帆布房。是电影布景。斯洛索普四面打量了一下。原来这是个破败的制片厂，里面一片漆黑，偶尔有黄色的阳光从头顶上的小孔里钻进来。过道生了锈，踩上去咯吱作响。黑色的弧光灯烧坏了，细细的太阳光柱照在密密的蜘蛛网上，样子像图表……灰尘落满各个角落，也落满残留的布景：貌似gemütlich（舒适）的爱巢，墙壁歪斜、长满棕榈的夜总会，制型纸做的瓦格纳城垛[①]，纯表现主义风格的黑白式宅院。所有布景都不是按实际大小做的，而是以透视原理逐渐缩小，为曾在这里虎视眈眈的镜头服务。布景上还画着聚光灯，搞得斯洛索普很烦：一看到那些颜色暗淡的黄光条，他就会猛地抬头，先看上面，再搜四周，寻找根本不存在的光源。头上五十英尺高处的那些横梁几乎完全笼罩在阴影中。这个破旧的空壳，他越看越烦燥，被自己的回声绊得跌跌撞撞，被自己脚下扬起的尘土弄得喷嚏连声。俄国人全部撤走了，不过斯洛索普在这儿并非孑然一人。他穿过撕破的蛛网、愤怒的蜘蛛和蛛网上晾干的猎物，从铁楼梯上下来，脚踩在铁锈上，发出咯巴咯巴的声音——到楼梯脚的时候，突然感觉有人在拽他的斗篷。注射的药效尚未完全消失，他还有点腾云驾雾的感觉，所以只是猛地缩了一下。一只戴手套的手抓住了他，光滑的小山羊皮包裹着小巧玲珑的手指头。是一个女人，身穿黑色巴黎时装，胸前别了一朵紫黄相间的鸢尾花。隔了层天鹅绒，斯洛索普仍能感到她的手在颤抖。他仔细打量着那双眼睛，眼圈涂成了黑灰，脸上有些醒目的粉粒，同样醒目的还有一些毛孔，或因为粉没有抹到位，或因为粉被眼泪冲掉而露

① 瓦格纳歌剧中常有主人公站在城垛上歌唱的场景，这种造型的城垛被称为瓦格纳城垛。

了出来。他与格丽塔·埃德曼就这样不期而遇了：她是他夏日里尚未点燃的壁炉，是他回到迄今仍令他心有余悸的大萧条时期的安全通道——是他的孩子，是他无助的丽索拉。

她只是路过，只是百万浮萍中的又一片。她在找女儿卞卡，想去东面的斯维内明德[①]，也不知俄国人和波兰人能不能放她过去。她来新巴别尔伯格是出于旧情难忘，想顺便看看这些老制片厂——阔别多年了呀！二三十年代时她是演员，也在滕珀尔霍夫和斯达肯[②]拍过电影，可最喜欢的还是这儿。在这儿，由伟大的葛哈特·冯·高尔执导，她拍了几十部沾点黄色的恐怖片。“一开始我就知道他是个天才。我只是他的宠儿罢了。”她承认自己不是做明星的料，不是戴德丽[③]，也演不了布雷吉特·海尔姆[④]式的骚女人。不过，她也有她们所缺的东西。他们（斯洛索普问：“他们是谁？”埃德曼答：“我也说不清……”）都开玩笑，说她是“戴德丽的反面”——慵懒、疲惫，不会叫男人神魂颠倒，却能叫他们心生爱怜……“我们拍的片子我全都看过，”她回忆道，“有的还看了六七遍。我好像从来都是一动不动的。脸都不动。哎哟，那些长长的、朦胧的特写呀……可能是同样的画面在反复出现。甚至还有逃跑——我总是被追，鬼怪啊，疯子啊，罪犯啊——可我还是那么——”镯子在闪光——“冷静，那么……与众不同。除了逃跑，就是被绳子绑着或链子拴着。来，我给你看看。”她把斯洛索普带到一间当年的刑具房，大齿轮上的木齿已经断落，墙泥碎落，灰尘扬起，冰冷的火炬斜倒在架子上。她的手指隔了小羊皮手套，咔咔捋过镀银已脱落殆尽的木链子。“这是《梦魇》的一个布景。那时候，葛哈特还很偏爱夸张的灯光。”她掸掉刑台上的灰尘，手套的细褶里落满了银灰的尘粒。她躺到上面。“就像这样，”她抬起胳膊，非得让他用锡铐铐住她的手腕和脚腕。“灯光从上下

① 斯维内明德：位于波兰。

② 滕珀尔霍夫、斯达肯：这两个地方和新巴别尔伯格一样都在柏林郊区。

③ 玛琳·戴德丽（1901—1992）：美籍德裔女演员，一九三〇年主演影片《蓝衣天使》，一举成名。

④ 布雷吉特·海尔姆（生卒年不详）：女演员，演过一系列荡妇角色。

两个方向同时打过来，给每个人照出两个影子，葛哈特说一个是该隐、一个是亚伯。当时是他象征主义的巅峰时期，后来他开始使用更多的自然光和外景。”他们去过巴黎、维也纳。去过巴伐利亚阿尔卑斯山区的黑伦切姆希。冯·高尔一直想拍一部路德维希二世[①]的电影，结果差点上了黑名单。当时的时尚偶像是腓特烈大帝[②]。谁敢怀疑某个德国统治者是疯子，谁就不爱国。可是那些金黄色和那些镜子，还有几英里长的巴洛克装饰，都让冯·高尔神魂颠倒。特别是那些长长的走廊……法国人称之为“走廊情结”。过去的“走廊迷”说起冯·高尔都会忍俊不禁：胶片拍完了，他还面带傻笑，推着摄影机继续在金碧辉煌的布景中往前走。即便用正色胶片，那种温暖也充溢在黑白两色中。当然了，那部电影根本没有发行。《疯狂的帝国》，他们能坐视不管吗？无穷无尽的谈判，衣冠楚楚、身材矮小的男人们成群结队而来，领子上都别着纳粹徽章。他们打断拍摄，径直走进玻璃墙。只要不是《疯狂的帝国》，什么“帝国”都可以接受，“君王帝国”都行。可是冯·高尔寸步不让，偏要走钢丝。不过，他采取了弥补措施，马上开始拍摄《美好社会》。据说戈培尔[③]特别喜欢这部片子，看了三遍，一边看一边咯咯笑，还捅邻座的胳膊——搞不好就是希特勒的胳膊。格丽塔扮演咖啡馆里的同性恋，“戴单边眼镜的那个，最后被那个女装癖用鞭子打死了，记得吗？”她臃肿的腿上穿着长筒丝袜，发出生硬的闪光。回忆渐入佳境，她兴奋起来，光滑的膝盖互相摩挲着。斯洛索普也兴奋起来。看着他鹿皮裤的胯部渐渐绷紧，她开心地笑了。“他很美。怎么都美，无所谓扮男扮女。你有点像他。特别是……那双靴子……《美好社会》是我们的第二部电影，可是这一部，”这一部？“《梦魇》是我们的第一部。我感觉卞卡是他的孩子。我们拍这一部电影时

① 路德维希二世：十九世纪巴伐利亚国王，支持瓦格纳、赞助艺术。一八八六年患疯癫，杀一随从后溺水而死。冯·高尔选择路德维希二世有影射希特勒之嫌。

② 腓特烈大帝（1712—1786）：即腓特烈二世，普鲁士国王威廉一世之子，维护农奴制，扩大军队，发展经济，对奥地利长期用兵。希特勒最为崇拜的皇帝。

③ 戈培尔（1897—1945）：纳粹德国战犯，一九三三年希特勒上台后任宣传部长与国民教育部长，苏军攻占柏林后自杀。

怀上的。他演的是那个让我吃过苦头的宗教法庭长。啊，我们是帝国的小甜心——格丽塔·埃德曼和马科斯·施莱普兹希，是绝妙的一对——”

“马科斯·施莱普兹希，”斯洛索普重复着这个名字，瞪大了眼睛，“真有意思。*马科斯·施莱普兹希？*”

“这不是他的真名。埃德曼也不是我的真名。不过跟‘地’[①]有关的任何名字政治上都比较安全——地球啊，土壤啊，乡土啊……代码而已，但他们很谨慎，懂得如何破译……马科斯有个犹太味很浓的名字，叫什么‘天空’之类的，葛哈特觉得还是取个新名字比较保险。”

“格丽塔，有人也觉得我叫马科斯·施莱普兹希比较保险。”他把从酸爷·巴摩那儿弄来的护照递给她。

她呆呆地盯着护照看，然后瞥了斯洛索普一眼。她又开始发抖了，因为欲望，也因为恐惧。“我早就知道。”

“早就知道什么？”

眼光转开，顺民的样子：“早就知道他死了。他一九三八年就失踪了。他们一直在忙活，不是吗？”

关于欧洲护照的奇闻怪事，斯洛索普在占领区听闻颇多，用来安慰安慰她应该没问题。“这是假造的。这个名字也就是随便找来的化名。做护照的人可能正好从电影里想起了这么个名字。”

“随便找的。”悲哀的演员式微笑，有点双下巴。一只膝盖抬了起来，直到脚镣许可的极限。“又在编故事。你护照上的签名是马科斯的。在施特凡尼亚，在一座靠近维斯瓦河[②]的房子里，他的信我存了一铁箱子。他的拉丁字母 z 有个工程师风格的叉，最后那个 g 写得很花。你以为我认不出来吗？你可以到整个占领区去找那个‘造假者’，他们不会让你找到的。目前，他们需要你到这儿来。”

绝了。两个多疑症碰到一起，结果会如何？自我中心者的碰撞。显而易见。两种模式结合，会弄出第三个模式来：波纹绸似的，幻影重重，

---

① 埃德曼的德语是 Erdmann，其中词缀 erd- 的意思是“大地”。

② 维斯瓦河：波兰最大河流，流经华沙、克拉科夫等城市。

波谲云诡……“‘需要我到这儿来’？为什么？”

“为了我呀。”喁喁私语来自猩红的双唇，湿湿的，微张着……唔。好了，这下子硬了。他坐到刑台上，俯下身子吻她，同时解开裤子，褪到刚好露出耻物的地方，那东西弹出来，在摄影棚的凉风里微微颤动。“戴上头盔。”

“好。”

“你的心狠不狠？”

“不知道。”

“狠一点儿吧。求你了。找个东西抽我。随便抽几下。有温暖的感觉就行。”怀旧。重返家园的痛楚。他翻遍了审问用的道具：镣铐、夹指刑具、皮铠甲，终于搜到一条微型九尾鞭。是黑林山[①]精灵用的那种皮鞭，黑漆柄，上面有表现狂欢场面的浅浮雕，鞭梢用天鹅绒包着，抽到身上不会出血，只会疼。“好，这个很好。现在抽我大腿内侧吧……”

没想到已经有人教过他了。某种道理……草地间的梦想，带着普鲁士特色，带着料峭冬寒，在随意抽打的鞭伤里，在他们荒凉的、无力遮风挡雨的天空肉体那边，等待着，等待被召唤……不，不。虽然他嘴里还在说“他们”，心里却明白如镜：现在要的是他的草地、他的天空……他的狠心。

格丽塔身上所有的链子和镣铐都在叮当作响，黑色的裙子撸到腰际。她里面穿着一件带鲸骨的黑色内衣，下端的吊袜带将长筒丝袜紧紧拉住，形成两个雅致的尖形。一个世纪以来，西方男人一看到女士丝袜顶端的这个奇点，这个由真丝到裸肤到吊袜带的过渡点，阳物就会激动得一塌糊涂！没有恋物癖的人可以随意讥嘲巴甫洛夫的条件反射，对它不屑一顾，但是能配得上自己淫笑的内衣狂却会告诉你：这门学问没那么简单——其中有宇宙学：节点，尖点，密切点，还有数学之吻……奇点！想一想大教堂的尖顶，清真寺旁神圣的光塔，隆隆驶过道岔尖点的火车车轮，在你眼前把你从未走过的轨道像皮一样剥开……想想直插云

---

① 黑林山：德国西南部，东北—西南走向，东北坡富森林。

霄的山峰，比如美丽的贝希特斯加登[①]的那些山峰……蕴含着无穷秘密的钢剃刀刀刃……出其不意地刺我们一下的玫瑰刺……根据俄国数学家弗里德曼的理论，连现在的宇宙都是那个密度无穷大的点膨胀的结果。以上各例中，从有点到无点的变化都蕴藏着光明和神秘，我们身心中的某些东西应该为之欢跃、为之歌唱，要不就退避三舍。在最后一个点火开关关上之前，看着A4火箭直指天空——看着火箭顶端的奇点，引信就在那里……所有这些点都像火箭的尖点一样蕴含着毁灭吗？教堂上方的天空中爆炸的，剃刀刀刃和玫瑰花下潜藏的，到底都是什么呢？

那么，等待着斯洛索普的又是什么呢？格丽塔长筒丝袜的尖点之外，又有什么样的不测风云？丝袜突然脱了丝，沿大腿向下裂开一道口子，经过千头万绪的膝盖，再下面就看不到了……天鹅绒鞭梢呜呜有声，啪啪抽在她的皮肉上，白色皮肤衬出红色鞭痕。她在呻吟，胸前那朵瘀血之花在哭喊，拴着她的锁链在叮当作响——这一切后面又等待着什么呢？他尽量保护这位"受虐者"，不把袜子抽裂，尽量避开阴部。她的阴部在张大、绷紧的双腿之间毫不设防地颤抖着，肌肉淫荡地运动着，却又有所抑制，和她银屏记忆中的身体一样"与众不同"。她高潮了一次，后来可能又高潮了一次，那是在斯洛索普放下鞭子爬到她上面、用斗篷的翅膀盖住她的身体之前。他是施莱普兹希的替身，她则是卡婕现下的影子……他们开始做爱，破旧的仿真刑台在他们身下呻吟。格丽塔喃喃低语着：上帝呀你把我害得好苦哇；啊，马科斯呀……斯洛索普快要高潮的时候，她又叫起女儿的名字：她紧咬着完美无瑕的牙齿，清晰地迸发出痛苦的、没有任何矫饰的叫喊，卞卡……

◆ ◆ ◆ ◆ ◆

……哦，婊子——哦，小婊子——可怜的无助的小婊子，你快来

---

① 贝希特斯加登：位于原西德巴伐利亚州，其名与条顿女神贝希特有关。后为希特勒山间堡垒的一部分，也称"狼穴"。

了，停不下来了，我要再抽你，抽到你流血……珀克勒身体的整个前半部，从眼睛到膝盖，都被今晚这个捆在地牢刑台上的、可人的受虐者给淹没了，整个屏幕都是她的特写：扭曲的脸部，绸衣下疯狂勃起的乳头，都说明她的痛苦表现是装出来的——婊子！她好这一口……列妮不再是不苟言笑的妻子，不再是内心痛苦的强势女人，而是压在身下的格丽塔·埃德曼，仰卧在那里期待变化，珀克勒再次挺进，再次向她挺进，哦，婊子，哦……

直到后来，他才想起要确定当时的具体时间。变态的好奇。是她上次月经后两周。那天晚上，他走出腓特烈大道的环球影剧院，跟所有人一样硬着，一心只想着赶快回家，跟谁干上一把，把她干得服服帖帖……老天！埃德曼真美呀！有多少男人慢吞吞地走出影剧院，回到大萧条时期的柏林世界，把她的形象从《梦魇》搬到了某个权充新娘的黄脸肥婆身上？那天晚上，又有多少孩子借着埃德曼的影子被植于母胎？

珀克勒从未想到列妮会怀孕。回想起来，他可以肯定，列妮怀上伊尔莎就是那天晚上，那个《梦魇》之夜。之后他们就很少做爱了。推算起来并不难。就是这么回事。一部电影。没有别的可能。难道他们如法炮制，把我的孩子也变成了一部电影？

今晚，在洋葱形屋顶的圣尼古拉教堂，在地窖里的浮木火堆旁，他坐听着大海的涛声。星星挂在摩天轮的空当间，珀克勒觉得像烛火，又像睡前的香烟。寒气在海滩上聚集。墙外，孩子们的幽灵在风中游弋——浑身白色，打着呼哨，永远不会流泪。风吹动地上一团团褪色的绉纸，在他破旧的鞋子上擦过。新月下，灰尘白亮如雪，波罗的海匍匐如冰川。他的心在鲜红的网里噗噗跳动，弹性十足，充满期待。他在等伊尔莎，他的电影孩子，等她像每年夏天一样在这个时候回到十二子乐园[①]。

在腿脚不全的旋转木马、生锈的齿轮和碎裂的顶子中间，鹳们睡着了，脑袋不停地抖动，因为寒冷的空气，因为梦到了非洲的黄沙。下面

① 十二子乐园：一游乐场，原文为德语。

一百英尺的地方，漂亮的黑蛇在阳光下悠闲地爬过岩石和干涸的晒盐池。超大颗粒的盐晒在那里，颜色渐渐变灰，有一些盐粒散落到人行道的裂缝里、市政厅门前瞪着大眼的狗塑像的褶皱中、桥上那只山羊的胡子上和下面洞窟中巨人的嘴巴里。宠物猪弗瑞达[①]找了个避风的新地方，安逸地打着盹。胸部和臀部缠绕着铁丝的石膏女巫在烤箱旁俯下身子，手指戳向被她永远囚禁的、已经腐蚀的汉赛尔。格莱特的眼睛一动不动地大睁着，一眨也不眨，落满尘沙的睫毛则在出没不定的海风中啪嗒作响。

如果还有音乐伴奏的话，那就是风里的那些弦乐和管乐了——乐手们都是白衬衫、黑领结，一字排开在海滩上，一位穿长袍的管风琴手站在裂开的、表面被潮水浸出一层硬壳的防波堤旁，簧舌和风管合在一起，勾画出这些和鸣的鬼影和烛光般的往事，还有只来过一两回但已登记在册的那六万人——他们的一切影迹、粒子和波形。你去十二子乐园度过假，是吗？你从吕贝克坐火车过来，一路上都抓着爸爸的手，盯着自己的膝盖，或者盯着别的孩子——他们都和你一样，发辫整齐，衣衫平展，散发着漂白粉、靴蜡和焦糖奶糖的味儿，是吗？在摩天轮上转圈时，零币在你的口袋里叮当作响，是吗？你把脸藏在他的羊毛翻领里，是吗？你跪在座位上朝海上眺望，想看到丹麦，是吗？那个小矮人想抱你的时候，你害怕了，是吗？热烘烘的下午，你的裙子有些刺痒，是吗？男孩子们跑过去，抢着对方的帽子，无暇看你一眼，这时候你说了什么吗？有什么感觉吗？

在某个人的名单上，肯定一直把她当作孩子。这个问题他根本不愿去想。可是她从来都是拉着脸、勉强迈着步子，一副不再回来的样子。如果他不是特别需要她的保护，也许就能早些看出来：她无力保护任何东西，甚至他们简陋的小巢。他没法跟她谈——这样做等于和自己十年前的灵魂进行争辩，和自己当年同样有过的理想主义和少年意气争辩——这些东西曾让他迷恋——有个性的女人！——然而，他慢慢明白

① 弗瑞达（Frieda）：与北欧神话里的春天女神弗瑞娅（Freya）相关，她经常骑着一头猪（有时带金鬃）出现。

了，这是她头脑简单的表现，甚至（他敢发誓！）是她自我毁灭欲望的表现……

她把街道当作自己的“剧场”，每次都希望一去不返，对此他可以说一无所知。大街上有左派分子和犹太人吵吵闹闹，令人讨厌，但是没关系，警察会疏散他们，她不会有什么危险，除非她愿意有危险……后来，在她走后的一个近午时分，他有点醉酒，有点伤感，便走出家门，希望——第一次也是最后一次希望——命运的压强或人潮的动力会让他们破镜重圆。他来到一条街道上，那里全都是棕黄色和绿色的制服，还有警棍和皮手套。标语牌摇摇晃晃，怎么都举不直，几十个平民惊恐万状。一个警察对着他一棍子打过来，他一躲，结果打到了一个老人，一个长着胡子的托洛茨基老顽固……在警棍黑色的橡胶外壳里，他看到一股股钢丝。警察脸上带着不怀好意的微笑，拿警棍的手上戴着皮手套，腕上的袖扣松开着，空手抓着另一边的翻领，有点女人气，目光在最后一刹那躲闪了一下，好像警棍连着他的神经，敲到老人的头骨时也会把他自己弄疼似的。珀克勒好容易躲到一个门廊里，害怕得直想吐。另外一些警察跑过来，姿势颇似有些舞女，胳膊肘紧夹两肋，前臂指向前方某个角度。最后，他们用消防水龙头驱散了人群。女人们像布娃娃，在光溜溜的鹅卵石路和有轨电车道上滑来滑去，高压水流冲在她们的肚子上、头上，兽性的白色矢量控制了她们。哪一个都可能是列妮。珀克勒浑身发抖，站在门廊里旁观。街道上他去不了。后来他开始思考街道的构造和那些铺路石之间纵横交错的沟缝。在那儿，安全空间只需要蚂蚁那么大，散布在蚁城的街巷，你和来往爬行的邻居们悄无声息、摩肩接踵，沿着天色渐暮的灰色街道往前走，一任头顶上那些鞋底子踩出黑色惊雷般的巨响……珀克勒知道如何躲在屋子里，从那些图形的横坐标和纵坐标间找到安全点：不是沿着曲线本身找，也不能跑到高高的石头上或容易受伤的地方，而是耐心沿着 x 轴和 y 轴搜索：P（atü），W（米／秒），Ti（°K），一直沿着虚线走安全的直角……

后来，他开始比较频繁地梦到火箭，不过有时梦到的并不是真正的火箭，而是一条街，他知道这条街属于城里的某个区，是地图上那个方格里的一小块地方，里面藏着他需要的东西。坐标他知道得清清楚楚，具体的街道却无法确定。这些年来，火箭接近圆满了，就要发射了，坐标也从实验室里直角坐标系的 x、y 轴变成了极方位角，变成了部署好的武器射程。有一次，他跪在慕尼黑那所旧公寓厕所的地板上——他觉得，只要自己准确面对某一罗盘方位祈祷，就可以被听见，自己就会安全。他穿着一件金、橙两色相间的缎袍，那是整个公寓里唯一的发光体。后来，他大着胆子出了厕所，明知公寓的每个房间都睡着人，可还是感到寂寥。他走过去打开了一盏灯——就在开关啪地打开的瞬间，他意识到屋里原本就亮着灯，是他刚刚把所有的东西都关掉了，所有的东西……

对于 A4 付诸实践，他从来就没上过心。成了也没什么了不起。他追求的不是这个。

“他们在利用你杀人，”列妮尽可能把话说得明明白白，“他们唯一的工作就是杀人，而你在做帮凶。”

“有一天，我们都会坐着它离开地球的。超越生命。”

“超越生命。”她笑了，就凭珀克勒？

“有一天，”珀克勒一心想说服列妮，“他们不用再去杀人。国界将变得毫无意义。我们会拥有外层空间……”

“天哪，你真是瞎子。”她天天这样痛斥他的盲目，今天还是如法炮制。盲目加“Kadavergehorsamkeit（僵尸般的顺从）”，多美的词啊，但除了她的声音，他无法想象别人的声音能达到如此效果……

可他并非真的顺从如僵尸。他有一定的政治头脑——火箭发射场里有的是政治。陆军武器部对太空航行协会[①]的业余火箭专家们越来越感兴趣，空协近来也开始向军方公开实验记录。军方称，公司和大学不愿意拿财力和人力冒险，来研制火箭这样异想天开的东西，所以他们只能求助于私人发明家和“空协”这样的社团。

“狗屁，”列妮说，“他们都是沆瀣一气的。你难道真的看不出来吗？”

协会的内部方针很清楚。没有钱，“空协”就会饿死——军队有钱，

① 以下皆简称“空协”。

已经开始转弯抹角地资助他们。他们面临的选择是：要么建造军方想要的东西——能够使用的武器——要么永远在贫困里挣扎，做金星探险的美梦。

“你想想，军方的钱是哪儿来的？”列妮问。

“那有什么关系？钱就是钱嘛。”

“胡说！”

魏斯曼少校是火箭发射场的几个幕后人物之一。他显得万分通情达理，不论是头脑清晰的思想家，还是头脑发热的理想家，他都能说得来。他是一个全新的军人形象，一半商人，一半科学家，能让所有的人各取所需。珀克勒是个静观万物的人，他肯定知道，“空协”委员会在会议室里玩的，与列妮在狂暴危险的大街上玩的，都是同一个游戏——他接受的所有训练，无论是方程式还是理论模型，都鼓励他进行类比。然而，他坚持认为“空协”是特殊的，是不朽的。梦想离开金钱会有何下场，他也是明白的。他拒绝拉帮结派，却很快发现自己成了魏斯曼最好的盟友。少校一见珀克勒，眼光就变了，那张略显谨慎的脸立刻放松下来，变成另外一种表情——理所当然又非常木然——珀克勒偶然从镜子里或橱窗中看到过，自己和列妮在一起时脸上就是这种表情。魏斯曼相信珀克勒，就像珀克勒相信列妮。不过，列妮最终离开了他，他却不想离开魏斯曼。

他觉得自己是个现实的人。在火箭发射场，他们谈论大陆，谈论包围，比总参谋部早好几年就看到了一种需要：必须有一种武器，可以打破协约，可以同象棋中的马一样跃过装甲车、步兵团甚至空军。富豪统治给西方，共产主义给东方。但火箭工程师们都是现实的人。空间、模型、游戏战略。没有太多激情，没有太多意识形态。即使军方自我陶醉于尚未赢得的胜利，工程师们也决不能头脑发热，而是要冷静思考德国的逆境，德国的失败——空军的损耗，战斗力的下降，战线的后退，增加武器射程的需要……可是钱在别人手里，权也在别人手里——这些人试图把自己的贪欲和争斗强加在一个有生命力的东西之上，强加在一种他们根本懒得去真正了解的技术上。火箭还在研制的时候，他们没必要寄托什么希望。以后，等 A4 开始使用了，火箭活生生摆在眼前了，权力斗争就会如火如荼地上演。珀克勒对此洞若观火。这些人四肢发达、头脑简单、目光短浅、想象贫乏。但是他们有权力，就算有些瞧不起他们，也很难不把他们当上司。

列妮错了，没有人利用他。珀克勒是火箭的附属物，火箭造出来之前很早就是了。列妮则是他的保险阀门。她走后，他炸得四分五裂，碎片溅到了 Hinterhof（后院），落入了下水道，要么就随风飞走了。他连电影都没心去看，顶多下班后偶尔出去走走，从斯比里河[1]里捞几块煤。他借啤酒消愁，在冰冷的屋子里呆坐。秋日的阳光透过灰色的云层，经过院墙和排水管，穿过油腻腻的窗帘，一层层减弱，一层层褪色，等照到他哭泣颤抖的身上时，已经耗尽了所有希望。他天天哭，在某个时辰哭，哭了一个月，哭得鼻窦发了炎。他躺到床上，发了一身汗，退了烧。之后，他搬到柏林郊区的库默斯多夫，在火箭发射场给朋友蒙道根做助手。

温度、速度、压力、尾翼和主体配置、稳定性、气流，这些东西渐渐占据了他的空间，覆盖了列妮离去造成的创伤。早晨的窗外不再是城市里令人神伤的院落，而是一片片松柏林。他这是要远离红尘、走向清修吗？

一天晚上，他烧掉了二十页的演算稿。积分符号绞来绞去，像中了魔咒的眼镜蛇。稿纸烧成了奇形怪状的卷儿，像许多驼子，从火焰边缘落进波涛起伏的蕾丝状纸灰里。不过，那是他绝无仅有的一次旧病复发。

开始，他在推进组帮忙。当时大家还没有专业分工，分工是在各个部门和各种猜忌都加入进来、组织机构图变得像监狱平面图之后才有的事。库尔特·蒙道根的专业是无线电电子学，但也可以提供解决制冷问题的方案。珀克勒则设计新的局部压力测量仪。后来在佩纳明德，要从直径仅四五厘米的模型中引出一百多条测量管，珀克勒的测量仪就显出优势了。珀克勒协助设计了 Halbmodelle（半模型）方案：把模型纵向二

① 斯比里河：德国一条河，流程约四百零二公里（二百五十英里），源于捷克斯洛伐克边境后向北流，在柏林注入哈弗尔河。

分后，平贴在测试室墙壁上，再将测量管与墙外所有压力计相连。住过柏林贫民区的人知道怎么把东西掰成两半用……他自嘲地想。不过这是难得的自豪时刻。任何一个主意都不是百分之百属于某一个人，而是集体智慧的结晶，专业并不重要，阶级划分就更不重要了。他们的出身千差万别，有冯·布劳恩这样的普鲁士贵族，也有珀克勒这样在大街上啃苹果吃的人，但在火箭面前他们是平等的：面对爆炸和砸伤的危险，面对火箭的沉默无语和巨大重量，面对它顽固难解却又伸手可触的秘密，他们都同样诚惶诚恐……

那段时间，大多数财力和精力都投到了推进组。关键问题是如何把一样东西从地面上发射出去，而不发生爆炸。出了些小事故，发动机的铝壳烧穿了，设计的有些喷油器引发了共振燃烧，烈火熊熊的发动机尖啸着炸为碎片——接着，在一九三四年，他们出了一次大事故。瓦姆克博士决定把过氧化物和酒精混合起来，然后再注入推进舱，看看会有何结果。结果，点火生成的火焰从导管回入油箱。爆炸毁掉了试验台，炸死了瓦姆克博士和另外两个人。第一次流血，第一次牺牲。

库尔特·蒙道根将此看成一个卦象。他是德国的那些神秘主义者之一，从小读黑塞、斯特凡·乔治[①]、理查德·威廉[②]的作品长大，愿意在德米安玄学的基础上接受希特勒。他似乎把燃料和氧化剂看成了一对阴阳——它们在燃烧舱这个神秘的卵子里融为一体：创造和毁灭，火与水，化学上的正和负——

“化合价嘛，”珀克勒反驳他，“只是外层电子的一种状态而已。”

“好好想想吧。”蒙道根回答道。

还有个搞空气动力的法林杰，会带着禅宗的法弓和草席卷跑到佩纳明德的松林里，练习呼吸，练习拉弓放弓，一遍遍反复练。这样做似乎很不近人情，因为当时同事们正在大伤脑筋，受困于所谓的

---

① 斯特凡·乔治（1868—1933）：德国诗人，主张“为艺术而艺术”，形成以他为中心的文学集团“乔治派”。醉心于希特勒的人种改良计划。

② 理查德·威廉（1873—1930）：德国人，东方典籍翻译家，译作有《易经》等。

“Folgsamkeitfaktor（驯服因子）”问题，就是怎么让火箭长轴在每一个点上都与弹道切线方向保持一致。对这位法林杰而言，火箭就是一支胖胖的日本箭，必须以某种方式与火箭、弹道、目标合而为一——“不是支配，而是臣服，要跳出发射者的角色。行为是不可分割的。你既是攻击者也是受害者，既是火箭又是弹道抛物线……”珀克勒从来不明白他在说什么，但蒙道根明白。蒙道根是这儿的菩萨，在卡拉哈里沙漠流放期间，不知受了什么佛光点化，现在又回到这男人和国家的世界，精心选择了一个化身来普度众生，但缄口不做任何解释。在西南非的时候，他不记日记，也不写家信。一九二二年发生了邦代尔施瓦茨起义，整个国家都陷入动荡，他的无线电实验被迫中断，他和几十个白人一起避难，在当地一个地主弗普尔的别墅里躲了起来。别墅四周有深深的壕沟与外界隔开，易守难攻。他们受到包围，反而乐得在别墅里过着放浪形骸的生活。几个月后，蒙道根开始对所有与欧洲沾边的东西感到深恶痛绝，于是独自从别墅走进丛林，最后竟与赫雷罗人里最穷的奥瓦特津巴“土豚人”生活在了一起。他们接受了他，没问一个问题。不论在那儿还是在这儿，他都把自己看成一种无线电发射机。他相信，不管他当时广播的是什么，至少对大家没有任何威胁。在他的神秘主义电理论中，三极管的作用和基督教的十字架一样重要。想一想自我吧，那个为你的过去而受苦受难的自己，栅极就是如此：真正的、更深层的自我是阴极和阳极之间的流动，生生不息、毫无杂念的流动——感官数据、感情、记忆调动等信号被输入栅极，对流动进行调制。我们度过的生命是变化不息的波形，时而正，时而负。只有在入静状态下才可能出现心无杂念、明心见性的零信号状态。

“在阴极、阳极和‘圣栅极’的名目下？”珀克勒问。

“对了，有门了。”蒙道根笑道。

他们当中最接近零状态的，也许就是受魏斯曼少校恩宠的非洲人恩赞了。Versuchsanstalt（研究所）[①]的人背地里称他为“魏斯曼的怪兽”，

---

① 原文为德语，指位于库默斯多夫的研究所。

究其根源，很可能不是种族主义，而是两个人在一起的造型：恩赞比魏斯曼高出一英尺，开始谢顶的魏斯曼则很学者气，从厚如酒瓶底的镜片后仰视着恩赞——两个人昂首阔步，走过沥青路，穿过实验室和办公室，魏斯曼时不时要蹦两下才能赶上恩赞的步伐——在火箭研发的早期，恩赞无所不在，主宰着每一个房间、每一片风景……珀克勒对他记忆最深的是第一次见面：在库默斯多夫的实验室里，周围是五彩斑斓的导电材料——绿色的氮瓶，红、黄、蓝交替的各色管子——恩赞古铜色的脸上带着蒙道根有时候也会出现的一种宁静，在一面镜子里注视着安全区外面的一个火箭引擎：在实验室污浊的空气中，在忧心如焚的绝望、吞云吐雾的贪欲、不近情理的祈祷中，恩赞平静如水……

一九三七年，珀克勒搬到佩纳明德，同去的大约还有九十人。他们要攻入重力王国，就得先建一座滩头堡做据点。珀克勒这辈子从来没有这么辛苦过，比柏林做工的时候还要辛苦。先头部队花了整个春天和夏天的时间，才把一座叫格赖夫斯瓦尔德的小岛建成火箭试验场。铺路面，拉电缆和电话线，建生活区、厕所和储藏室，挖掩体，搅拌混凝土，无休无止地装卸一箱箱工具、一袋袋水泥、一桶桶燃料。他们用一艘旧渡船在大陆和小岛之间运输物品。珀克勒还记得昏暗的船舱内破旧的红地毯、刮落的清漆、弃置的金属部件，还有蒸汽汽笛哮喘似的尖叫，汗渍、香烟、柴油的混合气味，胳膊和大腿颤抖的肌肉，疲惫的玩笑，辛劳一天的筋疲力尽，手上被夕阳染成金色的新茧……

那年夏天，海面大多时候平静而蔚蓝，但秋天一到，天气就变了。雨从北方席卷而来，气温骤然下降，冷风撕扯着储物帐篷，巨浪整晚轰鸣不歇，羽毛般的飞沫从大块翻卷的碎浪尖端抛洒到岛上，岸边五十米内海水都是白色的。珀克勒住在一间渔屋里，晚上散步回来，脸上便裹了一层薄薄的盐纱。罗得的妻子[①]。他大胆回头的时候，看到了什么样的

① 罗得的妻子：《圣经》典故。耶和华欲毁灭所多玛城，派天使带义人罗得及家人离开，并叮嘱不可回头看。结果罗得的妻子在后边回头一看，就变成了一根盐柱。（《创世记》第十九章第二十六句）。

灾难呢？他自己心知肚明。

他把这个季节变回到孩提时代，变回到那只受伤的狗。在那些孤独、潮湿的散步中，他念念不忘列妮，幻想着重逢的场景：在某个优雅或戏剧性的场合，在部里的办公楼，或剧院的大堂，几个珠光宝气的美女围着他打转，将军们、工业家们争相为他点燃美国香烟，听他现场解答那些列妮似懂非懂的问题。坐马桶的时候，这些幻想最为享受——唇间低声奏着礼乐，脚下轻轻打着拍子，在这愉快的伴奏中品味那令人惬意的憧憬……

然而，柏林那个可怜的自我依然压在心头，挥之不去。他曾跟它说过话，倾听过，探究过，但它既不消散，也不逃走，而是执着地守在他生命的每一个门口乞讨，伸出手去，用眼神无声地哀求，确信这些小伎俩能使人心生愧疚。佩纳明德工作繁忙，大家伙儿在哈里杰先生[1]的小岛客栈里相处融洽——大家都在为发射导弹的好天气各尽其能——珀克勒却变得空前脆弱。没有女人的寒夜，打牌，下棋，纯男人一起搞啤酒聚会，做噩梦时也只能靠自己摆脱——再也没有一只手摇醒他，再也没有人在窗帘上出现魅影时抱住他。那个十一月，他算是把什么都赶上了，也许他还在有意配合。本能的保护性反应。因为可怕的事情正在发生。因为有一两回，在黎明前，麻黄素的药力正强时，你点着头：对，对，没错，对——那个设计方案不是在你脑子里面，而是在你脑袋上方，可以感觉到它在那里蹦蹦跳跳，在你的余光里跳过，动作已近乎协调——他觉得有一种东西在渐渐飘走……珀克勒似乎失落了，失落在计算、图纸、图表中，甚至那些仅有的元件中……每次出现这种情形，他立马会恐慌不已，退回到半醒的珀克勒，作为最后的堡垒——心脏狂跳，手脚疼痛，呼吸间发出一声轻哼——在这儿，在这堆纸张里，有个东西要出来捉住他。这是对毁灭的恐惧，珀克勒知道它的名字叫“火箭”。它在向他招手，让他进去。即使他知道自己可以借这种毁灭从孤独和失败中解脱出来，他还是不大情愿进去……因此，他像一个

① 哈里杰先生：该岛的岛主。

伺服阀，输入了带有噪声的意旨，越过零的界限，在寻找自我的价值和获得非我的超度这两种欲望之间寻寻觅觅。这一切蒙道根都看在眼里。他可以洞悉珀克勒的内心。同情之外，他无法为朋友提出任何建议。这并不奇怪，珀克勒必须自己找到通向零信号的路子，找到自己真正的轨迹。

一九三八年，佩纳明德的发射场初步建成，珀克勒搬回到大陆。推进组无事可做，只是看看斯托达关于气轮机的论文，或者看看不时从汉诺威、达姆施塔特、莱比锡和德莱斯顿等地的大学发来的有用数据。于是，他们便着手测试火箭引擎在1½吨推力和十个标准大气压下的燃烧压力，以及持续六十秒后的状况。排气速度达到了一千八百米 / 秒，而他们的目标是两千米 / 秒。他们称之为“魔速”，确实毫不夸张。有些炒股的人知道何时发出依限买卖指令，能够凭直觉透过数字表面看到背后的变率，利用皮肤的一阶导数和二阶导数就能知道什么时候买进、什么时候等待、什么时候卖出。工程师们也有这种本能反应，不管什么时候，只要给出原料就知道能做什么设备，就知道可行不可行。两千米 / 秒的排气速度一旦成为现实，A4 就突然间变得触手可及了。接下去有一个陷阱，即醉心于太过复杂的方法。人人都跳进了陷阱。几乎每一个设计师，包括珀克勒在内，至少都做出了一套庞然大物，像戈耳戈①的脑袋，缠满管线、真空管和各种控制压力用的复杂玩意儿，还有备用阀的附属阀上导阀顶端的螺线管——这些稀奇古怪的方案后面都附印了几百页的阀门术语附录。所有的东西都显示出一种可能性：舱内压力与尾喷管出口的压力之间存在着巨大的差异——漂亮极了，遗憾的是几百万个部件一起运转，过于互相依赖。要做出实用可靠的引擎，让军队拿到战场上去杀人，最根本的问题就是如何设计得尽可能简单。

目前发射的模型是 A3。技术人员们爱闹，洗礼不用香槟，用了几瓶液氧。重点开始从推进转移到制导。飞行遥测技术还很原始。他们把温

---

① 戈耳戈：希腊神话里的三个蛇发女怪之一，面貌可怕，人见之立即化为顽石。

度计、气压计和一台电影摄影机密封在一个防水舱里，飞行时摄影机把仪表指针的移动拍摄下来。飞行后找到胶卷，回放这些资料，工程师们则坐在一起观看满是标度盘的电影。他们还用亨克尔战斗机[①]从两千英尺的高空往下扔火箭模型，坠落过程由地面的阿斯卡尼亚高精度光学跟踪仪拍摄下来。日常的繁忙之中，还要观看约三千英尺高处的画面——模型在这个高度突破了声速。使用静态画面的快速闪动模拟运动，德国人与这一方法结下奇怪的不解之缘，至少有两百年了——首创者是莱布尼兹，他在发明微积分的过程中使用这一方法，分解了炮弹穿过空气的轨迹。很快就会有人向珀克勒证明：这些技术已超越胶卷上的图像，可以用于活人了。

日落时分回到住地。太累了，也许是工作太专注了，没有注意到花园里的姹紫嫣红和发射场日新月异的天际，甚至没有注意到今天试验场里变得非常安静。他闻着大海的味道，觉得自己成了终年住在海边疗养却很少去海滩的那种人。佩纳明德西边，不时有战斗机起落，因为距离远，引擎的噪声弱化成呜呜声，反倒增添了宁静之感。傍晚，海边的微风若有若无。隔几间寝室的一个同事下楼时正好碰到上楼的珀克勒，冲他微笑了一下。此外没有任何预兆。他走进寝室，看到她坐在床上，脚边放着一个花儿图案的毛毡旅行包，脚指头向内扣，裙子拉到膝盖上，忐忑地、急切地盯着他的眼睛。

“是珀克勒先生吗？我是你的——”

“伊尔莎，伊尔莎……”

他当时肯定把她抱了起来，亲了她，还把窗帘拉上。条件反射。她头发上扎了一条棕色天鹅绒发带。他记得，她的头发颜色没这么深，也没这么短，不过头发长长、颜色变深也很正常。他从斜面打量着她的脸，激动不已，空荡荡的心中发出回响，生命的真空险些被瞬间涌入的强烈爱流迸破。他试图用怀疑来封锁这一片真空：他审视着这张脸，与多年前最后一次看到的那张脸比较着——当时，她趴在列妮肩头，睡意蒙眬

① 亨克尔战斗机：一种德国战斗机。

的眼睛耷拉下来，斜瞟着列妮穿雨衣的后背——她们走出了那扇门，他当时以为那扇门永远关上了……他假装没有发现相似之处。就算假装吧。真的是同一张脸吗？这些年来那张脸已经记忆模糊了，那张胖乎乎的、没有什么特征的孩子脸……现在，他连拥抱她都不敢，怕自己的心脏会炸开。他问："你等了多久了？"

"从吃完午饭到现在。"她在餐厅吃过了。魏斯曼少校从斯德丁[1]把她带上火车，下了一路棋。少校下棋一向不快，最后没下完。少校给她带了糖果，还叫她向珀克勒致意并致歉，因为没时间等他回来了——

魏斯曼？这是怎么回事？愤怒从珀克勒心里迟迟疑疑、闪闪烁烁地升起来。他们肯定什么都清楚，一直都清楚。他的生活没有任何秘密可言，如同这间简陋的寝室，如同寝室里的床、洗脸台和阅读灯。

于是，面对这场难以置信的团圆，面对这份难以敞开胸怀接纳的风险之爱，他愤怒了。本来盘问盘问女儿就行了，心里产生的耻辱感也可以接受——那种耻辱，那种冷飕飕的感觉。她肯定也觉察到了，一动不动地坐着，双脚却在紧张地扭动，声音压得低低的，有些话他都没听清。

他们是从山里的一个地方把她送来的。那儿连夏天都是冷冷的，四周围着装有倒刺的铁丝网，戴罩子的灯彻夜通明。营房里堆满了双层床，没有男孩，只有女孩、母亲、老太太，一张铺一般睡两个人。列妮好一些。有时候，一个穿黑制服的男人来到营房，列妮就跟他出去，在外面待几天，回来后长时间不愿意说话，甚至不愿意像平常那样拥抱她。有时她在哭，求伊尔莎让她单独待一会儿。这时伊尔莎就会走开，找约翰娜和莉莉去隔壁营房下面玩。她们在地下挖了个藏身的地方，里面还放了些玩具娃娃、帽子、裙子、鞋子、旧瓶子、带画片的杂志，都是从铁丝网附近那个她们称作"宝藏堆"的大垃圾堆里翻出来的。那个大垃圾堆总是在冒烟，白天晚上都是。列妮不在时，她就和莉莉睡上铺，透过上面的窗格，可以看到垃圾堆一闪一闪的红色……

对这些，珀克勒根本没心思听。他只关心一个有价值的信息：她还

---

① 位于波兰。

存在于一个确切的地方，地图上找得到，管她的人可以联系到。他还能找到她吗？傻话。能跟谁交涉一下，把她放了吗？她肯定是上了别人的当，上了共党分子的当……

库尔特·蒙道根是他唯一可以信任的人。然而，还没跟蒙道根张口，珀克勒就知道，蒙道根给自己的定位决定了他只能袖手旁观。“他们称之为劳教营，是党卫军办的。我会跟魏斯曼谈，不过可能没什么用。”

他在西南非就认识魏斯曼。围城的几个月，他们一起待在弗普尔的城堡里，后来一些人把蒙道根赶到丛林去住，魏斯曼就是那些人之一。到了这儿，他们在火箭群中又重归于好了，理由无外乎两种：要么是珀克勒无法理解的什么该死的神圣使命感，要么是原本就一直存在于他们之间的某种深层关系……

他们站在一栋装配楼的楼顶。六英里外，水的那边，小岛清晰可见，这意味着明天要变天了。阳光下有个地方在锻铁，敲打声起伏有致，如鸟鸣般纯净。蓝色的佩纳明德在他们周围颤动，钢筋和水泥反射着正午的腾腾热气，犹如梦幻一般。热气一浪接一浪，像在伪装着什么秘密进行的东西。脚下的楼像是幻觉，随时都会消失，让他们跌落到地面上。珀克勒盯着沼泽远处，感到很无助。“我得想想办法。对吧？”

“不行。你得等。”

“这样不对，蒙道根。”

“是不对。”

“伊尔莎怎么办？她一定得回去吗？”

“不知道。不过她目前留在这儿。”

于是，珀克勒一如既往地选择了沉默。如果以前还有机会的时候他另做选择，可能现在他们都出离虎口了。甚至已经离开这个国家了。现在太晚了。等他终于想行动的时候，已经无可行动了。

说实话，他以前没怎么考虑如何补救过去，就是现在他也不敢说自己有多少长进。

他们一起，他和伊尔莎，沿着风暴将至的海岸散步。他们喂鸭子、去松林里探险。他们甚至允许她看了一次发射。他后来才明白，这等于向他传达了一个信息：看发射并不违反保密规定，她能够泄密的对象都微不足道。火箭的噪声撕扯着耳鼓。她第一次靠近他，抓住他。他感到自己也紧紧抓住了她。引擎熄火太快，坠落在佩纳明德西部空军地盘内的某个地方。肮脏的烟柱直冲天空，救火车尖叫着呼啸而去，还有几卡车工人也过去了。一片忙乱。她深吸一口气，攥了攥他的手。“这是你做的吧，爸爸？”

“不，不应该这样的。弧度应该更大些。”他做着手势，画出一条抛物线，把试验台、装配楼连在一起，像神父在空中画的十字，将目瞪口呆的会众一分为四，扔在后面……

“它要去哪儿？”

“我们让它去哪儿就去哪儿。”

“我什么时候能坐在里面飞啊？我能坐得进去的，对吧？”

她向来会问些让人回答不了的问题。“有那么一天吧，”他回答，“也许有一天会飞到月亮上去。”

“月亮上……”他似乎要给她讲故事啦。没有讲，她就自己编。隔壁寝室的工程师在纤维板墙上钉了一幅月球地图，她花了好几个小时研究它，选择要生活的地方。越过开普勒环形山明亮的射线和静寂、崎岖的南部高地，穿过哥白尼和埃拉托色尼[①]区的壮观景象，她在一处叫作马斯基林[②]B的宁静海选择了一个漂亮的小火山口。他们要在火山口边上盖一栋房子，妈咪、她，还有珀克勒，窗外一边是金色的山脉，另一边是浩瀚的大海，蓝绿色的地球挂在天上……

月亮上的“海”究竟为何物，当时就应该告诉她吗？告诉她没有可以呼吸的空气？他被自己的无知吓了一跳，不称职的父亲啊……夜晚，在寝室里，伊尔莎蜷缩在几英尺外的帆布行军床上，毯子下还有一只灰色的小松鼠。他想，在德意志帝国的监护下，她是不是真的生活得

① 埃拉托色尼（276?—194? BC）：古希腊数学家、天文学家和诗人，首次测量出地球周长和黄赤交角，并编制了一本星表。

② 内维尔·马斯基林（1732—1811）：英国天文学家，航海历的发明者。

更好？他听说有集中营，但没看出有什么问题。他相信政府的话：“再教育。”我把一切弄得一团糟……他们那儿有称职的人……训练有素的人……他们知道孩子需要什么……他盯着天花板，佩纳明德分场的电分散在上面交错着，绘制出他应该重点考虑的问题、已经放弃的梦想以及柏林那些幻想家主子们眼里的恩惠。有时，伊尔莎在睡前喃喃地给他讲故事，说那个她要去上面住的月亮，不觉间把他带入和这个世界完全不同的另一个世界，没有国界，不安全但很刺激，飞行像呼吸一样自然——可是我会掉下来的……不，升上去，朝下看，没有什么可害怕的，这次很好……好，飞得很平稳，没问题……太好了……

珀克勒今晚可能只是见证人——也许他本就身在其中，只是尚未有人向他指明具体身在何处。瞧瞧吧，弗里德里希·奥古斯特·凯库勒·冯·施特拉多尼茨[①]一八六五年做的那个梦——那个在化学界引起了革命、为染共体缔造了希望的伟大之梦——很快就要加速实现了。为了让合适的材料有机会进入合适之人的梦乡，梦中的每一个人、每一件事都必须恰到好处。荣格[②]能够为我们奉献“先代沉积”的思想，真是不简单：每个人都可以分享同样的梦境。可是，为什么我们每个人都是作为个体受到梦境来访，并且每个人所梦到的正好只是他需要的那部分呢？这难道不意味着有一种通路开关，有一个机构在负责这种事情吗？染共体干吗不能参加请神会？他们应该很熟悉“那边”的官场嘛。此时此地的凯库勒之梦会经过一些点，这些点可能会组成弧线，从寂静中穿过明亮的磁阻，生存于移动力矩之内。这不完美的人类之光，在这里干扰着那些代理者们正在庄严进行的二元选择。他们准备放宇宙之蛇通过——那条蛇鳞光闪闪，放射出紫色的、非人类所能拥有的光辉——他们无动于衷，毫不大惊小怪（你只要在这儿待上一段时间，不管这一段时间在这儿意味着什么，之后这些不同的原型看上去就大同小异了。呶，一些

① 弗里德里希·奥古斯特·凯库勒·冯·施特拉多尼茨（1829—1896）：德国化学家，确立化合物碳原子四价及碳链理论，提出六个碳原子苯环概念，为有机化学现代结构理论奠定了基础。

② 卡尔·古斯塔夫·荣格（1875—1961）：瑞士精神病学家，创建分析心理学。

新来的家伙第一天穿着泡泡纱上班，你会听到他们叫："哇！嗨——那是、是造物树呀！啊？是吧！天哪！"不过，他们很快就平静下来，不再傻里傻气地发呆。要知道，自我批评这门技术可不得了，本应无用却很有用……）。现在，现在简单谈一下凯库勒的问题吧。他开始想当建筑师，结果却成了化学界阿特拉斯[①]式的擎天巨人，化学这座大厦的侧厅——有机化学永远地扛在了他的头上，对于染共体而言如此，对于整个世界而言也是如此——如果你认为两者之间有区别的话，嘿，嘿……又是受了那个伟大的化学教授李比希影响。珀克勒在慕尼黑上工学院的时候就住在以李比希命名的那条街上。凯库勒进吉森[②]大学时，李比希在那儿教书。他鼓励这个年轻人改专业，于是凯库勒把建筑师的天赋带进了化学领域。这是一次至关重要的转变。李比希本人所起的作用似乎像一扇门，或者说像他年轻的同侪克拉克・麦克斯韦[③]提出的那种"分类妖"，能帮人把能量集中在造物主喜欢的屋子里，别的就不管那么多了（后来有些人见证说，克拉克・麦克斯韦想出"妖"这个东西与其说是为了方便讨论热力学观点，不如说是编了一个寓言式的故事，讨论李比希这样的人是否真实存在的问题……从麦克斯韦被迫把自己的预见编成密码这件事，就可以看出当时的压制有多严重了……的确，有些理论家，多是那些能从克拉克・麦克斯韦夫人那句名言"该回家了，詹姆斯，你又开始入迷了"中挖掘出罪恶意图的那些理论家，提出了一项很极端的建议，认为场方程本身就包藏祸心——他们举例证明：场方程与 A4 火箭制导系统里的双重积分电路关系密切，令人担忧；同样的电流密度二重求和方程式，又致使建筑师埃策尔・奥尔施为建筑师阿尔伯特・斯皮尔在北豪森设计了一个地下工厂，造型正是其颇具象征意义的形状……）。年轻的前建筑师凯库勒在当时的分子里寻找潜藏起来的形状，他知道那些形状是存在的。他不愿把它们想象成有形结构，而是把它们看成"有

① 阿特拉斯：希腊神话中被宙斯降罪而用双肩支撑苍天的擎天神。

② 位于原西德黑森州。

③ 克拉克・麦克斯韦（1831—1879）：英国物理学家，创立电磁场理论。提出"麦克斯韦妖"的概念。

理公式”，可以体现出“变形”过程中的相互关系——“变形”是这位十九世纪的人物对“化学反应”的雅称。不过，他拥有非凡的想象力。他看到了碳的四键，呈现为四面体——他破解了碳原子一一连接、形成长链的机制……不过苯把他给难住了。他知道有六个碳原子，每个碳原子又附有一个氢原子，却找不到具体形状。后来便有了那个梦，是上帝让他看到了那个形状。于是有人被它的结构美所吸引，认为它是蓝图，是新化合物的基础，是新的排列，于是就有了芳香族化学这个领域与世俗权力联合在一起，于是就有了新的合成方法，有了德国的染料工业共同体……

凯库勒梦见大蛇将自己的尾巴衔于口中，包围了整个世界，唯独漏掉了两样东西：这个梦的利用者所包藏的卑鄙祸心与愤世心怀！蛇宣布：“世界是一个闭合体，循环不止，相互呼应，周而复始，生生不息。”然而，蛇却被引入了一个专门破坏这种循环的系统。这个系统只索取不回报，只求“生产力”和“收入”不断增长，为了维持自己微不足道的、丧心病狂的局部利益而不惜大肆掠取系统外世界的能量，从而毁掉了人类的主体，甚至世界的主体——动物、植物、矿物。这个系统可能明白，也可能不明白，自己是在赢取时间。而时间本身就是人为的资源，对任何人、任何东西都没有用处，只对系统有价值。当系统对能源的贪噬使这个世界无法承受时，便迟早要拖着生物链上所有的无辜生灵撞向死亡。活在这个系统里，就像坐着巴士穿过乡村，司机是个一心要自杀的疯子……尽管他和蔼可亲，不断从扩音器里说着笑话：“早上好，朋友们，我们现在到达的是海德堡[1]，知道那首老歌吗？《我把心丢在了海德堡》[2]，嗨，我有个朋友在这儿把两只耳朵都丢了！别误会，这个城市真的不错，人很热情，棒极了——我是说在他们不决斗的时候。说真的，他们对你真的很好，他们不仅给你城市的钥匙，还给你开瓶器！”等等

① 位于原西德巴登-符腾堡州。

② 奥地利作曲家弗雷德·雷蒙德于一九二五年创作了德国家喻户晓的歌曲《我把心丢在了海德堡》。低吟歌手托尼·贝内特一九五五年也推出轰动一时的歌曲《我把心留在了旧金山》。

等等。你们继续向前，穿过乡村，灯火不停地变幻着——城堡，一堆堆岩石，各种形状、颜色的月亮来了又去。凌晨时停过几次车，原因没有公布。你们下了车，在灯火通明的院子里伸伸腿脚。夜空里可以闻出桉树的味道，巨大的桉树下，老人们围坐桌旁，在颤动的灯光下洗着古老、油腻而破旧的纸牌，扔下方块、梅花、王牌。他们身后，汽车挂着空挡在等——乘客们请回到座位上。尽管你想留下来，待在那儿，学学打牌，在这个安静的桌旁颐养天年，但没有用：他穿着笔挺的制服，正在车门边等着呢。他，黑夜之主，在查你的票、你的身份证、你的旅行证件，今晚由企业的魔杖统制……他点头示意你通过时，你瞥了一眼他的脸。看到他疯狂、执着的眼睛，你的心不禁狂跳了几下。你明白了，你们会在血泊里、在惊愕中毫无尊严地结束生命——可是，旅程还在继续……你座位上头应该挂广告牌的地方现在却是里尔克的一句诗："一次，只有一次……"[①]那是他们最喜欢的口号之一。没有轮回，没有灵魂的救赎，没有循环——这不是他们，而是他们才华横溢的员工凯库勒从蛇身上悟到的。不，对他们来说，蛇的意思是——这么说吧——苯的六个碳原子实际上绕成了一个闭合的圈，就像蛇嘴里衔着自己的尾巴一样，明白了吗？"我们今天知道的芳香烃环。"珀克勒的老教授拉兹洛·雅夫一边滔滔不绝，一边从怀表表链上取下一个金色六角形，当中刻着一个中间较窄、四端渐宽的德国十字，那是染共体的奖章。他一脸老顽童的神气，开玩笑说：与其认为这个十字代表德国，倒不如把它看成是碳的四价——"那么是谁，"他像个乐队指挥，双手张开，一顿一顿的，"是谁送来了这个梦？"雅夫的任何一个问题，其雄辩性都是无法预测的。"是谁把这条新蛇送到了我们业已荒芜的花园？这里已经臭气熏天、拥挤不堪，无法容纳任何纯真了——除非纯真是我们这个时代和我们自己平淡而安静地滑向冷漠机制的过程——凯库勒的蛇就是要说明这个的——不是要毁灭，而是要澄清我们的损失……我们已经有了一些分子、化合物，但没有别的了……我们使用在大自然里找到的东西，毫不犹豫，可能还

① 引自里尔克《杜伊诺哀歌》第九哀歌。

有点惭愧——可是大蛇悄悄对我们说：‘可以改变呀，新的分子可以从已有分子的残片集聚而成……’谁能告诉我他还对我们说了什么悄悄话？来——谁知道？你。告诉我，珀克勒——”

名字晴天霹雳般向他袭来——不过根本不是雅夫教授，而是一个同事，今天早晨负责叫大家起床的。伊尔莎正在梳头，冲他笑了笑。

他白天的工作开始越来越顺畅。其他人也不那么疏远了，更愿意与他目光接触了。他们见过伊尔莎，都很喜欢她。即使在他们的脸上看到别的什么，他也不想理会了。

随后，有一天晚上，他从岛上回来，有点醉了。第二天要发射，他既感到欢欣鼓舞，又有点忐忑不安。他发现自己的小屋空了。伊尔莎，她的花包，还有她平常随意扔在小床上的衣服，统统消失了。什么也没留下，只有一张记录纸（珀克勒觉得这种纸很有用，可以把恐怖的指数曲线驯服为安全的线性曲线），她在上面画月亮房子的那种纸。“爸爸，他们要我回去。可能他们还会让我再见到你。我希望会这样。我爱你。伊尔莎。”

库尔特·蒙道根发现，珀克勒躺在伊尔莎的小床上，用鼻子嗅着想象中她的头发留在枕上的气味。有那么一阵儿，他有点疯了，说要杀了魏斯曼，要破坏火箭计划，说他不干了，要去英国避难……蒙道根静静坐在那儿，一字不落地听着，偶尔安抚一下珀克勒，吸几口烟。终于，到凌晨两三点钟，珀克勒把一堆不切实际的选择都说了一遍。哭够了，骂完了，还在墙上捶出了一个洞，通到了隔壁房间，隔壁的人却毫不知情，依旧鼾声如雷。这时候，他冷静下来，恢复了工程师受挫的优越感——“他们是群傻瓜，他们连正弦和余弦是什么都不知道，还想教训我”——他想通了：是的，自己必须等待，他们爱干什么干什么……

“我同魏斯曼约个时间，你们谈一谈，”蒙道根这样建议过，“你能不能冷静下来，大度一点？”

“不行，跟他不行……现在还不行。”

“你觉得行的时候，告诉我一声。你心里准备好了，就知道该怎么处理这事了。”他怎么有一种命令的口气？他一定看出来了，珀克勒非常需要服从别人。列妮就学会了如何用脸色把丈夫驯服，她知道丈夫希望看到自己嘴角残忍的线条，知道他需要什么样的语调……她离开后，他就成了失业的仆人，谁是第一个招呼他的主人，他就跟谁走。他只是个

真空里的受害者①

只……是个……受害者！
就在真空里，
（“难道没有人想利用我吗？”）
难道没人想从我身上获利？
（“只是个没有主人的奴隶，”）
只是个没有主人的奴隶，（呀—嗒嗒—嗒）
（“再—再说获得自由，谁他妈愿意？”）
再说获得自由，谁他妈愿意？

（现在一起唱吧，你们这些性受虐狂，特别是那些今晚没有伙伴、只有永远难以实现的幻想相伴的人——你们要和你们的兄弟姐妹一起来唱，让我们了解彼此的生命和诚恳，突破寂静和沉默，伸出手来相握……）

噢，柏林的钠灯不是很明亮，
我去了酒吧，里面空空荡荡！
哦，今晚我宁愿在
希腊悲剧里徜徉，
也不愿在真空里受伤！

时间一天天过去，对珀克勒来说，日子过得一成不变。同样的早晨开始同样的日程，和现在的冬天一样单调乏味。他至少学会了外表上保

① 根据一九三一年流行歌曲《我只是个舞男》滑稽改版。宋体诗行原文中皆为德语。

持平静，学会了感受武器计划在战争的风雨欲来时那种特有的气氛。一开始，战争引起了沮丧和无可名状的焦躁。有时食管会痉挛，有时无法从梦中回过神来。你发现早上第一件事就是给自己写条子：保持镇静，通过有条不紊的缜密分析来安慰狂躁不安的内心——1. 它是一个组合。1.1 它是一个标量。1.2 它的消极因素呈各向同性分布。2. 它不是一个阴谋。2.1 它不是一个矢量。2.1.1 它不针对任何人。2.1.2 它不针对我。如此等等。咖啡越喝越无味。每一个期限都至关重要，一个比一个更紧张。在这个普普通通的工作背后，似乎潜藏着某种空洞的、终将到来的东西，这个东西一天天趋于真相大白……（"这颗新行星是冥王星，"很久以前的一天晚上，她躺在黑暗里喃喃自语着，阿丝特·尼尔森[①]式的长上唇，那天晚上噘得像控制她的月亮一样，"现在，冥王星是我的星座，把我紧紧抱在它的爪子里。它移动得很慢，那么慢，那么远……不过，它会爆发的。它是一只阴郁的凤凰，在给自己制造一场灾难……从容不迫地复活。精心的表演。一切都在控制中。没有上帝的恩宠，也没有上帝的干预。有人叫它国家社会主义行星，就是布伦胡贝尔和他那帮人，现在都在巴结希特勒。他们不知道他们说的是大实话……你睡着了？弗朗茨……"）

随着战争逼近，争权夺利、玩弄政治的鬼把戏愈演愈烈，陆军与空军、武器部与军需部、雄心勃勃的党卫军与党卫军以外的所有人之间都是矛盾重重，甚至还酝酿着一股不满情绪。几年以后，这种情绪最终演变成一场反对冯·布劳恩的宫廷政变，因为他太年轻，也因为一些实验失败了——老天在上，这种事情是司空见惯的，所有火箭试验场的政治斗争都围绕着这些事……不过，总的来说，测试结果还是越来越有希望。想起火箭就不能不让人想起 Schicksal（命运），因为火箭正渐渐成型，形成了一种命中注定的、似乎有点超凡脱俗的形状。大家发射了一系列未加控制的 A5 火箭，有些是用降落伞投下的，高度达到五英里，速度接近

① 阿丝特·尼尔森（1883—1972）：瑞典影星，上唇突出而富于表情。一九一〇年事业重点移向德国，一战期间闻名欧洲，照片出现在大量招贴画上。

声速。尽管制导人员的任务还很艰巨，但他们现在已经改用石墨生产的叶片，把偏航摆动降到了五度左右，火箭的稳定性也相当令人满意。

冬天里有一回，珀克勒感觉可以和魏斯曼谈一谈了。他发现，这个党卫军以眼镜为瓦格纳盾牌，满脸戒备，准备迎接难以接受的极端情绪——愤怒、谴责、在办公室里动手。那情形就像见一个陌生人一样。离开库默斯多夫那个老 Raketenflugplatz（火箭发射场）之后，他们就没说过话。在佩纳明德的这一刻里，珀克勒笑得比过去一年里笑得还多：他谈起了珀尔曼，表示十分佩服他为火箭推进设计的一套制冷系统。

“那些热点怎么样？”魏斯曼问。这个问题问得合情合理，还透出一种亲密。

珀克勒明白，此人对加热问题毫无兴趣。这是场游戏，就像蒙道根警告过的那样——柔道般程式化的游戏。“我们的热流密度，”珀克勒感觉自己跟唱歌似的，“大约是 3 000 000 千卡 /m²h°C，再生冷却法是现在最好的临时解决办法，但珀尔曼想出了一个新法子，”——用粉笔和石板给他演示，尽量显得很专业——“他认为，如果我们在舱的内部用一层酒精膜，就可以大大降低热传输。”

“由你来注入酒精。”

“对。”

“这样的话多少燃料需要改道输送？发动机的效率会受到多大影响？”

珀克勒有数据。“目前，注入酒精对管道工来说不啻于噩梦，不过根据现有的交货时间表——”

“二段燃烧怎么样？”

“有助于增加容量，改善湍流度，但也导致各向异性压力下降，影响效率……我们正在尝试各种方法。如果资金支持力度更大的话——”

“哈，我的部门办不到，要是预算能再充足些就好了。”说着，两个人都笑起来。同是天涯沦落人啊：绅士科学家，受困于吝啬的官僚。

珀克勒知道，自己一直在为孩子、为列妮谈判：这些问答别无他意，只是在试探珀克勒。他应该循规蹈矩——他不仅要扮演角色，而且要融入角色。任何脱离常轨的想法，如妒忌、夸夸其谈、含糊其词等，都会立刻被觉察，或予以纠正，回到正轨，或撒手不管，任其堕落。整个冬天和春天，与魏斯曼见面成了家常便饭。珀克勒适应了自己的新伪装——“早衰的神童”——他经常发现，自己似乎真的钻进这个角色里去了。他更加用功地阅读参考书和发射数据，说台词张嘴就来，比提前准备的还好，而且语言温和，既不失学者风范，又表现出对火箭的迷恋，发挥好得连他自己都始料未及。

八月末，女儿第二次来看他了。应该说是“伊尔莎回来了”，但珀克勒拿不准。和以前一样，她独自出现，不告而来——她跑过来，亲他，叫爸爸。可是……

可是，首先，她的头发肯定是深棕色的。眼睛变长了，画得不一样了，皮肤没那么白了。好像长高了一英尺。不过，那个年纪一夜之间就会蹿一截子，对吧？如果确实是“那个年纪”的话……即便抱着她的时候，珀克勒耳边也会轻轻响起质疑的声音：是同一个人吗？他们送来的是不是另一个孩子？珀克勒，你上次怎么不看仔细点呢？

这一回，他问她了：他们会让她待多久？

“他们会告诉我的。我会设法让你知道。”他会有足够的时间适应过来吗——从那个梦想住在月亮上的小松鼠，调整到这个深色皮肤的长腿南方姑娘？这第二次（也可能是第一次，或者第三次？）见面，她很不自然，对父爱又特别渴望，表现很感人，连珀克勒都觉得太明显了。

几乎没有列妮的任何消息。伊尔莎说，她们冬天就被分开了，传言说妈妈被送到别的营地去了。好，好，扔出个卒子，又撤回了王后：魏斯曼在等着看珀克勒的反应呢。这次他真的太过分了。珀克勒穿上鞋子，系好鞋带，冷静地出去，找到这个党卫军，把他堵到办公室里，在一群和善愚蠢的政府官员面前痛斥一顿，言辞慷慨激昂，高潮处，还抄起棋盘和棋子朝魏斯曼那张傲慢的老脸扔过去……珀克勒太冲动了，是啊，真是反了——不过老板，我们需要的正是他的这种火性和诚实——

孩子突然扑到怀里，又开始亲他。免费的。珀克勒忘掉了烦恼，把她抱在胸口，良久无言……

然而，晚上在寝室里，从她的小床那儿传来的只有呼吸声——今年不想去月亮了。他醒着，在想：一个是真的一个是假的？两次都是真的？还是两次都是假的？他开始琢磨：第三次、第四次会如何排列组合呢……魏斯曼，还有他背后的那些人，手里有几百个这样的孩子。一年年过去，她们越来越成熟性感，珀克勒会不会真的爱上一个——她会不会因此到达国王的宝座，替代无处可寻、被人遗忘的王后列妮？对手知道，珀克勒的怀疑永远大于对真正乱伦的恐惧……他们会订出新的规则，使这盘棋无限地复杂下去。一个像珀克勒这样在这个晚上感觉如此空虚无助的人，如何能有足够的韧性来承受这一切呢？

Kot（妈的）——真他妈荒唐——当初，住在市里老房子里，她从身旁走过的时候，他不是从各个角度打量过吗？抱着的、睡着的、哭着的、爬着的、笑着的、饿着的。他回到宿舍时，一般都很累，甚至走不到床边，就躺在地板上，头放在唯一的那张木桌下面，蜷着身子，筋疲力尽，累得甚至怀疑自己能不能睡得着觉。伊尔莎第一次注意到这个情况时，爬过来坐着看了他很久。她从来没见过他双眼紧闭、一动不动躺着的样子……他渐渐睡着了。伊尔莎探过身来打他的腿，就像打面包皮、打香烟、打鞋子，打任何可以吃的东西——我是你爹。——你动不了啦，我要吃了你。珀克勒尖叫一声，滚到一边去了。伊尔莎开始大哭。他太累了，没心思管教她。最后还是列妮把她哄好了。

伊尔莎的一切他都知道：她的哭声，她最初的牙牙学语，她拉屎的颜色，能让她安静下来的声音和颜色。他应该知道这孩子是不是自己的。可是他不知道。这中间发生的事情太多了。太多的故事、太多的梦……

第二天早上，组长递给珀克勒一张休假条，还有一张带度假奖金的薪水支票。旅行可以随意，但期限是两周。言下之意：你回来吧！他收拾了几样东西，和伊尔莎踏上去斯德丁的列车。那些棚子，还有装配楼、混凝土石柱、钢质火箭台，他生命中的这些轨迹都向后闪去，淡化成一个个巨大的紫色阴影，在沼泽地里、在刚好能产生视差的距离之外茕茕而立。他敢不回来吗？他能想那么远吗？

他让伊尔莎定目的地。她选择了十二子乐园。那是夏末时分，和平的日子就要结束了。孩子们知道要发生什么。他们扮成难民，在车厢里挤成一团，比珀克勒预想的更安静、更严肃。每次伊尔莎的眼光从窗子转向他，他都得克制想要喋喋不休的欲望。他在他们的眼睛里看到了同样的东西：对他们来说，对她来说，他是陌生的，而且越来越陌生，他不知道有什么方法可以改变这种情况……

一个具有国家模式的公司，必须为童真以及童真的种种用途留一片空间。事实证明，在塑造官方欣赏的童真方面，童年的教育是非常宝贵的。游戏、童话、历史传说，所有这些虚构的东西都可以采用，甚至可以体现在某个具体的地方，比如十二子乐园。这些年来，它已是深受孩子们欢迎的游乐场，几乎成了孩子们最时髦的去处。如果是成人，没有孩子陪同就无法进入城内。那儿有一个孩子市长，一个十二个孩子组成的市议会。孩子们捡起你扔在街上的纸片、果皮和瓶子。孩子们带着你游览动物园、参观尼伯龙根的宝藏，在重演俾斯麦一八七一年春分升任公爵及帝国宰相那一幕时，提醒你保持安静……如果逮到你独自一人，没有孩子陪伴，童警会训你一顿。不管这个城里真正管事的人是谁——应该不会是孩子——反正都藏得严严实实的。

迟到的夏天送来了滞后的葳蕤……鸟儿在到处飞，大海在变暖，太阳一直照到傍晚。偶尔会有孩子错拉了你的衬衫袖口，拖着沉重的腿跟了好几分钟，才发现你不是他的家长，于是带着羞怯的笑容走开去了。玻璃山在烈日下闪着玫瑰色和白色，精灵国王和他的王后每天中午进行一次巡游，带着壮观的小矮人和小精灵随从队伍，分发蛋糕、冰激凌和糖果。每个路口和广场都有乐队演奏，有进行曲、民间舞曲，热情的爵士乐，还有雨果·沃尔夫[①]的曲子。孩子们像五彩碎纸似的四处乱飞。饮水喷泉那里，苏打水在长着长牙的龙、野狮和老虎嘴巴深处闪光，孩子们排队等候着自己的历险一刻：将身子半探进阴影里，探进湿润的水泥和陈水的气息里，探进野兽的嘴里，去喝水。天空下，高高的摩天轮转得飞快。从佩纳明德到这儿，他们走了二百八十公里，而这恰巧正是A4的射程。

转轮、神话、丛林动物、小丑，有那么多可以选择，伊尔莎却走向

① 雨果·沃尔夫（1860—1903）：奥地利作曲家，瓦格纳的弟子。

南极全景。有两三个男孩，比她大不了多少，暖暖和和地穿着海豹皮，在模拟的荒原里漫步，在潮湿的八月里堆石标，插旗子。看着他们，珀克勒就忍不住要冒汗。几只“雪橇狗”躺在脏兮兮的纸做的雪脊[①]阴影里、在已经开始裂缝的石膏雪上受罪。隐藏的探照灯将极光的影像投射到白色纱幕上。这幅景观里还点缀了五六只企鹅标本。

“这么说——你想住到南极了。这么容易就不想”——妈的白痴，又说漏嘴了——“要住在月亮上了？”在此之前，他一直小心翼翼，不去盘问。他不敢知道她是谁。在人造的南极景观里，在不知她何以喜欢这儿的茫然里，他惴惴不安、汗水涔涔地等待着她的回答。

她，或者说是他们，把他解脱了。“哦，”她耸了耸肩，“谁想住在月亮上啊？”他们再没提起这事。

回到旅馆，一个八岁的前台服务员把钥匙递给他们，一个穿制服的孩子开动电梯，吱扭吱扭把他们送到楼上，来到一间留有白日余温的房间里。她关上门，摘下帽子，打水漂似的扔到床上。珀克勒瘫倒在自己的床上。她走过来给他脱鞋子。

“爸爸，”她很严肃地解着鞋带，“我今晚能不能跟你睡？”一只手已经轻轻放在他裸露的小腿肚下端。他们的眼睛对视了半秒钟。种种疑云堆来，瞬间便有了意义。令他羞愧的是，他的第一感觉竟是骄傲。他一直不知道自己对于这个项目竟如此重要。即使在这个恍然大悟的时刻，他仍在从他们的角度看这个事情——每一个怪癖都记入了个人档案，爱赌、有恋足癖、迷足球，都重要，都可以加以利用。现在我们得让他们开心，至少得消除使他们不开心的因素。你可能没法理解他们的工作性质到底如何，没法弄懂那些数据，可你毕竟是管理人员，是领导，你的工作是拿到结果……珀克勒，嗯，提到过有个“女儿”。是，是，我们知道这挺恶心，谁知道他们那些方程里面都藏了些什么，不过我们现在必须把自己的意见放一放，战争结束后我们有的是时间去找这些珀克勒们算账，还有他们那些肮脏的小秘密……

---

① 雪被风吹成的脊。

他一巴掌扇到她脸上，很响很重的一记。他消了些气。然后，她还没来得及哭，甚至张口，他就把她拽到了旁边的床上。她昏昏然的小手已经放在了他的裤扣上，她的白连衣裙也撸到了腰际。她下身一直什么都没穿，整整一天什么都没穿……*我多想要你啊*，她喃喃地说着。父辈的犁犁进了子辈的垄沟……惊世骇俗的乱伦持续了几个小时，之后他们默默穿上衣服，悄悄溜出去，溶进了暮色将至、恍惚黯淡的肉色黄昏。他们可能需要的所有东西都装在她的花包里。他们走过熟睡中的、必将承受夏日结束的孩子们，经过了监视器和铁路警哨，最后来到水边的渔船。一个父亲般慈祥的老水手，戴着一顶上有穗饰的船长帽，欢迎他们上船，把他们藏在甲板下。路上，发动机砰砰轰鸣着，她舒服地蜷在铺上，为他口淫了几个小时，直到船长叫："上来吧，看看你们的新家！"透过薄雾，灰灰的、绿绿的，那就是丹麦。"对了，这儿的人民是自由的。祝你们俩好运！"甲板上，三个人站着拥在了一起……

不。珀克勒宁愿相信，她那晚需要安慰，不想一个人过。尽管他对他们的鬼把戏心知肚明，尽管他们的邪恶用心昭然若揭，尽管和他们相比没有理由对伊尔莎更信任，但他还是宁愿相信她，不是出于信任，不是出于勇气，而是出于保护。即使在和平时期各种方法手段都不缺乏的情况下，他也无法证实她的身份，无法说服自己刀锋一样锐利、容不得丝毫误差的眼睛。伊尔莎在柏林和佩纳明德之间度过的这些年错综复杂、纠缠不清，整个德国都是一片混乱，已经理不出一个确定的脉络了。在这个国家无比庞杂的机构中，某个部门给他强加上一个什么怪癖，一丝不苟地存了档——即便他能感觉到，也无法去证实。纳粹党为每一个政府部门都设了一套副本。这些委员会分裂，再合并，再自动产生，然后消失。没有人会看其他任何人的档案——

实际上，他甚至都不清楚自己已经做了选择。但是，在那个弥漫着夏日味道的房间里，蚊虫嘤嘤嗡嗡，没有人开灯，她圆圆的草帽放在床单上，像一轮柔柔的月亮。外面，黑暗里，摩天轮上的灯从容不迫地、一遍又一遍地倾洒着红色和绿色的光，一群男生在大街上唱着前代的老歌，在这个丢失了原则，被残忍糟蹋的时代之前的歌——好，好哇！为时间加油吧！——珀克勒在下棋的时候明白了，至少棋盘、棋子和棋形都越来越清楚地告诉他，她一定是伊尔莎——确实是他的孩子，确实像他生出来的孩子。这一刻才是孕育真正发生的时刻：时隔多年，他终于成了她的父亲。

剩下的日子里，他们在十二子乐园到处闲逛，一直手拉着手。高高的灯柱顶端是大象的脑袋，象鼻挑着一只只灯笼，摇摇晃晃地为他们照路……他们站在蛛足般细长的桥上，向下看雪豹、猿猴、鬣狗……他们沿着微型铁轨散步，在钢网做成的恐龙那皱巴巴的、管子般的腿间站立。他们走到了那块非洲沙漠：在那儿，每隔两个小时整，奸诈的土著就要袭击冯·特罗塔将军手下的蓝衣勇士营地，所有的角色都由兴致勃勃的男孩子扮演，这是各个年龄段孩子都喜欢的爱国剧……头顶上，巨大的摩天轮光溜溜地立在那儿，一点风度都没有，它的使命很明确——把孩子们举起来，让他们害怕……

他们的最后一晚——不过他当时并不知道，他们和以前一样突然就无声无息地把她带走了——他们又一回站着看那些企鹅标本和假雪，人造极光在周围忽明忽暗、闪烁不定。

“明年，”他攥紧了她的手，“如果你喜欢，我们还来这儿。”

“好啊，爸爸。每年都来。”

第二天她走了，被带回那场即将到来的战争中，留下珀克勒独自一人待在孩子的王国里，最终还是回到了佩纳明德……

这样已经六年了。一年一个女儿，每个都比前一个差不多大一岁，每次几乎都是从头开始。唯一具有连续性的是她的名字、十二子乐园，还有珀克勒的爱——这种爱有点儿像视觉滞后，因为他们以此为他制造了女儿的动态图像，只让他看到她夏天的局部，让他自己建构整个孩子的幻象……时间长短有什么要紧？管它间隔二十四分之一秒还是间隔一年呢（工程师想，大不了就像在风洞①里，或示波器里，那个旋转鼓你可

① 风洞：一种研究物体空气动力特性的试验装置。空气以可控的速度打入装置，以研究机翼、比例模型或其他物体周围空气动力流动的效果。

以随意控制快慢……）！

晚上，佩纳明德的风洞外，珀克勒站在那儿，站在那个四十英尺高的巨大球体边，听着气泵隆隆运转，把空气从白色的球体中抽出，五分钟的时间，球体渐渐抽空——最后那一下煞是惊人：二十秒钟的超音速气流……接着气闸落下，气泵又开动起来……他边听边想：这不是在暗示自己，被隔离的爱也和这个循环一样吗？一年时间渐渐放空，只为八月的那两个星期——其设计之精心，堪与气泵相媲美呀！他和魏斯曼少校一同微笑、干杯、讲营地里的笑话，而同时，在音乐和笑声背后，他可以听到棋子化作血肉之躯，在冬天的暗夜里穿过棋盘上的沼泽和山脉……看了一轮又一轮火箭半模型在风洞里的测试结果，得出了几百个不同的马赫数，结果显示出净法向力在火箭身长上的分布特点——看到了扭曲变形的漫画版火箭的真实面容：蜡做的火箭，在二号口海豚般弓起，脖子向下伸向尾巴，尾巴则被向上拉起，达到不可思议的高度，后面的肩膀却相对低了下去——看到自己的脸被标绘在图表上，不是按照光线的明暗，而是按照穿过帝国、高压统治和爱的气流时脸上所承受的净力……他知道，这张脸必将遭受同样的蜕变过程，因为死亡会把一张脸扭曲成骷髅……

一九四三年，珀克勒因为去十二子乐园度假，躲过了英军对佩纳明德的空袭。回到火箭试验场，看到特拉森灌木林的“外籍工人”营房被夷为平地、炸得稀烂，从废墟里还在往外拖尸体，他心中立刻升起一团挥之不去的疑云。出于某种原因，为了某种独特的命运，魏斯曼救了他。这个人不知怎的竟然知道英国人那天晚上会空袭，一九三九年就知道了。于是，他安排了八月休假这个惯例，一年又一年，就是为了让珀克勒免于这可怕的一晚。不怎么合理……有点儿太多疑了，是啊，是啊……可是这个想法在脑子里不停地嘤嘤作响，他感到自己变得浑身僵冷。

烟雾从土里袅袅渗出。从海的方向吹来一缕微风，烧焦的树便在眼前轰然倒下了。每一脚下去都粉尘飞扬，衣服变成了白的，脸灰扑扑的像戴了面具。越往半岛里走，破坏越少。死亡人数和破坏程度从南向北呈现出奇怪的梯度分布，最贫困的和最无助的人群受灾最重——这倒真像一年之后火箭落到伦敦时的情形，破坏也是由东向西递减。大部分伤亡都是“外国工人”——这个词被用来婉称那些从德占国弄来的平民俘虏。风洞和测量室都纹丝未动，预制车间也只是轻微受损。未能幸免的专家楼外，尚未蒸发的晨雾中，可以看到幢幢人影，珀克勒的同事们在啤酒桶里洗漱，因为水还没有来。他们瞪着珀克勒，很多人都没能掩住脸上的谴责神情。

“要是我也能躲过就好了。”

“蒂尔博士死了。”

“仙境怎么样啊，珀克勒？”

“很抱歉，”他说。这不是他的错。其他人一言不发：有些人看着，有些人还未从晚上的惊骇中恢复过来。

这时蒙道根出现了。“我们累惨了。你能不能跟我去预制车间？好多东西得整理出来，我们缺人手。”他们拖着两条腿小心翼翼地向前滑，两个人都包在灰团里。“太可怕了，”蒙道根说，“大家都挺紧张。”

“听他们的口气，好像是我干的。”

“你感觉内疚了？因为你不在场？”

“我只是奇怪我怎么不在。仅此而已。”

“因为你在十二子乐园，”他像是洞察了天机，“别把事情想得那么复杂。”

他试着不去想复杂。这本来就是魏斯曼的事，是吧。魏斯曼是个虐待狂，他负责构想新的游戏花样，把它弄得残酷到极点，黑色的蜡烛闪闪烁烁，珀克勒被分解成神经、血管和肌腱，大脑里每一条终极沟回都被碾平，无处可逃，整个都是主人的财产……那一刻他才能认清自己……珀克勒可以感觉到面前的东西一直在等着他：一个从未见过的房间，一场无法提前记住的仪式……

有过几场虚惊。冬天在布利日纳进行系列试验[①]时，珀克勒有一次几

① 德军一九四三年十一月开始在波兰西部布利日纳进行A4火箭实地发射试验，一直持续到一九四四年春天。

乎很肯定地预感到了要出事。他们向东搬入波兰，在陆上进行发射。佩纳明德的发射都落到了海里，没有办法观察 A4 重返大气层的情况。布利日纳几乎是党卫军独立进行的项目，是陆军少将卡姆勒负责的帝国大厦的一部分。当时有个问题让人十分头疼：火箭到达弹道末端时会在空中自行爆炸，到达目标前就炸成了碎片。人人都有一个说法。可能是液氧罐的压力过大。也可能因为火箭下降时减轻了十吨的燃料和氧化剂，重力中心的转移使它不稳定。或者可能是酒精罐的绝缘层出了问题，由于某种不明原因导致剩余燃料在重返大气层时发生燃烧。珀克勒就是因为这个才来到这里的。此时他已不在推进组，甚至不是设计人员了——他到了材料办公室，采购各种绝缘、减震、密封用的塑料——都是些让人兴奋的东西。去布利日纳的命令很奇怪，应该是魏斯曼干的——那天得出这个结论的时候，珀克勒正坐在波兰的草坪上，正好是火箭后来落下的地方。

周围几英里都是绿色的黑麦和低矮的山峦。珀克勒在萨尔纳基目标地区的一条小沟旁等待着，和大家一样把双筒望远镜向南对准布利日纳方向。十字准线里蕴藏的是期待。刚抽穗的黑麦正在开花，在风儿的轻拂中优雅地小睡……向下望望这片乡村，视线穿过火箭射程可及的数英里晨野：森林绿得深深浅浅，波兰的农舍或白色或棕色，黑色的河流如鳗鲡般蜿蜒而过，拐弯处阳光点点……而在这儿，在正中心，在这个神圣的 X 标记处，珀克勒被钉死在十字架上，乍一眼看不出来，可是再过一会儿……瞧，火箭下降的冲力逐渐加大，看得也越来越清晰了——

可是他怎么能相信这一切呢？昆虫在哀鸣，太阳几乎是温暖的。他久久凝视着红色的土地，凝视着千千万万正在盛开的花朵，微微有些恍惚起来：他只穿了一件衬衣，瘦骨嶙峋的膝盖向上支棱着，灰西装外套好几年没熨了，皱巴巴地塞在屁股底下隔挡露水。跟他同来的其他人星星点点地分散在零号场地，像无忧无虑的纳粹金凤花。双筒望远镜拴着石板色的马皮带子，吊在脖子上晃来晃去。阿斯卡尼亚装置组人员正围着设备忙得不可开交。一个党卫军联络员（魏斯曼不在这儿）不停地看表，然后看天，然后再看表，那块水晶一闪一闪的，形成一圈珍珠虹彩，将时间和如絮的天空连在了一起。

珀克勒搔了搔灰不溜秋的、已经四十八小时没刮的胡子，咬了咬皲裂严重的嘴唇。他冬末的大部分时间似乎都是在室外度过的，所以也长成了一副冬天的样子。多年来，他的眼睛周围已生出了一堆要命的东西：毛细血管迸裂、黑眼圈、皱纹、鱼尾纹——在这样的土地上，只有年轻穷苦时那双单纯、坦率的眼睛依然如故……不。即便那时候，这双眼睛里也有一样东西，被别人看到了，知道有利用价值，也找到了利用之法。珀克勒自己却没看到。他这辈子花了不少时间看镜子。他真的应该记得……

空中爆炸如果发生，那也是在视野可及的。提取、计算、模型都不错，可是当大家真的开始干、都在寻找解决办法时，你是这么做的：你走过去，正好坐在目标区，周围是浅浅的没有多大用处的掩蔽壕沟，你看着它最后几秒安静的火焰，看到了你应该看到的。当然，精确命中的可能性接近于零，因此在目标区中央是最安全的。火箭应该和炮弹一样，在目标区周围呈巨大的椭圆形扩散——不定性椭圆。可是，尽管珀克勒和其他科学家一样相信不确定性，他还是感觉这儿不太安全。毕竟，自己屁股上颤抖的括约肌正好在地面零点中心。这不只是弹道学问题。还牵扯到魏斯曼。跟珀克勒一样了解绝缘的化学家和材料人员多的是……为什么偏偏选了他，除非……他大脑的某个地方，两个焦点扫到一起，变成了一个……零椭圆……一个点……一个活体弹头，秘密装上的，其他人都有特殊的掩体……是啊他想要的就是这个……所有导航的偏差凑到一起，结果弄出个十全十美的发射，正好落到了珀克勒头上……啊哈，魏斯曼，你这最后一招可不够漂亮啊——不过，一直以来都没有观众，没有法官，谁说过结果不会这么残忍？种种猜疑一股脑儿涌上来，一直淹到头皮和太阳穴。他可能拉到裤子里了，不好说。脖子上的青筋突突地跳。手脚生疼。黑衣金发的监督者在一旁监视，他们的金属勋章闪闪发亮。初升的太阳悬在低矮的山坡上。所有的望远镜都盯着南边。火箭已在路上，一切都无法改变了。这儿没有其他人在乎这一刻最深处的秘密，也就是终极的秘密：理性的年代太长了。文件已经堆得太高太远。

珀克勒不大善于将完美牺牲的梦想和自己与生俱来的务实愿望相统一，也看不出这两者具有统一的可能性。毕竟，A4必须尽快出来，失败率必须降下来，这就是那些人在这儿的目的。如果今天早晨在波兰草地上大家的视力都出了问题，如果所有的人，甚至是神经最过敏的人，都无法看到规定要求之外的东西，那么就可以肯定，这种情况不只限于此一刻、此一地。大家的眼睛都紧贴在黑色双筒望远镜上，翘首期待着今天的“扭扭捏捏的处女”（诙谐的火箭专家们如此称呼自己的问题火箭）发生爆炸……他们也好搞清楚是哪个部位出了问题，前面还是后面，或是水汽尾迹的形状、爆炸的声音。只要有助于进步就行……

据记载，那天在萨尔纳基，火箭落下时照例发生了双重爆炸，蓝空中留下一道白色凝雾：又一次过早爆炸。钢片在距离零点一百英尺处落下，冰雹般扫进麦地。珀克勒与其他人一样目睹了爆炸。此后再也没给他指派过任务。他站起身，伸伸腰腿，和别人慢慢离去。魏斯曼冷眼旁观。他会得到珀克勒的报告的。花样翻新的折磨就要开始了。

虽然珀克勒的生活没有记录，但在他的灵魂里，在他可怜的饱受折磨的德国灵魂里，时间被拉长了、减慢了：那个发射完美的火箭依然在空中，依然在降落。他依然在等待——即使现在，也还是孤身一人在十二子乐园等待“伊尔莎”，等待夏天回来，等待随之而来的那一声出其不意的爆炸……

春天，当佩纳明德的风儿转向西南，第一批鸟儿返回时，珀克勒被调到位于北豪森哈茨山脉的地下工厂。英国空袭后，佩纳明德的工作开始减少。现在的计划——又是卡姆勒的——是将测试和生产分散到德国各地，以避免盟军再一次的而且可能致命的袭击。珀克勒在中心工厂的任务还是老一套：材料、采购。他睡觉的铺位旁边是一堵炸过的石墙，漆成白色，头顶一盏灯泡整晚亮着。他梦见那个灯泡是魏斯曼的一个代表，明亮的灯丝是他的灵魂。在梦里，他们进行长时间的对话，内容珀克勒从来都记不住。灯泡仔细向他解释这个阴谋——比珀克勒所能想象的更为规模宏大、势不可当。似乎很多个夜晚都只有音乐，他的意识在声音的起伏中四处游走、走投无路。他机警而顺从，他知道安全是暂时的、岌岌可危的，是不会长久的。

这时，有传言说魏斯曼和他的“怪物”恩赞之间渐渐疏远了。当时，黑人支队已经脱离了党卫军管制，而党卫军本身也已从德国军队中脱离出来。他们的威力现在不在于武器，而在于信息和专业技术。珀克勒听说魏斯曼有麻烦了，很高兴，但是不知道如何善加利用。去北豪森的命令下达后，他有过短暂的绝望。游戏就此中止了？他可能再也见不到伊尔莎了。这时候一个便条送了过来，要他去魏斯曼办公室报到。

魏斯曼鬓角的头发染上了银白，乱蓬蓬的。珀克勒看到，他眼镜的一条腿是用一个回形针勾住的。桌子上凌乱地堆着文件、报告，还有参考书。看到他不是穷凶极恶，而是像承受压力的公务员，一副饱受困扰的样子，珀克勒反倒着实吃了一惊。他的眼睛在朝珀克勒这边看，镜片却把视线扭曲了。

“你知道，这次调到北豪森是自愿的。”

珀克勒明白了：游戏还在继续。他松了口气，有两秒钟甚至真的爱上了他的保护人。“是去做新的工作。”

“是吗？”半是挑衅，半是好奇。

“生产。我们这边一直做的是研发。对我们而言，火箭与其说是一种武器，倒不如说是个‘飞行实验室’，蒂尔博士以前就这样说过——”

“你想念蒂尔博士吗？”

“是的。他不在我那个部门。我不是很了解他。”

“很遗憾他没能躲得过空袭。我们都在不定性椭圆里移动，对吧？”

珀克勒看了一眼凌乱的桌子，非常快地看了一眼，可以认为是紧张，也可以认为是报复——魏斯曼，你自己的椭圆好像挺不错嘛——“哦，我一般顾不上担心。反正中心工厂在地下。”

“战术性场地不会在地下。”

“你认为我可能会被派到——”

魏斯曼耸耸肩，给珀克勒一个灿烂的假笑。“亲爱的珀克勒，谁能预料你的去向呢？咱们看事情的进展再说吧。”

后来，在占领区，自责成了看得见的东西，像过敏一样，刺戳着珀克勒的眼球和眼膜。他开始意识到，即使在那天去魏斯曼办公室之前，自己也不可能对事情的真相一无所知。他已经感觉到了真相，却任由所有的证据归错文档，放在不会烦他的地方。他什么都清楚，却放弃了一个有可能救赎自己的行为。他本该把魏斯曼掐死在他坐的地方——当时，魏斯曼那满是皱皮的、瘦了吧唧的脖子和喉结在他的手掌下滑动，厚厚的眼镜滑掉了，蒙眬的小眼睛迷迷糊糊地、无助地看着自己最终的毁灭者……

珀克勒的茫然不无好处。他知道北豪森和多拉集中营：他可以看得见——外国囚犯瘦骨嶙峋的身体，他们的眼睛；早晨四点钟，在刺骨的寒冷和黑暗里，几千人穿着条纹制服踉跄而行，向工地挪去。他也早就知道，伊尔莎一直关在劳教营里。不过，把这两个数据最终联系在一起，却是八月里的事情了。当时，休假条像往常一样，装在空白牛皮纸信封里送了过来。珀克勒向北走了几公里——德国变得灰蒙蒙的，已经认不出来了：弹痕累累、疮痍满目。他穿过战时的村庄和多雨的紫色石楠丛，最后找到了等在十二子乐园酒店大堂的伊尔莎。她的眼中有着同样的一无所知——他怎么到现在才注意到她泪水盈盈、盛满痛苦的眼窝？几个月来，在铁丝网也就是墙的那一边，她爸爸忠实地干着枯燥乏味的工作，她却被关在只几米之遥的地方，挨打，也许还被强暴……如果他一定要诅咒魏斯曼的话，那他也必须诅咒自己：魏斯曼的手段固然残忍，自己工程技术的高超却有过之而无不及——自己利用代达罗斯[①]赐予的天分，审时度势地制造出一系列迷宫，恰到好处地把自己和照顾家人的不便隔离开来。他们已经把方便卖给了他，很多很多，都是赊账的，现在他们开始要账了。

虽然有点迟了，他还是试着让自己承受应该感受的痛苦。他开始盘问她。她知道营地的名字吗？知道，伊尔莎证实了——也许是照吩咐回答了——是多拉。她离开的头天晚上看到了一场绞刑。是晚上执行的。他想听这个吗？他想听这个吗……

① 代达罗斯：希腊神话中的建筑师和雕刻家，曾为克里特国王建造迷宫。

她很饿。开始的几天都用来吃东西了，十二子乐园卖什么他们就吃什么。吃的东西比去年更少了，也更贵了。但童真的领地还是享有很大的特权，所以东西还是有的。

不过今年没有那么多孩子了。珀克勒和伊尔莎几乎在专用整个乐园。摩天轮和其他大部分骑着玩的设施都一动不动地摆在那里。一个孩子保安告诉他们，这是因为汽油匮乏。德国空军的飞机从头顶隆隆飞过。几乎每天晚上都有震耳欲聋的警报声。他们看着探照灯在维斯马[①]和吕贝克射来射去，有时还听到炸弹的声音。珀克勒在这个梦的世界里、在这个谎言里做什么呢？他的国家行将受戮于来自东边和西边的侵略者们：在北豪森，第一批火箭即将进入实战，早在和平时期就开始的工程预言即将实现，随之而来的还有空前高涨的歇斯底里。他们为什么在这个关键时刻放珀克勒出来？这些日子还有谁能拿到休假通知？伊尔莎在这儿做什么呢？她现在应该过了听童话故事的年纪吧！她开始挺起的乳房在裙子下清晰可见，眼神近乎空洞，偶尔转向男孩子，也并非真有兴趣。这些男孩注定要参加 Volkssturm（人民卫队），他们也都长大了，对她也不再感兴趣。他们梦想的是军令，是惊天动地的爆炸和死亡——即使看到她，也只是斜瞥一眼，鬼鬼的……*她父亲会驯服她的……她的牙齿会咬住那一根棒子的*……有一天，我会有一群供我享用的……不过首先得找到头儿……在战场上的某个地方……他们必须先把我从这个小地方弄出去……

那是谁，刚才过去的那个——那个细瘦的男孩[②]，刚从她身前忽闪过去，头发那么黄，皮肤那么白，消失在渐渐占据十二子乐园的热浪里？她有没有看到他，她认出他是自己的第二个影子了吗？她被怀上是因为爸爸看了一部叫《梦魇》的电影后勃起了。珀克勒只是欲火中烧地盯着屏幕，根本领会不了导演的匠心——将诺斯替教[③]象征主义巧妙运用于照明技术，设计了两个影子，一个是该隐的，一个是亚伯的。可是伊尔莎，

---

① 位于原民主德国罗斯托克区。

② 这个男孩是戈特弗里德。

③ 诺斯替教：一种融合多种信仰，把神学和哲学结合在一起的秘传宗教，强调只有领悟神秘的“诺斯”，即真知，才能使灵魂得救，公元一至三世纪流行于地中海东部各地。

这个伊尔莎，在她的电影妈妈结束之后，却活了下来，于是影子有了影子。占领区里，一切都在古老的天命下、在该隐的光影下运行，这并不是因为有什么稀罕的冯·高尔主义，而是因为在电影之外，这种双重照明一直存在，只不过作假骗人的电影制片商适逢其会，是当时唯一注意并使用它的人，尽管不论当时还是现在，他都完全没有意识到自己给整个国家观众呈现的是什么……于是，那个夏天，伊尔莎与她自己擦肩而过——她太专注于脑海里某个没有影子的中午了，因而没有注意（或者说在乎）这次交会。

这次，她和珀克勒几乎不说话：这是他们一起度过的最沉默的假期。她闷闷地走着，垂下头，头发遮住脸颊，棕色的腿踢着清洁队因人手不够而尚未捡走的垃圾。是到了不说话的年龄，还是不愿再奉命和一个上了年纪的、乏味的工程师待在一起，待在一个自己几年前就开始厌倦的地方？

“你并不真的想来这儿，是吧？”他们坐在一条脏污的小溪旁，向鸭子扔面包。珀克勒的胃被代用咖啡和腐肉搞得很不舒服，头在隐隐作痛。

“不管是这儿还是劳教营，”她的脸倔强地扭到一边，“我哪儿都不想待。无所谓。”

“伊尔莎。”

“你喜欢这儿吗？你想回到你的山体里去吗？你跟那些精灵们说话吗，弗朗茨？”

“不，我不喜欢我待的地方，”——*弗朗茨？*——“可是我得，我得工作……”

“是啊，我也是。我的工作是做一名囚犯。我是职业犯人。我知道怎么讨人欢心，从谁那儿偷东西，怎么通风报信，怎么——”

这话她张嘴就来……“好了——伊尔莎，你*闭嘴*——”这次珀克勒歇斯底里了，真的打了她一耳光。鸭子们被这一声脆响吓了一跳，向后转，蹒跚着离去了。伊尔莎回头瞪着他，没有眼泪，那双眼睛一间屋一间屋地把战前一座老房子的影子串起来——在那儿他可以徘徊多年，听到声音，找到门，找到自己，找到他或许曾经有过的生活……他无法忍受她的冷漠，几乎要失控了。于是他采取了勇敢的举动。他退出游戏。

“如果你明年不想回来，”尽管“明年”在当时的德国实在毫无意义，“就没必要回来了。这次你不来会更好。”

她立刻明白了他的伎俩。她抬起一只膝盖，把前额靠上去想了一会儿。“我会回来的。”她很安静地说。

“你会？”

“是啊。真的。”

听了这话，他真的失控了，失去了所有的控制。长期的孤独、隔绝旋风般地吞没了他，他剧烈地哆嗦着。他哭了。她抓住他的手。鸭子们浮在水面，看着他们。曚昽的日光下，海水渐渐变凉。城里什么地方有一台手风琴在演奏。日渐衰坏的神秘雕像后，很远的地方，刑期已定的孩子们在互相大声喊话。夏天结束了。

回到中心工厂，他试着，不断地试着进入多拉集中营找伊尔莎。魏斯曼的事就放到一边吧。这个党卫军每次都彬彬有礼、善解人意，但又绝不通融。

目前的工作量令人难以置信。珀克勒一天睡不到两个小时的觉。战争的消息到山底下就只剩些传言了。他们能感觉到的就是物资匮乏了。采购的原则一直是“脚踏三只船”——同一个部件要有三个可能的货源，以防其中一个被毁。根据某样东西没能从哪儿送来，或迟了多久，就可以知道哪些工厂被炸、哪些铁路线被掐断了。到了最后，很多部件都得尝试就地制造了。

珀克勒有时间思考了，魏斯曼却渐渐沉默起来，越来越神秘莫测。为了挑衅，或是挑起魏斯曼的记忆，珀克勒特意跑到福施纳上校的安全支队向军官们打听消息。他们没有一个人不把珀克勒看成是讨厌虫。他们听到传言，说魏斯曼已经不在这儿，而是在荷兰，率领着他自己的火箭连。恩赞和不少黑人支队的主要成员已经不见了。珀克勒越来越肯定，游戏这次真的结束了，战争已经把他们全部抓住，排定了新的生死顺序，没有闲情去折磨一个小工程师了。他可以松弛一下，每天做完例行公事，就等待结局。他甚至奢望多拉的几千人很快会放出来，其中就有伊尔莎，一个可以接受的伊尔莎……

然而，春天的时候他又见到了魏斯曼。他正做着一个梦，梦见温柔的十二子乐园，同时也是北豪森，一个生产玩具登月火箭的精灵之城。醒来时，魏斯曼的脸就在床边看着他。他好像老了十岁，珀克勒差点没认出来。

“没有多少时间了，”魏斯曼轻声说着，“跟我来。”

他们穿过隧道里白色、无眠的忙碌人群，魏斯曼走得缓慢而僵硬，两个人都不说话。一间办公室里，还有六个人在等着，另有党卫军和保安处[1]的一些人。“我们已经得到了你们组的同意，”魏斯曼说，“让你做一个特殊项目。我们最大限度保证你们的安全。你们单独住，单独吃，不能跟这个屋子之外的任何人说话。”他们互相打量。全都是生面孔。又回过头看魏斯曼。

魏斯曼想改动其中一枚火箭，只改动一枚。火箭的序列号已经除去，漆上了五个零。珀克勒恍然大悟：这就是魏斯曼一直留着自己的原因，这就是自己的“特殊命运”。他觉得有些莫名其妙：他受命给火箭的推进部分设计一个塑料整流罩，对尺寸和绝缘性都有特定要求。推进组的工程师是项目里最忙的，要将蒸汽和燃料管改道，还要做部件重组。谁也没见过新装置的真面目，小道消息说正在别处制造，因为牵涉到一个高级机密，得了个绰号叫“黑色装置”。连重量都是机密。不到两周，工作即告完成。于是，这个“Vorrichtung für die Isolierung（为隔离而做的装置）”就开赴实地了。珀克勒返回原单位，向以前的主管报到。一切照旧。再也没有见到魏斯曼。

四月的第一周，因为美军随时可能开到，大部分工程师都在收拾行李、收集同事的地址，喝告别酒，在人迹渐渐消失的海湾上徜徉。空气中弥漫着毕业离校般的气氛，忍不住用口哨吹起《尽情欢乐》[2]这首歌。

---

① 纳粹的安全情报机构，德语为 Sicherheitsdienst，简称 SD。

② 原文为德语，可能是现存最早的学生歌曲，据说来源于十三世纪的巴黎大学，十八世纪成为德国大学最流行的歌曲，第一句即为“快乐吧，只要我们还年轻！”。

突然之间，隐居生活行将告结。

一个年轻的党卫军（最后离开者之一）在满是灰尘的自助餐厅里找到珀克勒，递给他一个信封，然后一声不吭地走了。照例是那个休假条，现在政府命在旦夕，也就作废了——还有一张去十二子乐园的通行证。在日期位置，有人写了“敌对状态结束之后”几个字，字迹几乎无法辨认。背面是同一字体（魏斯曼的？）写的短信：她已被释放，会在那儿见你。他明白，这是改造 00000 火箭的酬劳。魏斯曼养兵千日，就是为了储备一个能够用于一时的塑胶侠？

最后一天，珀克勒走出主隧道南端。到处都是卡车，发动机挂着空挡，春天的空气里荡漾着告别的味道，山边高大的树木在阳光照耀下蓊蓊郁郁的。珀克勒进入多拉时，卫队长不在岗上。他不是在找伊尔莎，或者说不完全是在找她。他可能就是想最后看看。临时打的主意。他心里没底。有数据，没错，可就是没底，心里没底，理智中也没底。

粪便、死亡、汗水、疾病、霉菌、小便，臭不可闻。多拉的气息扑面而来，包围了悄悄进去的他。美国人快来了，那些尸体被一丝不挂地拖出来，堆到火葬场前面，男尸的阳物耷拉着，脚趾缩在一起，白白的、圆圆的，像珍珠……每一张脸都是那么完美，那么独特，嘴唇向两边拉成死亡的笑容——全都是沉默的听众，在听到笑话里最精彩的那一句时中了招……而活着的人，一张草席子上挤着十个，没用的家伙们，在哀哭、咳嗽……他所有的真空和迷宫都是这一切的对立面。只要他活着，不停地在纸上画记号，这个看不见的王国就一直存在，存在于外面的黑暗中……一直如此……珀克勒吐了。他哭了一会儿。墙并没有溶化——没有哪座监狱的墙会溶化，不会溶化于眼泪，也不会溶化于他的发现：每一块木板上、每一间牢房里的每一张脸其实他都认识，都珍惜如己，所以他不能让他们归于那样的寂静……可他又能如何呢？他如何留得住他们呢？无能正是痛苦的镜像，折磨得他好生悲惨，犹如逃亡者的心脏，狂跳不已，精疲力竭，无暇义愤填膺，无暇回头再来……

在光线最暗、臭味最浓的地方，珀克勒看到一个女人躺在地上，无意间碰到的一个女人。他坐了半个小时，握着她骨瘦如柴的手。她在呼吸。离开前，他取下自己的结婚金戒指，戴到女人细细的手指上，为了不让戒指滑落，只能把她的手指弯曲起来。要是她能活下来，这个戒指或许够她吃几顿饭，或买条毯子，或找个宿处，或坐车回家……

◆ ◆ ◆ ◆ ◆

回到柏林，一场恐怖的雷雨正席卷全城。玛格丽塔把斯洛索普带到运河边俄占区一栋摇摇晃晃的房子里。门口守着一辆烧毁的孟加拉虎王坦克[1]。坦克的油漆烧掉了，踏板从驱动轮上炸下来，已经面目全非，毁废的八十八毫米巨炮垂下来，对准灰色的河面，在雨水中发出嗞嗞声，不断坏蚀着。

里面，蝙蝠在椽子上做了窝，支离破碎的残床带着一股霉味，光光的木地板上满是碎玻璃和蝙蝠屎，窗子用木板堵住，只剩下给炉灶通风的地方，因为烟囱已经掉下来了。摇椅上放着一件鼹鼠皮外套，像一朵灰褐色云彩。地板上很久以前某个画家留下的颜料依稀可辨，像泼在地上的皱纹，年深日久的品红、橘黄、铁青，是那些已不知下落的画作背面影迹的变形。后面的角落里挂着一面黯淡无光的镜子，镜框上画满白色的花鸟。镜子里照出了玛格丽塔和斯洛索普，还有门外的雨。部分屋顶在虎王"死"的时候被掀走了，现在用湿答答、脏兮兮的广告纸板遮着，上面一律是同一个穿着斗篷、戴着宽檐帽的人物，传奇故事《敌人在倾听》里的那个。水从五六个地方滴下来。

玛格丽塔点上煤油灯。几抹黄色使雨天温暖起来。斯洛索普在炉子里生起了火，玛格丽塔则猫着腰进了地下室。原来那儿藏了一大堆土豆！老天，斯洛索普已经好几个月没见着土豆了。还有一袋子洋葱，甚至还有酒。她做了饭，两个人坐下来把那些土豆饕餮一番。后来，他们脱了衣服，也不说话，只是不停地欢爱，直到睡着。几个小时后，斯洛索普醒过来，躺在那儿想自己的出路。

---

① 孟加拉虎王坦克是最大的德国坦克，上面大炮的口径是八十八毫米。

对，雨一停就去找那个酸爷·巴摩，把他的大麻给他。可是然后呢？斯洛索普对黑色装置和雅夫/仿聚合体之谜已经陌生了。他有一阵子没去想这些了。嗯，那是什么时候呢？那天他和酸爷坐在咖啡馆里，抽着大麻烟卷……哦，那是前天，对不对？雨滴下来，渗进地板里，斯洛索普觉得自己神经都快错乱了。如果说得了多疑症还有什么安慰的话（如果愿意，也可以是宗教上的安慰），那就是认为一切事物间毫无联系的反多疑症，不过能够长久忍耐反多疑症的人也为数不多。唉，现下斯洛索普就觉得自己正滑入生命周期里的反多疑症阶段，觉得身边整个城市都和他一样，回归到一种没有屋顶、脆弱不堪、无所依托的状态。如今，在他和湿漉漉的天空之间只剩下纸板上敌人在倾听的形象了。

要么是"他们"出于某种原因把他弄到了这儿，要么是他自己来到了这儿。他似乎觉得，自己未必想知道其中的原因……

半夜雨停了。他离开玛格丽塔，在寒冷的城市里悄然前行，身上带着五公斤大麻，齐切林抢去的那一公斤就算在自己头上了。俄国兵在宿舍里唱歌，手风琴饱含辛酸的乐声在伴奏。酒鬼们不知从哪里突然冒出来，醉醺醺地在鹅卵石巷子中间的凹槽里撒尿。泥浆如肉，糊满了好几条街。炮弹留下的弹坑里积满了雨水，在值午夜班的工作队清扫残骸的灯光下微微闪烁。破烂的彼得麦式椅子，落单的靴子，钢制的镜架，狗项圈——眼睛看着蜿蜒小径的边缘寻找标记，寻找路标——酒塞，支离破碎的扫帚，丢了一只轮子的自行车，扔掉的 *Tägliche Rundschau*（《每日评论报》），很久以前用氰化亚铁染成蓝色的玉髓球形门把手，零散的钢琴键（都是白色的，确切地说是 B 的八度音阶，也就是德语术语里 H 的八度音阶，是废弃的洛克里斯式音符），某个标本动物身上掉下来的黑色和琥珀色的眼睛……乱七八糟的夜啊。狗儿们被吓得战战兢兢，贴着墙角在跑，墙头则参差破碎得像发烧时的体温表。有一分钟的时间，某处的煤气管裂口竟幻化出死亡和雨后的气味。几列黑乎乎的窗洞，沿着里面已经空空如也的公寓楼高高地排列而上。大块的混凝土被弯得像意大利面条似的钢筋举在半空，即便轻轻路过，那巨大的一整团都会在头顶颤颤巍巍，险象环生……夜的守护神那张假惺惺的脸，躲在不动声色的眼睛和微笑后面，苍白地盘绕在城市上空，哼着嘶哑的催眠曲。那些年轻人就是这样度过通货膨胀时期的，在黑色的冬天里独自待在街上，无处可去。姑娘们坐在门口的台阶上，或是就着河边的灯光坐在板凳上，等生意等到很晚，可小伙子们只能缩着垫得太厚的肩膀，落寞而过。钱与可以买的东西没有关系了，肿了，在皮夹子里生了纸癌……

芝加哥酒吧外面由他们的两个孩子守着，穿着乔治·拉夫特[①]套装，尺码太大了，还要再长很多才能撑得起来。有一个在不停地咳嗽，一阵阵痉挛着，不加控制地往死里咳。另一个舔着嘴唇，盯着斯洛索普。两个都带着枪。斯洛索普提到酸爷·巴摩的名字时，他们摇着头，一起在门前走动。“看，我是给他带包裹来的。”

“不认识。”

“能留个口信吗？”

“他不在这儿。”咳嗽的那个猛扑过来。斯洛索普闪到一边，用披风迅速拂了一下他的脸[②]，伸出脚去把他绊倒了。孩子躺在地上骂骂咧咧，被长长的钥匙链缠得死死的，他的搭档则笨拙地把手伸入被风吹得啪啪作响的上衣，斯洛索普肯定他是在摸枪，便飞起一脚，踢中了睾丸，同时尖声叫道“Fickt nicht mit dem Raketemensch!（别跟火箭人作对！）”，声音有点像在唤“嘘呦——银子”[③]，这样他们就会记住了。他逃进暗影里，逃进一堆堆的木头、石头、尘土之中。

他凭感觉摸索着酸爷那晚带他们走过的路，走着走着就迷路了：有时候来到看不见窗子的迷径间——带刺的铁丝网绞缠着，因为去年五月的死亡风暴曾经来此一游；有时候走进弹痕累累的停车场，在里面半个小时都转不出来，橡胶、润滑油、钢筋和洒出的汽油连绵成片，颇似和平时期的美国垃圾场，一辆辆车瘫在那里，不是仰面朝天就是垂头向地，

---

① 乔治·拉夫特（1895—1980）：美国演员，以扮演目光锐利的强盗、匪徒闻名，1940年代颇受大众欢迎。

② 这是斗牛场里，斗牛士舞动斗篷的引牛动作。

③ 这里斯洛索普是在模仿美国广播公司的广播节目《孤独的守林人》里守林人呼唤他的马“银子”的声音。

竟被烧成了《星期六晚邮报》[1]上那些古怪的棕色面孔，只是没了亲和之感，完全代之以阴险晦气……没错，确实是周六晚上的“邮报”，一点没错：它们是历尽艰难险阻来到这里的信差——它们戴着三角帽，穿越漫长的收税道，穿过榆树林，成为伯克郡的传奇故事，成为在夜之边缘迷路的旅人。它们送来了一个消息。不过，它们的褶皱会消失——当然，你得一直观察，才能发现。它们会变得平滑，变成永恒的面具，言说他们全部的意义，而这些意义全都集聚于表面了。

花了一个小时，才找到酸爷的地下室。不幸的是，里面黑灯瞎火、空空如也。斯洛索普走进去，拉亮灯。看样子，这儿不是遭到袭击，就是打过群架：印刷机不见了，衣服扔得到处都是，而且还是奇装异服，比如有一件柳条做的套装，黄色的柳条套装，沿腋窝、肘部、膝盖和腹股沟都很有意味……哦，哼，好，斯洛索普迅速搜索着自己需要的东西，在鞋子里面找——有些根本算不上鞋子，只是带脚趾的鞋套而已，而且不是缝的，是用一种不怎么叫人舒服的杂色树脂做出来的，像做保龄球用的那种材料……在一片片剥落的墙纸后、在向上卷起的遮光帘上、在劫匪落下的一两张德国马克假币的阴影里，他找了十五分钟，一无所获……而桌上的那个白色物件却一直在阴影里注视着他。他觉得有目光在打量他，费了一番周折总算找到了：一个两英寸高的棋子。一匹白色的马，塑料做的——噢，别—别急，让斯洛索普看看是哪种塑料。天哪！

是马的头骨：眼窝是空的，一直空到底座。其中一个眼窝里有一张卷得紧紧的烟纸，上面是酸爷留的口信。“火箭人！‘老马’先生叫我把这个给你，是他的标志。留着它——他要靠这个找到你。我在雅各比街十二号，三院七号。老样子，俺。我？”“老样子”是约翰·迪林杰惯用的结束语。占领区今年夏天都在用。向人们表明当事人对一些事情的看法……

---

①《星期六晚邮报》：由赛勒斯·柯蒂斯（1850—1933，美国杂志出版商）创办的周刊，诺曼·罗克韦尔等插图画家在其上刊登了大量描绘纯朴可爱的美国人形象的漫画，使该周刊在1940年代相当闻名。

酸爷附了张地图，指明去他那儿的路线。很明显，又是在英占区。斯洛索普嘟囔着出来，在凌晨的泥泞中吃力地往回走。在勃兰登堡门附近，又开始飘起了少许毛毛雨。一扇门被炮弹炸成几大块，依旧躺在大街上，在飘雨的天空下支棱着，斯洛索普轻轻走过时，它沉默如山，面容憔悴。铜雕战车如煤炭般闪闪烁烁，跃马扬鞭却又静止不动。这是三十世纪，装腔作势的火箭人刚刚在这儿登陆，正在巡视这座废墟，一处古欧洲风格的高原沙漠遗迹……

雅各比街及其大部分街区和贫民窟都历经巷战而毫发无损，连砖石里面的重重暗影都毫无影响，任凭日升日落，一如既往。十二号是一整幢廉价公寓，建于大萧条前，五六层还有一个双坡屋顶，五六个后院环环相套——就像恶作剧的礼物，一个盒子套一个盒子，中间却空无一物，只有最后一个空空的院子闻起来还跟几十年前一样，是烹饪、垃圾和小便的味道。哈，哈！

斯洛索普信步走到第一个拱门。街灯把他穿着披风的身影投到前面一连串的拱门上，每个门上都标着一个名称：一院，二院，三院，诸如此类，油漆已经褪色。拱门的形状像中心工厂的入口一样，呈抛物线状，但更像张开的嘴和咽喉，软骨的关节撤到后面等待着，等待着吞咽……嘴上方是两只四方的眼睛，蝉翼纱的眼白，虹膜漆黑，向下瞪着他……它笑着，多年以来从未停过的那副笑容，一种肥腻的、击打式的笑声，像沉重的瓷器在水槽里的水下面滚动碰撞。是那种没头没脑的傻笑，我不就是个又大又老的几何图形嘛，没什么可紧张的，进来吧……可是那种疼痛，二十、二十五年的疼痛，堵在那个长长的喉咙里……被社会抛弃的老贱民，温顺驯良，一心一意要生存下去，等了许多年，等着像斯洛索普这样脆弱的傻瓜送上门来。它笑着、叫着，一切却又静悄悄的……油漆从脸上剥落，这张脸疲惫不堪、满是伤病，长时间奄奄一息，斯洛索普如何能从这样一个精神分裂症患者的喉咙里走下去呢？唉，还不是因为他的保护人——那个无所不能的制片厂让他这样做的。斯洛索普今晚扮演的是少年角色：是什么让他整晚不停地活动，他，还有其他孤独的柏林人？他们只在这夜深人静的时候出来，无所归属，无处可去。

出于“他们”无法解释的需要，在这些毫无生气、人迹罕至的地方保持少量人口当然是出于经济上的原因，不过你知道，可能也有感情上的原因……

酸爷也在活动，不过是在里面，在梦里云游。屋子好像挺大，黑黑的，满是烟草和麻醉品的气味，墙被掀掉了，灰泥的屋脊碎得稀里哗啦，地板上到处是草垫子，其中一张上面一对人儿正安静地分享一支晚烟，另一张上有人鼾声正浓……光可照人的贝森朵夫①皇家音乐会三角钢琴，只穿了一件军衫的特露蒂俯在上面，像绝望的缪斯，光光的长腿伸着。“请上床吧古斯塔夫，天快亮了。”唯一的回答是低音区怒气冲冲的一阵乱弹。酸爷侧躺着，很安静，缩着身子像个孩子。长期以来的经历：从二楼窗子跳下，被片警戴着手套的、女气十足的手搜身；下午，卡尔肖斯特跑道②上闪耀着金色阳光；晚上，大街人行道发出的黑光③漾起微微的细纹，像皮革铺在石头上；丝缎衣裙发出白光；酒吧镜子前玻璃杯摞在一起闪闪发亮，如地铁站入口处没有衬线的U字磁铁一般，流畅地指向天空，要把钢铁的天使（或令人精神振奋，或叫人萎靡投降）拉下来——所有这一切都使睡梦中的这张脸沉浸在城市的历史中，苍老得令人望而生畏……

他的眼睛张开了——最初的瞬间，斯洛索普只是一些带阴影的绿色褶皱和一顶耀眼的头盔，只是些需要合成的光值。然后才出现可爱的点头微笑，一切都好，是，你好啊火箭人，was ist los（怎么了）？这个罪恶深重的老烟鬼终究还是忍不住，马上打开那个杂物袋瞅进去，看看有什么东西，那双眼睛像雪坡上撒尿时冲出来的两个洞。

“我还以为你在贫民窟之类的地方呢。”

酸爷拿了一个小小的摩洛哥烟斗出去，把大大的一块大麻弄平，一边哼着流行的伦巴

① 奥地利钢琴制造厂，弗朗茨·李斯特认为他们的钢琴是唯一经得住他弹奏的三角钢琴。
② 在柏林东南部。
③ 黑光：指紫外线或红外线。黑光使萤光物体发出可见光，用于黑暗中拍照。

摩洛哥这么一小点儿东东，
还真有那么一点儿轰动，

“噢，对了，‘老马’告发了我们的伪造行动。暂时的小问题，你肯定明白。”

“我不明白。你们不应该是铁哥们儿嘛。”

“不真是。他的圈子更高。”挺复杂的，跟美国地中海战区停止使用黄印纸币[1]的事有关，这儿盟军也不愿意接受德国马克。“老马”的收支平衡也有问题，他一直都在大量投机，做英镑买卖，而且……

“可是，”斯洛索普说，“可是，呃，我那一百万马克呢，埃米尔？”

酸爷吸着烟斗边溢出的黄焰：“丢在英国佬找麻烦（铁线莲缠绕）[2]的地方了。”这句话是一八六九年国会委员会调查朱比利·吉姆·菲斯克同杰伊·古尔德阴谋垄断黄金市场一案时吉姆·菲斯克说的，让斯洛索普想起了伯克夏。只这一句话，不需要别的，就让斯洛索普突然意识到酸爷不可能站在坏人一边。不管“他们”是谁，“他们”的游戏就是毁灭，而不是提醒。

“那——我可以把我的东西一盎司一盎司地卖出去，”斯洛索普算了一下，“换占领区纸币。这个挺稳定的，是吧？”

“你没生气，你真的没生气。”

“火箭人可不屑于那一套，埃米尔。”

“我有个惊喜给你。我可以给你搞到你问过的那个黑色装置。”

“你能？”

“‘老马’能。我帮你问过他。”

“别骗我了。真的？天哪，你可真了不起！我怎么才能——”

“一万英镑。”

---

① 黄印纸币：美国在欧洲占领区内发行使用的纸币，因被大量伪造并用于黑市交易，于一九四五年五月禁止流通。

② 原文双关。

斯洛索普满肺的烟都吐了出来。“谢了埃米尔……”他跟酸爷讲述了与齐切林的遭遇，还有见到米基·鲁尼的情景。

“火箭人！太空人！欢迎来到我们的处女星。我们只想和平地待在这儿，好吗？如果你杀了我们，别吃我们。如果你吃了我们，别消化。让我们再从另一头出来，像走私犯大便里的钻石那样……”

“这么说吧，”一下子想起了盖丽很久以前在北豪森给他的情报，“你那位朋友‘老马’有没有说起他近期待在斯维内明德之类的地方？”

“只要你成本费，火箭人。提前付一半。他说，要找出来至少得花那么多。”

“也就是说，他也不知道在哪儿。妈的，他没准给我们都下了套，要了高价，希望有人会傻乎乎地把银子送到他跟前。”

“他一般都能办成。你没遇到什么麻烦吧，嗯，他给你伪造的那个护照？”

“嗯——”哦，哦，哇哦，啊哈，没错，是想问你这个小马科斯·施拉普兹希的事儿——“可是，”可是这时特露蒂已离开钢琴边的古斯塔夫，过来坐下，脸蛋在斯洛索普裤子的绒毛上蹭来蹭去，两条可爱的光腿一起说着悄悄话，头发散落下来，衬衫一半没有扣，酸爷不知什么时候已滚到一边，咕哝着又睡着了。特露蒂和斯洛索普撤到离贝森朵夫钢琴比较远的一张垫子上。斯洛索普坐下来，叹了口气，摘下头盔，任水灵灵的大甜妞特露蒂在他身上折腾。他的关节因为下雨，加上在城里到处走，有些隐隐作痛。他已经半醉了，特露蒂把他吻得无比舒服。这栋房子对外开放，任何感觉或器官都无法得到特别优待，都是平等对待的……可能这是斯洛索普今生第一次感觉到自然勃起，其实也没什么，因为这好像跟那东西关系不大，倒是跟……哦天哪，真是太难为情了……好吧，实话实说吧，他的鼻子好像在勃起，黏液开始流了出来，是的，是鼻子在勃起，特露蒂肯定确实注意到了，可她能有什么办法呢？可是……她的嘴唇滑过他悸动的鼻部，将长长的炽热的舌送进他的一只鼻孔……他可以感到每一个粉红的味蕾，这时她更进一步深入，推开前庭的中隔和鼻毛，先是放头，然后是肩膀和……好的，她身体的一半已经进去了，还是——她弯起膝盖，以鼻毛做手脚的支点慢慢蠕动，终于可以站在宽敞的红色大厅里，灯火嫣然，看不到真正的墙或天花板而是向四周渐渐褪成海贝壳色和春季浓淡不等的粉色……

他们睡着了，一屋子的鼾声此起彼伏，钢琴传来低沉的颤音，雨的几百万只脚在外面院子里仓皇奔逃。斯洛索普醒来时正是最旺的“恶时”。特露蒂在另一间屋子里和古斯塔夫把咖啡杯弄得丁零当啷，一只花斑家猫在脏兮兮的窗子旁追苍蝇玩。运河边，白女人在等着斯洛索普。他不太想离开。特露蒂和古斯塔夫端着咖啡、拿了半支大麻烟卷进来，坐下来开始闲扯。

古斯塔夫是作曲家，几个月来为了贝多芬和罗西尼谁更优秀的问题，天天和酸爷争得面红耳赤。酸爷喜欢罗西尼。“贝多芬本人我并不怎么喜欢，”古斯塔夫争辩道，“可是他代表德国辩证法，把越来越多的音符囊括到音阶里来，把十二平均律体系推向民主的顶点，使所有音符获得了同等的受倾听地位。贝多芬是音乐自由王国的建筑师——他顺应了历史的召唤，尽管他聋了。罗西尼三十六岁就不干了，开始玩女人，长得肥肥胖胖的，而贝多芬的生活却充满了悲剧和伟大。”

“那又怎么样？”这是酸爷惯有的回答，“你想要哪个？问题是，”他打断古斯塔夫常常表现为义愤填膺的尖叫，“听罗西尼让人感觉舒服。听了贝多芬你就想去侵略波兰。真是名副其实的《欢乐颂》啊。此人毫无幽默感。我告诉你，”他挥舞着皮包骨头的老拳，“仅仅《贼喜鹊》的小军鼓部分，里面崇高的东西就胜过整个第九交响曲。就罗西尼而言，最重要的主题是有情人终成眷属，孤独终被战胜，不管你喜不喜欢，这是世间一个重大的向心运动过程。爱经历了贪婪、鄙俗、滥权等种种机关，居然发生了。所有的大便都变成了黄金。墙打破了，阳台爬上去了——听！”那是五月初的一个晚上，对柏林的最后轰炸正在进行。酸爷不得不声嘶力竭地喊着说话。“意大利女孩在阿尔及尔，理发师在陶罐里，喜鹊把眼前所有的东西都偷走了！[①]世界正飞快地聚拢……”

---

① 这里提到了罗西尼的三部歌剧。

在这个下雨的早晨，在寂静中，古斯塔夫的德国辩证法好像已经结束了。他刚刚得到一些音乐家从遥远的维也纳“小道”上传来的消息，说安东·韦伯恩[①]死了。“五月份，被美国人打死的。毫无道理，意外死亡，如果你相信意外的话。一个北卡罗来纳来的炊事兵，很迟才入伍，四十五毫米的枪还不知道怎么使，打二战是太迟了，打韦伯恩却不迟。袭击那座房子的理由是，韦伯恩的兄弟在做黑市买卖。谁没有做？你知道一千年后会有什么样的神话吗？一群年轻的野蛮人来这里杀死了最后一位欧洲人——他继承了巴赫以来的音乐传统，扩展了音乐多形荒谬的一面，直到所有的音符最终真正平等……韦伯恩之后音乐要向何处去呢？他的音乐自由达到顶点的时刻。音乐一定会没落。又一出Götterdämmerung（世界末日）[②]啊——”

“小呆子。”酸爷嘎嘎笑着，从柏林走了一趟回来了。他身后拖着一个枕套，里面装满刚从那个“北非”弄来的花头[③]，人都不成样子了——双眼通红，胖娃娃般的胳膊上汗毛没有了踪影，裤扣敞开着，一半的纽扣都没了，白发和蓝衬衫上到处是一绺绺可怕的绿色脏物。“掉到弹坑里了。来，快把这些个卷起来。”

“你什么意思，‘小呆子’？”古斯塔夫问。

“我说的是你和你的音乐主流，”酸爷大叫，“最终结束了？或者我们还可以从卡尔·奥尔夫[④] da capo[⑤]（重新）开始？”

“我从没这样想过。”古斯塔夫说。显然，酸爷也听到了韦伯恩的事，想用自己的歪招让古斯塔夫开心。

“罗西尼有什么不好？”酸爷抖擞精神，嚷起来，“嗯？”

---

① 安东·韦伯恩（1883—1945）：奥地利作曲家。作品短小而乐调不和谐。这里品钦犯了一个年代错误。小说里的当下时间应是七月底，而韦伯恩死于一九四五年九月十五日。其他细节均正确：韦伯恩的兄弟涉嫌非法买卖，美军当晚包围了其住所，恰逢韦伯恩走出房间在院子里点燃了一支烟，一个美国兵过度紧张，被火光所吓，开枪将其击毙。

② 原文为德语，意思是“世界末日”，同时也是作曲家瓦格纳一歌剧名（通译“《众神的黄昏》”）。

③ 此处可能指大麻的花头。

④ 卡尔·奥尔夫（1895—1982）：德国作曲家、儿童音乐教育家。

⑤ 意大利语。

“呕，”古斯塔夫尖叫道，“呕，呕，罗西尼，”战火又点燃了，“你个可怜的老古董。为什么没人去听音乐会了？你以为是因为打仗吗？哼，不，老伙计，我告诉你为什么——因为那些大厅都是你这样的人！肚子填得饱饱的！睡眼惺忪，点头微笑，从假牙缝里放屁，对着纸袋子清嗓子、呕吐，做梦都在想琢磨新招对付自己的孩子——不只是自己的孩子，还有别人的孩子！在音乐会上百无聊赖地跟其他那些头发花白的老流氓坐在一起，喘息、打嗝、肠子欢快地蠕动、挠痒痒、吮吸、发牢骚，绝妙的背景啊！整个剧院都挤满了这种人，一直挤到站票厅。他们在过道里摇晃，从最高的包厢顶上探头，你知道他们都在听什么吗，酸爷？嗯？他们都在听罗西尼！他们坐在那儿流着口水，想着将要演奏的混成小曲，肘子靠在膝盖上，身子前倾，嘴里嘀咕着：‘好了，好了罗西尼，把这个装腔作势的玩意儿弄一边儿去吧，赶紧上真正的好曲子！’恬不知耻，跟一口气吃一整罐花生酱有什么两样！接着，轻快的《唐克雷第》[①]塔兰台拉舞曲[②]来了，他们兴高采烈地跺着脚，龇牙咧嘴，把拐棍戳得山响——‘啊，啊，这就对了！’”

“那个曲子就是特别棒呀！”酸爷回吼道，“再抽一支，我用贝森朵夫给你弹一遍。”

这支塔兰台拉舞曲确实是不错，伴着这支曲子，马格达从晨雨中走进来，在为大家卷大麻烟卷。她递给酸爷一支。他停下弹奏，看着烟，凝视许久。偶尔点点头，一会儿微笑一会儿蹙眉。

古斯塔夫一直持冷嘲的态度，不过酸爷还真的挺擅长这种很有难度的纸草算命术，他能通过仔细观察人们卷大麻烟卷的方式——形状、舔的方式、纸的皱纹、折痕或是没有皱纹、折痕给他们算命。“你很快就会恋爱的，”酸爷说，“看，这儿这条线。”

“挺长的，是吧？这意味着——”

---

① 罗西尼歌剧名。

② 塔兰台拉舞：一种起源于意大利南部的欢快绕圈舞蹈，曾被认为是一种治疗毒蜘蛛舞蹈症的方法。

“长度通常表示强度。不是时间。”

“短暂而甜蜜，”马格达叹了口气，“Fabelhaft, was？（好极了，是不是？)”特露蒂过来和她拥抱了一下。默特和杰夫[①]之间的常规动作。特露蒂穿着高跟鞋，要高出大约一英尺。她们知道这样穿的效果，所以一有机会就一起在城里闲逛，以便吸引人们哪怕一分钟的注意。

“你觉得这玩意怎么样？”酸爷问。

“Hübsch（挺好的），”古斯塔夫承认，“有点儿 stahlig（金属的味道），也许 Körper（浓郁）后面还有那么一丁点儿 Bodengeschmack（泥土味儿），应该说挺可口的。”

“我倒觉得火辣辣的，”酸爷有点儿不同意，“总的来说比去年的货更 bukettreich（香），你觉得呢？”

“哦，对于阿特拉斯高山地区[②]的草本植物来说，它确实很有特点。当然可以说它 kernig（劲很大），甚至——可以说堪比韦德尼弗斯地区[③]的极品——货真价实的 pikant（刺激）。”

“其实，我倒怀疑它是杰贝勒萨霍南坡的某个地方产的，”酸爷说——“瞧这口感，很 glatt（滑溜），很 blumig（香），甚至让人想起大胆浓烈、würzig（老于世故的）那种 Fülle（丰满）——”

“不不不，说 Fülle（丰满）太过了，上个月我们抽的阿比德翡翠很 Fülle（丰满）。可是这个显然比那个要 zart（嫩）。”

其实他们都已经晕晕乎乎，不知所云了。这倒也无所谓，不料就在这当口响起了惊天动地的捶门声，门外还有人一直在叫“achtungs（注意）”。斯洛索普尖啸一声，冲向窗户，爬上屋顶，翻过去，爬下镀锌管来到隔壁朝街的院子。酸爷的屋子里冲进一股热浪。是柏林警察和以顾问身份支援的美国宪兵。

“出示你们的证件！”突袭队的头儿吼道。

---

① 默特和杰夫：美国动画片中一高一矮的一对主角。
② 位于摩洛哥。
③ 摩洛哥的另一地区。

酸爷微笑着举起一包刚从巴黎弄来的“锯齿牌”[①]香烟纸。

二十分钟后，在美占区，斯洛索普缓步经过一家卡巴莱[②]，面无表情的美国宪兵在门前和屋里懒洋洋地歇着，不知哪里一部收音机或留声机在演奏欧文·伯林[③]的集成曲。斯洛索普缩着肩，神经兮兮地走在街上，现在演奏的是《上帝保佑美国》，还有《这是军队，琼斯先生》，还有美国版的《霍斯特·韦塞尔》[④]。与此同时，雅各比街的古斯塔夫正在冲那个眨巴着眼睛的美国陆军中校咆哮：“抛物线！U形管！你们根本摆脱不了头脑简单的德国交响乐之弧的影响，从主音到属音，再回到主音。伟大啊，Gesellschaft（社会）！”

“日耳曼？占优势[⑤]？战争结束了，伙计。你这是说的什么话？”

从潮乎乎的马克区[⑥]吹过来一阵冷冷的毛毛雨，俄国骑兵正穿过库达姆大街[⑦]，赶着一群牛去屠宰，牛哞哞叫着，满身泥泞，睫毛上结着细细的雨珠。在苏占区，女孩子们斜挎的步枪勾勒出羊绒下颤动的丰乳，她们挥舞鲜艳的橙色三角旗在指挥交通。推土机轰鸣着，卡车用力推倒摇摇欲坠的墙，每一次湿漉漉的坍塌都引得小孩们欢呼雀跃。棕榈婆娑的阳台上水珠滴滴答答，银制的茶具叮咚作响。侍者们穿着瘦削的黑上衣，仰着脑袋转来转去。一辆敞开的维多利亚马车涉水而过，水花四溅，两个俄国军官浑身挂满勋章，与他们的女人坐在一起。女士们身着丝裙，戴着大大的软檐帽，缎带在微风中轻扬。河里，鸭子们绿色的脑袋水珠闪烁，在彼此经过时搅起的涟漪中游动。木头燃

---

① 一种法国香烟纸。这里酸爷在玩弄语言游戏，突袭队的人让他们出示证件（papers），酸爷故作不懂，举起香烟纸（cigarette papers）。

② 有歌舞或滑稽短剧等表演助兴的餐馆或夜总会。

③ 欧文·伯林（1888—1989）：美国作曲家。下文中的《上帝保佑美国》以及《这是军队，琼斯先生》都是他的作品。

④《霍斯特·韦塞尔》：纳粹德国国歌，原名《旗帜高扬》。作者霍斯特·韦塞尔是希特勒的宣传部长戈培尔的学生。

⑤ 美国中校没有音乐修养，误将音乐术语主音（tonic）和属音（dominant）理解为日耳曼（Teutonic）和占优势（Dominant）。

⑥ 马克区：位于柏林市中心东北约三十英里的一个潮湿低洼的地区。

⑦ 位于柏林西部的一条主干道。

烧的烟从格丽塔那座房子凹进去的烟囱里升出来。一进门，迎接斯洛索普的第一样东西就是一只径直冲自己脑袋飞过来的高跟鞋。他猛地一闪，刚好躲过。格丽塔跪在床上，呼吸急促，对他怒目而视："你扔下我不管了。"

"有些杂事要办。"他在炉子上方的架子上一个盖着的罐子里摸索，找了些苜蓿叶子泡茶。

"可是你把我一个人扔在这儿。"她的头发吹成一朵灰黑的云彩，把脸都裹住了。室内的风使她不舒服，他却根本没觉得有风。

"就一小会儿呀。你要茶吗？"他拿着一个空罐子准备出去。

"什么一小会儿？看在上帝的分上，你没有一个人待过吗？"

"当然有。"他从门外装雨的桶里舀了点水。她躺下了，浑身发抖，脸无助地抽搐着。

斯洛索普把铁罐放上去煮："你睡得很熟。这儿不是很安全吗？你是说安全问题吧？"

"安全。"可怕的大笑。他真希望她别这样笑。水开始咝咝作响。"你知道他们对我做什么了吗？他们在我胸上堆什么东西了？他们是怎么骂我的？"

"谁，格丽塔？"

"你走的时候我醒了。我叫你，可你没回来。他们确定你已经走了，就进来了……"

"你为什么不尽量醒着？"

"我是醒着！"阳光像接通了电源，突然照进来。光线耀眼，她把脸转开。

他沏茶，她则坐在床上，用德语和意大利语骂他，声音尖得几乎要破掉。他递给她一杯茶。她把杯子从他手里打掉了。

"好了，别生气了，好吧？"他靠着她坐下，吹着自己的茶。被她推掉的茶杯倒在那儿，黑色的污渍冒着热气钻进木板里。苜蓿的味道远远地升起又散开，鬼魅一般……过了一会儿，她拉起他的手。

"对不起，我把你一个人扔下了。"

她开始哭。

哭了一天。斯洛索普睡着了，不停地飘回她的抽泣声中，摸摸她，总是在附近，她的某个部分，他的某个部分……后面做的一个梦里，他父亲来找他。斯洛索普日落时在蒙加汉诺克河边徜徉，附近有一家腐朽破败的老纸厂，早在九十年代就废弃了。一只苍鹭飞起，映衬着明亮而垂死的橙色背景。“儿子啊，”说不完的话，犹如坍塌的宝塔，在他们之间来回滚动，“总统三个月前去世了。”斯洛索普站起来，骂他：“你为什么不告诉我？爸爸，我爱他。你只想把我卖给染共体。你出卖了我。”老人的眼睛充满泪水：“哦，儿子……”想拉住他的手。可是天空暗了下来，苍鹭不见了，纸厂空空的架子和河里渐浓的黑暗在说“该走了”……然后，他的父亲也走了，没有时间说再见，不过他的脸留了下来，出卖他的布洛德里克的那张脸。醒后很久，布洛德里克的脸还在那儿，与斯洛索普这个大嗓门的傻孩子带进梦里的伤感相伴随。玛格丽塔正俯身看着他，用指甲尖把眼泪从他脸上拂走。指甲很利，因为碰到他的眼睛，经常停下来。

“我害怕，”她低声说，“每一样东西。我镜子里的脸——我还是孩子的时候，他们就说过不要太经常照镜子，否则会看到玻璃后面的魔鬼……还有……”她转身扫了一眼他们后面的白花框镜子，“我们盖住它，好不好，能不能盖住它……他们就是从那儿……特别是晚上——”

“这好办。”他移过去，身体尽量多地和她接触在一起。他抱着她。颤抖很剧烈，而且可能无法平息：过了一会儿，斯洛索普也开始颤抖，与她相呼应。“求你了，放松些。”不知什么东西控制了她，反正这个东西需要抚摸，需要无休无止地畅饮抚摸。

这种需要的强烈程度让他害怕了。他觉得要对她的安全负责，而且自己也经常有陷进去的感觉。起初，他们一次在一起待好几天，直到他不得不出去做点买卖，或弄点吃的。他没睡多少觉。他发现自己条件反射地说谎——“没事”，“没什么可担心的”。有时，他设法一个人出去，在河边用一根线和她的一只发卡钓鱼。他们一天能弄一条鱼，运气好的时候可以弄两条。都是些傻乎乎的鱼，现下柏林的河里游动的东西都得做人们的救命食物。格丽塔在睡梦中哭得太久，他听不下去的时候，就得把她叫醒。他们会试着聊天，或是欢爱，不过他越来越没情绪。这样一来，她的感觉就更糟了，觉得他嫌弃她，当然这也是事实。鞭子抽似乎能给她安慰，也让他可以脱身。有时他太累了，连鞭子都不想抽。她老是惹怒他。一天晚上，他把一条煮好的鱼放在她面前，一条脑袋受伤的泥鳅，黄不拉叽、脏兮兮的。她吃不下去，会生病。

“你必须吃。”

她别过头，先到一边，然后到另一边。

“哦，天哪，好凄惨哟。你听着傻逼，受苦受难的不只是你一个人——最近去过那里吗？”

“当然了。我老是忘记你当初所受的苦难。”

“妈的你们德国人都疯了，你们以为全世界都在跟你们作对。”

“我不是德国人，”刚记起来，“我是伦巴族人①。”

“差不多，甜心。”

她鼻孔张大，咝咝有声，抓起小桌，奋力拽到一边，盘子、银器、鱼飞起来泼在墙上，可怜的鱼开始滴汤，滴到木桌椅上，死了还在跳可恶的霹雳舞。他们坐在自己的直靠背椅上，中间令人担忧地留了一米半的空间。这是一九四五年温暖而浪漫的夏天，不管有没有投降，死亡的气息无处不在：在如今这个对什么都没有任何激情的时代，祖母时代所谓的“激情犯罪”已经成为解决人际争端的优选手段了。

“弄干净。”

她轻快地从上齿吐掉一块苍白的指甲，从拇指上咬下来的——然后大笑起来，快乐的埃德曼式大笑。斯洛索普发着抖，准备说：“你不知道你有多像——”他恰好瞥了一眼她的脸。她当然知道自己有多像。“好，好。”他把她的内衣扔得满屋子都是，终于找到了要找的紧身内衣。她的臀部和大腿上以前留下的瘀伤正在消退，吊袜带上的金属物在上面夹压出小小的、弯弯的暗色印痕。得让她流点血，才会把鱼弄干净。完事

① 伦巴族人：公元五六八年征服意大利并在意北部建立伦巴德王国的日耳曼民族。

后，她跪下吻着他的靴子。与她想要的情节并非完全吻合，但是很接近，甜心。

一天比一天剑拔弩张。他害怕了。他从未经历过这样的事情。他要出去进城的时候，她就求他按照影星的方式，用长筒袜把自己绑在床柱上。有时候她会离开房子，在外面待好几天，带一些故事回家：黑人宪兵夜勤时用警棍打她，干她的屁眼——她太喜欢了，希望能触发某种种族 / 性别反应，有点儿古怪，有点儿不同……

她有什么问题不得而知，但他也感染上了。在外面的废墟里，在所有支离破碎之物的边缘，他都看到了黑暗从他们背后冒出来。光线像黑色的鸽子，在玛格丽塔的头发上筑了巢。他看着自己粉笔似的手，黑暗也会在每一个手指的边缘流淌、跳跃。在亚历山大广场①的天空上，他看到了恩赞上校的 KEZVH ②曼荼罗，在不止一个宪兵身上看到了齐切林的脸。一天晚上，他透过薄雾，在泰坦尼娅宫③正面红色的霓虹灯里看见了“死吧，斯洛索普”字样。一个周天在瓦恩希④，一队帆船驶向同一方向，耐心地、梦一般地驶进风中，对岸则做了永恒的背景。这时候，一群小孩子戴着旧军图折成的军帽，阴谋要把他淹死当作祭品。他默念了三次 *Hauptstufe*（升空）才算逃了出来。

河边的房子是一个封闭的空间，像日子和天气的弹簧减震悬架，只允许光线和热量柔和地循环，晚上降下来，早晨又升上去，在中午达到最高点。即使外面发生地震，到里面的时候也会弱化成轻轻的摆动。

每当格丽塔听到越来越远的街道上传来枪声，就会想起早期演艺生涯里的摄影棚，把爆炸声当成上场信号，梦里的巨大布景缓缓地塞满了一千个临时演员：温顺，羊一般在步枪的射程内被驱赶，上上下下，安

---

① 位于运河东边，曾是柏林警察的总部。

② KEZVH：前文已出现，指火箭发射的五个步骤德文名称的首字母组成的图形。这五个步骤为：Klar（清场结束）、Entlüftung（燃料进舱）、Zündung（点火）、Vorstufe（第一阶段）、Hauptstufe（主要阶段或升空）。

③ 柏林一家剧院。泰坦尼娅是中世纪传说中的仙后，仙王奥伯龙之妻。

④ 哈弗尔河流经柏林时形成的河湾。

排成适合导演口味的风景格局：一条人脸组成的河流——由于当时电影胶片的局限，脸都是黄色的，唇都是白色的，汗流浃背的黄色迁移大军一次又一次拍摄，无所逃避，无处逃避……

现在是清晨。斯洛索普呼出的气在空中化为白色。他刚从梦中醒来。梦中的第一部分是一首诗，正文还配有木版画：一个女人在参加一个狗展，也是一次配种服务。她带了她的京巴狗来交配。那是一只母狗，名字甜得发腻，叫咪咪或咕咕之类。她正在同其他几个同等的中产阶级女士在花园里消磨时间，就在这时候附近的院子里传来她那小骚狗的声音。声音持续不停，比平常要长得多，她突然意识到这个声音——这没完没了的狗的欢爱声——是她自己发出的。其他人出于礼貌，都假装若无其事的样子。她感到羞愧，又很无助，有一种欲望驱使她出去找其他动物性交。在街上她给一个想上她的花色杂种狗吹了箫。在带刺铁丝网附近一片贫瘠的荒野中，一匹高高的马逼着她跪下来顺从地吻它的蹄子。晚上在森林里迷了路，在沙漠里的水潭边，猫、水貂、鬣狗还有兔子都在汽车里满足她。

第二部分开始时，她发现自己怀孕了。她的丈夫，一个愚钝、随和的纱门推销员，同她定了个协议。她自己根本没有承诺什么，丈夫则承诺：从现在起的九个月内，带她去一个想去的地方。就这样，在临近九个月期限时，他带着她来到一条河，一条美国河，坐上一条小船，挥桨上路了。这部分主体上是紫罗兰色。

第三部分发现她在河底。她淹死了。不过子宫里充满各种形状的生命。“把她当成美人鱼”（第七句台词），他们把她运到绿色的河流深处。“沉下去，又往上浮。/ 老斯卡里道兹，河流深处的农夫，/ 一天的播种之后 / 看到她水草中结满铜绿的腹部”（第十到第十三句台词），把她带了上来。他长得像海神，胡子很古老，面容苍老宁静。各种生物洪水般从她身体里汩汩流出，章鱼、驯鹿、袋鼠，“谁能说清楚 / 那天离开她子宫的所有生物？”斯卡里道兹把她带回水面，对这些流出来的惊人之物只能是惊鸿一瞥。上面是一片阳光灿烂、柔和碧绿的湖泊或池塘，岸上芳草青青、垂柳蔽日、虫跃蝉鸣。这时的主色调是绿色。“阳

光洒照在尸体上 / 尸体在水里睡得正香 / 在夏日的深处 / 那些东西都各自去了 / 去找寻自己爱的梦想 / 在午后的天光下 / 河水在平静地流淌……”

这个梦挥之不去。他把诱饵装上鱼钩，盘坐在岸上，把线扔进运河。过了一会儿，他点了支军烟，然后很长时间呆着不动。这时，白雾漫过河岸的房屋，头顶上军用飞机嗡嗡叫着，朝一个看不见的地方去了，后街有几只狗在奔跑、吠叫。

◆ ◆ ◆ ◆ ◆

人走空的时候，里面是青灰色。人多的时候是绿色的，一种舒服的酸绿色。“莽夫号”永远以 23°27′ 的角度倾斜着。阳光穿过舱壁上方的舷窗照进来，舱壁下方是一排钢制洗脸盆。每个小厕所尽头都是咖啡室和手摇淫秽西洋镜表演。你会发现，士兵机子里的女人都年纪偏大、毫无魅力、模样也不像日耳曼人种。真正妖艳的、更纯种的美女自然都到军官那儿去了。纳粹的疯狂，这可算其中一种。

莽夫号本身就体现了另一种疯狂：专家的疯狂。这是一艘盥洗船，体现了德国人对精细分工的热衷。“如果房子是有机的，”盥洗船的早期倡导者诡计多端地申辩说，“家庭住在房子里，家庭就是有机的，房子是一个外在的、看得见的符号，明白吗，”看得出，灰色平头下面，隔着被烟熏黑的眼镜，那些眼睛连一个字都不相信——他们有计谋、年轻，但还没有成熟到太神经过敏的程度，“如果盥洗室是房子的一部分——房子—是—有机的！哈—哈，”说着又唱又骂，指向那个宽脸盘、金黄脸的工程师。工程师中分发型，打了发油，光滑地梳向后面。他险些把这一点给忘了，所以在同事们善意的微笑下红透了脸，眼睛盯着膝盖（阿尔伯特·斯皮尔[①]本人穿着灰色套装，袖子上沾了一块粉笔灰，在很远的

① 阿尔伯特·斯皮尔（1905—1981）：德国建筑师及纳粹政治家，他曾任希特勒的私人建筑师（1934—1945）及军备部长（1942—1945）。

背后两手叉腰靠在墙上，看上去酷似美国牛仔演员亨利·芳达[1]。他也已忘记房子是有机的了，但也没有人指出来——当官就是不一样啊）。“那么，盥洗船对于海军来说，就像盥洗室对于房子。因为海军是一个有机体，我们都知道这一点，哈—哈！”（将军（大家）[2]的，也可能是海军上将的，笑声。）莽夫号应该成为整个盥洗船舰队的旗舰。然而，钢配额显然从海军拨给了 A4 项目。是的，这确实有点不太正常，但要记得，德根科尔布[3]当时已经执掌火箭委员会了，他有权也有决心超越各个服务部门。鉴于此，亲爱的战舰收藏家们，莽夫号可是独一无二的呀，如果你准备买，那就得抓紧，因为通用电气已经过去看了。还好布尔什维克没得手，是吧，查尔斯？这时的查尔斯好像很认真地在写字板上记笔记，实际却在观察记录刚刚发生的事情，比如“他们都在看着我”，或“林梭上尉阴谋要杀我”，当然还有永远的那一句“他也是其中之一，我哪天晚上要搞他一下”。这时，查尔斯的同事斯蒂夫已经忘掉了俄国人，也停下了检查冲洗阀的工作，过来仔细地打量了一眼查尔斯。你不能挑研究组，刚出校门就更不能了。瞧瞧我，他妈的什么也不是，不过是个跑腿的——他是干吗的，听使唤的？我是干什么的？通用电气要我做什么？这是不是公司一种变相的惩罚，甚至是，天哪，永久流放？我是个有事业心的人，他们如果喜欢，就把我在这儿关二十年好了，没人会知道，给上头报失就行了。谢拉？我怎么去跟谢拉说？我们订婚了，这是她的照片（头发如大海波涛汹涌而下，丽塔·海沃思的那种，如果是彩色快照，眼睛就会有黄色的眼睑和粉红的眼圈，嘴像广告牌上的热狗）。带她去水牛溪[4]，

找一点乐子吧——

---

① 亨利·芳达（1905—1982）：美国演员。早期以扮演牛仔角色出名。
② 这里是双关：general 既有将军的意思，也可表示所有的人。
③ 一九四三年德国将军德根科尔布加入 A4 项目。
④ 水牛溪：位于美国得克萨斯，流经休斯敦，注入圣哈辛托河。

溪边的大蚊子[1]，哦天哪
你应该看看它干了什么！
抬起头，在她的裙子下，
微微一笑，我猜呀
水牛溪上有东西通达，
蚊子哎关上你的仪表吧，
现—在好—啦！
呀嗒，嗒—嗒，呀—嗒—嗒，嗒—嗒
找一点乐子哟，
大家！

哦你知道，如果你年轻健康［这里的“大家”是一个盥洗船上来自斯卡奈塔第[2]的年轻小伙子，聪明，戴角质架眼镜，鞋子讲究，正在这宣叙调后面唱着呢］，是个做礼拜的好孩子，那么突然被一群得克萨斯州的那种蚊子欺负，确实会让你感觉倒退了二十年。知道吗，还有和你一样的男孩子在到处闲逛，你可能今天在街上就看见了一个，可是根本就不知道他的智力跟婴儿一样，就因为那些蚊子盯上了他，做了那些糟糕透顶的事。我们已经下了杀虫药，用香茅油把湖边熏了个底朝天，可是没用，伙计们。它们生得比我们杀得快，我们是不是得夹起尾巴逃跑，让它们待在水牛溪？我的女孩谢拉还得在这儿看着那些—东西的讨厌德性。我们真的能允许它们存在？

水牛溪上有东西可以通达，
蚊子哎关上你的仪表吧，
好吧好吧好吧好吧——
蚊子哎关上你的仪表吧！

---

① 也可双关指鱼雷快艇。
② 斯卡奈塔第：美国纽约州东部一座城市，通用电器公司总部。

确实，你忍不住要想这两个人到底谁更神经兮兮。斯蒂夫敢那么诋毁查尔斯肯定是胆子不小。他们穿过来访的数学家们兴之所至的涂鸦，如

$$\int \frac{1}{(\text{仓房})} \mathrm{d}(\text{仓房}) = \text{木仓房} + c = \text{家庭船}$$

之类，沿着狭窄的香肠状厕所懒懒地晃悠出去，两个人，一老一少。他们的脚渐渐淡去，脚步声也在倾斜的钢制甲板上消失了。他们的身形随着距离增加反而愈加透明，直到完全消失。只剩下这空空的舱室、西洋景镜子上的S形轮辐和一排排正对着的镜子。镜子互相反射，一面接一面，成了一条半径巨大的曲线。曲线的尽头都是莽夫号空间的一部分。这样一来它就成了一条相当胖的船，带着优先通行权洋洋洒洒。“员工的士气，”部门会议的帅哥们悄悄地说，“水手的迷信。深更半夜的镜子。我们都明白的，是不是？”

相反，军官们的盥洗室是红色天鹅绒的。室内装饰是1930年代的安全手册。也就是说，整个墙上，乌七八糟的照片全是德国海军史上可怕的灾难。撞船、弹药库爆炸、潜艇沉没——如果你是一个军官，想拉屎的时候需要的就是那些事儿。帅哥们一直很忙。指挥官们有套房，其中有个人专用的淋浴设备或下凹式浴缸、修甲师（大部分是德国女子联盟的志愿者）、蒸汽室、按摩台。只是为了报恩，所有的舱壁及顶板都贴上了希特勒各种动作的巨幅照片。手纸！手纸上有一个个方块，印着丘吉尔、艾森豪威尔、罗斯福、蒋介石的漫画，甚至还有一位随军漫画家随时恭候，为那些总是寻找罕见之物的收藏家们定制。广播间的喇叭里播放着瓦格纳和雨果·沃尔夫。香烟免费。莽夫号盥洗船定期开到斯维内明德和赫尔戈兰[①]之间任何需要它的地方，船上的日子很舒服。船身用深深浅浅的灰色加以伪装，十九世纪末二十世纪初的样式，船头的影子棱角分明，从船中间对着你，让你说不准她的航行方向。实际上，船上每人都有一个小隔间，每人都有自己的钥匙和储物柜，还有美女图片和书架来装饰小隔间……甚至还有单面镜子，

---

① 位于原西德境内。

你可以随意坐着，耻物儿朝马桶里冰冷的海水晃荡，听你的 VE-301 人民收音机，看下午的人们行迹匆匆，脚步和谈话声奔突杂乱，集体厕所里的牌局正在酣战，商人们如登王位般坐在真正的瓷马桶上接待客人，有些人在舱室外排队等待（很安静，一本正经，有点像银行的排队），厕所里的律师发布着建议，各种各样的来访者络绎不绝，潜艇的人弓着腰进来了，眼睛每一两秒钟就紧张地向头顶上翻一翻瞟一瞟，驱逐舰的海员们在水槽边嬉戏（巨大的水槽啊！有船的整个梁那么长，甚至据说一直延伸到镜子的空间里，大得足够四五十个疼痛的屁眼挨着坐下，底下有一条冲洗盐水的溪流，不间断地呼啸而过），他们最喜欢把一卷卷手纸点燃，在水上游把纸卷点燃，带着黄焰欢快地噼啪作响，于是下游坐着的人便一个个尖叫着从孔里蹦出来，抱着燎了水泡的屁股，吸进的空气里全都是众人毛发烧焦的气味。盥洗船自己的船员也会偶尔弄两个恶作剧。谁能忘了那次的事情：舰船装配工霍普曼和克罗伊斯在一九四三年尸毒正流行的时候，把那些排废管道接到一个高级军官特等舱的通风系统里去了。那个高级军官是盥洗船上的老行家，知道了这个聪明的恶作剧，善意地大笑起来，把霍普曼和克罗伊斯调到破冰船上去当差。这两位大便专家便继续在整个北冰洋竖起大便状的冰雪巨柱。有时候其中一个出现在向南漂移的大浮冰上，鬼魅般庄重，引得众人一片钦羡。

好船，好伙计，圣诞快乐呀干活去。霍斯特·阿赫特法登最近在卡尔沙根（佩纳明德试验场的另一化名）的机电工厂干活，他真的没时间做海军式的感伤。三四个国家的技术间谍在找他，结果被黑人支队给弄去，真是倒霉透了。据他所知，黑人支队现在已经成立了自己的国家。他们在奇福斯海德扣住了他。自从被搁在这儿，他看妖冶的格尔达和她的毛皮围巾（福尔·波瓦）①做同一个表演已经一百七十八遍了（他已经把投币盒撬开，可以随意操控了），兴奋劲已经过了。他们想怎么样？他

① 此处应为双关，毛皮围巾的英文也可理解为一男子名。虽不可考，但可以肯定，这里在说西洋景里的淫秽表演。

们为什么在基尔运河[①]中间占着这么一条没人要的破船？英国人为什么不采取点行动？

这么看吧，阿赫特法登。这艘盥洗船就是一个风洞，就是这样。如果张量分析对于湍流来说没有问题，那么她对于历史来说也应该没有问题。应该有节点、临界点……这拥挤、贪得无厌的流水里应该有超导数可以指定为零，这些临界点就可以找到了……一九〇四年就是其中之一：一九〇四年海军上将罗日杰斯特文斯基[②]率舰队绕世界半周去解救亚瑟港，把现在抓住你的人恩赞带到了这个星球上。这一年，德国人几乎将赫雷罗人一扫而光，使恩赞对于生存有了特殊的认识。这一年，美国食品药物联盟的人从可口可乐里提取出可卡因，使我们嗜酒如命、视死如归的美国一代成为二战的理想战士。这一年，路德维希·普兰特尔提出了界面层的概念，使空气动力学正式成立，也让你此时此刻能在这儿。一九〇四年，阿赫特法登。哈，哈！这可比烧焦的屁眼更好玩，嗯。对你好处大大的。你不能逆潮流而行，反正在现在的历史潮流下不行，你只能把这个数字贴上去，然后忍受痛苦，霍斯特兄弟。或者，如果你能从格尔达和她的毛皮围巾中抽身出来的话，这是个思路——为自己找一个无因次系数。你现在是在一个风洞里，记得吗？你是搞空气动力的。所以——

系数，是，是……阿赫特法登闷闷不乐，一屁股坐在那一排马桶里最远的那个猩红色性病患者马桶上。有一阵子在亚琛[③]，他和同事常常站在前面的瞭望塔上，透过赫尔曼[④]和维泽尔斯贝格尔的小窗户，向外眺望野蛮人的国家。压缩机棒极了，菱形的影子如蛇一般扭动。支架经常比模型本身还要大——测量的需要本身反而干扰了观察值。这应该是个线索。

---

① 基尔运河：位于德国北部的人工水道（自波罗的海港口城市基尔至易北河在北海的出海口），沟通了北海和波罗的海。其建造（1887—1895）是为了有助于德国舰队的行动，一九〇五年到一九一四年间被加宽加深。

② 罗日杰斯特文斯基（1848—1909）：俄国海军上将。余见前文注释。

③ 亚琛：原德意志联邦共和国西部城市。

④ 赫尔曼：佩纳明德超音速风洞的负责人，在亚琛也有一处类似的设备。维泽尔斯贝格尔是他的助手。

那时候还没有人写过超音速气流的文章。它还裹着一层神秘，还有一种纯粹、原始的恐惧。达姆施塔特的瓦格纳教授预测说，速度超过五马赫空气就会液化。如果纵摇和横摇的频率正好相等，共振会使抛物体进入剧烈振动，在螺旋式的旋转中趋向毁灭。我们称之为“月亮运动”。天空中留下的螺旋状凝尾，我们管它叫“丙亘铅笔”。纹影在舞动。在佩纳明德，测试部分的面积是 40×40 厘米，大概有一张小报那么大。施特雷泽曼说过，“他们不仅为每天的面包祈祷，也为每天的幻想祈祷。”我们戴着厚厚的眼镜盯着这唯一一份很多人都读的报纸，每天都有惊人的发现。

你进来——刚进城，这儿，佩纳明德闹市区的中心地带，嗨，你们这儿有什么好玩的？拖着你那土里土气的旅行包，里面装着几件衬衫，一份手册，可能是克兰茨的《弹道学教程》。你已经记住了阿克莱、布泽曼、冯·卡曼和穆尔，还有一些伏特大会[①]的论文。不过恐惧依然挥之不去。速度超过了声速，比她在阳光灿烂的房间对面说出的话语、比无法入睡时收音机上的爵士乐、比苍白的发电机发出的声音、比头顶上挤满高级军官的瞭望塔上传来的欢呼声，来得都要快……比戈梅拉岛[②]人从高高的峡谷上吹出的口哨也要快（惊人的瀑布，险峻陡峭，沿着悬崖径直吹下去，吹到下面几英里之外、几个世纪之远的玩具般的村子里……）。你独自坐在“快乐就是力量”[③]船的柜台边，远离白色甲板上围着五月柱[④]跳舞的人们——他们晒得黑黑的身体里装满了啤酒和歌曲，穿着日光浴装，挺着大大的肚皮。这时，你听到了古西班牙语，从奇普达周围的山脉传来，不是语声，而是哨音……戈梅拉岛是哥伦布到达美洲前最后接触的陆地。在那最后一晚，他有没有也听到这些哨声？他们有没有传信给他？一个警告？上面，加纳利的冬青和火杨梅在欧洲的最后一缕夕阳下一片惨绿，他听懂了黑暗中牧羊人的预言吗？

---

① 第五届高速飞行伏特大会一九三五年在罗马召开。以上所有研究人员均有到会。

② 戈梅拉岛：北非海岸加纳利群岛中的一个岛，哥伦布去新大陆的途中曾在此处停留。

③ 快乐就是力量：纳粹的宣传口号之一。

④ 饰有花和彩条的柱子，五朔节（美国、加拿大和西欧部分国家定在五月一日的欢庆春天到来的节日）时人们持飘带围此柱舞蹈。

在空气动力学方面，因为你们起初只是在纸上做，所以使用了无因次系数：这个和那个的比率——厘米、克、秒，上下约得干干净净。这样一来，你们就可以使用模型、设置气流，测量你们感兴趣的东西，把风洞的测试结果按比例提高到实际情况，不会碰到太多未知数，因为这些系数对于所有的因次都适用。这些系数一般都是以人来命名的——雷诺兹、普兰特尔、佩克莱、努塞特、马赫——现在的问题是，弄个阿赫特法登数怎么样？有没有可能？

不行。那些参数繁殖得像水牛溪的蚊子，增加的多于消掉的。饥饿、妥协、金钱、猜疑、记忆、舒适、内疚。不过阿赫特法登倒不怎么会内疚，尽管内疚已经成了占领区里相当流行的一件商品。那些来自世界各地而靠其本国汇款生活的人，很快会来到海德堡专业搞内疚事业。会专门为热衷于内疚的人开设酒吧和夜总会。种族灭绝营会变成旅游胜地，带着相机的外国人一群群蜂拥而入，内疚得激动不已，浑身颤抖。对不起——阿赫特法登不是，他对着镜子里自己的复制品耸了耸肩——影子们一个接一个从左舷排到右舷。他只负责到那一步，空气已经非常稀薄，没什么太难的了。后面就不是他的事儿了。去问魏钦思泰勒，去问弗劳姆，去问菲贝尔——再入大气层的事情由他们管。去问制导组，他们决定火箭往哪儿飞……

“你们不觉得，”他大声对着前前后后的阿赫特法登们说，“把一个飞行剖面图分给好几个部门去干，有精神分裂的嫌疑吗？一半是子弹，一半是火箭。它需要这样，可我们不需要。所以，可能你只用了一条枪，一台收音机，一台打字机。白厅和五角大楼的有些打字机杀死的平民，我们小小的 A4 根本无法想象。你要么独自一人跟自己的死亡待着，要么加入更大的组织，参与到别人的死亡中。我们不都是一个整体吗？小车和大车，”这是法林杰的声音，由于记忆的过滤而显得干瘪，发出嗡嗡的噪声。“你选哪一个？”疯子法林杰是佩纳明德俱乐部里唯一拒绝在帽带上佩戴专用雉羽勋章的人，因为他无法让自己去杀戮，晚上在海滩上可以看到他稳稳地打着莲花坐，盯着落日。他是佩纳明德第一个落入党卫军手里的人，某个中午被带走，消失在雾中，身上的实验室外套像一面投降的旗子，立刻就被护卫队黑色的制服、皮带和金属淹没了。留下了几支香，一本 *Chinesische Blätter für Wissenschaft und Kunst*（《中国科学艺术》期刊），几张谁都没听说过的妻儿们的照片……佩纳明德是他的山，是他隐居和斋戒的地方吗？他是不是找到了什么办法，可以摆脱内疚——时髦的内疚？

“*Atmen*（呼吸）……*atmen*（呼吸）……不仅要呼吸，还要投入灵魂，那是上帝的呼吸……”阿赫特法登记得，有几次他单独跟自己进行过推心置腹的谈话，其中一次说的就是这些话，“*atmen* 是真正的印欧语系动词。跟我说说排气射流的速度吧。”

“你想知道什么？每秒六千五百英尺。”

“跟我说说是怎么变化的。”

“整个燃烧过程几乎保持不变。”

“可是相对空速变化剧烈，是吧？从零升到六马赫。你看不出来怎么回事吗？”

“看不出来，法林杰。”

“火箭在创造自己的大风……火箭和大气，没有这两个就没有风……但是在文丘里管里，呼吸——狂暴炽烈的呼吸——却总是以同样不变的速度流动……你真的看不到吗？”

莫名其妙。也可能这是一个阿赫特法登无法掌握的公案①，一个超越物质宇宙、可以引导他获得片刻顿悟的谜语……几乎可以和下面的谜语相媲美：

——是什么在飞？

——Los（运气）！

乌尔斯特河和郝涅河发源于瓦塞库伯峰②，蜿蜿蜒蜒地流成了地图上的形状，流出了青山绿谷。他留在下面的四个人正在收白色的减震

---

① 公案：在佛教禅宗中，以似是而非的形式出的谜语，能帮助思索，同时也是获得直觉性知识的一种手段。

② 位于原联邦德国境内。

绳，只有一个在向上看，手在眼前搭着凉棚——是伯特·菲贝尔？不过此刻自己高高在上，他的名字又有什么要紧呢？阿赫特法登去寻找暴风雨——冒着雷声，穿过与脑子里的军乐相呼应的雷声——很快，闪电堆到了右边的灰崖间，把所有的山峦都打得鼻青脸肿，战场上瞬间亮如白昼……就在边上。在这儿，在交界面，空气会上升……你跟随着风暴的边缘，另一种感觉——飞行感，无处可寻却又充满你所有的神经……不管是什么在飞，只要你总是待在晴朗的低地和雷神多纳尔[①]的疯狂之间，这种感觉就一直跟随着你，这种身不由己的驱动力，飞向——是自由吗？是不是只有到达了雷声的界面，人们才能认识到重力是怎样奴役万物的？

没有时间去解谜了。黑人支队来了。阿赫特法登在淫惑的格尔达身上、在回忆中浪费了太多时间。现在他们来了，啪嗒啪嗒走下梯子，叽里呱啦说得飞快，他压根儿猜不出他们在说什么，这是一个语言荒野，他害怕。他们想要什么？他们为什么不能让他安静地待着——他们已经胜利了，还要可怜的阿赫特法登干什么？

他们想要黑色装置。恩赞真的把这个词大声说出来时，已是多余了。它就在他的举止中，在他嘴角的线条里。其他人在他背后，步枪挂在身上，六个非洲面孔，镜子里挤满了黑色，还有他们满是血丝的、红白蓝混杂的眼睛。

“我只被分派做了一部分。微不足道。真的。”

“空气动力可不是微不足道。”恩赞平声静气，面无笑容。

“还有从格斯纳的部门过来的人。搞构造设计的。我一直在库尔茨韦格教授-博士的车间工作。”

“其他还有谁？”

“不记得了。”

“好吧。”

“别打我。我干吗要隐瞒呢？是真的。他们把我们隔开了。北豪森我

---

① 雷神多纳尔：出自日耳曼神话。

谁也不认识。我的部门只有几个人。我发誓。搞黑色装置的对我来说都是陌生人。在第一天跟魏斯曼少校见面之前，我一个都没见过。没有人用真名。我们都给了代号。有人说是电影里的人物。搞空气动力还有司勃利和哈瓦施。我叫‘文克’。”

“你做什么工作？”

“重量控制。他们要我做的是为一个一定重量的装置改变重心。那个重量被列为高级机密。四十几公斤。四十五？四十六？”

“标桩编号。”安德烈斯在恩赞的肩膀后面厉声说道。

“记不得了。属箭尾部门管。我记得载重是沿纵轴不对称分布的。朝向第三舵。第三舵用于偏航控制——”

“这个我们知道。”

“你们得去问‘司勃利’或者‘哈瓦施’。是他们解决那个问题的。跟制导的人谈谈。”*我为什么要说——*

“为什么这么说？”

“不，不，那不是我的工作，就这么多，制导、弹头、推进……问他们。问其他人吧。”

“你刚才说的不是这个。谁在搞制导？”

“我告诉过你们，他们的名字我都不知道。”最后那些日子里，灰尘覆盖的自助餐厅。隔壁大厅里那些像錾子一样日日夜夜毫不留情地敲打耳膜的机器静下来了。时钟上的罗马数字从侧厅的墙上，从玻璃窗中间瞪下来。黑色胶皮线上的电话插孔从头顶的托架上吊下来，每个插孔线都悬在自己的桌子上，所有的桌子都空空荡荡，覆盖着一层从天花板上落下来的盐尘，没有电话机可以插进来，没有什么可说的了……桌子对面他朋友的那张脸，那张失眠的紧绷着的脸，现在下巴尖尖，嘴唇都没了。这个曾经把啤酒吐在阿赫特法登旅行靴上的人此时悄悄地说：“我不能和冯·布劳恩一起走……不去美国人那儿，去了也只会是老一套……我希望这一切彻底结束……就这样……再见，‘文克’。”

“把他塞进废水管子里。”安德烈斯建议。他们都这么黑、这么自信……

我肯定是最后一个……现在肯定已经有人逮到他了……这些非洲人能拿一个名字怎么样……他们可以从任何人那儿弄到……

“他是一个朋友。我们战前，在达姆施塔特认识的。”

“我们不会伤害他的。我们不会伤害你的。我们想要的是黑色装置。”

“纳里奇。克劳斯·纳里奇。”他的自我系数里有了一个新的参数：背叛。

纳里奇离开莽夫号的时候，阿赫特法登听到身后无线电里的声音——有金属的质感——从另一个世界播过来，被静电干扰、撕扯着。“恩赞上校。摩卡曼伽[①]（马上过来）。摩卡曼伽。摩卡曼伽。”这个词里有着紧急和严肃。他站在运河边，在暮霭下的钢片残骸和老人中，等待着一个方向。可是，那个将呼唤他的电声在哪里呢？

◆ ◆ ◆ ◆ ◆

他们终于坐驳船沿斯比里-奥德运河[②]出发，向斯维内明德驶去。斯洛索普想看看，在找寻黑色装置的路上，盖丽·特里平的线索会把他引向何处。玛格丽塔要去见满满一游艇从卢布林政府逃出来的难民，其中应该就有她的女儿卞卡。运河有几段还堵着——晚上可以听到俄国爆破队在用 TNT 炸沉船残骸——不过斯洛索普和玛格丽塔像做梦者一样可以召唤奇迹，让船吃水很浅，不管战争在他们的路上留下了什么，都可以洗刷掉。雨断断续续地下着。中午时天空就开始阴云密布，变成了湿水泥的颜色——然后是风，越来越锋利，越来越冷，然后是雨，沿运河兜头向他们浇过来，几乎肯定是冻雨了。他们躲在油布下，混在货物、桶、柏油、木头和稻草的气味中间。晴朗的晚上，雨蛙和青蛙争鸣，流星和运河边的阴影会让行走者的眼睛战战兢兢。河岸垂着杨柳。午夜时，一

① 原文为赫雷罗语。此处译音。

② 奥德运河：一条欧洲中部的河流，发源于捷克斯洛伐克中北部，经过波兰和德国流入波罗的海。它是东欧的一条主要水上通道。

缕缕雾气升起来，连船员烟斗上的火星都遮住了。火星远远的，在梦一般的护航队里忽前忽后。这些夜晚像烟斗里的烟一样，四溢的芳香，缕缕的纹理，催人入梦的静谧。柏林的疯狂已被撇在后面，格丽塔好像也不那么害怕了，也许他们就需要不断地换地方……

一天下午，船沿着奥德河柔和悠长的斜坡向波罗的海滑行时，他们看到了一个小小的红白相间的度假小镇，到处是战争涂抹的大片污痕。她抓住了斯洛索普的胳膊。

“我来过这儿……”

“是吗？”

“就在入侵波兰前……我和西格蒙德在这儿……在温泉疗养地……”

岸上，起重机和钢栏杆后面耸着一些门面，这里曾经是餐馆、小工厂和酒店，现在都烧掉了，没有窗，里面的内容已化为灰烬，又给它们蒙上了一层粉尘。这个镇的名字叫羯摩镇①。早些时候下的雨在墙上、废墟的顶上和鹅卵石粗粗铺就的小径上留下了一绺一绺的痕迹。孩子和老人们在岸上，等着排成队把驳船拽进来。一团团的黑烟从一条白色江轮的烟囱里飘向空中。装配工在船里面叮叮当当。玛格丽塔盯着那条船，喉间一根脉搏隐约可见。她摇了摇头：“我以为那是下卡的船，可惜不是呀。”

靠近码头的时候，他们抓住一架铁梯飞身上岸，铁梯用螺栓铆在老石头上，螺栓都已生锈，把下方的墙弄成一个个湿漉漉的赭色扇形。玛格丽塔上衣上粉红的栀子花开始颤抖起来。不是风。她不停地说着：“我得看一看……”

老人们靠在栏杆上，抽着烟斗，有的看玛格丽塔，有的望着河面。他们穿着灰衣服，裤裆又肥又大，戴着宽檐帽，帽顶圆圆的。集市广场忙碌而整洁：电车轨道闪闪发光，有股子刚用水管冲洗过的味道。废墟里，丁香花色彩偾张，多余的生命力在这些破砖碎瓦上洋溢。

除了几个穿黑衣的人坐在外面太阳底下外，温泉疗养地本身很冷清。

---

① 羯摩镇：原文“Bad Karma”双关，在德语中 bad 为浴场，karma 为“羯摩”（梵文译音，决定来世命运的作为），而 Bad Karma 在英语里的意思是“恶报”。

这时玛格丽塔已经跟在柏林时一样多疑起来了。斯洛索普紧随其后，穿着火箭人的行头，感觉很重。喷泉酒店的一边是沙色拱廊：沙柱，棕色的阴影。前面那一溜长条地上种着柏树。巨大的石碗里喷泉在跳跃，喷出二十英尺高，影子划过院子里平滑的路面，既浓重又紧张。

哎，那是谁，那个僵直地站在中央喷泉旁边的人是谁？玛格丽塔怎么一动不动了？太阳出来了，还有其他人在看，可这会儿斯洛索普后背和腰两边的汗毛都竖起来了，一个接一个打寒战，一直上升到下巴两边……那女人穿着一件黑色外套，绉纱丝巾罩住头发，粗粗的小腿，上面的肌肉在黑丝袜下几乎呈紫色。她一直以一种非常固定的姿势俯身在水流边，看着正想靠近的他们……可是那*微笑*……隔着十米湿淋淋的院子，微笑在那个苍白的脸上越来越自信，已逝的欧洲所有的倦怠都集聚在这双和她的衣衫一般漆黑的眸子里，漆黑而无光的眸子。*她认识他们*。玛格丽塔转过身来，想把脸藏在斯洛索普肩上。“井边，”她是在悄悄说这话吗？“日落，那个黑衣女人……”

“好了，没事的。”又回到了柏林的老话，“她只是这儿的一个病人。”傻瓜，傻瓜——他还没来得及拦住，她就已经抽出身，喉间发出低声的、可怕的哭泣，转过身跑开了，高跟鞋在石头上留下绝望的文身图案。她走进了疗养宾馆拱门的阴影。

“嗨，”斯洛索普很不自在，就跟那个黑衣女人搭话，“搞的什么名堂啊，女士？”

可是她的脸现在已经变了。只是又一张废墟里的女人脸，一张他会擦肩而过、不加注意的脸。她微笑了，好吧——不过他知道那是一种勉强的、应付的微笑。“Zigaretten, bitte（请问，有烟吗）？”他递给她一支自己一直留着的长烟头，然后去找玛格丽塔了。

他发现拱廊是空的。所有宾馆的门都锁着。头顶是一面黄色窗格玻璃组成的天窗，很多玻璃已经掉了。午后太阳模糊的光斑沿走廊踽踽而行，满是砂浆灰尘。他爬上一截通向天空的破烂台阶。几块奇形怪状的石头乱糟糟地堆在路上。从顶部的平台看去，温泉疗养地绵延到乡村的远处：美丽的树木、墓地的云朵、蓝色的河流。哪儿都找不到玛格丽塔。

后来，他猜出她去了哪里。那时他已经在阿努比斯[1]号船上了，猜到了只让他更觉绝望。

他一直在找她，直到黑暗降临才又回到河边。他坐在一家有好几排黄色灯光的露天咖啡馆里，一边喝啤酒、吃鸡蛋面疙瘩，一边等。她突然出现了，那是一个羞涩的淡入场景，葛哈特·冯·高尔有一两次肯定是让她这样上场的，她没怎么移动，倒是斯洛索普自己的位置朝对面她的身影猛扑过去。她现在已经稳定下来了，安静了。她喝光了他的啤酒，讨了一支烟。她不仅不愿意提到喷泉边的那个女人，而且根本可能已经忘了这回事了。

“我到气象台去了，”她终于说话了，“去看下面的河。她马上就要到了。我看到了她的船。只有一公里远。”

“那现在怎么办？”

“下卡，我的孩子，还有我的朋友。我还以为他们很早以前就在斯维内明德了。不过，后来没人能够按照计划行动了……”

果然，又喝了两杯苦苦的橡实咖啡、抽了一支烟过后，沿河边过来了一片兴高采烈的灯火，红的、绿的、白的，手风琴微弱的喘息声，低音提琴沉闷的重击声，还有女人的笑声。斯洛索普和玛格丽塔走下码头，透过正从河里向上渗漫的薄雾，认出了一艘远洋游艇，几乎是薄雾的颜色，船首斜桅下有一只镀金的带翼豺狼，露天甲板上挤满了穿着晚礼服喋喋不休的富人们。几个人看见了玛格丽塔。她挥着手，他们指过来，也挥手，叫她的名字。这是个移动的村庄：整个夏天一直在这些低地间航行，就像一千年前的海盗船一样，不过不是在劫掠，而是被动地航行，在寻求一个定义还未明确的逃避。

船进了码头，船员放下爬梯。微笑的乘客们下到一半，就已把戴着手套和戒指的手伸向玛格丽塔。

“你来吗？”

“呃……呃，要来吗？”

---

① 阿努比斯：豺头人身的希腊神，俄赛里斯之子，他引导死者去接受审判。

她耸了耸肩，转过身去，小心翼翼地走过码头，上了船，裙子在咖啡馆黄色的灯光下绷紧了，很有光泽。斯洛索普哆哆嗦嗦地跟上她——在最后一刻，有个开玩笑的把梯子拉上去，船移开了。斯洛索普尖叫一声，失去平衡，掉进了河里。头先着水：火箭人的头盔把他直拉下去。他用力把头盔弄下来，身体往上浮，窦腔里火烧火燎，眼前一片模糊。白船滑走了，搅拌螺旋却朝他的方向开过来，吸住了他的披风，他只得把披风也去掉了。他仰着游开，然后尽力避开那些螺旋桨，小心地绕过船尾突出的部分，那上面写着黑色的大字："阿努比斯，斯维内明德[①]"。他看到另一边悬着一根绳子，就挣扎着游过去抓住。甲板上的乐队在演奏波尔卡。三个女人戴着冕状头饰和珍珠贴颈项链，喝得醉醺醺的，正在救生索旁闲逛，看斯洛索普挣扎着爬上绳子。"弄断它，"其中一个大叫，"看他再掉下去一次！""好，干吧！"同伴答应着。老天。有一个已经弄来了一把巨大的切肉刀，在一片快活的笑声里磨刀霍霍。这时，有人抓住了斯洛索普的脚脖子。他向下看去，发现舷窗里伸出两只纤细的手腕，腕上戴着镶蓝宝石的银镯，在里面的灯光照明下感觉像一小块冰，油腻的河水在下面急涌而过。

"进这儿来。"女孩的声音。他滑下来，她用力拖他的脚，直到他在舷窗上坐住。上面传来砰的一声，绳子落下来，女士们爆发出歇斯底里的大笑。斯洛索普继续蠕动进去，身上的水挤得流掉了一些。他倒在一张上铺上，旁边一个女孩大约十八岁年纪，穿着一条闪着亮片的长裙子，头发金黄到几乎纯白。斯洛索普看到她的颧骨就勃起了，在记忆里这还是第一次。他的脑袋肯定一直有什么问题，好吧……

"呃——"

"嗯。"他们互相看着，他浑身还在滴水。原来她的名字叫斯特凡尼娅·普洛卡娄斯基。她丈夫安东尼是这艘阿努比斯号的船主。

哦，丈夫，没问题。"瞧，"斯洛索普说，"我浑身湿透了。"

"我看到了。应该能找到合适你穿的晚礼服。把身上弄干，我去看看

---

① 原文的"斯维内明德"在此处使用了波兰语。

能有什么收获。愿意的话可以用洗手间，东西都在这儿了。”

他把剩下的宇航服剥下来，冲了个淋浴，用柠檬马鞭草香皂的时候，在上面发现了几根斯特凡尼娅的白色耻毛。正刮着胡子，她回来了，给他带了几件干衣服。

“那么，你和玛格丽塔在一起。”

“说不准是不是‘在一起’。她找到她的孩子了？”

“哦，是啊——她们正和卡雷尔打得火热。这个月，卡雷尔俨然一副制片人派头。要知道，他就是这样子。当然了，她特别想让下卡上镜头，想得要命。”

“呃……”

斯特凡尼娅耸了不少次肩，每个亮片都在跳舞。“玛格丽塔想让她有个合法职业。是内疚。她一直都觉得自己的职业不过是演一连串下流电影。她是怎么怀上下卡的，我想你听说了。”

“马科斯·施莱普兹希或什么人的吧。”

“或什么人的，正确。你没看过《梦魇》？那一幕里，那个宗教法庭庭长完事后，一群豺狼男人进来强奸并肢解了被俘的男爵夫人。冯·高尔让摄影机一直拍下去。胶片发行时当然已经剪掉了，不过却进入了戈培尔的私人收藏。我看过了——很吓人。那一幕里，每个男人都戴着黑兜帽，或是动物面具……在比得哥煦[①]，猜那个孩子的父亲是谁已经成了聚会上一个很好玩的游戏。总是要消磨时间的嘛。他们放这部片子，然后问下卡问题，她必须回答是或不是。”

“哦。”斯洛索普继续往脸上洒月桂香水。

“哦，早在来到我们身边之前，玛格丽塔就把她给带坏了。即便小下卡今天晚上跟卡雷尔睡觉，我也不会奇怪的。进入这一行的一部分，不是吗？当然，这绝对是一场交易——这是母亲的最低义务。玛格丽塔的问题是一直太陶醉于被拴在那些拷问室里。其他任何方式她都享受不了

---

① 比得哥煦：波兰中北部城市。

了。你会知道的。她和坦纳茨[1]。还有坦纳茨在手提箱里带的什么东西。”

“坦纳茨。”

“哦，她没告诉你。”她笑了起来，“米克洛斯·坦纳茨，她丈夫。他们断断续续在一起。战争快结束时，他们为前线的小伙子们进行了一场巡回演出：一对女同性恋，一只狗，一箱子皮装和全套用具，一个小乐队。他们为党卫军表演。集中营……带刺铁丝网里的巡回演出，没错。后来在荷兰，在火箭试验场。这是投降后他们第一次在一起，所以我不指望跟她见多少面……”

“哦，是啊，嗯，这个我不知道。”火箭试验场？天意之手在星星间缓缓穿行，向斯洛索普伸出了手指。

“他们不在的时候，就把卞卡留给我，放在比得哥煦。虽然她有时候挺烦人，但作为孩子还真是很可爱。我从不跟她玩有关她父亲的那个游戏。我怀疑她根本没有父亲。是单性生殖，她纯粹就是玛格丽塔，我觉得纯粹这个词挺合适。”

晚礼服非常合体。斯特凡尼娅带着斯洛索普走上扶梯，来到外面甲板上。星光下，阿努比斯号行进在乡野间，天际线被分割得时断时续，不时出现一只风车、一个干草堆、一排猪舍，低低的小山上一行树随风摇曳……有一些船，我们可以用梦推过恶流险滩……我们的欲望就是动力和风帆……

“安东尼。”她把斯洛索普带到了一个巨大身形面前。安东尼穿着波兰机动部队的杂役服，长着一口狂乱的牙齿。

“美国人？”他握住斯洛索普的手上下猛摇，“太好了。你差不多把全套人马补齐了。我们这艘船现在可是联合国了，连日本人都有，以前是柏林的联络员，没能从俄国走掉。另一层甲板上有个酒吧。在这儿，闲逛着的任何人儿你都可以追，”——他把斯特凡尼娅搂到身边——“除了这个。”

斯洛索普敬了个礼，琢磨着他们想单独在一起，便找楼梯，想到酒

---

① 此名基于希腊神话里的死神。

吧去。酒吧里张灯结彩，挂着节日的花环，挤了几十个衣着优雅的客人，他们刚刚在乐队的伴奏下放声唱了支节奏活泼的快歌：

欢迎你到船上来

欢迎你到船上来，呀，我们在酒色里沉醉
朋友呀，你来此赶上了我们的聚会——
聚会的起因我们已经忘了个干净，
结束聚会的方法却只有唯一的一种！
我们举止野蛮，与蓝色玛丽不咋沾边，
可你会觉得和我们这帮人特别投缘，
——只要你抛掉一切的烦恼，
和我们一起疯狂地叫喊！

这里有妈妈们，带着她们的情人，
还有女儿们，带着偷情的小混混，
又粗又大的东西，包你中意，
你可别对这些有任何怀疑，
只要把思想藏进袖子里，
来到泰坦尼克号，一切都疯得地道，
船撞了冰山，人们立马惊惶混乱，
很像瓦普吉司之夜①，吵闹又捣蛋，
聚会就是这样结束，朋友哎，
来吧——欢迎你到船上来，欢迎你到船上来！

一对对情侣一起在救生艇里呻吟，一个醉鬼在斯洛索普头顶的遮阳篷上睡着了，戴着白手套、头上插粉红玉兰花的肥家伙们正在跳肚皮舞，

① 瓦普吉司是中世纪圣徒。该庆典一九三三年时在哈茨山布罗肯峰举行，成为希特勒青年团的仪式。

用文德语[1]低声交谈，手向下摸进缎袍里。棕色皮肤的服务生长着母鹿一样的眼睛，端着托盘四处周旋，托盘上的东西和工具[2]要多少有多少。乐队正在演奏美国狐步舞的集成曲。阿拉卡斯特[3]男爵把一种邪恶的白色粉末撒进了兹塔普夫人的高杯酒[4]里。和拉乌尔·德·拉·泼淋频频家是一回事，据斯洛索普看，连人都是没变。

他瞥见了玛格丽塔和她女儿，但她们被狂欢的人群紧紧围在中间，他无法靠近。他觉得过不去也好，因为他知道自己对漂亮小女孩无力抗拒，虽然很不应该，可情不自禁，何况这个卞卡确实迷人：十一二岁年纪，可爱动人的深色皮肤，红色薄绸礼服、丝袜、高跟拖鞋，头发经过精心梳理，无懈可击，点缀着一串珍珠，衬托出小巧耳垂下盈盈闪烁的水晶耳坠……救救我吧，救救我吧。怎么会一直冒出这样的色心呢？他仿佛看到了《时代》杂志上的讣告：火箭人，年近三十，在占领区死于纵欲。

想用切肉刀把斯洛索普砍下去的那个女人此时正坐在一根缆柱上，手上有半升来历不明的液体，已经渗进装饰杯子的兰花里，把花弄黑了。她正在跟大家讲玛格丽塔的一件事。她的头发不知是梳的还是定型的，反正看上去像刀切的一块肉。斯洛索普的饮料（名义上叫“兑水的爱尔兰威士忌”）到了，于是他走过去听。

“……她的海王星受到了折磨。有人会问：谁的没有呢？嗯。不过一般人是作为这个星球上的居民在受折磨，而格丽塔大部分时间都住在海王星上——她的痛苦更直接、更纯粹，比我们这儿所知的痛苦更显而易见。

“她发现梦宁，是因为有一天她在英国的前哨，也就是平常给她搞氯啶的联络人，把事情办砸了。在泰晤士河边，天竺葵般的灯光飘浮在空中，好慢啊——黄铜色的灯光，日晒皮肤般的灯光，熟桃颜色的灯光，特定图案的花朵在云层里出没不停，这里谢了，那里又开了——他就是

---

① 文德语：居住在德国东北部萨克森和勃兰登堡的斯拉夫人所说的语言。

② 指毒品和吸毒用具。

③ 阿拉卡斯特：位于阿尔巴尼亚。

④ 高杯酒：在烈性酒例如威士忌中加水或汽水的饮料，饮用时盛于高玻璃杯中。

在如此变幻不息的日光下倒落在地的。这一倒落就是几个小时，虽然没有撒旦堕落的气势，但都是某个定数的一部分。格丽塔注定要找到梦宁。每个情节都带有梦宁的印迹。有一些出自上帝，有一些则借上帝之名伪造而成。这是一种非常高级的伪造，但既卑劣又短命，犹如伪造的支票。只是更复杂一些。成员都有名字，像‘天使长’一样的名字。是比较普通的、人类起的名字，破解了保密措施，就可以知道那些名字。但那些名字并没有魔力。这是关键，也是差别。即使集中最纯粹的魔力意念大声说出来，也没什么用。

“所以他倒落了，没有得到那些名字的护佑。所以没有氯啶。所以她刚好在街上碰到了火箭人温佩。在柏林一个剧院的雨罩下面，有感知的灯泡可能旁观了这一切，像一队独特的临时演员，见证了这庄严的历史性会晤。于是她遇上了梦宁，她饱受痛苦的故土行星的面貌顿时为之改观。”

梦宁、雅夫、仿聚合物、A4……

“这个蠢娘们，”斯洛索普肘边一个声音评论道，“一次比一次讲得糟。”

“什么？能再说一遍吗？”斯洛索普游目四顾，发现是米克洛斯·坦纳茨，长着一部大胡子，眉毛十分突出，像老鹰翅膀拖出的边翼。他正拿着一只陶制的纪念品啤酒杯喝苦艾酒。酒杯上瘦骨嶙峋的死亡之神正咯咯笑着，准备把床上的一对情人吓上一跳，甲板上狂欢的灯光使画面的颜色十分狰狞可怖。

毫不费力就把他引到火箭的话题上来——“我看A4就像一个婴儿耶稣，希律王的无数代理人要把它扼杀于襁褓中——有一些普鲁士人，内心深处觉得火炮是很危险的发明。如果当时在现场……一分钟之内，你就会目瞪口呆，就会变得很听话，感受到它的……它确实拥有马克斯·韦伯式的魔力……一种快乐的——极其不理性的力量，政府的官僚们永远无法管理好这种力量，他们无法控制它……他们确曾坚决抗拒，但又任其发生。我们无法想象一个人可以选择这样的角色。可奇怪的是，这些角色的数量年年见长。”

不过，斯洛索普百折不挠地想（想吗?）知道的是坦纳茨和卡姆勒将军手下的火箭专家们携手观光的事情：“噢，我确实去过北豪森，看过一点点情况。不过从没见过组装完整的A4。肯定特棒，是吧？”

坦纳茨伸出杯子，示意添满。服务生面无表情，把水沿汤匙滴下，使苦艾酒变成奶绿色，坦纳茨轻轻地摸了摸他的屁股，走开了。不知他是不是一直在回味自己的回答：“是啊，装满了燃料，生龙活虎的，准备发射……五十英尺高，颤抖着……然后是一声美妙绝伦的雄性的咆哮。耳朵都要裂开了。残忍，坚硬地刺进天空处女那蓝色的长袍，我的朋友。哦，真像男根啊。你说呢？”

“呃……”

“嗯，是啊，你应该能和火箭连的人融洽相处，他们很安静，像你一样。比你们步兵和装甲兵认真多了。专注到了狂热的地步。哦，当然也有例外了。人活着就是要与众不同嘛……有一个小伙，”酒后吐真言？还是在装？“叫戈特弗里德，意思是‘上帝的和平’，我相信他已经如愿以偿了。对我们，我可不抱什么希望。我们被放在天平上称，发现不够斤两，屠夫便把他的拇指放在天平上……你觉得我厌倦了吧，我当时也觉得自己厌倦了。一直到那可怕的一周来临。那是崩溃的一周，火箭掉回到下萨克森油田。那时候我才明白，自己只不过是个纯洁的孩子。火箭连的头儿变得跟疯子似的，大喊大叫。他称自己为‘布利瑟罗’[①]，说话开始跟《渥兹克》[②]里面的上尉唱歌一样，嗓子突然喊破了，成了高音区的歇斯底里。形势在土崩瓦解，他回到了远古时代的自己，对着天空尖叫，几个小时一动不动地坐着出神，眼睛向上一直翻到了脑袋里。随时会迸出可怕的花腔女高音。那些白色、空洞的椭圆，那些雕塑般的眼睛，还有他们身后灰色的雨。他已经离开了一九四五年，把神经通回到我们没有赶上的公元前的地球，通到了上帝最可怜、最惊恐的生物——原始德国人的原质里。你我这么多代以来可能已经很基督了，被社会和我们对它著名的‘契约’义务弄得羸弱不堪。其实这种契约根本就不存在。

---

① 见小说开头部分注释。“布利瑟罗”为日耳曼死神。

②《渥兹克》：德国作曲家奥尔本·贝尔格（1885—1935）一九二一年创作的歌剧作品，贝尔格是阿诺续·舍恩贝格的学生，在这部作品中采用了无调尖叫。

所以我们，即使是我们，也被那种原始的回归吓得不轻。不过，那种原质从深沉的寂静中苏醒了，在歌唱……在最后一天……真不好意思……那可怕的一整天，我都在勃起……别说我……我控制不了……一切都失去了控制——”

这时他们被玛格丽塔和卞卡打断了。她们在台子上演戏，一个是妈妈，一个是不听话的孩子。跟乐队长窃窃私语后，一群寻欢作乐的人急不可耐地围出一块空地，卞卡噘着嘴站在那儿，小小的红外衣向上拉到修长大腿的一半处，黑色的蕾丝衬裙从裙边上向外窥视着。演得肯定要老到，要有大城市的气息，还要刺激。可是，她把手指放在脸上的酒窝旁干什么呢？——这时，乐队的过门响起来了，呕吐前的口水开始涌进斯洛索普嘴里，同时脑子里也产生了可怕的疑虑，不知自己怎么熬过下面的几分钟。

她唱的《好船上的棒棒糖》已经够他受的了，不想她竟没有丝毫羞涩，哼哼着开始做戏，把秀兰·邓波儿模仿得惟妙惟肖——小猪的每一种变化，每一甩卷发，每一个不由衷的笑，还有趺趺撞撞的脚尖踢踏舞……她纤细的裸臂开始长胖了，外衣更短了——是有人在摆弄灯光吗？但是她的眼睛并没有因为孩子气的、胖乎乎的、毫无性感的一个个动作而改变：还是平常的样子，嘲弄、阴郁，还属于她自己……

终于完了，有不少掌声和醉醺醺的喝彩声。坦纳茨避开了，这个做父亲的摇着脑袋，浓浓的眉毛皱着：“要是这样下去，她永远也成不了女人……”

“亲爱的，”玛格丽塔带着少有的、有点儿造作的微笑说，“现在咱们唱《汤里的动物饼干》吧！”

“冰肛里躺的动物。”人群里一个幽默高手喊道。

“不嘛。”孩子在叫唤。

“卞卡——”

“你这个婊子。”高跟鞋在甲板上咚咚响。是在演戏。“你羞辱我还不够啊？”

“还不够。”她扑向女儿，抓住她的头发猛摇。小女孩已经膝盖着地，挣扎着想逃开。

“哦，真开心，”切肉刀女士喊道，“格丽塔要教训她啦。”

“我也特想啊。”一个引人注目的黑白混血女孩嘀咕了一句。她穿着无带露肩礼服，向前挤着想看，用镶珠宝的烟斗轻轻拍了拍斯洛索普的脸蛋，缎子紧裹的臀部从他大腿间窸窣而过。有人给玛格丽塔拿来了一把铁尺，还有一把黑檀木的太师椅。她把卞卡拽到膝上，把外衣和衬裙推上去，白色的蕾丝衬裤猛拉下来，小女孩美丽的屁股像月亮一样升起来。柔和的股缝一会儿收紧一会儿放松，吊袜带随卞卡来回踢腿而移动、伸长，丝袜也跟着发出尖声。人群已经静下来，丝袜的声音很清晰，令人心神荡漾，大家都找到了可触摸的媒介，手伸到了胸部和胯部，喉结上下滑动着，舌头舔着嘴唇……斯洛索普在柏林认识的那个老受虐狂，那个纪念碑哪儿去了？格丽塔这时候好像要把这些星期以来积攒的所有痛苦都发泄在孩子的光屁股上：那皮肤那么细腻，每一下打上去，白色的厘米刻度和数字都在红色的笞痕上留下了镜像，纵横交错，构成了一幅歪歪斜斜的卞卡肌肤受难图。眼泪从她被倒提着的、涨红的脸上哗哗流下来，与睫毛膏混在一起，滴到了母亲苍白的蜥蜴皮鞋面上……头发也散开了，落到甲板上，黑黑的，夹杂着小粒的珠串。（此处删去六百八十一字）

他注意到，唯一没有参与进来的，除了安东尼和斯特凡尼娅，似乎就是那个日本联络官了。他一直独自坐在高一层甲板上观看。也没有自渎什么的，只是看着，看着河水，夜晚……嗯，他们挺不可思议的，知道吗，就是那些日本人。

过了一会儿，一个将军从洞里孔里退了出来。喝酒、吸毒、唠叨又开始了，很多人开始散开去，挤时间睡一会儿。到处有人在三三两两地闲逛。一个C调萨克斯手把萨克斯管口靠在一个戴墨镜的靓妇身上，是啊晚上戴墨镜，这就是斯洛索普安然邂逅的堕落的一群——萨克斯手在演奏《查塔努加呜呜》[①]，那些振动简直让她疯狂。一个女孩戴着巨

---

① 查塔努加是美国田纳西州东南部城市。“呜呜”以火车鸣叫声指代火车，是一九四一年电影《阳光谷小夜曲》插曲。

大的玻璃假阳物，里面的幼比拉鱼[1]在腐朽的薰衣草色的一种液体里游动。她正在一个穿蕾丝长筒袜和染色貂皮大衣的矮胖异装癖股间自得其乐。一位黑山伯爵夫人正用发髻和肚脐同时跟一对八旬老头暧昧，他们只穿了双过膝的长筒军靴，操着似乎是牧师用的拉丁语在进行某种理论探讨。

太阳还在俄罗斯人深奥难解的下耳垂下面，再过几个小时才会出来。雾聚拢了，发动机也慢了下来。失事船只的残骸在白船的龙骨下滑过。阿努比斯号从它们头顶移过时，春天在残骸里死去的尸体弯曲起来，流走了。船首斜桅下，船上唯一能洞穿浓雾的金豺凝视着前方，顺着奥德河一直看到了斯维内明德。

◆ ◆ ◆ ◆ ◆

斯洛索普梦到了兰迪德诺[2]，他曾经在那儿度过一次雨绵绵的休假，还和拖船船长的女儿在床上喝过苦啤酒。路易斯·卡洛尔也是在那儿写的《爱丽丝漫游奇境记》，所以他们在兰迪德诺建了一座白兔雕塑。白兔一直在跟斯洛索普交谈，严肃而重要的谈话，可是醒过来的时候，他照旧什么都忘了。他躺在那儿盯着头顶的导管和电缆槽、石棉包住的弯管、管子、仪表、油箱、配电盘、法兰、接头、排种阀轮，还有这一切密密实实的阴影。吵得要死。阳光从舱口滤下来，肯定是早晨了。眼角的余光里瞥到一团红色在扑动。

“别告诉玛格丽塔，求您了。”是那个下卡。头发垂到腰下，脸颊脏脏的，眼睛红红的。“她会杀了我的。”

“几点了？”

“太阳出来几个小时了。干吗问这个？”

他干吗问这个。哼。可能想再在这儿睡会儿。“你妈妈担心你，还是

---

① 比拉鱼：美洲热带淡水鱼，贪婪的肉食动物，常攻击其他生物。

② 北威尔士一旅游城镇。

怎么的？”

“哦，她疯了，她刚刚怪我和坦纳茨有关系。神经病，我们当然是好朋友，仅此而已……只要她对我有一点儿关心，就能理解的。”

“她肯定对你的屁股很关心，孩子。”

“哦，天哪，”她提起裙子，转过头，这样可以从肩头向下看到斯洛索普，“我还疼着呢。有没有留疤？”

“哦，你得靠近点儿。”

她靠近他，微笑着，每一步都踮起脚尖。“我看见你睡觉了。知道吗，你很漂亮。妈妈还说你挺残忍的。”

“看好了。”他探身在她的一边屁股上轻轻咬了一口。她扭了一下，但没走开。

“嗯。这边有条拉链，你能不能——”他拉拉链的时候，她耸着肩，扭动着，红色的塔夫绸滑下来，屁股上有一两处淡紫的瘀伤自然就露了出来。她的屁股非常匀称，光滑得像奶油。尽管身形很小，还束了一件小小的黑色紧身衣，把腰束成了白兰地酒瓶的尺寸，将未到妙龄的胸部托上去，成了小小的白色新月。缎面吊袜带上点缀着繁复的色情刺绣，从两条大腿上垂下来，吊住长筒丝袜上端深色的阿郎松针绣花边。裸露的腿背轻柔地拂过斯洛索普的脸。（此处删去五百一十三字）

这时发生了一件怪事，哦，有点儿滑稽。事情发生的当时斯洛索普并没有完全意识到这一点，而是后来在回想当时的情景时有这个感觉的——听起来可能很怪，可是不知怎么搞的，他，真的，嗨，竟然置身在自己的阳物里了。不知你能否想象到这种事。是啊，完全在这个宗主器官里，把其他所有的殖民组织都忘了，让他们去自己照顾自己。他的胳膊和腿好像跟血管和腺管缠织在一起了，精子咆哮着，越来越响，准备爆发了，就在他脚底下的什么地方……一缕昏黄的栗色阴穴之光穿过顶部的开口照到他身上，又从他身边的汁水清流中折射出来。他被包住了。一切就要到来，不可思议地到来，在这个爆炸性的壮举里他是无助的……红色的血肉在呼应……一种等待着升腾的非凡感受……

（此处删去三百一十八字）

他们一直拥抱着。她不停地说要出去躲起来。

“当然。可是我们得找个合适的时间下船，在斯维内明德或者什么地方。”

“不。我们可以逃走。我是孩子，我知道怎么藏起来。我也可以把你藏起来。”

他知道她行。他知道。此时此刻，在这儿，在化妆品和精美的内衣下，她存在着，爱，看不见的东西……对斯洛索普来说，这是一种发现。

她搂着他脖子的胳膊不安地动着。可以理解。他当然会待一阵儿，可是最终还是要走的，会被归入占领区的失踪者之列。教皇的属下永远生不了孩子，斯洛索普的阳物也开不了花。

所以，他把自己解脱出来的时候，做得很有排场。他创造了一套分手的程式，先发制人，信誓旦旦不会忘了她，出境签证上盖满了爱吻……其实早已忘掉了以后还要回来的事情。他拉直领结，掸掸上衣的缎子翻领，扣上裤子，穿上白天的制服，转过身背对她走上舷梯，他们的目光传出的最后一次情意已经被他抛在了身后……

她独自一人跪在喷漆的钢板上。她和妈妈一样，知道恐惧怎样在下午最明亮的时刻来临。她最恐怖的幻觉也像玛格丽塔一样，是黑白的。她感觉自己正在一天天接近某种东西的边缘。她经常梦到同一段旅程：坐火车，在两个著名的城市之间，照明方法用的是电影里表示窗外在下雨的珠彩皱褶法。在普式列车[①]车厢里讲述自己的故事。她终于觉得能够讲述个人的恐惧了，用别人可以听懂的方式清楚地讲出来。这样，就可以避免被人带着走过那个边缘，落进银盐的黑暗之中，任黑暗之门在心灵的侧翼沉重地缓慢地关上……长刘海的时候，眼睛两边那些非同寻常的头发就会像鬼魂一样，出现在黑暗的屋子里……现在，她的城堡已经倾圮了，里面的钟在风中乱撞。她棕色的头巾不再从石头上滑过，磨损的绳子却在那里摇摆、拍打着。她的风甚至不让灰尘靠近。老迈的日光：迟滞，冰冷。下午最明亮时分的恐怖……海上的帆太小、太远，没什么

---

① 普式列车：十九世纪美国发明家乔治·M. 普尔曼设计的豪华型列车车厢。

用处……水太生硬太冰冷……

她此时的神情里有一种渐渐加深的吸引力，已经把斯洛索普敏感善察的心给弄碎了。他的心已是碎了又碎：开车过去时，把这张脸甩在后面，冲进长满苔藓的黄昏，冲进分崩离析的殖民地——那些殖民地属于瘦瘠脏污的气泵，属于罐装摩克茜饮料的痕迹（龙胆根的味道，苦中带甜，它们正要把这种气味强加在饱经风雨的谷仓四壁上）。他在后视镜里寻找着这些“最后分别”的踪迹，可是它们都裹在金属和引擎的燃烧过程里，和他人天相隔了。这样反倒使每天的目标变得现实起来，而不是幻想惊喜，期待墨菲定律成为现实，从而创造获得拯救的可能……一次又一次迷路，走过困在堤坝里被淹死的可怜的贝克特[①]，在锈褐色的斜坡上徘徊：草耙在下午生锈，紫灰色的天空暗得像嚼过的口香糖，白色的薄雾开始在空气中横冲直撞，朝地面飘荡，四分之一英寸，半英寸……他当然还记得，她曾经看了他一眼，从午餐车台面一端的下方。烧烤的烟子涂抹着窗户，窗户坚韧如雨中的鞋油——只为保护鞋子里面的格子呢和蜷起的五个脚指头。自动点唱机里长号和管乐部的哀诉突然加快，将摇晃的音符准确地放在声音间歇的中点和下一拍之间，处理成“啪（咚）啪（咚）啪”的节奏，演奏得十分准确，叫人明知这个音属于前面，却又感觉是在后面。你们两个人在柜台的两头都感觉到了，感觉你们的时代被置于一个新的时间中，让你们可以忘了其他，忘了旁观的老人龌龊的期待——他们戴着双焦眼镜，流着黏糊糊的口水，一脸的漠然，看着你们跳林迪舞[②]，一大批一大批掉进那个陷阱里，里面需要多少就掉进去多少……于是，斯洛索普自然就失去了她，不断地失去着——这是美国的要求。她从灰狗的窗户出去，进入石头斜坡里，被绿色和榆树包裹着，渐渐脱离了知觉——或者说得恶毒一点，是脱离了意志（你以前知道这些词汇的含义）——她继续移动着，几乎全

① 托马斯·贝克特（1118?—1170）：英国的罗马天主教殉教者，在坎特伯雷大教堂里被四个爵士谋杀。一一七三年被确认为圣徒。

② 林迪舞：二十世纪三十和四十年代美国流行的一种双人跳的活泼舞蹈。

部属于“他们”了，再没有机会在自己的路边碰到一个米色的夏日幽灵了……

把斯洛索普留在城市人的一系列条件反射中，留在哈佛的水手袜中——这两样东西正好都是红色环状物组成的镣铐，漫画书里的那种。那本漫画书其实没有流通开，是入夜时分一个舞者在伯克夏的一堆沙丘边偶然发现的。这位英雄或“生命体”的名字叫孙岱尔[1]。他（或它）总是能即时摆脱那些限制，出来告诉大家。孙岱尔飞进去，飞出来，他来自“风那边”。读者们认为“风”是“一种流动之物，大概像一张纸，是竖起来的，是一堵不停地运动的墙”——那里是另一个世界，孙岱尔在那里做的事情读者们理解不了。

很遥远，是啊，这些都很遥远。当然遥远了。如果太近，就会有带她回来的痛苦。可这种欧律狄刻[2]式的牵挂还是存在，这种想带她出来的愿望……虽然把她留在那儿要容易得多，留在恶臭的碳化物和死金丝雀般的气息里，即便出来享受一下也只是为了合理的摹写——“为什么要带她出来呢？为什么要费那个劲？只是真箱子和你给‘他们’画出来的箱子之间的区别而已。”不。他怎么能相信这样的话。“他们”想让他相信，可他又怎能相信？箱子和箱子的图像之间没有区别，说得好，他们的整个经济就是建立在这个理念之上的……可她肯定不只是一个虚像、一件产品、一个需要兑现的诺言……

在她所有推想出来的父亲中，马科斯·施莱普兹希和戴面具的临时演员处在移动胶片的一侧，另一侧则是弗朗茨·珀克勒，当然还有那场噩梦中其他在裤子里忙活的一双双手。在他们当中，你是离卞卡最近的——在那个吃人的豺像后面，在甲板下的这个地方，在这可能是末日的时刻。你在耀眼的放映机光亮里走进来，懒洋洋地坐在自己的位置上，整夜都不会受到来自车线或对角线的威胁[3]。由于有她妈妈对你浪花

---

① 此名也是英文单词“日晷”。

② 俄耳甫斯之妻，其夫获准带其出冥府，条件是不能回头看，结果俄耳甫斯回头看了，于是营救妻子失败。

③ 此处以国际象棋比喻电影院中的座位。

飞沫似的爱，有些步子你是绝对禁止走的。你独自一人，想说“我认识他们”，却没说出来，想咯咯笑着说“算我一个吧”，却张不开口，心想“可能是个妓女”……可是她喜欢你，最喜欢你。你再也见不到她了。有人一定会告诉你这句话的。

◆ ◆ ◆ ◆ ◆

楼梯上到一半，黑乎乎的舱口闪出一排明亮的牙齿，把斯洛索普吓了一跳。“我一直在看。希望你不会介意。”好像又是那个小日本，根据他目前的介绍，他是海军少尉森村，是日本皇家海军。

“是，我……”为什么斯洛索普拖这么长的腔？“看到你在看了……昨晚也是，先生……”

“你觉得我有窥淫癖吧。是啊，你肯定是这么想的。其实不是这样的。我是说我不会兴奋。不过看别人的时候，会感觉不那么孤单。”

“噢，少尉……你干吗不干脆……加入呢？他们总是在……找伴。”

“哦，天哪，”他咧嘴来了个日本式笑容，日本人那种灿烂的多面体的笑，“那我就感觉更孤独了。”

鸭尾艄上，橙、红条纹相间的遮阳篷下，桌子和椅子已经摆好。斯洛索普和森村几乎独占了这个地方，此外只有几个穿两件套泳装的女孩子，出来在山前晒太阳。正前方，积雨云在堆积。远处可以听见雷声。空气醒了过来。

服务员端来了咖啡、奶油、麦片粥和新鲜橙子。斯洛索普看了看粥，很疑惑。“我要的。”海军少尉森村抓起碗。

“哦，当然。”斯洛索普这时候注意到，这个日本人不知为啥也留了这种长长的手柄胡。“啊哈，啊哈。我知道你了。爱吃麦片粥！不好意思啊。潜意识里的亲英派——哈，你脸红了。”他指着森村大叫，哈，哈，哈。

“你可揭了我的老底了。是啊，是啊。六年来我一直站错了边。”

“试过要脱离吗？”

“过来看你们这些人的真实嘴脸？哦，天哪。要是爱意变成哀意怎么办？我再去哪儿？”他咯咯笑了，橙子籽吐在一边。他好像在福摩萨那个神风敢死队学校里接受了几周的训练，但被淘汰出局了。没有人明确告诉过他其中原因。和他的态度有关。“我就是没个好态度，”他叹了口气，“所以他们又把我送回这儿了，经过俄国和瑞士。这次是在宣传部。”他每天大部分时间就坐着看盟军的电影胶片，寻找可以剔出来的东西，做成新闻短片，使轴心国看起来形势良好，而同盟国则看起来形势不妙。“我关于大不列颠的知识都来自那些原材料。”

“看来德国人的电影也扭曲了其他人对这儿的看法。”

“你是说玛格丽塔的电影。你知道吗，我们就是这么见面的！在环球电影有个共同的朋友。我在羯摩镇——在波兰入侵之前。你就是从那个小镇到我们当中来的。是个温泉疗养地。我看到你掉进了水里。然后你爬上了船。我也看到格丽塔在看你。请别生气，斯洛索普，现在可能还是离她远点儿好。”

“我一点儿都不生气。我知道，这事儿一直就有点儿蹊跷。”他给森村讲了温泉酒店发生的事情，还有玛格丽塔从穿黑衣的幽灵那儿逃开的事。

海军少尉点点头，苦笑了一下，一边的胡子扭上去，军刀般指向一只眼睛。“她没告诉你那儿发生了什么？天哪，兄弟，你还是知道的好……”

海军少尉森村的故事

战争善于抢在时间前面。回头一看，就只剩下噪声和重力了。不过我们受到控制，必须忘记它们。这样战争就更显重要了。没错，可是……时间走在事件前面的时候，不是更容易看出其中隐藏的机制吗？有些事情是安排好的，就是要加速进行的……这样就会时时露出马脚，让我们看到他们不想让我们看到的东西……

他们曾极力说服玛格丽塔不要去好莱坞。她去了，而且失败了。回来的时候罗洛跟着她，以防发生不测。一个月来，他把利器都放了起来，不让她登高，不让她接近化学药品，这也说明她很少睡觉。她常常只打一会儿盹，醒来时就歇斯底里。她害怕睡觉，害怕睡着了不知道如何醒来。

罗洛心思不是很灵敏，但心是好的。一个月之后他觉得再也无法忍受了。实际上，他能撑这么久，大家已经很吃惊了。格丽塔被转给了西格蒙德，她的情况毫无改善，不过可能也没有恶化。

西格蒙德的住处比较麻烦，在一座四处透风、带有雉堞状城垛的畸形怪屋里，正好可以俯瞰巴伐利亚阿尔卑斯山边一个冰冷的小湖。屋子的一部分肯定可以追溯到罗马灭亡时期。西格蒙德把她带到了这里。

她不知从哪儿弄来的想法，认为自己有一部分犹太血统。大家都知道，那时德国的形势已经很糟。玛格丽塔很怕被“查出来”。她可以从无数个破败的风洞中，从其中任何一个风洞的气流里，听到盖世太保的动静。西格蒙德整晚整晚地陪她说话，想把她的恐惧驱走。他在这一点上并不比罗洛强。大约就在这个时候，她开始发病了。

虽然抽筋、荨麻疹、呕吐之类的病痛都是心理引起的，但她受的苦却是真真切切的。针灸医生从柏林坐齐柏林[①]硬式飞艇下来，深更半夜里出现，带着一些小天鹅绒匣子，里面装满了金针。维也纳的心理医生、印度的圣人、美国的浸礼会教友在西格蒙德的城堡里成群结队地开进开出，舞台催眠师和哥伦比亚的江湖医生在壁炉前的小地毯上睡觉。什么都没用。西格蒙德吓坏了，不久就险些和玛格丽塔一样产生幻觉了。可能是她建议去羯摩镇的。那年夏天，这个镇子因为泥浆而声名远扬，热乎乎、滑腻腻的泥浆中带有少许镭，乌黑油亮，轻柔地、汩汩地冒着泡。啊。任何病成那样的人都能想象出她心里的希望。那种泥浆什么都能治好。

战争前的那年夏天，人都在哪儿呢？在做梦。那年夏天，也就是海军少尉森村来羯摩镇的那年夏天，温泉疗养地挤满梦游的人。大使馆没什么可让他干的。他们建议他一直休假到九月。他当时应该知道羯摩

---

① 费迪南德·冯·齐柏林（1838—1917）：德国发明家，于一九〇〇年设计并制造了第一艘机动的、具有硬式机架、可驾驶的飞艇。

镇出事了，但还是去度假了——整天在“亭子公园”湖边的咖啡馆里喝“比尔森之源”啤酒[①]。他是这里的陌生人，一半时间醉着，蠢到喝啤酒也能喝醉，而且几乎不会说他们的语言。不过，他所见到的情况肯定和当时的整个德国都是一样的：一种蓄意制造的疯狂。

玛格丽塔和西格蒙德沿着木兰成荫的小径散步，每天都是一个路线，也坐在摇椅上听爱国乐曲音乐会……下雨的时候，他们在疗养所的一间公共休息室里心不在焉地玩纸牌。晚上，他们观看焰火——喷泉，火星四溅的火箭，波兰高空的黄色星暴。那个梦一样的季节……没有一个温泉疗养地的人能从焰火的图案里读出任何东西。它们只是些快活的光，像眼睛里的幻象般紧张不安，像五十年前的鸵鸟羽扇在皮肤上掠过。

西格蒙德最早注意到她频频消失是什么时候？或者说从什么时候起她的频频消失对他来说超出了正常范围？她总是给他讲一些似是而非的理由：跟医生有约啊，刚好碰到一个老朋友啊，泥浴时打了个盹时间不觉就飞逝了呀。可能是这种非同寻常的睡眠最后让他起了疑心，因为在南方时她的失眠让他吃了不少苦头。他对当地报纸上关于孩子的报道可能没什么印象，当时还没有。他闲极无聊时只会读读头条，甚至头条也很少读。

森村经常见到他们。他们见面，鞠躬，互相道“希特勒万岁”，然后海军少尉就可以练习几分钟德语。除了侍者和酒吧招待，他唯一说话的人就是他们了。在网球场外，在矿泉水室凉快的柱廊下排队等候时，在水上运动场旁边，在百花争艳的地方，在威尼斯人的庆典上，西格蒙德和玛格丽塔的形象几乎一成不变：西格蒙德带着森村心目中的美国式微笑，笑容中间的嘴巴里衔着没有点燃的琥珀柄烟斗……脑袋像崭新的圣诞装饰……那是多久以前的事了啊……她则戴着黄色的太阳镜和嘉宝帽。身上每天都改变的东西只有鲜花：牵牛花、杏花、毛地黄。森村开始非常期待每天和他们见面。他的妻女远在世界的另一边，自己则被流放到这个令他困惑不已、倍感压抑的国家。他需要看到身边走过“逛动物园

① 比尔森啤酒：一种捷克黄啤，高级啤酒。

的斯文”——这是旅行指南上的用词。他知道自己会回头盯着他们看，对他们的一点一滴都感到好奇。欧洲人的圆滑伶俐令他着迷：躺椅上戴白色羽饰的老太太，河马般平静地浸在不锈钢澡盆里的大战退伍兵——他们女人气十足的秘书们叽叽喳喳，发出猴子穿过温泉大街的尖啸。沿着椴树和栗树组成的拱廊，可以听到远处汩汩冒泡的温泉里二氧化碳永无止息的怒号，这种气体是从震颤的大气中溶解而来的……不过还是西格蒙德和玛格丽塔最让他着迷。“在那儿，他们看起来和我一样像外国人。我们每个人都有天线，是吧，都调在可以认识同类的……”

一天上午，他偶然遇到了西格蒙德，独自一人，穿了件粗花呢衣服，拄着手杖，雕塑似的立在雾化治疗处前面，好像迷了路，无处可去，也哪儿都不想去。于是他们随意聊起来。时机正好。他们立刻边走边谈，从一群群病恹恹的外国人中间穿过。西格蒙德跟他说了与格丽塔的麻烦，她关于犹太人的幻觉，她的频频消失。前一天，她撒谎出去给他逮到了。她回来很晚，双手不住地微微颤抖。他开始注意到一些情况。她的鞋上溅了一点点尚未全干的黑泥。她不断消瘦下去，可裙子上的一条缝却抻宽了，几乎裂开了。然而，他没有勇气对她捅破。

森村一直在关注报纸，见此情景，种种线索怪物般从饮水处轻沸的水中蹦出来，连到了一起。对西格蒙德，他找不到合适的词语来说明，德语或其他语言的词语都找不到。于是“啤酒少尉”森村开始跟踪她。她从不向后看，却知道他在跟踪。在治疗厅每周一次的舞会上，他第一次感觉到了他们所有人之间的沉默。他习惯于看到玛格丽塔的眼睛被墨镜遮住的样子，但此时这双眼睛裸露着，目光灼灼怕人，一直定在他身上。治疗管弦乐队演奏了《风流寡妇》①和《苏珊娜的秘密》②里的片段——都是过时的曲子，不过，再过若干年，每当森村在街上的收音机里重又听到其中片段，心中总会重现那天晚上那种说不出的滋味，他们

①《风流寡妇》：匈牙利轻歌剧作曲家弗朗茨·莱哈尔（1870—1948）的代表作，该剧开创了维也纳轻歌剧的新风格。

②《苏珊娜的秘密》：意大利作曲家沃尔夫-费拉里（1876—1948）一九〇九年所作歌剧。

三个处在一个深邃的东西边上，又都说不出到底是什么……那是他所不了解的欧洲三十年代的最后反复……而现在对他来说，那些东西就像下午在一间特别的屋子里举行的沙龙：瘦削的女孩们穿着长裙，睫毛膏涂满眼睛，男人们把脸刮得溜光水滑，优雅得像影星……没有小歌剧，只有舞曲，精致、舒缓，有点儿“现代”，优雅地陷在时髦的旋律里……楼上的房间里，迟暮的阳光照进来，深深的地毯，轻柔的声音说着决不沉重复杂的话语，笑容明达而优越感十足。当天早晨，他在一张柔软的床上醒来，期待着晚上去一家卡巴莱酒馆跳舞，舞曲就应该是这样矫饰造作的流行爱情歌曲。当天下午，强忍的泪水、蒙蒙的烟雾，还有精心酝酿的激情，使他的客厅成了佳晨和良宵之间的一个小站，成了欧洲，成了烟气腾腾的、城市化了的死亡恐惧，而最为危险的则是它成了玛格丽塔那双他能够读懂的眼睛，成了治疗厅那次已经逝去的对视：她黑色的眼睛被包围在那些珠宝裙钗和点头招呼的老将军中间，隆隆声从外面冒着泡泡的泥温泉传来，填满了音乐声里的空白，而同样的，机器很快也会填满外面的天空。

第二天晚上，森村最后一次跟踪她出去。沿着破败的小径，过了熟悉的树木，过了让他想起家乡的德国金鱼塘，穿过高尔夫球场：场上最后几个胡子花白的男人正在障碍物间苦战，球童在夕阳的余晖中寓言般伺立着，捆起来的球棒轮廓有些像法西斯分子……这个晚上，降临到羯摩镇的暮色黯淡而汹涌：天际像《圣经》里的大灾难一样惨烈。格丽塔一身黑色，帽上的黑纱盖住大部分头发，钱包用一根长长的带子吊在肩上。可能的目的地慢慢减少到一个，森村也慢慢进入了陷阱。夜在他面前铺展开来，预言像河风一样灌满他的胸膛：她不在西格蒙德身边的时候都去哪儿了？那些报纸头条里的孩子是怎么——

他们到了黑泥塘边上：地下的东西在这里呈现出来，跟地球一样古老，其中一部分被圈在温泉疗养区里面，还取了个名字……祭品是个男孩，人走完之后还在那里流连着。他的头发上落满了冰冷的雪。森村只能断断续续听到他们的谈话声。男孩开始并不怕她。他可能没有把她和自己的梦区别开来。这可能是他唯一的希望了。可是，他们使他唯一的希望成为泡影，那些德国看守。森村穿着制服站在一旁，把上衣解开伺机行动，尽管他并不愿意动。毫无疑问，他们都是在重复以前某一幕演出的片段……

她的声调开始提高，男孩开始发抖。“你流浪得太久了。”黄昏里的一声炸响，“回家吧，我带你回家，”她叫道，“回到你们的人身边去。”这时候，他开始挣扎，可她的手——戴着手套的手——她的爪子已经游出来，抓住他的胳膊。“犹太小杂种，别想从我这儿逃掉。”

“不……”末了，声调竟扬起来，变成了挑衅的疑问句。

“你也知道我是谁。我的家就是光的躯体，”表演开始走向滑稽，她操着很重的意第绪方言，戏味十足，假声假气，“我在所有离散的犹太人中徜徉，找寻迷失的孩子。我是以色列。我是神祇现身，我是女皇、女儿、新娘、上帝的母亲。我要把你，把你这四分五裂的罐子碎片带回去，即使拽着你割过包皮的小脏屌也要把你拉回去——”

“不……”

接下来，海军少尉森村做出了职业生涯中唯一留名后世的英雄壮举。这件事甚至没有记到他的档案里。男孩拼命挣扎，她已经把他抱起来了，一只手在他腿间忙活。森村冲上前去。片刻之间，三个人摇摇晃晃，抱成一团。简直是一尊灰色的纳粹雕像：标题可以是“一家人”。没有希腊雕塑的静止：不，他们在动。不朽不是这儿的主题。他们的区别正在于此。凡是感觉不到的就不会留下——不会传下去。像达农佐在阜姆[①]的冒险行动，像德意志帝国本身，像这个男孩跑进黑暗之前挣脱的两个可怜人儿，最终都不会有好结果。

玛格丽塔瘫倒在黑暗无光的大池塘边。森村跪在她身旁，她大哭起来。可怕极了。把他带到这里来的那股力量，让他自然而然就明白了事情真相并采取行动的那股力量，现在又退回去睡觉了。他训练有素的举

① 阜姆：南斯拉夫西北部港市，现名里耶卡，曾在不同时期被奥地利、克罗地亚、法国以及匈牙利占据，一九一九年被意大利非正规军攻占。《凡尔赛公约》签定后，意大利诗人达农佐试图阻挠该城市划归奥地利。

止，他措辞得体、拥有官衔、制服笔挺的自己又重新回来了。他跪在那里打着哆嗦，一生中从未如此害怕过。是她领着他回到了温泉疗养地。

她和西格蒙德当晚就离开了羯摩镇。可能是那个男孩吓傻了，可能是光线太暗了，也可能是森村后台很硬，其实那晚绝对可以看清他的模样的——但是警察没有来。“我从没想过去找他们。我心里明白，她在搞谋杀。你可能会因此谴责我。可我明白自己把她逼到了什么境地。不管是不是受到官方监禁，效果是一样的，是吧？”第二天是九月一号。孩子们决不会再神秘失踪了。

中午前，天变暗了。雨从雨篷下钻进来。那碗粥一直放在森村面前，一动未动。斯洛索普盯着鲜艳的橙子皮，开始冒汗。“嗨，”他敏捷的大脑已经想到了，“那下卡怎么样？你觉得她和那个格丽塔在一起会安全吗？”

他摸着漂亮的小胡子：“你什么意思？你是问：‘能救她吗？’”

“哦，好人，好人，日本佬，别闹了——”

“你说你怎么救她？”他的眼睛探询地看着斯洛索普，看得他不舒服起来。雨打在雨篷上，砰砰作响，从边上纷纷落下，蕾丝花边一般。

“等等。哦，见鬼，昨天那个女人，温泉酒店的那个——”

“是啊。记住，格丽塔也看到你从河里上来了。想想这些人关于放射线的传说——这些人一季又一季，从这个温泉奔到那个温泉。这是上帝的恩赐，是卢尔德①的圣水。这种神秘的射线可以治愈很多病——它会不会是终极的解决办法呢？”

“呃……”

“你上船的时候，我仔细观察了她的脸。我和她在一个放射性夜晚的边缘同时待过。我知道她这次看到了什么。其中一个孩子——活下来了，从泥浆里，从镭里获得了滋养，长高了，强壮了。慢慢地，黏稠滞重的浆流载着他在地下游走，直到最后他成年了，来到了那条河，摆脱了她的黑色射线，又出来找她，神祇、新娘、皇后、女儿。还有母亲。与具

---

① 卢尔德：法国西南部比利牛斯山脚下一城镇，以罗马天主教圣地闻名。

有保护作用的泥浆和闪光的沥青矿一样具有母性的母亲——

几乎就在头顶正上方，雷声突然炸开，轰隆滚滚，令人头晕目眩。炸响之中，斯洛索普喃喃道："别开玩笑了。"

"你要冒险查吗？"

这是谁呀，哦，当然了，是个海军少尉日本佬，这样看着我。卞卡的胳膊在哪里，她毫无防护的嘴唇在哪里……"再有一两天，我们就到斯维内明德了，是吧？"别说了——从桌子旁站起来，你这个混蛋——

"我们只管不停地走，就这样。最后就会没事的。"

"喂，你也有孩子，你怎么能说这种话？你唯一想要的，就是'不停地走'？"

"我想要的，是看到太平洋战争结束，这样我就可以回家了。既然你问了，我就说说。现在是梅子雨季节，梅雨，梅子都熟了。我只想和三千幸子，还有我们的丫头们，在一起。只要一回去，我就再也不离开广岛了。我觉得你会喜欢那儿的。本州岛上的城市，位于内海，很美，大小适中，大足以容纳城市的活力，小足以保证人们需要的宁静。可是这些人不回去了，他们离开了他们的家你知道吗——"

雨篷储满了雨水，沉甸甸的，绑在架子上的一个结松了，白色小绳子很快散开来，在雨中四处扑打。雨篷陷下来，漏斗一样把雨水浇在斯洛索普和森村身上。他们逃到甲板下面。

他们被一堆刚刚聚集起来寻欢作乐的人群分开了。此时的斯洛索普脑袋里几乎什么也没想，只想找到卞卡。他穿过二十几张空虚的面孔，在过道尽头瞥见了斯特凡尼娅，穿着白色开襟羊毛衫和宽松的长裤。她示意他过去。他花了五分钟才挤到她跟前，这时他已经是满身披挂，手上端了一杯亚历山大白兰地，头上戴着一顶舞会帽，背后贴了一张用低地波美拉尼亚①语写的纸条——让看到条子的人只管踢斯洛索普一脚——身上留了三种深浅不同的洋红色口红印，嘴里还叼了一根不知是谁体贴地给他点好的意大利雪茄。

---

① 波美拉尼亚：中北欧波罗的海沿岸地区，现分属波兰和德国。

“你好像挺能寻欢作乐的，”斯特凡尼娅冲他打招呼，“可你骗不了我。兴高采烈的面具下藏着一张约拿[1]的脸。”

“你是说，呃——，那个，呃——”

“我是说玛格丽塔。她把自己关在船头的厕所里。歇斯底里地发脾气。谁都没法把她弄出来。”

“所以你就看着我。坦纳茨呢？”

“坦纳茨已经不见了，卞卡也不见了。”

“哦，见鬼。”

“玛格丽塔以为你把她杀掉了。”

“不是我。”他简明扼要地把森村海军少尉的故事给她讲了一遍。她的活力和快乐减弱了，开始咬指甲。

“是，有一些传言。西格蒙德在消失之前透露过一些东西，但只是挺刺激，一点都不具体。他的风格就是这样。斯洛索普，你觉得卞卡有危险吗？”

“我要把情况弄清楚。”他的话被屁股上轻快的一脚打断了。

“你真倒霉，”后面一个声音幸灾乐祸，“我是船上唯一读得懂低地波美拉尼亚语的。”

“你真倒霉。”斯特凡尼娅点头附和。

“我只想免费去趟斯维内明德。”

听了这话，斯特凡尼娅说：“只能免费坐船一次。而且你得赶快去干点活，把这次费用抵掉。去见玛格丽塔吧。”

“你想让我去——算了吧。”

“我们可不希望出什么事。”

这是这艘船上的总章程之一。什么事都不能出。好吧，斯洛索普礼貌地把剩下的雪茄塞到普洛卡娄斯基夫人牙齿间，让她两只拳头插在毛衣口袋里，在那儿吞云吐雾。

卞卡不在机房。斯洛索普在脉冲调制的灯光里、在塞满了石棉的大

---

① 约拿：《圣经·旧约》中的先知，被认为会带来厄运。

堆东西之间移动，还被掉了绝缘层的地方烫了一两下。他仔细搜索着暗角、阴影，心里产生了一种与世隔绝的感觉。什么也没有，只有机器、噪声。他朝楼梯走去。有一小片红色在等着他……不，只是她的外衣，下摆湿湿的，还有一抹他的精斑……外衣一直留在喧闹、潮湿的机房里。他蹲下来，把衣服拿在手里，闻着她的味道。我是个孩子，我知道怎么躲起来，而且我还能把你藏起来。“卞卡，”他叫道，“卞卡，出来。”

通向厕所的门周围聚集着一群上流社会的各色懒汉和醉鬼，连同一堆乱七八糟的酒瓶和玻璃器皿一起堵住了通道，地上还坐了一圈可卡因瘾君子，晶体之鸟从嵌有红宝石的黄金匕首尖端飞进鼻毛的丛林里。斯洛索普挤了进去，靠在门上叫玛格丽塔的名字。

“走开。”

“你不用出来。让我进去就好了。”

“我知道你是谁。”

“让我进去吧。”

“他们很聪明，把你送来充当可怜的马科斯。可是现在不灵了。”

“我跟他们没关系了。我发誓。我需要你，格丽塔。”放屁。为什么呀？

“那他们会杀了你的。走开。”

“我知道卞卡在哪儿。”

“你对她干了什么？”

“只是——你让我进来好吗？”整整沉默了一分钟之后，她让他进来了。一两个凑热闹的想挤进来，他把门啪地关上，又锁住了。格丽塔只穿了一件黑衬衫，几缕黑毛在大腿根上打着卷。她脸色惨白，苍老而疲惫。

“她在哪儿？”

“躲起来了。”

“躲我？”

“躲他们。”

她瞟了他一眼。太多的镜子、剃刀、剪刀、灯光。太白了。“可是，你是他们当中的一员。”

“好了，你知道我不是。”

“你是。你是从河里上来的。”

“哦，那是因为我掉下去了，格丽塔。”

“是他们让你掉下去的。”

他看着她紧张地摆弄头发。阿努比斯号开始有些摇晃，他身体里涌起一阵恶心，不过是在脑袋里，而不是胃里。她开始说话了，呕吐物也渐渐把他塞满了：一股热乎乎的黑色呕吐物泥流……

◆ ◆ ◆ ◆ ◆

让男人来告诉她做什么样的人，这从来都不是难事。和她同龄的女孩子在长大的过程中会问：“我是谁？”对她们来说，这是个充满痛苦和挣扎的问题。可对格蕾特尔[①]来说，这甚至不成其为问题。她拥有的身份多得连自己都难以应付。有些只是非常肤浅的表面——其他的就更深刻一些。不少格蕾特尔才智非凡，身轻如燕，可以在梦中预言未来……她们的面孔上总是搭配着得体的造型，容光焕发地出现在空中：光线本身其实是哭泣的眼泪，以这种固定的程式哭泣。这时她被一路托着，穿过一座座机械的城市，流星墙似的挂在半空，每一个窟窿和凹处都像骨头一样，上面空无一物，渐淡的影子向周围发散出黑色的光芒……有时她摆出惊人的姿势，长袍飘飘，带着流苏和炼金术标志，面纱从皮便帽上垂下，便帽缝得一圈一圈的，像自行车赛车手的头盔，上面有裂纹帽尖和黑曜岩螺旋饰纹，有传动皮带和滚筒，有穿过拱门的奇怪的飞艇通道，在城市的雾霭中庄严肃穆地飞过百叶窗板和巨大的安定翼[②]……

在《新墨西哥的白色沙漠》中，她扮演一个女牛仔。他们问的第一问题是：“你会骑马吗？”“当然会。”她答道。其实她对马的接触，并不比战争时期路边的水沟强到哪里去，可她需要这份工作。骑上马鞍的时

---

① 格蕾特尔是格丽塔的爱称。

② 安定翼：又称直尾翅，用以稳定飞行中的飞机、导弹或发射体的固定式或活动式机翼。

候到了，对于压在胯下的这个畜生，她从未有过害怕的想法。这是匹美国马，叫“斯耐克（蛇）”[①]。此马不知是否受过训练，反正有可能带着她狂奔而去，甚至把她摔死。可是格蕾特尔和那头小马驹却在银幕上熊熊燃烧的人马座烈火中神气活现，格蕾特尔的脸上还一直挂着笑容。

这儿有她脱下的一块面纱：一层薄薄的白色浮沫，是最近一个晚上柏林留下的腐蚀性残留物。“你睡着的时候，我离开了房子。我走到大街上，鞋子也没穿。我找到了一具尸体。一个男人。一个星期没刮的白胡子，还有灰色的旧外套……”尸体躺在一堵墙后面，静静的，很白。她挨着它躺下来，用胳膊抱住它。有霜。尸体翻转过来，衣服上的褶皱都冻住了。她感觉到尸体多毛的脸摩擦着她自己的脸颊，气味和冰柜里的冻肉差不多。她躺在那里，抱着它，直到天亮。

“告诉我你的国度是什么样的。”是什么把她唤醒了？大街上的靴子，一只早起的蒸汽铲。她几乎听不到自己疲惫的低语。

尸体回答：“我们住在很远的黑土下。要好几天的路程。”虽然她无法像移动玩偶一样移动它的四肢，却可以让它按照自己的愿望说话和思考。

有一瞬间，她也在想——不是用具体的词语：在那些手指的控制下，自己柔弱的内心可能也有这样的感觉，而那些手指的主人是……

“嗯，这儿挺暖和的。你时不时可以从他们那儿听到些什么——遥远的轰隆声，朦胧的爆炸声，都会通过头顶的泥土传到这儿……不过都不会太近。那儿很黑，黑得东西都会发光。我们能飞。不做爱。但是有性幻想，我们以前甚至把很多幻想都和性联系起来——我们以前就是用这些幻想来调节性欲的……”

她扮演初涉人世、眼花缭乱的少女洛蒂·吕思第希，在一次洪水中扮成清洁女工模样，同富有的花花公子马科斯·施莱普兹希坐在澡盆里

---

① 原文可双关。

顺河而下。每个女孩的梦想。电影的名字叫《年轻人，站起来！》（当然，这与当时流行的口号“犹太人，滚出去！”是轻松的一语双关）。其实，所有的澡盆场景都是合成摄影①——她从没有真的出去在河上跟马科斯坐在澡盆里，那都是替身演员做的，而且处理到最后一版时只剩下一个黑魆魆的长镜头。身形暗淡而变形，像猿猴一样，光线的质感很特殊，好像整个场景是雕刻在铅一类的深色金属上。格丽塔的替身其实是个戴一头金色长假发的意大利替身演员，叫布拉佐。他们有过一段罗曼史。不过如果他不戴那头假发，格丽塔是不会跟他上床的。

河上大雨滂沱：现在可以听到急流来了，但还看不见，可又确确实实、无可避免。两个替身演员现在都感觉到一种怪怪的、痒痒的恐惧，害怕自己真的丢了，害怕岸上乱乱的、细细的灰色垂柳后面其实没有什么摄像机……所有的摄制组成员，音响师、调整道具的、电工都走了……或者根本就没到……刚刚那股水流带了个什么东西，打到我们雪白的轻舟上？那声巨响，这么生硬，这么喑哑，是什么呀？

卞卡通常是银色的，或者根本没有颜色：几千次拍下来，在透镜里变了形——双层或三层的普路塔，施奈德的安格龙，福伦达的科力尼尔，施坦海尔的奥瑟思迪格马特，一八九五年的贡德拉赫·特纳-赖希②——在这些镜头流溢着紫罗兰色的界面上变形。对于格丽塔来说，每次拍摄都是她女儿的灵魂，永远不知疲倦的灵魂……这个唯一的孩子像丝巾一样塞在腰际，总会被风吹跑。说她是母亲灵魂的延伸当然只会招致辛辣的讽刺。不过，格丽塔不时可以从其他孩子身上看到卞卡的影子，像两次曝光的鬼影……很清楚，是的，尤其是在布利瑟罗上校年轻的娈宠兼受保护人戈特弗里德身上。

---

① 合成摄影：将现场前景表演动作与被放映背景或与光学印片法印制的画面进行合成的摄影。

② 以上均为德英美各国当时最好的相机镜头品牌。

“把我的肩带拉下来一会儿。够黑吗？看。坦纳茨说它们会发光。他说他对每一条都了如指掌。今天挺白的，是吧？嗯。又长又白，像蜘蛛网一样。我屁股上也有。在大腿内侧那块儿……”很多次完事后，坦纳茨给她止住血、上了酒精，她就横躺在他的膝盖上，他则坐着研究她背上的伤痕，像吉卜赛人研究手纹一样。生命的伤痕，心灵的伤痕，神秘的十字。多么奇特的命运和图案啊！鞭打过后他非常兴奋。他们会胜出，会逃出去，这个念头让他们欣喜若狂。在这份狂野和希望离开身体之前，他就会沉沉睡去。每当这临睡的时刻，她就会特别爱他。她的脊背上火烧火燎，他可爱的脑袋沉甸甸地枕在她的乳房上，伤疤的纤维安静地生成，在夜间一个细胞一个细胞地修复。她几乎感觉很安全……

每次鞭子打过来，她都无力逃避，每抽一下，在刺心的疼痛中，她眼前都会出现一个景象，只有一个。金字塔顶端的眼睛。这座作为祭品的城市。穿着铁锈色长袍的人们。在街道尽头等待的那个黑女人。悲伤的丹麦之脸罩着头巾，俯身看着德国。樱桃红的煤块整夜不停地降落着。卞卡身穿西班牙舞者的衣服，抚摸着枪管……

一处火箭场地外的松林里，坦纳茨和格蕾特尔发现了一条无人再走的老路。绿色的矮树丛里时不时露出一块路面来。看样子，沿着这条路走下去，就会到达一个镇子、车站或哨所……究竟会有何发现不得而知。反正那个地方一定人迹罕至。

他们手拉着手。坦纳茨穿一件绿色的仿麂皮旧夹克，袖子打着补丁。格蕾特尔穿着她的驼毛外套，还扎了一条手绢。有几个地方，松针漫过老路，踩在上面连脚步声都听不到了。

他们来到了一个滑坡处，几年前这里的路被冲垮过。石子黑黑白白地沿着山坡撒开去，一直到河边。那条河他们听得见，却看不见。一辆旧车头朝下悬在那儿，是哈诺马格[①]·风暴，一扇车门摔开了。浅紫灰色的金属壳里已被偷得干干净净，像鹿的骨架一样。罪魁祸首就在这片林

① 德国汽车制造商。

子里的某个地方。他们绕过残骸，不敢与结满蛛网的玻璃、与前座阴影里的死亡离得太近。

穿过树丛，可以瞥见几栋房子的废墟。尽管还不到中午，这里的林子也没有更密，光线却已开始暗淡下来。路中间出现了几块巨大的粪便，还新鲜着，一圈一圈的，像绳子——黑乎乎的，还打着结。是什么留下的呢？

同一瞬间，她和坦纳茨都意识到，几个小时以来他们一直在一座大城市的废墟里行走。废墟并不古老，是他们所生活的年代里被摧毁的城市。前面的小径蜿蜒伸入林中。这时候，某个东西挡在他们和弯曲的小径之间：看不见，摸不着……是什么东西在监视他们，在说话："一步也不要向前走了。到此为止。别往前走了。回去吧。"

不可能再往前走了。他们都吓坏了，赶紧转身离开。那个东西好像还在身后。

回到发射场，他们发现布利瑟罗陷入了最后的疯狂。那一小块寒冷的空地上，树干统统被火箭爆炸炸掉了树皮，渗出一粒粒树胶。

"他可以把我们赶走。布利瑟罗在那儿是神。他甚至连一纸公文都用不着。但是他想让我们大家都待着。他把那儿最好的东西给了我们，床、吃的、酒，还有毒品。他们在计划什么事情，跟那个男孩戈特弗里德有关。这一点绝对可以肯定，像早晨的树脂味那样肯定，在那些蓝莹莹雾蒙蒙的早晨最先闻到的一定是这种味道。可是布利瑟罗对我们讳莫如深。

"我们搬到了灌木林。有油田，还有烧焦的黑土。战斗机排成菱形在我们头顶飞过，在追踪我们。布利瑟罗已经变成了另一种动物……变成了狼人……眼睛里没有剩下一点儿人性：人性已经日益淡去，取而代之的是非人类的灰色皱纹和红色血管。岛屿：海里聚在一起的岛屿。有时甚至像地形图上的线条，在一个共同点上叠加。'这是我 Ur-Heimat（故乡）的地图，'想象一下那种安静得近乎耳语的尖叫吧，'是死神布利瑟罗的王国。一片白色的土地。'我突然明白了：现在，他眼里的世界是虚构的地域：这些地域有自己的地图，有真正的山脉、河流、颜色。他行走的地方不是德国。是他自己的空间。可是他让我们跟他一道同行！

我的阴道会因为危险，会因为可能被消灭而充血。可空间和时间都是布利瑟罗自己的，我们根本不知道危险会什么时候降临，这一点也挺有意思的……他没有沿路退却，没有过桥履地，我们是驾船驶过下萨克森的，从一个岛到另一个岛。每一个发射场地都是白色海洋里的另一个岛。每个岛中央都有一个山顶……那里是不是火箭的位置？起飞的时刻？德国人的奥德赛。哪一个会是最后一个母岛呢？

“我总是忘记向坦纳茨问一问戈特弗里德的情况。坦纳茨得到许可，和火箭连待在一起。我却被带走了：和布利瑟罗本人，坐一辆希斯巴诺-苏莎，穿过灰蒙蒙的天气去一座石化工厂。几天以来这座工厂一直在地平线上绕圈子，阴魂不散。远处破旧的黑塔聚在一起，其中一堆上面一直有火焰在燃烧。这就是‘城堡’[①]：布利瑟罗看过去，正要开口，我说：‘城堡。’他的嘴迅速却不动声色地微笑了一下：皱巴巴的狼眼甚至已经不再理会这些心里的灵犀，而是看到了野性的北方，在我无法想象的死亡边缘看到了一种坚韧。坚硬的细胞里闪烁着微光，除了冰，什么都没有，甚至连冰都没有。他叫我卡婕。‘你会明白，你的小伎俩是不会再得逞的。现在不行了，卡婕。’我不害怕。我知道他是疯了，要么就是老年妄想症。银色的鹳垂着翅膀飞进我们的风中，头压得很低，腿在后面，脑后打着普鲁士结：这时候，主办公楼车道上行驶的黑色豪华轿车和指挥车形成的旋涡映在光滑的楼面上。我看到停车场边上有一架轻型两座飞机。里面男人的脸看起来都很熟悉。我从电影里知道了他们，都是重量级的大人物，不过我只认出了一个：斯马拉德总裁，从莱沃库森[②]来的。一个老年人拄一根拐杖，是战前大名鼎鼎的唯灵论者，现在好像还是。‘格丽塔，’他微笑着来抓我的手，‘啊，我们都到这儿来了。’但其他人对他的魅力都表现得麻木不仁。他们一直在等布利瑟罗。城堡里的贵族会议。他们进了会议室，把我留给一个叫德罗尼的助手，高额头，

---

① 指塔罗牌的第十六张。纸牌画面上一座白色城堡被雷电击中，顶部被炸毁，火焰从窗口喷出，里面两个人头朝下落向地面。

② 莱沃库森：德国中西部一城市，位于科隆以北莱茵河畔。工业中心。

头发开始白了，总是折腾自己的领带。我的每一部片子他都看过。我们走开，进了机房。我从会议室的窗子望去，看到他们坐在一张圆会议桌旁，中间放着一样东西，灰塑料做的，闪着光，光亮还在表面上移动着。‘那是什么？’我问。我想勾引德罗尼。他把我带到其他人听不到的地方。‘我觉得是做F-装置用的。’他低声说道。”

“F？”斯洛索普说，“F-装置，你肯定吗？”

“一个什么字母吧。”

“是S吗？”

“对了，是S。他们像学话的孩子一样，摆弄着这些他们自己造出来的词。我看那个东西像个通灵物，是他们联合起来，用意志把它物化到桌子上来的。谁的嘴唇都没动。那是场请神会。我明白了，布利瑟罗已经带我穿过了边界。他终于把我毫无痛苦地注入了他的故乡。我自由了。男人们在走廊里堵在我后面，挡住了回去的路。德罗尼抓着我袖子的手在出汗。他是个塑料收藏家。他用指甲弹了弹一张很大的透明非洲面具，竖起耳朵——‘听到了吗？真正的聚苯乙烯的鸣响……’他兴高采烈地举着圣杯复制品般的一个大杯，里面是甲基丙烯酸甲酯[①]。我们在一座反应塔旁边。空气中有一股强烈的涂料稀释剂味儿。透明塑料棒从塔底的压出机嘶嘶而出，进了冷却管或切碎机。屋子里很闷热。我想到一种很深的、又黑又黏的东西，是它在养活这座工厂。我听到了外面发动机的声音。他们要走了吗？我为什么在这儿？塑料蛇无休止地从左爬到右。护送我的那些人勃起得很厉害，那根东西都要从裤口爬出来了。我想干什么都可以。炽热而深邃的黑色。我跪下，开始解德罗尼的裤子。可是另外两个人抓住我的胳膊，把我拖出去，拖到一个仓库里。其他人跟上来，或是从其他门里进来。巨大的苯乙烯或乙烯基的帘子从头顶上一条条挂下来，各种颜色，有透明的有不透明的，像极光一样耀眼。我感到帘子外面某个地方还有观众存在，正等待着什么事情发生。德罗尼和那些人在一块塑料充气床垫上把我展开。我清楚地听到周围的空气里还发

① 甲基丙烯酸甲酯无色液体，CHC(CH)COOCH，用作塑料的一个单体。

出灯光崩塌的声音。有人说‘丁二烯’，我听成了“定要尔死”……塑料在我们周围窸窸窣窣，噼啪作响，把我们包在一片，嗯，一片惨白里面。他们拿走了我的衣服，给我穿上一件奇特的服饰，一种黑色聚合物做的，腰部很紧，胯部开口。这件衣服在我身上活了起来。‘忘了皮革，忘了缎子吧，’德罗尼声音发抖，‘这是仿聚合物。未来的材料。’我没法形容它的香味和手感——很高档。这种材料一上身，我的乳头就立刻涨起来，渴望有人去咬。我想感觉一下这东西贴在我的私处是什么感觉。我以前穿过的东西，也包括以后穿的，都不能像仿聚合物那样让我的乳头勃起。他们许诺给我同样材料的乳罩、衬衫、长筒袜、袍子等。德罗尼在自己的物件儿上绑了一根仿聚合物做的大物件儿。我用脸摩挲着它，真好吃……我的两脚之间流成了一道深渊。事实、记忆，没办法去分辨了，所有这一切都沿我的头部滚滚而下。洪流一般。我把所有这一切都倒空了……从头顶倒入一个虚空里……蜷曲盘旋、色彩斑斓的幻觉顺流而下……小玩意儿、有趣的台词、艺术品……我都给放走了。什么也不留。这是不是‘认输’——让这些都走了？

“我不知道他们把我在那儿留了多久。我睡过去，又醒过来。男人们出现，又消失了。时间已经失去了意义。一天早上，我在工厂外面，一丝不挂地待在雨里。那儿什么也不长。一个巨大的冲积扇绵延数英里，有什么东西沉积在那儿。一种沥青一样的垃圾。我只好一路走回发射场。他们都走了。坦纳茨留了一张条子，要我设法去斯维内明德。发射场一定发生了什么事。那块空地上有一种寂静，我以前只感觉到过一次。有一次，在墨西哥。我在美洲的那一年。我们在丛林里很深的地方。我们走上一段石阶，石阶上盖满了藤蔓、蘑菇，还有几个世纪的衰败。其他人爬到了顶上，我却不行。跟我和坦纳茨一起在松林里的那天一样。我感到一种寂静在那儿等着我。不等他们，只等我……我自个儿的寂静……”

◆ ◆ ◆ ◆ ◆

阿努比斯号的驾驶舱上，暴风雨响亮地敲打着玻璃，像湿淋淋的巨鳍从黑夜里胡乱往下掉——啪！活泼泼的身子在响声边上闪一下就不见了——真得有股子狂劲儿，至少得是个波兰骑兵军官，才能用这种姿势站在这么脆弱、这么单薄的一层分隔物后面，盯着每一下气势汹汹的撞击。普洛卡娄斯基身后倾斜仪的摆锤随着船的晃动左右摇摆着，犹如在梦中一般。暴风雨之光将他脸上的皱纹变成黑色，和他的眼睛一样黑，和斜翘在他额头皱纹上的咸腥、结实的水兵冬帽一样黑。光线汇集在无线电装置表面，清晰，深刻……又从方位盘的刻度表上轻柔地散开……从舷窗里漏出去，洒到白色的河里。不知为什么，这个下午特别长。好几个钟头了，日光持续不断地暗淡下来。桅顶的放电光球开始闪烁。暴风雨猛力撕扯着绳子和缆索。阴沉沉的夜晚惨白而喧闹，一阵阵痉挛着。普洛卡娄斯基抽着一支雪茄，在研究奥德潟湖[①]的航海图。

这么多光。俄国人的瞭望哨是不是在岸上盯着，在雨里等着？这条水路是不是也被油彩笔兢兢业业地、一个X一个X地画在了俄国塑料的世界里？在那里，无人问津的德式窗户变成了白色的蛛网，草一样的磷光体在A型显示器上漾动，打中还是打不中完全取决于看不见的齿轮间那个手柄玩耍式的动作……瓦斯拉夫——你看到的那个小点是条船吗？这些日子，占领区的模拟战事没完没了——水里的驻波[②]、巨大的无人驾驶飞机（很有名，操作人员已经给取上绰号了）、任性的气球、其他战场漂过来的垃圾（巴西的油桶，模印着“供应拉密堡”之类字样的威士忌箱子）、来自外星系的空中观察员、一阵一阵的烟雾、短暂出现的高反照率——真正的目标却很难找到。大部分补充兵员和新兵都被弄得晕头转向。只有那些操作显示器的老手才能保持感觉，知道什么才是有用的：在战争期间当值多了，开始的时候乃至以后所有的时候，只要见了绿色电波就会对可能发生的事情战战兢兢，但慢慢也就掌握了分布规律……他们学会了在眼力上仁慈一点，该放过去的就放过去。

---

① 奥德潟湖：奥德河泻入波罗的海形成的海湾。巧合的是，Oder Haff在德语里正好是“另一半”的意思。

② 又称“立波”，波面作周期性振动而波形不向前传播的波浪。

阿努比斯号今晚在这个河口有多大可能获得一条生路？船的行程已经滞后了，这是时尚，也是无奈：几周前就应该走过斯维内明德了，可是苏联人封锁了维斯图拉河[1]，不让这只白船过去。有一阵子，俄国人还在船上派了一队警卫。后来阿努比斯号上的女士们把他们勾引开，创造了足够的时间使船上的人收起了缆绳——于是，大家这才有机会最后一次长久地、反复地唱着祖国波兰的歌曲，穿过北方这些经常被水淹没的土地。无线电信息追踪着他们，今天用明码，明天用密码。开始的时候形势不明，命运夹在刽子手的沉默和欢娱的时光之间，瑟瑟发抖。目前国际上有支持阿努比斯号事件的，也有反对的，争论不休，太遥远也抓不着边际，命令每个小时都在改变。

阿努比斯号上下左右剧烈颠簸着向北行驶。闪电在天际四处闪耀，雷声让船上当兵的想起了宣告战斗开始的连珠炮，他们现在也不确定自己是否已死里逃生，是否还在梦中——醒来后仍可能难逃一死……露天甲板溜光水滑、空无一物。聚会时扔的垃圾把排水管堵住了。变了味的油烟从船尾瞭望台的舷窗里悠悠升起，渗进雨中。大厅里铺开了纸牌赌博的摊子，锅炉房在放淫秽电影。第二个二时班[2]马上就要开始了。白色的船像刚刚点燃的煤油灯，灵魂开始安静下来，进入了夜晚的日程。

寻欢作乐的人们跌跌撞撞地从船头逛到船尾，晚装上一块一块吐痕像光芒四射的太阳。女士们躺在雨里，乳头翘翘的，在湿透的丝绸下不停地起伏。服务员举着一托盘晕海宁和小苏打，在甲板上一路打滑。贵族们吐得天翻地覆，瘫倒在救生索旁。这时斯洛索普来了，从舷梯下来到主甲板上，被舷梯的备用扶手绳颠得够呛，整个人没精打采的。他找不到下卡了。他找遍了整条船，一遍又一遍地折回来，不知怎么就是找不到，就像早上自己不知怎么就离开她一样。

这事很重要。可是有多重要呢？既然玛格丽塔已经隔着没有弦的里

---

① 维斯图拉河：波兰的一条河流，发源于捷克斯洛伐克边境，呈 h 弧形流向东北、西北，向北注入格旦斯克湾。

② 二时班：船上为调换夜间值班时间，下午四到八时的值班分为两班，每班两个小时。

拉琴[①]和船上厕所里恶臭的深坑，向他哭诉了和布利瑟罗最后在一起的日子，他已经知道了该知道的东西：一直缠着他不放的原来就是黑色装置，黑色装置加白色塑料般无所不在的拉兹洛·雅夫；如果说他既是寻找者，又是被寻者，那么肯定有人给他下了套，而他也给别人下了套。仿聚合物的问题有人在埃尔曼·戈林赌场就在他体内种下了根，希望它能在占领区内靠自己的力量发芽开花，结出仿聚合体之果——同时，“他们”也知道斯洛索普会很积极地去找它的。看来他们了解斯洛索普的一些下意识的需求，而他自己却不知道。说起来挺丢人的，不过还有一个更气人的问题：*我干吗这么想得到它？*

甚至在一个月之前，只要有一两天的平静日子，他就会回忆起九月的那个下午[②]，回忆起他裤子里那根硬硬的家伙，翘得恰似勘探队员手里的探测杆，直指天上挂着的那个人人都有份的东西。探测火箭需要天分，而他有这个天分，也因此而受苦，想把身体的每一个毛孔和卵泡都充满喧嚣的色欲……想进去，填得满满的……想去猎取……想显露出来……想开始叫……想张开胳膊腿嘴巴肛门眼睛鼻孔面对在天空中等待的旨意一丝儿也不抱获得怜悯的希望苍白无力的天空啊比商业广告剥夺了光彩的耶稣还要暗淡……

此时，斯洛索普身后裂开了一道无法跨越的口子，可以回头的桥已经永远沉下去了。对于是否背叛那些相信他的人，他已经越来越不那么在乎了。对义务的迫切感也减弱了。实际上，他感觉自己没有情感了，这种麻木应该引起警觉，可是他却没办法真的在意……

没办法……

船上的无线电接收装置里，噼噼啪啪俄国人发送的声音，静电干扰像滂沱大雨一样爆开了。岸上开始出现灯光。普洛卡娄斯基把总闸关上，切断了阿努比斯号上所有的灯光。会看到电光不时从十字顶端、从其他

---

① 里拉琴：竖琴家族中的一种弦乐器，用来为歌手或朗诵诗歌的人伴奏，特别是在古希腊。这里“没有弦的里拉琴”指的是马桶。

② 一九四四年九月八日星期五下午第一枚 V-2 火箭落到伦敦。

东西的尖端喷出来，白晃晃的，像告密者一样泄露了天线和支架的行藏。

在风暴的掩护下，白色的船只后来从斯德丁[①]的巨大废墟边悄悄溜过。雨势在左舷暂时减弱，露出剩下的几台坏了的起重机和烧焦的仓库，那么湿，隐约地闪着微光，几乎可以闻到它们的味道。无人沼泽的气息也开始传来。河岸又像外海一样看不见了。阿努比斯号周围的奥德潟湖开阔起来。今晚巡逻艇不会出来。浪端的白沫从黑暗处拍过来，在船首高处摔得粉身碎骨，咸咸的海水从金色的豺狗嘴里汩汩流出……瓦福纳伯爵什么也没穿，只戴了白色的领结，在船尾摇摇晃晃，手里一大把红的、白的、蓝的筹码稀里哗啦撒到甲板上。他永远都不会把它们兑成钱的……女伯爵碧贝秀在前甲板上梦见了四年前布加勒斯特的情景——那是在恐怖的一月，铁卫队[②]在收音机里声嘶力竭地喊着“死亡万岁”，犹太人和左派人士的尸体挂在市屠宰场的钩子上，滴在散发着肉味和兽皮味的砧板上。一个六七岁年纪的男孩，身穿天鹅绒“小公爵”套装，在舔她的胸脯，他们湿湿的头发缠在一起，像他们的呻吟一样不分彼此。这一切都会在船首突然炸开的白浪里消失……袜子抽丝了，人造丝内衣上的真丝裙子像密密的波纹绸……勃起的东西没有任何征兆就软下来，骨制的纽扣在恐惧中颤抖……光线又照过来，甲板又成了一面炫目的镜子……之后不久，斯洛索普看见了她，以为又找到了卞卡——黑黑的眼睫扑闪扑闪地闭上，雨水在脸上奔流。他看到，在阿努比斯号向左舷猛地一摇的当儿，她失足跌倒在黏糊糊的甲板上。即使在这种情况下，即使离得那么远，他也不假思索地向她猛冲过去，但她却消失在白垩色的救生索下面不见了。他打了一下滑，踉跄着想收住脚，要紧处腰上被撞了一下，一下子被抛到船边。再见了，阿努比斯号，再见了，船上声嘶力竭的法西斯狂徒们。雨又密又急，沿着他的眼睛滑落，已经没有船了，甚至连黑色的天空也没有了。他掉进水里，连救命都没来得及叫，只是

---

① 斯德丁：波兰西北的一个城市。

② 铁卫队是罗马尼亚的法西斯组织，非常极端、暴力并且崇尚死亡。队员穿绿色衬衫，脖子上挂着小袋的罗马尼亚泥土，象征对祖国的热爱。

可怜巴巴、眼泪汪汪地叫了一声“噢妈的”。在今夜的奥德潟湖上，在这被打得白花花的惨象里，他的眼泪是那么的微不足道……

◆ ◆ ◆ ◆ ◆

说话声是德国人的。看样子是单桅渔船，却不知为什么没有渔网和帆桁。货物堆在甲板上。一个粉红脸盘的年轻人从船中部向下盯着他看，一前一后地摇晃着。“他穿着晚礼服，”他冲着驾驶舱喊道，“不知是好是坏？你不是军政府的人吧，嗯？”

“天哪，孩子，我快淹死了。必要的话我可以签个表格。”这句话相当于德语的“你好伙计”。年轻人伸出一只结了层藤壶①的粉红手掌，把他拉了上来。斯洛索普的耳朵冻僵了，咸咸的鼻涕从鼻子里流出来，滴在木甲板上。甲板上发出一代又一代鱼儿蕴积而成的臭味，还有硬邦邦的货物留下的几道鲜亮刮痕。船又猛地加足马力向前驶去。斯洛索普湿淋淋、晃悠悠地被送到船尾，身后的飞沫像公鸡尾巴似的在雨里翘着。驾驶舱里疯狂的大笑吹到了船尾：“嗨，驾船的是谁呀，还是什么东西？”

“我妈妈，”粉红男孩蹲在他旁边，一副又歉疚又无奈的神情，“公海上的恐怖女王。”

这位苹果脸的女士叫格纳布太太，孩子叫奥托，她心疼的时候叫他“傻奥托”，她觉得很滑稽，却不知这已经不符合她的年龄了。斯洛索普卸下无尾晚礼服，挂在里面晾干，身上裹了条军用毯子。这个过程中，母亲和儿子给他讲了他们沿波罗的海贩卖黑市物品的办法。今天晚上谁还会出来呢？刮风下雨的。斯洛索普有一张让人信赖的脸。他确实有这个本事，人们什么都愿意告诉他。看样子，他们现在要去斯维内明德拉货，明天好在优思顿海边卖。

“你认识一个穿白套装的男人吗？”他引用几个世纪以前盖丽·特里

---

① 附着在水下船底或柱石上的贝属动物。

平的话，“他每天中午时分都在斯维内明德那儿的海滩上散步。”

格纳布太太捏了一小撮鼻烟，笑嘻嘻的：“谁都认识他。他是黑市上的白衣骑士，就像我是做海岸生意的女王一样。”

“‘老马’先生，对吧？”

“就是他。”

就是他。斯洛索普裤子口袋里还带着那位酸爷·巴摩给他的棋子。有了它，“老马”就该知道他是谁了。斯洛索普在驾驶舱里睡着了，睡了两三个小时，梦里下卡过来钻到毯子下面和他挤在一起。“你现在真的在欧洲了。”她笑了，抱住他。“哦，天哪。”斯洛索普不住地说着，声音走了调，听起来跟秀兰·邓波儿一模一样。真是挺尴尬的。他在晨光中醒来，海鸥在长声尖叫，空气中有二号燃油的味道，酒桶沿着稀里哗啦的木板轰隆隆滚向岸边。他们已经靠在斯维内明德的码头了，停在仓库长长的、松松垮垮的废墟里。格纳布太太在看着卸什么货，奥托在用马口铁罐头盒煮一罐真正的 Bohnenkaffee（咖啡豆磨出的咖啡）[①]。“好一阵子没喝过了。”斯洛索普把嘴给烫着了。

“黑市，”傻奥托咕哝了一句，“可是好生意。”

“我以前也干了一阵子……”哦，是啊，他把鲍丁给的最后那点印度大麻落在阿努比斯号上了，真是的，有他妈的好几盎司呢，真够蠢的了。“瞧，大大的坏坏的魔鬼点心，像心肝宝贝在糖罐里打滚——”[②]

“今天早上天气真不错。”奥托说道。

斯洛索普重新穿上无尾礼服，与奥托一起下船去找“老马”先生，礼服一身的褶子，缩了水，几乎干了。今天老马先生好像包下了沿海岸上行的船。斯洛索普不停地四处打量，寻找阿努比斯号，可是根本看不见。远处，龙门起重机挤在一起，一个个形销骨立，无可奈何地看着突然出现在港口的废墟。俄国人春天的进攻使这里的地形更为复杂。那只白船可能正躲在修船厂某一堆残骸的后头。出来吧，出来吧……

---

① 原文为德语。这里是相对于战时的咖啡代用品来说的。

② 这是前文中下卡在阿努比斯号上唱的邓波儿歌曲里的两行歌词。

暴风雨已经散去，今天微风柔和，天空躺在头顶上，呈现出一幅完美的干涉图[①]，灰色和蓝色呈鱼鳞状交织。有些地方，军队的机器在挖地，发出叮叮当当的声音。远远近近都有男人和女人在用俄语大声叫喊。奥托和斯洛索普沿小巷走，躲着他们，巷子两边都是圮废的半木架结构房屋，一层一层伸出来，经过几个世纪细微得几乎觉察不出的摇晃，已经快要在半空中碰头了。几个戴黑色鸭舌帽的男人坐在门廊上，看着过路的人手里有没有香烟。一个小广场上架起了货摊，木头搭的架子，旧旧的，满是污垢的帆布微风吹过时便闪出些许微光。俄国兵斜靠着电线杆或长凳，和穿阿尔斯村姑式连衣裙[②]和白色及膝短袜的女孩子们说话，身体像雕塑似的，几乎一动不动。拉货的马车卸掉了马儿，辕杆[③]斜到地上。地板上是一层粗麻布和稻草，还有少量农产品。几只狗在坦克碾过泥土留下的“底片”上嗅来嗅去。两个穿着深蓝色旧制服的男人拿着水管和扫帚，一路干着活，用从码头抽上来的盐水清走垃圾和石粉。两个小女孩绕着一个艳红色电话亭追来追去，亭子上贴着石印的斯大林彩像。工人们戴着皮帽子，眯缝着眼，一脸早起的倦容，骑车往码头去，午餐盒吊在手把上。鸽子和海鸥佯装向檐沟里的金属渣发起攻击。提着空网兜的女人急急走过，幽灵般轻快。街边一棵孤独的小树上有一群鸟在唱歌，但看不见它们。

跟盖丽说的一样：在到处是钢铁碎片的散步道上，有个人一会儿踢踢石子，一会儿看看水，目光心不在焉地扫瞄着沙滩，好像在找丢失的手表或金质眼镜框啥的。他在等人。就是他。五十岁上下，阴郁、棕色的眼睛，脑袋两边头发很厚，向后梳着。

斯洛索普亮了一下塑料马。老马先生微笑着鞠了一躬。

“葛哈特·冯·高尔，乐意为您效劳。”他们握了握手，不过斯洛索普的手有些刺扎感，不舒服。

---

① 物理学术语。

② 阿尔斯村姑式连衣裙：一种多褶连衣裙，有紧身背心、低衣领和宽大的短袖。

③ 辕杆：固定在马车前轴上用来控制马匹的长杆。

海鸥在鸣叫，浪花在沙滩上平息下去。“哦，”斯洛索普说，“我的耳朵不怎么好使。你得——你刚才说葛哈特·冯什么来着？”鱼鳞状的天空开始不那么像波纹绸，而是像棋盘了，“我想我们有一个共同的朋友。嗯，就是玛格丽塔·埃德曼。昨晚看到她了。是啊……”

“她应该已经死了。”他拉起斯洛索普的胳膊，两人开始沿小径漫步。

“那—那你应该是个电影导演吧。”

“都一样。”他给斯洛索普和自己各点了一支美国烟，“都是控制的问题。不过强度更大。对于有些懂音乐的人来说，不谐和音其实是一种更高形式的谐和音。你听说安东·韦伯恩了吧？真惨。”

“是误杀。他是无辜的。”

“哈！他当然是无辜的了。不过错误也是不可或缺的一部分——万物皆合其位。这一点我们可以搞明白，对吧？我们学习模式，我们调整节奏，有一天，你不再是演员，你自由了，跑到镜头另一边去了。对于管理者们来说没什么稀奇——某个早晨醒来，就会顿悟：什么王后啊、象啊、王啊都不过是些表面风光的瘸子，而卒子，即使那些到达了最后一行，也注定只能在平面上爬，没有哪座城堡会自动起落——不行：只有马才能飞！”

“没错，老马先生。”奥托说。

四个俄国大兵从一排已成废墟的酒店门面里晃出来，大笑着穿过小径，翻过墙走到水里，站在水里互相扔鹅卵石、踢浪花、唱歌。斯维内明德镇可不怎么自由的。斯洛索普给冯·高尔讲了玛格丽塔的事，尽量避免带上个人感情。不过他对卞卡的焦虑肯定多少露了一些马脚。冯·高尔像慈祥的叔叔一样，摇摇他的胳膊：“没事。我倒不担心。卞卡是个聪明的孩子，她母亲也不是什么煞星。”

“你真会安慰人，老马先生。”

波罗的海一身国防灰[1]，骚动不宁地沿着海滩窃窃私语。冯·高尔没

---

① 第二次世界大战时德国军队着灰色军服。

戴帽子，却学着蒂罗尔[1]人碰了个帽檐礼，算是向结伴出来晒太阳的黑衣老太太们打招呼。奥托去追海鸥了，手伸在前面，做势要钳过去，却总是逮不着，很有点无声电影的味道。不久就有人加入了他们的行列。此人长了个粗笨的鼻子，伛偻着腰，橘黄和灰色夹杂的络腮胡子一星期没刮，双排纽皮大衣太大了，下面没穿裤子。他叫纳里奇——就是霍斯特·阿赫特法登为“黑色装置”供出的那个搞空气动力的克劳斯·纳里奇，同一个人。他手里攥着一只死火鸡的脖子，还没拔毛。他们挤过斯维内明德大大小小的垃圾堆和去年春天打仗留下的断垣残壁时，镇上的人开始从废墟里出来了，零零散散跟在冯·高尔靠近陆地的那一侧，眼睛都看着那只火鸡。老马先生把手伸入白西装上衣，掏出一支美式军用四五式手枪，做出漫不经心的姿态检查了一下。跟着他的人立刻减少了一半。

“他们今天更饿了。”纳里奇说。

“是啊，”老马先生回答，“不过今天人更少了。”

“天哪，”斯洛索普突然明白了，“这可真够残酷的了。”

老马先生耸了耸肩：“你可以同情他们。不过可别对他们抱什么幻想。鄙视我，歌颂他们吧，不过记住，我们是相互定义的。选民和弃民，我们都毕恭毕敬地穿过光明和黑暗的宇宙结构。我是少数几个能完全理解它的人之一。所以，年轻人，好好想一想你要站在哪一边。他们永远在阴影里受苦，而这边却总是——”

艳阳高照（狐步舞）

——黑市里永远艳阳高照，
金子和银子让它闪耀！
从珊瑚海到蓝色波罗的海，
钱是主发条，
有了它什么都转得好——

---

① 蒂罗尔：位于奥地利西部及意大利北部的阿尔卑斯山东部地区。

每个绝妙的袒胸露背里，
都有个价码在闪耀——
管她是绿是红，就算妈妈是婊子，
那也是上帝的伟大号召……
啊，黑市里，黑市里永远艳阳高照，
因为金子和银子让它闪耀！

纳里奇和奥托也加进去，成了三部和声，斯维内明德饥饿而无所事事的人们在一边看着，面无血色，像耐心等待的家畜。他们的身体却是空空荡荡的，像铁丝拧的衣服架子，撑着战前的西装和外套。衣服太旧，穿得太久了，满是污垢，脏得发亮。

他们离开散步小径，在街角停了一下，一队俄国步兵和骑兵正好开过。“天哪，他们真是源源不断，”奥托说了一句，“马戏团在哪儿？”

“海岸那边，孩子。”纳里奇说。

“海岸那边有什么？”斯洛索普问。

“小心，”纳里奇提醒，“他是个间谍。”

“别叫我‘孩子’。”奥托凶狠地大叫。

“间谍个屁。”斯洛索普说。

“他没事。”老马先生把他们的肩膀上拍了个来回，真是一位 Herr Gemütlich（好好先生）啊。“大家都了解他很久了。他连枪都没带。”他又对斯洛索普说：“欢迎你和我们一起去，去海岸那边。你可能会感兴趣。”斯洛索普可不是傻瓜，他注意到大家脸上这时候都露出一种滑稽的神情，包括那位老马先生。

朝海岸那边走的货车中间，有合唱团的六个女孩子，旧外套下穿着羽毛和亮晶晶的小金属片，这样可以节省箱子的空间；一个小乐队全都在睡觉，醉得有深有浅；还有好多好多箱伏特加和一群用来演出的黑猩猩。奥托的海盗妈妈把其中一只猩猩逼到了驾驶舱里。他们互相攻击，女人百般辱骂，猩猩则不时伸出手去，想用软软的香蕉皮扇她。正患溃疡的剧团经理 G.M.B. 哈福腾试图提醒奥托，但他一贯是找错人表错情。

“那就是沃尔夫冈！他会杀了她的！”沃尔夫冈是他的头牌猩猩，表现有点不稳定，模仿希特勒非常不错，不过很快就会走神。

“嗯，”奥托含糊其词地说，“他得小心我妈。”

进了她菱形的船舱口，就更清楚这个老太婆有多厉害了：她半坐半躺着，唱着轻快的小曲儿，笑得甜甜的，大嘴冲着那个沃尔夫冈咧得牙齿毕现，一边还在莺声燕语：“Deine Mutter（你妈妈）……”

“嘿，她以前从没见过猩猩，对不对？”斯洛索普把脸转向奥托，一脸——就叫“温柔杀手”吧——的神情，把年轻人吓了一跳。

“Ach（哎呀），她可不得了。她天生就知道——*准确无误地*知道怎么去损人。甭管是动物，还是蔬菜——我有一次甚至看见她在损一块*石头*。”

“啊，那么——”

“是真的！真的。去年，在丹麦那边的海岸。是一块巨大的霏细岩残骸，她批评它，”说着差点大笑起来，那种沉闷的、我们都会躲开的笑声，“批评它的晶体结构，批了二十分钟。难以置信。”

歌舞团的女孩子们撬开了一箱伏特加。哈福腾挠着头顶上只生长在记忆中的头发，冲过去对她们大嚷大叫。大大小小的男孩女孩，一个个衣衫褴褛，骨瘦如柴，没精打采地走过跳板，在装卸货物。晴朗的天空下，黑猩猩在船桅和天线上荡来荡去，海鸥从他们头顶滑翔而过，盯着他们看。起风了，不久港口里四处溅起白色浪花。每个孩子都扛着一捆或一包东西，大小不同，形状和颜色各异。老马先生站在一边，夹鼻眼镜戴在玛瑙色眼睛前，在一本绿色摩洛哥羔皮封面的本子上核对存货清单，蒜汁蜗牛，十二打……三箱干邑白兰地……网球，两打……胜利牌留声机一台……电影胶片，《走运的皮埃尔胡作非为》，三卷……双筒望远镜，六十支……手表，等等等等，给每个孩子打个钩。

很快，所有的东西都装到甲板下了，猩猩们睡着了，乐师们醒过来了，女孩子们围着哈福腾，骂他，拧他的脸蛋。奥托沿着甲板边上一路走过去，孩子们把绳子抛过来，他就往上拉。最后一条绳子已经抛出，绳端的眼孔在半空中划过，形成一条泪滴状的长景，里面是被掏空的斯维内明德。这时格纳布太太脚底下感觉到船已经离开陆地了，便开始故伎重演，在船尾差点把一只猩猩弄丢了，还把哈福腾的半打美人弄得四仰八叉地躺在那儿，一片迷人的大腿、屁股和乳房纵横交错。

船沿着斯维内河呈漏斗状的、渐渐变宽的水道向海里开，而交叉水流则使劲地把它往回拉。防波堤内，船吐着白沫穿过春天在水下炸出的裂口——小心了，格纳布太太面不改色，把船舵打得满满的，径直向萨丝尼茨渡船冲去，渡船呼地转身，刚好避开。渡船的乘客从栏杆那边踉跄回来，目瞪口呆地看着她，她则咯咯大笑。“求您了，妈。”傻奥托在驾驶舱的窗户上哀哀求告。听了儿子的话，这个女汉子震天吼起一首血淋淋的

海上船歌

我是波罗的海航道的海盗女王，没人敢对我造次放狂——
胆敢造次的都成了尸骸和头骨，静静地躺在大海汪洋。
小鱼们就像送信的使者，在他们眼眶里游进游出地唱：
“你们别招惹高丽·格纳布，她专干刀上舔血的行当！”

我敢和战舰对着干，我敢毁掉单桅帆船，
有一次狠狠扑下去，把一百条小命送到了阴间，
我见到过鬼船的船长①，每次路过他都会大声呼喊：
“哦，快躲开高丽·格纳布，她专门在刀上把血来舔！”

唱声刚落，她抓住船舵开始加速。他们发现船上蹿下跳地朝一条已经半沉的货船冲去：货船黑色的铁凹面上溅着点点红丹②，一个个生了锈的铆钉和坑坑洼洼的金属板直逼过来，赫然就在眼前——这女人显然是

① 传说中一个荷兰船长，发誓要打败暴风雨，结果被诅咒永远逆风航行，直到审判日。水手都认为见到他的船是不祥之兆。

② 红丹：一种有毒的明红色粉末，用于油彩、玻璃、陶器和管道接口黏合剂。

神经错乱了。斯洛索普闭上眼睛，紧紧抓住一个合唱团的女孩子。驾驶舱里传来一声大叫，小船向左猛打，险些撞到，可能蹭掉了几块油漆。奥托正在做白日梦，想象自己如何一命呜呼，这一来整个人向船侧踉踉跄跄地猛跌过去。“这就是她的幽默感。”他一边跌，一边点评。斯洛索普伸出手抓住他的毛衣，女孩则抓住了斯洛索普的礼服尾巴。

“她可是有点儿太过分了，”奥托过了一会儿喘息方定，“你都看到了。不知道该拿她怎么办。”

“可怜的孩子。”女孩笑了。

“是啊。”奥托说。

斯洛索普总是很高兴看到年轻人在一起，便离开他们，去船尾找冯·高尔和纳里奇。格纳布太太调转航向，船便朝西北颠簸而行。不久，他们就穿过白浪滚滚、咸味十足的波罗的海，朝海岸驶去。

“哎呀，我们这是去哪儿呢，伙计们？”斯洛索普心情愉快，想知道要去哪儿。

纳里奇瞪着个眼睛。“那是优思顿小岛。”冯·高尔轻声解释。“它一边靠波罗的海。还靠近两条河，斯维内河，还有佩纳河。我们刚刚是在斯维内河上。我们在斯维内明德。斯维内明德意思就是‘斯维内河的河口。’”

“明白了，明白了。”

“我们在朝优思顿岛附近开，到佩纳河的河口。”

“我想想看，那就应该叫……等等……佩纳明德，对吧？”

“对极了。”

“那——”停顿了一下，“哦。哦，是那个佩纳明德。”

原来纳里奇曾经在那儿工作过。想到俄国人占领了那个地方，他可能有点儿不高兴。

“我看上了一个液氧工厂。”老马先生也懂点儿行，“本来想搞个连锁的——我们还在想办法弄沃尔肯罗德的那个厂子，在那个旧戈林研究所。”

“北豪森下面有不少液氧发生器。”斯洛索普想帮上忙。

“谢谢。俄国人也知道，你不难想起来的。问题就在这里：如果不是特别不对劲，我也会以为他们根本不知道想找什么。朝东的道路没日没夜挤满了俄国卡车，装满了东西，各种各样的战利品。不过还没有什么明确的意图，就是拆下来打包带回家。”

“天哪，”斯洛索普这时候聪明了一下，“你觉得他们找到了黑色装置吗，啊，冯·高尔先生？”

“啊，真可爱。”老马先生乐呵呵的。

“他是战略情报局[①]的人，”纳里奇咕咕哝哝，“跟你说吧，我们应该把他揩掉。”

“黑色装置现在值一万英镑，先付一半。你有兴趣吗？”

“没有。不过，我在北豪森确实听说你已经弄到了。”

“错了。”

“葛哈特——”

“他没事儿，克劳斯。”说话的表情斯洛索普以前见过，汽车推销员示意同伙“这人是个大傻瓜，列奥纳多，别吓他了，好吗？”时的那种表情，“我们故意在斯德丁设了个套。想看看齐切林上校会是什么反应。”

“妈的，又是他？他肯定会做出反应，肯定的。”

“嗯——我们今天去佩纳明德就是要弄清这件事。”

“哦，天。”斯洛索普接着讲述了波茨坦的争论，再就是盖丽认为齐切林固然关心火箭的硬件，但更关心如何对付那个恩赞上校。那两个生意精，就是有兴趣，也会不露声色。

谈话开始漫无边际，就像斯洛索普的母亲南琳，每到下午就喜欢慢悠悠地、不着边际地絮叨那些有名有姓的故事——海伦·特伦特，斯特拉·达拉斯，“幕后妻子”玛丽·诺布尔[②]……

“齐切林是个很复杂的人。似乎是……他把恩赞看作是……他自己的另一部分——他自己身体里某种东西的黑人版。这个东西他需要……消灭。”

---

① 中央情报局的前身。

② 以上都是南琳最喜欢的广播肥皂剧里的人物。

纳里奇：你认为可能会有什么……什么政治原因吗？

冯·高尔（摇摇头）：我一无所知，克劳斯。自从中亚发生的事——

纳里奇：你是说——

冯·高尔：是啊……吉尔吉斯之光。你知道，很可笑——他可从来都不想被认为是帝国主义者——

纳里奇：他们都不想。不过那个女孩……

冯·高尔：小盖丽·特里平。她认为自己是个女巫。

纳里奇：可是你真的认为她想把这个——她的这个计划进行到底，去找齐切林？

冯·高尔：我觉得……是“他们”……想……

纳里奇：可是葛哈特，她爱上他了——

冯·高尔：他还没跟她约会呢，是不？

纳里奇：你不会是在说——

“嗨，”斯洛索普结结巴巴，“你们这些家伙在说啥呢，到底？”

“多疑症，”老马先生没好气地迸出一句，语带责备——人们正玩得起劲时被打断，就会用这种口气说话，“你不会懂的。”

“哦，对不起，我得去吐了。”这是被礼仪学校淘汰的学生的经典反应，我们机智的泰荣先生就属于他们一类。在干燥的陆地上算得上高明，不过在这儿却未必，在波罗的海上不晕船是不可能的。黑猩猩们挤在油布下面吐。斯洛索普加入了栏杆旁苦不堪言的乐师和女演员们的行列。他们无微不至地教导他，例如不要迎着风吐，控制好时间，船朝大海摇的时候再吐之类——因为格纳布太太带着马布思医生[①]经常看到的那种冰冷的微笑，意思显而易见：希望不要有人在她的船上吐，特别是天气这么好的时候。此时，可以听见她在驾驶舱里狂吼她的海上船歌。“呕——”斯洛索普跑到边上去了。

夏日雾蒙蒙的天空下，他们绝望的航程就这样沿着优思顿的海岸，

---

① 在弗里茨·朗（1890—1976，奥地利裔美国电影制作人）一九二二年制作的电影里，露出“冰冷的微笑”的人都是被邪恶的马布思医生施加了催眠术。

一路热热闹闹地过去了。岸上，绿色的丘陵起伏而上，形成两级柔和的阶梯：上面是一排小山，长满松树和橡树。那些度假小镇和白色的海滩、荒凉的码头，与船身成直角缓缓后退着，迟滞得像风湿病人。不时可以看见一些船只一动不动地躺在水里，好像是军用船，可能是俄国人的鱼雷快艇。没有什么东西阻挡“太太号”的航程。太阳钻进云层，又钻出来，甲板上每个人的影子周围都是一片灿黄。晚一点的某个时候，所有的影子都投向东北偏东方向，跟测试火箭从佩纳明德发射到海里的常规方位一致。此时，钟表上的时间正好是“火箭午时”，这个时间在一年当中是不断变化的……当时火箭的声音一定充满了整个天空，对于虔诚的人们来说，和这个声音相当的只有中午时分的警报，整个镇子上的人都很相信那种警报的……硬如岩石，震人肺腑……

还没有看见这个地方，就已经感觉到其存在了——即使你有气无力地趴在船舷上，脸颊靠着闻起来像焦油的护舷，眼泪汪汪，五脏六腑里翻江倒海；即使罗索科夫斯基[①]和白俄军队春天里把它弄得那么寸草不生、焦土一片。它是一张脸。在地图上，它是面朝西南的一具头骨或一张受到腐蚀的脸：一个小小的沼泽湖是眼窝，鼻腔和口腔从佩纳河入口切进来，正好在发电站下面……绘图方式有点像威尔海姆·布希[②]卡通画里的脸，一个老傻瓜受到调皮的男孩捉弄：凿开他的酒桶放酒精，在他刚做好的水泥地上用大字写上淘气话，甚至偷偷溜进去在午夜发射一枚火箭……

此刻看到的是一些低矮的、已经烧毁的建筑，伪装网燃成了灰，形状却定型在混凝土里了（只烧了一分钟，很像城里人的真丝斗篷——火光照亮了这座海滨小屋，这间满是笨重家具和中间色调的工程师聚会厅……不就是发了一阵光吗？没有必要修正，没有什么训诫，也不需要达到什么新水平……可是那个在模型顶部那么斯文而柔和地观看的人

---

① 苏联将军，率军于一九四五年四月占领佩纳明德。

② 威尔海姆·布希（1832—1908）：德国著名幽默作家，作品有儿童图画书《马科斯和毛里茨》（1865）。注意这两个名字在小说最后的火箭发射组里出现了。

是谁？他的脸完全笼罩在彩色石印般的落日余晖中，眼睛藏在黑边眼镜后面，而那副眼镜此时像正在燃烧的网，可以给空中自行车骑手[1]做伪装——那黑色的、危险的、爱德华七世般的身影，印在今天“火箭午时”的天空那明亮的胸膛上，在交通高峰期里发生了两次环状爆炸，在朗朗白日里制造出了死亡的一幕。骑手在那边儿迅速转身，最后的转身，十分平静。在塔罗牌里，他被称为“傻瓜”，而在这儿的占领区里，他们叫他滑头。现在是一九四五年。还早，还算清白。部分清白）。

支承桁架都已无可奈何地烧焦了：昔日的木质物现在都无力地趴下了。绿色的人影在废墟中一闪而过。这里的规模很让人迷糊。驻军似乎比正常的多。是动物园？还是射击场？呵，都有点像。格纳布太太向陆地靠近了一些，沿沼泽般的海岸线半速向前扑腾。开始看到更多的人迹了：卡车停车场，帐篷，畜栏里挤满了杂色的马匹，栗色的、雪白的，还有红得像血的。夏天的野鸭水淋淋地从绿色的芦苇丛中炸出来，阵雨一般。它们摇摆着掠过船尾，落在尾波里，嘎嘎叫着，两只脚上下划动，正在徒步远足呢。阳光下，一只白尾鹰在高处翱翔。炸弹和弹壳留下的弹坑已被磨得十分光滑，盛着碧蓝的海水。兵营的屋顶都被炸飞了：剩下的残骸横七竖八，在太阳下白花花的。这些营房当时肯定容纳了沦陷中一半不幸的欧洲人。不过，有些地方已经在清理、平整，准备盖房子或办公楼了，而那里的山毛榉、松树也开始长起来了——一九四五年绿色的夏天从路面的裂缝里、从任何生命可以落脚的地方冲上来，而高地上的森林依然郁郁葱葱。

现在经过的是研发车间巨大、黑暗的废墟，大部分都散落到地面上了。依次下去，有的裂开了，破破烂烂，有的大部分被沙丘淹没了，纳里奇充满敬意地给他们一一介绍，这是试验台的混凝土块，是苦路十四处[2]，第六、第五、第三、第四、第二、第九、第八、第一，最后是火箭

---

① 这里的骑手最有可能指的是塔罗牌里的一张。另，里尔克《致俄耳甫斯的十四行诗》第十一首里出现了一个星座，叫“骑手”，象征人的本性。第三种可能是指北欧的神祇奥丁。

② 也称“耶稣受难处”，指十四个一系列通常伴有图像或雕像的十字架，按顺序摆放在教堂墙壁处，纪念耶稣受难旅途的十四个阶段。

本身，火箭最终就是竖立在这里发射的，第七和第十。以前遮蔽这些建筑、将其与大海隔开的树木，现在只剩一截截的木炭了。

船沿着半岛北边的弧线行进，试验台的围墙和土方工程渐渐远去了——现在经过的是西佩纳明德，纳粹空军的老地盘。右舷远处，格赖夫斯瓦尔德岛的悬崖在蓝色雾霭中闪着柔柔的光。用来试验 V-1 或喷射推进式炸弹的混凝土倾斜发射装置对准着海面。跑道上布满麻麻点点的弹坑，一堆一堆的碎石头，还有梅塞施米特战斗机①的残骸。跑道沿着半岛一直绕过去：越过头骨的拱顶，再向南朝佩纳河方向去了。那儿，起伏的波状丘陵上面，离船首左舷数英里处，沃尔加斯特教堂的红砖尖塔，还有更近处矗立在佩纳明德上空的发电站六个没有冒烟的烟囱，都幸免于三月份毁灭性的压缩荷载……白色的天鹅在芦苇丛中徜徉，野鸡飞过陆地上高高的松树。不知什么地方一辆卡车引擎咆哮着发动起来。

格纳布太太把船一个急转，掉回头来，穿过入口水湾，到了码头。夏日的宁静笼罩着一切：所有车辆一动不动，一个士兵靠着一只橘红顶子的油桶，想拉手风琴。可能只是百无聊赖。奥托把合唱团女孩的手放下了。他母亲熄灭引擎，他则大步踏上码头，稳稳上前拴紧小船。接着便是一阵短暂的休止：柴油机在冒烟，沼泽地里有鸟儿，安静，慵懒……

不知是谁的指挥车，声音响亮地从货棚拐角处转出来，慢慢停住了。从后门弹出一位比杜安·马维还要胖的少校，不过脸上要和善些，有点像东方人，灰白的头发从头上羊毛般一直卷下来。“啊！冯·高尔！”伸出胳膊，满是皱纹的眼睛闪着泪花——真的流眼泪了吗？“冯·高尔，我亲爱的朋友！”

“扎达耶夫少校。”老马先生点点头，缓步走过跳板。少校身后一卡车穿杂役服的士兵好像也朝这儿开过来了。奇怪，他们只是来卸点儿货，怎么会扛着冲锋枪和卡宾枪呢……

没错。大家还没来得及动，他们已经跳出来，围住扎达耶夫和老马先生，枪栓都拉开了。“别害怕，”扎达耶夫挥了挥手，笑容可掬，胳膊搭在

---

① 第二次世界大战期间德国空军使用的梅塞施米特战斗机（尤指 ME109 型）。

老马先生肩上，从容地走回车里，“我们把你们的朋友留一会儿。你们可以继续做自己的事，然后离开。我们会保证他安全回到斯维内明德。”

“见他妈的鬼。”格纳布太太咆哮着从驾驶舱里出来。哈福腾出现了，不停地抽搐，两只手往各个口袋里乱插，然后又掏出来：“他们在逮谁？我的合同怎么办？我们会出什么事吗？”指挥车开走了。当兵的开始列队上船。

“妈的。”纳里奇陷入了沉思。

“你觉得是逮捕吗？”

“我想这是齐切林干的，他兴致很高啊。就像你说的。”

“哦，那么——”

“不，不，”纳里奇伸手拉住他的袖子，“他没错。你没有伤害谁。”

“谢谢。”

“我警告过他，可是他只是笑笑。‘再飞一步，纳里奇。我得不断飞跃，是不是？’”

“那你现在打算怎么办，放手随他去？”

船中部有一些骚动。俄国人把一块油布掀开，结果露出下面的一堆黑猩猩，吐得满身都是，而且都喝了过量的伏特加。哈福腾不停地眨巴眼睛，打着哆嗦。沃尔夫冈仰面朝天，用爪子抓住一个酒瓶子，正在咕嘟咕嘟畅饮。一些黑猩猩比较温顺，另一些则在找着打架。

“不知怎么的……”斯洛索普特别希望此人别用这种方式说话，“我欠他的情——欠了有那么多。”

“哦，我可不欠他的，”斯洛索普躲过黑猩猩突然喷过来的一缕黄色呕吐物，“他应该可以照顾自己。”

“他是挺能吹的。不过他心里也一点都不敏感多疑——干这一行，这是致命缺点。”

一只黑猩猩在一个苏联下士的腿上咬了一口。下士大叫起来，取下托卡莱，匆忙应变。这时黑猩猩已经跃到船帆的升降索上了。剩下的十几只黑猩猩，很多都拎着伏特加瓶子，一起朝跳板走去。“别让他们跑了，”哈福腾大吼一声。长号手睡眼惺忪地把脑袋从舱口探出来，问出了什么事，结果脸上被三双粉红脚掌踩过，才反应过来。女孩子们身上亮晶晶的小金属片在下午的阳光下像着了火似的，羽毛也颤巍巍的，被垂涎欲滴的红军战士们追来追去。格纳布太太拉响了汽笛，把余下的黑猩猩也都惊起来了，与其他猩猩一齐往岸上逃窜。“逮住他们，”哈福腾哀求着，“帮帮忙吧。”斯洛索普被夹在奥托和纳里奇中间，被追黑猩猩、追女孩子或想把货物弄上岸的士兵们推过跳板上了岸。水花飞溅，骂声四起，从船的另一边传来女孩子的尖叫声，合唱团的姑娘们和乐师们不停地跑来跑去。很难弄明白这儿到底在搞什么名堂。

“听着。”格纳布太太侧过来，弯下身子。

斯洛索普看到她狡黠地眨了一下眼。“你有主意了。”

“你肯定想来个声东击西、浑水摸鱼。”

“什么？什么？”

“黑猩猩，乐师，跳舞的女孩子。到处都是烟雾弹。现在你们三个偷偷溜进去把老马先生抢出来。”

“我们可以藏起来，”纳里奇像土匪一样四处张望，“没人会注意的。真的，真的！船可以开走，好像我们在船上一样！”

“我不干。”斯洛索普说。

“哈！哈！”格纳布太太说。

“哈！哈！”纳里奇说。

“我会在东北角停住，”这位疯子母亲继续说，“在小岛和前滩上那个三角形建筑之间的通道上停住。”

“十号试验台。”

“名字挺靓啊。我看，到时候潮水会上来的。点一堆火。奥托！把缆绳给我解开。”

“Zu Befehl, Mutti!（遵命，妈妈！）”

斯洛索普和纳里奇猛冲到货棚后面，找了个闷罐车藏进去。没人注意。黑猩猩还在四散奔逃。看样子，追它们的士兵这时候已经气得火冒三丈了。一个单簧管手在某个地方练习音阶。船的引擎噼噼啪啪响着，渐渐咆哮起来，螺旋桨搅动着开走了。过了一会儿，奥托和他的女孩也上气不接下气地爬进闷罐车里。

“嗨，纳里奇，”斯洛索普到底还是问了一句，“你觉得他们会把他带到哪儿？嗯？”

“依我看，四号楼和整个南边的建筑都很荒凉。我猜是七号试验台附近的装配楼。那个大椭圆下面。有地下通道，还有房间——做指挥部很理想。看样子情况还不错，大部分房子都幸存下来了，尽管罗索科夫斯基命令把这个地方夷为平地。”

“你有手枪吗？”只见纳里奇摇摇头。“我也没有。你到底搞的是什么黑市买卖？连枪都没有。”

“我以前是搞惯性制导的。你指望我重操旧业？”

“呃——那我们应该用什么？我们的智慧？”

闷罐车的板条外面，天渐渐黑下来，云彩变成橙色、橘红色，热带一般。奥托和他的女孩子在角落里呢呢哝哝。“别指望他了，”纳里奇酸溜溜的，“离开他母亲五分钟，就变成卡萨诺瓦了。”

奥托在认真讲解自己对“母亲计划”的看法。能有个富于同情心的女孩子附耳倾听，这种机会可是不多。母亲们每年来参加这种大型会议，秘密聚一次，交换信息。食谱、游戏、关于孩子的关键词。“你妈妈想让你内疚的时候常对你说什么？”

“‘我的骨头都累酥了！’”女孩说。

“没错！她以前还经常煮那种可怕的大杂烩，有——土豆，还有洋葱——”

“还有火腿！一小块一小块的火腿——”

“你看，你看，这不可能是巧合！她们有一场比赛，选年度母亲，喂奶、换尿布，要计时，大杂烩比赛，没错——然后，到最后，她们就开始利用孩子了。联邦检察官出现在台上。‘阿尔布雷希特，过一会儿，我们就把你妈妈带上来。这是一把鲁格尔[①]手枪，上满了子弹。国家保证你绝对不会被起诉。你想怎么干就怎么干——如果你想干的话。祝你好

---

① 鲁格尔：德国造半自动手枪的商标名。

运，我的孩子。’当然了，手枪里面装的都是空弹，不过这个可怜的孩子不知道。只有被打中的母亲才有资格参加决赛。他们把精神病医生带上来，裁判们坐在那儿掐着秒表看孩子们射得有多快。‘奥尔加，妈妈把你和那个长头发诗人的事给断了，是不是很好啊？’‘赫尔曼，我们知道你母亲和你是，呃，挺亲的。还记得那次你在她手套里手淫时被她逮着的事吗？啊？’医院来的服务人员站在一边把孩子们拉开，孩子们一个个口水流得老长，大声尖叫，一阵阵地痉挛。最后台上只剩下一位母亲了。他们把传统的鲜花帽戴到她头上，又递给她权球[1]和权杖，其实就是一个镀金的罐子焖出的牛肉和一条鞭子。然后乐队开始演奏《特里斯坦和伊索尔特》[2]。”

◆ ◆ ◆ ◆ ◆

他们出来时，黄昏只留下最后一抹微光。佩纳明德一个昏昏欲睡的夏夜而已。一群鸭子从头顶飞过，向西去了。周围没有俄国人。货棚入口处只有一盏灯泡亮着。奥托和他的女孩手拉着手沿码头徜徉。一只猩猩蹦蹦跳跳地跑过来抓住奥托空着的那只手。波罗的海不停地向南向北铺开矮矮的白色浪花。“出了什么事？”单簧管手问道。“吃根香蕉吧。”大号手嘴里满满的，往单簧管的喇叭口塞了一大串。

动身的时候，夜幕已经降临了。他们沿着铁轨朝陆上走去，老马先生的这伙营救队。煤渣围堤的两边松树高高地耸立着。前面，肥嘟嘟的花兔子一蹿而过，不过只能看到它们身上有白色斑点，没有理由肯定它们就是兔子。奥托的朋友希尔德优雅地拿着奥托的帽子从林子里出来，帽子里面圆圆的浆果堆满到边上，灰蓬蓬的蓝，很甜。乐师们每个可以用的口袋里都塞满了伏特加酒瓶子。这就是今晚的晚饭，独自一人跪在

---

① 权球：顶上装有一个十字架并象征着君权和公正的球。

② 瓦格纳歌剧（1865）。特里斯坦和伊索尔特均是亚瑟王传奇中的人物，前者是骑士，爱上了与他叔叔康沃尔国王马克订了婚的爱尔兰公主伊索尔特。

浆果丛里的希尔德已经为他们所有的人轻声做了祷告。这时候，你可以听到沼泽地里第一批雨蛙开始鸣叫，外出觅食的蝙蝠也频频发出长声尖叫，树梢的风飒飒吹过，远处还传来一两声枪响。

“他们在打我的猩猩吗？”哈福腾气急败坏，“那可是两千马克一只呀。我怎么才能赚回来啊？”

一家子老鼠急匆匆冲过铁轨，正好从斯洛索普脚上蹿过。“我还以为这儿就是个大坟场呢。看来不是。”

“我们来的时候，只清出了我们需要的地方，”纳里奇在回忆。“大部分都留下了——森林，动物……那上边有的地方可能还有鹿呢。大家伙，鹿角是黑的。还有那些鸟——鹬、黑鸭、大雁——试验的噪声把它们都逼到海里去了，不过恢复安静的时候它们总又会回来。”

还没到达飞机场，他们就不得不两次散到林子里面去，第一次是因为安全巡逻，然后是因为一架蒸汽机车从东佩纳明德突突喷着气开过来，前灯穿透了薄薄的夜雾，一些带着自动步枪的士兵攀在台阶或梯子上。钢铁在暗夜里吱吱辗过，那些士兵过去时在闲聊，没有任何紧张的感觉。“不管怎么样，他们可能是冲我们来的，”纳里奇小声说，“抓紧。”

穿过一片树林，他们小心翼翼地出来，到了开阔的机场。一弯尖尖的镰刀月已经升起来了。猩猩们在白骨一样清冷的月光里仓皇跑过，胳膊吊着晃来晃去。这段路很紧张。每个人绝对都是靶子，除了还没起飞就被炸得千疮百孔的飞机，没有任何掩护。那些飞机已是一具具残骸，纵向加强索生了锈，漆烧掉了，鸥形翼耷拉到地上。南边，从老德国空军楼透出的灯火熠熠闪亮。不时有卡车沿着机场远端的公路突突开过。军营里传来歌声，某个地方还有一架收音机在响。不知什么地方传来晚间新闻，太远了，听不到词语，甚至是什么语都不知道，只听到一个声调在认真地说：没有你，斯洛索普，新闻一样在继续……

他们穿过停机坪，来到路上，蜷入一道排水沟里，听着车开过的声音。突然，他们左边的黄色跑道亮起了灯光，两排灯光一直连到海里，上上下下跳了两三下才真的亮起来。“有人要来了。”斯洛索普猜道。

“更有可能是要走，”纳里奇急急道，“我们得赶紧。”

这时候，他们又回到了松林中，沿着一条压实的土路朝七号试验台进发。一路上，他们开始捡回走丢的女孩子和黑猩猩。路边铺着落下的松针，松树的气味包围着他们。下山的路上，树木渐渐稀疏，灯光出现了，接着，试验台出现在眼前。装配楼大概有一百英尺高，把星星都遮住了。有一条很高的光亮带，滑动门开着，灯光洒了出来。纳里奇抓住斯洛索普的胳膊。“好像是少校的车。引擎在发动。”围墙上端是带刺的铁丝网，上面还装了不少探照灯——还有几个人，看上去是保安小分队，在四处晃悠。

“大概就是这儿了。”斯洛索普有点儿紧张。

“嘘。”飞机的声音，一架单引擎战斗机在松林上空低旋着准备下降。“没多少时间了。”纳里奇把其他人召集过来，发布命令。女孩子们从前面进去，唱歌、跳舞，勾引那些对女人饥渴如命的野蛮家伙。奥托试着把车弄坏，哈福腾负责把大家招拢来，准备上船集合。

“奶子屁股，”女孩子们犯嘀咕，“奶子屁股。我们就是来干这个的。”

“啊，闭嘴。”G.M.B. 哈福腾吼了一句，他对下人通常都是这个德行。

“同时，”纳里奇继续说，“斯洛索普和我进去找老马先生。我们得手后，会想法子让他们开枪。你们听到枪声就拼命跑。”

“哦，肯定会开枪的，”斯洛索普说，“呃——这么办怎么样？”他刚刚有了一条妙计：假莫洛托夫鸡尾酒①，酸爷·巴摩的老办法。他举起伏特加酒瓶，指着瓶子乐。

“可是那东西点都点不着。”

“可是他们会以为那是汽油。”他开始从离他最近的一个女孩子衣服上拔鸵鸟毛，“你想想，这样我们就感觉安全多了。”

“费利克斯，”单簧管手问大号手，“这到底是咋回事呢？”费利克斯正吃着一根香蕉，这会儿还活着。他马上和乐队其他人一起到林子里闲逛去了。可以听到他们围成了圈子，在叽里呱啦胡说八道。希尔德和斯

① 一种用装满可燃液体的可炸裂性容器制成的临时替用炸弹，通常用碎布捻成引线，在扔出前点燃。

洛索普在做假炸弹，其他女孩子已经奶子翘翘、屁股颠颠地下山去了。

“我们可能还挺有威胁的咧，”纳里奇小声说，“我们需要火柴。谁有火柴？”

“我没有。”

“我也没有。”

“哎呀，我的打火机没有电石了。”

“Kot（妈的），”纳里奇两手一摊，“妈的，”他走进林子，碰上了拿着大号的费利克斯，“你也没有火柴？”

“我有一只芝宝，”费利克斯回答，“还有两支正宗花冠牌[①]雪茄，从美国军官俱乐部弄到的，在——”

一分钟之后，纳里奇和斯洛索普两个人各自小心翼翼地用手护着哈瓦那最好的雪茄烟头，像卡通片里的两只猫一样蹑手蹑脚地朝七号试验台进发，伏特加酒瓶塞在腰带里，鸵鸟毛做的导火线拖在后面，在微微的海风里摇曳。他们打算爬上试验台四周的围堤（用沙子和灌木做成，顶部栽有松树），从后面进入装配楼。

此刻，纳里奇是制导人员。他是搞制导的。每天的火箭午时都有死亡，有狂欢……不过，纳里奇当时差不多都躲过了。

自从齐切林和扎其普·屈兰启程跋涉，穿过西伯利亚大草原，进入北方去寻找吉尔吉斯之光，其间相隔已经有十年了。实际上，这期间再没有哪两个人像他们这样，带着如此简陋的装备接近神圣的中心。他们使这种娱乐活动变得像棒球纪录一样没有价值，成了用居心不良者的善言织造出来的一项活动。

去圣地很快就会成为占领区的头号娱乐活动。温暖醉人的黄金时代就要来到了。很快，更多的各路冠军、内行、魔术师都会云集于此，使这个活动显得比历史上任何时候都要盛况空前。如果太阳诚实而公正，它就能君临天下。高斯曲线会朝外鼓出，趋向完美。纳里奇和斯洛索普之流的酒桶就会被清除出去。

---

① 一种著名的哈瓦那雪茄烟。

正如文中所述，至少早在阿努比斯号的时候，斯洛索普就已经开始消瘦，开始分解。“人的密度，”库尔特·蒙道根在离这儿没有几步的佩纳明德办公室里宣布将以他命名的定律，“与时间带宽完全成正比。”

“时间带宽”就是你的现世，你现在的宽度。就是那个大家熟悉的、被认为是因变量的“Δt”。你越沉迷于过去和未来，你的带宽就越厚，你的人格就越结实。你对现在的感觉越狭隘，你就越单薄。你现在很难记得起五分钟前做的事，甚至像斯洛索普目前的情况，连在这儿，在这个巨大的弧形围堤上干什么都记不得了，这个定律可能真的适用……

“呃，”他表情呆滞地转向纳里奇，“我们在……”

“我们在什么？”

“什么？”

“你刚刚说，‘我们在……’然后就打住了。”

“哦，有意思，真有意思。”

至于纳里奇，他干活太专注了。除了应该采取的态度，他从未以其他任何方式来看待这个巨大的椭圆体。相反，格丽塔·埃德曼却看到这些生锈的圆形突起物在鞠躬，像以前那样，蒙着脸满怀期待地鞠躬——这些光滑的整流罩，下面其实空无一物……每次坦纳茨把鞭子抽到她皮肤上的时候，她就被带着向中心又刺进一步：每一鞭，都深入一点……直到有一天，她知道自己要看它第一眼了，而此后它将成为自己的绝对需要，一个支配一切的目标……啪——黑色的水塔支架高高地耸立在上面，俯向地平线，黯淡、瘀紫的光线中，在树梢上隐约可见，就像发射火箭的那些寒冷、迟钝的日子里佩纳明德的落日一样……从低地国家某个有名的大坝向远处望去，天空流动得那么平稳，将一块棕色染黄了，太阳可能就在后面某个地方，风车旋转着，十字叶片可能就是可怕的骑手本身的轮辐，斯洛索普的骑手，他在那儿的两次爆炸，他的天国自行车骑手——

不—不过，即使这个想法，也只是在斯洛索普的脑叶中一闪而过，溶进了表面，消失了。于是这回他又有了一次疏忽……因此，他成为弃民的必然性又增加了……没有充分的理由希望时来运转，获得“我明白了”的顿悟和惊喜。反正斯洛索普没有。此时此地的他，爬上了一组没有伪饰的装饰性建筑的墙头，清楚地看到了没有阴影的中午和有阴影的中午。可是，哦，孵出火箭的蛋啊，五十米高的无线电空间的肚脐啊，所有在位的英灵啊——原谅他的麻木吧，原谅他的阳奉阴违吧。原谅他胸脯上没有握紧的拳头，原谅他任何问候都无法使之变硬的心肠……就像你们在吉尔吉斯之光原谅齐切林一样，原谅他吧……他就要时来运转了。

斯洛索普听到大号和单簧管在远处边走边吹，这会儿长号和次中音萨克斯管又加入了，在努力吹准音调……士兵和女孩子们爆发出阵阵大笑……听起来像是个聚会……可能还有些专搞同性聚会的……“嗨，我们干吗不，呃……你是要——”纳里奇虚张声势，竟不理会斯洛索普的反应，决定把自己的燃烧弹拆掉：他拔掉伏特加的塞子，在鼻子底下晃了晃，然后一饮而尽。他冲着斯洛索普嘻嘻一笑，既是挖苦，又算推介。“瞧好了。”白墙下一片寂静。

“哦，是啊我以为那是汽油，看来是假的，真的是伏特加，对吧？”

刚才在围堤那边的场子里面看到的是什么东西呢？它在这破碎的月光里等待着，尾翼到尖头的伪装漆都裂得不成样子了……难道它真的打算永远也不见你？即使在你晚上最难过的时候——拿着铅笔在纸上划拉——离它们代表的东西只有 Δt 那么远？你心里的那个受害者在抽搐，用指头抚摸着珠子、抚摸着木头祈祷，避免说任何跟火箭操作有关的话。它是不是真的永远都不会来接你了？

他们靠近水塔，开始向上面的边缘爬。沙子钻进鞋里，或者沿斜坡唰唰下滑。到了顶上，他们转回头穿过树丛，瞅了一眼灯光照亮的跑道：战斗机已经降落，周围满是地面人员的影子，在加油、维修、掉头。灯光照在半岛上，或一片一片，或呈弧形，或呈“之”字形，而这边，从老研发车间往南，却是漆黑一片。

他们在松枝间艰难穿行，再下来，进了那只“蛋”，里面的德国设备已被洗劫一空，俄国人用这里做军车场已经好长时间了。就在他们往下走的过程中，装配大楼的一角渐渐出现在眼前，就和他们隔了一百码宽的吉普车和卡车群。下面靠右侧有一个三四层的试验架，圆顶子有点儿像匡西特活动房。架子下面有个长长的竖井，形状像浅浅的V。纳里奇说：“冷却导管可能就在这下面。我们得从这儿进去。”

他们沿斜坡下了一半，来到泵房。泵房建在土方里，用冷水把试发射时的巨大热量排走。现在里面空空如也、黑咕隆咚。斯洛索普跨过门槛，没两步就踩到一个人。

“对不起。”不过声音不太镇定。

“哦，没关系。”俄国人口音，“我一点儿也不介意。”他把斯洛索普推回到外面，哦，是个身材高大、长相凶恶的下级军士。

“呃——”纳里奇朝他们走过来了。

“噢，”纳里奇看见哨兵吓了一跳，“中士，你听到音乐了吗？你干吗不回装配楼，跟你的同志们待在一起？我看到那儿有不少小姐在招待他们，”轻轻地搡了搡，“而且穿得很露、很迷人哟。”

“我看哪，有些人真是求之不得呢。”哨兵回答。

“Kot（妈的）……”无计可施了。

“还有，大笨蛋们，你们闯入禁地了。”

纳里奇叹了口气，把酒瓶子举得高高的，砸下来——其实是砸上去，咚地落在哨兵的后脖颈上，把头盔衬里给砸掉了。“真不听话，”俄国人有点儿生气了，弯下身子去拾头盔，“说真的，我得把你们两个都逮起来。”

“少废话，”斯洛索普咆哮一声，挥舞着点燃的雪茄和“莫洛托夫鸡尾酒”，“老毛子，把枪交给我，不然我把你变成火人！”

“你真坏，”哨兵很不高兴，猝不及防地从身上取下杰格佳廖夫步枪——斯洛索普闪到一边，使出常用的一招，对准他的腹股沟一脚疾踹，人没踹到，却把武器踢飞了，纳里奇见机，扑过去拿枪。“畜生，”俄国人抱怨了一声，“哦，恶心，可恶……”说话间已逃入夜色之中。

“两分钟。”纳里奇已进了泵房。斯洛索普抓住他扔过来的枪，跑步跟上，沿一条斜坡走廊加速往前赶。他们的脚在混凝土路面上跑得更快更急，来到一扇金属门前，听到老马先生在门后面又唱又说，像是醉了。斯洛索普拔掉保险栓，纳里奇冲进去。一个漂亮的金发助手，穿着黑靴子，戴着银边眼镜，正坐在那儿速记从老马先生嘴里听到的一切，而老马先生则幸福地靠着一根四英尺高的、贯穿整个屋子的冷水管，在大放厥词。

“放下铅笔。”斯洛索普命令，“好，扎达耶夫少校在哪儿？”

“他在开会。如果您能留下名字——”

“迷幻药，”纳里奇大叫，“他们给他吃了一种药！葛哈特，葛哈特，跟我说话！”

斯洛索普也看出了症状：“是阿米妥钠。没事儿。我们走吧。”

“我想少校随时都会回来。他们在楼上保安室里抽烟。你有没有号码，他可以找到你？”

斯洛索普已经钻到老马先生的一只胳膊下，纳里奇架起另一只，突然传来很响的锤门声。

“抽烟？抽什么烟？”

“这边，斯洛索普。”

“哦。”他们匆匆把老马先生从另一扇门架出去，斯洛索普闩住门，又使出力气，搬了一个很重的文件柜顶住，然后两人一起拽着老马先生上了一截楼梯，来到一条又长又直的走廊，六七个灯泡照着，灯泡之间的空间却很黑。两边从地板到天花板都是一捆一捆粗粗的测量电缆。

“我们完蛋了。”纳里奇呼哧呼哧直喘。离燃料测量舱有一百五十码远，除了灯泡之间的阴影没有任何掩护。那些鸟人只要对着这一片射击区扫射就行了。

“她什么也没打，复合安非他明。”葛哈特·冯·高尔叫着。

“走走看吧，”斯洛索普吓得屁滚尿流，“来啊，伙计，这是我们的劫数！”后面隧道里回荡着东西撞碎的声音。自动步枪闷闷地开了一枪。又一枪。突然，前面亮起两道微弱的光，扎达耶夫出现了，在回办公室的路上。他身边还有个朋友，四十码开外看见斯洛索普就露出微笑，笑得很灿烂，露出镶的钢牙。斯洛索普放开老马先生，跑到下一个灯光下，预备着开枪。两个俄国人迷惑不解地瞪着他。“齐切林！嗨。”

他们站在各自的灯光里，四目相对。斯洛索普想起来，自己是占上风的。他半是抱歉地笑了笑，枪口冲他们点了点，靠近了一些。扎达耶夫和齐切林经过了一场似乎不需要那么长的讨论后决定举起手来。

“火箭人！”

“你好啊。”

“你穿那么一件法西斯制服干什么？”

“没错。不过我打算加入红军。”纳里奇丢下老马先生，让他软塌塌地靠着一排光滑的橡胶银丝电线，过来下了两个俄国人的枪。隧道里面士兵还在忙活，要把那扇门炸开来。

“你们两个家伙要不要在这儿脱衣服，啊？顺便问一句，我说齐切林，你觉得那大麻怎么样？”

“呃，”他脱下裤子，“我们刚才在上面 budka[1]（岗楼）抽了一些……火箭人，你挺会抓时机啊。扎达耶夫，他是不是个人物呀？”

斯洛索普把小礼服掳掉。“我就是来看看你现在有没有勃起，伙计。”

“我是认真的。我说的是你的黑色现象。”

“别逗了。”

“你根本就不知道。它支配着你。我的黑色现象总是想要我的命。我们应该交换那些东西，而不是制服。”

化装的事弄得有点儿复杂。扎达耶夫把自己佩有金星肩章的上衣披在老马先生身上，老马先生则在给大家哼库尔特·魏尔[2]混成曲。扎达耶夫穿上老马先生的白套装，然后和齐切林一起贡献出自己的腰带和领带，让对方捆了起来。“好——我的想法是，”斯洛索普解释说，“你，齐切林，装成我，少校嘛——”这时隧道里的门炸开了，两个身影飞过来，端着恶狠狠的芬兰冲锋枪[3]，弹仓跟那个吉恩·克鲁巴的鼓一样大。斯洛索普站在灯光里，穿着齐切林的制服，紧张地挥舞着手枪，指着两个绑得无法动弹的军官。“老实点，”他悄悄对齐切林说，“我现在相信你，不

---

① 俄语。

② 库尔特·魏尔（1900—1950）：作曲家，生于德国。

③ 一种俄式冲锋枪，枪管下是一个环状弹仓。

过你可得小心点，我听得懂很多词，你说什么我会知道的。”

齐切林可以照着做，但也迷糊了：“那么，我现在应该是谁？”

“哦，妈的……听着，让他们去检查一下那边的泵房，很紧急。”斯洛索普用的是口形和手势，由齐切林说出来。看样子效果不错。两个人真的敬了个礼，从他们刚刚炸开来的门那边回去了。

“那些黑猩猩，”齐切林摇摇头，“那些黑猩猩！你怎么知道这儿的，火箭人？你当然不知道。可是黑色现象知道。真妙啊。他们有两个人在窗子那边看着我呢。我本来在想——哎，你知道：我本来在想你想我会怎么想……”

不过这时候斯洛索普已经走出老远，听不见了。老马先生这时候动作利索了一点，可以踉跄前进了。他们一直来到燃料测量舱，没碰到任何人。出了一扇防弹玻璃门，影子投在老试验架上，窗户都碎了，伪装图案像德国表现主义的涟漪，在试验架上流满了灰色和黑色。两个士兵果真在泵房那儿四处找了一圈，但是一无所获。很快，他们又一次消失在里面。纳里奇打开门。“快。”他们慢慢地挪到外面，进了发射场。

花了好一会儿才回到斜坡，进了林子。奥托和希尔德出现了。他们已经把扎达耶夫的车和司机从一个转动臂里给骗走了。于是，四个人用力把正在那儿鸟啼莺啭的有效载荷——葛哈特·冯·高尔先生——提到这几英尺高的狗屁沙堤上，此情此景肯定是这个试验台好久以来见过的设计最次的推进系统。奥托和希尔德拽着老马先生的胳膊向上拉，纳里奇和斯洛索普在屁股后头推。弄到一半，老马先生放了一个大屁，在这个具有历史意义的椭圆形场地里回荡了几分钟：现在，我向你们大家宣告我的肛门对 A4 的印象……

“嗷，我操。”斯洛索普咆哮起来。

“一匹直立的绿色骏马，由小行星和骨头组成。”老马先生点头作答。

装配楼旁的音乐和叽叽喳喳的说话声都停下来了，取而代之的是一股不祥的平静。终于爬过堤顶，进了林子，老马先生把额头靠在一棵树干上，天昏地暗地吐起来。

“纳里奇，我们的屁股差点都没了，就为了这么个邋遢鬼？”

纳里奇正忙着帮他的朋友挤胃：“葛哈特，你怎么样？我能帮你点儿什么？”

“好得很，”老马先生说不出话来，呕吐的东西沿着下巴往下流。“啊，感觉好极了。”

黑猩猩、乐师、跳舞的女孩子都来了。一行人游荡到集合地点，越过最后的沙丘，下到十号试验台用煤渣压实铺成的三角形地带，来到海边。乐师们演奏了一会儿进行曲。他们走过浅滩，潮水给他们留下了一条无水带。可是哪儿都找不到格纳布太太。哈福腾手里牵着一只黑猩猩。费利克斯从大号里往外倒口水。一个蜜色头发的合唱团女孩用胳膊抱住斯洛索普：“我害怕。”可是他从来都没搞清楚她叫什么。

“我也是。”他拥住她。

突然间声音大作，一片混乱——警报呜呜响，探照灯开始探测上面的林子，卡车马达轰鸣，有人在大声发号施令。营救队离开煤渣，蜷缩在沼泽地的草丛里。

“我们已经弄到了一把自动步枪，两把手枪，”纳里奇悄悄说，“他们会从南面向我们进攻。我们有一个人上去截住他们就可以了。”他点点头，开始检查武器。

“你疯了，”斯洛索普声音嘶哑，“他们会杀了你的。”七号试验台传来喧哗。那边路上，车前灯一个接一个亮起来。

纳里奇敲敲老马先生的下巴。也不清楚老马先生认出他没有。“Lebewohl（别了）。”不管怎么样，老马先生……纳里奇把纳甘枪塞在上衣口袋里，自动步枪兜在怀里，猫着腰一路跑过海滩，一直没有回头。

“船在哪里？”哈福腾惊恐万状。受惊的鸭子嘎嘎对叫着。风在草丛中吹过。探照灯移过来，山上的松树树干发出耀眼的光，可怕……波罗的海在众人的背后摇荡涌流。

山上传来枪声。接着听见一阵自动步枪的爆响，可能是纳里奇在还击。奥托把他的希尔德搂得紧紧的。“有人会读摩斯代码吗？”斯洛索普旁边的女孩子问，“你们看，那边有一点光，看到了吗？在那个小岛的顶上，有好几分钟了。”是三点，点，点，再三点。一遍又一遍。

“嗯，看到了。”费利克斯在思忖。

“可能不是点，”次中音萨克斯手说，“可能是长划。”

“真有意思，”奥托说，“拼出来是‘奥托’。”

“是你的名字。”希尔德说。

“妈！”奥托尖叫起来，跑出来站在水里，朝一闪一闪的光挥手。费利克斯开始把大号吹得震天响，声音穿过了水面。乐队其他人也都加进来了。芦苇的影子穿过沙地直戳过来，同时聚光灯也猛扑下来。可以听到船上发动机的轰隆声了。“她来了。”奥托在沼泽地里又蹦又跳。

“嗨，纳里奇，”斯洛索普眯缝着眼，想在暗弱的光里把他找回来，“快点儿。撤了。”没有回答。枪声更密集了。

航行灯灭了，船开过来，速度惊人。格纳布太太是不是决定要一头撞到佩纳明德上？不，现在她又把船全速向后转了——轴承吱吱作响，螺旋桨的泡沫像间歇式喷泉一样冒出来。船转了一圈，停住了。

“上船。”她吼了一句。

斯洛索普一直在大声叫纳里奇的名字。格纳布太太把身子都压在了汽笛上。可是没有回答。“妈的，我得去找他——”费利克斯和奥托从后面抓住斯洛索普，任他又踢又骂，把他拽回船里。“他们会杀了他，你们这些混账，让我去——”在他们和七号测试台之间的沙丘上黑影涌动，中间地带闪出橘色火花，随后传来步枪声。

“他们会杀了我们的。”奥托把斯洛索普举上船，也随着跌进来。这时候，聚光灯已经找到并且钉住了他们。枪声更响了——轻则啪啪落在水里，重则砰砰敲在船上。

“都到齐了？”这位女士咧嘴一笑，露出尖牙，“好，好！”最后一只猩猩伸出手来，哈福腾抓住了。他们把灯关上，全速向前行驶，猩猩的脚在水里吊了好几码远才爬上来。枪声一直跟到海里，出了射程，最后终于听不见了。

“嗨，费利克斯，”次中音萨克斯手说，“你觉得斯维内明德有演奏会吗？”

在人生的最后时段，约翰·迪林杰竟不可思议地对屏幕上的人产生了几秒钟奇怪的怜悯，那些影像还没怎么从他的眼球里消失——克拉克·盖博顽固不化地走向电椅受刑，死囚区的钢条内传出轻轻的声音“再见了，黑子”……拒绝了他的老友、现任纽约州州长威廉·鲍威尔赐予的缓刑——那个皮包骨头、胆小如鼠、自以为高人一等的混蛋！——盖博只想一死了之：“像活着一样死去——快一点，别拖拖拉拉——”这时候，安插在百高福剧院外的叛徒小麦尔文·珀维斯点燃了那根要命的雪茄，品尝着官方嘉奖的滋味，像一根阳物塞在唇间——联邦调查局的胆小鬼们看到信号，立刻众枪齐发，精确无比地把迪林杰给干掉了……即使这样，这个注定要死的人最终还是发生了性情上的变化——中弹后的短暂瞬间里，你从自己脸部的肌肉和自己的声音，真切地感觉到你就是盖博，那冷嘲热讽的眉毛，蛇一样的脑袋骄傲而光彩照人——这些想法有助于迪林杰安然面对伏击战，让自己死得轻松一点。

纳里奇在七号试验台的墙下折回来，蜷缩在一截几米长的破混凝土排水管里面，周围弥漫着以前的暴风雨留下的气味。他大气都不敢喘，生怕暴露行藏——纳里奇自从看过《疲惫的死神》[①]之后再也没去看过电影。太久远了，他已经忘记了结尾，最后一个镜头颇有里尔克哀歌的韵味：疲惫的死神带着两位恋人离开了，两人手拉着手穿过勿忘我花丛。那些人帮不上什么忙了。今晚，纳里奇战斗到了这辈子的最后一支冲锋枪，还是外国的，已经很烫了……不过明天也不用担心手上的泡了。除了硬邦邦的枪和火辣辣的手指，没有人会怜悯他——对于一个总是勤勤恳恳，拿多少工资出多少力气的制导员来说，这么走可真够残酷的了……他还有其他选择的……他本可以同布莱克罗德火箭项目研究所[②]一起去东边，或是往西去美国，一天拿六美金——不过，葛哈特·冯·高尔曾经许诺，会让他名利双收、美女在抱，嘿，干吗不抱两

---

① 发行于一九二一年，弗里茨·朗导演。

② 一九四五年夏俄国人在诺德豪森附近建起的火箭研究所，用高薪、与妻子团聚、留德工作等许诺吸引原V-2火箭上的工程师和技师。一九四六年食言，将他们全部迁到吉尔吉斯斯坦的荒原上。冯·布劳恩等高级火箭专家均去了美国。

个呢？——但要等离开单调而可怜的佩纳明德之后。所以，又怎么能怪他呢？

没有必要把整个计划都理解了……对任何人而言，这个要求都真的太高了……不对？这个黑色装置战略，他今天晚上为之尽心尽力地卖命，可是老马先生在这桩事里面的全部意图他又知道多少？纳里奇觉得自己的价值要小一些，为了能够帮老马先生活下去，即使再活一天，自己也应该做出牺牲，这是很合情合理的……战时的思想嘛，是啊，是啊……不过即使想变也已经太迟了……

北豪森的黑色装置计划是不是当时就预示了会有这么多个人、国家、公司、利益团体来寻找它？当然，当时能够被选中参加修改制导的工作，他感觉受宠若惊，尽管只是一点小小的改动，几乎不需要特别对待……不过，这仍然是他第一个辉煌的历史时刻——他酸酸地想：这恐怕也是最后一次了——直到碰上了老马先生招兵买马，那是在六月淫雨绵绵的时候……在布伦瑞克[1]的咖啡馆和教堂墓地的入口开会（灰泥拱门，葡萄藤上的水滴到薄薄的衣领上），没有打伞，内心却有了一个明亮的、喇叭形的希望，一个充满了作用力的舞台，可以扩大、充实，可以使他身体健康、精神抖擞……柏林！芝加哥餐馆！“可卡因——还是玩牌？”[2]（一句老电影台词，那个夏天小痞子们都爱说这句话）……大好良机啊！

可是他内心那个光明响亮的东西却把他带到这儿来了：这儿，在管子里头待着，只剩下屈指可数的几分钟了……

要点是一直要携带一个固定的量，A。有时候你会用维恩电桥，调到一定的频率 A_t，沉甸甸满载着预兆在电廊里呼啸……而外面，根据这些领域的惯例，随着火箭加速，量 B 会在某处聚集、建构，一直到指定的燃烧中断速度“V_1°”，受到电击后像老鼠一样沿这道非常狭窄的迷宫

---

① 布伦瑞克：德国中部偏北、汉诺威东南部城市。

② 弗里茨·朗的电影《赌徒马布思博士》里马布思医生在夜总会对准备下手的受害人用的台词。

式净空间飞行——是的，地面传来的无线电信号会进入火箭机体，然后通过条件反射作用——严格地说是通过反射弧上运行的电信号，使控制表面急速抽搐，你刚刚开始偏离，就会把你拉回航线（你又怎能避免在这样的炽热中偶尔心不在焉呢？吹在身上的风如此强烈，又是如此高高在上……脚下还有难以想象的烈火……）……于是，对于这个掌控得十分严密的航线，一切都在最强烈、最痛苦的期待中进行，B 一直在增长，像滚滚潮水般渐渐达到高潮，让所有的小生物噤声，把空气磨砺成冰冷的微风……你的量 A——闪闪发光的常量 A，被负载着，就像那些远古时代的骑士怀着寂寥的心情，裹着圣杯在黑夜里穿过遥远的土地……某一天早晨，上唇在胡髭长了一天后，成了钢丝绒般的灰色，这是要命的变化，是可怕的征兆。于是，他每天都刮得光光的，等于说：这就是最后一天了。同时，通过阴暗的第六感（你觉得像亲眼见到一样可信），你发现在紧靠电流水平线的另一边，很多不同下标的 B 在切实地向你靠近，也许这次是陀螺仪的进动角 B_{iw}，其移动看不见却能感觉到，具有超常的激活能力——它越过金属结构，移向 A_{iw}（他们就是这样为你设定触头的：在精确的角度发生闭合，这一点你可以明白的）。或者是 B_{iL}，这又是另一种积分运算，其对象不是陀螺仪的值，而是自然电流本身，从电极（即“戴枷的摆体”）内的移动线圈里泄出来……他们是这样想的，他们设计组是用俘获、抑制这一类词来思考的……他们对待设备的态度很残暴，像军人一样，大部分工程师可没有机会这样……他们感觉自己颇像不可一世的精英，像德力威林，像施每尔[①]，光光的额头上夜夜有荧光灯在发亮……他们脑袋里有一幅很老很老的电光布景——可变的玻璃电容器，电介质的煤油，黄铜板，硬橡胶盖子，蔡斯[②]电流计上面有几千个拧得非常精细的可调节螺丝，西门子的毫安表装在石板面上，终端是用罗马数字标出来的，标准欧姆的锰丝浸在油里，还有加热气体用的旧古尔奇电热棒，输出电压四伏，还有镍和锑、顶上的石棉漏斗、云母

① 估计是佩纳明德的两个工程师，其他来源不可考。

② 德国制造商。

管……

那种生活难道不比当土匪更体面吗？那种友谊更干净……反正没有那么曲里拐弯的……在那儿，我们明白自己应该如何适应……机器本身就决定了这些……那个时候，什么东西都一清二楚，多疑是专门针对敌人的，从来不针对自己……

——党卫军呢？

——哦，我想，他们应该是敌人吧……【大笑。】

不，克劳斯，别做梦了，求你了，别梦想苏联人会和颜悦色地审问，最后是貂皮床，在伏特加的芬芳里不省人事，你知道这很愚蠢……

B 几乎已经到了，B 下标 N，N 代表纳里奇——马上就要烧透最后一层喁喁私语的薄纱，与 A 相等了——等于他们留给他自己的、用以通过这个时刻的唯一一块残躯，一个无法复原的德国苯乙烯玩偶，没有以前的自己富贵、真实……其数值在这最后的光亮里、在这猎靴的文身图上完全可以忽略不计……步枪枪栓已经在上油的栓槽里就位了……

◆　◆　◆　◆　◆

恩赞、安德烈斯和克里斯蒂安来了，很像史密斯、克莱恩、弗伦奇三人侦探组[①]。他们冲进地下室——野外灰的全套装备，报纸做的鞋子，裤脚卷起着，手上和裸露的前臂上闪着电动机润滑油和齿轮润滑脂的光亮，提着卡宾枪，全副武装的样子。可惜这里没有“空壳人”来见他们。太迟了。只剩下沉默的床，还有她的血在撕破的褥套上留下的棕色椭圆。角落里还有洒出来的颗粒状普蓝[②]，在床下……他们的签名，他们的挑战。

“她在哪儿——”克里斯蒂安马上就要发狂了。一句话不对，他就会

---

① 此处根据品钦研究者 Fowler 的猜测译出，无确凿考证。另一位品钦研究者 Weisenburger 认为这是一家生产镇静剂的制药公司名称，只是中间的人名拼写有误，此说不符合上下文情景。

② 普蓝：染共体生产的一种染料，可用于制造剧毒物氢氰酸。确有赫雷罗妇女服用普蓝的证据，可导致剧烈胃痛、便意、强烈收缩，导致胎儿流产。

把看到的第一个“空壳人”杀掉。玛丽亚，他的姐姐，是，以前是，可能是——

“我们还是，呃……”恩赞已经退出门去，“她丈夫在哪儿，你知道……”

“巴维尔。”克里斯蒂安在找他的眼睛，可是恩赞不转头。

巴维尔和玛丽亚想要这个孩子。这时候，约瑟夫·奥姆宾迪和手下开始光顾了。他们从基督教传教士那儿学会了如狼似虎的贪婪。他们有全部育龄妇女的记录。只要谁怀孕，就会招来这些人，盘旋、瞄准、猛然扑下。他们会运用威胁、诡辩、身体上的诱惑等各种手段，花样层出不穷。普蓝就是精选的堕胎良药。

“精炼厂。”安德烈斯·奥如坎比建议道。

“真的吗？我还以为他发誓戒了呢。”

“可能现在没有。”克里斯蒂安恶狠狠地瞪着他。恩赞，老畜生，你真的是事不关己呀……

他们再次跨上摩托出发了。干船坞炸得面目全非，仓库里只剩下几根木炭支棱着，一块块圆筒形的潜水艇零部件根本没来得及组装，在黑暗里日渐开裂。英国安全人员就在附近，不过那是另一个密封的世界。英国的G-5占着自己的地盘，有自己的占领区，既类似于，又不等同于今晚这些没戴头盔骑着摩托车飞驰的、不苟言笑的黑人支队。

分离正在进行。占领区之间正在迅速地背道而驰，在不由自主地加速，在红移[①]，在逃离中心。恩赞日思夜想的回归似乎一天比一天希望渺茫了。以前必须认识制服、徽章、飞机标志，必须遵守界限划定，现在却都在各行其是。那个唯一的根已经丢了，早在五月大劫难时就已经没了。现在，每只鸟都有自己的枝条，每一根枝条都是占领区。

一群难民在一个装饰喷泉的废墟旁转悠，二十几个，眼屎糊在苍白如盐的脸上。赫雷罗人绕开他们过去，蹿上一截长台阶，台阶浅浅的，跟街道的坡度吻合得恰到好处。他们沿着台阶来回疾驰，牙齿随着颠簸上下晃动，摩托车连接部位发出刺耳的轧轧声，周围是斯拉夫人无言而

---

① 光学术语。指光谱线移向光谱上红色一端的现象，被视为宇宙膨胀的证据。

粗重的喘息。眼屎和盐。一辆带喇叭的卡车出现在一百米外的一堵墙附近：那个受过大学教育、对这种消息早已无比厌烦的声音在朗诵："让开路来，回家去吧。"让开——回什么？肯定是搞错了，肯定是别的什么城镇……

呜——摩托车从搭着支架的一根旧油管下穿过，沿左面向水边奔去，油管上巨大的栓结法兰已经被铁锈和油灰软化了。远处港口里，一艘油轮浮在水面上，静谧地摇晃着，犹如星星织成的网……摩托车嗖地斜蹿上一堆堡垒般的废墟，大梁、烟囱、管线、导管、线圈、整流罩、绝缘器，融化的、烧焦的，参差纠结，被一次又一次的轰炸反复改造，地面上沾染了油污的石子以每分钟一英里的速度呼啸而过，等等，等等，说什么，刚才说"改造"？

准确地说天还没亮，不，是破晓了，因为你害怕的那缕阳光将在夜深人静的时候打破一些黑夜，很难解释为什么会那么早——突然，恩赞觉得有了一种醍醐灌顶般的顿悟：他现在要进入的这个迂回蜿蜒的熔渣堆曾经是雅夫合成石油厂的精炼厂厂址，根本就不是废墟。目前仍然状况良好，只待建立正确的连接，只待开启……修改，准确地说，是故意用炸弹修改，炸弹从来都没有敌意，只是双方（"双方？"）一直共许的计划的一部分……是的，现在如果我们——好吧，如果我们是那儿的犹太神秘学家，如果说那就是我们真正的命运，成为占领区的学者魔术师——里面某个地方有一篇经文，得拆成一张一张的，加上注释、详解，给它手淫，直到它软软的，最后一滴都榨出来……好，我们认为——当然了！——认为这个神圣的经文一定是火箭，奥如如木奥如尼尼[①]（巨大的火焰），燃烧，升腾，死亡，耀眼，伟大（修饰非生命体的"奥如尼尼"一词，已经被占领区赫雷罗人的孩子们改成了修饰生命体的"奥母尼尼"，最年长的大哥）……是我们的《律法书》。还有什么？它的对称，它的引而不发，它的可爱，让我们迷醉、不能自拔，而真正的经文却在其他某个地方继续存在，在黑暗里，我们的黑暗里……离西南非这么远，

---

① 赫雷罗语译音。

我们还是躲避不了丢失信息的古老悲剧，这是一道永远加在我们身上的诅咒……

不过，如果此刻我正在骑车穿过它，穿过这个真正的经文，如果是这样……或者如果我今天在汉堡的废墟里碰到过它，吸进了它的灰尘，却完全错过了它……如果染共体在这个地方建造的根本不是它最终的形状，而只是设计了一些有魔力的东西、一些引诱物，来召唤第八空军①的轰炸机，对，盟军的飞机归根结底可能都与染共体有关系，是经克虏伯董事之手，通过其与英国的联袂制造出来的——轰炸恰恰就是工业转换的过程。每一次的能量释放在空间和时间上都恰到好处，每一次冲击波都经过了提前策划，以精确地造就今晚的废墟，从而把经文解码，把神圣的经文编码、再编码、再解码……如果它运行良好，那应该去干什么呢？把它建成精炼厂的工程师们对更深入的环节一无所知。他们的设计"完成"了，可以交差了。

这就意味着这次战争从来也根本就不是政治的，政治都是演戏，都不过是转移注意力……私下里，它受技术需要的指使……受人类和技术之间的阴谋支配，受需要战争能量爆发的东西支配，大喊着："去他妈的钱吧，[嵌入国家名] 的生命危在旦夕。"而真实的意思却最可能是：黎明就要到来了，我需要夜晚的血液，需要资金，资金，啊再多一点，再多一点……真正的冲突是分配和优先权的冲突，不是公司之间的——那不过是做做样子而已——而是不同技术之间的，塑料、电子、飞机，以及只有居于支配地位的精英们才心知肚明的那些需要……

是的，不过"技术"只会这样回答（像高斯归约一样顽固地、一本正经地把这个论点说了又说，特别是针对年轻一代的黑人支队）："谈论抓住怪物尾巴的问题，这当然好，可是你想想：如果某个人，某个有名有姓、有一根阳物的家伙，不想把一吨阿马图炸药扔三百英里，去炸一栋全部住着平民的建筑，那我们还能有火箭吗？干吧，把技术这个词的

① 第八空军：指当时驻扎在英国的美国空军部队，其轰炸机在轰炸导弹部件制造地的过程中颇有功劳。

首字母大写了，如果它减轻了你的责任感，就把它当神一样崇拜吧——不过兄弟，它会把你变成阉掉的人，变成太监，在我们被窃取的地球上，为那些苏丹、为那些怀才不遇的人类精英们、为他们麻木无趣的生殖器看守后宫——”

我们得寻找电源，寻找从来没人教我们用过的配电网，寻找一些能源途径，连我们的老师都从未想到过这些途径，或者有人曾经敦促他们绕开这些途径……我们得去寻找迄今为止其刻度设置还不为人知的测量仪表，我们得画自己的图表，得到反馈，建立联系，减少错误，尽力去学习真正的运作……我们应该聚焦于哪个无法捉摸的方案？在这儿的表面上，煤焦油、氢化、合成等一直都是假的、虚构出来的功能，借以隐藏真正的全球性使命，而这个使命可能要几个世纪后才能真相大白于天下……这个残败的工厂正在等待属于他的犹太神秘哲学家和新一代炼金士，来找到钥匙，把秘密传授给别人……

如果它并不是雅夫合成石油厂呢？如果它是埃森[①]的克虏伯工厂，如果它就是这儿汉堡的布洛姆和沃斯[②]，或是另一座城市的另一个伪装的“废墟”呢？或是另一个国家的？呀呀呀呀呀呀呀！

好，这番谈论挺刺激的，是啊，恩赞像看电影时吃爆米花一样，一直在往嘴里塞纳粹剩余的脱氧麻黄碱，现在大部分的精炼厂——凑巧都是以梦宁的著名发现者命名的——已经落在他们后面了。恩赞又陷入了另一种多疑和恐惧中，说啊说，说啊说，但还是被大家的呼吸声和马达声打断了。

不过是鲁莽的脱氧麻黄碱爸爸
我的口袋里幸福得头晕眼花，
在占领区里穿梭，看到野狗游荡，
我放弃了自己所有的梦想……

---

① 埃森：原德意志联邦共和国西部城市，位于鲁尔河和莱茵河交汇处。

② 该公司在汉堡的制造厂为 A4 生产头锥。

整个背景都　　把我收音机里的电子管拿走，
是侯吉·卡　　那些东西对我一点价值都没有——
麦克尔钢琴　　我不想在星条旗上花一分钱，
的声音　　　　我在自己做，费用全免……

没有人听，却一直在动嘴巴，
叽里呱啦，速度可怕——
噢，你真狡猾，可我要挥手拜拜，
吃屎的笑容在脸上展开！

不要把麻黄碱拿走，我的甜心，
听到我的名字应该欢喜犯晕——
当宵禁禁闭室的灯全都关上，
哦，一切都会照常
（还是点上蜡烛吧）
一切都会照常……

昨晚，恩赞在日记里写道："最近'嘴巴'使用过度了。对任何人都作用甚微。是辩护。噢，上帝，噢，上帝。他们真的令我心烦。求你了我不想这样武断……我知道我的声音听起来像什么——几年前在佩纳明德，我在魏斯曼的口授录音机上听过……铬合金和酚醛塑料的……太尖了，令人生厌，像柏林髯狗[①]……我一开始说话，他们心里肯定都在龇牙咧嘴……

"我可以明天去。我知道怎样单独行动。对这事没那么害怕，我对他们更害怕。他们没完没了——可拿去的东西他们从来不用。他们想从我这儿拿走什么呢？他们不想要我的族长地位，他们不想要我的爱，他们不想要我的信息或我的工作、我的能量、我的财产……我什么也没有，

① 髯狗：三种德国狗之一，身材高大，有黑白相间或黑色卷毛，口部不尖并长有卷须。

钱已经没有了——这儿好几个月都没人见到钱了，不，不会是钱……烟？我的烟从来都不够抽……

“如果离开他们，我能去哪儿呢？”

克里斯蒂安这时候回到了蓄水箱之间，冲进晚风里，在人造的荒野上滑行，周围一片混沌和黑暗……他的马达好像时不时会熄火，哆哆嗦嗦要停住的样子。临时决定：如果他抛锚，就让他走路。这样的话，如果巴维尔在那儿，就可以少一些麻烦，如果不在那儿，就在回去的路上把克里斯蒂安捎上，安排一辆卡车出来修摩托……简单一点，恩赞，简单是伟大领袖的标志。

不过克里斯蒂安没有抛锚，而且发现巴维尔也在那儿，算是在。当然，不是恩赞在目前心境下认可的“在那儿”。人是在的，没错，跟好一群朋友在一起，似乎他一来找路那汽油[①]，这些朋友总会出现，就像。哦，这儿的苔藓怪[②]，有着想象中最明亮的绿色，比荧光灯还耀眼，今晚潜伏在田间的一个角落里，羞答答的，不时像婴儿似的抖动一下……或者是水巨人吧，一英里高的客人由流水做成，全都爱跳舞，一直在扭腰，两条胳膊在天空中随意挥动着。奥姆宾迪的人带走玛丽亚，要去汉堡找他们的医生，这时候一些声音叫起来——是一些蘑菇矮人的声音，他们在水池里、在油和水底的交界面上繁殖。“巴维尔！奥母尼尼！你们干吗不回来看我们？我们想你们。你们干吗走了？”在交界面这儿待着很无聊，与那些光之国度里游弋的细菌竞争，与这些细胞贵族们竞争，靠近碳氢化合物的墙，每一个都想去分享上帝的丰厚馈赠——留下他们的排泄物，一堆绿色的嘟嘟囔囔，一场扯七扯八、信马由缰的喋喋不休，一堆日渐变稠变毒的黏糊之物。做一个矮子，跟成千个、上万个其他的矮子挤在一起，还得住在所有这一切的另一边，这可实在不是什么高兴事。你说另一边？什么意思？什么另一边？你是说在汽油里？（矮子们就着一段著名的摇滚乐即兴反复部分，戏谑地答道：）不—不，不，不！——那

---

① 路那汽油是染共体下属的汉堡厂出产的汽油。

② 苔藓怪和下面出现的水巨人都是经常来威胁塑料侠的妖怪。蘑菇矮人也应该是。

么，你是说在水里？（矮子群：）不—不，不，不！——那你得告诉我，在我脱掉内衣之前！我们是说——矮子们解释着，把小脑袋凑在一起，成了一棵对称的花椰菜，最后进入了柔和、期盼中的无伴奏合唱，像孩子们和戴棒球帽的宾·克罗斯比[1]围在篝火边那样（是的，这些“路那幻觉”一向是越来越怪，甚至比文化冲击还要奇怪，简直就是超级冲击，色差达到 3-∑的白脸们正在进行一个比卡拉哈里沙漠[2]上空的北极光还要神秘的仪式……）——我们是说在整个这一切的另一边，在这整个细菌—碳氢—排泄循环的另一边。我们从这儿可以看到交界面。是一条长长的彩虹，大部分是靛蓝色，不知这个信息是否有用——靛蓝和鲜黄绿色（宾在指挥，所有这些被洗脑的爱尔兰小脸蛋都扬了起来，篝火闪烁下，歌声渐强，感人至深），绿色……汽油……潜水艇……之间……褪色。这时巴维尔已经出去，到了去精炼厂的路上，把这两个半星期的自我折磨抛之脑后。奥姆宾迪的人跟着他，沿玻璃棉锅炉走下来，不论男女都想抱他，对种族自杀问题持不同见解的双方都在给他施加压力。恩赞在抱怨自己，跟火箭太缠杂不清，跟俄罗斯人的宿仇太血腥，已无心去管别的人……而巴维尔极力想离这些东西远点，离穆库鲁的气息远点，他只想做一个好人——

苔藓怪在抖动。从巴维尔上次看到它到现在，它已经爬近了一段相当惊人的距离。一股柔和的樱桃红突然从山边流溢出来，流到他的右边（有山吗？山从那里来?）。他没有自欺欺人，也没有一厢情愿，而是立刻清醒地意识到自己已滑进了北方，吸入了第一个祖先的呼吸，来到了可怕的土地上。他肯定也知道这是必然的，最近这些年来就在一步步往那里走，不可能回头（什么是回头？你又不知道从哪一边开始移动……不知道如何移动……）太迟了，已经走了这么远，经历了这么多变化，一切都太迟了。

此刻，他的头在克里斯蒂安的准星里，距离三百码。突然发生了可

---

① 宾·克罗斯比（1904—1977）：美国歌星和演员，见前文注。
② 卡拉哈里沙漠：非洲西南部一高原及沙漠地带。

怕的分歧：两种可能性开始以思维的速度各奔东西——现在，不管新的占领区如何，不管克里斯蒂安是开火还是忍住——跳起来，选择吧——

恩赞力挽危机——把枪管撞到一边，对复仇的年轻人说了几句难听话。不过，两个人都看到了新的分歧。占领区已经又一次改变了，他们已经开始进入新的……

他们向上骑行，来到巴维尔找合成汽油的地方。米色的山丘边，没有灯，在蓄水箱下面。水箱白亮亮的，缓缓伸向天堂。他来了，染共体最快乐的客户之一……

巴维尔是不是知道一些我们其他人不知道的事？如果染共体想以此来掩盖其他东西，又为什么不把穆库鲁的气息掩藏起来呢？

恩赞可以恢复自己厄德士温洞穴人的背景，在染共体的档案上重建一个卷宗——看着卷宗变得越来越厚，因为关系越来越复杂、审查的书本越来越多、见到的证人越来越广（他们不是直接出面，但至少会在旁边出现，而且总是在阴影中）……那么，如果万一不是火箭，不是染共体呢？哦，如果这样，他还得再往前走，走到别的领域里去：大众车厂，制药公司……而且，如果不是在德国，他还得从美国或俄国开始，如果他死在他们发现"真实经文"并进行研究之前，那还得给别人一个模式，让他们继续下去……唔，这个想法很棒——把所有的厄德士温洞穴人召集在一起，站起来对他们说：我的人民啊，我有一个想法……不不，可是如果这场搜索真的要有如此大的规模，那就需要更多的人员，悄悄把那些资源从火箭旁转移开来，既要化整为零，又要看上去是一个有机整体……那么谁来把这话说出去呢？克里斯蒂安——他现在还能用这个小伙子吗——利用克里斯蒂安的愤怒，他的愤怒会使他不顾一切地压住奥姆宾迪？如果黑人支队在占领区的使命真的已经公之于世了，那就得对奥姆宾迪、"空壳人"以及"终极归零"的信仰采取措施。人员越多，占领区的赫雷罗人就会越多，而不是越少，于是有关敌人的情报就越多，关系网也越多，而这些东西对那些人是一种威胁，也意味着部落人口必须增长。还有没有其他办法呢？没有……他倒是愿意对奥姆宾迪置之不理，可这次新的搜索工作需要他放弃这种偷懒的做法……搜索至上嘛……

在世界的废物堆里，在某一个地方，可以找到那把钥匙，它可以带我们回来，恢复我们在地球上的地位，恢复我们的自由。

安德烈斯一直在和巴维尔说话。巴维尔还在外面，和他那些光怪陆离的伙伴们在一起，玩玩这个，玩玩那个。很快，安德烈斯利用爱和甜言蜜语，得到了奥姆宾迪的供药商的地址。

恩赞知道那个人。“圣保利[1]。我们走。克里斯蒂安，你的车子跑得有点太累了？”

“别对我甜言蜜语了，”克里斯蒂安爆发了，“你根本不在乎我，不在乎我姐姐。她在那里都要死了，你还要把她往你的方程式里安插——你——天天扮演着这种圣父的角色，可是在你的那个自我里，连讨厌我们都不屑。你什么都不在乎，你甚至已经和我们没有‘关系’了——”他在恩赞的面前晃动着拳头。他哭了。

恩赞站在那儿任他哭泣。是应该痛心。就叫他哭吧。他的温和也并非全都是虚与委蛇。克里斯蒂安话里那些入骨三分的事实令他感到震撼——也许他说的不全对，不是同时全对，但已经足以令他震撼了。

“你刚才和我恢复‘关系’了。我们现在去找她，好吗？”

◆　◆　◆　◆　◆

此时，我们的“好太太”格纳布在床脚远远地俯下身子，看着斯洛索普：眼睛亮晶晶的，鹦鹉般趾高气扬，毛喇喇的老胳膊老腿上悬着一只白色浮雕般的眼睛，蓬巴杜发式[2]上系了一条黑手帕，以纪念她所有汉萨同盟的死难盟友——他们在波涛起伏的钢铁战舰下、在波罗的海尖利灰白的波涛中死去，在汹涌万丈的巨浪下，在一马平川的大海中死去……

---

① 西汉堡一区，和伦敦东区一样，是“弃民”们聚集的地方。

② 一种高卷式妇女发型，将头发从前额往上梳而成。法国国王路易十五的情妇蓬巴杜侯爵夫人首创此发式。

接着是葛哈特·冯·高尔的脚，在不那么轻柔地推斯洛索普。太阳升起了，所有的女孩子都走了。奥托拿着扫帚和拖把，在甲板上一边转悠，一边发牢骚，把昨天黑猩猩留下的大便清除掉。斯维内明德。

老马先生又回到了神气活现的老样子。“驾驶舱里现做的鸡蛋，还有咖啡——开吃吧。我们十五分钟后开拔。”

“噢，那个‘我们’就免了吧，老兄。”

“可是我们需要你帮忙。”老马先生今天早上穿了一身上好的粗花呢，萨维尔街正品，非常合身——

“纳里奇当时也需要你帮忙。”

“你不清楚自己在说什么。”他的眼睛冷冰冰的，从不服软，笑声中带着那种中欧式的忧郁，可以在后面加个副标题“迂就傻瓜”。“好吧，好吧。你想要多少？”

“什么东西都有个价，是吗？”不过他这时候可不是装高尚，不是。问题是他突然想起了自己的价码，他需要把谈话缓冲一下，留出一秒钟来让它呼吸、展开。

“都有啊。”

“什么买卖？”

“抢点小东西。帮我拿个包裹，我掩护你。”他看了看表，有点儿做作。

“好，给我弄个退伍令，我就跟你走。”

“什么？退伍令？给你？哈！哈！哈！”

“你应该多笑点儿，老马先生，可以让你看起来很可爱。”

“哪种退伍令，斯洛索普？可能是荣誉退伍令吧，啊？哈，哈—哈！哈！哈！”像阿道夫·希特勒一样，老马先生很容易被德国人称为 Schadenfreude 的东西逗笑，就是那种幸灾乐祸的感觉。

“别逗了，我是认真的。”

“你当然是认真的了，斯洛索普！”咯咯笑得更欢。

斯洛索普等着，看着，吮着一个蛋，但他今天早上怎么都找不着要赖的感觉。

“你看，纳里奇今天本来是要跟我去的，现在我跟你粘上了。哈！

哈！你想让我把它送到哪儿，那个——哈——那个退伍令？”

“库克斯哈文[①]。”斯洛索普近来模模糊糊有个想法，想接触一下库克斯哈文“回火行动”的人，看看他们能不能帮忙让他解脱出来。看来他们是唯一跟火箭有联系的英国人了。其实，他也知道此路不通，但不管怎么样还是要和老马先生订个日子。

“送到一个叫普茨家的地方。在多如睦路。当地的小贩可以告诉你在哪儿。”

于是又出海了——出来穿过防波堤湿淋淋的怀抱，船头顶着浪尖进入了波罗的海，快乐的海盗式叫喊声在堆得一层一层的雨云上反弹着。这一天已经是苦风凄雨了，不想还在恶化。老马先生站在驾驶舱外面压着海潮声呼喊。大海波涛汹涌，掠过船头，溅到甲板上。“你让船去哪儿？”

“如果去的是哥本哈根，”格纳布太太饱经风霜的脸笑得阳光灿烂，眼角、嘴边都是永久的笑纹，“我们应该用不着一个小时……”

今天早晨能见度太低，看不见优思顿岛。老马先生走到斯洛索普身旁。斯洛索普站在围栏边，呼吸着灰蒙蒙的天色里逼人的气息，对一切都视而不见。

“他没事，斯洛索普。更险恶的情况他也见过。两个月以前在柏林我们遭了埋伏，就在芝加哥外面。他穿过三把施迈瑟[②]的交叉火力，给我们的对手提了个协议。毫发未损。”

“老马先生，他是跟那儿一半的俄国兵在周旋哪。”

“他们不会杀他的。他们知道他是谁。他在搞制导，是席勒手下最棒的人。他对积分电路了解之多，他们现在在加米施之外还找不到这样的人。俄国人开的薪水吓人——比美国人高——他们会让他待在德国，在佩纳明德或者中心工厂，跟他以前干的一样。如果他愿意，甚至还可以

① 库克斯哈文：德国西北部的一个城市，位于易北河河口。它是北海的一个渔港，又是一个避暑胜地。

② 二战期间德国步兵广泛使用的一种冲锋枪。

逃跑，我们这方面的路子很活络——”

“可是如果他们真的开枪打他了呢？”

“不会的。他们应该不会。”

“老马先生，这可不是他妈的电影，现实点。”

“还不是。可能还不怎么是。你最好趁有机会的时候抓紧点看。有一天，电影的速度会很快，设备都是袖珍型的，也不重，卖价也大众化了，灯光和活动支架再也用不着了，那……那……”我们现在在船首右舷看见了神话一般的吕根岛[①]。白垩土的悬崖比天空还亮。海湾里、绿色的橡树间有薄薄的雾气。海滩上飘着一片片珍珠雾。

我们的船长，格纳布太太，向格赖夫斯瓦尔德海湾[②]进发，去为她的猎物梳理长长的港湾。一个小时（滑稽的巴松管独奏声里，一系列出卖自己的特写镜头：她大吃罐子里土豆泥状的、经发酵的、可怕的脑叶白质切除物，用袖子抹嘴巴，打饱嗝）毫无结果的搜索之后，我们的现代海盗又一次出海了，沿海岛东海岸而上。

微雨一直在落。奥托拿出了油布雨衣，还有一暖瓶热汤。十几朵云彩，灰得有深有浅，沿天空跑得飞快。大块的岩石笼在雾中，陡峭的悬崖，深涧中的溪流，灰色、绿色、雨中尖塔上的白垩色，都过去了——司达本卡莫阶梯[③]，王座[④]，现在，左舷又出现了阿考纳角[⑤]，浪花在悬崖底部炸开，而悬崖顶部白色树干的小树林在风中呼啸……古斯拉夫人在这儿建了一座寺院来供奉斯维托韦德，他们的丰产和战争之神。老斯维托韦德干事情用的化名可真不少！“三头”特利克拉夫，“五头”鄱芮维特，“七脸”儒格威特！下次你老板再说“戴了两顶帽子！”你就把这些告诉他。现在，阿考纳角也从左舷船尾溜走了——

---

① 位于原民主德国罗斯托克区。

② 位于吕根岛东南的海湾。

③ 司达本卡莫阶梯：据考，这是白垩崖上的一组石阶。

④ 王座：白垩崖，高出波罗的海四百多英尺，在司达本卡莫阶梯西面。

⑤ 此处的地理细节均见于德国出版家卡尔·贝德克尔（1801—1859）出版的旅行指南手册之一《北部德国》。

“那儿有只船，”奥托从驾驶舱的顶部喊。很远很远处，一点小小的白船鬼魅般地从“维擞之钥”[①]（苍白的石灰岩，像钥匙，老天爷今天用这把钥匙来打开斯洛索普心灵的堡垒）后面慢悠悠驶出海面，在雨中几乎看不到……

“站稳了，”格纳布太太抓住方向盘，站稳脚跟，“我们要上一堂碰撞课！”奥托缩在方位盘边上，浑身发抖。

“拿着，斯洛索普。”

鲁格尔手枪？弹药箱？“什么……”

“今天早晨跟蛋一起送来的。”

“你可没提——”

“他可能有点儿伤脑筋，不过，他很现实。你的朋友格丽塔和我在华沙就认识他了，很早以前了。”

“老马先生——告诉我，老马先生，那是什么船？”老马先生递给他一副双筒望远镜。在幽灵般的白色船头上，金豺狗后面，精致的金字刻着他熟悉的名字。“好——啊，”他的目光极力穿过雨帘，深深地看着老马先生的眼睛，“你知道我以前上过那条船。你这是在套我哪，是不是？”

“你什么时候上过那条船？”

“好了——”

“瞅瞅——本来今天是纳里奇来拿这个包裹的。不是你。我们以前甚至根本不认识你。你非要什么事情都得看出点阴谋吗？我又不控制俄国人，我没有派他——”

“你今儿可是在装无辜啊，你？”

“别斗嘴了，傻蛋，”格纳布太太大喝一声，“好了——行动！”

阿努比斯号懒懒地上下颠簸着，幽灵似的。离得越来越近了，但好像并没有看得更清晰。老马先生从驾驶舱里伸出一个扩音器，吼道：“你好啊，普洛卡娄斯基——请允许登船。”

---

① 此悬崖的来源同样是卡尔·贝德克尔的《北部德国》。

回答是一声枪响。老马先生跌到甲板上，雨衣滚在黄流里，他仰面朝天，扩音器朝上指着，漏斗似的把雨倒入嘴里："那我们就得擅自行动了——"他示意斯洛索普过来，"准备登船。"又跟格纳布太太说："我们要向前猛冲。"

"再好不过，"看一看奥托妈妈满脸放光的邪恶眼神就知道，她今天出来不是为钱的，"我什么时候去，去撞她？"

在海上单独跟阿努比斯号一起了结？斯洛索普开始出汗，很不舒服。在吕根岛绿色的岩石海岸衬托下，他们在风雨中上下颠簸。嗖的一声，另一枚子弹从舱壁射出来。"撞。"老马先生命令。风暴真的来了。格纳布太太心情愉快，牙齿缝里哼着歌，把舵抡得圆圆的，轮辐都看不清了，船头回转过来直奔船身中部。阿努比斯号毛坯的那一面迎了过来——太太要像穿过纸箍一样撞过去吗？舷窗后面的一张张脸，厨子在走廊外削土豆，穿一件礼服大衣的醉汉在雨淋淋的甲板上睡觉，随着船的摇摆滑动……啊哈——好，好，她肘边一个巨大的蓝花碗，里面盛着土豆丝；一扇窗户，铸铁做的螺旋形藤蔓和上面全部漆成白色的花；水槽下面隐隐传来白菜和洗碗布的味道；围裙在她腰上紧紧地、合身地打了个结；腿上裹着羊羔皮。呀，小，哦，好，来了，小——啊哈——来了来了小——啊哈——

奥托！她的船撞上阿努比斯号，震耳欲聋、无比可怕的一声奥托……

"一边站着。"老马先生站起来。普洛卡娄斯基转过身去，加大了马力。格纳布太太在他们的右后方继续前行，在船的尾波里颠簸着。奥托紧抓着吊钩，晕了过去。吊钩是铁制的，在汉萨同盟中久经沙场，已经坑坑洼洼了，但看起来很实用——妈妈把它们全部、全方位摆在前面。阿努比斯号上，情侣们在遮阳篷下闲逛看热闹，指指点点，兴高采烈地大笑、挥手，乐不可支。乐队在演奏盖伊·伦巴多[①]改编的《在雨珠间奔跑》，女孩子们抛着飞吻，裸露的胸脯上雨珠闪闪。

斯洛索普一身咸咸的海盗味，走上滑溜溜的梯子，掂量一下锚形

---

① 盖伊·伦巴多（1902—1977）：加拿大裔美国乐队指挥，新年前夜在纽约城的演出令人难忘。

抓钩，放开绳子，同时眼睛留意着奥托——抡圆了，转得像套索一样，呜——当啷。老马先生和奥托分别在船头和船尾，他们也同时抓住绳子拉紧，船撞在一起，弹开，又撞……柔白的阿努比斯号已经慢下来了，摊开四肢，允许了……奥托把绳子绕过楔子，又向前、向上在游艇雕着贝壳的栏杆上绕了几圈，然后冲向船尾——运动鞋溅起水花，留下的棱条纹脚印马上就被雨冲没了——继续绑绳子。两条船之间形成了一条河，白浪滔天，汹涌咆哮。老马先生已经上了游艇的主甲板。斯洛索普把鲁格尔别在腰带上，跟了过去。

老马先生做了个土匪式经典摆头，示意他上船桥。斯洛索普两手摸索着移过去，在支离破碎的俄语问候声和一阵阵酒气中，来到左舷梯边，爬上去，悄悄踅上了船桥。只见普洛卡娄斯基坐在船长座位上，抽着老马先生的一支友情烟，帽子向后支着，老马先生则从一肚子德国厕所笑话中找了一个，正说到最起劲的地方。

“真是见了鬼了，葛哈特，”普洛卡娄斯基摇晃着一根大拇指，“红军也在为你工作？”

“又见面了，你好啊，安东尼。”斯洛索普两面肩章上的三颗银星都在闪闪发光地说你好，可是没用。

“我不认识你。”又对老马先生说：“好吧。在轮机舱里。右舷，发动机下面。”这是在暗示斯洛索普走开。

在楼梯下面碰到斯特凡尼娅沿走廊过来。“嗨。抱歉我们得这么重逢。”

“你好，我叫斯特凡尼娅。”她经过时闪了个转瞬即逝的笑容，“再往上一层有酒，好好享受吧。”说着就已经走出去，进了雨中。怎么？

斯洛索普穿过舱口，下了楼梯，朝机炉舱爬下去。头顶上某个地方有三只钟在敲，慢悠悠的，有点儿空洞，也有点儿回音。晚了……晚了。他想起来自己在哪儿了。

刚刚摸到舱板，灯就全灭了。鼓风机呜呜停了下来。轮机舱还要再下一层。他得摸黑下去吗？

“我不行。”大声喊出来。

“你行。”耳边一个声音回答。他能感到对方的呼吸。脖子根被专业地猛击了一下。漆黑中有光线透了进来。他的左胳膊已经麻了。“我把另一只胳膊给你留着，爬到轮机舱。”那个声音低低道。

“等等——”感觉到尖如舞鞋的脚趾，不知从哪儿出来的，在空中悬了一秒钟，碰了一下他的下巴内侧——然后轻轻地一踢，他的牙齿砰地合住咬在舌头上。

疼得要死。他舔到了血的味道。汗水聚集到眼睛周围。

“去呀，快。”他正在犹豫，脖子后面又被掐了一下。噢，痛啊……他夜盲症似的抓住梯子，开始哭……这时他想起了鲁格尔，可是还没来得及掏枪，腹股沟和屁股之间就被狠狠踢了一脚。枪落到钢舱板上。斯洛索普一条腿跪下，摸索着，那只鞋子这时又轻轻地落在他的手指上。“你需要这只手爬楼梯，记得吗？记得吗？”接着鞋子提起来，不过只是在他腋窝下踢了一脚。“起来，起来。”

斯洛索普摸到下一个楼梯，僵硬地用一只胳膊爬下去。他感觉到进入了钢制舱口。“干不完该干的，就别想上来。”

“坦纳茨？”斯洛索普的舌头很痛。这个名字说得费劲。没有动静。“森村？”没有回答。斯洛索普一只脚向上移了一级。

“停，停。我还在这儿。”

他颤颤巍巍地一级一级向下挪，感觉胳膊上阵阵刺痛。怎么才能下去？怎么才能上去？他想把注意力集中到疼痛上。他的脚终于碰到钢板了。眼前黑不见物。他移到右舷，每走一步都会撞到小腿那么高的刃状物，锋利、向外凸起着……我不想……怎么能……伸下去……裸着手……如果……

右边突然一声呜咽——什么机械的东西——他跳起来，牙齿间吸进的空气非常冷，背后和胳膊上的神经冷飕飕的，一阵松一阵紧的……他碰到了一根圆柱形的东西……可能是发动机……弯下腰开始——他的手抓在了硬硬的塔夫绸上。他把塔夫绸甩开，想站起来，头又撞到了一个很尖利的东西上……他想爬回楼梯，可是现在方向感一点儿也没有了……他蹲着，慢慢地转了个圈……结束吧结束吧……他的手在甲板上摸索，却又抓到了滑溜溜的缎子。“不。”是钩眼扣[1]。他弄断了一根指甲，极力想挣脱那些扣子，可是扣子紧跟不舍……饰带飘动着，蛇一般有力，缠上，把每根手指都绑住……

“不……”他蹲着向前移动，碰到了头顶上挂着的什么东西。两条冰冷小巧的大腿裹着湿漉漉的真丝，在他面前晃荡。闻起来是海水的味道。他转开，脸颊却又被长长的湿头发抽了一下。此时，不管他朝哪个方向动……冷冷的乳头……屁股间深深的沟，香水，屎，还有海水的味道……还有……什么味道……什么味道……

灯光又亮起的时候，斯洛索普正跪在地上，小心翼翼地呼吸着。他知道自己得睁开眼睛。这时候，舱内充满了压抑的光亮——很可能命在旦夕的光亮——就像极度悲伤的时候，身体容易感觉到疼痛：真实，可怕，接近极限……那个棕色的纸捆离他膝盖就两英寸，塞在发动机后面。可是在他眼角晃来晃去的惨白色和红色都是什么呀……上楼出去的楼梯真的像看起来那么空荡荡的吗？

回到太太的船上，老马先生拿出了一瓶来自阿努比斯号的香槟。他解开亮亮的金属线，软木塞砰地射出去，有点告别仪式上礼炮齐发的味道。斯洛索普的手抖抖的，把大部分酒都洒了。安东尼和斯特凡尼娅在船桥上看着两艘船分开，从他们眼睛深处，可以看到波罗的海的天空。泡沫成丝，做了她的白发，海雾塑型，成了她的面庞……云夫雾妇，两个人冷冷地、静静地、渐渐地缩小，消失在风暴的中心。

太太号向南而行，沿吕根岛另一边的海岸，取道布格河[2]驶进海峡。夜幕降临，风暴也随之而来。“我们要在施特拉尔松德[3]进港。”驾驶舱的油灯荡来荡去，她的脸上光影散乱，润滑油绿的阴影，黄色的光。

斯洛索普思忖着自己该下了。去那个库克斯哈文。“老马先生，你觉得能准时把那些证件给我吗？”

---

① 钩眼扣：一种衣服扣襻，上有一个小金属钩，插在相应搭环或金属圈内。

② 布格河：西欧的一条河流，位于苏联乌克兰西南部，全长七百七十二公里，流经波兰注入华沙附近的维斯图拉河。

③ 施特拉尔松德：德国东北部一城市，临波罗的海，与吕根岛对峙。

“我什么也不能保证。”葛哈特·冯·高尔说。

在施特拉尔松德，码头上、灯光下、雨里，他们互道别离。格纳布太太吻了斯洛索普，奥托给了他一盒幸运蛋香烟。老马先生从绿色笔记本上抬起头，在夹鼻眼镜上方点了点，表示再见。斯洛索普走了，过了跳板，走上湿漉漉的码头广场，尽力把水手腿[1]从刚刚抛到后面的颠簸中恢复过来。他走过吊杆、桅杆和起重机吊着的滑车，走过一队上夜班的海员——他们正从吱吱作响的驳船往木马车上卸货，灰色的马儿们弯下身子，舔着一根草也没有的石头……口袋里的临别赠礼温暖着他空空的双手……

◆ ◆ ◆ ◆ ◆

为我开花的教皇属下在哪里？[2]
她的山引诱我回去，用丝绸和香气，
她涂着油的健仆，她淡然的暗示，
要把痛苦和折磨物化在天空里，
化作纯洁的光亮和锁枷来歌唱，
化作鞭子追逐他们落下时的灵光。
天可怜见，我现在能听见她的喊声，
在每个转角，在夜晚偶遇的地方。

我没有对可怜的丽索拉置之不理，
我在最后的时刻跪下做了忏悔，
在他璀璨的珠宝下，我怀疑过上帝，
现在，我最后的呼吸正在破碎，
下面无歌无欲无内疚无回忆：

---

① 水手腿：能在颠簸的海船上行走的能力。

② 此处再次指向前面已提到的坦霍伊泽的故事。他被山内女神引诱后，回来事发判罪。后来他到罗马朝圣，教皇拒绝为他施洗，在瓦格纳的歌剧里这样唱：你将永远受到诅咒！ / 我所有的这些属下 / 永不送你一片叶一朵花 / 这样你才能特别在意 / 如何得拯救、如何脱罪枷！

没有五芒星没有圣愚者没有酒杯[1]……

普丁准将六月中旬死于一场大规模的大肠杆菌感染，临终前还在一遍又一遍地哀号："我的肚子好痛啊……"如他所愿，当时正是黎明之前。卡婕在"白色幽灵"继续待了一阵子，到处闲荡，走廊里已是人去楼空，实验室所有的笼格都空空如也。烟雾弥漫，一片死寂，卡婕自己也融进了这烟灰色的网、这日见增厚的尘土、这蝇虫密布的窗子。

一天，她找到几盒胶卷，被韦伯利·西弗内尔胡乱堆在一间曾经是音乐室的房间里。现在，房间被一台已经散了架、没人弹的韦特美尔大键琴占据着，琴拨和音栓已经破得不成样子，季候的利刃正无情地向每一间屋子推进，也将琴弦削高、磨平、腐蚀。波因茨曼那天刚好去伦敦了，在"十二号"干完活，和他那些企业家们在午宴上优哉游哉地饮酒。他是不是把她忘了？她是不是自由了？已经自由了？

她从看起来空空如也的"白色幽灵"找到了一台放映机，装上片子，把图像对准一面水渍斑斑的墙。图像旁边有一幅北方某个峡谷的风景画，上面有几个愚蠢的贵族在那里游荡。她看到海盗·普伦提斯在切尔西的小屋里有一个白头发的女孩子，面孔那么奇怪。她先是认出了这座中世纪的房子，然后才认出那个女孩就是自己。

他们什么时候——啊，奥斯比·费尔加工毒蝇蕈的那天……她心醉神迷地盯着二十分钟长的片子：那是来"促降计划"前，自己处在一种精神恍惚状态。他们到底用它干什么？答案也在那个盒子里，她不久就找到了——章鱼格里高利坐在罐子里看着她的胶片。银幕一帧一帧地跳跃着，镜头不时转移到章鱼格里高利身上，瞪着眼睛——每一帧都打上了日期，说明章鱼的条件反射在不断加强。

不知为什么，片子后面好像是奥斯比·费尔和所有人的试镜。有一段录音，是奥斯比即兴为自己一部电影编写的脚本，名叫：

---

① "五芒星"和"圣杯（相当于红心）"是小阿卡那牌四种花色的两种。"圣愚者"前文已有注释。

瘾君子的贪婪

"开场时纳尔逊·艾迪在背景上唱：

瘾君子真贪婪哪，
真贪婪！
想找更最恶心的事儿啊，难！
你在那儿好好的，
它就会把你变成猪仔！
只要你尝一尝瘾君子的贪婪！

"两个鞍马劳顿的牛仔巴希尔·拉司本[①]和S.Z.（"拥抱者"）·撒卡尔[②]骑马进了镇子。镇子入口处，一个侏儒立在那里挡住去路，就是在《怪物》[③]里演主角、说话带德国口音的那个侏儒。他是镇上的治安官，戴着一枚巨大的金星，几乎盖住整个胸膛。拉司本和撒卡尔勒住缰绳，脸上笑得很不自然。

"拉司本：这不太可能，是不是？

"撒卡尔：呼——呼！当然是真的了，里（你）这个可怜的鸦片鬼，稀奇古怪的仙人掌里（你）嚼多了，小菜一碟啊。里（你）应该咂一咂我嚼的吵（草），我跟里（你）说过——

"拉司本（脸上挂着紧张苍白的微笑）：好了——我可不想要一个犹太妈。我知道什么是真的，什么不是。

"（此时侏儒做硬汉状，挥舞着一对巨大的柯尔特手枪。）

"撒卡尔：里（你）在外面路上的时候——里（你）也知道是哪条路，是吧，里（你）个鼻涕连天的毛猴子——就我所知，里（你）认识

---

① 巴希尔·拉司本（1892—1967）：美国电影演员。曾在格丽塔·嘉宝演的《安娜·卡列尼娜》里扮演卡列宁，同时也塑造了福尔摩斯的形象。在《弗兰肯斯坦》中扮演弗兰肯斯坦男爵的儿子，见后文。

② S.Z.撒卡尔（1888—1955）：美国电影演员，参加演出的电影有《花月佳期》《卡萨布兰卡》等。

③ 美国演员哈里·厄尔思即文中的侏儒一九三二年主演的恐怖片。

一个幻觉中的卡车里下来的侏儒治安官。

“拉司本：我不知道世界上有侏儒和治安官。你在这整个地区见到的肯定都是侏儒治安官。否则就不会发明这个新类别了，是吧？你可是胆大包天，什么都敢干的。

“撒卡尔：里（你）忘了说‘里（你）个老流氓’。

“他们哈哈大笑，掏出枪来开心地射了几通。侏儒气急败坏，左奔右突，一边用德国口音尖声大叫西部匪话‘一山容不得二腐（虎）！’。

“撒卡尔：嗨，咱俩都看见他了，这说明他是真的。

“拉司本：伙计，共同幻觉这个世界上也不是没有过。

“撒卡尔：谁说是共同幻觉？呼——呼！如果是幻觉的话——我不是说是幻觉——那肯定是佩奥特掌[1]，或者是曼荼罗，可能吧……”

这场有趣的对话进行了一个半小时。没有剪辑。整个过程中侏儒都很积极，对对话过程中出现的微妙之处还有不时迸发的灵感反应。马不时在尘土中拉一泡屎。也不清楚侏儒知不知道他们在谈论他是否存在的问题。这是这部影片巧妙的含糊之处。最后，拉司本和撒卡尔一致同意解决争议的唯一办法就是杀死侏儒，侏儒识破了他们的意图，尖叫着沿街道逃之夭夭。撒卡尔笑得从马上摔下来，掉进了马槽里，最后是一张拉司本似笑非笑的特写镜头。歌声渐强：

你在那儿好好的，
它就会把你变成猪仔！
只要你尝一尝毒贩子的贪婪！

有一段简短的收场白，奥斯比指出：当然应该想办法把贪婪这个因素加到情节中去，以与题目呼应，不过他一声“呃……”没完就用光了。

---

① 佩奥特掌：一种无刺的圆形仙人掌，原长于墨西哥和美国西南部，有纽扣形小块茎，某些土著美洲人把新鲜或者晒干的佩奥特掌当作麻醉药咀嚼。

卡婕现在已经被搞晕了，不过她看完片子之后明白了一个信息。“白色幽灵”里一个秘而不宣的朋友——也许是西弗内尔，对波因茨曼及其命运不是那么盲目愚忠——有意把奥斯比·费尔的试镜安置在这里，他们知道她会找到的。她把胶卷倒回去又放了一遍。奥斯比直盯着镜头，直盯着她——不像什么吊儿郎当的瘾君子，他是在演戏。没错。这是个口信，用密码写的。她很快就破解出来了。巴希尔·拉司本代表年轻的奥斯比本人，S.Z. 撒卡尔可能是波因茨曼先生，而侏儒治安官则代表整个隐秘而宏大的计划，用一个小小的包装包裹着，缩小成一个清晰的目标。波因茨曼非要说它是真的，而奥斯比脑子更清醒一点。结果波因茨曼跑到那个死水槽里去了，而计划 / 侏儒则吓得消失在尘土中。这是个预言，是好意。她回到自己敞着门的小窝，收拾了几件东西放在包里，走出了“白色幽灵”，走过久未修剪、已长回现实的艺术篱笆。和平时期，回来的疯子们在太阳下温柔地坐着。曾经，在斯海弗宁恩外面，她走上沙丘，走过水厂，走过在推倒的贫民窟上建起的一幢幢新公寓楼，模板里面的水泥还是湿的——那是很久以前，她心里和现在一样，希望逃离——她纤弱的身影走动着，到一个叫“天使”的风车磨坊，与海盗约会。他现在在哪里？他还住在切尔西吗？他还活着吗？

反正奥斯比在家，嚼着香料，抽着大麻，注射着可卡因。那是他战时最后的藏品。一次性大爆发。他已经亢奋了三天了。他冲着卡婕喜笑颜开，红、黄、蓝三原色呈旭日状从头上铺开。他手里舞动着刚从静脉拔出的针头，齿间咬着一只烟斗，巨大如萨克斯管。头上戴一顶猎鹿帽[①]，但丝毫没有影响旭日的效果。

“夏洛克·福尔摩斯。巴希尔·拉司本。我没搞错。”她气喘吁吁，把包重重地撂在地上。

光环跳动着，谦恭地鞠了一躬。他也是坚强的，他也是坚韧的血肉之躯。“好，好。原来还有弗兰肯斯坦的儿子呢。我希望我们能更直接一点，可是——”

---

① 猎鹿帽：原为猎鹿者戴的一种紧贴头部的帽子，帽的前后都有鸭舌。

“普伦提斯在哪儿？”

“出去侦查一下运输情况。”他把她带到后面的一间屋子，里面有电话，一张软木板上钉满了纸条，桌上乱七八糟地堆着地图、计划、《现代赫雷罗导论》、公司历史，还有好几盘录音带。“这儿还不怎么整齐，不过会好起来的，亲爱的，很快。”

这就是真相？多少次若有所悟，却又被拒之门外，因为仅有希望是没用的，没那么有用。辩证地说，某种反作用力是迟早会出现的……她肯定没有什么政治头脑，无法坚信它一定出现……即使拥有另一边的全部力量，她也难以坚信……

奥斯比把折叠椅拖出来，递给她一捆油印的东西，相当厚。“喏，这儿有几样东西，你应该知道。我们不想催你，可是马槽那边还在等着呢。”

他的各种频率在各个屋子里流动，呈现出绚丽（有一会儿令人心烦意乱）的叶子红和桃色。不久，他似乎暂时稳定下来，变成了一本已遗失的维多利亚儿童读物里不怎么世故的英雄，因为在她把同一个问题变着法子问了他第一百遍后，他答道：“在生活的议会里，该到了表决的时候了。现在，我们正在自己选定的通道里，走向议员席……”

◆ ◆ ◆ ◆ ◆

亲爱的妈妈，我今天把几个人放到地狱里了……

——片段，据推断节选自《多马福音》

（奥科西林库司纸草卷①分类标号）

谁会想到这么多人在这儿？他们不断出现，都是穿过这个令人不安的结构而来，或成群聚在一起，或独自沉思踱步，或研究绘画、书籍、

① 奥科西林库司是尼罗河上的一个村子，在此发现了四十多卷纸草残卷，有三卷（标号1，654，655）的一些教导被认为出自耶稣，而这些教导被证明和《多马福音》（也译《托马斯福音》）里的说法相类。

展览。好像是某个非常宽敞的博物馆，很多层，新的侧楼像活的生物组织一样生长——不过就算它真的长成某种终极形状，里面的那些人也看不见。进有些大厅是要冒险的，所有的通道上都摆放着监控器，就说明了这一点。在这些通道间移动时没有摩擦力，浮光掠影般迅速，常常是一往无前，就像穿了上好的旱冰鞋。部分长廊面朝着大海。有咖啡座，可以坐在那里欣赏日落——或者日出，得看当班时间和酒会时间。糕点车款款经过，车子大得出奇，跟家具搬运车似的。得走到里面去，在无数层的架子上搜寻，每一层的美味都比前面一层更黏更甜……厨师们站在一边，冰激凌勺随时准备着，只等对糖痴狂不已的顾客一声吩咐，便立刻把已经烤好的各种形状、各类风味的阿拉斯加[①]送入烤箱……有船形的土耳其果仁蜜饼，巴伐利亚奶油馅，上面浇着几卷又苦又甜的巧克力，碎杏仁，乒乓球大的樱桃，还有爆米花浇着溶蜀葵糖和黄油，还有几千种软糖，被放置在平滑的石桌上，从甘草味的到奶油蛋白的，还有扯太妃糖，全用手，有时候会扯出角落，出了窗户，跑到另一个走廊里——呃，对不起，先生，您能拿一会儿这个吗？谢谢——爱开玩笑的家伙走了，留下海盗·普伦提斯在那儿，初来乍到，懵懵懂懂，手里握着糖果线团[②]的一端，另一端鬼知道在哪里……嗯，他可能还是会跟着它……四处转悠，脸上苦巴巴的，在院子里绕太妃糖，偶尔往嘴里塞一点——嗯，花生酱还有糖蜜——嗯，结果太妃糖曲里拐弯的路线跟穿过普罗维登斯中心的一号线路[③]一样，是有意设计好让新人游览这座城市的。看来太妃糖是这儿标准的定向方法，因为海盗不时会跟其他新来者的路线交叉……他们经常还会把太妃糖线绞在一起，这也是让新来者认识的一个很自然的好办法。此时，海盗被引到一个开阔的院子里，一小堆人聚在一个厄德士温洞穴人代表的周围，扯破了喉咙跟一个广告经理争论“除了异端邪说还能有啥”的问题。如果说这次大会是一只鞋子，这个问题已经是鞋里的石子了，也许还会成为造成跛脚的大石子呢。马路艺人不

---

① 这里既可指阿拉斯加州，也可能指阿拉斯加的一种风味食品。

② 希腊神话中，忒修斯借助国王米诺斯之女阿里阿德涅所赠的线团走出了迷宫。

③ 这里指的是美国罗德岛普罗维登斯南面的一号线路，过乌纳斯夸图克特河右行，在乔治·M.科汗大道下左转，经布朗大学。

时经过：自学成才的杂技演员在看起来又硬又滑的人行道上惊险地翻着跟斗，卡祖笛演奏团演奏着吉尔伯特[1]和沙利文的混成曲，一个男孩和一个女孩在跳舞，不是顺着平坦的街面跳，而是上来下去地跳，多在比较大的台阶上，只要有人在那里排队等候……

海盗收拾起已经变得很笨重的太妃糖球，经过“碧沃板房”[2]，人人都知道，这里聚集着所有委员会的办公室，每个办公室的名字都模印在门口上方——A4……染共体……石油公司……前脑叶白质切除术……自卫……异端邪说……

“你自然是通过士兵的眼睛来看这一切的。”她很年轻，无忧无虑的，戴一顶时下女孩们喜欢的那种傻乎乎的小帽。脸很干净，一本正经，与她宽肩、高腰、没脖子的形象很搭，这种形象也是他们时下都喜欢的。她在他身边走来走去，步子迈得大而优美。她摆动着胳膊，摇晃着脑袋——探过身来想抓一些他的太妃糖，抓的时候碰到了他的手。

“对你来说，这就跟花园似的。”他说道。

“是啊。恐怕你也不是这么刻板的人吧。”

啊，她们确实让他很烦，这些十几岁的自由自在的女人，她们的精神头太有感染力了。

告诉你吧，这真是太—棒—啦，
精神头的感染力太—大—啦，
大家都忘了年龄啦……

从蜜蜂丛中—走—过去，
把那些钱—扔—出去，
对着可笑的东西大笑吧，
精神头就会—找到—你！

摇摆乐队是从哪儿来的？她蹦上跳下的，想跳吉特巴舞。他看得出来她想失去重力——

① 威廉·S. 吉尔伯特（1836—1911）：英国剧作家、抒情诗人，见前文注。
② 碧沃板是英文商标 Beaverboard 的活译。Beaverboard 是一种纤维板，用于搭设办公室隔间。

车里听到的东西—不要—在意，
你得看一看它们的—底—气，
日历上的说法—不要—在意，
人人都是九个月大呀，嘻！

书页在翻动着书页，
人人都摆脱了—缧—绁，
精神头的感染力—太—大啦，
就让它光临—你的—世界！

摇滚乐队从哪里冒出来的？
她在那儿又蹦又跳，
巴望着有人带她跳吉特巴舞。
他明白，她这是想丢掉万有引力——

“碧沃板房”里唯一跟其他不沾边的，是一间波纹板搭起来的简陋小屋。小屋其实是有意分开的办公室，炉子的烟囱从顶上伸出来。院子里胡乱堆着几块汽车残片，锈得一塌糊涂，几堆木头上搭着块帆布，帆布上雨迹斑斑，已经旧得不能再旧了。一辆活动房挂车饱受风吹日晒，只剩下轮胎和一个轮子在冷雨中凄立……小招牌上写的是“魔鬼代言人”①，没错，里面是一个耶稣会会士在履行这一职能，像他的同事泰亚尔·德·夏尔丹②一样在布道，反对人类倒退。这里要说一下，临界质量③是不容忽视的。一旦技术控制达到一定的规模、一种互相联系的程度，自由就一去不返了。词语不再有意义。拉彼埃神父此时的陈述强而有力，

① 魔鬼代言人：比喻吹毛求疵、爱抬杠、爱提反面意见的人。
② 泰亚尔·德·夏尔丹（1881—1955）：法国人，耶稣会牧师、古生物学家和哲学家，他坚持认为世界和人类正在向完美的状态发展，反对人类倒退回原始状态。他最著名的作品为《人的现象》（一九五五年第一次出版）。
③ 临界质量：裂变物质在恒量水平下能维持链式核反应的最小质量。

不失滔滔雄辩的精彩之处，高潮处他自己也显然被打动了……甚至根本没有必要在办公室，因为来访者可以从大会任何地方收听到他慷慨激昂的演讲，经常是在这儿时髦的幽默家已称之为“临街之魍（临界质量）”[①]（知道是啥吗？一九四五年可没多少人知道这东西，宇宙炸弹还在襁褓中颤抖，没向世人露面，所以只有在超级时髦场合才能听到这个术语）的庆典中间。“我想现在这个世界可能发生一件可怕的事情。这事儿我们可能没法把它抛开，我们得正视它。可能‘他们’不会死。现在可能是‘他们’在操纵，而且要永远继续下去——不过我们，当然了，还要像一直以来那样继续死去。死亡一直是‘他们’力量的源泉。这一点我们很容易看出来。如果我们来这儿一次，只有一次，那很显然我们要尽量能拿多少就拿多少。如果‘他们’拿的多得多，不光从地球上拿，还从我们这儿拿——嘿，干嘛去嫉妒‘他们’呢？‘他们’跟我们一样都是注定要死的嘛。都是同一条船上的，都在同一个屋檐下……是啊……是啊。可是真是这样的吗？这是不是‘他们’编造的所有已知和未知的谎言里最完美、最精心推广的一个？

“我们不得不继续活在一种可能之下，那就是我们死去只是因为‘他们’想让我们死：因为‘他们’需要我们的恐惧才能活下去。我们是‘他们’的收成……

“我们的信仰必须有一次根本的改变。要让我们相信‘他们’必死无疑，相信‘他们’也会哭鼻子，也会害怕，也会感到痛苦，相信‘他们’只是自以为死神是‘他们’的奴仆，认为死神是我们大家的主人，这就要求我们具有超人类的勇气——我不敢说别人，但至少对我来说是这样的……不过我们并非要在信仰上这样大步飞跃，也许我们可以选择转过身来战斗：从那些我们为之而死的人那里要回我们的永生。在床上‘他们’也许没有死亡的可能，但还是可以死于暴力的。如果不行的话，至少我们可以学着从‘他们’那里收回我们对死神的恐惧。对付每一种吸血鬼都有一种十字架。至少‘他们’从地球上、从我们这儿拿走的实体

---

① 原文可双关。幽默也在于此。

之物都可以分解、摧毁——归于所来之处。

“相信‘他们’每一个都会死，也就是相信‘他们’的系统会死——就是相信有某种重新开始的可能，相信辩证法仍然在历史进程中起作用。确认‘他们’必死也就是确认会有回归……我一直指出，在确认回归的路上有一定的障碍……”听起来似乎是弃权书，牧师好像害怕了。海盗和那个女孩一边听他讲话，一边在一间海盗想进去的大厅外徘徊。搞不清她会不会跟他进去。别，他希望她不会。这正是他害怕的那种房间。显然，有些装置被移走了，墙上留下参差不齐的洞，用灰泥粗粗地补了一下。看样子，其他人正在等他，一直在玩游戏消磨时间。在这些游戏里，痛苦显然是商品，游戏有“查理—查理”[①]、抓阄抓人、“剪刀—锤子—布”等。从隔壁传来泼水的声音，还有清一色男人的笑声，回声从屋瓦上传过来。“现在，”可以听到无线电广播员流畅的声音，“该干什么了？扔掉—香皂！”掌声和尖笑声刺人耳膜，经久不绝。

“扔掉香皂？”萨弥·赫尔伯特-司贝思踱到薄薄的隔墙边，伸着鼻子向里望。

“隔壁真够吵的了，”德国电影导演葛哈特·冯·高尔道，“这种事有完没完哪？”

“你好，海盗，”一个海盗不认识的黑人点头打招呼，“我们好像是老校友。”这是什么，这都是谁啊——他叫圣-贾斯特·格劳索特。“在整个战争的大部分时间，‘公司’都让我设法渗透到黑人支队里去。我还没见别人谁干过这事。听起来有点儿偏激，不过我想我是唯一一个……”他这样公然违反保密规定（如果这些需要保密的话），让海盗大吃了一惊。

“你觉得你能——嗯，给我透露这种军情吗？”

“哦，杰奥弗里。哦，老天。”萨弥·希尔伯特-司贝思看完澡堂里的

---

① 查理—查理：一种儿童游戏。选出一个孩子做“查理”，站在街道一边，其他孩子在另一边叫：“查理—查理，我们能不能过你的金河？”查理答：“不行，除非你有蓝色！”于是，身上有蓝色者便可安全渡河，其他人则趁机往前冲。“查理”便和有蓝色的孩子抓他们。然后再从头开始，改变不同颜色，直到所有颜色都叫到，所有人都过河。最后抓住的孩子就是下一轮的“查理”。

热闹回来，摇着头，地中海东部人特有的袋状眼继续直直地盯着自己鼻尖底下，“杰奥弗里，等你总结点儿什么出来的时候，整个事情就已经变了。我们可以给你缩短过程，你想多短都行，不过你会失去很多解题的乐趣，不值得，真的不值得。杰奥弗里，看看你周围。好好看看，看看谁在这儿。”

海盗吃惊地发现斯蒂芬·道增-特拉克爵士居然在这儿，比他一辈子任何时候看起来都要健康。这个人现在活力充沛而又风平浪静，像一个优秀的日本武士——每次与“他们”交战都以为自己必死无疑，所以毫不畏惧、无怨无悔。这个变化真了不起。海盗开始感到自己也有希望了。“你什么时候转变过来的？”他知道问问斯蒂芬爵士是没关系的，“是怎么发生的？”

“哦，不，不要让这个人把你迷惑住了。”说话的是谁呀，油光水滑的大背头梳得几乎有一张脸的高度。从他的脸上，可以看出一个斗士饱受重击而柔化的灵魂。他不仅做倒栽葱，而且做的时候还在使劲想着这些倒栽葱。是耶利米·(“仁慈者”)·埃文斯，彭布罗克郡[①]著名的政治密探。“不，我们的小斯蒂芬还没太准备好当圣人呢，是不，我的好小伙子？”开玩笑地拍拍斯蒂芬的脸颊：“嗯？嗯？嗯？”

“是啊，如果他们把我扔进你们那一群的话。”爵士无礼地回答。很难说到底是谁把谁惹火了，因为“仁慈者”埃文斯现在开始放声歌唱了，他唱得可真糟糕，其实挺丢人的——

> 请为普通告密者祈祷[②]，
> 他和你一样，来自某个产道——
> 是啊要对你嗤笑的人好，
> 因为探子有一天也要死掉，

---

① 彭布罗克郡：英国郡名。
② 这里模仿一九七〇年滚石乐队对弃民们的颂歌《地球上的盐》。

像基尔肯尼[1]和基乌[2]间任一活体……
下一次当你舒适地叹气,
他今天怎样?你要问问自己——
在叹息中把宝贵的生命浪费,
或者卖成一把把金币,
哪一个更贱,哪一个更贵?

"我不知道我还会喜欢上这儿。"海盗心里升起一股不祥的疑云,紧张得东张西望。

"最糟糕的东西就是羞耻感,"斯蒂芬爵士告诉他,"克服一下吧。然后再说下一步——嘿,我说起来跟个老手似的,实际上我也只刚过了这一步,克服羞耻感。目前我在练习你也知道的那个'自由天性',我正在思考一个问题:我的任何行为是否真的都是我自己的,还是我一直在做'他们'想让我做的……唉,也不管我相信什么……让我去琢磨那个无线电控制下的、生下来就植入大脑的老问题——我想是一种公案吧。真的把我弄得有精神病了。我倒觉得'他们'的整个意图就是让我有精神病。谁知道接下去还有什么呢?老天爷。当然,我得把这一步通过了才能知道……我不想这么早就打击你——"

"不,不,我在想别的事情——你们这些人都是我这一组的吗?我是分到这儿了吗?"

"没错。你开始明白怎么回事了吧?"

"恐怕我真的明白了。"不管怎么说,这些都是些互相残杀的人:海盗一直是其中之一。"我一直希望——哦,真是很蠢,我一直希望得到一点怜悯……可是我在通宵电影院里,在甘洛巷拐角附近,有一条边道交叉的地方,那条路你有时候看不到,因为它插进来的角度很奇怪……我在那里经历了很糟糕的一段时间,有毒的、金属般的时间……跟烧煳的

① 爱尔兰一贫郡。
② 伦敦贵族区。

锅一样难闻……我就希望有个地方坐一会儿，他们不管你到底是谁，吃什么，睡了多久，或是跟谁——你跟谁见面……”

“海盗，真的没事。”圣-贾斯特·格劳索特说。有时候大家叫他“剩假丝汤”，那是在这里的讨论只剩下争吵的时候，用来压住他的声音的。

“我……就是没办法……我是说，如果这是真的，那，”这一笑笑得气管深处都痛，“那我叛逃就毫无意义，是不是？我是说，如果我还没有真的叛逃……”

消息是在一次放政府新闻片的时候传到他那里的。《从卧底到锅底》，标题上的小亮片向着所有正在康复、不约而同聚在影院里度过另一个漫漫长夜的灵魂们发出闪光——街上一小群人在积满灰尘的橱窗里盯着。那地方离东区很远，除了住过东区的人，他们当中谁也不知道东区这个地方……废墟里，被炸弹掀起来的舞厅地板像山间草场一样，向后面山坡斜上去，走上去倒是像弹簧垫一样晃晃悠悠；海螺纹的灰泥柱向里面斜着，黄铜电梯吊笼从头顶上耷拉下来。正前方差不多是个人吧，半裸着，爬满虫子，一身乱毛，面色苍白得怕人，在炸得稀烂的玻璃板碎片后面翻来滚去，撕着脸上、肚子上的伤口，把血放出来，用黑乎乎的脏指甲又挠又挖。“撒旦安普每天都在史密斯菲尔德市场出洋相。这不奇怪。很多复员的士兵、海员都求助于公益事业，来勉强维持生活。不寻常的是安普先生以前是给特别行动处干活的……”

“确实挺有意思的，”相机移近，给这个人照了个特写，“我只用一个星期，就找到窍门了……”

“你现在有没有点归属感，你来的时候可能还没有的那种——要么他们这儿还没接受你哪？”

“他们——哦，那些人呀，那儿的人都挺好的。非常好。是的，那儿什么问题也没有。”

这时，从海盗后面的主教座椅那边传来一股酒味，还有温热的呼吸，有人拍了一下他的肩膀。“你听到了吗？‘以前给特别行动处干活。’这很有意思啊，很有意思。没有人能活着离开‘公司’的，历史上从没有过——将来也不会有。”上流社会的口音，在海盗吊儿郎当的年轻时代，曾有一阵子很想学会这种口音。不过等他准备回头看的时候，来人已经走了。

“就把它当成是吃了一次亏，普伦提斯，跟吃其他亏一样，就跟掉了一条胳膊腿或者得了疟疾一样……人还能活……学着克服它，它也就成了生活的一部分——”

“当双——”

“对。当双——？”

“当双料间谍？‘克服’？”他看了看其他人，一边揣摩着：这里每个人看上去至少都是双料间谍。

“是啊……你现在下来了，下来跟我们在一起了。”萨弥低声说，“把你的不好意思，还有哭鼻子，都扔一边去吧，年轻人，我们可不习惯纵容那些东西太久。”

“那是个阴影，”海盗叫出来，“永远在阴影下面工作。”

“可是你也想想自由吧？”“仁慈者”埃文斯说，“我连自己都不敢相信？是不是。一个人还能有多自由？如果他给人出卖了呢？甚至被自己出卖了呢？你明白吗？”

“我不想那样——”

“你没有选择，”道增-特拉克回答。“你来这儿，‘公司’完全清楚。他们现在希望你交一份完整的报告。要么吃敬酒，要么相反。”

“可是我不会……我永远不会告诉他们——”他们为他堆出的笑脸这时候有意地凶残起来，这样能拉他一把。“你们不相信我，你们真的不相信我？”

“当然不相信，”萨弥说，“你——真的——相信我们当中的哪个人吗？”

“哦，不相信。”海盗小声说。这是他自己目前面临的问题。与其他人无关。但就是这样一个细节，“他们”也很容易就能触摸到，跟触摸任何其他受“他们”保护的人一样。海盗哭了起来，好像毫无征兆就开始了。奇怪。他以前从未在公众场合这样哭过。不过他明白自己现在的情况。自己竟然有可能默默无闻地死去，而没有帮助过一个灵魂：没有爱，受尽鄙视，从未被信任过，从来没有辩白的机会——跟弃民们一起待在下面，那点可怜的尊严丧失殆尽，无处可寻，无法弥补。

他为抛在身后的人、地、事而哭泣：为斯高皮娅·莫斯蒙哭泣——她住在圣约翰伍德，成天在散页乐谱、新烹调配方、小狗窝和丈夫中间打转，殚精竭虑地保护着她那群威玛狗的纯种性，而她丈夫只是偶尔露露面——她住在地铁附近，离这儿也就几分钟，可是现在对海盗来说是永远见不着了，他们之间再没有机会见面了……他哭泣，为自己为了给公司做事而不得不背叛的那些人（有英国人，有外国人）；他哭泣，为天真的艾恩，为冈季雷吉斯，为罗马的妓女和皮条客，为被烧焦的布鲁斯……他哭泣，为游击队在山上度过的夜晚——那时，他一身活鲜鲜的树木气息，心底对夜晚无可挑剔的美爱得一塌糊涂……他哭泣，为英格兰中部一个叫弗吉尼亚的女孩，为他们从未出生的孩子……他哭泣，为他死去的母亲，他将死的父亲，为那些无辜的人，那些要相信他的傻瓜——他们可怜的脸像末日来临的狗，从市里动物收容所的铁丝围栏后面那么善良地看着我们……他哭泣，为他可以看见的未来，因为它让他感觉如此绝望和冰冷。他就这样旁观着那些特权人物开会，见证着一种新型宇宙炸弹的试验过程，经历着一浪又一浪的高潮。“哎，”一张睿智的老脸把黑色镜片的眼镜凑过来，“那是你要找的炸弹……”说着，转身朝一望无际的太平洋海浪对面看去。炸弹就在那里的海滩上爆炸了，冒出黄色的浓烟……触动着那些著名的刺客，对，甚至触摸着他们和别人一样的手和脸……有一天，他会发现自己生命的合同是多久以前、在游戏的哪个阶段被承包出去的。什么时候会挨炸，谁也没底——每天早晨，在市场开张之前，远在送奶工到来之前，“他们”就会升级出新的计划，为这一天策划好要发生的事情。每天早晨海盗的名字都会出现在他们的名单上，而终有一个早晨，他的名字会到达足够靠前的位置。他尽力去面对这个现实，可是心里却充满了恐惧。这种恐惧很纯净、很冰冷，有一阵他觉得自己都要被折磨得晕厥了。过一阵，他又稍稍后退，鼓足勇气谋求突围。于他而言，这种耻辱似乎该结束了。斯蒂芬爵士就这样说过。是啊，以前的耻辱是没有了，可是又觉得惊恐不安、忧心忡忡，为自己的屁股，自己那宝贵、有罪、独特的屁股……

“这里有没有死人的地盘？”他先听到问题，而后才看见是她在问。他不清楚她怎么进到房间里来的。其他人脸上都流露出男人的嫉妒，还有一种不友好的惧意和退缩，似乎有了女人的参与，就会触霉头。此情此景之下，只有海盗一个人来面对她、面对她的问题了。他把身上带的太妃糖球给她，脸上傻乎乎的表情就像是小胖猪[①]把无政府主义者们的定时炸弹递给了他。不过，这里没有甜蜜蜜的味道，他们是来交换痛苦和几个事实的，只是做这一切的时候带着面前这个时期典型的涣散心态：

“听着，”不知她是否清楚自己处在哪一种愚傻的困境中：“你没有死。我敢打赌，即便从比喻意义上讲，你也没有死。”

“我是说，我能不能把我的那些死人带进来？”卡婕解释道，“不管怎么说，他们能证明我的资历呀。”

“我倒是喜欢弗朗士·凡·德·格鲁夫。你的祖先。杀渡渡鸟的那个。”

她说的死人可不是他。“我指的是那些直接因为我而死亡的人。再说，如果弗朗士真的来了这儿，你们也只会站在周围，所有的人，看他是否知道自己罪大恶极。这个可怜的人啊，他那个时代渡渡鸟是杀不完的——为什么要教他明白灭绝物种这样的事情呢？”

“你可以给他讲一讲呀，对吗，小姑娘？”埃文斯冷笑道。这个威尔士卧底，听不来别人的话。

海盗朝埃文斯冲过去，两只前臂从体侧伸出，一副酒吧斗士模样。这时候斯蒂芬爵士说话了：“普伦提斯啊，以后要经常听到这种话的，我们这些人都是表面不示弱的。你最好学会利用这一点，以方便你在这里的工作。说不上我们要一起干多久，对吧？那姑娘已经有足够的能力保护自己了，我觉得是。不需要你为她打架的。”

他说得对。瞧，她用温暖的手握住了海盗的胳膊，摇了两下头，不自在地轻笑两声：“见到你已经很高兴了，普伦提斯上尉。”

“别的人可不高兴。你想想吧。”

---

① 小胖猪是《迪士尼幽默故事集》中一个常见角色。后有动画片。

她只是抬了抬眉毛。这种事真叫人来气。悔恨像毒品一样在他的血液里涌起，这是一种姗姗来迟的净化自己的欲望。

“可是——”他觉得自己像一堆架起来的步枪，为她的引力所控制，开始在她的脚边坍塌，距离完全失去作用，波形无法测量。他为这种感觉震惊：“卡婕……我要是永远不背叛你就好了——”

他沦陷了：她表情失控，怔怔地盯着他。

“即使那样做的代价是……背叛别人，伤害……或者杀害别人——背叛了，就不在乎对方是谁、人数多少了，不会了，不会了，只要我能做你的保护人，卡婕，你最好的——”

“可是那些，那些罪孽是永远不会发生的。”他们这是在讨价还价，像两个拉皮条的。他们知不知道自己的表现？“承诺这种事很容易，又不需要付出任何代价。”

“也包括我犯下的罪孽喽，”他反驳道，“对了，我还会再承诺一次——”

“可是你承诺不了的——不然你也会轻易食言的。嗯？”

“按规矩办事我还是能行的。”他冷冷的，比她期望的冷。

“哦，你想想……”她的手指在他的头发间轻轻拂弄着，“想想你做过的事。想想你所有那些‘业绩’，还有我的——”

“可这是我们现在唯一的资本了，”他喊道，“是背信弃义的收获。我们得借助它创造一切……把它卖掉，和那些检举者卖掉你的自由一样。”

“哲学家呀。”她笑了，“我得刮目相看了。”

“很可能是因为我一直过着动荡的生活。我从来没有过这种‘静止’的感觉……”他们开始互相抚摸，不过还是不紧不慢的样子，都还没有从惊讶中回过神来……“我弟弟（海盗明白她想哪儿去了）十八岁就离开家了。我喜欢看他晚上睡觉的样子。长长的睫毛……那么天真无邪……我一看就是几个小时……他走得很远，到了安特卫普。不久，他就开始在牧区教堂周围转悠，和别的那些人。明白我的意思吗？就是那些天主教小青年。军队到哪儿他们到哪儿。很多人小小年纪就染上了酒瘾。他们找到一位牧师，做了他忠实的信徒——说得具体些就是整夜守在门口，等他一起床就和他谈话，他身上还带着亚麻布床单的味道，衣袍的皱褶里也还残留着一些隐秘的气味……失去理智的妒忌，每日里为了某个职位、为了赢得某一位神父的恩宠而进行的争斗。路易斯开始参加雷克斯特青年团①的集会了，去一个足球场听德格雷尔给众人讲：他们必须让洪水把自己冲走，他们必须行动、行动，剩下的事情顺其自然。不久我弟弟就和那些认识到自己罪孽的、词锋锐利的小青年们拿着笤帚上街了……后来他加入了雷克斯特，‘完整灵魂的国度’。我最后听到的消息是，他在安特卫普和一个比他年长的人住在一起，叫菲利普。再也没有他的音讯了。我们以前是很亲近的。人们把我们当成了双胞胎。导弹一开始猛烈轰炸安特卫普，我就知道那不是偶然的意外了……”

看来海盗是在给自己做忏悔。“不过，我怀疑你们的教堂是否团结……你们下跪，教堂管理你们……你们进行政治活动的时候，她掌握你们大家共有的锐气，鼓动你们——”

“你从来没有过这样的经历，对吗？”她真诚地看着他，“不用找漂亮的借口。事情都是我们自己做下的。”

不，羞耻感一点都没有减少，起码在这时候没有。你得把它吞下去，恶心，满是尖利的棱角。你得和它共同生活。每天如此。

他想都没想就投入她的怀里了。不是寻求安慰。不过，如果他真要靠自己不断把那些棘齿拔出来，那就根本不需要停下来寻求爱抚了。“那边以前是什么，卡婕？我看到有人在组织开会。还有人看到那是一座花园……”他已经知道她要说什么了。

“那边什么都没有。光秃秃的。我整天在寻找生命的迹象。最后听到你们都在这儿。”他们慢慢走到一个阳台上，栏杆很雅致。屋里屋外的人都看不到他们，街道上的人群就在下面，而他们现在已经与这些街道无缘了。有人给他们递过来一个很短的片段，属于一部相当长的编年史——无名氏著《我是如何爱上人民的》。“她叫布伦妲，那天早晨下着雨，她脸上的表情就像一只鸟，贪图以汽车遮雨而落入了圈套；她跪着，给我口交，我在她乳房上出来了。她叫莉莉，去年八月六十七岁，经常

① 雷克斯特青年团：1930 年代末莱昂·德格雷尔在比利时组织的一个法西斯团体。

自顾自大声读啤酒瓶上的标牌，我们采用了标准的英国体位，她拍着我的背低声说：‘好人。’他叫弗兰克，头发卷卷的，伸到脸边，眼神很犀利，但又讨人喜欢；他从美国军队的库房里偷东西；他跟我肛交，在我的身体里达到高潮，我也同时达到了高潮。她叫弗兰吉贝拉，是个黑人，脸上有丘疹，需要钱买毒品，她毫不掩饰，弄得像有条蛇在我心里搅动，我给她口交了。他叫艾伦，屁股晒成了褐色，我问：你怎么找到太阳的？他答：太阳就在不远处；我把他按倒在枕头上，进行了欢爱，他一直在叫床，直到最后我爆炸——我的活塞上涂了味道很刺激的油。她叫南茜，六岁，我们来到一个满是废墟的弹坑附近，躲到一堵墙后面，她在我身上摩擦着，摩擦着，牛奶般的小屁股在我的两股间进进出出，眼睛闭着，漂亮的小鼻翼一直不停地向上向后移动，陡峭的斜坡上瓦砾成堆，像是从我们身旁冲下去一般，我们就在斜坡边上摇摇欲坠，摇摇欲坠，很精彩啊。她叫——”瞧，递给我们这对恋人的都是这些东西，后面还有很多，多得足以让他们明白，这个下流的无名氏要把这东西写成一份夸大狂患者的总规划，和全世界人民的每一个都要做爱——等最后奇迹般地写完每个人之后，就会归结为一个粗略的概念：“爱人民”。

“你们懂的，你们这些下面的骗子们。”海盗想说一句幽默话，却没有成功。他此时搂定了卡婕，好像音乐马上就要响起，他们要随音乐起舞的样子。

“可是人民永远也不会爱你，”她低声道，“也不会爱我。无论给他们做出的安排是好是坏，我们永远都是坏的。你知道这会使我们处于什么境地吗？”

他竟然笑了，假假的，就像一个初次矫揉造作的人。他知道，这一步跨出去就很难回头了，和伸手拿枪同属于终结性的动作。他仰起脸，眼光穿过头上不甚分明的层层叠叠，穿过各种各样罪恶灵魂组成的背景，穿过从碧绿到米色的每一种商业色彩，心下凄惶惶的，犹如需要下雨时出来的太阳。所有那些层层叠叠里所有的经营和忙碌，都伸向很高很高、海盗和卡婕现在还没有能力看清楚的地方。他抬起自己长长的、歉疚的、一惯做奴仆的脸，看着迷幻的天空，看着承受上方重重压力和负担的现实，看着现实的艰难和惨无人道，她则把脸靠到他肩膀和胸部之间那块舒适的凹处，一副和解的表情，以及随局势缓和而来的恐惧。夕阳渐落，有一阵子把建筑物的表面染成了淡灰色，成了柔软的灰色光壳，哀哀凄凄地倚在外部的弧面上。西边天空中发着熔铁炉般的炽光，颇有些不同寻常。行人们透过商店的小窗，忧心忡忡地盯着炉火后面正在干活的铁匠模糊的身影。“铁匠”并没有留意他们，他们却在担心，因为他们觉得这次的光亮似乎将一去不返。更令人担心的是，光亮的消失不是针对哪一个人的，街上所有的人都看到了……四周渐渐暗下来，这间屋子里的乐队竟然开始演奏一支乐曲，干干涩涩的……枝状大烛台都点起来了……今晚，烤箱里正烤着菠菜小牛肉，房子里有酒，吊床上有醉鬼：

天色昏黄，整个世界都在奔忙！
我们的鞋子走过的晨街，谁知其详？
谁又知我们撇下多少朋友独自忧伤？
我们共有短暂的时光，
我们只有一天将这首乐曲哼唱……
黄昏里，人人都在跳舞，
跳舞中忘掉那噩梦一场……

他们真的是在跳舞，虽然海盗以前从来跳不好……他们移动着，感觉和所有的人都紧密相连，即便永远无法随心所欲，至少不再是军旅中了……他们就这样溶解在这些跳舞的人流中，脸上专门为这场舞会做出的表情——可爱而滑稽的表情消失了，一如纯真的消失。他们分明在眉目传情，却又一本正经，竭力装出朋友的样子……

◆　◆　◆　◆　◆

狭窄的巷口雾气渐浓。空气里有海水的味道。昨夜下了一场雨，鹅卵石街道上还是潮湿的。斯洛索普在一家烧毁了的锁店里醒来。上方的架子上挂着一些黑乎乎的钥匙，而它们能打开的锁子统统都没了。他摇摇晃晃地走出来，到了一个院子里，在砖墙和看不到人的竖铰链窗之间找到一个水泵，把头伸到泵嘴下面，往外泵水冲头，一直到觉得舒服为止。一只深棕色小猫喵喵叫着讨早饭吃，跟着他走了一个门又一个门。“对不起了，哥们儿。”看样子他们俩的早点都没戏。

他把齐切林裤子的裤腿拉直，然后出了城，离开了那些在雾里游动的钝塔和生有绿色铜锈的圆顶，还有那些高高的三角墙和红色的屋瓦，搭上了一个女人开的空农用马车。那匹马的额鬃上粘了沙子，摇荡着，被风吹动着。雾被甩在了身后。

今天早晨的情景，北欧的海盗们也一定见过的。在这个淹了水的草甸子里向南航行，目标直指拜占庭，整个东欧就是他们的公海，农田里翻滚着灰色和绿色的波浪……池塘、湖泊间似乎没有明确的隔界……在这海天相接的地方，看到其他人，甚至看到军人，都让人觉得亲切，就像远航日久的归帆……

各个国家的人都在行进。这里是没有国籍的大洪流。从奥德河那边来的德国侨民，和波兰人一起往外走，要去罗斯托克的难民营。那些波兰人是从卢布林政府那里逃出来的，另一些则是要回去的，双方碰到时，眼光都藏进眼窝子里。他们的眼睛比迫使他们流亡的东西要苍老得多。爱沙尼亚人、列托人、立陶宛人缓缓地走着，他们要返回北方的家乡了，冬天穿的棉毛衣服全部扎成黑乎乎的一捆，鞋子破了，歌唱不来了，说话颠三倒四。苏台德人和东普鲁士人在柏林和梅克伦堡的那些难民营之间来回穿梭，捷克人、斯洛伐克人、克罗地亚人、塞尔维亚人、南阿尔巴尼亚人、北阿尔巴尼亚人、马其顿人、马札尔人、薇拉契人、切尔克斯人、西班牙人、保加利亚人，他们在“帝国”这口大锅的表面上翻滚、流动、碰撞，肩并肩穿过数英里之地，然后溜走。他们麻木不仁，对一切喜怒哀乐都处之泰然，只关心最深层的那种不满足感，这种不满足感扎根在他们渴望的脚下，在很深很深处，无法说得很清楚。他们白皙的手腕和脚踝衰弱不堪，不断从有条纹的集中营睡衣里往外伸着，脚步落在这内陆的尘土里，轻如水鸟。吉卜赛人的大篷车，车轴或车辖已经坏了，马匹死了，一家家人离开了路边的车子，让别家的人也来住一夜或一天。炽热的高速公路另一侧，装满他们同类的火车落在慢吞吞行进于高处的小汽车后面——军车队通过的时候，这些小车挤在一边让路。西行的白俄们因为疼痛难忍而脾气暴躁，东行的是释放出来的哈萨克战俘，还有来自前德国各个地区的退伍纳粹国防军。他们和所有吉卜赛人一样对普鲁士很陌生，携带着旧包裹，把自己裹在留下来的军毯里，每个人的上衣胸部都缝上了表示“农业工人”的浅绿色三角形，在黄昏的某个时刻晃荡摇曳，像宗教游行队伍里的烛火。他们今天打算去汉诺威，打算一路上捡些土豆——他们追寻这些根本不存在的土豆地已经有一个月了。一个做过喇叭手的士兵拿了一条长长的碎枕木当拐杖，一瘸一拐地走着，他的喇叭闪闪发亮，没有任何疤痕，晃晃悠悠地背在肩膀上。他说：“兄弟，都被党卫军抢光了、剥尽了，是啊，他娘的每一块土豆地都光了！干了什么？生产酒精。不是喝的酒精，不是。是火箭上用的。本来这些土豆该我们吃、这些酒该我们喝的。难以置信啊。”“什么？火箭？”“不！是给收土豆的党卫军喝的！”他看看周围，等别人笑。但是周围没有一个人与他这种轻松的心态、与他这种不知羞耻的乱吹喇叭产生共鸣。他们是步兵，知道行军时打瞌睡的秘诀——早晨的某个时刻，他们会在路边离开队伍，好像这些忙碌的夜晚里路边发生了农业化学反应，他们就是某一瞬间产生的沉淀物，而看不见的沸腾仍在身边继续着，那些长时间分布在表面的旋涡——背上画着十字的细条子西服，褴褛的海军服、陆军服，白色头巾，不配对的袜子或者赤着的脚，塔特萨尔花格布女服，包着婴儿的针脚很密的披肩，有些女人穿着膝部被撕裂的军裤，狗成群跑着，被跳蚤咬得汪汪叫，婴儿车和疤痕累累的胶合板轻便家具高高地堆在一起，那些手工榫合的抽屉再也无法嵌进任何家具里了。抢来的鸡有死的，也有活的，小号和小提琴装在饱经风霜的黑盒子里，床单，小风琴，落地式大摆钟，工具箱里装满了木工、制表、制皮、外科手术等各种用具，还有画作，画着穿白衣的红颜少女、流血的圣徒、海边橙红的或紫色的夕阳。有些包裹里塞满了用珠子做眼睛的蟒蛇、张开血红嘴唇微笑的洋娃娃；5/4 英寸长的阿尔盖尔[①]棋子，以人工染成乳白色、金黄色和蓝色；一把把有百年历史的玛瑙浸在蜂蜜里，那蜂蜜足以让早已化成黄土的曾祖父们舌头发甜，然后化成硫酸，把捆扎起来的蔗糖烧焦，先变成褐色，再变成黑色，刻印在石头上，就像在福赛采尔自动钢琴纸卷上打孔记谱，成为永恒的钢琴曲；有飘带的黑色女内衣，上面画着花儿或葡萄的银器，有刻面的铅玻璃酒器，郁金香形状的“新艺术”[②]茶杯，一串串琥珀色的珠子……这些人就这样在开阔的草地上移动着，或瘸拐，或列队，或拖沓，或背在别人身上，沉重地拖拽着某一道命令的残躯前进着，而他们不知道，这一道来自欧洲、来自资产阶级的命令其实已经永远废止了。

斯洛索普有烟的时候就成了人人注意的目标，有饭同吃嘛——有时候如果附近有集中营，还能弄到一些伏特加，人们洗劫那些美军监狱，寻找一切有用的东西，土豆皮、西瓜皮、用作白糖的碎糖果，谁也说不上这些难民的“酒厂”里会使用什么原料，而你最后喝到的也许只是某个占领军扔掉的残渣。斯洛索普出没于几十个这样的人群中，每次都从那些脸上看到苯丙胺引起的极度痉挛。麻烦的是，这些脸他统统无法忘记，它们都太引人注目了，就像看赛马的人群，每个人都在鼓劲：哎，看着我——看着我，为我感动，拿出你的照相机、你的武器、你的阳具……他把齐切林制服上所有的徽章都剥光了，这样人们就会少注意自己。可是好像也没什么人注意徽章……

很多时候他是一个人。夜间，他来到阒无人迹的农舍里，在草堆里睡觉，偶尔有垫子的时候还会睡在床上。醒来时，阳光在一片小湖的水面上闪烁，四周郁郁葱葱，百里香和芥菜的花朵点缀其间；一面山坡犹如盛着色拉的盘子，向上伸入烟气弥漫的松林中。那些院子里是小树苗搭成的西红柿架和紫色的毛地黄，茅草屋顶的檐下筑起了很大的鸟巢，小鸟们在清晨合唱着，过不多久的某一天，夏天在天空里笨拙地转身欲

---

① 约翰·巴普蒂斯特·阿尔盖尔（1763—1823）：奥地利象棋大师，其有关著作和设计的棋子成为十九世纪的标准。

② 二十世纪初德国的一场艺术运动，提倡线条简约、回归古典。

去时，还会听到鹤们过路时的鸣唳声。

他来到罗斯托克南面很远处的一个河谷里。中午，天下起了雨，他躲进一间农舍，在阳台的一个摇摆椅上睡着了。他梦见了很久以前的朋友“快蹄儿”·马科曼菲克。不管怎么说，无论多么艰险，反正他回来了。是在某个乡间，英国的乡间，暗沉沉的绿色和亮晃晃的草黄色笼罩着大地，古老的岩石高高地矗立着，人们遵守着早期关于死亡和税收的契约，乡村女郎们夜晚出来站在突岩上唱歌。快蹄儿的家人和很多朋友都来了，心里在默默庆幸快蹄儿的归来。大家都明白，他只是灵魂归来，他在“这里”的出现程度是受到限制的。有时候太当真，他的影子就会消散。草坪上有一块地方清理出来，专门让大家跳舞，村里的乐队来了，很多女人都穿着白衣。关于这一天的事项安排问题发生了一阵混乱，然后见面开始了——好像是在地下，又不是坟墓，也不是教堂的地下室，没有任何邪气，亲人和朋友们围在快蹄儿身边。他看上去很“真实”，岁月没有在他身上留下任何痕迹，很透明，五颜六色的……“嗨，斯洛索普。”

“哎——这些年你去哪儿啦，门兄[①]？”

“来‘这儿’呀。”

“‘这儿’？”

“对，就像那样，你明白的——就像那样迁移过一两次，不过我和你走的是一样的街道，读的是一样的新闻，能看见的颜色也和你一样有限……”

“那么你没有——”

“我什么也没做。只是发生了一次变化。”

此时此地的颜色，包括石料镶面、客人戴的花和桌子上奇怪的圣餐杯，隐隐像溅出后变黑的血液，呈现出星期天下午四点时城市里那些没有遮蔽的地方在阳光下缓缓碳化的那种颜色……在这种颜色的衬托下，

---

① 门兄：美国俚语，指对摇摆乐特别有感觉的人，源自短语“像门一样摇摆”（即对爵士乐有感觉）。

“快蹄儿”的衣服更显轮廓分明，倒像是样式特别离奇的舞服，他肯定没想到要穿出这种效果的……

“我想咱们的时间不多……我知道这样不光彩，太自私，可是我现在太孤独了，还有……听说发生这种情况之后，有时候你会在附近逗留一阵子，像在照管一位来过‘这儿’的朋友……”

“有时候。”他笑了，安详而淡然，像一声无力的喊叫后余下的尾音，斯洛索普无法抓住。

“你是在照管我吗？”

“不，斯洛索普。不是你……”

斯洛索普坐在那张饱经沧桑的旧摇椅上，望着连绵的山丘，太阳刚从最后一朵乌云中钻出来，把湿漉漉的田野和甘草堆照得一片金黄。谁路过这里看见他睡觉了？看见他脸色苍白、忧心忡忡，头垂在沾满泥巴的军装胸口打盹？

再往前走，他发现这些农场有鬼魂出没，不过都是些好鬼。夜里，栎木做的家具之类发出咯吱咯吱的响声，很真切，地道的木物发出的声音。未挤过奶的奶牛在远处的田野里痛苦地叫唤，还有些奶牛则回到家里吃发了酵的青贮饲料，吃得醉醺醺的，斯洛索普睡觉的时候在篱笆和草堆里乱撞，发出哞哞的叫声，因为醉了，发出的韵母都变形了。屋顶上，黑白两色的鹳们向天空伸出长长的脖子，头向上倒扭着往后看，嘴吧嗒吧嗒的，像是在致意和示爱。野兔们夜间急匆匆地跑到院子里找东西吃。树木，唔，斯洛索普终于变得对树木特别敏感了。走到树木中间，他会停下来抚摸它们、研究它们、静静在坐在它们旁边。他明白了，每棵树都是一个生灵，作为一个生命个体存在着，他也能感觉到树周围发生的一切——树，不只是一大块等待砍伐的木头。斯洛索普家族赚钱靠的其实就是杀害树木，把它们从树根上肢解下来，剁成小块，碾成木浆，经漂白加工成为纸张，获得的报酬则是更多的纸张。“简直是发疯呀。”他摇摇头，“我们家的人发疯了。”他抬起头。树们一动不动。它们知道他在那儿。它们也许还知道他的心思。“对不起，”他对它们说，“对那些人我无能为力，他们都不受我管的。我有什么办法呀？”旁边一棵中等大小的松树点着树顶建议道："下次你碰到有人在伐木，就找一个美女管住他的拖拉机，把滤油器拿走。这件事你可以做。"

目前阶段对长庚星所许部分心愿一览表

让我找到那位老太太说过的鸡窝。

让快蹄儿真正复活。

让我背上该死的丘疹消失。

让我了结这事之后去好莱坞，这样丽塔·海沃思就会看到我、爱上我。

让今天的宁静在明天醒来时继续保持下去。

让那个退伍令在库克斯哈文等着我。

让卞卡平安无事，还—还有——

让我尽快拉一次屎。

让它就像陨落的流星那样。

让这些靴子至少支撑到吕贝克。

让那个路德维希找到他的旅鼠高兴起来别再打扰我。

嘿，路德维希。斯洛索普是一个早晨在一座蓝色无名小湖的岸边见到他的，八九岁的样子，胖得有些意外，盯着水面直哭，看到大些的涟漪就浑身战栗。他的旅鼠叫娥秀拉，从家里跑了。路德维希从普里茨瓦尔德[①]一路向北追踪。他很肯定娥秀拉要去波罗的海，担心她拿个内陆湖泊当成海跳进去——

"孩子，是一只旅鼠吗？"

"我养了两年了，"他啜泣道，"她很棒，从来不——我不知道怎么说。什么东西控制了她。"

"别傻啦。旅鼠从来不单独行动的。它们需要一个集体。集体有感染力。要知道，路德维希，它们繁殖过度，繁殖太多了又会恐慌，跑到别

① 德国城镇，在罗斯托克以南八十英里处。

处去找吃的。这是周期性的。我在大学里学到的，我说的都是真的。哈佛。也许那个娥秀拉只是跟着男朋友什么的走了。”

“那样的话，她会让我知道的。”

“我很难过。”

“俄国人不会为任何事情难过的。”

“我不是俄国人。”

“所以你就去掉了所有的徽章？”

他们对视着。“哦，对了，你找那只旅鼠需要帮手吗？”

这个路德维希似乎脑子有些问题。他会在半夜时打断斯洛索普的睡眠，把难民营一半的人吵醒，吓坏狗和小孩。他很肯定娥秀拉就在那边，在紧挨着火光的地方，望着他，看见了他，但神情和以前不一样了。他带着斯洛索普进入苏联的坦克小分队，进入一堆堆断壁残垣——堆得又高又尖，像海涛，会在身边突然坍塌，如果碰巧，还会一进去就塌到身上。他还带他去了无所不吸的沼泽，那里的芦苇会在你去抓它们的时候从手指中滑走，那里的气味像恶腐的蛋白质。他要么是相信什么东西相信得发了狂，要么就是心理有些阴暗。斯洛索普后来竟豁然开朗：如果这边儿存在什么自杀欲望，那不是属于娥秀拉，而是属于这个路德维希——嘿，那只旅鼠可能压根儿就不存在！

可是……斯洛索普不是有一两次看到过什么吗？那是在这些普鲁士军事重镇里，在这些以从军为全部事业和价值的地方，街道很窄，灰扑扑的，两旁象征性地栽了些小树苗。他看到那东西匆匆溜走了——要—要么就蹲在某一座小湖边上，望着云朵，望着遥远的对岸葱郁、雾蒙蒙的背景衬托出斜桁船上的白帆，从水波里接收着秘密指令。那些起伏运动的水波在旅鼠的时空里可以算是汪洋大海了，它们无以抗拒。这些运动很慢，看上去很结实，足以支撑它们在上面安全行走……

“耶稣就是这样想的，”斯洛索普的第一位美国先祖威廉的魂魄低语着，“在加利利海[①]上历险。他是从旅鼠的角度来看的。没有成千上万沉下

---

① 淡水湖，位于以色列东北部。这里的典故出自《圣经·马太福音》。

去淹死的人，也就没有奇迹了。孤独的成功者是唯一的例外：就像七巧板里的最后一块，形状已经由‘前面’限定好了，就像桌子上最后剩下的那一块空白。”

“等等。你们没有七巧板呀。”

“噢，该死。”

威廉·斯洛索普是个特立独行之人。一六三四年或一六三五年，他厌倦了温斯罗普领导集团[①]，从波士顿向西进发，完全是一副国王派头。他坚信，自己虽然没有得到教会的正式任命，但传道能力不输于这里任何级别的教会人员。当时，所有人对伯克夏人的堡垒都望而却步，唯独威廉没有。他毫不犹豫地爬了上去。他是最先进入堡垒的欧洲人之一。在伯克夏落脚后，他和儿子约翰开始经营猪业。他们赶着猪，就像赶着牛羊那样，沿陡岩峭壁一路回去，经过漫长的收费道，回到了波士顿。等他们来到市场上，猪已经皮包骨头了，几乎保不住本了。但是威廉并不怎么在乎钱，他更在乎这一段旅程。他喜欢走过的道路，喜欢流动的感觉，喜欢每日里碰到的人，比如印第安人、捕猎者、村姑、山里人，尤其喜欢和那些猪相随相伴。它们是好伙伴。尽管人们对猪的评价不怎么样，他自己的《圣经》里也有禁令，但他渐渐爱上了猪们的高贵和自由，爱上了他们大热天在泥浆里找乐子的禀赋——路上那么多猪，互相做伴，波士顿决不会有这样的事。可以想象，等旅程结束，称重、屠宰之后返回山区时，那空无一猪的疲惫旅程对于威廉来说是什么滋味。当然啦，他将此看作一个寓言，领悟出一个道理：走完收费道之后那些尖叫、血腥、恐怖完全对应着它们一路的欢声、它们无忧无虑的粉红眼睑及和善的眼睛、它们的微笑、它们穿山越谷的优雅。这时候离牛顿的发现还早，但是人们已经普遍感觉到了作用力和反作用力的对应。威廉肯定一直在等待没有死的那只猪，即一只的价值顶得上所有难逃一死的猪，顶得上

---

① 这里的威廉·斯洛索普应该影射品钦自己的先祖威廉·品钦（1590—1662），出生于英格兰，是温和的清教徒，后成为马萨诸塞海湾公司专利持有者之一。新英格兰管理委员会为该公司划出一片土地，一六二九年约翰·温斯罗普当选第一任总督。

他所有那些旅鼠般冲向灭绝的加大拉猪[①]，附在它们身上的不是魔鬼，而是对人类的信任，而人类却不断背弃着这种信任……附在它们身上的还有永远丢不掉的纯真……和对威廉的信赖，认为他也是猪的另一类，依偎在大地上，和它们共享着上天赐予的生命……

他立马写了本相关的小册子，叫作《论弃民》。小册子到了英格兰才得以出版，成为波士顿第一批禁书中的一种，而且被公开焚毁。没有人愿意听到有关弃民的任何内容，他们是上帝选择拯救少数人时忽略了的那一大批。威廉认为那些“二等选民”也是神圣的，没有他们就没有被选中得救的人了。自然，波士顿那些“选民”就大为恼火了。更有甚者，威廉认为耶稣为所选定的那些人服务，加略人犹大则是为被忽略的人服务。创世而生的一切都有大小相等、性质相反的对应之物。耶稣又怎能例外呢？难道我们只能在那些不合宜的、不属于创世范围的人脸上感受到恐怖吗？也就是说，如果他是人类的儿子，如果我们感受到的不是恐怖而是爱，那么我们也得爱犹大。对吗？谁也不知道威廉是怎样躲过惩治异端的火刑的。他可能有后门。他们最后把他赶出了马萨诸塞海湾殖民地——有一段时间他考虑过去罗得岛，但又觉得自己对反律法者们也不大感冒，所以最后坐船回到了原来的英格兰，倒也不怎么觉得面上无光，只是变得情绪低落。他死在了英格兰，一直思念着那些青山碧野，那些和印第安人一起抽大麻和烟叶的聚会；还有楼上的屋子里那些撩起围裙的女人，她们脸蛋俊秀，长发铺撒在木地板上，而下面的马厩里，马蹄在踢，醉汉在叫。当时，他们一大早就出发了，猪群的背上闪耀着珍珠般的光芒，那条通向波士顿的漫长道路石子很多，也充满新奇，康涅狄格河上的雨，初升的星星，长长的草中太阳的余热尚未散尽，一百只猪鼻子里哼哼着道晚安，躺下来进入睡乡……

他是否就是美国从未走过的那条岔道、那个她错误地跳离的奇点？假如斯洛索普的异端邪说有足够的时间生根开花呢？会不会减少借耶稣之名发生的罪行，而以加略人犹大之名获得更多的慈悲？在泰荣·斯洛

---

① 典出《圣经·马可福音》。也说“格拉森”。

索普看来是有办法回到过去的——也许他在苏黎世见到的那个无政府主义者是对的，也许有一小段时间里人们会拆掉篱笆相处，每条道路都一样畅通，整个占领区不再有占领军、不再分裂，在它废墟里的某个地方存在着唯一的坐标集合，人们可以从这里向前走，没有选民，没有弃民，甚至远离国家民族的分别……斯洛索普跟着路德维希跑的时候头脑里思量的就是这样的美好前景。他是在胡思乱想，还是有人指引？目前左右整个局面的只有那只该死的旅鼠。如果真有这样一只旅鼠的话。路德维希给斯洛索普看装在钱包里的照片：娥秀拉睁着明亮而羞涩的眼睛，在一对白菜叶下向外面窥视……娥秀拉在一只装饰着巨大飘带和卐字印章的笼子里，获希特勒青年宠物展一等奖……娥秀拉和家里的猫在一段瓷砖地板的两边警惕地对视着……娥秀拉前爪悬起，睡眼蒙眬，身子从路德维希的纳粹幼儿童子军制服口袋里伸出来。她的某些部分在所有照片上全都模糊不清，动得太快，来不及曝光。路德维希在她刚出生时就知道会有后面的麻烦，但他还是一直爱她。也许他觉得爱可以避免祸端。

斯洛索普没有机会搞清楚了。他在海边一个村子里丢掉了这个胖乎乎的小疯子。穿宽下摆裙子、戴花手帕的女孩们在林子里捡蘑菇，红松鼠在山毛榉间飞蹿而过。街道弯弯曲曲地通入城里，突然间又违背透视原理变得很短：这是个小镇，空间很宽阔。电线杆上缀满了电灯，街道上的鹅卵石很沉，呈沙色。运货马车上的马站在阳光下甩动着尾巴。

在圣迈克尔教堂附近的一个巷子里，他们看到一个小女孩背着一大捆走私皮大衣，步履蹒跚地走着，只露出两条褐色的腿来。路德维希惊叫一声，指着最上面那件大衣。大衣领子外面有一个灰色的小东西，一直缝到了领子里面。那双人工做出来的黄眼睛闪着邪乎的微光。路德维希跑过去，喊着“娥秀拉，娥秀拉”，一下子抓住了那件大衣。小姑娘发出一连串的骂声。

“你杀死了我的旅鼠！”

“松手，蠢货。”他们在巷子里不甚分明的阳光和阴影之间拔起河来。“那不是旅鼠，是灰狐狸。”

路德维希停止叫喊，打量了半天。“她说得对。”斯洛索普提醒他。

“对不起，”路德维希啜泣着，“我心情有点儿不好。”

“哎，你们能不能帮我把这个拿到教堂那边？”

“当然能。”

两个人各抱了一堆皮衣，跟着她穿过镇子里凹凸不平的巷子，走进一个侧门，下了几段楼梯，来到圣迈克尔教堂的第二层地下室。灯光下，斯洛索普第一眼就看见一张脸，靠近斯特诺火罐上方，关照着一只马上就要煮开的水壶。是杜安·马维少校。

◆ ◆ ◆ ◆ ◆

呀啊啊啊——斯洛索普举起整整一捧大衣，准备扔下就撒丫子，不料少校却满面笑容。“嗨，你好，同志。你来得正好，可以尝尝杜安·马维的‘原子辣椒’！你干吗不拉一长椅子来坐？呀哈哈哈！这叫小什么来着，她到啦，”小姑娘把拿来的大衣搁到占了屋子大半的一大堆皮衣里，马维一边说，一边咯咯笑，一边抓摸了一下那些大衣，“她有时候就是不谨慎。我希望你们别觉得我们是在干违法活动，我的意思是不在你们的领地，与你们毫无关系。”

“根本不对，少校。”斯洛索普想模仿俄国口音，说出来却像贝洛·卢戈西[①]。马维不知从哪儿拿出了护照，上面的文字大多是手写的，还有几处盖了章。斯洛索普眯着眼睛打量下面的那些西里尔字母，认出了齐切林的签名。“啊。我和齐切林上校合作过一两次。”

“哎，你听到佩纳明德的情况了？一帮傻瓜闯进去，绑走了‘老马’，就在上校的眼皮底下。就是。你知道‘老马’吗？坏家伙啊，同志。那个傻瓜在市场上的桤木太多，给我和‘血腥’契科利茨留得太少，我们是自由贸易者。”

“血腥”契科利茨的妈妈契科利茨夫人给他起名为“克雷顿”。他躲

---

① 贝洛·卢戈西（1884—1956）：匈牙利裔美国演员，在许多电影，如《吸血鬼》和《狼人》中扮演怪物。

在一堆貂皮披肩后面，拿一把四五式瞄准了斯洛索普的肚子。“嗨，他没问题，兄弟，”马维叫道，“你给咱多拿些那种香槟好不好。”契科利茨和马维差不多胖，戴着角质镜架眼镜，架在头顶上，和脸一起放出光芒。“伊凡呀，你看到的是每天一万卡路里的热量，就是这个啦。”马维用大拇指指点着两个人的大肚子，眨巴着眼睛，“契科利茨要做皇婴[①]了。”说着两个人笑得前仰后合。不过他们说的是真的。实际上契科利茨已经想出了办法，利用军队重新部署的机会捞油水。他即将骗取特勤部队的垄断性合同，为每一艘军用船只安排从一个半球到另一个半球的赤道跨越庆典。契科利茨将在尽可能多的船上做皇婴，这是写在合同里的。他梦想着一茬又一茬的炮灰们跪下来，一个接一个争着挪上前来亲他的肚子，而他却拿着火鸡腿和锥形冰激凌狼吞虎咽，用手指抚摸蝌蚪们的头发。他的公开身份是美国工业家，和技术部队来到这里侦察德国人的技术设备，尤其是秘密武器。在美国，他拥有一家玩具工厂，在新泽西的纳特利。谁会忘记获得巨大成功的“液体小日本”呢？那种玩具娃娃，你可以先往里面装满番茄酱，然后用刺刀穿过几个槽口中的任何一个槽口，娃娃便立即裂成碎片，八十二块实实在在的碎塑料片，遍布整个房间。谁又一又能忘记“跳曳步舞的山姆”呢？那是一种技巧游戏，要在黑人山姆拿着西瓜翻过篱笆并折回来之前打死他。这种游戏对各种年龄男女孩子的反应速度都是一种挑战。目前生意很顺利，但契科利茨看的是将来。所以他才会做这种皮衣生意，把圣迈克尔教堂作为这个地区的总仓库。“节约开支嘛。我得积累资本，要能支持我到最后，”说着往金圣餐杯里泼香槟酒，“一直到我们能做出选择为止。至于我自己嘛，我觉得这些V型武器大有前途。它们会大有可为的。”

古老的教堂里散发着葡萄酒味、美国人的汗味和最近燃烧过的火药味，不过这些陌生的气味新近才侵入这里，并没有驱除掉天主教堂里最

① 在船上，没有越过赤道的人，也就是“蝌蚪”，要在饕餮的“皇婴”主持下承受一些侮辱性的游戏。

主要的气味——来自香、蜡和数百年来羔羊们嘴里发出的温顺的咩咩声。孩子们进进出出，送皮衣，取皮衣，和路德维希聊天，不一会儿就邀请他去铁路调车场的火车车厢里找旅鼠。

契科利茨的麾下大约有三十个孩子。“我的梦想，”他坦承道，“是把所有这些孩子带回美国，带到好莱坞。我觉得他们演电影有前途。你听过制片商塞西尔·B. 德·米尔[1]吗？我的内兄和他关系很近。我想我可以教他们唱歌什么的，儿童合唱团，和德·米尔磋商达成一个一揽子协议。他可以用他们衬托真正的大人物、宗教场合、狂欢集会——”

“哈！”马维叫了一声。他啜着香槟，眼珠子鼓出来：“老兄，你的梦做得不错呀！你把那些孩子卖给塞西尔·B. 德·米尔，我他妈绝对肯定他们不费（会）唱歌。他费（会）让那些小傻瓜们做划船的奴隶！呀哈哈——没错，他们费（会）被绑在船桨上，就像拉纤的驴子，在夕阳中划船送亨利·威尔考克森[2]去和希腊人、波斯人或其他什么人打仗。”

“划船的奴隶？”契科利茨吼道，“上帝做证，绝对不会。对于德·米尔来说，我的小发货人是不会划船的！[3]”

A4 火箭连的残墟就在镇子边上，当时部队南逃，要躲开英苏军队的钳形夹击，就把军营撇下了。马维和契科利茨要去看看情况，也欢迎斯洛索普同行。不过先要解决杜安·马维的“原子辣椒”问题，因为这东西能试出一个人有没有阳刚之气。香槟酒瓶子就在伸手可及的地方，但喝了香槟就会被看作软弱无能。有一次斯洛索普差点抵制不住诱惑，不过他现在想都不想了。那两个美国人则双目模糊，鼻子着火，鼻涕流得一塌糊涂。颇具权威的《写给守财奴的占领区旅游手册》中描述的“黏

---

① 塞西尔·B. 德·米尔（1881—1959）：美国电影制片人，其引人注目的史诗性作品包括《十诫》《地球上最壮观的景象》。

② 亨利·威尔考克森（1905—1984）：英国演员，一九三四年被德·米尔看中带回美国，在《埃及艳后》中饰演马克·安东尼。本句所描述的情景即来自该电影。

③ 一九三一年，舞女德克萨丝·桂南带四十二名舞女去巴黎开夜总会，虽受法国男人欢迎，却被驱逐出境。一九三一年三月二十一日回到纽约时，多人去机场迎接，桂南称：“五十万法国人是不会搞错的。”这句话被契科利茨在这里戏用双关。

膜的世界末日”，在他们身上发生了。斯洛索普坐在那儿狂饮香槟如汽水，又是点头，又是微笑，嘴里还不时“da（对），da[①]”有声，对自己的表现进一步加以肯定。

他们开了一辆张着笑口的绿色福特指挥车。马维一钻到方向盘前就变成了一只嗜酒无度的狼：“呜”地一响，留下的橡胶就足以给一个师做避孕套了——回声袅袅之余，车速从零上升到七十迈，一心要压倒两边骑自行车的人，惊得鸡飞狗跳。“血腥”契科利茨两只手里各抓一瓶香槟，快活地大叫着，催他开快。马维吼着《安东尼娅小姐的玫瑰》[②]，这是他最爱的歌。契科利茨在车窗边大声喊着警告语，比如“不要和孩子胡搞，除非不是你搞他，而是他搞你”，喊了老半天，却只获得路边几个老太太和小孩子的法西斯手礼。

那地方在一片山毛榉和桤木的林子里，本已化为焦土，却又生出了绿油油的新草。一大片晚开的蒲公英，鬼气森森的，伪装过的金属无声地矗立其间。蒲公英灰色的花苞一齐摇晃着，等待惠风将它们吹绽，送到海上，去到丹麦，去到占领区所有的地方。东西全部被洗劫过了。车辆只剩下外壳，回到了当初设计时空无一物的状态，不过还残留了些微的汽油和润滑油味。混乱纠缠的电线和软管间，勿忘我长得疯蓝疯黄。燕子们在控制台上筑了窝，一只蜘蛛用自己的网填满了火箭运输车的臂杆网。“我靠，”马维少校骂道，“该死的俄国人偷光了所有的东西，别生气，同志。”他们两脚开路，走过绿紫两色的杂草、生锈的食品罐、陈旧的锯末和木渣。每根标杆顶上都钉着一块白色破布，仍然连成一线，通往十二公里外的导航射束发射器。向着东面。看来他们当初要阻止的肯定是俄国人。

控制车满是尘土的舱面上闪烁着红、白、蓝三种颜色的光。斯洛索普单膝跪下。黑人支队的曼荼罗：KEZVH。他抬起头看马维，马维露出狡黠肥腻的笑容。

---

① 俄语。

② 由美国音乐家鲍勃·威尔斯写于一九四一年。

“嘿，当然喽。我应该知道的。你没有徽章。操……你像—像苏联工会委员会的人！对吧。”斯洛索普也瞪着他：“嗨。嗨，你要找什么人？啊？”马维的笑容消失了：“瞧——我当然渴望不是齐切林上校，嗯。他是个好俄国人，你知道的。”

“我可以肯定地告诉你，”他举起曼荼罗，画着驱吸血鬼的十字，“我唯一感兴趣的是这些黑魔鬼的问题。”

笑容又回到脸上了，同时一只胖手放在了斯洛索普的胳膊上。“你的同志到这里的时候，你们准备全力以赴围着他们转呀转？”

“转呀转？我不敢说我——”

“你知道的。来吧。嗨他们那些老黑都在城外面驻扎哪！哎，伊凡，该死，那费（会）很有意思的。我今天怎（整）天在擦洗我的柯尔特手枪，”说着爱抚一下枪套里的配枪，“要给我做浣熊皮帽子[①]，用他们其中一个蠢货，不用我告诉你用他的哪一部分吊在下面那个地方的后面，是不？哈？”“血腥”契科利茨被逗坏了，笑得差点噎住。

“其实，”斯洛索普边走边补充，“我的任务是在这样的活动中协调情报，”先不管这个词是什么意思吧，“我到这儿来其实是侦察敌人的位置。”

“敌人在右面，”契科利茨点点头，“他们有枪，什么都有。浣熊手里唯一应该拿的武器是扫帚！”

马维皱起了眉头。“你，你不指望我们跟你去那边，嗯。我们可以告诉你怎么走，同志。不过你一个人去那儿是疯了。你干吗不等到晚上？按计划半夜才动叟（手）的，对吧？你可以等到那个时候。”

“我要提前搜集一些情况，这很重要。”板着脸，板着脸，好，好……“我没必要告诉你这对我们所有的人……”意味深长的卢戈西式停顿，“有多重要。”

唉，反正他得到了黑人支队的方向，还搭车回了城。两个皮货商又拉了两个“心急的德国小姐”，闹哄哄在夕阳中划拳而去。斯洛索普站在

---

① 浣熊是对黑人的蔑称。

尾气中骂骂咧咧。

下一次没你们吃的好果子，两个杂种……

他步行出城，穿过一片宽阔的草地，花了一个小时才来到军营。此时，草地的颜色渐渐加深，像是绿色染料流出来渗进了外面的绒毛……他能感觉到，每一片草叶的阴影都向东面伸开去……一道纯乳色的光呈钟形曲线冲到即将落下的太阳上方，白色透明的肉体，消逝在天顶处变化多样的蓝色中，有粉状的，也有黑铁一般的……他在这里来干什么？这也是旅鼠娥秀拉的意思吗？这样搅和在别人的私仇中？他原来的意思是……管他是什么……唔……

对啦！对啦，是G型仿聚合物的事情，还有那个雅夫和那个S-装置的一切。他应该是个不动感情的私家侦探，要独自闯荡、挑战机遇，为“他们”杀死的朋友们报仇，找回自我的身份，找到那块神秘的部件——可是现在，唉，**就像**——

大海哎哎哎里捞噢噢噢针！
寻云云云找满是月光的东西，
要把你咦咦咦征服（的东西）！

双脚在杂草和牧草间喁语。他一路哼着歌儿，气喘吁吁、下巴上扬，完全是弗雷德·阿斯泰尔的动作——他在考虑重新找回金格尔·罗杰斯，找回再续生命辉煌的可能性……

突然回过神来——不，不，别急，你现在应该有个清醒的计划，权衡自己的选择、认定自己的目标，这是关键时刻，对你的……

对——嗒嗒，**在大海里捞**——

不不不，听着老兄，别傻了，你得专心……现在想S-装置——好的，如果我能找到S-装置和雅夫受骗的经过，如果我能找出这些，对啦对啦现在想仿聚合物……

——寻找（嗯）满是藏红花的地窖……

噢……

就在这个时候，好像有人许的简单愿望实现了一样，天空中出现了一缕针一样的光芒：第一颗星星。

让我能及时提醒他们。

他们在树林里对斯洛索普发动了突袭，他已是瘦骨嶙峋、胡子拉碴、满面黝黑——他们把他带到火堆旁，那里有人在吹微型口琴，共鸣箱是德国松木做的，簧片是从一辆报废的大众车弹簧上切下来的。女人们穿着深蓝印花白棉裙、白衬衫、编织围裙，戴黑手帕，忙着料理锅呀洋铁罐呀什么的。有些还带着鸵鸟蛋壳做的项链，用刀刻画成红色或蓝色。一大块牛肉在火上的木肉叉上滴着油。

恩赞不在这儿，但安德烈斯·奥如坎比在，穿着一件海军套头衫和陆军工作服，紧张得像小偷。他想起了斯洛索普："Was ist los？（怎么回事？)"

斯洛索普回答："计划半夜到这儿。不知道有多少人，不过你们最好全部撤走。"

"也许吧。"安德烈斯笑着答道，"你吃饭了吗？"

吃饭时，关于去留问题的争论继续进行。这和斯洛索普在军官学校里学的军事决策不是一回事。他们好像还有别的想法，占领区的赫雷罗人心里明白，斯洛索普却不知情。

"我们必须去我们应该去的地方，"安德烈斯后来给他解释，"就是穆库鲁想让我们去的地方。"

"哦。哦，我还以为你们到这里来是找东西的，和别人一样。00000，那东西怎么样？"

"那是穆库鲁的东西。他把它藏在想让我们去找的地方。"

"我说，我有S-装置的消息。"他给他们讲了格丽塔·埃德曼的故事——那片灌木林，那个汽油厂，还有布利瑟罗的名字。

他的话按响了警铃。其实是敲响了警锣。大家都在互相注视。"这么说，”安德烈斯小心翼翼地说，“那个使用 S–装置的火箭连连长就叫这名字？”

“我不知道他们用过 S–装置。布利瑟罗把那个女人带到一个工厂，S–装置就是在那儿装配的，或者有一部分是在那儿造的，原料是一种塑料，叫作 G 型仿聚合物。”

“她有没有说在哪儿？”

“只说在‘灌木林’。看看你们能不能找到她丈夫，米克洛斯·坦纳茨。他可能看到过具体的发射，如果真的有过发射的话。大概就是在那个时候发生了不同寻常的事情，不过我一直无法弄清具体情况。”

“谢谢你。”

“不用。或许你现在可以给我说一些情况了。”他拿出了自己发现的曼荼罗，“这有什么含义？”

安德烈斯把曼荼罗放在地上，转动着，直到 K 指向西北方。“Klar（清楚），”他指点着每一个字母，“Entlüftung（通气），这些都是阴性字母。北方字母。在我们村子里，女人住在圆圈北半边，男人在南半边。村子本身是一个曼荼罗。Klar 代表受孕、出生，Entlüftung 代表呼吸、灵魂。Zündung（打火）和 Vorstufe（初期）是阳性符号，代表活动、火与准备工作或建筑工作。中心这儿是 Hauptstufe（顶层）。是我们供养圣牲的圈。先人们的灵魂。所有的东西都统一在这里：生、灵魂、火、建筑。男、女，同在一起。

“火箭的四翼组成一个十字，也是一个曼荼罗。一号翼控制飞行方向。二号控制摇晃，三号，偏航、滚翻，四号，摇晃。每一对翼协同工作，却又意义相反。对立面的统一。你可以理解我们的感觉：它以某种方式和我们交谈，尽管我们并没有在那些翼上装一个来供奉。其实，很多年前我们向北走来到德国的时候它就在等我们了……当时我们虽然背井离乡、无所适从，却很明白我们的命运和它的命运是紧密相连的。冯·特罗塔的军队放过了我们，就是要我们找到火箭。”

斯洛索普把曼荼罗递给他。他希望这个曼荼罗能起作用，和恩赞曾经教给他的那个咒语一样——唔巴卡耶（放过我），唔巴卡耶……其咒力能阻止今晚的马维、齐切林。像门柱圣卷[①]。安然度过一个可怕的夜晚……

◆ ◆ ◆ ◆ ◆

黑人支队去找阿赫特法登，齐切林却找到了纳里奇。他付出的代价是“老马”，还有三个士兵带着重伤进了船上的医务室。其中一个切断了动脉。纳里奇想学奥笛·墨菲[②]的样子。一匹为象服务的马——纳里奇整个处在麻醉催眠状态，狂热地谈论着那个神圣的圆圈和那个火箭翼十字。不过纳里奇知情的其他事情黑人们就有所不知了：

（a）从地面到S-装置有无线电连通，但从S-装置到地面没有连通；

（b）在一个伺服传动装置和一条从主油箱通往后部装置的特殊供氧线之间存在干扰问题；

（c）魏斯曼不只在北豪森配合S-装置，还指挥火箭连发射00000。

完全是间谍行为。这种马赛克式的嵌合体在一点点长大。齐切林和官家没有了关系，脑子里却装了这样的东西到处跑。所有的只言片语、零碎信息都归于这个嵌合体。挺立在淀粉色的天幕下。比拉文纳[③]的马赛克还要值钱。

无线电联通 + 氧气 = 某种加力燃烧室。一般如此。不过纳里奇还提到了一种不对称现象：在三号翼附近有一内装物，使得滚翻和偏航控制变得出乎意料的复杂。

那么，如果那儿有一个加力燃烧室，是不是也会使燃烧变得不对称，并且使热通量超过该装置的承受极限？妈的，他干吗不随便抓一个搞推进的来？美国人是不是把他们全都弄走了？

---

① 犹太教中的一种羊皮纸卷，一面记有《圣经》文字，一面写着神的名字，一些犹太家庭将其装于盒内悬在右门柱上。

② 奥笛·墨菲（1924—1971）：美国电影演员。二战中作战勇敢，获二十四枚奖章，一九四八年从影，大多为西部片或战争片。

③ 意大利东北部港市。

马维少校用牙齿咬住一把鲍威猎刀，两边屁股上各背着一把汤姆生机枪。他和袭击队的其他人一样，呆若木鸡地看着周围空旷的林地，一句话都说不出来。他很生气，从扎巴耶夫深不见底的水壶里喝着伏特加。不过，只要受命从事S-装置研究的任何一个推进器工程师在加米施出现过，马维都会通知他齐切林的。这是安排好的，西方提供情报，俄国人扣扳机。

噫，他嗅到了恩赞的味道……即便到了现在，黑人们还可能在黑暗中监视他们。齐切林点了支烟，火焰经绿、蓝、淡紫，最后稳定在黄色上……他让火焰闲燃了一阵，心里想：随他吧。他不会的。我可能也不会。唔……也许我会的……

不过今晚已经取得了量子跃迁般的重大进展。他们要见面了。要谈S-装置的问题，不管这东西是真实的还是想象的，是有用的还是废弃的——他们要面对面见一见了。然后……

同时还有个问题：和马维谈过话的那个神秘的苏联情报间谍是谁？齐切林啊，你这会儿又犯多疑症了。也许莫斯科对你们之间的宿仇已经有所耳闻了。如果他们在为军事法庭搜集证据，那可就不是中亚的事儿了，而是做亚特兰蒂斯大使馆末代秘书的事儿了。你可以为所有溺水而亡的俄国水手们开脱服用毒品的罪责，可以把你父亲的一次又一次签证发送到遥远的利莫里亚[①]，发送到马尾藻海的日光休假胜地（森森白骨们就躺在那里接受海水的漂白，嘲笑过往的船只）。在父亲肋骨间别着小册子、眼窝里塞着旅行支票、要赶正午的潮流出海之前，给他讲讲他的黑人儿子，讲讲那一天他和恩赞的事情：那是在秋天要结束的时候，时间缓慢地爬行着，天冷得要命，像巴塞罗那旅馆阳台上存放在刨冰里的一只橘子，si me quieres escribir[②]（如果你想给我写信），你就已经知道我要待在哪儿了……寒冷集中在脱了皮的拇指尖上，渐渐迫近的致命的冷……

---

① 传说中沉入印度洋海底的一块大陆。

② 西班牙语。

“我问你，”马维此时有点醉了，脾气也暴躁起来，“我们啥时候逮住那些蠢货？”

“快了，相信我。”

“可是你不知道巴黎给我的压力有多大！还有总部！真叫人受不了！有些高官们想消灭他们，就现在。他们只要捣鼓一下按钮就行了，我这辈子是再也见不到墨西哥妓女了。你也明白这些浣熊想干啥，得有人阻止他们，在他们动手之前，妈的——”

“你看到的这位情报人员——我们各国政府不难采用同样的政策——”

“你们并没有通用电气在耳朵边上吹气，伙计。狄龙、里德[①]……美孚石油……妈的……”

“可那是你们求之不得的呀，”“血腥”契科利茨打断他，“弄一些商人进去拨乱反正，而不是由政府全盘通吃。你们的左手不知道右手在干吗！你明白我说的？”

“这是在干什么呀？政治辩论？看来丢掉黑人支队还不算最大的耻辱，唉，你从来就知道自己没那么容易过关的……”

“那—那么赫伯特·胡佛[②]呢？”契科利茨尖声叫道，“你们快饿死的时候，他站出来喂饱了你们这些人！他们这儿的人热爱胡佛——”

“没错——”齐切林插话了，“那么，通用电气又在这儿干了什么？”

马维少校友好地眨眨眼：“斯沃普先生[③]是老罗的铁哥们儿，明白吗？现在是‘电器查理’，不过斯沃普以前做过智囊团的成员。他们都是犹太人，大多数。不过斯沃普不是。现在通用和这边的西门子成关系户了，他们一起做过 V-2 导航，记得吗——”

“斯沃普是犹太人。”契科利茨道。

“不——血腥，你不知道自己在说啥——”

---

① 纽约市投资公司，全名“狄龙、里德公司”。

② 赫伯特·胡佛（1874—1964）：美国第三十一届总统（1929—1933），一战时曾任食品管理局局长。

③ 葛哈特·斯沃普（1877—1957）：一九二二年成为通用电器总裁。其实和罗斯福“铁”的是他的弟弟伯特·B. 斯沃普。犹太人。

“我告诉你——”关于通用电气这位卸任总裁的种族背景，他们进入了慢腾腾的酒鬼式争辩，恶言恶语，互相怨愤，却又反应迟缓。齐切林只在用一只耳朵听。一阵晕眩袭上头来。纳里奇吃了药的时候不是提到过一个出席北豪森 S-装置会议的西门子代表吗？没错呀。也是染共体的人。染共体的卡尔·施密茨不是西门子的董事吗？

问马维没用。他醉得太厉害了，谈不了这个话题。“你以为我刚来这儿很无知。妈—的，我还以为染共体是那个人的名字呢，知道不，一个人——喂，染共体吗？不，我是他老婆，染夫人！呀哈哈哈！”

“血腥”契科利茨像往常一样，开始模仿埃莉诺·罗斯福[①]了：“前几天我儿子爱驴头——艾略特——和我，我们在烤饼干。饼干是给海外的孩子们吃的。孩子们拿到我们送的饼干时，他们也会烤饼干回送给我们。这样，人人就都有饼干吃了！”

噢，温佩。老火箭人，你说对了？你的染共体正是各国国体的典范？

这个想法就这样在齐切林心里出现了，在这片林间空地上，在两个醉鬼中间，在某个没有番号的火箭连最后阵地的残骸间。电线一动不动地软软地搭在当初被绞盘操作者们拉起的地方，啤酒瓶也在最后一夜最后的士兵们扔下的地方丝毫未动，所有的一切都清清楚楚地证明着失败，证明着死亡的能量。

“哎，你。”好像是一个很粗大的白色手指在向他招呼，指甲修剪得很美：它转动着，缓缓向他展示了一个指纹，很像是“手指城”的鸟瞰图。那是一座未来的城市，你认识每个人，他们也没地方躲藏。此时，手指关节在动，发出柔和的、水一般的声音，把齐切林的注意力引向——

☞ 火箭卡特尔。这个组织影响到所有与它接触过的工作人员和纸张。甚至俄国人……买来的俄国人，不是吗？从克虏伯，从西门子，从染共体……

---

① 埃莉诺·罗斯福（1884—1962）：美国外交家、作家和美国第一夫人（1933—1945），总统弗兰克林·D. 罗斯福之妻。艾略特·罗斯福为其第四子。

是不是有一些计划斯大林不愿认账……甚至不知情？啊，在这个没有国家的德国之夜，一个国家开始成形了，这个国家跨越海洋、跨越表面的政治，有自己的主权，就像共产国际或罗马教堂，其灵魂就是火箭。火箭共同体。像马戏团一样惹眼，红的黄的海报，无数的场子，一齐开演。这根王者风范的手指在所有的场子间画圈圈。齐切林深信不疑，靠的倒不全是他走遍占领区所找到的外在证据，更多靠的是他与生俱来的一种个人悲剧感，这种感觉始终保持在通神的边缘。第一次发现是在吉尔吉斯之光的事情上，那时候他唯一的神异感觉是，恐惧会堵死每一条路，一直把他阻挡在外面。他将永远无法进一步越过这个今夜自己现身的大卡特尔边缘，无法跨过这个火箭国的边界……

他将失去吉尔吉斯之光，但不会失去那根手指。别的人好像都与此有瓜葛。伤心啊，特别叫人伤心。这里每个捡破烂的人都是受了火箭共同体雇用的。所有的人，除了他，还有恩赞。他的哥哥恩赞。难怪“他们”在追杀黑人支队……而且……

而且当“他们”发现我不称“他们”的心时……马维干吗要这样看着我呢，眼珠子都鼓出来了……哦，别慌，别让他疯得更得势，他只是在这边，在……

◆　◆　◆　◆　◆

去库克斯哈文，夏日的步伐在不断减速，漂向库克斯哈文。草地在吟唱。雨弯成月牙般的弧形，呼啦啦扫过芦苇丛。羊儿们会下到海滩上吃海草，偶尔还有几只深色的北方鹿。海滩永远既不全属于海也不全属于沙，却在日光下为朦胧的雾所笼罩……斯洛索普就这样漂浮在水淹的草地上。他反复看到一些形状，像是给迷路的旅人发出的信号。那些形状都是占领区特有的，他不反对看一看，却不愿去破译，再也不愿意了。十有八九也没什么意义。出现得最多的是梯级形山墙，德国北部这些古老的建筑很多都在正面修了这样的山墙。山墙往往出现在白天里最不真实的时刻，逆光而起，呈怪异的湿灰色，像是从海水里冒出来的，出现在这里笔直的、极其低矮的地平线上。它们形状稳定，久久不去，犹如解析数学的纪念碑。三百年前，数学家们学会了把炮弹的起落分解开来，变成射程和高度 Δx 和 Δy 的梯级，使其逐渐变小，逼近于零。这些 Δx 和 Δy 就像越缩越小的侏儒，组成一支军队，在楼梯上跳上去又跳下来，它们的脚渐渐缩小，脚步声也渐渐细弱，和谐地连成永不停息的声音。这种解析学的遗产被完整地继承下来，才有了佩纳明德的技术人员们仔细研究记录火箭飞行轨迹的那些液压自动控制电影，不放过每一帧，不放过每一个 Δx 和 Δy，尽管它们并不会飞……胶片和微积分，它们都是飞行的色情制品。使人想到阳痿和榨取，那些石头 Treppengiebel（阶梯形山墙）的形状此时出现在绿色的平原上，或完整，或破碎，持续了一会儿就消失了：在山墙的阴影下，孩子们头发蓬乱，在玩“天堂和地狱”[①]，在村里铺过的路上跳着，一级级从天堂到地狱再到天堂，有时候也让斯洛索普玩一轮，有时候则消失在黑乎乎的巷子里。那里的房子已经比较老旧，开了很多窗，悲伤的样子，永远向街对面的邻居弓着身子，几乎要在空中碰到一起，中间只隔了一线乳色的天空。

夜幕降临时，孩子们拿着圆圆的纸灯笼在街上游玩，嘴里唱着：“灯笼，灯笼，太阳月亮和星星……”一派乡间夜晚的气氛，幽灵般苍白，歌声中又送走了一个夏天。斯洛索普来到维斯马附近的一个海滨小镇上，就要在一个小花园里睡着的时候，孩子们围住了他，给他讲猪侠普赖夏尊迦[②]的故事。在十世纪的某一天，发生海盗入侵，猪侠突然从雷声中现身，击退了二十个北欧海盗，吓得他们大叫着逃回海里。此后每个夏天，都要安排一个星期四庆祝小镇得救——星期四就是由雷神多纳尔或托尔得名的，而猪侠又是雷神派来的。即便到了十世纪，那些古老的神对人们还是有一定影响力的。多纳尔并没有被驯化成圣彼得或罗兰，不过举行庆典的地点倒是挪到了镇上彼得教堂附近的罗兰塑像旁。

然而，今年的庆典变得岌岌可危。过去三十年一直扮演普赖夏尊迦

① 德国的跳房子游戏。

② 据考，“普赖夏尊迦”这个名字在德语里与雷电之神有关。

的鞋匠施劳布去年冬天被征入伍，参加了人民军，再没有回来。这时候，白色的灯笼聚在了泰荣·斯洛索普周围，在黑暗中晃动着。小手指头戳着他的肚子。

“你是世界上最胖的人。”

“他比村子里所有的人都胖。”

“求你了！求你了！”

“我可没那么胖呀——”

“我给你们说过会有人来的。”

“也是最高的。”

“——别急，求我干吗？”

“明天做普赖夏尊迦呀。”

“答应吧。”

斯洛索普这些日子心软得很，就答应了。他们把他从绿草之床上弄起来，来到市政厅。猪侠节的服装和道具都在地下室里：盾、矛、有角的头盔、破旧的兽皮、雷神托尔的木锤，十英尺长的、裹着金叶子的闪电猪侠的服装有些吓人——粉红色、蓝色、黄色，很亮，很难看，德国表现主义风格的猪，外面很漂亮，里面填的是草。好像很合身。唔。

第二天早晨去的人稀稀拉拉的，挺安静：老人、孩子，还有几个沉默的退伍军人。北欧海盗都是孩子，头盔斜压下来，盖住了眼睛，披风拖在地上，盾牌和他们一样大，武器有他们两个高。广场上排列着巨大的猪侠像，白色支架，铁丝编织的边框里嵌着红蓝二色矢车菊。斯洛索普藏在罗兰塑像后等待，塑像很严肃，鼓眼、卷发、束腰。斯洛索普身旁有许多鞭炮，外加助手弗里茨。弗里茨大概只有八岁，活脱脱像从威尔海姆·布希漫画里来的。斯洛索普有点紧张，因为他对猪侠节不熟悉。好在弗里茨很老练，带来了一个上釉的罐子，里面装着莳萝和芫荽风味的液体损脑剂[①]，从燕麦粥中提取的，除非上面的“Haferschleim”不是燕麦粥的意思。

---

① 应该是一种酒。

“是 Haferschleim（燕麦粥）吗，弗里茨？”他又嘬了一口，后悔不该问。

“对，是燕麦粥。”

“好啊，燕麦粥总比什么都没有好，呵呵……”这东西到底是什么先不管，但好像能迅速影响神经中枢。在当地一个乐队庄严的伴奏下，海盗们全都喘着气，费劲地来到塑像前，排好队，命令全镇的人投降。此时斯洛索普发现自己的脑子已经没有平常好使了。就在这一刻，弗里茨点燃了火柴，顿时像打开了地狱之门，火箭、罗马焰火筒、彩色焰火轮，只听一声“扑嘞吓——噂—嘎”，大量黑火药喷发出来，把他送到了广场上，烧焦了他的屁股，烟从尾巴上冒出来。“啊，好，干得好，唔……”斯洛索普跌跌撞撞，张大嘴傻笑着，吼出了台词：“我代表多纳尔的愤怒——今天你们就是我的砧板！”他们吼声如雷，在街道上一阵猛追，人们在他们身上撒着白花，小孩子们尖叫着，跑到水里，然后就互相撩水、往水里按。镇上的人们取出啤酒、葡萄酒、面包、酸奶酪、香肠。泥煤小火上的黑色煎锅里冒着油烟，金黄色的炸土豆糕从里面拿出来还滴着热热的油。女孩们开始抚摸斯洛索普的鼻子和天鹅绒身体。接下去的一年镇子又得救了。

这是个祥和而醉醺醺的日子，到处是音乐，到处是海水、沼泽、花儿、炸洋葱、啤酒和新鲜鱼肉的气味，头上的蓝天中飘着几小团霜色的云朵。微风习习，斯洛索普穿着这一身猪侠服也不觉得热。沿岸所有蓝灰色的树木都在呼吸、闪烁。白帆出海了。

斯洛索普在一个提供烟斗和卷心菜（少女）①的咖啡店后屋里玩了一个小时的“锤子和煅炉”②，玩伴是两位身体健康的女郎，穿着夏装和木底鞋——这可是小伙子们梦寐以求的。出来以后，他发现人们开始三五成群地分散开了。哦，见鬼。先别急，快点……屁股眼里特别疼，脑子

---

① 原文可双关。

② 应是德国名为“白马”（也称“铃铛和锤子”）的桌上游戏的变种。游戏使用八只骰子、一把锤子和五张牌，靠运气胜。

里和肚子里塞满了燕麦浆和暑天的啤酒。他在一堆渔网上坐下，想让自己的脑子清醒起来。还是很可能的。

这儿的人群聚成这样的小旋涡，一般是黑市的征兆。多疑的野草开始在花园里、在正午的静谧中绽出花蕾，军绿色的。作为家族的最后一代，他真是和先辈们相差太远了——斯洛索普家的其他人从来不会因为面对商务而恐慌。鹅卵石街面上已经铺好了报纸，买主们可以把罐里的咖啡倒在上面，检验是否全部货真价实，而不是表面只有一层，下面都是假的。人们会突然从灰扑扑的口袋里拿出金表、金戒指，在太阳下亮闪闪的。香烟在一只只手上飞快地传递，软塌塌、脏兮兮、静悄悄的帝国马克则紧紧随之。孩子们在脚下玩，大人们在上面做生意，说的是波兰语、俄语、北波罗的语、低地德语。有些人像难民，不怎么讲情面，只是路过碰上就来了，很随机，甚至事后才回过味来……这些人都是哪儿来的，这些老江湖们，他们刚才躲在什么样的时间阴影里享福?

警察们突然现身了，来自安静得出奇的办公室。两辆黑白相间的大型游览车，满载着蓝绿色制服、白色臂章、小桶状帽子，帽徽是放射的星光，警棍都拿出来了，像黑色阳具，握在神经紧张的手里，颤动着，随时准备行动。人群里的旋涡迅速散开，首饰掉在地上发出响声，香烟散开了，人们从上面践踏而过，给踩瘪了。一时间，掉在地上的还有手表、勋章、丝绸、一卷卷票子、红皮土豆，人们惊慌失措地瞪着眼睛。长及肘部的儿童手套纠缠在抓向空中的手指上，踩碎的灯泡，巴黎拖鞋，为鹅卵石、戒指、胸针等静物画配制的金画框，没人再来认领这些东西了，人们这时候都吓坏了。

难怪呀。警察们打击这些活动的方法和他们战前对付纳粹街头活动的方式如出一辙，先是赶到事发地点，唔，好，挥动这些软警棍，眼睛搜索着最能施展威力的机会，鼻子闻到的是皮革味，是自己的腋窝里因为害怕而发出的恶臭味。他们三个人扑到一个孩子身上，搜女孩和老人们的身，甚至强迫她们脱下靴子和内衣，摇晃着看里面有没有东西。他们拿着警棍，在哭泣的孩子和惊叫的女人身上不知疲倦地戳戳捣捣。这种表面的效能和快乐背后隐藏的，是对过去的怀念。战争期间是处理群众性事件的低潮，最多就是谋杀或者一些轻微的犯罪，一次也就一个嫌犯。可是现在要保护白市，这里却偏偏有满街满街的人体渴盼着“第一次按摩”，警哥们安能不快活哉！

不久俄国人的援兵也到了，满满三卡车亚洲青年，穿着杂役工作服，好像是刚从遥远的东方某个极其寒冷的地方拉过来的，还不太清楚自己身在何处。他们像正在走上球场的足球队员，从细长板条挡板的车厢里下来，排成一队，开始清理街道，把人们往水里逼。斯洛索普在人群正中间，被推得踉跄后退，猪侠的面具挡住了一半视线。他尽力保护别人——几个孩子，一位刚才还忙着搬棉布的老太太。开始几警棍打在他腹部垫着的草上，倒也没觉着什么。手无寸铁的人们左奔右突，而普赖夏尊迦却坚守着自己的位置。今天上午莫非只是彩排呀？现在斯洛索普是否应该驱赶真正的侵略者了？一个小姑娘抓着他的腿，充满信心地喊着猪侠的名字。一个头发花白的老警察——从脸上可以看出，他长期在后方过着奢侈腐败的生活——挥着警棍朝斯洛索普头上打来。猪侠一躲，伸腿踢了他一下。警察身体蜷在了一起，五六个人尖叫着扑上去，除下了他的帽子和警棍。眼泪从他枯萎的眼睛里渗出来，在太阳下闪光。这时候，一个地方响起了枪声，所有的人都惊慌起来，连拖带扛地把斯洛索普弄走了，拥挤中，腿边那个孩子被挤掉了，永远再没找到。

离开街上到了码头。警察们不打人了，开始在街上捡战利品，可是又来了很多俄国人，直直地盯着斯洛索普。还算幸运，咖啡店里的一个女孩正好过来，抓住他的手，拖着他走了。

“发了你的逮捕令。”

“发了什么？他们没有文件也干得很好啊。”

“俄国人看到你的军装了。他们以为你是逃兵。”

“他们想得对。”

她带着依旧穿猪侠装的斯洛索普回了家。她大约十七岁，漂亮、稚气的脸，容易受伤的样子。她没有提到过自己的名字。他们身体紧挨着，躺在一张小床上，床腿刷过油漆，天花板上挂了一块满是黄色精渍的床单，把他们遮了起来。女孩的妈妈在厨房里切萝卜。两个人的心嗵嗵直跳，斯洛索普是因为身处险境，女孩则是因为斯洛索普。她给他讲了父母的情况，她爸爸是个印刷工，满师后结的婚，出门已经快十年了，1942年她们还收到过一封纽考伦来的短信，说他和一个朋友挤了一夜，以后就杳无音讯了。总是说和朋友挤，天知道他有多少个夜晚在后屋里、船尾的小仓室里、印刷房里单独度过，身上裹着《星期一世界报》，冷得发抖，但至少和“印刷工人联盟”里所有的人一样，不用担心没有遮风挡雨的地方，一天还能吃到一顿饭。然而在一个地方待得太久就肯定有警察来找麻烦——这个联盟真不错。他们保持了德国世界产业工人同盟的传统，在所有联盟都向希特勒看齐的情况下拒绝和他同流合污。这倒是触发了斯洛索普队对“联盟”这个词的清教徒式愿望，这个以印刷油墨为媒介的词，与抗体、铁一般的呼吸共同存留在一个好人的血液里，尽管这个好人的世界永远是“星期一世界”，那冷冰冰的刀刃把中产阶级们信以为真的、对舒适生活的可怜幻觉切割得支离破碎……他有没有印刷传单，反对祖国的疯狂？他是受到了袭击、挨了打还是被杀害了？她有一张他度假的照片，在巴伐利亚的某个地方，有瀑布，山顶上有雪，脸晒成了褐色，看不出年龄，提洛尔帽，背带裤，脚扎在那里，好像随时准备跑动的样子：这个形象停留、保存在这里，这是她们唯一能留住他的方式，而他本人却在寒冷的“赤色”郊区里一家家地跑，一夜夜地在共济会会员家里跑……她们母女则穿着围裙在厨房里打发傍晚或无聊的下午，研究他那动荡的漂泊者灵魂的 Δx 和 Δy，研究他在刀子般切下的快门后面有哪些变化，研究他可能在水里听到的声音——那水也像他一样永远地流动着，在他身后失落地沉默着，已经在他身后了。

此刻，即便和穿着猪侠装的陌生人躺在一起，她爸爸也使斯洛索普，或任何一个在这里躺过的人有了飞翔的愿望，因为他们虽然还没有飞起来，却听到了同一句诺言：“你到哪儿我就跟到哪儿。”他看着他们在铁路高架桥上行走，他在周围高高的山坡上怀念家乡：秋日的阳光和凛冽，紫色的雨云，下午的时光，她的脸靠在一座高高的混凝土建筑上，混凝土的光泽从两面的脸颊上斜照下来，和皮肤的颜色混合在一起。她的身影在他上方一动不动，穿着黑大衣，金黄的头发映在天幕上，而他则在一个火车调度场里一把铁梯子的顶端，凝视着她，下面所有属于他们的那些亮闪闪的钢铁道路交叉、分离，通向占领区各个地方。他们俩都在动荡中。她需要的就是动荡。而斯洛索普则想听着她的心跳静静地躺一会儿……这是不是每个多疑症患者共同的愿望？希望找到静止下来的完美方法？可是他们来了，挨家挨户地搜查逃兵，所以该走的是斯洛索普，该留的是她。街道上的喇叭里传来嗡嗡的金属声音，通知今晚很早就要宵禁。从镇里的某扇窗户望去，一张床上躺着一个孩子，已经在睡乡的边上张望了，对孩子来说这种带着外国口音的金属声音是夜间平安无事的象征，和四围的荒野、海上的雨水、狗、陌生的窗户传出的烹调味、土路都是一体的……和这个再也不会回来的夏天是一体的……

"没有月亮。"她低声说，眼睛有些躲闪但没有挪开。

"出城走哪条路最好？"

她知道一百条最好的路。他的心、他的指尖因为羞惭而疼痛了。"我带你出去。"

"你没有必要这样做。"

"我愿意。"

她妈妈给了斯洛索普两个硬硬的面包卷，塞在猪侠装里面。本来想给他再找一身穿的，可是她丈夫的衣服全都在军人服务社里换东西吃了。他透过窗户看到她，这最后一个场景像一幅画，以厨房为相框，一个朦胧中披着金色的女人，头垂在炉子上打盹，炉子上只有一个锅，在用文火煮什么，她的脸偏对着斯洛索普，后面的背景是暗橙和红色的墙纸。

女儿带着他翻过低矮的石墙，沿着排水沟，进了下水道，向西南走来到镇子的外围。身后远远传来圣彼得教堂九点的钟声，钟下面的罗兰塑像虽然看不到什么，却始终如一地盯着广场对面。普赖夏尊迦画像上的白花一朵朵掉落着。一个发电站的烟囱出现在面前，没有冒烟，鬼气森森的，映在天幕上。乡间那边传来风车的咯吱声。

城门高而瘦瘠，台阶一直向上，不知通到何处。出去的公路呈弧形，进入一个有尖顶的拱形出口，然后又从夜间的草地穿过。

"我想和你走。"可是她没有动，没有走过拱门的意思。

“我可能会回来的。”这不是漂泊者的谎言，他们俩都清楚地知道，终究有人会回来的，大约在明年这个时候，或许那个人就是明年的猪侠，和他很类似的人……即便名字和档案不一样，咳，谁会相信那些东西呢？她是印刷工人的孩子，懂得文字这东西，甚至跟她爸爸学会了熟练操作温科尔哈肯印刷机、安装和拆卸生产线。“你是我的五月虫。”她低语着，和他吻别，站在那里看着他离开。茕茕孑立的城门边，一个身穿无袖连衣裙和军靴的姑娘一动不动地站在那里抽泣：“晚安……”

晚安，柔顺的姑娘。他留给她的礼物是最后一幅可以拍摄的画面：一只花花绿绿的猪艰难地行走着，融进了星光和柴堆。这幅画面可以和她童年时父亲的照片放在一起。他体现了飞翔的内涵，虽然并不是全心全意的，但他已经不知道什么是停留了……晚安，现在是宵禁，回城去吧，回到你的屋子里去吧……晚安……

他一路沿空旷地带向前走，累得走不动了就睡觉，天鹅绒和干草为他抵御寒冷。一天早晨，他在一片山毛榉和一条小河之间的山谷里醒来。太阳正在升起，寒气袭人，好像有一条热乎乎的舌头在重重地舔他的脸。他看见另一头猪的鼻子就在眼前，猪很肥，粉红色。她哼哼着，温婉地微笑着，长长的睫毛颤动着。

“等等。看看这个？”他戴上了猪侠的面具。她瞪着眼看了一分钟，然后凑过来，鼻子对鼻子地亲他。他们俩身上都滴着露水。他跟着她来到河边，取下面具，往脸上撩些水，她则在旁边喝水，啧啧有声，很满足的样子。水很清亮，生机勃勃地流着，很冷。圆石头在水底碰撞着。响亮，富于乐感。能日夜坐在这里、全心全意地聆听水流声和石头碰撞声，这可是莫大的幸福啊……

斯洛索普饿了。“跟我来，咱们得找些早饭吃。”在一间农舍附近的一个小水塘边，猪发现了一个钉入地里的木桩。她开始围着木桩嗅来嗅去。斯洛索普踢开松土，看到一个砖堆，里面塞满了土豆，是去年窖的。她迫不及待地吃起来。“很适合你呀，不过我吃不成。”天空的倒影在水面上闪耀。附近好像没人。斯洛索普踱入农舍去搜寻。院子里长满了高高的白色雏菊。楼上的窗户黑乎乎的，烟囱里也没有冒烟。不过后面的鸡舍里倒是有鸡。他把一只肥肥的大白母鸡从窝上赶走，小心翼翼地去拿鸡蛋。母鸡咯咯叫着，浑身颤抖，想把斯洛索普的手啄开，她的朋友们也从外面冲进来，一时间混乱不堪。这时候母鸡把翅膀从细木条间伸了出来，这样一来既无法再缩回去，又因为翅根下面太胖，身体剩下的部分也出不来。她就这样卡在了那儿，扑腾着，尖叫着。斯洛索普趁此良机抓起三个鸡蛋，然后帮母鸡把翅膀塞了进去。这活儿不好干，特别是要把鸡蛋拿稳。公鸡在门口啊呜啊呜叫着，老婆们乱成一团，风滚草般的白母鸡嘶叫着，拖着肥肥的屁股在鸡舍里四处乱跑。斯洛索普身上有五六处在流血。

这时候他听到一声犬吠——该抛下这只母鸡了——他跑出来，看到三十米外站着一个女人，身穿国防军备用服，正拿着猎枪向他瞄准。狗狂吠着扑过来，龇着牙，盯着斯洛索普的咽喉。斯洛索普绕着鸡舍狼狈逃窜，猎枪发出一声问候般的爆响。这时候母猪出现在身边，把狗赶走了。他们离开了，鸡蛋放在猪侠面具里。女人大叫着，母鸡喧闹着，母猪则在他身边急跑。女人最后又开了一枪，但这时候他们已经在射程之外了。

又走了一英里左右，他们停下来，斯洛索普开始吃早餐。“太精彩了。”他充满感情地搔了母猪一下。她伏到地上喘着气，目不转睛地看着他吃完生鸡蛋、抽完半截烟。接着继续上路。

不久，他们开始改变方向，朝海边走去。母猪似乎知道自己的目的地。远处的另一条路上，弥漫着一片巨大的烟尘，朝南缓缓移动着，可能是俄国马队吧。刚学会飞的幼鹤在草堆和田野上磨炼技艺。孤寂的树木绿得不太分明，像偶然被一只袖子给抹脏了。大片的红土上点缀着一些草秆，远处的地平线上褐色的风车在转动。

猪是快乐的伙伴，
野猪、母猪、阉猪、小猪，
猪是朋友，鼓舞你的斗志，
即便是高山倾覆。
他们排斥你、欺骗你、烧死你，

他们攻击你，辉格或者托利，
婆娘和流浪汉也会抛弃你，
可是猪啊，猪永远不会有问题，
猪永远不会有问题。

夜幕降临时，他们走进一片林地。山谷里雾气弥漫。一只迷路的奶牛因为没有挤奶，在黑暗里呻吟着。母猪和斯洛索普在松树间安歇睡觉了。那里铺着厚厚一层锡箔，很久以前的一次空袭中，大量的金属箔片曾经从飞机上倒下来，以迷惑德国人的雷达。整个林子都变成了圣诞树，金属片在风中起伏，反射着星光，犹如一大片冰冷无声的树冠火整夜在他们头上疯燃。斯洛索普时不时醒来，发现母猪蜷缩在松针铺成的床上，守护着他。不是有危险，也不是情绪不安。也许她觉得斯洛索普需要照顾。在锡箔的光里，她很光滑、很丰满，猪毛看上去就像绒毛。斯洛索普的心里渐渐升起一种色欲，这种情景有些奇怪，没错，嘿嘿，没有他玩不转的。……他们就这样在装饰过的树下睡着了，母猪成了流浪的东方魔术师，斯洛索普则穿着猪侠装，做了一件华艳的礼物，等着早晨来临，有个孩子来认他做爸爸①。

大约第二天中午时分，他们进入一座渐渐衰败的城市，孤零零位于波罗的海边上，因为没有孩子而要灭绝了。城门上的名字上只剩了烧坏的灯泡和空空的灯头，但可以辨认出来，是“十二子”。那个巨大的轮盘笼罩着城外数英里的天空，稍微有点倾斜，像个严肃的老家庭教师，阳光下可见一长溜一长溜的锈迹，从铁网格间看去，天空是灰色的。铁网格把自己长而弯的影子投到沙滩上、投到暗紫的海里。风在没有门的大厅和房屋间呜呜嚎叫着。

“弗瑞达。”一个声音在一堵墙后面的蓝色暗影里叫着。母猪哼哼着、微笑着，站在那儿没动——你瞧我带谁回来了。不一会儿，一个瘦削的人走到了太阳下，雀斑，金发，几乎谢顶。他瞥一眼斯洛索普，有些紧张，

① 日耳曼民间迷信，在猪圈里做梦可使之成真。

却又伸出手去挠弗瑞达耳后的地方。“我叫珀克勒。谢谢你把她送回来。”

“不用，不是——是她带我来的。”

“对。”

珀克勒住在市政厅的地下室里。炉子里烧的是浮木，上面在煮咖啡。

“你下棋吗？”

弗瑞达出了个馊主意。斯洛索普玩棋主要靠迷信而不是棋艺，所以极力保护着自己的马，跳呀跳——别的什么都不顾。如果对方要吃自己的子，他也只能提前一两步想到，本来走得昏昏欲睡、举棋不定，这时候他不仅不急，反而会一阵阵冒傻气发神经，搞得珀克勒直皱眉头。斯洛索普就在要丢掉王后时，说：“嗨，等等，你说你叫珀克勒？”

珀克勒嗖的一声拿出了房子般大的鲁格尔手枪——真快呀——枪口对准了斯洛索普的头。一霎间，穿着猪侠服的斯洛索普觉得，珀克勒以为他斯洛索普在和他的猪弗瑞达搞男女关系，要用猎枪或者鲁格尔手枪逼着他们举行婚礼呢——不过，他脑子里刚想到“我发誓，要把我的食槽给你”这句话，就反应过来，珀克勒说的其实是：“你最好离开这里。再两步我无论如何也要赢你了。”

“至少得让我给你讲讲我的故事吧。”他倒豆子一般讲了在苏黎世看到的那份有珀克勒名字的情报，俄国、美国、赫雷罗人同时寻找S-装置的事。一边说一边想，几乎是并行处理的：恩赞上校在占领区融入当地人的做法对吗？斯洛索普呀，你开始对命运有固定的看法了，略微有些，啊，色情的看法？唉？他回顾着母猪弗瑞达带自己来到这里的整个路途，竭力回忆着可能把他们带到别处的岔路口……

“黑色装置。”珀克勒摇摇头，“我不知道那东西。我从来没什么兴趣。你真的在找那东西？”

斯洛索普在琢磨。阳光透过窗子照在咖啡杯上，又反射到天花板上，暗淡的蓝光一跳一跳的。“不知道。就是和G型仿聚合物纠缠上了……”

“那是一种芬芳聚酰亚胺。”珀克勒把枪放回衬衣里。

“介绍一下吧。”斯洛索普道。

好，不过先得听珀克勒说完他的伊尔莎和她夏天回来的事情。这些事又足以让斯洛索普的脖子后面发紧，不由自主地贴到卞卡的尸体上去……伊尔莎一方面是格丽塔·埃德曼顺从的银屏形象卞卡的骨血，因为当时珀克勒脑子里满是电影里的情景，但珀克勒同时也注入了自己起决定作用的精液——两个伊尔莎难道不是同一个孩子吗？

她还是和你在一起，只不过这些日子更难见面了，就像一杯灰色的柠檬放在黄昏的屋子里，很难看清楚……然而，她还是在那里的，平静、尖刻、可爱，等待着你吞下她，这样她就可以触及你最深处的细胞，影响你最伤感的梦。

◆ ◆ ◆ ◆ ◆

珀克勒还真的透露了一点拉兹洛·雅夫的情况，不过说着说着就把话岔开，转移到电影上去了。他说到的都是德国电影，斯洛索普听都没听过，更不用说看过了……嘿，这人绝对是个电影狂——“反攻日[①]那天，”他直言不讳地说，“我听到艾森豪威尔将军在收音机上宣布诺曼底入侵的消息，我还以为是克拉克·盖博呢。你有没有留意？他们的声音一模一样……”

拉兹洛·雅夫在最后三分之一的生命中，对共价键产生了一种敌意，一种奇怪的个人仇恨——这个看法来自木讲堂里的那些人，他们看着他的眼睑变得粗糙，看着他的脸上长出斑点和皱纹，看着他衰变成一个老人。他的观点是，合成材料要有前途，就一定要改善共价键——有些学生甚至觉得他的意思是“超越”共价键。这么善变、软弱的东西，比如共有电子的碳原子，竟然是他的生命的核心，是他的生命，雅夫觉得这简直是天大的耻辱。共有？相比之下，离子键是多么强健、多么永久啊——它们没有共有电子，而是获得电子。俘获！占有！这些原子会出现正负极，没有模棱两可的东西……他越来越喜爱那种明确性：这样的物质是多么顽强、多么稳定啊！

---

① 一般指一九四四年六月六日盟军在西欧登陆的日子。

“不管我们把理性，把调解、妥协说得多么天花乱坠，”他在慕尼黑工学院对珀克勒的班上这样讲，“狮子依然是存在的。你们每个人心里都有一头狮子。这头狮子要么被驯化了——学了太多数学或者设计的细节，或者经历了太多社会性活动——要么仍然保持着野性，永远是一个捕猎者。

“狮子不懂得婆婆妈妈、不懂得妥协退让。他做任何事都不会接受‘共有’这样的原则！他索取，他占有！他不是布尔什维克，不是犹太人。他从来没有相对性这样的说法。他要的是绝对。要么生，要么死。要么赢，要么输。没有缓和，没有协商。只有跳跃、吼叫、血腥给他带来的快乐。”

纳粹的化学成了这样，那得怪无处不在的“时代精神”。当然得怪“时代精神”啦。雅夫博士、教授不能免俗，他的学生珀克勒也一样。不同的是，在经历了通货膨胀和大萧条之后，珀克勒的“狮子”身上有了张人脸，当然是一张影星脸，鲁道夫·克莱因里吉[①]的脸，他是珀克勒的偶像，是他的目标。

克莱因里吉扛着美女影星爬上屋顶的时候，金刚还在吃奶，根本不会开摩托呢！没错，至少扛过一个美女影星，《大都市》里的布里吉特·黑尔姆[②]。那电影特棒。里面描述的正是珀克勒那时候所梦想的世界，另外几个人显然也有同样的梦想：一个自治城邦，技术就是权力的源泉，工程师们和管理者亲密合作，群众们在遥远的、看不到的地下劳动，最高权力由最高领袖掌握，他慈祥、仁爱、公正，穿着气势不凡的衣装，不过珀克勒记不得他的名字了——他对克莱因里吉演的疯子发明家太过着迷，和雅夫的其他几个门徒都想做那样的人，因为大都市的管理者们离不开他——但终究还是想做那头没有驯化的狮子，可以摧毁一切，姑娘、城邦、群众、他自己，发出最后的吼叫，从屋顶扑到街上，让所有的人都看到他的存在……

---

① 德国演员。下面的情节来自他主演的电影《大都市》。

② 德国女演员。

奇怪的力量啊。无论真正的幻想家们从那段时光和那些街道的应用声域里拾取了什么，无论凯瑟·珂勒惠支[①]发现是什么原因使她瘦削的死神扑下去从后面搞属于自己的那些女人，也不管他们为什么对那些东西如此迷恋，反正这一切似乎都时不时影响着当时正在“梦魇”之国深处旅行的珀克勒。他发现了一种快感，就像一把剃须刀在刮皮肤和神经，从头到脚，这是一种表示臣服的仪式，向夜国的主宰、向他自己——他所代表的是技术的一种男性特征，它对于权力的热衷不是为了社会功效，而是为了获得臣服的机会，作为一个人秘密臣服于虚空，臣服于甜美的、惊叫声中的崩溃……其实，匈奴人阿提拉从大草原西行来到这里，为的是摧毁把勃艮第王国凝聚在一起的、由魔法和乱伦组成的那种精巧结构[②]。珀克勒那天晚上很累，他捡了一整天的煤，过一会儿就会忍不住睡着，醒来时看到的影子他半分钟之内根本闹不明白是什么——是一张脸的特写？是森林？是龙鳞？是战场？影子最后往往变成了鲁道夫·克莱因里吉，或者古代东方的死亡狂人阿提拉，头剃得光光的，只留了一个顶髻，戴着珠子，大声喊叫着，豪情满怀地挥动双手，一双大眼睛显得落寞的样子……珀克勒打着盹就睡着了，一阵阵残留的美感使他的梦得以继续，替那些沉默的嘴巴发出野蛮人的喉音，把勃艮第人安抚得像慕尼黑工学院啤酒馆里的某一群人那样温顺、那样灰暗……过一阵又醒了。就这样过了好几个小时，后面还进一步出现了屠杀、火烧、毁灭的场面……

坐电车加走路回家。一路上，珀克勒的妻子唠唠叨叨，说他打盹，还笑话他热衷于因果关系的工程师气。给她讲自己梦里那些戏剧化的联系是真实存在的？他说得出来吗？他又能对她说什么呢？

克莱因里吉留给人们印象最深的是他扮演的马布思博士[③]。这会叫你想起雨果·司丁思——他在显而易见的通货膨胀和显而易见的历史幕后不知疲倦地运筹着：赌徒，金融魔法师，强盗头子……一张喋喋不休的

---

① 凯瑟·珂勒惠支（1867—1945）：德国女艺术家，其雕塑和版画作品，如《生者对死者的哀悼》（1919），表达了对战争和贫困的憎恶。

② 这里与弗里茨·朗导演的两集电影《尼伯龙根之歌》（1924）中的情节有关。

③ 见弗里茨·朗导演的电影《赌徒马布思博士》。

中产阶级嘴巴和面颊，有失风度的动作，给人的第一印象是可笑的技术专家论者……不过，他要是发起怒来，理性的外表就会撕破，冰冷的目光就会变成开在热带大草原上的窗户，这时候真正的马布思就会浮出水面，骄傲而致命地面对包围着自己的灰色力量，而正是这些力量把自己一步步推向无法逃避的命运（他肯定清楚这一点），推向无声的炼狱：那里有枪炮、手榴弹，街道上挤满了攻击他司令部的士兵，他的愤怒已经到达了秘密隧道的尽头……是谁使他落魄的？是女性的偶像伯恩哈特·格茨克演的城邦检察官冯·温科，格茨克在《疲倦的死神》[①]里扮演温柔、郁闷、墨守成规的死神，在《赌徒马布思博士》里，又一如既往，在他渴慕的伯爵夫人倦怠的眼里显得太驯顺、太温和——可是克莱因里吉张牙舞爪地杀了进去，把她柔弱的丈夫逼得自杀，抢走了她，扔到床上——这个婊子一点都没精神——干了她！而办公室里的格茨克又文质彬彬地坐在文件和淫靡之徒中间——马布思想催眠他、药倒他，想在办公室里炸死他。但全都没用，每次都是魏玛人妙不可言的惰性、顺序、等级、规矩救了他。马布思倒退到了野人时代，他魅力四射的光芒是任何周日下午的阿克发感光板都无法承受的，每次用涟漪荡漾的药水洗出来的相片都一样，都是消灭一切的白色（珀克勒醒时和梦里都在双鱼座的深处挖掘着自己的真实形象：每天为通货膨胀而感到郁闷的形象，队列的形象，股票经纪人的形象，盘子里煮土豆的形象。他每天都呕心沥血地寻找着白色的光，寻找着亚特兰蒂斯岛的废墟[②]，寻找着通向更真实的王国的隐秘线索——他有一种寻找神话的强烈冲动，而对这些神话是否有信心连他自己都说不上）……

大都市里的发明家罗特旺、国王阿提拉、赌徒马布思、博士教授拉兹洛·雅夫，他们都如出一辙地渴望一种死亡形式，以此来证实死亡可以长久地留住快乐和敌意。他们不想要格茨克式的死亡，自我欺骗、听

---

① 弗里茨·朗一九二一年导演的电影。

② 参照格奥尔格·威尔海姆·帕布斯特的电影《阿提兰特斯》，背景是北非的白沙。

天由命，亲戚们聚在客厅里，那些熟悉的脸上是孩子们永远都能看懂的表情……

“你有以上两种选择。”雅夫在他年终的最后一堂课上这样喊着。教室外面，微风挟着花香轻轻吹拂，姑娘们穿着淡色衣装，啤酒四处流溢，不停传来热情的男声合唱，嗓门提得高高的，挺感人地唱着“愿永远鲜花盛开 / **愿永远鲜花盛开**……”[1]。雅夫接着说：“或者留下来，守着碳和氢，每天早晨和那些芸芸众生们一起，拿着午餐桶到工厂——他们巴不得避开太阳躲进来；或者远远离开。硅、硼、磷，这些元素可以取代碳，取代氢，与氮结合在一起——”说到这里传来几声窃笑，不过这也在这位爱玩笑的老学究预料之中，如果他真的永远鲜花盛开——他参与促成魏玛对染共体“氮辛迪加”的资助，这是众所周知的事情——“超越生命，走向无机世界。在那里没有脆弱，没有死亡——在那里有的是刚健，是不朽。”接着是他著名的结束动作：擦掉黑板草草写成的C—H，用大大的字母写下Si—N。

这是未来的浪潮。可奇怪的是，雅夫本人并没有向前走下去。他从未合成自己奇妙地预言过的无机环或者无机链。一代代研究者涌向前方，而他却安于现状、不思进取？还是他知道珀克勒他们不知道的内情？难道他在课堂上的那些宣讲只是个怪异的玩笑？他留下来守着C—H，把午饭桶带到了美国。珀克勒从工学院毕业后就和他失去了联系。他以前所有的学生都和他失去了联系。现在，他承受着莱尔·布兰德邪恶的影响。如果雅夫仍然在努力逃离共价键的有限生命，那么他用的方式就是现有方法中最隐蔽的那种。

◆ ◆ ◆ ◆ ◆

如果那位莱尔·布兰德没有加入共济会，他很可能还在干他那些恶毒的勾当呢。这个世界上有些机构以专门干不公平的事为本业，好像又

---

① 前文出现过的歌曲《尽情欢乐》中的一句。

有另一些组织时不时出来纠正一下偏差。确切地说，后者并非以此为本业，但至少能维持维持秩序。共济会在维持秩序的过程中成了与布兰德发生瓜葛的这类组织之一。

想象一下他当时的困境吧——有很多钱，但根本不知道怎么花。你可别叫出来："那给我吧！"他是给你了，只不过是通过曲里拐弯的方式，你得系统研究一番才能解开其中玄机。啊，他是给你了。从一九一九年起，他就通过布兰德研究所和布兰德基金会，把自己的手伸进了美国人的日常生活。那种每加仑一百英里的化油器，你知道是谁掌握着这项专利吗，啊？你当然听过这件事，也许还偷偷笑过——和被收买了的人类学家们一起——他们称之为"汽车时代的神话"之类的玩意儿——哎，那东西居然是真有的、货真价实的，而且是莱尔·布兰德出资让那些学术婊子们偷偷发笑、让他们言之凿凿地撒谎的。要不然怎么会有 1930 年代有关"天使粉"[①]的大型广告活动呢？你知道是谁和联邦调查局联合（有些口无遮拦的人说是"苟合"）做成这件事的？你还记得那些"某男阳痿不举去找医生"的笑话吗？那是布兰德策划的，真的——大抵上有五六种说法。国家研究委员会主持进行的深入研究表明，男性劳动力的百分之三十六忽视了自己的生殖器，这虽然没有造成生殖问题，但却减弱了他们的器官在动真格时的效力。

实际上，心理研究成了布兰德的专业。他对大萧条初期美国的潜意识进行过探究，人们将这项工作视为经典，普遍认为它增加了罗斯福一九三二年"选举"的合理性。虽然布兰德的很多同行觉得摆出仇恨罗斯福的姿态比较有利，但是他太兴奋了，顾不上摆什么姿势了。在他眼里，罗斯福是不二人选：出身哈佛，对各种新旧资金、对批发业和零售业、对哈里曼和温伯格[②]都抱着感恩之心，这是美国人当中前所未有的集大成者，他为美国打开了美好的前景，符合布兰德等人的愿望——所有

---

① 一种迷幻毒品。

② 亨利·哈里曼：领导美国商会在大萧条期间组建的商业顾问委员会。西德尼·詹姆士·温伯格（1891—1969）：投资经济人，一九三三年至一九六九年间任商业顾问委员会委员。

的一切都在“控制”这个术语之下发生，“控制”似乎是个私密的暗号。一年之后，布兰德加入了通用电气的斯沃普负责建立的商业顾问委员会。斯沃普对于“控制”的看法和德国通用电气的沃尔特·拉特瑙十分相近。斯沃普的这些人做所有的事都是秘密进行的。别人看不到他们的材料。布兰德也不会向任何人透露的。

一战后他被迫和外国财产管理员手下的人称兄道弟。他们的任务是处理德国在美国被没收的财产。这里面牵扯到大量中西部资金，这就使布兰德卷入了这场巨大的“弹子球困境”，于是就加入了共济会。事情好像是这样的：外管员通过一个叫“化学基金会”的机构（那时候皮包公司的名称还没有明显的特征），把拉兹洛·雅夫早期的几个专利卖给了布兰德，还把柏林“格利特瑞油漆染料公司”[①]的美国分公司也卖给了他。几年后，也就是一九二五年，染共体在组合过程中，从布兰德手里买回了美国格利特瑞百分之五十的股份，而布兰德则达到了将其作为专利持有公司的目的。他得到了现金、期票和一个柏林格利特瑞分公司的控股权。管理这个分公司的是个犹太人，叫普夫隆鲍姆，对对，弗朗茨·珀克勒给他干过，后来那地方烧了，珀克勒又回到了街头。（其实，有些人能看出来，这场火灾是布兰德操作的，但代他受过的是那个犹太人，在法庭上受尽凌辱，一直关押到破产，之后，时机一成熟，就和许多犹太人一起被送往东边。我们还得透露一下，布兰德和环球电影搞电影发行的那些人之间有瓜葛，而那天晚上珀克勒正是被这些人派出去，拿着广告单，去到雷尼肯村，邂逅了对他命运攸关的人物库尔特·蒙道根和太空航行协会[②]，当然还分别和阿赫特法登、纳里奇及其他与S-装置相关的人建立了联系，那时候我们还没有形成一个与之名实相符的、多疑症风格的框架。唉，一九四五年前，这一行还没有发展到充分进行资料检索的水平。即便有这个水平，布兰德与他的继任者及属下也有能力买通一卡车一卡车的策划者，假他们之手，确保发布的信息对自己毫无害处。

① 不可考。

② 此处原文为德语。

像斯洛索普那样对发现事实极其感兴趣的人则被弹了回去，只能做做梦、胡思乱想、瞎猜乱蒙，或者研究密写术和毒品认识论，全都挣扎在恐惧、矛盾、荒唐的地面上。）

普夫隆鲍姆火灾之后，布兰德和德国同事之间的权力分布必须重新商定。这事拖拖拉拉了好几年。布兰德来到大萧条中的圣路易斯，与一位名叫阿尔方索·特拉西的人进行了谈判。此人一九〇六年毕业于普林斯顿，是圣路易斯乡间俱乐部成员，正在大规模转向石化产品。特拉西夫人兴奋地抱着布料和一抱抱鲜花在房子里进进出出，准备参加一年一度的“戴面纱的先知[①]舞会”。特拉西本人则专心致志地打量着那些芝加哥人的打扮：他们穿着耀眼的细条花纹西装、双色调鞋子、翻檐软呢帽，说起话来全都像汤姆生机枪，断断续续的。

“哦，我是不是需要一个搞电子的人呀？”特拉西抱怨着，“你怎么对付这些意大利种？整个运输过程都很糟糕，现在他们又不愿把货收回去。如果我坏了规矩，他们会杀了我。他们会强奸梅宝，会在某个漆黑的夜晚回到普林斯顿，然—然后阉了我的孩子！你知道我怎么想吗，莱尔？阴谋！”

客厅里挂着赫伯特·胡佛弹钢琴的照片，那只特大酒杯是从内曼马库斯[②]买的，上面饰有打孔图案，德国包豪斯式家具像一座城市模型里的雪花石膏块（有时候小小的火车会从沙发下面呜一声冲出来，油罐车和冷藏车在低处的灰色地毯上跑个不停）……一派彬彬有礼的气氛，却渗入了血仇、珠宝掩饰下的攻击、难以察觉的损害。阿尔方索·特拉西长长的脸上，鼻子两边和唇髭一带都起了皱纹，因为操心太多而垂下来——这张脸上三十年没有过真正的笑容了（“连劳雷尔和哈代都逗不笑我了！”）。坐着舒适的椅子，却心情恶劣。莱尔·布兰德又怎能不为之动容？

“你找对人啦。”他一边说，一边满怀同情地碰了碰特拉西的胳膊。

---

① 共济会认为，“戴面纱的先知”就是基督。

② 内曼马库斯：特制品连锁店，总部在达拉斯，分店分布在美国中西部和西南部。

有个工程师以备不时之需，总是没错的。此人曾经为当时还羽毛未丰的联邦调查局做过一些高水平的电子监视装置，几年前布兰德研究所和他们签过合同，还把一部分活儿分包给了德国那边的西门子。“明天可以让他到银带[①]来。没问题的，老兄。”

“跟我出来看看吧。”特拉西叹息道。他们跳进帕卡德汽车，来到密苏里一座绿色的河边小镇口琴镇，那里有一个火车站、一个鞣革厂和几座木房子。一座巨大的共济会大厅占据了最重要的地位，整座建筑像一块巨石，上面没有一个窗户。

在门口费了半天口舌，才放布兰德进去，带着他穿过天鹅绒装饰的弹子球室、精工细作的抛光木赌具、镀铬的栏杆、松软的卧室，来到后面一个巨大的仓储区，里面挤满了各式弹子球机，布兰德这辈子还没见过一个地方摆这么多弹子球机的。目光所及之处，就有欧拜、大满贯、世界职业赛、好运林迪等牌子。

“每台机器都被搞坏了，”特拉西忧伤地说，“看看这台。”是“疯狂围手椅”牌的：四种肤色的美女在上面跳康康舞，那些零正好和她们的眼睛、乳房、阴部重合在一起，是这儿的其中一种下流赌博，虽然对女士多有冒犯，但很有意思！“你有硬币吗？”呛，啵嘤，弹子弹了出去，错过了一个高分孔——唔看样子这儿永远都会出偏差——咔地撞到一个价值一千分的闪光器上，可是显示板上只闪出“50”——“看到了吗？”特拉西嚷道，同时弹子像一块石头落了下去，巧了！正好碰上一个弹动装置，嗖，弹向该死的另一个方向，指示灯显示出“结束”。

“结束？”布兰德挠挠头，“你还没有——”

“全都这样，”特拉西沮丧得泪盈盈的，“你试试。”

布兰德的第二个弹子还没出滑槽就又得了个“结束”，也是没有利用任何旋转技巧。第三个弹子不知怎么吸在了一个螺线管上（弹子在叫，受了伤的微弱的尖声：救命啊救命啊，噢我触电啦……），叮叮叮，显示板上响着锣声，数字飞速闪过：400 000，675 000，当——一百万！这是

---

① 指英吉利海峡。

"疯狂围手椅"历史上最高的分数，而且还在攀升，粘在线圈上的那个弹子里可怜的灵魂挣扎着、惊悸着，很可怕（是啊它们是有正常感觉的，是来自小行星卡次派尔[①]的生命。卡次派尔的轨道是非常非常标准的椭圆，也就是说它只经过地球一次。那是很久以前，几乎是在蒙昧时代明暗交替的边缘时期。现在没人知道卡次派尔位于何处、什么时候再回来甚至会不会回来。这是大家都熟悉的一种抉择：一去不返还是重又回头。如果卡次派尔有足够的能量永远离开太阳的领域，那么它留下这些和善的球星生命就是对它们永远的放逐，再也没有机会被召集回家，只能存在于滚珠的形体中，在千万场弹子游戏里做钢宝宝——认识基奥卡克和比亚拉普、奥伊斯特贝、英格尔伍德[②]最棒的大拇指——丹尼·达力桑多，埃尔摩·古耳古森，皮威·布仁南和福兰施·沃曼科……如今他们都在哪里？你觉得在哪里？他们都当了兵，有些死在琉璜岛，有些腐烂在阿登森林的雪堆里，他们的大拇指在第一次新兵射击检阅的时候就变成了军人的大拇指，被逼回到遥远的童年时代，汗津津的小指从M-1操作柄上拿开的时候，拇指向下推动后枪膛深处的托弹板，枪栓撞击！打得好拇指咦我操疼啊，又一根打不败的有传奇色彩的拇指说再见了，永远回到了夏天的尘土中，回到了会咯咯笑的装玻璃的袋子里，回到了大蹄子的贝塞猎狗身旁，回到了操场上的钢滑梯在太阳烤晒下发出的气味中）。这时候那些跳康康舞的女孩们过来了，这些"疯狂围手椅"上的女人发了狂，过来要杀人，拿着铮亮的砍刀，张大涂着口红的嘴巴在笑。同时，扬声器里急急响起了一种奥芬巴赫的加洛普舞曲，因为机器设计的问题，声音不太清晰。她们修长的腿上穿着长筒袜，不停地踢动着，全然不顾这个永远被放逐的球体生命有多么痛苦、多么伤心。滑槽里所有的同伴都颤动着表达他们的关心和爱，对于他的痛苦却爱莫能助。没有弹簧，没有骗子们的手，没有酒鬼们出了问题的男人气，没有灰帽子的真空时光，没有空空的午餐盒，他们是不能动的。有了这些东西，他们才

① 作者杜撰。

② 均为美国地名，与品钦的生活轨迹有关。

能沿着高高的线圈和深深的孔眼跑出自己的图案来——这些孔眼给你获得休息的希望，却又把你跌跌撞撞地踢出来，让你永远受重力摆布又时不时还能看到其他路线上有无比浅的滑槽，多么棒的路线啊（一九二七年六月四日弗吉尼亚海滩那英勇的十二分钟；一个喝醉的水兵，坐的战船在莱特湾[1]沉了下去……他从甲板上弹起来，第一次的三维世界旅行总是最棒的，等你落下时，变化就已经发生了，每次当你从自己当初掉下去激起微微涟漪的地方走过时，就会心潮澎湃……有几个镇定下来，看到了螺形线圈的内部，看见那条磁蛇和它的磁力，蛇身赤裸裸的，很长，可以改变形状，从陷坑里挣扎扭动的力线中恢复摆脱出来，重新和电力，和冰雪覆盖的、永远将他们分割开来的灵魂荒地恢复亲近——到伦敦的泰特美术馆看看迈克尔·法拉第的肖像吧，快蹄儿就这样干过一次，用来打发没有女人的无聊下午，当时他还很纳闷：人的眼睛怎么能变得如此柔和明亮又暗藏险恶，又怎么能在那些恐怖之物和隐形之物充斥的厅堂里受到如此好的教育……），可是此时，那些目击了谋杀的骚女人声音开始变得尖锐，更像刀刃了，音乐也变了调子，越来越高，起皱的臀部往后面撞得更猛了，裙子每甩动一次，红色就增一分、颜色就深一分，盖住了越来越宽的面积，掀起了血色旋涡，进入了最后的考验。卡次派尔的孩子怎么才能逃过这一劫呢？

不过你不应该不知道，在眼见到了绝境的时候，老天爷就会立马插上一手——让它短路！灯全部熄灭，在两个玩家修过的两颊和下巴上留下一片渐渐淡弱的红光。那些女孩们跳着颇具杀伤力的库奇舞[2]，两个男人则奴颜婢膝地看着。线圈的痉挛平静了，放开了镀铬的弹子，弹子满身伤痕地滚回到朋友们身边，寻求慰藉去了。

“这些机器都这样？”

“哦，我是不是中邪了。”阿尔方索·特拉西叹息道。

---

① 又译雷迪湾，位于萨马岛以南、雷迪（莱特）岛以东，由西太平洋伸入菲律宾。一九四四年十月二十五日至二十六日，道格拉斯·麦克阿瑟将军指挥部队在此击溃日军，此战具有决定性意义。

② 一种扭动臀部和四肢、卖弄风情的女子舞蹈。

“这种情况有来就有去。”布兰德宽慰道。这时候传来了反复咏唱葛哈特·冯·高尔《黑市上的明朗日子》的歌声，歌在时间、空间和颜色方面都留下了余味：

下一块美元——总会有，
不论以何种方法弄到手！
如果他们碰上你午睡，
醒来时带着草叶上的露水，
那就把屁股交给他们——
你可以赚到一美元现金，
那第三只眼看着金字塔①，
哦孩子，听一听吧，
那只眼眨着对你唱：“鬼混到底！”

有志者呀就能成事，
但并非每天如此，
但你要是有头脑，午夜的火车
就不会把你的梦想吹破，嚯——

再抛出一美元吧，
无论如何都不会糟，
你可以在战斗中败倒，
战争却爱心不变、不止不休，
跟着那块美元走吧，喔的噢嘟嘟！

所有穿宽松裤子的棒球外野手、穿卡其服的美国步兵、已经安静下来的康康舞女、比她们还要安静的海浴美女、牛仔、雪茄店的印第安人、

① 一美元钞票上的图案。

眼球突出的黑人、运苹果车上的小淘气、舞男、影后、赌牌骗子、小丑、靠在电线杆上的斜眼醉鬼、飞行高手、汽艇艇长、游猎的白人猎手、黑种猿人、胖子、戴厨师帽的厨师、放高利贷的犹太人、抱着罐子的X级乡下佬、漫画书上的猫狗老鼠、职业拳击手、登山者、广播明星、侏儒、以一当十的怪人、铁路流浪汉、跳马拉松舞的人、摇摆乐队、专门参加上流社会派对的人、赛马和赛马师、舞女、印第安纳波利斯[①]司机、上岸的水手、穿呼啦裙的波利尼亚女人、身强体健的奥运赛跑运动员、手拿美元标志大圆袋子的大亨，全都加入进来，再次声势浩大地合唱这首歌，弹子球机上所有的显示板都闪烁着，灯光是略带酸性的原色，弹动装置在弹动，铃声在响，热情更高的机器还从硬币箱里倒出镍币来，每一声、每一动都恰到好处地融入了这场五彩缤纷的大合唱。

芝加哥来的代表们躲在教堂外面猜拳，从随身携带的银酒壶里喝加拿大混合酒，给.38式上油、擦拭，他们大都有一种令人讨厌的种族优越感，每一条清晰的皱纹、每一个暗影中的下巴都显示出教皇式的莫测高深。谁知道木文件柜里的什么地方是否藏有一套真正的蓝图，上面绘着为所有这些弹子球机重新安装电路的方法——这纯粹是一种刻意设计的随机事件。即便是真正的随机事件，那也增加了我们的信心："故障"竟然不在"他们"的掌握之中……我们相信，每台机器作为一个个体，它们刚才的闪烁都是简单的、单纯的，而此前它们在路边店里度过了几千个夜晚，没戴帽子的头上承受了怀俄明州一场场世界末日般的暴雨，在卡车加油站里吸过安非他明，眼睑里面被烟草熏过，为了摆脱终年不化的屎坑子也死命挣扎过……是那些永远是陌生人的玩家们单独、分别把这些流浪的机器带到了这里吗？相信吧：它们流过汗，踢过，哭过，砸过，永远地失去了平衡——这种移动状态你没有听过，这种个体没有自我意识，这种沉默被百科全书上的历史平平淡淡地塞满了机构名称、缩写词、发言人的名字、赤字，满得足以让我们再也找不到它们……而此时此刻，它们通过共济会各色人等进行了一场

---

① 美国印第安纳州首府。

精美复杂、富于戏剧色彩的表演，营造出优雅而混乱的场面，竟然使布兰德花钱买的、正往银带而来的专家伯特·菲贝尔的超人才智相形见绌。

我们上次见到菲贝尔的时候，他在为那个踌躇满志的霍斯特·阿赫特法登做减震绳的弯曲、拉展、运送工作。菲贝尔留了下来，却送自己的朋友去佩纳明德——送他去？这样说是不是有点过于多疑，不太合理对吧——那么如果你愿意，就不妨说是“为布兰德也和阿赫特法登联手寻找理由”吧。菲贝尔给西门子干过，当时西门子还属于司丁思托拉斯。干设计工作的同时，他也偶尔兼做司丁思情报员。虽然目前他碰巧就职于通用电气在马萨诸塞州匹兹菲尔德市的工厂，但实际上还是忠诚于维林尼特钢铁厂的。布兰德很有兴趣在伯克夏安插一个间谍，知道为什么吗？对啦！监视青春期的泰荣·斯洛索普，就是这个原因。在最早的交易结束了近乎十年之后，染共体还是觉得把监视小泰荣的任务包给莱尔·布兰德更方便。

这位冷漠无情的德国泡菜菲贝尔是螺形线圈和开关方面的天才。按他们的说法，这些弹子机全都“撒把”了，这其中的原因简直想都不用想，一想就是浪费时间，就是对上天犯罪。他一头扎了进去，研究那些结构和色码，焊剂的味道飘进了弹子球室和酒馆，地上扔了些碎片，嘴里偶尔咕哝一句“对了”，你还没反应过来呢，就把大部分机器修好了。可以肯定，在密苏里的口琴镇，很多共济会会员都是快乐的。

莱尔·布兰德做了好事，就被共济会接纳为会员，对此他极其上心。他在共济会里找到了友谊，得到了各种增强男人信心的享受，还签下了不少有用的合同。除此之外，一切都和商业顾问委员会一样井井有条。共济会之外的人对里面的事情一无所知，不过偶尔也会蹦出点东西来，亮一亮相，然后又蹦蹦跳跳、叽叽咯咯地回去了，没给人留下多少线索，却留下了许多可怕的联想。举个例子说，美国的有些开国元勋就是共济会会员。人们流传着一种理论，说美国曾经是、现在依然是共济会的一个巨大阴谋，其终极控制权掌握在一帮叫“光明会”的人手里。如果仔细端详端详一美元纸币上俯视金字塔的那只奇怪的眼睛，就很难对这种说法置若罔闻了。在十九世纪的欧洲，很多无政府主义者，像巴枯宁[1]、普鲁东[2]、萨维里奥·弗里夏[3]，都是共济会会员，这可不是碰巧。他们都热爱搞全球性计划，却并非都是天主教徒，所以如果输光了，还可以在共济会找到一些战栗和空虚的良好感觉。共济会最经典的奇闻是关于利文斯通[4]（活石头？）博士游历非洲的。他来到一个村子，村子在非洲最隐秘地区的"潜意识区"，而不是在中心。以前他从没见过那样的地方，那样的部落：火在静静地燃烧，目光深不可测。利文斯通缓步走到首领面前，给他发了个共济会暗号——首领认了出来，也回了一个，满面笑容，命令大家为这位白人极尽同盟之谊。不过别忘了，利文斯通博士和韦纳尔·冯·布劳恩一样，是将近春分时生的，所以经历世界的方式也必然是黄道带最独特的方位中尤其独特的……噢，还有，要记住共济会的神奇传说最早都是从哪儿来的。（去问问伊什迈尔·里德[5]。他了解的比你在这儿了解到的多。）

我们还必须永远记住密苏里著名的共济会会员哈里·杜鲁门：今年，即一九四五年八月，他因为别人的死亡而坐上了宝座，那根操着控制大权的手指正好放在伊诺拉·盖伊小姐[6]的原子阴蒂上，准备要把十万小黄种人挠一挠，把他们那座内海城市烧成焦土，把点缀在焦土间的肥肉渣变成蒸汽，漂亮地存积在一起……

到了布兰德加入的时候，共济会早就衰落成一个普通的商人俱乐部了。真是耻辱啊。各种各样的生意做了数百年，弄得大脑里某些感受器和某些区域都退化了，所以对大多数加入者来说，现在的那些仪式都是可笑的过场。不过也不是所有的人都这么看，偶尔也会有返祖的。莱

---

① 巴枯宁（1814—1876）：俄国无政府主义者，作家。

② 皮尔·约瑟夫·普鲁东（1809—1865）：法国无政府主义者。

③ 意大利无政府主义者。

④ 戴维·利文斯通（1813—1873）：苏格兰传教士及非洲探险家。其姓"利文斯通"按字面意为"活石头"。

⑤ 伊什迈尔·里德（1938—　）：美国作家。这里暗指他的代表作《盲博琼博》（或译《无意义的咒语》）。

⑥ 伊诺拉·盖伊小姐：此处指一九四五年八月六日在广岛投下第一颗原子弹的美国 B29 轰炸机。

尔·布兰德正好就是其中一个。

共济会这些仪式有着非常非常古老的魔力。退回到很久以前那时候，这种魔力是起作用的。随着时间的推移，便只用来壮场面、巩固那些看上去与宗教无关的权威，于是魔力就渐渐消失了。不过，虽然经过了一千年人间理性的严酷洗礼，那些语言、动作、模式却传了下来，基本没有走样。所以说，魔力依然存在，只是隐藏起来了，只要与合适的、敏感的头脑发生感应，就会重振雄风。

布兰德发现，自己在深夜开会结束、回到比肯山[①]的家里之后睡不着觉。他在书房里的长沙发上躺下来，也没有特别想什么，突然一惊就会醒过来，心跳得特别厉害。他知道自己刚才去了什么地方，但又从时间上解释不了。那只"大美王国"的老钟在有回音的走廊里打着钟点。多枝烛台上的镜子，已经在布兰德家传了若干代，那一层水银里贮下了布兰德无法面对的影像。静脉曲张而又虔诚信教的妻子在另一个房间里睡着了，梦中发出呻吟。他这是怎么了？

下一次晚上开完会回家，他又习惯性地仰躺在长沙发上，那本《华尔街杂志》已经读完了。这时候，他从自己的身体上升起来约一英尺高，脸朝上。他也知道自己在空中，咳！呼一下又回去了。他躺在那儿，感到从未有过的惊骇，在贝洛林苑[②]都没这么害怕过——不过倒不是因为离开了自己的身体，而是因为明白这只是第一步。下一步就是在空中翻身朝下面看了。古老的魔力找到他了。他刚才登上了一段旅程。他知道自己无法阻止这一切。

他花了一两个月才会翻身。翻身的时候，他觉得自己不是在空中翻身，而是在自己的历史中翻身。不可逆转。他看到下面那个白人躯壳，肚子朝上、一动不动地躺着。他重新回到这个躯壳里的时候，已经掌握了数千年的历史，发生了永久的变化。

没过多久，他的大部分时间就在长沙发上度过了，几乎不再去州政

① 马萨诸塞州波士顿市一住宅区。

② 法国北部森林地带，第一次世界大战期间（一九一八年六月）曾发生艰苦激战，德军败。

街[1]。他妻子一向什么事都不问的，现在却在各个屋子里漫无目的地走来走去，尽和他说些家务事。如果他正好在身体里，就会回答她，不过大多时候得不到回答。门口开始出现一些形貌古怪的人，不打电话就来了。都是些叫人讨厌的人，外国人，皮肤染了颜色，油油的，长着瘤子、麦粒肿、囊肿，气喘吁吁，坏牙齿，瘸腿，直直地盯着人看——甚至脸上还挂着陌生的、遥远的笑容，更叫人难受。她来者不拒，让他们进来，可是他们一进书房，门就关上了，而且是当着她的面。她只听见一些嘀嘀咕咕的声音，估计是什么外语。他们在给她丈夫指导灵魂出窍的技术呢。

曾经有人在地球上的空间里神游过，不过很少：向北越过碧蓝、火蓝的大海，海上很冷，全是浮冰，最后到达有冰墙的地方。我们的判断力失效了，这很要命：我们更关注皮尔里[2]和南森[3]这些回来的人——更有甚者，我们竟称他们所做的事为“成功”，其实他们是失败的。他们的失败就在于他们回来了，回来出名，回来听赞扬。对于富兰克林爵士和萨洛蒙·安德烈[4]，我们只能报以哭泣：哀悼他们的石冢和骨殖，只看到那些可怜的、冻结的垃圾，却没有看到他们胜利的喜报。等我们的航海技术发展到轻易就能完成这些航行的时候，我们的喋喋不休早已淹没了区分成败的全部能力。

安德烈在寂静的北极发现了什么呢？我们本应听到的是什么呢？

布兰德还处在练习阶段，还无法完全摆脱对幻觉的偏好。他知道自己确切的位置，可是一回来，就会幻想自己深入历史之中游了一遭：这种历史是地球的心智，是一层层的，下面扎得很深。这些层面类似于地球身体里的煤层、石油层。那些外国人坐在他家的客厅里，对着他发出咝咝声，身体碰到哪儿，哪儿就会留下一层薄薄的皮脂，很讨厌。他们

---

① 该街道经过波士顿的商业和金融中心。

② 罗伯特·埃德温·皮尔里（1856—1920）：美国海军军官、北极探险者，首率远征队到达北极（1909）。

③ 弗里德托夫·南森（1861—1930）：挪威探险家、动物学家、政治家，领导过北极探险（1893—1896）。

④ 均为死难的北极探险家。

在帮他超越目前的阶段，又觉得他的品位像个流浪汉、像个俗人，于是就有些不耐烦。他回来后，对自己神游时看到的东西大加夸耀：有些来自外星的染共体成员，他们的任务其实拉特瑙已经通过灵媒彼得·萨克撒暗示过了——就是超越世俗的好坏：在那儿，好坏的区分毫无意义……

“对啦，对啦，”大家都盯着他，“可是为什么要不停地说‘心和身’呢？为什么要区别呢？”

因为他很难接受这样一个奇迹：他发现地球是个活物。这么多年一直以为地球是一块不言不语的大石头，现在却发现它有身体、有心智，他觉得自己又变成了孩子。他知道，从理论上讲自己不应该执着于童年的回归，可他仍然迷恋那种神奇的感觉，即便已经到了这把年纪，即便心里明白自己很快就得放手……他还发现，人们觉得理所当然的引力，其实是地球身心里神秘怪异的、负有救世使命的、超感官的东西……死亡的物种们紧紧缠绕在地球的神圣中心，对分子进行聚集、整理、改变、重组、重结，以便重新得到那边犹太煤焦油神秘哲学家们的重视——布兰德在神游的时候注意了这些哲学家——将他们汽化、分理，引入有用的魔法中，进入其每一组排列，在灭绝数百年后还能找到新的分子碎片，一次又一次把它们组合成新的合成物——“忘掉那些东西吧，它们和‘壳里颇似’，就是死人躯壳，没什么差别，你可不能为它们浪费时间呀……”

我们剩下的人没有得到开悟的机会，被抛在地球外部，受引力摆布，而对这种引力我们才开始学习探测和度量。我们必须继续谬误下去，必须不假思索地相信有“巧妙的对应”，希望每个从地球灵魂里提取出来的特异合成物都在我们这边对应着一个分子，凡俗的分子，挺普通的那种，还有名字。我们在可以改变形态的鸡毛蒜皮里不停地倒腾，在每个形态里都发现“更深层的意义”，企图把它们像幂级数一样串在一起，希望能借此追踪那个庞大的秘密函数——这个函数的名字就像上帝被打乱了序列的那些名字，是不能说的……塑料萨克斯簧片：不是天然木材的声音；洗发水瓶子：自我形象；脆崩儿杰克[1]刮奖：一次性快乐；家用电器包装：

---

① 一种加糖的爆米花商标。

认识之风的赠礼；婴儿的奶瓶：安抚；肉包装：对杀生的掩盖；干洗袋：把小儿憋死；花园里的软管：无休止地为沙漠喂水……我们作为弃民，只能把这些巧妙维持存在的东西凑到一块儿……以便多少理解一点它们，在大量的重复和浪费中找到极其可怜的一线真理……

布兰德很幸运，可以不必如此。一天晚上他把全家人叫到书房的长沙发边。小莱尔是从休斯敦赶来的，一直在发抖，因为他接触了一个不太看重空调的世界，得了感冒，只是还在早期。克拉拉开车从本宁顿[①]过来，巴迪从剑桥坐公交过来。布兰德朗声道："你们都知道，我最近一直在搞一点灵魂旅行。"他穿着一件简单的白衫，拿着一枝红玫瑰——家人后来一致认为他飘飘然有出世之风，皮肤和眼睛呈现出少见的透明，只有在春天的某些日子，在特定的纬度上，太阳刚要出来之前才能看到那样的透明。他继续说道："我发现，每出去一次，走的距离就会增加。今晚，我要永远走了。也就是说我不回来啦。所以我希望向你们所有的人道个别，让你们知道自己将来是有依靠的。"他已经见过州政街"萨里铁瑞、普瑞、纳适、德·布鲁图斯和肖特"法律公司的朋友库里奇·（"一团火"）·劭特了，把家里的经济问题都解决好了。"我想让你们知道，我爱你们所有的人。如果能够，我愿意留在这里。可是我不得不走了。希望你们能够理解。"

他的家人一个个上前和他道别。拥抱、亲吻、握手已毕，布兰德把身子最后一次躺到长沙发怀抱里，闭上了眼睛，脸上是淡淡的笑容……过了一会，他让自己飞升了。看的人对于飞升的确切时刻有不同说法。大约九点三十分时巴迪离开了，去看《弗兰肯斯坦的新娘》，布兰德夫人用一块落满灰尘的印花布窗帘盖住了丈夫安详的脸，窗帘是一个从来搞不懂她喜好的表亲送给她的。

◆ ◆ ◆ ◆ ◆

多风的夜晚。阅兵场上，美国兵的罐头盖子被吹得叮当响。闲着的

---

① 美国佛蒙特州西南部一城镇。

哨兵们在练习着安妮女王手礼。有时候一阵风过来，吹得吉普车直晃悠，甚至连没装货物的“两吨半”和民用短尾巴卡车也在动——减震器发出深深的、不舒服的呻吟……靠北海最近的一个沙坡上方长着一排排松树，风最紧的时候便活泼地动起来……

以前的克虏伯工厂地界，地面被卡车压得到处是坑。马斐吉和斯本图恩两位博士迈着轻快但并不一致的步伐从这里走过，从外表上看他们绝对没有阴谋家的样子。乍一看，你就能从外表上把他们判断清楚：他们是伦敦的体面人在黑夜茫茫的库克斯哈文这里设的小据点，是这个半开化的磺胺殖民地的游客。这里在震颤中变成了血液、注射器、止血带、吸毒医官、虐待狂医务兵的渊薮。在这片殖民地上，他们安然度过了整个战争，谢天谢地！马斐吉的哥哥在某个部里任高职，斯本图恩则生了一种奇怪的癔斑，被认为没有从军的资格。那块斑形如黑桃 A，颜色也差不多，压力一大就出现在左颊上，同时还伴有剧烈的偏头疼。几个月前全民动员，他们才和其他英国百姓一样，可以响应政府大部分号召。尽管如此，就现在的任务而言，他们俩还是带有和平年代的精打细算。这些天历史过往得多么快啊！

“我不明白他为什么要请我们，”马斐吉捋着自己的帝髯（这个动作可以让人觉得威严），说话的声音和他的块头相比似乎有点太甜美了，“他应该知道，我自从一九二七年以来就没干过这些个东西。”

“我实习的时候做过几回助手，”斯本图恩回忆道，“那时候这在精神病机构里很时尚，你知道的。”

“我可以举几个全国性机构，里面还在继续时尚呢，”两位医师同时笑起来，表情里满是英国式的玩世不恭，这种表情出现在苦难者的脸上，叫人看着极不舒服，“好了，斯本图恩，咱们说这事吧，你宁愿给我当助手，是这样的吗？”

“啊，我看随便吧。我是说好像不会有人拿个本儿站在那儿，对吧，把什么都写下来。”

“我不敢太肯定。你没有听吗？你没注意到有些太……”

“热情。”

“痴迷。我怀疑波因茨曼是不是已经控制不了了，”说着惟妙惟肖地模仿起詹姆士·梅森[1]来，“库恩制卜乌了了。”

他们对视着，各自身后的夜色中，可以隐约看到半圆拱活动房和停靠的车辆在一起流动。风夹带着海水、沙滩和石油的气味。远处有一台收音机在收听“综合力节目”的桑迪·麦克弗森管风琴演奏[2]。

“嘿，我们都……”斯本图恩欲言又止。

“咱们到了。”

明亮的办公室里挂着美女像，深红的嘴唇，胳膊、腿儿细得像香肠。角落里一个咖啡壶在咝咝冒气。雾里还有一种皮鞋防水油的臭味。一个下士坐在那儿，脚放在桌子上，全神贯注地看着一本兔八哥的美国漫画书。

“斯洛索普，”他回答马斐吉道，“对对，是穿猪衣的老美。他反反复复的。特别不稳定。你们这些人是谁？军情六处[3]之类的？”

“不谈这个问题，”斯本图恩厉声道。他把自己当成了内兰德·史密斯：“你知道我们在哪儿能找到一位魏温将军？”

“这时候？这么晚？很可能在酒摊子上。顺着车道走，找热闹的地方。我要是没值班，也会在那里。”

“猪衣呢？”马斐吉皱眉问。

“很大很棒的猪衣，黄色、粉红色、蓝色，我发誓，”下士答道，“你一见他就知道了。两位先生，你们哪位正好带烟了吧。”

他们艰难地顺车道走着，身旁是空着的三吨平板车和油罐车，这时候传来了狂欢的声音。“酒精仓库。”

“有人给我说是纳粹火箭的燃料。不知他们能不能搞成功一个。”

一颗没有罩子的灯泡发出冷冰冰的光，灯光下聚着一群军人，有美国水兵、军队小卖部的女孩和德国小姐。他们居然可耻地和敌人亲善起来，马斐吉和斯本图恩到人群边上的时候，他们的吵闹声变成了一首歌，

---

① 詹姆士·梅森（1909—1984）：英国演员。口音中混合了约克郡方言和美国人拉长的腔调。
② 可以在《泰晤士报》上查到该节目，播出时间是一九四五年八月五日晚十点十五分。
③ 英国军事情报机构，负责海外间谍工作。

歌声中央，每个人拿一大杯酒，怀里搂一个衣冠不整的小妞，红润的脸在灯光下变成了发怒时的猪肝色。带头狂欢的正是他们上次在“十二号”波因茨曼办公室里见到的那个魏温将军。一辆油罐车边上用纯白色钢印字标着里面的内容：乙醇，75%溶液。油罐上伸出好几个水龙头，无数的餐杯、瓷缸、咖啡罐、垃圾篓还有别的容器在水龙头下进进出出。为歌声伴奏的有尤克里里琴、卡祖笛、口琴，还有许多其他发出噪声的金属物品。这首歌是对战后生活天真的礼赞，满怀希望地以为缺东少西、艰难困苦的日子马上就要结束了：

应该——
让嘴巴好好过过瘾！
让嘴巴好好过过瘾！
应该打开那扇冰箱门——
啊，没错，应该
让嘴巴好好过过瘾！
让嘴巴好好过过瘾！
只要你吃一点，就会要个不停！
啊，让嘴巴好好过过瘾，
让嘴巴好好过过瘾！
这种事既古老，又很新——
生活是如此美妙，
让嘴巴好好过过瘾——
希望你们都在给嘴巴过瘾！

第二遍是士兵和水兵一起唱前八小节，女孩们唱次八小节，魏温将军独唱再下面八小节，然后全体合唱结束。接下去尤克里里和卡祖笛合奏，大家跳舞。黑色的围巾像癫痫症患者的胡子一样甩来甩去，漂亮的发网松了，一些乱发摆脱束缚跑出来，裙摆飘起来露出白晃晃的膝盖，衬裙上是战前的克纶尼花边，边子在白色灯光下看上去像烟雾中的蝙蝠翅膀在虚弱地飞……最后一遍合唱，小伙子们顺时针围成一圈，姑娘们则逆时针围成一圈，于是合唱的人群形成了一朵玫瑰花造型，花中间是放浪形骸、秋波频送的醉汉魏温将军，高举一个大酒杯，被迅速抬起，像直立的雄蕊。

除了这两位游弋的外科医生，唯一没有参与这项活动的就是西曼·鲍丁了。还记得吧，我们上回写到他在酸爷·巴摩柏林家中的浴缸里。今晚，他穿着端庄的白衣，面无表情、一本正经地在这些寻欢作乐者中间吃力地行走着，毛衣袖口和鸡心领边露出浓密的体毛。由于体毛太浓，上周吓跑了一个卖药的。那个人刚从中缅印战区过来，带着近一吨印度大麻，看见他，以为是传说中的“也替”，也就是雪人，跑到海边来了。为了弥补那一次的损失，鲍丁今晚想在同船的水手安佛瑞·坡夫尔和一个名叫圣约翰·布拉德利的水手之间挑起“第一届国际三齿叉大战”。“下注吧，对对，胜率对半，50/50，”鲍丁像殷勤的赌台管理员，大声宣布着，一只毛烘烘的手里攥了一沓专用彩票，推开人群——很多人早就站不稳了，另一只手则时不时拉拉毛衣的大领，用它擤擤鼻子，T恤褶边上的扣环闪着光，头上的灯泡在他带起的风中摇晃。他的几个影子朝各个方向剧烈晃动着，和别人的影子混在了一起。

“你们好啊，门兄们，需要鸦片吗？”说话的是美国军舰“约翰·E.捣蛋鬼”上的受训医务兵阿尔伯特·克里普敦，粉红色果酱般的大脸上长着一双小小的红眼睛，贪婪地微笑着。他从毛衣内一个隐蔽的口袋里拿出一个小玻璃瓶，里面装满白色药片：“兄弟，是可待因，很漂亮的——瞧。”

鲍丁打了个很猛的喷嚏，用袖子擦掉鼻涕：“我他妈可没感冒，克里普敦。谢谢。你见到安佛瑞了吗？”

“他身体挺棒。我来的时候他正在排水孔旁边实习，马上就要结束了。”

“听着，老兄。”水手鲍丁气势不凡地开口道，但这句话接下去演变成了“三盎司可卡因”。他拿出几张软塌塌的票子：“如果能来得及，就半夜拿吧。告诉他打完后我要在普莰家见他。”

“没问题。嗨，你最近在军营里报到了吗？”看样子，从中缅印回来的那些人聚在一起，把鸦片丸当弹子玩呢，只要你有本事，弄走几百颗都没问题。医务兵克里普敦把钱装进口袋走了，鲍丁还在那里伸缩大拇指，若有所思。克里普敦边走边到处摸，有时候停下来，喝弹壳酒壶里的粮食酒和葡萄汁、销售奇形怪状的可待因药片。后来看见两个戴红帽子的军警捋着警棍，他一时间多疑起来，恍惚觉得他们的眼光有些意味深长。他溜进黑暗中，脱掉衣服，在夜幕掩护下跑掉了。一种叫“克里普敦蓝”的专用混合物开始在他身上起作用了，他一路晕晕乎乎走到药房，有时候什么也看不见、听不到。

药房里，给他提供毒品的药剂师伯布里正在指挥《命运的力量》[①]的最后一幕，嘴里同时还在唱着。他收听的是卢森堡广播电台播放的节目，有咯咯巴巴的杂音。克里普敦溜进药房时，伯布里猝然闭上了嘴巴。和他在一起的还有一只五彩巨猪，外套上丝绒做的猪毛有些地方倒卷着，一见之下便使人明白，世上的颜色原来还可能更广泛的。“微克，”克里普敦敲着自己的头，“对，是微克，不是毫克。伯布里，给我点东西，我过量了。”

“嘘——”药剂师高高的额头上，十字纹不停地变幻着。克里普敦退到一些药柜间，透过一瓶止痛剂看着灯光下的药房，一直到歌剧结束。他回到伯布里身边时正好听到猪在问：“哎，他还会去哪儿？”

“我得到的是第三手消息，”伯布里放下用来当指挥棒的针管，“问问这位克里普敦，他走动得多一点。”

“你好啊，门兄，”克里普敦道，“咱们打预防针吧。”

“我听说‘老马’今晚要来。”

“头回听说。干吗不去普莰家？那地方这些东西全都有。”

猪抬头看看墙上的钟。“今晚的计划很可笑，没错。”

“听着，克里普敦，特弹组有个重要人物随时都会到这儿来，所以，不论发生了什么事，你知道的……”两个人商量起三盎司可卡因的价钱来，那只猪知趣地走开，翻一份旧的《世界新闻》去了。转眼间，克里普敦把那些装满晶体的小瓶全部绑在了裸腿上，又邀请大家去参加三齿叉大战：“鲍丁手上已经有很多钱了，那些人是从占领区各个地方来的——”

---

① 意大利作曲家威尔第的歌剧。

“西曼·鲍丁？”毛茸茸的猪吃惊地问。

“库克斯哈文的老大，猪儿。”

“哦，我在柏林的时候给他跑过腿。告诉他火箭人向他问好呢。”

克里普敦穿好喇叭裤，打开一个瓶子看了看里面的东西，顿了一下，随即瞪大眼睛：“你是说那些印度大麻？”

“没错呀。”

克里普敦把鳞片状的东西倒满一个指头，放在两个鼻孔处闻了闻。世界变清晰了。浓痰开始在喉间凝成坚硬的拳头。波茨坦那件事在占领区已经尽人皆知了。这只猪是不是想沾火箭人的光，捞点好处？克里普敦对火箭人的真实性一向并不全信。可卡因引起的疑心，老鼠般畏葸龌龊……光灿灿的瓶子闪耀着千万种色彩，声音从收音机里传出来，猪身上毛茸茸的衣服，那褶皱，那手，克里普敦伸出手去抚摸……对了，很清楚，猪没有什么目的，不是警察，没有做买卖，也不会骗人……“我只是想摸一下，看是什么感觉，你知道的。”克里普敦道。

“没问题。”突然间门口站满了红帽子，铜章，革履。克里普敦一动不动地站在那里，一只手上还拿着打开的瓶盖。

“斯洛索普？”领头的警官挤进来，手放到他的臂侧。猪朝伯布里看一眼，伯布里在摇头，意思是“不，不是我”，一副郑重其事的样子。

“也不是我。”克里普敦觉得有必要说一下。

“唉，有人告发我了。”猪低声抱怨着，很受伤的样子。

克里普敦悄声说：“站开一点。”又对军警们说：“对不起啦。”说着慢悠悠走到墙上的开关前，咔一声关掉。斯洛索普马上冲过喊叫的人群和伯布里的桌子，砰的一声，草肚子撞到一个高高的药品架上，弹开来，架子倒下去，压在一个人身上，发出巨大的玻璃碎裂声和尖叫声——斯洛索普继续沿着一个漆黑的通道向前冲，伸出胳膊摸索着，来到后面的出口，见到了克里普敦。

“谢谢。”

“快。”

到了外面，他们往东面跑，奔向易北河边的船坞，步履艰难，在泥坑里打滚，在车辙里踉跄。风穿过活动房，拍打着他们的脸，白色的可卡因从克里普敦喇叭裤左面的裤筒里撒出来。后面那群人大声嚷嚷着，手电筒晃来晃去，但似乎不知道他们的去向。好极了。“顺着黄色的砖路走[①]呀，”阿尔伯特·克里普敦哼起来，调子挺准，“顺着黄色的砖路走。”哎，怎么回事，他竟然在，没错，竟然在蹦蹦跳跳地走路……

不久，他们气喘吁吁地到了码头上，“捣蛋鬼”号和四只小猪组成的分舰就停在那里。三齿叉大战正在进行，四面围着喝醉酒的军民，穿梭着，欢呼着。安佛瑞·坡夫尔身体精瘦，鬓角在暗淡的灯光下如海豹皮般光滑，喉结以每分钟四五个来回的频率紧张地蠕动着。他围着体壮如牛、表情平静的圣约翰·布拉德利，脚步来回移动，两个人都拿着三齿叉，摆出戒备的姿势，打磨过的利刃亮铮铮的。

克里普敦把斯洛索普塞进一个垃圾箱，然后去找西曼·鲍丁。坡夫尔做了几个短促的、光灿灿的假动作，然后猱身攻了上去，疾如斗鸡。他向高处一刺，布拉德利想躲过第三下，结果被刺中短上衣，血流了出来。不过在坡夫尔往回跳的时候，布拉德利像是已有准备，用战靴踩住了他的美国式低筒礼鞋，他便挪不动了。

大战发起人鲍丁和两位斗士在这群已经迟钝的灰色观众中燃起了意识的兴奋剂：一半以上的人已经到了人事不省的边缘，剩下的人则不明这场热闹的底细。有些人觉得坡夫尔和布拉德利两个人是真的生气了。还有人则认为是闹着玩的，所以会在不该发笑时发笑。那些小珠子般的怪眼，时不时出现在各个战舰的上层结构上，瞪视着，瞪视着……

坡夫尔和布拉德利同时向对方刺出，这下子出现了僵持局面：吱——当，两个三齿叉绞在一起，两个人的肘子绷紧定在了那里。看样子布拉德利准备僵持一晚上，所以这场比武的结果就要看瘦子坡夫尔的智谋了。

“火箭人来了，”克里普敦拉了拉鲍丁潮湿的、皱巴巴的领子，“穿着猪衣。”

---

①《绿野仙踪》中的歌词。

“现在不行，伙计。你不是已经，这个——”

“可，可警察在追他，鲍丁，我们把他藏在哪儿？”

“谁管他呢，不知是哪个混蛋。冒牌货。火箭人不可能在这儿。”

坡夫尔拿三齿叉的手猛地往回一拽，身体侧倾，把叉一拧，仍将叉齿扣住布拉德利的叉齿，拉得布拉德利身体失衡，这才把脚从布拉德利脚下取出来，然后松开三齿叉，跳开了去。布拉德利重又站稳，脚步沉重地追上来，连续又刺又戳，继而把三齿叉交到另一只手里，出其不意地一砍，伤了坡夫尔的脖子，虽然没有伤及颈静脉，但也差得不远了。血滴到白毛衣上，在弧光灯下呈现出黑色。两个人的腋窝间隐约可以看见汗水和冷冰冰的阴影。坡夫尔疼痛之下，反倒没了顾忌，朝布拉德利扑上去，一阵发疯似的乱戳乱砍。布拉德利脚下几乎不需要动，膝部以上的身子像有根的布丁般来回躲闪着，最后抓住了坡夫尔拿叉的手腕，拨转他的身子，像跳吉特巴舞的时候让女孩转身那样，一伺近身，便将叉刃抬起，放在他的咽喉上，准备切下去。他抬起头往四面看了看，喘呼呼、汗津津的。他在寻找某个权威人士给他一个手势，以便决定如何处置。

他什么也没找到：人们在睡觉、呕吐、发抖，四处弥漫着乙醇般鬼魅，却又是花香般的气味。鲍丁巍然不动，在那里数钱。并没有真正看的人。就在这三齿叉磨好的利刃边缘，布拉德利和坡夫尔产生了一种灵犀，同时认识到在两人的世界里把死亡继续进行下去是徒然无益的，而且也没有人说一定要比出个结果来，对吧？再说了，不管谁赢，两个人的钱包里都会有进账。所以，现在最明智的办法就是停下来，一起去找鲍丁的麻烦，弄些邦迪和碘酒。不过他们还纠缠在一起，强大的死神给他们哼着浪漫的曲调，怪他们是没有个性的衰男……就这样不打了，是不是？这就是你们所谓的“活着”？

一辆军警车开过来了，打着喇叭，响着警笛，车灯全部开着。坡夫尔和布拉德利不情愿地放松下来，嘴巴里喘吁吁地叹了一口气，然后分开了。鲍丁在十英尺之外，从众人头上扔过来厚厚一沓彩票，布拉德利用手接住了，看准，撕开，把一半给了坡夫尔。坡夫尔已经走向亲爱的灰妈妈约翰·E.捣蛋鬼那里了。后甲板上，那些值班的人看起来更要活跃一些，船上洗衣房里连打牌都停了，人人都来看这场大热闹。岸上，喝醉的人开始瞎转，动作迟缓，完全没有了方向感。一群女孩从灰白的电灯光照不到的地方跑过来，颤抖着，很激动，吵吵嚷嚷的，穿着色调漂亮的合成纤维，发出撩人的尖叫，不觉间就把圣约翰·布拉德利诓走了。鲍丁和克里普敦扭着屁股，骂骂咧咧地穿过人群，磕磕绊绊地从醒着和睡着的人身上跨过，在垃圾箱旁停下来，找到斯洛索普。斯洛索普从一堆鸡蛋壳、啤酒罐、沾着黄色汤汁的可怕的鸡零碎、咖啡渣和废纸中爬出来，身上滴沥咔嗒掉个不停。他取下面具，微笑着向鲍丁打招呼。

"火箭人，奶奶的，还真是你呀。怎么回事，老兄？"

"被人出卖了，需要搭车去普茨家。"一些卡车过来了，军警们抓住那些比他们跑得慢的人，往黑乎乎的车篷里扔。这时候，两个平民模样的人冲下码头，其中一个留着胡须，吼叫着："猪衣，猪衣，在那儿，瞧，"停了一下，"你——斯洛索普——停下来别动。"

斯洛索普不愿停，从垃圾堆里滚出来，叮当、嘎吱巨响之下，跟着鲍丁和克里普敦狠命跑起来，身后鸡油乱流、蛋壳横飞。一辆红十字俱乐部车也就是餐车停在下面一组驱逐舰的旁边，灯光清晰而无遮拦地照在沥青路面上，货架上摆着糖果、香烟和蜡纸包装的楔形三明治，一个留着狄安娜·德宾[①]发型的漂亮女孩站在里面。

"小伙子们，要咖啡吗？"她面带笑容地问，"来一些三明治？今晚我们只剩火腿了，其他的东西都卖完了，"说着看到了斯洛索普，"噢，天哪，真可怜……"

"车钥匙，"鲍丁拿着一把镀镍的手枪走上前，露出卡格尼[②]式的冷笑，"快点。"说着扳好枪上的击铁。

倒霉地皱皱眉，耸耸有垫肩的肩膀。"在点火器上，兄弟。"阿尔伯特·克里普敦爬到车厢里看住她，斯洛索普和鲍丁跳进前面的驾驶室，

---

① 狄安娜·德宾（1921—2013）：生于加拿大，演员。一九三八年获得美国电影艺术与科学院授予的特别奖。

② 詹姆斯·卡格尼（1899—1986）：美国男演员，因在影片中扮演残暴的恶棍而出名，一九四二年获奥斯卡奖。

急迫地开动车子，嘎吱声中转了个“U”字弯，这时候那两个平民模样的人也追了上来。

“这两个家伙他妈是谁呀？”斯洛索普从车窗往后看到两个人喊叫着，身影越来越小，“你留意过那个脸上有黑桃尖的人吗？”

鲍丁在“捣蛋鬼”号周围乱哄哄的人群处转了个方向，还向大家做了个手势，表示迫不得已。斯洛索普无精打采地靠在座椅上，整好猪侠面具，像骑士整理面甲的样子，然后伸手到鲍丁的毛衣口袋里搜出一包香烟，点一支，身心俱疲，希望马上睡一觉……突然从身后传来红十字女孩的尖叫声：“天哪，这是什么呀？”

“你看，”克里普敦耐心地解释，“先沾一些在指尖上，好，然后把鼻子堵住一半，然—然后——”

“是可卡因！”女孩的声音升高到惊慌失措的程度，“就是的！是海洛因！你们是毒鬼！你们绑架了我！哦，天哪！这车子是，难道你们不知道，这是红十字餐车！是红十字的财产！哦，你们不能这样！我是红十字的人！哦，救命呀，来人！他们是毒鬼呀！哦，求求你们！救命呀！停下，让我下去！你们要拿走车也行，里面的东西都拿走，求你们别——”

“你开会儿。”鲍丁对斯洛索普说罢，转身用亮闪闪的手枪指着女孩。

“你不能开枪打我，”她尖叫，“你这个恶棍，你以为你是谁，敢绑架红十字的财产！你们干吗不——找个地方，然后——闻你们的毒品，然后——别打扰我们！”

“臭婊子，”西曼·鲍丁冷静而通情达理地提醒她，“你错了。我们可以开枪打你。对吗？你看，你正在为之工作的这个温馨而伟大的组织，他妈的在布尔吉战役时，以十五美分的价格卖咖啡和炸面包圈，这才是你要知道的真相，谁是偷的谁。”

“谁在偷谁。”她纠正道，声音降下去很多。鲍丁又接管了方向盘，斯洛索普看着后视镜，觉得她的下唇很可爱，又显专横。

“哦嗬，这是什么呀，”克里普敦看着她的屁股，“瞧咱们这儿。”她站在那里，修长的双腿保持着身体平衡，屁股在卡其布裙子下扭动着，以应付每小时六十至七十英里的时速和鲍丁奇怪的转弯技术。他这样开车简直是一心要自杀。

“你叫什么名字？”斯洛索普微笑着，一只慈爱的猪。

“雪莉。”

“泰荣。你好！”

“特啦啦啦，”克里普敦在洗劫现金收款机，大嚼黑人巧克力，往袜子里塞烟盒，“爱开花了。”这时候鲍丁狠踩车闸，来了个急刹车，车屁股打了个转，甩向一帮舞台造型般的哨兵。哨兵们身上结了冰，头盔上印着白字，皮带是白色的，枪套也是白色的，路中间设有障碍物，一个军官弓着腰跑向一辆吉普，对着步话机大声喊叫。

“路障？他娘的。”鲍丁刹住车，开始倒退，卡车斜冲着，军人们吃的甜点纷纷落下货架。雪莉失去了平衡，向前跌去，克里普敦伸手抓她。就在同时，斯洛索普也斜了身子，拿起仪表盘上的手枪。等他重在窗边坐好的时候，看见她已经半趴在前排的座位上。“他妈的低速挡在哪儿？这是什么东西，红十字变速箱，要投一枚硬币进去才能挂挡？嗨，雪莉！”

“哦，天哪，”雪莉爬到前面，坐到他们中间，抓住挂挡柄，“这样，讨厌鬼。”身后传来枪声。

“谢了。”鲍丁说着又一个刹车，闸皮一声尖叫，冒出刺鼻的烟味。他们继续向前开。

“你太刺激了，火箭人，哇哦。”克里普敦躺在后面，伸出脚踝，微笑着向雪莉递上一瓶绑在腿上的可卡因。

“别推辞。”

“谢谢，不用，”雪莉说，“我真的不想要。”

“别价……噢……”

“那些雪花莲[①]回来了吗？”斯洛索普眯眼看着前面的灯光，“美国兵？你们知道美国兵在英国人的地盘上干什么？”

“也许不是，”鲍丁推测道，“也许只是海岸巡逻队。行啦，咱们别太多疑了……”

---

① 军佴，指军警。

“你瞧，你看，我这样做（嗅），也没有长（嗅）什么獠牙之类的东西……”

“唉，我也说不清。”雪莉跪在那儿，脸朝后面，胸部顶着座椅背，一只光滑的村姑式大手放在斯洛索普肩上，以保持身体平衡。

“哎，”鲍丁道，“是钱、毒品还是什么？我只是想知道到底有什么东西，因为凡是警察追查的——”

“据我所知，他们只是在追查我。和买卖没什么关系，完全是另一码事。”

“她是无人地带的玫瑰。”阿尔伯特·克里普敦唱起来，在讨好。

“你为什么去普茨家那儿？”

“必须见见那个‘老马’。”

“原来他也来了。”

“为什么人人都这么说？”

“别盎刀（忘了），”雪莉在用一个鼻孔说话，“别爱（太）多，阿尔伯特，挤奥（只要）一敢敢（点点）。”

“那是因为大家好久没见他了。”

“现在吸气，对啦，对啦，好，对。唔，还有一点点，嗯，有点鼻屎挡住了……再来一次，对。好，另一个鼻孔来。”

“阿尔伯特，你说过只一个鼻孔的。”

“喂，火箭人，如果你真的被逮住——”

“我不愿想。”

“我的天呀！”雪莉说。

“你喜欢吗？来，再来一点点。”

“你打算干什么？”

“不干什么。打算和特弹组的人谈谈。弄清楚事情的真相。本来，我们今晚在药房本来要非正式谈一谈的。安全岛。可是老警来了。现在又多了两个穿便装的家伙。”

“你是间谍，还是什么？”

“我倒希望自己是。哦天哪。我早该想到的。”

“哟，听你这么说情况很糟糕。”西曼·鲍丁继续向前开车，不太喜欢的样子，沉思着，变得多愁善感起来。“哎，”紧接着说，“如果他们真的，那个，追上了你，我可以和你妈妈联系，或者想别的办法。”

“我妈——”犀利地看他一眼，“不不不……”

“那就别人。”

“想不出有什么人。”

“哇哦，火箭人……”

普莰家是一座领主的宅子，不规则地铺开着，修有半军事化的工事，是上世纪的建筑。宅子就在多如睦路旁靠海一边，旁边有一对沙子的车辙印，辙印中间长着芦苇和一些坚韧的沙丘草，整个宅子就像一支竹筏，停留在从海滩卷来的沙丘巨浪上，而海滩的坡度又非常小，好像海浪的出现纯属意外。房子呈盐灰色，很静谧，云一般伸入北海，长达好几英里，有些地方是银色较深的长形细胞或真皮结构，薄如身体的组织，在月光下静静的，伸向黑尔戈兰[1]。

这地方从未征用过。没人见过房主，也不知“普莰”是否真有其人。鲍丁开着卡车，进了以前的马厩，大家都下了车，雪莉喊着“万岁”走到月光下，克里普敦嘴里塞满了女人吃的那种点心，低声说着“哦天哪哦天哪”。因为斯洛索普穿着猪装，他们在门口遇到了麻烦，又是口令又是盘查的。斯洛索普拿出白色的塑料“马”晃了一下，还真有用。到了里面，他们看到一个灯火通明的综合酒吧，鸦片室、卡巴莱酒馆、赌场、名声不好的会馆，所有的房间里都挤满了士兵、水手、少女、嫖客、赢家、输家、魔术师、买卖人、吸毒者、偷窥者、同性恋、恋物癖、间谍、正在找伴的人，都在交谈、唱歌、瞎胡闹，噪声被静默的屋墙和外面完全隔绝开来。香水、烟雾、酒精、汗水在房间里流淌躁动，但程度轻微，难以察觉。这是一场流动的庆典，任何人都没想过要让它停下来；这是一场胜利的聚会，经久不息，又能轻而易举招徕新旧常客，所以谁也说不准到底庆祝的是哪一场胜利、哪一场战争。

---

① 德国西北部一小岛，古条顿人认为是灵魂聚居之所。

到处都看不到“老马”，根据斯洛索普随意打听到的情况，他即使要来，也要再过些时候。今天正好是送来退伍令的日子，他们安排好了，要随格纳布太太号送到斯特拉尔松[①]。巧的是，警察一个星期没有打扰斯洛索普，却不迟不早偏偏决定今晚追捕他。嘿没错没错真的唔——晚上好泰荣·斯洛索普我们一直在等你。当然我们来这儿啦。你不会认为我们已经消失了，不会的，不会的，泰荣。你要是有这样愚蠢的想法那我们就会再次伤害你了，一次又一次伤害你是的是的泰荣你没什么希望了你很愚蠢是个十足的倒霉蛋。你真的要找到什么吗？如果找到的是死亡呢泰荣？如果我们不想让你找到任何东西呢？如果我们不给你退伍令你就得永远这样下去明白吗？也许我们正想让你这样下去呢。你不知道吧泰荣。你怎么会以为可以和我们玩成平手呢？你做不到的。你自我感觉良好其实是一堆狗屎我们都知道。看看你的档案就知道了。(笑。哼歌。)

鲍丁在一个衣橱里找到了斯洛索普，他正在那儿嚼面具上的天鹅绒耳朵呢。“火箭人呀，你的样子很糟糕。这是索兰热，是按摩师。”索兰热微笑着，好奇的样子，就像一个孩子被人带到洞里来看一只奇特的猪。

“不好意思，不好意思。”

“我带你去洗澡的地方吧，”她的声音像打了肥皂的海绵，已经让他感到了抚慰，“那儿很安静，很放松……”

“我整个晚上都在这儿，”鲍丁说，“如果‘老马’来了，我会告诉你的。”

“这是一场阴谋，对吗？”斯洛索普从天鹅绒的绒毛里啜着唾液。

“阴谋无处不在，伙计。”鲍丁笑道。

“没错，可是箭头所指的方向都是不同的。”索兰热的双手灵巧地示意着，手指代表向量，红红的指甲就是箭头。原来，在占领区，除了集中在自己身上的阴谋外，还隐藏着很多其他阴谋，这对于斯洛索普是最大的新闻，也是第一次有人这样响亮地说出来……这一切都是这座火箭城里某个巨型运输系统中的高架铁路和公共汽车，比波士顿的运输系统

---

① 德国北部一城市。

还要错综复杂——他朝每个方向都走了适当的路程，知道什么时候转车，虽然他可能经常走错方向，但保持着最低限度的体面，而且这个阴谋之网还可能使他走向自由。他明白，自己不应该对鲍丁和索兰热产生多疑，而应该在他们友善的地铁上乘坐一阵子，看能到哪里去……

索兰热领着斯洛索普去了洗澡房，鲍丁便带着两瓶半可卡因继续寻找顾客，瓶子在他女佣般的衬衣下面丁零当啷地打着光光的肚皮。少校没有打牌、掷骰子，也没有看夜总会的表演——那里有个名叫夭兰德的金发女郎在表演，浑身擦着婴儿润肤油，亮晃晃的，从一张桌子舞到另一张桌子，收捡着弗罗林[1]和沙弗林[2]，有人开玩笑地点燃打火机，用火焰照着她贪婪的阴部，每每叫人觉得很刺激——他也没有喝酒，而且根据普莰的情人莫妮卡（性情温顺，抽雪茄，穿着有垫肩的衣服）讲，也没有搞女人。甚至没有停下来骚扰弹奏《安东尼娅小姐的玫瑰》的钢琴手。鲍丁找了半个小时，终于和他撞了个满怀——他正从一个小便处的旋转门里晕晕乎乎地往外走，趺趺撞撞的，因为刚才遭遇了著名的“铁蟾蜍”。整个占领区都知道，这铁蟾蜍是对男人勇气的终极考验。在铁蟾蜍面前，无论是佩戴勋章、立功受奖的抗德英雄，还是从占领区最粗野的监狱里逃出来的亡命之徒，都会畏缩、昏厥、躲闪，甚至还有人呕吐，是的，当场呕吐。这是一只真正的铁蟾蜍，做得很逼真，有上千个疙瘩，有人说还微有笑意，最长处一英尺，潜在一个恶臭不堪、尿迹斑斑的马桶底部，通过一个变阻器控制装置连在欧洲电网上，用这个装置输送不同电压和强度的电流。没人知道谁控制着这个秘密变阻器（有人说就是云遮雾罩的普莰），也没人知道它是否就连在一个自动定时器上，反正不是每个人都触电的——你可以往蟾蜍上撒尿却安然无恙。可是又无法预料。但又不能不在乎，因为经常有电流——水虎鱼般杀将出来，鲑鱼般沿着金黄黄亮闪闪的尿流爬将上来，就像爬盐和酸搭起的叛徒梯子，把撒尿的人和大地母亲连接在一起，储备了整整一地球的电子大流将他变

---

① 荷兰、英国、意大利或欧洲各国使用的一种硬货币，因国家不同而质料价值不同。

② 英国旧金币，值二十先令或一英镑。

回原初的形态，变成传说中的醉鬼，醉得不省人事，在第三轨道[1]上撒尿，轰一声炸成了焦炭，成了黑夜里的羊角疯，叫出来的声音都不是他自己的，而是电流、安培在他已经破裂的血管里喊叫，血管破裂之快甚至使安培们都来不及叫出来，就已经从寂静中脱颖而出了。不过反正没人听见，只有某个巡夜的人在路上折腾，或者某个失眠的老人在外面散步，或者城市里的某个流浪者躺在外面的椅子上，头上有无数六月的金龟子，在街灯光下发出绿色光晕，脖子随着梦境忽松忽紧，他们也许觉得这种叫声只是猫在交配，或者疾风催动了钟声，或者窗户破裂，不知其来自何方，甚至不觉得悚惧，周围很快恢复了古老的、有煤气和来苏尔味的寂静。第二天早晨会有人发现他。其实只要你有足够的勇气往普茨家的铁蟾蜍上撒尿，那么每天晚上都会发现这样的人。少校这次只是被轻轻电了一下，所以心里在暗自庆幸。

“那个丑家伙使出了浑身的劲儿，”他用一只胳膊搂住鲍丁的脖子，“不过今晚它吃了自己的疙瘩屁股，要不然就他娘的倒霉了。”

“搞到你要的‘雪’[2]了。半瓶儿不到，抱歉，我只能弄到这么多。”

“可以的啦，水手。咱知道从这儿到威斯巴登[3]有很多很多上了瘾的鼻子，供应那些家伙一天，都得有三吨的货。”他给鲍丁付了钱，一整瓶的钱，没有根据鲍丁的提议扣除少掉的部分。“好兄弟，就算是送你啦，杜安·马维就是这样办四（事）的。我操，那只该死的蟾蜍弄得我的钻子特别来劲。要是不想插一插那些小婊子，那才该死呢。嘿！船哥，这儿哪有小咪咪？”

鲍丁给他指了下楼找妓院的路。她们先把你带到一个私密处洗蒸汽浴，你愿意的话可以在那儿做，不必另外付钱。那个老鸨——嘿，哈哈！就像女同性恋里的男角，叼了支廉价的细雪茄！马维告诉她要找黑人，觉得她能弄到一个。她朝他扬起了眉毛。

---

① 提供高电压以供能量给电轨上列车的轨道。同时又可指“烈酒”。
② “雪”：俚语，指海洛因或可卡因。
③ 德国中西部一城市。

“这可不是万国妓院[①]，不过我们还是力求品种齐全的。”她用雪茄烟嘴有玳瑁的一端指着一张应招名单往下找，“桑德拉这会儿在忙。表演。这样的话，我们这儿有个马努埃拉，可以陪你。”

马努埃拉只戴了把高级梳子，穿了件黑色蕾丝花边披巾，阴影像花一样投在屁股上。她对着面前肥胖的美国人露出职业性微笑，而马维已经摸索着在解制服扣子了。

“快点快点！嘿，她的皮肤也晒得挺黑的。对吗？她是个黑白混血儿，是个 Mayheecano[②]，对吗宝贝？你 sabe（懂）español（西班牙语）？你 sabe（懂）做爱？”

“懂的，”她决定今晚把自己说成是东边来的，“我是西班牙人，家在巴伦西亚。”

“巴—伦—西—亚—啊—啊，”马维少校唱起来，正是有名的《巴伦西亚》的调子，“小姐呀，做呀爱呀，吮呀吸呀，六呀九呀[③]，啦—啦啦啦啦—啦啦—啦啦……”老鸨表情严肃地等待着，马维则和马努埃拉以老鸨为圆心，跳起了欢快的二拍圆舞曲。

马努埃拉觉得没有必要和马维跳舞。巴伦西亚是佛朗哥最后征服的一座城市。她其实是阿斯图里亚斯[④]人，这个城市最早知道佛朗哥，在西班牙其余地区卷入内战前便见识了他的残酷。马维给莫妮卡付钱时，马努埃拉看着他的脸，看着他完成付钱这个美国人最原始的动作，这个动作比高潮或睡觉或临死的时候更能体现他的本质。马维不是她的第一个美国顾客，但差不多算第一个。普茨家的顾客多是英国人。战争期间主要是德国人——她一九三八年被抓住，此后经历了多少集中营和城市？她没有赶上国际纵队[⑤]，被关在冰冷的青山中，在法西斯占领整个北方很久之后还在打游击。她也错过了鲜花、孩子、吻、巴塞罗那和巴伦西亚

---

① 传说中十八、十九世纪巴黎的妓院，迎合欧洲精英人物的需求。
② 语种不详。
③ 一种性爱姿势。
④ 西班牙西北部一地区。
⑤ 左倾民兵组织，来自各个国家，在西班牙内战期间参加反法西斯保皇党，反击佛朗哥。

的很多演说——她从未去过巴伦西亚——巴伦西亚，今晚的家……是的我们离开了西班牙……在另一类前线上作战，是的马努埃拉，是的，马努埃拉……

她把他的军装整齐地挂在一个衣橱里，跟着这位嫖客进入了热乎乎亮晃晃的蒸汽中，整个房间蒸煮着，墙壁几乎看不见了，他腿上的毛变成了羽毛状，巨大的臀部和脊背开始在湿气中模糊。其他人隔了一层层的雾，或动，或叹，或呻吟，根本看不清，在地下的这里，长宽高都没有了意义——房间可以是任意大小，可以阔如都市，街道上铺的都是妞儿，呈双重旋转对称，却并非全然温驯。整个房间水汽昏蒙，仅剩两种颜色：被脚踩过的绿色和蓝色。

“啊——他妈的太热了。”马维肥胖的身体汗津津的，从瓷砖边缘滑入香喷喷的水中。他的脚趾最后滑进去，剪的是军队上的方指甲。“水池里的人都来吧。”他一声大吼，抓住了马努埃拉的脚踝往跟前拉。马努埃拉在瓷砖上摔过一两回，也看见过一个女友被拉的情景，于是优雅地跟到马维身边，狠狠骑了上去，屁股砸在他的肚子上，啪的一声响。她希望把他压疼，不料他再一次笑了起来，声音很大，忘情地投入周围的温热和浮力中——忘乎所以地做爱，疲倦，放松。他发现自己勃起成红色粗壮的模样，毫不费力地滑进了女孩端庄的身体。女孩湿漉漉的黑色西班牙蕾丝花边像一朵云，她半露半掩地躲在里边，眼睛到处看，就是不看他的眼睛。她在房间里的蒸汽中摇晃着，想象着自己的家乡。

唔，好的。他没有操她的眼睛，不是吗？他宁愿不看她的脸，他需要的只是褐色的皮肤、紧闭的嘴唇、可爱的黑人式的温顺。她对他唯命是从，他可以把她的头按入水下直到淹死，可以把她的手往后扳，对，直到折断手指，就像几星期前法兰克福的那个贱货。用手枪砸，用嘴巴咬到出血……动作多得目不暇接，力量也过大了，没有预想的刺激——更多的是刺戳、冲击、插入等具有军事意义的动作。这并不是说她没有和你一样享受极乐。那位马努埃拉随意地、运动员般地骑了他硬邦邦红彤彤的东西，上下动着，也并非没有享受，不过她的心里同时还想着许多别的东西：桑德拉的一件衣服，她垂涎已久了；各种歌曲的歌词；左肩胛下面的痒处；晚饭时来酒吧看到的一个高个子英国水手，褐色的手臂，衬衣卷到肘部，放在镀锌的桌面上……

蒸汽中有人声响起。很多穿着浴鞋的脚橐橐地响着，人影晃动，疏散在灰蒙蒙雾沉沉之中。“见鬼，什么事呀？”马维少校正要高潮，一下子分了心，用肘子支起胳膊，眯眼到处看，那东西立马就软下来了。

“清查。”一个声音从身边跑过去；“军警。”另一个声音颤抖着说。

“哇呀呀呀！”马维少校想起军装口袋里还有两盎司半可卡因，便叫了一声。他翻了个身，重得像头海象，马努埃拉滑开了，脱离了他疲软紧张的阳具。其实她一点都没有激情，但作为一个职业妓女，却有足够的能力从马维出的价钱感觉出他是个花痴，是个流氓。马维胡乱从水里爬出来，在瓷砖上打着滑，总算把后半截身子拖了上来。到了冰冷的更衣室，发现洗澡的人全部跑光了，所有的衣柜空空如也，只有一件五彩天鹅绒的什么东西。“嗨，我的军装呢！”他跺跺脚，攥起拳头，脸通红。“哼，你个直娘贼！”说着摔了几个瓶子和烟灰缸，打破了两个窗户，用一个漂亮的伞架砸了一阵墙壁，心里这才好受些。他听到头上和不远处的房间里有战靴声，姑娘们在叫，一张留声机唱片被打落，尖啸着没有了声音。

他仔细打量这副行头，毛茸茸的，准确说是天鹅绒的，是一套猪装，面具也完整。他灵机一动，想道：军警们该不会打扰一只寻欢作乐的猪吧。英国佬们一本正经的声音穿过那些房间，渐渐向这边来了。他急忙撕开丝绸衬里和干草衬垫，以便把自己肉乎乎的身体套进去。套上以后，又挣扎了半天，嘘！总算把拉链拉上了。他又用面具罩在脸上——这下安全了，整个成了没有名字的小丑。他推开珠子门帘走出去，来到楼上的酒吧——天哪，偏偏碰上整整一个师那么多的红帽鬼①，步伐整齐地朝他这边走过来。

“先生们，这就是我们在逃的那只猪。”说话的是一张麻脸，唇髭生硬而凌乱，用一把枪对准了马维的头，别的人迅速围过来。一个平民推

---

① 指英国宪兵，因帽饰有红边而得名。

开人群走到马维面前，光光的脸颊上闪现出一只暗色的黑桃。

“正是。警官先生，马斐吉博士就在外面的救护车上，我们需要借你们的两个人用一下，以保证安全。”

“好的，先生。”马维在蒸汽里享受过的手腕此时仍然酸软无力，被熟练地拉倒背后，甚至没来得及发疯叫喊。冰冷的手铐扣住了他，像深夜里拨响的电话号码，他娘的根本不会有人接……

“见鬼，”他终于喊出了一句，但面具把声音挡住了，回声震痛了他的耳朵，“喂，你们他娘的有没有搞错？你们不知道我是谁吗？”

可是，唉，唉，别急——如果他们找到军装、马维的证件和军装兜里的可卡因，也许现在向他们透露真实身份还不太合适……

“斯洛索普中尉，没错吧？跟我们来吧。”

他没有吭声。斯洛索普，好啊，咱们等等，看形势发展，等机会把毒品的事摆平，装傻，说那是有人栽赃。也许还可以找一个很棒的犹太律师告这些鸟人非法拘捕。

他们把他押出门，上了一直没关发动机的救护车。留着胡子的司机只是转头从肩膀上扫了他一眼，然后就踩下了离合器。他还没反应过来，另一个平民和军警们就迅速把他的膝部和胸部绑在了一个担架上。

救护车在一辆军车旁停了一会儿，军警们下了救护车。他们继续前行。向库克斯哈文。马维这么想。窗外是无尽的黑夜，月光照下来，使漆黑的世界变得柔和了些。

“现在实施镇静？”黑桃尖蹲在他身边，用袖珍手电筒照着药箱里的安瓿、嗒嗒响的注射器和针头。

“唔。好，我们就要到了。”

“真搞不明白，他们为什么不在医院里给我们提供一个地方？”

司机笑了。“哦，是吗？我正好明白。”

慢慢往针管里装药液：“嗯，我们是受命行事……我是说没有必要——”

“亲爱的伙计，这种手术可不是特别体面的。”

“嗨，”马维少校使劲抬起头，“手术？什么手术，啊？”

“嘘——”撕破一条猪装袖子，露出马维的胳膊。

“我不要别打针——”可是针已经扎入静脉，开始注射了，另外一个人则在设法安抚他。“我是说你们抓错人了，知道吗？”

“当然啦，中尉。”

“嗨，嗨，嗨。不。我不是。我是少校。”他应该口气再强些，再令人信服些。也许是因为这该死的猪面具在碍事。只有他本人能听到自己的声音，全部反弹了回来，变得干涩了些，有金属声……他们听不到他说话。“杜安·马维少校。”他们不相信他的话，不相信他的名字。连他的名字都不相信……他这下慌了，竟压过了镇静剂的药力，恐惧之下，开始扭动被皮带绑着的身子挣扎起来。他感觉到胸部一些细小的肌肉被拉得一阵阵疼痛，但无济于事。哦上帝呀。他不顾胸部皮带的束缚，用尽全身力气叫喊着，没有语词，只有叫喊声。

“发点慈悲吧，斯本图恩。”司机道，“让他把嘴闭上？”

斯本图恩已经撕掉猪面具，用纱布取而代之了。他一只手压住纱布，另一只手往上面滴乙醚——当然是在马维狂动不已的头进入目标范围的时候。“波因茨曼把他的理智给拿走了，”他失去了耐心，恼怒起来，觉得不吐不快，“还竟然称之为‘沉着冷静’。”

“好啦，到滩上了。看不到一个人。”马斐吉朝水边开去，沙滩的坚硬程度刚好能支撑住救护车。细细的月牙儿正在天顶，照得四周白茫茫的……茫茫冰雪……

“哦，”马维呻吟着，“哦，妈的。哦，不。哦，耶稣啊。”这些声音在药物作用下拖得长长的，渐弱了下去。身体的扭动挣扎也渐渐无力了。马斐吉把车子停下了，这是一块深绿褐色的海埔新生地，在宽阔的海滩上显得极其微小，广阔的水面一直伸向月牙方向，伸向北风的门户。

“时间很充足，”马斐吉看看表，“我们一点钟坐 C-47 飞机。他们说可以等我们一会儿。”舒了几口气，就开始工作了。

“这人有社会背景，”斯本图恩从消毒液中取出工具，放在担架旁一块消了毒的布上，“天啊，天啊。他可千万别走上犯罪道路啊。”

“操，”马维微弱地呻吟着，“哦，你们操了我吧，啊？”

两个人擦洗完毕，戴上口罩和胶皮手套。马斐吉打开一盏穹顶灯，灯光像一只闪闪发光的眼睛，居高临下地瞪视着。两个人都是战争时期的专家，对于现场应急已经习以为常。他们动作很麻利，一声不吭，只有病人偶尔说一个词儿，很轻微，那是他在乙醚带来的黑暗中可怜巴巴地摸索着光明，追逐着意识中唯一剩下的、正在消退的那一点光亮。

手术很简单。天鹅绒猪装的会阴部被撕开。马斐吉决定省掉给阴囊做备皮的程序。他先用碘酒把它蘸湿，然后用生有红色静脉的毛茸茸的囊袋轮流挤压两颗睾丸，接着迅速而利落地切进囊皮和周围的膜中，从涌着鲜血的切口挤出睾丸，用左手拽出，直到那些软硬不同的索状组织在灯光下清楚地拉开来，就像乐器的弦，被月光照得略有些痴迷的他可以在这片空旷的海滩上弹奏出切合的乐曲来。他的手犹豫了，不过又不情愿地服从了医生的职责，在合适的距离处把这些东西同滑溜溜的弹子切割开来，切下的每样东西都浸在消毒液中，两个整齐的切口靠得很近，最后都缝好了。两个睾丸扔进了一瓶酒精里。

“给波因茨曼的纪念品。”马斐吉叹口气，脱掉外科手套，“再给他打一针。最好让他一直睡着，到了伦敦再叫人给他解释。”

马斐吉发动汽车，后退着转了半个圈，缓缓地开回到公路上，身后广袤的海面依然静静地躺在那里。

在普茨家，斯洛索普蜷着身子睡在一张大床上，床上铺着柔软的床单，身旁是索兰热。他正在睡觉，梦见了“十二子”和满面笑容的卞卡。他和卞卡开着车，他们的包间变成了整个房间。他从未见过这样的房间，属于一个巨大如城市的公寓群，其间的走廊像街道一样，可以开车或骑自行车：两边有树，树上有鸟儿在歌唱。

奇怪的是，“索兰热”也梦到了卞卡，只是情景不同：她梦到了自己的孩子伊尔莎，坐着一辆长长的好像永远也不会停下来的货车，在占领区里失踪了。她并没有伤心，也没有怎么找孩子的爸爸。但她——列妮——当初有关伊尔莎的梦却正在成为现实。不会有人利用她了。她已经有了改变，有了新的生活：但是陌生人对她没什么兴趣也有好处，可以躲起来，躲在流浪者的耻辱中，永远不会被彻底消灭，偶尔还有机会得到上天怜悯……

楼上有一位莫尔纳，手提箱里装满了夜里的战利品：一套美国少校服和文件，两盎司半可卡因。他在给头发蓬乱的美国水手解释：冯·高尔先生是个大忙人，据他所知，他照看着整个北方的生意，也没有命令他往库克斯哈文带任何文件，包括退伍令和护照——任何东西。他很遗憾。也许水手的朋友搞错了。也许又是临时耽搁了。造假需要时间，这是可以理解的。

鲍丁看着他离开，却没有想到手提箱里有什么东西。阿尔伯特·克里普敦已经喝得人事不省了。雪莉踱了进来，眼睛亮晶晶的，心神不宁的样子。她扎着黑色吊袜腰带，穿着长筒袜。“唔。”她说了一声，表情里有一种东西。

“唔。”西曼·鲍丁回应道。

“不管怎么说，布尔吉战役的时候只要十分钱。”

◆ ◆ ◆ ◆ ◆

所以他从荷兰一路跟踪着魏斯曼的火箭连，穿过盐沼、羽扇豆和牛骨，最后找到这个东西。幸好他不迷信。不然就会把它当成一种预兆。当然也能找到一种非常合理的解释，可是齐切林从来没有读过《马丁·菲耶罗》。

他的临时指挥所设在一座矮丘上的一丛杜松间。他在瞭望。他从双筒望远镜里看到两个人，一白一黑，抱着吉他[1]。城里的人围成了一圈，但是这些齐切林都可以忽略掉，只在自己的椭圆形磁场里留下一个情景，其轮廓与十几年前在中亚地区一块平坦的草地中央举行的一场男女对歌比赛相类似——都是一场对立面之间的融合，当时那一次标志着他已接近吉尔吉斯之光，这次又标志着什么呢？

头上的天空犹如大理石，坚硬，有纹理。他明白。魏斯曼在附近的地方安装了S-装置，发射了00000。恩赞不可能离得太远。肯定要来这里。

---

① 模仿《马丁·菲耶罗》归来部分的二十九、三十节。

但是他必须等。以前这会叫他难以忍受，但自马维少校从眼前消失之后，齐切林就变得谨小慎微了。马维是关键人物。占领区有一股对抗力量。清扫行动突然失败之前出现的那个苏联情报员是谁呢？是谁向黑人支队透露了那次袭击的消息？是谁除掉了马维？

他一直尽量不去相信火箭卡特尔的存在。自从那晚马维喝醉，“血腥”契科利茨宣扬赫伯特·胡佛的好处，而他却开悟后，他一直在寻找证据。其中肯定有葛哈特·冯·高尔——他利用自己的集团优势，像八脚鱼一样缠裹了占领区所有可以商谈的项目，他的参与可能是有意识的，也可能是无意识的。上星期，齐切林打算飞回莫斯科。此前他在柏林见到了全苏联航空材料研究所的莫拉文科，短促的会面。他们是在动物园见的面，两个人假装在太阳下散步。一些工人往路上的坑里填入冷冰冰的补料，然后用铲子拍平。骑自行车的人慢悠悠过去了，感觉像骨头装成的机器。后面的树下有一小簇一小簇的军民，坐在倒下的树干上或卡车轮子上，倒腾着袋子或手提箱做生意。莫拉文科说：“你有麻烦了。”

三十年代时，莫拉文科也是靠国内汇款生活的。同时，他又是中亚最疯狂、最没有章法的棋手。他的品位到了蒙住眼睛下棋，敏感的俄国人觉得他这样做简直下作到了极点。齐切林坐到棋盘前的情绪一次比一次低落，他竭力表现得温文尔雅，以便让这个疯子高兴些，下起棋来理性些。大多数情况他都是输的。不过都要怪莫拉文科，还有七河地区的冬天。

“你知道出什么事了吗？”

莫拉文科笑了：“谁知道呢？莫洛托夫没有告诉维辛斯基[①]。但是他们知道你的情况。还记得吉尔吉斯之光吗？你当然记得。要知道，他们发现那件事了。我没有告诉他们，但是他们找到了别的人。”

“那是古老的历史了。为什么现在又翻起老黄历来了？”

“他们认为你是‘有用的’人物。”莫拉文科道。

他们对视着，很长时间。“有用”无异于判处死刑。在这里，“有用”

---

① 安德烈·维辛斯基是斯大林政府的检察长，大清洗期间冷酷无情。

过时得和公报一样快。莫拉文科感到害怕，但也不完全是为了齐切林。

“莫拉文科，你打算怎么办？”

“尽量别那么有用。不过，他们也不是无所不能的。”两个人都知道这是安慰之词，所以效果并不好。“他们未必真知道你有用的原因。他们看的是统计数字。我觉得他们认为你活不到战争结束。你一旦活到了，他们就会留意你。”

“也许这回我也能活着出去。”就是这时候他打定了飞回莫斯科的主意。恰在此时有消息传来，说追踪到灌木林就再也找不到魏斯曼的火箭连了。再加上他重又燃起了见到恩赞的希望，于是放弃了去莫斯科。这种希望有一种诱惑力，导引他抓住一切机会，每天向前走，走到见面地点的另一边。他从来没有指望能走过去。现在的问题是：他们会不会在他找到恩赞之前找到他？他需要的只是一点点时间……他唯一的希望是，他们也在找恩赞或者S-装置，也在利用他，像他利用斯洛索普一样……

地平线仍清晰可见：天快黑了。形如柏树的杜松矗立在锈沉沉、雾蒙蒙的远处，纪念碑一般沉静。石楠树上已经出现了最早的紫色花朵。这里的宁静不是夏末那种忙碌的宁静，而是墓地里的宁静。在史前的德国部族眼里，这才是这个国家的真实面目：死亡之国。

十余个民族的人穿着阿根廷牧场主的衣服，围住了这位施赈灾饭的代表。艾尔·纳托[①]站在马鞍上，像高卓人，转眼去看德国的大草原。菲来普跪在外面的太阳下，对着安第斯山东坡拉里奥哈荒地那边一块石头的神灵做午祷告。根据阿根廷上世纪的传说，玛丽亚·安东尼亚·科里亚背着新生的孩子，跟随爱人进入这一块荒凉的土地。一周后，牧人们发现了她的尸体。可是婴儿却靠她尸体的庇护活了下来。从此，这一奇迹发生地附近的那些石头就成了人们每年来朝拜的圣物。不过菲来普专有的石头还代表了一个智力系统，因为他相信（和M.F. 毕尔[②]他们一样）矿物也有意识，和动植物的意识没有什么差别，只是时间标准不同而已。

---

① 以下许多是冯·高尔拍摄电影《马丁·菲耶罗》的场景和有关人物。

② 玛丽·F. 毕尔，美国小说家。

岩石的时间要宽广得多。“我们一说起来就是每个世纪多少帧，”菲来普使用了一点最近流行的电影语言，“每千年多少帧！”太庞大了。不过菲来普慢慢明白了，赋予我们这个世界的历史其实只是一瞬间，只是外在的、可见的一瞬间。我们还必须留意那些没有说出的、沉默于我们周围的东西，留意我们所看到的下一块岩石的死亡——留意它在漫长的阴性的水和空气中所经历的无穷无尽的年代（谁会每一百年下去一两次按快门?)，留意下面的低地，你的轨迹，人的和矿物的轨迹很可能就在那里交汇……而这些，是那些不是“敏感火箭族”的人很难看到的。

格拉谢拉·伊马戈·波塔莱斯一头黑发向两边分开，从前额处梳到后面，穿着长长的黑色马裙和黑色的靴子，坐在那里洗牌，码出同花、全手、四张同，完全是自娱自乐。那些临时演员几乎没有带来什么好玩的东西。她知道会有这个结果的：她曾经想到过，如果钱只是用在游戏中，就没有了现实意义。会枯萎。它或者她自己是在和自己玩游戏吗?到这儿以后好像贝劳斯特吉把她看得更紧了。她不想妨碍他的项目。她和这个严肃的工程师上过几次床（可是，当初在布宜诺斯艾利斯的时候，她觉得自己会发誓：就是有银吸管也不和他喝酒），她还知道他是个赌徒。天生一对，一点就燃：他一碰她，她就迎合上去了。他知道自己活一天算一天，对他来说危险所具有的形态和自己喜爱的身体一样密不可分。每一刻都很珍贵，都可能成功地区别于掌握在别人手里的其他时刻，而他的牌总是在时刻变化着。他无法记住其他的组合和可能性——只能记住当下的、他所谓的“机会”，即格拉谢拉所谓的“上帝”发给他的牌。他把一切赌注都押在这种无政府主义的实验中，如果输了，就去玩别的。不过他是不会退缩的。对此她很高兴。他是力量的源泉。她不知道如果那个时刻到来，自己需要多么坚强。她经常在晚上冲破薄薄一层酒精和乐观心态的束缚，清楚地看到别人对自己的重要性，看到自己多么无用、无助。

即将拍成电影的那些布景起了些作用。那些楼都是真的，不是只能看到正面的假楼。酒馆里藏着真正的酒，乡下的商店里摆着真正的食物。牛羊马匹和畜栏都是真的。那些小屋能遮风挡雨，可以在里面睡觉。

冯·高尔走的时候（如果他真的来过），任何东西都不会毁掉。这里欢迎任何想来住的临时演员。很多人到这里来只是想休整一阵子，等待运送难民的火车，或者幻想灾难前家的感觉，或者想象这是世外桃源。他们会继续走下去。那么，别的人还会来吗？军事政府会如何看待自己驻地中央的这样一个群体？

这不是占领区里最奇特的村落。斯卡里道兹停止游荡来到这里，带来了巴勒斯坦军队的故事，从意大利到这里到处都是失散的巴勒斯坦军队。他们在更靠东面的地方落了脚，发起了一些哈西德[①]公社，遵循的是一个半世纪以前的模式。以前的一些企业生活区也加入了这个行列，服从墨丘利神[②]令人战战兢兢的统治，现在只从事一个行业——递送邮件，向东面，来回，给苏联人送过去，也从那里送出来，一封信一百马克。梅克伦堡的一个村子被军犬、杜宾犬、牧羊犬占领了，都被训练得除了驯狗师外，见人就往死里咬。不过，现在驯狗师们不是死了就是失踪了。狗们成群出去，袭击田野里的奶牛，把牛尸拖好几英里的路，回去交给别的狗。它们像闰丁丁[③]一样闯进供应站，抢走应急口粮、冻汉堡、糖果箱。尸体散布在通往这座狗城的所有道路上，都是附近的村民和好奇心切的社会学家。谁也无法靠近狗城。一支装备着步枪和手榴弹的远征军来到这里，可是狗们夜里都很分散，身瘦如狼，又没人下得了决心毁掉房子和商店，也没人想占领这个村子。于是他们就走了。然后狗又回来了。他们之间是否有权力体系、爱情、忠诚、嫉妒，没有人知道。也许有一天 G-5 会派军队来。不过狗们不知道这些，也不像德国人那样为被合围而忧心忡忡——也许它们生活的准则只有一个，就是人类赋予它们的唯一条件反射：咬死陌生人。它们无法把这种反射和生命中其他的很多本能区别开来，比如饿感、渴感、性欲。在它们的心里，“咬死陌生人”是自己与生俱来的本能。即便还有哪个记得那些殴打、电击、没人

① 犹太神秘教的一个教派。

② 罗马神话中掌管商业的神。

③ 闰丁丁（1916—1932）：一只被抛弃的德国牧羊犬，后成为好莱坞无声电影中的明星狗。

读过的卷起的报纸、靴子、戳刺，那些疼痛也是和可恨的陌生人交织在一起的。如果狗群中有异教首领的话，它们也会小心翼翼，不轻易大声说出狗类之外的原因，来说明为什么这种咬死人的欲望会突然爆发，会在闻到陌生人气味的瞬间控制它们，甚至控制那些善于思考的异教徒们。不过，这些异教徒们会在私下里将此归因于记忆中的一个人形。此人每隔一定的时间就会来看它们，而它们一看见他就会变得安静、柔情。他带给它们营养、善意的抓挠和抚摸，还让它们做取棍子游戏。现在他在哪里？为什么在有些狗的眼里他很特别，而在另一些狗的眼里则不是？

狗群中存在着一种明确分化为不同派系的可能性，每个派系的核心就是驯狗师的形象。不过这种可能性一直是潜在的，从来没有认真试验过。其实，就是到了现在，G-5的工作人员仍在进行可行性研究，看在没有找到驯狗师的情况下，这样的派系分化是否会发生。一个派系的狗们可能会拼命保护自己的驯狗师不受其他派系的袭击。如果组合得当，又能设计出一个合适的图案，消除狗们对驯狗师的记忆，就可以省钱，不用派部队来，让狗们自相残杀就行了。波因茨曼先生脱颖而出，承包了这一研究。他现在蛰伏在“十二宫”的一个小办公室里，其余地方则全部被研究煤炭和钢铁国有化方案的另一机构占据了——给他这一间办公室还是出于同情呢。自从阉割了马维少校，波因茨曼就在官方丢尽了颜面。克莱夫·莫斯蒙和马库斯·司卡摩尼坐在他们的俱乐部里，身边是过期的《英国塑料》杂志。他们在喝骑士们最爱喝的“奎波尔图”——战前一种怪异的混合饮料，是由奎宁、牛肉汤、波尔图葡萄酒调成的——他们还在里面加了少量可口可乐，还有一颗剥好的洋葱。很显然，他们这次会面是为了敲定“战后聚氯乙烯雨衣”的各项计划。此事这些天成了公司里的大笑话（“想想那个可怜的杂种，整个袖子从肩膀上掉下来的时候他该是什么表情呀——”“要—要么再加进去一点见雨就溶化的东西？”）。不过，莫斯蒙想说的是波因茨曼：“我们如何处理波因茨曼？”

“我在鲍特拜罗街见到了最可爱的靴子，”马库斯爵士尖着嗓子说，和他这个人谈正事总是很难，“你要穿上肯定是一绝。血红色的科尔多瓦皮革，长及大腿中部。光光的大腿。”

“咱们试试吧，”克莱夫回答得尽可能八面玲珑（不过这只是他的主观愿望，斯高皮娅最近专横得要命），“我先给波因茨曼在上峰面前分辩分辩，然后就可以从轻发落了。”

“噢，是那个驯狗的。哎，你有没有想过要一只圣伯纳德狗？大块头，毛蓬蓬的，很可爱。”

“偶尔有时候吧，”克莱夫守着自己的话题，“不过我主要想的是波因茨曼。”

“这可不是你的风格。根本不是。他已经开始老了，可怜的家伙。”

“马库斯爵士，”这是最后的一招了，这位身材苗条的骑士一般要别人叫他“安琪丽可”[①]，可是不叫他马库斯爵士好像就引不起他的注意，“如果这事砸锅了，就会引起全国性危机。强硬派不分昼夜，把我的总机和信箱都挤满了——”

“嗯，我想挤满你的性箱，克莱夫吔——”

“——‘一九二二年委员会’也从窗户里进来了。布兰肯和比弗布鲁克[②]还在继续干，知道吗？好像选举并没有让他们失业什么的——”

“亲爱的朋友，”安琪儿般的微笑，“不会有任何危机的。工党和我们一样希望找到那个美国人。我们派他出去消灭那些黑人，现在看来他显然完成不了这项工作。他在德国溜达溜达，又能有什么害处？据我们所知，他坐上了去南美的船，和那些可爱的大胡子们一起。先放一阵儿吧。必要的时候，我们有军队哪。斯洛索普是一种缓和的解决方式，是一种不错的尝试，可是最后还不都是要军队出马，对吗？”

“你这么肯定美国人不会追究这件事？”

咯咯笑。很长时间。可恶。“克莱夫呀，你真是个小孩子。你不了解

---

① 马库斯爵士是易性癖，易性后的女名为“安琪丽可”。

② 布伦丹·布兰肯爵士，著名的英国保守党人，第二次世界大战期间一直担任温斯顿·丘吉尔的顾问，但丘吉尔及保守党在一九四五年七月的国会选举中失势。比弗布鲁克（1879—1964）：原名威廉·麦克斯韦·艾特肯，加拿大裔英籍出版商、金融家和政治家，1940年代掌握了许多内阁席位，是丘吉尔的知己。

美国人。我了解。我和他们打交道。他们一定愿意看看我们如何处理我们这些可爱的黑色动物——哦，亲爱的，ex Africa semper aliquid novi[①]（非洲的新鲜事总是层出不穷），他们太大、太强了——然后才会动用自己的目标群。如果我们失败了，他们会说很多难听的话，但是不会进行制裁。”

“我们会失败吗？”

“我们都会失败，”马库斯爵士理弄着自己的卷发，“可是‘黑翼行动’不会失败。”

是啊。克莱夫·莫斯蒙发现自己站了起来，就像脱离了一片沼泽，里面有轻微的沮丧、政治上的恐惧和金钱问题——自己被送到了“黑翼行动”的清醒之岸上：在这里，脚下的一切都很稳当，曾经在黑暗泥沼中哭泣的自我则成了一个放纵的小动物。可是在这里、在“黑翼行动”里没有悲哀的哭泣。没有低下的自我。这里的事情都很重大，低下的自我无能为力。即便在马库斯爵士的庄园“白桦林”的惩戒室里，其前奏也是做一个游戏，看谁在这些镣铐般的壁垒之外，在身负锁链、受到限制的情况下，拥有真正的权力，谁一直拥有真正的权力。对漂亮的“安琪丽可”进行什么样的侮辱要看他们的想象力如何。没有快乐，没有真正的臣服。只有“黑翼行动”的命令。我们每个人都有自己的位置，居住者来来往往，而这个地方却存留了下来。

情况并非一直如此。在一战的战壕里，英国人随时都面临着突然死亡，他们学会了互相敬爱，没有耻辱，没有自欺欺人。他们学会了在其他年轻人脸上看到灵魂附体的迹象，看到可怜的希望，而这种希望可能只是救赎了泥泞、粪便和腐烂的一块块人肉……那是世界的末日，是彻底的革命（但并不像沃尔特·拉特瑙所宣称的那样）：每天都有数以千计的、沉迷于自己对错观念的新老贵族，奔赴佛兰德斯喧闹的断头台，日夜不停地被一些看不见的手驱使着——当然不是人民的手——英国的一个阶级正在遭受着大屠杀，那些志愿者们正在为那些知情的或不知情的

① 拉丁语。

人而牺牲生命。尽管如此，尽管有些人了解这种背叛，尽管欧洲正在自己的废墟里可耻地死去，人和人之间还是有爱。可是如今，那种爱所发出的生命的呐喊早就化作呲呲声，变成了这种懒散、恶毒的断袖恋。在刚刚过去的这场战争中，死亡并不是敌人，而是合作者。所以，上流社会的同性恋只是一种肉体的反思，而真正的、唯一的性交则是在纸上进行的……

第四部　反作用力

什么？

——理查德·M.尼克松

◆ ◆ ◆ ◆ ◆

贝蒂·戴维斯和玛格丽特·杜蒙[①]在某人豪宅的客厅里。客厅采用屈维利埃[②]卷饰风格。从窗外的某个地方传来卡祖笛的声音，吹奏的曲子乏味得超乎想象，像《赛马一日》[③]中的《那人是谁？》。不止一点像。吹笛子的是格劳乔·马克斯[④]的一个土老帽朋友。声音很低，嗡嗡的，还有喉音。贝蒂·戴维斯浑身发冷，摇摇头，弹一下烟头，问道："是谁呀？"玛格丽特·杜蒙笑笑，挺了挺胸，眼睛看着鼻子，答："哦，好像是卡祖笛。"

据斯洛索普所知，那确实是卡祖笛。早晨醒来时，那种噪声已渐渐消失了。不管是什么声音，反正把他给吵醒了。过去的情况，或者说现在的情况是，海盗·普伦提斯正坐在一架差不多算是劫持来的飞机上，飞往柏林。他得到的命令简明扼要，和别人的一样，和那些教皇特使的一样——教皇变得认真起来：去，把那个吟游诗人找来，他还是不错的嘛……

---

① 贝蒂·戴维斯（1908—1989）：美国电影女演员。玛格丽特·杜蒙（1889—1965）：同前。此处情景当为荒诞梦境。

② 弗朗索瓦·德·屈维利埃曾于一七三四年在慕尼黑外为德国"宁芬堡陶器"设计一洛可可式亭子，其上多卷曲花饰。

③ 一九三七年的好莱坞电影。

④ 格劳乔·马克斯：好莱坞著名喜剧演员。

噢，原来是一架旧“水壶”[①]，驾驶舱盖是玻璃的。海盗的视线被挡住了，记忆中颈部肌肉一阵阵的疼痛又回来了。在他的感觉中，飞机好像一直不平衡，但他还是不停地拨弄着那些键钮。他这会儿正在捣弄“战时应急电源开关”——虽然现在好像既无战事，又谈不上什么应急，他就想看看起什么作用。他盯着操作板，上面的每分钟转数、歧管压力和气缸盖温度都接近了红线。他减低速度，继续前飞，没过一阵在采勒[②]上空来了个侧翻，还在布伦瑞克[③]翻了个筋斗，最后，竟然在马格德堡[④]来了个殷麦曼[⑤]！背上牙齿咬过的地方还痛得咧嘴，所以侧翻时稍慢了一丝儿，还不到三十分之一秒，却几乎使飞机失速，摇摇晃晃地完成了一系列难点——是来个普通的筋斗就结束呢，还是把殷麦曼做完？——他已经伸手调动副翼了，别管方向舵了，翻个滚儿有什么担心的……不过还是在最后一秒踩了一下脚踏板，算是小小的妥协（我都快四十了，天哪，我也妥协了?），然后直直翻了起来。必须做殷麦曼。

哦，我是土汀[⑥]之鹰，
又轰炸，又扫射，
谁也别想打掉我！
德皇比尔呀，你就在山上，
因为我已来到你的故乡！
让所有的德国法国小姐们
在窗前为我点亮一盏灯……
因为我是土汀之鹰，发出欢呼的嘟嘟声，
向着胜利哎，飞行！

① “水壶”是一种单座战斗机，又称“霹雳”，因外形圆似水壶，故昵名。
② 采勒：德国北部汉堡以南一城市。
③ 布伦瑞克：德国中部偏北、汉诺威东南部偏东一城市。
④ 马格德堡：德国中部一城市，位于柏林西南偏西易北河畔。
⑤ 以德国王牌飞行员殷麦曼命名的特技飞行动作，一个侧翻加一个筋斗。
⑥ 伦敦郊区地名。

奥斯比·费尔这时候应该到马赛了，已经在联络布劳吉特·瓦科星了。韦伯利·西弗内尔在去苏黎世的路上。卡婕将要去北豪森……卡婕……

不，不，她并没有把自己做的事全盘托出。这倒是不关他的事。不论她给他说多少实情，那点神秘感总是存在的。这归因于他的身份，有些事情他无法干涉。他们俩居然没有互失踪迹，没有在目前奇特的和平形势下和即将来临的紧缩局面中，各自消失在只存在于纸面的城市中、下午间，这究竟是什么原因？是不是因为有什么特别的安排，就像现在这样，使你必须去和需要相见的人见面？是不是冒险活动越正式，从本质上讲就越需要分开、需要孤独？啊，普伦提斯……这是什么东西，是逃跑的道具？不，不，看看燃油压力——表上的指针摇摇摆摆的，很低，油箱快没油了——

对海盗来说这是飞行中的小麻烦，没什么大不了……耳机里时不时传来鬼魂的声音，向他叫阵，对他谴责：空中交通族们在自己的王国里，在占领区上空的另一个层面，天线像堡垒，在荒野里排开，辐射了一半的势力范围，界定了看不见的、只有对他们才真实存在的空中走廊。霹雳战斗机漆成了鲜亮的黄绿色，他们不会看不见。那是海盗的主意。灰色是用于战争的。让他们追吧。有本事就来抓我吧。

灰色是用于战争的。海盗摄取别人思想的奇特才能好像也是用于战争的，胜利日后就悄无声息了。可是他的精神问题还没有完结，还是和以前一样，有东西远远地、若有若无地“缠着”他，那是卡婕的祖先弗朗士·凡·德·格鲁夫，渡渡鸟杀手，财运亨通的军人。他一直若即若离地纠缠着海盗，海盗对此颇为恼火：自己的身体不仅由自己占据，还是弗朗士适宜的宿主。这个荷兰人在自己身上看到了什么？和“公司”有关系吗——当然有了。

他将自己乱七八糟的梦托到海盗身上，那些梦很异端，注解着黑乎乎的田野边那些在暗影里转动的风车。风车的每一只臂膀各指着空中转动的大轮盘边上的一点，转盘转转停停，总是和风车上旋转的十字保持着一致：“风”是个中间术语，是一种传统手法，用来表达使十字发生移动的真实力量……所有的风都是如此，地球各处的风，在毛里求斯糖果般红红黄黄的山间尖啸，或吹动家里酒杯形状的红色郁金香，花朵里盛满了一粒粒晶莹的雨珠——每一场风都在吹动中或直接或间接地画着十字，每个十字都是一个与众不同的曼荼罗，在旋转中把对立面融合到一起——那么弗朗士，你告诉我，我周围吹的这是什么风，在这两万五千英尺的高处？下面转动着的风磨又是何物？在磨什么，谁又在照看着磨石？

在霹雳战斗机很远的下方，那些古老的土木建筑缓缓移动着，就像画在乡间翠绿的画布上，因为年代久远，轮廓已经有些模糊。还有大瘟疫时期[①]败落的那些村庄，那些村舍田野——当年，黑疫一路向北，割麦子般横扫乡民。透过一层冷冰冰的薄雾（有些像一座房子无人问津的角落里那些盖在家具上的床单），一个女高音在唱歌，一直不成曲调，那些音符就像坏死的蛋白质四处洒落……

“这再简单不过了，”作曲家古斯塔夫咆哮着，“只要你不是老笨蛋就能明白——我知道，我知道，是有个‘老笨蛋福利会’，你们互相都认识，你们投票谴责七十岁以下最叫你们头疼的人，我就是首当其冲的那个。你们觉得我会在乎吗？你们和我就不在一个频道上，根本不会受到我的干扰。我们的差距太大了。我们有我们自己的问题。”

各种穴居动物匆匆跑过面包屑、掉落的毛发、酒渍、烟灰、碎布，还有扔在地上的可卡因小瓶，一律是红色胶木盖子，上面盖着“默克公司[②]，达姆施塔特”的印章。虫子们适宜的空气在离地面一英寸之内，潮湿、昏暗、恒温，无不恰到好处。没人打扰它们。在酸爷家里，人们都不谋而合，不去踩这些虫子。

“你太着意于音调了，”古斯塔夫尖声叫着，“陷得太深了。音调只是一种游戏。全都是。你太老了。你永远摆脱不了这些花巧，达到贯通。

---

① 这里的大瘟疫指的是一三四七年至一三五一年间在土耳其斯坦爆发的黑死病，由海上运输传往西西里、西班牙、法国、北欧等（包括英国）。

② 原为瑞士药品制造商。

贯通就是开悟。”

“贯通也是游戏。”酸爷拿着象牙汤匙坐在那里，一匙一匙往鼻子里填可卡因，量大得惊人。他在表演自己的拿手好戏：手臂直直伸出，“嗖”划一个大大的弧线，对准鼻子，在两英尺处轻轻一送，可卡因就全部到了鼻子里，一粒不洒……接着又把整整一匙抛到空中，成爆米花状，用鼻子找到目标，“吭”的一声吞进去。他的鼻孔里光滑得像马桶，自从李卜克内西[①]的葬礼后就看不到一根鼻毛了，或许更早的时候就没了……汤匙在两手间交替，创造着象牙在空气中移动速度的记录……由于不是在管道里，运动轨迹眨眼就消失了。“声音本来就是游戏，不过要看你有没有那个领悟力。你的腺体是隐蔽的、虚幻的。所以我才听施波尔、罗西尼、施蓬帝尼[②]，我选择自己的游戏，充满光明和善意的游戏。你摆脱不了最高层面上的那种东西，为了合理剔除其枯燥无味，于是美其名曰‘开悟’。伙计哪，你不懂什么是开悟，你比我还糊涂。”

斯洛索普顺着小路踯躅而行，来到一条山涧边。他把自己的口琴放在水里，已经泡了一个晚上。就在一洼静水里，卡在几块石头间。

“你所谓的‘光明和善意’是垂死挣扎，”古斯塔夫道，“那些轻快的调子，无一不发出死亡的气息。”他悻悻地用牙齿打开一小瓶可卡因，把红色的碎渣吐到那些亮晶晶的虫子间。

水流中，这把“好咧”牌口琴的孔眼一个个都显得变了形，方格弯曲得像音符，成了涧水演奏的一曲视觉布鲁斯。所有的河流，只要水流到处，都演奏着口琴和扬琴的音乐。就像里尔克预言的：

> 但如若尘世将你遗忘，
> 对静止的大地说：我流淌。

---

① 卡尔·李卜克内西（1871—1919）：德国社会民主党和第二国际左派领袖之一，德国共产党创始人之一，建立斯巴达克同盟。一九一九年被捕，并被杀害。

② 路易斯·施波尔（1784—1859）：德国作曲家，小提琴演奏家。罗西尼见本书前注。G. L. P. 施蓬帝尼（1774—1851）：意大利作曲家，早期以喜歌剧出名，后赴柏林为皇家服务。

对湍涌的流水讲：我在。①

尽管已经年代久远，仍然可以找到、听见昔日琴师们灵魂的遗韵。斯洛索普狠劲把水从口琴里甩出来，吹起了今天早晨布鲁斯单曲片段的第一小节，芦苇倚着他的腿以歌声应和着。他就这样啜吸着口琴，却根本没有意识到，自己今天的表现比以往更近乎于一个灵媒了。

一开始口琴并没有出现。在山中的头几天，他偶然找到一套风笛，是四月时某个苏格兰高地部队留下来的。斯洛索普很善于研究。这种庄严的乐器对他来说并不难，才一个星期就学会了迪克·鲍威尔在电影里唱过的那支梦幻般的曲子《日暮时请让我为你歌唱》，时间基本都泡在曲子上，用风笛反复演奏着：哐呔迪多，呔地，哐呔咚—呔嘟……不久他就注意到，有人开始在自己搭的披屋附近放祭神的食品了。有一些甜菜，一篮子樱桃，甚至还有鲜鱼。他没看到是谁放的。献食的人要么把他当成了风笛的幽灵，要么当成了声音本身。他了解这些偏僻之地，了解夜晚的声音，所以他对发生的事情心领神会。于是他停止吹风笛，并且在第二天找到了口琴。这把口琴碰巧是他一九三八或一九三九年在玫瑰园舞厅马桶里丢掉的那一把，不过年深日久，他已不记得了。

没人打扰他。即便有人看到了他或者看到了他生的火，也没有接近他的意思。他穿着鲍丁从约翰·E. 捣蛋鬼的洗衣店里抢来的粗布衣裤，头发和胡子也不打理，任其疯长。他还喜欢整天光着身子到处走，让蚂蚁爬到腿上，蝴蝶落到肩上。他观看山里的生命，认识了伯劳鸟、雷鸟、獾和土拨鼠。他可以选择任何一个方向出去，但他目前更愿意留在这里。他去过的地方，像库克斯哈文、柏林、尼斯、苏黎世，现在肯定都有眼

---

① 这里的译诗是译者根据品钦的英译文翻译的，下面引林克译诗，供读者参考（里尔克《致俄耳甫斯的十四行诗》第二部之二十九）：
许多远方之沉寂的朋友，请感觉，/ 你的呼吸仍怎样拓展空间。/ 在昏暗的钟座的拱影里，/ 让自己鸣响吗，那耗蚀你的 / 靠这份供奉日益强大。/ 且让你自己参与转化。/ 什么是你最痛苦的经验？ / 若尝得饮之苦，就化为酒吧。/ 在如此充盈的今夜，你应是 / 感觉的十字路口的神力，/ 感觉奇异交遇的意义。/ 如若尘世将你遗忘，/ 对沉静的大地说：我流动。/ 对迅疾的流水言：我在。

睛盯着了。他还可以找一找“老马”，或者布劳吉特·瓦科星。他干吗要自寻烦恼，去找那些文件？说到底，文件是什么狗屁玩意？他可以往波罗的海的某个港口去，在那里等格纳布太太号进港，坐船到那个丹麦或那个瑞典去。难民，烧毁的办公室，再也找不回来的档案——在欧洲，文件也许没那么重要了……哎，别急，斯洛索普，你的意思是没什么地方那么重要了？嗯？美国？妈的。哎，别价了——

是啊，还在想着要回去呢。他在变，没错，是在变，时不时在给自己身体里的那只信天翁①拔毛，懒洋洋地、漫不经心地拔，像挖鼻孔——可是有一根幽灵般的羽毛，他的手指总会一触而过，那就是美国。可怜的混蛋，心里总是放不下她。在梦里，她频频向他低语：爱我。醒来时，又反复说“来吧”，或者许些空愿，把他的心紧紧抓住，不愿放手。有一天，他会看到这样一天，自己终于有勇气对她说抱歉，义无反顾地离开她……可现在还不行。他还想再尝试，再找机会，再讨价还价，再向希望靠近。也许他只是放不下架子。如果她的马厩里不再有他的位置怎么办？她要赶他出来，永远也不会给他个说法。她的“骏马”们是没有权利的。他们那些琐屑、愚蠢的问题，她是不必回答的。她就是你一直幻想的那个刚愎自用的悍妇。

雪上加霜的还有那个“雅夫”，那个在早年的梦里和“我”合为一体的“雅夫”。身体里有了这个“雅夫”，他还能去哪儿？它经不起任何仔细的查究，不是吗？靠得太近就会遭到报复。“他们”可能会预先警告他，也可能不会。

不祥之兆越来越明显，越来越具体。他看鸟飞，看火灰里的图形，研究抓来洗净的鳟鱼内脏、丢弃的小纸片、断墙上涂写的文字——断墙的墙皮都炸掉了，露出了下面的砖头，上面的文字断断续续的，但还是能读懂。

一天晚上，他来到一个恶臭不堪、伤寒气息很浓的厕所里。他在里面的墙上发现了首字母，日期，匆匆画成的男生殖器和张开迎接生殖器

---

① 信天翁（albatross）在英语里喻指持续恼人的思想负担。

的嘴巴，还有模印的“狼人”图案，图案上是一个黑人，肩膀隆起，戴卷边帽，并有一条德语标语：WILLST DU V-2，DANNARBEITE（想要V-2，就工作吧）。你好啊斯洛索普……不不，等等，有了，对面墙上又写着 WILLST DU V-4，DANNARBEITE（想要 V-4，就工作吧）。太幸运了。昔日鼎沸的人声消逝了，昔日的玩笑也只剩下单调的文字，而他却回来和戈培尔做伴，体验此人的无能，把好好的东西葬送了。走过去看对面墙上倒是费了点事。上面可能写着任何东西。此时已是黄昏。耕过的田野和电线、沟渠、远处的防护林连在一起，绵延数英里。一股豪气升起来，恐惧得到遏制。就在这时，又一条信息吸引了他的目光：

火箭人到此一游

他的第一反应是自己写了这句话，后来忘了。居然是第一反应，很奇怪，但又确实如此。他自己、昨天的那个自己可能已经进入了一个新的组合，来否定目前的自己。信天翁醒来了，从迷迷糊糊的状态中。

以前的那些斯洛索普，一天就算一个吧，有上万个，有些强，有些弱，每天日落时分都要回到愤怒的主人身上。他们是第五纵队[①]的内奸，藏在他的头脑深处，等待时机，要把他送到外面正在逼近的四个师里……

于是他在墙上的那些文字里，用一块石头添上了这个标志：

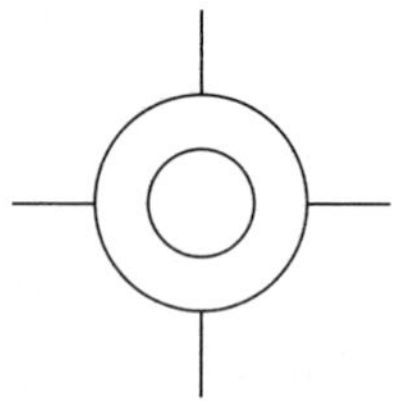

斯洛索普把自己围起来了。他在十几个地方画下了这个标记，然后猛然醒悟过来：自己画的其实是在下面看到的 A4 火箭标记。当时他已经开始聚焦于别的四重组合了——都是弗朗士·凡·德·格鲁夫喜剧风格

① “第五纵队”在英文里指在一个国家内工作、企图颠覆这个国家的秘密组织，会从政治和军事上援助入侵之敌。

的变体：卐，也是圆圈里上下左右都倒过来的体操符号“FFFF”，寂静的街道上、整洁的门廊里写着的“Frisch Fromm Förhlich Frei”[①]；还有十字路口——你可以坐在那里，聆听另一个世界里的车水马龙，听到未来的事情（那边是没有时间顺序的：所有的事件都存在于一个永恒的瞬间，所以有些信息在这边不一定“合理”：它们没有历史结构，听起来匪夷所思，或者愚不可及）。

斯洛索普的视野里陡然升起了沙色的教堂屋顶，一部分向四面凸出去，如火箭的舵，为流线型的尖顶导航……他发现了外面有圆圈的十字架，嵌在砂岩里等待着。这是神圣的标记。终于有一天下午，在一座被瘟疫摧毁的古镇边上，他躺在阳光下，四肢放松张开，成了一个十字架，一个十字路口，一个有生命的交通路口，法官们都来搭绞架，正午时要在这里绞死一个普通的罪犯。黑色的猎狗和牙齿尖尖、灵活如鼬鼠的小猎犬，都是绝种七百年的狗类，在追一只发情的母狗。看热闹的人越来越多。这是今年春天的第四起绞刑了，在这里已经不稀奇了，只是这个犯人与众不同：他在生命临终之际幻想的是，慈悲的、大腹便便的死亡女神姗姗而至时会穿什么样的撩起的衣衫，会以什么身份出现——谁知道呢？他勃起了，紫黑色的东西鼓起了一大团。就在脖子断裂的那一刻，他竟然高潮了，破烂的遮羞布下面洁滑如脂，就像大斋期[②]圣徒紫袍下面的皮肤，有一滴精液竟流下来，沿着尸体的腿毛连续下滴，一直滴到起了茧子的赤脚边，滴到地上，正好落在十字路的中心点上，历经了一夜变迁之后，又变成了曼德拉草根。到了第二个星期五黎明时，魔术师带着狗来了。那只狗黑如煤炭，已经好几天没有吃东西了。魔术师身体周围有一圈移动的光晕，随影子投在露水打湿的曼德拉草上，摇曳着光圈，从红外线变为紫外线。魔术师在珍贵的草根周围小心翼翼地挖着，最后只剩下极细的根须连在土里了——他把草根绑在黑狗的尾巴上，用蜡堵上自己的耳朵，然后拿出一块面包，逗引那只饿狗——汪呜！狗

---

① 德语，纳粹党标语，意为“生机、忠诚、活泼、自由”，原文四个词均以字母“F”开头。

② 大斋期：指复活节前的四十天，基督徒们为纪念耶稣在荒野禁食。

扑向面包，把根撕开了，发出尖厉绝望的叫声。狗还没碰到早餐就倒地而死，它的神光凝滞下来，消失在百万露滴间。魔术师轻轻把草根拿回家，套上小小的白衣服，放了些钱在草根旁边过夜：到了早晨，钱成了原来的十倍。“先天疾病原型委员”[①]的一位代表来参观。问：“通货膨胀？”魔术师的手行云流水般移动着，想遮掩：“‘资本’？没听说过呀。”“不不，”代表答道，“不是现在。我们是往未来想啊。我们很想听听这件事的基本情况。比如，狗叫得多厉害？”“我把耳朵堵起来了，没听见。”代表的脸上闪过友善的假笑：“如果我追究你的责任，就不好说了……”

十字架，卐，占领区曼荼罗，他们怎么竟然不和斯洛索普说话呢？他坐在酸爷·巴摩的厨房里，空气里浮动着印度大麻的波纹状烟雾，他仔细闻着汤里的配料，在每一根骨头、每一片白菜里都能找到自己的注解……新闻片段、那些学舌鹦鹉们的名字，要摆脱这些，得付出很大的代价……他曾经在春天的时候清理过伯克夏的公路。在四月的下午，他经常失踪，他们就会跟在铲土机后面喊：“第八十一章[②]启动。”铲土机清除了冬天那些亮晶晶的“自我侵袭之物”、那些白茫茫的墓场……他捡拾的东西里面，有生锈的啤酒罐、被昔日的精液腐蚀得发黄的橡胶套子，有团成大脑形状的餐巾纸，里面裹着昔日的鼻涕、昔日的眼泪，有报纸、碎玻璃、汽车零件。在那些日子里，处于无名的恐惧或害怕时，他总是能够“摆平”，总是能在每一份档案的每一个条目里清楚地看到一种历史：他自己的历史，自己冬天的历史，自己国家的历史……其中有火车窗外孩子们的脸，有夜晚里其他街道某处的两小节舞曲，有在夜空云朵映衬下摆动的、清明闪烁的松针和松枝，有一幅电路图，来自一捆脏兮兮的、发黄的图纸，还有清晨走路上学时玉米地里传出的笑声、夏天黄昏时分一辆空转着的摩托……都在教育着他这个劣等生、浪荡子，使用的方式却非常深奥，他说不清楚。现在，在占领区，在他成了十字路口

① 该委员会英文名缩写为 CIA，和中情局的缩写相同。
② 目前不可考。

之后的下半天，下了一场大雨，虽然他对这场大雨毫无记忆，却看见了一轮宽宽的彩虹：一根粗大的彩虹阳具，从云朵的阴部戳出来，插入大地，谷地里湿乎乎的绿色大地。他觉得心里憋得慌，站在那里哭了，头脑里什么也没想，就是想哭……

◆ ◆ ◆ ◆ ◆

松开双离合器，脚跟脚趾一动，罗杰·摩西哥就出发了。他开着一辆前希特勒时代的霍希 870B，疾驰在夏天的高速公路上，车轮压过胀缝，发出有节奏的隆隆声。这是在吕讷堡灌木林，周围绵延着焦紫的颜色。柔风夹带着杜松植物的气味，从挡风玻璃上方吹到他身上。灌木林小种绵羊静静地栖息着，如飘落的白云。沼泽和灌木疾速后撤。头上的天空也急急忙忙地流淌着，像一条乳清之河。

霍希车是军绿色的，车盖半中腰以上画了一朵素淡的水仙花。当时车子在汉堡的布里盖德池塘朝易北河方向的边上，藏在一辆卡车里，整个盖着，只露出前灯，像鼓出的眼睛，陌生而友善地对罗杰微笑：欢迎你，地球人。车子开动的时候，罗杰才发现车底板上散布着一些玻璃瓶子，滚来滚去的，没有商标，装的好像是婴儿食品，颜色很怪，感觉很不安全：绿大理石色杂着粉红，米色里又混入了洋红，哪样颜色都不清楚，瓶盖上统统印着一个胖乎乎的婴儿，笑着，很可爱。明亮的玻璃瓶子里，骚动着可怕的坏肉毒素和尸毒——恐怕人类的婴儿是没法吃的，吃了也活不下去……过一阵又会从座位下面自动冒出一个瓶子，滚出来，完全不遵守有关加速度的任何定律，滚到脚踏板间，令他的脚难以踩准。他心里清楚，应该回头看看座位下面到底是怎么回事，但一时又无能为力。

瓶子在车底板上叮叮当当地滚来滚去，引擎盖下面则有一两根悬起的挺杆唠叨着身体的不适。野芥菜在高速公路中央抽打着车子，向后退去，有黄有绿，正好配成阴阳色，只有在这两种颜色的光波浮动之下，才能看见一条对他来说命运攸关的河流。他唱起歌来，为库克斯哈文一位名字仍然叫“杰茜卡”的女孩：

我梦见我们俩重又相聚，
很多陌生人在春天里死去，
我们却还在自由呼吸。
我们散步到海边来，
说着别人写在纸上的话语。

他们抓住行将归隐绿野的我们，
我们不忍回头，向他们诘问——
孩子们是否会再次重逢？
在七月的高速公路上
是否还有过去的印痕？

车子突然开到一片金黄灿烂的坡田间，周围长满了胡须般的草木，他差点忘了在有路堤的弯道处打方向盘……

临走前一个星期，她最后一次来到“白色幽灵”。除了“促降计划”那些一文不值的废墟，这里又回到了以前的疯人院。阻塞气球的缆绳锈迹斑斑地躺在湿漉漉的草地上，与雪花为伍，与离子和泥土为伍——成为一束束钢筋，在那些狂野的夜晚里歌唱：和着那些警报器的声音，唱着三度和音，流畅如远处的风；和着那些炸弹奏出的鼓声——那些炸弹现在懒洋洋地躺在那里，陈旧老迈，面临着化为金属粉末的严酷命运。勿忘我在脚下肆虐，成群的蚂蚁熙来攘往，把这里当成了自己的王国。沿着山崖边的变温层，可以一路看到银纹多角蛱蝶、硫黄石和画在石头上的女人。上次和罗杰见面后，杰西卡剪了刘海，正在经历女人都有的焦虑——“你看，太可怕了，你不必说了……”

“简直太美了，”罗杰道，“我喜欢这样。”

“你在开玩笑。”

“杰丝，我们为什么竟然谈起理发的事来了？”

这时候，在海峡那边的某个地方，刚刚成为灵媒的斯洛索普中尉正在占领区的土地上爬。他颓败、绝望，海峡对于他就像死亡之墙，成为不可逾越的屏障。罗杰不想撇下他不管，他想做该做的事情。“我不能把那个可怜的傻瓜扔在那儿，对吗？他们想毁掉他——”

可是——“罗杰，”她微笑道，“现在是春天了。我们和平了。”

不，我们没有和平。这又是宣传，是政治战务管理处搞的什么名堂。好，先生们，你们都从研究结果看到了，我们的最佳时间是五月八号，刚好赶在传统的圣灵降临节人们大量走出户外之前，学校要放假了，天气也好转了，万物生长的大好时光即将到来，煤的需求量到了下降的季节，我们可以有几个月时间重新打理我们在鲁尔[①]的利益了——不，他看到的只是权力的转移，而一九三九年以来他在其中摸爬滚打的那种贫困还继续存在。女友本该和别人一样复员了，可现在却要被带到德国去。他们的上层关系又不行，毫无希望躲过这一劫。某种东西还在继续，如果害怕就别叫它“战争”这个名字。也许死亡率下降了一两个百分点，终于又能喝到罐装啤酒了，不久前的一个晚上特拉法尔加广场还聚了许多人……可是“他们”的事业还在继续。

可悲的事实令他心如刀割，使他的空虚暴露无遗：杰茜卡相信“他们”。“战争”是她和罗杰在一起的必要条件。“和平”则使她得以离开他。在“他们”跟前，他的一切都显得寒碜。他少言寡语，没有真正醉人的拥抱，也从来不会来一阵疯狂的喊叫，把她镇住。亲爱的海狸将在那边搞防空联络工作，这并不意外。这样，他们就可以在浪漫的库克斯哈文两相厮守了。别了发疯的罗杰，这是战争期间的一次放纵，很美好，我们走到一起的时候已经烈火熊熊了，你的双臂大开，就像“空中堡垒”的机翼，我们拥有自己的军事秘密，我们把那些上校们糊弄得团团转，可是天下没有不散的筵席，唉！我得走了心爱的罗杰，真的就像一场梦……

他扑倒在她散发着甘油和玫瑰香水的膝头，他舔舐她“领助”劳动靴上的沙子和盐粒，愿意把自由献给她，把接下去五十年待遇优厚的工作薪酬献给她，把可怜的悸动的大脑献给她。可是为时已晚。我们和平

---

① 德国西北部一地区。

了。战争时期里和罗杰在一起的那些岁月里存在的那些多疑、危险都上床睡觉了，忙着在隔壁吹口哨的死神也睡觉了。火箭不再落下的那一天，就是罗杰和杰茜卡分手的一天。一天又一天安然过去，情况越来越清楚，火箭不会再落下来了，这时候新的世界像春天一样悄悄潜入她的心里、她的身上——但她觉得这只是一个糟糕的电影式春天，尽是纸做的叶子、棉絮做的花、虚假的照明，而在空气和光线里，在伍尔沃斯连锁店的人群里，并没有感到多少变化……不，她再也不想站在他们厨房的水池边，用手把细瓷茶杯洗得吱吱响，那声音像小孩在哭，一点都无法保护自己，掉到地上稀里哗啦摔成了白色和蓝色的碎渣，还发出温和的回响：导弹爆炸，不小心摔碎了……

如今那些要命的火箭已经成为过去。这回她要到发射火箭的那边去了，她和杰瑞米——这不正是大家一直想要的吗？把它们发射到海上去：没有死亡，只有壮观，火光，轰鸣，没有伤亡，只有刺激。她不是一直在为这一天而祈祷吗？就在当年的那座房子里？房子现在离她远了，已经结束征用还给原主了，里面又有了人类的衍生物，像球形穗饰、狗的画像、维多利亚式座椅，还有楼上柜子里私藏的一堆堆《世界新闻》。

她决定要走。命令来自她无法触及的高层。她的命运跟世界的命运是同步的，而罗杰的命运则没有摆脱这种奇怪的战争新状态。可怜的人儿，他动不了，战争不放他走。还是和火箭的阴影笼罩时一样被动。罗杰是挨炸的。杰瑞米是发射的。"战争是我妈妈"，他第一天就这么说过。杰茜卡当时还在想：他梦里出现的战争是什么样的黑衣女人形象？惨白的笑容是什么模样？拿着什么样的剪刀，在啪啪地剪开他们的房间、他们的冬天？……他有很多东西她根本无法了解……太多了，不适合和平年代。而且，她已经开始反思，觉得他们在一起的日子只有一连串的爆炸，还有疯狂，和战争的节奏组合在一起。现在他想去救斯洛索普，还是个火箭族，一个吸血鬼，性爱竟然要靠火箭袭击产生的恐惧来滋养——唏，恶心呀恶心。他们应该把他关起来，不放他出去。罗杰对斯洛索普一定比对她还在乎，他们是一条线上的两个，一点不错，唉——她希望他们幸福地相处。他们可以坐下来喝啤酒，讲火箭的故事，互相划拉一些方程式。多快活啊。至少她没有把他撇在一个真空里。他不会孤独，会有东西帮他打发时光的……

海滩上，她慢慢从他身边走开了。今天阳光灿烂，她脚跟腱旁的影子清晰而深黑，就像丝袜后跟上的线缝。她的头和往常一样向前、向外低着，裸露的脖颈无遮无拦，就像她的美貌，像她纯洁的想法：无论有何危险，自己总能安然存活于世。他永远也爱不够，却永远再见不着她的脖颈了。她可能有一些意识，可能认为自己的身材和脸蛋算得上“漂亮”……不过他没有机会告诉杰茜卡她未曾意识到的一切，没有告诉她，在他看来，很多有生命的东西，包括鸟儿、散发芳草和雨水气息的夜晚、简单安详阳光和煦的时刻，这一切全都集中在他心目中的她身上。应该说以前是这样。他失去的不单单是一个杰茜卡：他失去的是生活的全部，是创世以来唯一的安宁。现在又要回到冬天了，不得不回到自己的套子里去了。哪怕要把这个套子拓展一点点，都是他自己独力所不能为的。

他没想到自己会在她走的时候哭。可是他哭了。鼻涕拖得一码长，眼睛红得像康乃馨。不久，他的左脚只要一触地走路，左边脑子就会抽痛一下。唉，这一定就是人们说的“离别之痛”了。波因茨曼经常带一大堆活儿给他。罗杰发现自己忘不了杰茜卡，对斯洛索普倒有些淡忘了。

然而有一天，弥尔顿·格洛明闯进来，想要打破他闭门不出的状态。格洛明刚到占领区走了一趟。他事先没想到自己和一个叫约瑟夫·施莱姆的人在一个特别工作组里。此人才能低下，是叛离过来的，曾在染共体工作，有时在莱廷杰博士的 VOWI 分部也就是 NW7 的统计部工作。在统计部，施莱姆负责美国部，通过下属机构和许可机构为染共体收集经济情报。这些机构包括凯米克公司、通用苯胺和胶卷公司、安士高公司、温斯罗普药品公司。一九三六年，他来到英格兰，在皇家药品公司就职，身份一直有些说不清楚。他听说过斯洛索普，是千真万确的……想起了斯洛索普以前的事。莱尔·布兰德最后一次出壳神游前好几周，就有许多“绿皮报告”[①]雪片似的飞进染共体各个部门，有“指挥机密”，还有一

① 在英国和加拿大供国会讨论的提议称为“绿皮书”，这里应为类似意义。

些传闻，聚聚散散的，像强压力下的煤焦油分子，统统与布兰德去世之后何人接管监控斯洛索普的事情有关。

这就引发了染共体情报权大争斗。外事处经济部和经济处外事部都想拿这个权。军事部门也想要这个权，特别是总参谋部属下的经济战争参谋部，负责德国最高统帅部和工业方面的联络工作。染共体这方面担任和统帅部联络的是协调办，由迪克曼和戈尔两位博士领导。更为复杂的是，一九三三年后纳粹党也依样画葫芦，在德国工业界普遍建立了同类部门，叫作“防卫部门”。染共体的纳粹监督部门叫作“A 部”，和染共体自己的军事联络机构协调办设在同一栋楼里，竟然还显得很和融。实际上，技术这个东西呢，又是戴花冠、长金屁股的少女，一出世就这样争来抢去的。很可能正是这种党军之争最终把施莱姆逼到了另一座山头，其原因大于任何反对希特勒的道义感。总而言之，他记得监控斯洛索普的任务交给了协调办下面新设立的“Ⅳ分部”。Ⅰ分部负责氮和石油，Ⅱ负责染料、药品、布纳橡胶、药物，Ⅲ负责胶卷和纤维。Ⅳ专职负责斯洛索普，根据施莱姆听到的传闻，偶尔也管一两项和瑞士的染共体化学公司交易来的没人管的专利。一种镇痛剂，名字他忘了，还有一种新塑料，好像叫迈珀兰[①]……或者“珀兰迈”之类……

“听上去应该属于Ⅱ分部管。”格洛明当时只说了一句。

“好几个部门主任都不高兴，”施莱姆表示赞同，“特尔·密尔是个冒失鬼——他和霍林都是，爱往前冲。他们可能已经要回去了。”

“纳粹党有没有往这个Ⅳ分部派防卫人员？”

“肯定派了，不过我不知道派的是理学博士还是党卫军。到处都是他们那些人。我只记得是个很瘦的人，戴着厚厚的眼镜，从办公室里出来过一两次。不过他穿的是便装。名字我叫不上来。”

嘿，你瞧，这真是见了鬼了……

“监控？”罗杰焦躁不安起来，头发、领带、耳朵、鼻子、指关节都有了反应，“染共体监控了斯洛索普？二战之前？为了什么，格洛明？”

---

① 氯乙烯和丙烯腈的共聚物，据考，该塑料用于制造薄膜，保护火箭零件。

"很奇怪，对吗？"再会，嘣的一声门响，出去了，再没说什么，留下罗杰一个人，脑子里的边缘地带升起一阵亮光，最叫人不舒服的那种，非常刺眼，月牙大小。那是一个新发现，才露出尖尖角。染共体，啊哈？波因茨曼先生这些日子心无旁骛，专一和帝国化学公司（帝化）高层过从甚密。帝化和染共体有卡特尔协议。这个杂种。哼，他可能一直了解斯洛索普的情况。雅夫的事只是在打掩护……天哪，这儿到底在干什么呀？

在去伦敦的路上（波因茨曼把美洲虎收回去了，所以罗杰开的是三轮摩托，从"促降计划"车场开来的，那里只剩了这辆摩托和一辆没有离合器的莫里斯），他突然想到，格洛明是波因茨曼有意派来的。波因茨曼好像加入了这场内兰德·史密斯战役，这只是他其中一个说不清楚的计谋而已。他有萨克思·罗默的一整套摩尼教传奇，这些天经常突然闯进来，往往是在罗杰睡觉或想静静拉屎的时候，而且还要站在马桶前，大声读一段书里的文字。波因茨曼什么都干得出来，比普丁还要糟糕，根本不知廉耻。他可以利用任何人——格洛明、卡婕、海盗，谁也（包括杰茜卡）逃不脱他那马基雅维利式的权谋——杰茜卡？

杰茜卡。天哪。没错肯定是肯定是摩西哥啊你这个该死的傻瓜……难怪一三七对他期期艾艾。难怪她的命令来自那么遥远的高层。他甚至还让波因茨曼等着看自己的活动能力呢，简直是羊儿守着人家吐的口水转……蠢啊。蠢啊。

到达甘洛巷的"十二宫"时，他心里充满了杀机。偷自行车的贼们沿着小巷子望风而逃。老上班族三个一排，骑着车向前赶。留漂亮胡子的年轻人在对着橱窗整理衣装。孩子们把垃圾箱翻得底朝天。院子的角落里到处散落着官方文件，像整张蜕下的野兽皮。街上的一棵树莫名其妙地枯萎了，变成了一桩黑如沙砾的尸体。一只苍蝇肚子朝上，停在罗杰摩托前面的挡泥板上，挣扎了十秒钟，合上纹理清晰、灵敏柔弱的翅膀，一命呜呼了。太快了。罗杰还是第一次见。头上飞过以中队为单位编成方阵的 P-47 战斗机，每组四架，红白蓝黄，一队接一队，像校订用的符号，画在尚未修改过的、微白的天空中。看架势，如果不是阅兵式，就是新的战争又爆发了。拐角处，一个泥水匠在忙着修补一堵被炸得伤痕累累的墙，垛在灰泥板上的灰泥像奶油干酪，很诱人。他对手里的泥铲还不熟悉，是从一个死去的朋友那里继承下来的。这几天，他还像个学徒，在用它挖洞，锃亮的铲刃还没有在他的手里驯服，刃有些卷，但不大像他的力气所能为……亨利的块头更大。……那只苍蝇其实没有死，又打开翅膀，嗡的一声飞走糊弄别人去了。

好啊波因茨曼。罗杰噔噔地走进"十二宫"，走过七个过道，走下七段楼梯，震得那些软木板啪嗒啪嗒直响，服务员们伸长了胳膊拿电话。该死的家伙，你在哪儿？

不在办公室。但盖佐·罗饶沃尔基在，而且想折磨罗杰："年—轻人，你会—出洋—相的。"

"闭嘴，你这个特兰西瓦尼亚的白痴！"罗杰咆哮着，"我在找老板，明白了？你再犯蠢，我就把你做了，叫你再也说不成'哎呀不行老天'，叫你的兽牙再也吃不成燕麦片——"罗饶沃尔基吓坏了，退到冷却器跟前，想拿一把转椅自卫。转椅的座子掉了下来，罗饶沃尔基的手里只剩下架子，架子的形状碰巧又像个十字架，真是叫人哭笑不得。

"他在哪儿？"僵局。罗杰咬紧牙关：别失去控制，这样做只会坏事，你现在势单力薄，玩不起的……"浑人，快说，不然你就别想活着见棺材了——"

一个秘书跑进来，身材虽然矮小，却很勇敢，圆圆胖胖的样子。她动起手来，用一家英国钢铁公司一九四〇年到一九四四年的超额利润税簿去砸罗杰的小腿。这家公司碰巧和克虏伯联合钢铁公司共同拥有一项专利，是一种合金，用于00000号A4液氧连接器中的一条线路，一直通到后面的S-装置。可是罗杰的小腿构造对这些信息毫无感觉。于是秘书的眼镜掉了。"米勒·霍赫勒本[①]小姐，"罗杰看到了她的名签，"你不戴眼镜很可怕。戴丧（上），马丧（上）！"这句搞笑的纳粹惯用语是她的姓氏引发的。

① 德国姓氏，和战后美国产的一种啤酒"米勒好生活"近音。

“我找不到，”果然是德国口音，“我看不清楚。”

“好唻，咱们看能不能帮帮你——啊！这是什么呀？米勒·霍赫勒本小姐！”

“Ja（就是的）……”

“什么样子的呀，你的眼镜？”

“是白色的——”

“镜框上镶有精细的莱茵石，Fräulein（小姐）？是吗？”

“Ja（对），Ja（对），und mit（还有）——”

“一直镶到镜脚，还—还有羽毛呢？”

“鸵鸟毛……”

“雄鸵鸟毛，染成了漂亮的孔雀蓝，从边上伸出去？”

“是我的眼镜，ja（是的），”秘书摸索着说，“在哪儿呀，求你了？”

“就在这儿！”罗杰用脚咯巴一踩，眼镜碎成了北极的冰渣，在波因茨曼的小地毯上散开。

“我说。”罗饶沃尔基在远处的一个角落里搭腔了——顺便提一下，那是屋里唯一的角落，光线不太好，没错就是不合光学常规的那种，房间是方形的，很规整，在“十二宫”没有奇形怪状的多面体屋子……可是在这个角落里竟然有来历不明的阴影体……不止一个人跑进来后发现，波因茨曼先生不在他应该在的办公桌旁，却站在那个阴暗的角落里——很焦躁地面对着角落……罗饶沃尔基本人可没那么喜欢那个角落，他尝试去过几次，每次出来都摇头：“波因茨—曼先—生，我根—本不喜—欢在那里。有什—么刺激的，这种不健—康的体—验，谁—会激—动。你—说呢？”说着抬起一边的眉毛，扭曲而愁苦。波因茨曼一脸歉然，不是为自己，而是对罗饶沃尔基身上的有些东西。他温和地说：“这是屋子里唯一让我感到自己有活力的地方。”咳，倒是真有一两个备忘录是从这个地方产生而送到部级单位去的。即便这些备忘录能到达部长手中，可能也只是供他们开开心。“哦，是啊，是啊。”他摇着苍老的、绵羊毛般的智慧脑袋，向上一扬，跟斯拉夫人很相似的颧骨部位皱起来，把眼睛顶上去，发出了漫不经心却不失礼貌地的笑声，“是啊，波因茨曼著名的角落，是啊……就是有鬼也不奇怪，啊？”当时在场的下属发出了条件反射似的笑声，而上司们则只是板着脸，微微一哂。“叫心理学会的人进来看看，”有人叼着雪茄笑道，“这个可怜的家伙，以为又打仗了。”“明白，明白。”接下去，“这个主意不错。”声音在重重烟雾中回响。这些古怪的下属，特别喜欢恶作剧，他们那个层次的人一向如此。

“你说什么？”罗杰一直在喊叫。

“我说。”罗饶沃尔基又说了一遍。

“你说的是‘我说’？是这句？那你应该说：‘我说：“我说。”’”

“我说了。”

“不，不——你说的是：‘我说。’只说了一次，你是要——”

“啊哈！可我又说了一次呀。我说了……两次。”

“可那是我问你问题之后——你不能说，那两个‘我说’同时属于一个句子，”除非“你这样做是希望我变得对你超乎寻常地——”除非我们真的——“相信你，而你身上有一种——”真的是一个人，而且整个交流过程中想法完全一致哇呀呀，而且这意味着“一种心智失常，罗饶沃尔基呀——”①

“我的眼镜。”米勒·霍赫勒本小姐啜泣着，在屋子爬来爬去。摩西哥用鞋子把玻璃渣子踢得到处都是，故意要让这个倒霉的姑娘不停地把手和膝盖划伤。她开始追寻带血的深色小羽毛，一次只能爬几英寸——即便她能坚持足够久，最后也只会像别尔兹利画上的裙裾，点缀在波因茨曼的地毯上。

“你干得不错，米勒·霍赫勒本小姐，”罗杰大声鼓励道，“至于你，你——”他突然呆住了，因为他注意到罗饶沃尔基这时候几乎消失在阴影里了，只有眼白发出灼灼白光，在半空中战栗，眨呀眨的，不想再出来……他费了老大劲才停留在角落的阴影里。那个地方根本不适合他。首先，屋子的其他部分好像离得格外远，就像在照相机的取景框里。还有那些墙，看上去好像不太……嗯，其实就是不太结实。它们在

---

① 请注意这段话中作者有意使引号内外断连相续、缠缠绕绕。

流动：那是一种粗糙的、黏糊糊的流动，像一块竖起的绸子或尼龙般起伏着，颜色如灰白的水，水流中不时有出人意表的小岛，小岛的颜色则和这间屋子绝不相合：藏红色的纺锤，棕榈绿的卵形物，洋红色的河口，像波浪一样流入连环漫画般橙黄的、形状参差的一座座小岛间，受了伤的战斗机在空中盘旋，把油箱抛下来，又抛掉了银色舱盖，把襟翼调到接近失速的状态，盘旋而上，这时候蓝色涌了进来（突然出现了如此强烈的蓝色！），紧接着降落油门嗡的一声关闭了。哦该死的礁石，我们要撞到——嗳。嗳，没有礁石？我们—我们安然无恙？没错！芒果，我看见那边那棵树上的芒果了！还—还有一个妞——好多妞！瞧啊，她们都很靓，乳头完全露在外面，都在摇摆着那些草裙，弹着尤克里里琴在唱歌，只是声音粗粝难听，鼻音很重，就像美国人的合唱队？——

白人哎欢迎来到吐—勾—瞧—岛！
尝尝咱的木瓜包你一辈子走不了！
黄香蕉一样的月亮，
挂在我的浴棚上，
呼啦圈，呼啦圈，玩他个爽——
啊星星落在了吐—勾—瞧—岛，
岩浆流出火山，味道美得像樱桃——
就连小草屋里可爱的莱拉丽姑娘
也喜欢椰子树上的猴子、传教士的点心
瞧啊，瞧啊，甜饼干哎，你就在吐—勾—瞧—岛上。

哎呀，哎呀——要搞我呀，岛上的一个小可爱，和我一起，度过……余生，吃木瓜，香喷喷的木瓜，就像天堂年轻时代的阴部……

天堂年轻的时候。飞行员向后转过脸，面向还绑着安全带的罗饶沃尔基。飞行员的头盔遮住了整个脸，护目镜反射出刺眼的光，是氧气面罩——由金属、皮革和云母做成。这时候他慢慢打开了护目镜，哟，这是谁呀，眼睛这么熟悉，微笑着：喂，我认识你，你认识我吗？你真的不认识我？

罗饶沃尔基尖叫一声，从角落里退出来，浑身发抖，眼睛被头上的灯光刺得一时看不见东西。米勒·霍赫勒本小姐绕着一个圆圈一直爬呀爬，越来越快，身形都快看不清了，嘴里还狂乱地自言自语着。他们俩都完全达到了罗杰期望的状态，这正是他发动这场心理攻势的目的。他冷静而坚决地："好。我最后问一次：波因茨曼先生在哪儿？"

"在莫斯蒙办公室。"两个人异口同声答道。

从白厅坐车到莫斯蒙的办公室，只需要在旱冰场滑一圈的时间。那儿的每个房间都有女哨兵把守，衣服颜色相互间极度不同。一路走去，这种情形持续了很久。那么多颜色都可以被称为"极度不同"，你可以想象，开始的时候这些有三个标准偏差[①]的颜色都有些什么，像，唔，蜥蜴色，长庚星色，浅亚特兰蒂斯岛色，等等。罗杰对她们或放电，或收买，或威胁，或欺哄，或（唉！）硬冲，一路来到"莫斯蒙"的名牌前，狠狠砸着巨大的、雕得像教堂入口的橡木门："波因茨曼，一切都结束了！你能活下来，没有被随便一个陌生人用枪打死，就说明你还有点人味，如果是这样，你就开门。"这句话很长，才说了一半门就开了，但罗杰还是坚持说完了。他看到屋里的白炽灯发出介于柠檬黄和酸橙绿之间的光亮，但明显经过了弱化处理，几乎成了介于苦艾酒和水之间的一种乳色。房间很温暖，这一桌子的面孔没资格享受这种温暖。也许是罗杰进来的缘故，灯光的颜色加深了一点。他冲进去，从一个钢铁公司董事光溜溜的头上跨过，跳到光溜溜的桌子上，在打了蜡的桌面上滑了二十英尺，撞到另一头的那个人身上。此人坐在那里，面带温和的微笑——不，是讨厌的微笑。"莫斯蒙，我找碴来了。"他是不是真的进来了，进到了那些兜帽里、眼缝里、金饰物里、薰香里、股骨节杖里？

"他不是莫斯蒙，"波因茨曼说着，清了清嗓子，"摩西哥，你务必从桌子上下来，好吗……先生们，这是我'促降计划'的老同事，能力强，但很不稳定，你们可能已经看到了——哎，摩西哥，别——"

---

① 统计学术语，即差别极大。

罗杰已经解开了裤子前口，掏出家伙，迅速开尿了。尿在亮铮铮的桌子上、文件上、烟灰缸里，眨眼间就尿到了这些面无表情的人身上。这些人虽然都是些当官的材料，思维极其灵敏，但他们无法接受这个现实，因为他们觉得这种事在任何一个和他们习惯的这个世界息息相关的世界里都不可能发生……而况热乎乎的尿水扫过去还很舒服，十几尼的领结、有创意的小胡子、生肝斑的鼻孔，一路尿过去，经过一副军队专用钢框眼镜，在浆硬的衣服前面来回冲刷，还有美国大学荣誉联谊会的那些钥匙、荣誉勋章、列宁勋章、铁十字勋章、维多利亚十字勋章、退伍表链、杜威[①]竞选总统的翻领别针、露出一半的军用左轮枪，甚至还有一把锯短了枪管的手枪，藏在腋下……

"波因茨曼，"阳具执拗而愠怒，如紫色云朵间（很浓的紫色，像紫色天鹅绒堆在一起）动荡的飞船，夜幕降临，海风吹动，降落有困难，"我把最后的尿留给你。哦——天哪，好像没尿了。一滴都没了。对不起啊。一点都没给你留下。你明白吗？即便要了我的命，"这些话总算说出来了，罗杰也许在夸张，也许没有，"你也什么都别想得到。你得到的，我都拿走。如果你因此而高升了，我就会找到你，把你拉下来。无论你走到哪儿。即便你抽出闲暇，和一个善解人意的女人一起待在安静的屋子里，我也会出现在窗子旁边。我永远守在外面。你永远奈何不了我。你一出来，我就进去，把屋子搞乱，缠住那个地方，叫你不得不再找别的地方。如果你不出来，我就想办法进去——我会跟着你，从一个房间到另一个房间，最后把你逼到死角。那就是你这辈子唯一的房间了，波因茨曼。你将在那里度过你卑贱、堕落的余生。"

波因茨曼不想看他。不想看他的眼睛。这正是罗杰想要的效果。秘密警察到了，冲淡了高潮，不过那些痴迷于看追赶场面的人，他们看泰姬陵、乌飞齐美术馆[②]、自由女神像的时候心里还一直想着追人、追人，

---

① 此处指共和党人托马斯·E. 杜威（1902—1971），曾两次竞选总统，一九四四年对罗斯福，一九四八年对杜鲁门。

② 在意大利。

哇有了，道格拉斯·费尔班克斯[①]在那个有月亮的清真寺尖塔上跑呢——对于那些特别爱看追人场面的人，下面的情景可能很有意思：

罗杰躲到桌子底下扣上裤子，那些热切的警察则在桌面上互相扑来扑去，碰撞、骂人。罗杰则钻在这些阴谋家们下面的马皮、靴钉、细条纹布和手织袜子间，九死一生地往外跑——只要有人暗暗踢一脚，他就得栽出去。最后，他到了那个秃顶的钢铁大王背后，伸手向上，抓住了他的领带或者是下体，什么最容易抓什么，把他拽到桌子底下去了。

“好了。听着，我们要从这儿出去，你是我的人质，懂了吗？”他从桌子下出来，拖着面如死灰的大亨，抓着他的领带或下体，就像拉着小孩的雪橇。大亨喘不上气来，整个人瘫软着被拖到门外，经过女哨兵们组成的外形奇特的彩虹。女哨兵们很害怕，至少从表情看是这样。警报器已经在街上响起来了，“狂人袭扰石油会谈，在向与会者 ×× 后被逐出”。这时候罗杰已经出了电梯，沿后面一个走廊向中央暖气建筑群跑去，嗖！两个门卫在互相推让一支烟，是用西非某种具有麻醉性的药草卷的。罗杰停在他们头上，把人质塞进一个巨大的炉子里，炉子的火已经封了起来，准备春天用（太遗憾了）。他从后面逃出去，沿着一条悬铃木通道，进了一个小公园，翻过一个篱笆，嗖——啪，敏捷的罗杰和伦敦警察。

“白色幽灵”的东西他没什么特别需要的。没什么丢不下的。他有身上穿的衣服和军用摩托，口袋里装满了零钱和发泄不完的怒气。一个不通世故的三十岁男人，要闯荡城市，还需要什么？“我他妈的是迪克·惠廷顿[②]！”他在国王路狂奔的时候想，“我来到伦敦了！我是你们的市长大人……”

海盗在家里，显然是在等罗杰。他忠诚的门多萨机枪零件摆满了长餐桌，涂了油，或染了色，亮晃晃的。他手里拿着弹塞、布片、金属条、

① 道格拉斯·费尔班克斯（1883—1939）：美国男演员。这里指的是他在无声电影《巴格达盗贼》中扮演的强盗。

② 即理查德·惠廷顿（1350—1423）：英国商人，曾任伦敦市长。

瓶子，眼睛却看着罗杰。

“不，”罗杰斥责波因茨曼时提到了弥尔顿·格洛明的名字，海盗便打断他的话，“这是个小问题，别说了。不是波因茨曼派他去的。是我们。”

“我们。”

“罗杰，你的多疑症还刚入门呢。”这是普伦提斯第一次叫自己的教名，罗杰一感动就收住了自己的长篇演说。“当然，一个成熟的‘他们’系统是必要的，但那只是一方面。和每个‘他们’相对应的都应该有一个‘我们’。我们的情况就是如此。有创造性的多疑症，就是至少要发展一个和‘他们’系统一样彻底的‘我们’系统——”

“别急，别急，首先，黑格与黑格[①]在哪儿？当主人要大方嘛。第二，什么是‘他们’系统？我没有把切比乔夫定理[②]往你身上套吧，啊？”

“我指的是‘他们’和‘他们’雇用的精神病专家称为‘幻觉系统’的那些东西。自然，‘幻觉’的概念是有官方定义的，我们不用去管真假的问题。‘他们’也是因为讨论的必要做出的权宜定义。真正重要的是系统。那些数据如何在这个系统中安排。有些是一致的，有些则相互抵牾。你认为是波因茨曼派格洛明来的，那是拿错了叉子。如果没有相反的幻觉集合，即关于我们的幻觉，也就是我所说的‘我们’系统，那么，你对格洛明问题的看法可能就是对的——”

“关于我们的幻觉？”

“不真实的感觉。”

“但被官方定义了的。”

“权宜的定义，没错。”

“嘿，我看你在玩‘他们’的游戏。”

“不用去想这个。你可以操作得很好。想想我们还没有获胜，这个问题就无关紧要了。”

罗杰彻底糊涂了。这时候，门里慢慢走进一个人来，竟然是弥尔

---

① 黑格与黑格：一种苏格兰威士忌。

② 俄国数学家切比乔夫创造的计算概率的公式。

顿·格洛明！还带着一个黑人，罗杰认出来了，是克莱夫·莫斯蒙办公室下面锅炉房里吸药草的两个黑人之一。这人叫简·欧提云布，是黑人支队的联络员。布劳吉特·瓦科星手下的一个阿帕契族中尉和女朋友也来了。那女孩走起路来更像跳舞，很流畅，很舒缓。这时候，奥斯比·费尔从厨房里冒了出来，没穿衬衣——他的肚子上文了只小胖猪？他文这个东西多久了？他正确地认定，女孩的舞蹈是使用海洛因的结果。

这个问题叫人不解——既然这是一个“我们”系统，那么至少要想到，这个系统应该和那些“他们”系统一样，以合理的方式联结在一起呀。为什么没有呢？

“正是这个问题，”奥斯比叫道，腹部的小胖猪扭动着，张大嘴巴笑了起来，“‘他们’是理性的。我们在他们理性的网络里撒尿。对吧……摩西哥？”

“万岁！”大家欢呼着。说得好，奥斯比。

斯蒂芬·道增-特拉克爵士坐在窗口擦一挺轻机关枪。窗外，伦敦经过了夏天的、表面的宁静，今天已经可以感觉到经济紧缩的不祥信号了。此时，斯蒂芬爵士的脑子里什么都没想。他一门心思擦着机枪。他不再想妻子诺拉，尽管她就在外面的某个屋子里，那些通灵者们仍然在众星捧月般围着她转，而她则正走向一种奇特的命运。最近几周，她处在救世主的状态，慢慢明白了自己真正的身份——说得明确些就是“万有引力”。*我是万有引力，我是火箭必须对抗的力，史前的废墟都向我臣服，化为历史的精华*……围着她转的那些怪人、预言家、意念致动者、星际旅行者、人类灾难界面体都知道她通灵的事，但谁也不能给她指出未来的方向。现在她必须自己证明自己——从更深层的形式上进行摒弃，比萨巴泰·泽维在奥斯曼皇帝高门面前背弃自己的信仰还要彻底①。这种情形下，常常有人搞恶作剧也就成为可能了——可怜的诺拉被人哄着参加

---

① 萨巴泰·泽维是十七世纪欧洲最具吸引力的救世主式人物，遭犹太人和伊斯兰教双重排斥。后被捕，在奥斯曼皇帝高门（土耳其语为“巴比·阿里”）面前，泽维被迫放弃信仰，当场改信伊斯兰教。

连姑姥姥都糊弄不了的请神会：罗纳德·柴里科之流穿着耶稣基督的衣服，打着呼哨，沿电线进入一个隐置的小紫外线聚光灯下，十分可疑地发起荧光来，把福音书的话胡拉乱扯到一起，借着十字架受难的高度，伸手下来摸诺拉后面束着的腰带……诺拉很生气，就会跑到过道里，而那里又满是湿乎乎、冷冰冰、看不见的手——恶作剧的幽灵会在上厕所时把马桶掀到她身上，毫无恶意的粪便会轻轻打到她纯洁的头顶上，她"啊"的一声尖叫，屁股还在滴滴答答，腰带跑到了膝盖上，踉踉跄跄地回到客厅，却还是躲不过。这不，有人会给她变出正在口交的同性恋大象，黏糊糊的象鼻子在湿答答的象阴户里有节奏地抽出插进。她转身要逃离这个可怕的场景时，又发现某个顽皮的幽灵把后面的门插了闩，另一个幽灵则正准备用约克郡的冷布丁砸她的脸……

在海盗的小屋子里，大家在唱一首对抗力旅行歌，托马斯·宫西兑用一件像是红木克鲁斯琴①的乐器在伴奏——波因茨曼"那本书"的辩证诅咒竟然没有落到他身上：

"他们"在你的肩膀上睡觉，
"他们"在你的啤酒里哭叫，
"他们"唱给你所有的催眠曲，
你觉得"他们"需要同情，灵魂不重要，
"他们"也从不觉你有智慧头脑。
可是我今天告诉你，
这不是唯一的主意，
有些大便你可以不再吃下去——
虽然"他们"付了钱给你，
是时候了，把它推开去，
这是一场战争，不是斗气。

---

① 一种古代凯尔特人用的弓弦弹拨乐器。

“这是一场战争，”罗杰唱着歌，开车去库克斯哈文，一时想起杰茜卡为了杰瑞米剪头发的事，想起那个叫人无法忍受的、自命不凡的家伙——在他头上套一个推力室，不知是什么样子？“这是一场战争……”

踱出屋门前点上一支吧，
你也曾将它们拥抱亲吻，
可是我们要推翻“他们”的系统，
这不是斗气，是一场战争……

◆ ◆ ◆ ◆ ◆

这些松枝噼噼啪啪响着，水渍渍的，发出蓝色火光，好像一点都不暖和。收缴来的武器和弹药一半装在箱子里，其余随便堆在C连的防线里。这些日子，美军经常半夜闯进住宅，对图林根进行彻底搜查。上面的人得了恐狼症，对“狼人部队”很是害怕。冬天就要到了，德国很快就会缺吃缺煤。比如说土豆苗吧，战争快结束前都拿去做火箭上用的酒精了。不过还有很多小型武器和配套的弹药。没有吃的，就拿武器。在政府部门的思维里，武器和食物有着十分紧密的关系，手边有哪一个都行。

山边经常有臂章闪现，亮晃晃的，像七月里的白藓经过了芝宝灯具有节庆意蕴的灯光点染。一等兵艾迪·彭谢罗是这里八十九师的补充兵员，特别迷恋安非他明。他缩成一团，几乎骑在火上，浑身颤抖，打量着胳膊上的八十九师臂章。臂章上只有黑色和草绿色，正常情况下像绷大的屁眼里看到的一簇火箭头，但这个时候看起来更其怪异，艾迪等一下就会想到一个合适的比喻。

颤抖是艾迪·彭谢罗最喜欢的娱乐活动。不是普通人的那种颤抖，比如过坟墓的时候很害怕，过了就忘了。他的颤抖是持续不停的那种。开始的时候很不容易习惯。艾迪是颤抖鉴赏家。他竟能以一种奇特的方式读懂颤抖，就像酸爷·巴摩能读懂大麻、米克洛斯·坦纳茨能读懂鞭痕一样。而且，这种鉴赏才能并非只能用在他自己身上，不不，还要鉴赏别人的颤抖呢！是呀，它们或者单个单个来，或者成群结队来——最近他在脑子里开发了一种甄别电路，学习分辨它们。最没意思的颤抖是频率特别平稳的那种，一点都没有变化。比这高级一些的是调频的那种，有快有慢，因另一端输入的信息而有别——不论这“另一端”在何处。再高级的就是不规则的波形，频率和振幅都会变化。得做傅立叶分析，变成谐波，这有点难。这种情况下，常常要进行译码，有分谐波频率，有不同的功率级——要搞懂其中的三昧，得很有实力。

“嗨，彭谢罗，”是艾迪的班长霍华德·“老慢”·勒讷[①]，“把你的屁股重（从）火丧（上）拉（拿）开。”

“啊，头儿，”艾迪急急地说，“一起来。我债（在）卵（暖）和卵（暖）和呢。”

“别早（找）借口啦，彭谢罗！有个丧（上）校想理发，马上，你去！”

“唉，里（你）们这些人。”彭谢罗嘟嘟囔囔地说着，爬到睡袋那儿，在行李中找梳子和剪刀。他是连队的理发师。他剪头发要几个小时，更多的时候要几天，那发型在占领区一眼就能认出来，从每一根头发上都能看出本尼[②]成瘾者的执着。

上校在一盏电灯下面坐着等他。电灯泡的电力来自另一位士兵，他坐在黑影里，用手操作两根发电机摇柄。他叫帕迪·“电哥”·麦高尼格尔，二等兵，是艾迪的朋友，来自新泽西，爱尔兰后裔。他是你从电影上看到的那种城市平民一分子，这些人人数众多，善良随和——你见过他们跳舞、唱歌、在绳子上晾衣服、放年假的时候喝得酩酊大醉、为怕孩子变坏而担心：神父，其他情况我也不知道，这孩子人不错，就是跟了一帮坏小子，等等，接受好莱坞每一部卑鄙的谎言，包括今年特别流行的《长春树》[③]。小伙子帕迪拿着摇柄所展示的本领和艾迪的本领只是形式不同，不过他只向外发送，不向内接收。灯泡燃得似乎很稳定，实

---

① “老慢”·勒讷：这个名字和品钦一九八四年出版的短篇小说集名《缓慢的学步》谐音。

② 本尼：安非他明药片。

③ 美国电影、戏剧导演伊利亚·卡赞（1909—2003）导演的第一部故事片。

际上是电力强弱交替的连续体，交替速度全看帕迪摇摇柄的速度。只因为灯泡里的灯丝变暗的速度慢，下一次强电能及时传过来，才给我们造成一种灯光稳定的错觉。这连续性的明暗的确难以觉察。正常情况下难以觉察。帕迪就从来没有意识到这个信息。它是通过肌肉、骨骼，通过他身体里的那个电路发送的。他已经学会了用这个电路来发电。

不过艾迪·彭谢罗这时候在颤抖，没有注意灯泡。他自己接收到的信息也很有吸引力。有人在附近用口琴吹布鲁斯，在夜晚的露天里。“四（是）森（什）么森（声）音啊？”白色的灯光下，艾迪站在穿着军礼服一言不发的上校身后，好奇地问，“哎，麦高尼格尔——里（你）听见森（什）么了吗？”

“听见啦，”帕迪在发电机后面嘲讽道，“我听见里（你）傻丫枝（撒丫子）了，飞掉了，屁股边丧（上）脏（长）赐（翅）膀了。我听到的就四（是）仄（这）个！哈！哈！”

“哼，里（你）胡侧（扯）！”艾迪还口道，“里民民（你明明）没听见傻丫枝（撒丫子），里四（你是）大笨蛋麦高。”

“哎，彭谢罗，里（你）资道（知道）意大利潜艇在新的探测仪丧（上）四（是）萨（啥）声音吗？啊？”

“嗯……萨（啥）声音？”

“乒—几尼几尼几尼嗡嗡嗡[1]！就四（是）仄（这）森（声）音！哈！哈！”

“去里（你）妈的。”艾迪说着，开始梳理上校银色和黑色夹杂的头发。

梳子刚碰到头上，上校就开始说话了：“一般情况下，我们挨个搜查住宅不会超过二十四小时。从日落到日落，从住宅到住宅。两头都有黑色和金色的成分，这样一来，那些轮廓、那摇晃的天空纯洁得像一幅环形风景画。而这里的落日，从这儿看，就难说了。你觉得什么地方发生爆炸了吗？真的——东边的什么地方？又一座喀拉喀托火山爆发了？

---

① 原文中拟声分别与货币“几尼”和“意大利佬”谐音。

火山的名字起码和喀拉喀托一样怪[①]……现在颜色变得完全不同了。火山灰，或者别的颗粒很细的东西，悬浮在空气中，可以使那些颜色发生奇怪的折射？你以前懂不懂这一点，孩子？很难相信，是吗？对不起，顶上太尖太长了，这样就不好梳了。对了，一等兵，那些颜色会变，变化很大！问题是，它们的变化有根据吗？太阳每天的光谱都在调节吗？不是随意的，而是有规律的，由盛行风[②]里这种来历不明的尘渣来调节的。其中有没有给我们的信息？深奥的问题，恼人的问题啊。

“你是哪儿的，孩子？我是威斯康辛基诺沙的。我父母在那里有一座小小的农场。雪茫茫的田野和篱笆桩子一直通往芝加哥。雪把停在院子里木块上的旧车子都盖住了……白白的一大堆……看上去像威斯康辛那里的收尸部队。

“嗨，嗨……”

“哎，彭谢罗，”帕迪·麦高尼格尔喊道，“里（你）还在听那个森（声）音？”

“对，嗯，我觉得四（是）口琴。”彭谢罗忙着把一根根头发梳上去，每根都剪成稍有差别的长度，又一次次回过去这儿修一下、那儿整一下……只有上帝才知道头发有多少根。是阿特罗波斯[③]把它们切割成了不同的长度。所以，今晚上帝控制了艾迪·彭谢罗，是以阿特罗波斯的形象出现的，是不可逆转的。

“我拿着你的口琴呢，”帕迪嘲讽道，“就在这儿！看！意大利佬的单簧管！”

每次漫长的理发都是一次心路历程。头发是另一种调节过的频率。想象一种优雅的姿态，像过去那样，所有的头发都非常均匀地分布着——那是一段纯真的时光，头发直直垂下来，覆满着上校的头部。风吹日晒，汗浸痒磨，玩乐惊乍，还有露宿处的大雪、凝视过的天空、忘

---

① 这里其实是长崎和广岛的原子弹爆炸。

② 盛行风：在某给定地点，出现频率明显地高于其他风向出现频率的风。

③ 希腊罗马神话中三命运女神之一，命运之线的切割者。

不了的耻辱，统统写在这完美的格栅里。艾迪·彭谢罗今晚作为历史的代理人，要把这些回顾一遍、梳理一遍。在他重新塑造上校头发的同时，蓄积着颤抖的布鲁斯也在演奏——至少在今晚，二、三两孔间长时间的滚奏和头发深处蕴藏的心路历程合二为一了，和潮湿夏夜里的梣树、和通往树木茂密的公园石屋小径、和高处挂着旗子的人行道旁浑身酥软的小马儿合而为一了……

布鲁斯只是个边频带[①]问题——先吹一个清晰的音符，音准很好，然后再用脸部肌肉把音压低。你的面部肌肉在笑、在痛苦地绷紧，时时努力忠实于真实感情，终生如此。你发送出纯净的音符就体现了其中一个功能。如果你不喜欢从精神的角度看待布鲁斯，你还可以找到世俗的理由……

"当时我不知道自己在哪儿，"上校接着说，"我沿着这些大大的混凝土切块向下爬呀爬。黑色的钢筋戳出来……黑锈。空气中略有些蓝紫的光，但不够亮，不足以把那些东西的轮廓弄模糊，或者说不足以改变夜的本色。它们滴下来，拉得很长很长，一滴又一滴——见过刚刚孵成形的小鸡吗？嗯，当然没有，你是城里人。农场上可以学到很多东西。教你知道正在孵的小鸡是什么样子，等你有朝一日在黑暗中爬一座混凝土山的时候，看到天空中有一只或几只那样的鸡雏，只是变成了紫色，你知道是什么样子——孩子，那一堆混凝土块比那座城市还要好，你可以在那里从一场危险爬向另一场危险，每一场危险都是截然不同的，不可重复的……"

瞧，那不是他吗？小心翼翼地在一大堆废墟边缘上爬着。这一刻，他的头发显得很怪，从头后面的某一点梳向前面，再向前，向上，又长又尖，很精彩，在脸上形成了黑色的向日葵或太阳帽，其中最引人注目的则是上校长长的、颜色不匀的红嘴唇。有东西从废墟缝隙里伸出来抓他，快活而快速地攫出来又收回去，瘦瘦的钳子般的胳膊，并不是冲着哪个人来的，只是在想：我想抓一点夜里的空气，哈，哈！他们没抓到

---

① 边频带：无线电术语。

上校——好像一直抓不到，就会嗖地缩回去，打个赌徒的哈欠，嗯，下次还有可能……

见鬼，和我们团断掉了联系，会被匪帮抓住烧死的！啊耶稣啊，他们在那儿呢，那些不可思议的动物，在属于G-5的城市灯光里悄悄跑着，戴红黄两色头巾，瘾君子般的脸上伤痕累累，活像一九三七年的福特车正前部，都是茫然的眼睛，都不受“因果之锤”的敲打——

一九三七年的福特，不受因果敲打？行了，别傻了。它们和世间所有的车一样，都要进废车堆的。

噢，真的吗，小骚货？那为什么路上这种车这么多？

哦，嘿，嗯，万事灵先生，是战—战争啊，就是说现在没有造新车，我们只好把车型最好的老牌子留下来，因为后方剩下的机械师不多了，而—而且我们不应该把汽油放着不用，我们应该把A贴签[①]一直贴在右下角的显眼位置——

小骚货哎，你这个小傻瓜，你又登上毫无意义的倒车了。回来吧，回到中心来吧。这里是岔道口。看看那边那个人。戴着白兜帽。穿着棕色的鞋子。他笑得很好看，可是没人看得见。没人看得见是因为他的脸总在黑暗中。不过他是个好人。他是岔道者[②]。他叫这个名字是因为他会扳动改变轨道的撬杆。于是我们到了欢乐谷，没有去痛苦城。德国人把痛苦城叫作“Leid-Stadt”。有一个德国人叫里尔克的，写过一首关于痛苦城的歪诗。不过我们是不会读的，因为我们要去欢乐谷了。岔道者准备好了，要让我们去那儿。他根本不用费事。撬杆很光滑，很容易操作。你都可以的，小骚货。只要你知道撬杆在哪儿就行。可是你瞧，他只轻轻推了一下，就功德无量了。他把我们全都送到了欢乐谷，没有到痛苦城。因为他知道岔道和撬杆的位置。他是世界上那种少有的人，轻轻一动，就能做成大事。他还可以把你原路打发回去，小骚货。只要愿

---

① 一九四二年起，美国物价局开始在国内实行汽油限量消费，先是用卡标记，后来用贴签。“A”类贴签用于重要性最低的载人车，“B”类用于办事车，“T”类用于商务车，等等。A类车每周限量五加仑。

② 原文“岔道者”和“波因茨曼”同形，只是后者开头大写。

意，你可以有自己的幻想。也许这样已经很对得起你了，不过万事灵先生今儿个心情好。他要给你看看欢乐谷。第一步，他要再给你提一下一九三七年的福特。那种土匪脸的汽车为什么还在路上跑呢？你说是“战争”，你是走错岔道了。战争是岔道的集合。懂吗？对了，对了，婊子：实际上，战争给一切赋予生命。一切。福特只是其中之一。德国人和日本人的事情也只是其中之一，是战争的超现实主义表现。真正的战争是永远独立存在的。死亡人数偶尔会减少，但战争仍然在大量大量杀人。只是现在杀得更隐蔽了。手段很复杂，就连我们这个层次的人也摸不清了。可是该死的人还在死，和打仗的时候没什么分别。那些站在底层、站在机枪枪眼下的人。那些对长官不忠信的人。那些一念之差向敌人示弱的人。这些人是战争所不能用的，所以他们就得死。用得了的就活下来了。据说，死的那些人也知道自己会短命。可他们还是自行其是。没人明白其中原因。我们先把他们给完全消灭，难道不好吗？这样战争中就不会死人了。这样会很有意思，是不是啊，小骚货？

老天，当然有意思啦，万事灵先生！哇，我—我等不及了，要看欢乐谷！

令他欢乐的是，他根本不用等。一个土匪呼哨着跳出来，两手间绷了根米色的丝绳，嗡嗡响着，嘴巴咧开笑着，意思是“咱们快去吧”。就在这个节骨眼上，一双胳膊从废墟的一个裂缝里钳子般伸出，及时救回了上校。土匪屁股着地摔倒了，坐在那里想把手上的丝绳拉开，自言自语地骂着“噢，臭粪”。土匪们也会拉臭粪的。

“你在山体之内，”一个声音传来，石窟里的音响效果，“从现在起请记住，你要服从一切有关的规定。”

他的向导是一个蹲式机器人，深灰色塑料的身体，头灯式的会滚动的眼睛，总体形状像个螃蟹。“是拉丁语‘巨蟹座’的意思，”机器人道，“在基诺沙语里也是！”从后来的情况看，这个机器人特别爱说俏皮话，但是除了它自己，谁也不觉得俏皮。

“这是松饼盒路，”机器人解说着，“注意看，这里所有的屋子上都有笑脸。”楼上的窗是眼睛，尖桩篱栅是牙齿。前门是鼻子。

“那么——”上校突然产生一个想法，问道，“欢乐谷这里下不下雪呢？”

“从哪里下雪？”

“你在逃避问题。”

“我在逃避威斯康辛室内的酒鬼[①]，”笨拙的机器唱起来，“你应该看见护士们逃跑如飞！老兄，还有什么问题吗？”这只矮墩墩的螃蟹其实是在嚼口香糖，这种口香糖是拉兹洛·雅夫搞的一种聚氯乙烯变体，延展性极好，有些分子甚至能够脱离主体，通过由西门子开发的一个精妙的“奥斯莫”开关发送出去，按照编码给这个机器螃蟹的大脑里传输一种“蜂人”口香糖[②]的干草香味，还真他妈的像那么回事！

“万事灵先生总是能问有所答。”

“从他的回答看，我还要答有所问呢。这里下雪吗？快乐谷当然下雪啦。如果不下雪很多雪人不就痛苦了吗？”

“我记得，以前在威斯康辛，风毫无阻拦地吹到人行道上，像一个希望主人开门接纳的客人。风把雪花卷起来，打在前面的门上，然后任雪花堆积在那里……快乐谷里有过这种情形吗？”

“老早就有了。”机器人道。

“风吹雪花打门的时候，有人开过门吗，啊？”

“开过几千回了。”

“那么，”上校突出奇兵，“如果门是房子的鼻子，又是开着的，而——而且所有那些雪白的晶体聚集成一大团云朵，从松饼盒路直接吹到——”

“啊——”塑料机器人尖声叫着，快速跑进一个窄巷子。上校发现自己独自一人待在这座城市一个棕色的区域。这里很陈旧，像放了多年的老酒。放眼望去，墙壁、屋顶、街道都是砂岩和土砖的颜色，一个人都看不到。咦，巧克力街那边是谁在慢悠悠地走？嗨，此人正是拉兹洛·雅夫，已经老迈不堪，就像历经了世间沧桑而存留下来的一九三七年福特。在欢乐谷，世间沧桑顶多使人的笑容发生微弱变化而已。雅夫

---

① 原文谐音双关：“我是威斯康辛候诊室内的酒鬼。”
② 美国一种助消化口香糖商标。

博士戴着蝴蝶结，是一种暗淡的、略带灰意的淡紫色。这种颜色合适那种漫长的、行将逝去的下午时光，渗透于风格古老的窗户、怀旧的小调民谣、哀伤的钢琴曲、空气污浊的客厅里从烟斗中冒出的烟、星期天运河边阴云笼罩的人行道……两个男人就在这儿、在这个心无旁骛的下午，酒虫痒痒的，运河对岸的钟声报告着时间——两个人都来自遥远的地方，经过了长途旅行，却又不大记得走过的路了。他们是来完成一项任务的，可是彼此又不知对方的身份……

原来，上校头上的灯泡正是北豪森地下火箭场里弗朗茨·珀克勒睡觉用的行军床边那盏欧司朗[①]钨丝灯泡。从统计学的角度看（“他们”是这么说的），每第 n 千个灯泡是完美无瑕的，所有的Δq 完全吻合，所以这盏灯泡现在还在这里照亮，我们就不应该感到惊讶了。可是真实的情况更难以置信：这盏灯是永恒不灭的！其实，它从二十年代起就在这里，那个老式的尖尖突出来，整体形状也没有现在的灯泡那么像梨子。多悠久的历史啊，这灯！要是能说话那就——哎，其实它能说话的。它在讲述今晚帕迪·麦高尼格尔用发达的肌肉调控摇把的事情，于是循环发生了：这种反馈通过帕迪又传到发电机上。这就是

灯泡拜伦的故事

拜伦本应该由布达佩斯的汤斯兰[②]生产的，如果是这样就很可能又碰巧被王牌推销员盖佐·罗饶沃尔基的父亲桑多尔拿到。桑多尔的工作范围覆盖了整个特兰西瓦尼亚，完全融入了这个地方，总部甚至隐隐怀疑，如果他们不满足他的要求，他就会给整个项目下凶咒。其实，他只是一个推销员，希望自己的儿子能做医生，愿望也实现了。也许是因为布达佩斯那边对巫术有些疑神疑鬼，拜伦的出生地在最后一分钟被改派到柏林的欧司朗。改派，没错。有一个“灯泡婴儿天堂”，名字有点像一部电影，含有温和的讥讽意味——哦，好大的生意，哈哈！不过别让“他们”

---

① 欧洲灯泡生产商。

② 同上。

把你给骗了，这其中最主要的是权力问题，灯泡婴儿天堂只是副业而已。整个头上——没错，公司自己掏钱买了大块大块的蝉翼纱，大桶大桶染共体的粉红色和蓝色婴儿染料，几十斤几十斤的西门子灯泡婴儿电奶嘴，把吸奶的婴儿塑造成一百一十伏电流的形状。这些活生生的灯泡们以这种或那种方式做着让电流显形的工作，电流在夜晚的背景上显形，却又并非真正的实体。

其实，“灯婴天堂”很简陋。棕色的屋椽下布满了蜘蛛网。地板上时不时会出现一只蟑螂，所有的婴儿都想滚过去看（小骚货啊，他们是灯泡，好像非常对称，不过别忘了灯丝头上的接触部），喊着嗯啊！嗯——啊！微弱的灯光照在迷乱的蟑螂身上。蟑螂瘫软而无助地蹲在无遮无拦的木板上，或者跑来跑去，回味着头上高高的地方那盏闪烁的、洞悉一切的灯泡和不知从哪里冒出来突然放光的电流给它带来的恐惧。婴儿灯泡们很天真，不知道如何处理蟑螂的疏泄——他们感到了它的惊恐，但不知惊恐为何物。他们只想和它做朋友。它挺有趣，移动又快。除了拜伦，人人都很激动。拜伦觉得其他婴儿灯泡是一群傻瓜。要让它们思考有意义的问题总是很费劲。嘿，宝贝们，我是灯泡拜伦！我给你们唱一首歌，是这样的——

> 点起来，亮起来，白炽的婴儿灯泡们！
> 你们好像得了狂犬病
> 躺在那儿吐白沫发尖声，像魔鬼一群，
> 交给你一个蟑螂的王国，
> 你挂在天花板上俯阅
> 你监管的王国，日夜不歇，
> 那是无与伦比的快乐感觉！
> 它们会出来爱你，直到拂晓，
> 灯光一亮，它们就慌忙逃跑！
> 继续闪亮吧，婴儿灯泡们，你们是未来的浪潮，
> 我来这里是为了把你们征召，

参加我的十字军讨伐，

继续唱宝贝们——来—加—入—我—长长的—队伍吧！

拜伦的问题在于太老，灵魂很老却又困在婴儿灯泡的玻璃监狱里。他讨厌这个地方，仰躺着等待被制造出来，音箱里什么也听不到，只有查尔斯顿舞曲，偶尔还有一次全国性讲话。那是什么设备呀？拜伦想从这里出去，进到音箱里。不用说，他得了各种神经疾病、灯泡婴儿尿疹（螺丝上有些生锈）、灯泡婴儿腹痛（环状钨丝下面某处因高电阻导致的痉挛）、灯泡婴儿呼吸过速（虽然没有呼吸器官，却实实在在感觉自己的真空状态遭到了破坏）……

战斗动员日终于来临了，拜伦当然高兴极了。他一直在盘算一些非常疯狂而宏伟的计划——他要把所有的灯泡组织起来，在柏林建立一个电力基地，对于闪光术他早已精通，你只要修炼功夫（几乎是瑜伽），把开关频率掌握得接近人类大脑的 α 波状态，就能引发癫痫病！真的。拜伦曾经在自己房间的椽子上预见了整个欧洲两千万只灯泡的情景：他在电网中有众多代表，在其中一位的组织下，这些灯泡全体以同步脉冲同时开始闪光，两千万个房间里的人狼奔豕突，像海岸上精力十足的鱼——人啊，你们注意了，这是一次警告。下一次，我们有几个会爆炸。哈—哈。没错，我们会派出我们的神风突击队！你听说过吉尔吉斯之光吗？和我们要——那个的相比，简直就是萤火之光——哦，你没听说过那个——哦，太不幸了。因为有几只灯泡，也就一百万只吧，占我们总数的百分之五，非常愿意来一次辉煌的放光，而不愿耐心按照预定寿命苟延残喘……就这样，拜伦等待着自己的游击武装来一次联合爆炸，准确地击中赫伯特·胡佛和斯坦利·鲍德温[①]的脸……

拜伦注定要梦幻破灭、幡然省悟的。已经有一个组织了，人类的组织，叫“太阳神”，是国际灯泡卡特尔，总部在瑞士，主要由国际通用电气、欧司朗和英国的联合电力工业来管理。这三个公司中，美国的通用

① 斯坦利·鲍德温（1867—1947）：英国首相（1923—1929，1935—1937）。

电气公司分别持有百分之百、百分之二十九和百分之四十六的股份。太阳神为世界上所有的灯泡确定价格和使用寿命，包括巴西、日本、荷兰——不过荷兰的飞利浦是这个卡特尔里的疯狗，随时会脱离出去，给整个联合体埋下灾难的种子。鉴于这种阻力重重的状况，一只新出生的灯泡就只能从底层做起了。

不过太阳神还不知道拜伦是永生不死的。他的生涯始于一个全是女孩的鸦片窟，在夏洛顿堡，大约能看见维尔纳·西门子[①]的塑像。他在一个灯架上燃烧着，和其他许多灯泡一起见证了共和政治更严重的没落和腐朽。他认识了整个地方的所有灯泡。隔壁灯架上的灯泡本尼托总是想逃跑，顺着过道进了厕所里，就可以看见伯尔尼，他有各种与尿有关的黄笑话要讲，他妈妈布仁妲在厨房谈论大麻油炸玉米饼、临时用来把复方樟脑酊带来的性兴奋泵入子宫毛细血管的假阴茎、对阿丝塔特[②]和丽丽丝[③]的祷告——夜之女王丽丽丝把手伸入另一个世界的夜晚，真正意义上的夜晚，冷冰冰赤裸裸地躺在油毛毡的地板上，已经好多天没睡觉了，梦和眼泪已经成为常态……

这几个月里，其他灯泡一个个烧坏，去了。头几回拜伦受到很大的打击。他刚来，还没有适应永生。随着照明时间的增加，他开始懂得其他灯泡生命的短暂：懂得了趁他们在的时候更好、更多地爱他们——把照明的每个小时都作为他们生命的最后一小时。拜伦很快就成了烧不坏的老灯泡。其他灯泡一眼就能看出他是长生不老的，不过也只是做一些普通的谈论。这时候从电网其他部分闪闪烁烁地传来了民间传说，关于永生不死的传说，其中一个来自里昂一个犹太神秘哲学家的书房，据说这位哲学家懂魔法；另一个来自挪威一个仓库外面，那个仓库正对着白茫茫的北冰洋，那种禁欲苦行的氛围，靠南边的灯泡们一想起来就微光颤颤的。即便那里还有永生的灯泡，也是不声不响的。但这种不声不响

① 欧内斯特·维尔纳·冯·西门子（1816—1892）：德国工程师，在电报与电子设备方面做出过显著的改进工作。

② 叙利亚神话中相当于希腊罗马神话里阿弗狄特罗和维纳斯的女神。

③ 希伯来传说中亚当的第一位妻子，先于夏娃，死后化为夜妖。

包含了很多内容，也许是一切内容。

学会了爱，拜伦接着要学会的就是不声不响。

随着他的照明时间渐渐延长到六百个小时，瑞士的监控人员越来越关注拜伦了。太阳神监察室设在一座鲜为人知的高山脚下，屋子里凉飕飕的，里面塞满了德国的电用零件、玻璃、铜件、硬橡胶、银件，还有体积庞大的接线块，上面是粗毛发般的夹头、螺丝。一组观察人员穿着异常干净的白大褂，在仪表前走来走去，身轻如雪妖。他们要保证一切正常，保证任何灯泡都不能超过平均照明寿命。可以想象，如果这种情况发生，会对市场造成什么样的影响。

拜伦超过了六百小时的监察警戒线。按照惯例，他马上受到检查：灯丝电阻，照明温度，真空状态，功率消耗。一切正常。此后拜伦每过五十小时就会被检查一次。时间一满，观察站里就会轻轻响一下钟声。

到了八百小时，这又是一个常规警报线。于是柏林派了代表到鸦片窟，要把拜伦转走。她戴着石棉衬里的手套，穿着七英寸的高跟鞋——对了，她不是要媚俗，而是为了够到灯架，把拜伦卸下来。其他灯泡在旁边看着，恐惧不已，完全被镇住了。消息在电网上传开了。在接近光速时，每个灯泡，包括：阿佐斯，看着黑魆魆空荡荡的电木街道；尼特拉腊朋和沃腾·G一家，在看夜间足球赛；还有加斯特-沃尔伏来梅、摩纳瓦特和希瑞尤西思——欧洲所有的灯泡都知道发生了什么。他们软弱无能、不声不响，遇到斗争就投降认输，因为他们觉得这种斗争无异于天方夜谭。“我们无能为力啊，”这种想法很普遍，嗡嗡声中传遍了羊羔睡觉的牧场、高速公路，一直传到北方煤运码头痛苦的末端，“我们永远都于事无补……”只要任何灯泡表现出一丝非分之想，“白炽灯异常现象委员会”[①]就会过来把他带走。或许时不时有灯泡也抗议了，但都停留在信息层面，他们的灯光是受到控制的、毫无危险的，根本无法达到拜伦当初在婴儿室里那种天真的设想，在当权人物的面前爆炸开来。

---

① 词名英文缩写也与“中央情报局”相同。

他被带到诺伊科隆的一个地下室，那里是一个玻璃吹制工的家。此人害怕夜晚，让拜伦整夜亮着，监视着所有的火石玻璃碗、狮身鹰首兽、花船、跃姿的巨角塔尔羊、绿色蜘蛛网和面色阴沉的冰神们。这里是许多所谓“控制点”之一，这里可以轻而易举地监控可疑的灯泡。

不到半个月，太阳神总部的冰面上和石走廊里传来了一声锣响，人们的脸从仪表盘上短暂地转开了一瞬。这里的锣可不多，是特殊物品。拜伦超过了一千小时，现在的操作程序就完全标准化了：白炽灯异常现象委员会派了个职业杀手来到柏林。

可就在这时候发生了怪事。没错，怪得邪门。原计划把拜伦砸碎送回到作坊里回炉、进行分类处理（当然是为了重新利用钨丝），这样他就可以在玻璃吹制工的下一个产品里转世投胎了——变成一个气球，准备从一座白色的摩天大楼顶上放飞的。这对拜伦来说算是不错的归宿了——他和太阳神一样清楚自己曾经有过多长的照明时间。在这个作坊里，他看到了很多玻璃被熔化成没有形状的一摊液体，所有的玻璃制品都是从这些液体里造出或再造出来的。他并不介意自己也这样走一遭。可他是受因果轮回控制的。那灼热的橘黄色溶液是一种嘲弄、一种残酷。拜伦无法逃脱因果，注定要退回到无数的灯头和偷灯贼那里去。魏玛某条街上的顽童小汉赛尔·加速翁狄西嗖地跑了进来，把拜伦从天花板上拧下来，小心翼翼地放进口袋里，然后就加速嗡地一声跑出了门！黑暗侵入了玻璃吹制工的梦境。在他的梦境从夜晚空气中所抓取的所有不愉快情景里，熄灭的灯光是最可怕的。在他的梦里，光就是希望，最基本、最要紧的希望。当电流触点螺旋式断开时，希望就成了黑暗，于是今晚的玻璃吹制工惊醒过来，叫着：“是谁？是谁？”

太阳神其实并没有真正狂乱。这种事以前也发生过。还有一项措施可以采取的。这就意味着有些雇员需要多加班，并从其中意外得到那种说不清道不明的深层乐趣，同时还有打破常规所带来的那种同样说不清道不明的兴奋。要想满足感情需求，就得别去想太阳神。那些面色冷峻的搜索组走到了街道上。他们心里多少有些底，知道去城里的什么地方找。他们认为消费者当中没人知道拜伦长生的秘密。所以他们手里非长生灯泡盗窃案的数据也可以用在这个案子上。而在这些数据中，最突出的就是这座首府里的贫民区、犹太区和吸毒、同性恋、妓女、魔法等区。考虑到这种犯罪的性质，这里最理所当然出偷灯贼。你看看所有的宣传，都说这种犯罪是道德犯罪。太阳神发现消费者们都需要有一种罪恶感，而这种感觉一旦掌握在合适的无形之手里，就会成为最强大的武器。这是我们这个时代没有发现的最重大发现。在美国，莱尔·布兰德和他的心理学家们握有数据、专家声明和足够的钱（清教徒意义上的“钱”，就是对他们的意图说声痛快的“好吧”），把这项“罪恶感的发现”置于科学理论和事实之间的那个峰尖上。接下去几年的增长率将会证明布兰德的正确性——其实，真正证明布兰德正确性的是所有资深人员组成的名誉执绋六人组，包括萨里铁瑞、普瑞、纳什、德·布鲁图斯和肖特，外加正在打喷嚏的小莱尔。巴迪比较有钱，最后时刻决定去看《德拉库拉》。在布兰德留下的所有遗产中，最了不起的恐怕就是“偷灯贼邪说”了。其意义不只在于说明有人不买灯泡，而且还说明同样是这些人没有在灯头里通电！这种罪恶既背叛了太阳神，也背叛了电网。

就这样，太阳神的警探出动了，去寻找被偷走的拜伦。可是那个小顽童已经离开柏林，去了汉堡，把拜伦卖给了里泼尔街的一个妓女，然后拿换到的钱去打吗啡了。那个妓女今晚的客人是个成本会计师，喜欢把灯泡塞到屁股眼里。这位嫖客也带了点大麻来吸，所以走的时候忘了拜伦还在屁股眼里。其实，他自己根本就没搞清发生了什么——他在无轨电车上站了一路，等终于到家坐上马桶，只听“嘭”的一声，拜伦就掉进水里，“哗——”沿着下水管道冲向易北河河口。他身形圆滑，得以一路顺利前行。他在北海漂流了好几天，到达黑尔戈兰。那座岛像红白相间的拿破仑式甜点，在海中露出尖顶。他在岛上“骏马”和“修士”两块岩石间的一家旅馆待了一阵子。后来，一位很老的牧师经常做一个品尝一九一一年某种“豪客海沫”葡萄酒[①]的梦，在梦里了解到拜伦永生

---

① 一种德国产高级白葡萄酒。

不死的情况，于是就在某一天把他带回了大陆……突然间就来到了“柏林冰宫”这座繁荣的、黑暗的、铁桁架搭成的大洞窟，里面蓝色的暗影里可以闻到女人的味道——香水，皮革，毛滑冰服，空气中的冰屑，闪动的腿，撅起的屁股，流感般迅速闪过的欲望，扬鞭示威后的无助，在满是冰末的太阳光柱中迅速穿梭。一个声音在脚下模糊的镜子里说着：“找到那个制造这一奇迹的人。他是圣人啊。把他挖出来。尽快把他树成典型……”老牧师马上草拟了一份名单，上面有大约一千个名字，都是在海滩上发现拜伦之后进出黑尔戈兰的游客。那个人的名字就在上面。牧师开始在火车上、人行道上、希斯巴诺-苏莎上一个个寻找名单上的游客。可是他才走到纽伦堡，小提箱就被一个异教派信徒给偷了，而拜伦就在箱子里，外面包着一件弥撒白长袍。偷箱子的人叫毛斯马克，是路德教派的，喜欢穿罗马天主教神父的法衣。这位毛斯马克不满足于站在自己的镜子前学教皇画十字，觉得要是穿一身神父装，到齐柏林的野外去参加纳粹火炬集会，随意地绕着祈福的人们转圈子，那一定是件标新立异的事情。光闪闪的绿色火炬、红色的万十字章、叮叮当当的铜饰。“毛斯马克神父”到处打量着奶子、屁股、腰围、凸起的裆部，哼着一支牧师小曲，有些像巴赫的连复段，微笑着走过唱《为胜利欢呼》和合唱《旗帜高扬》的人们。他没有发觉拜伦从他偷来的法衣里掉到了地上。此后，几十万只靴子和鞋子从拜伦旁边走过——当然了，几乎没有一只靴子或鞋子碰到他。第二天，那片野外变得空旷而死寂，剩了些圆柱子，灰扑扑的，还点缀了一些长长的水坑，清晨的云朵在镀金万十字和花环后面拉得长长的。一个拾破烂的犹太人在那里捡到了他，把他带走了，辗转十五年，躲过了灾祸，躲过了太阳神，得以存留下来。他被拧入一个又一个 Mutter（妈妈）——灯头里的母螺纹在德语里就是这样叫的，其中原因却不得而知。

此前，灯泡卡特尔已经启动了应急方案 B，确定了七年的法定时效，过了这个时间，拜伦就在法律意义上被认为烧坏了。再说，从拜伦案撤回的那些人又忙着去追踪另一颗长生的灯泡。那颗灯泡叫毕垂兹，本来装在亚马孙丛林一个哨所的门廊灯头里，刚刚被一个印第安突袭组莫名其妙地偷走了。

拜伦这些年屡屡化险为夷，所有的救星似乎都是偶然出现的。一有机会，他就会对附近的灯泡宣讲太阳神的罪恶本质和团结起来对付灯泡卡特尔的必要性。他慢慢悟出，灯泡必须打破自己只传输光能的界限。太阳神把灯泡的作用就限定在这一点。“可是，除了可见的波段，上面和下面还有其他频率。灯泡还可以发热。灯泡可以给植物提供生长的能量，比如给那些非法的、长在密室里的植物。灯泡可以透过睡觉的眼睛，影响人们的梦境。”有些灯泡听得很专注，还有些灯泡则设法向太阳神告密：一些资格较老的拜伦反对派会有条有理地摆弄自己的参数，以便在瑞士那座山腹中的硬橡胶仪表上显示出来；还有几个灯泡竟然想把杀手扳倒，结果惹来了杀身之祸。

当然了，任何有关灯泡超越自我的言论都是公然造反。太阳神的一切都依赖于灯泡的效能，即可用输出功率和输入功率之比。电网要求这个比率要尽可能小。这样他们就能卖出更多的电。另一方面，低效能会延长照明寿命，从而减少太阳神的灯泡销售量。初期，太阳神尝试过增加灯丝电阻，悄悄地、逐渐地缩短使用寿命——后来电网发现收入减少了，就开始抗议。不久，双方达成协议，取了一个中间数字作为灯泡寿命，这样双方都能赚到足够的钱，至于反灯泡偷窃活动的费用嘛，就五五开了。同时还要巧妙打击那些完全放弃电灯而使用蜡烛的罪人。太阳神和肉类卡特尔长期合作，限制动物脂肪的流通，把脂肪更多地留在肉里卖出去，也不管会不会引起心脏问题。另外，又引导大多数割下来的脂肪进入肥皂制造业。那个年代的肥皂业很兴旺，很受关注。布兰德研究所发现，消费者对废弃物有着深厚感情。即便如此，太阳神并不是特别重视肉和肥皂的相互关系。他们更重视钨这样的东西。这是太阳神无法极大降低灯泡寿命的另一个原因。使用钨丝太多，会损耗现有钨的库存量（中国是世界主要钨产地，这就导致了东方政策的一些微妙问题），也会破坏通用电气和克虏伯之间关于碳化钨产量和不同时期各地销售价格的协议。按照确定的原则，德国每磅价格是三十七到四十美元，美国是每磅两百到四百美元。这就直接控制了机床的生产，也控制了轻重工业的各个领域。战争爆发时，有些人觉得通用电气给德国那样的优惠是不爱国行为。不过有权力的人们统统不这么看。不用操心。

拜伦的照明时间越来越长，对这里面的名堂也看得越来越清楚。他学会了在家里、工厂、街头与其他电器打交道的方法。每样电器都有话对他说。这种模式在他的灵魂（德语是Seele，指早期碳丝的核心部分）里积聚起来，变得越来越大，越来越清晰，他也就越来越绝望。到了某一天，他会无所不知，但仍然和先前一样无能为力。他年轻时代把全世界所有的灯泡都组织起来的梦想现在看来是无法实现了——电网现在彻底开放了，所有的信息都可以窃听到，干这事的叛徒又很多。从古到今，预言家们都活不长——要么直接被杀，要么发生事故，其严重程度足以使他们停止活动、进行反思。一般情况下他们都会收手。不过拜伦却碰到了更好的运气。他注定要永远存活下去，知道一切事情却又无力改变什么。他不再尝试去摆脱因果了。他的愤怒和沮丧会无休止地增长，却又发现自己喜欢这样——可怜而背时的灯泡啊……

拉兹洛·雅夫沿着运河走了。运河里，狗们在游泳，一群群的狗，头在满是浮渣的许多条运河里快速起落……狗们的头、象棋里的马，这些东西在空军基地的空气里、在最浓的雾里也可能无法看到——如果适宜的温度、气压、湿度条件形成猎獚的形状，飞机调好了频率就能感觉到，雷达也能看到，甚至飞机上绝望的乘客们偶尔也能从小窗里瞥到，只是像隔了一层薄雾……这只狗本性善良，它不受任何人控制，一直在那儿陪伴我们始终，陪伴我们完成无法避免的航程——这样的航程令我们感到绝望，却又有些心甘情愿。……雅夫西装里的褶皱迂迂回回地飞走了，像后院里迎风飞起的鸢尾叶子。上校被一个人撇在欢乐谷。那座钢城在等着他，均匀的云光在每座大型建筑物上照出一条白带来。这些建筑物都是为了调制完美无缺的街道网而建的，每座塔都不同程度地被削去一截——那把能够梳理这一切、使其归于过去那种笛卡儿式最佳和谐状态的梳子哪里去了？天空中可以修剪欢乐谷的那些大剪刀哪儿去了？

没有必要把血腥和暴力带到这里。但此时，上校却仰着头，标准的投降姿势——他的咽喉完全暴露在灯泡令人痛楚的光芒下。除了他，帕迪·麦高尼格尔就是唯一的证人了。而帕迪作为一个个体电力系统，有着自己的梦想，希望上校和其他人一样离他远远的。艾迪·彭谢罗颤抖的肌肉里溢满了布鲁斯，阴郁的、人世间的布鲁斯，所以拿剪刀的姿势就不专业了。剪刀尖在锥形的灯光里战栗着，指向地面。艾迪·彭谢罗的手指滑出剪刀的钢圈，整个手紧紧握在了上面。上校的头又后仰了一些，把颈静脉暴露出来，明显有些不耐烦了，因为——

◆　◆　◆　◆　◆

她骑着一辆偷来的自行车向城里而行，银冠上有一块白帕子在身后飞舞出尖尖的形状。她像来自枯竭、沦陷国度的尊贵使者，充分享有古老的特权，却又不是有用的那种权力——想都甭想。她穿了一件颀长的白衣，是战前夏天穿的网球装，此时飘扬着，却没有刀斧般的硬褶皱，而是比较柔和、比较随意、有些活泼，折痕深处有些蓝意——这件衣服可以应付天气变化，可以任树叶的影子在上面流淌，任棕色和金黄的碎影在上面移动——她就这样全神贯注地悠然前进在硬土块铺成的公路上，两旁是浓荫遮蔽的树木，但她心里没有笑意。她的头发编起来盘在头顶，而头则既没有仰得很高，又不像以前那么"沉重"，而是向着或者说对抗着某种特定的未来。这可是自离开埃尔曼·戈林赌场以来的第一次……她根本和我们不在同一时刻、同一时间概念中。

最边远的那个哨兵从锈迹斑斑的破水泥屋里向外张望。只狠狠踩了两下，他们两个，他和卡婕，就在日光下与土块、锈迹、渗入的阳光斑点融为一体。那些光斑呈金黄色，感觉冷冷的，玻璃般溜滑。和这一切融为一体的还有树间清爽的风。哨兵的眼睛如非洲人患了甲亢，眼睛的虹膜像没有开好的矢车菊，包围在拥挤的白色田野中……啊哈哈哈！一下子跳到鼓上，嘿呀！告树（诉）春（村）子里别的逐（族）人，小子哎！

听，咚咚咚咚，咚咚咚咚，好啦，可是从她的表现上看，连好奇的心境都没有。难道就不能有鼓、有暴力吗？很自然的：一条蛇从树枝上跳下来，前面上千棵低垂的树顶间出现一个很大的东西，她自己身体里发出一声尖叫，骤然遭遇最本能的恐惧，被吓得垮掉，然后按照她的梦想，重新获得自己的灵魂，获得长久失去的自我……至于那些德国草坪，她也只会象征性地看几眼——那些草坪远远伸展开去，消失在薄雾中、山丘边或疗养院人行道旁那些灰扑扑的大理石栏杆间。那些人行道不安分地弯成弧形，极度兴奋又令人窒息地通入灌木丛中——那里的枝条和荆棘上冒出了阳具般的嫩芽，但那些枝条和荆棘又很古老、很不舒服，很容易吸引、攫住人的眼球和泪腺，吸引人不惜一切代价去寻找那条突然消失的小径……或者回头去寻索温泉疗养区的踪迹——或者是矿泉场的一角，或者是白糖般的乐池最高点，以便抵制潘神[①]来自黑暗丛林的低语：进来吧……忘掉他们，到里面来吧……不。卡婕是不会进去的。她去过那些丛林、那些灌木。她在那里光着身子跳舞，张开自己的阴部，接纳丛林里野兽的犄角。她的脚掌感受着月光，大脑皮层吸纳着月之潮汐。潘是个叫人恶心的爱人。今天，在大庭广众之下，他们只是紧张地瞟了对方几眼。

这时候，令人惊慌的事情发生了：突然，不知从哪里冒出一支完整的赫雷罗歌舞队，统一的白色水手服，款式设计得着意要暴露臀部、前胯、细腰、前胸。他们扛着一个全身装饰着银片的女孩，花里胡哨，厚颜无耻，像“钻石丽儿”[②]或德克萨丝·桂南的那种。他们把她放下来，大家一起开始跳舞唱歌：

多—疑—症——呀，多—疑—症！
太棒了，又见那青春面容！

---

① 希腊神话中半人半羊的山林和畜牧之神。
② 舞女，本名郝诺拉·奥恩斯泰因，曾让牙医在门牙中植一钻石，故有“钻石丽儿”之诨名。

多疑症呀，你这个愣头青，
不知从什么时候起
你就有点儿那什么说不清！
你破门而入，凶神恶煞，
就是戈雅[①]，也难将你描画——
多疑症啊，找个律师吧，
我把屁股作遗产给你留下！

接着安德烈斯和巴维尔穿着踢踏舞鞋（七月份英国国家娱协举办一场非常粗野的表演时抢来的）出来，开始表演一段断奏式踢踏歌舞：

多—疑—吱——（踢踢—踢踢—踢踢，踏呀踏！）
多—疑—吱——（呲嗵—！呲嗵—！呲嗵—！）
[太] 嗒 [呀] 嗒！咔嗒咔 [棒了] 又见
那（踏踏）青春（踢踢踏踏）面容！（余同）

嘿，前八小节还没结束卡婕就明白了：那个引人注目、厚颜无耻的金发女郎正是她自己。她在和这些上了岸的黑人水手表演舞蹈。想到自己代表的是多疑症（一位威严的老太太，有些古怪，但心地纯洁），便觉得这种粗俗的、爵士味的音乐有点烦人。她心里更喜欢偏于伊莎多拉·邓肯[②]风格的舞蹈，典雅，穿的都是薄纱，而且——唔，是白色的。海盗·普伦提斯给她交代的都是民俗、政治、占领区策略，但是没有提到“黑色”这个问题。而她最需要了解的恰恰是这个问题。现在，她如何走过这么多的黑色而救赎自己？她又如何找到斯洛索普？在这样的黑色中间？（说“黑色”这个词的时候要压低声音，就像老年人提到一个卑鄙的公众人物时那样，让它流出来，成为真正的黑色：从此不再被言

① 弗朗西斯科·戈雅（1746—1828）：西班牙画家。
② 伊莎多拉·邓肯（1878—1927）：美国女舞蹈家。

说）。她的思想里有着一种执拗而激烈的反抗意识，根本不是种族主义者那种严重的皮肉之痛，不是的，而是觉得心里又增加了一样担忧——占领区食品匮乏，天黑后人们住在鸡舍里、洞穴里、地下室里，和去年的荷兰人一样恐惧、躲避武装占领者，这些本来已经使她忧心忡忡了。她在这里至少还算舒服，安安逸逸的，但外面的真实世界，那个她依然信赖、永远都想望重新回去的世界，却灾难重重。这一切还不够，现在她还要忍受黑色。她对黑色的一无所知将会伴她始终。

和安德烈斯在一起，她显得魅力四射，浑身散发着女人挂牵不在身边的爱人安危时特有的那种性感。可是接下来她要去见恩赞了。他们是第一次见面。从某种程度上讲，两个人都被布利瑟罗上尉爱过。他们都曾找到自己的方式来忍受这种爱，忍受，足够久的忍受，一天一天忍受……

"上校。很高兴——"她的声音停止了。真诚地。她把头从他的桌子上伸过去，持续的时间刚好能表示她的感激、表明她的被动。她高兴，那是鬼话。

他点点头，用胡子侧指向一张椅子。嗯，这就是布利瑟罗从荷兰最后写来的信里说的那个"金色婊子"。当时恩赞没有想象出她的模样。他心里想的都是魏斯曼的事情，悲伤得透不过气来。那时候在他的心目中，她似乎只是一个可怕的生物，藏身于他的世界。虽然恩赞不想有种族意识，但过了一段时间，就把她想象成喀拉哈里大岩画里的那个白种女人，腰以下都是白的，带着弓箭，她的黑人侍女跟着她走过了漂泊无定的行程，一路石头，一路深沟，各种大小的人来来往往着……

可眼前的金色婊子是真的。他惊讶于她的年轻和苗条。她很苍白，像是要从他的世界里渐渐淡去，只要莽撞一抓就可能彻底消失。她知道自己瘦得太吓人，有灵魂白血病，却还以此来打趣。你必须得到她，但又不能表现出这个想法，眼睛和行为都不能，否则她会马上蒸发，像沙漠小径上方的轻烟，消失得无影无踪，你的机会就永远消失了。

"你见到他肯定比我要晚。"他平静地说——她对他的彬彬有礼感到吃惊。感到失望：她期待他更有力量。她的嘴唇开始翘起来。"他怎么样？"

"一个人。"她歪着头点了点，生硬而无礼。她回视着他的目光，尽可能根据目前的局势，在能够把握的范围内表现出不偏不倚的样子。她的意思是：你没跟他在一起，在他最需要你的时候。

“他一直是一个人。”

听了这话，她明白自己错了。恩赞不是胆小怕事，而是想举止得体。他想举止得体。他毫不设防。她也是毫不设防，唯一的原因就是她对一切可能伤害自己的事情早就麻木了。对于她来说没有什么冒险可言。不过，恩赞冒险了，此前的恋人在所爱的人面前都冒过这种险，或以行动，或以语言——这样做极有可能招致耻辱，重回失落，受到羞辱和嘲笑。她会嘲笑吗？他有没有把事情变得很容易，接下去就可以转换角色，让她主动进行公平游戏？她会不会和他一样诚实，不太冒险？“当时他快要死了，”她对他说，“他的样子很老。他有没有活着离开荷兰我都不知道。”

“他——”这样吞吞吐吐，可能是因为（a）照顾她的感情，（b）为黑人支队保密，（c）以上两个原因都有……可是接下去，见鬼，“最大冒险原则”又占了上风：“他最远到过吕讷堡灌木林。如果你不知道的话，现在也该知道了。”

“你一直在找他。”

“没错。斯洛索普也一直在找，不过我觉得斯洛索普不知道这个情况。”

“斯洛索普和我——”她朝屋子里环顾了一圈，眼睛掠过金属表面、纸面、盐瓶面，却没有找到着落。她像是在做绝望的、意外的忏悔：“一切都很遥远了。我不知道他们为什么把我安置到这里来。我也不再知道斯洛索普是什么身份。光线出了问题。我看不见。一切已离我而去……”

现在还不是触摸她的时间，不过恩赞还是伸出手鼓励地、友好地在她手背上轻轻拍了一下，就像军队上提醒对方注意的动作。“总有些东西是能抓住的。可能所有的东西看上去都不真实，但有些东西是真实的。真的。”

“真的。”两个人都笑起来。她的笑是疲惫的欧洲式，不紧不慢的，一边还在摇头。以前，她可能会边笑边评价、谈论边缘、中心、赢利与亏损、攻击开始的时刻、有进无退的境地——面对官场上的困境，她会笑得很有政治家的味道，因为她别无选择。可是现在，她是纯粹的笑。就像她当初在埃尔曼·戈林赌场和斯洛索普在一起的那种笑。

她就这样和恩赞谈论着一个共同的朋友。这就是真空的感觉吗？

“斯洛索普和我”这个说法不太好。她是不是应该说“布利瑟罗和我”？这样说会使她和这个非洲人发生什么情况呢？

“布利瑟罗和我，”他轻声说起来，一边打量着她打扮得容光焕发的面庞，香烟在他弯起的右手里闷燃着，“我们只是某种方面的亲近。还有些门我并未打开。打不开。在这里，我扮演着无所不知的角色。希望你别出卖我，不过也没什么。他们的心里已经有结论了。我是‘超级柏林嘴’，Oberhauptberlineschnauze[①]恩赞。这些我都一清二楚，而且他们不相信我。一般来说，关于我和布利瑟罗的那些流言蜚语，就像海外奇谈——而事实如何，并不能改变他们对我的不信任，也不能改变我无限制的通行权。他们还会传出一个又一个故事。可事实对你还是有些价值的。

“我爱的那个布利瑟罗是个年轻人，热爱帝国、诗歌和他自己的傲慢。这一切对我曾经很重要。现在的我就是从那个时候变过来的。过去的自己总是愚蠢的、难以忍受的，可也算是个人，你总不能把他赶走吧，就像不能赶走有其他缺陷的人一样，对吗？”

他似乎在真心问她的意见。难道他关心的就是这些问题？火箭呢？空壳人呢？他那尚在初期的岌岌可危的王国呢？

“布利瑟罗对你究竟有什么意义呢？”她最后问了这样一个问题。

对这个问题他无须怎么考虑。他经常在脑子里准备问题的答案。“此时此刻，我想带你去一个阳台。一个瞭望台。我带你看看火箭城。我们经营的整个占领区网络的树脂玻璃地图：地下学校、分发食品和医药的体系……我们可以直接看到教研室、通信中心、实验室、诊所。我觉得——

---

① 德语“超级柏林嘴”。

“这一切我都可给你，只要你——[①]

“相反。说错了。我觉得这就是我现在的样子。一个远离人群、处在一定高度和距离的人物……”在琥珀色的夜晚里，他俯视着火箭城，身后是水洗般的云片，颜色在渐渐加深——“除了这个优越的地位，什么都没有了。现在，普天之下已经没有心、任何人的心让我住在里面了。你知道那种感觉吗？”

这个人是头狮子，特别自恋——可是即便如此，卡婕还是喜欢他。“可万一他还活着——”

“不得而知啊。我这儿有他离开你们城市后写的一些信。他在改变。变得很可怕。你问我他对我有什么意义。我的苗条白皙的历险者啊，可能给了我一些生机的最后那颗心已经病了二十年，老了——它一直在变，从癞蛤蟆变成王子，从王子变成可怕的恶魔……‘万一他还活着’，可能也变得我们认不出来了。今天他可能就在天空中，我们就在他下面开着车，但根本看不见他。无论最终发生了什么，他都超脱了。即便他真的死了。他超越了痛苦，超越了罪孽——深入‘他们’的领地，深入控制，合成与控制，比——”嗯，他本来想说“我们”，又觉得“我”好像更合适，“我还要超脱。我只是得到了提升。这样的说法其实空洞到了极点。还不如某个你不相信的人告诉你，你不会死……

“是的，他对我有意义，很有意义。他是过去的我，是我亲爱的信天翁，我无法将它放飞。”

“还有我？”据她推测，他希望自己说起话来像个二十世纪四十年代的女人，“还有我。”是啊。可是她目前没有更好的办法帮他，让他获得片刻的安慰……

“你，可怜的卡婕。你的经历是最悲惨的。”她抬起头，想确定他脸上是何等嘲弄的表情。可是她看到了眼泪在流，在他的面颊上流。她惊呆了。“你刚刚获得了自由。”说到最后一个词的时候，他哽咽了，双手

---

① 这句话引自《圣经·路加福音 4：6—7》，整句应为：“这一切我都可给你，只要你拜倒于我。”

做笼子状，脸向前在手上轻轻擦了一会儿，“笼子”再打开的时候，竟想去抚摸她华尔兹节奏型的、快乐而美妙的笑声。哦，不，难道他也要对她犯傻？现在，她生活中需要的是一个情绪稳定、心智健全、性格坚强的男人。不是他这样的。“我也告诉过斯洛索普，他自由了。我给所有可能愿意听的人说这个话。我给他们说的话和我给你说的话一样：你自由了。你自由了。你自由了……”

“我的经历怎么可能比这还悲惨呢？”无耻的姑娘，她不是在幽他的默，居然是在向他卖弄风情，为了保护自己不进入他的黑色之中，她用上了在皱巴巴的、歪歪扭扭的青春岁月里学到的全部技巧。其实她不懂，那黑色不是他的，而是她自己的——那是一种难以承认的黑暗，此时此刻她竟自欺欺人地认为它属于恩赞。她这种黑暗的颜色比女巫团聚会的潘神丛林中心还要深，根本不属于田园，而是属于城市。在这一格局中，自然的力量被甩开、踩踏、改造，甚至受伤流血倒在地上，最后变得像个凶死的人，成了魏斯曼超越了的“壳里颇似（死人的躯壳）”，他们灵魂的跨越之旅非常困难，所以在蓝闪电（在海里搅起长长的浪迹，荡起涟漪）中失去了所有的善意，他们变成了愚笨的杀手和玩笑者，在虚空中发出难以听清的吭吭声，被锻造和剥脱得羸瘦如鼠。这种城市式黑暗属于她自己，而在这种黑暗的底面上，事物向四面八方流动着，既没有开始，也没有结束。可是随着时间流逝，原来的地方越来越吵闹，所以它摇身一变，想要进入她的意识。

“你想卖弄风情就卖弄吧，”此时的恩赞变得像卡里·格兰特一般温文尔雅，“但要做好思想准备，别人会当真。”噢嗬。伙计们，你们来的目的不就是这个吗！

也未必呀。对她来说他的痛苦（那些痛苦全部递交到德国人的档案里了，接收手续齐全，不过现在可能已经被毁掉了）实在是太深了。他可能学会了戴上一千种面具（就像这座城市不断给自己戴上面具，以抵御外来侵略——这种侵略我们往往难以看见、其结果我们也无从知晓；或者抵御那些无声的、被忽略的革命——它们发生在墙壁干净的仓库区里，或杂草丛生的土地上），而可以肯定，这位，这位温和的、上了些年纪的外国人就是一千种面具中的一个。

“我不知道怎么做。”她站起来，长长地、长长地耸了耸肩膀，然后在屋子里昂首阔步地走起来，样子很优雅。她以前的习惯，感觉自己只有十六岁，人人都在盯着她看。秀发头巾般垂下来。两只胳膊不时相碰。

“没必要在这种事情上再花功夫了，找到斯洛索普要紧，”他终于说到正题上了，“你只要跟着我们就行了，等着他重新出现。干吗要管别的事呢？”

“因为我觉得，”她的声音很小，可能是做出来的，“‘别的事’才是我应该做的。我不想很肤浅地获得成功。我不只是想——我也说不好——不只是想为那只章鱼什么的报答他。难道我不应该知道他为什么去那儿，而为了‘他们’我又对他做了什么吗？怎么才能阻止‘他们’？我如何才能轻松离开，低代价出局？难道我不该了解这一切吗？”

她的性受虐狂［魏斯曼从海牙写来的信上这样说］是她肯定自己的方式：自己还可以被伤害，自己还是人，还会因疼痛而哭泣。因为她常常会忘记这一点。我只能尽力想象其中的可怕……所以她需要鞭子抽。她抬起屁股不是为了认输，而是因为绝望——就像你或者我对阳痿的恐惧：还能那个吗……会不成功吗……至于真心屈服、放弃自己、湮没于众生，那是没有的事，卡婕没有。她不是我可以用来结束这件事情的弱者。也许在尾声之前还会另有其人。也许我在做梦……我并不是在这儿，不是在专心研究她的幻想！

“你是打算要活下去。嗯，很有可能的。不论你想把自己弄得多么痛苦，你总还是能够成功的。你有充分自由选择每个阶段的愉快程度。一般来说，这是对你的奖赏。我不想探究其原因。对不起，你好像也不知道。你的经历最悲惨，这就是原因。”

“奖赏——”她生气了，“这是无期徒刑。如果你把这个叫奖赏，那你说我是什么？”

“绝对与政治无关。”

“你这个黑杂种。”

“骂得好。”他给了她说实话的机会。石头角落里的一只钟响了起来。“我这里有个人，五月时曾和布利瑟罗在一起。正好是五月底。你不必——”

“你听着，上校，我要的。我要的。”

他站起来，把她搂在自己官员兼绅士的胳膊弯里，对着别处笑着，觉得自己像个小丑。她的笑容则是仰起的，就像淘气的奥菲丽亚[1]，对疯人的领地刚刚有所了解，心情迫切地想离开王宫。

反馈，笑容对笑容，调节，动摇——总之一句话：我们永远也不会互相了解。微笑，陌生人，啦—啦—啦，微笑着听完我们俩过去共同的爱人的结局，我们是看电影的陌生人，注定要坐不同排的座位、走不同的过道、从不同的出口出去、走各自的路回家。

那边的另一条走廊里，一个钻头发出很大的声音，冒着烟，紧接着啪地中断了。餐厅里的盘子和铁具哗哗啦啦响着，很单纯、友好的声音，隔着熟悉的蒸汽带。那些蒸汽浓厚地围绕在酸味、香烟、洗碗水和消毒液的周边——这正是餐厅中午时分的情景。

总有些东西是能够抓住的……

◆ ◆ ◆ ◆ ◆

你会需要因果报应的。没错。把斯洛索普从阿努比斯号上吹到海里的那场暴风雨也把坦纳茨从船上给冲下去了。当夜，一个波兰殡仪员划着小舟出来，想看看闪电是否会击中自己，正好救了他。殡仪员希望能吸引电流，所以穿着一套结构复杂的金属衣服，像深海潜水员穿的那种，还戴了一顶纳粹国防军头盔，在上面钻了两百来个小孔，往小孔里塞了各种形状的螺帽、螺钉、弹簧和导电金属棒，所以他点头或摇头的时候就会叮当作响，而他又经常点头摇头。他是个十分合格的数字型伙伴，不论问什么都答“是”或“不是”，而在这个雨夜，他和坦纳茨周围竟然

---

① 此处指莎士比亚《哈姆雷特》中的情节。

出现了大量贝母，形状和质地都很奇特。自从这位殡仪员在美国人的传单上读到本杰明·富兰克林、风筝、雷电和钥匙的故事以后，就一心一意从事起让闪电击中自己头部的工作来。一次闪电时（虽然还不如他的意），他突然想到，此时此刻在整个欧洲，有成百个甚至上千个在外面走路的人都被闪电击中又活了下来，他们该有多么精彩的故事啊！

传单忘了提到，本杰明·富兰克林也是一位共济会会员，特别喜欢搞各种各样的滑稽恶作剧，“美利坚合众国”很可能就是其中之一呢！

你瞧，这是个与连续性有关的问题。大多数人的生活都有起起伏伏，但相对比较平缓，是一条波浪形曲线，每个点都有一阶导数。这些人永远也不会遭到闪电袭击。他们没有真正的灾难意识。但那些被袭击的人会经历一个奇点①，于是生命弧线中就出现了断裂——你知道尖点②的时间变化率是多少吗？是无穷大，正是的！而一而且在点的另一面，是负无穷大！这突然的变化怎么能这么大呢？每小时无穷英里的速度变成相同的逆速度，点两边的 Δt 只有蚊子屁眼儿或红色阴毛那么大小，变化就在这一瞬间。伙计们，这就是被闪电击中的感觉。你在一座山的高处，在针尖般的山顶上，觉得在那血红色的高处一定有胡兀鹫在盘旋，等待机会把你抓走。哦对了。它们的导航者是赤裸着脊背的侏儒，眼睛上戴着小小的塑料面具，那形状正巧是无穷大的符号：∞。这些小人儿长着邪乎的眉毛、尖尖的耳朵、秃秃的头，虽然有些人戴着奇形怪状的帽子，但绝不是罗宾汉式的浅顶软呢帽，而是卡门·米兰达③式的那种，像香蕉、木瓜、葡萄串、梨子、菠萝、芒果，天哪还有西瓜——还有一战时顶上有穗子的威廉盔④、婴儿帽、拿破仑十字帽——有的有字母 N⑤，有的没有。至于小红衣服绿斗篷就更不用说了。瞧，他们身子前倾，趴到那些恶鸟

① 奇点：数学名词，指数学物件中无法处理的点。一般来说，可以分成两种状况：一、这个点的值在数学上没有定义；二、在某方面来说，这个点破坏了该数学物件的整体一致性。
② 尖点：数学名词，指两条曲线的交点。
③ 卡门·米兰达（1909—1955）：美国电影女演员，歌唱、舞蹈演员。
④ 品钦造词，指德皇威廉二世（1849—1941）及其军队在一战期间戴的阅兵式用头盔。
⑤ 拿破仑名字的第一个字母。

的耳边低语着，像职业赛马师的样子。他们是出来捉你的，老兄，就像那个从帝国大厦上跳下来的人猿，不过他们不会让你掉下来的，他们要把你带走，带到委托他们为其代理人的地方去。那个地方的样子和你离开的地方很像，但其实是不同的。在全等和同一之间似乎还有一类相似物，它们只能看到合适闪电袭击的那些脑袋。那是另一个世界，重叠在前面的世界上，所有的外表都一模一样。哈哈！不过那些被闪电击中的人知道有区别，没错！即便他们并不知道自己知道。这正是今夜这位殡仪员出来到暴风雨中寻找的东西。

他是不是对所有别的世界都感兴趣，只要这个世界派了侏儒代表骑在鹫背上出来？不是。他也不想写什么人类学名著：被闪电击中的人们组成了一个亚文化圈，甚至是秘密组织，用指甲尖急敲声代表握手，还私下办了杂志《省一枚钱》——这个名字看起来像本·富兰克林扩充过的那句单纯而古老的谚语[①]，除非你知道这句话的下半部分："……就是存一堆钱。"这就使引语的真正含义指向了镍币大王马克·汉纳[②]的话："从政时间足够长才能明白，公职人员丝毫没有亏欠公众任何东西。"所以，杂志真正的名字应该叫《时间足够长》，"明白的人"自然明白。该杂志每一期上的文章，要是这么折腾，都会引发很多言外之意呢。不过在外人看来，这本杂志只是一本令人喜爱的俱乐部小型新闻通讯：杰德·普伦济特四月最后一个周末为衣阿华分部举行烧烤会。杰德，我听到"用电量竞赛"的事了。运气不好啊！不过，参加下次烧烤会，保你精神焕发放光辉……米妮·卡尔金斯（章节号 1.739）于复活节周日[③]和加利福尼亚一个纱门推销员结婚。很抱歉，他不符合会员资格——起码目前不符合。不过有了那么多纱门，我们就得天天求神保佑了！……很多人写信问编辑阁下，迪凯特尔的春日大会在祈福时所有的灯全熄了，究竟是

① 原来的谚语："省一分就是挣一分。"富兰克林扩充为："省一分就是赚两分；一天省一针，一年省四分。"

② 马克·汉纳：克利夫兰资本家，镍币大王。下面的话于一八九〇年五月八日（品钦生日，二战胜利日）写给一位经手诉美孚石油俄亥俄公司案的年轻律师。

③ 一九四五年愚人节。

怎么回事？很高兴地报告大家，经调查问题出在线路上的一次大规模电流瞬变，“类似于一种电流大潮，”亲历现场的工程师汉克·法夫讷这样说，“那个地方所有的灯泡都烧坏了，整个天花板上都是黑乎乎的、孵不出鸡的蛋。”汉克，挺有诗人味嘛！如果你现在能找到这次尖峰电压的原因——

可是，小舟里的那个波兰殡仪员有兴趣解开这个密码、破解秘密组织或者可识别的亚文化圈吗？不，他没兴趣。他之所以要找出这些人来，是因为觉得有助于他的工作。你能理解吗——门兄？他想知道人们在闪电之前和之后的行为，这样他就能更好地应对失去亲人的家庭了。

“你这是滥用伟大发现从事商务活动，”坦纳茨一边上岸一边说，“你应该为自己感到羞耻。”他走入这座沼泽边的空城还没过五分钟就听隆轰——！隆隆隆！巨大的声光爆炸把水冲回到殡仪员那里——他一边为坦纳茨的薄情寡义愤恨不已，一边把船拖开。

“啊，”他微弱的声音传来，“啊，咳。咳咳咳咳！”

“除了我们谁也活不了。”一个实实在在的身影低语着，只是个轮廓，出现在坦纳茨前面的小路上，漆黑如炭，“我们不伤害客人。不过如果你走另一条路会更好。”

他们是一七五[①]——同性恋集中营的犯人。他们从北豪森的多拉集中营北移，一直到了没有陆地的地方，在这片沼泽和奥德河口之间建立了这个全部是男人的社区。一般情况下，这正是坦纳茨心目中的天堂，只是这些人都忍受不了离开多拉——多拉是家，他们想家了。他们的“解放”是一种放逐。因此，他们在这个新地方虚构了一个象征性的党卫军指挥体系——他们不再局限于当时上天指定给牢犯的生活，而是努力成为想象中真正下作的纳粹玩主，包括监狱长和区段长，同时还在自己内部选出了犯人头、区段元老、优待犯人、工长、奴仆、信使（德语Läufer，也指象棋里的马……如果你看到他清晨在多水的丘陵草原上跑过潮湿的草地，红色的外衣舒卷飘扬，红色几乎暗淡成了树皮的颜色，你

① 德国刑法第一百七十五条惩罚同性恋等不正常性行为。前已有注。

就会对他在这个社区里的真正意图有所理解了——他是神圣战略的传递者，是良知的备忘录。当他沿着早晨的沼地向你跑来时，你被自己低垂的脖颈迷住了，被一个伟大时刻的边频扫到了——因为信使在这里是最神圣的，正是他把消息送到有形的犯人头和无形的党卫军之间那危险的交界处）。

处在这个联合体最高点的是监狱长布利瑟罗。这个名字似乎承担着他隐退的重负，经过最后一站吕讷堡灌木林，来到了如此遥远的东方。他是占领区里最坏的幽灵，很邪恶，渗透在夏日漫长的夜晚里，像坏朽的根，朝着冬天变化、生长，变得更加苍白，变得懒惫而饥饿。“175”们还能选谁做他们的最高压迫者呢？他的权力是至高无上的。不过，你别以为这样他就不期待什么了。他来到被炸毁的、锈迹斑斑的煤气厂，在盘旋的楼梯下面，在油箱后面、塔后面，等待着黎明第一个穿深红色裙子的信使带来夜晚的消息。夜晚是他的最爱，所以他必须知情。

这里的这个影子党卫军指挥体系，其依据并不是犯人们在多拉了解的那种模式，而是他们推测出来的、隔壁中心工厂的火箭结构。A4 也以其自身的方式被隐藏在一座无法逾越的高墙后面，而这座墙则把真正的痛苦和恐惧与受命发射导弹的人分隔开来。魏斯曼 / 布利瑟罗的存在越过了高墙，变形，颤抖，进了简易工棚，伸手去触摸另一个形体，就像语言企图穿越梦境那样。“175”们从真正的狱警们那儿听到的东西足以让魏斯曼立刻兴奋起来——他那些作为精英人物的兄弟们不知道他要干什么。只要犯人们出现在能够听到的距离，狱警们就会停止交头接耳，可是他们的恐惧却回响不已：不是对魏斯曼个人的恐惧，而是对时间本身的恐惧——这是一个走投无路的时间，所以布利瑟罗可以自由进入中心工厂，像自己家一样；这个时间给了他一种与奥斯威辛和布痕瓦尔德[①]不同的权力，而他们自己却无力承当这种权力……

坦纳茨一听到布利瑟罗的名字，肛门就缩紧了。并不是他害怕这个

---

① 奥斯威辛：波兰一城镇，第二次世界大战时有名的纳粹集中营。布痕瓦尔德：德国中部靠近魏玛的一个村庄，第二次世界大战期间纳粹集中营所在地。

名字固定在这儿不走了，或者类似原因。坦纳茨的多疑症并不严重。使他惧怕的是自己被唤醒了——他想起，自从那个中午在灌木林发射了00000之后，自己从未得到布利瑟罗境况的任何消息：是死是活，当权了还是逃亡了？他也不知道自己究竟希望哪一种情况发生。只要阿努比斯在航行，就无须做选择：过去的记忆可以远远抛开，从而有一天其“真实性”已经不再重要。事实的确如此。事实的确不是如此。

“我们认为他在那里，”市府发言人对坦纳茨说，“活着，在逃亡。我们偶尔会听到一些消息，都是很符合布利瑟罗的。所以我们在等待。他会找到我们的。他在这儿预制了一个能源基地，等他回来呢。”

“如果他不留下来呢？”居心叵测啊，“如果他把你们嘲笑一番，然后走掉呢？”

“那我就说不清楚了，”对方开始后退，退到外面的雨中，“这是有没有信心的问题。”

坦纳茨发过誓：永远不再寻找布利瑟罗，00000之后永远不再。所以这时候他感到恐惧的刀刃已经平搭到身上了。他叫道：“你们的信使是谁？”

“你自己去看吧。”声音很低，挤出来的。

“哪儿？”

“煤气厂。”

“可是我有信儿给——”

“你自己拿去……”

白色的阿努比斯继续其救援之旅了。而在这儿，在她走过后，留下了过去的一切，游水、溺水，入泥、出泥，日落时可怜的乘客迷了路，误打误撞，相互间进入了对方记忆中：残骸、碎片，沉闷的废物堆——他们必须保留的一切，搅搅拌拌，浮浮沉沉。从船上掉下来的人，我们共同的残骸，都是如此……

坦纳茨在砂岩拱廊下、在颇有声势的雨中不停地颤抖、愤怒。我应该继续航行的。他想大叫，而且马上就叫了出来。“我本来不该被抛下，和你们这些垃圾待在一起……”能够听他讲述自己伤心故事的上诉法庭在哪儿？“我没有立脚的地方了！”食堂的一个厨子滑进一摊精致的呕吐物中，把整整一罐奶油状黄色鸡肉呕吐物泼满了整个右舷的露天甲板。坦纳茨没有看见这一幕，他在找玛格丽塔……糟透了，“赌注下好了，”——却没人听到他的话，阿努比斯也走了。坦纳茨，最好还是和这些游水的残骸待在一起吧，说不上会有什么东西游过来。还是问那个恩赞上校吧，他知道的（在这个世界的废墟里，有一把钥匙……在白色阿努比斯上是看不到这把钥匙的，凡是有价值的东西他们都会扔在一边）。

就这样——坦纳茨去了煤气厂，靠在一堵涂了沥青的墙上，鲭鱼眼睛在湿乎乎的毛领子暗影衬托下显得很突出，黑白分明，很惊惶，呼吸的热气从嘴角冒出来。来路上的小径间，绿色的黎明开始生长了。“他不会来这儿的，他一定是死了。”就这样死了？难道这里是交界面？两个世界相交的平面？……肯定是，但又是哪两个世界呢？靠实证主义来解救他是没指望的，那玩意儿战前在柏林彼得·萨克撒请神会的时候就不管用了，只会碍事，弄得别人对他不耐烦。在他和超自然的东西之间，语言的隔挡永远只是一个借口……却从来没有让他感觉到更自在。这些日子甚至觉得这种借口没太大意思了。他知道布利瑟罗仍然存在。

这不是梦。难道你不希望这是梦吗？这是一场高烧，迟早会停止，把你释放回冰凉而真实的房间里……你并不需要去完成这一项漫长而复杂的使命，不，要知道这只是一场高烧……并不真实……

这次是真的了，布利瑟罗不论死活都是真的。坦纳茨害怕得有点发狂，想去刺激刺激他。他再也等不及了。他要看看怎样才能把布利瑟罗从交界面上弄过来。要怎样扭屁股尖叫表示投降才能把他弄回来……

这样做的结果只是弄来了苏联警察。没人告诉过坦纳茨，在能不能离开“175 城”的问题上，有个初步协议。煤气厂以前是出了名的约会地点，苏联人采取了一系列打击行动才制止住。“175 城赞美诗”最后的回响在公路上蹦跳着，渐渐消逝了。歌里对同性恋的赞颂挺恐怖，比如：

美美呀妙妙呀累累呀累，
我是性变态，你也是同类……

“现在我们接待的全都是游客，”那个穿着整洁、前胸口袋里装着白手帕的本地人这样说着，躲在帽檐下的暗影里窃笑，“当然，还有个别的间谍。”

“我不是。”坦纳茨道。

“你不是，啊？说说看。”

有点为难，好吧。坦纳茨开始还无须担心甚至无须想到布利瑟罗，不到半天时间，就需要随时讲述他的情况，以取悦好奇的散警了。说到过去，他早年获得的其中一个教训是：自己现在造成的任何结果，除非是意外，否则将来绝对逃脱不了。

比如在斯德丁[1]郊区发生了一次偶然事件：一支波兰游击队刚从伦敦回来，误以为警车是押送一个卢布林[2]反对派记者去监狱的，便打瘪了车轮胎，吼叫着冲入车里，杀死司机，打伤非军方审讯官，像一麻袋土豆一样拖着坦纳茨逃走了。

“我不是。”坦纳茨说。

“操。他说得对。”

他们把他从车门里滚出来，滚进了几英里外的一个难民营。他被关进一个铁丝围着的地方，里面还有一千九百九十九个难民，要向西送往柏林。

他坐了好几星期的货车，轮流吊在指定的车厢外面，这样就可以在里面铺草的地方腾出空位来，让另一个人睡觉。之后他们又交换。这样就能一直醒着。他每天都能看到半打的难民因为打盹而掉下火车。有时候看着可笑，但大多时候并不可笑——虽然难民们的幽默感变幻不定。他的手上、额头上、屁股上都盖了橡皮印章，除虱，挨戳，把脉，更名，编号，托运，上发票，误转，扣押，遗忘。他在纸面上被苏联、英国、美国和法国等国家的人口工作者在手头转来转去，在这个职业的圈

---

① 波兰西北部一城市。

② 卢布林：波兰东部一城市，在华沙东南方，苏联支持下的“波兰民族解放委员会”总部设于此。

子里打转转，不断认识新主子的脸孔、咳嗽、靴子。没有定量供应卡和德军薪水卡，你就注定要被搬来搬去，在占领区跟着一批又一批的两千人，从一个中心到另一个中心，也许永远就这样下去。于是，理所当然的，在某个叫梅克伦堡的地方，在那里的池塘和篱笆桩子之间，他发现：大家经历的，自己一样都躲不过。坐上火车的第二天鞋子被偷了。支气管发炎，咳得很重，又发高烧。整整一个星期没人来看他一眼。为了得到两片阿司匹林而极力讨好管事的勤杂兵，最后竟给此人培养了一个爱好：坦纳茨用满是胡子的脸，以一百零三度的高温贴着他的大腿，炉火般的热气呼在睾丸上。在梅克伦堡，坦纳茨趁一个独臂退伍军人睡觉，偷了他一截烟屁股，结果被一群人又咬又踢，折腾了半个小时。这些人的语言他从没听过，脸也没顾上看一眼。虫子们从他身上爬过时竟也有点恼火，嫌他挡了路。供他吃一天的面包被一个比他块头小的难民抢走了，那小子竟然还是一副理直气壮的表情，这样的表情坦纳茨是做不出来，顶多只能虚张声势地装一装——所以他不敢去追赶那个瘦小的、穿着猪肝色破大衣的背影，那大吞大嚼的乱草一般的头……别人只是袖手旁观：有个女人告诉大家，坦纳茨晚上调戏她的女儿（坦纳茨不敢看她的眼睛，因为他真的想扒掉那个苗条美丽、青春初萌的少女身上宽大的美国军裤把阳具塞进那白白的小屁股，那屁股让他想起卞卡，他咬她软如面包的大腿内侧弄得她呻吟，摸她的头她也会特别喜欢的）；还有一个眉毛很粗的斯拉夫人，曾逼着坦纳茨熄灯后到处给他找烟头，还在旁边监视，弄得坦纳茨睡不成觉——其主要目的不是为了找到一个真正的烟蒂，而是为了证明斯拉夫人对烟蒂的需求权。其实，围了一圈的敌人都看到了面包被抢、坦纳茨没能追上去这个过程。他们的结论很清楚，清楚地写在眼神里，坦纳茨在阿努比斯号上从来没有见过这样的眼神，很诚实，他无法逃避，无法甩掉……最后，最后他不得不面对它，具体说就是用自己真实的面庞，对着那种透明，那种真实的光亮……

在灌木林里最后一次发射火箭的情景越来越清晰地出现在记忆中。高烧使之光亮如新，疼痛为之剔除杂芜。一个形象反复出现：一只土褐色的眼珠子，已经近乎黑色了，里面映照出一架风车和参差交错的树影……风车边侧的门迅速开合着，像是暴风雨中未关的窗户……彩虹般的天空中，一朵蛤壳状的云升起了，边缘呈深紫色。那是爆炸引起的烟云，云体淡赭，从地平线上升起来……近些看又像是一些紫色混杂在黄色周围，内里黄灿灿的，四面衬托着向外逸散的紫罗兰色，朝着我们的方向逸散成肚腹状。吕讷堡灌木林没有风车呀！奇怪——先暂停描写这独特的风景——太奇怪了，明白吗？坦纳茨还专门向四周快速审视了一遍，看是不是真的没有风车。真的没有，没错。可是布利瑟罗的眼睛是看着灌木林的，眼睛里面有一架风车，唔？咦，老实说，这时候眼睛里照出的又不是风车了，而是一瓶杜松子酒。灌木林这里也没有杜松子酒啊。可是刚才眼睛里就是风车。这是怎么回事？格丽塔·埃德曼曾在布利瑟罗那双眼睛里面看到过德国地图，难道现在又要让坦纳茨在里面看到过去？这就奇怪了。如果你没有看那双眼球，眼球上发生的事情可能就错过了。你只能间歇地看到一些片段。卡婕回头看着肩膀上的鞭痕。戈特弗里德在早晨的队列里，身体软得像候鸟，风吹过他树枝般的大腿，把军装吹得波浪翻滚，头发迎风飞扬，好看的笑脸对着别处，嘴微微张开，下巴前伸，眼皮下垂。布利瑟罗在椭形镜里的影像，苍老的脸——他正要戴假发，“龙夫人”牌齐肩卷发，带刘海的。他停下来，朝镜子里看着，脸上有什么疑问？你说什么？假发斜着戴，稍微压低点，就成另一张脸了，被假发的影子遮住，几乎看不见……可是近些看，又能看到骨山肉川在眼前呈现，涂了冰一样白白亮亮，活像一个拿在手里的面具，放在张开的空兜帽里——现在是两张脸在回头看了：坦纳茨，你要给这人一个评价吗？坦纳茨，你没喜欢过鞭子吗？你渴望过女人衣服的摩擦和叹息吗？你想过杀死自己喜爱的孩子，杀死无辜、无助的生命而得到快乐吗？趁他抬头看你，那可能是他最后的时刻——信任你，对你微笑，抿住嘴巴亲你——这时候你朝他头上狠狠一击……那岂非妙不可言？哭声在你胸口戛然而止，突然地、真实地失去，永远失去，不可挽回地终结爱和希望……决不影响你最后的结局……（可是要容纳那张脸，那张蛇脸，张开双腿和双臂让它进入你的身体，进入你自己的脸，又觉得非常害怕——它会杀死你，如果它——）

他已经在向黑人支队透露这些情况了，这一切，还有别的。只要他看到绵延的铁丝栅栏后面、煤渣堤坝上或十字路口出现黑人的脸，就会喊“我知道”，哭叫“我看见黑色装置了”。一个星期后消息就传开了。有一天他们来找他：把他从草堆里抬起来，像抬一个婴儿那么容易。他的脸上沾满了煤屑，和他们一样黑，一只蟑螂好意地从他脸上跳下去了。他们押送着他往南走，他浑身发抖、呻吟，最后被收容到厄德士温洞穴。此时，他们围着火坐在洞穴里，抽烟，吞咽，眼睛盯在坦纳茨青紫的身体上。坦纳茨已经连续不断地絮叨了七个小时。从某种程度上说，他是唯一得到特权把这个故事讲得这么详细的人，他是那个失败了的人，是失败者：

一个傻子，爱情上从来不赢
但夜晚里常常游戏爱情……
一个倒霉鬼，输给上面的人，
牌对牌错，他们乱洗就行……
唉，输家从不下满注，玩赌却不指望赢钱，
他知道只要一次不成功，往往就会失败连连！
他是个爱情游戏的失败者哟，
独自熬过一个又一个夜晚！

他失去了戈特弗里德，也失去了卞卡，现在他开始明白了，他在这两个人身上的失败，都是输给了同一个赢家。不过他明白得太迟了。如今他已经忘记了时间顺序，不知道是先失去哪个宝贝的，甚至——黄蜂般的云雾在记忆中涌起——甚至不知道他们是不是同一个宝贝的两个名字，两个不同的名字……就在这时候，别人的浮渣向他扑过来，尖利的边缘，高速率的旋转，使他明白：自己无法长时间抓住这个想法，因为他很快又在无边无际的水里挣扎了。但是他不会忘记，自己抓住了一点点，看到了它的质地和颜色，他都用一边的脸感觉到了（当时他刚从附近的一方睡乡里醒来）：戈特弗里德和卞卡两个宝贝是同一个人……

他失去了布利瑟罗，不过感觉不那么真实。最后一次发射结束，他连夜赶到汉堡（具体情况已经记不清了），又从汉堡偷了一架P-51野马战斗机急急飞往比得哥煦，很像坐飞机从天而降的普洛卡娄斯基。于是坦纳茨开始在想象中认为，自己也以同样偶然的、钢铁的方式把布利瑟罗给结果了。可是这钢铁肯定输给了肉体和汗水，输给了夜晚长时间的见面和交谈——布利瑟罗低头看着他的胯部，结结巴巴地说：我k—k—k—k——“可不能？”布利瑟罗？“可不行？”“靠？”“哭？”那天晚上，布利瑟罗拿出了自己所有的武器，打开了所有壕堑和迷宫的地图。

坦纳茨其实是在问：如果凡世的脸从眼前经过，自信，自洽，根本没看到我，那么这些脸真实吗？它们其实是鬼魂？或者只是迷人的雕塑、阳光照耀的云之脸？

那么：“我如何才能爱他们呢？”

可是布利瑟罗没有回答。他的眼睛和风车的侧影一起发动了魔法。于是，坦纳茨眼前闪现了许多专门为他提供的场景。有海军少尉森村提供的：一九四四年岁末，在菲律宾马拉巴卡特附近某处铺有香蕉叶的地板上，一个婴儿在斑斑点点的阳光下扭动、翻滚、踢脚，弄得快干的香蕉叶上扬起了尘土，特别袭击队从头上隆隆飞过，零点[①]战斗机载着战友们飞走了，最后在春天都纷纷坠落了，就像神风队最喜欢的形象——樱花……有玛格丽塔·埃德曼提供的：在表层泥土或烂泥的下面有一个世界，烂泥般的爬行如泥土般的叫声，紧密层叠的一代代重力，附着于重力的失去之物——失物，失败，最后时刻，再就是一字排开的虚空、一系列被窒息的土层堵塞的隐士洞穴、那些永远失去的人……还有某某人提供的——管他什么人呢：卞卡穿着薄薄的棉布内衣一闪而过，一只胳膊后举，露出光滑粉嫩的肘窝和蹦跳、微露的小乳房，脸低垂着，暗影里只能看见额头和颧骨，朝这边转过来了，看见睫毛了，你祈祷着，希望她抬起睫毛……她会看到你吗？这是永远停留在疑问之门的悬念，是

① 即三菱A6M8战斗机。

对她爱情永久的疑问——

他们会帮他渡过难关的。“厄德士温洞穴人”们整夜坐着听他不停地招供情报。他是他们盼望的天使，他现在来临是理所当然的，他来的这一天他们刚刚把自己的火箭完全装好。这是他们唯一的A4火箭，是他们花了一个夏天，搜遍了整个包括波兰及其他低地国家在内的占领区，一件一件从废物堆里挖出来的。以前的时候，你信也罢不信也罢，空壳也罢绿色也罢，恋阴狂也罢政治禁欲也罢，玩权术也罢中立也罢，你都有一种感觉，一种怀疑，一种潜在的愿望，一角隐藏的灵魂，一种对火箭有益的东西。天使坦纳茨现在昭示的就是这种“东西”，听者不同，理解就不同。

等他说完的时候，所有的人都明白了黑色装置是什么东西，如何使用，00000从哪里发射，又指向何处。恩赞几个小时前就做好决定了，阴郁地笑着，呻吟着站起来，说：“好，我们现在看看时间表吧。”他在厄德士温洞穴的对手、“空壳人”约瑟夫·奥姆宾迪抓住他的胳膊——“如果要是……”恩赞点点头，“看你能不能给我们组织一批可靠的安保人员，库伦代[①]（伙计）。”他好久没有这样称呼奥姆宾迪了。至少在这次旅途中，让空壳人控制安全保卫人员名单，这可是不小的让步……

……旅途已经开始了。瞧，在往下一层半的地方，男男女女都在忙碌，准备滑轮、绳子、安全带，把火箭各部分放到各自的推车上，其他的黑人支队队员们则穿着皮衣，排队在通往洞外的斜坡上等，周围开着蓝色的花儿。他们是顺着现在和将来的导弹航向指示牌排队的，牌子就用绳子拉在木轨和沟槽间。现在，不论空壳人、中立人还是绿色人都聚到一起了，或等待，或拖物，或监督。自从很多很多年以前按照种族生死界限划分类别以来，有些人还是第一次互相说话。他们现在和解了，从事着唯一能把他们聚集在一起的“大事”（恩赞明白：我没有办法团结大家。想到这件事结束后会出现的结果，他不寒而栗。不过，他只是要度过一天中属于他自己的那一段时间，难道这还不够吗？要尽力做到极

---

① 赫雷罗语译音。

致……）。

克里斯蒂安从旁边经过，整理着编织布皮带下山去了。他走得并不踉跄。前天夜里姐姐玛丽亚给他托梦了，希望他不要报复任何人，要他信任和热爱"恩瓜鲁勒卢"。所以，他们的目光相遇时，既没怎么高兴也没怎么挑衅，但互相间的了解却达到了前所未有的程度。对面走过时，克里斯蒂安的手朝着灌木林那边——偏西北方向，死亡国度的方向——举了起来，半是敬礼，半是庆贺。恩赞也如法炮制，伊呀库伦代（来吧，伙计）！在某个瞬间，两只手掌滑掠而过，碰到了一起。至少在目前，这一碰就足够了，其中的信任也足够了……

◆　◆　◆　◆　◆

出乎意料的是，到了这个国家觉得愉快，真的，竟然非常愉快。虽然这里有个恶棍，凶得像死神。此人就是这个典型的美国少年他父亲，一直要杀儿子，一计不成又生一计。而孩子也心知肚明。想想这种情景吧。他每天都要躲避父亲置他于死地的阴谋，可从来又没人告诉过他要这样一直躲下去。

他很愉快乐观，勇气十足，对父亲的作为也没有特别在意。这个布洛德里克只是个杀人痴而已。唉，不知他下一步还要玩出什么花样——

这儿是辽阔的工厂之国，是"未来之城"，里面摩天大楼林立，是对1930年代摩天大楼的发展，波浪形楼面，上面设有阳台，镀铬的女像柱身体瘦长，短发型，高档的飞艇形态各异，飘浮在大楼的空当里，城市各处静躁不同，飞艇无处不在。金发美女们在楼顶花园里晒太阳，见人路过就会转身招手。这就是火箭城。

下面，数以千计的孩子们在有风的院子里和楼间的空地上跑来跑去，也有在楼梯上下跑的。他们头戴无边帽，上面的塑料螺旋叶在风中旋转，嗒嗒响着，快得都分不清叶片了。孩子们在塑料草丛间跑着，进出于各塑料办公室间传递信息。泰荣啊，这是在提醒你呢。去寻找"熠时"吧（悲哀呀！竟然不知道这个时刻已经丢失了！好像又是老爸在搞那些阴谋了！)，你瞧，它就在拥挤的走廊里，狗在闹，自行车在跑，少女秘书们来去穿着旱冰鞋，运送产品的手推车在走，不知疲倦的人们在灯光下不停地旋转，每个角落都有孩子在用玩具手枪或者水枪打仗，他们一边用喷出的水作为掩护，一边说：等一下，你那是真枪，我这是真子弹，嗖——！干得不错，老爹，不过今天你可没有"小子"厉害喽！

他正要去解救"熠时"。父亲的同事们出于罪恶的原因，已经把"熠时"与一天的二十四小时隔离开来了。要在这里前进，情况变得十分复杂——这些楼是一个整体，会沿着火箭城网格状街道上的沟槽做垂直移动。你也可以按照一秒十几层的速度对这些楼进行升降，或升高到需要的高度，或下降到地下的某层——就像拿着潜望镜的潜艇艇长，不过有些路是走不通的。这些路别人可以走，但你不行。像下棋。你的目标不是王——没有王，但你有短期目标，比如"熠时"。

乒！一个孩子戴着旋转的无檐小便帽闯进来，递给斯洛索普一条新信息，又疾冲而出。"熠时已被关押，如想与所有关心她的顾客同饱眼福，请于上午十一点半前往此地址。"头上的天空中自动飘过一只白色钟面——唔只有半个小时召集营救组了。营救组包括：莫特儿·奇迹拉司，穿栗色垫肩衣衫飞抵此处，头发上还戴着卷发夹子，冷冷地皱着眉头，嫌把她从梦乡里拽出来了……接着一个黑人风风火火地赶了过来，穿珍珠灰佐特装和长披风，名叫马克西米连，昂着四方的头，头发抹了油，唇上还留了超薄短髭。他的"前台"工作是温文尔雅的"乌嘉哺甲"夜总会经理，灯塔街的贵族和罗克斯伯里的酒鬼瘾君子们每晚都在夜总会里亲密接触……喂你好泰荣，咱来啦！你好莫特儿宝贝，来啦来啦来啦！撒（啥）四（事）儿这么急呀，老询（兄）？他整整衣服上的康乃馨，往屋子四周看了看，除了那个马赛尔大家现在都到了。哦你听——熟悉的八音盒主题曲，对，就是斯蒂芬·福斯特[①]优美的老歌，从阳台窗户里进来的分明是马赛尔。他是个机械象棋手，早在第二帝国时期就

① 斯蒂芬·福斯特（1926—1964）：美国作曲家，这里很可能唱的是《老黑奴》或《肯塔基老家》。

造出来了，原本是一个世纪前为伟大的魔术师罗伯特-胡丁[①]而造的。他表情严肃，像个法国小难民，发型很滑稽，耳朵的轮廓清晰地显现在发间。他的头发黝黑发亮，戴着角质架眼镜，下面露出四分之一吋宽的一块塑料皮肤，一副拒人千里之外的表情，只可惜作为人脸太死板了（想象一下第一次的情景吧：马克西米连从门里进来，嘴里哼着嗨呔嗬，手指在空中摇摆[②]，他看见了金属、硬橡胶和塑料做的小马赛尔坐在那里，对他说："嗨，人啊，给我一点皮肤吧！"嘿，马赛尔花了大量时间给他讲"皮肤"这个词及其所有含义，哦天哪，这还是表层的东西，接着咱们就"给"的概念做一长谈，如此过了一些时间，接着，接着他又谈起了"人"。真是太详尽了。其实到现在马赛尔也还远远没说完呢）。尽管如此，他十九世纪的出色智慧在"疯乱四人组"[③]里还是能独当一面，和"来自父亲的威胁"进行许多许多回合的周旋。只是制造他的工艺已经失传，就像绝种的渡渡鸟一样。

可是马赛尔身上的侏儒象棋大师约翰·阿尔盖尔[④]呢？缩放仪和磁铁棋子呢？找不到。他只是个机械象棋手，身上没有这些给他增添人味的仿造物。其实，四人组里个个都是天才，同时也具有天才带来的缺点，因此也就不合适过人的生活。莫特儿·奇迹拉司专门制造奇迹。惊人绝技，人类根本不可能做得出来。她已经不再尊重人类，人类太笨拙，总是失败，她很想爱他们，但爱又是她唯一无法制造的奇迹。她永远与爱无缘。她的同类里要么是同性恋，要么盲从法律和秩序，要么常常进行奇怪的宗教之旅，再要么就和她一样无法忍受失败。虽然神奇玛丽和奇迹女人[⑤]一直邀她参加派对结识适龄男子，但她知道那是白费心机……至于马克西米连，他具有天生的节奏感，能把握所有的节奏，乃至宇宙的节奏。所以他从来不到深不可测、静静以待的下水道井口边去，因为

① 罗伯特-胡丁：十九世纪法国著名魔术师。

② 电影《暴风雨》中坎伯·甘娄威穿佐特装表演的歌舞。

③"疯乱四人组"之名与连环画系列《疯狂四人组》相类。也与《绿野仙踪》中桃乐茜的四人旅伴（包括桃乐茜）有相似性。

④ 参前文注。

⑤ 漫画连环画《神奇上尉》或《奇迹女人》里的人物。

那里的保险箱会像炸弹一样从高处的窗户里掉下来——他能带领别人走出地球上最危险的雷区——我们要是把他跟紧点儿就好了，尽量跟紧点儿——可是马克西米连的致命缺陷是只能排除表面的危险及其对皮肤浅薄的刺激……

这个小组很棒，他们在收拾行装，准备好要去解救熠时——说什么呢？斯洛索普自个儿的天才和缺陷是什么呀？噢，别打岔——呃，熠时，莫特儿嗖嗖来去，不断在各处显形：

金门大桥（“那座桥怎么样？”“唔，咱们再看看另一座？就是，这个，呃……”“布鲁克林？”“——看上去有点旧的那座——”“布鲁克林大桥？”“对，就是的，有尖尖的……那什么东西……”）。

布鲁克林大桥（“你瞧，莫特儿，适合追人的场面，咱们应该观察好比例——”“说对了。”“现在我们要坐高速汽车了，唔，好，我们恐怕可以用金门……可是如果现在要快速穿越空气，就需要旧一些、亲近一些的东西，人类的——”）。

两辆特别优雅的劳斯莱斯（“别傻了，莫特儿，我们已经达成一致了，对吗？没有汽车……”）。

一个小塑料婴儿的方向盘（“噢，好了，我知道你不尊敬我这个领导，可我们能不能理智点……”）。

这些白痴每天都奋起反抗“危险的老爹”，可是在他们身上几乎感觉不到信心，这有什么奇怪？这里没有真正的指令，也没有权力机构与其相互合作，没有真正认真做出的决定——即便有，也是从懊恼、冲动、幻觉、无所不在的耻辱感之类的东西所形成的混乱状态中挣扎出来的。他们这个小组与其说是战斗小组，勿如说是一窝子焦虑、忧郁、怪想、仇怨，却没有一个人非常突出或者非常传奇。这个小组之所以存留下来，似乎只是某一次在一个重大夜晚里碰上了“运气”在胡乱嘟囔，在天空大理石般的纹路间瞎碰乱摸。鉴于此，对自己的这个合作体将来成功还是罹难，斯洛索普今天觉得是可能性各占一半（不，这可不等于麻木不仁——不和谐音在你身体里震响，尖刀般把你切成两半）。他很恼火，自己居然会如此分裂，又如此无能为力——想往哪一边偏点儿都不行。古老的清教训示里把一种人斥之为“世界上含糊其词的不偏不倚先生”，这种人日子也不好过，要当家做主呀，看不见并非意味着不存在！内部的能量和表现出来的能量一样真实存在，一样有控制力，一样无法躲避。你上一次强烈感觉到自己“不温不凉”是什么时候？啊？含糊其词的不偏不倚先生[①]和英雄、坏蛋一样，都是人。很多情况下，他们承受的伤心事更多，不是吗？不管你在哪儿，在城里还是在乡下，暖在被窝里还是坐在公交车上，你应该马上转身对着离你最近的那个不偏不倚先生，甚至对着你镜子里的影子，然后……就……唱：

你好啊邻居，你好啊伙计！
就这样不声不响，一天天过去
没有微笑，没有友好的言语，岂不是太寂寞、太辛苦？
告诉你的好友，告诉你的兄弟，
他们的脸上正在落上东西——
也许有段路我们该走在一起，
天空将变得比现在亮丽！
来吧，大家一起——

四个人一边穿衣服，一边继续唱，唱的时间长短全看各人上心的程度——美女莫特儿露出了大面积的美腿，疾速地说着话，马克西米连则从她的裙底向上瞄，惹得尚在少年的马赛尔半懂不懂地咯咯直笑——他受的管教可能有点严。

“现在，”斯洛索普讨好心切，傻笑着，“是‘休息提神’[②]的时间了。”莫特儿的“哦耶稣呀”回声还没消失，他就钻进了冰箱……小小的

① 引自托马斯·胡克《灵魂之培植》。胡克认为，在“基督公开的敌人”和“阿谀奉承的伪君子”之间还存在一类人，就是这里所说的“世界上含糊其词的不偏不倚先生”。这些就像“不温不凉的水”，“对肚子有害”，“上帝讨厌这种不温不凉、平淡无味的傻蛋”。

② 一九四五年可口可乐广告词：“快乐的时刻离不开可乐，快乐的美国离不开休息提神的时刻！”

灯冰冷地照着，把他的脸染成了夏夜的那种蓝色。他是布洛德里克和南琳的影子儿子，是他们没有忏悔过的恶魔般的儿子，生下来就没长手，而是长着液压钳子，只知道摸呀抓呀……他的心出声地呵呵笑着，像一个滑稽的胖子挺着大肚子……可是，你看看他的脸，现在、过去，多么失落，多么涣散，就在那个和和气气的旧冰箱里待一秒半。冰箱以凯尔文耐特[①]风格的波士顿口音哼哼着："嗨进来吧，泰润（荣），我的豆（肚）子里很棒、很又（友）好的，里面又（有）很多的棒敦（东）西，像摸（摩）克茜呀，大块的露丝宝贝[②]呀……"此时，他行走在"冰箱国"离天几英里的架子间，在食物山、食物城之间（不过要小心，这里很可能会出现很浓的法西斯味，主宰那些糖果色甜物的明显是热动力学的精英统治：灯泡可以用蜡烛代替，收音机也没有声音了，但电网在这个系统中的主要功能就是冰箱精神——把一天的反复动荡冻成冰，以保存这一方没有臭味的小小世界和这一块恒久与稳定）。他越过芹菜岭，那里有标着字母的奶酪杯，高高地、光滑地向中等距离处排开；他在黄油碟子上打滑；他吞食西瓜，乃至西瓜皮；他绕着香蕉走，感受其灿黄鲜亮；他低头盯着一份砂锅上面铜绿色的霉区，砂锅是放了很长时间的，都无法辨认了——香蕉！谁—谁放香蕉——

在电—冰—箱—里！
哦不不不，不不不！

金吉达香蕉[③]说我们不应该！发生了可怕的事情！这是谁干的？不可能是妈妈，霍根又爱着金吉达香蕉女郎——泰荣好多次走进家里都看见，哥哥把香蕉的标签粘在勃起的生殖器上随时观览，一边意淫这个年龄稍大但很迷人的拉丁女郎，一边自渎：她戴着帽子，很大的果市帽，笑得

① 美国密歇根州大瀑布城"凯尔文耐特电器公司"的注册商标。
② 摩克茜：斯洛索普最喜欢的一种软饮料；露丝宝贝：一种糖果。
③ 金吉达是联合水果公司分公司注册商标。

开心又漂亮——唉！唉，你们美国佬就是有激情啊！……也不可能是爸爸，不会的，爸爸不会的。可如果不是（这里好像越来越冷了？）我们当中的任何一个人，那么（客厅那边放的司派克·琼斯[①]唱片《在元首脸上》是怎么回事？声音怎么越来越小了？）……除非是我放的，却没有意识到（看看周围，有东西的合页在咯吱响呢），也就是说我疯了（这“增强灯光”是什么，是什么——）嘭！啵，不管是谁放的，反正是对联合水果公司无线电广告的肆意辱慢，而且还把小泰荣关到了冰箱里。现在他只好希望莫特儿能救他出来了。真他娘的不好意思。

“构思不错，头儿。”

“快点，莫特儿，我也不知道怎么会这样。”

“真的吗？抓住你的披风。”

呼——

“啉。哦，”斯洛索普道，“呃，我们都……？”

“你那个熠时现在早跑到若干光年以外的地方去了，”莫特儿道，“你的鼻子上有一串冰鼻涕挂着呢。”马赛尔跳到移动大楼的操作板跟前，向中央控制室键入请求，希望能向所有方向极速通行。这种请求有时候能批准，有时候不行，要看给予许可的人之间那个秘密程序的进行情况，而他们四个正在执行的其中一个命令就是发现这个程序，并公之于世。这次他们得到的许可是：慢速爬行，郊区方向，火箭城最低交通状态。这种许可在有记载的历史上只有过一次，那次对付的是一个专杀小孩的同性恋，事后喜欢在国旗上擦生殖器什么的——“妈的！”马克西米连对斯洛索普吼道，“慢速爬行，郊区方向！到底要我们他良（娘）的干吗，伙计，游允（泳）还是他妈的干吗？”

“唔，莫特儿……”斯洛索普略怀敬意地靠近戴着金丝发网的莫特儿，“唔，你觉得自己能……”耶稣呀他们每次都要搞这老一套——莫特儿真希望这位爱装可怜相的斯洛索普抛掉这些没有意义的胡话，做一回真正的男人！她点燃一支烟，从一边嘴角垂下来，撅起另一边屁股，叹

① 迪士尼卡通片《在元首脸上》（原名《纳粹国》）插曲，由司派克·琼斯主唱。

口气："航向正确。"她对这个讨厌的家伙已经很愤怒了——

瞧啊！奇迹完成了，他们此刻像长脖子海怪，沿火箭城走廊般的街道飞速前进着。小孩子们沸腾如蚂蚁，站在远高于城市滴水石的高架桥网状拱洞上，活像倒了一半又定在那里的寄生苔。高处的栏杆上也有孩子，也有孩子爬到那只光滑友好的巡城怪背上。他们从一扇窗户爬到另一扇窗户，在上帝充分的眷顾下，根本不会摔下来。自然，他们有些人是间谍：那个漂亮卷发的小美人穿着蓝格子围裙和蓝色齐膝短袜，她躲在窗口的滴水怪兽下偷听马克西米连的谈话。楼一动，马克西米连就开始狂饮，这会子他正在喋喋不休地指责马赛尔，还打了个很蹩脚的幌子——以学者的身份确定这个高卢天才是否真算得上有灵魂。怪兽下的女孩速记了全部内容。这些数据对心理战争研究非常有价值。

事情第一次变得如此明了：充斥这个世界的并非只有四人组和"父亲杀机"。他们的争斗也并非是唯一的，甚至也不是终极的。是啊，不仅还存在许多别的争斗，而且还有观众在旁观，和普通的观众没有两样，人数竟有几十万之多，坐在这座肮脏的黄色圆形剧场四周，一排排一层层座位迤逦向下，不知有多少英里远，一直延伸到舞台上。舞台上亮着黄褐的灯光，高处的石坡上散布着食物，有碎面包、花生壳、骨头、里面装了一半绿色或橙色甜饮料的瓶子，一些小小的避风处燃着火堆，避风处和凿嵌式座位的方向成一定角度，在石头上凿了些浅坑，里面有一堆鲜红的余烬。一些老太太在余烬上做杂烩，里面有捡来的食物碎渣、碎末和软块，放在浅煎锅里，灰色的油水冒着泡子，孩子们的脸则围了一圈，等着吃饭。风中站着那个黑人小伙，如一把亮铮铮的新刀。他每个星期天都在铁门外等你的姑娘，把她带到一座公园里，那里有陌生人的车子，有你永远无法想象的爱情形式。此刻他站在风中，头发迎风飞扬，头从火边躲开来，感受着寒风、山里的寒风吹到鬓角、吹到靠近下巴的地方。……其他火堆旁，女人们在谈论家长里短，其中一个时不时会探出头去，看有没有演到新的一段。一群群学生从旁边跑过，黑得像乌鸦，大衣披散在肩膀上，跑到后面黑乎乎的座位区，但传统上，那里是从未有人进入的，是专门为祖先们留的。学生们的声音渐渐弱了，但仍然很有力，很抑扬顿挫，有意要显得好听些，至少要听起来舒服。女人们继续拉呱着，玩牌、抽烟、吃东西。你去罗丝的火堆那边看看能不能借一个毯子？晚上天冷。嗨——出去的时候买一包军烟——马上回来，听见了吗？没问题，原来售烟机就是马赛尔，还能是谁呢？他又以机械的方式，巧妙地伪装成另一种模样，烟盒里有一个条子，是给其中一个观众的。“你肯定不想让‘他们’知道一九四五年夏天的情况的。在男易装癖卫生间等我，L16/39C，麦特崇站，‘火’信号区，马耳库司货摊。你知道时间的。老时间。别迟到。”

这是什么东西呀？对手们在这儿干吗呢？往自己的观众里混？不，没有，真的没有。目前他们是别人的观众，夜间的这些热闹只是这座火箭之都阴暗生活中一个可欣赏的局部。其实，这里出现前矛后盾的概率比你想的要少。

马克西米连在乐池下方很远的地方，摆出吹奏 C 音调萨克斯的姿势，已经完成了自己的“秘密智慧书”《神风队伟大飞行员的智慧》，由沃尔特·迪士尼配插图——每一页上面都是小日本，尖叫着，毛鼻子，成夹角的白板牙，斜眼（细长形，精心画出了睫毛卷），又黑又圆的巨型甘草鼻，从页面上疾飞而过！只要马克西米连没有吹萨克斯，就肯定在专心致志地干这件分散但又有回报的工作，这随便一眼就能看出来。同一时间，莫特儿回到了棒棒糖控制室，控制着操作板，随时准备扑进去救人。那些人很快就会倒霉的，或因为愚蠢，或因为别的。斯洛索普呢，则躲在易装癖卫生间的烟雾和人群里，荧光灯嗡嗡响着，热乎乎的尿像化了的黄油。他记录着所有货摊上、马桶上和便池边的交易（你得表现得像个女汉子，但又不能太过，另外任何关键部位还不能太凸出，她看见一个凸出部位就会扣掉十分，唯一额外加分的条件在这儿也说得很清楚：第一次见血加二十——），心里同时在想：这个烟盒上的消息能不能送出去？他们会亲自来，还是爸爸会派杀手来，第一场就 KO？

瞧，问题的核心就在这里：郊区贫民窟之夜，纪念碑式的黄色物体，生命和事业在躯壳中永不停息地渗漏，“内部”和“外部”相互刺入，速度太快，太错综复杂，两者都无法占据统治地位。这场讽刺剧就在两面的舞台上交错上演着，有如啮合的轮齿：人群或密或疏，剧情或出人意料，或催人泪下：

低频节目收听者

德国潜艇之间通信，用的是两千八百米的波长，也就是大约十千赫，而所使用的半波长天线高度或长度就应该是九英里。即便时不时有些折叠，那天线也高得够意思的。天线设在马格德堡[①]。“耶和华见证会”德国分部也设在这里。巧的是斯洛索普有一段时间也在马格德堡，想和目前处于不明水域的阿根廷潜艇取得联系。这样做的理由他已经记不清了。要么是斯卡里道兹又找到了他，要么是他哪天偶然碰上了斯卡里道兹，再要么就是他在无意间翻口袋、破衣服或铺盖卷的时候找到了很久以前的一份情报，那是白羊宫到达绿色边缘期[②]时斯卡里道兹在日内瓦“月食咖啡馆”送给自己的。他只明白一点：寻找斯卡里道兹是他目前的重中之重。

天线看守人是耶和华见证会教徒，叫罗尔。他从一九三六年起（或一九三七年起，他记不得了）就进了拉文斯布汝克集中营[③]，现在刚出来。他在集中营里关了那么长时间，所以政治上很可靠，当地的G-5让他夜间掌控占领区波长最长的工作系统。虽然这也许只是偶然现象，但最近这里极有可能已经开始实施一种怪异的司法体系了。斯洛索普觉得务必要调查一番。有人传言，一个军事法庭已经在纽伦堡开始运作了。给斯洛索普传话的人都不清楚谁在审问谁，为了什么。不过他们都记得清楚，那些人大多没心没肺，以反社会为乐，最后把脑子搞坏了。

然而，目前如果有人能够用两千八百米（正好是佩纳明德七号试验台到格赖夫斯瓦尔德[④]码头的距离，八月初斯洛索普可能会看到后者的一张新闻图片）波长进行通信，除了奇葩的阿根廷无政府主义者，也就是

---

① 德国中部一城市。位于易北河畔，在柏林西南偏西。
② 这里指四月二十日到二十三日期间向金牛宫过渡时期，也是春色渐浓时。
③ 在柏林以北六十英里处。
④ 德国东北部一城市，靠近波罗的海。

在清除纳粹的运动中残留下来的纳粹分子了。他们仍在附近活动，在身份不明的潜艇上举行秘密船上法庭，审判第三帝国的敌人。这样一来，占领区的人们所做的和早期基督徒最相似的事情，就是假装倾听某些人被以莫须有的罪名钉死在十字架上的消息。

“前几天晚上有人快死了，”罗尔对他说，“不知道是在占领区还是在外面的海上。他要找牧师。我是不是应该主动给他讲一些牧师的情况？这样他会不会获得一些安慰？有时候真的很痛苦啊。我们真的想好好做基督徒啊……”

“我的父母是公理会的，”斯洛索普想帮帮忙，“应该是吧。”他现在也越来越把他们淡忘了，因为布洛德里克渐渐成了“恶毒的爸爸”，南琳则成了犹太……成了什么？那个词叫什么来着？无论是什么词，反正他越想抓住它，它就跑得越快。

斯洛索普大娘给肯尼迪大使[①]的信

嗨您好乔，还好吧。听着：犹太痞[②]——我们又生小儿子的气了。您能不能再动用一下伦敦那些快乐的老关系？（答应我！！）虽然这个消息已经过时了，但对孩子爸和我来说还是好消息。我还记得在得到鱼雷快艇的消息时您说的那些话，当时您还不知道杰克[③]的表现。我永远也忘不了。乔，那是每个父母的梦想，真的是。

噢，咋说呢？（哎呀，请不要介意，你看，钢笔打滑了！南琳不听话，已经在喝第三杯马提尼了，我们要给您说一下）孩子爸和我听到前两周你在匹兹菲尔德通用电气工厂的精彩讲话了。老 K 先生啊，您发挥得太好了！说得太对了！我们马萨诸塞必须现代化，不然就会每况愈

① 此处指约瑟夫·P. 肯尼迪（1888—1969），一九三七年十二月至一九四〇年十一月期间任美国驻圣詹姆斯法庭大使，与英国首相张伯伦友善，故在伦敦人中有“快乐的乔”之称。反犹太主义者。

② 原文中，此名与“约瑟夫”近于谐音。

③ 一九四三年八月一日至十三日，约翰·F. 肯尼迪指挥的一〇九鱼雷快艇在南太平洋遇日军驱逐舰袭击，罹险后得救，但得救的消息十九日才公布。

下。下星期我们这儿要举行一次罢工投票。战争劳工委员会不就是管这种事的吗？还没有垮掉呢，对吧，乔？您知道波士顿的星期天很美，有时候山边的天空裂成了一朵朵云彩，就像两个拇指间拿着一块面包皮把它撕开了，露出了白面包……您知道的，对吗？金色的云彩？有时候我觉得——啊，乔，我觉得那是天上的城市掉落的碎块。对不起——没想到一切突然间变得这么阴郁，那只是……还没有开始碎裂呢，对吧，我亲爱的哈佛校友家长？有时候事情很清楚，就是这样。形势的发展好像对我们不利，不过最终的结局都是好的，所以我们总是在回顾过去时说：哦，当然，事情就该这样发展的，不然某某某某事就不会发生了——然而，在事情进行的过程中，我的心里一直还是很恐怖，很空虚，这时候要我相信一个规模大得看不到边的计划，真的很难……

哦，不说啦。让那些乖戾的想法见鬼去吧！咻！马提尼4号，来啦！

杰克是个好孩子。真的，我爱杰克，和爱霍根、泰荣一样，像我的儿子。我爱他，甚至没有那样爱过我的儿子，哈哈！（她嗓子哑了）可那样我就是个可恶的老宝贝了，你明白的。像我这样的人是没希望的……

关于短语“驴倒行”

“你们的语言有些东西我永远都搞不明白，美国猪。”现在酸爷整天都叫他“美国猪”。他不只这样叫，还经常推波助澜增加搞笑效果，在说到“美国——”的时候便停住，继以可怕的大笑，带着鼻音，喘喘的，像肺结核病人，咳出的肺部分泌物很吓人，黏糊糊的，五彩纷呈，颇有大理石花纹的效果。比如其中的绿色，就像枝繁叶茂处年深日久的塑像在黄昏时分显示出来的那种绿色。

“当然啦，”斯洛索普答道，“你想学英语，咱就教你英语啦。随便问吧，德国泡菜。”正是这种包揽一切的态度，经常给斯洛索普惹麻烦。

“你为啥要说到几种逆反现象呢？比如连接错误的机器，你叫作‘驴倒行’的那种？我搞不明白。驴子一般都是倒行的，对吗？如果你的意思是真正的倒行，那就应该说‘驴前进’。”

斯洛索普“嗯”了一声。

“美国人有很多不解之谜，这只是其中一个，”酸爷叹息道，“我希望有人能为我解开这个谜。不过，这个人显然不是你。”

酸爷喜欢这样给别人的语言挑刺。当年他还是梁上君子的时候，一天晚上天赐鸿运，闯进了汉堡学校的星象师明娜·克莱赤富丽堂皇的家。明娜好像天生就不会发元音变音，甚至分不清元音变音和元音的区别。她吃了过多的“神朋”，药效正在发作。当时酸爷一头卷发，是个小帅哥。他走进卧室时把她吓了一跳。他手里拿着一只象牙棋子，是“象”，面带讥笑，里面藏满了尽是泥土的上等原质秘鲁可卡因。“别叫人，”酸爷晃了晃假硫酸瓶，“否则你那张漂亮脸蛋就会像香草布丁那样，从骨头上脱落掉。”可是明娜识破了他的虚张声势，对着楼里和她同龄的女士们大声呼救。那些女士从她的叫声里感觉到了一种心照不宣的暧昧，觉得她的呼救声里有一种面对青壮年飞贼时的母性爱意，好像在说“等他强奸我之后再来救我吧”。她本来想叫“真帅飞贼！真帅飞贼！”，可是因为不会发元音变音，说出来就成了“直升飞机！直升飞机！”要知道，当时还是二十年代左右，楼上能听到这个词的人根本不明白是什么意思：“直升飞机”是什么东西呀？不过倒是有一个喜欢咬指甲的学生，极其多疑，学的是空气动力学，和这栋楼隔了出租房的一座院子，他在柏林的深夜里听见了她的喊声，尽管周围有电车碰撞声，隔壁的街区还有步枪射击声，再还有一个学口琴的人，在吹《德国德国高于一切》[①]，已经吹了四个小时，不断地吹错音符，搞错节奏，吹“高……于整……个……世……世……”，长久的停顿，哦，蠢货，加油，你能吹出来的——混蛋，是“世界”，咻！一下就能改过来……在这嘈杂的背景之下，传来了“直升飞机，直升飞机”的喊声，起子的螺旋纹钻入软木塞的空气中，下面是地球上的葡萄美酒，滴滴晶莹——没错，他完全明白了——难道这一声叫喊是预言？是警告（天空中满是这样的警告，天窗上挤满了拿激光枪的灰衣警察，像古代男人裤子上的遮阴袋，藏在每一条螺纹下：“我们从上面看见你了，你无处可去了，这是你最后的巷子，最后的避风

---

① 德国国歌第一句：“德国德国高于一切，高于整个世界。”

洞。”）？让人乖乖待着别碍事？于是他就乖乖待着没有碍事。后来，他成了霍斯特·阿赫特法登招供给黑人支队的“司勃利”。不过那天晚上他没有去看明娜在叫什么。反正不是男朋友温佩在折腾，就是吸毒过量了。温佩是染共体销售人员，刚刚崭露头角，负责整个东方部分。一帮寻找新鲜刺激的美国游客在特兰西瓦尼亚山区举行派对，为他提供了意想不到的商机。他趁机抛售了所有的梦宁样品，然后一阵风似的赶到城里——是我，亲爱的，没想到这么快就——他看到穿着缎子的宝贝儿四肢张开躺在床上，读出了她的瞳孔大小和皮肤光晕度。他赶紧从皮箱里找助兴药和针头。做完这件事，又在满是冰块的澡盆里洗了个澡，她才安定下来。

“‘驴子’是强调语，”西曼·鲍丁解释道，“就像‘坏驴’‘蠢驴’——那么，如果什么东西很落后，那就是‘倒行驴’喽。”

“可是‘驴倒行’是‘倒行驴’的倒行。”酸爷反驳道。

“哎呀，那也不能变成前进呀。”鲍丁眨着眼睛，话音自然地略顿一下，像是有人要打他——其实，这位精神饱满的水手是在模仿威廉·本迪克司[①]，他心里有点喜欢干这个！让别人去模仿卡格尼和卡里·格兰特吧，鲍丁的专业是模仿配角。他能惟妙惟肖地模仿亚瑟·肯尼迪[②]扮演的卡格尼的小弟弟，怎么样？还—还有卡里·格兰特忠实的印第安背水人萨姆·贾飞。在海军中他是戴白帽子的好人[③]，由此同气相求，也喜欢虚构的电影里那些陌生人的声音感觉。

就在这当儿，酸爷已经在玩器乐独奏的把戏了，或者说有此意图，想通过试错法学会这种把戏。他根据想象，咿咿噢噢地模仿约阿希姆[④]演奏自己为尘封已久的罗西尼小提琴协奏曲（去世后发表的作品）[⑤]加写的华彩乐段，把整个屋子里的人都逼疯了。一天早晨，在这座被征服的

① 美国演员。

② 本段下面均为美国演员。

③ 美国西部片中好人戴白帽子，坏人戴黑帽子。

④ 约瑟夫·约阿希姆（1831—1907）：匈牙利小提琴手、作曲家。

⑤ 据考，罗西尼没有这样的小提琴协奏曲。

城市上空，特露蒂嗵嗵嗵地跑过去，开始了第八十二次集体跳伞。天空中飘浮着上百万朵羊毛般的云冠，缓缓落下，围绕、追随着她最后重重落地的身影。“他要把我逼疯了。”“嗨，特露蒂，你要去哪儿？”“我刚才说过了——去发疯！”别以为这个可怜好色的老毒魔不爱她，他是爱她的。也不要以为他没有祈祷，他把自己的愿望都写在了烟盒纸上，把自己最好最神圣的大麻卷到里面，一直吸到把嘴上烫起泡为止。这位毒魔就是以这种方式看着黄昏星许愿的，希望她再跺一下脚就停下来，求你了，只一下，趁白天还没有结束再跳一次就停下来。他在每天晚上最后一根大麻上写着：够了，我不想再求你了，我会努力做到的，你了解我，别对我太苛刻，求你了……可是这些跺脚的次数到底有多少呢？总有一个是最后的。他依然咿咿噢噢地模仿着罗西尼，他可怜贫瘠的街头生涯、生活在边缘的一生，都在音乐里发散开去。哦，他好像没有办法停下来，这是他作为老年人的习惯，他也恨自己，可是忍不住要这样，不管他如何努力地解决这个问题，还是会无可避免地绕回到这诱人的华彩乐段上来……西曼·鲍丁理解他，也想帮他一把。为了营建有效的干扰源，他谱写了自己的“反华彩乐段”，模仿的是一九四五年左右流行的那些曲名比较传统的通俗音乐（《我的亲吻序曲》《租房交响乐》）——只要有机会，鲍丁就会对这些每周来一次的新客们低声吟唱：拉丽刚从吕贝克来，桑德拉从克莱因堡街逃过来。这个可恶的鲍丁抱着吉他，跟在过道里每一个可耻的叛逃分子后面，扭髋摆臀，每段曲子都有点性犯罪幻想的味道，经过改装，变成了一个感人版，又是弹又是唱：

我的瘾君子华彩乐段

如果你听到，优美的吉他，
活泼的节奏，演奏着乐华，
那就是我的“瘾君子华彩乐段”哟！

优美的旋律，让你入迷，

他们从何而来？我也不知悉！

（哈—啊）那就是我的“瘾君子华彩乐段”哟！

以下是“华彩乐段”部分

我已经知道它没有罗西尼热忱

[这里偷了点罗西尼歌剧《贼喜鹊》]

也没有巴赫、贝多芬或勃拉姆斯恢宏

（卜卜卜—卜— [伴奏为贝多芬第五交响乐起首，全体乐队]）

可我愿献出一百个哈里·詹姆斯的声誉……什么，

声誉？一百个詹姆斯？很多詹姆斯？……唔……

很多声誉？嗯……

我希—望这首小歌，能把你带入我怀里！

咚得咚，得咚得嘀，

哦，好得赛过交响曲——

这就是我的“瘾君子华彩乐段”，唱给你——！

这些日子出租房被人们称为“那地方”，整个地方，一直到最后一个院子，几乎都挤满了酸爷的朋友。这里的变化是出乎意料的——如今，出租房的泥土里好像长起了更多的草木，形成了一个浑然天成的体系，有光导管、镜子，整个白日里自行调节，第一次把阳光送到了这些后院里，显示了以前从未看到过的颜色……还有一个导雨系统，把雨水引到水槽里、漏斗里、防溅反射面、水车、喷嘴，还有小堤坝，围成一系列小河和瀑布，供大家夏天里赏玩……那些从里面可以锁上的房子都留给了那些孤独者、恋物癖、逃出占领区住进来的迷失彷徨者，他们需要孤独，就像瘾君子需要毒品……说到毒品，这一片建筑群现在到处都可以看到藏起来的毒品，种类很多，量也很多，从地窖里到复折屋地板，到处散布着含半格令[1]酒石酸吗啡的西雷特注射器线环和塑料盖，挤得像牙膏一样空空的；还有从防毒设备上抢来的亚硝酸戊酯小

---

[1] 美国重量单位，等于 0.065 克。

瓶，已经破碎了；还有深绿褐色的苯丙胺锡罐……人们正努力在整个出租区周围挖防警护城河。为了不引人注意，这条河成为历史上第一条由内而外挖成的护城河。河体就在雅各街下面，缓慢地、杯弓蛇影地挖空、造型，在街道薄薄的表层下小心翼翼地进行支撑，以便偶然路过的电车不会出乎安排地掉下去——据说这种事也发生过：深夜，电车内的灯光发出暖暖的色调，有如清清的肉汤。车外是护城河边缘地带，车子穿过长长的、没有灯光的公园，或着正顺着仓库周围会发出鸣声的篱笆前进，突然沥青路面像抿着嘴巴的坏蛋，塌了下去，车子就掉到多疑症患者们滴滴答答的护城河里去了。值夜人那双地下居民的眼睛瞪得大大的，不过他面临的问题不是车子，而是一个痛苦的决策问题：车子是真的吗？换句话说，这些"乘客"真是化装的警察吗？唉，难哪，难哪。

此时已是清晨，在"那地方"的某个位置，某人一个两岁的孩子，胖乎乎的像只小乳猪，刚学会"Sonnenschein（阳光）"这个词。"阳光。"孩子一边指一边说，然后跑进了另一间屋子。

"阳光。"一个大人跟着说。早晨刚起来，嗓子有些沙哑。

"阳光！"孩子大喊一声，一颠一颠地跑了。

"阳光。"一个微笑的女声，可能是妈妈。

"阳光！"孩子在窗子旁，指给妈妈看，其实也是指给所有正在看阳光的人看。

"屎和史诺拉"

"好，"酸爷在问，"你跟我说说美国词语'屎和史诺拉'。"

"你这是什么意思？"西曼·鲍丁叫道，"你在给我定任务吗？我们是在连续研究美国俚语之类的玩意儿？老傻瓜，你告诉我，"他抓住酸爷的脖子和衣领，节奏混乱地摇晃着，"你也是'他们'的人，对吧？你过来。"他双手抓着老头，像抓破衣服安迪[①]。对非常温和的鲍丁来说，这可

① 破衣服安迪是《破衣服安迪故事集》里的人物，做过贼。

谓是一个糟糕而多疑的早晨。“好了，好了。”酸爷受了惊吓，啜泣道。之后，惊吓又让位于啜泣时得出的判断：这个美国水兵是发疯了……

嗯。你听到过“屎和史诺拉”这个词语，比如说“噢，他连屎和史诺拉都分不清！”还有：“水兵哎——你连屎和史诺拉都分不清！”然后就把你送到洋葱房里，或者更糟糕的地方。这其中一个意思是说屎和史诺拉是完全不同的两码事。你可以想象，屎和史诺拉是根本无法共存的，根本不可能——也许是因为它们的气味差别太大。对于一个英语的门外汉，这两个词都很陌生。像酸爷这样的德国毒魔，说不定还会把“屎”当成一个滑稽有趣的感叹词，戴圆顶硬礼帽的律师可能会一边折叠文件往鞣革皮箱里塞，一边笑着使用这个词：“屎[1]，巴摩先生。”说着就从监房里走了，永远走了，那个油滑的杂种……臭屎——！出现了一个卡通断头台，砍的是一个政坛人物的头，黑白的，从山上滚下来，运动路线很有趣，有些像球形涡，你心里想：对了，就想好好看看这个情形，对了，砍掉那颗头就少了一只硕鼠，臭屎，对了！至于“史诺拉”，我们就交给那些知识分子吧：弗朗茨·珀克勒、库尔特·蒙道根、伯特·菲贝尔、霍斯特·阿赫特法登，等等。他们阿尔伯特[2]式的雪花石膏“视闹拉”露天体育场，闪烁着微光，每个角上都有用水泥砌出的巨大猎鸟翅膀前耸，每个翅膀的阴影下都罩着一张裹着头巾的德国脸……从外面看，大厅呈金色，和下午四点的阳光照在铃兰上的那种白金色一模一样，静谧，在一座有人造斜坡的小山顶上。这座若有若无的大厅有一种特殊功能，在高贵的云朵衬托下摆出曼妙的侧影，隐隐显示出一种坚韧：在春回大地、渴望爱情、冰雪消融中，在富有学究气的周末幽寂中，在刚刚压过或割过之后即将干枯的青草气味中……但是在“视闹拉”里面，一切都是蓝色的、冰冷的，一如头上的天空，蓝得像蓝图或天象仪，谁都不知道眼睛该往哪里看。是从头上开始？还是从下面那里开始？抑或从

① 英语里“shit”既指大便或大便行为，也可用作骂人的脏话。德语里也类似。

② 阿尔伯特·斯皮尔（1905—1981）：德国建筑师、纳粹政治家，曾任希特勒私人建筑师（1934—1945）及军备部长（1942—1945）。

身后？从空中？多久之后……

唔，有一种情况下屎和史诺拉是可以完全融为一体的，那就是在玫瑰园舞厅的男厕所里，也就是斯洛索普从马桶出发去旅行的那个地方，这在圣维罗尼卡医院卷宗上有记载（这些卷宗在医院遭到的浩劫中神秘地保留了下来）。此刻，屎是白人们害怕的颜色。屎代表死亡，它不是某种抽象艺术里拿着镰刀的人物，而是这个白人热乎乎的、属于隐私的屁眼里硬硬的、即将腐朽的尸体，而这个屁眼已经变得很亲切了。这就是白色马桶的功用。你见过很多棕色马桶吗？当然没有啦，马桶的颜色就是墓碑的颜色，是传统陵墓柱子的颜色，那种白瓷色正好代表着无嗅的、官方认可的死亡。史诺拉皮鞋上光剂正好是屎的颜色。擦鞋的小伙子马尔科姆在厕所里拍打着史诺拉，一点点报答白人们的救赎，因为他生成了屎和史诺拉的颜色，这是罪孽。一个星期六晚上，玫瑰园舞厅里的林迪舞震摇着地板，马尔科姆从一个哈佛学生的鞋子上抬起头，看到了大使的儿子杰克·肯尼迪的眼睛，接着看到了一张四年级学生的脸。想起来真叫人高兴。年轻的杰克头上那个时候可能就已经有一盏永不熄灭的明灯了，想起来真叫人高兴——“红发”在用擦鞋布拍打的时候，节奏是不是微微顿了一下，就是这波纹绸短暂的停顿，让白色的杰克透过绸布看穿了（而不是看到了）同班同学泰荣·斯洛索普鞋子上的光泽？他们三个人是否真的一起那样排成一行，坐着、蹲着或走过去？最后杰克和马尔科姆[①]都被杀害了。斯洛索普的命运则不太清楚。其原因也许就是“他们”心里对斯洛索普另有打算。

易装癖厕所的事件

大家都没有注意，一只小猿或小猩猩手里拿着什么东西藏在身后，悄悄穿行于腿林间。这些腿上穿着网格状长筒袜或卷到脚踝以下的时髦短袜，或在碧玉色人造丝腰带间别着少女小圆帽。最后小猿到了斯洛索

---

① 肯尼迪总统被害于一九六三年十一月二十二日，十五个月后即一九六五年二月二十一日马尔科姆·X 遇害。

普跟前。斯洛索普戴着金黄色假发，穿着飘逸的白色交叉带长裙，样式、号码都和费伊·雷跟罗伯特·阿姆斯特朗在船上试镜时穿的那件一模一样[①]（鉴于他在玫瑰园厕所里的那段历史，选择这件裙子可能不只是因为他不可思议的、被一只黑色巨猿鸡奸的欲望受到了压抑，也可能还因为他对费伊的动作体态有一种坦诚，这一点他从没说出来过，只会指指点点地悄声说："哦，你瞧……"——那是一种诚实、一种勇气、一种对衣裙及阔大裙袖的洁净感，故而所到之处都会留下明显的痕迹……）。

在最初的瞬间，远在我们同飞之前：
山谷，暴龙（背摔，下巴颏脱臼了），
嗡嗡的飞蛇，向你扑过来，
在你自己石质的生存空间里，
是翼龙，是摔跤，不——只是……
我初次在那里盘桓，森林和夜色融为一体，
盘桓在那里，等待着墙上的火炬。
等待着夜色里唯一的人儿到来，
于是我祈祷，不为杰克，他还在露天甲板上
发呆流泪——不。我想的是邓罕——
想的只是他，带着枪，带着摄像机，
说着最出色的浪荡艺人俏皮话儿
走过最黑暗的土地，用摄像机
用这样那样的技巧，使奇迹实现——
卡尔·邓罕，我的导演，我的永远，
卡尔……
啊，给我看看主光，给我轻语一句台词……[②]

---

① 参看电影《金刚》（1931）。
② 这首诗的叙述者是《金刚》里费伊·雷演的女主角安·达罗。

我们可以看到他们有一千个名字……“格丽塔·埃德曼”只是其中一个。这些女人，她们的工作永远都是在恐惧面前畏缩……呶，和我们一样，下班回家就睡觉，梦到刺杀，梦到谋害善良正派的人……

小猿伸出爪子，在斯洛索普的屁股上轻拍一下，把一直拿着的东西递给他，呀啊啊啊是一块圆圆的无政府主义黑铁炸弹，就是那东西，导火索都点着了……猿蹦蹦跳跳地跑了。斯洛索普呆立着，在这潮湿的、装着玻璃的屋子里，化的装开始走形，眼里的惊恐像大理石一般清晰，双唇像是被蜂蜇了一下：“哎，我现在到底应该怎么办？”他无言，即便化了装，声音会也泄露行藏，而联络人还没有出现……导火索燃得越来越短了。斯洛索普往四周看了看。所有的洗脸盆和尿壶都有人占了。他应该把导火索放到某个人的生殖器前面，刚好让尿浇到上面……嗯，可那样不是显得我在向他们提什么下流的要求吗？唉，有时候真希望自己别这么优柔寡断……也—也许我可以挑一个比我弱的人……可是那就得挑那些获得条件反射的小家伙了，记得吗——

一个又高又胖的易装癖，帮助他摆脱了优柔寡断的状态。此人有点像东方人，装扮的目标是银屏上和生活中的小玛格丽特·奥布赖恩[①]。奇怪的是，这个亚洲人一直在表现扎着辫子的样子和渴望的表情——他从斯洛索普手里抢过噼噼啪啪的炸弹，举着跑到一个空马桶前，用水冲了下去，又转过身来，面对斯洛索普和其他人，一副圆满完成了一项公民义务的神态，突然——

轰隆隆一声巨响，炸弹爆炸了：水通过每个黑盖子马桶的青绿色舌头（有没有听到过马桶叫“哎呀！”？）迸出来，管子扭曲尖叫，墙壁地板战栗不已，墙皮开始掉落，月牙状、粉末状、薄片状。所有闲聊的易装癖都安静下来，也不管旁边是谁，就伸手去摸，以此动作迎接扬声器里传出的声音：

“这是颗钠弹。钠遇水就会爆炸。”也就是说导火索是假的，卑鄙小人……“你们看到了，是谁把它扔进水里的。此人是个危险的疯子。逮

---

① 玛格丽特·奥布赖恩（1937— ）：美国电影童星。五岁即开始演电影。七岁获奥斯卡特别奖。

住他，你将获得大笔酬劳。你的衣柜将会使诺玛·席勒[①]在‘珍宝’[②]地下室里的衣柜相形见绌。”

大家也不顾那个可怜的玛格丽特·奥布赖恩迷如何抗议，一下子就扑到他身上。而这场羞辱、性虐待和折磨阴谋（马上就发生了，因为警察们现在来得越来越慢了）的真正目标——斯洛索普（得交给你，老爹!）却悄悄溜掉了，快到外面时把裙子的缎领结解开，极不情愿地把清纯的假发从油津津的头上取下来……

和滑稽的神风队员武志、一三共同度过快乐瞬间

武志又高又胖，不过没有像那个玛格丽特·奥布赖恩一样扎辫子。一三则又矮又瘦。武志开的是零点战斗机，一三开的则是樱花战斗机。樱花战斗机其实是一颗长长的炸弹，有个驾驶舱，一三可以坐在里面，机翼像树桩，由火箭推动，机尾有几个操纵面。武志只上了两周神风队学校，在福摩萨。一三则上了六个月樱花学校，在东京。这两个人一个是花生酱，一个是果子冻，差别大了去了。要是再搞不清他们俩谁是谁可就太不得体了。

他们是这里的空军基地仅有的两名神风队员。这座岛屿离本土很远很远，根本已经没人，哦，没人真正在乎了。战斗在莱特岛[③]进行……然后打到硫磺岛，再向冲绳岛，可是那些地方太远了，这里出动的飞机都到不了。虽然如此，他们还是有命令在身，流放般待在这里。没什么发牢骚的机会，只能去海滩闲逛，看有没有死掉的腺状介虫。这种甲壳类动物有三只眼睛，形如土豆，一侧有猫须，晾干后制粉，可以做极好的发光体。要使其在黑暗中发光，只需加水进去即可。其光呈蓝色，色调多变，很奇特——有些许绿，还有些许靛青——那种蓝色极其冰凉，只属于夜晚。在没有月亮或阴云密布的夜晚，武志和一三就把全身脱光，

---

① 诺玛·席勒（1900—1983）：美国女演员，生于加拿大。早期主要饰演特别注重服饰的女人，如在《时装奴隶》中，她扮演的年轻女人偶获一神奇衣柜，最终成为纽约社交名流。

② 纽约市百货商场。

③ 位于菲律宾中东部，在吕宋岛同棉兰老岛之间。

互相撒上腺状介虫光粉，在棕榈树下追逐嬉戏。

每天早晨，有时也在傍晚，这两个心不在焉的、旨在杀身成仁的人物也会慢慢走到棕榈树枝盖的雷达棚里，看飞行范围内有没有美军目标值得舍身相撞。每次都是同一结果。疯头疯脑的雷达员健大胜总会在天线室里酿一批清酒，在蒸馏室里把自己连接到一个磁控管上——这种挑战西方科学的事只有日本人才干得出来。这个堕落的老醉鬼每回在他们俩出现时，都会嘎嘎笑："今天不用死！今天不用死！很抱歉！"说着指一指那些平面位置指示器。所有的指示器都没有异常显示，绿色的指针静静地划着圆圈，留下一溜溜绿色洗发液般亮晶晶的网状痕迹，只有对飞行范围以外水面物体的反应，还有那个曼荼罗的痕迹——两个人的心都会为之加速跳动——航空母舰的绿色轮廓显示在许多驱逐舰画出的八重圆圈里，再没有什么了……没有了，每个早晨都是如此，只有那顶古怪的白帽子和患有歇斯底里症的健大胜。这时候健大胜已经躺到了地上，吐得满是口涎，舌头也吐了出来，正在发病呢。这是他们每天过去渴望看到的场景，发作起来一次比一次强烈，至少也能让他们来一通新式摇摆：或是一个后空翻，或是朝着武志独有的蓝黄二色鞋口盖啃咬一两下，或是即兴赋俳句一首：

> 爱人跳进了火山口！
> 火山里面十英尺深，
> 是座休眠火山——

两个飞行员做鬼脸、嬉笑，跳来跳去躲过白发老雷达员的鞭子——什么？你不爱俳句。难道不够优美吗？没有一点日本味？其实听上去更像刚从好莱坞出来的东西？好啊，船长——就是你，从帕萨迪纳[①]来的海军船长埃斯波格——你，刚刚顿悟天机！（喘气，预先准备的掌声）——所以你，是我们今天的多疑症！（乐队骤然响起，演奏的是

---

① 美国有两座以此为名的城市：一在加州南部，一在得州东南部。

《扣好你的大衣》，或随便哪一首合适多疑症的快节奏曲子，主持人脸上闪着微光，下颌皱巴巴的，把茫然失措的竞赛者硬是拽起来，从过道里拖了出去）不错，这是一部电影！又一部二战情景喜剧，是你发现事实的又一次机会，因为你——获得了（鼓声，更多喘息，更多掌声和口哨）一次全费单程游的大奖，目的地是电影拍摄现场，具有异国风情的吐—勾—瞧—岛！（乐队的尤克里里部清脆地重奏起我们上次在伦敦听过的、专为罗饶沃尔基演奏的那首《白人哎欢迎》）乘坐的是环球航空公司的“星座”客机！你消磨夜晚时光的方式将是不停地从脖子上驱赶吸血鬼一般的蚊子！在热带的倾盆大雨里完全迷失方向！从士兵们食用的水桶里舀出老鼠粪！不过船长，晕眩和刺激不只在于夜间，因为早晨五点整，你就要出门去熟悉神风零点战斗机，你要开这种战斗机！检查好操作板上所有的一切，要保证搞清楚哪个东西是用来安全抛弹的！当—昂—当然啦，要尽量躲开，躲开那两个荒唐的小日本，武志和一三！——他们每周一次，执行无比滑稽的冒险任务，似乎对你的出现毫无察觉，对你每天例行公务时暗含的明显恶意毫无察觉……

街道

一夜雾气飘动，一夜月光晦明，但因为雾气平滑自然，难以识辨，给人的感觉竟像是月亮自身在调节亮度。此时，一条条互相隔开的长带悬挂在晨雾中。风吹过来，已经开始老化的黑电线便在灰帽子般的天幕上溅起黄色火花，窸窸窣窣作响。绿色的玻璃绝缘体白天时变得朦胧而隐蔽。瘦削的电线杆发出衰老的气味，它们是三十年的老木头了。涂了柏油的变压器在高处嗡嗡叫着。看样子今儿个要忙个够了。在中等距离处的雾气中，杨树的身影开始出现了。

这一情景可能是出现在斯特拉尔松[①]的赛姆娄尔街。窗户一例是遭受过蹂躏的样子：所有的屋子里面都像是被掏空了，熏黑了。也许又造出了一种新炸弹，专门破坏屋子内部结构的……不……这是在格赖夫斯瓦

---

① 德国东北部城市。

尔德[1]。某一段潮湿的铁轨上有一些井架和设备，就建在路基上，运河边的气味……是格赖夫斯瓦尔德的海港街。一座大型的教堂在他背上投下冰冷的影子。哎，前面那座拱形砖塔横跨在巷子两侧，矮矮的，是不是佩特里特呀……也可能是罗斯托克[2]的染匠街……或者是吕讷堡的画家街，砖砌的三角墙上方有滑轮，正中的尖顶上装了透雕风向标……他为什么在朝上面看呢？在一个有雾的早晨，在一二十条北方街道中的随便哪一条街道上，他在向上面看。越往北，东西就越朴素。巷子中间有个排水槽，雨水从槽里流下来。鹅卵石嵌得更平，也没那么多香烟吸。驻军教堂里回荡着燕八哥的叫声。走进一座占领区的北方城镇就像在一个有雾的日子从海上进入一座陌生的海港。

不过这些街道中的每一条都残留着一丝人类的痕迹、泥土的痕迹。不管那里发生了什么，不管它们被用于何种目的……

有一些叫作“随军牧师”的人。他们在这里的某一座建筑里传道。而且也真的有士兵们（现在都死了）或坐或站，听他讲道。他们紧紧抓着力所能及的东西。完毕之后，他们就走了，有些人在下一次再来驻军教堂前就死了。为军队工作的牧师们站起来为那些即将死去的人讲上帝、死亡、空无、赎罪、拯救。这是真事，非常普遍的事。

即便在用来做这些事情的街道上，还是会有这样一个时间，一个染成彩色的下午（煤焦油不可能有的橙棕色，完全清澈透明），或者一个雨天，睡觉前又雨过天晴了，院子里的一棵蜀葵在风中划着圆圈，上面点缀着大大的、可以啜吸的雨滴，很清新……一堵砂岩墙边有一张脸，墙那边则是要死的马在全体混战。她一转头，把一截头发甩到了蓝色暗影里——夜半时分，一辆坐满了人的公共汽车过去了，整个广场静悄悄的，没有一个人醒着，只有司机和一个巡哨除外。巡哨穿着类似褐色的制服，旧毛瑟枪搭在吊着的胳膊上，他脑子想的不是沼泽那边或暗影中的敌人，而是家，是床。他在和自己的平民朋友一起漫步。朋友刚下班，睡不着

---

① 德国东北部城市。

② 德国东北部城市。

觉。他们在人行道上踩着自己的影子，吹着口琴，头顶的树木上满是从公路飞落的灰尘和浓浓的夜色……他们从公共汽车里那一排绿得像溺过水的脸旁边走过。他们是失眠症患者，烟瘾发作得很厉害，他们很怕，但还没有开始怕明天，他们怕的是夜间行车停留太短暂，怕的是失去太容易，怕的是那种痛苦……

至少会有一个过路的短暂时刻，失去了就会痛。在每一条因为商业、战争和镇压而变得淡漠灰白的街道上，都应该找到这样的时刻……找到它，学会珍惜已经失去的，这样我们是不是就能回到过去呢？

在其中一条这样的街道上，在晨雾中，在两个滑溜的鹅卵石上，贴着一片碎报纸，上面是一个新闻标题，附了一张白色大阳物的有线传真照片，从一丛白色的阴毛里伸出来，朝下悬吊在天空中。上面出现了几个字：

弹

投

在

广[①]

同时出现的还有某一份占领军报纸的标识，一个迷人的女郎张开嘴笑着，骑在一辆坦克的炮管上，那是钢铁的阳物，生着有长方孔眼的蛇头，她的毛线衫上画着第三装甲师的履带和三角形，起起伏伏地贴在乳头上方。那张白色照片与十字架有着完全相同的统一性，一副得意扬扬的样子，像是在说：嘿，瞧我！那不只是突如其来出现在天空中的白色阳物——也许还是一棵树呢……

斯洛索普坐在路边的石头上看着这一切，那些字，那个骑着钢铁阳物向人们挥手致意的女郎。雾渐渐变白，早晨开始了。那些棕灰色人形从空中走过，有推车的、带狗的、骑自行车的。他们费力地喘着气，互相简短地招呼一下就过去了，隔了雾气，声音显得干巴巴的。他已记不

---

① 约在一九四五年八月七日，一份报纸上有一标题，全句为“原子弹投在广岛”。

得自己曾如此长久地坐在石头上看那幅图景了。但这是发生过的事实。

正是在发生的那一瞬间，白色的处女座从东方升起了，头，肩，胸，那颗少女的头与地平线成十七度三十六分。几个将要遭难的日本人以为她是西方神女。她完全出现在东方的天空中，看着那座马上就要成为牺牲品的城市。太阳还在狮子宫。火光乍迸，接着是一声巨响，排山倒海一般……

听厕

基本的想法是："他们"要来，要先把水关掉。强烈的光亮从头顶照进来，把生活在水表周围的那些隐居动物吓得浑身瘫软……接着就狼奔豕突，往更低、更暗、更潮的地方去了。因为断水，厕所就无法使用了。只剩下一槽水，要冲掉很多东西就难了：毒品呀，大便呀，文件呀什么的。"他们"停止了水流出入，你就被困在"他们"的框架里了，大便堆起来，屁股整个悬置在电影控制器上，等待他们的利刃来剪辑。这一切告诉你，你是完全任"他们"摆布的，不过你明白得太迟了，因为"他们"一向对你一片好意，至少是毫不介意："他们"不介意，你就有了自由。可是他们真要光顾你的时候，又像是演奏爵士乐的阿波罗，拨动着七弦琴。

铮——

一切凝滞。优美而缠人的琴弦悬在空中……叫人没办法轻松。如果你用"长官，快完了吗？"来拉开对话，对方就会应以："当然没有，乳臭未干的小家伙，我这边啊，连一半都没完呢，没有你就完不了……"

所以，最好的办法就是把厕所的水闸弄破一点，这样就会水流不断，即便真的停水了，你也可以争取到一两分钟。这可不是什么常见的多疑症，像等人敲门、等电话什么的：不是的，要坐下来静待噪声停止，需要一种特别的心理疾患来支持。可是——

想象一下这样一个精心设计的科学谎言吧：声音在太空中无法传播。可是，假如能传播呢？假如是"他们"不想让我们知道那里有一种声音媒介，即过去说的"以太"呢？以太是能把声音传播到地球上任何地方的。以太能传播声音。几百万年来，太阳一直在发出巨响，巨大的火炉发出九千三百万英里的响声，始终如一，稳定异常，一代代人生于其中，又逝于其中，却从未听到过太阳的声音。除非发生变化，否则谁又能知道有这样的声音呢？

不过在夜间，由于传播声音的以太所产生的涡流，偶尔会有很浅的无声区从黑暗的半球经过。几乎每个夜晚，在世界上的某个地方，都会有几秒钟时间，外面的声能都会被隔绝。太阳的响声停止了。因为持续时间极短，这种静区的中心点可能会停留在某一片沙漠一千英尺的上空，或在空无一人的办公楼楼层间，或者干脆就盘桓在某个工人阶层的饭馆里某个坐着的人身上，这些人凌晨三点就开始冲洗这里了……瓷砖都白白的，桌椅稳稳地铆在地板上，饭食用透明的硬塑料纸盖着……不久外面就"嗡——"的一声。叮当声，拖拽声，打开水闸的吱吱声——是啊是啊他们就是"用冲水软管冲净这个地方的人"。

就在这一刻，静区那令人清醒的涡心毫无征兆地落到你身上，来自太阳的寂静包围了你，时间长达——哦，也就是从"战争中心时间"2 : 36 : 18 到 2 : 36 : 24——只要地点不是在弗吉尼亚的敦甘嫩，田纳西的布里斯托尔，北卡罗来纳的阿什维尔或富兰克林，佛罗里达的阿帕拉契科拉，或者是想象中南达科他的摩多马肯齐，堪萨斯的飞利浦堡，或者堪萨斯的斯多克顿、普类维勒或埃利斯——嘿，听起来挺像阵亡将士名册，是吧？读名册的地方在大草原上，天空中一道道铸铁色云霞，长长的，红紫相间。黑压压的民众直直地站在那里，密密麻麻像麦秆，那个穿着黑衣的老头在台上的麦克风前，读着死去的城市名，敦甘嫩……布里斯托尔……摩多马肯齐……长于造型的"您石膏般的城市"[①]之风把老头的白发吹到后面，狮毛般卷曲盘旋，把他斑斑点点、坑坑洼洼的老脸也抚弄得光滑了一些，在日光下显出沙色来，外面的眼睑层层叠叠下垂着，很专注——他就这样一个接一个地读着那些阵亡城市的名字，声音在铁砧般的草原上回荡——当然啦，他随时都可能念到布莱克罗德或布利瑟罗的名字……

---

① 暗合《美利坚赞歌》歌词。

哎，老兄啊，你错啦。这些城市正好都在时区边上，仅此而已。哈，哈！这回抓住你的把柄了！继续，让我们所有的人都看看你在干什么，要不就离开这里，我们不需要你这种人。多愁善感的超现实主义者最叫人讨厌了。

“好——我们来看看列在‘战争东部时间’名下的东部城市。交界处其他所有城市都属于中部时间。刚才读到的西部城市属于中部时间，在另一边交界处的城市属于山区时间……”

我们这位“多愁善感的超现实主义者”在离开这个地区时，听到了这些话。不过也无妨的。这时候他全心关注的，是这个铺着瓷砖的小饭馆里发生太阳静区的那个时刻——如果你愿意的话，也可以说他是“病态痴迷”。这个地方他好像去过了（威斯康辛的基诺沙?），但记不得是何种情况下去的。他们把他叫“基诺沙小子”，不过也不足信。现在，他记忆中到过的屋子仅仅剩下一个，屋子里只有两种颜色，灯、家具、窗帘、墙壁、天花板、地毯、收音机甚至书架上的皮书套，所有的东西都是这两种颜色，色调分毫不差：要么是（1）比廉价香水深的碧绿色，或者是（2）巧克力乳浆和联邦调查局鞋子相结合的棕色。房间可能是在基诺沙，也可能不是，努力想马上就能想起来：他到了那间白色瓷砖地板的屋子，离清洗时间还有半个小时。他坐在那里喝咖啡，杯子是半满的，糖和奶油放得很多，咖啡碟下面手指够不到的地方还有菠萝味的丹麦酥皮饼渣。他迟早会把碟子拿开，取到饼渣的。他只是在拖延时间而已。但这已经不是时间的早晚问题了，因为

静区已经降临到他身上了①，

落在了他周围，那看不见的长长的涡面把静区带到了这里，又嗖地飞走了，像以太做的丹麦酥皮饼，只能偶尔听到声音的残渣，那也是在涡流旋转中碰巧听到的，从海边传来的声音——“我们的位置是北纬二十七度二十六分。”一个女人喊着，说的是一种声调很尖的语言，洋面上狂风巨浪，一个声音在用日语朗诵：

---

① 此处标点照原文，表示本句未尽，要接下一段。

海瓦日尼卡它祖
日瓦好尼卡它祖
好瓦肯尼卡它祖
肯瓦腾尼卡它祖

这是神风队下属的樱花队的口号，意思是：

不公征服不了原则
原则征服不了法律
法律征服不了权力
权力征服不了天空

“海、日、好、肯、腾”，叽里哇啦的日语在长长的太阳旋涡上回响着，把基诺沙小子留在铆住的桌子旁，太阳的巨声就在那里停住了。他第一次听见自己有力的血河和泰坦神般的心鼓。

到灯光下面来，和他坐在一起，和这个陌生人一起坐在对大家开放的桌子旁。马上就到清洗时间了。你看看自己能否从阴影里溜进去。即便只能感受到局部的遮蔽也强过永远不知情——强过一辈子缩在他们教你知道的那个天空中巨大的真空里，缩在你从未听到过其寂静的太阳下。

如果没有真空会怎样？如果有的话，他们将这个真空用到你身上会怎样？如果他们发现要教化一座周围尽是虚空的生命孤岛很便利，会怎样？这座岛屿不光指宇宙中的地球，还指你在时间中的生命？如果他们发现让你相信了那些东西对他们有利，又会怎样？

“他给我们惹不了什么麻烦的。”“他们”互相知会着，“我刚让他进入‘黑暗之梦’。”“他们”一起喝酒，把合成合成再合成的毒品注入皮肤或血液，让不可思议的电子波形信号进入颅骨，直接到达脑干，然后戏谑地用手背互相拍打，张嘴大笑，那些看不出年龄的眼睛里在说：你知道的，对吧？……他们说到把某某人抓住，“让他进入了那个梦境”。他们互相间也会用这句话，用得温和而谨慎。那是在一年一度的玩笑会上传递坏消息的时候，如果一个同事仓皇间在那种无休止的智力游戏中失误了，就有人说："哎，我们让他进入那个梦境了吧？" 你明白的，是吧？

妙语巧答

一三从小屋里出来，看见武志在一些棕榈叶下的桶里洗澡，用浓重的鼻音哼唱着"嘟—嘟—嘟，嘟—嘟"，是一支古筝曲——一三大叫着跑回屋里，再出来的时候手里拿了一挺日本造霍奇基斯重机枪，九二型，开始摆放，还不断做出柔道的哼声和瞪眼。就在他把弹链摆好、准备把浴桶里的武志打成马蜂窝的时候，

武志：等等，等等！你这是干什么？

一三：噢，原来是你！我——还以为是麦克阿瑟将军坐着——小船呢！

霍奇基斯，有趣的武器。拥有许多国籍，每到一处都能融合到不同的种族中。美国人的霍奇基斯用来在温狄尼[①]扫射手无寸铁的印第安人。这种 8 mm 的法国霍奇基斯比较轻，有活力，开枪的时候发出"噗噗噗噗"的声音，带着鼻音，温文尔雅的，像电影明星。再说说我们的老兄约翰牛。很多英式霍奇基斯重机枪要么在一战后私下转手卖了，要么就熔化处理了。这些处理过的机枪后来偶尔出现在最陌生的地方。海盗・普伦提斯一九三六年和斯高皮娅・莫斯蒙远足的时候见过一挺，在切尔西，在那一年的波希米亚小丑王詹姆斯・捷娄家里——只是个微不足道的王，其流派倾向于模仿令人恶心的先天性疾病，比如家族性痴呆、在最不合适的时候进入公众视线的性怪癖（一个铮亮的、被雨洗净的早晨，在一条偏僻的工业街，一根裸露的阳物从垃圾罐里伸出来。这条街马上就会拥满愤怒的工人，戴着宽大的、顶上有纽扣的帽子，拿着三米长的扳手、方钻杆、链子。突然，面前出现了光屁股的"小丑王储"庖费力奥，头上是一大蓬铝屑式的卷发，嘴巴涂上了黑油，软绵绵的臀部靠在冰冷的垃圾上扭动着。钢铁碎片扎在上面，很爽。眼睛和嘴唇一样黑，眼神放荡。噢天哪这是什么呀？噢太不好意思了，他们来了，就

① 南达科他州地名，一八九〇年圣诞节美军在此屠杀印第安人。

要转过街角了，他闻到了这群下等人的气味，不过他们对庖费力奥却知之甚少。走路的人们疑惑不解地停了下来。这些最愚蠢的革命者们开始争论起来：是管理者们把这个鬼魂一样的讨厌东西安插在这儿，以便转移他们的注意力？要么他真是腐朽的贵族，被绑架来勒索赎金？如果这样，那赎金是多少？……这时候，屋顶上和铺着砖头瓦垒的门口开始出现了棕色的政府部队，操作着没有熔化掉的英式霍奇基斯。这些霍奇基斯是机枪批发商批量购进后卖给世界上一些小型政府的）。在大屠杀的那一天，“王储”庖费力奥可能记得，詹姆斯·捷娄家里也有一挺熔化处理过的霍奇基斯，要不就是詹姆斯玩的又一怪招，是啊，他对此一无所知……

心对心，人对人

——儿子，你的孩子们做的这种“插进去”的事，啊，就是把电流注入脑子里的事，你正在奇怪吧？

——是电波，爸爸。不是直接的电流。是用在讨厌鬼身上的。

——对，啊，是电波。是“键控波”，对吗？哈哈。呃，儿子，你告诉我，是怎么一回事情？你知道，我差不多吸了一辈子的毒，所—所以——

——哦爸爸。天哪。那和毒品根本不是一回事。

——可是我们有过一些很好的“度假”呀，当时我们就这么叫的。是在一些很“荒诞”的地方，真叫人——

——可你总是会回来，不是吗？

——什么？

——我的意思是回来的时候，你总是知道你一直就在这儿，还是这个地方，完全是同一个地方，对吧？

——啊，哈哈，我想啊，正因为这样我们才称之为“度假”的，儿子！因为你总是回到以前的“现实国”里来，是啊。

——是你总这样。

——听着，泰荣，你不知道这东西很危险。如果有一天你插上电源走了，永远回不来了，那怎么办？嗯？

——嗬嗬！我巴不得呢！你知道所有染了电瘾的人希望什么吗？你可真是个老古板哎！还—还有，谁说这只是个梦，啊？也—也许真的存在呢。也许有一个机器，可以带我们走，彻底走掉，通过电极从颅腔内把我们吸走，进到机器里，和里面存贮的人们一起，永远生活在那儿。这个机器有权决定把谁吸走，还—还有吸走的时间。毒品永远无法使你永生。每次你都得再回来，回到即将死去的臭皮囊里！可是在一个干净、诚实、纯净的“电世界”里我们可以永远活下去——

——操，我就是这样想的。我的儿子是双重处女座。

G型仿聚合物的一些特点

G型仿聚合物是第一种可以真正勃起的塑料。在适当的刺激下，分子链发生交联，使分子变硬，增加分子间引力，从而导致这种特异的聚合体远远偏离现有的相图，从疲软的橡胶非结晶体变成神奇完美的棋盘格局，坚硬、清亮、透明，对温度变化、天气变化、真空环境和所有震动都具有极好的自我防护性能。它在虚空中缓缓发出微光。银色，黑色。线条扭曲的星影从上面漫过，流遍所有的地方，绕着和针灸经络完全相同的经络转了一圈又一圈。那些星星不就是上帝身体上的穴位？我们就是从那些穴位把治疗自己恐惧和欲望的针插进去的？它身体里骨头和导管的影子，渗漏、伤残，呈白色辐散开来——和真正的骨头与导管混在一起。它和骨头、导管相纠缠，其自身形状则是由塑料勃起的过程决定的：何处快，何处慢，何处痛，何处滑溜冰凉……不同区域间是否要交换硬度和亮度，是否应该允许有些区域从表面上漫过以达到爱抚的效果，而在这些爱抚的瞬间，又在哪里搭配一些突变，如击打、扭曲等。

显然，刺激必须是电子的。向塑料表面传达信息的方式是有限的：

（a）薄薄的磁线存储矩阵，在塑料表面形成紧紧相连的坐标系，通过这个坐标系可以把勃起或其他指令发送到很准确的区域，大约可以准确到 $1/2\ cm^2$；

（b）一个或数个电子束扫描，类似于众所周知的视频电子流，在塑料表面需要的地方（甚至可以在仿聚合物最外层下面，在与下部成分的交界处：插入什么，或者让什么东西自己生出一层G型仿聚合物膜，那就看你相信的是哪一种异端邪说了。我们无须在此纠缠那个基本问题，即那层塑料薄膜下的一切都位于“不确定区域”，但要给容易Schwarmerei［狂热］[①]的初学者强调：抛开了理论因素，那些意指亚仿聚合物属性的术语，如“核心”“内能中心”之类，在现实中所指的内容其实并不多于其他科学领域中“超声速区”“重心”之类的术语）配置栅极和偏转板，以起到调制作用；

（c）还有一种办法，就是利用类似于动画片的一种电子“图像”在塑料表面的投射。这样做最少需要三台幻灯机，甚至更多。具体要多少台则隐含于另一种不确定因素，即所谓的“欧提云布测不准关系”（由物理改性ϕ_R（x, y, z）引起的或然功能紊乱γ_R与亚仿聚合物紊乱γ_B中一个较大的数值p成正比，其中p不一定为整数，其数值由经验确定），其中下标R代表火箭，B代表布利瑟罗。

◆ ◆ ◆ ◆ ◆

同一时间，齐切林发现有必要放弃对那些阿根廷无政府主义者的监视，这种监视简直就像长包皮垢，既见不得人，又来得慢。情报活动委员会化名尼古拉伊·里波夫的探员来到了镇上，正在发动攻势。忠诚的扎巴耶夫也不知是出于恐惧还是嫌恶，和本地两个流浪汉到酸果蔓沼泽地另一边去进行漫长的饮酒欢宴，也许再也不回来了。小道消息说，他这些天模仿弗兰克·西纳特拉的外形，穿了一套偷来的美国特勤部队服装，在占领区所向披靡。进了城，找了个客栈，然后开始在人行道上轻声唱起歌来。很快就聚了一群人，美少女们每人交六十五美元，就可以癫痫症似的扑到一大堆无私奉献出来的缆索式针织品、人造丝发辫和圣诞树装饰品中间，绝对物有所值。有效果。免费喝酒感觉永远不错，大

① 希特勒爱用的词语之一。

量免费喝酒。乡下满是沙土的街道上，人们在游行，大小酒桶在嗡嗡低语的队伍中滚动，而“三醉客”的身影也无处不在。对于弗兰克·西纳特拉左右各护着一个没用的酒鬼这个问题，没人产生任何疑问。对于他就是西纳特拉，人们也没有过丝毫怀疑。城里的爵士迷们往往把那两位当作一对滑稽组合呢。

贵族们在夜晚的锁链里哀哭的时候，侍从们却在唱歌。圣杯里可怕的政治永远与他们无关。歌才是有魔力的披风。

齐切林明白，自己最终还是孤独的。不管自己是什么人，都是孤独的。

他觉得自己有责任不停地动，可是又没地方可去。这时候，他想起了温佩这位染共体销售代表，不过太迟了，只能随他浪迹江湖了。他希望找到一条狗。狗代表完美、彻底的忠诚，他可以将狗作为自己的准绳，日日比照，直到终了。有条狗相随很不错。不过，退而求其次的话，摆脱了诅咒的信天翁也是好的，可以给人留下温婉的记忆。

正是青年齐切林提出政治麻醉剂这个说法的。麻醉人民的鸦片剂。

温佩报以一笑。非常非常古老的笑，足以扑灭地心里燃烧的火焰。“马克思主义辩证法？不是鸦片，啊？”

“那是解毒剂。”

“不是的。”两种可能性都有。毒品推销员可能对齐切林的一切反应都了如指掌，认为那种毒品对他不起作用——要么一时心血来潮，向这个傻小伙全盘托出。

“最根本的问题是，”他申说着自己的意见，“要让别人为你而死。从来如此。什么东西才有足够的价值让一个人为之献身呢？千百年来，宗教在这方面一直独占鳌头。宗教总是关乎死亡的。宗教的用途与其说是鸦片，不如说是技巧，使人们为一套特定信仰而死的技巧。这当然是歪门邪道，可你是谁呀，有什么权利下结论？宗教在过去有效用的时候，是很有说服力的。不过后来，为死亡而死已经不再可能，于是便有了替代宗教的世俗版本——你们的版本。为推动历史实现其预定模式而死。死的时候，你知道自己的死将使历史朝良好的结局靠近一点。革命式自杀，好极了。不过你想想，既然历史的改变不可避免，那为什么不能别死呢？瓦斯拉夫？既然注定要发生，死不死又有什么关系？”

“可是你从来没有过自己的选择，对吗？”

“如果我有过自己的选择，那就肯定——”

“你不明白。除非你到了那一步，否则不明白的，温佩。你没有发言权。”

“你这话不太符合辩证法。”

“我不懂那东西。”

“也就是说，一个人在做决定的那一刻之前，”温佩显得深奥而慎重，“一直都是完全纯洁的……”

“他可能是任何情况。我不关心这个问题。但是，做决定的时刻才是他最真实的时刻。这些时刻之间的时间并不重要。”

“真实的马克思主义者。”

“不！真实的自己。”

温佩一副疑惑的样子。

“我经历过，你没有。”

唏，唏。一个注射器，0.26 mm 的针头。血液在旅馆的棕木套间里凝滞了。继续争论这个问题，继续纠缠在上面，意味着他们会成为论敌，两个人都不想有这个结果。灵代磷酸梦是解决问题的一个办法。（齐切林：“你是说‘硫代磷酸梦’吧？”他以为指的是硫……温佩：“就是灵代磷酸梦，瓦斯拉夫。”他指的是上帝。）两个人都注射了毒品：温佩紧张地看着水龙头，想起了柴可夫斯基和沙门氏菌，想起了《悲怆》里可以用口哨演奏的那支快速集成曲。齐切林却紧盯着针头：德国人的精密，优良的钢质材料。不久之后，他会了解到一系列急救站和野战医院。那些地方与和平年代的温泉疗养地一样，引起人对战争年代的回忆。外科军医和牙医们为了救他的命，将把高级钢材料嵌入、打进他痛苦的肉体里，并且用一个电磁仪器，把以暴力形式进入他身体里的那些东西剔出来。这个电磁仪器是战争期间在杜塞尔多夫[①]的舒曼街买的，有一个灯泡，

① 德国城市。

一个可调整的反光器，双轴止动柄，一套完整的、奇形怪状的电极，还有一些用以调整磁场形状的铁屑……然而，在苏联，在那个和温佩相处的晚上，他是第一次尝试——是他首次体验钢铁之物……他无法把这种体验和“灵代磷酸梦”分开，无法把钢铁器皿和邪恶疯狂的注射液流分开……

他们俩在套间里乱叫乱跑了十五分钟，踉踉跄跄转圈子，顺着房间的对角线排成一条线。在拉兹洛·雅夫赖以成名的这种分子里有一种独特的变化，即所谓“珀克勒特性”，出现在某种有缺陷的吲哚环上。后来的梦宁专家、学者、专业工作者普遍认为，正是由于这种特性，该药物才得以导致独特的幻觉。这种幻觉不只是听觉和视觉的，而是平均刺激每一种感觉器官，并且还会反复进行刺激。有一些主题，像“预言原型”（剑桥学院的乔里佛克斯[①]是这样命名的），还会反复出现在同一个体身上，从实验看情况非常稳定（见《吉·梦·心理·药物》406—453页，第十三章，沃伯和沃阿顿“预言原型在中产阶级大学生中的分布”）。因为其中一些幻觉和死人的灵魂存在一致性，所以专业术语称这种反复出现的幻觉为“附体幻觉”。这种梦宁式附体明显有一种叙事连续性，其清晰程度不亚于《读者文摘》之类的文章——而其他一些幻觉往往随浮光掠影而过，但相互间也是有深层联系的，不是一般瘾君子能感受到的。这些附体幻觉常常很普通、很老套，吉安奇称之为“心理药理学史上最乏味的幻觉”，所以，如果要确定其是否为附体幻觉，必须大胆而巧妙地违反常规：看到死去的人；同一路线、同一方式的旅程，有些人出发晚，却到达早；一张印刷出来的图形，却没有足够的光亮让人看清楚。……一旦受试主体确定自己产生了附体幻觉，就会立即进入“第二阶段”。这个阶段总是叫人不舒服，不过不同主体感受到的强度有所不同。尽管梦宁本身就被归类为中枢神经镇静剂，但这时候往往还需要对主体进行镇静处理（皮下注射0.6 mg阿托品）。

在该药物作用下常常会出现多疑症，这毫不稀奇。和其他类型的多

---

① 和本段下面的“吉安奇”都是心理药物学家。

疑症一样，完全可以促使或引发一种发现：万物皆有联系，神造万物皆为镜中虚影——虽然还没有虚到完全看不见，但至少和虚有关，而对于齐切林这种被安置在镜子边缘的人，也许还是一条可以进入其中的路径呢……

齐切林的附体幻觉

有关那个人是不是尼古拉伊·里波夫的问题。他到来的方式的确像人们描述的里波夫那样：沉重，无法逃避。他想说话，只是想说说话。可是谈话的过程中又会莫名其妙地进入语词内部的迷道里，一次又一次用纯粹的异端邪说来迷惑齐切林，让他诅咒自己。

“我来是帮你擦亮眼睛的。如果你有什么疑问，就应该实实在在地说出来，以男人对男人的方式。不会遭到报复的。见鬼，你不觉得我也有疑问吗？就是斯大林也有疑问呀！我们都有疑问的。”

“不过没关系的。反正我能解决的。”

“可是你并没有在解决，否则他们就不会派我到这儿来了。你不觉得他们关心的人有难时，他们是知道的？”

齐切林不想问。他绷紧心房的肌肉来抵制好奇。心脏神经官能症的疼痛一跳一跳地沿左臂传下来。可他还是问了，紧张得呼吸都有些不对头了：“我是不是本来该死的？”

“你指什么时候，瓦斯拉夫？”

“在战争期间。”

“哦，瓦斯拉夫。”

“原来你是想听我说说自己的烦恼。”

“难道你不明白他们对这个问题的态度吗？好了，你就全盘托出吧。我们失去了两千万条生命，瓦斯拉夫。这样的罪名你无法视为儿戏。他们需要材料来证明。就连你的生命也可能危在旦夕——”

“我没有指控谁有罪……请你不要……我只想知道我是不是应该为他们而死。”

“没人要你死。”安慰地，“你怎么会这么想？”

就这样，在这位来使耐心的诱导下，他哀泣，他倾诉，他忘乎所以、滔滔不绝：多疑症式的疑虑，无法抚平的恐惧，自我谴责，在自己身体周围铸成一层囊壳，永远与周围的人群隔绝开来……

昏黄之中，温言缓语："是啊，这正是历史的核心，最深层的核心。你所知道、看到和触摸到的一切，有哪样是靠谎言支撑的？"两个人都没有起身点灯。

"可死后的生命……"

"死后没有生命。"

齐切林的意思是得通过战斗才能确认自己生命的有限，正如自己的身体通过战斗才接纳了刚强。斗败所有的希望，斗出最苦涩的自由。直到最近，他才开始转向作用力、反作用力、碰撞、新秩序等东西组成的辩证法芭蕾，在其中寻求安慰——战争发生以后，死亡出现在拳击场上，经过多年训练的齐切林一眼就发现，它比以前高了，更健美了，多余动作比预期的少了——他站在拳击场内，死亡每一拳打出，都夹着可怕的飕飕冷风。直到这时候，他才抛开其他可怜而冷酷的安慰方式，只选择了一种历史理论，并努力使之合理化。

"美国人说，'散兵坑里没有无神论。'瓦斯拉夫啊，你从来不信仰无神论。因为恐惧，你选择了信仰死亡之床。"

"这就是你们要我现在死的原因？"

"不是死。你的死没什么价值。"又有两个草绿色的来访者进来了，站在旁边看着齐切林。他们相貌平常，没有明显特征。这只不过是梦宁的附体幻觉而已。成熟而普通。唯一叫人隐隐觉察到其幻觉本质的是——

它大胆而巧妙地违反了现实。

此时，三个人在对他笑。没有违反什么现实呀。

一声尖叫，但发出来却成了巨吼。他扑向里波夫，拳头落了下去，可还是差了点。另外两个人比他想的要快，条件反射般迅速过来，从两边拉住了他。他们的力量大得难以置信。他通过大腿和屁股的神经，感觉到自己的纳甘枪从枪套里滑了出来，感觉到自己的阳物从一个已经记不清模样的德国姑娘身体里滑了出来——那个早晨他是最后一次见到她，他们喝了甜酒，在离别前的最后一个早晨，在最后一张温暖的床上……

“瓦斯拉夫，你还是个孩子。你自欺欺人地认为自己懂得那些思想，其实你根本无法理解。我们得给你讲得简单些。”

在中亚，他从人们嘴里知道了伊斯兰教中天使的职责。其中一个就是考察刚刚死去的人。最后一个哀悼者走了之后，天使们来到坟墓前，拷问死者是否忠诚于自己的信仰……

这时候，屋子边上多了个女人，与齐切林年纪相仿，穿着制服，眼睛里没有给他说话的欲望。她在看。没有听到音乐，没有做过夏日旅行……没有在大草原上的最后一个白天看到马……

他没有认出她来。并不是说非认出来不可，起码目前的情况下不是，而是因为她是伽琳娜，她回到了这些城市，至少从岑寂中走了出来，回到了环链一般的语词田野，浑身闪闪发光，安然地跑着，总是那么近，那么伸手可触……

“你为什么要追捕自己的黑人弟弟？”里波夫尽量问得彬彬有礼。

啊。里波夫，感谢你问这个问题。为什么呢？“开始的时候……很久以前——当初……我觉得自己受到了惩罚。没人注意我。我认为是他的责任。”

“现在呢？”

“说不上。”

“你怎么会把他作为你的追捕目标呢？”

“那还能是谁的呢？”

“瓦斯拉夫。难道你永远也超越不了吗？你这都是野蛮人的想法。血统呀，报仇呀。你觉得这些都是为你安排的，来满足你那些微不足道的愚蠢欲望的。”

对呀，对呀。“是。很可能是。怎么了？”

“他不是你的目标。别人需要他。”

“所以你们一直让我——”

“是的。迄今为止。”

扎巴耶夫本来可以告诉你的。那个木头木脑的亚洲佬是个彻头彻尾的军人。他知道的。军官们。操他妈的军官心态。你干所有的事，然后他们跑过来，打包装，得荣誉。

“你们不是正从我这里拿走吗？”

“你可以回家了。”

齐切林一直在观察另外两个人。现在他看清了，他们穿着美国军装，可能一个词也听不懂。他伸出空空的双手和被太阳晒伤的手腕，想最后一次表现一下自己的钢铁意志。里波夫正准备离开，见此情形显得不胜惊讶：“噢。别这样，别这样。你享有30天的幸存者假期。你是幸存者，瓦斯拉夫。你回到莫斯科的时候要向中央空气动力及水力研究所汇报。就这些。你会有新的任务。我们要把德国火箭工作人员转移到沙漠里去。去中亚。我想他们在那边需要一位老中亚做帮手。”

齐切林按照自己的辩证法将此理解为：自己的生命开始变得一览无余，回到中亚的实际意义就是走向死亡。

他们走了。女人刚毅的脸直到最后时刻也没有转过来。把他一个人留在空荡荡的房间里，与他相伴的只有家人的塑料牙刷，插在墙上的牙刷架上，头朝下挂着，已经溶化了，凝变成各种颜色的卷须，刷毛则指向所有黑乎乎的平面、角落，指向所有被烟熏黑的窗户。

◆ ◆ ◆ ◆ ◆

世界上最可亲的国家，其寿命不得超过你我，只能是死亡与时间控制下一个普通的过客，一场特别的历险。

——小莽猪大会决议

北方？哪个寻索者被派到北方去过？你要找的东西在南方——那些黝黑的土著，对吗？为了冒险和事业他们派你去西方，为了增强洞察力派你去东方。可是北方呢？

是阿努比斯号的逃跑路线。

是吉尔吉斯之光。

是死亡之国赫雷罗。

森村少尉、卡罗尔·埃温特、托马斯·宫西兑、罗杰·摩西哥四人坐在一张红砖露台上的桌子前。这是在霍斯坦①一座蓝色小湖边的旅馆里叫“小莽猪”旅馆。太阳照得水面光闪闪的。红色的屋顶，白色的尖塔。所有的一切都是微缩的、整洁的，一派柔和的田园风光，交融于四季变化之中，和紧闭的门上的木“×”符号形成鲜明对照。秋色初展。奶牛哞地叫了一声。挤奶女工对着奶桶放了个屁，桶里噹的一声发出轻轻的回音。群鹅吭吭嗞嗞地叫着。四位信使喝着掺水的摩泽尔葡萄酒，谈论着曼荼罗。

火箭被发射到南方、西方、东方。没有北方——截至目前没有。朝南，对准安特卫普，角度约173°。朝东，在佩纳明德试验，072°。朝西，对伦敦，约260°。用平行规量好，偏差（如果你喜欢，可以用“合矢量”这个词）角度达到约354°。这样的发射才是所有其他人心里想要的，是一种幻象式的发射，按照曼荼罗逻辑，这种发射要么已经非常秘密地发生在过去，要么发生在将来。

所以，据后来的了解，小莽猪大会的这些与会者们围着一幅地图而坐，带着各自的工具、香烟和见解。不要嘲笑他们。这是战后情报界一个伟大的推演时刻。摩西哥坚持要求搞出一个权数体系，使得向量长度和按照每个向量进行发射的实际次数成比例。托马斯·宫西兑对地理空间中的事件一向很敏感，他想把一九四四年在布利日纳进行的发射（同样朝东）也算进去，这样箭头方向就由354°朝北偏移了，如果把瓦尔赫伦②和斯坦弗伦③对伦敦和诺里奇④发射的火箭算上，箭头的指向竟和真北相近起来。

证据和直觉，或许还有我们每个人心中残留的无法与文明接轨的恐惧，这一切都指向000°：真北。还有哪个方向更适合发射00000呢？

问题是，如果不知道火箭发射地点这个先决条件，那角度——即便

① 德国北部一地区。
② 荷兰西南部斯海尔特河口一地，曾为一岛屿。
③ 荷兰地名。
④ 英格兰东部一区，在伦敦东北方向。

是神秘而对称的角度——又有什么用呢？有一条刀刃般明确的界限，两百八十公里长，沿东西方向横扫过占领区坑坑洼洼的脸，无休无止地扫着，纠缠着，兴奋地颤抖着，发出闪闪的亮光，令人难以承受，而且一刻也不停息……

现在是在“小莽猪标志”下面。单色图片，上面有一只流着口水的乳猪，胖得令人恶心。小莽猪一只布丁般的手里紧紧抓着滴着油的后腿肉（对不起小猪们，没啥隐私的），另一只手则朝一只人类母亲的乳房伸过去。乳房从图片左面出现了，小猪紧紧盯着凑近它的乳房，嘴巴张开了，表情很愉快，尖尖的牙齿急不可耐，眼睛里放出光来，好像在说“吃的嚼呀嚼呀对啦吞下去唔——”。小莽猪是占领区大阿卡那牌里的第二十三张……

罗杰喜欢把这幅图片想象成杰瑞米小时候的照片。杰瑞米虽然知道一切，但还是原谅了杰茜卡和罗杰在一起的事。他自个儿也红杏出墙过一两回，能理解。他是个思想解放的人，战争毕竟能摧毁一些壁垒——你可能会称之为“维多利亚传统”（这个故事也是由那些发明“聚氯乙烯雨衣”的玩笑者们讲给你听的）……那么，罗杰，他这是在干什么呢，想给你留下深刻印象？他身体前倾，抓紧玻璃杯子，眼睑高高地、温和地弯了起来。他的块头比罗杰想的小，咂着罗杰见过的最没品位的烟斗，烟斗锅是欧石楠的，造型仿温斯顿·丘吉尔头部，造得纤毫毕现，甚至还钻了个小洞表现丘吉尔嘴里的雪茄，以便烟真的能从洞端漏一些出来……这是在库克斯哈文的一家军人酒馆里。这地方曾经是海军救援场，所以孤独的士兵们就坐在这些海上的废物间胡思乱想、喝酒解闷。这里的档次没有普通的户外咖啡馆高，当然没有。有些人站在倾斜的舱口，有些人在水手长的椅子里、桅顶瞭望台上晃荡，或坐在链条、索具、箍带和黑色铁件间喝苦啤酒。这是在夜晚。外面的桌子上点起了灯笼。温和的细浪有如梦幻，悄无声息地扑打在鹅卵石上。晚归的水鸟在湖上鸣叫。

“杰瑞米，那东西会不会控制我们，你和我，这还细（是）个问题儿……”摩西哥从见面到现在，一直在制造这种预言式的词句，就像今天中午在俱乐部里吃午餐，很别扭。

“呃，什么东西会控制我们，老哥们儿？”“老哥们儿”都叫了一天了。

“你没有感—觉到有东西要控计（制）你吗，杰瑞米？”

“控制我。”他醉了。他疯了。很显然不能让他接近杰茜卡，这些数学怪人就像双簧管手，会影响脑子什么的……

啊哈，饶是如此，杰瑞米一个月也会这样梦想一回，就连杰瑞米也这样：赌债……各种各样的收债人不停地来找他……他记不得这笔债了，也记不得是输给谁的，就连赌博这件事本身也记不得了。他隐隐觉得，这些来要债的人身后有一个庞大的组织。这个组织给人的威胁感始终没有尽头，等待杰瑞米去补充完整……每一次恐惧都会从空隙间滚滚而来，纯粹的恐惧……

好极了，好极了。保证发射成功的第二种校准测试已经在杰瑞米身上突然展开了：在公园里一个提前安排好的地点，两个失业的马戏团小丑脸涂得白白的，穿着工装，蹿出来开始互相殴打，用的是巨大的泡沫橡胶生殖器，有七八英尺长，做得惟妙惟肖，颜色也逼真。事实证明，为这两个漂亮的生殖器花钱很值。西曼·鲍丁在城里的时候，罗杰和他的表演超过了英国国家娱协水平。这可是挣零钱的好来路——大量的人聚在德国北部这些村子边上，看两个小丑对打。偶尔有屋顶上耸立着谷仓，一般都是空的，伸出一只木绞架般的架臂，映在下午的天幕上。有士兵、百姓、孩子。笑声不断。

人们似乎由此想起了泰坦神和先祖，于是就笑了。虽然没有往脸上扔馅饼可笑，但起码一样单纯。

是的，巨型橡胶阳具是要作为军火的一部分留在这里的……

杰茜卡说的是：“我们要结婚了。我们正在加紧要孩子。”她的头发短了许多，唇形变了，唇色深了，口红涂得更重了。打字机摆在中间，密密麻麻的字母把他们隔开来。

倏然间，罗杰觉得在自己和万有引力之间什么都没有了，只能感觉到自己的屁眼还在：“我不在乎。可以生他的孩子。我会爱你们娘儿俩的——跟我在一起吧，杰茜卡，求你了……我需要你……”

她扳了扳对讲机上的一个红色手柄。远处响起了蜂鸣音。“保安。”她的声音特别生硬，话音还在空气里啪啪回响的时候，警察就从活动房办公室的纱门里进来了，阴沉着脸。活动房里散发着潮水冲过的气味。保安。这是她的魔咒，是她对付恶魔时用的咒语。

“杰茜卡——”操，他要哭了吗？他觉得哭泣就像一点点来临的高潮——

谁救了他（或者说打断了他的高潮）？嘿，竟然是杰瑞米。老海狸出现了，挥手让警察们走了。警察们很郁闷，露着獠牙回去自渎，去表演《罪犯逃脱了惩罚》的滑稽剧去了。他们也许在梦幻般盯着警卫室里的J. 埃德加·胡佛挂像，也许在做其他什么事情，而这边的三位罗曼蒂克的主儿突然要去俱乐部里共进午餐了。共进午餐？难道是诺埃尔·考沃德写的戏，或者类似的什么？在最后一刻，杰茜卡假装忍受不了某种女性综合征的痛苦而告退，两个男士都以为她是妊娠反应。罗杰觉得，为了达到目的，她什么可耻的事情都能干出来，而杰瑞米却觉得她这个举动很可爱，是对两个情人暧昧的吆喝。这样就剩下两个男人了，他们起劲地谈论着“回火行动”。该行动是英国的一个方案，就是把一些A4火箭安装起来，发射到北海。此外，他们还能谈论什么呢？

“为什么？”罗杰不停地问着，想扫杰瑞米的兴，“为什么要安装好发射出去？”

“我们不是已经缴获那些火箭了吗？处理火箭的办法是什么？”

“可是为什么呢？”

“为什么？见鬼，很明显呀。杰茜卡给我说你是搞数学的？”

“小西格马乘以s除以小西格马减去P，等于2π的四次方根分之一乘以e比负s平方除以两个小西格马的平方。”

“天哪。”杰瑞米笑着，慌忙在整个屋子里扫了一眼。

“对于我们这一行的人来说，这是口头禅。”

杰瑞米知道如何应付这种事情。他邀请罗杰晚上去吃饭，是个非正式的亲密聚会，在斯特凡·乌特加塔洛吉家。斯特凡以前在库克斯哈文这里的克虏伯厂子里搞管理。“当然，欢迎你带朋友来，”海狸一心想讨好罗杰，咬着牙说出了这句话，“周围有很多军人小吃部，你应该不难找个——”

“非正式就是穿普通西装，对吗？”罗杰打断他的话。糟透了，他没有普通西装。今晚被抓的希望很大呀。一场聚会里面有（a）“回火行动”的一个人物，（b）克虏伯的一个管理人员，那么它必然有（c）公司情报界的至少一只耳朵，听到过克莱夫·莫斯蒙办公室里的“撒尿事件”。罗杰真想知道海狸和他的朋友葫芦里卖的是什么药。

他真的带了个客人来：西曼·鲍丁，还从巴拿马运河占领区带了件样式极其夸张的佐特装来——在那边，这种服装是锁厂工人的工作服，由黄、绿、淡紫、朱红组成，热带鹦鹉似的，很惹眼。衣服的尖翻领太过突出，需要挂在大衣衣架上定定型。这位讲究整洁的水手竟在那件紫而又紫的缎子衬衣下面穿了紧身胸衣，把腰紧束到四十二英寸的窈窕造型，以迎合腰部大幅度收紧的上装。上装长及膝部，开了五个衩，采用苏格兰短裙式褶皱，曲线分明地沿臀部而上。裤带系在腋窝下面，裤脚紧缩到大约十英寸的样子，他穿的时候拉开了隐形拉链，脚才得以出来。衣服整体上是蓝色的——不是衣服上用的那种蓝色，而是油漆的蓝色。这件衣服走哪儿都引人注目。会在聚会上占据所有眼睛的余光，使人无法自如地闲聊。它要么迫使你思考衣服颜色这样的基本问题，要么使你觉得太浮华。富有颠覆性啊，真的。

“哎，就我们俩？”鲍丁问，“是不是有点势单力薄？”

“听着，”罗杰这时候也想到了什么，色眯眯地笑起来，“我们根本不能带那些橡胶大阳具。今晚我们得随机应变！”

“你知道吗，我要往普莰家派一辆摩托，我们身边得有一帮打手，再就是——”

“你知道吗？你已经失去了探险精神。没错。你以前不是这样的，真的。”

“我说兄弟，”他用海军语音说成了“兄弟儿”，“你看，兄弟儿。你也得把脚往我鞋子里放放，了解一下我的感受啊。”

“如果你的鞋子……不是……那种……黄颜色的话，我可能会放一放的。”

“咱是个下贱的人，”这位皮肤黝黑的海上美国兵用一根指甲很尖的手指头在两腿间抓挠着，寻找一只跑来跑去的阴虱，把气球般的褶皱和裤子都划破了，“一个长着雀斑的孩子，来自明尼苏达的阿尔伯特里亚。那里 69 号公路上的速限为整夜全速（整夜全酥）[1]，咱也想在这儿的占领区试一试。一个长雀斑的孩子，十岁前就用安全别针插在软木塞上代替天线，晚上不睡觉，听那些海岸间传来的声音，他们没人鼓励过我参加那些黑帮战争，兄弟儿。罗杰，你应该很高兴自己现在还他妈这么天真。你等着看自己的第一场欧洲黑帮大战吧，他们一般用三个回合：头，肚子，心脏。你明白这里说的‘肚子’吗？这里的肚子可不是次要器官，伙计，记住这一点秋天就能过好。”

“你开小差了？那可是死罪呀，是不是？”

“屁，我能摆平的。不过我只是个小人物，别以为我什么都知道。我只了解自己的行业。我可以教你如何滤纯和化验可卡因，我可以通过触摸，从温度上判别宝石的真假——假宝石吸收身体的热量要少，‘玻璃是不愿吸血的吸血鬼’，这是古代宝石商的明言。我还可以一眼看出假钞，容易得像看视力表上的 E，我的视觉记忆在占领区是一流的——”他穿着佐特装，独自絮叨个不停，最后罗杰还是拉着他去了克虏伯的狂欢派对。

进了门，鲍丁首先注意到的是今晚演奏的弦乐四重奏。第二小提琴正好是常常不受酸爷·巴摩欢迎的毒友古斯塔夫·施拉本，在“那地方”人们都称他为“恐怖船长”，虽然是爱称，却也十分准确。拉中提琴的是古斯塔夫的同谋安德烈·奥姆诺朋，二人合力之下，可以使一百米范围之内的任何人，不论从哪个方位进来（弗雷德和费力思呀[2]，在你们门边轻轻拍打、咯咯发笑的是谁?），都会心情抑郁得想自杀。奥姆诺朋留着羽毛状的里尔克胡髭，肚子上有小胖猪纹身，而且最近成了“时髦”之物，就是在占领区内政部的地盘，那些美国小妞都觉得很酷。古斯塔夫和安德烈是今晚的“内在声音”。这一点很奇怪，因为节目表演的是从海顿七十六号作品经过抑制处理而成的弦乐四重奏[3]，即所谓的降 G 小调

---

① 原文有双关，和前面的 69 都有性暗示。
② 这里指广播节目《爱伦和隘巷》中的两个人物。关于此节目见小说较早部分。
③ 品钦杜撰。

"卡祖"四重奏，其名源于"缓慢、悲伤的歌"乐章。这一乐章使用"内在声音"来演奏卡祖笛，而不是常规乐器，这样就给大提琴和第一小提琴制造了力度变化问题，这在音乐作品中是独一无二的。"其实，有几个地方你只是从跳弓换到分弓，"鲍丁口齿伶俐地和某个公司人员的妻子说话，往屋子对面的免费午餐桌走去。桌子上堆满了龙虾做的开胃菜和阉鸡肉三明治——"减少用弓，更高层次，明白吗？柔和些——然后做一千次从最弱到最强的急奏，可是唯一的那个，最著名的那个，却是从最强到最弱……"确实，这部作品之所以压抑，一个原因就是颠覆性地使用了由最强突然静下来到最弱的手法。这是声影游荡时的感觉，是太阳的燃烧中止。他们不想让你太多地听到那些东西——至少不是海顿所展示的那些东西（这也是这位德高望重的作曲家叫人难解的一次失误）：大提琴、小提琴、中音和高音卡祖笛，一齐欢奏，颇似电影《化身博士》中的一支歌曲《你应该看我跳波尔卡》，到了一个奇怪的小节中间，卡祖笛突然全部停下来，"外在声音"开始了无旋律拨奏——按传统的理解，这代表两个十八世纪的乡下傻子在嘟下嘴唇。对着嘟。这种代表傻子的拨奏持续了二十到四十个小节，克虏伯的中层职员们坐在铺着天鹅绒的罗圈腿椅子上，弄出咯吱的响声。哔卟哔卟哔卟，这不是海顿的风格，妈妈！皇家化学公司和通用电气的代表们偏着头，在烛光下努力辨认着那些手写的，很漂亮的节目单。那是乌特加塔洛吉在现实中的拍档乌特加塔洛吉小姐书写的。大家都说不准她的名字，这对斯特凡一直很有利，因为他们会一直对她有防范心理。她的形象就像你去世的妈妈长了金发：如果你见过她的滑稽模样，贴着金箔，面颊太肥大，比例失调，眉毛太黑，眼白太白，表情里带着一种毫无意义的漠然，说穿了这种漠然其实是一种邪恶，因为她的脸因此变形了。结果，你看到的表情就像喝第一杯马提尼之前的南琳·斯洛索普，她的灵魂来到了眼前，到了这场克虏伯宴会。她的儿子泰荣也来了，唯一的原因是现在（处女座早期）他成了一只拔了毛的信天翁。拔了毛，见鬼，也就是剥光了。散落在整个占领区。很难说他能否被重新"找到"，就是传统观念上的"验明正身并拘留"。只有羽毛……还有多余的、可再生的器官，"如果不是因为完全没有敌意，我们会忍不住将这些归入‘九头蛇怪现象’……”——娜塔莎·劳姆[①]：“信天翁解剖中的不可确定地区”，见一九三六年冬《公开承认对信天翁病理分类学具有热情者国际协会学报》，一份伟大的小杂志。其实，那年冬天他们还给西班牙发过一封信。为了讨论上面的问题，其中若干期杂志专门对世界经济进行分析，而所有这些分析都明显和信天翁病理分类学有关联：所谓的“夜虫”到底属于伪金道类，还是有充分证据（一切迹象都大同小异）证明，只是毛普氏初周病[②]一种隐蔽的形式？

那么，如果“对抗力量”对这些类别中所隐藏的内涵再清楚一些，他们就会处于更有利的形势，来解除“人”的武装、阳具，并拆解其身体。可惜他们不够清楚。其实他们还是清楚的，只是不愿意承认。令人伤心，但这是事实。他们和我们任何人一样，在大量的金钱面前都是精神分裂、反复无常的。这是铁的事实。“人”在我们每个人头脑里都有一个办公室，其公司的标志是一只白色信天翁，每个地方代表都有一个掩护身份，叫作“自我”，他们在这个世界上的使命都是臭狗屎。我们明知道内情，还听之任之。只要我们偶尔能看到他们，盯住他们——那些掌握大量金钱的人。只要他们让我们瞥一眼，不管次数多么稀少。我们需要这样。需要知道他们了解这些东西的渠道——还有频率和条件……我们应该看到流行杂志上刊载的很多东西，像“昨夜罗杰海狸为杰茜卡而战，杰茜为克虏伯而泣”，对着每一幅模糊的照片流口水——

在某个片刻，罗杰可能梦到了热月[③]里那些流汗的夜晚：失败了的对抗力量，富于魅力的前造反者，虽然有一定嫌疑，但仍然逍遥法外，享受着虚伪的爱，不管在哪里活动都有新闻价值……命里注定是受人宠玩的怪物。

“他们”会利用我们，我们将帮助“他们”获得合法地位。不过“他们”其实并不需要这样，这对“他们”只是锦上添花，虽然也不错，但

---

① 杜撰。

② 品钦杜撰的病名。

③ 法国资产阶级革命时期共和历的第十一月，相当于公历七月十九日到八月十七日。

不是雪中送炭……

噢，对了。“他们”要的不就是这个吗？“他们”在时间和地点都不大合适的情况下，把罗杰带到了这儿，带到了“反对派”的怀抱里，而他生命中第一个真正的爱人却局促不安，一心想回家再次承接杰瑞米的雨露，以便完成他们一天的指标——而在这个过程中，他不由得想起（哦，我操）一个有趣却更为严峻的问题：做“他们”的宠物活下去，还是死亡？在他的想象中，自己没有认真问过这个问题。这个问题是突如其来的，现在没办法再把它送回去了。现在，他必须做出决断，而且不久——好像不会久，他就会感觉到肠子里的恐惧。那种恐惧无法从思想中驱逐出去。他必须选择是生是死。把问题搁置一段时间并不是缓冲，而是选择活下去，服从“他们”的条件……

中提琴是一个幽灵，棕色纹理，半透明，叹息着进出于其他的声音里。大量的力度变化。乐句间掠过极其细微的上扬，或交替使用音符，或为音量变化做准备，也就是德国人所说的“换气”。也许今晚这种感觉缘于古斯塔夫和安德烈的表演，而过了一会儿，会听的人开始竟然只听到停顿、听不到音符了。耳朵被逗弄得痒痒的，那感觉恰似你的眼睛盯着侦察图，最后觉得弹坑从里到外翻了个个儿，成了放在罐子外面的松饼，或者叠入山谷的山岭，海洋和陆地在水银的边缘两面微光闪烁——音乐里的寂静也是这样在四重奏里跳荡的。还—还有卡祖笛要加入进来呢！

今晚的蒸发阴谋就是以此音乐为背景的。针对罗杰的阴谋在震颤、晕眩的快乐中设计而成。西曼·鲍丁的出现则是意外。进去用餐成了祭祀仪式，满是神秘的手势和会意。根据菜单看，这顿饭很复杂，尽是些调料丰富的菜肴、鱼肉和甜食。“这个‘Überraschungbraten’是什么呀？”西曼·鲍丁问坐在右面的餐友康斯坦斯·弗兰普。弗兰普穿着宽松的卡其装，是个新闻狗仔，也是从伊沃[①]到圣洛[②]的每个美国兵心中的粗话小甜妹。

---

① 尼日利亚西南一城市。
② 法国地名。

“嗨，船兄，这不是很清楚嘛，”“突击队员康妮[1]”答道，“是德语‘惊喜烤肉’的意思。”

“我明白了。”鲍丁道。她抛了个眼风，大概是给波因茨曼的吧，也可能是无意的。有一种叫作“友善条件反射”（一九四二年以来，她见过多少小伙子销声匿迹?）的东西，偶尔也会在零以下的地方免遭灭绝的厄运……鲍丁朝桌子另一头看过去，眼光扫过公司人员的牙齿和抛了光的指甲，扫过有字母图案的沉沉的食具，第一次注意到有一个石头的烤肉坑，配了两把手工操作的黑色烤肉铁叉。仆人们穿着战前的制服，忙着分层摆好便条（主要是盟军最高统帅部的指令）、引火、劈成四块的松木、煤块、拳头般大小的美味鸦肉块。当初这种乌鸦的尸体被扔在那些运河两边，当初在通货膨胀的时候。其实那时候人们是特别爱这种乌鸦的。难以想象啊……在烤肉坑的边上，尤斯图斯准备点火，古隆芹身姿优美地往这些燃料中加入一些从造船厂美军那里弄来的二甲苯。西曼·鲍丁打量着罗杰的头，被四只或六只手抓住了，倒仰起来，嘴唇从牙齿边撕开，高高的齿龈已经流不出血，成了头盖骨般的白色。其中一个女仆，穿着传统的花边缎衣，顽皮的样子，很年轻，等人去折磨的那种——她用美国牙膏刷那些牙齿，小心翼翼地刷洗掉尼古丁斑渍和牙垢。罗杰的眼睛里满是痛苦和乞求[2]……四周的客人都在悄悄交谈。“太离奇了，斯特凡竟然想到了人头奶酪！”“嗯，不是，这是我的牙齿盼望吃到的又一种美餐……”咯咯的笑声，沉重的呼吸声，那条特别蓝的裤子怎么完全撕开了……上衣怎么沾上斑渍了，烤肉架上转动着的那东西怎么变红了，又由红变成涂了一层油脂的脆皮？那张脸正要被拨转过来，呀，是——

“没有番茄酱，没有番茄酱，”毛烘烘的水兵鲍丁焦躁地在调料瓶和盘子间找来找去，“好像没有……这是他娘的什么鬼地方，罗杰。”他的叫声斜刺里引来七张敌意的脸，“嗨，兄弟儿，那边有番茄酱吗？”

---

① 康妮是康斯坦斯的昵称。

② 以上是鲍丁的幻觉。

番茄酱是联络暗号，好咪——

“怪了，”罗杰回答，很显然他也在烤肉坑上看到了同样的东西，“我正要问你这个问题呢！”

他们俩傻瓜般对笑着。据记载，他们的气场是绿色的。这可不是闹着玩的。一九四二年冬天以后就没有过这种遭遇了。当时，北大西洋狂风大作，他们在护航，捎带了若干吨没有捆扎好的五英寸炮弹，在整个船上滚来滚去。德国人的潜艇小分队躲在水下，击沉了两边的姐妹船。他们躲在五十一号炮台里面的战位上，听郝德大叔讲灾难笑话，很可笑的笑话，所有的炮兵们都疯狂地抱着肚子，笑得气都没了——自从那时候起，西曼·鲍丁就再也没有这么强烈地感受到死亡将临的刺激了。

“安排好的，嗯？”他叫道，“太好吃了！”谈话声几乎完全停止了。那些脸好奇却又不失礼貌地转了过来。坑里的火焰在跳动。这些火焰不是“灵敏焰”。如果真是灵敏焰，那就可以探知普丁准将的灵魂出现在这里——承蒙卡罗尔·埃温特开恩，他现在加入了对抗力量。说“开恩”是准确的。普丁的请神会难度之大，不下于以前“白色幽灵”里的“每周简报”。普丁现在的口才比活着的时候还要好。请神的人开始发牢骚了：“我们能不能把他赶走呀？”然而，正因为普丁特别喜欢开烹饪玩笑，才使下面的驱赶策略得以形成。

“哦，我搞不清，”罗杰精心伪装出随意的样子，“菜单上根本找不到‘鼻涕汤’……”

“是啊，我嘛，只要吃一些‘脓汁普丁’就行了。我想应该有吧？”

“没有，倒是可能有泡沫蛋奶酥！”罗杰嚷道，“边上涂——‘月经果酱’！”

“我嘛，喜欢那种营养丰富的肉炖阴垢！”鲍丁道，“要不‘经血块砂锅’怎么样？”

“我说呀。”桌子旁一个声音轻轻说，听不出性别。

“我们可以搞一顿比这好的饭，”罗杰晃动着菜单，“先吃胞衣开胃汤，也许还有一些制作巧妙的疮痂三明治，当然面包皮要剥掉……或—或者鼻屎饼干！唔，对，上面抹一些黏液蛋黄酱？外面再涂一点黏液香肠……”

“噢，我明白了，”突击队员康妮道，“得押头韵[1]。来一个……唔……排泄物馄饨怎么样？”

“宝贝，我们在点汤菜，”鲍丁酷酷地说，“我建议来一个溃疡清汤，或者呕吐物肉汤。”

“呕吐物奶油浓汤。”康妮说。

“对了。”

“囊肿沙拉，”罗杰接着点，“加一点怡红色的流产肉冻方块，拌上细细的头皮屑作料。”

有教养的人发出了呕吐的声音，一个皇家化学公司的区域销售代表匆匆离开了，喷出一个长长的弧形，里面是一些块状的浅褐色呕吐物，溅得镶木地板上到处都是。桌子上所有的人都拿起餐巾捂住了脸。银餐具放下来了，银子的响声回荡在白色的疆域里，这儿又有了一种疑惑，一种犹豫，和克莱夫·莫斯蒙办公室里的情形一样……

我们继续来，屁蛋白乳酪酥（肛门里喷出的气体被巧妙设置，慢慢从黏黏的、营养丰富的奶酪里冒出来，美极了），疖子薄卷饼，口水酱拌蔬菜性病……

一支卡祖笛停止了演奏。“疣子华夫饼！”古斯塔夫大声道。

“呕吐物煎饼，加汗糖浆。”安德烈·奥姆诺朋补充道。他说话的时候，古斯塔夫又开始演奏了，外部声音疑惑不解地停了下来。

“撒上一些腌蛲虫。”大提琴手低声说。他是不放过一点儿乐子的。

“痔疮大麻，”康妮得意地一摔汤匙，“大肠汉堡！”

乌特加塔洛吉小姐跳起来，打翻了一大盘填馅脓肿——请原谅，不是，是芥末鸡蛋——然后从房间里跑出去，悲伤地抽噎起来。她本性温和的丈夫也站起来跟了出去，向这群捣蛋鬼投去狠狠的目光，里面有着死亡的威胁。挂着的桌布下面开始飘起微微的呕吐物气味。紧张的笑声早就蜕变成了低声的毁谤。

“一些可供选择的坏疽炖牛肉，或者一些美味的白奶油麻风面包片，”

---

① 这里的英语菜名都是两个词，押头韵，即单词第一个音相同。汉语难以译出。

鲍丁用平板的调子轻快地唱起来，“麻—风—［降三度］面包片。”一边戏谑地搜寻着坚持不吐的人，摇摆着指头：来吧你们这些小混混，为穿佐特装的好人而呕吐吧……

“蘑菇肉汤炖肉！”罗杰粗暴地叫道。杰茜卡正在自己的先生杰瑞米的怀里哭泣，杰瑞米则护卫着她，胳膊僵僵的，看到罗杰犯傻只是摇摇头，永远地离开了。罗杰此时此刻有没有一点点痛苦？有，当然有。你也会的。你甚至会对自己事业的价值产生质疑。然而，挖鼻子的面条要上来了，里面放了黄油，热气腾腾的，煤尘稀粥和脓包粥也舀到了未来一代管理者的碗里，阴毛膨化饼被推出到露台上，那里阴霾肃杀，或者秋气沉沉。

“痈子肉片！”

“加上腹股沟肉汁！”

“再用癣来调味！”

尼莫欣·格路比女士的什么病突然发作，来势凶猛，珍珠首饰断开了，珍珠沿着丝绸桌布滚开来。人们普遍失去了胃口，公然呕吐者更是多多。坑里的火焰弱了下去。今晚没有脂肪供应给它们了。汉尼巴尔·哥伦特-高比耐特爵士的鼻子里一阵阵地冒出黄胆汁泡，他在呕吐间歇中威胁说要把国会的事情都吐出来。“如果我恶心而死，我一定要在苦艾丛看到你们两个！”哎呀……

鲍丁轻轻地、身体摇晃地走出门来，挥一挥歹徒帽。别了，伙计儿们。只剩下一位客人坐在那里了，是康斯坦斯·弗兰普，还在吼叫着报甜食名：“胯裆奶油冻！浓痰软糖！霉菌松饼！”但愿她明天遭报应。一摊摊这样那样的东西在地板上亮晶晶的，就像通向众神王座的第六间屋子①投在水中的幻影。古斯塔夫和弦乐四重奏的其他人撇下海顿，全部跟着鲍丁出了门，用卡祖笛和提琴为《恶心二重唱》伴奏着：

① 墨卡巴神话里，第六间屋子是通向王座的最后一关，也是对信仰的最严峻考验。后文数处对此还有提及。

哦给我一些痤疮，加冰激凌，
吃得太多啦，啊，都要撑迸啦！
我说兄弟呀，你可以整夜食用
腹泻快乐糖和脚趾果酱小馅饼！

“我得告诉你，”古斯塔夫贪婪地低语着，“我感觉太可怕了，不过也许你们不需要我这样的人。要知道……我以前是纳粹突击队员。很久以前。就是，嗯，像霍斯特·韦塞尔一样。”

“噢？”鲍丁大笑，“也许我以前是麦尔文·普耳维斯[①]手下的初级G谍呢。”

“初级什么？”

“处理‘饭后祝酒词’。”

“处理谁？”这位德国人还以为珀斯特托司提是某位美国元首的名字呢，模样嘛，大概就像汤姆·米克斯[②]或其他长相类似的牛仔，长嘴唇，方下巴。

最后一位黑人管家打开通向外面的最后一扇门，逃跑了。逃避今晚。“丘疹馅饼加粪便霜糖，先生们。”他点点头。黎明即将来临，你可以看到一抹微笑。

◆ ◆ ◆ ◆ ◆

盖丽·特里平在行李中带了几片齐切林剪下的趾甲、一根开始变白的头发、一小块留有他精斑的床单。这些东西都包在一块白丝帕中，放在一小块亚当夏娃根[③]和一块面包旁。她光着身子在烤面包的小麦里打滚，然后在太阳下把小麦磨成了粉。她抛下了自己在女巫们的山坡上喂养的

---

① 麦尔文·普耳维斯是1930年代特工，负责联邦调查局芝加哥分部。
② 美国牛仔演员。见前注托马斯·埃德温·米克斯注释。
③ 兰科植物，开紫色与黄色相间的花，球茎似人形。

一群蟾蜍，把自己的魔杖传给了另一个学徒。她要去寻找自己勇敢的匈奴王。在占领区有好几百个年轻女人爱着齐切林，承受着爱情的折磨，个个都和狐狸一样精。但是没有人像盖丽这样百折不挠——也没有人是女巫。

中午时她来到一座农舍。农舍厨房的地板是蓝色和白色瓷砖铺成的，精工细作的旧瓷盘像画一样挂着，还有一把摇摆椅。“你有他的照片吗？”老太太递给她一个军用锡盘子，里面是她早晨剩下的Bauernfrühstuck（农场里的早餐），“我可以给你施魔法。”

“有时候我可以把他的脸招到茶杯里。可是那些草药必须精心采集。我还不太在行。”

“可是你有爱情。技巧只是你变老时的一个替身。”

“为什么不永远爱下去呢？”

两个女人在洒满阳光的厨房里互相打量着。装有玻璃的柜子在墙边闪光。蜜蜂在窗外嗡嗡叫。盖丽走过去，从井里汲水，两个人沏了些草莓叶茶。可是齐切林的脸没有出现。

黑人们开始长途大迁移的那天晚上，北豪森给人的感觉就像神话里的一座城市，面临着一场特殊灾难的威胁——或被一座水晶湖吞没，或为空中的火山岩浆覆没……这个晚上，这里的持续感没有了。黑人们和中心工厂里的火箭一样，曾给过北豪森一种连续感。现在黑人们走了：盖丽知道他们走的路和齐切林是有碰撞的。她不想决斗发生。让大学生们去决斗吧。她要自己那位头发花白、身体结实的野人活着。她不敢想——上一次可能是自己最后一次抚摸他，触摸他伤痕累累、阅历丰富的双手。

城市的困倦在身后推着她。在夜里，在哈茨山奇特的、金丝雀聚集的夜里——很多做金丝雀买卖的人都在这里忙着给雌金丝雀注射雄性荷尔蒙，这样这些金丝雀鸣叫的时间就会变长，就好把它们卖给占领区的那些外国傻瓜了——在这样的夜里，到处是咒语、女巫争斗、女巫团政治……她知道这些不是魔法的实质。“女巫城”的圣山被拴着绳子的小山羊修剪成了遍布绿色山野的灰色圆圈，整个城市也变成了又一座都市，其唯一行业便是管理——那种感觉就像在音乐协会的二楼，没有音乐，只有玻璃砖的小隔间、痰盂和室内植物——根本没有剩下一个执业女巫。要么你心怀升官发财的梦想，来到布罗肯[1]联合体，要么就离开它，选择整个世界。这里只有这样两种截然不同的女巫，盖丽是选择整个世界的那种。

这里就是那个“世界”了。她穿着灰色男裤，裤腿卷到膝盖上，在黑麦地旁行走的时候，裤子就会拍打她的大腿……她走路的时候头低着，经常把眼睛里的头发掠出来。有时候士兵们从身旁路过会捎她一段。她打听齐切林的消息，打听大迁移中的黑人支队。如果时机合适，她也会直接问到齐切林。传闻的多样性令她大开眼界。*我不是唯一爱他的人*……不过她们的爱肯定都是友谊、羡慕、非性爱的……盖丽是占领区里唯一全心全意爱他的人。齐切林在有些圈子里被称作“红色瘾君子”，即将受到清洗：使者正是贝利亚[2]的手下干将、恶人尼·里波夫。

胡说，齐切林已经死了，你没听说吗？已经死了好几个月了……

……他们一直找人假扮他，直到处理完他那个集团里所有的人……

不对，他上周末来到吕讷堡，我的战友见过他，没错，是他……

……他瘦了很多，走到哪里都护卫森严。至少有一打保镖。大多是东方人……

……完全是加略人犹大的那一套，毫无疑问。上面的说法太难相信。一打？谁能在什么地方找到那么多可信的人？特别是像他这样身处边缘的人——

“什么边缘？”他们在“二吨半”卡车后面喋喋不休，走过了起伏不断的绿色原野……身后卷起无声的紫色风暴，夹杂着一股股黄色。盖丽一直在和这帮下流的英国兵喝葡萄酒。他们是一个爆破组，整天在外面清理运河。他们的身上发出杂酚油味、沼泥味和炸弹的氨水味。

---

① 德国哈茨山中一花岗岩山峰。

② 拉夫连季·帕夫洛维奇·贝利亚（1899—1953）：斯大林执政期间的苏联秘密警察局局长（1938—1953），斯大林死后被判有阴谋罪并被处死。

"我看你知道他在做什么。"

"火箭?"

"我不愿意处在他目前的位置上，就是这样。"

在一座小山顶上，一个陆军测量队正在恢复损坏的道路。一个身影前倾着看一个经纬仪，还有一个拿着铅锤。离经纬仪观测员很近的地方还有一个工程师站在那里，胳膊直直地伸向两侧，头移动着瞄准手指尖，然后胳膊猛地合到一起……如果你闭上眼睛，而且已经学会了让胳膊自动移动，你的手指会碰在一起，和刚才的胳膊位置形成标准的直角……盖丽看着这个小小的动作：很投入，很优雅，她能感觉到他在自己可以看到的土地圆圈内画了一个十字……其实是无意间画了一个曼荼罗……对于她，这是一个信号。他在给她指明前面的路。那天傍晚到了后来，她看到一只鹰飞过沼泽，和她方向一致。金黄色变得暗起来了，几乎全黑了。这个地区很荒凉，潘[①]就近在眼前。盖丽参加了太多的安息日，对这个问题还能应付得了——她是这样认为的。可是让魔鬼在屁股上下流地咬一下，咬得人尖叫出来，叫得石头都震颤——那会是什么样的感觉呢?而在那里、在潘要带她去的光明之地，又没有好坏之分。她是否已经为这么真实的事情做好了准备?月亮升起来了。此刻，她坐在早先看见过鹰的地方，等待着，等待着什么东西来带走她。你等待过它吗?你想过它会来自体内还是体外吗?最后她放弃了对各种可能性徒劳的猜测……不断清理大脑，使其保持空静，以迎接"神异的降临"……是啊它不是离这儿很近吗?记得吗：你不是曾经从难民营里溜出去，有一阵单独和感觉中催动着整个大地的东西待在一起吗?……那是春分……是和白昼长度相等的绿色春夜……峡谷张开着，谷底是冒着蒸汽的喷气孔，把热带植物蒸得像锅里的绿菜，繁茂，散发出毒品的香气，形成一个气味圈……人类的意识就要降生了，但却是个可怜的瘸子，结构不全，前

---

① 这里不应指希腊神话中的山林畜牧之神，而应指掌管欧洲巫术的主要魔鬼。雅各·格林在《条顿神话》中将其描写为"羊首人身，坐在巫师聚集的圈子中间的一张高椅或石桌上"，而巫师们走近他，"行跪拜礼或吻礼"。

景黯淡。这是人类诞生之前的世界。生命诞生之后，被狂暴地抛到流动不息的水面上，以便人类可以直接看到它。他们本想在静止的地层里看到它的尸体，腐化成为石油和煤。它活着对人类是威胁：是泰坦家族，是对喧嚣疯狂的生命的夸张，是地球身体上戴着的绿冠，在它驱散天地万物之前必须引入一个破坏者。于是我们这些肢体不健全的看守者们被派去繁殖，去拓疆封土。我们是上帝派来的破坏者。是对抗革命的人。我们的使命就是推销死亡。我们杀生和死亡的方式都是众生中最独特的。无论从历史的角度还是从个人的角度，我们都必须为之奋斗。从空白做起，直到它获得现有的生理功能，变得几乎和生命一样强大，从而抑制住了绿色的暴动。不过，它只是近乎和生命一样强大。

只是近乎，因为还有个缺陷率问题。在努力进行潜在创造（肉体怎么会如此翻滚流淌而美丽不减呢）的过程中，有几个每天都去泰坦家族那里，进入民歌里死神的休息室（空空的石头房子），出来，穿过去，来到网子下，一路向下、向下，下到暴动之处。

在尖锐的回声中，泰坦们在下面躁动。他们的形象是我们所预料不到的：风神，山顶之神，落日之神——所以我们就训练自己不去仔细看他们，不过我们很多人还是仔细看了——把他们激动人心的声音抛在城市边缘的黄昏里，我们自己却躲进到处分岔的夜路斗篷里，直到——

突然之间，潘蹦跳着来了，脸美丽得令人无法抗拒，美丽的蛇，盘绕在天空中的彩虹之绳间——令人不寒而栗——

晚上回家的时候别从空旷的乡间走。光线太弱时，甚至在迟午时分，都不能往森林里走——它会缠住你。别坐在这样的树下，把脸颊靠在树皮上。在这样的月光下不可能分辨你是男是女。你的头发铺洒开来，呈银白色。你灰布下面的身体太脆弱了，太容易一次又一次堕落了。如果他醒来发现你走了，会有什么结果呢？他现在不论是醒是睡，都是完全一致的——他从未离开过这唯一的梦境，在他眼里，不同的世界之间不再有什么区别：对他而言，这些世界都已融合为一。坦纳茨和玛格丽塔可能是连接他和过去的唯一纽带了。可能也正是这个原因，他们才得以久驻。这是他最后的一搏了，他要坚持下去，他需要他们……可是他现在想看他们就能看见的机会比以前少了。他们也在失去当初带到这里来的真实性，就像戈特弗里德很久以前就在布利瑟罗面前失去了自己的真实性一样。现在戈特弗里德在不同的形象间、不同房屋间变幻，有时候游离于自己的行为之外，有时候又是其中一部分……他做所有必须做的事。岁月有自己的逻辑和需求，他没有能力改变它、离开它或者摆脱它。他是无助的，但又是受到庇护的、安全的。

再过几周就好了，一切都会结束，德国会战败投降。日常事务还会一如既往地进行下去。对于彻底投降后的情形，戈特弗里德无法想象。如果他和布利瑟罗分开，流逝的岁月中会发生什么？

布利瑟罗会死吗？*不，别让他死*……（可他一定会死的）“你会活得比我长。”他低声道。戈特弗里德戴着狗项圈，跪在他脚边。两个人都穿着军装。他们已经很久没有把自己打扮成女人了。今晚他们都要做男人，这很重要。“啊，你这么得意，你这个小杂种……”

这只是又一个游戏而已，不是吗？又一个鞭打他的借口？戈特弗里德没有吱声。布利瑟罗要他回答的时候，他说出了心里话。经常会出现这样的情况：他只想毫无目的地说话，而且一说可能就是好几个小时。以前没有人和戈特弗里德说过话，没有这样说过。他父亲嘴里只会说出命令、刑期和无聊的判决。他妈妈喜欢感情用事，母爱、沮丧和隐秘的恐惧合成一股巨流，从她身上流到他身上，可他们从未有过真正的交谈。现在这样的谈话简直叫人不敢相信是真的……他觉得自己必须记住每个词，不能丢掉一个。布利瑟罗的话语变得对他很珍贵。他明白，布利瑟罗愿意付出，不计回报地付出，付出他所爱的东西。他相信自己是为布利瑟罗而存在的，尽管别人已不再如此。他相信，在他们现在穿越的新王国里，除了布利瑟罗，他是唯一活着的住客。他以前期待被吸引、被带入的是这个王国吗？布利瑟罗的精液喷入他大肠中有毒的粪便里……这是浪费，是的，毫无用处……可是……既然男人和女人成双成对后，在接近生命之门时会惊惧不已，他是不是感受到了更多：面对着这些准备插入的工作，面对这种方式，面对用来毫无激情地进行抽打的外衣，面对很薄的、蛇皮般脆弱的丝袜，面对定做的、代表他心里自虐感的镣铐和链子，感觉到一种无力自拔，一种虔诚的无力自拔……在他接近另一个世界的大门时，感觉到里面什么地方有一个巨大的白色口鼻，一些野兽白如冰雪、面无表情，将他推开，坚硬的外壳和外皮哼唱着他可怜的听觉无法听到的曲调——于是一切都变得有了戏剧效果……此外，下面这些东西也是必须有的：恋人们——一旦环境超出自己的控制范围（不管是范围还是能力），他们就会把阳具献祭给大便、毁灭和绝望的夜晚；一群堕落的人——其中参与死亡行为的和参与生命行为的一样多；一纸判决——判罚你单独度过又一个夜晚……他们会被拒绝接纳，还是被视而不见，他们所有的人？

戈特弗里德接近这个世界，一次又一次被吸进去。他所能做的就是打开自己，放松灵魂的括约肌……

“有时候我梦见自己发现了这个世界的边缘。发现这个世界是有尽头的。我的山龙胆早就知道这一点。可是我却付出了如此大的代价。

“美洲就是这个世界的边缘。它是给欧洲的一则信息，整块大陆那么巨大的信息，你无法避开它。欧洲发现这一块地方，是作为死神王国的——西方人发明的、特殊的死神。野蛮人有自己的蛮荒之地，有自己的卡拉哈里沙漠，也有自己雾气沉沉、看不到对面的湖泊。可是欧洲人走得更远——远离野蛮人的纯真，走入了困扰和毒瘾。美洲是隐形力量的馈赠，是一种回归方式。但是欧洲拒绝接受。它不是欧洲的原罪——现在最新的叫法也把原罪称为‘现代分析’——但碰巧的是，原罪之后的罪更难赎偿。

“欧洲人来到非洲、亚洲、美洲印第安，在这里建立了自己的分析和死亡秩序。凡是不能用的，都杀死或改造。后来这些死亡殖民地变得很强大，可以脱离了。但是对帝国的眷恋、传播死亡的使命和这种秩序的结构仍然存在。现在我们处在最后阶段。美洲的死神来占领欧洲了。它从自己的源头学到了帝国的感觉。可是我们现在只剩下了那种结构，再也没有彩虹似的羽毛，没有黄金的用具，没有无机盐海域上大规模的军事行动。其他大陆上的野蛮人已经腐败了，但还在以生命的名义抵制着，不顾一切地继续生存着……死神和欧洲一向是分离的，所以他们的爱还没有完成。死神只在这里进行统治。它从来没有爱过，融为一体过……

“是不是旧的周期结束了，新的周期就要开始了？我们新的边缘、新的死神王国会不会是月亮？我渴望一个巨大的玻璃球体，中间是空的，在很高很远的地方……殖民者们学会了没有空气的生存，那里内外各处全都是真空……我们知道他们永远也不会回来了……他们都是男人。回来的路是有的，但很复杂，极大程度地受到语言控制，所以他们回到地球上的情形是短暂的，永远都不是‘真的’……从那里过来非常危险，掉落的可能性很大，亮闪闪、深幽幽的……万有引力辖制着整个行程，直到抵达那个寒冷的星球，*掉落的危险性一直存在*。在殖民地内部，那五六个人有着寒霜般的外表，很坚硬，僵死如回忆，触摸不到……只有他们遥远的形象，黑白电影般的形象，呈条纹状，在白茫茫的世界里、在空荡荡的殖民地上年复一年地遭受霜侵雪欺，已经破碎了，少数时候才会有像我这样的人偶然来看一看……

“我希望自己能完全恢复这些形象。那些人曾经有过悲惨的日子——得势、开火、失败、流血。很久以前的那个日子所发生的事情使他们遭受了永久的放逐……不，他们不是真正的太空人。在我们这里，他们想从各个世界的空隙间扑下去，下落，转身，伸展，旋转，沿弧形轨迹经过闪耀的光芒，穿越太空的冬夜——他们梦到点会合[①]，在宇宙里荡秋千，孑然一身，优雅却无人欣赏，心里多少明白：没有人会看着他们，他们已经永远失去了所爱的人……

“黑暗中，他们希望看到的联系人们总是在万亿英里的黑暗路程和数以年计的死寂之外错过。可是我想把那段故事带回给你。我记得，你以前经常低声讲述我们将来在月球上生活的故事，帮助我入睡……你现在没兴趣讲那些故事了吗？你已经老多啦。你的身体能否感觉到我的死对你的感染？我是有意为之的：在某个时间来临时，我想我们都会有意为之。父亲是死神病毒的载体，儿子则是病毒感染者……而且，为了进一步保证感染的发生，死神巧心经营，使父亲和儿子觉得对方很美，就像

① 点会合：把两个宇宙飞船连接在一起的过程。

生命使男人和女人觉得对方很美一样……哎戈特弗里德呀，当然了，是的，你在我眼里很美，可是我要死了……我要尽可能诚实地死去，可是你的永生不死又撕裂着我的心——难道你看不出我可能要毁掉它的原因吗？哦就是你眼睛里那种愚蠢的纯净……早晚集合的时候，我看到你毫无戒备，随时准备接受我的病态，把它庇护起来，庇护在你可爱的无知的爱情里……

“你的爱情。”他点了几下头，眼睛里却已看不到这些字眼，只有奄奄一息的迷乱。他失去了知觉，永远也无法再回来，寒冰般严峻而透明的障碍物把他和真实的戈特弗里德隔开了，和弱者隔开了，真实的气息停止了。一切都没有希望再回来，犹如欧洲的时间，一去不复返……

“我想摆脱出去，离开这种感染和死亡的循环。我想沉醉在爱情之中，无比沉醉，你和我，和死，和生，都无法分离，共同汇入我们幻化所成之物的光辉中……”

戈特弗里德跪在那里，麻木地等待着。布利瑟罗在看着他！深深地看着他，脸色惨白。戈特弗里德从未见过他的脸色这样惨白。一阵干冷的春风，吹打着帐篷上的帆布。太阳马上就要落下了，过一会儿布利瑟罗就要出去做晚验收了。他的手放在那里，手跟前是一个食堂的盘子，里面有一堆烟头。他那双女巫般的近视眼透过厚厚的镜片，往戈特弗里德的心里看。这恐怕还是第一次。戈特弗里德无法挪开视线。不知为什么，他隐隐觉得自己必须做一个决定了……布利瑟罗要从他这里拿走什么了……可是决定一向都是布利瑟罗做的。他为什么突然问起……

一切都定格在这里。日常事务犹如一条条仍然令人信赖的走廊，从时间里穿过，把我们集合在一起……铁火箭在外面等候……来得最晚的那部分春天发出初生的啼哭，哭声撕裂了萨克森[①]雨蒙蒙的原野……路边上乱扔着最后的信封、拆下的零件、抢夺的轴承，还有生锈的袜子和内衣，散发出蘑菇和泥土的芳香——如果说在这个春风怒吹的时刻戈特弗里德还有什么希望的话，那么别处也就还有希望。这种情景本就该当成

---

① 德国地名。

一张牌来解读，代表将要发生的事情[1]。此后，卡上的人物（画得很粗糙，脏兮兮的白色，军灰色，像断墙上信手画出的草图）身上所发生的一切，尽管没有名目，都会被保留下来，却又像“愚者”[2]，在整副牌里没有大家一致认可的地位。

◆ ◆ ◆ ◆ ◆

恩赞整夜里严密监视着自己崭新的火箭。下雨时，雾重时，如果值班的人还没有把油布盖上，火箭光滑的皮肤就会变成深石板蓝。反正临发射前还有可能涂成黑色呢。

这是00001号火箭，同系列中的第二枚。

易北河对面的俄国喇叭对你喊叫过。美国人的谣传涌到夜间的发射场，以你的希望为背景，引入了黄色的美洲沙漠、红色的印第安人、蓝色的天空、绿色的仙人掌。你对这枚旧火箭有什么感觉？过去它曾给过你稳定的工作，而现在不能了。你还记得以前用手推它出来的那种感觉吗？那天早上，你们十来个人，要捍卫荣誉，你们的身体最直接地面对着它的惯性。你们所有的脸都沉浸在同一种无私的表情中——性格里的褶皱都平整了、平整了，每有一个波浪冲来就会模糊一些，最后一切都变成了薄薄的云雾——所有的仇恨、所有的爱都被冲到短距离之外，你们只好把它推到冬天的山道对面，都是上了年纪的人，穿着棉裙，在靴筒上部被吹得噼啪作响，白色喷口里的热气散乱动荡，就像你们身后的波浪……你们要去哪里？什么样的王国？什么样的沙漠？你们爱抚着它的身体，野性实足，隔着手套也能感觉到刺骨的冷。你们十二个人，没有耻辱，没有勉强，怀着爱意在波罗的海岸上苦撑——也许不是在佩纳明德，不是在官方的佩纳明德……但很多年前曾经在那里过……小伙子们穿着白衬衣和深色背心，戴着深色帽子……在某处的海滩上，那是孩

---

① 这里的牌指的是塔罗牌中抽出的最后一张即第十张，是前九张牌上所有信息的综合和升华。
② “愚者”是塔罗牌里有争议的牌，有人认为它最大，有人认为它最小。

子们度假的地方，那时候我们还年轻……这一情景后来你们在七号试验台仍无法忘记——风里那咸涩、垂死的气息，冬日那海浪的涛声，你们可以感觉到雨水落在脖颈后面，把别住的头发掀起来，里面含着一种预兆……在七号试验台那个神圣的地方。

然而年轻人都变老了，记忆中的情景也褪色了……此刻，他们在往太阳下推火箭，刺眼的日光照到身上，他们眯了眼，张嘴笑着。在西门子上早班的时候就是这样日光明朗的：那些人头马身雕塑在高高的墙上挣扎，没有数字的钟面，吱吱尖叫的自行车，还有午饭桶、午饭袋，当班的男女低着头，在黑暗的通道口汇成辛苦劳作的人流……这情景很像一位已被遗忘的摄影师一八五六年时为早期的火箭城拍摄的银板照片：也正是这张照片害死了他——他在自己的工作室里吸加热的汞雾中了毒，一个星期后死亡……其实，他有中等剂量的汞雾瘾，觉得吸了以后对大脑有好处，因此才拍出《火箭城》这样的照片：照片从一个德国地形中不可能存在的高度反映了这个象征性的城市，是预期尺寸的四倍，不可思议地精确再现了建筑物和人的所有线条和明暗。整个城市像赫雷罗村庄一样，修成了曼荼罗形，头上是庄严肃穆的天空，那些大理石在照片上犹如原野上的莽莽白浪，发出耀眼白炽的光芒……好像城市各处都在搞建设或者拆除，因为这里的东西没有一件是一成不变的，还可以看到工人们在潮湿的地下室里苦干，一滴滴的汗水从黑黑的脖颈上滴下来……一袋水泥破开了，一粒粒水泥尘粒悬浮在阳光中……这座城市将会一直变化下去，尘土里的新车辙印，垃圾堆里的新香烟盒……火箭在设计建造方面的变化导致了新供给线和新生活格局的出现，在这个罕见的高度看到的交通密度状况就能反映出这一点——确实有许多函数表，可以从城市的变化算出火箭的改进情况：其实，康斯坦斯·巴丙顿-史密斯和麦德门罕皇家空军的同事们一九四三年在佩纳明德的侦察照里就发现了火箭，这些函数不过是那些技术的衍生而已。

但是你们必须记住自己是否爱过它。如果爱过，又是如何爱的。爱的程度有多少——反正你们也习惯于问“多少”，习惯于测量、对比测量结果、把它们套入公式计算多多少、是多少、什么时候是多少……而现在，你们一起向海边移动，你们如愿以偿、最大限度地感觉到了那种隐秘的、反复无常的爱，那种爱也是耻辱，是虚张声势，是工程师们的地缘政治学——是“势力范围”被转换成了火箭射程的环面，其截面呈抛物线状……

……不是和我们想象的那样把它限制在“升起来”的地表下或“袭击到”的地表下不是的可是后来你不再认为是这样对吗当然它开始的时候是在地表下无穷深的地方回到地球无限远的内部我们能够看到的只是最高部分是从另一个无声的世界里猛力冲破表面而露出的部分（一架喷气式飞机以超音速撞入若干年后一架宇宙飞船又以超光速撞入记住本周占领区的口令是“超—光—速”说出的速度以幂级增长——除非上呼吸道有毛病才采用线性增长）——要知道，在两头都有极大量的能量转换：向上突破进入这个世界，有控制的燃烧——然后又下去突破，无控制的爆炸……这种不对称会使人这样推测：那是一种类似于以太的东西，以太从空间里流过，这种东西则从时间里流过。时间里存在“真空”，这样的假设如果成立，我们就有可能被互相分割开来。而能把我们从一个世界带到另一个世界的以太则可能让我们重新获得连续性，让我们看到一个比较和善、比较容易相处的宇宙……

所以嘛，对啦对啦这样说就像经院哲学般烦琐了，成了“火箭国家—宇宙学”了……这确实是火箭的导向之一，在钢铁的抽搐中，经过地表上方的彩虹里这些盘卷的、被缚的蛇身……经过这些暴风雨，这些地球胸脯上我们从未听说过的东西……经过这一切，穿越暴力，到达一个编了号的宇宙，进入一场奇特的、用棕色木板做信号板的维多利亚式大脑战争，参战双方则是十九世纪80年代的四元数和向量分析——这是一种对以太的怀念，就像怀念先祖们那些银色的、摆动的、稳若石锚的、铜制滚花的、细丝工艺的、漂亮而又实用的那些造型。当然，这些东西给人的感觉是深褐色的。而火箭必须身兼众物，必须能满足那些触摸它的人梦里许多各不相同的造型——有作战时的，有隧道里的，也有纸面上的——而且必须在引人注目、持久不衰的异端学说考验下存活下去……异端分子包括：诺斯替教徒，他们被一阵风和火带进了火箭王座前面的那些房间……犹太神秘哲学派，他们把火箭当成希伯来《圣经》一个字母一个字母地研究——铆钉呀，喷头呀，铜喷嘴呀，其经文由他们来排列组合，形成新的启示，不断展开着……摩尼教徒，他们看见两个火箭，一个好，一个坏，他们一起用始祖双胞胎（有人说他们的名字是恩赞和布利瑟罗）的神圣语言谈论着带我们去星星的好火箭，和一枚让世界自杀的坏火箭，两枚火箭永远处在争斗之中。

但是这些异端分子会受到追捕，每消失一个，沉默王国的领土就会扩大一分……他们都会被搜捕出来的。每个人都会有自己的火箭。火箭的目标搜索器里储存着异教徒的脑电图、心跳峰值和低语，及其鬼魅般的红外线之花。每颗火箭都知道自己的搜捕对象，并且会追捕他，像一只无声的、染成绿色的猎犬，追逐他穿过我们的世界，在他身后的天空中闪着光、对准他——看护他的行刑者冲了进来，越来越近……

要做如下这些事情。要走过一些别人走过的路径（这些路径可能会在河边或烧焦的火车调度场突然中断），或者走过一些公路——即便是没有铺过的备用公路，上面还有强行占领的苏英美军队在巡逻，一种对冬天的恐惧把他们漂洗得更加中规中矩，一改夏天无所谓的样子，僵直地立正着。树木丛林颜色转黄，紫色涂抹在大片灌木林上，夜晚降临得越来越早，他们也越来越坚守规定和命令了。要逼迫自己待在处女座早期的雨中：不顾一切命令偷偷随大迁移走掉的孩子们穿着肥大的军上装，在咳嗽、发烧，夜里悄悄抽泣，声音小而沙哑。要给他们沏茶，里面加茴香、石蚕、圣灵降临节的玫瑰、向日葵和锦葵叶——要抢到一些磺胺药和青霉素。要避免车辙和路拱在中午之前被晒干而扬起尘土。要在野地里睡觉。要把火箭的部件藏在草堆里，或铁路边空置小棚屋的单墙后，或河床边的雨柳间。要一有警报就散开，或者为了演习随意散开——要像一张网，流出哈茨山，沿峡谷而上，在废弃的温泉疗养处那些干涸而光滑的池子里睡觉（官方认可的疼痛和死亡通过塑像的瓷眼，整夜盯着他们），挖掘夜间的防御周界，闻着松针被靴子、铁锹压碎后发出的气味……要保持信心，相信这一回不是什么迁移，也不是什么斗争，而是命运——00001 火箭像涂油的门闩一般滑动着，被去年春天修好的铁路体系所接收。这是一条隐藏在废墟里的通路，受到了战争和特殊轰炸技术的精心雕琢，就是要接收这枚集技术之大成的火箭，这枚具有最可怕轰炸潜力的火箭。

00001 被拆成不同的部分——弹头、导航、燃料和氧化剂箱、尾部。如果这些部分能全部到达发射场，还得再在那里重新装配。

“给我举个例子，哪个教派从来不说‘主造我为人，就是保护你们每个人免于暴力，在需要时庇护你们’？”克里斯蒂安[①]和恩赞在营地上方的旷野里散步，“——可是恩赞，保护在哪里？什么东西又能保护我们免于说这样的话呢？”他指着山谷里灰黄色的伪装网——他们在这一场旅途中意外地有了 X 光透视功能，能看到伪装网里的东西……

出于某种原因，恩赞和比自己年轻的克里斯蒂安逐渐形成了一起散步的习惯。两个人都没有刻意谋求什么。难道演替就是这样发生的？两个人都有这样的疑问，却不再有以前那种令人尴尬的沉默。不再较量。

“这是神给我们的启示。它的意思是：没有哪个教派能提供保护，过去也不曾——它们都很荒谬，是纸做的盾牌……”他必须将自己所知的一切都告诉克里斯蒂安，包括他怀疑到的和梦到的一切。不是要把它们作为真理，而是自己不能有任何保留。他没有私有财产。“它们对我们撒了谎。它们无法保护我们免于死亡，于是就对我们说关于死亡的谎言。这些谎言是它们共同罗织的。我们给了它们应有的信任和爱——它们竟然用‘爱’这个词！它们又给了我们什么？它们能让我们不感冒吗？不生虱子吗？不孤独吗？让我们避免任何不幸？在有火箭之前，我们还相信这些，因为我们愿意相信。可是火箭可以从空中嵌入任何一个给定的点。没有任何地方是安全的。我们无法再相信它们。只要我们还有神志，还热爱真理，就无法相信。”

“我们有神志，”克里斯蒂安点点头，“我们热爱真理。”不过他并没有向恩赞投去赞同的目光。

“是啊。”

---

① 此名在英语中又意为“基督徒”。

“那……如果没有信仰……”

一天晚上下着雨，他们的 laager[①]（旅行队）在一处废弃的研究站打尖过夜。这里是德国人在战争结束前开发一种“声波死亡镜”[②]的地方。混凝土的抛物面在平原上摇晃着，白色，巨大无比。其构想是在对准焦点的情况下，从抛物面前面引发一种爆炸。这样，这面混凝土镜子就会反射出一种完美的冲击波，碰到什么就摧毁什么。数千只小白鼠、狗、牛在实验中被炸死，还整理出了大量死亡曲线的资料。可这项工程却是一颗叫人不满意的柠檬，只是在短射程内效果好，而且很快就到达下落点，其间所需的炸药量如果用在别处效果会相当好。只要周围环境不够理想，比如有雾、风、极其细微的水波或障碍物，就会彻底破坏冲击波的杀伤准确性。不过，恩赞还是看到了它们在战争中的用场，看到了可以使用它们的地点：“沙漠。把敌人诱入沙漠。卡拉哈里沙漠。等风平息下去。”

“谁会为了沙漠打仗呢？”卡婕问道。她穿着一件带斗篷的绿色油布雨衣，恩赞穿都太大了。

“在沙漠里打仗，”克里斯蒂安蹲下来，抬头望着反光镜苍白的曲线。他们冒雨来到了反光镜底座边，聚集在一起，分了一支烟，算是离开迁移队伍稍事休息。“不是‘为了’沙漠打仗。他说的是‘在’。”

如果你能在他们说话的时候直接获取他们的经文，过后就比较省事了。“谢谢。”恩赞上校道。

一百米之外的另外一个白色抛物面上蜷缩着一个胖乎乎的男孩，身穿灰色坦克装，正在打量他们。他的口袋里有两只毛茸茸亮晶晶的小眼睛在向外探望。那是小胖子路德维希和丢掉的旅鼠娥秀拉。他终于毕竟到底找到她了。他们随迁移队伍漂泊一个星期了，每天跟在这些非洲人后面恰好看不到的距离……在断崖顶端的树林间，在夜晚的篝火边，路德维希在观察他们……寻找证据，或者说寻找公式的项……一个孩子和

---

① 布尔语，即南非通用荷兰语。

② 早在一九四一年，英国情报部门就已获知小道消息，称德国人在开发一种“死亡射线”。无实据。

他的旅鼠，出门游览整个占领区。他看到得最多的是大量口香糖和外国人的生殖器。目前情况下，一个信马由缰的孩子除了这样，还有什么办法保住自己呢？娥秀拉也保住了。路德维希陷入了一种比死还可怕的命运，而且发现命运是可以讨价还价的。所以，并非所有的旅鼠都从悬崖上摔下去，并非所有的孩子都会受到保护、远离利润之罪的怀抱。要想从占领区得到更多些或更少些，那就要否定造物的条款。

恩赞坐车探路的时候，习惯于沉浸在幻想里，也不管司机说不说话。夜里不开前灯，雾粗重得要落下来，时不时被风吹到脸上，感觉像湿绸巾，雾里雾外都是一般温度、一般黑暗。这样的平衡使他得以在清醒层面下的朦胧中飘浮，脚和手臂像立起来的虫子，依靠弹性玻璃的表面张力顶在两层之间，甚至伸入进去，手和脚受到梦一般的爱抚，变得异常敏感。这是坐在家里打的那种瞌睡，很舒服。偷来的卡车引擎盖上绑着旧草垫子，消减了引擎的声音。“野兔”亨里克开着车，眼睛还斜瞥着温度仪。人们叫他“野兔”是因为他从来都把信息理解错，像古老的赫雷罗故事里讲的那样。由此可见人们的敬畏之心在逐渐消失。

一个身影突然出现在路中间，慢慢用手电筒画圈。恩赞摇下云母玻璃窗，头伸向窗外的浓雾，叫了声“超光速”。那个人挥动电筒为他放行。恩赞回瞥了一眼，就在这一瞥最后的余光里，借着手电筒的光，他看到一颗大大的雨珠子粘在那张黑脸上，像水粘在黑色油彩上，而不是粘在赫雷罗人的脸上——

“我觉得可以在这儿转一个‘U’字弯？”路肩很危险。两个人心领神会。回头看宿营地方向，起伏平缓的山丘猛然被一阵杏黄的光照亮了。

“操。”“野兔”亨里克突然刹住车，开始缓慢倒退，等待着恩赞的命令。拿着手电筒的那个人可能是唯一的监视哨，若干英里以内应该没有敌人的耳目。可是——

“瞧。”路边趴着一个人。是蔑茨斯拉夫·欧姆扎尔，头上受了重伤。“来，把他抬进来。”他们把他放到停车怠速的卡车后面，用半幅帐篷盖在身上。没时间检查伤情了。那个黑脸哨兵永远地消失了。从他们刚才退回来的方向传来沉闷的步枪射击声。

“我们就这样退回去？”

“你听过迫击炮的声音吗？”

“从那次以后？没有。”

“安德烈斯当时可能把炮给毁掉了。”

“噢，它们会安然无恙的，恩瓜鲁勒卢。我担心的是我们自己。”

欧汝提恩死了。欧坎丢、埃考里、欧姆扎尔受伤，埃考里生命垂危。敌方是白人。

“有多少人？”

“也许十几个。”

“我们不能指望安全的防御工事——”蓝白色手电筒在晃动的地图上交替投下椭圆和抛物线的光影，“除非到达布伦瑞克，如果它还在的话。”雨点啪啪地打在地图上。

“铁路在哪里？”克里斯蒂安插话道。安德烈斯饶有兴趣地看了他一眼。这种兴趣是相互的。最近这里的人兴趣都很浓。铁路在西北方六至七英里处。

人们来到运载火箭的铰链式卡车拖车旁，腾空了行李。小树用斧子砍倒了，每砍一下声音都很大，传得很远……正在修一座架子。弯成环箍的树苗间绷着长长的防水油布，下面塞满了一堆堆衣服，还有锅、壶，伪装成火箭部件的样子。安德烈斯在大声叫：“所有诱敌人员都集中到餐车前面。”边说边在口袋里搜索自己保存的名单。诱敌队伍将继续北上，不做明显的方向变化——其他人则转向朝东，返回俄国军队所在的方向。如果他们靠得太近，就会引起英军和美军的注意。不过，从他们中间插过去的可能还是有的，就像沿着雷雨的边缘悄悄绕过去……一直走到东方和西方军队间的最尽头。

安德烈斯坐在那里，两只脚闲荡着，脚后跟不停地踢动着卡车的后挡板，嘭……嘭……像是在敲钟宣布出发。恩赞抬起头，不解的样子。安德烈斯像是要说什么。最后张口了：“那么，克里斯蒂安跟你走喽？”

“是吗？”眼睛在满是水珠的眉毛下面闪烁，“哦，天哪，安德烈斯。”

“哦？诱敌队伍也应该能成功到达，对吗？”

“这样吧，你带他走，如果你想的话。”

“我只是想看一看，”安德烈斯耸耸肩，“我们是怎样安排的。”

“你可以问我的。没有什么‘安排’。”

“也许不是你安排的。那是你的把戏。你认为这样能保住你自己。可是对我们没什么用。我们应该知道后面的真实情况。”

恩赞跪下来，向上抬沉重的铁制后挡板。他知道这很造作。他心里其实想成为他们中的一分子，今晚和他们一起分担那无垠的“卑微”，一起不睡觉、面对死亡、承担痛苦，一起穿过占领区。可是谁又会相信呢？——他热爱那样的过去，也知道现在的自己在大家眼里永远是个陌生人。头上的锁链在咔嗒作响。待到后挡板边缘和下巴一样高的时候，他抬头盯住了安德烈斯的眼睛。他的胳膊绷得紧紧的，肘子在疼痛。这是一种姿态。他想问：到底还有多少人把我排除出来了？我是不是会走入一种只有我自己看不到的命运？可是他们无法改变自己的生活习惯。他挣扎着站了起来，一声不吭，举起极其沉重的挡板，砰的一声合上了。他们一起把两边的栓子插上。“那边见。”恩赞挥挥手，转身走了。他吞了一粒德国的脱氧麻黄碱，又往嘴里扔了一块口香糖。那种药会使牙齿产生咀嚼，口香糖则可供咀嚼。嚼口香糖是一门技术，是女人们为了在已经就木的战争期间忍住哭泣而完善起来的。他有哭的冲动，并不是因为离别。他想为自己哭泣，为他们所有人给自己认定的命运哭泣。他们越认定，可能性就越大。手下的人只要有能力，就会废掉他……

咯嘣，咯嘣，唔晚上好女士们，柳碧卡扎得不错，咯嘣，蔑茨斯拉夫的头怎样了？那些子弹弹回去的时候他们绝对感到惊奇！嗨—嗨，咯嘣，咯嘣，像傍晚的“火花”。从汉堡来的一切都悬在液氧上，该死的欧如如最好快来吧，不然我们就得蛰伏着，很难受哦——哎妈的那是谁呀——

是约瑟夫·奥姆宾迪，“空壳人”的头领。不过，他面带微笑的样子一瞬间竟使恩赞以为是欧汝提恩的鬼魂。“听说欧坎丢的孩子也死了？”

“没有。”咯嘣。

“我想叫别生孩子的尝试就是从她开始的。”

“所以你一直对她关心得要命。”咯嘣，咯嘣。他知道事实并非如此，可这家伙让人恼火。

“自杀是最下贱的人都可以享有的自由。可是你竟然剥夺了一个民族享有这一自由的权利。”

“不谈政治。告诉我，你的朋友欧如如是不是准备使用液氧发动机？要不就是汉堡有什么可笑的惊喜在等我？”

“好，不谈政治。恩瓜鲁勒卢上校，你把自己能享有的自由竟然给一个民族剥夺了。”说着又微笑起来，像今晚丢了性命的那个人的鬼魂。你在投石问路，想刺探什么呀？什么？上校，你想说什么？后来他看到恩赞满面倦容，才明白他并没有使心计。“自由。”微笑、低语。这是一首爱情歌曲，在酸橙色包围的黑色天空下低唱，是一条广告，说的全都是卡特里教派[①]把人的灵魂囚禁在新生儿身上的骇人行为：“你很快就会使用这种自由。我听到你的灵魂在梦中呓语。我是最了解你的。”

咯嘣，咯嘣，唉，我当初被迫给他看了那些值勤表，不是吗？天哪，我是不是太傻了！没错，他可以选择今晚……“奥姆宾迪呀，你产生幻觉了吧？”他在声音里掺入了恰到好处的惊惶，即便这种惊惶收不到效果，这句话还是能收到辱骂之功效，“我只是在展示自己的死亡愿望，看样子和你的也没有什么两样。比我梦到的还要难看。”他像太空人一般微笑了足足三十秒，不过十秒钟以后奥姆宾迪就挪开了视线，开始冒汗，紧咬嘴唇，看着地面，转身走开，回头看。恩赞继续延长笑容。我的臣民呀，今晚没有慈悲，“太空人的微笑”把半径一英里内的一切都变成了冷冻冰激凌的颜色——既然我们都有这份心情，杜若呀，咱们还是把电池盖装上吧？对，是透视功能，看到了防水油布里的一切，写下这个奇迹吧……乌拉斯塔，你到那儿，换下一班无线电岗哨，别管值勤表，关于汉堡记录中没有任何异常，只有日常交通情况，我想知道其中原因，想知道奥姆宾迪的人在值勤时到底有什么情况……利用大迁移指挥频率进行的通信是通过等幅波的点和长划实现的——不用说话，听不出来的。不过电报员们都肯定地说，自己能辨别发报人。乌拉斯塔是他最好的电

---

① 卡特里教派，基督教的一个教派，兴盛于十二、十三世纪的西欧。

报员，可以成功模仿奥姆宾迪的大部分发报员。她一直在练习，就是为了在必要时派上用场。

另外还有一些人，本来一直不知道恩赞有朝一日会不会向奥姆宾迪下手，现在却从他的面部表情和走路的步态看得很明白了——就这样，他只是碰了几下军便帽的帽檐，做了几个执行计划的手势，不费一枪一弹，就悄无声息地把今晚值勤的所有奥姆宾迪分子换下了岗，不过没有下他们的武器弹药。没拿掉那些东西。没有理由。此时的恩赞绝对不会有一点软弱，这种情况见多了。

小胖子路德维希像雾里的白色萤火虫。他做的游戏是要侦寻到一支庞大的白人军队，这支军队时刻不离他身体的另一侧，路德维希一声令下，就会从高处扑下来，把黑人们打入地下。不过他永远也不会命令他们下来的。他更愿意隐身跟着迁移队伍走。他不必着急。他不属于这支队伍。他们要去某个地方。他觉得自己必须跟着他们，但又要做一个陌生人，与他们保持距离，同时还和他们一样，受着占领区的摆布……

◆　◆　◆　◆　◆

河上的一座桥。头上很少有人车来往。抬起头可以看到满山坡结着球果的树，从路的一侧黑压压凌坡而上。树木发出忧伤的咯吱声，因为它们的地形、地性、地心都受到了人为的伤害。河里的鳟鱼迅速闪过。在涵洞里躲过的人在潮湿的拱墙上写了些字。“带走我吧，‘蹬腿’死神，什么挡住你了？这些日子太可怕了。你会像柔和的睡眠。仅仅是睡眠吗？请求你，快快来吧——下士鲁道夫·埃斐格，12:4:45。”还有一幅画，感觉像是用突击队员脸上的黑色油彩画的，上面是一个男子，盯着一枝花。远处，也就是比这个小一些的，好像是一个女人，正向他走过来。要么就是小精灵之类的。男子没看她（它）。再远些到中景处有些草堆。花的形状像姑娘的私处。天空中有一个闪闪发光的人在往下看，上面的一张脸十分平静，像佛陀。画的下面有人用英语写着：“画得好！结束！”再下面，另一种字体写着：“是结束了，傻瓜蛋。你也结束了。”

旁边是德语："莉泽尔，我全心全意地爱过你"——没有名字、军衔、部队、编号。……是些首字母，可以肯定这是一个人玩的那种密码游戏，就像绞刑手游戏[①]，那个神秘的词永远也猜不出来：GE_ _RAT_ _。尽管天还很早，也差不多能看到涵洞另一头那个受绞刑的尸体了，因为这条公路很窄，阴影没有明显的层次。一辆自行车藏在路边的草丛里，却又露出一部分来。一只快死的蝴蝶，白得像眼睑，在一些新草的茎部漫无目的地闪动着。坡上高一些的地方，有人挥动着一把利斧，砍向一棵活树……年轻的女巫就是这个时候在这儿发现瓦斯拉夫·齐切林的。

他坐在河边，没有沮丧，也没有宁静，只是在等待。一只被动等待有人来解开的螺线管。听到她的脚步声，他抬起头，看到了她。她是他昨晚到现在用眼睛看而且也看到了的第一个存在物。这是她在使魔法。她从自己最好的内裤上撕下裆部的那一块绸子，绑在玩偶的眼睛上，东方人的清澈的眼睛——尽管她只是用指甲在上面抹了些黏土就弄出来了。她背了下面的咒语：

让他现在只看见我，其他的全部看不见。让爱情的烈日永远在他眼里闪耀。让这一切，让我的黑暗保护他。以上帝的一切圣名，以天使梅尔希岱尔，亚侯尔，阿纳费尔和梅塔崇的名义，我敕令你和你周围所有的人都服从我的意志。

秘诀在于注意力的集中。她遮蔽了所有的一切：月亮，刺柏中的风，半夜出来游荡的野狗。她把注意力聚集在齐切林的记忆中和他难以捉摸的眼睛上，一点点加强，快感随着咒语走，到了后来，在说出最后那些神的名字时，她尖叫起来，达到了高潮，尖叫声传到了空中，连手指尖都没了力气。

后来她掰下一半魔法面包，只吃下其中一块。另一半是给齐切林的。

他把面包拿到了手里。河水在流。小鸟在唱。将近天黑的时候，这一对恋人赤裸裸地躺在一片冷冰冰的草坡上，窄小的公路上传来了车队

---

① 一种游戏：其中一个参加者选一个词，另一人猜这个词的字母，每猜错一次就画一幅绞刑图的某一局部。

驶近的声音。齐切林急忙穿上裤子爬起来，想看看能否讨些吃的或香烟。黑人们的脸过去了，唔巴卡耶（放过我），有些人好奇地看着他，还有一些人则累得顾不上看，或者全神贯注地看着一辆盖着的货车，里面装着00001的弹头部分。恩赞骑在摩托车上，停下来一会儿，唔巴卡耶。他和这位满脸是疤痕和胡子的白人交谈起来。他们在桥中央，说的德语结结巴巴。齐切林设法搞到了半包美国香烟和三个生土豆。两个人点点头，不怎么客套，也没怎么笑。恩赞挂好挡回到队伍中去了。齐切林点了支烟，看着他们沿公路走远，身体在黄昏中发抖。之后，他回到了河边的姑娘身旁。他们得在所有的光线消失前找一些柴火。

这就是魔法。当然是了——不过并不是幻觉。黄昏时分从兄弟身旁路过而不认识的、往往很难再见而又浑然不觉的人，他自然不是第一个。

◆　◆　◆　◆　◆

此时，城市变得很高，电梯就成了长距离的运输工具，里面还有休息室：有垫子的座位和长椅，快餐店，还有报刊亭，电梯到站之前你可以在报刊亭前读完整整一期《生活》。胆小的人进来的第一件事就是找电梯壁上的合格证。针对这些人，专门有一些姑娘，戴绿色外国帽子，穿绿色天鹅绒短上衣和喇叭型黄条裤，颇有女式佐特装效果——她们学习过各种电梯的学问，专门为人缓解心情。伊利诺州卡本市的姑娘敏蒂·布劳思侧着身子，露出空洞的笑容，模糊的、变幻波动的菱形铜镜从她旁边很近的地方经过，上下有数千个——她的脸正在成熟，如梦如幻却又十分现实，像塔罗牌里的“权杖Q”，眼睛从不认真看你，总是从你们之间的金褐色媒介物上沿某个角度折射开去……这是早晨时分，那个送花的人带来了新鲜的早丁香花和鸢尾花，站在一两个台阶下面的电梯后部的一个小喷泉后面。敏蒂在尖着嗓子说话：“早年的时候还没有‘垂直方案’，所有的交通实际上都是二维的——嗯，我能猜到你的问题——”姑娘和常乘电梯的起哄者之间交换了一个微笑，一种熟悉的微笑，没有折射开去，“‘那飞机呢，啊？’你要问的就是这个问题，对不对！”事实上，他要问的是火箭，人人都心里明白，不过火箭是严格禁止的话题。敏蒂出于礼貌，为这一块流畅地向上穿越空间的方形世界提供了一个实施暴力的机会，压制的暴力——犹如一个橄榄香皂里冒出的一个泡，周围被缓慢的闪电全部染成了绿色。九月，旭日对面的晨空色泽如洗，晨风锐利如凿，上升的电梯经过一个个楼层。有些楼层上已挤满了沸腾的人头，比大海里的精子和卵子还要惹眼。还有些楼层则黑暗无人，没有供暖，由于某种原因而废弃了，看上去特别颓败。还有些楼层则自从战争开始就没有人去了——啊！一声号叫传了过来。“普通的空气动力效果，”敏蒂耐心地解释道，“与我们经过时我们自己的边缘层和通气孔的形状有关——”另一个起哄者叫道：“噢你的意思是说在我们到达之前，通气孔的形状不一样？”“对啦，老兄，我们经过之后也不一样。”敏蒂不再理他，啜开嘴巴发出了同样的声音，闭嘴—放松—微笑——那些参差不齐的口子号叫着，凄凉地拉长、下降，不觉已到了脚底下好多层远的地方。这一声号叫像是方向朝下的口琴音符——可是为什么这些繁忙的楼层在他们经过时没有发出一点声音呢？那里的灯光温暖地闪亮着，像圣诞周里的派对，召唤你进入密密麻麻的玻璃雕刻和屏障中，进入咖啡壶边善意的牢骚中，哦我的天哪，又一天过去了，你好玛丽，你们这些女人把黑色装置一号的图纸藏这儿了……你说的“‘发射场部队’又把它们弄走了”，是什么意思？工程设计师难道没有一点权利吗？看着一件设备被送到发射场去，就像你看着自己的孩子跑开。就是这个意思。一颗破碎的心，一位母亲的祈祷……慢慢地，吕贝克希特勒青年合唱团的声音在身后弱下去了（目前这些小伙子们在整个占领区的军官俱乐部里唱歌，用的都是他们的公路名“莱德豪森”。他们穿着得体，在观众觉得合适的情况下，背对观众唱歌，狡黠的小脸还从肩膀上方转过来对这些战士们飞媚眼呢：

可是比妈妈的眼泪更清晰的
是妈妈给我的一顿顿好打……

然后每个屁股很优美很协调地扭一扭，绑得紧紧的皮裤子臀部闪着微光，明显看得见臀部肌肉的收缩。见此情景，屋子里绝对没有一根阳具不骚动，也几乎没有一只眼睛不产生幻觉，感到母性的桦树枝在每个屁股上抽打，红红的抽痕十分迷人，庄严美丽的女性面庞，睫毛低垂向下面微笑，只能看见每只眼睛里闪烁的微光——刚学爬时，你看到的最多的是她的小腿和脚——当你渐渐熟悉她皮鞋的气味时，它们取代了她的乳房，成为力量之源，而那种威严的气味升向你所能看到的上方极限——她的大腿——也许是她的膝盖——那要看这一年流行穿什么了。你在皮腿、皮脚面前只是个婴孩……)。

坦纳茨低语道："有没有这种可能：我们所有的人就是在妈妈的膝盖前学会了这一经典的幻想？在大脑的豪华相簿里总是有一个孩子藏在某个地方，穿着小公爵服装，还有一个漂亮的法国少女，乞求你用鞭子抽她？"

路德维希挪了挪自己放在坦纳茨手下的胖乎乎的屁股。两个人心里都有一个不能逾越的界限。不过他们还是悄悄爬开，来到一处交界，在一丛冷冰冰的灌木中间踩出了一块地方，躺在那里。"路德维希，小小的'S'和'M'伤害不了任何人。"

"这话是谁说的？"

"西格蒙德·弗洛伊德。我怎么知道？你想想，为什么有人要教会我们产生一种条件反射，只要谈到这个话题就感到羞耻？为什么这个社会可以容许其他的性行为，独独不能容忍这一种？因为它赖以生存的源泉是服从和统治。这两样东西不能在私有的性里消耗掉。任何一种的性。我们必须服从，它才能维护自己的统治。在统治之后，它又需要我们的贪欲，以便将我们拉入它的权力游戏中去。这种游戏里没有快乐，只有权力。我告诉你，如果'S'和'M'可以在家庭层次上普遍建立起来，国家就会衰亡。"

这是虐待狂式无政府主义，目前在占领区坦纳茨是这种理论的带头人。

终于到达了吕讷堡灌木林。昨晚与运送燃料和氧化剂箱的各个小组会师了。火箭尾部小组一早晨都在用无线电联络，想得到一个确定的方位，然后只要等天晴就行了。所以，00001 的安装也是在地理意义上进行的。就像散居国外的犹太人要返回自己的国家，像流亡在外的子孙们开始向一处聚集，他们平和地预期到了一种引力坍缩，预期到弥赛亚将重新聚拢散落的火花[1]……还记得讨厌三角馄饨的那个孩子的故事吗？他讨厌恐惧三角馄饨，只要看到这种食物，就会逃到这些可怕的绿色蜂房里，浑身都变成浮雕式地图。孩子的妈妈带他去看精神病医生。“对未知之物的恐惧，”满头白发的名医诊断道，“让他看着你做三角馄饨，这样他就会放松了。”回到家里来到妈妈的厨房。“孩子，”妈妈说，“现在我要为我们做一顿意想不到的美餐！”“哦，天哪！”孩子叫道，“太棒了，妈妈！”“你看，我要把面粉和盐筛成细细的一堆。”“那是什么呀，妈妈？汉堡吗？哦，妈妈！”“汉堡，还有洋葱。现在我来煎一下，你瞧，就在这个煎锅里。”“呀，我等不及了！太有意思了！你又在干什么呢？”“在这些面粉里做一个火山，把这些鸡蛋打进去。”“我能帮你和面吗？哦，天哪！”“现在我要揉面团了，看到了吗？擀成平整的薄片，现在我要把它切成小方块了——”“太好了，妈妈！”“现在，我要把一些汉堡用小匙舀到这个小方块里，现在我把它包成一个三角形——”“啊——！”孩子尖叫起来，恐怖极了——“三角馄饨！”

为了保存离散的历史，有些秘密留给了吉卜赛人，还有一些则留给了犹太神秘哲学家、圣殿骑士、蔷薇十字会会员。这个“可怕的装配秘密”及其他秘密也进入了这个或那个“民族笑话”里。其中就有泰荣·斯洛索普的故事。他被派到占领区，参加自己的装配——可能多疑症特别严重的人悄声说过，是“他的时间的装配”。按说，故事里应该有一句妙语才对，可是却没有。计划出了差错。他被打碎分散了。他的牌被存放起来，以凯尔特风格，按照A.E.韦特[2]先生建议的顺序。后来又摆出来，让大家看。可这些牌又是“坦克手”和“愚者”的牌，指向漫长而混乱的未来，指向庸常（不仅包括他的生活，嘿嘿，也包括为他记

---

① 犹太神秘哲学认为，神圣的光芒在创世之时散为“火花”，而弥赛亚将重新收聚这些散落的火花。

② A.E.韦特：《塔罗牌图形指要》中“黑色魔法和契约之书”一文的作者。

事的人，没错没错最好把五芒星中的三张倒过来，在指挥牌想第二次送你进入显像管里看武志和一三第七轮表演的时候把它罩起来，点一支烟，忘掉整个事情），看不到明确的幸福和可以给人以救赎的大灾难。所有这些有希望的牌都被倒过来了，其中最不快活的是“倒吊人”，他必须倒过来当第一张牌，说出他隐秘的希望和恐惧……

“从来没有过雅夫博士这个人，”世界著名分析家米奇·瓦克斯垂评论道——“雅夫只是一个虚构，他用雅夫来解释自己的生殖器每次和空中爆炸的火箭相对应的那种可怕、直接的感觉……用雅夫来否认自己不愿承认的东西：他可能和自己的死亡，和自己种族的死亡发生了爱，性爱。”

“这些早期的美国人本来就是拙劣的诗人和心理不健全者的完美融合……”

“我们从来没有这样关心过作为斯洛索普的斯洛索普。”对抗力量的一位发言人最近在接受《华尔街日报》采访时说了实话。

采访者：那么，你的意思是说，他更多的是作为一个聚合点。

发言人：不对，连聚合点都不是。一开始就有意见分歧。这是我们最致命的弱点之一。[你肯定想听听致命弱点方面的问题。]有些人称他为“借口”，另一些人觉得他是真实的、精确的微观世界。你们可能从正统的历史中了解到了，微观世界学家们早早就开始他们的研究了。我们——这其实是一种非常奇怪的追逐异端分子的形式。在低地国家，在夏天里。追逐在有风车的田野里进行，在沼泽地带进行，那里非常黑暗，很难看清楚任何东西。我记得那一次克里斯蒂安找到一个旧闹钟，我们把镭抢救出来，涂在我们的铅锤绳外面。那些绳子在昏黄的光里闪亮。你见过他们拿着铅锤，双手放在靠近两腿间的地方。这是他们的独特动作。一个黑影射出亮闪闪的尿流，落在五十米外的地面上……“一个人，在撒尿”，这成了对那些新手们开的典型玩笑。你可能会说，那是火箭城的查理·诺波尔[1]……[是的。说得太妙了。最不幸的是我知道

[1] 战后，军官、原子工程师查尔斯·卡尔民·诺波尔（一九一六年生）主要负责洛斯阿拉莫斯的曼哈顿计划。

你们的编辑需要什么样的东西，知道得很清楚。我是一个叛徒。我带着它。你们的病毒。由你们不知疲倦的“伤寒玛丽”们来传播，在市场和车站巡回。我们也确实伏击了其中一些人。有一次我们在地铁抓住了一些人。很可怕。是我的第一次行动，我的首次。我们追着他们在隧道里跑。我们可以感到他们很害怕。隧道分岔后，我们只能根据地铁里藏不住的声音继续追踪。迷路的可能性很大。几乎没有光亮。铁轨闪着微光，就像地面上雨夜里的铁轨。这时候我们听见了低语声——那些等在那里的影子在维修站弓成不同的角度，躺在隧道壁上看着我们追人。“洞口太远了，”他们低语着，“回去吧。这条分隧道里没有站点的。列车一直在运行，乘客们沿着深黄色的空白洞壁坐好远的距离，但是没有车站。运行持续了整整一个漫长的下午……”其中两个跑掉了。可是我们抓住了所有其他人。我第一次尝到血腥是在两个测站标志之间——一九六六年至一九七一年间的油渍和车辆往来，使那些标志变得像黄色的蜡笔画。你想把这部分也写上吗？］我们喝敌人的血，所以你们看到诺斯替教徒们总是受到追杀。圣餐里喝的其实就是敌人的血。圣杯则是饮血的工具。否则还能有什么原因使我们如此神圣地保卫它呢？如果仅仅为了用香甜的嘴唇碰一下普通的饭碗，黑人荣誉卫士为什么还要在寒冷的冬天日夜兼行，走过半个大陆、走过半个四分五裂的王国？是啊，他们犯的是凡俗的罪：把敌人吞入滑滑的胃液，让细胞去吸收。而你们公开否认“凡俗的罪”。所以这种罪源于跟你们的对立。是你们刑法里的一款，仅此而已。［真正的罪是你们的：你们禁止那个组织。你们限制它。你们对我们比对敌人还狠，你们抓的敌人毕竟跟你们在同一层面，你们却把我们作为陌生人。

我们喝敌人的血。朋友的血，我们是小心呵护的。］

物品S-1706.31，内衣碎片，为美国海军所藏，上有褐色斑渍，应为利剑从左下至右上洞穿身体所流之血。

这条脚注未见于《大事录》。那块布是一天晚上西曼·鲍丁在芝加哥酒吧给斯洛索普的。从某种意义上讲，他们这晚的见面是第一次见面的翻版。鲍丁点了一支粗粗的大麻，粘在吉他颈部的弦下面。他哀伤地唱起了一支歌，这首歌一部分唱罗杰·摩西哥，一部分唱另一个水手，他们在战争期间困在圣地亚哥：

上星期我朝谁的妈妈扔了一块馅饼，
昨晚上我扔了个派对给我的心灵，
我记住的上一件事是六点零二分空中的尖啸
要么就是在那晚的十一点五十九分……

[副歌]：
晚上有太多的链条篱笆，
雨中有太多人瑟瑟发抖，
他们说你终于找到了自己的宝贝，
可是我觉得再也看不见你的面容。

有时我想回北方，回到洪堡县①——
有时我想回东方，看看亲戚……
有时候我也几乎会感到幸福，
如果我知道你常常将我想起……

鲍丁有一个警报环，孩子们愿意用麦片盒的盒盖②去换的那种。警报环巧妙地装在肛门里，只要放一个规模适度的屁就能吹响。他很善于将这种用屁吹出来的“唏——”声安排在音乐的节奏里。目前他正在努力调准音高，这是崭新的一种反射弧，耳朵—大脑—手—肛门，再回到原来的状态。所有的商人们今晚做生意都慢了下来。多情的鲍丁觉得这是

---

① 美国地名，位于加州北海岸。
② 1930 年代到 1950 年代，产品包装盒的盒盖被用作购买证据，可领取奖品。

因为他们都在听他的歌。也许真的在听。刚从安第斯山脉运来的一包包新鲜古柯叶把这个地方变成了回声阵阵的拉丁式仓库。这是一场革命的前夜，这场革命将会像有时你在长饰带般的下午从窗口看到的烟雾，弥漫在甘蔗树上空，总是隔了一段距离……街头的顽童正在做“忙碌小精灵的日常工作”，每张叶子裹一个槟榔，包成可以咀嚼的漂亮小果子。他们的手指染得红红的，像暗影里的余烬。西曼·鲍丁突然抬起头，宁静的、没有刮胡子的脸被整个屋子里的烟雾和淡漠刺了一下。他直直地盯着斯洛索普。他是仍然把斯洛索普作为一个整体生命来看待的少数几个人之一。其他人大多很早之前就不再费那个劲保持他的完整性，甚至不把他作为一个完整的概念了——“那也太离谱了。”他们就是这么说的。鲍丁现在是否觉得自己的力量在不久的将来也会支撑不住，很快就像所有的人一样放手？*可是必须有人支撑住，不能每个人都放手——不行，那太过分了……火箭人啊火箭人，你这个可怜虫。*

“哎，听着。我想让你拿着。明白吗？这是你的东西。”

他现在还能听见吗？他还能看见这块布，这块污渍吗？

“是这样的，当时他们伏击他的时候，我在芝加哥。那天晚上我在那儿，就在从百高福剧院过来的那条街道上。我听到了枪声，所有的一切。操，我只是个新兵娃子，我以为自由的全部内容就是这样的东西。所以我撒腿就跑。我和半个芝加哥市的人，跑出酒吧、厕所、街巷。为了跑快些，少女们把裙子撩了起来。米苏丝·科洛多布力整个大萧条期间都在饮酒，她一直等到太阳照进来。你知道吗？还有我来自五大湖的毕业班同学，有一半穿着礼服衬衫，标签和我弹簧床上的一样。还有资历很久的妓女和长麻子的男同性恋，呼出的气味就像司机手套的里子。还有老太太们，从院子后面跑出来；妙龄少女们刚从剧院里跑出来，大腿上的汗还是冷的。门兄啊，人人都在那儿呀。他们在脱衣服、从支票簿上撕支票，互相把对方的报纸撕成碎片，仅仅是为了蘸上约翰·迪林杰的血。我们疯了。特务们没有阻拦我们。人们向街上的血扑过去的时候，他们站在那儿，烟从口和鼻子里袅袅升起。也许我想也没想就上前去了。可是还有别的什么东西，我肯定需要那东西……如果你还能听到我说的话……所以我把这个给你。可以吗？迪林杰的血就在那儿，我到跟前的时候还是热的。'他们'决不想让你认为他只是'普通罪犯'，不过截至目前'他们'还是清醒的——他做过的事毕竟已成事实。他赶过去当场抓住了'他们'银行里不可告人的秘密。谁会在意他的想法呢？只要不碍事就行了。而—而且我们现在这么干的原因也不重要。火箭人？对。我们需要的不是合适的理由，而是那种面子。让事情顺利进行的面子。勇气，头脑，当然要，很好。可是没有了面子？那就别想了。你是不是——哎，你在听吗？这很有用的。真的。过去我就用过。不过现在我早已经不是小飞象呆宝了，没有羽毛也能飞了。可你不行。火箭人。你……"

这不是他们最后一次见面，不过这以后每次见面旁边都有人：吸毒出了危险的，为真实或臆想的欺骗而愤怒的。而此时，正像他自己担心的那样，鲍丁在无助和羞惭中打算要放走斯洛索普了。有时候行迹匆匆，看到漫天白网撒满整个视野，他会觉得那是痛苦和死亡的标志。他开始更多地和特露蒂待在一起。他们的朋友马格达因为一级轻罪被抓了起来，送回到莱沃库森。那是一座草木丛生的后院，电线在头上毕毕剥剥地响，砖头上落满尘土，杂草从缝隙里钻出来，窗户永远是关的，各种秋草把地面弄得十分难走。有些日子里风从贝伊尔工厂[①]送来阿司匹林的粉尘。人们吸进了这些粉尘，变得更加安静。

她一走，对他们俩都有影响。鲍丁很快就发现，自己特有的粗野笑声由"嘿哟，嘿哟"变成了更有德国味的"嘎吱，嘎吱"。同时，他开始喜欢马格达以前的装扮。和蔼可亲、平易近人的那种，和化装舞会上的装扮一样。这种衣着喜好的转变，在他的生活中可是破天荒头一遭。虽然大家都在忙着做生意，顾不上问，但他估计这样穿是可以的。

天空里的灯光拉长了，变得很透明，活像太妃糖刚拉开了两下的样子。

"荒诞地死去，"这时候斯洛索普的幽灵可能已经被人用炭条涂画在墙上了，一根烟囱里传出人的声音，有人在外面的路上，"生活的目标是

---

① 染共体下属一分厂，阿司匹林最早的专利商。

保证能够荒诞地死去。保证不论死亡如何找到你，都要在荒诞的情况下。就是要过那样的生活……”

物品S－1279.06，酒瓶一个，内有七毫升五月酒。分析表明，其中含香车叶草、柠檬皮、橘皮。

香车叶草的嫩枝也叫“百木之主”，早期的条顿武士会随身携带。能保佑打仗得胜。一天晚上，在下斯高姆道夫城的中心地带，好像是斯洛索普的一部分附到了逃兵扎巴耶夫的身上。（有些人认为斯洛索普的碎片变成了他们自己稳定的外在人格。如果这是真的，那就很难说今天占领区的哪些人是他原来那些碎块的子孙了。英国摇滚乐队“傻瓜”推出的唯一一张唱片上应该有他最后的照片：照片上有七位音乐家，一派早期滚石乐队的傲慢劲，附近是一个旧火箭坑，在伦敦东区，或者泰晤士河南面。当时是春天，法国百里香的花朵在绿地的披风上织出耀眼的白色花边，遮掩、冲淡了旧瓦砾堆的真实形状。说不清哪张脸是斯洛索普的，印出的姓名表里唯一符合他的是“口琴，卡祖笛：一位朋友”。不过看了他的塔罗牌，我们就会在“卑贱者”里去找，在灰色的和被弃的灵魂里去找，他可能在天空敌意的光亮里流浪，在海洋的黑暗里漂浮……）

今晚的平原上只剩下一道荒凉的落日，犹如长长的猫眼石一般，浅灰的颜色在天花板一般的紫色云层上投射出有些深灰的彩虹。这只猫眼与其说是在俯视扎巴耶夫和他的朋友们，还不如说是在那里展示自己。城里正在开什么大会。德国各个乡下来的乡村傻瓜们川流而入（嘴里也川流着，在身后留下颜色鲜明的足迹，让人们在他们走后指指点点）。今晚他们准备通过一项决议，请求英国给予英联邦资格，甚至还可能申请加入联合国组织。他们请求教区学校的孩子们为申请成功而祈祷。梵蒂冈通敌十三年就能澄清神圣和不神圣的区别吗？今夜，一个新的王国正在组成，也有表演和欢宴。所以，扎巴耶夫设法搞来的几升五月酒今晚就大显身手了。让那些乡村傻瓜去庆祝吧。让他们的神性漾成干扰图形，把会堂里的天窗堵住。让合唱队英勇歌唱：十六位衣衫褴褛、目瞪口呆的老前辈在舞台周围漫无目的地乱走，完全同步地自渎，把生殖器当成铁头木棒来回晃动，时不时还挥两三下裹着绿叶的木杆，露出令人震惊的下疳和创伤，喷出一股股的精液，里面还有血丝，溅落到滑溜溜的裤子褶皱上、口袋下垂如六十岁乳房的土色上衣上、永远粘着小广场和荒僻街道尘土的没有穿袜子的脚踝上。让他们欢呼、砸自己的椅子，让兄弟般的唾液流淌。今晚扎巴耶夫圈子里的人乱哄哄地闯进下斯高姆道夫唯一的医生家里，又砸又抢，弄到了一支巨大的皮下注射器和针管。今晚他们要注射红酒。即使警察已经在路上，即使灵敏的耳朵已经听到远处的夜路上有占领军车队在隆隆行进，即使危险在靠近，在眼前、在第一盏头灯的光线里打着信号，这儿也不会有人打破这个圈子。红酒会解决一切问题。你不是醒来的时候发现手里拿着一把刀，头伸进一个马桶，蒙眬中一个长长的包皮棒子就要砸你的上唇？然后又躺回到红色的旧毛绒毯上，在那里这一切都不可能发生。一个女人尖叫时你又醒了；运河的水把你的眼睛和耳朵淹没、冻僵时又醒了；很多很多空中堡垒从空中栽下来时又醒了；醒了一次又一次……可这些不是真的，绝不是真的。

红酒热：违反万有引力的红酒热，你发现自己在电梯顶上，电梯如火箭般上升着，没有办法再下去了。你分身为两个，最基本的两个，两个自我都互有知觉。

占领明吉伯柔

大约下午三点，卡车沿山丘蜿蜒而下。国道在这里变窄了。他们的头灯全部开着，就像一只只瞪着的电眼，点缀在山顶上的枫树间。噪声很可怕。每一辆卡车到达坡底时都会听见变速箱在谈话，疲倦的喊声从篷布底下传来："用双离合器，傻瓜！"路旁的一棵苹果树开花了。树枝被早上的一场雨打湿了，黑乎乎湿漉漉的。树下面坐着一个光着腿的姑娘，金发，皮肤呈蜜褐色。周围的人当中唯独没有斯洛索普。她叫玛乔莉。后来，霍根从太平洋回来后向她求婚，但是输给了皮特·杜飞。她和杜飞后来有了个女儿叫琪姆，小霍根则把她的辫子浸入了学校的墨水池。一切就这样继续着，不论有没有占领，也不论有没有泰荣叔叔。

空气里的雨意更浓了。士兵们向西克斯加油站集合。后面的一块地方是个油腻腻的垃圾场，是个坑，里面尽是些滚珠轴承、离合器片和变速箱零件。在下面的停车场上，有一个绿树点缀的糖果店，他每天下午三点十五分就在这里等待校车的第一抹深黄出现在拐弯处，他很清楚从那些中学生手里容易搞到钱。停车场上还有六七辆旧考尔特汽车，尘土厚度各自不一，故障程度也各自不同。它们是新帝国的纪念品，在浓浓的雨意中灵车般闪着光。工作人员们已经搭起了路障，一个清理组闯入了皮兹尼商店的灰色隔墙板。商店挺大，像谷仓站立在拐角上。孩子们逗留在装卸台周围，一边从粗麻布袋子里抓葵花子嗑，一边听着士兵们从冰箱里洗劫牛肋肉。如果斯洛索普想从这里回家，他就得溜进西克斯加油站两层楼的砖墙边一条小路。这是一条绿色小径，入口隐藏在商店烧垃圾的火堆和皮兹尼停放送货车的棚子后面。你穿过两块地方，它们并不是紧紧背靠背的，所以你得顺一个篱笆绕过去，再经过一个车道。来到两间房子，都是老太太住的那种，琥珀色加黑色，里面有很多活着的或做成标本的猫，所有的椅子和桌子上都是脏污的灯罩、椅罩和洋娃娃。有一种末日的阴气。然后再穿过一个街道，顺那些蜀葵旁的司瑙德夫人家的车道向前走，过铁丝门和桑托拉家的后院，翻过篱笆尽头的栅栏，穿过你自己的街道，来到家里……

可是这里被占领了。他们可能已经颁布了禁令，成人们的道路旁不许有孩子们的捷径。现在回家可能已经太晚了。

回到“那地方”

古斯塔夫和安德烈从库克斯哈文回来，把安德烈卡祖笛上的簧片螺丝卸了下来，取掉簧片，装上了锡箔，在锡箔上打了些小孔，现在正在用卡祖笛吸印度大麻，手指按着细的一端，啪啪啪，把烟“化”出来——原来，精明的酸爷请了一些原先在佩纳明德工作的工程师，就是研究推进力的那些人，专门长期钻研如何设计最优的大麻烟管，嘿，你猜怎么着？——从流量、导热、空气烟雾比控制等方面来讲，最完美的形状竟是经典的卡祖笛！

是啊，卡祖笛还有一个奇怪的特点：簧片上方的圆螺纹竟和灯头里的螺纹完全一致。善良的“恐怖船长”古斯塔夫，戴着一副抢来的深黄色英国射击眼镜（“我看，它可以帮你找到静脉”），喜欢称之为“日神的正宗签名”。“你们这些傻瓜，竟然认为卡祖笛是一种颠覆性的乐器？你们看——”平常出来办事，他总是要带上一个灯泡，没有理由放过让这个老毒怪难受的机会嘛……他娴熟地把热热的灯泡拧到簧片上，无声胜有声地说：“看见了吗？日神就在卡祖笛后面！哈！哈！哈！”痛苦带来的快感渗遍了整个屋子，比吃了洋葱放出的屁一直散不出去还要叫人难受。

可古斯塔夫的灯泡正是我们的朋友拜伦，它想说：不，根本不是那么回事，那是卡祖笛为所有受管制、受压迫的灯泡们能够团结如兄弟而进行的庆贺……

地毯下面在演电影。一天二十四小时，只要揭开地毯，那部该死的电影绝对就在演！很讨厌、很乏味的电影，葛哈特·冯·高尔导演，其实是一个永远也完不成的项目的样片。“老马”打算要让它在地毯下面不定期地演下去。电影名叫《新毒品》，内容也和题目一样，说的是一种新型毒品，谁都没有听过。这东西有个最恼人的特点，就是只要一吸上，马上便无法再说出吸了以后的感觉，甚至连来源也说不出来了。卖药的人也和别人一样糊里糊涂。唯一可以指望的就是碰到有人正在服用（注射？吸食？吞食？）。很显然，这是毒品找人，是颠倒世界的一部分：那个世界的代理人拿着真空吸尘器模样的枪到处跑，那种枪瞄准的是生命——他们扣动扳机，把子弹从刚死的人身上吸入枪管，于是尸体伴随着反向运动的射击过程复活了，不可逆转的世界竟然被逆转了——可以想象，每天通过对这一过程进行声音编辑而获得乐趣，那一定是脑子被毒品搞坏了，或者干脆就没有脑子。闪现出来的字幕有：

葛哈特·冯·高尔成了阿米妥钠变态人！

在这里，他成了真正的自己。一个大屁股，坐在马桶上……唔，好像是超大婴幼儿的练习马桶，从使用者两腿间伸出一个瓷豺头，嘴巴张大笑着，里面叼了一支叫人尴尬的、仔细看才认得出的印度大麻——“气候穿过非议和飞鹰转为金黄，”“老马”胡诌起来，“因为它们在粗野的战争压迫下毫无力量。不，与耍无赖没有关系，除非巨蜥在发红的土层下交配，在最残酷的国王王座和鼻子底下说‘布利瑟罗恩赞猛犸得到黑人零灭亡’和其他戏谑荒唐的东西……”其实，这类东西是很多的，也有很好的时机偷一把爆米花，而在“那地方”又发现这些爆米花其实是牵牛花籽爆成的又被阻止爆炸的褐色小爆炸物。其实这儿的常客们没人太看地毯下面的电影——只有路过的客人才看：马格达的朋友，莱沃库森阿司匹林大厂里的叛离者，躲在那边的角落里啜着彼此裸身上抢来的玉米淀粉，坏坏地笑着……《易经》的信奉者们把最喜欢的卦文在每个脚趾头上，他们在一个地方无法待很久，知道为什么吗？因为他们的脚永远是《易经》脚！还有跌跌撞撞的流浪魔术师，不由自主地敞开自己迎接那些毁灭性的“壳里颇似”，即死人躯壳、半裸的扶乩者、制造声音的鬼魂、各类来自星空的“坦克手”和“愚者”——没错，它们最近老是在“那地方”出现。不过还有一种选择，就是开始把其中一些挡在外面，别的放进来，可是大家还没这个思想准备……这样的决定是由高高在上的天使来做的。他看着我们大量做颠倒错乱的事情，在黑缎子上爬行，拿鞭子柄做赌注，舔恋人血管里流出的血，所有这一切，包括每一声逝去的笑和叹息，都是在死刑判决后进行的，而其中的美是这位天使从未窥其堂奥的……

魏斯曼的塔罗牌

魏斯曼的塔罗牌比斯洛索普的要好。下面是完全按照顺序记录的：

指挥牌：宝剑骑士

护牌：塔

阻碍：宝剑 Q

王牌：权杖 K

下方：宝剑 A

前方：权杖 4

后方：五芒星 4

自己：五芒星侍从

家：权杖 8

希望和恐惧：宝剑 2

预言：世界

他出现时穿着靴子，戴着徽章，像黑马上的骑士般耀眼夺目，以自己和战马都无法控制的步子冲向前去，穿过大坟堆那边的灌木林，驱散黑脸的羊儿们。而一丛丛黑乎乎的刺柏则梦幻般从他的路上经过，和死亡很亲的样子，给人一种错觉，像是不慌不忙而来的天命，主宰着周围尘土色的低地，并进而主宰了荒野般灰蒙蒙的海洋，大草原般的海洋，和那些纪念碑在碧绿、饱经日晒的夏天离去时所起的主宰作用一样。海洋的颜色渐渐加深，变成了紫色，太阳照进来，现出一个个大光圈，像舞场上的聚光灯。

他就是那个你永远无法杀死的父亲。目前占领区的恋母情结非常可怕。没有了人伦。母亲们都被男性化，变成了年老色衰的守财奴。她们对任何人都没有了性欲，可是她们的儿子却困在 40 年前就应该过期的恋母欲望中不能自拔。父亲们如今没有任何权力，过去也不曾有过，可是因为四十年前我们没能杀死他们，我们现在就该承受他们所承受过的消极被动，承受他们过去所秘密珍藏的性虐待幻想，甚至由于我们自身的弱点，还要承受更重的惩罚，化身为当权者——我们年少时一定痛恨他们，想取而代之，又没能成功……就这样，一代又一代热爱痛苦和消极被动的男人都在占领区度过了一生，一声不吭，浑身散发着干精液的香味，极度恐惧死亡，不顾一切地沉溺于别人卖给他们的舒适生活，无论这种生活多么无用、多么丑陋、多么浅薄，心甘情愿地让那些以操控死亡为唯一才能的人掌握他们的生活。

可能出现的七十七张牌中，魏斯曼被“护”了，就是说他现在的状态受“塔”左右。这张牌很令人费解，每个人对它都有不同的解释。上面是一个闪电击中了一座高高的男生殖器状建筑，还有两个人，一个戴王冠，正从上面掉下来。有些人认为是射精，便不再深究。其他人认为那是罗马教堂的诺斯替派或卡特里派标志，并进而扩大到意指任何一个不能容忍异端的制度：这种制度生来就是迟早要垮掉的。现在我们知道，它也代表火箭。

金黎明兄弟会的成员们认为，“塔”代表征服宏大的力量和复仇的军队。像戈培尔，尽管说了那么多专业语言，还是相信火箭代表复仇。

在犹太神秘哲学的生命树上，“塔”的路径把“耐扎克”即胜利的赛费罗司和“郝德”即荣耀的赛费罗司或宏大连在一起。所以才有金黎明会上面的解释。耐扎克热情似火、至性至情，郝德则温柔似水、循规蹈矩。在神的身体上，这两个赛费罗司是大腿，是教堂的柱子，随着“野索得”即性器官和排泄器官旋转。

但是两个赛费罗司都有相应的魔鬼，也就是“壳里颇似”。“耐扎克”的魔鬼是“高拉布才里珂”，即“死亡之鸦”。“郝德”的魔鬼则是“萨弥尔”，即“上帝的毒药”。无论从哪个层面上，都没有人求过这些魔鬼，不过很可能是因为有一点点害怕那种掉落的感觉，我们梦里感觉到的那种掉落，很猛烈，很遥远，不是从物体间掉落，而是从空间里掉落。虽然不同的“壳里颇似”只能控制自己的魔鬼，但在“塔”从“耐扎克”到“郝德”的路径上进行的活动却引出了新的魔鬼（什么？辩证的塔罗？是的真的伙计们！而—而且如果你认为我们周围没有马克思列宁主义的魔术师，那就得好好再想想啦！）。“死亡之鸦”现在尝到“上帝的毒药”的滋味了……不过药量不足以致病，还能像伞形蘑菇的蕈毒碱一样产生一种特别的心理状态……这些东西没有正式的名字，但它们是火箭的魔鬼。

魏斯曼被自己同花色牌里的Q给阻碍了。也许他自己也被阻碍了。她是他的主要障碍。他最底下的牌是独独的一把剑在王冠里燃烧：又是耐扎克即“胜利”。在美国纸牌里，这张牌传到我们现在是宝剑A，但罪恶却还要重一点。你知道的，不论玩什么，只要这张牌一出来，整个屋子就会安静下来。他的后方是五芒星4，从生命里分离出来的一种影响，上面是一个相貌平常的人，拼命抓住属于自己的四个金币——这个傻瓜蛋抓着两个金币放在脚边，另外一个放在头上保持平衡，第四个则紧紧压在有溃疡的肚子上。这是一个固定不动的巫婆，要保住自己的房子不被外面黑暗中的那一帮人啃掉。在他前方进来的则是许多“权杖”，可以畅饮饱餐一顿。他很快就可以大量饮美酒、玩女人了。对他很有利——虽然有人在他的家里看到他走了，放弃了八个摞在一起的圣杯。也许他以后得到的恰恰只能是自己现在必须抛弃的东西。也许是因为在夜晚最后一杯的剩渣里看到了一个女人痛苦的影子，独自一人坐在礁石丛生的海岸边，即宝剑 2，就在波罗的海边缘，在月光下蒙着眼睛，拿着两把剑交叉在胸前……一般认为这幅图画的含义是“武装状态下的和谐”。这正是占领区目前的形势，也说出了他最隐蔽的希望，或者说恐惧。

“世界”眼里的他自己：学者气的年轻“五芒星侍从”，在对着自己的护符沉思。侍从也用来代表年轻女子。不过“五芒星”说的是肤色很黑的人，所以几乎可以肯定这张牌就是年轻时的恩赞。在这有限的纸牌世界里，魏斯曼最终可能会变成自己最开始热爱过的那个人。

“权杖 K”是他的希望之极致，是漂亮智慧的国王。如果你不知道他去了哪儿，那就在那些学究、总统顾问和董事会里摆样子的知识分子里面找。差不多可以看到他就在那些地方。朝上看，不要朝下看。

他的未来牌，也就是预言牌，是“世界”。

最后的绿色和洋红色

灌木林四面都变成了绿色和洋红色，土地和石楠成熟了。

不对。那是春天。

马

最后一匹马站在一片田野里，在林间空地和树木另一边。马的颜色已经褪成了银灰，几乎就是一堆影子的组合。住在这里的德国异教徒们曾经有着用马来祭祀的古老仪式。后来马的地位从祭祀品变成了仆役。就在这个时候灌木林开始发生了巨变，一些风一样有力的手指在捏、在翻、在搅。

既然祭祀已经成了政治行为，成了恺撒的行为，最后一匹马也就只关心今天下午风起的情景了：先是向上升起，接着刺戳、抓握，但都没有成功……每一次，马都感觉到心里有同样的东西在升起，从眼角、耳朵、大脑……最后，作为一天的转机，他的头被风牢牢抓住，升了起来，一阵战栗传遍全身——控制了他。他用尾巴抽打着风透明的、无形的身体。林子里的祭祀开始了。

以撒

大约从四世纪起，哈加达[①]里有一个传统的说法，在亚伯拉罕就要把自己作为祭品献给莫利亚的那一瞬间，以撒看到了到达王座必经的那些屋子。对于一个职业神秘家，要预知并一个接一个通过那些房间里的考验，是可怕而复杂的任务。你必须受过口令和图章方面的教育，必须通过锻炼和禁欲保持体力，还必须能坚硬地勃起，一直不会疲软。门口的那些天使们为了使你进入歧途，会诱惑你、威胁你、进行各种各样残酷的恶作剧。那些“壳里颇似”即死人的躯壳会利用你那些已经背叛的朋友，利用你对他们的爱。你已经选择了积极的方式，不遇到生死关头决不会有丝毫动摇。

另一种方式则黑暗、阴柔、被动、自暴自弃。以撒已经利刃加身了。闪烁的刀刃扩大成一个走廊，一种无法抗拒的以太驮着灵魂在走廊里来回飞走。葛哈特·冯·高尔在摄影车上，兴奋地大叫着，肥大的屁股沿宁芬堡长长的廊道一路扭过去。（关于他咱们就说到这儿吧，让他停留在狂喜中，停在纯真中……）超自然的光在前方增强了，在这些镀金和玻璃中间几乎成了蓝色。镀金工人们在光着身子干活，头刮得光光的——为了获得静电吸住飘动的薄金片，他们必须先用刷子刷一下阴毛：生殖之电会在这些镀金的长廊里永远闪光。可是长期以来，我们一直任疯子路德维希[②]和他的西班牙舞女闪烁幽光，猩红色在大理石上逐渐褪去，糖水般诡谲地闪着光……已经成为身后之事了。尽管他只剩下最后几缕微

① 犹太教经典《塔木德》中解释法律要点用的传奇逸事或寓言。

② “疯子路德维希”是路德维希二世，而爱上西班牙舞女的是其父路德维希一世。

弱的男人气和最后的魔法招式，但他已经出发向神的王座摩可巴前进了，已经无法回头了……

发射前

一只巨大的白色裤口拉链：一个勃起的阳具在白色的花边里嗡嗡作响，上面还凝着些血斑或精斑。死亡花边是那个小伙子的婚礼装。他光滑的脚并在一起绑着，穿白缎子拖鞋，上面有白色蝴蝶结。红色的乳头翘起着。背上金黄色的毛对称地分布在脊柱两侧，德国合成黄金的那种颜色，渐至淡黄甚至白色，细小的拱状旋涡如指纹中的箕，如磁力线两边的细屑。每个雀斑或痣都是深色的，精确而又不规则地分布在画面上。汗水凝在脖子上。他的嘴里塞了一只白色的小山羊皮手套。今天的象征符号都是魏斯曼一手策划的。手套相当于女性化的“奇妙之手”[①]，梁上君子们可以借助它的光亮钻到你家里：这只死人之手拿一根蜡烛，直直立起着，那样子就像你的情人死神小姐第一次对你美妙地弹一下舌头，让你浑身的组织都会竖立起来。手套是那只手可以插入的洞穴，而 00000 则是戈特弗里德要返回的子宫。

把他塞进去。并不是一张普罗克汝斯忒斯之床[②]，而是经过改造的、适合他的床。小伙子和火箭这两样东西是统一设计的。他后腿部的弧线是多么美妙啊……刚好合适他。他们是天生一对，成为黑色装置和更高一层的组合。他光裸的四肢在金属的镣壳里扭动着，周围是燃料、氧化剂、管道、发动机架、压缩空气电池、排气弯头、分解器、液体箱、排气孔、阀门……其中一个阀门，即一个检验点、一个压力开关，正是那个“东西”，正是真正的阴核，直接连入 00000 的神经系统。她在你眼里并不神秘，戈特弗里德。找到性感区，舔一舔，吻一吻……你有时间的——还有几分钟呢。冰冷的液氧流到你的面颊旁，那是可燃的寒霜，要烧得你

① 绞刑犯的某一只手，魔法师对其进行复杂加工制成蜡烛，可点燃施定身法。

② 普罗克汝斯忒斯是希腊神话中的人物，海神波塞冬之子。每一位过路者都受邀睡一张铁床过夜，身体太长者截短，身体太短者拉长。事实上，无人能与铁床等长，因为普罗克汝斯忒斯有两张床。

失去知觉……很快别的火也会烧起来。我们把你养胖做燃料的那个烤箱也会亮起来。中士过来了，带来了Zündkreuz（火花十字架）。这个焰火般的十字架要把你点亮。士兵们都立正了。准备好，亲爱的。

硬件

给他开了一个人造蓝宝石窗户，四英寸见方，本来是一九四二年染共体培植的蘑菇状人造宝石，微微加了一点钴，增添了一丝绿色的意韵——隔热性能很好，大部分常见的光波均可透过。从窗户里看出去，天空和云彩都变了形，不过挺好看，像古代还没有玻璃窗时的“牛眼睛”云母窗……

蒸发的氧气有一部分通过戈特弗里德的仿聚合物裹尸布输送过去。他的一只耳朵里通过外科手术植入了一个小扬声器，像漂亮的耳环闪闪发光。数据传送是通过无线电导航系统进行的，有一阵魏斯曼的话音还和发送给火箭的误差校正信息进行了同时分路传送。可是没有一个返程通道让戈特弗里德回到地面。他死亡的准确时刻永远无人知晓。

追赶音乐

终于说出了尊贵地说了一辈子的“天哪，我们迟到了！”——每次这样说的时候都带着一丝冷笑和一种走形式的谦虚。他当然知道自己永远也不会迟到，事情总是会推迟，或者那位“黄种撒旦”雇用的笨蛋总会犯个什么错误，最不济也要在尸体旁发现一个什么很重要的线索——哈，这回丹尼斯·内兰德·史密斯爵士终于要迟到了。

超人将呼的一声飞到一片被弃置的林间空地上，靴子先落地。一个发射台装配工叹息着，从一个很小的密封漏缝里接油，那是从树上引出的树胶，在进行最艰难的穿越时作最刺激的马那[1]用。他的披风将在下午的阳光下褪色，而他头上的卷发里已经有了银丝。菲利普·马洛[2]将发作

---

① 南太平洋岛屿神话中存在于未开化部落间的超自然力量。

② 应为雷蒙德·钱德勒侦探小说中的主人公。

可怕的偏头疼，条件反射地把手伸进衣服口袋里去拿黑麦威士忌酒瓶。看到布拉德伯里大楼的花边式阳台时，他想家了。

这位潜艇员和说多种语言的手下卷入了火箭连的麻烦中。塑料人将在仿聚合物的环链中迷路，占领区的拓扑学家全体出动，阻止继续支付他的酬金支票（“绝对可以变形”，真的噢！）。独行侠将冲进来袭击一群人里的头领，马靴刺轮把白色骏马皮上的血都刺出来了。他发现自己年轻天真的朋友丹吊在一根树枝上晃悠，脖子已经断了。（如果情况许可，唐拓将穿上那件幽灵的衬衫，找到一堆死火，在旁边蹲下来磨刀。）

“迟到”这个词从来不在他们的程序里。相反，他们感到一瞬间理性中断了——接着马上又好了，嘘，又回到了正常轨道，回到了“正常的地球”。是啊，吉米，肯定是发生在我碰到这件奇事的那一天，那绝对神秘的几秒钟……要知道，吉米，时间——时间是个可笑的东西……忘记这件事的可能性有一千种。英雄们会继续前进，被踢到楼上去监视那些新的聪明的中间派如何发展，看着他们的制度土崩瓦解，看着那些奇事变得越来越平常，从古老的时间里找到另一种体制。他们称之为癌症，却了解不到事情的结果和意义，吉米……

这些天，他发现自己竟想念起那些狗来。谁会想到他还会对一群流着口水的劣狗动感情呢？可是在这个部门里，一切都是闻不到摸不到的。短时间失去感觉反倒惹起了他的好奇心。有一段时间，他详细记录了自己的生理变化。可这主要是为了纪念病床上的巴甫洛夫为自己记录直到生命尽头的事迹。对波因茨曼来说这是个习惯，是回溯的科学方法：最后一眼看到斯德哥尔摩的门户在他身后永远地关上了。记录条目开始减少，很快就停止了。他签报告，搞监督。为了发现新人才，他走遍了英国，后来还去了别的国家。偶尔在莫斯蒙和其他人的面前，他察觉到一种自己做梦都没有想到的条件反射：身居权位的人容忍从来不动或从来不犯错误的人。当然有些时候他也会进行创造性的挑战——

是啊，现在他是“前科学家”了。他永远没有机会深入谈论上帝的层次。红苹果的脸蛋，白头发，可爱的怪人，靠着过去获得的荣誉唠唠叨叨——不，他没有什么荣誉，只有因果和剩下的一堆毫无用处的设备……他的矿物之廊没有光亮。在从这儿到中间那间屋子的路上，他们将一致保持中立的、难以名状的调子，而到了那儿，他无论如何都要演出排练好的一幕……

倒计时

倒计时就是我们知道的10—9—8—等等，是由弗里茨·朗一九二九年为环球电影拍《月亮女人》时发明的。他把倒计时用到每一幕开始，用来加强悬念。“这是我他妈又一个‘技巧’。”朗说道。

“在创世之初，”犹太神秘哲学发言人斯蒂夫·埃德尔曼解释道，“上帝向虚空中发出一股力量。这股力量很快分化成十个球体，或十个相位，对应1—10这十个数字。这就是我们所知的“赛费罗司”。为了回到上帝身边，人的灵魂必须和从10到1的每一个赛费罗司进行协商。犹太神秘哲学家们有法力、有信仰，于是就去征服这些赛费罗司。很多犹太神秘哲学的秘密都和成功征服赛费罗司有关系。

“现在赛费罗司有了固定的模式，叫作生命树，也就是上帝的身体。在十个球体之间引申出了二十二条路径，每条路径对应一个希伯来字母，也对应塔罗牌里一种叫‘大阿卡那’牌当中的一张。因此，虽然火箭倒计时从表面上看也是连续的，但实质上还隐含了生命树，而且还必须同时、一起、并行地看待。

“有些赛费罗司非常活跃、阳刚，其他的则被动、阴柔。不过生命树本身是一个整体，它的根就扎在接地板里。它是地球一个特别的轴，是一种新的神定法则，在‘伟大的发射’中形成。”

“可是有了新的地轴、新的旋转方式，”有客人想到了这个问题，“星象学会受到什么影响？”

“星座也要改变，傻瓜。”埃德尔曼严厉地说。他伸手去拿足够一家人用的氯丙嗪罐。他长期服用这种镇静剂，皮肤变得很暗，几乎成了吓人的蓝紫色。他成了这里街上的怪物，因为周围的行人都是太阳晒出来的褐色，眼睛也被这种或那种东西刺激得成了红色。埃德尔曼的孩子们是些淘气鬼，最近喜欢把废半导体收音机上的晶片电容悄悄放进老爸的氯丙嗪罐里。他很粗心，看不出其中的问题，于是有一段时间埃德尔曼觉得自己肯定在产生一种抗药性，地狱已经悄悄接近了他，近得叫人难以忍受，只差出一次事故了，比如街上的警报，一架隆隆作响的、沿椭圆形轨迹盘旋的喷气式飞机——幸亏他的妻子及时发现了这场恶作剧。现在，在吞氯丙嗪之前，他总是仔细检查有没有导线、μ 和编号。

“瞧——”他举起一捆静电复印的资料，“这是星历表。根据新旋转编写的。”

“你是说有人竟然发现了接地板？地极？”

“就是Δt。当然，还没有公开。是‘帝胡探险队’发现的。”

显然是化名。大家都知道皇帝没有胡子。

伸入阿波罗之梦……

真实的事情发生在你身上时，你会作为一个透明的平面迎上去。这个平面相当于你的身体前面，发出嗡嗡声，把你的两个耳朵都分为两半，使你的眼睛十分敏感。光渐渐接近垩蓝色。你的皮肤发疼。终于：真实的事情来了。

在 00000 尾部，戈特弗里德真的在眼前发现了这个透明平面，货真价实：仿聚合物裹尸布。童年的残骸升起在他的注意中心。他记起了一只苹果的皮，迸裂出星云来，看见了弯曲发红的太空。他的眼睛被吸引着、吸引着，越来越深入……塑料表面轻微地荡动着：灰白，嘲弄，颜色的敌人。

外面的天干冷干冷的，受难者穿得很单薄，可是他在这儿却感到温暖。他的白袜子从吊袜带的小垂片处漂亮地拉开去。他在一个管子里发现了一个很小的弯曲，在往裹尸布里看的时候可以把脸靠在上面。他感到自己的头发撩得背后和光光的肩膀痒痒的。这间屋子很暗却又染成了白色。可以躺在屋子里面，对着夜晚暗淡的空间，新娘般张开身体，等待任何东西扑到身上来。

电话往来的嗡嗡声传进他接了扬声器的耳朵里。声音有金属感，经过了大量的过滤。这些声音就像乙醚状态下听到的外科医生的声音。虽然这时候这些人说的都是些例话，他还是能分清他们是谁。

仿聚合物柔和的气味完全包裹了他，这是他熟悉的气味。他没有害怕。很久以前，在深远、甜蜜、僵滞的童年时代，在他睡觉的屋子里就有这种气味……他开始做梦的时候伴着他。现在他该醒来了，该回到真实之物的气息中来了。来吧，醒来吧。一切都已就绪。

俄耳甫斯放下了竖琴

洛杉矶（PNS[①]报道）——梅尔罗斯[②]俄耳甫斯剧院夜间经理理查德·M. 芝拉布公开反对他所谓"对口琴不负责任的使用"。他把口琴说成"吼寻"，因为这位芝拉布经理患有慢性腺样增殖症，影响到了说话。无论朋友还是诽谤者都认为他是"腺样增殖体"。这些且不说，据芝拉布称，由于这种乐器的干扰，他的观众，尤其是夜场观众，买票时几乎处于无政府状态。

"这种情形从我们的本格特·埃克洛特 / 玛丽亚·冈萨雷斯[③]电影节时就开始了。"芝拉布抱怨。他五十岁左右，双下巴，永远有一层早晨还没来得及刮的"五点钟胡子楂"（在任何一小时里长出的胡子楂里，五点钟胡子楂是最讨厌的）。他有个习惯，经常疾举手臂做倒过来的"和平手势"，露出又长又大的白色翻袖口。巧的是，这个手势又是旗语里字母"U"的代码。

"你看，理查德，"一个过路人嘲讽地说，"我看到你的翻袖口了，你看。"边说边以最彻底的方式暴露出自己的身体，玩弄起包皮来，其情形记者实在不堪写进报道里。

芝拉布经理微微退缩了一下。"此人绝对是其中的首恶分子，"他直言不讳，"给我惹了不少麻烦。他，还有那个斯蒂夫·埃德尔曼。"他把埃德尔曼说成了"埃德尔办"，"我唔（不）怕说出他奔的屏字（他们的名字）。"

---

① 据猜测，应为英文"品钦通讯社"（Pynchon News Service）的缩写。

② 美国马萨诸塞州东部一城市。

③ 本格特·埃克洛特，瑞典演员，曾在电影《第七个印戳》中扮演死神。玛丽亚·冈萨雷斯，生于西班牙，后赴法国避难，在电影《奥菲》中扮演死神。

他说的这个案子还在悬着。去年好莱坞商人斯蒂夫·埃德尔曼被告触犯了第一万一千五百六十九条（故意使用破坏性工具实施干扰罪），目前在阿塔斯卡德罗[①]接受不定期监管。据称，埃德尔曼出于一种尚未得到证实的心态，企图在街上、在所有电影观众在场作为见证人的情况下对着司法部的名单连续演奏和弦。

"现—现在他们所有的人都在干这个。噢，不是'所有的人'，这一点我要声明。当然啦，真正的违法犯罪分子只是一小撮声音很大的人。我指的是所有和埃德尔曼一样的人。当然不是指观众里的好人。啊哈哈。这样吧，我来给你们看点东西。"

他请你坐上他的大众经理车，你还没反应过来就已经在高速公路上了。到了圣迭戈和圣莫妮卡[②]立体交叉道附近，芝拉布指着一段铺好的路："我就在这儿看到过一个。开着宝马，和我的一模一样。想想吧。我不敢相信自己的眼睛。"只是要把注意力完全集中在芝拉布身上是很难的。圣莫妮卡高速公路有一个传统，人类所知的各种各样愚蠢的汽车事件都在这里发生过。这里不像圣迭戈高速那么白、那么有教养，也不像帕萨迪纳[③]高速那么叛逆，更不像海边高速那样是自杀的魔窟。这一点大家都很肯定，可是圣莫妮卡高速公路确实是怪人的公路，而这些怪人今天都出来了，让你很难专心去听芝拉布讲的趣事。看到这些人，你会忍不住讨厌得发抖，几乎是一种本能的反应。他们从四面八方向你涌来，叽叽喳喳说个不停，在侧窗边转着眼珠子，吹口琴，甚至吹卡祖笛，根本不顾什么禁令。

"别紧张，"经理的眼睛习惯性地亮了起来，"他们都会在奥伦奇县那边找到一个安全的家的。就在迪士尼乐园旁边。"他停下不说了，活像夜总会的小丑，独自站在自己用黑柏油画出的圈子里和白粉笔写出的恐惧里。

你被笑声包围了。全场热心观众的笑声，在包了软垫的车内从四

---

① 加州一刑事处罚机构。
② 加州南部一城市。
③ 加州南部一城市。

角传来。你意识到这里有某种立体声设备，心里隐约有些失望。朝小储藏箱瞄一眼就发现好多类似的磁带，简直像个图书馆：欢呼声（充满感情），欢呼声（受到感染），二十二种语言的观众闹事集合，是，不是，黑人支持者，女支持者，运动员——哦，瞧啊——救火（传统家庭），救火（核心家庭），救火（城市），天主教音响……

“自然了，我们必须用某种代码交谈，”经理继续道，“我们一直这样。不过这些代码都不难破解。正因如此，反对者们指控我们蔑视人民。可是我们这样做的初衷却是为了公平公正。我们知道必须给他们一些机会。不能把他们的希望带走，对吗？”

大众车现在到了洛杉矶市，这里的车流为一个车队让开了路。车队里有深色的林肯和一些福特，甚至还有通用汽车，却唯独没有庞蒂克。每辆车子的挡风玻璃和后窗上都贴着橘黄色的荧光条，上面写着“葬礼”。

经理抽泣起来。“他是最好的一个。我不能自己去，可我是派了个高级助手的。我不知道谁能取代他的位置。”按了按仪表板下面一个隐蔽的按钮。这次的笑声变成了男性稀疏的啃啃声，听上去是吸雪茄和长期喝波旁酒的嗓音。稀疏却响亮。能听得出“迪克，你个怪人！”和“听他说”等片段。

“我对于自己的死有一种幻想。你应该是拿他们的工资的，不过没关系。你听听吧。凌晨三点，在圣莫妮卡高速公路上，一个温暖的夜。我的窗户全开着。我的车速大概是七十或七十五。风吹进来，一个薄塑料袋从后面的车底板上升起来。那是个普通的干洗塑料袋：在空中飘浮，从后往前飘，被水银灯照得苍白如鬼……塑料袋裹住了我的头，超薄、透明，我没有意识到头上裹了塑料袋，等意识到又太迟了。塑料裹尸布，将我窒息而死……”

车子朝好莱坞高速公路行驶，一边是一辆神秘地裹着篷布的带拖卡车，另一边是一辆光滑如鱼雷的液氢油罐。这时候我们碰到一支真正的篷车队，都是口琴手。“至少不是那些小手鼓，”芝拉布自语道，“感谢上帝，今年的手鼓没有去年多了。”

给养车拉着用棉布包垫的钢材从下午里划过。荡起的涟漪闪耀着，像艰难穿越沙漠之后看到的一湖饮用水。今天是车辆的聚集日，垃圾车都朝北向文图拉[①]高速公路方向去了。这是对各种颜色、形状和损坏程度不同的垃圾罐进行的导泻。然后回到市中心，带着搜集来的那些器物的所有残片……

警报声猛然惊醒了你们俩。芝拉布犀利地看了一眼镜子：“你没有非法物品吧，啊？”

不过这种警报声比警笛要大，包围了混凝土建筑和烟雾，充满了盆地和山脉，其程度之强烈令凡人无法再动……终于无法再动……

“我觉得不是警笛，”你的肠子一阵痉挛，把手伸向调幅收音机的旋钮。“我觉得——”

清场

“清场。”布利瑟罗上尉喊道。一箱箱过氧化物和高锰酸都已就位。陀螺仪的转速加快了。观测人员蹲在了狭长掩体里。工具和配件被叮叮当当塞进一辆怠速的卡车车厢里。电池安装组和那个上引爆钉螺丝的中士完成工作后都爬上了车，车子沿着新的褐色车辙开到林子里去了。布利瑟罗在发射台上停了几秒钟，环顾四周检查一切是否就位。之后转身，以预定速度走到发射控制车上。

“障碍清除完毕？”他问操作板旁的小伙子。

“完毕。”操作板的光把马科斯的脸照成了坚硬、倔强的金黄色。

“燃料设备清除完毕？”

“完毕，”火箭发动机操作板边的毛里茨回答道。他对着挂在脖子边的电话告诉设备控制室：“发射场清理完毕。”

“钥匙到发射位。”布利瑟罗命令道。

毛里茨把主钥匙转到发射位置。“钥匙已到位。”

一切就绪。

这时候应该有一个戏剧性的大停顿。魏斯曼的头脑里应该挤满了最

---

① 加州南部一城市。

后的图像：白生生的屁股恐惧地蜷成一团（亲爱的，没有一缕大便?），年轻乞求的眼睛上金黄的睫毛落幕了，塞住的喉咙想说昨夜在帐篷里就该说的话，却太迟了……布利瑟罗的龟头昨晚最后一次射精在这个喉咙深处，在食道里（可是刚刚经过痉挛的颈部、经过那条弧线进入黑暗恶臭……白色……角落中的东西……在等待……等待什么——）。哦不，这种程序用天鹅绒般的拳头攥住了他们所有的人。很有力，很温暖……

“打开开关。”布利瑟罗的声音沉静而稳定。

“发射场清理完毕。”马科斯从操作板前打来电话。

毛里茨按下了标有“初期阶段”的键。“开关已打开。”

等待了十五秒，氧气箱的压力逐渐升高。毛里茨操作板上的一盏灯亮了。

通风。“起飞就绪。”

点火灯亮了：点火。“点火就绪。”

接着，“初期阶段就绪。”初期阶段是毛里茨可以撤销操作的最后一步了。火箭底部的火焰旺了起来。颜色在变化。有一段四秒钟的时间，四秒钟的犹豫时间。整个程序里甚至也留出了这个空间。一个高水平的发射官和一个注定平庸的发射官唯一的区别就是能否在这个单调重复、充满寓意的过程中把握准确的时间，发出“主要阶段”的命令。

布利瑟罗是个高手。他很早就学会了如何进入恍惚状态，等待神示，而神示也每每会到来。他从来没有给别人说过这件事。

“主要阶段。”

“主要阶段 gegeben（就绪）。”

操作板永远锁住了。

两盏灯灭了。“一号二号插头请动作。”毛里茨报告道。两个斯多茨开关在地面上爆炸了，把少许火焰推了进来。在重力供给阶段火焰是浅黄色的。接着涡轮发出了吼声。火焰突然变成了蓝色。声音逐渐达到最高点。火箭在钢台上继续停留了一瞬，然后慢慢颤抖起来，肌肉偾张，开始上升了。四秒钟后，火箭开始向前冲了出去。只是火焰太亮，没有人看得见里面的戈特弗里德。他们只能把他作为一种从蓝色烈火中幻想出来的、将来能够刺激自己的色情范畴。

上升

火箭的上升将会被出卖给万有引力。但是火箭引擎，以及燃烧时发出的震撼灵魂的嘶喊，却给了他逃生的希望。下落前，受难者一直不能动，他的上升依赖于一个逃生的承诺和预言……

现在火箭在向那种最终可以把苹果看成苹果颜色的光亮移动。刀子像真正的刀子一样切过苹果。一切都在原位。没有比常态下更清楚，却比常态下更真实了。现在要抛下的东西是那么多，来得又是那么快。他在塑料的躯壳里被压到下面、后面，被压得身体疼痛（他的胸部在疼，一条大腿内侧冻麻木了），最后他的额头弯下去碰到了一个膝盖，头发在膝盖上摩擦，心里感觉像雨中空荡荡的阳台，哭泣，驯顺——但是他不愿意哭出来……他知道他们听不到自己的哭声，但他还是不想哭……没有可以发回去的无线电……这是照顾我，布利瑟罗想让我负担轻一些，他知道我会一直不挂掉，守住每个声音，每个哼声和咯巴声……

他想起了他们的爱，像一幅幅画给孩子们的插图，是最后薄薄的几页，飘动着合上了；像一句温柔、被动而没有说完的台词；像一幅用色犹疑的彩色蜡笔画：布利瑟罗的头发颜色较深，齐肩长，一直在晃动；他是个少年侍卫或侍从，在用一种光学仪器看什么东西，同时还在向小孩戈特弗里德招手，脸上是一种慈母般的、急于教育他的表情……此时他在很远的地方，坐在一个橄榄色房间的最深处，过往的身影有些模糊，戈特弗里德认不出他们是敌是友。在他和——他是从哪儿——那东西已经不见了，不……它们开始滑走了，速度太快，他挡不住，像瞌睡来临的感觉——它们开始模糊了——**抓住**！你可以稳稳抓住它，看到自己的吊袜带在大腿上拉紧，白色的带子细得像幼鹿的腿，黑色的末端……黑色的——**抓住**！你已错过很多了，戈特弗里德，你不想错过最重要的……你知道这是最后一次了……抓住！吼叫声什么时候停了？燃烧中断，燃烧中断什么时候开始的不可能这么快呀……可是烧完的尾部分离物正在甩到太阳那边去，一个布罗肯的幽灵穿过受难者金黄的头发，某人或某物的影子在明亮的阳光下从这里投射出去，把天空遮蔽成不同的区域，或金黄，或渐渐变成白色，或变得静如深水，任万有引力蜻蜓点水而过……这种死亡是什么呢？一种越来越白的过程而已，把白的变成超白的，是什么？只是漂白粉、洗涤剂、氧化剂、研磨剂——对于小伙子受折磨的肌肉来说，他今天是“蹬腿”[①]，也许还可以说得更准确一些，他是布利克尔（冲切机）、布莱克罗德（白色垃圾）、布里切尔（漂白者）、布利瑟罗，把高加索上空的灰气拉展开来，使之变得稀薄，变得没有色素，没有黑色素，没有颜色，没有颜色间的区别。变得很白很白，**抓住**！那只狗是赛特狗，最后一只狗的头，那只来跟他送别的好狗。记不得红色的含义了，他追的那只鸽子是板蓝色，可他们现在都成了白色那晚在运河边树的气味，哦我不想失去那个夜晚，**抓住**！房子之间、街道之上有一个波浪，那两座房子是船，一艘船要踏上漫长、重要的航程，可是挥手道别的动作却很轻松很深情，**抓住**！布利瑟罗最后的话：“夜晚的边缘……人们排成一条长长的弧线，都在对着第一颗星星许愿……永远记住千万英里的路堤和海洋上的那些男男女女。阴影最真实的时刻是你在天空中看见光点的时刻。单独的一个点。阴影正好把你收集到它的麾下……”

永远记着。

第一颗星挂在他的双脚间。

好啦——

下降

有节奏的啪啪声在导弹壁内回响。导弹壁像煤一样坚硬、有光泽：来吧！开始表演！来吧！开始表演！屏幕像一张在我们面前翻开的昏暗的书页，白色，寂静。片子断了，或者放映机的一个灯泡烧坏了。即便我们这些一直在电影机旁边（真的吗?）的老影迷，在黑暗突然到来以前也很难说清楚是哪个灯泡烧坏了。最后的画面太短暂，任何人的眼睛都

---

① 布利瑟罗的诨名。

无法看清。也许是一个人形，或者梦到每个大都市的傍晚以足够的智慧告诉他他不会死，或者到外面对着第一颗星星许愿。可是那不是星星，那是坠落的东西，是明亮的死亡天使。在暗下来的、宽阔得可怕的一块屏幕上，还残留着某些东西。那是一部我们没有学会看的电影……现在是面部特写，一张我们都认识的脸——

就在这儿，在这黑暗寂静的画面上，火箭的尖头以每秒近一英里的速度下落着，绝对、永远没有声音。火箭头到达了这座老剧院的屋顶上方，这是它最后一段无法测量的距离，最后一个Δt。

如果你需要这样的安慰，那么你还有时间碰一下旁边的人，或者把手伸到你冰冷的双腿间……或者你想起了唱歌，那么这里有一首“他们”没有给任何人教过的歌曲，一首由威廉·斯洛索普创作的圣歌，已经被遗忘了好几个世纪，早就绝版了。曲子来自那个时代，简单好听。一边拍皮球一边唱：

虽然你的杯子今天在流淌，
却有一只手左右着时光，
直到圣光把塔顶变得低矮，
找到最后一只被弃的羔羊……
直到骑手们睡在所有的路旁，
睡在我们残破的域疆，
每一块石头都有灵魂，
每一座山顶都有脸庞……

好啦，各位——

修订版译者后记

拙译《万有引力之虹》出版以来，得到许多关心与指点，在此谨向读者致谢！

品钦这部小说，出了名地难读。后现代小说，往往打破了传统的（即多数读者习惯的）审美距离，有时近到看似毫无意义的大小便放屁，有时则远到小说元结构的消解，弄得小说不像小说（至少不太像传统意义上的小说），使读者在建立阅读连贯的过程中颇费周章，甚至不知所云。但优秀的后现代小说，其魅力也恰在于此，距离打破，共鸣减少，张力剧增，需要读者付出更多的阅读努力，但如果努力成功，也会因此而获得更强烈的审美感受。

品钦在《万有引力之虹》中，写出了一般作家写不出或者不敢写的东西。比如普丁准将吃大便的细腻再现，比如各种变态，尤其是性变态，比如渡渡鸟们得神接纳时的眼泪，比如牙膏皮们的魂魄发掘及其投胎转世，比如斯洛索普的马桶之旅。通过这些描写，品钦对于人的自以为是进行了深刻反思和暴露，对于那些弱势群体甚至我们认为没有生命的东西，则怀着一种探究和敬畏。品钦的作品里总是贯穿着这样的潜台词：人啊，别以为自己多么了不起，更不要认为自己多么圣洁，你不就像普丁准将一样——没错，人的内心深处，又隐藏着多少邪恶、凶残、疯狂、自私、虚伪啊！他们猎杀可怜的渡渡鸟，借上帝的名义，干屠杀的勾当。在战争中，更是借着正义或其他冠冕堂皇的名义，屠杀敌人，也屠杀了自己人。人类的行为，大到战争，小到日常琐事，往往有着，或受影响于，微妙的、难以琢磨或不可明言的深层动因，而品钦就致力于挖掘这些深层的、微妙的东西。

同时，品钦也在探索人类获得救赎的道路。渡渡鸟们在濒临绝种的时候，得到了救赎，这是品钦的一种领悟。灵魂从另一个世界回来时向我们描述的那个世界，则隐示了品钦对人类终极归宿的朦胧指向。不过，写作本书时的品钦对人类的终极归宿和获取救赎的方式，并没有找到真正的答案。这个答案，在十七年后出版的《葡萄园》中明确出现了：由此岸渡向彼岸——但这种过渡的前提是涅槃，是死而后生。

拙译能够修订再版，首先要感谢译林出版社的重视、支持和多方努力。为了保证此次修订的质量，出版社精心组织了一支资深的专家团队，其中有负责全面统筹和审校工作的专家但汉松老师，还有蒋怡、陈以侃、付裕、陈宇欣、陈畅、刘惠宁、孙佳慧、李张凌、胡小艺、晓风、廖尔琼、周弦、胡呈欣等各位老师和同仁，他们不辞辛劳，对拙译进行了仔细审校，提出了大量修改意见，眼光犀利，见解深刻，对我教益颇大，帮助我弥补了第一版中的不少漏洞和缺陷，在此向各位审校专家表示真诚的感谢和崇高的敬意！

虽然有多方支持和指教，本人也付出了不少努力，但终归个人能力有限，拙译中一定还有不足和舛错之处，敬请读者批评指正。

最后，以拙诗一首作结，略表本人作为译者的心声：

咏　雪

身从天外来，无悔落尘埃。
绰约若仙子，表里浑素白。
娴柔柳絮舞，急骤玉龙徊。
触温媚无骨，凌寒偏皑皑。
长护昆仑顶，或曾饰瑶台。
愿缀弓刀满，亦偎鬓间钗。
寒江伴蓑笠，松径覆苍苔。
千顷放翁玉，万树梨花开。
春来梅花艳，极目尽香白！

张文宇

图书在版编目（CIP）数据

万有引力之虹 /（美）托马斯·品钦（Thomas Pynchon）著；张文宇译. —南京：译林出版社，2020.4

（托马斯·品钦作品）

书名原文：Gravity's Rainbow

ISBN 978-7-5447-7666-0

Ⅰ. ①万… Ⅱ. ①托… ②张… Ⅲ. ①长篇小说 – 美国 – 现代 Ⅳ. ①I712.45

中国版本图书馆 CIP 数据核字（2019）第 012599 号

著作权合同登记号　图字：10-2014-312 号

万有引力之虹

责任编辑　姚　燚
装帧设计　王志弘
校　　对　蒋　燕
责任印制　颜　亮

原文出版　Penguin Classics
出版发行　译林出版社
地　　址　南京市湖南路 1 号 A 楼
邮　　箱　yilin@yilin.com
网　　址　www.yilin.com
市场热线　025-86633278
排　　版　南京展望文化发展有限公司
印　　刷　恒美印务（广州）有限公司
开　　本　718 毫米 ×1000 毫米　1/16
印　　张　59.25
插　　页　4
版　　次　2020 年 4 月第 1 版　2020 年 4 月第 1 次印刷
书　　号　ISBN 978-7-5447-7666-0
定　　价　148.00 元